KB265740

조선시대 번역고소설 총서 19

후 홍 루 몽
後 紅 樓 夢

선문대학교 중한번역문헌연구소
장경남 · 이재홍 · 강문종 校註

이회문화사

이 저서는 2003년도 한국학술진흥재단의 지원에 의하여
연구되었음. (KRF-2003-071-AS3008)
This work was supported by Korea Research Foundation
Grant. (KRF-2003-071-AS3008)

머리말

　　낙선재 필사본 《후홍루몽(後紅樓夢)》 20권은 《紅樓夢》의 續書인 30회본 《후홍루몽》을
완역한 것이다. 《홍루몽》의 속서에는 97회 또는 120회의 뒤를 이어 쓴 것이 10여종이 되
는데, 《후홍루몽》은 바로 120회에 대한 속서 중의 하나이며, 《홍루몽》 120회본이 세상에
나온 후 가장 일찍 나온 것으로 청나라 逍遙子가 지은 것이다. 서문에서 《후홍루몽》은
조설근의 원고라고 하고 있지만 실제로는 소요자가 지은 《홍루몽》 속서이다.

　　仲振奎의 《紅樓夢傳奇》에 따르면, 《후홍루몽》의 창작 연대는 嘉慶 元年(1796) 혹은 그
약간 이전이 되는 것으로 추측된다. 현재 전해지고 있는 刊本으로는, 乾嘉 年間에 나온
初刊本인 白紙本이 있다. 이 판본에 따르면, 그 순서는 原序, 逍遙子序, 白雲外史와 散華
居士의 題詞, 凡例 5條, 摘叙前紅樓夢簡明事略, 賈氏世系表와 世表, 目錄, 繡像(60葉), 絳珠
仙草와 煉容金魚圖(1葉), 前贊後圖 등으로 되어 있다. 그 외 판본으로 鄭振鐸所藏 白紙本
과 黃紙本이 있고, 石印本으로는 宣統 2년(1910) 上海章福記本이, 鉛印本으로는 民國 19년
(1930) 上海 大通書局本 등이 있다. 근래에는 北京大學出版社(1988)와 北岳文藝出版社
(1989) 등에서 나온 排印本이 있다.

　　작자는 《후홍루몽》을 지은 동기를 제1회에서 조설근을 등장시켜 이렇게 말하고 있다.

　　"《홍루몽》에서는 보옥과 대옥을 주인공으로 삼았으나 이 두 사람을 행복하게 결말짓지 아
니하여 사람으로 하여금 원한을 사게 했다. 이는 다 보옥의 생각으로 조설근에게 청하여 이
기이한 글을 짓게 하여 고금의 문장을 압도하게 하고, 또 자기가 도주한 곡절을 숨기고자 부
득이 자기를 속인 두 僧徒를 또한 仙佛之類로 말하였으나 그 후 보옥과 대옥이 배필을 이루
어 부귀하게 되고 보차는 오히려 그 주변 사람이 될 줄 누가 알았겠는가? 조설근이 한 질 글
을 다 짓자 보차는 이렇게 평론한다. '너 두 사람이 榮華를 극진히 누렷거늘 오히려 千秋萬古
사람으로 하여금 너 두 사람을 위하여 傷心墮淚케 하니 엇지 마음이 평안하리오?' 이에 보옥
이 또 조설근을 청하여 다시 《후홍루몽》을 지어 지난 死生離合한 일단의 眞情을 字字히 실상
대로 말하라 하니 조설근이 또한 능히 사양치 못하여 《후홍루몽》을 이어 짓는 바이다."

여기에서 《후홍루몽》의 대강을 살펴보면 이러하다. 보옥은 결코 佛家에 귀의하는 것이 아니라 妖僧의 邪道에 끌려 다니다가 毗陵驛에서 도성으로 돌아가는 賈政을 만나 집으로 돌아와 비로소 정신이 깨어난다. 晴雯은 五兒의 육체을 통해 還魂하고 黛玉은 입에 煉容 金魚를 머금고 기사회생한다. 대옥의 성격은 世事를 철저히 깨닫고 오직 仙道를 수양하 겠다는 일념을 가지고 있어 《홍루몽》에서의 성격과 비교해 크게 변화된 모습이다. 이 때 賈政의 형편은 더욱 곤궁해지고 대옥의 嗣兄 林良玉은 오히려 큰돈을 벌어 가문이 번창 하여 賈家의 産業마저 손에 넣을 정도이며, 賈家는 마침내 中興의 희망을 보옥과 대옥의 결합에 맡기는 처지가 된다. 하지만 대옥이 賈家에서 제의한 혼사를 못들은 척하자 賈政 과 王夫人은 고심 끝에 대옥으로부터 매우 만족할 만한 조건을 갖추어준 후에야 보옥과 혼인할 수 있다는 대답을 얻어낸다. 이에 결혼한 대옥은 보옥과 부부 생활을 하지 못하 고 다만 賈家에서 家政을 주관하면서 집안의 폐단과 醜陋함을 없애고 아울러 襲人을 처 벌한다. 나중에 보옥은 進士에 합격하고 惜春은 入宮하여 仲妃에 봉해지며, 賈政과 賈赦 도 다시 벼슬하게 된다. 賈政은 심지어 정치적인 업무를 대옥과 상의하면서 마침내 賈家 는 부흥을 맞이한다. 보옥과 대옥과 보차는 一夫二妻이지만 틈이 없을 정도로 잘 融和한 다.

《후홍루몽》은 조설근을 등장시켜 조설근이 賈家의 門客이며, 보옥과 임양옥과 姜景星 은 조설근을 스승으로 삼아 모시는 장면을 그려내고 있다. 말미 부분에서 보옥과 임양옥 과 강경성 및 여러 자매들은 大觀園에서 조설근에게 餞別宴을 열어주면서 대옥이 조설근 에게 이렇게 말한다. "우리 자매간 家中 凡事를 선생의 비단결 같은 마음과 수놓은 듯한 입을 번 거롭게 하여 前後紅樓夢 두 질을 편집하여 후대 사람으로 하여금 우리 몇 사람이 있는 줄을 알게 하고, 선생의 두 질 글을 의탁하여 또한 후세에 불후하리라." 그래서 조설근은 마침내 두 질의 불후한 작품을 남기게 되었다.

소요자는 《홍루몽》에서 대옥과 청문의 비극적이고 불평했던 것을 특히 《후홍루몽》이라 는 책을 통해 대옥과 청문으로 하여금 그동안 마음에 쌓인 울분을 토해내게 하고, 복종 하는 보차, 견책당하는 습인, 賈政과 왕부인마저 대옥을 떠받들지 않을 수 없는 상황을 그려내고 있어 현실 생활의 논리와는 전혀 다른 양상을 보여주고 있다.

《후홍루몽》은 《홍루몽》 속서 중에서 문학성이 그리 뛰어난 편은 아니지만 작자는 귀족 의 가정 생활을 잘 파악하여 그들의 생활 정경과 일부 상세한 부분들을 비교적 생동감 있게 잘 그려내고 있다고 하겠다.

낙선재 필사본 《후홍루몽》은 원문을 거의 모두 번역하였는데, 단지 번역에서 빠진 내 용이라면 음식물이나 옷감의 이름 등 들어도 매우 생소하여 우리말로 도저히 옮기기 곤 란한 것들 뿐이며, 그 외에는 축약을 약간 가미한 거의 직역 위주로 번역하였다.

본 교주본은 한국정신문화연구원에 소장되어 있는 낙선재본 《후홍루몽》 한글 필사본 원문을 그대로 수록하되 띄어쓰기만은 대략 현행 표기에 맞추어 하였다. 그리고 자주 출 현하는 人名이나 地名은 중국어 원문과 대조하여 각 회 맨 처음에 한하여 괄호 안에 한 자를 병기하였다. 필사본 원문이 훼손되어 잘 알 수 없는 글자나 원문에 제시되지 않은

추측기 어려운 한자에 대해서는 □으로 표기하였고, 필사하는 과정에서 잘못 표기된 글자에 대해서는 본문에서 [ ]표를 하여 밝혀 두었다. 아울러 맨 뒤에는 중국 원문을 영인·수록하였다.

이러한 조선시대 번역소설에 대한 원전 정리 및 주석 연구는 조선시대 중국소설의 전래와 번역 양상을 이해하고 한글 고어 자료를 발굴하는 데 도움이 될 것이다. 뿐만 아니라 국내에 유입되어 번역자와 필사자의 손길을 거치며 향유된 조선시대 번역소설은 단지 이민족인 중국의 소설로 여겨진 것이 아니라 우리 고전소설사의 성장·발전에 촉매제 역할을 하기도 했던 만큼 한국 고전소설의 특징을 보다 분명하게 이해하는 데 좋은 참고 자료가 된다.

끝으로 최종 교정을 도와준 중한번역문헌연구소의 김영·이수진·김민지 연구원에게도 고마움을 전한다. 아울러 이 교주서는 2003년도 한국학술진흥재단의 기초학문육성지원사업(국학고전연구)의 일환으로 나오는 6종 8책 가운데 네번째 권임을 밝혀 둔다.

2004년 9월 3일
장경남 이재홍 강문종

차 례

낙선재본 «후홍루몽» 권지일 표지

後紅樓夢
部
冊
番號
冊數
備考
160
52
20—1

후홍루몽 권지일

비룡역복우 만나면 흥샹란 강즉 회합ᄒᆞᆷ으로 회셜 젼 후홍루몽의 글을 젼ᄇᆞ시 ᄒᆞ말ᄒᆞ여셔 가평복이 ᄃᆡ회 ᄎᆞᆺ 계ᄅᆞᆯ ᄂᆞᆼ히 젹졍의 희 ᄲᅵ지 것 후여젼우라 줄 더울만 히 젹ᄇᆞ려ᄂᆞ 지라 ᄉᆞ슬 셩간 후 지슐연 쩌의 다만 부며 쥬ᄒᆞᆼ의 젹젼 라 ᄒᆞ교 혜앙우을 마러 ᄌᆞᆼ젹 희함을 ᄋᆞ열 젹ᄒᆞ여 ᄉᆞ구 가 ᄒᆞᆼ의 교 ᄯᅥᆨ젼 ᄌᆞ긋을 ᄒᆞᆼ경이 인ᄉᆞᆯ 지라 그ᄅᆞ 졀을 쳥

『後紅樓夢』에 대하여

崔 溶 澈 (高麗大 敎授)

< 目 次 >

1. 머리말

중국소설의 속서는 원작품이 크게 유행할 때마다 잇따라 출현하였다. 『수호전』을 비롯한 명대 4대기서가 오랜기간 독자들의 애호를 받게 됨에 따라 이들의 속서도 수종이 등장하여 함께 유행했다. 『수호후전』(古宋遺民), 『후수호전』(靑蓮室主人), 『삼국지후전』(酉陽野史), 『서유보』(靜嘯齋主人), 『후서유기』(不題撰人), 『속금병매』(紫陽道人), 『옥병매』(吳興于茹川) 등과 같이 원서의 제목을 드러낸 것과 별도의 이름을 쓴 『蕩寇志』(兪萬春: 『수호전』속서), 『玉嬌李』, 『隔廉花影』(이상 『금병매』속서) 등이 바로 그러한 것이다. 그러나 이들은 대개 원작이 상당 기간 유행한 후에 나온 것이며 작품 수에 있어서도 『홍루몽』속서 만큼은 못된다. 『홍루몽』 속서는 120회 판각본이 나온 직후부터 출현하여 청말 민국 초에 이르기까지 30여종에 달하며 심지어 오늘날까지도 일종의 속서가 계속 나오고 있어 특이한 현상을 보이고 있다. 우리나라에서 번역된 낙선재본 『홍루몽』 계열에도 5종의 주요 속서가 모두 완역되어 읽혀져 왔음은 그 유행의 넓이와 깊이를 함께 추측할 수 있게 한다.

고증학자들은 高鶚의 후 40회를 속서의 일종으로 보기도 하지만[1] 대부분의 속서들은 고악이 정리 완성한 후반부 40회 부분 중에서 林黛玉이 사망한 97회 이후부터 새로운 이야기를 전개하거나 혹은 120회 이후에 새로 속작을 이어나가고 있으며 고 악의 후 40회 부분에 대한 조설근 원작 부분에 대한 긍정적 평가도 상당수 되므로[2] 이를 단순히 속서로 처리하는 것은 문제가 있을 것으로 보여 여기서는 일단 이 부 분을 속서 연구대상에서 제외시키고 본격적으로 별도 간행된 속서만을 다루기로 한 다.

『홍루몽』 속서의 작자들이 속서를 짓게 된 동기에 대해서는 여러 가지 원인이 있을 것이지만 사실 원작『홍루몽』의 구성이나 인물묘사, 예술기교에 대해 불만을 가진 독자는 거의 없다. 그들의 주요 관심은 작품의 결말 부분에 대한 평가에 있으 며 줄거리 전개의 비극과 희극, 현실과 이상의 소설적 반영, 영사된 인물에 대한 찬 양과 비난 등에 대해 극도의 상반된 의견을 갖고 있다. 그것은 중국소설의 한 특징 으로도 분류될 수 있는 비극성에 대해 철저하지 못한 민족성에 기인하는 것으로도 볼 수 있다. 魯迅은『홍루몽』이 비극으로 끝맺고 있었기 때문에 뛰어난 작품으로 오랫동안 사랑받을 수 있었지만 또한 이를 안타까워하는 일부 작가들에 의해 수많 은 속서가 창작되어 작중인물의 비극적 결말을 원만한 귀결로 다시 만들어 대단원 의 중국적 전통을 잇고자 했다고 말했고[3] 이보다 앞서 王國維는『紅樓夢評論』에서 『홍루몽』이 미학적으로 가치있는 것은 오로지 철두철미한 비극성에 있다고 강조 한 바 있다.[4]

청말의 유명한 譴責小說 작가인 吳沃堯(我佛山人)는『홍루몽』속서의 한 종류인 『新石頭記』를 지으면서 그 제 1회에서 작자 스스로의 창작 이유를 다음과 같이 밝히고 있다.

> 나는 왜 또 아무런 근거없이 이『신석두기』를 저술하는가?『석두기』는『홍루 몽』의 원명이다. 조설근 선생이『홍루몽』을 저술한 이래 후인들이 또『속홍루몽 』,『홍루후몽』,[5]『홍루보몽』,『기루중몽』등을 지었지만 온갖 황당무계한 말로

---

1) 고악의 후 40회를 속작으로 본 것은 청대에 潘德興의 「讀紅樓夢題後」와 裕瑞의 「棗窓閑筆」 등에서 이미 언급하고 있지만 구체적인 증명은 하지 못했고『紅樓復夢』(陳少海)과『紅樓夢補』(歸鋤子)와 같은 속서의 서문에서도 속작의 부당함을 이유로 새로운 속서를 내놓는다고 밝히고 있다. 신홍학의 기수인 胡適과 兪 平伯은 보다 구체적으로 후 40회가 고악에 의해 저술되었음을 주장하고 있다.

2) 程偉元과 高鶚은『程甲本』의 序文과『程乙本』의 引言에서 80회의 원고 30여 회를 구득하여 전후 문맥 을 맞추고 수정 보완하여 120회를 완성했다고 비교적 구체적으로 밝히고 있다. 그후 일부에서 속작설이 나오자 이를 반대하여 후 40회 부분이 조설근의 원작이거나 적어도 원작의 일부가 포함되었을 것이라고 주장한 사람들도 나오게 되었는데 청대에선 太平閑人 張新之가 내용상의 일관성을 들어 직접 반박하였고 대부분의 독자들도 의심없이 읽었다. 신홍학 이후 속작설이 크게 유행하자 林語堂이나 周紹良 등은 후 40 회 부분에 조설근의 원고가 들어 있거나 적어도 그 의도가 고악의 수정 보충 부분보다 많이 포함되어 있 다고 주장했다.

3) 魯迅,『中國小說史略』第24편「淸의 人情小說」.

4) 王國維「紅樓夢評論」,『紅樓夢卷』(一粟) 卷三. ‖ 이 글은 1904년에 쓰여지고 1905년(光緒 31년)『靜庵文 集』에 수록되었다. 王國維는 특히 염세 철학자 쇼펜하우어의 영향을 많이 받아『紅樓夢』의 비극성을 강 조했다.

5)『紅樓後夢』은『中國通俗小說總目提要』에서도『勸戒四錄』卷四에 인용된 서목을 들면서 지금은 없어진 佚書로 지목하고 있는데, 일본 東京大 종합도서관 장서목록에『홍루후몽』의 서명이 보이고 있어 주목된 다.

가득차 있어 보는 이마다 좋다고 하는 경우를 못 보았다. 그렇다면 나도 그 폐단
을 또 범하는 것이 아닌가? 그러나 나는 누구나 글을 지을 때 어쨌든 그 의도한
바가 있게 마련이라고 생각한다. 글을 쓰기 시작할 때 꼭 누군가 칭송해 줄 것을
바라는 것은 아니며 자신의 뜻에 따라 평소의 생각을 옮기기만 하면 되는 것이라
고 본다. 후인들의 포폄은 애초부터 나와는 별개의 문제인 것이다. 그래서 나도
이런 생각으로 거리낌없이 이 『신석두기』를 짓게 된 것이다.6)

그의 말에 따르면 속서의 작가들은 일단 자신의 관점이 옳은 것인가 그른 것인가
에 대해 초월한 상태였다고도 볼 수 있다. 그러나 초기 속서의 작자들은 陳少海(小
和山樵南陽氏)와 같이 후40회의 내용이 황당하고 결말이 제대로 이뤄지지 않았음을
불만으로 여겨 이를 고쳐 독자의 마음을 시원스럽게 하고자 했다고 말하거나7) 歸
鋤子와 같이 『홍루몽』의 원작이 80회에 그친 것을 알고(또는 임대옥의 사망까지) 그
뒤를 잇기 위해 속서를 지었다고 밝히는 경우가 많다.8)

본격적인 『홍루몽』 속서는 정위원과 고악에 의해 『홍루몽』이 공식으로 간행된
지 불과 4, 5년만에 출현했으며 그 중 『후홍루몽』이 가장 이른 것이다. 본고는 『
紅樓夢』 속서연구의 일환으로 다루는 것이므로 우선 속서 작품의 개황을 설명하고
그 첫번째 연구대상인 『後紅樓夢』의 작자와 판본, 내용과 평가를 살펴본 뒤에 樂
善齋本에 들어 있는 『後紅樓夢』 번역본의 번역개황도 함께 다루고자 한다.

2. 『紅樓夢』 續書의 개황

조설근 생전에 『石頭記』란 이름으로 필사되어 북경의 일부 계층을 중심으로 전
파되던 『홍루몽』은 작자와 초기 평자인 지연재, 기홀수 등이 사망한 후 후반부의
수십 회를 제대로 정리 보관하지 못한 채 전 80회 부분만 남겨져 독자로 부터 열렬
한 환영을 받고 있었다. 조설근 사후 약 30년이 지난 후 정위원과 고악은 후반부의
원고를 수집하여 정리 수정 보완하여 120회의 목활자본을 간행했다. 1791년 冬至 무
렵 『程甲本』을 간행한 데 이어 1792년 봄에는 수정판인 『程乙本』을 따로 냈다.
최근의 연구에 의하면 그후 별도의 『程丙本』 혹은 『程丁本』까지 출판했다는 주
장이 있다.9)

---

6) 我佛山人,『新石頭記』제1회. 花城出版社, 1987, 廣州.

7) 陳少海『紅樓復夢』범례 제15조: 前書八十回後立意甚謬, 收筆處更不成結局, 復之以快人心. (北京大學出版
社, 1988. 北京.) 이 밖에 春風文藝版에도 있음.

8) 歸鋤子『紅樓夢補』犀脊山樵序: 余在京師時, 嘗見過紅樓夢元本, 止於八十回, 敍至金玉聯姻, 黛玉謝世而止.
今世所傳一百二十回之文, 不知誰何偷父續成者也.(北京大學出版社, 1988, 北京.)

9)『程刻本』의 三版說은 대만에서 靑石山莊本이 나온 후에 趙岡에 의해 시작되었으며 徐仁存의 연구 결과
에 따라 廣文書局이『程丁本』이란 이름으로 영인본을 간행하여「四版說」까지 대두되었다. 潘重規、王三
慶과의 논쟁이 계속되고 있는 중에 중국 上海圖書館에 별도의『程丙本』이 소장되었음을 顧鳴塘이 발견
하여 새로운 주목을 받고 있다. 최근 이 판본을 직접 검토한 王三慶 교수는 이것이『程甲本』이나 『程乙
本』과는 다른 새로운『程丙本』일 가능성이 높다고 인정한 바 있다. 程偉元 간행의 『紅樓夢』에 甲乙의
순서를 매긴 것은 胡適이며 후인들은 이 방법에 따라 丙丁의 칭호를 붙인 것이다.

이처럼 복잡한 과정을 거치면서 사람들은 후반부에 대한 불신이 싹트게 되었고 이미 갖가지 소설 작품의 속서가 유행되고 있던 당시의 환경에 힙입어 『홍루몽』 속서는 급속하게 빠른 속도로 나타나기 시작했다.

앞에서 언급한 대로 가장 빨리 나온 속서는 『後紅樓夢』이다. 그러나 이 작품은 정확한 연도를 밝히지 않았고 작자도 曹雪芹의 원작으로 위탁한 것이다. 아마 당시 아직 기타의 속서가 없는 마당에 드러내놓고 속서를 지었다고 밝히기는 어려운 상황이었기 때문이었을 것으로 보인다. 嘉慶 원년(1796)에 이 책을 읽었다는 사람이 있어 간행연도가 적어도 乾隆末年(1795)을 전후한 때가 아닌가 보는 것이며 다른 속서에 비해 가장 이른 것으로 판단되고 있는 것이다. 그 후 곧이어 『續紅樓夢』,『綺樓重夢』,『紅樓復夢』 등이 나타나 마침내 『홍루몽』 주요 속서 4종을 의미하는 '後、續、重、復四夢'이란 칭호가 생겼다.

『續紅樓夢』은 1799년에 간행되었는데 권두의 범례 마지막 항목에서 이미 『후홍루몽』을 언급하고 그 책의 권두에 前書 (원작 홍루몽을 의미함)의 내용을 요약한 「事略」이 있어 독자들에게 참고할 수 있도록 한다고 밝히면서 『속홍루몽』에선 이를 다시 중복하지는 않겠다고 말하고 있다.10)『綺樓重夢』은 1805년의 간행본이 있지만 1799년에 쓴 서문이 있고 또 이 책의 제1회와 제40회에 밝힌 바에 의하면 실제로는 1797년에 완성한 것이라고 한다.『紅樓復夢』도 1805년에 간행되었지만 1799년에 쓴 서문이 있다. 이상으로 살펴보면 이 네 종의 속서는 모두 1800년 이전에 이뤄진 것이며 당시에 상당히 유행했던 속서임을 알 수 있다. 이 보다 약간 뒤에 이뤄진 『紅樓圓夢』의 楔子에서는 이미 이들 네 작품을 거론하여,

> (이 작품은) 정녕 首尾가 완벽하여 前書에 있는 것은 모두 있고 前書에 없던 것은 모두 없다. 한 그루 나무나 돌 하나, 한 인물이나 하나의 물건에 이르기까지 杜甫의 시나 韓愈의 비문과도 같이 한 글자도 내력 없는 것은 하나도 없다. 그러나 또 작자의 마음을 그대로 풀어내 새로운 모습을 드러내었으니 가짜 도학자연하는 보차와 습인 등을 누르고 참된 재주와 정을 갖고 시원스러운 대옥이와 청문 등을 끌어 올렸다. 참으로 그 필치는 하늘의 지극함에 이르렀으니 이는 비단 오늘날의『復夢』『續夢』『後夢』『重夢』이 따르지 못할 뿐만 아니라 玉茗堂의 「四夢」이나 關漢卿의 『草橋驚夢』이라도 한 수 낮을 것이다.11)

라고 언급하여 비록 자신의 책을 극찬하고는 있지만 당시 이미 이 네 작품이 상당히 유행하고 있음을 반증하고 있다. 또 『보홍루몽』의 1814년에 쓴 작자의 서문에도,

> 그런데 돌연 後、續、重、復의 夢(홍루몽)이 나타났다.12)

---

10) 秦子忱,『秦續紅樓夢』凡例 一、後紅樓夢書中, 因前書卷帙浩繁, 恐海內君子或有未購, 及已購而難于携帶, 故又敍出前書事略一段, 列于卷首, 以便參考. 鄙意不敢效顰, 蓋閱過前書者再閱續本, 方能一目了然. (春風文藝出版社, 1985, 瀋陽.)

11) 臨鶴山人,『紅樓圓夢』楔子 4쪽(원문 생략), 北京大學出版社, 1988, 北京.

12) 娜嬛山樵,『補紅樓夢』「敍」, "乃忽復有後、續、重、復之夢". (北京大學出版社, 1988, 北京.)

고 말하고 이 책의 마지막 回인 제48회 「甄士隱重渡急流津, 賈雨村再結紅樓夢」에
선 설보차가 꿈에 태허환경을 노닐고 여러 신선들을 만나 부적을 읽고 난 뒤 비로
소 전후의 인과를 깨닫게 되어 마침내 꿈을 깬 뒤 『홍루몽』과 그동안 유행된 네
가지 속서 작품을 구하여 읽는다는 줄거리가 묘사되어 있다. 이어서 薛寶釵와 賈桂
芳(가보옥의 아들)은 急流津 覺迷渡를 찾아가고 거기서 진사은과 가우촌을 만나 속서
에 대한 평가를 듣게 된다. 진사은의 비평은 이러하다.

> 『후홍루몽』과 『속홍루몽』의 주제는 서로 모순이 되지만 등장인물을 되살려
> 내어 소생시키는 황당스런 병폐를 다같이 범하고 있다. 『홍루부몽』과 『기루중몽
> 』은 또 전인들을 모두 잘못 묘사하여 욕되게 하고 있는 점이 같다. 특히 가증스
> 러운 것은 『기루중몽』이 음탕함을 선전하며 인간의 말을 쓰지 않고 있다는 점
> 이니 雪芹의 책에서 이른바 意淫의 진정한 이치를 깨닫치 못하고 오히려 크게 어
> 긋나 비유하면 곧 여름 벌레가 얼음을 말할 줄 모르는 것과 같다13)

이상으로 19세기 초엽에는 『후홍루몽』, 『속홍루몽』, 『기루중몽』, 『홍루부몽』
등의 속서들이 크게 유행했음을 알 수 있다. 이어서 출현한 작품들은 또 다른 『속
홍루몽』과 『홍루원몽』, 『홍루몽보』, 『보홍루몽』, 『증보홍루몽』 등이 있는데 모
두 嘉慶年間(1796-1820)에 지어진 것이다.14) 1830년대 이전에 나온 것으로 보이는 裕
瑞의 『棗窗閑筆』에서는 이 중에서 『홍루몽』 속서 7종과 『경화연』을 언급하고
비평을 가하고 있어 주목된다.15) 道光年間(1821-1850) 이후부터는 속서의 창작이 눈
에 띄게 줄어 『紅樓幻夢』 정도가 유명하고 光緒年間(1875-1908)에 『紅樓夢影』, 『
太虛幻境』, 『新石頭記』 등이 나와 속서의 명맥이 이어졌다.

지금까지 나온 『홍루몽』 속서의 총 수량이 몇 종류나 되는지 정확한 통계는 없
다. 魯迅의 『中國小說史略』은 13종의 속서를 열거했고 孫楷第는 『中國通俗小說
書目』에서 14종의 목록을 싣고 있다. 一粟의 『紅樓夢書錄』에는 총 32종을 수록했
는데 민국 초기 이전의 것이 15종에 이른다. 阿英의 『紅樓夢書錄』에선 고악의 속
서를 제외하고 18종을 열거했고 朱一玄의 『紅樓夢資料彙編』에선 13종을 수록했으
며 周汝昌의 『紅樓夢辭典』에는 21종의 속서 목록이 있다. 이상의 자료를 근거하
면 대개 33종의 속서 목록을 만들 수 있으며 春風文藝出版社의 『紅樓夢續書選弁言
』에서도 민국 연간까지 각양각색의 속서는 약 30여 종에 이르고 있다고 말하고 있
지만 실제로 판본이 현존하거나 문헌 고찰이 가능한 경우는 청대 말엽까지 15종 정
도에 그치고 있다. 여기서는 간단하게 이들 속서의 서명과 별명, 작자(필명), 서문의

---

13) 娜嬛山樵 『補紅樓夢』 제48회 431쪽.

14) 그 중 『增補紅樓夢』의 간행 연대는 道光 4년(1824)이지만 「槐眉子序文」은 嘉慶 25년(1820)에 쓰여졌으
   므로 이미 嘉慶 연간에 이뤄진 것으로 볼 수 있다.

15) 裕瑞는 120회본의 후반부도 속서로 간주하여 「程偉元續紅樓夢自九十回至一百二十回書後」를 속서 평론
   의 첫머리에 두고 있다. 그러나 제목에서 보다시피 그는 후반부 어디까지 조설근의 원작인지 착각하고 있
   다. 脂硯齋評本은 80회까지로 되어 있다. 이 밖에 거론한 續書는 다음의 제목으로 되어 있다. 「後紅樓夢書
   後」, 「雪塢續紅樓夢書後」, 「海圃續紅樓夢書後」, 「綺樓重夢書後」, 「紅樓復夢書後」, 「紅樓圓夢書後」 등
   6종이다. 裕瑞(1771-1838)의 『棗窗閑筆』은 『鏡花緣』이 나온 1825년 이후로 보인다.(一粟의 『紅樓夢卷』
   卷三 참조.)

필자와 연도, 간행년도와 출판사 등을 열거하는데 그치고자 한다.[16)]

1. 『後紅樓夢』 30회: 逍遙子 撰, 序(逍遙子漫題), 題詞 2편(백운외사만제, 산화거사 만제) 건륭 말년 가경 원년 사이(1795-1796) 간행 추정. 낙선재 번역본 20권 20책.

2. 『續紅樓夢』 30회: 별명 鬼紅樓, 秦子忱撰, 嘉慶己未新刊, 續紅樓夢, 抱甕軒, 서문(秀水弟鄭師靖藥園拜題),「弁言」「題詞」(진자침) 嘉慶 4년(1799) 간행. 진자침, 名都闓, 號雪塢. 춘풍문예출판사본에선 『秦續紅樓夢』으로 명명. 낙선재 번역본 24권 24책.

3. 『綺樓重夢』 48회: 별칭 『紅樓續夢』,『蜃樓情夢』,『新紅樓夢』(민국), 蘭皐居士 撰, 속표지 西泠蘭皐居士戲編, 가경4년 西泠蒩園漫士序, 가경 4년에서 10년 사이(1799-1805) 寫刻本.

4. 『紅樓復夢』 100회: 陳少海 撰, 속표지「嘉慶乙丑新鐫, 紅樓復夢, 金谷園藏板」, 첫면 제하「紅香閣小和山樵南陽氏編輯, 款月樓武陵女史月文氏校訂」, 陳時雯 序文(1799), 自序(1799), 가경 10년(1805) 간행. 작자 본명 미상, 성 陳氏, 자 南陽、少海, 호 香月, 小和山樵, 品華仙史, 紅羽 등. 평자 진시문은 작자의 누이. 낙선재 번역본 50권 50책.

5. 『續紅樓夢』 40회: 별칭 『增補紅樓夢』,『增紅樓夢』등, 海圃主人 撰, 속표지「續紅樓夢新編」, 가경 10년(1805) 自序, 嘉慶 연간 간행. 春風文藝出版社本에선 진자침의 『續홍루몽』과 구별을 위해 『海續紅樓夢』으로 지칭.

6. 『紅樓圓夢』 31회: 별칭 『繪圖金陵十二釵後傳』, 夢夢先生 撰, 속표지「嘉慶甲戌孟冬新鐫, 紅樓圓夢, 紅薔閣藏板」,「楔子」에서 夢夢先生(어려서 호는 了了)으로 지칭, 후인「六如裔孫序文」(1897)에선 「長白臨鶴山人」으로 지칭. 가경 19년(1814) 간행. 長白은 작자가 滿洲人임을 나타냄.

7. 『紅樓夢補』 48회: 歸鋤子 撰, 권두 서문「歲嘉慶己卯重陽前三日, 歸鋤子序于三歲定羌幕齋」(1819),「犀脊山樵序文」(1819), 가경 24년(1819) 藤花榭刊行. 낙선재 번역본 24권 24책.

8. 『補紅樓夢』 48회: 嫏嬛山樵 撰, 속표지「嘉慶庚辰夏鐫, 補紅樓夢, 本衙藏板本」, 자서「嘉慶甲戌之秋七月旣望, 嫏嬛山樵識於夢花軒」(1814. 7.16.), 가경 25년(1820) 간행. 낙선재 번역본 24권 24책.

9. 『增補紅樓夢』 32회: 嫏嬛山樵 撰, 속표지「道光四年新鐫, 增補紅樓夢, 本衙藏板」, 서문「嘉慶庚辰新秋, 槐眉子題於息我軒」(1820),「時嘉慶庚辰秋七月旣望, 訥山人就月書於萬物逆旅之片雲臺」(1820), 자서「嘉慶庚辰麥秋, 嫏嬛山樵再識於夢花軒」(1820), 道光 4년(1824) 간행.

---

16) 『紅樓夢』續書에 관한 보다 구체적인 개황은 최근 연속적으로 간행된 북경대학출판사와 춘풍문예출판사의 속서 시리즈에서 「前言」,「點校說明」또는 「紅樓夢續書選弁言」 등을 참조하기 바란다. 필자의 「淸代紅學硏究」 제6장「淸代紅樓夢續書作品之評述」에서는 이를 종합적으로 분석하였다. (臺灣大學博士論文 1990. 12. 臺北.)

  10.『紅樓幻夢』24회: 별칭『幻夢奇緣』, 花月癡人撰, 속표지「道光癸卯新刊, 幻夢奇緣, 疏景齋珍藏」, 자서「時道光癸卯秋花月癡人書於夢怡紅舫」도광 23년(1843) 간행.

  11.『紅樓夢影』24회: 雲槎外史 撰, 속표지「雲槎外史新編, 紅樓夢影, 光緖丁丑校印,　京都隆福寺路南聚珍堂書坊發兌」서문「咸豐十一年歲在辛酉七月之望, 西湖散人撰」(1861), 光緖 3년(1877) 간행. 작자 운사외사는 만주족 女流詞人 西林春(즉 顧太淸)임.[17]

  12.『續紅樓夢』20회: 張曜孫 撰, 필사본, 연대 미상, 원본 周紹良 소장, 원본에는 표제가 없음. 최근 北京大學出版社本에선 『續紅樓夢稿』로 명명.[18]

  13.『太虛幻境』4회: 惜花主人 撰, 최초의 활판 인쇄. 光緖 33년(1907) 간행. 阿英의 『晩淸小說目』에는 光緖 32년(1906)으로 기록.

  14.『新石頭記』40회: 吳沃堯(我佛山人)撰, 처음 上海『南方報』에 연재 (1905. 9.19.) 시작, 光緖 34年(1908) 10月 上海 改良小說社 간행.

  15. 『新石頭記』10회: 南武野蠻 撰, 宣統 元年(1909) 上海 小說進步社 간행.

3.『後紅樓夢』의 작자와 판본

『후몽루몽』의 표제에는 작자와 출판사명이 밝혀져 있지 않다. 속표지에는 「全像後紅樓夢」이라고만 쓰고 다른 작품에서 흔히 들어가는 작자와 간행년대, 출판사명을 모두 생략하고 있다. 그것은 이 작품이 조설근의 원고로 위탁하고 있기 때문에 별도의 작자를 밝힐 수 없었기 때문이다. 그러므로 원서의 서두에는 "曹太夫人이 曹雪芹 선생에게 보내는 家書를 『후홍루몽』의 권두에 기록하였는데 그 원고는 임대옥 부인의 瀟湘館에 있었으니 설근선생이 이를 권두에 그대로 실어 서문으로 삼았다"고 위탁하고 한편의 글을 지어 넣고 있다. 이어서 逍遙子漫題라고 서명된 序를 싣고 있는데 "백운외사 산화거사가 조설근의 『후홍루몽』 원고 30권을 구하여 이를 간행한다"고 마치 정위원과 고악의 서문을 모방한 듯 쓰고 있다. 그러므로 여기에서 작자로 추정되는 자는 서문의 작자인 소요자 또는 그가 지칭한 백운외사, 산화거사 등으로 압축되며 혹은 그들이 모두 한 사람의 여러 필명일 수 있을 것으로도 생각된다. 서문 외에 별도로 白雲外史漫題와 散華居士漫題로 서명된 「題詞」가 두 편 있으나 역시 분명한 고증자료를 남기지 않았다.

---

17) 그동안 작자의 본명을 알지 못했고 운사외사와 서호산인이 동일인물인 것으로 여겨왔으나 최근 조사에 의해 작자 운사외사는 淸代 滿洲族의 女流詞人인 西林春(1799-1876)인 것으로 밝혀졌다. 그녀는 성은 西林覺羅氏이고 이름이 春이며 字는 梅仙, 號가 太淸이다. 만주족의 습관에 따라 성을 생략하고 호에 이름을 붙여 太淸春이라고도 하고 후에 顧氏로 개성하여 顧太淸이라고도 했다. 태호산인은 그녀의 친구인 沈善寶(女)인 것으로 밝혀졌다. (趙伯陶, 「紅樓夢影的作者及其他」, 『紅樓夢學刊』 1989년 제3기.) 1990년판 『滿族大辭典』(遼寧大學出版社)에도 그녀가 만년에「홍루몽영」을 지었다고 밝히고 있다.
18) 작자 張曜孫(1807-?)은 시인으로서 朝鮮譯官 출신 시인인 李尙迪 (1804-1865)과 깊은 교류를 하였음. 鄭後洙『朝鮮後期中人文學硏究』깊은샘, 1990. 참조.

그러나 작자에 관한 몇 가지의 단서는 있다. 작자는 글 속의 내용으로 추측컨대 江南의 蘇州나 常州 사람으로 추정되고 있으며 『碧落緣』傳奇(희곡)의 작자인 錢維喬(1739-1806)와도 매우 가까웠다고 한다. 실제로 『벽락연』은 『후홍루몽』 속에 여러번 언급되고 있다.[19] 또 潘照의 「鷲坡居士紅樓夢詞」 자서의 첫머리에선 "거경소요자란 분이 내게 시를 써줄 것을 부탁하여 그 회목을 보니 모두 黃粱이오 仙枕이라 一場春夢을 노래한 것이더라"고 밝혀 逍遙子의 字가 鉅卿임을 알 수 있고 그밖에 西泠舊事 跋文에 의해 그의 재실명은 梅花香雪齋였으며 가경 14년(1809)까지도 살아 있었음을 알 수 있다.[20]

한편 창작연도에 대한 자료도 직접적인 것은 없지만 仲振奎의 『紅樓夢傳奇』「跋文」에 의해 이 속서작품이 적어도 嘉慶 元年(1796) 이전에 이뤄진 것으로 볼 수 있다. 자신의 희곡작품이 이뤄진 유래를 밝히는 「발문」에서 중진규는 다음과 같이 『후홍루몽』을 언급하고 있다.

> 丙辰年(1796)에 揚州司馬 李春舟선생의 막료로 있을 때 또 『후몽루몽』을 얻어 읽었는데 대옥과 청문을 위해 크게 울분을 털어 놓은 것을 보고 이 두 책을 합하여 함께 곡사를 지을 마음이 생겼지만 또한 여유가 없었다. 丁巳年(1797) 가을에 병이 들어 백여 일이 지나 비로소 지팡이를 짚고 일어섰는데 전적들이 모두 먼지에 쌓여 무료함을 달래기 위해 곡을 붙이다 40여 일만에 이 작품을 완성했다. 嘉慶三年(1798) 戊午年 6월 15일 紅豆村樵가 小竹西에서 自序하다.[21]

초간본은 乾隆 嘉慶 연간에 백지본으로 간행되었으며 현재 臺灣大學 총도서관에 소장된 판본이 이 초간본으로 여겨지고 있다. 天一出版社의 영인본에 의하면 속표지에는 「全像後紅樓夢」이라고 제목을 쓰고 권두에 「原序」(曹太夫人이 曹雪芹에게 보내는 글로 위탁한 것임)가 있으며 이어서 逍遙子의 「序」,「目錄」,「凡例」, 白雲外史와 散華居士의 「題詞」,『홍루몽』前書의 내용요약,「賈氏世系表와 世表」,「仙草」 1쪽과 「金魚」 1쪽이 있고, 인물 위주의 繡像이 60쪽 있다. 앞에 讚語가 적혀 있고 뒤에 그림이 있다.[22] 본문 30회의 回目은 전서와 마찬가지로 모두 8언의 두 구절 대련으로 이뤄져 있고 본문은 한 쪽마다 9행에 20자씩 되어 있으며 부록 두 편은 모두 당시인들의 詩로서 제31권「附刻吳下諸子和大觀園菊花社原韻詩」와

---

19) 錢維喬는 청대 武進 사람으로 字는 樹參, 號는 竹初、曙川、半園逸 등이며 乾隆때의 擧人, 벼슬은 지현을 지냄. 시문에 능하고 산수화를 잘 그렸으며 저서에 『竹初詩文抄』가 있음. 그의 『碧落緣』은 『후홍루몽』 제1회에 조설근이 꿈에 천궁을 방문했을 때 補恨天을 관장하는 劉蘭芝 여사가 최근 한 명사가 지은「碧落緣樂府」가 있는데 이제 세상에 알려지기 시작했다고 하는 대목에서 언급하였고 또 제30회「林黛玉初演碧落緣 曹雪芹再結紅樓夢」에도 다음과 같이 나온다 "(대옥이 말하길) 엊그제 창극반에 수많은 새 창극대본을 보내왔는데 좋은 작품도 꽤 들어 있었어요, 그 중에 '碧落緣'이란 작품이 있는데 강남의 한 명사가 새로 지은 것이며 곡사가 원대 작가들의 가장 뛰어난 점에까지 이르고 있지요." (春風文藝出版社本 2쪽, 367쪽)

20) 一粟 編 『紅樓夢書錄』 264쪽. 明淸小說硏究中心編 『中國通俗小說總目提要』 572쪽 참조.

21) 阿英 편 『紅樓夢戲曲集』 113쪽. 一粟 編 『紅樓夢書錄』 321-322쪽. ‖ 仲振奎의 『紅樓夢傳奇』 중에서 하권 24착은 이 『後紅樓夢』 의 내용에 의거하여 지은 것이다.

22) 一粟의 『紅樓夢書錄』 에서는 卷頭의 수록 순서가 다르다. 원서, 소요자서, 백운외사 산화거사 제사, 가씨 세계표 세표, 목록, 수상의 순으로 되어 있다.

제32권 「附刻吳下諸子爲大觀園菊花社補題詩」에 수록되어 있다.

이 밖에 舊 鄭振鐸소장본으로 白紙本 殘本(零本)과 黃紙本이 있는데 모두 60쪽의 수상이 있다. 本衙藏板本의 경우는 수상이 40쪽으로 줄었으며 宣統 2년(1910)에 석인본으로 나온 上海 章福記本은 수상 5쪽과 繪圖 7쪽이 있다. 鉛印本으로 민국 19년(1930)에 上海 大通書局本이 있고 오늘날 통행본으로는 臺灣 天一出版社에서 臺灣大學 소장본을 영인한 것(罕本中國通俗小說叢刊 第4輯) 이외에 春風文藝出版社에서 1985년에 간행한 활자본(逍遙子 撰, 韓錫鐸、卜維義 校點, 瀋陽)과 北京大學出版社에서 1988에 간행한 판본(白雲外史 散華居士 撰, 黎戈 點校, 北京)이 있고 대만 文源書局에서 1986에 간행한 것(권두에 석인본의 수상을 수록함)도 있다.

권두에 수록된 내용을 소개하면 다음과 같다. 우선 원서는 앞에 일부 소개된 것과 마찬가지로 조설근의 모친이 조설근에게 보낸 서신의 형식을 띠며 모두 위탁하여 작자가 작성한 것이다. 소요자의 서문에서도 여전히 창작의 흔적을 보이지 않기 위해 정위원의 서문 형식을 모방하고 있다. 이를 번역하여 옮기면 이러하다.

> 조설근의 『홍루몽』은 오랫동안 인구에 회자되어 필사본 한 권 구입하는데 수십 금씩이나 주어야 했다. 鐵嶺의 高君(즉 고악)이 이를 간행하여 일시에 풍미하면서 거의 집집마다 한 부씩 비치하게 됐다. 동호인들 사이에서 전해오길 조설근이 지은 『후홍루몽』 30권이 또 있는데 널리 찾아도 구하지 못해 문학 예술계에선 매우 애석하게 여기고 있었다. 그러다가 최근 백운외사와 산화거사가 마침내 원고를 찾아냈는데 더욱이 결손된 부분이 없어 내가 곧 빌려와 다 읽어보니 기쁨을 이기지 못하겠다. 더더욱 全書에 걸쳐 君親과 忠孝를 드러내고 풍유와 권선의 경계하는 바가 많으며 재미있고 자유분방하나 또한 우아하고 의미심장하였다. 杜陵(즉 두보)의 시에 「庾信의 문장은 늙어서 더욱 이룩되고」, 「늦으막에 점점 시율이 섬세해 지네」의 구절이 있는데 이 책도 읽어 보니 그 섬세함이 뼈에 들어오고 그 정성이 붓에 묻어나니 진실로 조설근의 득의만만한 필치가 분명하다. 이에 비싼 값으로 이를 사들여 동료와 함께 출판에 넘겨 동호인에게 보이고자 하노니 이는 비유하자면 부서진 비석의 원비석을 찾고 결손된 족보의 완본을 얻은 격이니 무릇 글공부하는 선비들은 다함께 이를 감상할지어다. 소요자 가벼운 마음으로 씀.23)

이어서 범례 5조가 있는데 역시 1792년 程偉元의 수정간행본인 『程乙本』의 체제를 빌린 것이며 그 내용도 이 책이 조설근 원본이며 소상관에 소장되었던 것으로 책마다 도장이 있었고 세계표나 전서의 간략한 사략, 심지어는 권점조차 원본대로 가감없이 각인하였으며 다만 원본에 있던 서문, 제사, 평어, 발문 등은 생략하였고 수상에서 찬과 상의 위치를 일반 소설과 달리 찬을 먼저, 상을 후에 넣어 두면을 펼치면 함께 보기 좋게 하였다고 밝혔다. 물론 이러한 것은 모두 위탁한 것이며 철저하게 독자들의 판단력을 흐리게 하고 있다.

백운외사와 산화거사의 「題詞」 다음에는 「後紅樓夢摘敍前紅樓夢簡明事略」이 있는데 이는 줄거리의 연속성과 인물의 계속적인 등장이라는 홍루몽 속서로서의 특징 때문에 새로운 독자에게 편의를 제공하기 위한 배려에서 마련된 것이다. 속서 중에

---

23) 『後紅樓夢』 8쪽, 春風文藝出版社. / 一粟, 『紅樓夢卷』 42-43쪽.

서『후홍루몽』만이 이같은 체제를 구비하고 있다. 그 서두에는 이렇게 이유를 밝히고 있다.

> 생각컨대 전『홍루몽』은 권질이 방대하고 번잡하여 혹은 이를 구입하지 못했거나 구입했더라도 휴대하기 불편한 점이 있으니 그 대체적인 내용을 요약하여 참고가 되도록 한다.24)

그 다음의 「賈氏世系表」에는 遠祖東漢賈復에서 제1세 賈源에 이어 전서에는 없는 보옥의 아들 芝와 桂까지도 그리고 있으며 좀더 구체적인 인물구성도인「賈氏世表」에선 기존의 인물 외에 가민과 임여해 사이에 양자로 林良玉(원래 대옥의 사촌오라비)이 등장하고 석춘이 입궁하여 仲妃가 되며 보옥은 설보차와의 사이에 아들 芝를 두고 임대옥과의 사이에 아들 桂를 두게 된다. 그 밖에 賈政과 王夫人은 의녀 喜鸞과 喜鳳을 두었다가 각각 林良玉과 그의 동창생 姜景星에게 시집 보내는 것으로 만들었다.

이어서 繡像에는 처음 (絳珠)仙草와 (鍊容)金魚의 정면과 양면을 그렸는데 이는 전서의 通靈寶玉과 金鎖를 모방한 것이며 각 회별 내용에 맞는 장면의 수상이 60폭 있고 앞면에는 讚語와 회목의 한 구절이 적혀 있다.

이 밖에 본문의 마지막에 제 31회와 32회에 부록으로 있는「附刻吳下諸子和大觀園菊花社原韻詩」와「附刻吳下諸子爲大觀園菊花社補題詩」에 수록된 詩人들은 다음과 같다.

> 李子仙 2수, 吳春齋, 翁春泉, 江雪서, 蔡鐵耕 4수, 王豫庵 2수, 高頻愚, 蔣賓우, 楊梅溪 2수, 吳養亭, 顧南雅 3수, 李四香, 翁退翁 2수, 吳　人, 周石苔, 胡湘南, 顧郞山, 張銀　, 邵勤齋 2수, 金向亭, 蔣于野 2수, 孫二顚, 顧書巢, 陶香疇(이상 31회), 董琴南 12수, 張白華 12수, 李子仙 12수 (이상 32회)

이상의 인물에 대한 고증은 당시 「홍루몽」 및 그 속서의 독자층 연구를 위해서도 차후 고찰이 요망된다.25)

4.『後紅樓夢』의 내용과 평가

이 續書는 『紅樓夢』의 120회 이후로 부터 이야기를 전개하고 있으며 제1회에는 이 책의 유래를 다음과 같이 가탁하여 쓰고 있다.

『홍루몽』 전서는 가보옥이 조설근에게 청탁하여 지은 것인데 탈고 후에 설보차가 보옥에게 말하길, 당신 두 사람은(보옥과 대옥을 지칭함) 온갖 영화를 누릴 만큼 누렸으면서도 오히려 천추만고의 사람들이 당신 둘을 위해 상심하고 눈물을 그치지

---

24)『後紅樓夢』11쪽, 春風文藝出版社.
25) 이상은 臺灣大學 소장본을 근거로 영인한 天一出版社本(1975)에 의한 것이다. 春風文藝出版社本(1985)에는 「가씨세계표」,「가씨세표」,「수상」, 제31회와 32회의 「부록」등이 모두 생략되었다.

않으니 어찌 마음 편히 있을 수 있겠느냐고 물었다. 이에 보옥이 조설근에게 다시 후속 부분을 얼마간이라도 지어 주도록 간곡히 부탁했다. 그날 밤 조설근이 꿈에 천궁에 들어갔는데 이한천과 그 옆에 보한천이 있고 각각 초중경과 유난지 부부가 관장하고 있었다. 유난지는 『홍루몽』 전서가 이미 이한천에 보관되어 있으니 이제 다시 『후홍루몽』 한 부를 지어 대옥과 청문을 환생하도록 하고 가씨 집안의 부흥을 서술하여 보한천에 갚아 놓도록 하라고 조설근에게 청하였다. 설근은 꿈을 깬 후에 전서에서 부분적으로 소홀했던 점이 있음을 깨닫고 특히 임대옥의 사촌 오라버니로서 임여해의 양자로 들어온 임양옥의 일을 보충 서술하고 전서의 마지막 대목에 나온 일승일도는 모두 요승과 요도로서 돈을 바라 짜고서 남을 해치고자 한 것인데 전서에서는 뜻을 이루지 못해 대옥과 청문의 사주를 나무인형에 달아매어 그 혼백을 잡아두고 또 몽혼약을 써 보옥을 유괴했던 것으로 이를 『후홍루몽』의 첫머리에 새로 썼다. 이상이 제 1회에서 묘사한 창작유래이다.

본문의 대체적인 줄거리는 다음과 같다.[26]

가정은 비릉역 지방에서 사람들을 동원하여 중과 도사를 잡아 문초하여 보옥을 구하고 대옥과 청문의 혼백도 환생시킨다. 부자가 함께 배를 타고 집에 돌아오면서 서로간의 태도도 많이 바뀌었다. 청문은 오아의 몸을 빌어 소생하고 대옥은 연용금어를 갖고 있어 시체가 부패하지 않았으므로 원형대로 환생하였다. 왕부인은 지난 날 대옥에게 소홀했던 점을 뉘우치고 또 보옥의 병이 재발할 것을 염려하여 자주 대옥을 찾아 정성껏 보살피려고 하였다. 그러나 대옥은 이미 세상사의 부질없음을 어느 정도 깨달아 보옥에게도 쌀쌀하게 대하고 가정 부부에게도 그저 겉으로 예의만 차릴 뿐 종일 상운, 석춘 등과 어울려 참선이나 닦을 뿐이었다.

임양옥은 원래 임여해의 아우 임여악의 아들로 어려서 부모를 잃고 여해의 집에서 양자로 길러졌다. 후에 임여해 부부도 승천하자 임양옥은 친부모와 양부모의 은혜를 갚기 위해 큰 뜻을 품고 십년 간 두문불출하고 경전과 역사를 공부하였고 가사일은 모두왕원에 의해 맡겨 날로 흥해졌다. 대옥이 회생한 직후 양옥은 서울로 과거에 응시하러 가게 되었는데 집사 왕원을 먼저 보내 대옥을 만나게 했다. 대옥은 왕원으로부터 자기 집안의 재산이 많이 남아있고 서울에도 새로 장만한 부동산이 적잖음을 알게 됐다. 더욱이 게중엔 가씨 집안에서 저당잡힌 것이 많아 왕원으로 하여금 관리토록 하고 자신은 계속 가부에 머물렀다. 이 때 가씨 집의 경제상황은 상당히 악화되어 있었고 또 보옥이 정신적으로 괴로와 하고 있었으므로 가정부부는 대옥에게 희망을 걸고 더욱 극진히 대했지만 대옥은 여전히 담담하게 대할 뿐이었다.

얼마 후 임양옥은 향시의 수석합격자로 자신의 친한 동창생인 강경성과 함께 서울에 도착하여 가보옥과 더불어 세 사람이 가씨 집의 빈객인 조설근을 스승으로 모시고 과거응시 준비를 했다. 양옥은 평소 강경성을 누이인 대옥과 짝을 맺어 매제

---

26) 이 작품의 줄거리는 江蘇省社會科學院 明淸小說硏究中心에서 펴낸 『中國通俗小說總目提要』(中國文聯出版公司, 北京 1990.)에 실린 薛洪績의 글을 참조한 것임.

로 삼을 생각이었다. 비록 대옥으로부터 단연 거절되었지만 가씨 집엔 걱정을 덧붙이는 결과를 초래하여 보옥이 병을 얻어 과거에 응시하지 못했다. 강경성은 2등으로 진사에 급제하고 임양옥은 13등, 가란은 80등으로 각각 급제했다. 이에 양옥은 왕부인의 양녀인 희란과 화촉을 밝히고 경성의 혼사도 거론이 되었다. 경성은 속사정도 모르고 여전히 대옥에 마음이 있었는데 하루는 왕부인 양녀인 희봉을 대옥으로 오인하여 정을 주게 되었다. 경성은 결국 대옥의 고집을 꺽지 못하고 희봉과 혼례를 올리게 되었는데 병중에 있던 보옥은 대옥이 진짜 시집가는 줄로 알고 낙망하여 생사의 갈림길에 이르기까지 하였다. 이 상황은 전서에서 임대옥이 피를 토하며 죽어가던 대목과도 흡사했다.[27]

　　잠시 후 사태가 호전되어 가씨 집에선 다시 대옥에게 혼사를 거론하였고 꿈에 석춘과 함께 태허환경을 다녀온 대옥은 약간 마음을 움직이게 되었다. 이 때 대옥을 시중들던 청문은 여전히 보옥에 대해 연민을 갖고 있었고 자견의 충직함도 그대로 있어 대옥의 마음을 풀려고 온갖 애를 다 썼다. 대옥은 여러 사람의 권유로 마음이 약간 누그러졌지만 그것은 표면상일 뿐이었다. 이 때 왕부인은 가씨 집안과 설씨 집안이 모두 쇠락하고 임씨 집안만이 건재하여 대적할 수 없을 뿐더러 대옥의 태도가 도도하여 며느리로 들여도 오히려 시어미 노릇을 할 것으로 생각되었고 가정이 또 지금 며느리인 설보차보다도 중히 여기는 것을 보고 일시에 화가 치밀어 보차를 데리고 설씨 집으로 가버렸다. 이 같은 풍파가 일자 탐춘과 보옥등이 달려가 화를 풀어드리려 했지만 별무소용이었고 가정이 가련을 보내 용서를 빌게 하는 한편 보옥에게 모친의 요구를 그대로 수용토록 하자 비로소 약간 누구러졌다. 그러나 대옥은 아직 혼사를 허락한 것이 아니며 가정에게 요구조건을 내어 집안에 창극반을 복원시키고 이를 기관에게 관장토록 하며 습인과 기관을 돌아오도록 하고 대관원에 여러 자매들이 다시 들어가 거주토록 해 달라고 청하여 가정을 곤혹스럽게 했다. 임양옥은 조설근에게 해결 방안을 청했고 설근은 습인부부를 대옥의 몸종으로 만들어 대옥의 요구도 들어주면서 가정을 난처하게 하지 않는 기발한 생각으로 위기를 모면케 했다.

　　결국 가보옥과 혼인한 대옥은 합방을 거절하고 청문과 자견, 앵아로 하여금 대신 모시도록 했다. 이 때 설보차는 여전히 성격이 트이고 넓어 이같은 일을 보면서도 마음에 새겨두지는 않았다. 한편 대옥은 집안의 위엄과 질서를 잡는데 힘을 기울여 하인들에게 엄격한 규율을 적용하고 월급과 상여금의 지급도 철저하게 규정하여 문란한 가풍을 바로잡는데 크게 기여했다. 하루는 대옥이 습인을 호출했는데 마침 병석에 누워있던 습인은 흐트러진 머리를 매만질 여유도 없이 달려갔다가 마침 보옥과 얘기를 나누던 중 대옥의 눈에 띄어 두 사람 사이가 의심받게 되었다. 대옥은 대노하면서 즉각 이부자리를 뜯어 빨게 하였고 습인은 억울함을 이기지 못해 자살 소동까지 일으켰다. 이 무렵 보옥과 대옥은 비록 부부생활은 하고 있으나 아직 감

---

27) 『紅樓夢』 제97회 「林黛玉焚稿斷癡情, 薛寶釵出閨成大禮」 에서 임대옥은 가보옥이 설보차와 결혼한다는 소식을 미리 듣고 낙담하여 자신이 쓴 시고를 불에 태우고 끝내 절명하고 만다.

정적으로 벽을 쌓고 있었다.

가보옥은 이 때 임양옥과 강경성의 뒤를 이어 진사에 급제하여 황제로 부터 시재를 인정받고 시독학사가 됐다. 이어서 석춘이 입궁하여 중비가 되었고 가정은 공부상서의 벼슬에 이르고 가사도 형사급사중을 제수받았다. 가정은 청렴결백하게 공무를 처리하고 문제가 있을 때마다 대옥과 상의하여 원만한 해결을 보았다. 얼마 후 중비가 성지를 받들어 친정에 근친을 오게 되었는데 중비는 사전에 비용을 절감하여 원비의 근친 때에 비해 십분의 일 가량으로 하라고 요구하고 식사는 채식으로, 음악은 옛날 후비의 근검절약을 노래했다고 전하는 시경의 갈담장을 준비하도록 지시하고 자신도 별도의 상을 내리지 않겠다고 전해왔다. 가정과 대옥이 이에 맞춰 중비의 근친을 맞이하니 모든 것이 검소하고 예의에 맞게 되었다. 이때부터 보옥과 대옥, 보차 사이의 감정이 융화되어 서로의 틈이 없어지게 되었다.

결말은 보옥과 양옥, 경성 그리고 그들의 권속들이 조설근을 전별하는 대목으로 끝내고 있다. 전별하는 자리에서 보옥과 대옥은 조설근의 홍루몽 전서를 극찬하면서 짜임새 있는 구성과 雅俗을 겸비한 내용으로 인물의 개성묘사가 잘되었다고 말하여 조설근이 이에 감사의 뜻을 표하고 있다. 마지막 부분에선 보차와 대옥이 전서에 대해 평한 대목을 조설근에 보여주며 끝내고 있다.

『後紅樓夢』의 인물은 기본적으로 전서의 마지막에 남아있던 인물들이 그대로 재등장하고 있으며 성격에도 큰 차이는 없다. 중요한 변화는 출가한 寶玉이 돌아오고 黛玉과 晴雯이 환생하였으며 새로 林良玉, 姜景星 등이 나오는 것과 특히 작자 曹雪芹이 빈객의 신분으로 내용 중에 나온다는 점일 것이다. 성격의 변화에선 林黛玉이 가장 큰 차이를 보이며 이에 따라 寶玉, 賈政, 王夫人과의 관계가 전서와 전혀 다르게 전개된다. 전서에서 여승으로 출가한 惜春을 이 책에선 입궁시켜 仲妃로 분장시킨 것도 元妃의 근친을 모방하기 위한 것이지만 당시의 환락과 낭비를 재현하지 않기 위해 근검절약을 특히 강조하고 있다. 전서에서 설가의 재산과 林家의 몰락이 크게 대비되었던 점을 감안해서인지 『후홍루몽』의 작자는 특히 薛家의 몰락과 임대옥의 건재한 재산 배경을 강조하여 대비시키고 있는 점도 이채롭다. 청대 홍학가 중에서도 대옥의 죽음으로 그 재산이 가씨 집에 귀속되는 이로움이 있었을 것이며 결국 대옥은 남다른 재주와 재산으로 인해 오히려 해를 당했다고 주장한 사람이 있었다.28) 당시 대옥의 불행한 결말에 안타까움과 함께 불만을 가졌던 사람이 많았으며 『후홍루몽』의 작자는 속서에서 이러한 입장을 정반대로 바꾸어 설정하여 독자들에게 만족감을 주고자 한 것으로 생각된다.

『後紅樓夢』에 대해 언급한 글은 청대 紅學家 중에서도 적잖게 보인다. 다른 속

---

28) 涂瀛의 『紅樓夢問答』 제20조와 21조에서는 林黛玉의 재산문제를 거론하고 있다. ‖ [문]: 봉저가 대옥의 죽음으로 이로움을 얻은 것이 있다면 무엇인가? [답]: 봉저만 이로운 것이 아니라 노마님(사태군)도 이로움이 있었다. 무슨 이로움이 있다고 하는가? 임대옥이 부친을 장례지내고 돌아올 때 수백만금의 가산이 가씨 집으로 귀속되어 봉저가 영수했다. (대옥이) 가씨 며느리가 되면 봉저는 이를 돌려주어야 하고 가씨 며느리가 안되고 다른데 시집간다면 더더욱 마땅히 돌려주어야 한다. 대옥이 죽지 않을 수 있었겠는가? 그러한즉 대옥은 그 재주 때문에 죽었고 또 그 재산 때문에 죽은 것이다. (一粟, 『紅樓夢卷』 卷三, 145쪽 참조.)

서에서 지적한 것을 제외하고 가장 먼저 공식적으로 평론을 가한 것은 裕瑞의 『棗窓閑筆』이다. 『조창한필』은 嘉慶 연간에 쓰여진 것으로 알려졌는데 여기에서 이미 『후홍루몽』이 소요자가 조설근을 위탁하여 지은 속서라고 밝히고 이 책의 결점과 장점을 비교적 소상하게 분석했다. 그는 「後紅樓夢書後」에서 작자 조설근과 평자 지연재의 신분과 생애에 대해서도 여러가지 단서를 제공하고 이어서 『홍루몽』과 『후홍루몽』의 상이점을 다음과 같이 비교했다.

> 책의 서두에 거짓으로 설근의 노모가 쓴 가서 한 통을 수록하여 서문으로 삼아 이 책의 유래에 절대적인 증거를 제시하고자 했으니 누가 감히 아니라고 말할 수 있었겠는가? 이 책의 작자는 스스로 매우 교묘하다고 생각했겠지만 조설근이 자신의 집안 일에 의탁하여 감개를 이기지 못해 비로소 피눈물로 이 책(홍루몽)을 지은 것이지 원래 방관자의 신분이 아니라는 점을 모르는 처사였다. 만약 국외인이 남의 달고 쓴 일을 빌어 울분을 토하고자 했다면 그 글이 덤덤하여 필시 간절하고 핍진하게 그릴 수는 없었을 것이라고 생각한다.[29]

그는 또 전서에서 賈代化는 賈演의 아들이었고 代善은 賈源의 아들이었는데 이 『후홍루몽』에선 대화가 가연의 아들로 되었고 가연은 世系表에서 아예 없어졌으니 이는 큰 잘못이라고 지적했다. 가보옥에 대한 평가에 대해 裕瑞는 속서의 작자가 원작자의 의도를 모르고 「意淫」을 잘못 이해하여 "보옥이 어려서 부터 음탕하고 여색을 밝혔다"고 썼다고 비난하고 이어서 두 책 사이의 언어 사용의 차이를 지적하여 『후홍루몽』에서는 북경식 중국어에 맞지 않는 어휘가 적잖게 있다고 분석했다. 오늘날에는 소설의 언어연구가 성황이고 『홍루몽』에 대한 언어현상에 대한 연구도 많이 있지만 당시에 이미 이러한 점에 착안한 점은 선구적으로 받아들여도 무방할 것이다.

裕瑞는 『후홍루몽』의 장점을 네 가지 지적하였다. 첫째 다른 속서와 같이 규중인물을 등장시킬 때 보이는 추태를 나타내지 않았고 둘째 매회가 끝날 때 다른 이야기를 부드럽게 연결시켜 여운을 남기는 점이 조설근의 필법을 비슷하게 따르고 있으며 셋째 등장인물 상하존비의 신분 차이를 막론하고 그 말로 드러내기 어려운 각자의 의중을 잘 표현하였고 남녀 사이의 얽힌 정을 함축성있게 그려낸 것도 역시 전서의 풍격을 띄고 있고 넷째 정원과 연못, 나무와 꽃, 계절에 따른 독특한 경치의 묘사에도 뛰어난 기교를 발휘했다고 말했다.[30]

청말의 유명한 홍학가인 大某山民 姚燮의 『讀紅樓夢綱領』(후에 『紅樓夢類索』으로 개명)에서도 『후홍루몽』을 언급하여,

> 백운외사의 저작이며 조설근의 원작으로 위탁했다. 권두에는 가씨세계표와 세표, 전서의 내용개요를 싣고 있다. 그 요지는 전서를 따르고 있지만 무단히 임양옥을 대옥의 오라버니로 새로 덧붙이고 있어 사족이란 느낌이 든다.[31]

---

29) 一粟, 『紅樓夢卷』 卷三, 114쪽.
30) 一粟, 『紅樓夢卷』 卷三, 116쪽.
31) 一粟, 『紅樓夢書錄』 90쪽.

고 평하고 있고 解盦居士의 『石頭記集評』에선 비평의 강도를 좀더 강하게 하고 있다.

> 가장 황당무계한 것은 『후홍루몽』에서 대옥이 鍊容金魚를 가지고 있어서 물에 들어가도 헤엄칠 수 있도록 한 것인데 작자는 정말 金字 독벌레에 중독이라도 된 모양이다.32)

어쨌든 비단 『후홍루몽』에 대한 것만은 아니지만 역대 홍학가들의 속서에 대한 평가는 그다지 좋은 편이 아니다. 그것은 속서작품들이 원작을 능가하는 예술성을 갖추지 못한데다 일반 독자들의 심리적 위안을 위해 무리한 사건 전개나 새로운 인물을 사족으로 덧붙이고 있기 때문일 것이다. 이 점은 독자층의 저변 확대에는 좋은 계기가 되었지만 일부 식자층에 의한 평가에서는 역기능을 나타냈다.

5. 낙선재본『후홍루몽』의 번역양상

『後紅樓夢』이 언제 우리나라에 들어왔는지 정확하게 고찰하기는 어렵다. 그러나 李圭景(1788-?)의 『五洲衍文長箋散藁』卷七 「小說辨證說」에는 『홍루몽』과 함께 『속홍루몽』을 언급하고 있으니 『속홍루몽』에 앞서 나온 『후홍루몽』의 조선 전래도 1800년대 초엽이나 적어도 중엽이전에 되었을 것으로 추정된다.33)
현재 한국에 소장된 『후홍루몽』 판본은 3종이 있으며 서지사항은 다음과 같다.
『後紅樓夢』 成均館大學校 中央圖書館所藏, 現存 全 32回(본문 30회, 부록 2회 포함), 12책, 목록, 수상, 9행, 20자, 線裝本.
『後紅樓夢』 成均館大學校 中央圖書館所藏, 現存 23回(결 9회: 제4-6회, 제10-15회), 18책, 목록, 수상, 袖珍本.
『後紅樓夢』 釜山大學校 中央圖書館 所藏, 現存 15回(결 17회: 제16-30회, 부록 2회), 6책, 목록, 수상, 線裝本.

우리나라에 번역된 『後紅樓夢』은 낙선재본에 완역된 유일본이 있다. 낙선재본 번역소설 중에는 『홍루몽』120권(현존 117권)과 속서 5종이 모두 완역되어 있는데 속서의 경우 『홍루몽』과는 달리 원문이나 발음이 적힌 대역본이 아니고 번역문만 실렸으며 권수도 절반이나 삼분의 일 가량이 줄어든 상태다.34) 또한 다른 낙선재본과 마찬가지로 원작자와 번역자, 필사자에 관한 서지적 상황을 전혀 기록하지 않았고 서문과 권두의 제사, 권말에 실린 부록 등이 전부 삭제되고 번역 원문만 수록되

---

32) 一粟, 『紅樓夢書錄』 90쪽.
33) 『紅樓夢』의 한국 전래와 조선소설 『九雲記』에 대한 영향, 번역본 등에 대한 개황은 崔溶澈 「紅樓夢의 韓國傳來와 影響研究」(『中國語文論叢』 제4집, 1991.12.) 참조.
34) 낙선재본 『홍루몽』에 대해서는 崔溶澈 『中國語文論叢』 제1집에 실린 「樂善齋本 完譯 紅樓夢 初探」 참조. 1988. 12.

었다.

　낙선재본 『後紅樓夢』의 체제는 매권 약 50여 장(100여 쪽)씩 묶여 있으며 한 면마다 9행씩 행마다 27-28자씩 유려한 궁체로 씌여 있다. 각 권의 표지에는 왼편 상단에 별지를 붙여 「後紅樓夢」이라고 한자로 쓰고 오른쪽 상단에도 별지에 「共二十 卷之一」과 같이 각권의 권수를 표시했지만 『홍루몽』처럼 회목은 쓰지 않았다. 각권의 첫 면 첫 줄에는 「후홍루몽권지일」과 같이 한글로 서명과 권수를 표시하고 둘째 줄에 한 칸 내려서 회목을 달았으며 「비릉역보옥반남던 쇼샹관강쥬환합포」와 같이 원문 회목의 우리말 독음만을 썼다.

　이 역본에선 원본의 30회(부록 2회는 제외)를 20권으로 압축했기 때문에 회목이 모두 실리지 못하고 일부 생략되기도 했으며 각 회의 내용 분량이 원본과 일치하지 않고 약간 많은 편이다. 다른 낙선재본 번역소설 중에서도 이와 같은 현상을 보이는 작품이 보인다.35) 그러나 『후홍루몽』의 경우 회목은 매 책의 첫머리에만 수록되었고 본문 중에는 나오지 않는다. 원본과 번역본의 회목을 대조해 보면 번역본에 수록된 회목은 일정한 기준이 없이 채택되었으므로 회목과 실제 내용과는 분량상 일치하지 않는다. 예를 들면 번역본 제 1권에는 원본의 제 2회 초반부까지 실려 있고 번역본 제 2권에는 원본 제 3회의 후반까지 포함하고 있다. 그리하여 원본 제 3회의 후반에서 번역본 제 3권이 시작될 때 제 3회의 회목은 그대로 생략하고 제 4회의 회목을 첫머리에 내세우고 있는 것이다. 그것은 제 3권의 내용이 실제로 원본 제 4회 부분 전체와 제 5회 전반부까지를 차지하고 있기 때문이다. 그 이후도 마찬가지 원리에서 제 5회 후반부에서 시작하여 제 7회의 앞부분까지 번역된 낙선재본 제 4권은 원문 제 6회의 회목을 쓰고 있는 것이다.36) 이러한 이유로 매 권의 첫머리마다 '화셜'을 붙이고 끝에도 원문의 중간부분에서 끝맺음에도 불구하고 '비명이 엇지더답흐고하회분히하라'와 같이 상투적 방식을 쓰고 있다.

　낙선재본의 번역상황을 좀 더 살펴보면 다음과 같다. 우선 『후홍루몽』을 짓게 된 유래를 나타내는 제 1회 첫머리 부분의 번역을 보자.

　　　후홍루몽권지일
　　　비릉역보옥반남던 쇼샹관간쥬환합포
　　화셜 젼홍루몽 글의 쵸권붓허 말흐여더 가보옥이 긔환즈데로 능히 젼졍을 힘쓰지
　　못흐여 텬은과 죠덕을 만히 져바렷는지라 스스로 싱각흐더 쇼년쩌의 다만 부녀
　　춍중의 셧겨 노라 헛도히 광음을 바리고 쏘 셩쇠리합을 열력흐여 곳 규각중의도
　　도로혀 츄급지 못홀 광경이 잇는지라 그러므로 죠셜근션싱을 쳥흐여 일빅이십 회
　　긔이흔 글을 지어내여 즈긔의 뉘우치고 한흐믈 가져 널리 인간의 고흐고 쏘 십이
　　금챠의 일을 젼흐여 쳔만 년 사롬으로 흐여금 보고 듯는 드시 흐더 대충은 다만

---

35) 예를 들면 낙선재본 『平妖記』(원작은 『平妖傳』)는 9권 9책으로 되었는데 원작이 40회이므로 번역문 중간 중간에 회목을 실었고 또 생략된 곳도 있다. 수록된 회목은 모두 27회이다. 이는 원작의 장회에 맞추어 분철한 것이 아니라 각권의 일정한 분량에 맞추어 번역문을 싣는 과정에서 생긴 것이다. (朴在淵 「平妖傳 번역본에 대하여」, 『中國學硏究』(한국외국어대) 제6집, 1991. 4. 참조.)

36) 춘풍문예출판사본을 중심으로 보면 낙선재본 제1권에는 춘풍본 1쪽에서 18쪽 7행까지 번역되었고 제2권에는 18쪽 7행 끝에서부터 35쪽 12행 중간까지 번역되었으며 제3권에는 35쪽 12행부터 55쪽 22행까지의 내용이 실려 있고 제4권에는 제7회 74쪽 6행까지 실려 있다.

일기 졍짜의 이시니 글 가온더 말이 다만 가보옥이 본더 진격흔 일홈이 아닐 뿐
아니라 곳 대옥 보챠와 원비 가모 졔인이 쏘흔 다 그림즈를 비러 말흐여시며 젼
편 사의를 의론홀진더 보옥과 대옥으로써 쥬인을 삼고 쏘 이 두 사롬을 가져 단
원케 아니흐여 사롬으로 흐여금 다만 원한케 흐니 이는 다 보옥의 쥬의로 죠셜근
의게 쳥흐여 이 긔이흔 글을 짓게 흐여 고금문쟝을 압두흐고 쏘 즈긔 도쥬흔 일
졀을 엄격고져 흐미 부득이흐여 즈긔를 속인 량개승도를 쏘흔 션불지뉴로 말흐여
시나 엇지 알니오 그후의 보옥 더옥 량인이 비필을 일워 부영쳐귀흐고 보챠는 도
로혀 그 버거의 거흔지라 죠셜근이 그 흔 질 글을 다 지어내미 보쳐 평론흐여 말
흐더 너의 량인이 영화를 극진이 누렷거눌 도로혀 쳔츄만고 사람으로 흐여금 너
의 량인을 위흐여 샹심타루케 흐니 엇지 모음의 평안흐리오 흐거눌 이의 보옥이
쏘 셜근의게 쳥흐여 다시 후홍루몽을 지어내어 지난 바 스싱리합흔 일단 진경을
가져 즈즈히 실샹더로 말흐라 흐니 셜근이 쏘흔 능히 스양치 못흐니 이는 후홍루
몽을 니어 지은 비러라[37]

이상에서 보는 바와 같이 『후홍루몽』의 번역방법도 『홍루몽』이나 기타 낙선
재본 번역소설과 크게 다르지는 않음을 알 수 있다. 대체적으로 분류하면 번역의
방법에 있어서는 중국식 한자어를 그대로 사용한 것과 알기 쉬운 다른 한자 어휘로
전환한 것, 한자어를 완전히 풀어서 직역한 것, 혹은 적절하게 의역한 것, 원문과는
다르게 첨역이나 축역한 것, 혹은 아예 한 단락을 생략한 것, 그리고 원문의 한자를
잘못 읽었거나 잘못 풀이한 한 것 등 다양한 점이 발견된다.

우선 원문의 중국식 한자어를 그대로 사용한 예를 보면 우선 대부분의 칭호에서
그대로 쓰고 있음을 알 수 있다. 예를 들면 림고낭(林姑娘), 보이아(寶二爺), 노태태(老
太太), 태태(太太) 등이 그러한 경우이며 이는 약간 이해가 어려움에도 불구하고 따
로 만들어 쓰기가 어려워서 그러한 것으로 생각된다. 이 밖에 일부 한자성어나 구
절들이 그대로 한자음만으로 되어 있다. 예를 들면 다음과 같다. (괄호속의 번호는 권
수와 영인본의 면수)

양인이 비필을 일워 부영쳐귀흐고(兩個作合成雙, 夫榮妻貴) (1-2)
진개 졍을 말흔 거시 도져흔지라(眞個的言情第一了) (1-4)
경경히 샌혀내면(輕輕拔下) (1-13)
한번 쳥안흐고(請了一個安) (1-14)
가보옥이 금슈총즁의 싱쟝흐고(寶玉生長在錦繡叢中) (1-14)
셕츈이 쏘흔 강도흐믈 긋치는지라 (惜春也覺得打斷了講道) (3-1)

그러나 상당 부분의 한자어들은 번역과정에서 우리 독자들에게 비교적 익숙한 알
기 쉬운 다른 한자어휘로 전환하여 쓰고 있는데 예를 들면 아래와 같다.

젼일의 어리셕은 부부의 싱별스리흔 거슨(從前愚夫婦死別生離) (1-4)
후려 쇼쥬로 가 희자총즁의 파라 희자를 가르치려 흐엿노라(要拐到蘇州去, 賣與戲班
裏敎戲) (1-12)
능히 은휘치 못흐는지라(不能隱瞞) (1-12)
수삼권 거즛 도첩을 거두어(兩三本假度牒) (1-12)

---

37) 낙선재본 『후홍루몽』 제1권, 제 1-4쪽. 띄어쓰기는 필자 (이하 같음).

이 <u>업장</u>의 보옥이(寶玉這個孼障) (1-16)

이상에서 보는 바와 같이 '死別生離'는 '싱별스리'로 바꾸었고 '戲班'은 '희ᄌ총즁(戲子叢中)'으로 바꾸었으며 '隱瞞'은 보다 알기 쉬운 '은휘(隱諱)'로, 중국식인 '兩三本'은 '수삼권(數三卷)'으로, 알아듣기 어려운 '孼障'은 '업장(業障)'으로 각각 바꾸어 번역했다.

또 한자어를 쓰지 않고 완전히 풀어 쓰거나 다른 말로 적절하게 의역하는 경우가 있는데 예를 들면 다음과 같은 것들이다.

그 아리 싱년월일시를 쥬내엿거눌 (下注年庚八字) (1-1)
임의 리한텬의 <u>감쵸와 두어시나</u> (已經藏貯在離恨天宮) (1-4)
다시 쑤지겨 <u>단단이 틀나</u> ᄒ여라 (喝令緊收) (1-12)
죄가 맛당히 <u>능지ᄒ리로다</u> (罪該寸桀) (1-13)
화샹이 괴쉬되고 도스ᄂᆞᆫ <u>츄종이</u> 되ᄂᆞᆫ지라 (和尙爲頭, 道士爲從) (1-14)
ᄆᆞ옴의 <u>두군두군ᄒ여</u> (心頭七上八落) (1-16)

또한 본문 중에 나오는 '通靈寶玉'은 모두 '通靈玉'으로 일괄 통일하여 번역하고 있는 것도 하나의 특색이라면 특색이다. 이 번역본은 원칙적으로 전체를 모두 번역한 완역본이지만 원문과의 대역본인 『홍루몽』과는 달리 번역문만 실려 있기 때문에 일부 첨역이나 축역, 또는 한 부분을 생략한 것들도 눈에 띈다. 그러나 문장의 흐름에 악영향을 끼치는 정도에는 이르지 않고 오히려 부드러운 번역을 위해 시도된 것이라고 보아야 할 것이다.

"이 날 밤 꿈의 한곳 텬궁의 니르미 <u>집을 일ᄌ로 지어시되</u> 일면은 곳 니한텬이오 (是夜, 夢遊至一所天宮, 一邊是離恨天)"(1-3)에서는 '집을 일자로 지었으되'라는 말이 첨역된 것이고 또 "말이 다만 가보옥이 본더 진젹ᄒ 일홈니 아닐 뿐만 아니라 (書中假假眞進, 寓言不少, 無論賈寶玉本非眞名)"(1-2)에서는 '假假眞進, 寓言不少'의 원문이 번역에서 생략되고 전체가 축역되어 있다. "사롬으로 ᄒ여금 다만 원한케 ᄒ니 이ᄂᆞᆫ 다 보옥의 쥬의로(令人怨恨萬端, 正如地缺天傾, 女媧難補, 正是寶玉主意)"(1-2)에서도 원문의 '正如地缺天傾, 女媧難補' 부분은 번역에서 제외되었다.

이 밖에 한 단락을 생략한 부분은 詩句로서 제 3권 첫 부분(제3회 35회 중간)에서 '正是: 酒逢知己千杯少, 話不投機半句多'(3-1)를 번역에서 제외하고 앞뒤를 그대로 연결하고 있다.

이 번역본에서 특별한 오역은 아직 발견하지 못했으나 일부 발음상의 오독은 가끔 눈에 띄인다. "다만 근일의 일위 명공이 별락녹 일부 악부를 지으믈(却虧了近日一位名公譜出一部碧落緣樂府)(1-4)에서 '벽락연'을 '벽락녹'으로 잘못 읽은 것이 그것이다. 그러나 제20권(원문의 제30회) 回目에선 '림대옥쵸연벽락연'으로 바르게 읽고 있다.

『후홍루몽』에선 『홍루몽』만큼 쌍행 주석이 많이 보이지는 않지만 똑같은 방식으로 보이기는 한다. 다음에 나오는 世嫂에 대해 그것이 남의 아내에 대한 칭호임을 풀이하고 있다.

너와 다못 세슈〔남의 안해를 니른미라〕빅두 필 떠가지 니른면 (住到你同世嫂百歲
白頭之時) (14-1)

또 앞에서도 이미 밝혔지만 이 번역본은 한 회를 한 권으로 번역하지 않았고 적
절한 번역 분량에 맞춰 다음 회까지도 함께 포함했기 때문에 각 회의 끝부분과 첫
부분이 다음과 같이 그대로 이어져 있거나 일부 고쳐져 있다.

대져 보옥이 집의 도라와 왕부인 등을 보고 붓그러오미 엇더ᄒ며 ᄯ 엇더케 디
옥으로 더브러 디면홈과 다못 대옥의 져를 아른 체 홀는지 아니 홀는지 알녀 홀
진디 하회의 분히ᄒ라 화셜 왕부인이 오리 기다리지 못ᄒ여 즉시 비명을 불너 령
리ᄒ 마퍼즈를 다리고 쾌ᄒ 물을 갈히여 마즈오라 ᄒ니 (1-47)

要知寶玉進門見王夫人等臊也不臊, 如何與黛玉見面, 及黛玉理他不理他之處, 且聽
下回分解 (이상 원문 제1회 끝부분)
話說 榮國府聽說賈政, 寶玉同回, 合府大喜, 王夫人等不及. 卽喚焙茗帶令利馬牌子
選了快馬迎將下來 (이상 제2회 첫 부분)

보옥이 졍신을 뎡ᄒ여 문득 무로디 네 이말이 진적ᄒ냐 나를 속이지 말나 ᄒ니
비명이 엇지 디답ᄒ고 하회의 분히ᄒ라 (1-52)
화셜 보옥이 졍신을 졍ᄒ여 문득 무로디 네 이말이 진젹ᄒ냐 나를 속이지 말
나 배명이 웃고 니른디 내 이야를 속인다 ᄒ나 감히 노야를 속이랴 (2-1)

這裏寶玉定着神便問道: "你這個話眞個麽? 不要哄我" 焙茗笑道: "我哄你, 敢哄老
爺麽?" (이상 원문 제2회 18쪽)

이상에서 보는 바와 같이 원문 제 1회의 끝부분이 모두 번역되고 제 2회의 첫머
리에 중복되는 부분(원문 밑줄친 곳)만 생략한 채 계속 번역이 이어지고 있으며 또
번역문의 권수가 끝나는 곳에서는 "어찌 될 것인가"와 같이 의문을 설정하고 "하회
에 분해하라"는 상투어를 덧붙이고 다음 권의 첫머리에 "화설"과 함께 앞의 얘기를
일부 중복시킨 후에(번역문 밑줄 친 곳) 연결시키고 있음을 알 수 있다. 그러나 제 2
권에 들어 있는 원문 제 2회와 3회의 연결 부분에선 "하회분해하라"는 원문의 번역
도 생략하여 흔적 없이 붙이고 있으며 번역문 제2권과 3권 사이의 분할 부분에서도
"이쩌 디옥이 왕부인과 평ᄋ 도라간 후의 엇지ᄒ고 챠텽하회분히ᄒ라"와 같이 상투
어를 쓰고 다음 권에 "챠셜"을 쓴 것 외에는 별다른 중복이 없이 나뉘어져 있다.38)
그렇지만 또 뒤에 가서 제3권 끝부분과 제4권 첫 부분에 중복되는 대목이 다시 나
오는 것을 보면 두 가지 방식을 함께 쓰고 있는 것으로 보인다.

6. 맺음말

---

38) 제2권과 제3권의 분할부분은 原文 제3회 35쪽의 「且說黛玉, 自王夫人、平兒去了.」 대목이며 바로 뒤에
　　나오는 「正是: 酒逢知己千杯少, 話不投機半句多.」 는 생략되었다.

청대에 나온 많은 고전소설 중에서도 『紅樓夢』의 유행 열기는 특히 대단했으며 이에 따라 그 속서의 출현도 극히 빨랐고 또한 그 종류도 매우 다양했다. 程刻本이 나온지 불과 수년 만에 소요자가 조설근을 의탁하여 지은 『後紅樓夢』이 상당히 완벽한 체제를 갖추어 출현하였고 이어서 수종이 곧바로 등장하여 일세를 풍미했다. 이른바 초기의 四大續書로 불리는 『후홍루몽』, 『속홍루몽』, 『기루중몽』, 『홍루부몽』 등이 당시 크게 유행했고 이어서 또 다른 『속홍루몽』과 『홍루원몽』, 『보홍루몽』, 『증보홍루몽』, 『홍루환몽』, 『홍루몽영』 등이 계속 나타났다. 속서의 창작 열기는 道光 연간 이후 약간 줄었지만 청말의 유명한 견책소설가인 吳沃堯까지도 당시의 정치적 관심사를 홍루몽의 속서 형식으로 재구성하여 『신석두기』를 짓는 열성을 보였다. 이러한 현상은 원작의 뛰어난 예술성과 독자들의 열광적인 인기에 영합하기 위한 한 방편으로 생긴 것이긴 하지만 『홍루몽』이 갖는 비극적 결말의 독특한 구성 때문에 당시 일반인들의 구미에 맞는 전통적 대단원 결말을 통해 위안을 얻도록 하기 위해서였다고도 할 수 있다. 그러므로 비록 작품의 예술적 성과에서는 원작을 따르지 못한다고 하더라도 我佛山人(吳沃堯)이 자신의 『신석두기』첫머리에서 한 말처럼 속서 창작도 나름대로 하나의 紅學觀을 대변한다고 할 수 있으며 다양한 독자층의 여러 가지 관점을 보여주는 하나의 실례라고 할 수 있다. 이러한 의미에서 속서연구는 필요하다고 하겠다.

그 동안 원작과의 단순한 예술성 비교로 전혀 가치를 인정받지 못했던 속서 작품들이 최근 들어 대부분 영인 출판되고 있는 것도 다른 의미에서 가치를 인정받고 있기 때문일 것이다. 『후홍루몽』은 同治 연간(1862-1874)과 光緒 연간(1875-1908)에 江蘇에서 『홍루몽』 및 기타 속서들과 함께 금서로 지정된 바 있었다.[39] 그러나 이에 아랑곳하지 않고 널리 읽혔던 것도 사실이다.

우리나라에도 『홍루몽』의 전래와 함께 각종 속서가 동시에 들어와 읽혀졌으며 낙선재 번역소설 중에 대역본 『홍루몽』 이외에 무려 5종의 속서가 완역되어 있음은 특히 중시된다. 이 밖에도 각 도서관에는 수종의 속서 판본들이 소장되어 있으니 과거에 이들 작품이 우리나라 식자층에 적잖게 읽혀졌음을 반증하는 것이다.

『後紅樓夢』은 본격적으로 간행된 최초의 속서다. 작자를 가탁하고 있으므로 서문을 쓴 逍遙子의 신분이 불분명하지만 鉅卿이란 호를 가졌고 乾隆 말년이나 嘉慶 초년 이전에 이미 책이 이뤄진 것은 틀림없다. 작자는 의도적으로 정각본과 비슷한 서문을 썼고 범례도 만들어 놓았다. 그는 내용상 원작의 인물을 거의 그대로 활용하고 일부 인물만 따로 만들어 덧붙였다. 그는 林黛玉과 晴雯의 죽음을 애석하게 생각하여 이들을 환생시켜 후인들로 부터 조소를 받기도 했는데 당시 일반인들의 안타까운 심정을 반영한 것으로 볼 수 있다. 낙선재본 번역 『後紅樓夢』은 우리나라에서 번역된 유일본이다. 원본의 30회를 20권으로 묶었고 일부 회목이 생략되긴 했지만 원문은 극히 부분적인 것을 제외하면 모두 완역했다. 번역양상은 기타 낙선재본 번역본과 거의 유사하다. 앞으로 이 작품의 주제와 인물, 구성 등에 대한 보다

---

39) 安平秋、章培恒 主編,『中國禁書大觀』,「청대금서목록」, 上海文化出版社, 1990년.

구체적인 분석이 요망되며 국내 소설과의 관계도 추적할 필요가 있겠다. 또 번역에 사용된 저본을 찾는 노력도 계속해야 할 것으로 생각된다.

(본고는 1992년 『중국소설논총』 제1집에 발표된 필자의 원고를 일부 수정한 것임, 2004년 9월 硏紅軒)

[후홍루몽後紅樓夢 권지일卷之一]

1

비릉역보옥반남뎐 쇼샹관강쥬환합포
毗陵驛寶玉返藍田 瀟湘館絳珠還合浦

【1】 화셜(話說), 전 《홍루몽紅樓夢》 글의 쵸권(初卷)붓허 말ㅎ여시되 가보옥(賈寶玉)이 긔 환ᄌ뎨(綺紈子弟)로 능히 젼졍(前程)을 힘쓰지 못ㅎ여 텬은(天恩)과 죠덕(祖德)을 만히 져바렷 ᄂᆞ지라. 스스로 싱각ㅎ되 쇼년 쩌의 다만 부녀 총즁(婦女叢中)의 셧겨 노라 헛도히 광음(光陰) 을 바리고 ᄯᅩ 셩쇠리합(盛衰離合)을 열력(閱歷) ㅎ여 곳 규각(閨閣) 즁의도 도로혀 츄급(追及)지 못홀 광경(光景)이 잇ᄂᆞ지라. 그러므로 죠셜근 (曹雪芹) 션성을 쳥 【2】 ㅎ여 일빅이십 회 긔이 흔 글을 지어내여 ᄌ긔의 뉘웃치고 한ㅎ믈 가져 널니 인간의 고ㅎ고 ᄯᅩ 십이금챠(十二金釵)의 일을 젼ㅎ여 천만년 사름으로 ㅎ여곰 보고 듯ᄂᆞᆫ ᄃᆞ시 ㅎ되 대총(大總)은 다만 일기 졍ᄌᆞ(情字)의 이시니 글 가온디 말이 다만 가보옥이 본디 진 젹(眞的)흔 일홈이 아닐 ᄲᅮᆫ 아니라 곳 대옥(黛 玉) 보챠(寶釵)와 원비(元妃) 가모(賈母) 졔인(諸 人)이 ᄯᅩ흔 다 그림ᄌ롤 비러 말ㅎ여시며 젼편 (前篇) ᄉ의(辭意)롤 의론(議論)홀진디 보옥과 대 옥으로 뻐 쥬인(主人)을 삼고 ᄯᅩ 이 두 사름을 가져 단원(團圓)케 아 【3】 니ㅎ여 사름으로 ㅎ

여곰 다만 원한(怨恨)케 ㅎ니 이ᄂᆞᆫ 다 보옥의 쥬의(主意)로 죠셜근의게 쳥ㅎ여 이 긔이흔 글 을 짓게 ㅎ여 고금문쟝(古今文章)을 압두(壓頭) ㅎ고1) ᄯᅩ ᄌ긔 도쥬(逃走)흔 일졀(一節)을 엄젹 (掩迹)고져 ㅎ미 부득이(不得已)ㅎ여 ᄌ긔롤 속 인 량개 승도(僧徒)롤 ᄯᅩ흔 션블지뉴(仙佛之類) 로 말ㅎ여시나 엇지 알니오. 그 후의 보옥·디 옥 량인이 비필(配匹)을 일워 부영쳐귀(夫榮妻 貴)ㅎ고 보챠ᄂᆞᆫ 도로혀 그 버거2)의 거흔지라. 죠셜근이 그 한 질 글을 다 지어내미 보쳐 평론 (評論)ㅎ여 말ㅎ되,

"너의 량인(兩人)이 영화(榮華)롤 극 【4】 진이 누렷거눌 도로혀 천츄만고(千秋萬古) 사름 으로 ㅎ여곰 너의 량인을 위ㅎ여 상심타루(傷心 墮淚)케 ㅎ니 엇지 ᄆᆞ음의 평안ㅎ리오?"

ㅎ거눌 이의 보옥이 ᄯᅩ 셜근의게 쳥ㅎ여 다시 《후홍루몽後紅樓夢》을 지어내여 지난바 ᄉ 싱리합(死生離合)흔 일단 진졍(眞情)을 가져 ᄌ ᄌ(字字)히 실샹디로 말ㅎ라 ㅎ니 셜근이 ᄯᅩ흔 능히 ᄉ양치 못ㅎ니 이ᄂᆞᆫ 《후홍루몽》을 니어지 은 비러라.

셜근이 보옥의게 응낙ㅎ고 셔방(書房)으로 도라왓더니 이 날 밤 꿈의 한 곳 텬궁(天宮)의 니르미 집을 일ᄌ(一字)로 지어 【5】 시디 일면 (一面)은 곳 니한텬(離恨天)이오, 일면은 곳 보 한텬(補恨天)이니 모다 옥방금ᄌ(玉榜金字)가 이 시디 그 안의 녀션(女仙)이 잇셔 나와 인도ㅎ여 드러가ᄂᆞ지라. 셜근(雪芹)이 ᄌ셔히 무르니 량면 (兩面) 션부(仙府)ᄂᆞᆫ 모다 쵸즁경(焦仲卿)과 난지 (蘭芝)의 맛타 거느려 량궁(兩宮)안의 머무ᄂᆞᆫ 비 며 그 명의(名意)ᄂᆞᆫ 대져(大抵) 쩌나ᄂᆞᆫ 거시 이 시면 반ᄃᆞ시 기우미 잇ᄂᆞᆫ 인괘(因果)러라. 셜근 이 뎐샹(殿上)의 니르러 난지부인(蘭芝夫人)의게 비알ㅎ니 난지 믄득 니르디,

"쵸경(焦卿)은 연회(宴會)의 참녜(參與)ㅎ라 갓시니 션성을 쳥ㅎ여 오믄 믄득 한 가지 부탁

---

1) 【압두ㅎ다】 圖 {압도(壓倒)하다.} ¶ 壓倒 ∥ 이ᄂᆞ 다 보옥의 쥬의로 죠셜근의게 쳥ㅎ여 이 긔이흔 글 을 짓게 ㅎ여 고금 문쟝을 압두ㅎ고 (正是寶玉主 意, 央及曹雪芹編此奇文, 壓倒古來情史.) <後紅 1:3>

2) 【버거】 圖 둘째. 다음. ¶ 其次 ∥ 엇지 알니오 그 후의 보옥 디옥 량인이 비필을 일워 부영쳐귀ㅎ 고 보챠ᄂᆞᆫ 도로혀 그 버거의 거흔지라 (豈知他兩 箇作合雙, 夫妻榮貴, 寶釵反做其次.) <後紅 1:3>

홀【6】 일이 잇노라. 젼일(前日)의 어리셕은 부부(夫婦)의 싱별ᄉ리(生別死離)ᄒᆞᆫ 거ᄉᆞᆫ 인간(人間)의셔 모다 알디 필경 갓치 션과(仙果)ᄅᆞᆯ 어든 거ᄉᆞᆫ 다만 근일(近日)의 일위(一位) 명공(名公)이 《벽락녹[연]碧落緣》 일부(一部) 악부(樂府)ᄅᆞᆯ 지으므로 셰상 사ᄅᆞᆷ이 바야흐로 아랏시니 이졔 가보옥과 림대옥 일ᄉ(一事)ᄅᆞᆯ 션싱이 《홍루몽紅樓夢》 일셔(一書)ᄅᆞᆯ 지어내여 진개(眞個) 젼을 말ᄒᆞᆫ 거시 도져ᄒᆞᆫ지라.3) 임의 리한텬의 감쵸와 두어시나 이졔 《후홍루몽後紅樓夢》을 지을진디 ᄯᅩᄒᆞᆫ 보한텬의 반ᄃ시 감촐 칙ᄌ(冊子)로디 다만 져의 회싱(回生) 일【7】졀(一節)은 내가 져ᄅᆞᆯ 위ᄒᆞ여 어려온 거슬 건지는 괴로온 ᄆᆞ옴이 잇ᄂ니 ᄯᅩᄒᆞᆫ 모로미 나ᄅᆞᆯ 위ᄒᆞ여 ᄌ셔히 긔록(記錄)ᄒᆞᆯ지라. 젼일의 내가 리한텬의 잇셔 한 줄기 원긔(怨氣)ᄅᆞᆯ 바라보고 근져(根底)ᄅᆞᆯ ᄎᄌ내여 대옥(黛玉) 쳥문(晴雯)의 죽은 줄을 알고 ᄯᅩ 맛참 쵸경이 남히보살(南海菩薩) 잇는 곳으로셔 도라와 ᄉ태군(史太君)의 영(榮) 녕(寧) 량부ᄅᆞᆯ 즁흥코져 ᄒᆞ여 보살긔 간쳥ᄒᆞ여 대옥 쳥문으로 ᄒᆞ여곰 한(恨)을 기워 회싱케 ᄒᆞ는 줄을 아랏ᄂ니 대옥이 다ᄒᆡᆼ이 연용금어(練容金魚)가 잇셔 진【8】신(眞身)이 셕지 아냐 이시디 ᄯᅩᄒᆞᆫ 요승(妖僧)이 잇셔 져희(抵戱)ᄒᆞᄂ지라4) 모롬죽이 시진(時辰)을 기다릴지니 대옥과 쳥문의 혼을 가져 ᄉ태군의게 붓쳐 거ᄂ려 가시 가묘(家廟)의 니ᄅᆞ러 기다리게 ᄒᆞ고 대옥의 일홈을 보한칙(補恨冊)의 쓰며 아오로 리한칙(離恨冊) 류오ᄋ(柳五兒)의 명하(名下)의 쳥문이 몸을 비러 회싱케 긔록ᄒᆞ여시디 ᄯᅩᄒᆞᆫ 원한ᄒᆞ는 경즁을 비교ᄒᆞ건디 보옥이 도로혀 비슬 진 거시 만흔지라. ᄯᅩ 져로 ᄒᆞ여곰 허다 괴로오믈 지낸 후의 비로쇼 비필을 짓【9】게 ᄒᆞ며 ᄯᅩ 대옥이 부귀의 뉴련(流連)ᄒᆞ면 능히 담텬샹 션반(仙班)의 춤예치 못ᄒᆞᆯ가 져허ᄒᆞ여 ᄉ진인(史眞人)으로 ᄒᆞ여곰 갓치 거ᄒᆞ여 인도케 ᄒᆞ여시니 나의 이번 죠쳐ᄒᆞᆫ 다름아니라 쳣지는 나의 심원(心願)을 맛치미오, 둘지는 보살(菩薩)의 ᄌ비(慈悲)ᄅᆞᆯ 죠ᄎ미오, 셋지는 영국부(榮國府)의 운슈(運數)가 벅벅이5) 챵셩(昌

盛)ᄒᆞ믈 알미로다. ᄯᅩ 대옥의 위인(爲人)이 젼일 부득의ᄒᆞᆯ ᄯᅥ의는 우울슈번(憂鬱愁煩)ᄒᆞ여 신산(辛酸)ᄒᆞᆫ 긔샹(氣像)을 면치 못ᄒᆞ여시디 츄후 득의(得意)ᄒᆞ여는 믄득 광명뇌락(光明磊落)ᄒᆞ여【10】일개 건국영웅(巾幗英雄)이 되여시니 션싱이 이 글을 지어 한을 기울진디 ᄯᅩᄒᆞᆫ 가히 이 일을 미몰(埋沒)케 못ᄒᆞᆯ지니 나의 져ᄅᆞᆯ 위ᄒᆞ여 십분(十分) 획칙(劃策)ᄒᆞ믈 말ᄒᆞ지 말지라도 곳 보살의 십분 유졍(留情)ᄒᆞ여 져의 관을 열 ᄯᅥ의 능히 시긱(時刻)을 밋지 못ᄒᆞᆯ가 져허ᄒᆞ여 ᄯᅩ 위태존ᄌ(韋駄尊子)ᄅᆞᆯ 보내여 영부(榮府)의 니ᄅᆞ러 져ᄅᆞᆯ 인도ᄒᆞ여 회싱케 ᄒᆞᆫ 진개 젹지 아닌 인과라. 션싱은 모다 밝히 긔록ᄒᆞ라."

ᄒᆞ거늘 셜근이 일일히 긔록ᄒᆞ고 ᄯᅩᄒᆞᆫ 비샤ᄒᆞ더라. 죠【11】셜근이 쳐음의 리한텬으로 죠ᄎ 드러가고 다시 보한텬으로 죠ᄎ 나오믈 ᄭᅮᆷ을 ᄭᅵᆫ 후의 경아불이(驚訝不已)ᄒᆞ여 인ᄒᆞ여 싱각ᄒᆞ디,

'젼 《홍루몽》 한 질 글은 다만 보옥의 ᄯᅳᆺ을 슌(順)케 ᄒᆞ므로 지엽(枝葉)을 루락(漏落)ᄒᆞ고 변통나이(變通挪移)ᄒᆞᆫ 곳이 만핫더니 이졔 실샹으로 긔록ᄒᆞᆯ진디 몬져 명빅히 말ᄒᆞ는 거시 무방ᄒᆞ도다.'

대옥이 본리 본가(本家)의 입후(入後)ᄒᆞᆫ 형(兄) 량옥(良玉)이 이시디 이왕 말ᄒᆞ지 아니ᄒᆞ엿고 습인(襲人)의 개가홈도 ᄯᅩᄒᆞᆫ 가졍(賈政)의 도라오기 젼의 잇고 향릉(香菱)의 쇼산(小産)ᄒᆞᆫ 후 병(病)【12】이 위태ᄒᆞ엿다가 젼과 갓치 몸이 무양(無恙)홈과 희란희봉(喜鸞喜鳳)도 ᄯᅩᄒᆞᆫ 다 셩혼(成婚)치 못ᄒᆞ고 다만 왕부인(王夫人)의 ᄯᅡᆯ이 되여시며 지어(至於) 일승일도(一僧一道)도 그 도ᄉ는 곳 쟝도ᄉ(張道士)의 뎨ᄌ(弟子) 덕허(德虛)오 승인(僧人)은 곳 요승지귀(志九)라. 이 덕허도시(德虛道士) 평일의 그른 일을 짓다가 쟝도시 분한(忿恨)ᄒᆞ여 쫏ᄎ보내엿더니 지구ᄅᆞᆯ

---

3) 【도져ᄒᆞ다】 휑 {도저(到底)하다.} 첫째 가다. ¶ 第一 ‖ 이제 가보옥과 림대옥 일ᄉᆞᆯ 션싱이 홍루몽 일셔ᄅᆞᆯ 지어내여 진개 젼을 말ᄒᆞᆫ 거시 도져ᄒᆞᆫ지라 (而今賈寶玉林黛玉一事, 先生編出《紅樓夢》一書, 眞個的言情第一了.) <後紅 1:6>

4) 【져희ᄒᆞ다】 동 {저희(抵戱)하다.} 훼방(毁謗)하다. ¶ 阻 ‖ 다ᄒᆡᆼ이 연용금어가 잇셔 진신이 셕지 아냐 이시디 ᄯᅩᄒᆞᆫ 요승이 잇셔 져희ᄒᆞᄂ지라 (喜有練容金魚, 眞身未壞, 却有妖魔阻.) <後紅 1:8>

5) 【벅벅이】 뷔 반드시. 틀림없이. ¶ 該應 ‖ 나의 이번 죠쳐ᄒᆞᆫ 다름아니라 쳣지는 나의 심원을 맛치미오 둘지는 보살의 ᄌ비ᄅᆞᆯ 죠ᄎ미오 셋지는 영국부의 운슈가 벅벅이 챵셩ᄒᆞᆷ믈 알미로다 (我這番作用, 一則完我心願, 二則副了菩薩慈悲, 三則榮國府該應昌盛.) <後紅 1:9> ⇒ 벅벅, 쎅쎅이

어더 만나 스술(邪術)을 젼슈(傳授)흔지라. 그 량인이 능히 사롬의 싱혼(生魂)을 유인(誘引)흐고 사롬의 몽경(夢境)을 변환(變幻)케 흐고 사롬의 믈건을 속여 도젹흐고 사롬의 본셩(本性)을 【13】 흐리게 흐더니 다만 스태군이 션블(仙佛)을 미드므로 가인(家人)의 스쥬(四柱)6)롤 뻐서 쟝도스의게 보내여 긔도(祈禱)흐다가 믄득 덕혜이 긔회롤 타 대옥 쳥문의 스쥬롤 가져 긔록흐여 두고 쏘 지구와 부동(附同)흐여7) 은신법(隱身法)을 힝흐여 통령옥(通靈玉)을 도젹흐여 내고 일만 량(兩) 은즈(銀子)롤 도득(盜得)흐려 흐다가 능히 뜻을 일우지 못흔지라. 믄득 보옥을 만나 보고 져롤 씌오더,

"만일 갓치 가면 가히 디옥과 쳥문을 만나 볼 거시오, 갓치 션블경과(仙佛正果)롤 일우리라."

흐고 곳 【14】 보옥의 과쟝(科場)의셔 나올 찌롤 인흐여 가마니 미혼약(迷魂藥)8)을 쑤리고 져롤 인도흐여 졍벽(靜僻)흔 쳐쇼(處所)의 니르러 대옥 쳥문의 스쥬롤 가져 젹은 목인(木人)의 쓰고 바늘을 쏘즈미 곳 량인의 형뫼(形貌) 나타나 한무뎨(漢武帝) 니부인(李夫人) 바라봄과 갓흔지라. 보옥이 십분 샹신(相信)흐여 져롤 짜라 가더니 뉘 알니오 미혼약 독긔(毒氣)롤 마시미 곳 입으로 말을 못흐더라. 보옥이 비릉역(毗陵驛) 지방의 니르러는 맛춤 가졍이 경셩(京城)으로 도라가는 거슬 만난지라. 부 【15】 친의 긔호(旗號)롤 바라보고 본셩이 홀연 밝아 일즉 다라 션두(船頭)의 오르니 비록 락발(落髮)은 아니흐여시나 믄득 승인의 복식이라. 만일 션즁의 드러가면 가졍이 경괴(驚怪)흐믈 면치 못흘가 져허흐여 믄득 션두의셔 고두(叩頭)흐니 원리 평일의 가졍을 두려 비록 급란(急難)흔 찌롤 당흐나 몸의 이샹흔 의복을 닙고 감히 앒흐로 나아가지 못흐고 다만 가졍이 한 번 보고 곳 와셔 져롤 구흐기롤 바라는 의시(意思)러니 가졍이 등광(燈光)과 셜영(雪影) 가온 【16】 디 홀연 션두의셔 한 승인이 고두흐믈 보고 련망(連忙)이

쏫츠나가 한 번 보미 믄득 보옥이라. 졍히 션챵(船艙)으로 잡아드리고즈 흐더니 홀연 일승(一僧) 일되(一道) 잇셔 션두의 쮜여올나 보옥을 끄을고 언덕의 올나 닷거눌 가졍이 일면(一面)으로 언덕의 쮜여오르며 일면으로 크게 쇼러 지르니 당각(當刻)의 가인과 쟝수(長隨)와 다못 스공(沙工) 등 일빅여 인이 관쟝(官長)이 한 번 부르믈 듯고 일졔히 언덕의 오르니 이는 곳 관가세력(官家勢力)이라 심샹(尋常)흔 힝인(行人)이야 엇지 이 갓트 【17】 리오? 추시(此時) 가졍이 언덕의 오르미 단졍코 즁인(衆人)이 짜르지 아닐니 업고 쏘 승도(僧道) 이인(二人)이 진졍 신션지술(神仙之術)이 업셔 구름을 타고 나라가지 못흐니 엇지 쏫츠 밋지 못흐며 흐믈며 젼 《홍루몽》의 말흐디, '가졍이 비릉역 뒤 산하(山下)의 쏫츠 니르미 승도와 보옥이 다 뵈지 아니흐다.' 말흐여시디 기실은 비릉역 뒤히 아모 산도 업스니 이는 다 젼 《홍루몽》의 보옥의 뜻을 죠츠 짐즛 변통(變通)흐여 지은 글이러라.

챠셜(且說), 가졍(賈政)이 즁인을 거느리고 보옥(寶玉)을 【18】 좃츠가 일니(一里)는 안이 되지 못흐여 젹셜지즁(積雪之中)의셔 보옥과 승도 이인을 일졔히 잡으미 보옥은 곳 호위(護衛)흐여 말기 싯고 승도는 결박흐여 거느려 쥬즁(舟中)으로 도라오니 가졍의 이 깃브미 가히 비흘 디 업더라. 당각의 보옥의 샹(裳)을 밧고와 닙히고 져다려 말을 무르미 능히 언어(言語)롤 못흐는지라. 가졍이 보옥의 미혼약 독긔 마시믈 짐쟉흐고 일면으로 사롬을 시겨 보옥을 샹 우희 올나 죠리케 흐고 일면으로 사롬을 시겨 오예지믈(汚穢之物)을 【19】 가져 승도 이인의게 쑤리고 쏘 기롤 잡아 그 피로 쑤리며 쏘 승도롤 거느려 션챵으로 드러오니 이인이 만홀(慢忽)흐미 본리 심흐여 엇지 좃츠리오마는 다만 몸의 개피와 오예지믈을 겻셔 능히 은신(隱身)치 못흐는지라. 가졍이 믄득 즁인으로 흐여곰 눌너 것구

---

6) 【스쥬】 圏 사주(四柱). ¶ 年庚 ‖ 다만 스태군이 션불을 미드므로 가인의 스쥬롤 뻐서 쟝도스의게 보내여 긔도흐다가 믄득 덕혜 이 긔회롤 타 대옥 쳥문의 스쥬롤 가져 긔록흐여 두고 (只因史太君信了神佛, 寫了一家年庚送張道士祈禱, 就被德虛將黛、晴雯的年庚竊寫去了.) <後紅 1:13>

7) 【부동흐다】 圐 부동(附同)하다. ¶ 串通 ‖ 쏘 지구와 부동흐여 은신법을 힝흐여 통령옥을 도젹흐여 내고 (又串通志九隱身盜玉.) <後紅 1:13>

8) 【미혼약】 圏 미혼약(迷魂藥). ¶ 迷藥 ‖ 곳 보옥의 과쟝의셔 나올 찌롤 인흐여 가마니 미혼약을 쑤리고 져롤 인도흐여 졍벽흔 쳐쇼의 니르러 (就用寶玉出闈, 暗灑迷藥, 引他到僻靜寓所.) <後紅 1:14>

르치고 각각 곤쟝 스십을 치니 승되 알피ᄒᆞᄂᆞᆫ 쇼리 하ᄂᆞᆯ의 들니고 졍원(情愿)으로 공쵸(供招) ᄒᆞ리라 ᄒᆞ거늘 가졍이 ᄭᅮ지져 실샹디로 고ᄒᆞ라 ᄒᆞ니 비로쇼 화샹(和尙)이 공쵸ᄒᆞ여 말ᄒᆞ디,

"덕허도인(德虛道人)이 【20】 부즁(府中)의 츌입(出入)ᄒᆞ여 셰미(細微)ᄒᆞᆫ 일을 갓쵸 알고 여러 번 의론ᄒᆞ여 은신ᄒᆞ여 통령옥을 도젹ᄒᆞ여 은 즈 일만 냥의 팔녀 ᄒᆞ다가 능히 ᄯᅳᆺ을 일우지 못ᄒᆞ고 인ᄒᆞ여 ᄯᅩ 의론ᄒᆞ여 갓치 한을 풀고즈 ᄒᆞ미 거즛 강경도불(講經度佛)ᄒᆞᆫ다 닐ᄏᆞᆺ고 보옥으로 더브러 졍약(定約)ᄒᆞ여 곳 과쟝으로셔 나오는 날의 한가지로 도쥬(逃走)ᄒᆞ고 미혼약으로 져ᄅᆞᆯ 아득게 ᄒᆞ여 능히 말을 못ᄒᆞ게 ᄒᆞ며 속여 셩 밧긔 나왓더니 로샹(路上)의 니르미 보옥이 괴로오믈 견디지 못ᄒᆞ여 【21】 여러 번 도망ᄒᆞ여 도라가고즈 ᄒᆞ디 믄득 져의 말노 져히믈 닙어 즁지ᄒᆞ엿다."

ᄒᆞ며 다시 입을 멈츄고 말을 아니ᄒᆞ거늘 가졍이 ᄭᅮ지져 니르디,

"네 임의 보옥을 가져 후려[9] 나가시면 필경 어디로 가고져 ᄒᆞ엿ᄂᆞ뇨? 즁형(重刑)을 ᄡᅳ지 아니ᄒᆞ면 엇지 즐겨 공쵸ᄒᆞ리오?"

ᄒᆞ고 즉시 명ᄒᆞ여,

"개 갓흔 승도ᄅᆞᆯ 쥬뢰 틀나[10]!"

ᄒᆞ거늘 이 두 사ᄅᆞᆷ이 형벌을 견디지 못ᄒᆞ여 졍원으로 공쵸ᄒᆞ리라 ᄒᆞ더니 놋키의 니르러ᄂᆞᆫ 도로 말을 아니ᄒᆞᄂᆞᆫ 【22】 지라. 가졍이 다시 ᄭᅮ지져 단단이 틀나 ᄒᆞ여 다리ᄅᆞᆯ 가져 한것 틀미 량인이 훌일 업셔 말ᄒᆞ디,

"후려[11] 쇼쥬(蘇州)로 가 희즈총즁(戲子叢中)의 파라 희즈(戲子)ᄅᆞᆯ 가르치려 ᄒᆞ엿노라."

ᄒᆞ니 가졍이 도로혀 밋지 아니코 ᄭᅮ지져 다시 틀게 ᄒᆞ니 량인이 울며 니르디,

"이ᄂᆞᆫ 실노이 진졍이니 형벌의 죽어도 다시 다른 말이 업노라."

가졍이 즉시 량인을 늣츄고[12] 져의 몸의 가진 믈건을 뒤져내니 공교히 한 덩이 통령옥이 곳 화샹의 젼디(纏帶)[13] 속의 잇ᄂᆞᆫ지라. ᄭᅳ어 【23】 내여 즈시 보니 의연히 금흑션(金黑線) ᄭᅵᆫ

가지 잇더라. ᄯᅩ 량인의 몸의셔 허다ᄒᆞᆫ 믈건을 ᄎᆞᆽ내여 낫낫치 가르치며 무르니 능히 은휘치 못ᄒᆞᄂᆞᆫ지라. 일개 금ᄌᆞ식(金紫色) 호로(葫蘆)ᄂᆞᆫ 어귀의 류리(琉璃)ᄅᆞᆯ 붓쳐시니 말ᄒᆞ디,

"이ᄂᆞᆫ 사ᄅᆞᆷ의 혼빅(魂魄)을 유인(誘引)ᄒᆞ여 드러가게 ᄒᆞ여 빅 가지 ᄭᅮᆷ을 ᄭᅮ게 ᄒᆞᆫ다."

ᄒᆞ며 일개(一個) 구리갑은 미혼약(迷魂藥)과 슈삼 권 거즛 도쳡(度牒)을 거두워 너코 ᄯᅩ 일개 젹은 목갑(木匣)을 기우려 내미 대략 십여 개 젹은 목인(木人)과 한 권 젹은 칙(冊)이 이시니 모다 남인(男人) 녀 【24】 인(女人)의 싱혼(生魂)을 긔록ᄒᆞᆫ 거시라. 가졍이 펴셔 한 번 보미 싱혼 셩명(姓名)을 버려 ᄡᅳ고 그 아리 싱년월일시(生年月日時)ᄅᆞᆯ 쥬내엿거늘 ᄭᅳᆺ가지 보미 그 즁의 영국부(榮國府) 규슈(閨秀) 일명(一名) 림대옥(林黛玉)과 영국부 시녀(侍女) 일명(一名) 류쳥문(柳晴雯)이 잇거늘 가졍이 대경ᄒᆞ여 ᄭᅮ지져 니르디,

"네 가이 여러 싱혼(生魂)을 잡아왓시니 죄가 맛당히 능지(陵遲)ᄒᆞ리로다."

량인(兩人)이 고두(叩頭)ᄒᆞ며 니르디,

"야야(爺爺)야 관겨치 아니토다. 다만 목인(木人) 우희 량개(兩個) 젹은 바ᄂᆞᆯ을 가져 경경(輕輕)히 ᄲᅢ혀내면 각(各) 인(人)이 즉시 회싱(回生)ᄒᆞ 【25】 리라."

ᄒᆞ거늘 가졍이 즉시 디옥 쳥문의 젹은 바

---

9) 【후리다】 동 후리다. ¶ 拐 ‖ 네 임의 보옥을 가져 후려 나가시면 필경 어디로 가고져 ᄒᆞ엿ᄂᆞ뇨 즁형을 ᄡᅳ지 아니ᄒᆞ면 엇지 즐겨 공쵸ᄒᆞ리오 (你旣將寶玉拐出, 究竟要拐到那裏去? 不用極刑如何肯招.) <後紅 1:21> ⇒ ᄒᆞ리다, 홀니다

10) 【쥬뢰 틀다】 귀 {주뢰(周牢) 틀다.} 주리 틀다. 죄인을 심문할 때, 그 두 발목을 한데 묶고 다리 사이에 두 개의 주릿대를 끼워서 엇비슷이 비트는 형벌. ¶ 夾 ‖ 개 갓흔 승도ᄅᆞᆯ 쥬뢰 틀나 (將賊禿狗道敲夾起來!) <後紅 1:21>

11) 【후리다】 동 후리다. ¶ 拐 ‖ 후려 쇼쥬로 가 희즈 총즁의 파라 희즈ᄅᆞᆯ 가르치려 ᄒᆞ엿노라 (要拐到蘇州去, 賣與戲班裏敎我.) <後紅 1:22>

12) 【늣츄다】 동 늣추다. 느슨하게 하다. 긴장을 풀게 하다. ¶ 放鬆 ‖ 가졍이 즉시 량인을 늣츄고 져의 몸의 가진 믈건을 뒤져내니 공교히 한 덩이 통령옥이 곳 화샹의 젼디 속의 잇ᄂᆞᆫ지라 (賈政當將兩人放鬆, 搜他隨身物件, 巧巧的一塊靈通寶玉, 卽在和尙兜肚中檢將出來.) <後紅 1:22>

13) 【젼디】 명 {전대(纏帶).} ¶ 纏帶 ‖ 젼디 <譯上 服飾 45a> <蒙下 器具 11b> 兜肚 ‖ 가졍이 즉시 량인을 늣츄고 져의 몸의 가진 믈건을 뒤져내니 공교히 한 덩이 통령옥이 곳 화샹의 젼디 속의 잇ᄂᆞᆫ지라 (賈政當將兩人放鬆, 搜他隨身物件, 巧巧的一塊靈通寶玉, 卽在和尙兜肚中檢將出來.) <後紅 1:22> ⇒ 견디, 전대

늘을 샌히고 남은 사룸의 바늘도 쏘흔 일졔히 싸혀 바리더라. 대옥과 쳥문이 믄득 당경신(當境神)의 길을 인도(引導)ᄒᆞᄂᆞᆫ 거술 죠츠 가시(賈氏) 가묘(家廟)의 니르러 혼뵉(魂魄)을 모흐미 노태태(老太太) 겨로 보내여 각기 회싱(回生)ᄒᆞ믄 이 아리 말의 쏘 주셰히 긔록ᄒᆞ엿ᄂᆞ니라.

차셜, 가경이 당각(當刻)의 다만 통령옥(通靈玉)을 손의 쥐고 그 나마 믈건은 즉시 졍일흥(程日興) 션싱을 쳥ᄒᆞ여 와 져의게 쳥ᄒᆞ여 량인(兩人)의 구쵸(口招)를 주셰히 긔록ᄒᆞ여 내고 쏘 【26】 일쟝 셔찰(書札)을 써셔 하눌이 밝기를 기다려 디방관(地方官)의게 보내여 즁률(重律)노 판리케 ᄒᆞᄂᆞᆫ지라. 졍일흥이 믄득 주긔 션즁(船中)의 니르러 동무로 더브러 급히 쥬션ᄒᆞ라 가더라. 가경이 주셰히 알미 화상(和尚)이 괴쉬(魁首) 되고 도ᄉᆞ(道士)ᄂᆞᆫ 츄종(騶從)이 되ᄂᆞᆫ지라. 화상을 ᄭᅮ지져 보옥의 미혼약(迷魂藥)을 플나 ᄒᆞ니 화상이 믄득 가경의게 쳥ᄒᆞ여 통령옥(通靈玉)을 도로 보옥을 쥬어 가지게 ᄒᆞ라 ᄒᆞ고 반 ᄉᆞ발 믈을 달나 ᄒᆞ여 손가락을 믈ᄉᆞ발의 너허 몃 글ᄌᆞ를 쓰고 입 속 【27】 으로 무어시라 외오더니 외오기를 맛치미 즉 그 믈을 보옥을 쥬어 마시게 ᄒᆞ더니 한즈음은 ᄒᆞ여 보옥이 믄득 능히 말을 ᄒᆞ여 가경의 앏흐로 다라 니르러 한 번 쳥안(請安)ᄒᆞ고 니르디,

"보옥이 맛당히 죽을지로다."

가경이 믄득 한 마디 ᄭᅮ지즈디,

"네 이 죠종(祖宗)을 욕되게 ᄒᆞ고 규구(規矩)를 직희지 아니ᄒᆞᄂᆞᆫ 노지(奴才)야."

ᄒᆞ니 비록 입으로는 ᄭᅮ지즈나 ᄆᆞ음의는 쏘흔 가쟝 참아 못ᄒᆞ니 이는 엇지미뇨 가련ᄒᆞ다. 가보옥이 금슈총즁(錦繡叢中)의 싱쟝(生長)ᄒᆞ고 쏘 가모(賈母)와 왕부인(王夫人)의 뵉 【28】 반(百般) 익셕(愛惜)ᄒᆞ믈 닙어 샹시(常時)의 습인(襲人) 등이 잇셔 복시(服侍)ᄒᆞ고 비명(焙茗) 등이 근슈(跟隨)ᄒᆞ여 바람이 져기 블면 믄득 말ᄒᆞ디,

"이야는 피ᄒᆞ라."

ᄒᆞ며 거름을 져기 급히 거르면 믄득 말ᄒᆞ디,

"셔셔히 가라."

ᄒᆞ여 졍히 비단 병풍으로 쟉약화(芍藥花)를 두루며 ᄉᆞ쟝(沙章)으로 꼿다온 난쵸(蘭草)를 호위(護衛)홈과 갓튀여 아름다히 기르미 비홀

더 업더니 이졔 젹승(賊僧) 젹도(賊道)의게 후려나가믈 닙으미 일노(一路)의 무로 풍상(風霜)을 격고 긔한(飢寒)을 면치 못ᄒᆞ니 그 여읜 얼골은 쏘흔 크게 젼(前)의 비치 못홀지 【29】 라. 가경이 평일의 비록 주뎨(子弟) 졉디ᄒᆞ기를 심엄(甚嚴)히 ᄒᆞ나 보옥이 눈믈을 먹음고 손을 느리고 겻히 시립(侍立)흔 거술 보미 심즁(心中)의 블샹히 너겨 믄득 ᄭᅮ지져 져로 ᄒᆞ여곰 가셔 주게 ᄒᆞ고 리일 아춤의 다시 너다려 무르리라 ᄒᆞ디 가경이 쏘 방심(放心)치 못ᄒᆞ여 져로 ᄒᆞ여곰 주긔를 ᄯᆞ라 한 방의셔 쉬게 ᄒᆞ고 믄득 즁인(衆人)을 ᄭᅮ지져 승도(僧道) 량인(兩人)을 엄히 결박(結縛)ᄒᆞ여 간슈ᄒᆞ라 ᄒᆞ고 주긔는 보옥을 다리고 함ᄭᅴ 와 탑의 드러오니 보옥이 평 【30】 싱의 일즉 부친을 ᄯᆞ라 주지 못ᄒᆞ엿고 쏘 주긔가 극히 큰 죄범(罪犯)이 잇ᄂᆞᆫ지라. ᄆᆞ음의 두군두군ᄒᆞ여 다만 두리디 가경이 져다려 무르면 대답홀 말이 업다 ᄒᆞ더니 엇지 알니오. 가경이 옷슬 그르고 취침(就寢)홀 시 다만 몃 마디 탄식ᄒᆞ고 믄득 일언(一言)도 아니ᄒᆞᄂᆞᆫ지라. 보옥이 ᄯᆞ라 주미 ᄆᆞ음의 그윽이 깃거ᄒᆞ디 쏘 일야(一夜)를 익과(捱過)ᄒᆞ고 다시 도리를 싱각ᄒᆞ리라 ᄒᆞ니 엇지 알니오. 가경과 보옥 량인(兩人) 심샹(心上)의 각각 스스로 ᄉᆞ량ᄒᆞ미 잇더라. 가경은 싱 【31】 각ᄒᆞ디,

'이 업쟝(業障)의 보옥이 날쩌붓허 믄득 입의 한 덩이 옥(玉)을 무러시니 쏘흔 희괴(稀怪)ᄒᆞ미 젼고(前古)의 듯지 못홀지라. 주연 셩졍(性情)이 괴벽(怪僻)ᄒᆞ고 쏘 노태태(老太太)와 태태(太太)를 만나 뵉반(百般) 익호(愛護)ᄒᆞ여 내 임의로 져를 가르치지 못ᄒᆞ지라. 공밍(孔孟) 글을 노하두고 즐겨 ᄆᆞ음 써 넑지 아니ᄒᆞ며 ᄋᆞ시(兒時)로 죠츠 다만 주미(姊妹) 총즁(叢中)의 잇셔 지분(脂粉)을 희롱(戲弄)ᄒᆞ며 져기 시ᄉᆞ(詩詞)를 비호더니 아지 못게라 무ᄉᆞᆫ 마(魔)가 들녀 셩혼(成婚)흔 후로붓허 쇼쇼(小小) 년긔(年紀)의 믄득 내뎐(內典) 글을 【32】 보고 망녕(妄靈)되이 셩블쟉죠(成佛作祖)ᄒᆞ기를 싱각ᄒᆞ니 말ᄒᆞ미 쏘흔 가히 우읍도다. 이ᄂᆞᆫ 졍히 총명(聰明) 두 글지 져를 그릇게 ᄒᆞ미니 이런 텬픔(天稟)을 가지고 졍도(正道)로 힝치 아니코 오늘날의 니르러 필경 리진졀쇽(離塵絕俗)ᄒᆞ려 ᄒᆞ다가 거의 비도(匪徒)의 손의 죽을 번ᄒᆞ여시니 실노이 니가 갈니믈

씨듯지 못흐리로다.'

쏘 싱각건디,

'졔가 이갓치 총명(聰明)치 못흐여 일시 심상(尋常) 즈데(子弟)가 되엿더면 도로혀 이런 타락(墮落)흔 지경의 니르지 아니흐여실 거시로디 쏘흔 【33】 다힝이 졔가 한 가지 일을 지으면 그 한 가지를 지으면 그 한 가지를 일워 믄득 셩인(成人)흔 사람이라도 쏘흔 져를 밋지 못흐니 졔가 과업(科業)의도 별노 공부(工夫)를 쓰지 아냐 란♀(蘭兒)와 갓치 어려셔붓허 미두(埋頭)흐여 글을 닑지 아니흐여시디 엇지 몃 달 공부를 흐더니 한 번의 일홈을 일워 믄득 놉히 데칠명(第七名)의 참예(參與)흔 거인(擧人)이 되니 이는 쏘흔 희한흐도다. 동시(同時) 훈쳑(勳戚) 즈데(子弟) 쳔만인(千萬人) 즁(中)의셔 갈히여 내여도 실노 그런 사람이 업술지니 고이 【34】 치 아니토다.'

북졍왕(北靖王)이 한 번 낫츨 보미 곳 괄목샹대(刮目相對)흐여시며 쏘 다만 니르디,

"졔가 햐락(下落)이 업다 흐엿더니 엇지 알니오. 졔가 쏘 스스로 도라왓시니 필경 이는 가시(賈氏) 운(運)이 쇠(衰)치 아니미라. 쟝리 다리고 도라가 엄(嚴)히 가르치면 쏘흔 노태태(老太太)의 이호(愛護)흠도 업고 믄득 태태(太太)가 잇셔도 이런 광경을 보면 쏘흔 능히 말니지 못홀지니 혹 셩취(成就)흐여 내면 도로혀 젼졍이 이실 거시로디 다만 이번 도라가미 엇지 사람을 보리오?"

부득불(不得不) 말흐디,

"졔가 【35】 근쳐 산스(山寺) 즁(中)의 잇셔 방황흐더라."

흐여 엄젹(掩迹)흘 거시오. 쏘 싱각흐미,

'져의 풍증(瘋症)의 병(病)이 져의 모친 말 굿틀진디 실노이 디옥을 인흐여 낫다 흐니 도쥬출가(逃走出家)흔 것도 엇지 쏘 대옥을 인흐미 아니리오? 이졔 화샹(和尙)의 말을 드르미 대옥이 오히려 가히 회싱(回生)흐리라 흐니 만일 이 말이 과연 진젹(眞的)흘진디 반드시 대옥으로 져의게 비필(配匹)흐여야 바야흐로 가히 져의 망샹(妄想)을 막으리로다.'

인(因)흐여 쏘 싱각흐미,

'대옥의 모친이 어려셔붓허 【36】 날노 더브러 우익(友愛)잇더니 블힝(不幸)흐여 일즉 기셰(棄世)흐고 다만 이 딸을 머믈너시니 비록 양즈(養子) 량옥(良玉)이 이시나 필경 긔츌(己出)이 아니라 내 근본(根本) 쥬의(主意)를 뎡흐여 대옥으로 식부(媳婦)를 삼을 거시어놀 엇지 출문(出門)흔 후의 쵸쵸(草草)히 보챠(寶釵)와 혼스(婚事)를 졍흐엿느뇨? 이는 모다 태태(太太)의 즈미(姊妹) 졍(情)은 깁고 고슈(姑嫂)의 싱각은 열부미라. 이러므로 즈긔 외싱녀(外甥女)는 곳 빙례(聘禮)하여 오고즈 흐고 나의 외싱녀(外甥女)는 곳 밀쳐너려 흐디 노태태(老太太)를 밧드러 쥬쟝(主掌)이 되시게 흐여 【37】 날노 흐여곰 감히 좃지 아니케 못흐여시디 기실(其實)은 대옥의 위인(爲人)이 온즁(穩重)흐고 령리(伶俐)흐여 쳐음의 부즁(府中)의 왓실 찌의 사람마다 칭찬흐며 노태태(老太太)도 쏘흔 져를 사랑흐여 보옥과 일반(一般)으로 보시더니 후리(後來)의 다만 련♀(璉兒) 식뷔(媳婦) 노태태(老太太) 앏히셔 쟝단(長短)을 말흐고 쏘 태태(太太) 앏히셔 흑빅(黑白)을 말흐여 곳 져를 칭찬흐여도 가만 흔 가온디 계교(計巧)를 부려 져의 단쳐(短處)를 형용(形容)흐미 그 후의는 태태도 쏘흔 한 길노 말흐고 노태태도 쏘흔 대단이 져를 스랑치 아니 【38】 흐시니 나는 즁간의 잇셔 엇지 아지 못흐리오? 죠흔 영(榮) 녕(寧) 량부(兩府)를 련♀(璉兒) 식부(媳婦)의 희롱(戲弄)흐믈 닙어 인명대스(人命大事)도 잇고 스통외관(私通外官)흠도 잇셔 지금의 니르러는 도로혀 일개(一個) 리(利)를 취흐여 쇼민(小民)을 히롭게 흐는 일홈을 어더시니 죠종(祖宗)이 드르시면 쏘흔 두발(頭髮)이 샹지흐려 흐시리니 져를 블너 와 몃 히를 간검(看檢)흐미 희롱(戲弄)흐여 이 지경의 니르럿시니 필경 이는 졔가 대옥을 투긔(妬忌)흐여 다만 두리더 보옥의 식뷔(媳婦) 되면 곳 영국부(榮國府) 회계 【39】 가음아는 한 즈리를 아스리라 흐여 그러므로 가마니 독계(毒計)를 베프러 공연이 대옥을 가져 긔가 막혀 죽게 흐고 순편(順便)으로 쏘 태태(太太)의 뜻을 맛초아 보챠를 영취(迎娶)흐여 오미 극히 츙후(忠厚)흐여 등한(等閒)흔 일을 아른 체 아니흐미 계가 곳 텬디(天地)와 갓치 쟝구(長久)히 이 부즁(府中)의 픠왕(覇王)이 되리라 흐미러니 이졔는 졔가 어디로 갓느뇨? 도로혀 뒤가 셩치 못흐여 다만 일개(一個) 교져(巧姐)를 머무럿도다.'

ᄒᆞ고 가졍이 ᄉᆡᆼ각이 이곳의 니ᄅᆞ미 믄득 보옥이 한ᄒᆞ던 ᄆᆞ옴을 가져 이왕【40】 죽은 왕희봉(王熙鳳)을 한(恨)ᄒᆞ며 ᄯᅩ 간졀이 대옥의 회ᄉᆡᆼ(回生)ᄒᆞ여 나믈 바라더라. 보옥은 ᄯᅩ ᄉᆡᆼ각ᄒᆞ여 니ᄅᆞ디,

'내가 츌셰(出世)ᄒᆞᄆᆞ로 붓허 금의옥식(錦衣玉食)으로 날마다 ᄌᆞ미(姉妹) 총즁(叢中)의셔 날을 보내미 그 즐거온 취미 비홀 더 업ᄉᆞ니 어내 한 가지 일이 칭심만의(稱心滿意)치 아니ᄒᆞ여시리오마는 다만 림미미(林妹妹)의 엄홀(奄忽)ᄒᆞᄆᆞᆯ 인ᄒᆞ여 만단 번뇌(煩惱)ᄒᆞ다가 츌가(出家)ᄒᆞᆯ ᄉᆡᆼ각의 니ᄅᆞ러시니 내 원러 ᄉᆡᆼ각ᄒᆞ기는 션블(仙佛)을 일운 후의 텬샹(天上)으로 가 림미미(林妹妹)를 ᄎᆞᆺ ᄌᆞ 한가지로 날을 지【41】내고ᄌᆞ ᄒᆞ더니 ᄯᅩ 이 화샹(和尙)이 이 부즁(府中)의 니ᄅᆞ믈 만나미 셩블(成佛)ᄒᆞᄂᆞᆫ 법을 말ᄒᆞ더 십분 용이(容易)ᄒᆞ다 ᄒᆞᄂᆞᆫ지라. 다만 ᄆᆞ옴의 홍진(紅塵)을 피ᄒᆞ여 가셔 져와 갓치 대황산(大荒山)의 니ᄅᆞ러 멋 날을 안ᄌᆞ 한 번 명심견셩(明心見性)ᄒᆞ면 곳 가히 육신(肉身)으로 하늘의 올나 림미미를 ᄎᆞᆺ고져 ᄒᆞ엿더니 엇지 알니오 이 요승(妖僧)이 과쟝(科場)의셔 나와 셔로 만나므로붓허 미혼약(迷魂藥)을 ᄲᅳ리며 통령옥(通靈玉)을 ᄶᅥ혀 쳔신만고(千辛萬苦)ᄒᆞ여 ᄯᆞ라 이곳의 니ᄅᆞ러시니 가쟝 괴로온 거슨 ᄆᆞ옴의ᄂᆞᆫ 명빅(明白)ᄒᆞᆫ 일【42】을 능히 말을 ᄒᆞ지 못ᄒᆞᆯ지니 일노(一路)의 이 량개(兩個) 젹승(賊僧) 젹도(賊道)를 복시ᄒᆞ여 길의 힝ᄒᆞ미 의복보(衣服褓)를 지라 ᄒᆞ고 참(站)의 니ᄅᆞ미 ᄌᆞ리를 펴라 ᄒᆞ여 즁(重)ᄒᆞ면 곳 치고 경(輕)ᄒᆞ면 곳 ᄭᅮ지ᄌᆞ니 원러 화샹(和尙)의 뎨ᄌᆞ 이갓치 어렵도다. 젼일(前日) 비명(焙茗)이 나를 미실 ᄯᅵ의도 ᄯᅩᄒᆞᆫ 이 지경의 니ᄅᆞ지 아니ᄒᆞ엿나니라. 내가 길의셔 멋 곳 관ᄉᆞ(官司)의 방문(榜文)을 보미 ᄶᅵ엿시더 뎨칠명(第七名) 거인(擧人) 가보옥(賈寶玉)을 일헛다 ᄒᆞ고 년긔(年紀)와 모양을 밝히 버려 각쳐의 방구(訪求)ᄒᆞᆫ【43】다 ᄒᆞ여시더 나는 다만 능히 언어를 못ᄒᆞ여 ᄌᆞ현ᄒᆞᆯ 길이 업ᄉᆞ니 가히 한ᄒᆞᄂᆞᆫ 거슨 이 젹승(賊僧) 젹되(賊道) 나를 ᄭᅳ을고 갓치 와 빅반(百般) 고쵸(苦楚)를 격게 ᄒᆞ고 필경 나를 파라 희ᄌᆞ(戱子)를 민둘녀 ᄒᆞ나 다만 다힝이 이 두 도젹(盜賊)이 져의 법을 죠ᄎᆞ 음ᄉᆞ(淫邪)를 경계ᄒᆞ엿도다. 그러치 아니ᄒᆞ더면 내 도로혀 견

더리오? 이졔 이 두 도젹이 ᄯᅩᄒᆞᆫ 노야(老爺)의 쳐치ᄒᆞ믈 닙어시나 도로혀 견더깃시더 아지 못게라 리일 아츔의 지방관(地方官)의게 보내면 ᄯᅩ 엇더케 보복(報服)을 바드리오 가쟝 깃【44】븐 거슨 노얘(老爺) 림미미와 쳥문(晴雯)의 바눌을 모다 ᄲᅢ혓시니 혹 진개(眞個) 회ᄉᆡᆼ(回生)ᄒᆞ여 내 만일 금싱금셰(今生今世)의 다시 이 두 사ᄅᆞᆷ을 보면 내 도로혀 무ᄉᆞᆫ 션블(仙佛)이 되고ᄌᆞ ᄒᆞ리오? 이거시 산 신션(神仙)이 아니냐? 다만 ᄉᆡᆼ각건디 집을 ᄯᅥ나던 날의 태태(太太)와 대슈ᄌᆞ(大嫂子)와 보져져(寶姐姐)를 더ᄒᆞ여 쟝즁(場中)의 드러갈 말을 ᄒᆞ고 여간 블가의 말도 ᄒᆞ여시며 ᄯᅥ날 ᄯᅦ의 도로혀 하늘을 우러러 말ᄒᆞ더, "다라나노라." ᄒᆞ엿더니 이번의 ᄯᅩ 노야(老爺)를 ᄯᅡ라 도라가면 가히 붓그럽지 아니리오? 곳 져의 등【45】이 고지식지 아니타 닐너도 환형뎨(環兄弟)와 란ᄋᆞ(蘭兒)의 우음의 말을 닙으면 ᄯᅩᄒᆞᆫ 붓그러오믈 견더기 어렵고 ᄒᆞ믈며 문 밧긔 나가면 여러 집과 여러 친구가 이시니 진졍 붓그려 죽깃시더 아지 못게라 노야(老爺)가 가히 능히 나를 위ᄒᆞ여 거ᄌᆞᆺ말노 엄젹(掩迹)ᄒᆞ시랴.'

ᄯᅩ ᄉᆡᆼ각건디,

'화샹(和尙)의 호로(葫蘆) ᄯᅩᄒᆞᆫ 취미가 잇ᄂᆞᆫ지라. 내 비록 져롤 죠ᄎᆞ 은신법(隱身法)을 비화시나 다만 능히 이 호로(葫蘆)를 엇지 못ᄒᆞ엿시니 원러 몽경(夢境)을 ᄯᅩᄒᆞᆫ 가히 변환(變幻)케 ᄒᆞᆯ진디 나의 젼일의 허다【46】 환몽(幻夢)도 다만 져허컨디 ᄯᅩᄒᆞᆫ 져의 미리 비포(擺布)ᄒᆞ미니 고이토다. 허다 경계(境界)가 잇고 허다 칙ᄌᆞ(冊子)가 이시나 내가 사ᄅᆞᆷ의게 고ᄒᆞ면 사ᄅᆞᆷ이 도로혀 밋지 아니리니 내 엇지 져의 호로(葫蘆)를 도득ᄒᆞ여 스스로 ᄯᅩᄒᆞᆫ 가지고 도라가 져를 한 번 시험ᄒᆞ면 가쟝 취미가 이시리로다.'

ᄒᆞ며 홀연이 ᄯᅩ 젼일(前日) 긔관(琪官) 일ᄉᆞ(一事)를 ᄉᆡᆼ각ᄒᆞ미 그 ᄯᅦ의도 노야(老爺)의게 반즘 죽도록 치믈 닙어 림미미로 ᄒᆞ여곰 ᄆᆞ옴이 샹ᄒᆞ여 견디지 못ᄒᆞ엿거늘 이졔 도쥬(逃走)ᄒᆞᆫ ᄉᆞ졍(事情)은 긔관(琪官)의 ᄉᆞ졍(事情)【47】의 비컨디 더옥 큰지라. 아지 못게라 노야(老爺)가 발쟉ᄒᆞ여 낼진디 이곳의 ᄯᅩ 태태(太太)의 구호(救護)ᄒᆞ미 업ᄉᆞ니 셩(性)이 대단이 발(發)ᄒᆞ여 당각(當刻)의 쳐결ᄒᆞ여 죽게 아니ᄒᆞ여도 노즁(路

中)의셔 경심야졍(更深夜靜) 찌롤 타 믈 속의 너
흐면 내가 곳 션즁(船中)으로 다라와 스스로 셩
명(性命)을 보내미로다. 믄득 가졍의 동졍(動靜)
을 보건디 대단이 이련(哀憐)흔 뜻이 이시니 혹
춤아 이런 독흔 일을 힝치 아니코 필경 졍죠의
으돌 치는 것과 일반일 닷흐도다. 싱각이 이곳
의 니르미 또 십분 의혹【48】을 픔어시니 이는
모다 보옥의 어린 심졍으로 한 번 풍파(風波)롤
지내고 오히려 즐겨 므음을 한갈갓게 바르게 가
지지 못흐미라. 이런 의론(議論)은 또흔 텬하(天
下)의 총명즈뎨(聰明子弟)롤 찌닷게 흐며 다시는
공연이 블도(佛道) 의론(議論)흐기롤 죠하흐여
흉도의 가 유흔 비 되여 몸을 맛츠는 지경의 니
르지 아니케 흐미로다. 다만 가시(賈氏) 부즁(府
中)으로 의론흘지라도 젼일(前日)의 일개 가경과
금일(今日)의 일개 보옥이 다 은감(殷鑑)이 될지
니 다힝히 보옥은 도라왓거니와 가경은 임의【
49】집을 바리고 간 곳을 모르느니 미양 스대위
(士大夫) 공명(功名)을 일우고 고요히 안즈 셰월
을 보내미 이런 무뢰(無賴) 쇼인(小人)들이 비밀
흔 방술(方術)이 잇다 가탁(假託)흐고 쳔방빅계
(千方百計)로 인유(引誘)흐여 련단(鍊丹)흐는 말
을 가져 지믈(才物)을 쇽여 취흐디 또흔 젹은
효험(效驗)이 잇셔 사룸의 므음을 고혹(蠱惑)게
흐나 말쵸(末梢)의 니르러는 필경 셩취(成就)흐
는 거시 업고 다만 져만 계교(計巧)롤 일우고
가나 쇽은 비 된 사룸은 도로혀 즐겨 져의 간스
(奸邪)흔 거슨 말 아니흐고 다만 즈긔의 호스다
마(好事多魔)흐믈 말흐여 져롤【50】위흐여 엄
젹(掩迹)흐니 대져 한무뎨(漢武帝)는 곳 고인(古
人) 즁의 뎨일 총명(聰明)흔 텬지(天子)로디 무
슈(無數)흔 방스(方士)롤 구흐여 신션이 되고즈
흐다가 말년의 니르러 즈긔가 진개 큰 도롤 찌
다라 말흐디,

"텬하(天下)의 엇지 신션이 이시리오?"

흐니 스긔(史記)의 긔록흔 거술 보면 쇼연
이 알지로다. 원리 신션이 하나토 업다 니르기
어려오나 다만 신션은 공덕(功德)으로 일우고
인쟉(人作)으로 강잉(强仍)흐지 못흐리니 사룸이
셰상의 나 과연 능히 인륜(人倫)을 붉히고 빅셩
과 만믈의 은퇴(恩澤)을 더흐면【51】신션이 되
지 못흐믈 두리지 아닐지니 이는 일졍흔 리치
(理致)로다.

챠셜, 가졍(賈政)과 보옥(寶玉)이 한 탑(榻)
의셔 갓치 쉬미 죵야(終夜)롤 즈지 못흐여시니
대져 피치(彼此) 다 의외(意外)의 쾌락(快樂)흔
곳이 만코 흐믈며 보옥이 시로 놉히 과명(科名)
을 어든지라. 가졍의 깃브미 또 젹지 아니터라.
언마 못되여 하늘이 곳 붉으미 부즈(父子) 량인
(兩人)이 믄득 몸을 닐더니 졍일흥(程日興)이 션
즁(船中)으로 드러와 지은 바 공쵸(供招)와 셔찰
(書札)을 가져 가졍을 뵈오니 가졍이 말하디,

"가쟝 죠타."

흐나 다만 보옥 두 즈(字)롤【52】휘(諱)흐
고자 흐니 일기 쇼시(小廝) 명(名) 딴(呌)로 곳치
고 다만 말흐디,

"이 젹인(賊人)이 부즁(府中) 옥믈(玉物)을
도젹흐고 미혼약(迷魂藥)으로 쇼시(小廝)롤 찌와
다라나다가 길의셔 잡아 분명(分明)이 공쵸(供
招)롤 바다시니 맛당히 디방관(地方官)의게 보내
여 도젹 다스라는 젼례(典例)디로 타스(打死)흐
라."

말흐여시며 또 각인(各人)의게 분부(分付)
흐여 모다 보옥의 일을 은휘(隱諱)흐여 다만 말
흐디,

"일쳐(一處) 사즁(寺中)의 잇셔 들녜는 거
술 피흐엿다."

흐고 구틱여 실졍(實情)을 말흐지 말나 흐
니 보옥이 또흔 방심(放心)흐더라. 가졍이 보옥
을 십분(十分)【53】블샹히 너겨 분부흐여 져롤
죠리케 흐고 또 제가 죠셜근(曹雪芹) 션싱으로
더브러 필믁지교(筆墨之交)룰 알고 몬져 셔신(書
信)을 뻐 가즁(家中)의 붓쳐 위로흐고 아오로 죠
션싱(曹先生)을 쳥(請)흐여 샬니 와 보옥을 짝지
어 한가지로 도라가게 흐니 보옥이 이 졍경(情
景)을 보고 더욱 감격흐여 흐더라. 가졍이 믄득
교즈(轎子)롤 타고 언덕의 올나 승도(僧道)롤 가
져 디방관(地方官)의게 친히 밋기고 일일히 고
흐니 디방관(地方官)이 가졍이 원비(元妃) 국쳑
(國戚)이믈 알고 또 증인(證人)이 젹확(的確)흔지
라. 즉시 좌긔(坐起)흐여 심문(審問)【54】흐고
량젹(兩賊)을 일시의 엄곤(嚴棍)으로 타스(打死)
흐며 또 호로(葫蘆) 등믈은 모다 블의 틴인 후
의 가졍을 비로 도라가게 흐니 가보옥이 바야흐
로 안심(安心)흐여 가졍을 짜라 경셩(京城)으로
도라가더라.

챠셜, 영국부즁(榮國府中)의 보옥이 다라난 후로붓허 니마미(李嬷嬷) 일쟝(一場) 통샹(痛傷)ᄒ더니 곳 노병(老病)ᄒ여 하셰(下世)ᄒᄂᆞᆫ지라. 왕부인(王夫人)과 보챠 등이 비통(悲痛)ᄒᆞ믈 마지 아니코 가련(賈璉)은 ᄯᅩ 가경을 영졉(迎接)ᄒ라 가며 셜이마(薛姨媽)ᄂᆞᆫ 비록 왕부인(王夫人) 보챠 겻히 잇셔 권희(勸解)ᄒ나 말이 즁간의 니ᄅᆞ면 ᄌᆞ긔도 ᄯᅩᄒᆞᆫ 【55】 눈믈을 흘니며 다만 니환(李紈)은 가란(賈蘭)의 등과(登科)ᄒᆞ믈 보고 심즁(心中)의 회환(喜歡)ᄒ나 ᄯᅩᄒᆞᆫ 보옥이 도쥬(逃走)ᄒᆞ믈 인ᄒ여 왕부인(王夫人) 앏히셔 감히 회환(喜歡)ᄒᆞᆫ 의ᄉᆞ(意思)ᄅᆞᆯ 뵈지 못ᄒ고 ᄯᅩ 근일(近日)의 가되(家道) 간난(艱難)ᄒᆞ믈 인ᄒ여 미ᄉᆞ(每事) 쳘쥬ᄒᆞᆫ지라. 비록 노태태(老太太)의 령구(靈柩)ᄅᆞᆯ 치송(治送)ᄒᆞᆫ다 ᄒ나 노태태의 대옥의 치샹(治喪)ᄒᆞ믈 위ᄒ여 머믈어 두엇던 바 오빅금(五百金)을 ᄯᅩᄒᆞᆫ 나이(挪移)ᄒ여 쓴지라. 이러므로 대옥의 령구(靈柩)ᄂᆞᆫ 오히려 쇼샹관(瀟湘館) 안의 머믈고 다만 ᄌᆞ견(紫鵑) 일인이 이셔 시시(時時)로 문을 열고 드러가 【56】 틋글을 쓸고 향을 피우더라.

왕부인(王夫人)이 습인(襲人)을 보내여 쟝옥함(蔣玉菡)의게 싀집가게 ᄒᆞᆫ 후의 각 방즁의 쓰지 못ᄒᆞᆯ 챠환(丫鬟)들을 낫낫치 내여 보내되 다만 오ᄋᆞ(五兒)ᄂᆞᆫ 내여보내려 ᄒᆞ엿다가 졔가 져의 모친의게 울며 부즁(府中)의 잇기를 쳥ᄒ거늘 왕부인(王夫人)이 져의 ᄆᆞᄋᆞᆷ을 락막(落寞)게 ᄒ고ᄌᆞ ᄒ여 ᄒ여곰 보챠를 뫼시지 아니케 ᄒ고 도로혀 져로 ᄒ여곰 셕츈(惜春)과 ᄌᆞ견으로 더브러 갓치 거ᄒ여 쇼향비블(燒香拜佛)케 ᄒ니 졍히 져로 ᄒ여곰 번뇌(煩惱)ᄒ여 가기를 구ᄒ 【57】 게 ᄒᆞᄂᆞᆫ 뜻이러라. 뉘 알니오 오이(五兒) 셕츈과 ᄌᆞ견을 ᄯᅡ라 십분 화합(和合)ᄒ더니 믄득 간 지 슈일(數日) 만의 감고로 아라 졈졈 즁(重)ᄒ되 져 스위 한ᄒ여 나가지 아니ᄒᆞᄂᆞᆫ지라. ᄌᆞ견이 슈고를 피치 아니코 져를 슈호(守護)ᄒ더니 일야(一夜)ᄂᆞᆫ 엄엄(奄奄)ᄒ여 필경 대옥의 림죵시(臨終時) 광경이 잇ᄂᆞᆫ지라. ᄌᆞ견이 졍히 셕츈으로 더브러 의론(議論)ᄒ고 왕부인(王夫人)긔 픔ᄒ려 ᄒ더니 이 날 져녁의 ᄌᆞ견의 몽즁(夢中)의 믄득 보미 쳥문이 방으로 드러오되 만면(滿面) 희식(喜色)으로 말ᄒ여 니ᄅᆞ되,

"ᄌᆞ견져 【58】 져(紫鵑姐姐)야 내가 도라 왓노라 너의 림고낭(林姑娘)도 ᄯᅩᄒᆞᆫ 져긔 이셔 너롤 기다리나니라."

ᄒ거놀 ᄎᆞ시(此時) ᄌᆞ견이 대옥의 죽은 줄은 분명이 아더 믄득 쳥문도 죽은 줄은 이졋ᄂᆞᆫ지라. 말ᄒ되,

"쳥문미미(晴雯妹妹)야 너는 나롤 속이지 말나, 나는 다만 밋지 아니ᄒ노라."

쳥문이 니ᄅᆞ되,

"내가 너롤 속이랴 네가 밋지 아니커든 나롤 ᄯᅡ라가 너의 림고랑을 보라."

ᄌᆞ견이 년망히 니러나 쳥문을 ᄯᅡ라 바로 일즉 쇼샹관(瀟湘館)의 니ᄅᆞ니 진개(眞個) 림대옥이 아릿다온 모양으로 그곳 【59】 의 셧ᄂᆞᆫ지라. ᄌᆞ견이 밋쳐 입을 여지 못ᄒ여 대옥이 니ᄅᆞ되,

"ᄌᆞ견미미(紫鵑妹妹)야 내가 스스로 집의 니ᄅᆞ럿시되 도로혀 능히 드러가지 못ᄒ니 나는 가쟝 괴롭도다."

ᄒ고 믄득 슈건을 가져 눈믈을 ᄲᅵᆺ거놀 ᄌᆞ견이 일쟝 통곡의 졍히 말ᄒ고ᄌᆞ ᄒ더니 쳥문이 니ᄅᆞ되,

"림고낭아, 내 임의 너롤 위ᄒ여 ᄌᆞ견져져롤 ᄎᆞᄌᆞ 와시니 나는 내 집으로 가려 ᄒ노라."

ᄌᆞ견이 몸을 도로혀 ᄯᆞ러 멈츄려 ᄒ다가 믄득 쳥문의게 한 번 밀치여 구러진 비 된지라. 홀연 ᄭᆡ【60】 니 믄득 ᄭᅮᆷ이더 혼신(渾身)의 찬ᄯᆞᆷ이 흐ᄅᆞᄂᆞᆫ지라. 잔등(殘燈)이 반명반멸(半明半滅)ᄒ며 경졈(更點)을 드ᄅᆞ미 임의 ᄉᆞ경(四更)을 치거놀 ᄌᆞ견이 감샹블이(感傷不已)ᄒ여 몸을 니러 등블을 도도고 오ᄋᆞ(五兒)의 캉 앏히 니ᄅᆞ러 져다려 무ᄅᆞ되,

"탕슈(湯水)롤 마시려 ᄒᆞᄂᆞᆫ?"

ᄒ니 다만 미미(微微)ᄒᆞᆫ 슘긔만 잇ᄂᆞᆫ지라. ᄌᆞ견이 믄득 등(燈)을 가지고 갓가히 가며 노파(老婆)롤 블너 믉근 죽을 가져오라 ᄒ여 경경(輕輕)히 먹이니 오이(五兒) 필경 몃 먹음 마시 다시 ᄯᅩ 몃 마디 기춤ᄒ더니 오경(五更)의 니ᄅᆞ러ᄂᆞᆫ 말ᄒ여 니ᄅᆞ 【61】 되,

"이ᄂᆞᆫ 어내 곳이뇨?"

ᄌᆞ견이 니ᄅᆞ되,

"오ᄋᆞ미미(五兒妹妹)야, 너ᄂᆞᆫ 후두ᄒᆞᆫ 믈건이로다. 이거시 네 캉이 아니며 나ᄂᆞᆫ 도로혀 캉가의 안졋노라."

오이 머리롤 혼들고 니르더,

"나는 오이 아니오 곳 청문이로라."

즈견이 대경ᄒ여 몽즁ᄉ(夢中事)롤 싱각ᄒ미 청문이 몸으로 비러 회싱(回生)치 아니ᄒ엿다 니르기 어렵고 노파(老婆)도 쏘흔 슈각(手脚)이 황망(慌忙)ᄒ여 즉시 셕츈의게 고ᄒ며 한 집 안의 도로혀 칠팔(七八) 인(人)이 잇셔 일졔히 따라와 오ᄋ(五兒)의 캉 앏히 니르러 져의 셩음(聲音)을 드르미 완연(宛然)이 【62】 청문이오, 졔반(諸般) 동졍(動靜)도 일호(一毫) 다르미 업스며 더욱 볼스록 더욱 갓흔지라. 즈견이 믄득 말ᄒ더,

"모다 황망(慌忙)히 구지 말나. 오이(五兒) 혹 병(病) 즁(中)의 후두(糊塗)ᄒ미나 혹 ᄉ긔(邪氣)가 들녓는지 쏘흔 알기 어렵고 셜스 청문이 몸을 비러 회싱(回生)ᄒ엿다 ᄒ여도 쏘흔 잇는 일이니 아즉 하늘이 쾌히 붉기롤 기다려 모다 태태(太太)긔 픔ᄒ라 가리라. 다만 방즈 일몽(一夢)이 십분 긔괴(奇怪)ᄒ니 진개 청문이 회싱(回生)치 아니ᄒ엿다 니르기 어렵도다."

셕츈이 무르더,

"이 무숨 【63】 꿈이뇨?"

즈견이 믄득 몽즁(夢中) 광경(光景)을 일일히 말ᄒ니 셕츈이 니르더,

"이러ᄐᆺ 말ᄒᆯ 양이면 너의 림고낭(林姑娘)도 쏘흔 ᄉ라 니러나리로다."

즈견이 니르더,

"졍히 올토다. 내 이즈음의 곳 쇼샹관(瀟湘館)의 가셔 림고낭을 붓드러 니르혀지 못ᄒ는 거시 한이로다. 몽즁의 명명빅빅(明明白白)ᄒ니 가쟝 긔괴ᄒ도다."

즈견이 졍히 셜화(說話)ᄒᆯ 쩌의 캉 샹의 병인(病人)이 믄득 말ᄒ더,

"무슨 긔괴(奇怪)ᄒ미 이시리오. 내 방즈 림고낭과 갓치 도라오미 원리 명빅(明白)ᄒ니 다만 너의는 태태(太太) 【64】 긔 픔ᄒ여 태태(太太)로 ᄒ여곰 다시 나롤 내여 보내라. 다만 젼일(前日) 나롤 내여 보낼 쩌는 내가 이야(二爺)롤 유인(誘引)ᄒᆯ가 져허ᄒ미어니와 이졔는 이애(二爺) 집의 업스니 쏘흔 나롤 머믈너 몃 날을 잇게 ᄒ미 무방(無妨)토다. 이애(二爺) 도라오거든 다시 나롤 내여 보내라."

셕츈이 한 번 ᄎ언(此言)을 드르미 담(耼)

을 크게 ᄒ고 갓가이 가 져롤 진개(眞個) 청문으로 알고 니르더,

"네 이야(二爺)의 햐락(下落)을 알 듯ᄒ도다."

청문이 니르더,

"나와 다못 림고낭이 원리 이야와 한 곳으로 갓치 와시니 이졔 【65】 림고낭도 쏘흔 회싱(回生)ᄒ엿고 이야도 쏘흔 쟝츳 도라오리라."

셕츈 즈견 량인(兩人)이 각각 심ᄉ(心事) 잇셔 하나흔 보옥을 싱각ᄒ고 하나흔 대옥을 싱각ᄒ여 한 번 이 말을 듯더니 블승대희(不勝大喜)ᄒ여 곳 캉 샹 병인이 진개(眞個) 청문이믈 알고 져롤 지촉ᄒ여 다시 몃 먹음 죽을 마시게 ᄒ고 므음것 져의 리평(??)을 무르려 ᄒ더라. 청문이 명슈(命壽) 맛당히 몸을 비러 회싱(回生)ᄒᆯ지라. 일즉 졍신(精神)을 뎡ᄒ미 신형(神形)이 임의 합ᄒ고 셕츈이 쏘 인삼(人蔘)을 뽑어 미음의 【66】 셕거 져롤 강잉(强仍)ᄒ여 마시게 ᄒ는지라. 청문이 강쟉(强作)ᄒ여 노파(老婆)의게 의지ᄒ여 니러 안즈 가졍(賈政)이 노즁(路中)의셔 보옥을 만나보고 승도(僧道)의게 심문ᄒ여 바눌을 빠혀 즈긔와 림고낭(林姑娘)을 방셕(放釋)ᄒ던 일을 일일히 말ᄒ며 쏘 말ᄒ더,

"인노신(引路神)이 잇셔 날과 다못 림고낭을 가묘(家廟)의 보내여 니르러 노태태(老太太)롤 따라 지휘(指揮)롤 바다 회싱(回生)ᄒ여시미 이졔 림고낭은 임의 쇼샹관(瀟湘館) 안의 이시더 다만 명일(明日) ᄉ쵸(巳初) 일긱(一刻)을 기다려 즉시 회싱(回生)ᄒᆯ 거시오, 보이야(寶二爺)는 노야(老爺) 【67】 션즁(船中)의 이시니 부득블(不得不) 한가지로 도라오리라."

셕츈(惜春)과 즈견(紫鵑)이 듯고 다시 진가(眞假)롤 의론(議論)치 아니ᄒ고 즉시 왕부인(王夫人) 방의 니르러 문을 열고 드러가니 뉘 알니오. 왕부인(王夫人)이 홀노 등블을 밝히고 안즈시니 원리 왕부인(王夫人)이 노태태(老太太) 하셰(下世)ᄒᆯ 쩌 유언(遺言)을 위ᄒ여 희란(喜鸞) 희봉(喜鳳)이 부모 썅망(雙亡)ᄒ므로 거느려 와 방즁(房中)의 두고 친싱(親生)갓치 보미 이 량인(兩人)이 쟝시 왕부인을 뫼시다가 져녁의 니르러 쏘흔 즈긔 방으로 도라갓는지라. 셕츈과 즈견이 믄득 【68】 청문의 말을 일일히 왕부인긔 고ᄒ니 왕부인(王夫人)이 극히 환희(歡喜)ᄒ여

니르디,

"이도 쏘흔 긔괴(奇怪)흐도다. 나도 스경(四更) 쯤의 명빅(明白)히 꿈의 보미 노태태(老太太) 엄연이 다다드러와 내 엇기롤 치며 니르디 '림챠뒤 즁싱(重生)홀 거시니 명일 수쵸(巳初) 일긱(一刻)의 샐니 가셔 관(棺)을 열고 져롤 구흐라' 흐시거눌 내가 십분(十分) 겁이 나디 다만 혜건디 노태태(老太太)의 음령(陰靈)이 날다려 평일(平日) 머무러 두신 바 오빅(五百) 금(金)을 나이(挪移)흐여 쓰고 님차두의 령구치숑(靈柩治送)을 태만(怠慢)흐믈 꾸지즈신다【69】흐여 내가 믄득 말흐디 '노태태(老太太)눈 넘녀(念慮) 말나. 림고냥(林姑娘)의 숑구(送柩) 일즈눈 쥬야(晝夜) 무음의 이시니 맛당히 진시 판리흐리라.' 흐엿더니 노태태(老太太) 믄득 셩내여 니르디 '너는 후두(糊塗)치 말나. 내 너로 더브러 졍경(正經)의 말을 흐거눌 너는 도로혀 희언(戱言)인 쥴 아니 엇지 이런 니치(理致)가 이시리오? 님챠뒤 보옥으로 더브러 젼싱(前生)의 졍흔 비필(配匹)은 니르지 말고 곳 영(榮) 녕(寧) 량뷔(兩府) 쟝리 쏘흔 림챠두 슈즁(手中)의 홍왕(興旺)흐리니 너는 긔록흐여 두라 네 만일 밋지 아니흐거든 네게【70】 한 가지 표(表)홀 믈건을 쥬리라' 말을 맛치고 믄득 슈즁(手中)의 슈셩쟝(壽星杖)을 가져 더지시눈지라. 나롤 놀내여 삽시간의 꿈을 끼미 샹(床) 우희 믄득 노태태(老太太) 평일(平日)의 집헛던 슈셩쟝(壽星杖)이 잇더라. 너의 등은 보라 올흐냐, 올치 아니냐?"

즈견이 믄져 다라와 한 번 보며 셕츈은 믄득 니르디,

"이논 노태태(老太太) 거셰(去世)흐신 후의 노애(老爺) 숀죠 봉(封)하여 금낭(錦囊)의 너허 노태태(老太太) 내 방 벽쟝 우희 언즈시고 노태태 슈틱(手澤)이라 흐여 쳔동(遷動)케 못흐시더니 만일 노태태 음령(陰靈)이 신(信)을【71】 뵈시미 아니면 엇지 나왓시리오. 이거술 볼진디 림고냥이 진개(眞個) 즁싱(重生)흐리로다."

왕부인(王夫人)이 일변(一邊)으로 슈쟉흐며 일변(一邊)으로 옷술 닙고 니러나 머리롤 쓸고 말흐디,

"샐니 보이내내(寶二奶奶)롤 쳥(請)흐라 가리라."

흐고 셕츈과 즈견으로 더브러 한가지로 올시 희란즈미(喜鸞姊妹)도 쏘흔 오더라. 보치(寶釵) 보옥(寶玉)의 도쥬(逃走)흐므로붓허 미일 져녁의 의디(衣帶)롤 그르지 아니흐더니 한 번 이 쇼식을 듯고 즉시 잉♀(鶯兒)로 더브러 싸라 니러나 당긱(當刻)의 즁인(衆人)이 홈긔 쳥문(晴雯)의 캉의 니르러 왕부【72】인(王夫人)이 믄득 캉 가의 안즈 쳥문의 숀을 쯔을며 니르디,

"죠흔 ♀히야, 너는 모다 말흐라."

쳥문이 믄득 몬져 말흐던 디로 일편(一偏)을 고(告)흐니 왕부인(王夫人)이 쏘흔 몽스(夢事)롤 졔게 고흐거눌 쳥문이 니르디,

"가히 올치 아니랴 내가 림고냥(林姑娘)과 흔 가지로 노태태(老太太)롤 짜라 왓시디 노태태(老太太) 원리 림고냥과 한가지로 태태(太太) 방즁(房中)의 니르려 흐다가 림고냥이 즐기지 아니므로 날노 흐여곰 져롤 보내여 쇼샹관(瀟湘館)으로 가게 흐고 쏘 님고냥이 날노 흐여곰 즈견져져(紫鵑姐姐)롤 츠즈라 흐미 내가 곳 와 즈【73】견져롤 츠즈더니 기간의 곳 아지 못게라 노태태(老太太)긔셔 어디로 가 계시도다."

왕부인(王夫人)과 보챠 등이 듯고 모다 희쇼(喜笑)흐여 곳 보옥의 낫출 임의 디홈 곳더라. 왕부인(王夫人)이 믄득 쳥문의 숀을 노코 말흐디,

"조흔 ♀히야, 진개(眞個) 이 곳흐면 너는 곳 나의 친싱(親生) 녀이(女兒)로다. 보옥이 도라오면 곳 져의 방즁의 머믈너 두고 노야(老爺)긔 밝히 품흐여 너의로 흐여곰 일싱(一生)을 지내게 흐리라."

쳥문이 싱내(生來)의 셩긔(性氣) 강흐여 흉즁(胸中)의 일호(一毫)도 맛당치 아니믈 견디지 못흐【74】눈지라. 비록 수후(死後) 즁싱(重生)흐여시나 쏘흔 셩졍(性情)이 변치 아니흐여 믄득 니르디,

"태태(太太)의 은뎐(恩典)을 스례흐노라. 후일 다시 내치지 아니시면 곳 무던흐도다."

흐니 즁인(衆人)이 모다 혀롤 두르고 다만 즈견은 졈두흐더라. 즈견이 믄득 니르디,

"임의 이 곳흐면 뉘 쇼샹관(瀟湘館)의 가리고."

즁인이 졔셩(齊聲)흐여 니르디,

"모다 한가지로 가리라."

흐디 다만 쳥문은 긔력(氣力)이 업셔 니러

나지 못ᄒᆞᄂᆞᆫ지라. 믄득 노파와 젹은 챠두룰 머믈너 겨룰 쓱짓게 ᄒᆞ고 기여(其餘)ᄂᆞᆫ 모다 가니 ᄎᆞ시(此時) 【75】 이 말이 젼파(傳播)ᄒᆞ여 오ᄋᆞ(五兒)의 모친도 드러와 샹통일쟝(傷痛一場)ᄒᆞ고 쳥문은 쏘ᄒᆞᆫ 즐겨 어미로 아니 이 아리 다시 말이 잇ᄂᆞ니라. 당각(當刻)의 왕부인(王夫人) 등이 모다 쇼샹관 안흐로 드러가니 일노의(一路) 죽영(竹影) 태혼(苔痕)이 십분(十分) 아졍(雅靜)ᄒᆞ고 쟝(帳)을 열고 드러가미 쏘ᄒᆞᆫ 명결무진(明潔無塵)ᄒᆞ거늘 향시(向時)의 ᄌᆞ견이 시시(時時)로 와셔 쇼쇄(掃灑)ᄒᆞᆫ 줄 알지라. 중인(衆人)이 탄식ᄒᆞ더라. 한 시직이 못되여 셜이마(薛姨媽)와 니환(李紈)이 쏘 오고 향릉(香菱)도 쏘ᄒᆞᆫ 급급(急急)히 짜라오더라. 다만 니환이 식견(識見)이 잇셔 몬져 종표(鐘表)룰 【76】 가져 시진(時辰)을 졍(定)ᄒᆞ고 쏘 명(命)ᄒᆞ여 한 벌 졍결(淨潔)ᄒᆞᆫ 금침(衾枕)을 가져 디옥의 상상(床上)의 펴며 향노(香爐)룰 내여 양신 월지향과 다못 쌍관 금문향(錦紋香)을 픠오며 한 편의 향촉(香燭)을 버리고 루샹(樓上)의 가 남극쟝싱더뎨(南極長生大帝)와 구고관셰음(救苦觀世音)과 슈셩신상(壽星神像) 삼(三) 축(軸)을 가져다가 걸며 쏘 류슈ᄌᆞ(柳嫂子)로 ᄒᆞ여곰 쥬방(廚房)의 일용즙믈(日用什物)을 가져다가 월랑(月廊)의 너코 모다 사ᄅᆞᆷ으로 ᄒᆞ여곰 고요히 잇고 경동(輕動)치 말나 ᄒᆞ더니 오리지 아니ᄒᆞ여 시직(時刻)이 니른지라. 믄득 님지효(林之孝)와 쥬셔(周瑞)와 【77】 다못 친근ᄒᆞᆫ 가인(家人)을 블너 집 속으로 드러오게 ᄒᆞ고 몬져 문호(門戶)룰 닷고 분부ᄒᆞ여 관(棺) 쑤에룰 열나 ᄒᆞ니 림지효(林之孝)ᄂᆞᆫ 종시(終是) 노셩(老成)ᄒᆞᆫ 가인(家人)이라. 믄득 앏히 니르러 막줄나 니르디,

"이 일이 비록 외인(外人)이 아지 못ᄒᆞ나 다만 쥰신(準信)ᄒᆞᆯ 길이 업스니 만일 여의치 못ᄒᆞ면 필경 흉ᄉᆞ(凶事)룰 멈ᄒᆞᆯ 거시오, ᄒᆞ믈며 림고낭은 기셰(棄世)ᄒᆞ지 오린지라 엇지 능히 구각이 온젼ᄒᆞ리오?"

ᄌᆞ견이 니르디,

"만일 시체(屍體)룰 말ᄒᆞᆯ진디 단졍코 샹(傷)치 아니ᄒᆞ엿시리니 젼 【78】 일의 고낭(姑娘)이 양쥐(揚州)셔 일개 연용금어(練容金魚)룰 가지고 와 대야믈의 기르미 고요히 보면 쏘ᄒᆞᆫ 능히 동(動)ᄒᆞ여 노ᄂᆞ니 고낭의 림종시(臨終時)의

이 믈건을 입의 머금엇ᄂᆞ니라."

니환(李紈)이 니르디,

"이 일이 진젹(眞的)ᄒᆞ니 그 ᄣᅥ의 나도 쏘ᄒᆞᆫ 흠긔 보왓나니라."

왕부인(王夫人)이 듯고 더옥 미더 엇지 도로혀 림지효의 말을 드르리오? 믄득 님지효로 ᄒᆞ여곰 ᄂᆞ려가고 쥬셔(周瑞)룰 올나오라 ᄒᆞ니 님지효ᄂᆞᆫ 종시 큰 일을 담당ᄒᆞᄂᆞᆫ 사ᄅᆞᆷ이라. 관계가 젹지 아니믈 보고 엇지 즐겨 좃ᄎᆞ리오? 【79】 왕부인(王夫人)이 도라보지 아니ᄒᆞ고 곳 몸을 빗겨 나아와 쥬셔(周瑞)룰 막이 멈츄거늘 왕부인(王夫人)이 믄득 쑤지져 쓰어내치라 ᄒᆞ나 쏘ᄒᆞᆫ 겨룰 쓰어내칠 사ᄅᆞᆷ이 업더니 홀연 명명(冥冥) 중의 사ᄅᆞᆷ이 잇셔 겨룰 밀치ᄂᆞᆫ 닷ᄒᆞ여 곳 거구러져 나오더니 즉시 혼졀(昏絶)ᄒᆞ거늘 님지효 식뷔(媳婦) 곳 사ᄅᆞᆷ으로 ᄒᆞ여곰 겨룰 붓드러 도라가더라. ᄎᆞ시(此時) 홀연 집 속의 일도(一道) 홍광(紅光)이 닐며 그 홍광 중의 일위(一位) 신인(神人)이 현형(現形)ᄒᆞ여 황연(惶然)이 대옥의 관(棺)을 가져 한 번 흔들더니 관(棺) 【80】 쑤이가 짜히 쩌러지며 신인(神人)이 뵈지 아니ᄒᆞ고 홍광(紅光)도 쏘ᄒᆞᆫ 훗터지더라. 중인(衆人)이 곳 앏흐로 가 일졔히 보고 몬져 쳔금(天衾)을 벗기미 벗기ᄂᆞᆫ 디로 모다 화(化)ᄒᆞ여 업셔지며 의복(衣服)도 모다 한 모양이러라. 믄득 깃븐 거슨 대옥의 안식(顏色)이 여샹(如常)ᄒᆞ며 턱 아리 져기 홍훈(紅暈)이 니러나ᄂᆞᆫ지라. ᄌᆞ견이 급히 손으로 시험ᄒᆞ여 보니 젼신(全身)이 모다 온화(溫和)ᄒᆞ고 쏘 깃븐 거슨 구비간(口鼻間)의 져기 긔식(氣色)이 잇ᄂᆞᆫ지라. 믄득 남인(男人)들은 나아가게 ᄒᆞ고 일졈(一點) 쇼문(所聞)도 젼(傳)치 못 【81】 ᄒᆞ게 ᄒᆞᆫ 후 니환(李紈)과 보ᄎᆡ 샐니 샹(床) 우희 고혼 니블을 가져와 대옥의 몸을 싸고 경경(輕輕)히 드러 방 속 상상(床上)의 누이고 셔셔히 인삼미음(人蔘米飮)을 가져 입의 부으니 쏘ᄒᆞᆫ 밧ᄂᆞᆫ지라. 왕부인(王夫人)은 다만 가마니 니르디,

"경경히 ᄒᆞ라."

ᄒᆞ더라.

왕부인(王夫人)이 일변으로 분부ᄒᆞ여,

"관목(棺木)을 드러내여 사ᄅᆞᆷ의게 시쥬ᄒᆞ라."

ᄒᆞ니 맛춤 뒤골목의 스ᄂᆞᆫ 쥬노뢰(周老老)

잇셔 그 믈건을 공득(空得)ㅎ므로 환희(歡喜)ㅎ여 바다가 슈긔롤 민드더라. 쏘 가마니 분부ㅎ여 각쳐(各處)롤 십분(十分) 졍 【82】 결(淨潔)히 쇼쇄(掃灑)ㅎ고 희란(喜鸞) 희봉(喜鳳)으로 ㅎ여곰 평우(平兒)와 호박(琥珀)과 흔가지로 더옥의 의상(衣裳)과 즙믈(什物)과 다못 포진(鋪陳) 각종(各種)을 모다 쳥상(廳上) 쳥하(廳下)와 방내(房內) 방외(房外)롤 난호와 즈견의게 즈시 무러 젼과 갓치 노흐며 니환 등은 다만 더옥의 겻히 잇셔 직희더니 미긱(未刻)의 니룬미 졈졈(漸漸) 싱긔(生氣) 유동(流動)ㅎ여 금어(金魚)롤 토ㅎ여내거놀 즈견이 샐니 집어 실의 띄여 더옥의 귀박회의 미미 대옥이 눈을 게을니 써 별 갓흔 눈망울이 져기 드러나더니 인(因)ㅎ여 다 【83】 시 눈을 감고 즈더라. 셜이미(薛姨媽) 믄득 쥬의(主意)롤 내여 왕부인(王夫人)긔 고ㅎ여 샐니 광명뎐(光明殿) 나진인(羅眞人)의게 쳥ㅎ여 유명(有名)흔 법스(法師) 십륙(十六) 인(人)을 갈희여 쵸졔(醮祭)롤 베플고 각쳐(各處) 암관(菴觀) 스묘(寺廟)의 사룸을 난호와 보내여 향(香)을 슬오고 지젼(紙錢)을 태이며 왕태의(王太醫)도 쏘흔 밧비 쳥ㅎ여 와 즈셰히 진믹(診脈)게 ㅎ미 말ㅎ더,

"이는 단졍코 회싱(回生)ㅎ미니 구틔여 약을 먹지 말고 다만 고요히 졍신을 기른면 즈연 원긔(元氣) 회복(回復)ㅎ리라."

ㅎ거놀 즁인(衆人)이 블분쥬야(不分晝夜)ㅎ고 시시(時時)로 왕 【84】 리(往來)ㅎ더니 졔이일(第二日) 스시(巳時)는 ㅎ여 더옥이 바야흐로 한 번 한슘 쉬고 눈을 쓰며 믄득 간신이 니른더,

"우리 즈견 미미야."

ㅎ거놀 즈견이 련망히 앏흐로 나아가 니른더,

"즈견이 이의 잇노라."

ㅎ며 곳 환텬희디ㅎ더니 대옥이 한 번 보다가 쏘 니른더,

"쳥문이라."

ㅎ거놀 즈견이 니른더,

"쳥문이 관겨치 아니ㅎ니 오러지 아녀 쏘흔 니러나리라."

왕부인(王夫人)이 앏히 나아가 한 번 "싱질녀(甥姪女)야." 부른니 더옥이 디답지 아니코 니환이 나아가미 대옥이 믄득 【85】 말ㅎ더,

"죠흔 대슈즈(大嫂子)야."

ㅎ며 보치 나아가 "님미미야!" 부른니 더옥이 쏘흔 한 번 "보져져(寶姐姐)야!" 부른디 다만 셜이마는 노인네라 져의 심스(心思)롤 번거히 ㅎ여 향몽(香夢)을 막즈롤가 ㅎ여 나아가 뭇지 아니코 희란즈미(喜鸞姊妹)는 먼니셔 다시 반일(半日)을 지내더니 더옥이 쏘흔 능히 믈근 인삼탕(人參湯)을 몃 먹음 마시는지라. 즁인(衆人)이 졈졈 방심(放心)ㅎ더라. 외면(外面)의 쏘 법스(法師) 스십구(四十九) 인(人)을 쳥ㅎ여 졍셩을 다ㅎ여 공덕(功德)을 지으며 다시 쇼상관(瀟湘館) 안을 한 번 셰쇄(細細)히 쇼쇄(掃灑) 【86】 ㅎ니 즈견이 진개(眞個) 효즈(孝子) 갓트여 동상공흘(同床共歇)ㅎ며 쥬야(晝夜) 믈론(毋論)ㅎ고 의블히디(衣不解帶)ㅎ더니 다시 몃 날이 되미 쳥문이 쏘흔 능히 니러나 쇼상관(瀟湘館)으로 반이(搬移)ㅎ여 와 대옥의게 문후(問候)ㅎ니 이샹ㅎ도다. 림더옥이 셩졍(性情)이 고괴(古怪)ㅎ여 회싱(回生)흔 후로붓허 타인(他人)은 죠하 아니ㅎ고 다만 즈견과 쳥문을 겨의 심즁(心中)의 스랑ㅎ여 좌와동졍(坐臥動靜)의 모다 일 량인(兩人)만 갓가히 ㅎ고 기여(其餘)는 다만 니환이 오면 샹디ㅎ기롤 죠하ㅎ디 곳 보챠의 모녀라도 쏘흔 싱 【87】 쇼(生疎)흘지라. 이러므로 미양 사룸의 오는 즈최롤 드른면 몬져 즈견으로 ㅎ여곰 쟝(帳)을 니리라 ㅎ고 향벽(向壁)ㅎ여 즈는 체ㅎ고 왕부인(王夫人)이 져 더졉ㅎ기롤 도로혀 가모(賈母) 밧드는 것과 일반이로더 오히려 반가히 구지 아니나 왕부인(王夫人)은 쏘흔 감히 태만(怠慢)치 못ㅎ니 쳣지는 젼일(前日) 스긔 여러 가지 올치 아닌 일을 힝ㅎ여 필경 겨롤 공연이 히롭게 ㅎ믈 싱각ㅎ미오, 둘지는 가졍의 즈미 졍(情)이 깁허 림고태태(林姑太太)의 다만 일녀(一女)롤 끼쳣다가 다힝히 회싱(回生)ㅎ믈 【88】 깃거흘 쥴을 아는지라 겨기 태만(怠慢)ㅎ믈 뵈면 가졍이 집의 도라와 발쟉(發作)흘가 두리미오, 셋지는 노태태(老太太)의 꿈 뵈시미 임의 령험(靈驗)ㅎ여 분명히 계가 보옥으로 더브러 인연(因緣)이 잇고 쏘 낭부 지산(財産)이 모다 겨의 슈즁(手中)의 홍왕(興旺)흘 쥴 알미오, 넷지는 보옥이 과연 도라오면 일졍(一定) 대옥으로 더브러 샹견(相見)ㅎ리니 만일 대옥을 경홀(輕忽)이 굴면 보옥이 쏘 풍증(瘋症)이 발(發)흘가 ㅎ미라. 이러므로 즈연 시시(時時)로 와 탐문

(探聞)ᄒᆞ디 도로혀 가모(賈母)긔 ᄉ후(伺候)ᄒᆞᄂᆞᆫ디 비기【89】건디 몃 비(倍)나 더옥 죠심ᄒᆞ나 다만 대옥은 일호(一毫)도 긔슈치 아니ᄒᆞ니 왕부인(王夫人)이 다만 긔운(氣運)을 참고 쇼리ᄅᆞᆯ 못ᄒᆞ더니 일일은 왕부인(王夫人)이 졍히 대옥의 방즁(房中)의 잇더니 홀연 드르미 비명(焙茗)이 크게 훤쇼(喧笑)ᄒᆞ며 밧그로셔 바로 드러오거늘 왕부인(王夫人)이 믄득 ᄭᅮ지져 니ᄅᆞ디,

"젹은 노ᄌᆡ(奴才)는 무어슬 들네ᄂᆞ뇨!"

비명(焙茗)이 우음을 ᄯᅴ고 한 번 읍(揖)ᄒᆞ여 니ᄅᆞ디,

"태태(太太)긔 공희(恭喜)ᄒᆞ노라."

보이애(寶二爺) 노야(老爺)와 한가지로 도라오도다. 왕부인(王夫人)이 깃거 말을 못ᄒᆞ다가 급히 무러 니ᄅᆞ디,

【90】"어디 잇ᄂᆞ뇨?"

비명(焙茗)이 믄득 가졍의 가신(家信)을 드리거늘 왕부인(王夫人)이 가신을 보고 니ᄅᆞ디,

"가쟝 죠토다. 노애(老爺) 노샹(路上)의셔 도로혀 련이야(璉二爺)ᄅᆞᆯ 만나지 못ᄒᆞ엿ᄂᆞ냐?"

비명이 니ᄅᆞ디,

"노애 ᄯᅩ흔 희환(喜歡)ᄒᆞᄆᆞᆯ 견디지 못ᄒᆞ여 도로혀 죠노야(曹老爺)ᄅᆞᆯ 쳥ᄒᆞ라 갓시니 죠노애 임의 긔신(起身)ᄒᆞ여 필연 슈일(數日) 내의 ᄯᅩ흔 니ᄅᆞ리로다."

왕부인(王夫人)이 다시 가신(可信)을 가져 고셩(高聲)ᄒᆞ여 닑으니 이ᄂᆞᆫ 대옥으로 ᄒᆞ여곰 듯게 ᄒᆞᄂᆞᆫ 의ᄉᆞ(意思)오 ᄯᅩ 가신 즁 말이 쳥문의 말과 일양(一樣)이나 뉘 알니오 더옥이【91】 필경 일호(一毫)도 ᄆᆞ음의 두지 아니ᄒᆞ고 곳 왕부인(王夫人) 간 후(後)ᄅᆞᆯ 기다려 가마니 ᄌᆞ견과 쳥문의게 고ᄒᆞ여 말ᄒᆞ디,

"ᄎ후(此後)는 내 귀의 사ᄅᆞᆷ으로 ᄒᆞ여곰 그 두 글ᄌᆞᄅᆞᆯ 졔긔(提起)치 말나."

ᄒᆞ니 량인(兩人)이 다 그 ᄯᅳᆺ을 짐쟉ᄒᆞ더라. 왕부인(王夫人)이 한 번 나아가미 량부(兩府) 샹히 임의 모다 알고 외변(外邊) 문ᄀᆡᆨ(門客)ᄭᅡ지 모다 와 치하(致賀)ᄒᆞ여 가내(家內)가 모다 환희(歡喜)ᄒᆞ니 셜이마 모녀은 ᄌᆞ연 말ᄒᆞᆯ 거시 업더라. 몃 날이 못되여 비명이 ᄯᅩ 다라드러와 말ᄒᆞ디,

"노애 보이야 와 ᄒᆞᆷ긔 도라오시미【92】 문샹(門上)의셔 □의 챠ᄅᆞᆯ 메여 영졉(迎接)ᄒᆞ라 갓

ᄂᆞ니라."

ᄒᆞ거늘 왕부인(王夫人)이 대희(大喜)ᄒᆞ니 대져 보옥이 집의 도라와 왕부인 등을 보고 붓그러오미 엇더ᄒᆞ며 ᄯᅩ 엇더캐 대옥으로 더브러 디면(對面)ᄒᆞᆷ과 다못 대옥의 겨ᄅᆞᆯ 아른 체 ᄒᆞᆯ난지 아니ᄒᆞᆯᄂᆞᆫ지 알녀 ᄒᆞᆯ진진 ᄯᅩ 하회(下回)의 분히(分解)ᄒᆞ라.

2

청쇄쟝삼싱담슉한　벽ᄉ쥬심야병샹ᄉ
靑瑣帳三生談夙恨　碧紗廚深夜病相思

화셜, 왕부인(王夫人)이 오리 기다리지 못ᄒ여 즉시 비명(焙茗)을 블너 령리(伶俐)ᄒ 마퍼ᄌ[14]롤 다리고 쾌(快)ᄒ 몰을 갈히여 마ᄌ오라 ᄒ니 비명이 이 쇼리롤 듯고 부문(府門)을 나【93】말을 갓쵸와 한 곡비의 곳 다라나가 노구교(蘆溝橋)롤 지내고 ᄯ 이십여(二十餘) 리(里)롤 더 가셔 가졍을 만나미 비명이 급히 몰긔 나려 쇼리롤 놉혀 쳥안(請安)ᄒ니 가졍이 무ᄅᆞ디,

"량뷔(兩府) 다 평안ᄒ냐?"

비명이 니ᄅᆞ디,

"가쟝 평안ᄒ다."

ᄒ고 곳 슐위치[15]롤 ᄯ러 멈츄고 디옥과 쳥문의 회싱(回生)ᄒ 일을 일일히 픔ᄒ니 가졍이 대희(大喜)ᄒ여 져로 ᄒ여곰 샐니 가련과 보옥의게 고ᄒ라 ᄒ니 비명(焙茗)이 말을 ᄯᅳ을고 갈 시 몬져 죠노야(曹老爺)롤 만나 ᄯᅩᄒ 대옥

쳥문의 일【94】을 고ᄒ니 원리 영국부(榮國府) 가법(家法)이 삼엄(森嚴)ᄒ여 왕부인(王夫人)이 임의 림지효(林之孝)의게 분부ᄒ여 외면(外面)의ᄂᆞᆫ 일졀 쇼식을 젼치 못ᄒ게 ᄒ지라. 곳 죠셜근(曹雪芹)도 ᄯᅩᄒ 아지 못ᄒ엿다가 이 말을 듯고 ᄯᅩᄒ 희환(喜歡)ᄒ여 련망히 져로 ᄒ여곰 샐니 련이야(璉二爺)와 보이야(寶二爺)긔 고ᄒ라 ᄒ니 비명이 몃 거름을 힝ᄒ미 가련(賈璉)을 만나 가련의게 고ᄒ고 ᄯᅩ 보옥의 챠(車)롤 만나미 한 거름의 앏흐로 나아가 쳥안(請安)홈도 잇고 곳 디옥과 쳥문의 일을 고ᄒ니 보옥이 깃거 방셩대【95】쇼(放聲大笑)ᄒ여 거의 챠(車)의 ᄶᅥ러질 번 ᄒ다가 다힝이 비명이 붓드러 멈츄더라. 보옥이 믄득 니ᄅᆞ디,

"너ᄂᆞᆫ 즘싱[16]을 놋코 챠(車) 앏히 올나 안ᄌ라. 우리 죠히 담화ᄒ리라."

비명이 믄득 챠(車) 앏히 안졋던 사롭으로 더브러 밧고니 이 챠 앏히 안졋던 사롭은 년긔(年紀) 겨유 십오 셰오, 싱긴 거시 가쟝 쥰슈(俊秀)ᄒ니[17] 원리 가졍이 외방(外方)의셔 즁가(重價)로 삿ᄂᆞᆫ지라. 근반(跟班) 즁의 뎨일 득춍(得寵)ᄒ니 글시도 ᄯᅩᄒ 잘 ᄡᅳ고 곡죠(曲調) 챵(唱)ᄒ기와 셰간[18] 보삷히믈 모다【96】아니 진개(眞個) 빅령빅리(百伶百俐)ᄒ며 머리의 쵸미(貂尾) 오ᄌ롤 ᄡᅳ고 우히 셔피(鼠皮) 마과ᄌ[19]롤 닙고 아리 쳔마피(天馬皮) 챵파오롤 닙고 발의

---

14) 【마퍼ᄌ】명 {마패자(馬牌子).} ¶ 馬牌子 ‖ 왕부인이 오리 기다리지 못ᄒ여 즉시 비명을 블너 령리ᄒ 마퍼ᄌ롤 다리고 쾌ᄒ 몰을 갈히여 마ᄌ오라 ᄒ니 (王夫人等待不及, 卽喚焙茗帶伶俐馬牌子, 選了快馬, 迎將下來.) <後紅 1:92> [마패] 몰 ᄀᆞ옴아ᄂᆞᆫ 사롭 (譯上 舘驛 23a)

15) 【슐위치】명 수레채. ¶ 車轅 ‖ 곳 슐위치롤 ᄯ러 멈츄고 디옥과 쳥문의 회싱ᄒ 일을 일일히 픔ᄒ니 (就拉住車轅, 將黛玉、晴雯回生的事, 逐一回明.) <後紅 1:93>

16) 【즘싱】명 짐승. ¶ 牲口 ‖ 너ᄂᆞᆫ 즘싱을 놋코 챠 앏히 올나 안ᄌ라 우리 죠히 담화ᄒ리라 (你把牲口放了, 坐上車沿來, 咱們好講話.) <後紅 1:95>

17) 【쥰슈ᄒ다】형 준수(俊秀)하다. ¶ 俊 ‖ 이 챠 앏히 안졋던 사롭은 년긔 겨유 십오 셰오 싱긴 거시 가쟝 쥰슈ᄒ니 (這箇坐車沿的年紀纔一十五歲, 生得很俊.) <後紅 1:95> ᄒ 쥰슈ᄒ ᄉ나희러라 (一箇俊小廝.) <朴上 50a>

18) 【셰간】명 세간. ¶ 家伙 ‖ 근반 즁의 뎨일 득춍ᄒ니 글시도 ᄯᅩᄒ 잘 ᄡᅳ고 곡죠 챵ᄒ기와 셰간 보삷히믈 모다 아니 (在跟班中第一得寵, 楷書也好, 唱曲家伙都會.) <後紅 1:95>

19) 【마과ᄌ】명 마고자(馬褂子). ¶ 馬褂 ‖ 머리의 쵸미 오ᄌ롤 ᄡᅳ고 우히 셔피 마과ᄌ롤 닙고 아리 쳔마피 챵파오롤 닙고 발의 거믄 혜롤 신어시니 (帶一頂貂尾纓染貂帽兒, 上穿香貂皮穿馬褂, 下穿玫瑰紫天馬皮缺襟短袍, 脚踏粉底皂靴.) <後紅 1:96>

거믄 혜(鞋)롤 신어시니 이 쇼즈(小子)의 셩(姓)은 니(李)오 일홈은 요(瑤)라. 가졍이 특별이 져 롤 시겨 보옥의게 친슈(親隨)ᄒᆞ니 일노(一路)의 이 쥬복(主僕) 량인(兩人)을 구경ᄒᆞᄂᆞ니 ᄯᅩᄒᆞᆫ 젹지 아니ᄒᆞ더라. 보옥이 ᄒᆞᆼ샹 져롤 요ᄋᆞ(瑤兒)라 부르며 ᄯᅩ 져의 좌편(左便) 귀박회의 금환(金環) 민 거술 보고 ᄯᅩ 긔롱(欺弄)으로 져다려 환아(環兒)라 부르니 이 쇼지(小子) 십분 령혜(穎慧)ᄒᆞ여20) 비명의 광경【97】을 보고 보옥의 오린 사롬인 줄 아라 믄득 마샹(馬上)의 안갑(鞍甲)21)을 벗겨내여 비명을 쥬며 니르딕,

"조혼 거거(哥哥)ᄂᆞᆫ 안갑(鞍甲)22)을 쌀고 안즈라."

배명이 다만 보옥으로 더브러 담화(談話)ᄒᆞ기의 골몰(汨沒)ᄒᆞ여23) 엇지 이 결을이 잇시리오? 믄득 니르딕,

"형뎨야 그만두라."

ᄒᆞ니 요이 믄득 폼 속의 빈랑합(拱榔盒)과 허리의 깁슈건을 가져 배명을 쥬니 배명이 일변으로 보옥으로 더브러 담화(談話)ᄒᆞ고 일변으로 ᄯᅩᄒᆞᆫ 허리의 칫직을 내여 요ᄋᆞ(瑤兒)롤 쥬니 요이 즉시 물【98】긔 올나 챠(車)롤 ᄯᆞ라 셔셔히 힝홀 시 ᄯᅩᄒᆞᆫ 귀롤 기우려 져의 량인(兩人)의 담화롤 듯더라. 보옥이 졍신을 뎡(定)ᄒᆞ여 믄득 무르딕,

"네 이 말이 진젹ᄒᆞ냐? 나롤 속이지 말나."

ᄒᆞ니 비명이 엇지 딕답ᄒᆞ고 하회(下回)의 분히(分解)ᄒᆞ라.

[후홍루몽後紅樓夢 권지이卷之二]

【1】 화셜(話說), 보옥(寶玉)이 졍신을 졍ᄒᆞ여 믄득 무르딕,

"네 이 말이 진젹(眞的)ᄒᆞ냐? 나롤 속이지 말라."

배명(焙茗)이 웃고 니르딕,

"내 이야(二爺)롤 속인다 ᄒᆞ나 감히 노야

(老爺)롤 속이랴? 방즈 노야긔 폼ᄒᆞ니 노애 ᄯᅩ 흔 가장 회환(喜歡)ᄒᆞ여 날노 ᄒᆞ여곰 쌜니 이야 긔 폼ᄒᆞ라 ᄒᆞ시고 이력노의 련이야(璉二爺)와 죠노야(曹老爺)긔도 모다 고(告)ᄒᆞ여시니 쳔만 진젹흔지라. 엇지 너롤 속이리【2】오! 내 오늘 아츰의 태태(太太)긔 폼ᄒᆞ라 가니 태태긔셔 곳 림고낭(林姑娘) 방중(房中)의 계시더라."

ᄒᆞ니 보옥이 바야흐로 무옴을 뎡ᄒᆞ여 가쟝 밋고 믄득 니르딕,

"림고낭 방이 어디 잇ᄂᆞ뇨?"

배명이 니르딕,

"원리 쇼샹관(瀟湘館)의 잇ᄂᆞ니라."

보옥이 니르딕,

"엇지 태태도 ᄯᅩᄒᆞᆫ 그 곳의 계시뇨?"

배명이 니르딕,

"님고낭이 가쟝 오만(傲慢)ᄒᆞ여 부중인(府中人)이 말ᄒᆞ딕 태태긔셔 시시로 보라 가시미 젼일(前日) 노태태(老太太)긔 슈후(伺候)홈의 비컨딕 도로혀 부즈런ᄒᆞ딕 림고낭은 젼연(全然)이 긔슈치24) 아니【3】ᄒᆞ다 ᄒᆞ더라."

보옥이 니르딕,

"이ᄂᆞᆫ ᄯᅩᄒᆞᆫ 림고낭을 고이히 너기지 못ᄒᆞ리로다. 필경(畢竟) 림고낭이 누25)와 더브러 담화(談話)ᄒᆞᄂᆞ뇨?"

배명이 니르딕,

---

20) 【령혜ᄒᆞ다】 [𝍫] 〔영오(穎慧)하다.〕 ¶ 乖覺 ‖ 이 쇼지 십분 령혜ᄒᆞ여 비명의 광경을 보고 보옥의 오린 사롬인 줄 아라 믄득 마샹의 안갑을 벗겨 내여 (這小子十分乖覺, 看見焙茗光景, 知是寶玉舊人, 便將馬上馬褥子扯下來.) <後紅 9:26>

21) 【안갑】 [𝍫] 안갑(鞍甲). ¶ 馬褥 ‖ 조혼 거거ᄂᆞᆫ 안갑을 쌀고 안즈라 (好哥, 鋪了馬褥.) <後紅 1:97>

22) 【안갑】 [𝍫] 안갑(鞍甲). ¶ 馬褥子 ‖ 이 쇼지 십분 령혜ᄒᆞ여 비명의 광경을 보고 보옥의 오린 사롬인 줄 아라 믄득 마샹의 안갑을 벗겨내여 (這小子十分乖覺, 看見焙茗光景, 知是寶玉舊人, 便將馬上馬褥子扯下來.) <後紅 9:26>

23) 【골몰ᄒᆞ다】 [𝍫] 골몰(汨沒)하다. 어떤 일에 몰두하다. ¶ 只顧 ‖ 배명이 다만 보옥으로 더브러 담화ᄒᆞ기의 골몰ᄒᆞ여 엇지 이 결을이 잇시리오 (這焙茗只顧了寶玉講話, 那有工夫.) <後紅 1:97>

24) 【긔슈ᄒᆞ다】 [𝍫] 아는 체하다. 신경 쓰다. ¶ 采 ‖ 님고낭이 가쟝 오만ᄒᆞ여 부중인이 말ᄒᆞ딕 태태 긔셔 시시로 보라 가시미 젼일 노태태긔 슈후홈의 비컨딕 도로혀 부즈런ᄒᆞ딕 림고낭은 젼연이 긔슈치 아니ᄒᆞ다 (林姑娘不傲呢! 府裏人說起來, 太太時刻過去, 比從前伺候老太太還勤些, 林姑娘全然不采.) <後紅 2:2> ⇒ 긔소ᄒᆞ다, 긔수ᄒᆞ다

25) 【누】 [𝍫] 누구. ¶ 誰 ‖ 이ᄂᆞᆫ ᄯᅩᄒᆞᆫ 림고낭을 고이히 너기지 못ᄒᆞ리로다 필경 림고낭이 누와 더브러 담화ᄒᆞᄂᆞ뇨 (這也怪不得林姑娘, 到底林姑娘和誰人講話?) <後紅 2:3> ⇒ 눌

"우리는 문외(門外) 쇼지(小子)라 쏘흔 진
적(眞的)히 듯지 못ᄒ나 대강 드르미 다만 즈견
(紫鵑)과 청문(晴雯)으로 더브러 담화ᄒ고 다시
뉘 가면 곳 쟝(帳)을 나린다 ᄒ니 가쟝 오만ᄒ
도다."

보옥이 니르디,

"청문이 오으(五兒)의 몸을 비러 환싱(還
生)ᄒ믄 쏘흔 세샹의 잇는 일이로디 엇지 청문
이 쏘 그곳의 홈긔 이시며 쏘 아지 못게라 태태
【4】긔셔 청문을 엇더케 디졉ᄒ시ᄂ뇨?"

배명(焙茗)이 링쇼(冷笑)ᄒ고 니르디,

"청문이 쏘흔 림고낭(林姑娘)을 짜라 오만
(傲慢)ᄒ니 드르미 태태긔셔 져룰 귀히 너기시
디 졔 도로혀 언에(言語) 부드럽지 못ᄒ고 태태
긔셔 쏘 중인(衆人)을 디ᄒ여 말슴ᄒ시디 '이 ᄒ
지(孩子) 도로혀 진실(眞實)ᄒ거놀 내 젼일 져룰
그릇 보와 ᄆᄋᆷ의 괴이(怪異)히 너겻더니 이 ᄒ
지(孩子) 인연(因緣)이 잇셔 다시 오미 슈쳑(瘦
瘠)ᄒ여26) 심히 가련ᄒ지라. 너의 등은 모다 져
룰 불샹히 너기라' ᄒ시니 엇지 오만치 아니리
오? 【5】쏘 드르미 류슈지(柳嫂子) 가면 울지도
못ᄒ고 웃지도 못ᄒ여 져의 녀이(女兒) 아니라
말홈도 어렵고 져의 녀이라 홈도 어려오나 다만
어려온 일은 청문이 도로혀 즐겨 어미로 아라
집 속의 짜라단니며 어미라 부르ᄂ니라."

보옥은 종시(終是) 쇼ᄋ(小兒)의 심졍(心情)
이라. 추언(此言)을 듯고 도로혀 웃거놀 비명(焙
茗)이 니르디,

"류슈즈(柳嫂子)ᄂ 눈믈을 먹음거놀 이야
(二爺)ᄂ 도로혀 웃ᄂᆫ도다!"

보옥이 니르디,

"엇지 류슈지 쏘흔 쇼샹관(瀟湘館)의 잇ᄂ
뇨?"

비명이 니르디,

"드르미 모든 조도범졀(調度凡節)【6】을
모다 쥬대내내(珠大奶奶)가 쥬션(周旋)ᄒ미27) 이
졔 림고낭이 도로혀 쥬대내내와 더브러 조화ᄒ
니 우리 부즁인(府中人)들이 비(比)ᄒ기룰 조히
ᄒ엿도다. 림고낭을 가져 기세(棄世)ᄒ신 노태태

의게 비기고 쥬대내내ᄂ 기세ᄒᆫ 련이내내(璉二
奶奶)의게 비기ᄂ니 쥬대내내 림고랑 앏히 이시
미 비록 즈견과 청문의게ᄂ 비치 못ᄒ나 쏘흔
두 일을 말ᄒ면 한 일은 듯거니와 만일 태태긔
셔 가실진디 곳 그만 두라."

보옥이 니르디,

"이ᄂ 쏘흔 져룰 고이히 너기기 어렵【7】
도다. 나ᄂ 드르미 림고낭(林姑娘)이 젼일 별셰
(別世)홀 쩌의 원리 쥬대내내(珠大奶奶) 일인(一
人)이 림죵(臨終)ᄒ엿고 져 련이내내ᄂ 네가 쏘
흔 구틔여 졔긔(提起)치 말나. 림고낭의 셩명(性
命)을 원리 졔가 희(害)ᄒ미러니 이졔 져 량인
(兩人)이 짜흐로 드러갈 듯ᄒ엿다가 뉘 능히 도
라오고 뉘 능히 도라오지 못ᄒ엿ᄂ뇨?"

비명(焙茗)이 쏘 보옥의 귀의 다히고 니르
디,

"도로혀 가쟝 우읍도다. 우리 운이애(芸二
爺) 사롬다려 말ᄒ디 '네가 져다려 말ᄒ기룰 젼
일의 련이내내(璉二奶奶) 너로 더브러 조케 지
【8】내엿도다' ᄒ더라."
ᄒ더라.

보옥이 낫츨 붉히고 믄득 말ᄒ디,

"이ᄂ 쏘흔 텬리(天理)가 업ᄂ 말이라. 이
믈건 운쇼지(芸小子) 젼일 련이내내의게 챠ᄉ(差
使)룰 구ᄒ랴 ᄒ다가 뜻을 일우지 못ᄒ지라. 그
러므로 한(恨)을 픔고 져의 하격(瑕跡)28)을 ᄒ미
오. 쏘 다른 무리 평일(平日)의 블평(不平)ᄒᆫ ᄆ
ᄋᆷ 가진 이가 외면(外面)의 말을 젼파(傳播)ᄒ미
로다. 고이치 아니토다. 어내 희의 내가 련이내
내로 더브러 어내 부즁(府中)으로 조츠 병챠(竝
車)ᄒ여 도라올 시 져 초대(焦大) 대취(大醉)ᄒ
여 공연이 들네여【9】 말ᄒ디 '쇼슉즈(小叔子)가
지 기른다.' ᄒ고 쏘흔 어즈러이 욕셜(辱說)ᄒ거

---

26) 【슈쳑ᄒ다】ᅟᅠ형 수척(瘦瘠)하다. ¶ 瘦怯怯 ‖ 이
　　ᄒ지 인연이 잇셔 다시 오미 슈쳑ᄒ여 심히 가
　　련ᄒ지라 (這孩子有緣再來, 瘦怯怯可憐見的, 你
　　們大家疼他些.) <後紅 2:4>

27) 【쥬션ᄒ다】ᅟᅠ동 주선(周旋)하다. ¶ 張羅 ‖ 드르
　　미 모든 조도범절을 모다 쥬대내내가 쥬션ᄒ미
　　이졔 림고낭이 도로혀 쥬대내내와 더브러 조화
　　ᄒ니 (聽說這些調度統是珠大奶奶的張羅, 而今林
　　姑娘倒也合珠大奶奶好.) <後紅 2:6>

28) 【하격】ᅟᅠ명 {하격(瑕跡).} 홈이 난 자리. ¶ 汚蔑
　　‖ 이ᄂ 쏘흔 텬리가 업ᄂ 말이라 이 믈건 운쇼
　　지 젼일 련이내내의게 챠ᄉ룰 구ᄒ랴 ᄒ다가 뜻
　　을 일우지 못ᄒ지라 그러므로 한을 픔고 져의
　　하격을 ᄒ미오 (這也是沒天理的話, 芸小子這東西
　　從前向璉二奶奶討差, 不得到手, 故此懷着恨, 將他
　　汚蔑了.) <後紅 2:8>

놀 내 졍히 뭇고져 ᄒ더니 도로혀 련이내내 노(怒)ᄒ여 나를 치려 ᄒ엿ᄂ니라.”

비명이 웃고 니르디,

“올토다. 쵸대(焦大)를 이야(二爺)가 마구(馬具)의 졋구르쳐 일야(一夜)를 지이미 입의 마분(馬糞)이 가득ᄒ엿ᄂ지라. 지금가지 겨 노인내가 지나가면 사름이 도로혀 겨다려 마분 마슬 뭇ᄂ니라.”

보옥이 회회(嘻嘻)히 웃더니 셜화(說話)홀 스이의 임의 영부(榮府) 문슈(門首)의 니른지라. 보옥이 믄득 붓그러온 싱 【10】 각이 니러ᄂ니 대져 지ᄌ(知子)ᄂ 막여뫼(莫如母)라. 왕부인(王夫人)이 몬져 분부(吩咐)ᄒ여 문킥(門客)과 노션싱(老先生) 등으로 조ᄎ 가시 형뎨 슉질(叔姪)과 다못 집안 상하인(上下人)가지 다만 노야긔(老爺) 쳥안(請安)ᄒ게 ᄒ고 보이야(寶二爺)를 향ᄒ여 쳥안케 아니ᄒ며 ᄯ 니환(李紈)의 말을 드러 가졍(賈政)의 효복(孝服) 벗지 못ᄒ믈 인(因)ᄒ여 가졍의 힝리(行李)를 모다 노태태(老太太) 방중(房中)의 진셜(陳設)ᄒ고 노태태와 탑(榻) 겻히 ᄯ로 한 탑을 놋케 ᄒ며 ᄯ 그 겻 벽ᄉ쥬(碧紗櫥)[29] 속의 보옥을 휘(諱)ᄒ여 일개 젹은 캉을 ᄭ우미 【11】 니 겨의 병증(病症)이 낫지 못ᄒ여 견과 갓치 쳐실(妻室)을 조하 아니홀가 두리미오. ᄯ 이곳의셔 한동안 양신(養神)케 ᄒ미러라. 비명(焙茗)이 마ᄌ라 나갈 ᄯ붓허 즉시 포진(鋪陳)을 온당이 ᄒ고 캉의 블을 집히고 향노(香爐)의 버림도 ᄯ혼 모다 한온(寒溫)을 맛초왓더라. 대옥이 ᄌ긔 문구(門口)의 니르미 비컨더 아름답지 못ᄒ 식뷔(媳婦) 필경 구고(舅姑)긔 뵈옵ᄂ 것 갓ᄐ여 ᄯ혼 졈죡히[30] 가졍을 ᄯ라 일죽 후당(後堂)의 니르미 ᄌ연 왕부인과 셜이마(薛姨媽) 옳히 한 번 쳥 【12】 안(請安)ᄒ니 겨 량인(兩人) 믄득 진보(珍寶)를 어듬갓치 ᄒ여 깃브미 미목(眉目) 중(中)의 드러나더라. 니환과 보챠와 희란(喜鸞)과 희봉(喜鳳)과 환ᄋ(環兒)와 란가이

(蘭哥兒) ᄎ례로 가졍의 앏히 와 쳥안(請安)ᄒ거ᄂ 가졍(賈政)이 일일히 ᄡ어 니르혀고 모다 ᄯ 가련(賈璉)을 보더니 가졍이 ᄯ 란가ᄋ의 손을 ᄭ으ᄂᆯ고 니르디,

“죠흔 히ᄌ(孩子)야, 네 죠종(祖宗)을 위ᄒ여 긔운을 발양(發陽)ᄒ니 내 가쟝 너를 귀히 너기거니와 너의 모친도 ᄯ혼 즐겁도다.”

왕부인이 믄득 보옥의 손을 ᄭ어 머무ᄅ 【13】 고 니르디,

“보옥아, 너ᄂ 곤(困)치 아니냐?”

ᄒ거ᄂᆯ 보옥이 졍히 붓그러오믈 견디지 못ᄒ다가 곳 입을 ᄯ라 니르디,

“가쟝 곤ᄒ도다.”

왕부인이 믄득 보옥을 잡고 노태태 방중으로 드러가니 가졍이 ᄯ혼 ᄯ라오더라. 가졍이 ᄌ긔 힝리(行李)가 모다 그 곳의 이시믈 보고 ᄯ의 합당(合當)ᄒ여 니르디,

“다 죠토다.”

왕부인이 믄득 보챠(寶釵)를 향ᄒ여 좌편(左便) 젹은 손가락으로 한 번 지르니 보챠 ᄯ을 알고 믄득 잉ᄋ(鶯兒)를 블너 올나와 보옥의게 ᄉ후케 ᄒ 【14】 며 보챠ᄂ 본더 대가(大家) 부녜(婦女)라 보옥의 도라오믈 보고 심중(心中) 의ᄂ 희환(喜歡)ᄒ나 ᄯ혼 ᄉ식(詞色)의 드러내지 아니코 믄득 셜이마(薛姨媽)와 갓치 방으로 도라오니 중인(衆人)이 모다 허여질 시 니환도 도로 쇼샹관(瀟湘館)으로 가니 다만 란가ᄋ만 가졍을 ᄯ라 잇더라. 당킥(當刻)의 왕부인이 보옥을 거ᄂ리고 ᄯ 벽ᄉ쥬(碧紗櫥) 캉 샹의 니르니 도로혀 쇼희ᄌ(小孩子) 갓치 아라 겨를 위ᄒ여 마과ᄌ를 벗기며 씌를 그르고 겨의 통령옥(通靈玉)을 만지며 겨로 ᄒ여곰 누어 ᄌ라 ᄒ고 한 벌 【15】 젹은 니블을 덥허 쥬더니 잉이(鶯兒) ᄯ혼 셰슈믈을 가져오거ᄂ 보옥이 낫츨 ᄲᅵ고 인삼연와탕(人參燕窩湯)을 마신 후의 몸을 기우려 ᄌ더라. 왕부인이 잉ᄋ를 블너 캉 가의 잇셔 ᄉ후(伺候)ᄒ라 ᄒ고 ᄌ긔ᄂ 벽ᄉ쥬(碧紗櫥)로 나올 시 가졍이 ᄯ혼 셰슈ᄒ고 탕(湯)을

---

29) 【碧紗櫥 벽사주】 bìshāchú <名> 벽ᄉ쥬 *隔開房間的一種框架結構, 富貴人家在框架上糊以各種紗, 故名碧紗廚。碧紗廚裡, 指用碧紗廚隔開的裡面小間。‖ “將賈政行李一總鋪設在老太太房中, 就老太太臥榻傍邊另放一榻, 也就在~裏替寶玉安一小炕.” 가졍의 힝리를 모다 노태태 방중의 진셜ᄒ고 노태태와 탑 겻히 ᄯ로 한 탑을 놋케 ᄒ며 ᄯ 그 겻 벽ᄉ쥬 속의 보옥을 휘ᄒ여 일개 젹은 캉을 ᄭ우미니 (後紅 2:10)

30) 【졈죡히】 [뷔] 멋젹은 듯. 무안한 듯. 어색한 듯. ¶ 訕訕的 ‖ 대옥이 ᄌ긔 문구의 니르미 비컨더 아름답지 못ᄒ 식뷔 필경 구고긔 뵈옵ᄂ 것 갓ᄐ여 ᄯ혼 졈죡히 가졍을 ᄯ라 일죽 후당의 니르미 (這寶玉到了自家門口, 免不得醜媳婦終見公婆, 也就訕訕的跟了賈政, 一直來到後堂.) <後紅 2:11>

마시며 그곳의 노태태(老太太) 유믈(遺物)를 보다가 좌편(左便) 벽샹(壁上)의 니르미 슈셩쟝(壽星杖)은 뵈지 아니ᄒ고 다만 일개(一個) 금랑(錦囊)만 걸녀 잇ᄂ지라. 왕부인다려 슈셩쟝이 어디 잇ᄂ뇨 무르니 왕부인이 셔셔히 안즈 가모(賈母) 【16】 를 몽즁(夢中)의 만나 슈쟉(酬酌)ᄒ던 말과 다못 대옥(黛玉)과 쳥문(晴雯)이 회싱(回生)ᄒ던 일과 목하(目下)의 대옥이 쇼복(素服)ᄒ여 가히 거동(擧動)ᄒ 여러 가지 졍경(情景)을 일일히 말ᄒ니 가졍이 경탄블이(驚嘆不已)ᄒᄂ지라. 보옥이 벽ᄉ쥬(碧紗櫥) 안의셔 일일히 듯고 일희일비(一喜一悲)ᄒ여 즉긱의 니러나 쇼샹관(瀟湘館)의 가지 못ᄒ믈 한ᄒ더니 가졍이 믄득 니르디,

"너ᄂ 가히 쥬ᄋ식부(珠兒媳婦)의게 고ᄒ지니 내가 비록 갓 집의 니르러시나 져ᄂ 구ᄐ여 이곳의 와셔 ᄉ후(伺候)ᄒ기의 【17】 거리끼지 말고 다만 쇼샹관의 잇셔 나의게 ᄉ후ᄒᄂ 양으로 알게 ᄒ라."

ᄒ니 왕부인이 련망히 쇼챠환(小丫鬟)을 블너 고ᄒ라 가라 ᄒ더라. 가졍이 ᄯᅩ 란가ᄋ(蘭哥兒)를 블너 니르디,

"나를 위ᄒ여 쇼샹관의 가 림고낭(林姑娘)의계 안부(安否)를 뭇고 말ᄒ디 '내가 갓 니르럿시니 러일(來日) 아츰의 곳 와셔 져를 보리라.' ᄒ디 너ᄂ 다만 너의 모친으로 ᄒ여곰 가마니 고ᄒ게 ᄒ라."

ᄒ니 란가이 답응(答應)ᄒ고 나ᄂᄃ시 갈시 가졍이 ᄯᅩ 블너 이리오라 ᄒ여 말ᄒ디,

【18】 "너ᄂ 너의 모친긔 고ᄒ디 텬긔(天氣) 심링(甚冷)ᄒ니 각쳐(各處)를 엄밀(嚴密)이 ᄒ디 방즁(房中)의 블을 ᄯᅩ혼 너모 왕셩(旺盛)케 말 거시오, 모다 여러 가지를 졍신을 쓸거시며 림고낭은 ᄯᅩ혼 경거(輕擧)이 긔동(起動)치 말게 ᄒ라."

ᄒ니 란가이 '아랏노라' ᄒ고 즉시 가더라. 보옥이 곡진(曲盡)이 감격(感激)ᄒ여 ᄒ디 도로혀 가졍이 져를 보내지 아니믈 미원(埋怨)ᄒ더라.

셜화(說話)ᄒᆯ ᄉ이의 텬식(天色)이 곳 느졋ᄂ지라. 왕부인이 보옥다려 무르디,

"가히 무어슬 먹으려 ᄒᄂ뇨?"

보옥이 말 【19】 ᄒ디,

"실토다."

ᄒ니 왕부인이 즉시 노태태(老太太) 방의 가셔 가졍의게 져녁밥 먹으믈 뭇고 져기 가간ᄉ(家間事)를 말ᄒ다가 ᄯᅩ 교져ᄋ(巧姐兒)의 쥬가(周家)와 결친(結親)ᄒ 말을 니르혀디,

"이ᄂ 류노노(劉老老)의 말ᄒ 거시오, 량가(兩家)의셔 다 ᄯᅳ의 원(願)ᄒ미니 다만 노야(老爺)의 졍탈(定奪)ᄒ기만 기다리노라."

가졍이 맛춤 쥬긔(酒氣)를 쯰고 홀연이 쥬즁(舟中)의셔 왕봉져(王鳳姐)를 한(恨)ᄒ던 ᄆᆞ음이 다시 니러나 믄득 몃 ᄆᆞ디 링쇼(冷笑)ᄒ고 니르디,

"이 교져ᄋ(巧姐兒)ᄂ 우리 집 ᄌ손(子孫)이 아니라 니르 【20】 기 어렵고 ᄒᆞ믈며 어려셔 붓허 이곳의셔 싱쟝(生長)ᄒ여 곳 우리 량인(兩人)의 손녀(孫女)와 일반이로디 다만 져의 모친의 지은 ᄉ졍(事情)은 도로혀 사ᄅᆞ이 되랴? 죠 혼 량개(兩個) 부졔(府第)의 조샹(祖上) 공훈(功勳)을 하마ᄒ더면 져의게 모다 문ᄒ치를 닙을 번 ᄒ엿도다."

왕부인이 죵시(終是) 고호(顧護)ᄒ여[31] 니르디,

"그 사ᄅᆞᆷ이 ᄯᅩ혼 셰샹의 업스니 노야ᄂ ᄆᆞ음의 니즈라."

가졍이 본디 공심(公心)이 잇고 ᄯᅩ 한 편으로 싱각ᄒ미 왕부인 다만 ᄌ미(姊妹)를 싱각ᄒ고 고슈(姑嫂)ᄂ 싱각지 아니 【21】 ᄒ여 지금ᄀ지 도로혀 져의 내질(內姪) 녀ᄋ(女兒)를 져ᄉ위한(抵死爲限)ᄒ고 고호(顧護)ᄒ다 ᄒ여 곳 참지 못ᄒᆯ 듯ᄒ나 다힝이 가졍이 함양(涵養)ᄒ 학문이 잇셔 비록 흉즁(胸中)의 블쾌(不快)ᄒ나 필경 샹경여빈(相敬如賓)ᄒ여 졍히 말ᄒ려 ᄒ더니 다만 보미(寶妹) 란가이(蘭哥兒) 드러와 말을 회답(回答)ᄒ여 니르디,

"방ᄌ 야야(爺爺)의 말슴을 내내긔 고ᄒ니 림고낭(林姑娘)이 졍히 죠으다가 홀연 ᄭᅵ거늘 내내 가마니 고ᄒ더니 내내 날노 ᄒ여곰 야야긔 품ᄒ라 ᄒ고 말ᄒ디 '림고낭의 말이 야야의 안 【22】 부(安否) 무르시믈 당치 못ᄒ노라.' ᄒ고 '긔력(氣力)을 출히면 ᄯᅩ 와 쳥안(請安)ᄒᆯ지니

<hr>

31) 【고호ᄒ다】 圈 【고호(顧護)하다.】 돌보아주다. 두둔하다. ¶ 護短 ‖ 왕부인이 죵시 고호ᄒ여 니르디 (王夫人終是護短, 便道.) <後紅 2:20>

야야의 명죠(明早)의 가고즈 ᄒ시믄 ᄯ흔 당치 못ᄒ리라.' ᄒ며 기외(其外)에 야야긔셔 내내긔 분부(吩咐)ᄒ신 말ᄉᆷ도 내내가 ᄯ흔 아랏ᄂᆞ니라."

가졍이 졈두(點頭)ᄒ고 보옥의 져녁 먹지 아니믈 위ᄒ여 곳 란가ᄋᆞ로 하여금 즈긔 겻희셔 갓치 밥을 먹을 시 한 그릇 계피연와탕(鷄皮燕窩湯)을 가져 란가ᄋᆞ의 앏히 옴겨 놋터니 가졍이 본리 ᄆᆞ옴의 픔은 일이 잇다가 ᄯᅩ 맛춤 란【23】가이 더옥의 말을 젼ᄒᆞᆫ지라. 참지 못ᄒ여 곳 말ᄒ여 니ᄅᆞ디,

"태태(太太)ᄂᆞᆫ 나롤 고이히 너기지 말나. 내가 보옥과 한가지로 비로 도라오던 날 져녁의 일즉 졉목(接目)지 못ᄒ고 무한ᄒ 심ᄉᆞ(心事)롤 싱각ᄒ엿노라."

가졍이 이 말을 맛치고 믄득 쥬즁(舟中)의셔 싱각ᄒ던 바 말을 일일히 말ᄒᆞ디 ᄯᅩ흔 도로혀 몃 귀졀 한독(狠毒)ᄒ 말을 더ᄒ니 왕부인(王夫人)과 보옥(寶玉)이 두 곳의셔 모다 듯고 눈믈을 흘니며 란가ᄋᆞ와 다믓 잉ᄋᆞ(鸎兒)ᄂᆞᆫ 벙벙이 모다 듯기만 ᄒ【24】더라.

왕부인이 니ᄅᆞ디,

"노야의 ᄒ시ᄂᆞᆫ 말ᄉᆷ은 나모라홀[32] 길이 업ᄉᆞ디 곳 나ᄂᆞᆫ 블과 노태태(老太太)의 명의롤 순히 ᄒ미오, 무ᄉᆷ ᄉᆞ심(私心)이 기즁(其中)의 업ᄉᆞ나 다만 이졔 림고랑은 젼과 갓치 우리 부즁(府中)의 잇고 보옥도 ᄯᅩ흔 도라왓시니 이 일을 완취(完聚)코즈 훌진디 도로혀 용이(容易)ᄒ디 다만 림고낭이 도져이 셩졍(性情)이 이샹ᄒ니 ᄯᅩ흔 졔가 ᄆᆞ옴의 즐겨야 바야흐로 조ᄒ리로다."

가졍이 ᄯᅩ흔 낙루(落淚)ᄒ고 니ᄅᆞ디,

"내 젼일의 이 ᄌᆞ미(姉妹)와 졍(情)의 합ᄒ【25】거ᄉᆞᆫ 다 니ᄅᆞ기 어렵더니 내 한 번 드ᄅᆞ미 졔가 이 녀히ᄋᆞ(女孩兒)롤 두엇시디 ᄯᅩ흔 보옥의 년긔(年紀)와 더브러 샹당(相當)ᄒᆞᆫ지라. ᄆᆞ옴이 곳 동(動)ᄒ엿고 후리(後來)의 슈족지졍(手足之情)을 영결(永訣)ᄒ미 다만 이 일개 외싱녀

ᄋᆞ(外甥女兒)만 머무론지라. 더옥 동심(動心)이 되엿더니 밋 져롤 보미 ᄆᆞ옴의 엇더케 ᄉᆞ랑ᄒᆞᆫ지 모ᄅᆞ디 다만 이 보옥 히지(孩子) 심히 용렬(庸劣)ᄒ여 량편(兩便)을 비평(比評)홀진디 ᄯᅩ흔 져롤 ᄯᅥ짓기 어렵다 ᄒ여 다만 노태태(老太太)긔셔 쥬쟝(主張)이 되여 졍ᄒ시믈 싱각【26】ᄒ엿더니, 뉘 알니오 일이 즁간의 니ᄅᆞ러 편벽(偏僻)도이 련ᄋᆞ식뷔(璉兒媳婦) 들네여 내여 허다(許多) 말거리[33]롤 지엇더니 이졔 외싱녀이(外甥女兒) 회싱(回生)ᄒᆞᆫ지라. 네 도로혀 져다려 오만(傲慢)타 말ᄒᆞᄂᆞ냐! 졔가 도로혀 맛당히 오만치 아니랴. 내 이졔 ᄯᅩ흔 엇더ᄒ던지 다만 져의 거거(哥哥) 림량옥(林良玉) 오기롤 기다려 내 당면(當面)ᄒ여 이 내력[력](內歷)의 말을 ᄒ려 ᄒᆞ니 져ᄂᆞᆫ 녀히이(女孩兒)라 내 엇지 말ᄒ리오? 네 임의 뜻의 원홀진디 다만 쥬ᄋᆞ식부(珠兒媳婦)로 더브러 셔셔히 샹의(商議)ᄒ라."

왕【27】부인이 ᄯᅩ흔 눈을 부븨고 말ᄒᆞ디,

"나도 ᄯᅩ흔 이러롯 싱각ᄒ노라."

ᄒ니 ᄎᆞ등(此等) 슈쟉(酬酌)은 보옥으로 ᄒ여곰 즐겨 견디지 못ᄒ고 ᄯᅩ흔 잉ᄋᆞ(鸎兒)ᄂᆞᆫ 무던ᄒ도다.[34] 졔가 싱각ᄒᆞ디 우리 고낭(姑娘)을 엇지ᄒ면 조홀고 ᄒ더라. 가졍이 ᄯᅩ 란가ᄋᆞ다려 등과(登科) 후(後)의 스승을 보고 동년(同年)과 모힌 말을 무ᄅᆞ며 ᄯᅩ 회시(會試) 공부(工夫)롤 권면(勸勉)ᄒ더니 가졍이 믄득 각인(各人)으로 ᄒ여곰 허여져 쉬라 가라 ᄒ니 란가이 드듸여 쇼샹관(瀟湘館)의 니ᄅᆞ러 니환(李紈)의게 져녁 문안(問安)ᄒ고【28】ᄯᅩ흔 대옥의 쟝(帳) 밧긔 니ᄅᆞ러 쳥안(請安)ᄒ니 대옥이 임의 능히 긔좌(起坐)ᄒᆞᄂᆞᆫ지라. ᄯᅩ흔 회답ᄒ여 안부롤 뭇거놀 란가이 믄득 니환과 갓치 외간(外間)의 니ᄅᆞ러 가졍의 언어(言語)롤 니환의게 젼ᄒ니 ᄌᆞ견이 듯고 ᄯᅩ흔 즉시 대옥의게 젼ᄒᆞ디 대옥이 다만 링쇼(冷笑)ᄒ며 도로혀 각각 샹관업ᄂᆞᆫ 모양 갓

---

32) 【나모라ᄒ다】圈 나무라다. ¶ 駁回 ‖ 노야의 ᄒ시ᄂᆞᆫ 말ᄉᆷ은 나모라홀 길이 업ᄉᆞ디 곳 나ᄂᆞᆫ 블과 노태태의 명의롤 순히 ᄒ미오 (老爺說的話呢, 也沒有駁回, 就是我呢, 也不過順了老太太.) <後紅 2:24> ⇒ 나무ᄅᆞ다, 나므라다, ᄒᆞ나므라다, 혼나므라다, 혼ᄂᆞ므라다, 회나므라다

33) 【말거리】圈 이야기거리. ¶ 話靶 ‖ 뉘 알니오 일이 즁간의 니ᄅᆞ러 편벽도이 련ᄋᆞ식뷔 들네여 내여 허다 말거리롤 지엇더니 (誰知事到其間, 偏鬧出個璉兒媳婦來, 鬧鬼鬧神, 弄出許多話靶.) <後紅 2:26>

34) 【무던ᄒ다】휑 무던하다. 괜찮다. ¶ 難爲 ‖ ᄎᆞ등 슈쟉은 보옥으로 ᄒ여곰 즐겨 견디지 못ᄒ고 ᄯᅩ흔 잉ᄋᆞᄂᆞᆫ 무던ᄒ도다 졔가 싱각ᄒᆞ디 우리 고낭을 엇지ᄒ면 조홀고 ᄒ더라 (這番議論, 直把個寶玉樂得了不得, 却難爲了鸎兒, 想起來把我們姑娘怎麼好?) <後紅 2:27> ⇒ 므던ᄒ다

더니 츄후 니환(李紈)의 모지(母子) 가미 쇼샹관
문을 다다 걸고 즈견 청문이 모다 대옥의 샹 앏
히셔 가정의 명의와 갓치 왕봉져(王鳳姐)룰 논
란 【29】ᄒ더 도로혀 여간 충졀(層節)35)이 더ᄒ
며 겸(兼)ᄒ여 습인(襲人)의 허다 올치 아니ᄒ
일을 말ᄒ더라. 대옥이 회싱(回生)ᄒ 후로 미양
즈견 청문 량인(兩人)이 젼일 보옥이 셩혼(成婚)
ᄒ던 일졀(一節)을 의론(議論)ᄒᄂ 말을 드르미
다만 듯기만 ᄒ고 필경 다른 말을 아니터니 이
졔 져의 등이 습인(襲人) 논란ᄒ믈 듯더니 보옥
이 부지블각(不知不覺)의 즈리의 니러나 말ᄒ더,

　"타인(他人)은 그만 두려니와 엇지 습[인]
(襲人)이 ᄯ또 허다 블명(不明)ᄒ 일이 잇ᄂ뇨? 내
도로혀 듯고ᄌ ᄒ노라."

　즈견(紫鵑) 【30】이 링쇼(冷笑)ᄒ여 니르더,

　"고이치 아니토다. 너의 량인(兩人)이 엇지
알니오. 청문미미(晴雯妹妹)룰 습인(襲人)이 셩
명(性命)을 ᄯᆫᆫ은 말은 니르지 말고 고낭(姑娘)도
ᄯ또ᄒ 져가 ᄒᄒ엿ᄂ니라."

　디옥(黛玉)이 니르더,

　"내 이번의 의회(依稀)이 드르미 너의 말ᄒ
더 '졔가 무슨 쟝옥함(蔣玉菡)의게 싀집갓다.'ᄒ
니 졔가 젼일 필경(畢竟) 무슨 말을 지엇관더
네가 져룰 이갓치 흉험(凶險)ᄒ다 말ᄒᄂ뇨!"

　즈견이 습인의 말을 시쟉고ᄌ ᄒ미 곳 흉
즁(胸中)의 삼미(三昧) 화(火)가 올나와 빅셜(白
雪) 갓튼 얼골이 【31】 붉어지며 련ᄒ여 눈물을
흘니고 긔(氣)룰 내여 말ᄒ더,

　"졔가 한독(狠毒)지 아니냐! 고낭의 신샹
(身上)이 갓 평복(平復)ᄒ지라. 구ᄐ여 듯고 번
뇌(煩惱)홀 거시 업ᄂ니라."

　대옥이 듯고 니르더,

　"너의 등이 나룰 엇더ᄒ 사롬으로 아ᄂ뇨?
내 이번 회싱(回生)ᄒ미 원리 졔 쥬견(主見)이
이시니 네가 무어시라 말ᄒ던지 내게 무어시 샹
관이 되리오! 나는 다만 습인(襲人)이 엇더케 한
독(狠毒)ᄒ믈 듯고ᄌ ᄒᄂ니 졔가 곳 청문(晴雯)

의게는 한독(狠毒)을 부려시려니와 엇지 내 몸
가지 니 【32】 ᄅ럿ᄂ뇨?"

　즈견(紫鵑)이 링쇼ᄒ며 니르더,

　"말홀진더 너의 량인(兩人)도 ᄯ또ᄒ 분셕지
못ᄒ리라."

　디옥이 니르더,

　"이ᄂ ᄯ또 긔이ᄒ도다."

　즈견이 참지 못ᄒ여 믄득 니르더,

　"가졍이 보옥을 밍타(猛打)ᄒ 후의 태태(太
太)긔셔 습인(襲人)을 블너 가 셰셰(細細)히 반
문(反問)ᄒ시더니 습인이 태태긔 고ᄒ더 '청문미
미(晴雯妹妹) 셩졍(性情)이 녀호 갓ᄐ여 각식 의
복(衣服)을 화홍류록(花紅柳綠)으로 닙으며 안졍
(眼睛)도 림고낭 갓고 힝보(行步)도 림고낭 갓ᄐ
여 ᄯ또 엇더케 보이야(寶二爺)룰 유인(誘引)ᄒ지
모로노라.' ᄒ거 【33】 눌 태태 보이야ᄂ 엇지홀
길이 업스미 뉘게 분을 푸시리오? 곳 청문을 내
여보내고 ᄯ또 보옥으로 ᄒ여곰 원즁(園中)으로
반이(搬移)ᄒ여 보내려 ᄒ시니 고랑아, 너ᄂ 싱
각ᄒ여 보라."

　일이 이 지경의 니르럿시니 엇더케 보옥을
그르게 민다럿ᄂ지라. 필경 그 사롬이 잇시리로
다. 즈견이 말이 이의 니르더니 믄득 입을 멈츄
ᄂ지라. 거의 청문으로 ᄒ여곰 안졍(眼睛)이 포
도갓치 되도록 울며 그 말을 드르려 ᄒ더 다만
대옥이 붓그릴가 져허 【34】 ᄒ여 련(連)ᄒ여 쥬
져ᄒ니 대옥도 심즁(心中)의 ᄯ또ᄒ 명빅(明白)히
알아 눈가이 붉어오ᄂ지라. 즈견이 믄득 말을
달니 ᄒ여 니르더,

　"태태긔셔 엇지 희환(喜歡)ᄒ믈 견더지 못
ᄒ시ᄂ지 져의 등을 두다리며 말ᄒ더 '조혼 ᄋ
히야, 종금(從今) 이후(以後)ᄂ 범ᄉ(凡事)룰 모
다 네게 맛길 거시오 나의 삭젼(朔錢)을 난호와
너룰 쥬리라.' ᄒ시니 이 말이 쳐음은 디단이
은휘(隱諱)ᄒ더니 날이 오리미 아지 못ᄒᄂ 사
롬이 업ᄂ지라. 도로혀 말ᄒ더 졔가 한독(狠毒)
지 아니 【35】 타 말ᄒ랴! 나는 시죵의 고은 셩
픔(性品) 가진 사롬이라. 능히 한 글ᄌ도 보태지
못ᄒ여시니 고낭아, 너ᄂ ᄯ또ᄒ 번뇌(煩惱)치 말
나."

　대옥이 이 말을 듯고 조금도 싱각의 두지
아니코 다만 가가대쇼(呵呵大笑)ᄒ여 니르더,

　"이ᄂ 졍히 지인지면부지심(知人知面不知

---

35) 【충졀】囘 충졀(層節). 일의 많은 가닥이나 곡졀
　　또는 변화. ¶ 牽枝帶葉 ‖ 즈견 청문이 모다 대옥의
　　샹 앏히셔 가졍의 명의와 갓치 왕봉져룰 논란ᄒ더
　　도로혀 여간 충졀이 더ᄒ며 겸ᄒ여 습인의 허다
　　올치 아니ᄒ 일을 말ᄒ더라 (紫鵑、晴雯都在黛玉床
　　前, 學着賈政訴說王鳳姐, 還牽枝帶葉, 一直的說起襲
　　人許多不是來.) <後紅 2:29>

心)이로다."

ㅎ나 청문은 종시(終是) 눈믈을 거두지 못ㅎ더라. 추시(此時) 대옥이 정신(精神)이 임의 여샹(如常)ㅎ여 져 량인(兩人)의 한담(閒談) 듯기를 죠화ㅎ여 믄득 삼인(三人)이 샹샹(床上)의 갓치 안져 일야(一夜)를 담화(談話)홀 시 즈견이 믄【36】득 져의 량인(兩人)다려 수후 혼빅(魂魄)이 어디 잇셔 머무러시믈 무러 바야흐로 즈셰히 알미 견슈히 노태태(老太太)긔셔 관셰음(觀世音)긔 익걸(哀乞)ㅎ여 가묘(家廟)로 다리고 오시미러니 즈견이 쏘흔 량(兩) 부즁(府中)의 젹몰(籍沒)을 당ㅎ여실 찌의 허다 고초(苦楚)와 다못 노태태와 왕봉져(王鳳姐)와 원앙(鴛鴦)의 별셰(別世)ㅎ던 광경(光景)과 셜이마(薛姨媽)의 집 일과 좌공(坐功)ㅎ여 젼셜(傳說)의 임의 득도(得道)ㅎ엿단 말을 즈셰히 스경(四更)가지 말홀 시 즈견이 디옥의 명의(明意)를 헤아려 보미 금일(今日) 광경(光景)이【37】젼과 대샹부동(大相不同)ㅎ여 일호(一毫)도 계련(繫戀)혼 거시 업스니 진개(眞個) 다른 사룸이 된 것 갓트며 쏘 쳥문은 다만 보옥의 일만 키여 무르려 ㅎ거놀 즈견이 므옴것 말ㅎ디,

"보옥이 어내 찌의 노태태와 태태룰 싸라 이곳의 와 통곡ㅎ며 어내 찌의 나룰 만나 무르디 '고낭이 일즉 무슨 말을 유언(留言)ㅎ더뇨?' ㅎ며 어내 찌의 외간(外間) 캉 샹의 니르러 오오(五兒)룰 너로 알고 반야(半夜)의 말ㅎ디 '즈긔가 신션(神仙)을 만낫노라.' ㅎ더라."

쳥문이 듯고 대옥의 손톱【38】을 찌믈고 쇼음져고리 밧고와 닙희던 경을 싱각ㅎ고 련ㅎ여 눈믈을 흘니거놀 디옥이 도로혀 링쇼(冷笑)ㅎ며 니르디,

"못싱긴 차환(丫鬟)아, 너는 도로혀 이러틋 어리셕으뇨? 너는 진개(眞個) 다른 세샹의 회싱(回生)ㅎ여시디 도로혀 꿈을 씨지 못ㅎ엿느냐?"

ㅎ니 즈견의 본의(本意)는 보옥을 어엿비 너겨 져룰 위ㅎ여 대옥을 동심(動心)케 ㅎ려 싱각ㅎ미러니, 뉘 알니오 대옥이 텰셕(鐵石) 갓트여 졔가 무슨 쥬견(主見)을 픔은지 아지 못【39】홀너라.

이갓치 담화(談話)ㅎ여 닭이 울기의 니르미 삼인이 바야흐로 즈더니 디옥이 몬져 씨미 니환(李紈)이 임의 니르고 희가 임의 놉핫는지

라. 즈견 쳥문도 황망(慌忙)히 니러나 쇼셰(梳洗)ㅎ고 의복(衣服)을 졍졔(整齊)히 닙으며 대옥도 쏘흔 쇼셰(梳洗)ㅎ엿더니 가졍이 방즈 조희(朝會)의 드러갓다가 도라와 믄득 즈긔가 인삼양영탕(人參養榮湯)과 다못 삼고(參膏) 연와편(燕窩片)을 가지고 샹하(床下)의 니르러 디옥을 보거놀 대옥이 니환의 ㅎ던 말과 다못 란가오의 와셔 젼ㅎ【40】던 말을 드론 후로붓허 므옴의 가졍을 십분 감격ㅎ여 ㅎ나 다만 보옥으로 더브러 비필(配匹)이 되는 일졀(一節)은 즈긔 쥬의(主意)와 일호(一毫) 샹관이 업눈지라. 추시(此時) 가졍이 친히 오믈 보고 므옴의는 감격ㅎ나 입으로는 도로혀 능히 말ㅎ지 못ㅎ눈지라. 다만 가졍을 향ㅎ여 눈믈을 흘니니 가졍이 쏘흔 다만 한 번 '내 ㅇ희야.' 부르고 능히 말을 못ㅎ다가 안즈며 디옥의 손을 쓰어잡고 눈믈만 흘니니 량인(兩人)의 심즁(心中)의 갓기 쳔언【41】만에 (千言萬語) 잇눈 듯ㅎ디 다만 말을 ㅎ여 내지 못ㅎ니 즁인(衆人)으로 ㅎ여곰 모다 한 츠례 졍츙(怔忡)이 나게 ㅎ더라. 대옥이 반향(半晌)을 오열(嗚咽)ㅎ다가 바야흐로 한 귀졀(句節) 말을 니르디,

"우리 량옥거게(良玉哥哥) 어디 잇느뇨?"

ㅎ니 가졍이 져의 의스(意思)를 보미 눈을 드러 보와도 갓가온 일개 업다 ㅎ믈 붉히 알 거시오. 쏘 대옥의 눈믈이 시음갓치 나리믈 보고 가졍이 곳 한 손으로 깁슈건을 가져 져룰 위ㅎ여 눈믈을 삣기고 즈긔 쏘흔 반향(半晌)을 오열(嗚咽)ㅎ【42】다가 말ㅎ디,

"셰말셰쵸(歲末歲初) 회시(會試) 젼(前)의 필경(畢竟) 오리라."

ㅎ고 쏘 니르디,

"너는 싱각ㅎ여 보라. 너의 친싱부뫼(親生父母) 추싱(此生)의는 쏘흔 업스나 다만 나는 뉘뇨? 네가 친싱부모룰 싱각홀진디 내게 싱쇼(生疎)이 구지 말나."

디옥이 졈두(點頭)ㅎ더라. 가졍이 본리 즈긔 므옴이 샹(傷)홀가 져허ㅎ고 쏘 대옥이 병즁(病中)의 심회(心懷) 블평홀가 두려 믄득 셔셔히 몸을 닐며 니환을 디ㅎ여 니르디,

"나는 너의 졍분을 가쟝 아느니 대져 림미미(林妹妹)는 쏘흔 외인(外人)이 아니라.【43】네 져룰 스랑ㅎ면 곳 내게 효슌(孝順)홈과 갓트

리라."

호니 니환이 련셩(連聲) 답응(答應)호더라. 정히 셜화(說話)홀 ᄉ이의 왕부인(王夫人)이 ᄯ호 와셔 청문을 블너내여 가정의게 비례(拜禮)호니 가정이 ᄌ셰히 져룰 보미 진개(眞個) 청문과 일호(一毫) 다ᄅ미 업셔 화샹(畵像)을 내여도 ᄯ호 이갓튼 슈단(手段)이 업슬지라. 므음의 한 ᄎ례 경이(驚異)히 너기다가 믄득 말호더

"너와 다못 ᄌ견은 모다 노태태의 고인(故人)이라 내가 가쟝 아ᄂ니 너의 심즁(心中)의 노태태룰 ᄉ【44】각고ᄌ 홀진더 모름죽이 십분(十分) 용심(用心)호여 님고낭을 복시(服侍)호라. 너의 심즁(心中)의도 ᄯ호 명빅히 알지니 림고낭은 외인(外人)이 아니라. 너의 모다 림고낭을 ᄯ라 지내면 내 평싱의 별노이 너의룰 볼 거시오 조금도 박더(薄待)치 아니리라."

호니 가정의 ᄎ언(此言)이 무비(無非) 더옥을 동심(動心)케 호여 보옥과 완취(完聚)코ᄌ 호며 ᄯ ᄌ(紫) 청(晴) 량인(兩人)을 보옥의 측실(側室)노 두려호는 의ᄉ(意思)나 다만 더옥은 ᄌ가(自家) 일개(一個) 져ᄉ블변(抵死不變)호는 쥬견(主見)을 졍호여 ᄆ음은【45】비록 가정의 실심(實心)의 말인 쥴 아나 ᄎ등(此等) ᄉ졍은 필경(畢竟) 동히(東海)와 셔히(西海) 샹거(相距)와 갓치 머더라. 가정이 ᄯ 말호더,

"너의 등은 명빅(明白)히 긔록(記錄)호라."

호니 졔 량인(兩人)은 령롱(玲瓏) 췌찬호 사롬이라 엇지 아라듯지 못호리오? 믄득 ᄲ미 붉으며 명빅히 긔록호노라 답응(答應)호니 가정이 믄득 가더라. 왕부인과 니환이 듯고 더옥 조심호니 더옥이 본리 왕부인 앏히셔 약약(略略)히 슈응(酬應)코ᄌ 호다가 쟉야(昨夜)의 ᄌ견이 습인의 허다 ᄉ졍(事情) 말호【46】는 거슬 듯고 심즁(心中)의 가쟝 번뇌(煩惱)호며 청문이 ᄯ 왕부인의 습인의 말을 밋고 져룰 내여보내던 광경을 싱각고 방즁(房中)의 드러와 더옥을 보려 호다가 왕부인 이시믈 보고 ᄯ호 겸죽히[36]

---

[36]【겸죽히】⌷ 멋적은 듯. 무안한 듯. 어색한 듯. ¶ 訕訕的 ‖ 청문이 ᄯ 왕부인의 습인의 말을 밋고 져룰 내여보내던 광경을 싱각고 방즁의 드러와 더옥을 보려 호다가 왕부인 이시믈 보고 ᄯ호 겸죽히 다라ᄂ니 (晴雯又觸起王夫人聽信襲人攛他的情節, 見王夫人在房, 也訕訕的走開去了.) <後紅 2:46> ⇒ 2:11

다라ᄂ니 더옥이 쟝내(帳內)의셔 보고 가마니 졈두(點頭)호미 다만 ᄌ견과 다못 왕부인과 니환이 함긔 담화(談話)호더라.

챠셜, 보옥이 벽ᄉ쥬(碧紗櫥) 가온더 잇셔 일야(一夜)룰 졉목(接目)지 못호고 가마니 잉ᄋ(鸎兒)룰 다리고 말을 뭇다가 몬져 습인이 쟝옥함(蔣玉涵)【47】의게 쇠집가믈 듯고 탄식(歎息)호믈 마지 아니커늘 잉이 니ᄅ더,

"이야는 엇지 몬져 아ᄂ뇨?"

보옥이 니ᄅ더,

"내 실노 네게 고호ᄂ니 내 엇지 능히 몬져 알니오. 내가 다만 가만호 곳의셔 보왓노라."

잉이 졍히 무슨 가만호 곳이뇨 무ᄅ려 호거늘 보옥이 니ᄅ더,

"사롬이 ᄯ호 업고 말호려 호면 ᄯ호 긴지라. 져기 혼후(溫厚)호 도리룰 조ᄎ미 ᄯ호 무던호도다."

보옥이 잉ᄋ의 앏히셔 외양으로 강잉(强仍)호여 몬져 보챠의 말을 몃 귀졀을 뭇고 곳 대옥이【48】근일(近日)의 동졍(動靜)이 엇더호더냐 캐여 무ᄅ니 잉이 ᄯ호 은휘(隱諱)치 아니호고 믄득 니ᄅ더,

"이야(二爺)야, 너는 도로혀 무어슬 뭇ᄂ냐 네 엇지 림고낭의 이번 회싱호여 다른 사롬이 되여시믈 아지 못호ᄂ냐?"

보옥이 놀나 니ᄅ더,

"엇지 변호엿ᄂ뇨?"

잉이 니ᄅ더,

"져의 인픔(人品)은 구타여 말홀 거시 업ᄉ니 이젼과 일양(一樣)이나 젼일은 도로혀 즐겨 약(藥)도 아니 먹고 즐겨 조리(調理)도 아니호더니 이 즈음의는 약도 먹고 죠리도 챡실이 호며【49】셩미(性味)도 ᄯ호 화평(和平)호더라."

보옥이 니ᄅ더,

"이는 변호기룰 잘호엿도다."

잉이 니ᄅ더,

"변호기는 잘 호여시나 다만 한 마더 말이 잇ᄂ니라."

보옥이 니ᄅ더,

"무슨 말이뇨?"

잉이 니ᄅ더,

"내 일죽 드ᄅ미 사롬으로 호여곰 '보옥' 두 ᄌ(字)룰 말호지 못호게 호니 곳 너룰 이갓

치 한ᄒᆞᄂᆞ니라.”

보옥이 놀나 벙벙ᄒᆞ다가 다시 눈믈을 흘니고 셔셔히 니ᄅᆞ디,

“한(恨)ᄒᆞ기는 맛당히 그러ᄒᆞᆯ 듯ᄒᆞ디 다만 능히 내 ᄆᆞ음을 혜쳐 뵈지 못ᄒᆞ【50】ᄂᆞᆫ도다.”

잉이 니ᄅᆞ디,

“나는 이야(二爺)의게 권(勸)ᄒᆞ노니 ᄯᅩᄒᆞᆫ 의심(疑心)을 플나 도로혀 림고낭이 말ᄒᆞ디 ‘이 애 도라온 후의 만일 겨의 곳의 와 탐문(探問)ᄒᆞᆯ진디 즉직(卽刻)의 곳 반이(搬移)ᄒᆞ여 나아가려 ᄒᆞᆫ다.’ ᄒᆞ더라.”

ᄒᆞ더라.

보옥이 오열(嗚咽)ᄒᆞ여 니ᄅᆞ디,

“어디로 반이(搬移)ᄒᆞ여 가ᄂᆞ뇨?”

잉이 니ᄅᆞ디,

“드ᄅᆞ미 겨의 집 량대애 오기를 기다려 곳 반이(搬移)ᄒᆞ여 가려ᄒᆞᄂᆞ니라.”

보옥이 한 번 놀나기를 대단이 ᄒᆞ여 ᄆᆞ음이 어ᄌᆞ러이 ᄲᅱ놀고 스지 졈졈 더워오는 【51】지라. 잉이 뉘웃치믈 마지 아니터니 보옥이 ᄯᅩ 비러 니ᄅᆞ디,

“내 이졔 감히 쇼샹관(瀟湘館)의ᄂᆞᆫ 가지 못ᄒᆞ려니와 나는 다만 쳥문(晴雯)과 ᄌᆞ견(紫鵑)을 블너와 나ᄅᆞᆯ 보게 ᄒᆞ면 한 마디 말을 ᄒᆞ려 ᄒᆞ노라.”

잉이(鶯兒) 니ᄅᆞ디,

“이야(二爺)는 말ᄒᆞ기를 가쟝 용이(容易)히 ᄒᆞᄂᆞᆫ도다. 져 량인(兩人)이 근일의 가쟝 귀히 되엿ᄂᆞ니라! 림고낭(林姑娘)이 져로 더브러 시긱(時刻)을 ᄯᅥ나지 못ᄒᆞ게 ᄒᆞ미 태태(太太)긔셔도 ᄯᅩᄒᆞᆫ 가셔 져ᄅᆞᆯ ᄉᆞ환(使喚)치 못ᄒᆞ시거놀 내가 감히 가셔 ᄡᅳᄋᆞᆯ니오?”

보옥 【52】 니ᄅᆞ디,

“ᄌᆞ견은 그만 두라. 쳥문이 ᄯᅩ 변ᄒᆞ여 림고낭을 ᄯᅡ라 한 모양이 되엿다 니ᄅᆞ기 어렵도다.”

잉이 니ᄅᆞ디,

“셜ᄉᆞ 쳥문의 ᄆᆞ음의 이야가 잇다 ᄒᆞ여도 이졔 림고낭 겻히 잇고 ᄯᅩ 회ᄉᆡᆼ(回生)ᄒᆞᆫ 사ᄅᆞᆷ이오 ᄯᅩᄒᆞᆫ 녀ᄒᆡ이(女孩兒)라. 엇지 무고(無故)히 이 집의 니ᄅᆞ며 ᄒᆞ믈며 노애(老爺)이 집의 계시미 도로혀 젼일 노태태(老太太) 계실 ᄯᅥ의 고낭 무리 임의로 왕리(往來)홈의 비치 못ᄒᆞ리로

다.”

보옥이 잉ᄋᆞ의 말을 ᄉᆡᆼ각ᄒᆞ미 과연 유리(有理)ᄒᆞ여 능 【53】 하[히] 나무ᄅᆞᆯ홀37) 길이 업ᄂᆞᆫ지라. 다만 침샹(枕上)의셔 낙누(落淚)ᄒᆞ며 샹심(傷心)ᄒᆞ기를 마지 아니ᄒᆞ여 ᄆᆞ음의 다만 ᄉᆡᆼ각ᄒᆞ디 대옥이 무ᄉᆞᆫ 쥬견(主見)인지 아지 못ᄒᆞ여 더옥 ᄉᆡᆼ각ᄒᆞᆯᄉᆞ록 더옥 번증(煩症)이 나 잉ᄋᆞ로 ᄒᆞ여곰 덥흔 니블을 모다 벗기라 하니 잉이 놀나 보옥의 머리ᄅᆞᆯ 한 번 만지고 ᄯᅩ ᄌᆞ긔 이마ᄅᆞᆯ 만지미 보옥의 니미 가쟝 더운지라. 믄득 니ᄅᆞ디,

“이야(二爺)야, 네 ᄆᆞ음이 번(煩)ᄒᆞ여도 져기 참으라. 이런 텬긔(天氣)의 니블을 벗고ᄌᆞ ᄒᆞᄂᆞ냐? 【54】 네가 쳥문과 ᄌᆞ견을 블너와 담화(談話)코져 홀진디 셔셔히 태태(太太)와 더브러 샹량ᄒᆞ라.”

ᄒᆞ니 이 말은 보옥을 ᄭᅵᄃᆞᆺ게 ᄒᆞ미러라. 이튼날의 니ᄅᆞ러 왕부인(王夫人)이 디옥의 곳으로셔 죠ᄎᆞ 도라왓다가 보옥의 신샹(身上)이 블평ᄒᆞᆷ을 듯고 놀나 련망(連忙)히 만져 보다가 다라 나와 잉ᄋᆞ(鶯兒)의게 무러 연고(然故)ᄅᆞᆯ 알고 다만 와셔 져의 겻히 안ᄌᆞ며 일변(一邊)으로 사ᄅᆞᆷ을 식여 ᄭᅡᆯ니 태의(太醫)ᄅᆞᆯ 쳥(請)ᄒᆞ라 ᄒᆞ며 ᄯᅩᄒᆞᆫ 보옥의 개구(開口)ᄒᆞᆷ을 기다리지 아니 【55】 ᄒᆞ고 믄득 ᄌᆞ긔가 져ᄅᆞᆯ 안위(安慰)ᄒᆞ여 ᄆᆞ음을 평안케 ᄒᆞ려 ᄒᆞ여 믄득 말ᄒᆞ디,

“림미미(林妹妹)ᄂᆞᆫ ᄯᅩᄒᆞᆫ 회ᄉᆡᆼᄒᆞ엿고 너의 노야ᄂᆞᆫ 임의 쥬의(主意)ᄅᆞᆯ 뎡(定)ᄒᆞ여시며 ᄒᆞ믈며 졔가 방ᄌᆞ이 부즁(府中)의 이시니 도로혀 어디로 나라가리오? 만일 쳥문 ᄌᆞ견 량인(兩人)의 말을 홀진디 내가 곳 져ᄅᆞᆯ ᄉᆞ환(使喚)치 못ᄒᆞᆫ다 니ᄅᆞ기 어렵도다. 내 ᄋᆞ히야 너는 다만 졍신을 뎡ᄒᆞ라. 태의(太醫)가 단녀가기를 기ᄃᆞ려 내게 담당시겨 져 량인(兩人)을 블너오디 너 ᄒᆞ고 【56】 시분 디로 져다려 무슨 말을 무ᄅᆞ며 져의와 갓치 이젼쳐로 긔롱(欺弄)ᄒᆞ미 모다 조흐리라. 노야긔셔 와 무ᄅᆞ셔도 ᄯᅩᄒᆞᆫ 내 잇셔 방챠홀 거시오. 져 량인(兩人)은 말ᄒᆞ지 말고 곳 림미미라

---

37)【나무ᄅᆞᄒᆞ다】圖 나무라다. ¶ 駁回 ‖ 보옥이 잉ᄋᆞ의 말을 ᄉᆡᆼ각ᄒᆞ미 과연 유리ᄒᆞ여 능히 나무ᄅᆞ홀 길이 업ᄂᆞᆫ지라 (寶玉想, 鶯兒的言語果然有理, 不能駁回.) <後紅 2:53> ⇒ 나무ᄅᆞ다, 나모라ᄒᆞ다, 나므라다, ᄒᆞ나므라다, 혼나므라다, 혼ᄂᆞ므라다, 희나므라다

도 쏘흔 내게 담당시기면 내 너의 쥬대슈자(珠
大嫂子)로 더브러 샹의(商議)ᄒ여 셔셔히 져롤
권(勸)홀지니 너의 량인(兩人)이 본러 가쟝 조흔
지라. 이졔 도로혀 싱쇼(生疎)ᄒ다 니르기 어렵
고 ᄒ믈며 졔가 만일 인연(因緣)이 업스면 노태
태(老太太)긔셔 쏘흔 져롤 보내여 회싱(回生)【
57】케 아냐 계시리라. 너는 드르미 즈고이러
(自古以來)로 몃 스롬이 회싱(回生)흔 이 잇ᄂ
뇨? 이 진실흔 히즈(孩子)야 쏘흔 너모 후두(糊
塗)치 말나. 내 이졔 가면 져 냥인(兩人)을 블너
오리라."

　보옥이 듯고 쏘흔 블고염치(不顧廉恥)ᄒ고
믄득 니르디,

　"가쟝 조토다. 샐니 가라."

　왕부인이 나올 시 졍히 가련(賈璉)이 왕태
의(王太醫)롤 뫼시고 드러오더라. 가련이 몬져
태의로 더브러 알게 ᄒ여 보옥의 나갓다가 도라
온 일졀(一節)을 졔긔(提起)치 말나 ᄒ니 태의
뜻을 알고 일노(一路)의셔 한화(閒話)ᄒ다가 드
러와【58】말ᄒ여 니르디,

　"요스이 쏘흔 시증(時症)[38]이 이시니 모다
경경(輕輕)ᄒ고 심히 즁(重)치 아닌지라. 약간
쇼산(疏散)ᄒ면 곳 낫더라 ᄒ며 일변(一邊)으로
안즈 안부(安否)롤 무르니 보옥이 쏘흔 회답(回
答)ᄒ거눌 왕태의(王太醫) 졍신을 가다듬고 고요
히 좌우슈(左右手)롤 진믹(診脈)ᄒ다가 믄득 머
리롤 들고 니르디,

　"공희(恭喜)ᄒ노라! 두 첩(帖) 약(藥)이면
곳 하리리라. 외감(外感)도 경(輕)ᄒ고 약간 간
울(肝鬱)이 이시니 져기 쇼산(疏散)ᄒ면 곳 조흐
리라."

　ᄒ거눌 가련(賈璉)이 샐니 사롬으로 ᄒ여
곰 태의(太醫) 말【59】디로 태태긔 가셔 명빅
히 픔ᄒ라 ᄒ더라. 왕태의 즉시 읍(揖)ᄒ고 가련
과 한가지로 외면(外面)으로 약방문(藥方文)을
내라 가더라. 왕부인이 듯고 방심(放心)ᄒ며 쏘
흔 보차(寶釵)로 알게 ᄒ니 보채 짐쟉ᄒ디 보옥
(寶玉)이 병이 즈로 나디 다만 몸이 임의 도라
와시니 모다 무방(無妨)ᄒ다 ᄒ고 쏘흔 방심(放

心)ᄒ며 다만 왕부인 방즁(房中)의셔 가졍(賈政)
의게 쳥안(請安)ᄒ고 다시 보옥의 곳의 니르지
아니ᄒ니 이는 져의 대가(大家) 부녀(婦女)로 득
톄(得體)흔 일이오, 쏘흔 일호(一毫)도 쑤미미
업【60】더라. 왕부인이 믄득 사롬을 시겨 니환
(李紈)을 쳥ᄒ여 와 샹의(商議)ᄒ디 즈견(紫鵑)과
쳥문(晴雯)을 블너와 보옥으로 보게 ᄒ려 ᄒ며
아으로 니환(李紈)으로 ᄒ여곰 대옥(黛玉)의 셩
졍(性情)을 권(勸)ᄒ여 돌니게 ᄒ믈 허락ᄒ여시
나 이는 급망(急忙) 즁 말이라.

---

38)【時症 시증】shízhèng <名> [스징] 시증 *一時
　流行的傳染病。‖ "這幾天却有~, 都輕可, 不打緊,
　略疏散疏散便好了." 요스이 쏘흔 시증이 이시니
　모다 경경ᄒ고 심히 즁치 아닌지라 약간 쇼산ᄒ
　면 곳 낫더라 (後紅 2:58)

3

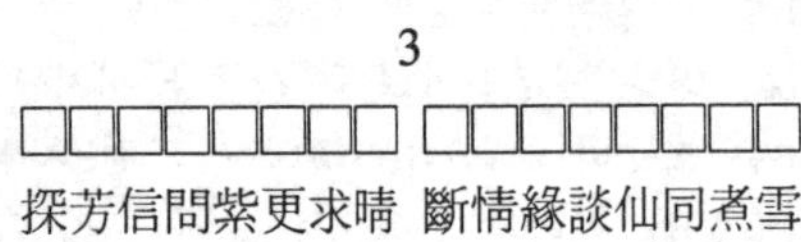

探芳信問紫更求晴　斷情緣談仙同煮雪

　　　방즁(房中)의 도라와 싱각홀스록 더옥 어려오디 또흔 보옥(寶玉)이 병이 날가 두려 다만 사룸으로 흐여곰 니환(李紈)을 쳥흐여 와 샹의(商議)흐려 흐더니 오러지 아냐 니환이 오는지라. 왕부인이 몬 【61】 져 대옥을 권히(勸解)홀 말을 졔게 쳥흐니 니환이 도져히 응낙지 아니흐거늘 왕부인(王夫人)이 광경(光景)이 슌(順)치 아니믈 보고 즈긔도 또흔 어려온 줄을 아는지라. 믄득 져로 흐여곰 즈견과 쳥문을 블너오라 흐며 니르디,

　　"엇지흐던지 믈론(勿論)흐고 아모조록 져룰 속여 올지니 셰말(歲末)을 당흐여 외간(外間) 일이 도로혀 간졍(乾淨)치 못흐거늘 쏘 이 히즈(孩子)로 흐여곰 스단(事端)을 들네게 말나."
흐니 왕부인이 짐쟉흐디 이 말은 니환 【62】 이 방챠(防遮)치 못흐리라 흐엿더니 엇지 알니오 니환이 쏘흔 어려히 너기나 니환은 본리 화슌(和順)흔 식부(媳婦)오. 쏘 태태(太太)의 심즁(心中)의 다만 보옥을 잇지 못흐는 줄 아나 쏘흔 량개(兩個) 챠환(丫鬟)의 셩졍(性情)을 아지 못흐눈지라. 태태의 말을 막즈르려 흐여도 쏘흔 감

히 막즈르지39) 못흐고 다만 강잉(强仍)흐여 디답흐디,

　　"태태 의스(意思)룰 내 모다 아노라. 다만 림고냥(林姑娘)이 져 량인(兩人)을 쩌나면 곳 견디지 못흐고 져 량개 챠환도 쏘흔 고괴(古怪)흔 【63】 미 이시니 태태가 져룰 부르신다 말흐면 져의 량인이 진개(眞個) 감히 오지 아니흐다 니르기 어려오나 쏘흔 잠시 오거든 보형뎨(寶兄弟)룰 속이고 곳 가게 흐라. 만일 나 일인(一人)이 가면 림고냥이 쏘 의심흐디 내가 그 스이의 잇셔 무슨 곡졀(曲折)이 잇다 흐리니 젼일 보미미(寶妹妹) 니르디 '셜안(雪雁)은 림고냥의 구인(舊人)이라.' 흐여 져로 흐여곰 쳥안(請安)흐고 인흐여 셩졍(性情)을 숨혀 그 즈리의 머믈너 져 쳥문 즈견 량인(兩人)을 디신흐려 홀 시 기시(其時)의 우리도 【64】 쏘흔 감히 이 말을 내지 못흐더니 도로혀 쳥문이 령리(伶俐)흐여 일면(一面)으로 셜안(雪雁)을 블너 문 밧긔 셰우고 일면(一面)으로 다른 슈쟉간(酬酌間)의 셜안의 말을 졔긔(提起)흐니 림고냥(林姑娘)이 듯고 일언(一言)도 아니흐며 눈믈만 흘니눈지라. 쳥문이 련망(連忙)히 나아가 숀짓흐미 셜안이 놀나 즉긱의 다라나니 보미미(寶妹妹)도 쏘흔 몃 칠을 겸쟉흐엿느니라40)."

　　왕부인이 니르디,

　　"젼일 셜안을 보낼 쩌의 졔가 도로혀 졍신이 쳥쵸(淸楚)흐엿다 니르기 어렵도다."

　　【65】 니환이 웃고 니르디,

　　"나는 져의 림죵흔 사룸이라 내가 친히 눈으로 보와시니 졔가 기시(其時) 병즁(病中)의 빅령빅리(百伶百俐)흐여 우리게 비컨디 도로혀 쳥쵸(淸楚)흐여 귀신(鬼神) 갓트니 어내 거술 모르리오?"

　　왕부인이 십분(十分) 조치 아냐 믄득 니르디,

---

39) 【막즈르다】 圐 막지르다. 막다. 거절(拒絕)하다. ¶ 駁回 ∥ 태태의 말을 막즈르려 흐여도 쏘흔 감히 막즈르지 못흐고 다만 강잉흐여 디답흐디 (駁回又駁回不得, 只得勉强答應道.) <後紅 2:62> ⇒ 막쟐ㄴ-, 막즈르다, 막즈르다, 막줄ㄴ- 막줄르-

40) 【겸쟉흐다】 圐 무안하다. 어색하다. ¶ 訕訕 ∥ 쳥문이 련망히 나아가 숀짓흐미 셜안이 놀나 즉긱의 다라나니 보미미도 쏘흔 몃 칠을 겸쟉흐엿느니라 (這晴雯連忙出去做手勢, 嚇得雪雁立刻跑了, 連寶妹妹也幾天訕訕似的.) <後紅 2:64>

"니러므로 나의 의수는 림고낭의 곳의 다 힝히 네가 져로 더브러 졍분(情分)이 조흐니 셔셔히 져롤 권(勸)ᄒ고 ᄯᅩ 이 량개(兩個) 챠환(丫鬟)을 블너와 져롤 달내게 ᄒ노라."

니환이 니ᄅ디,

"ᄯᅩᄒᆫ 긔괴(奇怪)ᄒ도다. 근리(近來)의 림고 【66】 [낭]이 도로혀 셕고낭(惜姑娘)으로 더브러 조혼 ᄃᆺᄒ더라."

왕부인이 니ᄅ디,

"져논 ᄯᅩᄒᆫ 다른 공부(工夫)ᄒᆫ는 사롬이라. 엇지 도로혀 말ᄒ리오? 젼일(前日)붓허 져의 이인(二人)이 비록 싱쇼치 아니나 ᄯᅩᄒᆫ 깁히 조흐미 업스니 이졔 도로혀 조하 지내랴. ᄯᅩᄒᆫ 짐쟉지 못ᄒ리로다."

니환이 니ᄅ디,

"나도 ᄯᅩᄒᆫ 이러틋 싱각ᄒ노라. 이졔 량개(兩個) 챠환(丫鬟)을 블너오려 홀진디 내 말과 갓치 홀지니 다만 내가 몬져 가거든 한즈음 지내여 져의 량인(兩人)과 젼 【67】 일 조하ᄒ던 사롬을 보내여 가마니 ᄯᅳ러오게 ᄒ면 나도 ᄯᅩᄒᆫ 도으리니 져의 등이 만일 오거던 ᄯᅩᄒᆫ 져로 ᄒ여곰 즉시 가게 ᄒ라."

왕부인이 졈두(點頭)ᄒ거ᄂᆞᆯ 니환이 즉시 갈 시 ᄯᅩᄒᆫ 보챠(寶釵)롤 ᄯᅳ을고 동힝(同行)ᄒ더라. 원리 림대옥(林黛玉)이 회싱(回生)ᄒ미 량부(兩府) 내(內)의 고슈ᄌᆞ미(姑嫂姊妹)와 각방(各房) 챠환(丫鬟)이 져롤 보라 가려ᄒᆫᆫ 이 만흐디 다만 왕부인이 대옥의 셩졍(性情)이 고괴(古怪)ᄒᆞᆯ 넘녀ᄒᆫᆫ지라. 그러므로 미리 말ᄒ여 즁인(衆人)이 모다 경솔(輕率)이 【68】 가지 못ᄒᆫᆫ지라. 뇌디(賴大) 식부(媳婦)와 림지효(林之孝)의 식부(媳婦)와 쥬셔(周瑞)의 식부(媳婦)와 다못 각쳐(各處) 노파(老婆) 챠환(丫鬟)들은 다시 구ᄐᆞ여 말홀 것 업더라. 당긱(當刻)의 니환이 간 지 반향(半晌)이라. 왕부인이 한 번 혜아려보다가 믄득 회란(喜鸞)의 챠환(丫鬟) 믁금(墨琴)으로 ᄒ여곰 가셔 평ᄋᆞ(平兒)와 호박(琥珀)을 블너오게 ᄒ여 가만니 허다(許多) 언어(言語)롤 져의게 고ᄒ고 져 량인을 쇼샹관(瀟湘館)으로 가게 ᄒ고 츄후(追後)의 ᄯᅩ 한 번 싱각ᄒ더니 옥쳔ᄋᆞ(玉釧兒)로 ᄒ여곰 ᄯᅩᄒᆫ 가셔 도와 져 량인(兩人)을 【69】】 ᄯᅳ러오게 ᄒ더니 옥쳔이 ᄯᅩᄒᆫ 간 지 한 즈음 되여 다시 도라올 시 왕부인이 ᄌᆞ견 쳥문을 보

지 못ᄒᆞᆯ 인ᄒ여 믄득 니ᄅ디,

"엇진 일이뇨?"

옥쳔이 희희(嘻嘻)히 우스며 도시 말을 아니커ᄂᆞᆯ 왕부인이 련ᄒ여 무론디 옥쳔이 니ᄅ디,

"우리 몃 사롬이 림고낭이 보지 못ᄒᆫᆫ 곳의셔 져 량인(兩人)을 ᄯᅳ을고 마즌편 방으로 가셔 다쇼(多少) 셜화(說話)ᄒ미 ᄌᆞ견은 ᄯᅩᄒᆫ 머리롤 흔들고 도시 개구(開口)치 아니며 쳥문은 믄득 말ᄒ디 '이애(二爺) ᄯᅳ러오 【70】 라 ᄒ여도 져는 습인(襲人)과 갓튼 사롬이 되지 못ᄒᆫ다.' ᄒ더라."

ᄒ더라.

왕부인이 습인 두 ᄌᆞ롤 듯더니 얼골이 붉은지라. 옥쳔이 니ᄅ디,

"쳥문이 ᄯᅩ 오만(傲慢)ᄒ도다. 졔가 말ᄒ디 져롤 내여보낼 ᄯᅵ의 스단이 만흐니 습인(襲人)이 말ᄒ기롤 '젼후의 모다 졔가 요괴(妖怪)와 녀호갓치 보이야(寶二爺)롤 유인(誘引)ᄒ여 못되게 ᄒ엿다.' ᄒ니 이즈음의 다시 오면 보이야롤 ᄯᅩ 유인ᄒ리로다."

ᄒ더라.

왕부인이 드ᄅ미 귀결마다 ᄆᆞ음의 박혀 졍히 난 【71】 쳐(難處)ᄒ며 보옥은 ᄯᅩ 잉ᄋᆞ롤 블너와 탐지(探知)ᄒ여 무ᄅ디,

"쳥문과 ᄌᆞ견이 왓ᄂᆞ냐, 아니 왓ᄂᆞ냐?"

ᄒ거ᄂᆞᆯ 왕부인이 진개(眞個) 가지도 못ᄒ고 안지도 못ᄒ더니 홀연 가졍이 드러와 일즉 방으로 드러가더니 츄후(追後)의 ᄯᅩ 가련(賈璉)이 드러가 말을 픔ᄒ고 한 즈음은 ᄒ여 림지효(林之孝)와 쥬셔(周瑞)롤 블너드러가고 ᄯᅩ 영빈(迎賓)ᄒᆫᆫ 패(牌)롤 가져오더니 츄후(追後)의 ᄯᅩ 명연이 다라드러와 말ᄒ디,

"븍졍(北靖)이 오신다."

ᄒ고 ᄯᅩ 젼셜(傳說)노 각 훈쳑(勳戚) 부원(部院)들이 ᄯᅩ 온 【72】 다 ᄒ더니 츄후의 ᄯᅩ 말ᄒ디,

"그 손들이 보옥의 블평ᄒᆞᆯ 듯고 경동(輕動)홀가 두려 다른 날 졍신(精神)을 뎡(定)ᄒ면 다시 온다."

ᄒ며 츄후의 ᄯᅩ 말ᄒ디,

"븍졍왕(北靖王)이 만나 뵈오려 ᄒ다."

ᄒ거ᄂᆞᆯ 가졍(賈政)이 련망(連忙)히 나아가 몃 마디 말 아니ᄒ고 ᄯᅩ 드러오더니 왕부인이

가졍의 보옥을 념녀(念慮)ᄒᆞ여 구속(拘束)ᄒᆞᆯ가
두려 가졍을 향ᄒᆞ여 말ᄒᆞ디,

　"계가 여간 감긔(感氣)로 알ᄒᆞ니 구ᄐᆞ여 져
를 구속(拘束) 말나."

　ᄒᆞ거ᄂᆞᆯ 가졍 ᄯᅩ한 졈두(點頭)ᄒᆞ고 인【73
】ᄒᆞ여 방으로 드러와 져긔 셔찰(書札)과 졍목
(呈目)도 보며 ᄯᅩ흔 치부(置簿)를 들쳐 보며 졈
두(點頭) 탄식ᄒᆞ니 필경 보옥이 가졍을 두리는
지라. 가졍이 방즁(房中)의 이시미 곳 졍대(正
大)흔 신명(神明)이 스귀(邪鬼)를 진압(鎭壓)ᄒᆞᄂᆞᆫ
것 갓ᄐᆞ여 한 번 ᄒᆡ슈(咳嗽)만 ᄒᆞ여도 보옥이
ᄯᅩ흔 ᄆᆞ음이 쮜노라. 감히 잉ᄋᆞ(鸎兒)로 ᄒᆞ여곰
지촉ᄒᆞ여 ᄌᆞ견 쳥문을 블너오라 못ᄒᆞ니 왕부인
의 모양이 믄득 빗진 사름이 다른 사름의 권
(勸)ᄒᆞ여 말니믈 닙어 관한(寬限)을 어듬 갓더
라. 이의【74】왕부인이 만노반(瑪瑙盤)과 비취
반(翡翠盤)의 신션(新鮮)흔 과ᄌᆞ(菓子)를 담아 옥
슌ᄋᆞ로 ᄒᆞ여곰 밧쳐와 잉ᄋᆞ로 더브러 보옥을 달
내고 ᄯᅩ 희란(喜鸞)과 희봉(喜鳳)의게 말ᄒᆞ여 한
손찌로 두 반 과실(果實)을 졍졔히 담아 쇼운(素
雲)으로 ᄒᆞ여곰 디옥의게 보내디 ᄯᅩ 쇼운의게
분부(吩咐)ᄒᆞ디,

　"너의 내내(奶奶)로 ᄒᆞ여곰 림고낭이 근일
(近日)의 무어슬 즐겨 먹으며 류식뷔(柳媳婦) 졍
치(精緻)케 판비 못ᄒᆞ거든 너의 내내(奶奶)로 ᄒᆞ
여곰 가마니 내게 고케 ᄒᆞ며 내 곳의셔 믄드러
간 거시라도 내게【75】라 말고 모다 너의 내내
(奶奶)가 믄든 거시라 ᄒᆞ라."

　ᄒᆞ더라.

　쇼운이 디답ᄒᆞ고 가더니 왕부인이 ᄯᅩ 블너
갓가히 오라 ᄒᆞ여 가마니 졔게 고ᄒᆞ여 져로 ᄒᆞ
여곰 평ᄋᆞ(平兒)와 호박(琥珀)의게 말을 젼ᄒᆞ디,

　"십분(十分) 온당(穩當)이 져 량인(兩人)의
게 고ᄒᆞᆯ지니 내 심즁(心中)의 싱각이 간졀ᄒᆞ다
ᄒᆞ라."

　쇼운이 간지 언마 못되여 평ᄋᆞ와 홈긔 오
더니 평이 앏흐로 와셔 가마니 반향(半晌)을 말
ᄒᆞ거ᄂᆞᆯ 왕부인이 다만 병병ᄒᆞ다가 믄득 니ᄅᆞ디,

　"너는 ᄯᅩ 가셔 잉ᄋᆞ를 블너【76】와 몃 마
디 말을 쑤며 ᄯᅩ 져를 달내여 멈츄리라."

　평이 믄득 쇼챠환(小丫鬟)으로 ᄒᆞ여곰 노
태태(老太太) 방즁(房中) 벽스쥬(碧紗櫥) 안의 니
ᄅᆞ러 가마니 잉ᄋᆞ의 오슬 쓰러 오더 노야(老爺)

로 ᄒᆞ여곰 알게 말나 ᄒᆞ니 챠환이 가더니 잉이
곳 와셔 모다 샹의ᄒᆞ디,

　"ᄌᆞ견은 실노 오지 못ᄒᆞᆯ 거시오. 쳥문은
원리 즐겨 오려 ᄒᆞ디 ᄯᅩ흔 림고낭이 당긱(當刻)
의 믈건을 졈검(點檢)ᄒᆞ므로 몸으로 ᄲᅡ히지 못
ᄒᆞ니 틈이 이시면 곳 온다 ᄒᆞ고 지어 림고낭 말
이라도 ᄯᅩ흔 가히【77】방챠(防遮)치 못ᄒᆞᆯ지니
이갓치 말ᄒᆞ여야 져의 어린 셩졍을 야긔치 아니
리라."

　잉이 믄득 가셔 말을 젼ᄒᆞ니 보옥이 ᄯᅩ흔
무가내하(無可奈何)라. 다만 병병ᄒᆞ고 어즈러이
싱각만 ᄒᆞ더니 호박(琥珀)이 ᄯᅩ흔 도라오ᄂᆞᆫ지라.
왕부인이 져다려 무ᄅᆞ니 호박의 말이 평ᄋᆞ와 언
마 틀니지 아니ᄒᆞᄂᆞᆫ지라. 왕부인이 즉시 호박으
로 ᄒᆞ여곰 안즈라 ᄒᆞ고 져로 ᄒᆞ여곰 ᄌᆞ긔의 샹
을 돕게 ᄒᆞ니 호박은 본디 노태태(老太太)의 방
즁인(房中人)이라. 원앙(鴛鴦)으로 더【78】브러
져긔 틀니니 쥬인 앏히셔 원리 가히 말ᄒᆞᆯ 분슈
가 잇고 ᄯᅩ 왕부인이 지삼 졔게 뭇는 거슬 보미
왕부인이 보옥의 낫출 위ᄒᆞ여 즐겨 ᄆᆞ음을 굽히
는 줄 알고 ᄌᆞ긔가 ᄯᅩ흔 쳥문으로 더브러 조하
ᄒᆞ여 져를 위ᄒᆞ여 ᄆᆞ음을 굽힐지라 믄득 니ᄅᆞ
디,

　"나의 쥬견(主見) 갓틀진디 쳥문으로 ᄒᆞ여
곰 오라 ᄒᆞ면 져는 필경 챠환이라. 감히 오지
아니며 곳 님고낭을 ᄯᆞ른다 ᄒᆞ여도 ᄯᅩ흔 도로혀
이 부즁(府中)의 잇고 흔【79】틀며 당초(當初)
의는 보이아(寶二爺)의 사름이라."

　ᄒᆞ고 믄득 입을 멈츄거ᄂᆞᆯ 왕부인이 니ᄅᆞ
디,

　"내 젼일의 그릇 습인(襲人)의 말을 드러시
니 방ᄌᆞ 쳥문의 ᄒᆞ는 말이 원리 영향이 업다 못
ᄒᆞ나 이졔 습인은 ᄯᅩ흔 가고 져는 도로혀 회싱
(回生)ᄒᆞ여시니 계가 평일(平日)의 심긔 고강(高
强)ᄒᆞ고 위인(爲人)이 졍직(正直)ᄒᆞ나 ᄯᅩ흔 일싱
(一生)의 홀누를 모다 ᄶᅵ셔시니 임의 져의 ᄯᅳᆺ의
싀원ᄒᆞ거ᄂᆞᆯ 계가 도로혀 엇지코ᄌᆞ ᄒᆞᄂᆞ뇨? 너는
보라 계가 회싱(回生)ᄒᆞ므로 붓허 내【80】가
져를 가쟝 ᄉᆞ랑ᄒᆞᄂᆞ니 계가 날노 ᄒᆞ여곰 다시
엇지ᄒᆞ라 ᄒᆞᄂᆞ뇨?"

　호박이 미쇼(微笑)ᄒᆞ며 니ᄅᆞ디,

　"이졔 져의 ᄆᆞ음 가지믈 태태(太太)긔셔 모
다 아ᄅᆞ시니 태태긔셔 이갓치 져를 ᄉᆞ랑ᄒᆞ시믄

뉘 도로혀 짜르리오? 다만 져의 위인(爲人)은 셩픔(性品)이 편협(偏狹)ᄒ고 고지식ᄒ니 태태긔셔 다만 져롤 의심ᄒ시던 말을 당면(當面)ᄒ여 셜파(說破)ᄒ시면 계가 즐겨 조초리니 내 말이 아니라. 계가 만일 단회(團會)ᄒ면 님고낭도 ᄯᅩ흔 슈쟉(酬酌)ᄒ기가 죠흐리【81】라."

왕부인이 듯고 죠금도 고이히 너기지 아니며 희란ᄌᆞᄆᆡ(喜鸞姊妹)ᄂᆞᆫ ᄯᅩᄒᆞᆫ 련ᄒᆞ여 졈두(點頭)ᄒ더라. 왕부인이 니ᄅᆞ디,

"내 젼일은 명빅(明白)지 못ᄒ더니 이제 너의 일쟝(一場) 셜화(說話) 드ᄅᆞ미 내 ᄯᅩᄒᆞᆫ 명빅ᄒ도다. 내가 단졍코 보옥의 ᄯᅳᆺ을 슌(順)히 ᄒᆞ여 쥬인(主人)의 쳐지로 도로혀 챠환(丫鬟)의게 이걸ᄒᆞ미 아니라. 다만 ᄌᆞ시 싱각건디 이샹ᄒᆞ여 견딜 길 업ᄉ니 내 어내 ᄲᅥ던지 조만간의 져의 낫출 디ᄒᆞ여 셜파(說破)ᄒ면 제가 도로혀 엇지 ᄒᆞ리오?"

【82】호박(琥珀)이 ᄯᅩᄒᆞᆫ 니ᄅᆞ디,
"졔 도로혀 엇지ᄒᆞ리오?"
ᄒᆞ더라.

챠셜(且說), 쇼샹관(瀟湘館) 즁(中)의 대옥이 임의 졍신이 평복(平復)ᄒ고 녯 병이 다 쾌ᄒ나 다만 회샹(懷傷)ᄒᆞᆫ 후로 무ᄉᆞ무려(無思無慮)ᄒ여 ᄉᆞ디(四大) 개공(皆空)ᄒ고 일ᄉᆞ블괘(一絲不掛)ᄒ여 믄득 일개(一個) 심쟝(心腸)이 션노(仙露)로 졍히 ᄶᅵ더닌 둣ᄒᆞ미 더옥 몸이 경건(輕健)ᄒ나 본릭 방즁(房中)의셔 긔거(寄居)ᄒᆞᆫ 거ᄉᆞᆫ 다만 쇽인(俗人) 보기롤 슬혀ᄒᆞ므로 칭탁(稱託)ᄒ고 한가히 좌와(坐臥)ᄒ여 졍신을 기ᄅᆞ더니 일일(一日)은 바롬이 쉬고 눈이 개인지라【83】ᄌᆞ견과 쳥문이 녁셔(曆書)롤 보미 곳 조흔 일진(日辰)이라. 모다 대옥의게 건닐믈 쳥ᄒ니 대옥이 응낙(應諾)ᄒ고 힝(行)ᄒ여 외간(外間)의 니ᄅᆞ 두로 구경ᄒ미 젼일 갓치 왕마힐(王摩詰)이 셜치(設彩)ᄒᆞᆫ 《망텬도輞川圖》며 우셰람(虞世南)의 글시 쥬련(柱聯)이며 일면(一面)의ᄂᆞᆫ 신션괘병(神仙掛屛)이오, 일면(一面)의ᄂᆞᆫ 당륙여(唐六如)의 셔호(西湖) 십경(十景) 횡츅(橫軸)이며 ᄯᅩ 대옥이 가쟝 ᄉᆞ랑ᄒᆞᄂᆞᆫ 당륙여의 쇼히(小楷) 《도덕경道德經》을 거문고 탁ᄌᆞ 뒤히 거럿시디 이 거믄고롤 줄을 고ᄅᆞ게 ᄒᆞ여 탁샹(卓上)의【84】빗기 노왓고 ᄯᅩ 고묵(古墨) 고졍(古鼎)과 다긔(茶器) 필통(筆筒)의 각식 문방ᄉᆞ보(文房四寶)며

보챠(寶釵)의 보낸 영쇄(零碎)ᄒᆞᆫ 물건가지 모다 진셜(陳設)ᄒ기롤 졍치(精緻)ᄒ게 ᄒ고 판샹(板上)의ᄂᆞᆫ 모다 다홍 양슈라쟝을 쳣고 디샹(地上)의ᄂᆞᆫ ᄯᅩ한 능취젼(綾翠氈)을 폇시니 진개(眞個) 각식이 구비(具備)ᄒ여 한 가지도 업지 아니코 ᄯᅩ 왕부인의 보낸 쇼심납ᄆᆡ(素心蠟梅)와 쇼심쵸란(素心草蘭)과 록악ᄆᆡ(綠萼梅)와 슈션화분(水仙花盆)을 ᄯᅩᄒᆞᆫ 유아(幽雅)ᄒ게 노핫ᄂᆞᆫ지라. 대옥이 졈두(點頭)ᄒ며 니ᄅᆞ디,

"무던토다 쥬대슈ᄌᆞ(珠大嫂子)야!"

ᄒᆞ며【85】다시 몃 거름을 거ᄅᆞ미 은은(隱隱)이 빅단향(白檀香)과 강진향(降眞香) 내음시 날녀오더니 다시 몃 간(間)을 드러가미 니환(李紈)의 공양(供養)ᄒᆞᆫ 신샹쪽지(神像簇子) 뵈ᄂᆞᆫ지라. 대옥이 ᄯᅩ 눈믈을 흘니고 앏흐로 와 향(香)을 픠오고 귀의 금어ᄋᆞ(金魚兒)롤 글너 신샹(神像) 앏히 밧드러 노코 경경(輕輕)히 네 번 읍(揖)ᄒ며 ᄌᆞ견은 나려가 ᄉᆞ비(四拜)ᄒ고 셔셔히 니러나 다시 네 번 읍(揖)ᄒ다가 금어(金魚)롤 가져 대옥을 위ᄒᆞ여 귀박회의 걸고 쳥문도 ᄯᅩᄒᆞᆫ 눈믈을 흘니며 졀ᄒᆞ더【86】니 대옥이 믄득 니ᄅᆞ디,

"셜만(褻慢)이 구지 말지니 한즈음 지내여 오도ᄌᆞ(吳道子)의 그린 녀죠ᄉᆞ(呂祖師)의 화샹(畫像)을 밧고라."

ᄒᆞ니 ᄌᆞ견과 쳥문이 듯고 비로쇼 대옥이 결뎡(決定)코 션도(仙道)롤 닥그려 ᄒᆞ믈 알지라. ᄆᆞᄋᆞᆷ의 싱각ᄒᆞ디 '이 션녀(仙女) ᄯᅩᄒᆞᆫ 대옥으로 ᄧᅡᆨ지염죽ᄒ도다.' ᄒᆞ고 믄득 도라와 보니 고은 깁의 빗치 투식(渝色)지[41] 아닌지라. 셜영(雪影)과 태양(太陽)의 빗최여 효효ᄒᆞᆫ 졍치 눈의 ᄡᅩ이ᄂᆞᆫ지라. 홀연 가모(賈母)의 싱각이 니러나고 ᄯᅩ 림죵시(臨終時)의 '빅동뇨白疼了' 삼【87】개(三個) ᄌᆞ(字)롤 싱각ᄒᆞ미 ᄌᆞ연 몃 졈 눈믈을 흘니더니 대옥이 그 셜경(雪景)을 구경코ᄌᆞ ᄒᆞ여 챵(窓)을 열나 ᄒᆞ거눌 쳥문이 련망(連忙)히 드러가 아쳥(鴉靑) 능젼(綾氈) 답호(褡護)와 쵸피(貂皮)

---

41) 【투식ᄒ다】 ⑧ 투색(渝色)하다. 퇴색(退色)하다. 빛바래다. ¶退 ‖ 이 션녜 ᄯᅩᄒᆞᆫ 대옥으로 ᄧᅡᆨ지염죽ᄒ도다 ᄒᆞ고 믄득 도라와 보니 고은 깁의 빗치 투식지 아닌지라 셜영과 태양의 빗최여 효효ᄒᆞᆫ 졍치 눈의 ᄡᅩ이ᄂᆞᆫ지라 (這個仙女也配. 黛玉便走回來, 見那軟烟羅顔色未退, 這雪白晶光射眼的緊, 忽然的觸起賈母來.) <後紅 2:86>

다홍 우단(羽緞) 익엄(額掩)[42]을 가져 디옥을 닙히고 바야흐로 즈견으로 ᄒᆞ여곰 창을 경경(輕輕)히 여니 셜경(雪景)이 진개(眞個) 보기 죠토다. 죽림(竹林)이 셜즁(雪中)의 눌녀 왜ᄉᆞ부졍(歪斜不正)ᄒᆞ며 ᄯᅩ 멋 나무 미홰(梅花) 잇셔 태양을 ᄯᅡ라 담담(淡淡)이 픠여시미 미미(微微)ᄒᆞᆫ 향긔(香氣) 날니고 날이 개이【88】고 구름이 허여지미 바람의 눈이 옥졉(玉蝶)갓치 나ᄂᆞᆫ지라. 대옥이 즉시 보미 진개(眞個) 지셰(再世) 환싱(還生)ᄒᆞ여 감샹블이(感傷不已)ᄒᆞᆫ지라. 즈견과 쳥문이 져의 링긔(冷氣)를 뾔일가 져허ᄒᆞ고 둘지ᄂᆞᆫ 피곤ᄒᆞᆯ가 ᄒᆞ여 창을 닷고 져를 지쵹ᄒᆞ여 방으로 드러오게 ᄒᆞ니 디옥이 믄득 쇼챠환(小丫鬟)으로 ᄒᆞ여곰 쇼심납미(素心蠟梅)와 슈션화분(水仙花盆)을 옴겨다가 캉의 노코 병병이 져룰 디ᄒᆞ여 ᄯᅩᄒᆞᆫ 졈두(點頭)ᄒᆞ고 조금도 언어(言語)를 아니니 도로혀 무슴 오히(悟解)【89】ᄒᆞᄂᆞᆫ[43] 의ᄉᆞ(意思) 잇ᄉᆞᆷ 갓튼지라. 즈견 쳥문도 ᄯᅩᄒᆞᆫ 짐쟉지 못ᄒᆞ며 ᄯᅩ 쳥문 겻히 잇셔 즈셰히 보니 대옥이 눈그림즈의 빗최여 분(粉)과 옥(玉)갓치 아름다오믈 다 말ᄒᆞᆯ 길이 업ᄂᆞᆫ지라. ᄆᆞ음의 헤아리디 이런 사ᄅᆞᆷ이 녜로붓허 엇지 둘이 이시며 만일 내가 져와 갓다 ᄒᆞᆯ진디 내 가쟝 붓그럽도다. 보이애(寶二爺) 셩명(性命)갓치 앗기니 ᄯᅩᄒᆞᆫ 다만 져가 져기 ᄯᅥᆨ지엄쟉ᄒᆞ다 ᄒᆞ고 믄득 보옥을 위ᄒᆞ여 화합(和合)게 ᄒᆞ고ᄌᆞ ᄒᆞᆯ【90】 싱각이 동ᄒᆞ여 앏흐로 가 익엄(額掩)과 답호(褡護)를 그르고 즈견이 ᄯᅩ 가셔 금어(金魚)를 만지디 대옥이 일호(一毫) 아른 체 아니코 다만 두 분(盆) 곳만 보니 ᄯᅩᄒᆞᆫ 무슨 싱각홈 갓튼지라. 량인(兩人)이 믄득 제 ᄆᆞ음디로 가셔 옷슬 개이며 향을 더 픠오다가 양양(揚揚)이 류리(琉璃) 안의셔 먼니 층층(層層) 루각(樓閣)의 셜경(雪景)을 바라보나 디옥의 심즁(心中) 싱각은 ᄯᅩᄒᆞᆫ 져의게 니ᄅᆞ지 아니니 져의 엇지 알니오. 원러 디옥이 회싱(回生)ᄒᆞᆫ 후로붓허 일심(一心)으로 다만 션【91】도(仙道)

닥기만 싱각ᄒᆞ더니 셜경(雪景)을 보고 도라오미 믄득 텬샹(天上)의 경루옥우(更漏玉宇)룰 싱각ᄒᆞ디 그곳의 니ᄅᆞ디 엇더케 쇼요ᄌᆞ지(逍遙自在)ᄒᆞ고 ᄒᆞ며 ᄯᅩ 싱각ᄒᆞ디,

'오진(五眞) 칠조(七祖) 즁(中)의도 곳 손진인(孫眞人) 갓튼 녀신(女身)이 잇고 ᄯᅩ 란향진인(蘭香眞人)은 본디 효녀(孝女)로 십오(十五) 셰(歲)의 믄득 츌셰(出世)ᄒᆞ기롤 싱각ᄒᆞ디 다만 친싱부모(親生父母)룰 싱각ᄒᆞ여 결단치 못ᄒᆞ다가 후러(後來)의 바야흐로 ᄯᅳᆺ을 일워시니 필경(畢竟) 일심(一心)이 곌【견】확(堅確)ᄒᆞ면 가히 션가(仙家)룰 지으리로다. 내 젼일 일죽【92】 부모룰 여의미 즉시 맛당히 션도(仙道)룰 닥글 거시어눌 헛도이 셰월을 보내엿고 ᄯᅩ 녯 말의 니ᄅᆞ디 '일인(一人)이 승텬(昇天)ᄒᆞ면 다ᄉᆞᆺ 조샹(祖上)이 초발(超拔)ᄒᆞᆫ다.' ᄒᆞ니 내가 만일 득도(得道)ᄒᆞ면 하셰(下世)ᄒᆞᆫ 부모가지 ᄯᅩᄒᆞᆫ 일쳐(一處)의 모히리로다. 집 가온디 허다(許多) 포진(布陣)ᄒᆞᆫ 거슬 보미 다만 두 가지가 내 ᄯᅳᆺ의 합ᄒᆞ니 이 쇼심납미(素心蠟梅)ᄂᆞᆫ 곳 한졀(寒節)의 니ᄅᆞ러 바야흐로 곳츨 토ᄒᆞ미 ᄯᅩᄒᆞᆫ 다쇼(多少) 풍샹(風霜)을 지내엿고 져 슈션홰(水仙花) 취디은반(翠帶銀盤)은 ᄯᅩᄒᆞᆫ 션녀(仙女)의 능파(凌波)ᄒᆞᄂᆞᆫ 의【93】ᄉᆞ(意思) 이시니 가히 앗갑도다. 졔가 쵸목지류(草木之類)로 사ᄅᆞᆷ의게 운동(運動)ᄒᆞᆷ을 닙엇도다. 만일 공산원슈(空山遠水) 간(間)의 낫더면 져디로 일월졍화(日月精華)룰 바다 ᄯᅩᄒᆞᆫ 능히 셩혈【형】탈톄(成形脫體)ᄒᆞ엿시리로다. 내 이졔 져보다 나흐미 잇고 ᄯᅩ 다쇼(多少) 경계(境界)룰 격거시니 만일 일죽 회두(回頭)치 못ᄒᆞ면 곳 쵸목(草木)과 일양(一樣)이리라.'

ᄒᆞ여 병병이 싱각ᄒᆞ더니 왕부인(王夫人)과 셜이마(薛姨媽)와 희란(喜鸞)이 빙졍의 오거눌 디옥이 필경(畢竟) 엇지ᄒᆞᆯ 길이 업셔 냑냑(略略)히 슈응(酬應)【94】ᄒᆞ다가 ᄯᅩᄒᆞᆫ 곳 곤(困)ᄒᆞ다. ᄒᆞ거눌 왕부인이 져의 개구(開口)ᄒᆞᆷ을 보고 ᄯᅩᄒᆞᆫ 환희(歡喜)ᄒᆞ며 ᄯᅩᄒᆞᆫ 져의 곤ᄒᆞᆫ 의ᄉᆞ(意思)룰 아ᄂᆞᆫ지라. 노ᄌᆞ미(老姊妹) 즉시 희란(喜鸞)으로 더브러 나와 져기 보옥 쇽일 말을 싱각ᄒᆞ며 ᄯᅩ

---

42)【익엄】囹 액엄(額掩). ¶ 雪兜 ‖ 대옥이 그 셜경을 구경코즈 ᄒᆞ여 창을 열나 ᄒᆞ거눌 쳥문이 련망히 드러가 아쳥 능견 답호와 쵸피 다홍 우단 익엄을 가져 디옥을 닙히고 바야흐로 즈견으로 ᄒᆞ여곰 창을 경경히 여니 셜경이 진개 보기 죠토다 (黛玉要看那雪景, 叫打開窓子, 這晴雯連忙趕進去, 將天鵝絨大紅繡金綟紗褙護, 並紫貂大紅軟呢雪兜與黛玉披上了, 方叫紫鵑打窓, 紫鵑輕輕的打開來, 這雪眞個好看.) <後紅 2:87>

43)【오히ᄒᆞ다】囹 오해(悟解)하다. 깨닫다. ¶ 領悟 ‖ 병병이 져룰 디ᄒᆞ여 ᄯᅩᄒᆞᆫ 졈두ᄒᆞ고 조금도 언어룰 아니니 도로혀 무슴 오히ᄒᆞᄂᆞᆫ 의식 잇ᄉᆞᆷ 갓튼지라 (呆呆的對着他, 也點點頭, 並不言語, 倒像有甚麼領悟的意思.) <後紅 2:88>

대옥이 뜻을 돌닐가 싱각ᄒ나 엇지 알니오. 대옥의 심샹(心上)의 임의 쥬견(主見)을 뎡(定)ᄒ여시니 엇지 도로혀 보옥을 싱각ᄒ리오? 쏘 몃 날이 지나미 대옥이 조반(早飯) 후의 쏘 그곳의셔 졍실[신](精神)을 일코 ᄌ졋더니 다만 드르미 쇼챠환(小丫鬟)【95】 등이 류슈ᄌ(柳嫂子)로 더브러 졔셩(齊聲)ᄒ여 니르디,

"셕고낭(惜姑娘)이 오는도다."

ᄒ거늘 셕츈(惜春)이 믄득 웃고 니르디,

"이 졍(庭) 즁(中)의 쥭림(竹林)이 너모 만하 그늘지니 너의는 엇지 길의 걸니는 거술 샤룸으로 ᄒ여곰 버혀바리지 아니ᄒᄂ뇨?"

챠환(丫鬟)이 니르디,

"우리 고낭이 졍히 져의 왜ᄉ(歪斜)ᄒ믈[44] ᄉ랑ᄒᄂ니라."

ᄌ견이 믄득 쟝(帳)을 드니 쳥문이 마ᄌ나가 쇼챠환으로 더브러 셕츈을 뫼셔 드러올 시 대옥이 곳 만면 쇼안(笑顔)으로 마자나와 니르디,

【96】"조흔 ᄌᄌ(姊姊)야, 가쟝 나룰 싱각ᄒ도다. 너는 곳 겸치지 아니코 몬져 아라시니 네 오지 아니터면 내가 ᄌ견으로 ᄒ여곰 가셔 쳥(請)코져 ᄒ엿노라."

셕츈이 쏘ᄒ 웃고 니르디,

"네가 속이ᄂ뇨 네가 도로혀 ᄌ견을 보내깃ᄂ냐?"

ᄒ며 곳 캉 샹의 디면(對面)ᄒ여 안더니 셕츈이 웃고 니르디,

"님미미(林妹妹)야, 너는 이 두 가지 꼿츨 ᄉ랑ᄒᄆ 무슨 의식(意思)뇨?"

대옥이 우음을 머금고 니르디,

"너는 아라내라."

ᄒ니 셕츈이 쏘ᄒ 웃고 졈두(點頭)ᄒ【97】며 니르디,

"내 쏘ᄒ 아노라."

대옥이 웃고 니르디,

"너는 엇지 말 아니ᄒᄂ뇨?"

셕츈이 니르디,

"너는 엇지 말 아니코 날다려 말ᄒ라 ᄒᄂ뇨?"

디옥이 니르디,

"나는 다만 네가 말ᄒ믈 기다리노라."

ᄒ며 셕츈이 한 번 샹으로 토기고[45] 니르디,

"너는 날다려 말ᄒ라 ᄒ디 편벽(偏僻)도이 말을 아니ᄒ노라!"

ᄒ고 량인(兩人)이 더ᄒ여 우스니 챠환 등이 엇지 져의 량인(兩人)의 의ᄉ룰 알니오. 대옥이 답해 합의(合意)흠의 니르미 믄득 《참동계參同契》와 《셩명규【98】 지性命圭旨》 등 셔(書)룰 가져 져로 강구(講究)홀 시 일인(一人)은 공뷔(工夫) 투철(透徹)ᄒ고 일인(一人)은 오히 긔졍ᄒ여 졍히 긔봉(機鋒)을 닷토더니 외면(外面)의 왕부인(王夫人)과 니환(李紈)과 보챠(寶釵)와 평이(平兒) 쏘 오미 이 량인(兩人)이 엇지 파흥(破興)이 되지 아니리오? 디옥이 냑냑(略略)히 몃 마디 말ᄒ고 쏘 ᄒ 곳 벙벙이 안졋거늘 왕부인 쏘 뜻을 알고 즉시 평ᄋ와 ᄌ견과 쳥문으로 더브러 셜경(雪景)을 구경ᄒ다 칭탁(稱託)ᄒ고 마즌 방으로 니르러 쳥문으로 더브러 젼일ᄉ(前日事)룰 셜파(說破)【99】ᄒ니 쳥문은 보디 심지(心地) 샹쾌(爽快)ᄒ고 쏘 쥬인(主人)되는 이가 이 모양으로 간졀이 즁인(衆人)을 더ᄒ여 져룰 발명(發明)ᄒ고 져룰 불샹히 너기믈 보고 쏘 습인(襲人)은 개졀(改節)ᄒ여 타인(他人) 슈즁(手中)의 들며 졔가 쏘 보옥과 더브러 졍의(情義)가 잇ᄂ지라. ᄌ연 엇지 홀 길 업셔 니르디,

"태태긔셔 임의 명빅ᄒ시니 곳 조토다."

왕부인이 믄득 져의게 보옥의 곳으로 가기룰 쳥ᄒ니 쳥문이 니르디,

"나는 직심(直心)의 사룸이라. 곳 가도 쏘 ᄒ 능히 져룰 속이지【100】 못ᄒ리라."

ᄒ거늘 왕부인이 져의 간단 말을 듯고 심즁(心中)의 믄득 희환(喜歡)ᄒ나 져의 셩픔(性品)이 오만ᄒ여 핍박(逼迫)ᄒ기 어려온 줄 아ᄂ지라. 다만 니르디,

"네 ᄆ음디로 경치룰 구경ᄒ라."

ᄒ고 도로혀 ᄌ견의게 부탁ᄒ여 틈이 잇거든 져룰 지쵹ᄒ여 오디 다만 힝긔(行氣)ᄒᄂ[46]

---

44) 【왜ᄉᄒ다】 혱 왜ᄉ(歪斜)하다. 기울다. ¶ 斜斜 ‖ 우리 고낭이 졍히 져의 왜ᄉᄒ믈 ᄉ랑ᄒᄂ니라 (咱們姑娘正愛他斜斜的呢.) <後紅 2:95>

45) 【토기다】 동 튀기다. ¶ 彈 ‖ 셕츈이 한번 샹으로 토기고 니르디 너는 날다려 말ᄒ라 ᄒ디 편벽도이 말을 아니ᄒ노라 (惜春彈了一個榧子, 笑道: "你要我說, 偏不說!") <後紅 2:97>

46) 【힝긔ᄒ다】 동 행기(行氣)하다. 기운을 차려 몸을

모양으로 알나 하니 조견이 또한 응낙(應諾)하
거늘 왕부인과 평이 믄득 보옥의게 고하라 가눈
지라. 류슈지(柳嫂子) 챵 밧긔셔 가마니 듯다가
【101】 경희(驚喜)하믈 이긔지 못하여 무옴의
혜오디 '만일 오아(五兒) 갓타면 엇지 이런 광경
이 이시리오?' 하고 믄득 쳥문의게 소후(伺候)하
디 도로혀 조긔가 효슌(孝順)한 녀아갓치 하여
틈이 이시면 또한 곳 져롤 지쵹하더라. 이씨 디
옥이 왕부인과 평이 도라간 후의 엇지한고? 챠
텽하회분히(且聽下回分解)하라.

[후홍루몽後紅樓夢 권지삼卷之三]

【1】 챠셜, 디옥(黛玉)이 왕부인(王夫人)과
평이(平兒) 가므로붓허 겨기 뜻의 마조나 니환
(李紈) 보챠(寶釵)도 평일의 정분(情分)은 비록
죠흐디 이씨는 맛춤내 다른 길 사름이오, 셕츈
(惜春)이 또한 강도(講道)하믈 긋치눈지라. 이
소인의 일시 셜화하미 모다 싱쇼(生疎)하믈47)
씨다롤너니 필경(畢竟) 보채 심령(心靈)하여 져
의 량인의 정경(情景)을 보고 믄득 멋 분 짐작
하여 무옴의 혜 【2】 오디 '젼일 보옥이 마(魔)롤
들녓실 찌의 셕고랑(惜姑娘)을 초조 강도(講道)
하더니 이졔 대옥이 또한 마(魔)롤 들녓눈지 져
로 더브러 도(道)롤 강하니 비록 량인(兩人)이
각각 마(魔)가 들녀 져와 합한다 하나 필경 져
의 셩졍(性情)이 이 량인의 의소(意思)와 합하미
또한 우읍도다' 하고 대옥을 규권(規勸)하눈 모
양으로 니르디,

　　"너의 량개 미미(妹妹) 무슴 도(道)롤 의론
흠 갓타니 엇지 나와 다못 대슈조(大嫂子)롤 쇽
이누뇨?"

　　하고 니환도 또한 우으니 셕츈이 밋쳐 디

【3】 답지 못하여 대옥이 우스며 니르디,

　　"도(道)롤 강론(講論)하여도 너의 등이 또
한 아지 못하리라."

　　하거눌 보치 믄득 웃고 니환을 쯔을며 니
르디,

　　"너는 보라. 져의 등이 우리롤 이갓치 업
슈히 너기눈도다. 내 도로혀 멋 마디 말이 잇노
라. 션블(仙佛)은 또한 용이(容易)히 일우지 못
하리니 만일 닐울진디 텬하 사름이 모다 션블을
일우리니 대뎌 셩션셩블(成仙成佛)하믄 그 사름
의 근긔(根基)롤 볼지니 나눈 보건디 림미미(林
妹妹) 스스로 텬하의 뎨일 【4】 녀히이(女孩兒)나
또한 도로혀 신션이 된다 짐쟉지 못하리로다.
만일 강론(講論)하여 곳 일울진디 엇지하여 공
조(孔子)긔셔 이런 셩인(聖人)으로 《론어論語》의
분명이 '조블어괴력란신子不語怪力亂神'이라 하
엿시리오? 너는 곳 공셩인(孔聖人)도 항복(降服)
지 아니하눈냐?"

　　디옥이 웃고 니르디,

　　"보져져(寶姐姐)는 도학(道學) 말을 가져
사름을 업누르고조 하나 너는 또한 사름을 짐쟉
지 못하눈도다. 너는 공셩인(孔聖人)을 말하니
젼일 공셩인이 쥬하(柱下)의 니르샤 노조(老子)
롤 보시고 '룡(龍) 갓 【5】 다'48) 탄식(歎息)하시
니 이씨의 노지(老子) 도로혀 일개 범인(凡人)이
러니 후리(後來)의 바야흐로 청우(青牛)롤 타고
함곡관(函谷關)으로 나갓시니 공셩인이 엇지 몬
져 졔가 신션(神仙)이믈 아지 못하여 계시리오?"

　　보채 웃고 니르디,

　　"림미미(林妹妹) 너는 고이히 너기지 말나.
내 믄득 너롤 몬져 아느니 단졍코 신션이 되지
못하리라."

　　디옥이 분명 져 말이 곡졀(曲折)이 이시믈
알고 믄득 우스며 니르디,

움직이다. ¶ 走走 ∥ 도로혀 조견의게 부탁하여 틈
이 잇거든 져롤 지쵹하여 오디 다만 힝긔하눈 모
양으로 알나 하니 조견이 또한 응낙하거눌 (反又托
了紫鵑, 遇空時催他走走, 只當散散似的, 紫鵑也應
允.) <後紅 2:100> 鬆散 ∥ 내 캉샹의셔 여러 날을
누어시미 또한 번민하믈 이긔지 못하더니 근일은
나와 힝긔하염죽하므로 이곳 노태태의 쥭의조롤
비러 타고 왓눈지라 (我在坑上躺了這幾時, 也覺得
膩煩了, 逼着掙扎得住出來鬆散鬆散, 借了這裏老太
太竹椅子坐過來的.) <紅補 6:52>

47) 【싱쇼하다】 圈 생소(生疎)하다. ¶ 生分 ∥ 이 소인
의 일시 셜화하미 모다 싱쇼하믈 찌다롤너니 (四個
人却三條路巡, 一時說話總覺得生分起來.) <後紅
3:1>

48) 從前孔子到洛邑向老聃學禮之事. 柱下, 地名. 老子
爲周藏書室史官時所居之地, 後人亦稱老子爲"柱下
史". 猶龍, 出自《史記·老子傳》: "孔子去, 謂弟子曰:
'鳥吾知其能飛, 魚吾知其能遊, 獸吾知其能走, ……
至于龍, 吾不能知, 其乘風雲而上天, 吾今日見老子,
其猶龍邪!'" 意謂老子之道, 深遠如龍之不可測.

"너는 나롤 아지 못ᄒᆞ여도 나는 도로혀 너롤 아노라."

보치 니ᄅᆞ디,

"너는 즉시 말 【6】 ᄒᆞ라."

대옥이 가가대쇼(呵呵大笑)ᄒᆞ고 니ᄅᆞ디,

"너의 갓튼 사름들은 모다 유졍(有情)ᄒᆞ 버러지니라."

ᄒᆞ니 보챠와 니환과 셕츈이 모다 웃더라. 보치 믄득 대옥을 가ᄅᆞ치고 니ᄅᆞ디,

"대슈ᄌᆞ와 셕고낭아, 너는 보라 이 림챠뒤(林丫頭) 져쳐럼 밋쳣도다. 한 집안 사름을 모다 ᄭᅮ짓고 ᄯᅩ 텬하 사름을 모다 ᄭᅮ짓는도다. 졔가 젼일의 류노노(劉姥姥)롤 긔롱(欺弄)으로 모황츙(母蝗蟲)이라 ᄒᆞ더니 이계 우리롤 ᄯᅩ 버레류의 들게 ᄒᆞ는도다. 졔 곳 신션 될 복분(本分)이 【7】 잇셔도 졔가 이쳐로 입부리49)가 쾌ᄒᆞ니 만일 신션 총즁(叢中)의 가면 ᄯᅩ 동류롤 ᄭᅵ믈녀 ᄒᆞ다가 여러 신션이 져롤 하계(下界)로 ᄶᅩ츠리라."

ᄒᆞ고 삼인(三人)이 웃기롤 마지 아니니 대옥이 ᄲᅣᆷ이 븕어 우ᄉᆞ랴 ᄒᆞ다가 련망(連忙)히 졍식(正色)ᄒᆞ거눌 니환이 니ᄅᆞ디,

"이곳의셔 담쇼(談笑) 환희(歡喜)ᄒᆞ미 다만 즐거올 ᄲᅳᆫ 아니라 도로혀 대옥이 회싱(回生)ᄒᆞᆫ 후의 처음으로 ᄌᆞ미(姊妹) 샹취(相聚)ᄒᆞᆫ 아름다온 일이로다."

셜화간(說話間)의 쇼운(素雲)이 믄득 몃 가지 졍치(精緻)ᄒᆞᆫ 치쇼(菜蔬)롤 가져오 【8】 니 원리 왕부인(王夫人)이 가의(加意)ᄒᆞ여 민ᄃᆞᆫ 거시로디 믄득 니환의 곳의셔 민ᄃᆞᆫ 거시라 ᄒᆞ거눌 챠환(丫鬟) 등이 캉 탁ᄌᆞ 우희 버릴 시 고슈(姑嫂) 삼인(三人)이 대옥을 미러 쥬벽(主壁)ᄒᆞ여50) 안고 셕츈은 ᄶᅡ 우 져근 의ᄌᆞ의 안고 니환과 보챠는 모다 캉의 올나 잇더니 챠환(丫鬟) 등이 치쇼(菜蔬)롤 드릴 시 비록 하눌이 챠나 대옥이 화긔(火氣)롤 ᄲᅩ일가 두려 은분(銀盆)으로 젹은 ᄉᆞ긔 궁완(宮碗)을 더힐 시 일완(一碗)은 신슌텬화탕(新筍天花湯)이요, 일완은 계부연와(鷄腐燕

窩)오, 일완은 타봉화육(駝峯火肉)이오, 일 【9】 완은 숑양황아치(松瓤黃芽菜)니 젼슈히 오계육(烏鷄肉)으로 즙을 내여 지즌 거시오. 일완은 야계싱평탕(野鷄生片湯)이오, 일졉(一碟)은 연와연미분숑고(燕窩蓮米粉鬆糕)오, 일졉은 도슈마고쇼함치(桃酥蔴菇素餡菜)오, 기여(其餘) 쇼치(小菜)도 ᄯᅩ한 모다 졍아(精雅)ᄒᆞ고 ᄯᅩ 삼약쥬(參藥酒)도 잇고 ᄯᅩ 숑ᄌᆞ인쥬(松子仁酒)도 이시니 ᄉᆞ인(四人)이 모다 ᄆᆞ옴디로 먹기롤 맛치미 챠환(丫鬟) 등이 슈건을 드리고 양치긔(養齒器)51)롤 밧치미 ᄉᆞ인(四人)이 모다 니러날 시 보치 ᄯᅩ 상등(上等) 룡졍다(龍井茶)롤 가져와 셜슈(雪水)롤 시험코ᄌᆞ ᄒᆞ거눌 니환이 말ᄒᆞ디 셩미가 ᄎᆞ다 【10】 ᄒᆞ나 대옥이 강잉(强仍)ᄒᆞ여 셜슈(雪水)롤 시험코ᄌᆞ ᄒᆞ는지라. 챠환(丫鬟) 등이 여러 번 ᄭᅳ려 오니 과연 입의 맛더라. ᄯᅩ 여간 희학(戲謔)ᄒᆞ다가 니환(李紈)과 보치(寶釵) 홀연 등 뒤히 사름이 잇셔 져롤 ᄭᅳ으는 것 갓거눌 거즛 뜻으로 셕츈(惜春)으로 더브러 건닐나 가는 체ᄒᆞ니 대옥(黛玉)이 도로혀 셕츈을 머믈거눌 니환과 보치 쇼샹관(瀟湘館)으로 나오미 쇼운(素雲)이 바야흐로 졔게 고ᄒᆞ디 태태(太太) 말슴이 셜니 량위 고낭(姑娘)을 쳥(請)ᄒᆞ여 가라 ᄒᆞ시더라 ᄒᆞ니,

---

49) 【입부리】 圖 입부리. 주둥이. ¶ 嘴頭子 ‖ 졔 곳 신션 될 복븐이 이셔셔도 졔가 이쳐로 입부리가 쾌ᄒᆞ니 만일 신션 총즁의 가면 ᄯᅩ한 동류롤 ᄭᅵ믈녀 ᄒᆞ다가 여러 신션이 져롤 하계로 ᄶᅩ츠리라 (他便有做神仙的分兒, 他這嘴頭子尖利, 便到了神仙隊裏也咬群兒, 叫衆神仙攆他下界呢.) <後紅 3:7>

50) 【쥬벽ᄒᆞ다】 圖 주벽(主壁)하다. 방문에서 정면으로 바라보인 벽을 등지고 앉다. 안쪽으로 앉다. ¶ 靠裏坐 ‖ 고슈 삼인이 대옥을 미러 쥬벽ᄒᆞ여 안고 셕츈은 ᄶᅡ 우 져근 의ᄌᆞ의 안고 니환과 보챠는 모다 캉의 올나 잇더니 (姑嫂三人推黛玉靠裏坐, 惜春在地平上坐一把小小竹節香檀雕花椅兒.) <後紅 3:8>

51) 【양치긔】 圖 【양치기(養齒器).】 양치하는 그릇. ¶ 漱盂 ‖ 겻히 챠환은 파리치와 양치긔와 슈건을 잡앗고 (傍邊丫鬟執着拂塵、漱盂、巾帕.) <紅樓 3:67> ᄆᆞ옴디로 먹기롤 맛치미 챠환 등이 슈건을 드리고 양치긔롤 밧치미 (吃完了, 丫頭們送了手巾, 接了漱盂.) <後紅 3:9> ⇒ 양치긔

4
셰진두쳔금슈옥권 월원야만리졉향셔
歲盡頭千金收屋券 月圓夜萬里接鄕書

니환(李紈)과 보치(寶釵) 져롤 쳥ᄒᆞ믈 듯【11】고 기즁(其中)의 무슨 일노 들네눈지 아지 못ᄒᆞ여 련망(連忙)히 나아오니, 뉘 알니오 왕부인(王夫人)이 쳥문(晴雯)의 즐겨 가깃노라 ᄒᆞᄂᆞᆫ 말을 보옥(寶玉)의게 고ᄒᆞ니 보옥이 믄득 즉직(卽刻)의 쳥문을 보고ᄌᆞ ᄒᆞ거늘 왕부인이 쳥문의 셩경(性情)이 고괴(古怪)ᄒᆞ여 과히 핍박(逼迫)ᄒᆞ면 뜻이 변(變)ᄒᆞᆯ가 져허 ᄒᆞ여 일시간(一時間)의 쥬의(主意) 업셔 ᄉᆞᆯ니 옥슌ᄋ(玉釧兒)로 ᄒᆞ여곰 져 량인(兩人)을 쳥ᄒᆞ엿더니 보옥이 벽ᄉᆞ쥬(碧紗櫥) 안의 잇셔 병(病)이 업시 병이 잇눈 둣ᄒᆞ여 여러 날을 울울(鬱鬱)히 지내미 왕부인【12】곳의도 왕리(往來)ᄒᆞ며 ᄯᅩ흔 란가ᄋ(蘭哥兒)롤 위ᄒᆞ여 글을 강론(講論)ᄒᆞ나 ᄯᅩ흔 심즁(心中)의ᄂᆞᆫ 일개 대옥만 잇고 기ᄎᆞ(其次)ᄂᆞᆫ 쳥문을 싱각ᄒᆞ여 몃 번을 대관원(大觀園)으로 가고ᄌᆞ ᄒᆞ디 ᄯᅩ 가졍이 블시(不時)의 출입(出入)ᄒᆞ고 혹 ᄉᆞ문(査問)ᄒᆞᆯ가 져허ᄒᆞ미 ᄯᅩ 감히 원즁(園中)의도 가지 못ᄒᆞ고 다만 싱각ᄒᆞ디,

'이 회싱(回生)흔 량인(兩人)이 모다 지쳑(咫尺)의 잇셔 도로혀 날노 ᄒᆞ여곰 능히 보지 못ᄒᆞ니 셜ᄉᆞ 이 량인(兩人)이 타쳐(他處)의 환싱(還生)ᄒᆞ엿더면 심히 다힝ᄒᆞᆯ 번 ᄒᆞ도다. 태태(太太)의 말ᄉᆞᆷ【13】갓틀진디 쳥문이 임의 오기롤 허락ᄒᆞ엿고 ᄒᆞ믈며 졔가 젼일 림죵시(臨終時)의 별노 영결(永訣)ᄒᆞ여 이제 홍릉오지(紅綾襖子) 도로혀 내 몸의 이시니 싱각건디 다시 얼골을 보면 졍분(情分)이 더욱 죠흘 듯ᄒᆞ디 다만 아지 못게라 림미미(林妹妹) ᄆᆞ음의 필경(畢竟) 나롤 엇더케 한ᄒᆞ리오? 내가 림미미롤 가셔 볼 진디 나는 원컨디 일언(一言)도 아니코 다만 져의 뜻디로 도져히 나롤 슈죄ᄒᆞ여도 졔가 필경(畢竟) 말을 곳칠 ᄯᅵ가 이시리니 ᄯᅩ흔 날노 ᄒᆞ여【14】금 보게 ᄒᆞ미 ᄯᅩ흔 조흐디 만일 졔가 일양(一樣) 명빅(明白)지 못ᄒᆞ거든 내가 곳 그 곳의셔 죽어 지가 되고 연긔(煙氣)가 날녀 져로 ᄒᆞ여곰 보게 ᄒᆞ면 제 ᄆᆞ음이 가히 돌니랴 돌니지 못ᄒᆞ랴.'

ᄒᆞ여 좌ᄉᆞ우상(左思右想)ᄒᆞ디 모다 이 싱각 ᄲᅮᆫ이니 엇지 도로혀 ᄆᆞ음이 보챠의 신상(身上)의 니르리오? 다힝히 보챠는 대방개(大方家)라. 져의 고괴(古怪)흔 셩졍(性情)을 붉히 알고 다만 셔셔히 평복(平復)ᄒᆞ기롤 바라며 심즁(心中)의 혜오디 져의 심즁의 져러툿 싱각ᄒᆞ나 뉘【15】가셔 져롤 아른 체ᄒᆞ리오 ᄒᆞ디 도로혀 니환은 보미 뜻의 맛당치 아냐 젼일(前日) 가쥬(賈珠)의 셩졍(性情)을 싱각ᄒᆞ미 격친뎨형(嫡親弟兄)이 대상부동(大相不同)ᄒᆞ여 졍히 쇽어(俗語)의 니른 바 '졍(情)의 조흔 부쳐(夫妻)눈 시죵(始終)이 여의치 못ᄒᆞ다' ᄒᆞ며 ᄯᅩ 니른바 '원개(寃家) 아니면 셔로 모도이지 아니ᄒᆞ다' ᄒᆞ미 올토다 ᄒᆞ고 죵용(從容)흔 곳의셔 눈물을 흘니다가 미양 ᄆᆞ음을 돌녀 란가ᄋ(蘭哥兒)롤 싱각ᄒᆞ고 곳치더라. 보옥이 쳔ᄉᆞ만상(千思萬想)ᄒᆞ다가 홀연 ᄉᆞ대져(傻大姐)롤【16】싱각ᄒᆞ미,

'이 ᄒᆞᆡ지(孩子) 진실ᄒᆞ고 ᄯᅩ흔 단니기롤 잘 흔다 ᄒᆞ여 믄득 가마니 과실(果實)을 가져 져롤 쥬고 져로 ᄒᆞ여곰 쇼샹관(瀟湘館)의 가 림고낭(林姑娘)과 쳥문져졔(晴雯姐姐) 무슨 일을 ᄒᆞ며 무슨 말을 강론(講論)ᄒᆞ며 엇던 사롬으로 더브러 희학(戲謔)ᄒᆞᄂᆞᆫ가 탐지(探知)ᄒᆞ여 가마니 내게 고ᄒᆞ면 내 도로혀 조흔 음식과 물건을 네게 샹급(賞給)ᄒᆞ리라?

ᄒᆞ니 ᄉᆞ대졔(傻大姐) 졈두(點頭)ᄒᆞ고 가더

니 오러지 아냐 도라와 니르디,

"태태긔셔 분부(吩咐)ᄒ여 사름으로 ᄒ여곰 드러가지 못ᄒ【17】게 ᄒ시며 ᄯᅩ 림고낭이 분부ᄒ여 뉘던지 모다 드러가기롤 허치 아니며 ᄯᅩ 노노야(老老爺)긔셔 방ᄌ 드러가신지라. 청문져 져(晴雯姐姐)도 보지 못ᄒ엿노라."

ᄒ고 ᄯᅩ 과실을 가지고 가더라. 보옥이 일호(一毫)도 쥬의(主意) 업셔 쇼상관(瀟湘館) 보기롤 쇽관(屬官)이 아문(衙門)의 드러감의 비ᄒ여 더옥 어려온지라. 다만 태태 방즁(房中)의 와셔 청문 보기롤 구ᄒ니 태태 ᄯᅩᄒ 방법이 업셔 다만 사름을 보내여 니환과 보챠 량인(兩人)을 쳥ᄒ니 보옥이 져 량인의 오믈 보【18】고 ᄯᅩᄒ 붓그러오믈 ᄭᅵᆺ고 곳 몬져 가ᄂᆫ지라.

이 량개(兩個) 식뷔(媳婦) 방으로 드러와 몬져 대옥과 셕츈의 희학(戲謔)ᄒ던 말을 고ᄒ니 태태 우스며 니르디,

"젼일(前日)의 일인(一人)은 화샹(和尙)이 되고 금일(今日)의 일인은 도괴(道姑) 되여시디 기즁(家中)의 모다 셕츈(惜春) 희지(孩子) 참예ᄒ여시며 이졔 화샹(和尙)은 일우지 못ᄒ고 도고ᄂᆫ ᄯᅩ 시로 공부(工夫)롤 짓고ᄌ ᄒ니 이 량인은 진개(眞個) 배필이나 들네여 사름의 골쉬(骨髓) ᄯᅩᄒ 알푸도다. 다만 림고낭은 실노 곡졀(曲折)이 만토다. 나ᄂᆫ ᄯᅩᄒ【19】한편 말만 ᄒᄂᆫ 사름이 아니라 젼일(前日) 힝ᄉ(行事)ᄒ미 원리 쥬견(主見)이 격엇시나 우리 이런 대개(大家)의 ᄋᆞ녀(兒女) 결친등ᄉ롤 엇지 당망히 공경이 아니리오? 보옥 희지(孩子) 비록 익이 잇다 ᄒ나 져의 부친이 집의 잇시면 져의 임의로 들네믈 두리며 ᄯᅩ 편벽도히 봉챠뒤(鳳丫頭) 즁간의 잇셔 귀신ᄀᆺ치 셜계ᄒ미 노태태(老太太)긔셔 져의 말을 조츠시니 뉘 다시 져롤 어긔리오. 젼일(前日) 이갓치 이마(姨媽)의게 쳥치 아니ᄒ엿더면 이미(姨媽) 엇지 즐겨 보챠두(寶丫頭)【20】롤 허ᄒ여 시집오게 ᄒ여시리오? 보챠뒤(寶丫頭) 시집오미 ᄯᅩᄒ 가련토다. 필경(畢竟) 가시(賈氏) 집의 무슨 일을 허비ᄒ여시리오? 곳 봉챠두(鳳丫頭)ᄂᆫ 나의 질녜(姪女) 아니라 니르기 어려오며 이졔 노애(老爺) 미양 졔긔(提起)ᄒ미 내가 두호(斗護)ᄒᄆᆯ 고이히 너기나 젼일(前日)의 봉챠뒤 엇더케 시집와시며 보챠두ᄂᆫ 졔게 무어슬 비ᄒ리오? 그ᄯᅬ의 도로혀 무고히 림고낭으로 ᄒ

여곰 이 일홈만 어덧도다. 네 젼일(前日)의 말ᄒ 디 '계가 림죵시(臨終時)의 귀신 갓ᄐ여 ᄉ스히 알고 이【21】졔 ᄌ견이 ᄯᅩ 그곳의 이시니 봉챠 두의 허다 거조롤 뉘 능히 림고낭으로 쇽이리오?' 젼일(前日)의 보옥이 말ᄒ디 '향내의 노태태(老太太)와 노애(老爺)와 태태(太太) 원리 내게 고ᄒ디 림미미(林妹妹)롤 영취(迎娶)케 ᄒ다.' ᄒ고 ᄯᅩ 비당(拜堂)홀 ᄯᅵ의도 도로혀 림미미라 ᄒ더니 금일의 니르러 엇지 이갓치 ᄒ지 아니뇨?"

ᄒ니 보치 이 말을 드르미 내 ᄯᅩᄒ 그 ᄆ옴을 두지 아니믈 알거니와 ᄯᅩ 노태태 말슴ᄒ시 디,

"보챠뒤(寶丫頭) 림챠두(林丫頭)의게 비컨 디 낫다 ᄒ시니 이ᄂᆫ 과쟝(誇張)ᄒᄂᆫ 말슴이 아【22】니라. 보챠뒤 엇지 심샹(心上)의 두지 아니ᄒ여시리오? 내가 이 말 ᄒᄂᆫ 의ᄉ(意思)ᄂᆫ 블과 사름마다 각기 일개 의리(義理)롤 좃ᄎ미 올타 니르미라. 필경(畢竟) 님챠뒤 회싱(回生)치 아니ᄒ여시면 그만두려니와 계가 이졔 편벽(偏僻)도이 회싱ᄒ엿고 보옥이 ᄯᅩᄒ 편벽도이 도라 와시니 림챠두의 일도 세샹의 드믈거니와 보옥 의 도라오믄 내 실노 져롤 스랑ᄒ나 계가 스싱 간(死生間)의 ᄆ옴이 림챠두의게 잇거놀 림챠뒤 편벽도이 이갓치 ᄒ니 이ᄂᆫ 보옥【23】을 히롭 게 ᄒ미 아니라 곳 나롤 히롭게 ᄒ미로다. 이졔 청문을 ᄯᅩᄒ 그곳의 두어시니 청문은 ᄯᅩ 보옥의 심복인(心腹人)이라. 이 희지(孩子) 원리 셩품(性品)이 조혼지라. 내방ᄌ(來訪者) 당면(當面)ᄒ여 셜파(說破)ᄒ엿더니 계가 곳 도리(道理)롤 조츠 니 엇지 져롤 스랑치 아니리오? 너의 엇지 져롤 달내여 와 보옥을 쇽이며 ᄯᅩ 져로 ᄒ여곰 셔셔 히 ᄌ견(紫鵑)으로 더브러 님챠두롤 권ᄒ여 ᄯᅩ ᄒ 명빅(明白)히 알게 ᄒ여 만일 림챠뒤 즐겨 날노 ᄒ여곰 셜파(說破)케 ᄒ【24】면 ᄯᅩᄒ 쾌 치 아니리오? 너의ᄂᆫ 도로혀 보옥이 너의롤 미 드믈 아지 못ᄒᄂᆫ냐? 져의 부친의 일쟝(一場) 셜화(說話)롤 모다 드럿시니 원리 노애(老爺) 말ᄒ 디 '너의로 더브러 샹의ᄒ여 쳔만 온당(穩當) 케 ᄒ라' ᄒ시더라. 너의 노애 어내 날 쇼샹관 (瀟湘館)의 가시지 아니며 너ᄂᆫ 보라 져가 오늘 엇더케 조민(躁悶)ᄒ여 ᄯᅩ 가셔 계시리오?"

졍히 말홀 ᄯᅵ의 가졍(賈政)이 곳 오더니 일면(一面)으로 노태태(老太太) 방즁(房中)으로

드러가며 사룸으로 ᄒ여곰 왕부인을 청ᄒ여 드러갈 시 【25】 다만 보니 가졍이 교위(校椅) 우히 안ᄌ 탄식(歎息)ᄒ거눌 왕부인이 겨허ᄒ디 졔가 대옥의 말을 듯고 ᄌ긔룰 나무라ᄒ미 잇다 ᄒ여 믄득 니ᄅ디,

"너는 림고낭(林姑娘)을 방심(放心)치 못ᄒ냐?"

가졍이 머리룰 흘들며 니ᄅ디,

"너의 모다 져룰 ᄉ랑ᄒ니 져의게도 ᄯᅩᄒᆫ 싱식(生色)이 되고 ᄯᅩᄒᆫ 나룰 싱쇼(生疎)이 너기미 아니나 져의 말은 너의 셔셔히 샹의ᄒ면 무ᄉ 온당치 못ᄒ미 이시리오? 나는 도로혀 이룰 위ᄒ미 아니로다."

왕부인이 니ᄅ디,

"외간(外間) ᄉ 【26】 졍(事情)이 간구(艱苟)ᄒ냐52)?"

가졍(賈政)이 졈두(點頭)ᄒ고 니ᄅ디,

"가쟝 간구ᄒ도다."

왕부인이 니ᄅ디,

"본리 이러ᄒᆯ 쩌라."

ᄒ거눌 가졍이 탄식고 니ᄅ디,

"이룰 말ᄒᆯ진디 실노 긔(氣)가 나는도다. ᄌ견으로 문부 등ᄉ룰 다만 네가 아른 체 아닐 ᄲᅮᆫ 아니라 나도 ᄯᅩᄒᆫ 듯지 못ᄒ엿더니 아지 못게라 련ᄋ식뷔(璉兒媳婦) 엇지 이갓치 어ᄌ러이 들네엿ᄂᆞ뇨? 문부(文簿)53) 즁 은젼을 출입간(出入間)의 모다 쳥쵸(淸楚)ᄒᆫ 거시 업ᄉ니 본디는 도슈도 블쇼(不少)ᄒ고 영쇄(零碎)ᄒᆫ 것도 만ᄒ며 각양즙믈(各樣什物) 【27】 도 ᄯᅩᄒᆫ 구비(具備)ᄒ며 ᄯᅩ 각쳐 문문이 열요(熱鬧)ᄒ더니 다만 조샹(祖上)의 산업(産業)을 밋고 출다입쇼(出多入少)ᄒ여 곳 가인(家人)의 요식(料食)과 즘셩의 쇼비(消費)룰 한 달의 언마 돈을 ᄯᅥᆺ눈지 여러 량심(良心) 업는 것들이 먹고 가지고 도로혀 쇼찬(素饌)을 먹눈다 미원(埋怨)ᄒ여 이졔 련ᄋ(璉兒)의 지산(財産)가지 ᄯᅩᄒᆫ 진(盡)ᄒ여시니 이는 무비(無非) 나의 톄면(體面)을 허러바리미라. 졔가 이즈음의 방챠(防遮)치 못ᄒ니 내가 곳 스스로 담당(擔當)ᄒ나 엇지 타쵀(他債)룰 타쳡(妥貼)ᄒ리오? 이히이 드르미 남문(南門) 【28】 밧긔

긱인(客人)의 빗이 ᄯᅩᄒᆫ 블쇼(不少)ᄒ니 우리 갓튼 집의셔 엇지 이런 돈을 ᄡᅳ며 곳 ᄡᅳᆫ다 ᄒ여도 순환(循環)치 못ᄒ면 ᄯᅩ 무ᄉ 모양이 되리오? 이졔 나의게 빗진 사름이 ᄯᅩ 이시나 다만 문셔(文書)만 이시니 엇지 ᄡᅳᆯ ᄰᅵ의 밋치며 근일(近日)의 격지 아닌 타쵀(他債)룰 련익(璉兒) 셔편(西便) 격벽(隔壁) 븬 방옥(房屋)으로 뎐당(典當)ᄒ여시니 이 방옥(房屋)은 원리 일만 오쳔 량 은ᄌ(銀子)의 뎐당(典當)ᄒ여시미 무르고져 ᄒᆫ지 ᄯᅩᄒᆫ 오리더니 이 쥬(主) 요ᄉ이 팔 곳을 ᄎᆞ즈며 ᄯᅩ 말ᄒ디 이 부즁(府中)과 갓튼 【29】 큰 집을 쥬어야 믈너쥰다 ᄒ니 우으냐, 우읍지 아니냐? 련ᄋ는 도로혀 도쳐(到處)의 출쵀(出債)ᄒ여 이 돈을 버스려 ᄒ눈도다. 이졔는 공화(公貨)도 ᄯᅩᄒᆫ 젓시니 엇지ᄒ던지 슈십(數十) 일 내의 ᄉ오쳔(四五千) 량(兩) 은ᄌ(銀子) 잇셔야 지내리로다."

왕부인이 듯고 놀나 벙벙ᄒ며 원리 ᄌ긔 ᄉ쳔(私錢)54)이 이시디 ᄯᅩᄒᆫ 공화(公貨)의 드러 갓눈지라. 믄득 셔셔히 니ᄅ디,

"엇지ᄒ면 조흐리오? 가히 량 개 식부(媳婦)로 ᄒ여곰 져의 ᄉ쳔(私錢)을 가져오게 ᄒ리로다."

가졍이 탄식ᄒ고 니ᄅ디,

【30】 "히ᄌ(孩子) 등의 믈건을 엇지ᄒᆯ 길 업셔 ᄯᅩ 뎐당(典當)ᄒ고 시히의 다시 변통(變通)ᄒ여 져거술 ᄎᆞᄌ미 ᄯᅩᄒᆫ 편당ᄒ도다."

량개 식뷔 모다 파파(婆婆)의 방즁의 잇눈지라. 왕부인이 가셔 고ᄒ니 져 량인(兩人)이 ᄯᅩᄒᆫ 년뎌(年底)룰 당ᄒ여 가졍이 군식(窘塞)ᄒᆫ 줄 아눈지라. 련망(連忙)히 각각 방 즁으로 도라가 슈습(收拾)ᄒ니 원리 왕부인이 량인(兩人)을 쳥ᄒ여 가셔 의론(議論)ᄒ여 쳥문을 ᄯᅳ러ᄉ 보옥을 속이려 ᄒ더니 필경(畢竟) 도로혀 니런 경경

---

52) 【간구ᄒ다】 图 간구(艱苟)하다 ¶ 飢荒 ‖ 외간 ᄉ졍이 간구ᄒ냐 (外頭的事情飢荒麽?) <後紅 3:26>

53) 【문부】 图 문부(文簿). 나즁에 자셰히 참고ᄒ거나 검토ᄒᆯ 문서와 장부. ¶ 眼目 ‖ 문부 즁 은젼을 출입간의 모다 쳥쵸ᄒᆫ 거시 업ᄉ니 본디는 도슈도 블쇼ᄒ고 영쇄ᄒᆫ 것도 만ᄒ며 (若說眼目上原有的, 但出出進進, 兩邊歸起來就沒淸頭. 本來呢, 勢分也大了, 零碎也多了.) <後紅 3:26>

54) 【ᄉ쳔】 图 {ᄉ젼(私錢 sīqián).} 개인돈. 쌈지돈. 즁국어 차용어. ¶ 梯己 ‖ 왕부인이 듯고 놀나 벙벙ᄒ며 원리 ᄌ긔 ᄉ쳔이 이시디 ᄯᅩᄒᆫ 공화의 드러갓눈지라 (這王夫人聽着, 驚呆了, 原有些梯己也充公了.) <後紅 3:29>

(正經)의 일을 ᄒᆞᄂᆞ【31】지라. 보옥이 친히 듯고 엇지 감히 다시 태태(太太)롤 지촉ᄒᆞ리오? 다만 일호(一毫)도 아른 체 못ᄒᆞ고 홀노 대옥 신샹(身上)의 졍신(精神)을 보내더니, 뉘 알니오 격벽(隔壁) 그 방옥(房屋)을 십이월 십삼일의 니르러 젼쥬(典主) 무르는 문셔(文書)롤 쎠 와 가졍의게 일쳔 량 은즈(銀子)롤 ᄎᆞᆺ자가더니 일이 ᄯᅩᄒᆞᆫ 공교(工巧)ᄒᆞ여 다힝이 림량옥(林良玉)이 경셩(京城)의 드러와 그 방옥(房屋)을 스고 격벽(隔壁)의 거ᄒᆞ여 두 집이 통(通)ᄒᆞ여 왕리(往來)ᄒᆞ니 ᄯᅩᄒᆞᆫ 텬연(天緣)이 공교(工巧)히 합(合)ᄒᆞ지라. 이후 글의 다시【32】긔록(記錄)ᄒᆞ엿ᄂᆞ니라.

챠셜, 니환(李紈)이 방의 도라와 슈습(收拾)ᄒᆞ고 오후의 쇼샹관(瀟湘館)의 니르지 못ᄒᆞ여시나 본의 가 쇼챠환(小丫鬟) 등으로 ᄒᆞ여곰 왕부인 곳의 니르러 먹을 믈건을 취(取)ᄒᆞ여 보내고ᄌᆞ ᄒᆞ미오, ᄯᅩᄒᆞᆫ 대옥이 다심(多心)ᄒᆞ여 져의 태만(怠慢)ᄒᆞᆷ을 의심홀가 ᄒᆞ여 쇼운(素雲)으로 ᄒᆞ여곰 식믈(食物)을 가져다가 ᄒᆞᆫ가지로 가지고 오니 대옥이 져로 조화ᄒᆞᄂᆞᆫ지라. ᄯᅩᄒᆞᆫ 의심치 아니ᄒᆞ고 다만 니환의 닝긔(冷氣) 바드믈 겨허ᄒᆞ여 믄득 안부(安否)롤 뭇거늘 쇼【33】운이 더옥이 의심홀가 져허ᄒᆞ여 곳 슈습(收拾)ᄒᆞᆫ 연고(緣故)롤 고ᄒᆞ니 대옥이 ᄌᆞ시 듯다가 식믈(食物)을 먹고 ᄆᆞ음의 ᄯᅩᄒᆞᆫ 가졍을 위ᄒᆞ여 싱각ᄒᆞ미 부즁(府中)의 간난(艱難)ᄒᆞ미 ᄯᅩᄒᆞᆫ 가졍의 말과 갓튼지라. 믄득 싱각ᄒᆞ디,

'ᄌᆞ긔(自己) 오륙십 개 샹즈(箱子) 속의 원리 일쳔여 량 엽금(葉金)[55]을 난호와 너헛더니 ᄯᅩ ᄌᆞ견(紫鵑)의 말을 드르미 젼일(前日) 노태태(老太太) 분부ᄒᆞ여 그 샹즈롤 호박(琥珀)과 평ᄋᆞ(平兒)로 ᄒᆞ여곰 고즁(庫中)의 너코 눈 앏히 노치 말나 ᄒᆞ엿시디, 이졔 그 샹즈【34】롤 일호(一毫)도 동(動)치 아냣시니 다만 두리건디 도로혀 그 곳의 이시리라.'

ᄒᆞ더라. 대옥이 싱내의 ᄆᆞ음이 졍셰(精細)ᄒᆞ고 극히 경위(經緯) 이시며 왕희봉(王熙鳳)은 다만 외면(外面)의셔 쥬션(周旋)ᄒᆞ디 대옥은 견슈히 ᄆᆞ음으로 운용(運用)ᄒᆞᄂᆞᆫ지라. 금샹즈(金箱

子) ᄌᆞ호롤 엇지 이겨시리오? 믄득 ᄌᆞ견(紫鵑)과 쳥문(晴雯)을 블너 노파(老婆)와 쇼챠환 등으로 더브러 '양揚' ᄯᅡ [ᄲᅡᆼ]호(雙號) 샹즈롤 갈히여 옴겨오라 ᄒᆞ고 대옥이 일변(一邊) 싱각ᄒᆞ디,

'이ᄂᆞᆫ 양쥬(揚州)셔 가져온 거시니 내 임의 뜻을 뎡【35】ᄒᆞ여 도(道)롤 닥ᄂᆞᆫ지라. 엇지 텬샹(天上)으로 가지고 가며 만일 이 믈건을 쓰면 쳣지ᄂᆞᆫ 가졍(賈政)의 과년(過年)ᄒᆞᆷ믈 도을 거시오, 둘지ᄂᆞᆫ 노태태의 나롤 ᄉᆞ랑ᄒᆞᆫ 빗을 갑홀지니 평싱의 ᄯᅩᄒᆞᆫ 샹쾌ᄒᆞ나 다만 외구(外舅) 앏히셔 구모(舅母)긔 드리는 거시 바야흐로 조타'

ᄒᆞ며 ᄯᅩ 싱각ᄒᆞ디,

'나ᄂᆞᆫ 신션(神仙)이 되고ᄌᆞ ᄒᆞᄂᆞᆫ 사롬이라. 이즈음의 셰졍(世情)을 위ᄒᆞ여 도로혀 엽금(葉金)을 ᄎᆞᆽᄂᆞ니 이 싱각이 가장 용속(庸俗)ᄒᆞ도다!'

ᄒᆞ고 믄득 숀으로 슈로롤 만지며 우음【36】을 먹음더니 블시간(不時間)의 옴겨오미 과연 잇ᄂᆞᆫ지라. 대옥이 ᄯᅩ 져기 ᄌᆞ견과 쳥문의게 머믈너 쥬어 ᄌᆞ긔 신션(神仙)이 되여 가면 져로 ᄒᆞ여곰 쓰게 홀 싱각이 잇ᄂᆞᆫ지라. 믄득 륙빅(六百) 량(兩) 엽금(葉金)을 ᄯᆞ로 봉(封)ᄒᆞ여 놋코 기여ᄂᆞᆫ 도로 노와 두더네[니] 믄득 져의 량인(兩人)을 블너 니르디,

"내 쟝ᄅᆡ 이 믈건을 일호(一毫)도 ᄯᅩᄒᆞᆫ 쓸 곳이 업스니 이 여러 개 샹즈롤 너의가 ᄉᆞ랑ᄒᆞ거든 곳 머믈너 나롤 싱각ᄒᆞ고 ᄉᆞ랑치 아니커든 곳 집안 사롬을 샹급(賞給)【37】ᄒᆞ라."

ᄒᆞ니 쳥문이 ᄯᅩᄒᆞᆫ 알고 우스며 니르디,

"고랑(姑娘)이 하ᄂᆞᆯ노 올라가랴 ᄒᆞᄂᆞ냐?"

대옥이 샹(床)을 치며 웃고 니르디,

"틀니미 업도다."

ᄌᆞ견이 ᄯᅩᄒᆞᆫ 웃고 니르디,

"고랑은 조히 승텬(昇天)ᄒᆞ거니와 나롤 바린다 니르기 어려오니 나ᄂᆞᆫ ᄯᅩᄒᆞᆫ 원치 아니랴?"

더옥이 웃고 니르디,

"네가 ᄯᅩᄒᆞᆫ 올나가려 ᄒᆞ니 조토다."

ᄒᆞ더라.

림대옥은 텬하(天下)의 뎨일 총명(聰明)ᄒᆞᆫ 사롬이로디 이 한 마디 말이 ᄯᅩ 우읍도다. 졔가 승텬ᄒᆞ려 ᄒᆞ면 곳 승텬ᄒᆞᄂᆞᆫ 듯ᄒᆞ며 챠환(丫鬟) 가지【38】ᄯᆞ라 말ᄒᆞ니 엇지 우읍지 아니리오? 더옥의 ᄆᆞ음이 임의 이갓치 뎡ᄒᆞ여시니 엇지 도

---

55)【葉金 엽금】yèjīn <名> [여진] 녑금 (你呢貴姓 33b) 엽금 *金箔. ‖ "便想起自己五六個箱子裏, 原有一千多~在內." 믄득 싱각ᄒᆞ디 ᄌᆞ긔 오륙십 개 샹즈 속의 원리 일쳔여 량 엽금을 난호와 너헛더니 (後紅 3:33)

로혀 보옥을 싱각홀 길이 이시리오? 진개(眞個) 보옥이 지가 되고 연긔(煙氣)가 되여도 쏘흔 일호(一毫) 샹관치 아니며 쏘 대옥이 쳥문의 한가지로 따라 승텬(昇天) 아니려 흐믈 듯고 쏘흔 ᄆ옴의 니르디 져는 종시(終始) 다른 길노 가려 흐는 사룸이니 져더로 각기 힝흐는 것만 갓지 못흐다 흐고 쏘흔 구외블츌흐더니 명일(明日)의 니르러 왕부인(王夫人)과 가정이 츠례로 와 맛츰【39】 셔로 만난지라. 대옥이 믄득 가정을 더흐여 엽금(葉金) 륙빅(六百) 량(兩)을 왕부인긔 드리며 니르디,

"져기 셰용(歲用)의 보태여 쓰라."

흐거눌 왕부인이 믄득 니르디,

"엇지 도로혀 너의 ᄉ천(私錢)56)을 쓰리오?"

가정이 니르디,

"져거시 희ᄌ(孩子)의 실경(實情)이니 곳 져거술 쓰리라."

흐니 대옥이 쏘흔 깃거흐는지라. 가정이 가고 왕부인도 보챠(寶釵)와 니환과 셕츈(惜春)의 오는 거술 보고 쏘흔 도라갈 시 왕부인이 이 금ᄌ(金子)룰 위흐여 환희(歡喜)치 아니코 도로혀 대옥이 회【40】심(回心)흔가 흐여 가마니 쳥문다려 무르니 쳥문이 바른디로 고흐디,

"계가 승텬(昇天)흐려 흐니 이런 거슨 툿글갓치 아ᄂᆞ니라."

흐거눌 왕부인(王夫人)이 일변(一邊) 놀나고 일변 우ᄉ며 ᄆ옴의 혜오디,

'이 실심(實心) 희ᄌ(孩子)의 보옥을 믄득 엇지흐리오?'

흐더라.

이늘 져녁의 니환 등이 쏘흔 모다 가는지라. ᄌ견과 쳥문이 모다 말흐디,

"쟉일(昨日)의 샹ᄌ 옴길 찌의 샹ᄌ 두엇던 집을 보니 그 복도 우히 류리챵(琉璃窓)의셔 밧글 보미 안계가 멀고 쇼챠환(小丫鬟) 등이【41】말흐디, 젼일 눈 올 찌의 더옥 보기 죠타 흐니 고이치 아니토다. 쇼희ᄌ(小孩子)들이 종일(終日) 누(樓)의 올나가 지져괴더 져룰 블너도

쏘흔 아른 체 아니흐고 다만 머리룰 모호고 바라보고 무슨 별(別) 믈건(物件)을 일흔 것 갓도다."

더옥이 니르디,

"오늘이 멋 칠이뇨?"

ᄌ견이 니르디,

"쟉일(昨日)이 곳 망일(望日)이니라."

대옥이 니르디,

"이러흐면 오늘도 월식(月色)이 가쟝 조흐리니 아지 못게라 텬샹(天上)의 구름이 엇더흐뇨?"

류슈지(柳嫂子) 믄득 쓸의셔 말흐디,

"구름도【42】 모다 훗허지고 셔풍(西風)도 져녁의는 쏘 쓰도다. 너는 보라 푸른 하늘 보기 조흐니라."

쳥문이 니르디,

"고낭(姑娘)도 쏘흔 쾌히 나하시니 우리 등이 달 오르기룰 기다려 모다 올나가 놀니라."

대옥이 쏘흔 응낙흐거눌 쇼챠환(小丫鬟) 등이 이 말을 듯고 곳 지져괴며 올나가 바라보더니 어즈러이 니르디,

"동편(東便)이 가쟝 붉다."

흐며 쏘 니르디,

"이곳도 쏘흔 달이 빗쵠다."

흐며 쏘 말흐디,

"우리 집 죽림(竹林)이 쏘흔 보기 조타."

흐며 쏘 손벽치고 니르【43】디,

"가마괴57) 모다 집으로 가고 업다."

흐거눌 류슈지(柳嫂子) 쓸의셔 머리룰 들고 숀으로 가르치며 니르디,

"가마괴들이 쏘 져리로 간다."

흐거눌 뉘 알니오 더옥이 ᄆ옴이 안졍흐여 다만 '가마괴 집으로 가고 업다' 흐는 말을 듯더니 ᄌ긔 썅친(雙親)이 하셰(下世)흐고 도라갈 집이 업스믈 싱각흐여 홀연 낙누(落淚)흐믈 마지 아니흐는지라. 노파 등이 루샹(樓上)의 올나가 화로(火爐)룰 가져 대옥의 안즌 ᄌ리의 노코 다만 즁간의 일개 젹은 류리등(琉璃燈)을 혓시더【44】 쏘흔 거울 병풍(屛風)으로 막아 월식(月色)을 아이지 아니케 흐더라. 대옥과 ᄌ견과 쳥문이 믄득 셔셔히 곡병풍(曲屛風)을 지나 올 시

---

56)【ᄉ천】명 {사전(私錢 sīqián).} 개인돈. 쌈지돈. 중국어 차용어. ¶ 梯己 ‖ 엇지 도로혀 너의 ᄉ천을 쓰리오 (怎麼倒動起你的梯己來?) <後紅 3:39> ⇒ 3:29

57)【가마괴】명 까마귀. ¶ 慈鴉 ‖ 가마괴 모다 집으로 가고 업다 (慈鴉都家去完了.) <後紅 3:43>

ㅈ견이 말ㅎ더,

　　"죠심ㅎ라."

　　ㅎ니 대져 병풍 뒤 화계(花階) 돌 틈으로 일개 죽순(竹筍)이 나와 년구월심(年久月深)ㅎ여 다락 스다리 밋가지 써쳐시미 쇼챠환(小丫鬟) 등이 미양 단니며 겨거슬 흘들고 노니 왕러ㅎ는 사롬의게 걸닐가 져허ㅎ미러라. 더옥 등이 루샹(樓上)의 니르러 류리챵(琉璃窓)을 열고 바라보미 링긔(冷氣) 쏘흔 젹지【45】아니ㅎ여 비록 쵸피(貂皮) 갓옷슬 닙고 화로(火爐)롤 갓가이 ㅎ나 쏘흔 더웁지 아니터라. 량구(良久)의 일륜명월(一輪明月)이 쇼스오르니 하늘은 크고 루(樓)는 놉하 달이 오르기롤 더옥 쾌히 ㅎ여 경히 한 쩨 사롬이 월식(月色)의 잠긴 것 갓더라. 더옥이 믄득 말ㅎ더,

　　"너의는 쏘흔 거리끼지 말고 각인(各人)이 ᄆ옴더로 단니라."

　　ㅎ고 ㅈ긔는 믄득 달이 정면으로 빗최는 곳을 갈히여 난간(欄干)을 붓들고 오러 셔서 ㅈ셰히 보미 황연(恍然)이 산하영ㅈ(山河影子)도 쏘흔 분변(分辨)ㅎ녀【46】라. 다만 보니 이 대관원(大觀園)이 쏘흔 젹지 아니ㅎ여 이곳의 셧시미 십분 쳥링(淸冷)ㅎ여 견일(前日) 요졍관(凹晶館)의셔 스샹운(史湘雲)으로 더브러 련귀(聯句) 지을 쩌 비컨디 월식(月色) 보는 거시 더옥 교결친근(皎潔親近)ㅎ며 믄득 싱각ㅎ미 '이 월식이 과연 가히 스랑ㅎ염죽ㅎ여 스홀 뜻이 업고 쏘 헤오디 뉘 능히 한두 귀졀을 지어 져 월식을 찬양(讚揚)ㅎ리오? 곳 포죠(鮑照)의 시(詩)의 '셤셤여옥구(纖纖如玉鉤)　연연스아미(娟娟似蛾眉)'라58) ㅎ믄 져기 근스ㅎ다 ㅎ나 쏘흔 능히 져의 정신을 말ㅎ지【47】못ㅎ엿고 쏘 이런 등군 달의 엇지 찬양ㅎ리오? 두보(杜甫)와 니뵉(李白)이 금분옥반(金盆玉盤)이란 말은 더옥 용속(庸俗)ㅎ고 뷕향산(白香山)의 시(詩)의 '조타긔허인단쟝(照他幾許人斷腸)'과 왕안셕(王安石)의 미화시(梅花詩)의 '호챠월혼리영독(好借月魂來映獨)'을 죠타 니르나 쏘흔 블과(不過) 각기 편벽(偏僻)된 말노 져기 의시(意思) 이실 쓴이오. 기실(其實)은 이런 공명(空明)흔 졍치(精彩)롤 뉘 능히 친

---

58) 鮑照(約414-466), 字明遠, 晉南朝宋人, 詩人, 文學家. 《鮑照參軍集注　卷六　玩月城西門廨中》: "始出西南樓, 纖纖如玉鉤. 末映東北墀, 娟娟似蛾眉."

결이 말ㅎ리오!' 쏘 싱각건더 '이 달이 도져히 등군지라. 하계(下界)의 비최미 이갓치 가히 아름다오니 샹면(上面)의 빗최논 거슨 믄득 엇【48】더ㅎ리오? 이거슬 알고즈 흘진더 다만 샹면(上面)의 가셔 보는 거시 바야흐로 조흐리로다. 텬샹(天上)의 쏘 짜로 월식(月色) 잇는 거슨 말 말고 내 만일 뜻을 명ㅎ여 도(道)롤 닥가 일우면 엇지 날노 ㅎ여곰 샹면(上面)의 올나가 월식(月色)을 보지 못ㅎ다 ㅎ리오.' ㅎ고 스면(四面)으로 바라보니 대관원(大觀園) 즁루더(中樓臺) 우히 기왜 명윤(明潤)ㅎ여 기름 바른 듯ㅎ고 허다흔 슈림(樹林)은 머리벽 만취쟝(巒翠障)으로 더브러 분변(分辨)키 어렵고 져 한 구븨 연못슨 거울을 시로 닥가노흔【49】 듯ㅎ며 다시 바라보미 먼리 영국부(榮國府)의 등화(燈火) 그림지 쏘흔 화룡(火龍) 갓튼지라. 가마니 졈두(點頭)ㅎ여 니르더,

　　"이 부즁(府中) 스졍(事情)이 쏘흔 어렵도다. 가정노애(賈政老爺) 년긔(年紀) 졈졈 늙어가니 엇지 경위(經緯) 잇는 사롬을 어더와 지팅케 ㅎ리오?"

　　ㅎ더니 홀연 머리 깁흔 슈목(樹木) 즁으로 한 종쇼리 날녀 오니 진개(眞個) 텬디(天地) 광활(廣闊)ㅎ여 더옥 유양(悠揚)이 귀로 드러오믈 씨드르며 쏘흔 종 치는 쇼리 잇는지라. 월즁(月中)의 바라보미 졍히 롱취암(攏翠菴)이어놀 믄득 혜오【50】더 '셕츈져져(惜春姐姐)는 뜻 셰우기롤 쏘흔 굿게 ㅎ나 다만 몃 권(卷) 경문(經文)만 닑으면 무엇ㅎ리오? 내 만일 심즁이 한 번 밝으면 즉긔의 곳 셩도(成道)ㅎ리로다.' ㅎ더니 ㅈ견(紫鵑) 등이 져의 링긔(冷氣) 쬬이믈 념녀(念慮)ㅎ여 쏘흔 오가피쥬(五加皮酒)의 양영환(養榮丸)을 타 져로 ㅎ여곰 먹게 ㅎ고 셔셔히 한가지로 나려올 시 방즁(房中)의 드러와 좌뎡(坐定)흔 지 반향(半晌)의 더옥(黛玉)의 심흉(心胸)이 도로혀 샹연(爽然)ㅎ고 눈의 일개 월륜(月輪)이 황연(晃然)이 뵈는지라. 가마니 젼후스(前後事)롤 싱【51】각ㅎ니 ㅈ긔가 ᄋ시(兒時)로붓허 부뫼(父母) 구몰(俱沒)ㅎ미 외간(外間)의 니르러 노태태(老太太)긔셔 원리 십분 스랑ㅎ신들 비록 쇼희ᄋ(小孩兒)나 엇지 곳 보옥(寶玉)으로 ㅎ여곰 한 방의 쳐ㅎ게 ㅎ시고 보옥을 쏘흔 한(恨)ㅎ염죽 ㅎ도다. 젼셰(前世)의 업원(業冤)갓치 나의게 뜻

을 두니 내 또흔 심히 어리셕은지라. 엇지 또흔 씨둣지 못흐여시며 내가 원리 후두(糊塗)치 아니디 엇지흐여 거믜줄59)의 얽힘 갓투여 필경(畢竟) 엇지 싱각흐고 ᄆᆞ음의 아모조록 보챠(寶釵) 【52】와 샹운(湘雲)을 방챠(防遮)흐려 흐여시니, 뉘 알니오 져의 무리는 도로혀 각각 샹관이 업도다. 비록 보옥이 심히 ᄆᆞ음을 두나 필경(畢竟) 내가 스스로 고힌(苦海)를 ᄎᆞᆽ가지 아니흐엿다 니르기 어렵도다. 이 봉슈ᄌᆞ(鳳嫂子)와 다못 습인(襲人)이 젼후(前後)의셔 맛춤내 나를 이 모양의 니르게 흐여시니 나는 싱각건디 보옥이 풍증(瘋症)이 들녓실 쩌의 나도 또흔 본셩을 일흔지라. 일개 녀ᄒᆡᄋ(女孩兒)로 싱각흘진디 또흔 붓그럽고 봉슈지(鳳嫂子) 들넬 쩌의 내가 곳 【53】 ᄆᆞ음을 무어시 비흐며 림죵시(臨終時)의 깁을 술오고 회싱(回生)흐미 도로혀 져의 명ᄍᆞ(名字)를 블너시니 이거시 무슨 괴로오미뇨! 내 이졔는 곳 다른 셰샹 사름이라. 각식(各色) 각양(各樣)을 씨다라 하놀갓치 밝거놀 져의 등이 도로혀 와셔 달내니 나를 엇던 사름으로 아느뇨! 나의 부모는 임의 기셰(棄世)흐고 다만 이 량옥(良玉)의게 이시니 비록 빅슉(伯叔) 뎨형(弟兄)이라 흐나 져도 또흔 ᄋᆞ시(兒時)의 부뫼(父母) 구몰(俱沒)흐여 나의 모친 회즁(懷中)의셔 ᄌᆞ랏거니와 져의 효슌(孝順)흔 【54】 믄 셰샹의 또 이시리오? 졔가 나를 ᄉᆞ랑흐미 곳 태태(太太)의게 비컨디 더옥 실심(實心)인 듯흐니 나는 다만 져 오기를 기다려 져와 더브러 갓치 가리라. 나의 ᄉᆞ졍(事情)은 내가 스스로 쥬쟝(主掌)흘지니 졔가 엇지 나를 좃지 아니리오? 내 만일 일개(一個) 란향진인(蘭香眞人)이 되지 못흐면 또흔 림디옥(林黛玉)이 아니라 흐더라.

본리 사름의 쥬견(主見)이 쳐음의 종두지미(從頭至尾)히 싱각흐다가 말초(末梢)의 결국(結局)을 졍흐느니 이졔 대옥이 이쳐럼 싱각흐는 거슨 【55】 진개(眞個) 쥬의(主意)를 졍흐미로다.

졍히 싱각흘 쩌의 먼니 회쟉(喜鵲)의 지져귀는 쇼리 들니거놀 디옥이 도로혀 완월(玩月)

흐기를 슬흘 뜻이 업셔 다시 외간(外間)의 니르러 쳥문(晴雯)을 블너 의ᄌᆞ를 가져오라 흐고 루(樓)의 올나 가 셔셔 다시 챵을 열고 월식(月色)을 볼 시 먼니 그 희쟉(喜鵲) 지져귀는 곳을 바라보미 가쟝 여러 무리 월식이 여쥬(如走)흐믈 놀나 어ᄌᆞ러이 나는 둣흐거놀 디옥이 믄득 '월명셩희(月明星希)의 오쟉(烏鵲)이 남비(南飛)라' 흐는 글귀를 싱 【56】 각흐고 고향 싱각이 간졀흐더니 다만 보미 졍즁(庭中)의 듁영(竹影)이 참치흐여 화보(畫譜)를 구경흠 갓고 또 《피파긔琵琶記》의 '흐쳐시슈듁오려삼경何處是脩竹吾廬三徑'이란 말을 싱각흐고 곳 셔셔히 나려올 시 ᄌᆞ견 쳥문 량인(兩人)이 야심(夜深)흐믈 두려 져를 지쵹흐여 방즁(房中)의 드러가 샹(床)의 오르게 흐니 디옥이 쵹(燭)을 믈니고 앗가 보던 듁림(竹林) 그림ᄌᆞ를 싱각흐미 엇지 즐겨 ᄌᆞ리오? 쳥문이 다만 쟝야의 요긔흐믈 싱각흐고 쇼챠환(小丫鬟)으로 흐여곰 화 【57】 로(火鑪)를 가져와 화분(花盆)의 빅하화(白荷花) 란화노(蘭花滷)를 믈의 너허 ᄯᅳ린 후의 보챠의 보낸 빅화링향환(百和冷香丸)을 타셔 대옥을 권흐여 져기 먹게 흐고 량인(兩人)도 또흔 뫼시고 먹으며 한담(閒談)흐더니 다만 드르미 여러 사름이 지져괴며 문을 두다리는지라. 가쟝 이샹히 너겨 문을 열나 흐더니 드르미 니르디 남변(南邊)의셔 가신(家信)이 이셔 왓다 흐고 또 말흐디,

"림대야(林大爺)의 셔신(書信)이 이셔 왓시미 곳 노애(老爺) 쥬셔(周瑞)로 흐여곰 인도(引導)흐여 왓다."

흐거놀 대 【58】 옥이 대희(大喜)흐여 믄득 무르디,

"온 사름이 뉘뇨?"

쥬셰(周瑞) 외간(外間)의셔 답응(答應)하여 니르디,

"곳 왕대애(王大爺)니라."

대옥이 가쟝 환희(歡喜)흐여 믄득 져로 흐여곰 드러오게 흐니 원리 왕대야는 왕원(王元)이라 부르고 ᄋᆞ명(兒名)은 효슌거이(孝順哥兒)라 부르느니 본디 님운디(林運臺) 집의 량디(兩代) 노가인(老家人)이오, 년긔(年紀) 륙십칠 셰 되엿시디 가쟝 츙심(忠心)으로 쥬인을 밧드니 이곳 뇌대(賴大)의 비컨디 분쉬(分數) 더 나흐며 ᄌᆞ손(子孫)이 이셔 업(業)을 직희디 다만 일심(一心)

---

59) 【거믜줄】圕 거미줄. ¶ 蜘蛛網 ‖ 내가 원리 후두치 아니디 엇지흐여 거믜줄의 얽힘 갓투여 (我原也不糊塗, 爲什摩像蜘蛛網似的, 就粘住了.) <後紅 3:51> ⇒ 검의줄

으로 쇼쥬인(小主人)을 향ᄒᆞ【59】여 도로혀 님부(林府) 즁의셔 일졀(一切) 스무(事務)룰 총찰(總察)ᄒᆞ더니 이번의 젼위(專委)ᄒᆞ여 져룰 식여 경셩(京城)의 니르러 허다(許多) 즁대(重大)ᄒᆞᆫ 스졍(事情)을 져로 ᄒᆞ여곰 관리(辦理)케 ᄒᆞ며 량옥(良玉)의 본(本) 싱모(生母)ᄂᆞᆫ 비록 안남[남안]군왕(南安郡王)의 친쳑이 되나 믄득 츌계ᄒᆞ므로 쇼후가의 더옥 친졀ᄒᆞᆫ지라. 그러므로 일즉 영국공(榮國公) 부즁으로 왓ᄂᆞ니라. 당긱(當刻)의 대옥이 져의 량ᄃᆡ 츙복(忠僕)이믈 더졉ᄒᆞ여 곳 몬져 니러나더니 왕원(王元)이 드러와 세 번 졀ᄒᆞ고 ᄯᅩ 니러【60】나 고낭(姑娘)긔 쳥안(請安)ᄒᆞ니 대옥이 니르ᄃᆡ,

“너 노인네 도로혀 확삭(矍鑠)ᄒᆞ도다.60) 노샹(路上)의셔 가쟝 신고(辛苦)ᄒᆞ여시니 네 도로혀 평안(平安)ᄒᆞ냐?”

왕원이 ᄯᅩ흔 한 번 읍(揖)ᄒᆞ고 니러나 손을 늘히고 방문(房門) 가의 셔셔 대야(大爺)룰 더신ᄒᆞ여 고낭(姑娘)긔 쳥안(請安)ᄒᆞᆫ 후의 스미룰 것고 픔 속의 셔신을 내여 두 손으로 ᄌᆞ견(紫鵑)을 쥬니 ᄌᆞ견이 바다 대옥을 쥬ᄂᆞᆫ지라. 대옥이 손의 쥐고 ᄯᅩ 보지 아니코 몬져 대야의 안부룰 무ᄅᆞ니 왕원이 니르ᄃᆡ,

“가쟝 평안ᄒᆞ다.”

ᄒᆞ며 ᄯᅩ,

【61】“가즁(家中)의 태평(太平)ᄒᆞ냐?”

무ᄅᆞ미 왕원이 니르ᄃᆡ,

“가쟝 평안타.”

ᄒᆞ며 ᄯᅩ 무ᄅᆞᄃᆡ,

“대야(大爺) 어내 ᄶᅵ 긔신(起身)ᄒᆞ여 어내 ᄶᅵ 니르리오?”

왕원이 니르ᄃᆡ,

“쇼지(小的) 긔신(起身)ᄒᆞᆯ ᄶᅥ의 대야 분부ᄒᆞ시ᄃᆡ ‘셰 내로 긔신ᄒᆞ깃노라.’ ᄒᆞ니 경셩(京城)의 니르실 ᄶᅥᄂᆞᆫ 짐쟉지 못ᄒᆞ리라.”

ᄒᆞ거ᄂᆞᆯ ᄯᅩ 무ᄅᆞᄃᆡ,

“이곳 노야(老爺)의게 셔신(書信)이 잇셔

왓ᄂᆞ냐?”

왕원이 니르ᄃᆡ,

“임의 밧치고 ᄯᅩ 친히 뵈ᄋᆞᆸ고 쳥안(請安)ᄒᆞ고 쇼지(小的) 방ᄌᆞ 니르럿노라 거ᄂᆞ리고 온 즘싱과 챠(車)가 만흐므로 셩문(城門)의【62】지체(遲滯)ᄒᆞ여61) 셩내(城內)의 드러오미 곳 황혼(黃昏)이 되엿ᄂᆞᆫ지라. 쇼지 ᄯᅩ 흠긔 온 가인 등 십여 인이 잇셔 몬져 겸으로 보내고 쇼지 몬져 져의 등의 슈본(手本)을 가지고 와 더신 쳥안(請安)ᄒᆞ노라.”

ᄒᆞ며 믄득 슈본(手本)을 가져 ᄌᆞ견을 쥬니 ᄌᆞ견이 바다 탁샹(卓上)의 놋커ᄂᆞᆯ 대옥이 니르ᄃᆡ,

“너 노인네 ᄯᅩ흔 곤ᄒᆞ리니 가셔 쉬라.”

왕원이 니르ᄃᆡ,

“쇼지 명일(明日) 의 ᄯᅩ흔 와셔 픔ᄒᆞ리라.”

ᄒᆞ거ᄂᆞᆯ 대옥이 응낙(應諾)ᄒᆞ니 왕원이 믄득 셔셔히 나아가 동뉴(同類)의 곳으로 가더라.【63】대옥이 바야흐로 가셔룰 ᄶᅥ혀보니 아지 못게라 기즁(其中)의 무슨 셜홰(說話) 잇ᄂᆞᆫ고?

---

60) 【확삭ᄒᆞ다】 혱 확삭(矍鑠)하다. (늙은이 기력이) 정정하다. ¶ 硬朗 ‖ 너 노인네 도로혀 확삭ᄒᆞ도다 노샹의셔 가쟝 신고ᄒᆞ여시니 네 도로혀 평안ᄒᆞ냐 (你老人家罷了, 你老人家還硬朗? 路上很辛苦, 你還好?) <後紅 3:60> 矍鑠 ‖ 종조되 졍신이 확삭ᄒᆞ시며 쇼형뎨의 긔위 불범ᄒᆞ오니 (叔祖母精神矍鑠, 小兄弟氣宇不凡, 老叔可努力前程.) <雪月 4:89>

61) 【지체ᄒᆞ다】 혱 지체(遲滯)하다. ¶ 累贅 ‖ 쇼지 방ᄌᆞ 니르럿노라 거ᄂᆞ리고 온 즘싱과 챠가 만흐므로 셩문의 지체ᄒᆞ여 셩내의 드러오미 곳 황혼이 되엿ᄂᆞᆫ지라 (小的纔到, 因爲牲口車輛多, 城門上累贅了, 進城來天就黑了.) <後紅 3:62> ⇒ 지톄ᄒᆞ다

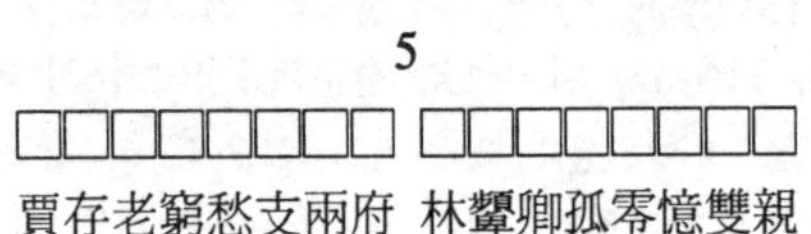

5

□□□□□□□□ □□□□□□□□
賈存老窮愁支兩府　林顰卿孤零憶雙親

차셜(且說), 림뎌옥이 거거 림량옥의 가셔(家書)룰 밧고 블승환희(不勝歡喜)ㅎ더니 왕부인이 나아간 후의 대옥이 안ㅈ 즈견과 쳥문으로 ㅎ여곰 촉블을 밝히고 갓가이 안ㅈ 졍히 쩌혀 보고ㅈ ㅎ더니 한즈음이나 심회(心懷) 비샹(悲傷)ㅎ여 손이 셔늘ㅎ여 일봉(一封) 가셔룰 드지 못ㅎ고 눈믈만 련(連)ㅎ여 흘니니 원리 대옥의 부친 림여히(林汝海)ᄂᆞ 본시 금릉(金陵) 명족(名族)이오, 격친(嫡親) 형뎨 량【64】인이니 림여악(林如嶽)은 량광(兩廣) 총독(總督) 임쇼(任所)의셔 졸셔(卒逝)ㅎ엿고 비록 형뎨 량인이 모다 고관대쟉(高官大爵)을 지내여시나 평일의 경스(京師)의 려환(女宦)ㅎ고 고향 가스ᄂᆞ 다만 가뫼(家廟) 되엿더라. 림여히(林汝海)의 안히ᄂᆞ 곳 안남[남안]군왕(南安郡王)의 지종미 룡시부인(龍氏夫人)이니 림여악이 월즁(粤中) 짜히셔 졸셔(卒逝)ㅎ미 룡부인(龍夫人)이 유복(遺腹)을 비고 분만(分娩)치 못ㅎ엿더니 여히(如海) 영졉ㅎ여 양쥬(揚州)의 니르러 홈긔 머므다가 슈월(數月) 후의 량옥을 낫코 룡부인이 쟝뷔(丈夫) 보지 못ㅎ믈 【65】 슬허 이통(哀痛)ㅎ여 죽으니 이찌 맛

춤 가부인(賈夫人)이 ᄋᆞ돌을 나하 기르지 못ㅎ엿ᄂᆞᆫ지라. 곳 량옥을 다려다가 졋먹여 기르고 유모로 ㅎ여곰 보살피게 아니ㅎ더니 륙 셰의 니르미 대옥을 나코 비로쇼 마마(嬤嬤) 무리로 ㅎ여곰 상(床)을 난호와 무이(撫愛)ㅎ니 본디 두 집 독ㅈ(獨子)로 쟝방(長房)을 즁히 너겨 계후(繼後)ㅎ고 ᄯᅩ 여히(如海) 부뷔 혈심(血心)으로 양휵(養慉)하여 은혜 친싱(親生) 갓튼지라. 그러므로 량옥이 더옥 효슌(孝順)ㅎ더니 여히부뷔 구몰ㅎ고 더옥이 가시(賈氏)의 집 【66】 의 와 의탁ㅎ미 량옥이 믄득 뜻 셰우기롤 블범(不凡)이 ㅎ여 즐겨 졍혼(定婚) 취쳐(娶妻)홈과 가틱(家宅)을 경영(經營)치 아니ㅎ며 다만 부조(父祖)의 ㅈ최롤 니어 ᄯᅩ 경셩(京城)의 니르러 공명(功名)을 일우고 문호룰 빗내려 ㅎᄂᆞᆫ지라. 이러므로 곳 양쥐(揚州) 공관(公館) 안의셔 젼후 십여 년을 폐문독셔(閉門讀書)ㅎ고 일졀 가스ᄂᆞ 왕원(王元)과 치량(蔡良)과 죠지츙(趙之忠)과 단승(單陞)과 오샹(吳祥)과 림빅년(林柏年)과 양쥬ᄋᆞ(楊周兒)와 왕복(汪福) 등의게 맛겨 쥬관(主管)케 ㅎ고 ᄯᅩ 왕원(王元)이 츙직(忠直)ㅎ므로 져로 ㅎ여곰 총찰(總察)케 【67】 ㅎ더니 왕원이 일변으로 뎐답(田畓)과 량도(糧道)롤 보살피며 일변으로 외방(外方)의 흥리(興利)ㅎ고 ᄯᅩ 염(鹽)밧츌 요리(料理)ㅎ여 가산(家産)이 날로 흥왕(興旺)ㅎ니 쳣지ᄂᆞ 셩셰(聖世)의 부셰(府稅)와 요역(徭役)이 경(輕)ㅎ미오, 둘지ᄂᆞ 님시(林氏) 격덕(積德)이 블쇼(不少)ㅎ미오, 셰지ᄂᆞ 요디의 안ㅈ 죠혼 ᄯᆞ롤 만나미오, 넷지ᄂᆞ 왕원이 시종을 실심(實心) 거힝(擧行)ㅎ미라. 각양 젼지(錢財)룰 헤여 보미 일쳔 팔구빅 만 량 가산(家産)이 되ᄂᆞᆫ지라. 량옥은 일념의 싱각ㅎ디,

'여악(如嶽) 부친이 양슈쳥풍(兩袖淸風)[62]으로 하셰(下世) 【68】 ㅎ시고 모친이 산후(産後) 신망ㅎ여 일호(一毫)도 의지홀 디 업ᄂᆞᆫ지라. 다만 빅부모(伯父母)의 혈심(血心) 양휵(養慉)ㅎ믈 힘닙어 셩인(成人)ㅎ여 슈은(受恩)ㅎ미 망극(罔極)ㅎ고 이 지산과 가인도 모다 빅부의 ᄭᅵ치시

---

62)【兩袖淸風 양수쳥풍】liǎngxiùqīngfēng ＜熟＞ 양슈쳥풍 *形容居官廉潔, 囊空如洗. ‖ "這良玉一心一意想起如嶽父親亡過, ～. 母親産後身亡, 毫無倚靠." 량옥은 일념의 싱각ㅎ디 여악 부친이 양슈쳥풍으로 하셰ㅎ시고 모친이 산후 신망ㅎ여 일호도 의지홀 디 업ᄂᆞᆫ지라 (後紅 3:67)

42

므로63) 히마다 ㅈ싱ㅎ여 바야흐로 이런 가산(家産)을 두어시니 나는 다만 셩닙(成立)흔 후의 스스로 가실(家室)을 두어 양가 부모롤 보답ㅎ고 이 지산과 가인은 모다 대옥미미(黛玉妹妹)의게 도라 보내리라.'

ㅎ여 이갓치 심젹(心迹)이 명빅ㅎ믄 왕원 이하 졔인(諸人)이 모다 알며 쏘흔 【69】 일즉 여러 번 대옥의게 셔신을 붓쳐 이 일을 졔긔ㅎ더니 림대옥이 신ㅅ(身死)흔 후의 이곳으로셔 셔신을 붓쳐 보내여 말ㅎ디 노태태(老太太)의 유교(遺敎)롤 밧드러 대옥의 령구(靈柩)롤 가련(賈璉)으로 ㅎ여곰 보내여 가려ㅎ미 쟝촛 승선(乘船)ㅎ려 흔다 ㅎ니 량옥의 통졀(痛切)ㅎ믄 ㅈ연 말홀 거시 업더니 더욱이 회싱흔 후의 니르러는 가졍(賈政)이 즉시 셔신을 붓쳐 말ㅎ미 량옥이 깃브믈 이긔지 못ㅎ여 곳 여회(如海) 부부의 즁싱(重生)홈 갓치 아더라. 이쩌의 마춤 량【70】옥이 향시(鄕試)64)롤 보와 놉히 뎨ㅅ명(第四名)의 참녜(參與)ㅎ고 몬져 왕원을 보내여 경ㅅ(京師)의 니르러 집을 ㅅ고 회시(會試) 림시ㅎ여65) ㅈ긔가 니르러 대옥을 마즈 한가지로 거(居)ㅎ고ㅈ ㅎ미니 대옥이 엇지ㅎ여 샹심(傷心)ㅎ눈고 다만 부모롤 싱각ㅎ여 니르디,

"엇지 부모의 가셔(家書) 업고 다만 거거(哥哥)의 가신(家信)만 이시며 쏘 거거의 지취(志趣)66)롤 싱각건디 진기(眞個) 가히 우리 부모롤 디홀 거시로디 나의 이졔 광경이 진셰(塵世)롤 쩌나고ㅈ 흐니 쏘흔 거거롤 니별ㅎ리로다."

ㅎ【71】여 그러므로 ㅁ음이 비감(悲感)ㅎ여 반향(半晌)이나 락누(落淚)ㅎ고 탄식ㅎ다가 바야흐로 셔신을 쩌혀 ㅈ셰히 볼 시 쳥문(晴雯)이 니르디,

"이 가셔(家書)롤 위ㅎ여 바라고 싱각ㅎ더니 임의 붓쳐오미 쏘 이갓치 번뢰(煩惱)ㅎ니 아지 못게라 대애(大爺) 니르시면 쏘 엇지홀고?"

ㅈ견(紫鵑)이 니르디,

"올토다. 대애 이 글월을 쓸 쩌의 쏘 엇디 ㅎ엿실지 모로리니 너는 져롤 불상히 너기고ㅈ 홀진디 ㅈ긔롤 불상히 너기미 곳 무던ㅎ거눌 도

로혀 이쳐로67) 샹심ㅎ면 무 【72】 엇ㅎ리오?"

ㅎ며 쳥문은 문득 심즁(心中)의 다만 보옥(寶玉)이 면오ㅈ(綿襖子) 밧고와 닙히던 졍분(情分)을 싱각ㅎ고 일면으로 져롤 권히(勸解)ㅎ며 일변으로 ㅈ긔도 눈물을 흘니거눌 ㅈ견이 짐쟉지 못ㅎ여 도로혀 겻히셔 권히ㅎ디,

"고낭(姑娘)이 이러툿 비샹(悲傷)ㅎ거눌 너도 쏘흔 져러툿 ㅎ여 도로혀 져로 ㅎ여곰 샹심(傷心)케 ㅎ눈뇨?"

대옥(黛玉)은 필경 녕혜(靈慧)흔 사롬이라. 곳 쳥문의 눈믈 흘니미 보옥(寶玉)을 위ㅎ민 줄 알고 혜오디 '보옥이 젼일(前日)의 져의 【73】 림종시(臨終時)의 면오ㅈ롤 밧고와 닙히고 손톱을 쎄믈며 져롤 붓드러 챠롤 먹여시니 져는 비록 허명(虛名)을 바다시나 쏘흔 무던ㅎ고 져의 눈믈도 고이홀 거시 업스나 나는 젼일 ㅈ긔 림종시의 분명이 보옥을 블너시더 뉘 한 마디 디답ㅎ여시며 나의 깁에 시롤 뼈 술온 거슨 손톱을 쎄믈고 의복(衣服)을 버셔 쥬디 비컨디 크게 다르니 나는 비록 무슨 허명이 업스나 도로혀 보져져(寶姐姐)롤 위ㅎ여 실명(實名)을 바다시니 보옥이 과연 실심(實心)이 【74】 잇실진디 시종(始終)을 맛당히 보져져로 더브러 조하 아닐 거시어눌 엇지 쏘 조하ㅎ며 보져졔(寶姐姐) 미양 셩인(聖人)과 현인(賢人)의 무슨 도학(道學) 말을 ㅎ더니 엇지 이졔 쏘 태긔 잇눈뇨? 조혼 실심(實心)의 보옥을 내 이쩌의 니르러 바야흐로 쎄

---

63)【끼치다】圖 끼치다. 남기다. ¶ 遺 ∥ 이 지산과 가인도 모다 빅부의 끼치시므로 히마다 ㅈ싱ㅎ여 바야흐로 이런 가산을 두어시니 (這些財産家人都是伯父遺下來, 逐年滋生, 方有這個家業.) <後紅 3:68>

64)【鄕闈 향위】xiāngwéi <名> 향시 *卽鄕試, 亦稱 "秋試". 明淸兩代每隔三年的八月間, 在各省城擧行的一次考試, 有朝廷派主考官主持, 取中的稱擧人. 闈, 卽指考場. ∥ "適良玉考中了~第四名." 이쩌의 마춤 량옥이 향시롤 보와 놉히 뎨ㅅ명의 참녜ㅎ고 (後紅 3:70)

65)【公車 공차】gōngchē <名> 「회시 림시ㅎ다 *官車. 《周禮·春官·巾車》: "掌公車之政令." 鄭玄注: "公, 猶官也." 漢以公家馬車遞送應擧的人, 後因以"公車" 爲擧人入京應試的代稱.∥ "先遣王元到京買宅, 欲于~北上迎黛玉同居." 몬져 왕원을 보내여 경ㅅ의 니르러 집을 ㅅ고 회시 림시ㅎ여 ㅈ긔가 니르러 대옥을 마즈 한 가지로 거ㅎ고ㅈ ㅎ미니 (後紅 3:70)

66)【지취】圖 포부(抱負). ¶ 志向 ∥ 쏘 거거의 지취롤 싱각건디 진기 가히 우리 부모롤 디홀 거시로디 (又想起哥哥志向, 眞可對我父母.) <後紅 3:70>

67)【-쳐로】조 처럼. ¶ 這麽 ∥ 너는 져롤 불상히 너기고ㅈ 홀진디 ㅈ긔롤 불상히 너기미 곳 무던ㅎ거눌 도로혀 이쳐로 샹심ㅎ면 무엇ㅎ리오 (你要疼他, 疼疼自己就够了, 還這麽傷做甚麽?) <後紅 3:71>

닷노라' ᄒᆞ여, 일면으로 싱각ᄒᆞ며 일면으로 ᄯᅩ
흔 눈물을 흘니니 ᄌᆞ견은 짐쟉지 못ᄒᆞ고 다만
겨를 권위(勸慰)ᄒᆞ여 한즈음 지내미 삼인이 바
야흐로 쉬더라.

익일(翌日) 청신(淸晨)의 왕원(王元)이 졈방
(店房) 속의셔 여러 벗의게 분【75】부(吩咐)ᄒᆞ
여 챠부(車夫)와 마부(馬夫)룰 보내고 의샹과 즙
믈(什物)을 슈습(收拾)ᄒᆞ여 량더야(良大爺)의 부
탁흔 단ᄌᆞ(單子)디로 여러 곳 셔신과 례믈을 보
내고 니ᄅᆞ디,

"내가 가부(賈府)의 가셔 고랑긔 품ᄒᆞ고 답
간(答簡)을 쳥흔 후의 다시 졈즁으로 도라와 ᄌᆞ
셰히 품첩(禀帖)을 뻐 채노삼(蔡老三)으로 ᄒᆞ여
곰 량대야를 마ᄌᆞ라 가게 ᄒᆞ리라."

말을 맛츠고 류리쟝(琉璃窓) 챠(車)룰 메오
고 양피(羊皮)요룰 ᄭᆞᆯ고 챠의 올나 안고 삼야(三
爺)와 ᄉᆞ희ᄋᆞ(四喜兒)ᄂᆞᆫ ᄯᅩ흔 슈연더(水烟袋)와
빈낭(檳榔) 쥬머니와 깁슈건을 가지고 ᄎᆞ 앏히
안지며 간ᄎᆞ【76】지(趕車的)68) 쟝쇼ᄂᆞᆫ 그 즘싱
을 믈고 영부(榮府)의 올 시 왕원은 가쟝 규구
(規矩)룰 아ᄂᆞᆫ지라. 부의셔 머지 아니케 니ᄅᆞ러
믄득 즘싱을 머무르고 챠의 나려 거러 대계의
올나 문방 안흐로 드러가니 오신등(吳新登)이
즉시 다시 나와 손을 잡으며 부즁(府中) 여러
벗이 ᄯᅩ흔 허리룰 굽힐 시 오신등이 니ᄅᆞ디,

"왕노대야(王老大爺) 가쟝 기다렷노라."

ᄒᆞ고 하늘을 가ᄅᆞ쳐 니ᄅᆞ디,

"너 노인네ᄂᆞᆫ 다만 보라 태양(太陽)이 져긔
니ᄅᆞ럿도다. 우리 바야흐로 원즁(園中)의 가셔
말솜을 품ᄒᆞ리라."

왕【77】원이 샤례(謝禮)ᄒᆞ고 안ᄌᆞ미 ᄉᆞ희
ᄋᆡ(四喜兒) 믄득 호지의 블을 붓치고 슈연더(水
煙袋)룰 쥬거늘 왕원이 몃 디룰 먹으며 입으로
연긔룰 토ᄒᆞ고 모다 남방ᄉᆞ(南方事)룰 말ᄒᆞ더니
다만 보미 부문 밧긔 픠픠히69) 각 푸ᄌᆞ 사롬이

셰말(歲末) 쟝긔(帳記)룰 가지고 왓시디 몃 빅
량(兩) 이샹도 이시며 십여 량도 잇거눌 오신등
(吳新登)이 바다 여러 목세 난호와 쇠ᄭᅩ챵이의
ᄭᅩ이더니 오리지 아냐 ᄯᅩ 한 량 챠(車)가 니ᄅᆞ
며 몬져 명편(名片)을 드리디 왕공무(王公茂)라
뻣더니 이 사롬이 곳 문방(門房)으로 드러【78
】와 셔셔 오신등의 엇게룰 치며 말ᄒᆞ디,

"조흔 오이야(吳二爺)야, 나룰 위ᄒᆞ여 품ᄒᆞ
라."

오신등이 니ᄅᆞ디,

"도로혀 일흐니 갓다가 한즈음 후의 다시
오라."

이 사롬이 나가 잠간 셧다가 ᄯᅩ 드러와 오
신등의 손을 끌고 말ᄒᆞ디,

"조흔 이대야(二大爺)야 나의 갈 길이 머니
곳 나룰 위ᄒᆞ여 한 번 품ᄒᆞ라."

오신등이 번뢰(煩惱)ᄒᆞ믈 이기지 못ᄒᆞ여
믄득 니ᄅᆞ디,

"품ᄒᆞ여도 ᄯᅩ흔 이 모양이오, 품치 아냐도
ᄯᅩ흔 이 모양일 거시니 기다리ᄂᆞᆫ 거시 곳 올코
헛도이 단녀 무엇【79】ᄒᆞ리오?"

이 사롬이 참지 못ᄒᆞ여 믄득 발쟉(發作)ᄒᆞ
여 니ᄅᆞ디,

"늦게 오면 늦다 ᄒᆞ고 일쪽 오면 ᄯᅩ 일다
ᄒᆞ여 다만 피ᄒᆞ려 ᄒᆞ니 어내 ᄭᅥ가지 피ᄒᆞ리오!
우리ᄂᆞᆫ 셔변(西邊) 사람이라 셩품이 강직(剛直)
흔지라. 너의 집 련이애(璉二爺) 우리룰 ᄭᅳ러당
겨려 ᄒᆞ여 무ᄉᆞ 형이야 아오야 ᄒᆞ며 돈을 쓰고
즐겨 갑지 아니며 다만 피ᄒᆞ려 ᄒᆞ니 네 이런 사
롬은 피ᄒᆞ려니와 무ᄉᆞ 방법을 베프러 도로혀 관
치70)룰 들녜고ᄌᆞ ᄒᆞᄂᆞ냐?"

오신등이 믄득 ᄭᅮ지져 니ᄅᆞ디,

"니런 부문즁(府門中)【80】의 너 갓흔 외
방(外方) 사롬이 들녤 법이 이시리오!"

---

68) 【간ᄎᆞ지】㊊ {간차적(趕車的).} 수레 모는 사람. ¶
趕車的 ‖ 간ᄎᆞ지 쟝쇼ᄂᆞᆫ 그 즘싱을 믈고 영부의 올
시 왕원은 가쟝 규구룰 아ᄂᆞᆫ지라 (趕車的張小便呎
喝着, 那牲口就低着頭, 使着勁往築府來.) <後紅
3:76> 쥬식븨 몬져 챠룰 타고 ᄌᆞ긔 가즁의 일긔 쇼
챠환을 다리고 간ᄎᆞ지의게 분부ᄒᆞ여 몬져 화ᄌᆞ방
의 집의 니ᄅᆞ러 져의 미ᄌᆞ의 출가흔 집이 어내 곳
의 잇나 ᄌᆞ셰히 무ᄅᆞ라 ᄒᆞ니 (周家的便坐了車, 帶
了自己家裏一個小丫頭,　叫赶車的先到花自芳家裏,
問明他妹子嫁的人家住在那裏.) <紅補 7:70>

69) 【픠픠히】㊊ 패패(派派)히. ¶ 一起一起 ‖ 다만 보
미 부문 밧긔 픠픠히 각 푸ᄌᆞ 사롬이 셰말 쟝긔룰
가지고 왓시디 몃 빅 량 이샹도 이시며 십여 량도
잇거눌 (只見府門外一起一起的,　送進各店鋪的年帳
進來,　上千、千外的也有,　十幾兩的也有.) <後紅
3:77>

70) 【관치】㊊ {관차(官差).} 관아(官衙)에서 파견하는
아전. ¶ 長隨 ‖ 네 이런 사롬은 피ᄒᆞ려니와 무ᄉᆞ
방법을 베프러 도로혀 관치룰 들녜고ᄌᆞ ᄒᆞᄂᆞ냐 (你
躱得過漢子, 擺甚麽架兒? 還要閙長隨呢.) <後紅
3:79>

ㅎ고 뜻홀 의식(意思) 잇거눌 이 사룸이 믄득 뛰여 나아오며 머리룰 흔들고 손을 들며 쑤지져 니ᄃ티,

"우리ᄂ 곳 외방 사룸이어니와 나의 젹각(赤脚)을 뉘 쏘ᄒ 두리지 아니리오! 조히 빠호리라. 우리 셩명(性命)을 다ᄒ여 너의 이 갓튼 량심(良心) 업ᄂ 왕팔고ᄌ(妄八羔子)71)룰 끄을고 졔 독부(提督府)로 빠호라 가리라! 무슨 믈건이 부문(府門)이라 ㅎᄂ냐? 우리ᄂ 다만 돈을 쑤이고 돈을 바들 줄만 아니 뉘 무슨 부문을 알니오. 네 빠호려【81】ㅎ면 곳 빠호리라."

오신등이 곳 마조 나아가 치려 ㅎ더니 다 힝이 쥬셰(周瑞) 다라 드러오고 쏘 챠(車) 셰 냥이 졍히 지져걸 쩌의 니르러 모다 명쳡(名帖)을 나오니 하나흔 손무원(孫茂源)이오, 하나흔 엽늉챵(葉隆昌)이오, 하나흔 왕대위(王大有)라. 삼인이 련졉(連接)ㅎ여 나아와 말ㅎᄃ,

"우리 이 왕노으(王老兒)ᄂ 가쟝 직심(直心)의 사룸이라. 긔롱(欺弄)의 말을 한 마디도 못ㅎ리니 너ᄂ 보라 져의긔 오른미 져 갓트여 오이대애(吳二大爺) 쏘ᄒ 아라보지 못ㅎ니, 왕로으(王老兒)야 너ᄂ 우리 동향인(同鄕人)의 셩명(聲名)을 낫【82】초지 말나. 당당ᄒ 영국부(榮國府)의셔 너와 나의 몃 낫 돈을 갑지 아니ᄒ다 니르기 어려오니 이 부즁(府中)을 도로혀 무음을 놋치 못ㅎ면 다른 부즁은 믄득 엇더ㅎ랴. 네 다만 조흔 말노 강론(講論)ㅎ지니 비록 본젼(本錢)을 가지고 취리(取利)ㅎᄂ 싱이72)오, 돈을 가지고 고싱을 ᄉ려 ㅎ미 아니나 믄득 량 편의셔 젼후 ᄉ권 졍을 도라보라."

ㅎ고 이곳 즁인(衆人)들도 막아 권히(勸解)ㅎ더니 쥬셰(周瑞) 련망(連忙)히 림지효(林之孝)로 더브러 품ㅎ라 드러가미, 뉘 알니【83】오 가졍(賈政)이 슈유(受由)73)룰 어더 집의 잇다가 ᄌ셰히 모다 드럿ᄂ지라. 당ᄀ(當刻)의 쥬셰(周瑞) 문셔방(文書房)으로 가셔 가련(賈璉)을 블너

갓치 가졍을 ᄯ라셔 방의 니르니 가졍이 다만 탄식ㅎ고 엇지홀 길이 업셔 다만 ᄉ빅 량 엽금(葉金)을 가져 가련을 쥬어 가셔 쳐치ㅎ라 ㅎ니 가련이 감히 젹다 못ㅎ고 다만 바다 가지고 나와 네 사룸을 쳥ㅎ여 외셔방(外書房) 안의 니르러 각기 안부룰 뭇고 오러 갑지 못ㅎ믈 샤례(謝禮)ㅎ며 곳 금(金) 너흔 갑(匣)을 가져 내니 츠인 등이【84】원리 극히 셰리(勢利)룰 아ᄂ지라. 모다 봉승(奉承)ㅎ여 말ㅎᄃ,

"이노야(二老爺)ᄂ 원리 즐겨 잘못 ㅎ고ᄌ ㅎ미 아니니 어ᄂ 사룸이 쏘ᄒ 붕우(朋友)의게 실신(失信)ㅎ리오? 블과 갑홀 곳이 만흐미니 고로로 분급(分給)ㅎᄂ 거시 올토다. 왕노야(王老爺)ᄂ 셩픔이 급ㅎ나 엇지ㅎ리오?"

엽늉챵(葉隆昌)이 믄득 금을 가져 펴고 식(色)슬 보미 모다 샹등(上等) 젹금(赤金)이라. 믄득 니르ᄃ,

"식(色)슨 조흐나 원표(原票)의 문은(紋銀)이오, 우리 타인(他人)의 문셔 회계(會計)홈도 쏘ᄒ 문은으로 쥬ᄂ니 이 금(金)으로 금을 환(換)ㅎ【85】ᄂ 슈효가 한갈갓지 아닌지라. 곳 부샹(府上)의셔 즐겨 밋지지 아니ᄒ다 ㅎ여도 우리 바다가나 쏘ᄒ 남을 쥬지 못ㅎ리니 첫지ᄂ 별니(別利)가 부족ㅎ고 둘지ᄂ 환은(換銀)ㅎᄂ 슈회(數爻) 쩌러지니 우리 호치(伙計)74) 등이 쥬인의게 무러내지 못홀지라. 이야(二爺)ᄂ 아모조록 원은(原銀)으로 밧고와 쥬ᄂ 거시 도로혀 련당(然當)ㅎ리로다."

가련이 져의 힐난(詰難)ㅎ믈75) 분명히 아

---

71) 【왕팔고ᄌ】 圀 {망팔고자(妄八羔子).} 仁義孝悌와 忠信廉恥의 팔덕을 잊어버렸다는 뜻으로 '무뢰한'을 일컫는 말. 비속어로 '왕'은 '妄'을 우리말 독음으로 읽지 않고 중국어로 읽은 차용어임. ¶ 妄八羔子 ‖ 우리 셩명을 다ㅎ여 너의 이갓튼 량심 업ᄂ 왕팔고ᄌ룰 끄을고 졔 독부로 빠호라 가리라 (看咱們拼着性命, 把你這班沒良心的妄八羔子, 到提督府鬧一鬧去!) <後紅 3:80> ⇒ 忘八羔子

72) 【싱이】 圀 {생애(生涯).} 생계(生計). 장사. ¶ 營生 ‖ 비록 본젼을 가지고 취리ㅎᄂ 싱이오, 돈을 가지고 고싱을 ᄉ려 ㅎ미 아니나 믄득 량 편의셔 젼후 ᄉ권 졍을 도라보라 (雖則將本求利的苦營生, 不是將錢買苦吃的, 却也該兩下裏顧些前後的交情.) <後紅 3:82> ⇒ 싱애

73) 【슈유】 圀 수유(受由). 말미. 휴가(休暇). ¶ 告假 ‖ 뉘 알니오 가졍이 슈유룰 어더 집의 잇다가 ᄌ세히 모다 드럿ᄂ지라 (誰知賈政告假在家, 備細的都聽見了.) <後紅 3:83>

74) 【호치】 圀 {화계(伙計huǒji).} 떼. 무리. 동료. 점원. 머슴. 중국어 차용어. ¶ 伙計 ‖ 첫지ᄂ 별니가 부족ㅎ고 둘지ᄂ 환은ㅎᄂ 슈회 쩌러지니 우리 호치 등이 쥬인의게 무러내지 못홀지라 (一則坐利, 二則換數落了下來, 我們做~的, 東家前賠不上來.) <後紅 3:85>

75) 【힐난ㅎ다】 圀 힐난(詰難)하다. ¶ 긔難 ‖ 가련이 져의 힐난ㅎ믈 분명히 아더 ᄉ긔의 편코ᄌ ㅎ여

디 스긔의 편코즈 ᄒ여 믄득 우스며 니르디,

"금(金)이 잇시면 은(銀)을 밧고지 못홀가 두리리오? 우리 【86】 집의 그 은(銀)을 가져 내려 ᄒ면 여러 표(票)롤 변통(變通)홀지니 계 위ᄂᆞᆫ 모다 뎨형(弟兄) 등이라 ᄯᅩᄒᆞᆫ 스졍을 보라 십분(十分) 가져가믈 당치 아니나 우리 힐룰 지내고 다시 강논ᄒᆞᄂᆞᆫ 거시 죳토다."

왕공뮈(王公茂) 듯고 연망히 웃고 니르디,

"됴혼 이야(二爺)야 무숨 말을 ᄒᆞᄂᆞ냐? 의논홀진디 곳 이 힐룰 지내나 무어시 힐로오리오마ᄂᆞᆫ 다만 우리 가져가지 못ᄒᆞ리니 이졔 우리 뎨형(弟兄)이 만히 이곳의 잇시니 됴히 함긔 상냥(商量)ᄒᆞ리라."

당각(當刻)의 듕인(衆人)으로 더브러 금(金) 슈효 부족혼 거슬 【87】 밝히 혜여 손무원(孫茂源)의게 간구ᄒᆞ여 다시 표(票) 한 쟝을 뼈셔 쥬고 기여(其餘)ᄂᆞᆫ 믈슈히76) 출급(出給)ᄒᆞ여 겨유 이 사름들을 보내더라. 다만 보미 명연(茗烟)이 ᄯᅩ 다라와 말ᄒᆞ디,

"노애(老爺) 날노 ᄒᆞ여곰 이야(二爺)룰 쎨니 쳥혼다."

ᄒᆞ거늘 가련이 년망히 드러가니 가졍이 니르디,

"우리 뎨일 큰 뎐쟝(田莊)은 곳 흑산촌(黑山村) 오쟝뒤(烏庄頭)히라 아지 못게라 어내 힐의 챡슈(着手)ᄒᆞ여 이 조혼 뎐답(田畓)을 모다 희롱(戱弄)ᄒᆞ여 영쇄(零碎)케 민드럿ᄂᆞ뇨? 이졔 오쟝뒤(烏庄頭) 세상 믈건을 보내여 왓 【88】 시니 겨의 단즈(單子)룰 ᄯᅩ 보왓ᄂᆞ뇨?"

ᄒᆞ고 믄득 단즈(單子)룰 가져 ᄯᅡ히 더지니 가련이 긔운을 참고 허리룰 굽혀 단즈룰 집어 보니 젼면의 뻣시디 '문하쟝두(門下庄頭) 오진효(烏進孝)ᄂᆞᆫ 고두(叩頭)ᄒᆞ여 쳥ᄒᆞᄂᆞ니 노애(老爺)와 내내(奶奶)ᄂᆞᆫ 만복금안(萬福金安)ᄒᆞ시고 공즈와 쇼져도 금안(金安)ᄒᆞ시며 신츈대희(新春大喜)ᄒᆞ고 대복쟝슈(大福長壽)ᄒᆞ고 영귀평안(榮貴平安)ᄒᆞ냐?' ᄒᆞ여시며 ᄯᅩ 후면의 뻣시디 '각종 잡믈(雜物)과 시탄(柴炭) 일만 륙쳔 근과 어젼연지미(御田胭脂米) 두 짐과 벽유[나]미(碧糯米) 이십 괵(斛)과 빅유[나]미(白糯米) 이십 괵(斛)과 분항미(粉杭米) 이십 괵(斛) 【89】 과 잡식(雜色) 양곡

(梁穀) 각 이십스 괵과 하용샹미(夏用常米) 류빅 셕(石)과 각 식 간치(乾菜) 한 슐위 외의 양곡(梁穀)과 즘싱 각 항(項)결 은(銀) 일쳔 류빅 량이오, 기여(其餘) 효슌가ᄋ(孝順哥兒) 등의 노리들건과 활록(活鹿)과 빅토(白兎)와 흑토(黑兎)와 활금계(活錦鷄)와 셔양압(西洋鴨) 등들은 ᄯᅩᄒᆞᆫ 젼일과 갓치 버렷더라. 가련이 보고 말을 못ᄒᆞ더니 가졍이 니르디,

"뎨일 몬져 가묘(家廟)와 부중(府中) 쇼용(所用)을 즁히 홀 거시오. 그 년례(年來)로 훈쳑가(勳戚家)의 보내ᄂᆞᆫ 셰(稅)의도 ᄯᅩᄒᆞᆫ 이과(涯過)ᄒᆞ여 분비ᄒᆞ깃시디 각 방의 분급(分給)ᄒᆞᄂᆞᆫ77) 년례(年例) 【90】 룰 곳 엇지ᄒᆞ리오? 만일 일반 분(分)도 업다 ᄒᆞ면 조종(祖宗)의 젼(傳)ᄒᆞ여 나려오ᄂᆞᆫ 조혼 일을 엇지 내 손의 니르러 일졔히 모다 업시ᄒᆞ며 만일 겨기 지감(裁減)혼다78) ᄒᆞ여도 ᄯᅩᄒᆞᆫ 지감(裁減)ᄒᆞ여 쥴 것도 업스니 이룰 엇지 쳐치ᄒᆞ리오?"

가련이 싱각다가 니르디,

"다만 각 방의 분급(分給)ᄒᆞᄂᆞᆫ 은즈(銀子)룰 도로혀 겨기 감싱(減省)ᄒᆞ여도 ᄯᅩᄒᆞᆫ 실혜(實惠)가 되리로다."

가졍이 니르디,

"이도 ᄯᅩᄒᆞᆫ 말이냐? 그 은지 어디 잇ᄂᆞ뇨?"

ᄒᆞ고 졍히 말홀 스이의 뇌승(賴昇)이 드러와 픔ᄒᆞ디,

"오진회(烏進孝) 드러와 【91】 졀ᄒᆞ려 혼다."

ᄒᆞ거늘 가졍이 니르디,

"그만 두고 아직 기다리라."

---

76) 【믈슈히】⍰ {믈수(沒數)이.} 몽땅. ¶ 盡數 ‖ 당각의 듕인으로 더브러 금 슈효 부족혼 거슬 밝히 혜여 손무원의게 간구ᄒᆞ여 다시 표 한 쟝을 뼈셔 쥬고 기여ᄂᆞᆫ 믈슈히 출급ᄒᆞ여 겨유 이 사름들을 보내더라 (當下賈璉與衆人算明, 金數不足, 便央及孫茂源再轉一票, 餘者盡數開發, 纔把這起人打發去了.) <後紅 3:87> ⇒ 믈슈이, 믈슈히, 믈수

77) 【분급ᄒᆞ다】⍰ 분급(分給)하다. 나누어 주다. ¶ 分給 ‖ 다만 각 방의 분급ᄒᆞᄂᆞᆫ 은즈룰 돌혀 겨기 감싱ᄒᆞ여도 ᄯᅩᄒᆞᆫ 실혜가 되리로다 (除非各房分給他些銀子, 倒也省減, 也實惠.) <後紅 3:90>

78) 【지감ᄒᆞ다】⍰ {재감(裁減)하다}. ¶ 減派 ‖ 만일 겨기 지감혼다 ᄒᆞ여도 ᄯᅩᄒᆞᆫ 지감ᄒᆞ여 쥴 것도 업스니 이룰 엇지 쳐치ᄒᆞ리오 (若是減派些呢, 也減派不上來, 這怎麽處?) <後紅 3:90>

믄득 우스며 니르디 (賈璉明知他刁難, 要討便宜, 便笑道.) <後紅 3:85>

ᄒᆞ고 혜오디 '이 노쟝두(老庄頭)는 도로혀 노셩(老成)ᄒᆞ니 ᄯᅩ 무어술 은익(隱匿)ᄒᆞ엿시리오?' ᄒᆞ다가 믄득 뇌승(賴昇)의게 무ᄅᆞ디,

"방ᄌᆞ 광경은 네가 모다 견디지 못ᄒᆞᆯ 줄 알니니 너는 이야(二爺)와 ᄒᆞᆷ긔 산판(算板)을 노화 필경(畢竟) 언마나 ᄒᆞ여야 바야흐로 근급ᄒᆞᆫ 거술 타쳡(妥貼)ᄒᆞ긧ᄂᆞ냐?"

가련이 니ᄅᆞ디,

"외면 회계(會計)의 년타(延拖)치 못ᄒᆞᆯ 거시 대략 삼쳔 량 내외(內外)오, 부즁 일졀 쇼용(所用)을 합ᄒᆞᆯ진디 모다 칠팔쳔 량(兩)이 되여야 【92】 바야흐로 폐이리라."

가경이 니ᄅᆞ디,

"이는 곳 어렵도다."

뇌승이 믄득 한 번 읍ᄒᆞ고 니ᄅᆞ디,

"노지 쥬공(主公)의 은덕(恩德)을 바다 ᄋᆞ지(兒子) 임쇼(任所)의셔 과년(過年)ᄒᆞᆯ 반젼(盤纏)을 붓쳐 왓시니 노지는 도로혀 능히도 말ᄒᆞᆯ지라. 쳥컨디 노야는 경셩(精誠)을 통쵹(洞燭)ᄒᆞ여 노지로 ᄒᆞ여곰 외면(外面) 회계(會計)를 담당케 ᄒᆞ쇼셔."

가경이 믄득 탄식ᄒᆞ여 니ᄅᆞ디,

"이런 노지의 돈을 ᄯᅩ흔 쓰리오?"

ᄒᆞ고 졍히 ᄌᆞ져ᄒᆞ더니 오신등이 드러와 픔ᄒᆞ디,

"림부(林府)의셔 온 왕원(王元)이 원즁(園中)의 드러가 말을 【93】 픔코ᄌᆞ ᄒᆞ믹 쇼지 이 쇼연으로 원즁(園中)의 픔ᄒᆞ엿더니 드ᄅᆞ믹 왕원을 부ᄅᆞ라 ᄒᆞ여 방ᄌᆞ 져룰 인도ᄒᆞ여 쇼샹관(瀟湘館)의 드러가 말을 픔ᄒᆞ엿ᄂᆞ라."

ᄒᆞ거늘 가경이 졈두(點頭)ᄒᆞ더니 오신등이 ᄯᅩ 나아와 니ᄅᆞ디,

"쇼지 ᄯᅩ 고ᄒᆞᆯ 말슴이 잇노라."

왕원이 니ᄅᆞ기룰,

"림대애(林大爺) 져로 ᄒᆞ여곰 방옥(房屋)을 ᄉᆞ셔 두라 ᄒᆞ다 ᄒᆞ기로 쇼지 싱각ᄒᆞ믹 우리 집 격벽(隔壁) 그 방옥(房屋)을 쟉일(昨日)의 임의 쟉쳐ᄒᆞ엿시나 본가(本價)로 영믹(永買)ᄒᆞᄂᆞᆫ 것만 갓지 못ᄒᆞ니 그 방옥이 틋글만 쓸면 【94】 곳 머믈지라. 져의도 ᄯᅩ흔 허다 슈리(修理)ᄒᆞᄂᆞᆫ 거술 덜 거시오, 우리도 ᄯᅩ흔 넉넉히 과년(過年)ᄒᆞ고 쳥쟝ᄒᆞ리니 다만 노애 응낙ᄒᆞ시면 림부즁(林府中)의 ᄉᆞ졍(事情)도 ᄯᅩ흔 돌보시미로다."

가경이 니ᄅᆞ디,

"왕원이 엇지 말ᄒᆞ더뇨?"

오신등이 니ᄅᆞ디,

"졔가 말ᄒᆞ디 이러ᄒᆞ면 가쟝 조흐니 림대애(林大爺) 원리 분부ᄒᆞ디 '우리 부즁(府中)과 갓가히 ᄒᆞ라.' ᄒᆞ엿시나 구ᄒᆞ려 ᄒᆞ여도 구ᄒᆞᆯ 길이 업다 ᄒᆞ더라."

가경과 가련이 ᄯᅩ흔 환희(歡喜)ᄒᆞ여 니ᄅᆞ디,

"졔가 ᄌᆞ연 안람[남안]군왕(南安郡王) 【95】 의게 픔ᄒᆞ여 쳐분을 기다리리라."

오신등이 니ᄅᆞ디,

"져의 말이 림대애 분부ᄒᆞ디 일졀 ᄉᆞ졍을 님고낭(林姑娘)긔 픔ᄒᆞ여 쥬쟝(主掌)케 ᄒᆞ라 ᄒᆞ더라 ᄒᆞ니 님고낭이 무슨 응낙(應諾)지 아니미 이시리오?"

가경이 니ᄅᆞ디,

"이는 져의 지친(至親)이니 다만 가히 져의게 보내여 머믈게 ᄒᆞᆯ 거시오. 엇지 져의 은ᄌᆞ(銀子) 밧기가 죠흐리오?"

ᄒᆞ나 가련이 부득블 이 일을 일워야 ᄌᆞ긔 몸이 가비야올지라. ᄯᅩ흔 극녁(極力) 찬죠(贊助)ᄒᆞ여 니ᄅᆞ디,

"림표뎨(林表弟) 경ᄉᆞ(京師)의 오면 ᄯᅩ흔 잠간 머무ᄅᆞ 【96】 지 아닐 거시오. 원리 쟝구(長久)히 그 집의 머믈 모양이니 도로혀 이러ᄒᆞ여야 졔 ᄆᆞ음이 평안(平安)ᄒᆞ여 지친(至親)이 격벽(隔壁)의 거(居)ᄒᆞ여 통(通)ᄒᆞ여 왕리(往來)ᄒᆞᄂᆞᆫ 거시 ᄯᅩ흔 조토다."

졍히 말ᄒᆞᆯ ᄉᆞ이의 쥬셰(周瑞) ᄯᅩ흔 드러와 말ᄒᆞ디 왕원이 님고낭긔 픔ᄒᆞ믹 말ᄒᆞ디,

"가쟝 조토다 ᄒᆞ엿시디 노야의 의ᄉᆞ(意思)룰 아지 못ᄒᆞ여 쇼지로 ᄒᆞ여곰 나아와 탐지(探知)케 ᄒᆞ엿ᄂᆞ니라."

가경이 니ᄅᆞ디,

"조키는 조흐디 다만 님대애(林大爺) 니ᄅᆞ지 아니ᄒᆞ여시니 은ᄌᆞ(銀子) 손의 업슬 둣ᄒᆞ도다."

뇌승(賴昇)이 【97】 웃고 니ᄅᆞ디,

"유명(有名)ᄒᆞᆫ 림쳔만(林千萬)이 이졔 ᄯᅩ 갑졀이 되여시니 곳 셩내외(城內外)의 은루(銀樓) 은방(銀房)이 허다히 잇ᄂᆞᆫ지라. 이 슈쳔만 량 내의 쓰랴 ᄒᆞ면 곳 쓸 거시니 무어시 어려오

리오?"

가졍이 니르디,

"쏘흔 구틱여 본가(本價)롤 일졍이 바들 거시 아니니 임의 림고낭이 쥬쟝(主掌)홀진디 분슈(分數)롤 보와 흐미 죠토다."

가졍이 이 말은 두 가지 뜻이 이시니 쳣지는 량옥(良玉)이 곳 인친외싱(姻親外甥) 둘지는 목하(目下)의 디옥(黛玉)의 금(金)을 쓰미라. 가련이 니르디,

"본가(本價)는 원리 거리 【98】 낄 거시 아니로디 다만 이 방옥(房屋)이 근본(根本) 갑시 터헐(太歇)흐도다. 대되79) 졍잡(正雜) 방지(房子) 이빅 긔십(幾十) 간(間)이오. 후면(後面)의 공터(空垈)가 쏘 격으냐? 다시 일개 대관원(大觀園)을 지어도 도로혀 남을 거시로디 다만 이 집의 부즁(府中)의 긴챡히 련(連)흐여 스는 사름이 업스나 이졔 평디(平地)의 이런 고대부려(高大富麗)흔 집을 지으려 흐면 스오만(四五萬) 은즈(銀子)롤 쓰지 아니흐미 어려오리니 우리 이졔 왕원으로 흐여곰 드러가 보게 흐는 거시 엇더흐뇨?"

가졍이 니러나며 니르디,

"가쟝 죠흐니 쏘흔 【99】 량 편이 모다 편홀지라. 너의 디로 샹의흐라."

가련(賈璉) 등이 믄득 왕원(王元)과 한가지로 즈셰히 가셔 보고 왕원이 대옥(黛玉)의게 픔흐고 가셔 와 픔쳡(禀帖)을 뻐 량옥(良玉)의게 보내여 알게 흐고 일면(一面)으로 문셔(文書)롤 일우고 집을 츠지홀 시 겸즁의 즁인(衆人)과 즙믈(什物)과 즘싱과 챠(車)롤 일졔히 옴겨오고 홍젼지(紅全紙)의 금즈(金字)로 '원임(原任) 량광(兩廣) 춍독부(總督府) 당(堂)과 원임(原任) 량회(兩淮) 염운스시(鹽運使司)'라 뻐셔 문 우히 븟치니 벌렬(閥閱)과 긔샹(氣像)이 가쟝 위엄(威嚴)흐고 왕원(王元)은 도로혀 일개 노쥬인(老主人) 【100】 갓트여 흠긔 온 여러 가인이 개개(箇個)히 져의 호령과 약쇽을 바다 가쟝 졍졔(整齊)흐더라. 왕원이 믄득 젼쳥과 다쳥(茶廳)과 대쳥(大廳)과 내외 긱쳥(客廳)과 내외 셔쳥(書廳)과 의

스쳐(議事處)와 내외 쟝방(賬房)과 내외 문방(門房)과 다못 대쇼 쥬방(廚房)과 챵고(倉庫)와 하방(下房)과 마루롤 난호와 가지 가지 배뎡흐(配定)고 쏘 샹방(上房) 안붓허 셰간 포진(鋪陳)을 쟉만흐며 등치(燈彩)롤 베플고 쏘 은루(銀樓)의 노셩(老成)흔 호치80)롤 갈히며 쏘 경인(京人)의 남녀(男女) 긔십(幾十) 명을 스셔 셰셰히 쵝즈(冊子)의 올니고 즘싱과 챠 【101】 롤 쏘흔 격지 아니케 두어 가쟝 쟝녀졍졔(壯麗整齊)케 흐고 모음의 대옥을 쳥흐여 가셔 보게 흐려 흐더 대옥이 다만 거거(哥哥)의 니르지 아니므로 즐겨 오지 아니대 즈긔 심즁(心中)은 희환(喜歡)흐여 져롤 위로흐며 쏘 즁인(衆人) 약쇽홀 말을 분부흐니 왕원이 더옥 용심(用心)흐는지라. 진개 링낙(冷落)흐던 뎡[문]당(門墻)이 일시간(一時間)의 디운(地運)이 변(變)흐여 영(榮) 녕(寧) 량부(兩府)롤 모다 압두흐더라. 쥬셔(周瑞) 등이 부즁(府中)의 이 방옥(房屋) 가젼이 잇셔 잠시간(暫時間)의 죵용(從容)흐고 동류(同類)81) 등도 쏘흔 【102】 관심(寬心)흐믈 보고 니르디,

"과년(過年)흐면 쏘 간구(艱苟)흐리라.82)"

흐니 뇌승(賴昇)이 니르디,

"너의 등은 방심(放心)흐라. 명년(明年)의 니르면 우리 집이 쏘흔 흥왕(興旺)흐리라."

즁인(衆人)이 모다 이 말을 즈셰히 모르니 뇌승이 니르디,

"너의 등은 보라 림부즁(林府中)이 이러툿 열요(熱鬧)흐고 림대야(林大爺)의 즈미(子妹) 졍분(情分)이 이럿툿 죠흐며 쟝리 림고낭(林姑娘)이 우리 보이야(寶二爺)의 비필(配四)이 아니 되면 도로혀 뉘 비필이 되리오? 져의 젼지(全財)롤 졀반만 난호와도 곳 쳔만 량이 되리니 다만

---

79) 【대되】⚑ 〔대도(大都)ㅣ.〕 모두. 통틀어. ¶ 通共 ‖ 대되 졍잡 방지 이빅 긔십 간이오 후면의 공더가 쏘 격으냐 (通共正雜房子二百幾十間, 後面那片空地還小麼?) <後紅 3:98> ⇒ 디되

80) 【호치】⚐ 〔화계(伙計huǒjì).〕 떼. 무리. 동료. 점원. 머슴. 중국어 차용어. ¶ 店伙 ‖ 쏘 은루의 노셩흔 호치롤 갈히며 쏘 경인의 남녀 긔십 명을 스셔 셰셰히 쵝즈의 올니고 (也選了銀樓上老成店伙, 也買了本京人雙身男婦幾十房, 粗細分開上冊.) <後紅 3:100>

81) 【동류】⚐ 동류(同類). ¶ 同事 ‖ 쥬셔 등이 부즁의 이 방옥 가젼이 잇셔 잠시간의 죵용흐고 동류 등도 쏘흔 관심흐믈 보고 (這裡周瑞等見上頭有這宗房價, 一時從容起來, 同事們也就心寬.) <後紅 3:101>

82) 【간구흐다】⚐ 간구(艱苟)하다 ¶ 飢荒 ‖ 과년흐면 쏘 간구흐리라 (過了年, 又飢荒了.) <後紅 3:102> ⇒ 3:26

져허컨 【103】 디 녕부(榮府)가지 쏘흔 돌보리로다.”

오신등(吳新登)이 웃고 니르디,

“쥬형데(周兄弟) 쏘흔 이곳의 이시니 우리 너의 쥬인(主人)을 탓흐미 아니로디 전일(前日) 너의 련이내내(璉二奶奶) 잇실 써의 부즁(府中) 공용(公用)가지 쏘흔 즈긔 방즁(房中)으로 가져 가려 흐고 우리 월전(月錢)가지 쏘흔 져 노인내의 잡아 머무르고 빗노리 흐믈 닙엇시니 모다 쏘흔 일죽 우리와 갓치 미원(埋怨)흐엿느니라. 이계 우리는 쏘 싱각건디 림고낭이 싀집을 와도 도로혀 즈긔 스전은(私錢銀)을 부즁(府中) 공용(公用)으로 쓰리오? 진긔(眞個) 뇌형 【104】 데(賴兄弟) 말 갓흘지라도 다만 보이야 일인이 쓸 거시오, 둘지는 드르미 님고낭이 련이내내의게 비컨디 도로혀 리히(利害) 잇다 흐니 비록 나히 젹으나 너는 보라 이계 왕대야 부리기를 쇼히즈(小孩子)갓치 흐니 비록 왕대야의 츙심(忠心)흐나 우리는 엇지 니르디 님고낭이 위엄(威嚴)이 업다 흐리오?”

뇌승이 졈두(點頭)흐며 니르디,

“위엄(威嚴)이 잇셔도 쏘흔 죠토다. 우리 노애(老爺) 이갓치 관인후덕(寬仁厚德)흐시니 텬리샹(天理上)의 쏘흔 맛당히 경텬쥬(擎天柱)를 가져 문호(門戶)를 빗낼지라. 【105】 비록 니르디 님고낭이 과연 당가(當家)흘진디 우리 스후(伺候)흐기 어려워 져기 몃 낫 돈을 어드면 무던타 흐나 이 부즁(府中)은 흥왕(興旺)치 아니타 니르기 어렵도다.”

오신등이 웃고 니르디,

“너의 노인네야 노태옹(老太翁)이 도로혀 림부즁(林府中) 돈을 쓰리오?”

흐니 이는 모든 가인(家人)의 의론(議論)이러라.

챠셜(且說), 가정(賈政)이 시시(時時)로 대옥(黛玉)을 가셔 보고 왕부인(王夫人)은 쏘흔 시시로 보옥(寶玉)이 보챠(寶釵)를 링대(冷待)흘가 두려 즈로 보옥을 권(勸)흐여 방으로 가라 흐니 추시(此事) 엇지된고? 하회(下回)의 분히(分解)흐라.

[후홍루몽後紅樓夢 권지스卷之四]

【1】 화셜(話說), 가정(賈政)이 시시(時時)로 대옥(黛玉)을 나아가 보고 왕부인(王夫人)은 쏘흔 시시로 보옥(寶玉)이 보챠(寶釵)를 링대(冷待)흘가 두려 즈로 보옥을 권히(勸解)흐여 방으로 가라 흐디 보옥은 다만 답답히 디옥을 싱각흐여 왕부인을 붓들고 대관원(大觀園)으로 가즈 흐니 왕부인이 여러 번 보챠와 니환(李紈)의게 부탁흐여 쇼샹관(瀟湘館)의 가 탐지(探知)흐라 흐디, 뉘 알니오 대옥의 무음이 텰셕 갓트여 이 일이 【2】 졍히 돌니 디히(大海)의 잠김 갓튼지라. 보옥이 쏘 왕부인을 잡고 니르디,

“태태(太太)야 엇지 여러 번 쳥문(晴雯)이 즐겨 온다 흐더니 이계 림미미(林妹妹)만 싸르고 즐겨 오지 아니니 다만 두리건디 져 량인의 회싱(回生)흐엿다 말이 전연(全然)이 그림지 업스미로다.”

왕부인이 이의 쏘 회싱흔 말을 다시 져의게 고흐고 쏘 대옥과 쳥문의 근일(近日) 언어 힝스(行事)를 고흐며 인흐여 져로 흐여곰 방즁의 가셔 보챠의게 쳥흐라 흐니, 보옥이 진긔(眞個) 방으로 와 보챠의게 쳥 【3】 흐거늘 보채 쏘흔 왕부인 말과 갓치 져의게 고흐고 쏘 림량옥(林良玉)의 셔신(書信) 온 것과 왕원(王元)의 집을 뎡흔 말을 일일이 고흐고 디옥이 쥬장흔다 말가지 쏘흔 고흐니, 이는 보챠의 뜻이 보옥으로 흐여곰 대옥과 쳥문이 실노 회싱흐엿고 량인(兩人)이 각기 쥬견(主見) 이시믈 알게 흐미러니, 뉘 알니오 보옥이 듯고 도로혀 놀나 벙벙흐더라. 보옥이 싱각흐디,

‘전일 즈견(紫鵑)이 졍경(正經)의 말노 내게 말흐디 님미미 가즁(家中)의 실노 사롬이 잇고 쏘 와셔 져를 영졉(迎接) 【4】 흐여 집으로 가려 흐다 흐며 쏘 의희히 드르미 무슨 림가(林家) 셩(姓) 가진 사롬이 왓거늘 다힝이 노태태(老太太)긔셔 분부흐여 그 스롬을 모다 쫏츠 보내엿는지라. 이러므로 영졉흐여 가지 아니흐엿다 흐더니 이계 쏘 림시(林氏) 집 사롬이 왓시니 노태태 아니 계신지라. 뉘 능히 져를 쫏츠 나가게 흐며 림미미를 뉘 능히 쓰러 머믈니오?

쏘 님미미의 집이 더옥 갓가와 간다 말ᄒ면 곳 갈 거시오 ᄌ견도 쏘ᄒᆫ 림미미로 집의 도라가게 홀 거시로ᄃᆡ, 다만 아지 【5】 못게라 청문이 그 겻히 잇셔 가히 능히 나ᄅᆞᆯ 위ᄒᆞ여 한 귀졀 말을 ᄒᆞ랴? 네가 만일 능히 림미미 앏히셔 보옥 두 ᄌᆞᄅᆞᆯ 말ᄒ면 내가 곳 지가 되고 연긔가 되여도 쏘ᄒᆫ 너ᄅᆞᆯ 감격ᄒᆞ여 ᄒᆞ리라.'

보옥이 이ᄀᆞᆺ치 호란(胡亂)이 싱각ᄒᆞ며 보챠의 상상(床上)의 누어 오열(嗚咽)ᄒᆞ거늘 보챠와 잉이(鶯兒) 쇼호피(小狐皮) 니블노 져ᄅᆞᆯ 위ᄒᆞ여 덥허 쥬더니 언마 못되여 왕부인이 ᄎᆞᄌᆞ와 보옥이 보챠의 상(床) 우히 누엇시믈 보고 다만 니ᄅᆞᄃᆡ,

"보옥이 이곳의 잇고ᄌ ᄒᆞᄂᆞᆫ 의시라."

【6】 ᄒᆞ며 보옥이 믄득 방즁(房中)의셔 밤을 지내ᄆᆡ 가정의 부부의 심즁(心中)이 쏘ᄒᆫ 편ᄒᆞ나 뉘 알니오 보옥과 보치 상(床)은 갓치 ᄒᆞᄃᆡ 꿈은 다른지라. 보옥의 심즁의ᄂᆞᆫ 다만 ᄃᆡ옥만 싱각ᄒᆞ더니 한 번 왕부인을 보ᄆᆡ 곳 ᄃᆡ옥을 뭇고 쏘 ᄭᅳ어잡아 청문을 블녀오라 ᄒᆞ니 왕부인이 다만 다른 말노 져ᄅᆞᆯ 달내더라.

챠셜(且說), ᄃᆡ옥이 쇼샹관 안의 잇셔 병이 나은 후로붓허 ᄃᆡ옥 신샹(身上)이 경쾌(輕快)ᄒᆞ더니 쏘 왕원이 니른 후의 다시 시 집을 경ᄒᆞ미 거거(哥哥)의 【7】 우ᄋᆡ(友愛) 범연치 아니ᄒᆞ고 얼골 볼 날이 갓가온지라. 심즁의 블승환희(不勝歡喜)ᄒᆞ여 다만 싱각ᄒᆞᄃᆡ,

'량옥이 니른 후의 즉긱(卽刻)의 반이(搬移)ᄒᆞ여 가 형미(兄妹) 셔로 ᄃᆡᄒᆞ여 통곡 일쟝(一場)ᄒᆞ고 쏘 쌍친(雙親)의 화상(畫像)을 밧드러 형미 량인(兩人)이 한 번 젼(奠)을 드리고 종ᄎᆞ(從此) 이후로 져의게 청ᄒᆞ여 일개 인젹부도쳐(人迹不到處)ᄅᆞᆯ 어더 ᄯᅳᆺ을 셰워 도ᄅᆞᆯ 닥그ᄃᆡ, 져ᄂᆞᆫ 져의 공명(功名)을 힘쓰고 나ᄂᆞᆫ 나의 지원(志願)을 맛치며 져ᄂᆞᆫ 세상의 영화(榮華)로 승음(承蔭)ᄒᆞ고 나ᄂᆞᆫ 텬샹(天上) 인과(因果)로 쵸승(超昇)ᄒᆞ면 ᄌᆞ녀 이인 【8】 이 쏘ᄒᆫ 가히 효ᄅᆞᆯ 다ᄒᆞᆯ지라'

ᄒᆞ여, 싱각이 이의 니ᄅᆞᄆᆡ 쾌락ᄒᆞ믈 이긔지 못ᄒᆞ여 쇼요(逍遙) ᄌᆞ직(自在)ᄒᆞ며 ᄌᆞ견은 심즁의 혜오ᄃᆡ 쵸두(初頭)의ᄂᆞᆫ 원리 보옥을 번뢰(煩惱)히 너겻더니 그 후의 왕부인이 ᄌᆞ긔ᄅᆞᆯ 보챠의 곳으로 보내ᄆᆡ 보옥이 시종(始終)을 변치

아냐 ᄌᆞ긔ᄅᆞᆯ ᄭᅳ어잡고 변빅(辨白)ᄒᆞᄆᆞᆯ 보미 도로혀 보옥을 위ᄒᆞ여 가련히 너기고 ᄃᆡ옥을 위ᄒᆞ여 명슈(命壽)ᄅᆞᆯ 한ᄒᆞ더니 ᄃᆡ옥이 회싱ᄒᆞ고 쏘 보옥의 도라오믈 보고 가마니 싱각ᄒᆞᄃᆡ 혼인[인연](姻緣)이 다시 합 【9】 ᄒᆞ리라 ᄒᆞ엿더니, 쏘 보옥은 시종을 일심(一心)으로 진개(眞個) 다른 ᄯᅳᆺ이 업ᄉᆞᄆᆞᆯ 보미 도로혀 ᄃᆡ옥이 과격ᄒᆞᄆᆞᆯ 고이히 너기고 쏘 청문은 일심으로 보옥을 싱각ᄒᆞ여 틈이 이시면 ᄌᆞ견으로 더브러 ᄌᆞ로 말ᄒᆞ니 ᄌᆞ견은, 본ᄃᆡ 혈심(血心)의 사ᄅᆞᆷ이라 엇지 그 ᄯᅳᆺ과 갓지 아니리오? 이러므로 청문으로 더브러 미양 ᄃᆡ옥의 앏히셔 보옥을 졔긔(提起)ᄒᆞ여 졀졀(節節)이 져ᄅᆞᆯ 위ᄒᆞ여 변빅(辨白)ᄒᆞᄃᆡ 엇더케 일죽 풍증(瘋症)이 발(發)ᄒᆞ여시며, 엇더케 봉져(鳳姐)의 홍계ᄅᆞᆯ 【10】 닙어 방즁(房中)으로 드러가시며, 엇더케 면ᄉᆞᄅᆞᆯ 들고 보챠ᄅᆞᆯ ᄇᆞ다가 즉긱의 혼도(魂倒)ᄒᆞ여시며, 엇더케 여러 날을 지내다가 바야흐로 방의 모도엿시며, 엇더케 보챠 싱일(生日)의 노태태(老太太)ᄅᆞᆯ 속이고 이곳의 니ᄅᆞ럿다가 도라가 곡읍(哭泣) 셩병(成病)ᄒᆞ여시며, 엇더케 ᄌᆞ견을 ᄭᅳ어잡고 익곡(哀哭)ᄒᆞ여시며, 엇더케 도쥬(逃走)ᄒᆞ여 나가시며, 엇더케 도라와 벽ᄉᆞ쥬(碧紗櫥)의 잇셔 벙벙이 잇셔시며, 엇더케 오고ᄌ ᄒᆞ여도 감히 오지 못ᄒᆞ며, 엇더케 지금 보챠 방 【11】 즁의셔 풍증(瘋症)이 들넛ᄂᆞ니라 ᄒᆞ거늘 ᄃᆡ옥이 처음으로 드ᄅᆞ미 쏘ᄒᆫ 번뢰(煩惱)ᄒᆞ여 져ᄅᆞᆯ 막ᄌᆞᄅᆞ다가 후의 니ᄅᆞ미 번거ᄒᆞ믈 슬히 너겨 곳 링쇼(冷笑)ᄒᆞ거나 그러치 아니ᄒᆞ면 믄득 다라나 다만 셔풍(西風)이 귀의 지나감 갓튼지라. ᄌᆞ견과 청문이 가만ᄒᆞᆫ 곳의셔 다만 보옥을 위ᄒᆞ여 번뢰ᄒᆞ더라.

각셜, 가정이 보옥이 방의 도라오믈 보고 방심(放心)ᄒᆞ여 스스로 니ᄅᆞᄃᆡ '다만 졔셕(除夕)을 기다려 가묘(家廟)의 ᄇᆡ현(拜見)ᄒᆞ고 신년(新年)의 다시 져로 ᄒᆞ여곰 나아가 【12】 여러 훈쳑(勳戚) 등을 슈응(酬應)ᄒᆞ고 은문션싱을 비견ᄒᆞ고 동방(同榜)과 셔로 모히게 ᄒᆞ리라 ᄒᆞ더니 다 힝히 셰말(歲末) 회계(會計)ᄅᆞᆯ 타텹(妥貼)ᄒᆞ고 졔셕(除夕)의 니ᄅᆞ미 량(兩) 부즁(府中) 형뎨(兄弟) ᄌᆞ질(子姪)과 다못 근족(近族) ᄌᆞ손(子孫)이 모다 가묘의 니ᄅᆞ미 가묘 즁의 조샹 신쥬(神主)와 영졍(影幀)을 밧들고 쏘ᄒᆫ 젼갓치 포진(鋪陳)ᄒᆞ기ᄅᆞᆯ 졍졔(整齊)히 ᄒᆞ여시며, 쏘 가모(賈母)의 지

셰시(在世時) 규모와 갓치 대쇼(大小) 츠셔(次序)
룰 조츠 향을 피오고 쵹을 혀며 헌쟉퇴션(獻爵
退膳)ᄒ여 츠례로 졍제히 힝례(行禮)ᄒ고 내권
(內眷)도 ᄯ또ᄒᆫ 젼갓【13】치 집ᄉ(執事)ᄒᆯ 시,
당각(當刻)의 가샤(賈赦)와 가졍이 ᄌ질(子姪)을
거ᄂ리고 모다 동편의 셔고, 녀권(女眷) 등은 형
왕(邢王) 이부인(二夫人) 이하(以下)로 모다 셔편
의 잇시니 ᄯ또ᄒᆫ 오간(五間) 대쳥(大廳)과 삼간
(三間) 퇴(抱)와 내외(內外) 월낭(月廊) 계상(階
上) 계하(階下)의 모다 가득히 챳시미, 다만 환
픠(環佩) 징징(錚錚)ᄒᆫ 쇼리 들니더니 례룰 맛
치미 량 부즁의 각각 스스로 왕리 힝례ᄒ며 모
든 가인(家人)도 왕리 공희(叩喜)ᄒ고 왕원도 ᄯ또
ᄒᆫ 와셔 공희ᄒᆫ지라. 가졍과 가련과 보옥과
가환(賈環)과 가란(賈蘭)이 바야흐로 왕부인 등
으로 더브러 내당(內堂)【14】으로 드러오더니
가졍이 믄득 말ᄒ더,

　"너의 등은 나룰 위ᄒ여 안ᄌ시라. 내 태
태와 ᄒᆫ가지로 쇼샹관의 가셔 림고낭(林姑娘)을
보고 즉시 오리라."

　ᄒ니 즁인(衆人)이 모다 가려 ᄒ며 보옥은
더옥 챡급ᄒ여 견디지 못ᄒ며 태태룰 ᄶᅳ어 머믈
고, 즉긱의 다라가 림미미룰 ᄶᅳ을고 와 일ᄌ로
안ᄌ시면 바야흐로 조흐리라 ᄒ더니 가졍이 니
ᄅ더,

　"내 본의ᄂ 져로 ᄒ여곰 오게 ᄒ려 ᄒ엿더
니, 첫지ᄂ 졔가 링긔(冷氣)룰 바들가 두리미오
둘지ᄂ 졔가 노태태【15】의 방즁을 보면 샹심
(傷心)ᄒᆯ가 두리미오 셋지ᄂ 보옥이 이곳의 이
시니 ᄯ또ᄒᆫ 피ᄒᆯ지라. 명일(明日) 원죠(元朝)의도
내 져로 ᄒ여곰 오지 못ᄒ게 ᄒ리니 너의 등은
모다 내 말을 조츠 져룰 보고ᄌ ᄒᆯ진더 신년(新
年)의 날마다 가셔 져로 더브러 노니는 거시 ᄯ또
ᄒᆫ 죠흐리라."

　말을 맛치고 가졍과 왕부인이 즉시 보옥과
보챠로 ᄒ여곰 셜이마(薛姨媽)의 곳의 가 나룰
더신ᄒ여 하례(賀禮)ᄒ라 ᄒ고, 가졍과 왕부인이
곳 쇼샹관으로 가니 보옥이 일변(一邊) 깃거ᄒ
며 일변【16】 한ᄒ더, 깃븐 거슨 곳 져로 ᄒ여
곰 피ᄒ깃다 ᄒᄂ 거시 언[엄]연(儼然)이 항려
(伉儷)룰 일울 광경(光景)이오 한ᄒᄂ 것은 ᄯ따라
가ᄂ 거슬 허치 아니미라. 엇지ᄒᆯ 길 업셔 다만
보챠와 한가지로 셜이마의 곳의 니ᄅ럿더니 향

룡(香菱)이 ᄯ또 보챠룰 향ᄒ여 더옥의 말을 뭇거
눌 보옥이 ᄌ연 심홰(心火) 동(動)ᄒ여 오열(嗚
咽)ᄒᄂ지라. 셜이미 련망(連忙)히 권ᄒ여 멈츄
고 ᄉ월(麝月)과 잉이 황망(慌忙)이 슈건을 쥬더
니 ᄯ또ᄒᆫ 셔셔히 도라오더라. 가졍 부쳐(夫妻)이
인(二人)이 더옥을 보니【17】 더옥은 원러 글을
닑어 례룰 아ᄂ지라 심즁의 가쟝 편치 못ᄒ여
믄득 마ᄌ 나와 쳥안(請安)ᄒᆯ 시 가졍과 왕부인
이 방즁으로 드러오거눌 대옥이 년망히 비례(拜
禮)ᄒ니 왕부인이 잡아 멈츄고 가졍도 ᄯ또ᄒᆫ 대
옥의 숀을 잡고 니ᄅ더,

　"나의 ᄋ희야 네가 도로혀 이럿툿 ᄒ니 이
ᄂ 내가 너룰 와셔 보는 거시 아니라 곳 와셔
너룰 들네미로다."[83]

　왕부인이 ᄯ또ᄒᆫ 가졍의 ᄠᅳᆺ을 순히 ᄒ여 말
ᄒ더,

　"쟝심(掌心)이 도로혀 셔늘치 아니ᄒ니 다
만 방즁 블이 너【18】모 왕셩(旺盛)ᄒ도다. 네
가 방ᄌ 쟝을 들고 나오미 엇지 한긔(寒氣)룰
밧지 아니ᄒ엿시리오?"

　더옥이 이 ᄶᅵ의 모구(母舅)와 구뫼(舅母)
계셕(除夕)의 ᄣᅡᆼ으로 와 져룰 보믈 보고 혜오디
'오늘 나가는 거시 죠흘가 아니나가는 거시 죠
흘가' ᄒ엿더니 ᄯ또 이갓치 져룰 위ᄒᆫ다 ᄒ여 ᄆ
음의 가쟝 블안ᄒ여 믄득 니ᄅ더,

　"싱녜(甥女) 원리 가셔 구구(舅舅)와 구태
태(舅太太)긔 하례ᄒ려 ᄒ여시더 다만 가묘의셔
어내 ᄶᅵ의 도라오시믈 아지 못ᄒ엿더니 이졔 구
구와 구태태긔셔 도로혀 싱녀룰 와셔 보【19】
시미 이ᄂ 감히 당치 못ᄒ리로다."

　가졍이 니ᄅ더,

　"나의 ᄋ희야, 너는 너의 몸을 ᄉ랑ᄒ면
곳 내게 효순(孝順)ᄒ미니 내 말을 조츠 곳 리
일도 ᄯ또ᄒᆫ 나가지 말나. 내 명일의 와셔 너룰
볼 결을이 업스니 네가 만일 나룰 어긔여 나가
면 내 도로혀 번뢰ᄒ리로다."

　왕부인이 ᄯ또ᄒᆫ 니ᄅ더,

　"조혼 고낭(姑娘)아, 너는 너의 구구의 셩
졍(性情)을 아ᄂ니 도로혀 너의 구구의 말을 좃

---

83)【들네다】 圖 들레다. 야단스럽게 떠들다. ¶ 閙
　‖ 나의 ᄋ희야 네가 도로혀 이럿툿 ᄒ니 이ᄂ
　내가 너룰 와셔 보는 거시 아니라 곳 와셔 너룰
　들네미로다 (我的兒, 你倒這麼着, 不是我來看你,
　是來閙你了.) ＜後紅 4:17＞

고 일졀 어긔지 말나. 너는 다만 이곳의셔 졍신을 조양(調養)ᄒ여야 【20】 너의 구귀(舅舅) 가쟝 방심(放心)ᄒ시리라."

대옥이 비록 안심치 못ᄒ나 믄득 ᄯᅳᆺ의 합ᄒᆫ지라 ᄯᅩᄒᆫ 허락ᄒ거ᄂᆞᆯ 가졍이 대옥의 손을 노코 져의 방으로 드러가 등치(燈彩) 포진(鋪陳)ᄒᆫ 거슬 보며 ᄯᅩ 류리챵(琉璃窓) 안의셔 쳠하의 각식(各色) 등(燈) 건 거슬 보미 진개(眞個) 졍졔(整齊)ᄒ더라. 왕부인(王夫人)이 대옥(黛玉)의 셤슈(纖手)ᄅᆞᆯ 잡고 우음을 먹음고 져ᄅᆞᆯ 한 번 혜아려 보미 대옥이 만두(滿頭) 쥬취(珠翠)의 쵸피(貂皮) 항령을 두ᄅᆞ고 귀의 금월(金月[金魚兒])을 걸고 몸의 양비식(楊妃色) 츄쥬(綢紬) 쳥셔피(靑鼠皮) 오ᄌᆞ(襖子) 【21】 ᄅᆞᆯ 닙고 아리 잉가록(鸚哥綠) 호피군(狐皮裙)을 미고 허리의 텬쳥슐 ᄯᅴᄅᆞᆯ ᄯᅴ여시ᄃᆡ 동심결(同心結)을 미ᄌᆞᆺ고 양지(羊脂) ᄲᅵᆨ옥픠(白玉佩)ᄅᆞᆯ ᄎᆞᆺ시미 더옥 신션(神仙)과 일양(一樣)이니 졍히 시(是)의 닐너시ᄃᆡ,

약비군옥산두견(若非羣玉山頭見)
졍시요ᄃᆡ월하봉(定是瑤臺月下逢)

만일 군옥산두의셔 보지 아냣시면,
졍히 요ᄃᆡ산 하의셔 만날너라.

왕부인이 벙벙이[84] 보미 ᄆᆞ음의 가쟝 ᄉᆞ랑ᄒᆞᆯ 이긔지 못ᄒᆞᆯ지라. 싱각ᄒᆞ디 '보옥(寶玉)으로 ᄒ여곰 엇지 이런 사ᄅᆞᆷ을 ᄂᆞᆺ케 ᄒ리오? 고이치 아니토 【22】 다.' 져의 구귀(舅舅) 말ᄒ디,

"두 편을 비기면 보옥이 ᄧᅡᆨ짓기 어렵다 ᄒ엿ᄂᆞ니라."

대옥이 왕부인이 ᄌᆞ긔ᄅᆞᆯ 이샹히 보믈 붓그려 ᄂᆞᆺ치 븕으며 웃고 니ᄅᆞ디,

"구태태ᄂᆞᆫ 니러ᄐᆺ 나ᄅᆞᆯ 보시믄 엇진 일이뇨?"

왕부인이 엇지ᄒᆞᆯ 길 업셔 다만 손을 노코 우스며 니ᄅᆞ디,

"내 ᄆᆞ음의 ᄯᅩᄒᆫ 너ᄅᆞᆯ ᄉᆞ랑ᄒ미 비ᄒᆞᆯ 더 업기로 ᄌᆞ연 보미로라."

ᄒ니 ᄌᆞ견(紫鵑)과 쳥문(晴雯)과 옥슌ᄋᆞ(玉釧兒) 치운(彩雲) 등이 모다 웃더라. 가졍(賈政)이 일양(一樣) 왕리ᄒ며 셔화(書畵)와 문방(文房)을 보니 원리 이 【23】 런 늙은 귀인(貴人)이 환노(宦路)의 잇셔 셰말(歲末)이 되도록 허다(許多) ᄉᆞ무(事務)ᄅᆞᆯ 파탈(擺脫)치 못ᄒ다가 이날의 니ᄅᆞ미 진개 몸이 가비야온지라. 내당(內堂)의셔 잔치ᄒᆞᆫ 깃부지 아니나 도로혀 쳥아(淸雅)ᄒᆫ 곳의 니ᄅᆞ러 건일며 졍치(精緻)ᄒ게 비치ᄒ믈 보미 가쟝 깃브고 ᄒ믈며 대옥(黛玉)은 ᄯᅩ 져의 심즁의 ᄉᆞ랑ᄒᆞᄂᆞᆫ 사ᄅᆞᆷ이라. 이러므로 비회(徘徊)ᄒ믈 마지 아니터니 대옥이 도로혀 니ᄅᆞ디,

"져곳의 거거(哥哥)와 슈ᄌᆞ(嫂子) 무리 ᄯᅩᄒᆫ 오리 기다릴 듯ᄒ니 싱녜(甥女) 더옥 블안ᄒ도다."

가졍이 바야흐로 【24】 셔셔히 왕부인으로 더브러 도라갈 시 ᄯᅩ 지삼 부탁ᄒ여 니ᄅᆞ디,

"린일 내 말ᄃᆡ로 나가지 말나."

ᄒ고 인ᄒ여 ᄌᆞ견과 쳥문의게 말ᄒ디,

"너의 등은 졔셕(除夕)을 잘 지내디 ᄯᅩᄒᆫ 림고낭(林姑娘)을 뫼시고 완호지믈(玩好之物)을 가지고 놀닐나."

ᄒ고 가졍과 왕부인이 바야흐로 가더라. 니환(李紈) 등도 ᄯᅩᄒᆫ 가졍의 말을 조ᄎᆞ 벽월(碧月)과 잉ᄋᆞ(鶯兒)와 쇼홍(小紅)과 믁금(墨琴)과 치병(彩屛) 등을 보내여 오고 대옥은 다만 ᄌᆞ견을 보내여 치하(致賀)ᄒᆞᆯ 시, ᄌᆞ견이 보옥을 만나미 보옥이 가쟝 경희(驚喜) 【25】 ᄒ더니 ᄌᆞ견이 입의셔 슌히 나오ᄂᆞᆫ 말노 한마디 니ᄅᆞ디,

"림고낭이 보이야(寶二爺)의게 치하ᄒ더라."

ᄒ니 보옥이 졍히 어지(御旨)ᄅᆞᆯ 밧듬 갓치 너겨 블승경희(不勝驚喜)ᄒ디 다만 한(恨)ᄒᄂᆞᆫ 거슨 ᄌᆞ견이 오리 셧지도 아니ᄒ며 머리ᄅᆞᆯ 도로혀 보지 아니ᄒ고 즉긱의 가ᄂᆞᆫ지라. 보옥이 이러나 져ᄅᆞᆯ 붓들녀 ᄒ디 ᄯᅩᄒᆫ 가졍을 겨허ᄒ여 진개 안지도 못ᄒ고 셔지도 못ᄒ여 즉긱의 풍증(瘋症)이 발ᄒᆫ지라. 왕부인이 이 광경을 보고 곳 구분(九分)이나 짐쟉ᄒ나 가졍의 앏히 잇 【26】 셔 다만 니ᄅᆞ디,

"너는 보라. 보옥이 몃 잔 술을 먹지 못ᄒ고 곳 취ᄒ여시니 잉ᄋᆞ(鶯兒)와 ᄉᆞ월(麝月)은 져ᄅᆞᆯ 뫼셔 쉬게 ᄒᆞᆯ지니 린일 조죠(早朝)의 노야(老

---

84) 【벙벙이】 ① 멍히. 멍하니. ¶ 뫄 ∥ 왕부인이 벙벙이 보미 ᄆᆞ음의 가쟝 ᄉᆞ랑ᄒ믈 이긔지 못ᄒᆞᆯ지라 (這王夫人看呆了, 心裏怪疼的受不的.) <後紅 4:21>

爺)롤 따라 니러나게 ᄒ리라."

ᄒ니 가졍이 ᄯᅩᄒ 져롤 머믈지 아니터라. 당일 셕상(席上)의 쥬취(珠翠) 찬란ᄒ고 등촉(燈燭)이 휘황ᄒ되 다만 각인(各人)의 심회(心懷)ᄂᆞᆫ 각기 다른지라. 가졍은 심즁의 노태태(老太太) 기셰(棄世)ᄒ믈 ᄉᆡᆼ각ᄒ미 비록 ᄌᆞ손이 흥왕(興旺)ᄒ나 ᄯᅩᄒ ᄯᅳ지 두지 아니코, ᄒ믈며 가되(家道) 간난(艱難)ᄒᄆᆞ로 관심ᄒ미 젹지 아니며 왕부인【27】은 다만 보옥을 위ᄒ여 근심을 품고 니환은 믄득 란가ᄋᆞ(蘭哥兒)의 과거ᄒ믈 인ᄒ여 십분 환희ᄒ여 시시로 눈을 ᄌᆞ긔 ᄋᆞᄌᆞ의게 보내고, 가련(賈璉)은 임의 가샤(賈赦)와 가졍의 명을 밧드러 평ᄋᆞ(平兒)롤 검속(鈐束)ᄒ라 ᄒ나 ᄌᆞ긔 방즁의셔 두 식귀 교져ᄋᆞ(巧姐兒)롤 다리고 슐먹고 담쇼(談笑)ᄒ기롤 ᄉᆡᆼ각ᄒ며, 보챠(寶釵)ᄂᆞᆫ 홀노 대방개(大方家)라 져런 일을 일호도 ᄆᆞ음의 두지 아니ᄒ고 다만 구고(舅姑)의게 슐 만히 나오기롤 권ᄒ며, 희란(喜鸞)과 희봉(喜鳳)은 ᄯᅩᄒ ᄌᆞ긔의 망과부모(亡過父母)롤 ᄉᆡᆼ【28】각ᄒ며, 셕츈(惜春)은 ᄯᅩᄒ 브득이ᄒ여 나와 슈응(酬應)ᄒ고 져기85) 쇼치(素菜)롤 먹으되, 홀노 환ᄋᆞ(環兒)ᄂᆞᆫ 졍경(正經)의 일을 힝치 아니코 틈을 타 치운(彩雲)으로 더브러 아름답지 못ᄒ 모양으로 회쇼(喜笑)ᄒ더라.

챠셜, ᄌᆞ견이 일노의 도라오며 보옥의 졍경을 ᄉᆡᆼ각ᄒ고 더옥 대옥의 가식(加飾)ᄒᄂᆞᆫ 거슬 미원(埋怨)ᄒ여 니ᄅᆞ디,

"이졔 이쳐럼 죠촐ᄒ고ᄌᆞ 홀진디 젼일의 엇지 구ᄐᆡ여 그 모양을 ᄒ엿더뇨? 너ᄂᆞᆫ 도로혀 ᄌᆞ긔 안졍(眼睛)이 포도 갓치 되도록 울며 남【29】을 보던 일을 이졋ᄂᆞ냐? 타인이 져의 부친의게 미마ᄌᆞ믈 보고 네게 무어시 샹관되여 그쳐럼 블샹히 너겻ᄂᆞ뇨? ᄯᅩ 보미 져 곳은 이러틋 열요(熱鬧)ᄒ고86) 우리 쇼샹관(瀟湘館) 즁은 다만 네가 쳥졍(淸淨)ᄒ믈 죠하ᄒ나 나ᄂᆞᆫ 편벽(偏僻)도이 쳥문(晴雯)으로 더브러 열요히 노닐녀 ᄒ노라."

ᄒ고 다라와 대옥의게 픔ᄒ고 즉시 쳥문으로 더브러 류슈ᄌᆞ(柳嫂子)와 노파(老婆)와 쇼챠환(小丫鬟) 등을 블너 젹은 화로(火爐)의 블을 픠우고 지춍 즁의 옥란(玉蘭) 진쥬렴(珍珠簾)과 빅ᄌᆞ병(柏子屛)과 변디【30】미(遍地梅) 니통(泥筒)과 만텬셩(滿天星)과 변디국(遍地菊)과 양슈구(洋繡球)와 금호졉(金蝴蝶)과 ᄡᅡᆼ구룡(雙九龍)과 쇄락금젼(灑落金錢) 등 여러 가지롤 모다 노흘시, 대옥은 다만 방즁의 잇셔 망과부모(亡過父母)와 노샹(路上)의 잇ᄂᆞᆫ 거거롤 ᄉᆡᆼ각ᄒ고 눈믈을 흘니며 은화져(銀火筯)로 화로의 블을 희롱ᄒ고 져의 등의 들네ᄂᆞᆫ 거슬 일졀 아른 체 아니ᄒ더라. 이곳의셔 졍히 열요(熱鬧)홀 즈음의 다만 드ᄅᆞ미 격벽(隔壁)의셔 텬디(天地) 진동(震動)ᄒᄂᆞᆫ 폭죽(爆竹)쇼리 나거늘 즁인(衆人)이 놀나 일졔히 놉흔 디 올나【31】 바라보니 원리 쇼샹관 겻히 시로 뎡ᄒ 림부즁(林府中)이라. 모다 다라와 대옥의게 고ᄒ디,

"림부(林府)의 화광(火光)이 부즁(府中)의 비컨디 더옥 쟝(壯)ᄒ다."

ᄒ니 대옥이 ᄉᆡᆼ각ᄒ디 '왕원(王元)의 이갓치 비치(配置)ᄒ미 나의 조뷔(祖父) 평일(平日)의 져롤 머믈너 두믈 져바리지 아니ᄒ여시니 쟝리 우리 거거롤 도와 한 번 가업(家業)을 흥긔(興起)케 ᄒ믈 보리로다' ᄒ여 ᄉᆡᆼ각이 이의 니ᄅᆞ미 ᄯᅩᄒ 환희ᄒ여 믄득 방문(房門)의 나와 져의 등의 노리ᄒᄂᆞᆫ 거슬 구경ᄒ다가 일【32】즉 삼경시분(三更時分)의 니ᄅᆞ러 바야흐로 쉬미, 텬명시(天明時)의 니ᄅᆞ도록 각쳐 폭죽 쇼리 긋치지 아니터니 졈졈 븕으미 다만 드ᄅᆞ니 사룸이 분분(紛紛)이 젼ᄒ디 보이야의 신샹(身上)이 크게 편치 못ᄒ다 ᄒ거늘 ᄌᆞ견과 쳥문이 듯고 황망히 니러나 대옥의게 고ᄒ니

---

85)【져기】⽥ 조금. 약간. ¶ 些 ∥ 셕츈은 ᄯᅩᄒ 브득이ᄒ여 나와 슈응ᄒ고 져기 쇼치롤 먹으더 홀노 환ᄋᆞᄂᆞᆫ 졍경의 일을 힝치 아니코 틈을 타 치운으로 더브러 아름답지 못ᄒ 모양으로 회쇼ᄒ더라 (惜春也不得已出來應酬, 吃些素點, 獨有環兒不正經, 遇了空與彩雲扮鬼臉兒嘻笑.) <後紅 4:28>

86)【열요ᄒ다】⑱ {열요(熱鬧)하다.} 떠들썩하다. ¶ 熱鬧 ∥ ᄯᅩ 보미 져 곳은 이러틋 열요ᄒ고 우리 쇼샹관 즁은 다만 네가 쳥졍ᄒ믈 죠하ᄒ나 나ᄂᆞᆫ 편벽도이 쳥문으로 더브러 열요히 노닐녀 ᄒ노라 (又看見那邊這樣熱鬧, 我們瀟湘館裏只你愛淸淨, 我偏要同着晴雯熱鬧起來.) <後紅 4:29>

6

경공亽혈누염홍릉 한가인셔언분화[서]간
情公子血淚染紅綾　恨佳人誓言焚書簡

대옥이 아른 체 아니ᄒ고 ᄯ 원죠(元朝)롤 인ᄒ여 쳥신(淸晨)의 ᄌ견과 쳥문을 블너 향안(香案)을 비셜(排設)ᄒ고 하놀긔 졀ᄒ며 망과부모(亡過父母)의게 졀ᄒ고, ᄯ 먼니 거거롤 향ᄒ여 졀ᄒ며 다시 녀【33】 죠亽(呂祖師) 앏히 나아가 공경ᄒ여 향을 픠오고 례비ᄒ며 가마니 축원(祝願)ᄒ더니, 겨유 례롤 맛ᄎ미 ᄌ견과 쳥문과 류슈ᄌ와 모든 노파와 쇼챠환 등이 모다 졀ᄒ며 츄후의 왕원이 림부(林府)의 남변(南邊)으로셔 온 모든 가인(家人)을 거ᄂ리고 드러와 일ᄌ로 쑤러 세 번 졀ᄒ고 니러나 한 번 읍ᄒ고 쳥안(請安)ᄒ더니, 왕원 등이 믈너나가 챵 밧 셤돌 우히 셧고 모든 가인들도 ᄯ 일ᄌ로 쓸의 셧더니, 왕원이 ᄯ 각 은졈 호치와 다못 시로 산 가인【34】 의 슈본(手本)을 드리거놀 ᄌ견이 바다 올니니 대옥이 일일히 보고 모다 위로(慰勞)ᄒ며 믄득 왕원의 보닌 금과ᄌ(金錁子)롤 쇼반(小盤)의 밧쳐 내여 ᄌ견과 쳥문으로 ᄒ여곰 왕원의게 젼ᄒ여 샹급(散給)ᄒ되 고두샤례(叩頭謝禮)치 말게 ᄒ라 ᄒ니, 즁인(衆人)이 모다 샹을 바드미 왕원이 믄득 거ᄂ리고 나가더라. 대

옥이 안ᄌ 심즁의 싱각ᄒ되,

'나ᄂ 곳 구구(舅舅)와 구태태(舅太太)의 말을 조ᄎ 진개 나가지 못ᄒ려니와 엇지 챠환(丫鬟)도 ᄯ흔 져로 ᄒ여곰 가지 못ᄒ게 ᄒ며, ᄒ믈며 쳥【35】 문은 져의 심즁 인(人)이 이시니 각 인이 각각 길노 갈지라 엇지 져롤 구속ᄒ리오? 져로 ᄒ여곰 가셔 원조(元朝)의 진셰(在世) 인연(因緣)으로 모히게 ᄒ미 조토다.'

ᄒ고 믄득 니르되,

"ᄌ견은 쳥문으로 더브러 가셔 샹면(上面) 각 방의 니르러 나롤 디신ᄒ여 치하ᄒ고 ᄯ 말ᄒ되 '나ᄂ 노야와 태태의 분부롤 조ᄎ 다른 날 다시 온다 ᄒ더라' ᄒ고 너ᄂ 곳 오더 쳥문으로 ᄒ여곰 각쳐의 단니게 ᄒ라."

ᄒ니 대옥의 ᄎ언(此言)은 원리 쳥문의 亽졍을 혜아리ᄂ 뜻이로되 쳥【36】 문이 ᄯ흔 혜오되 대옥이 평싱의 말이 ᄭ다라와 미양 겹뜻을 두니 이ᄂ ᄯ흔 내가 다만 보옥의 병을 넘녀ᄒ다 말ᄒ미 아니냐 ᄒ고 믄득 니르되,

"ᄌ견져져(紫鵑姐姐) 일인(一人)이 가면 곳 넉넉ᄒ리니 나ᄂ ᄯ흔 단니기 슬흔지라. 고낭(姑娘)을 뫼시고 이곳의 잇ᄂ 거시 도로혀 즐겁도다."

더옥이 웃고 니르되,

"너ᄂ 내 사롬인 체ᄒ되 나ᄂ ᄯ흔 밋지 아니ᄒ노라."

ᄒ미 ᄌ견이 ᄯ흔 웃더라. 쳥문이 곳 착급(着急)ᄒ여 니르되,

"우리ᄂ 원리 노태태 겻히 잇던 사【37】 롬이라. 고낭이 ᄯ흔 이 집의 내여보내려 ᄒᄂ냐?"

대옥이 웃고 니르되,

"내가 너롤 내여보내면 응당 부르ᄂ 사롬이 이실 듯ᄒ도다."

쳥문이 이 ᄯ흔 웃고 니르되,

"나 부르기ᄂ 도로혀 일흐리라."

대옥이 안졍(眼睛)이 붉으며 한 번 혀츠고 ᄌ견으로 ᄒ여곰 ᄭ을고 가라 ᄒ며 ᄌ긔도 ᄯ흔 밀쳐 나가게 ᄒ더라.

챠셜, 보옥이 ᄌ견을 보고 한 마디 대옥의 말을 듯고 곳 벙벙ᄒ더니 다힝이 왕부인이 잉ᄋ(鸎兒)와 亽월(麝月)노 ᄒ여곰 져롤 뫼셔 가셔 ᄌ라 ᄒᄂ【38】 지라. 졔가 곳 니블 속의셔 빅

가지로 싱각ᄒᆞ여 니ᄅᆞ디,

"이졔는 명빅히 림미미(林妹妹) 회싱(回生)
ᄒᆞ엿도다. 너는 보라. 님미미 ᄆᆞ음의 도져히 나
ᄅᆞᆯ 싱각ᄒᆞ여 ᄌᆞ견으로 ᄒᆞ여곰 와셔 나의 안부ᄅᆞᆯ
무ᄅᆞ니, 아지 못게라 ᄯᅩ 무숨 말이 잇는지 가셕
(可惜)도다. ᄌᆞ견이 즁인(衆人) 앏히셔 능히 겨
ᄅᆞᆯ 위ᄒᆞ여 내게 고치 아니ᄒᆞ엿도다. 나는 싱각
건디 노애(老爺) 임의 계게 고ᄒᆞ여 나오지 말나
ᄒᆞ엿거늘 엇지ᄒᆞ여 도로혀 ᄌᆞ견으로 ᄒᆞ여곰 오
게 ᄒᆞ여시며, 【39】 다만 슌편(順便)으로 내게 한
말 통긔만 ᄒᆞ고 그만두느뇨? 가셕도다. 내가 노
야ᄅᆞᆯ 뫼셔 안ᄌ 다시 능히 겨ᄅᆞᆯ ᄡᅥ 멈츄지 못
ᄒᆞ엿고 내가 셜ᄉ 능히 겨ᄅᆞᆯ ᄡᅥ 멈츄지 못ᄒᆞ
여시나 가히 한ᄒᆞ는 거슨 잉ᄋ와 샤월도 ᄯᅩ한
나ᄅᆞᆯ 위ᄒᆞ여 ᄡᅥ 멈츄지 못ᄒᆞ엿도다. ᄯᅩ ᄌᆞ견
의 거동(擧動)을 싱각건디 노야와 태태긔 픔ᄒᆞ
는 거슨 도로혀 명빅ᄒᆞ고 기여(其餘) 각쳐는 블
과슌[슈]편(不過隨便)ᄒᆞᆫ 말노 쵸쵸(草草)히 고ᄒᆞ
고 내 앏히셔는 더옥 심히 쵸쵸히 말ᄒᆞ니, 일노
【40】 싱각ᄒᆞᆯ진디 ᄯᅩ 님미미(林妹妹) 진개(眞個)
내게 싱쇼(生疎)ᄒᆞᆫ 듯ᄒᆞ며 ᄒᆞ믈며 졔가 머리ᄅᆞᆯ
드러 보지도 아니ᄒᆞ고 가기도 그쳐럼 썰니 ᄒᆞ니
님미미가 심히 나ᄅᆞᆯ 싱각지 아니홈 갓도다."

인ᄒᆞ여 ᄯᅩ 싱각ᄒᆞ미,

'림미미가 젼일의 고황(苦況)을 격그미 그
러툿 ᄒᆞ디 림죵시(臨終時)의 다만 보옥(寶玉)이
죠ᄒᆞ냐 말ᄒᆞ여시나 림미미가 과연 한(恨)을 픔
엇실진디 엇지 도로혀 나의 안부ᄅᆞᆯ 무ᄅᆞᆯ 길이
이시리오? 다만 져허컨디 방ᄌ 한 귀졀 말도 ᄯᅩ
한 ᄌᆞ견(紫鵑)이 ᄭᅮ 【41】 며 내여 나ᄅᆞᆯ 속이미
로다. ᄯᅩ 가히 한ᄒᆞ는 거슨 쳥문(晴雯)이 날노
더브러 엇더케 죠하ᄒᆞ느냐? 방ᄌ 한 귀졀 말을
곳 ᄌᆞ견의 디신으로 와셔 젼ᄒᆞ여 날노 ᄒᆞ여곰
한 번 보게 ᄒᆞ면 ᄯᅩ 무어시 히로오리오? 이는
림미미가 허치 아니미냐 도로혀 너도 ᄯᅩ한 ᄆᆞ음
이 변ᄒᆞ엿느냐?'

ᄒᆞ여, 보옥이 이럿툿 싱각ᄒᆞ미 곳 번렬(煩
熱)이 나고 싱각ᄒᆞ미 명일 원조(元朝)의 도로혀
노애(老爺)ᄅᆞᆯ ᄯᅡ라 각쳐로 가면 엇지 조흐리오?
집의 도라온 후의 사름을 보 【42】 지 아니ᄒᆞ엿
거늘 원죠(元朝)의 도로혀 나가면 붓그러오랴
붓그럽지 아니랴? 이리 싱각고 져리 싱각ᄒᆞ여도
다만 칭병(稱病)ᄒᆞ여 나가지 말고 ᄯᅩ 림미미가

드ᄅᆞ면 혹 동심(動心)케 ᄒᆞ는 이만 갓지 못ᄒᆞ다
ᄒᆞ여, 이러므로 보치(寶釵) 드러와 샹(床)의 올
나도 모ᄅᆞᆫ 체ᄒᆞ여 죵실(宗室) 부쳬(夫妻) 힝노
인 갓치 ᄒᆞ더니, 야심(夜深)ᄒᆞᆫ 후의 니ᄅᆞ러는 신
샹(身上)이 블평ᄒᆞ다 ᄒᆞ미, 보치 황망히 챠환(丫
鬟)을 블너 탕슈(湯水)ᄅᆞᆯ 등디(等待)ᄒᆞ라 ᄒᆞ더,
보옥은 쳔빅 가지로 죵야(終夜)토록 싱각 【43】
ᄒᆞ다가 텬명시(天明時)의 니ᄅᆞ러 도로혀 깁히
ᄌᆞ더니 보치 련망(連忙)히 니러나 샹방(上房)의
니ᄅᆞ러 태태(太太)긔 고ᄒᆞ미 태태 믄득 노야의
게 고ᄒᆞ라 ᄒᆞ니 가졍(賈政)이 듯고 무슨 큰 병
이 업는 줄 아는지라. 다만 겨로 ᄒᆞ여곰 구ᄐᆡ여
ᄌᆞ긔ᄅᆞᆯ ᄯᅡ라 나가지 말고 ᄯᅩ 바롬을 피ᄒᆞ며 음
식을 존졀(撙節)ᄒᆞ면 곳 죠흐리라 ᄒᆞ고 가졍이
믄득 형뎨(兄弟) 슉질(叔姪)을 모화 예궐(詣闕)ᄒᆞ
더라.

ᄌᆞ견과 쳥문이 쇼샹관(瀟湘館)으로조ᄎ 샹
방의 니ᄅᆞ미 왕부인(王夫人)과 니환(李紈)과 보
챠와 셕츈(惜春)과 【44】 희란(喜鸞) 희봉(喜鳳)이
졍히 챠의 올나 가묘(家廟)로 가고ᄌ ᄒᆞ거늘 량
인(兩人)이 앏흐로 가 치하ᄒᆞ고 힝례(行禮)ᄒᆞ니
왕부인이 심즁의 가쟝 깃거 믄득 ᄌᆞ견의 귀히
다히고 니ᄅᆞ디,

"쳥문을 ᄭᅳᆯ고 가셔 보이야(寶二爺)ᄅᆞᆯ 보
라."

ᄒᆞ고 왕부인 등이 챠의 올나 가더라. 량인
이 ᄯᅩ한 각쳐 방즁의 니ᄅᆞ러 구일(舊日) ᄌᆞ미(姉
妹)ᄅᆞᆯ 보미 ᄌᆞ견은 도로혀 평일(平日)과 갓ᄐᆡ
쳥문은 믄득 진셰지인(再世之人)이라. 비록 원조
(元朝) 쳥신(淸晨)이나 심즁의 도져히 감샹(感傷)
ᄒᆞ고 슌노(順路)로 믄득 보챠의 곳의 니 【45】
ᄅᆞ럿더니 다만 보미 셜안(雪雁)이 가마니 마ᄌ
나와 숀을 흔들며 쇼리ᄅᆞᆯ 나죽이 ᄒᆞ여 니ᄅᆞ디,

"이내내(二奶奶)는 방ᄌ 샹방(上房)의 가고
보이야는 ᄯᅩ한 ᄌᆞ느니라."

ᄒᆞ거늘 ᄌᆞ견의 심즁의 본리 셜안을 가쟝
믜워ᄒᆞ더니 이 말을 한 번 듯고 진[즉]시 몸을
도로혀고 쳥문도 ᄯᅩ한 오만ᄒᆞᆫ 사롬이라 ᄒᆞᆫ 가지
로 도라가더라. 보옥이 쳥문을 부용화신(芙蓉花
神)으로 알고 여러 번 글을 지어 겨의게 치졔
(致祭)ᄒᆞ더니 의외에 싱리ᄉ별(生離死別)ᄒᆞ엿다
가 진셰(再世)ᄒᆞᆫ 후의 ᄯᅩ한 집의 모도여 【46】
간졀이 겨의 얼골을 ᄒᆞᆫ 번 보고ᄌ ᄒᆞ다가 도로

혀 원죠(元朝) 쳥신(淸晨)의 당면착과(當面錯過)
ᄒ니 졍히 시(是)의 닐너시디,

　　　유연쳔리리샹회(有緣千里來相會)
　　　무연디면블샹봉(無緣對面不相逢)[87]
　　　인연이 이시면 쳔리라도 와셔 셔로 모도이
　고,
　　　인연이 업스면 디면ᄒ여도 셔로 만나지 못
ᄒ미로다.

　　　ᄌ견과 쳥문이 쇼샹관으로 올 시 ᄌ견이
셜안의 말을 계긔(提起) ᄒ여 말ᄒ며 믄득 니르
디,
　　　"내 원리 보이야 방즁의 아니가려 ᄒ엿더
니 쳔만 의외의 태태긔셔 여러 번 부탁ᄒ여 날
노 ᄒ여곰 쳥【47】문을 ᄯ을고 가라 ᄒ시민 내
가 쳥문을 ᄯ으럿더니, 계가 도로혀 우스며 말
ᄒ디 '금일(今日) 진개(眞個) 화홍류록(花紅柳綠)
으로 ᄯᅩ 뎌의 집의 가 져룰 유인(誘引)ᄒ는도다'
ᄒ고 즐겨 가지 아니커눌 다만 내게 ᄯ을니믈
닙어 갓더니 셜안이 귓것 갓치 무슴 손을 혼드
니 우리 등이 원조(元朝)의 도로혀 틈이 잇셔
너의 집의셔 ᄉ후(伺候)ᄒ며, ᄒ믈며 네가 ᄯᅩ 그
럿틋 ᄒ니 우리 도라오지 아니코 무엇ᄒ리오?"
　　　대옥이 쳥문의 얼골이 붉으믈 보고 졔가
붓그리는가 져 【48】 허ᄒ여 즐겨 져룰 조롱(嘲
弄)치 아니코 다만 니르디,
　　　"무어시든지 아른 쳬 말고 너의 등은 ᄯᅩ
연ᄌ원ᄋ(蓮子園兒)룰 먹고 만일 셕고낭(惜姑娘)
이 오거든 샐니 쳥ᄒ여 드리라. 신년(新年) 원죠
(元朝)의 이곳의 ᄯᅩ 무슴 일이 업스니 너의는
다만 뜻디로 원즁(園中)으로 노닐나 가라."
　　　ᄒ더니 오리지 아냐 진개 셕고낭이 뎨일
몬져 오는지라. 대옥(黛玉)이 우스며 마ᄌ 나아
가 손을 잡고 방으로 드러와 피ᄎ 안ᄌ 도(道)
룰 강론(講論)ᄒ는지라. ᄌ견과 쳥문은 ᄯᅩ 원
즁으로 노닐나 갈 시 쳥【49】문은 회싱(回生)
ᄒ 사름이라 각쳐룰 구경ᄒ고 이홍원(怡紅院)의
니르러 젼일의 병이 즁ᄒ여 죽을 지경의 니르러
ᄯᅳ겨 나가던 곳을 보고ᄌ ᄒ디 다만 ᄌ견이 거

리끼는지라. 일죽 ᄌ견이 스스로 도라가기룰 기
다려 바야흐로 산모롱이룰 죠ᄎ 도향촌(稻香村)
의 니르러 울타리 가흐로 구븨구븨 ᄎᄌ와 문으
로 드러가니 원즁이 ᄯᅩ흔 졍결(淨潔)ᄒ지라. 홀
연 붓치 썻던 ᄶ룰 싱각ᄒ미 ᄯᅩ 보옥이 일좌(一
座) 평샹(平床)의 안ᄌ 텬샹(天上)으【50】로죠
ᄎ 일죽 ᄯ히 ᄯ러지는 것 갓투여 심즁이 황황
(恍恍)ᄒ며 안졍(眼睛)이 산산(酸酸)ᄒ여 셤돌노
다라 올나가더니, 믄득 보미 한 벌 ᄌ지(紫芝)
비단의 회셔피(灰鼠皮)로 ᄭᅮ미고 류리창(琉璃窓)
붓친 방쟝(房帳)이 잇는지라. ᄯᅩ ᄌ긔 셩병(成
病)ᄒ던 원위(原位)룰 싱각ᄒ미 다만 샤월(麝月)
이 보옥의 말 듯지 아니믈 공동코ᄌ ᄒ여 니블
속의셔 니러나다가 풍한(風寒)을 무릅쁜 곡졀이
라 심즁의 더옥 비샹ᄒ여 경경(輕輕)히 쟝(帳)을
들고 드러가고ᄌ ᄒ더니, 보옥이 ᄌ견과 쳥【51
】문이 간 후의 한즈음[88] 못되여 ᄶ여 무르디,
　　　"어내 ᄶ나 되엿느뇨?"
　　　셜안이 니르디,
　　　"태양이 쁠의 니르럿다."
　　　ᄒ거눌 ᄯᅩ 무르디,
　　　"뉘 왓더뇨?"
　　　셜안이 니르디,
　　　"ᄌ견과 쳥문이 방ᄌ(方纔) 왓더라."
　　　ᄒ니 보옥이 '쳥문' 두 ᄌ롤 드르미 본리
옷슬 닙고 ᄌ다가 착급(着急)히 니러나 니르디,
　　　"쳥문이냐?"
　　　ᄒ거눌 셜안이 니르디,
　　　"이애 ᄶ지 아니시믈 알고 원즁으로 도라
갓느니라."
　　　보옥이 당긱(當刻)의 담이 하눌 갓치 커
곳 가경을 만나도 ᄯᅩ흔 거리낄 거시 【52】 업는
지라. 난모(煖帽)도 쁘지 아니ᄒ고 신을 신고 일
즉 원즁으로 다라가 쳥문을 ᄯ라고ᄌ 홀 시 ᄆ
음의 혜오디,
　　　'ᄌ긔가 목금(目今)의 져의 림종시(臨終時)
의 밧군 홍릉(紅綾) 면오ᄌ와 다못 신변(身邊)의
잇는 져의 림종시의 ᄶ무러 낸 손톱을 져룰 쥬
어 보게 ᄒ고 곳 져의게 간쳥ᄒ여 한가지로 가

---

87) 有緣千里來相會, 無緣對面不相逢: 此句出自＜元
曲選・玉淸庵錯送鴛鴦被＞雜劇一折, 原句爲'無
緣對面不相逢, 有緣千里能相會.'

88) 【한즈음】 圐 한동안. 꽤 오랫동안. ¶ 一會 ‖ 보
옥이 ᄌ견과 쳥문이 간 후의 한즈음 못되여 ᄶ
여 무르디 어내 ᄶ나 되엿느뇨 (寶玉紫鵑晴雯)
＜後紅 4:51＞

셔 림미미롤 보고 내 므음을 변빅(辨白)ㅎ리라.'

ㅎ고 련망히 나아가니 셜안은 챠환(丫鬟)이라 엇지 싸르리오? 다만 태태긔 가셔 고ㅎ려 ㅎ더라. 보옥이 한 숨【53】의 다라 원중의 니르러 졍히 바라보미 쳥문이 쟝을 들고 드러가는지라. 보옥이 죽기롤 무릅쓰고 셤돌의 올나 쏘ㅎ 쟝을 들고 싸라 드러갈 시, 쳥문이 머리롤 도로혀 보옥을 보고 곳 놀나 벙벙이 말도 못ㅎ고 경병(鏡屛) 겻히 탑샹(榻上)의 안거놀 보옥이 싸라가 곳 쳥문의 픔 속의 것구러져 헐헐이며 한 마디 말도 못ㅎ고 다만 쳥문의 손을 쓰을고 즈긔 홍릉(紅綾) 오즈롤 드러뵈니 쳥문이 보고 쏘ㅎ 일언(一言)도 못ㅎ고 다만 눈믈【54】만 홀니는지라. 보옥이 오열(嗚咽)ㅎ다가 다만 말ㅎ디,

"네 말이 허명(虛名)만 어덧다 ㅎ려니 우리도 도로혀 얼골을 보미 잇도다."

ㅎ니 쳥문이 졍히 엇지홀 쥴 모르다가 믄득 드르니 원문 밧긔 사롬이 잇셔 말ㅎ디,

"우리 보이야롤 실노 챳고즈 ㅎ미 사롬이 죽겟도다."

쳥문이 련망히 보옥을 밀치고 쏘ㅎ 디옥의 눈이 붓도록 우다가 사름 보는 거슬 붓그림 갓트여 나는 다시 뒷문으로 향ㅎ여 다라나고, 보옥도 쏘ㅎ 신혼(神魂)이【55】 비월(飛越)ㅎ여 다라 나오다가 졍히 옥순ᄋ(玉釧兒)와 잉ᄋ(鶯兒)와 샤월과 치병(彩屛) 스인이 추례로 츠즈오믈 만나 치ᄉ(差似) 갓치 다라 보챠의 방중으로 도라와 벙벙이 안졋더니 태태 쏘ㅎ 보챠로 더브러 와셔 져롤 보더라. 태태 원리 셜안의게 무러 보옥이 쳥문을 만나지 못ㅎ므로 싸라간 쥴 알더져 낭인이 임의 이홍원(怡紅院)의셔 만나시나 도로혀 태태가 챳기롤 긴착(緊着)히 ㅎ믈 인ㅎ여 한 마디 말도 밋쳐 맛치지 못ㅎ고 련망히 치병 등을【56】 싸라 도라왓시니 시(是)의 닐너시디,

인죵ᄉ후릉즁견(人從死後能重見)
화지심두셜미완(話在心頭說未完)

사롬은 ᄉ후의 능히 거듭 보왓고,
말은 심두의 이시디 말을 일우지 못ㅎ엿도다.

태태 다만 보옥을 위로ㅎ여 니르디,

"조혼 ᄒᆞᄌ(孩子)야, 네 쟉일(昨日)의 심즁이 번뢰ㅎ더니 금일의 능히 니러나 원즁의 가셔 건이러시니[89] 내 쏘ㅎ 방심(放心)ㅎ노라. 쳥문ᄒᆡᄌ(晴雯孩子)ᄂᆞᆫ 원릭 너롤 와셔 보고ᄌ ᄒᆞ디 다만 셰말(歲末)의 림미미 곳의셔 츄신(抽身)치 못ㅎ엿더니 금일이야 비로쇼 왓고, 비록 만나【57】지 못ㅎ여시나 지금 신년(新年)의 모다 일이 업스니 뉘 와셔 챠즈리오? 죠만간의 졔가 올 거시오 우리도 쏘ㅎ 사롬으로 ㅎ여곰 가셔 져롤 쓰러오리니 너ᄂᆞᆫ 편히 잇셔 므음의 무슴 탕을 먹고ᄌ ᄒᆞ거든 너의 보져져(寶姐姐)의게 고ㅎ고 다시ᄂᆞᆫ 야긔(惹起)치 말나."

ㅎ고 갓가히 오라 ㅎ여 니마롤 만지며 니르디,

"네가 방ᄌ 원즁의 갈 ᄊᆡ의 난모(煖帽)롤 쓰지 아냣시나 링긔(冷氣)롤 과히 밧지 아니ㅎ여시니 도로혀 조토다. 너ᄂᆞᆫ 츠후의 다시 어린 ᄋᆞ히의 거동을 말나."

【58】 ㅎ고 쏘 보챠롤 가르치며 웃고 니르디,

"오러지 아냐 너롤 부친이라 부롤 사롬이 이시리니 네가 도로혀 이쳐럼 이러ㅎ면 쟝릭 너의 히지 쏘ㅎ 너롤 붓그러이 알니라."

ㅎ니 보옥이 붓그려 숨을 곳을 찻고 보챠도 쏘ㅎ 블안ㅎ여 ㅎ는지라. 왕부인이 웃고 가더니 한즈음 못되여 쏘 셜이마(薛姨媽)의 곳으로 가고 셜이마ᄂᆞᆫ 쏘 향릉(香菱)을 다리고 니르러 니환과 보챠와 평ᄋ(平兒)와 교겨ᄋ(巧姐兒)와 회란과 희봉으로 더브러 쇼샹관으로 갈 시, 츠후 쏘 형부인(邢夫人)【59】과 우시(尤氏)와 용ᄋ식뷔(蓉兒媳婦) 쏘ㅎ 니르러 모다 챠환을 다리고 셩군쟉디(成群作隊)ㅎ여 갓치 가셔 디옥도 보며, 쏘 대관원(大觀園) 신츈(新春) 경식(景色)도 구경ㅎ니 도로혀 류슈지(柳嫂子) 분망ㅎ여 견디기 어렵더라.

각셜, 보옥이 홀노 방중의 격격히 안즈 쳥문을 만나본 일을 싱각ㅎ미 환희홈도 이긔지 못

---

89) 【건일다】圖 거닐다. ¶ 散散 ‖ 네 쟉일의 심즁이 번뢰ㅎ더니 금일의 능히 니러나 원즁의 가셔 건이러시니 내 쏘ㅎ 방심ㅎ노라 (你昨日心裏煩, 今日能起來到園子裏散散, 我也放心.) <後紅 4:56>

호고 번뢰(煩惱)홈도 이긔지 못호니 전일의 싱
리스별(生離死別)호엿다가 이제 진젹히 츠인이
회싱호엿거늘 엇지 일언도 맛치지 못호고 줌시
얼골만 보고 허여 【60】 졋느뇨? 이는 우리 연부
인[분이] 다만 한 번 샹면(相面)홈만 이시미니
후일의 쏘 무슴 변괴(變故) 업스랴? 내 엇지 후
두(糊塗)호여90) 한 번 림미미룰 뭇지 못호여시
며 져도 쏘흔 엇지호여 림미미 말을 호지 아니
호엿느뇨? 쳥문의 회싱혼 거슨 니룰 거시 업거
니와 림미미는 필경 이 세샹의 이시니 쟉일 노
야와 태태긔셔 졍녕 져룰 가셔 보시고 계가 쏘
ᄌ견으로 호여곰 와셔 말호여시니 사름은 필경
츠셰의 잇도다. 림미미가 나룰 싱각호는 거슨
니룰 【61】 지 말고 쏘 이홍원(怡紅院)을 싱각호
여 ᄆᆞ음의 견디지 못호여 쏘 쳥문으로 호여곰
가셔 보게 호여 허다 광경을 듯고ᄌ 호여시며,
이제 쳥문이 이홍원의 니룰러 쏘 나룰 마조쳐
보왓시니, 아지 못게라 도라가 림미미의게 고호
디,

"가히 쏘 나룰 졔긔(提起)호랴."
쏘 싱각건디,

'쳥문이 쏘흔 고괴(古怪)호도다. 네 잉ᄋ와
샤월을 엇지 져허호느뇨? 우리 젼일 한 곳의셔
노라 모다 ᄆᆞ음의 거리끼미 업셔시니 잉ᄋ는 쏘
흔 말홀 거시 업거니와 스월 ᄀᆞ【62】튼 사름은
너의 둥이 젼일의 엇더케 죠하호여시며 엇더케
노랏느뇨? 너의 병도 쏘흔 져로 더브러 갓치 희
롱호여 내엿거늘 오늘 도로혀 싱쇼호여91) 날노
호여곰 한 마디 말도 쏘흔 능히 맛치지 못호엿
느뇨? 나의 말 맛치지 못혼 거슨 쏘흔 그만두려
니와 엇지 너도 쏘흔 다만 샹심(傷心)만 호고
곳 반 귀졀 말도 아니호엿느뇨? 네가 젼일 림종
시(臨終時)의는 도로혀 령리(伶俐)호게 여러 마
디 샹심혼 말을 호더니 엇지 이제는 반 마디 말
【63】 도 못호느뇨?'

보옥이 이쳐럼 싱각호미 진개 실혼(失魂)
혼 듯호여 ᄆᆞ음이 극히 비샹(悲傷)호고 눈믈이
비오듯 호는지라. 졍히 한 숀으로 홍룽(紅綾) 오

ᄌ룰 만져 볼 시 부지블각(不知不覺)의 눈믈이
오ᄌ 기시 쩌러져 져졋거늘 샤월이 졍히 드러와
머리룰 숙여 한 번 보고 곳 놀나 병병호다가 말
호디,

"이야야(二爺爺)는 너는 오ᄌ 기술 드러 보
라."

호니 보옥이 과연 보미 혈뉘(血淚) 졈졈이
져졋지라. 보옥이 놀나며 쏘 탄식호다가 심중의
쳥문을 싱 【64】 각호는 ᄆᆞ음을 모다 샤월의게
고호고 쏘 니룬디,

"나와 쳥문의 졍분(情分)은 네가 아는 거시
오 젼일 습인(襲人)이 가만혼 속의 져룰 모함홈
도 네가 쏘흔 아느니, 이제 습인은 엇던 모양이
며 져는 쏘 엇던 모양이뇨? 내 엇지 샹심치 아
니리오?"

보옥이 말을 맛치고 쏘 곡호는지라. 샤월
이 년망히 권히(勸解)호거늘 보옥이 샤월이 쏘
쳥문으로 더브러 조화호는 쥴 알고 믄득 방ᄌ
이홍원(怡紅院)의셔 만나본 광경을 말호고 보옥
이 곳 보챠의 【65】 경디(鏡臺) 가의 니룰러 한
개 가위룰 츠ᄌ 혈루 져즌 오ᄌ 깃 반폭(半幅)
을 버혀 샤월을 쥬고 계게 쳥호디,

"긔틀을 보와 가마니 쳥문을 쥬고 져다려
말호디 '져의 림종시(臨終時)의 ᄭᅵ무러 쥬던 숀
톱도 내가 쏘흔 항샹 몸의 진혓노라' 호여 져의
심중의 만일 나 일인이 잇는 쥴 알진디 쳔만 번
계게 비러 림미미 앏히셔 나의 ᄆᆞ음을 변빅(辨
白)호여 능히 림미미의 반귀졀 말이라도 어드면
림미미가 ᄆᆞ음더로 나룰 한호며 ᄭᅮ지즈며 【66】
져쥬호여도 내가 모다 당홀 거시오, 내가 곳 지
와 연긔(煙氣)가 되여도 쏘흔 감격호리라."

호니 샤월이 일변(一邊)으로 눈을 부븨고
일변으로 졈두호며 홍룽(紅綾) 오ᄌ 깃술 스미
의 너코 갈 시 보옥이 련망히 지쵹호거늘 샤월
이 쏘흔 즉시 쇼샹관(瀟湘館)으로 가더라. 보옥
이 믄득 좌블안셕(坐不安席)호여 간졀이 기다리
나 뉘 싱각호여시리오? 샤월이 져 곳의 니룰미
사름이 집의 가득혼지라. 보치 다만 니룬디,

---

90) 【후두호다】 圖 {호도(糊塗 hútu)하다}. 멍청하다.
중국어 차용어. ¶ 糊塗 ∥ 내 엇지 후두호여 한
번 림미미룰 뭇지 못호여시며 져도 쏘흔 엇지호
여 림미미 말을 호지 아니호엿느뇨 (我怎麼糊塗
就不問一問林妹妹,　他也爲什麼不說起林妹妹?)
<後紅 4:60>

91) 【싱쇼호다】 圖 생소(生疎)하다. ¶ 生分 ∥ 너의
병도 쏘흔 져로 더브러 갓치 희롱호여 내엿거늘
오늘 도로혀 싱쇼호여 날노 호여금 한 마디 말
도 쏘흔 능히 맛치지 못호엿느뇨 (你這病還是同
他玩出來的,　今日倒生分了他,　叫我一句話也不能
說完?) <後紅 4:62>

"일이 잇셔 겨롤 블넛다."

【67】 ᄒ고 믄득 무ᄅᄃᆡ,

"무ᄉᆞᆫ 말이 잇ᄂᆞ냐?"

샤월이 니ᄅᄃᆡ,

"업노라."

ᄒ니 보챠는 다만 졔가 한가히 놀나 오므로 알더라. 샤월이 련ᄒ여 ᄉᆞ면으로 단니더 이곳의 여러 사ᄅᆞᆷ이 잇고 곳 쳥문을 ᄯᅳ으러도 ᄯᅩ흔 말흘 곳이 업ᄂᆞᆫ지라. 오리 기다리미 답답ᄒᆞᆷ믈 견ᄃᆡ지 못ᄒ고 ᄯᅩ 보옥이 간졀이 기다릴가 져허ᄒᆞ여 다만 오ᄌᆞ 기술 도로 ᄉᆞ미의 너코 도라와 보옥의게 고ᄒ니 보옥이 지삼 간쳥ᄒᆞ여 니ᄅᄃᆡ,

"좌우간(左右間)의 아모 일이 업ᄉᆞ니 너는 【68】 거리끼지 말고 나롤 위ᄒᆞ여 틈을 타 일일이 졔게 고ᄒ고 곳 져의 말을 내게 회보ᄒᆞ라."

샤월이 다시 쇼샹관으로 가니 맛춤 모다 아모 일도 업셔 즁인(衆人) 모다 쇼샹관의셔 골퓌노리 ᄒᆞ미 ᄌᆞ견 쳥문가지 샹면(上面)의 갓ᄂᆞᆫ지라. 쳥문은 비록 심즁의 품은 일이 이시나 ᄯᅩ흔 졔반 슈응(酬應)을 면치 못ᄒ고 샤월은 ᄯᅩ 왕리ᄒᆞ여 도로혀 죠보(朝報)[92] 젼ᄒᆞᆫ 사ᄅᆞᆷ도 갓고 ᄯᅩ ᄋᆞ히 날니는 연 갓치 거리(去來) 무샹(無常)ᄒᆞ여 일쥭 여러 날을 지내더 【69】 죠금도 틈이 업고, 쇼샹관의 사ᄅᆞᆷ 업술 ᄯᅦ의ᄂᆞᆫ 왕부인이 져로 ᄒᆞ여곰 보옥을 탐지(探知)케 아니ᄒᆞ면 곳 보치 져로 ᄒᆞ여곰 믈건을 가져오라 ᄒᆞ고, ᄯᅩ 셜이미 보옥을 방심치 못ᄒᆞ여 ᄯᅩ흔 져로 ᄒᆞ여곰 가셔 안부롤 무ᄅᆞ라 ᄒᆞ고 가졍의게도 ᄯᅩ흔 져로 ᄒᆞ여곰 가셔 무ᄅᆞ라 ᄒᆞ며, ᄯᅩ 희란 희봉 평ᄋᆞ 향릉 등도 ᄯᅩ흔 져롤 ᄯᅳ러가니, 비록 보옥은 져롤 요긴히 부리려 ᄒᆞ나 졔가 곳 편벽도이 ᄉᆞ졍(事情)이 만ᄒᆞ며 졔가 ᄯᅩ 무음의 두리 【70】 더 분쥬히 리왕(來往)흘 ᄯᅦ의 이 오ᄌᆞ 깃술 일흘가 ᄒᆞ여 다만 ᄌᆞ지(紫芝) 쥬ᄉᆞ(綢紗) 회셔피(灰鼠皮)

격은 ᄉᆞ미 속의 긴히 감초더라.

챠셜, 가졍과 가련(賈璉)이 다힝이 군급(窘急)ᄒᆞᆫ[93] 거술 타쳡(妥貼)ᄒᆞ고 히롤 지내미 아문(衙門) 훈쳑(勳戚)과 각 친우의 년례롤 조츠 왕리하희(往來賀喜)흔 외의 ᄯᅩ흔 셰시(歲時)의 셜쟉쳥빈(設酌請賓)ᄒᆞᆷ믈 면치 못ᄒᆞᄃᆡ, ᄯᅩ 셔로 마조칠가 ᄒᆞ여 량 부즁(府中)이 각각 쳥빈흘 일ᄌᆞ롤 고로게 분비흘 시 보옥의 동졍을 뭇ᄂᆞᆫ 이가 이시면 ᄯᅩ흔 모다 져롤 위ᄒᆞ여 엄젹(掩迹)【71】 ᄒᆞ여[94] 말ᄒᆞᄃᆡ, 다만 텬진ᄉᆞ(天津寺) 원즁(院中)의 잇셔 슈삭(數朔) 번요(煩擾)ᄒᆞᆷ믈 피ᄒᆞ다가 임의 도라와시나 오히려 감긔(感氣)로 블쾌ᄒᆞ다 ᄒᆞ더니, 뉘 알니오 븍졍왕(北靖王)이 져롤 십분 쾌렴ᄒᆞ고 남안군왕(南安郡王)이 ᄯᅩ흔 싱각ᄒᆞ며, ᄯᅩ 은문션싱도 ᄌᆞ긔가 와셔 문싱(門生)을 보려 ᄒᆞ니, 가졍이 십분 견ᄃᆡ지 못ᄒᆞ여 다만 보옥으로 ᄒᆞ여곰 슈일을 나가게 ᄒᆞᄃᆡ 도로혀 방심치 못ᄒᆞ여 림지효(林之孝)와 뇌승(賴昇) 량인(兩人)으로 ᄒᆞ여곰 친슈(親隨)케 ᄒᆞ고 ᄯᅩ 란가ᄋᆞ로 뫼시게 ᄒᆞᄂᆞᆫ지라. 보옥이 가쟝 번【72】민ᄒᆞ고 쳥문의 말을 샤월이 오히려 회보(回報)가 업ᄉᆞ디 년일(連日)의 관을 밧고와 닙고 챠(車)의 올나 왕리ᄒᆞ며 ᄌᆞ연 사ᄅᆞᆷ을 보미 ᄯᅩ흔 몃 귀졀 말을 ᄭᅮ며 져의게 응답ᄒᆞ고, 도라온 후의ᄂᆞᆫ 다만 ᄌᆞ긔 일인이 극히 민답(悶沓)ᄒᆞᄃᆡ ᄯᅩ흔 보치 고이히 너길가 져허ᄒᆞ여 빅쥬(白晝)의ᄂᆞᆫ 눈믈을 내지 못ᄒ고 다만 니블 속의셔 오열(嗚咽)ᄒᆞ며 싱각ᄒᆞᄃᆡ, 졍히 아지 못게라 님미미롤 어내 ᄯᅦ의 능히 얼골을 보며 쳥문은 어내 ᄯᅦ의 바야흐로 회보(回報)롤 보리오? 【73】 이러툿 쳔ᄉᆞ만샹(千思萬想)ᄒᆞ나 샤월은 도로혀 오지 아니ᄒᆞᄂᆞᆫ지라. 졍히 격격히 지내더니 도로혀 잉익 와셔 쳥문의 말은 아니ᄒᆞ고 다만 대옥의 근일 언어힝지(言語行止)롤 셰셰(細細)히 보옥의게 고ᄒᆞ니 보옥이

---

92) 【죠보】🈟 {조보(朝報).} 관보(官報). ¶ 京報 ‖ 샤월은 ᄯᅩ 왕리ᄒᆞ여 도로혀 죠보 젼ᄒᆞᆫ 사ᄅᆞᆷ도 갓고 ᄯᅩ ᄋᆞ히 날니는 연 갓치 거리 무샹ᄒᆞ여 일쥭 여러 날을 지내더 죠금도 틈이 업고 (這獴月又走回來, 走轉去, 倒做了個京報似的, 又像個風筝兒, 忽來忽去的, 一連幾日, 總沒有空兒.) <後紅 4:68> ‖ 淸制. 由京師寄發之閣鈔、邸鈔、諭旨、奏章等類似報紙的出版物, 謂之京報, 亦稱朝報. 內容包括內閣發抄的皇帝諭旨、大臣奏議等官方文書和其他政事等.

93) 【군급ᄒ다】🈑 군급(窘急)하다. ¶ 饑荒 ‖ 가졍과 가련이 다힝이 군급흔 거술 타쳡ᄒᆞ고 히롤 지내미 아문 훈쳑과 각 친우의 년례롤 조츠 왕리하회흔 외의 ᄯᅩ흔 셰시의 셜쟉쳥빈ᄒᆞᆷ믈 면치 못ᄒᆞᄃᆡ (賈政、賈璉幸喜打過了饑荒, 過了年, 除衙門勳戚各親友照常往來賀喜外, 也就免不得請了年酒.) <後紅 4:70>

94) 【엄젹ᄒ다】🈑 {엄젹(掩迹)하다}. 숨기다. 가리다. ¶ 遮蓋 ‖ 보옥의 동졍을 뭇ᄂᆞᆫ 이가 이시면 ᄯᅩ흔 모다 져롤 위ᄒᆞ여 엄젹ᄒᆞ여 말ᄒᆞᄃᆡ (遇着問寶玉的, 也就大家替他遮蓋些.) <後紅 4:70>

런망히 잉ᄋ롤 쓰을고 난방 속 북챵(北窓) 아리
나아가 종용(從容)이 문답ᄒ더라. 원리 더옥이
근일의 가쟝 셔로 조하ᄒᄂᆫ 이ᄂᆫ 곳 셕츈 일인
(一人)이라. 결을이 잇시면 쥬야 업시 디좌(對
坐)ᄒ여 슈련지도(修鍊之道)롤 담론(談論)ᄒ다가
다른 사롬이 드러가면 【74】 량인이 믄득 일언도
계긔치 아니ᄒ며, 비록 대옥의 심중의 희란과
희봉을 이경(愛敬)ᄒ나 오히려 싱각ᄒ디,

    '져ᄂᆫ 종시(終是) 부귀지인(富貴之人)이라
날과 더브러 길이 갓지 아니타.'

    ᄒ며 대옥이 ᄯᅩ 심지(心地) 쳥빅(淸白)ᄒᆯ
공부롤 싱각ᄒ미 다만 남녀 진이지념(嗔愛之念)
을 일결 쓰러바릴 ᄯᅥᆫ외라 곳 ᄌᆞ미지간(姉妹之
間)의 지모(才貌)롤 연이(戀愛)ᄒᆷ도 일졈 견이(牽
惹)ᄒᆫ 싱각이라. ᄯᅩᄒᆫ 구룸이 일월 그림ᄌᆞ롤 가
림 갓다 ᄒ여 곳 희란(喜鸞)의 지뫼(才貌) 더옥
희봉(喜鳳) 보다 나하 ᄯᅩ 【75】 ᄒᆫ 세상의 무빵
ᄒᆫ 가인(佳人)이라 니롤지라. 우리 량옥(良玉)
거거와 비필(配四)ᄒ면 경히 합당ᄒ나 곳 계가
진개 우리 거거의 비필이 되여 나의 슈ᄌᆞ(嫂子)
가 되여도 져ᄂᆫ 져의 인연(姻緣)이 잇고 나ᄂᆫ
나의 인괘(因果) 이시며 곳 량옥거게라도 내가
쟝리 ᄯᅩᄒᆫ 져로 더브러 분로(分路)ᄒ여 갈지라.
내 ᄆᆞ음의 별노 견이(牽惹)ᄒᆫ 거시 업ᄉ디 다만
보건디 셕츈(惜春) 미미ᄂᆫ 동심동의(同心同意)ᄒ
여 피ᄎᆞ 뜻 세우미 셔로 갓튼지라. 이러므로 더
옥 심담(心談)을 말ᄒᆯᄉᆞ록 더옥 지긔지우(知己之
友)가 되 【76】 ᄂᆫ지라. 더옥은 비록 도셔(道書)
롤 보와시나 본리 박남(博覽)ᄒᆫ 공뷔 젹은지라
미양 셕츈의 의론(議論)이 부셤(富贍)ᄒᆷ을 힘닙
고, 셕츈은 도셔(道書)롤 만히 보고 영오(領悟)
ᄒ미 블범(不凡)ᄒ나 ᄯᅩᄒᆫ 도로혀 대옥의 민혜
(敏慧)ᄒᆷ만 갓지 못ᄒ여 미양 더옥의 명빅히 히
리(理解)ᄒᆷ을 힘닙어 량인이 곳 날마다 더옥 친
밀ᄒ더니, 일일은 대옥의 곳의 모혓던 즁인(衆
人)이 모다 가고 다만 셕츈만 머므럿시더, 셕츈
의 겻히 다만 입화(入畵)로 ᄒ여곰 ᄉᆞ후(伺候)케
ᄒ니 냥개(兩個) 도붕(道朋) 【77】 이 믄득 일호
(一毫) 긔탄(忌憚)업시 강론(講論)ᄒ여 원심[신]
(元神)이 엇더타 말ᄒ며 ᄯᅩ 연단(鉛丹)이 엇더타
말ᄒ며 ᄯᅩ 증도(證道)ᄒᄂᆫ 공힝(功行)이 엇더타
말ᄒ여 도로혀 신션(神仙)이 되ᄃᆞ시 말ᄒ기롤
챡챡 유리케 ᄒ더니, 셕츈이 홀연이 보옥이 디

옥으로 더브러 분할(分割)ᄒ기 어려온 광경을
싱각ᄒ미 필경 보옥이 대옥을 잡고 져ᄉᆞ블방(抵
死不放)ᄒᆯ 거시오, ᄯᅩ 노야와 태태 앏히 쥬대거
거(珠大哥哥)도 업고 보거거(寶哥哥)롤 져럿툿
ᄉ랑ᄒ시니 엇지 져의 뜻을 순히 아니며, 곳 보
져져(寶姐姐)롤 임의 【78】 영췌(嬰娶)ᄒ다 ᄒ나
우리 이러툿 ᄒᆫ 대가(大家)의셔 인친결친(因親結
親)ᄒ여 비록 량개 슈ᄌᆞ(嫂子)라도 ᄯᅩᄒᆫ 무방ᄒ
니, 이졔 림져져(林姐姐) 젼일의 봉슈ᄌᆞ(鳳嫂子)
의 독계(毒計) 바드믈 싱각ᄒ므로 결졍코 슈도
(修道)ᄒ나, 다만 져허컨디 일이 이지경의 니르
면 ᄯᅩᄒᆫ 더옥의 뜻 디로 못ᄒᆯ 거시오, ᄒᆞ믈며
고부(姑父)와 고뫼(姑母) 모다 기세(棄世)ᄒ고 노
야ᄂᆫ 곳 젹친(嫡親) 구귀(舅舅)라 ᄯᅩᄒᆫ 팔구분
(八九分)이나 일을 쥬쟝ᄒᆯ 거시오, ᄯᅩ 너의 량옥
거게 이러툿 효순(孝順)ᄒ고 우희[이](友愛)ᄒ며
ᄯᅩ 가즁(家中) ᄉ세(事勢)가 져럿툿 ᄒ거 【79】
눌 무단이 너로 ᄒ여곰 단신(單身)이 슈도(修道)
ᄒ게 ᄒ리오? 너ᄂᆫ 싱각ᄒ여 보라. 너의 광경이
내게 비컨디 원리 갓지 아니토다. 나ᄂᆫ 가세(家
世)가 너와 갓트나 엇지 너와 갓치 거게(哥哥)
이시리오? 만일 네가 나보다 낫지 못ᄒ다 ᄒ면
실노 그러치 아니나 네가 ᄯᅩ 나보다 낫다 ᄒᆯ진
디 다만 져허컨디 너의 신심(身心) 셩명샹(性命
上)의 ᄉ경(事情)은 내게 비치 못ᄒ리니 네가 엇
지 능히 이 올모롤 버셔나리오? ᄒ더니 대옥이
져의 슈작(手作)ᄒ다가 중간의 턱을 밧치 【80】
고 경신 업시 안ᄌ시믈 보고 믄득 니르디,

    "네가 심중의 ᄯᅩ 무슨 도리(道理)롤 찌드룻
ᄂᆞ냐?"

    셕츈(惜春)이 ᄯᅩᄒᆫ 셜파(說破)치 아니ᄒ고
다만 우스며 니르디,

    "도리(道理)ᄂᆫ ᄯᅩᄒᆫ 아모 것도 싱각ᄒ미 업
고 다만 림져져(林姐姐)의 일을 싱각ᄒ엿노라.
너의 뜻 세우믈 의론컨디 ᄯᅩᄒᆫ 구드나 다만 너
의 진연(塵緣)은 필경 버히지 못ᄒ리라."

    대옥(黛玉)이 믄득 졍식(正色)고 니르디,

    "다만 너갓치 뜻 세우기롤 굿게 ᄒ면 ᄯᅩᄒᆫ
무던ᄒ리라."

    셕츈(惜春)이 믄득 탄식ᄒ며 니르디,

    "네가 ᄌᆞ긔 일을 짐 【81】 쟉지 못ᄒ다 니
르기 어렵도다."

    더옥이 져의 말을 짐쟉ᄒ고 믄득 니르디,

"네가 항샹 말ᄒ더 사룸이 일심(一心)을 먹
으면 ᄆ옴더로 만ᄉ(萬事)를 셩취ᄒᆫ다 ᄒ니 져
마다 ᄌ긔 ᄆ옴을 과연 명빅히 졍ᄒ면 도로혀
누룰 두리리오? 엇지 듯지 못ᄒ엿ᄂ냐? '노양
(魯陽)이 챵을 두루미 태양도 운동ᄒᆫ다95)' ᄒᄂ
니 스룸이 세샹의 나미 마쟝(魔障)을 만나지 아
니ᄒ면 ᄌ연 도(道)의 드러가ᄂᆞ니, 원리 샹등인
(上等人)은 만일 악독(惡毒)ᄒᆫ 마쟝을 만나면 도
로혀 【82】 쮜여 나오지 못ᄒ리오마ᄂᆞ 다만 하우
(下愚)의 사룸은 쏘ᄒᆫ 이러치 못ᄒ니라."

셕츈이 대옥의 말이 봉슈ᄌ(鳳嫂子)를 니
ᄅ민 줄 알고 믄득 니ᄅ더,

"당쟝의 씨둣ᄂᆞᆫ 거슨 뉘 업ᄉ리오마ᄂᆞ 다
만 환희홀 씨 니ᄅ러ᄂᆞᆫ 쏘ᄒᆫ 이겨바리ᄂᆞ니라."

대옥이 믄득 니ᄅ더,

"ᄉ미미(四妹妹)야 네가 만일 밋지 아니커
든 우리 곳 흠긔 녀조ᄉ(呂祖師) 앏히 니ᄅ러
밍세 글월을 술오리라."

셕츈이 웃고 니ᄅ더,

"이ᄂᆞᆫ 쏘ᄒᆫ 구ᄐᆡ여 아닐지니 다만 ᄆ옴이
동ᄒ면 귀신이 아ᄂᆞ니 【83】 라."

더옥이 엇지 참으리오? 믄득 보치(寶釵) 졔
게 보낸 춍록ᄉᆡᆨ(蔥綠色) 시젼지(詩箋紙)를 펴노
코 먹을 갈고 붓슬 가다듬어 일편 밍셰룰 뼈ᄂᆞ
니,

'무비(無非) 셩심(誠心)으로 슈도(修道)ᄒ여
진연(塵緣)을 ᄭᅳᆫᄒ더 만일 일호(一毫)라도 견과
[아](牽惹)ᄒ면 원컨더 구유고희(九幽苦海)의 귀
향가 만겁(萬劫)의 사름으로 환토치 못ᄒ리라.'
ᄒᄂᆞᆫ 의시(意思)러라. 쓰기룰 맛치고 셕츈
을 ᄭ을고 갓치 녀조ᄉ 앏히 니ᄅ러 쵹(燭)을
혀고 향을 픠오며 공경비례(恭敬拜禮)고 츅원(祝
願)ᄒ다가 믄득 이 글월을 가져 금노(金爐)의 술
【84】 오니, 셕츈은 가마니 졈두(點頭)ᄒ더 다만
쳥문(晴雯) ᄌ견(紫鵑)은 심즁의 셕츈을 미원(埋
怨)ᄒ더라. 츠시 ᄌ미 낭인이 쏘 한즈음 말ᄒ다
가 바야흐로 허여지더니 믄득 입홰(入畫) 잉ᄋ
(鶯兒)룰 만나 고ᄒ므로 잉이 곳 와셔 보옥(寶
玉)의게 고ᄒ니 보옥이 놀나 혼블부쳬(魂不附體)

ᄒ며 더옥 간졀이 더옥을 ᄉᆡᆼ각ᄒ미 도로혀 홍릉
(紅綾) 오즈 일은 니졋더라. 맛춤 쏘 븍졍왕(北
靖王)이 홀노 쇼연(小宴)을 베플고 다만 보옥 일
인을 쳥하여 홍미(紅梅)룰 완샹(玩賞)케 ᄒ니 희
ᄌ(戲子) 무리ᄂᆞᆫ 집취반(集翠班)이오 반슈[소](班
小)ᄂᆞᆫ 【85】 곳 쟝긔관(蔣琪官)이라. 보옥이 습인
(襲人)의 곳 졔의게 개가(改嫁)ᄒᆫ 거슬 ᄉᆡᆼ각ᄒ고
비록 ᄆ옴을 츙후(忠厚)ᄒ게 가져 쟝옥함(蔣玉
菌)을 고이히 너기지 아니ᄒ나 믄득 습인이 대
옥과 쳥문 히(害)ᄒ믈 인ᄒ여 쟝옥함을 보미 쏘
ᄒᆫ 눈의 가ᄉᆡ 갓ᄐᆞ며 편벽도히 연희(演戲)ᄒᄂᆞᆫ
거시 곳 쇼뮈[진](蘇武[秦]) 환향(還鄕)ᄒ미 ᄉᆡᆼ쳐
(生妻) 거위(去幃)ᄒᄂᆞᆫ 곡죠(曲調)며, 쏘ᄒᆫ 모란
뎡(牡丹亭)의 두녀랑(杜麗娘)이 환혼(還魂)ᄒᄂᆞᆫ
일졀을 연희(演戲)ᄒ니 보옥이 븍졍왕 겻히 시
좌(侍坐)ᄒ여 감히 십분 고뢰(苦惱)ᄒᆫ 의ᄉ룰 뵈
지 못ᄒ 【86】 나 쏘ᄒᆫ 슈건(手巾)을 가져 련ᄒ
여 눈을 삐ᄉ므를 면치 못ᄒ거눌 븍졍왕(北靖王)
이 그 뜻은 아지 못ᄒ고 다만 니ᄅ더,

"졔가 쇼년으로 다졍ᄒ미로다."

ᄒ여 웃고 니ᄅ더,

"세형(世兄)은 져기 술을 마시고 이런 심샹
(心傷)ᄒᆫ 희ᄌ(戲子)룰 구ᄐᆡ여 샹심치 말나."

보옥이 련망히 니러나 말ᄒ더

"왕애(王爺) 샹ᄉ(賞賜)ᄒ여 술을 만히 먹
으믈 ᄉ례(謝禮)ᄒ노라."

븍졍왕이 져의 샹심ᄒ믈 져허ᄒ여 희ᄌ 졔
목(題目)을 변ᄒ여 열요(熱鬧)ᄒᆫ 거스로 밧고라
ᄒ니 희쟝(戲場) 즁의 곳 안쳔회(安天會)룰 ᄉ우【
87】 며내여 숀힝지(孫行者) 대료화운동(大鬧火雲
洞)ᄒ고 홍희ᄋ비도락가산(紅孩兒拜到落伽山)ᄒ
ᄂᆞᆫ 광경으로 죵(鐘)과 북이 훤텬(喧天)ᄒ고 화광
(火光)이 ᄉ면(四面)의 비최ᄂᆞᆫ지라. 보옥이 가쟝
번뇌(煩惱)ᄒ나 간신(艱辛)이 파셕(罷席)ᄒ기룰
기다려 앏흐로 가 한 번 읍ᄒ고 믈너가믈 고ᄒ
더라. 쟝옥함이 도라가 습인의게 고ᄒ더,

"븍졍왕 셕샹(席上)의셔 보이아(寶二爺)룰
보고 희방(戲房)의 니ᄅ러 져의 가인(家人) 니요
ᄋ(李瑤兒)와 명연(茗烟)을 블너 탐문(探問)ᄒ여
보이애 엇지 도라오고 아오로96) 림고낭(林姑娘)

---

95) 노양이 챵을 두루미 태양도 운동ᄒᆫ다: 魯陽揮
　　戈, 太陽也倒轉來. 魯陽, 戰國時楚之縣公. 傳說他
　　曾揮戈, 使太陽返回. 據<淮南子·覽冥訓>記: "魯
　　陽公與韓構難, 戰酣. 日暮, 授戈而撝之, 日爲之反
　　三舍. <後紅 4:81>

96) 【아오로】⊞ 아울러. 모두. ¶ 幷 ‖ 븍졍왕 셕
　　샹의셔 보이야룰 보고 희방의 니ᄅ러 져의 가인
　　니요ᄋ와 명연을 블너 탐문ᄒ여 보이애 엇지 도

과 류쳥문(柳晴雯)이 쏘흔 엇지 회싱흐【88】믈
아랏노라."

 흐고 셰셰히 말흐니 습인이 듯고 므옴의
원통흐믈 이긔지 못흐여 가마니 니르디,

 "내 젼일 엇더케 보이야로 더브러 조하흐
엿느뇨? 엇지 보이야의 도라오믈 기다리지 아니
코 곳 타인의게로 갓시며 쏘 모계(謀計)흐여 태
태(太太) 앏히 대옥과 쳥문을 훼방흐여 언언이
조츠믈 닙엇더니 엇지 이계 져 량인은 도로혀
회싱흐고 나는 쏘 편벽도이 이 모양이 되여 져
의 량인은 이 눈으로 보게 흐니 이계 곳 죽기도
어렵고 술면 쏘 무【89】 슨 사름이라 흐리오?"

 흐더니 쟝옥함이 져의 이런 경경을 보고
다만 짐쟉흐디 계가 보옥을 싱각흔다 흐고 엇지
져의 심즁의 별노이 허다흔 싱각이 잇는 줄 알
니오? 원리 희반 즁 사름의 셩미는 다만 셔로
조하흐믈 구흐고 믄득 즈긔의 쳐실(妻室)이라도
쏘흔 즐겨 사름으로 더브러 통융(通融)흐는지라.
쟝옥함이 믄득 습인을 가져 보옥을 스괼 뜻을
두더라.

 각셜, 보옥이 븍졍왕의 곳으로조츠 도라와
믄득 가졍(賈政)을 보고 븍졍왕의 조【90】 히
디졉흐던 뜻을 고흐며 아오로 슈쟉간(手作間)의
져의 시문(詩文)을 무르며, 쏘 가졍의 가계(家
計)를 무르며 쏘 보옥으로 흐여곰 가졍의게 안
부흐던 말을 고흐니, 가졍이 듯고 십분 감격흐
여 믄득 져의게 분부흐여 일즉 쉬고 명일 조죠
(早朝)의 가셔 샤례흐라 흐거눌 보옥이 쏘 왕부
인(王夫人) 방즁의 니르러 일편(一遍)을 말흐고
쏘흔 희즈(戲子) 곡조를 강(講)흐다가 방즁의 도
라와 보챠를 보민 참지 못흐여 쏘 쟝옥함 만나
본 일졀을 보챠의게 고흐고, 인흐여【91】 습인
의 힝亽(行事)를 원망흐디, 젼혀 대옥과 쳥문이
져의게 독히(毒害)를 무궁히 바드믈 인흐여 말
흘亽록 더옥 져를 칭원(稱寃)흐며 쏘 대옥의 광
경을 무르니, 보챠 쏘흔 몃 마디 조흔 말노 져
를 속이며 졍히 부뷔 담화흘 식, 왕부인이 옥쳔
ᄋ(玉釧兒)로 흐여곰 보챠를 쳥흐여 와셔 훈쳑
(勳戚) 내권(內眷) 졉디흘 잔치를 샹의흐라 흐니

보치 곳 가더라. 다만 보니 샤월(麝月)이 우음을
머금고 다라와 보옥을 향흐여 올흔 편 손을 들
【92】 며 니르디,

 "나의 이 스미 쇽이 븨엿노라."

 흐니

라오고 아오로 림고낭과 류쳥문이 쏘흔 엇지 회
싱흐믈 아랏노라 (北靖王席上見了寶二爺, 到戲房
裏招他家李瑤兒 · 茗烟,　　問明了寶二爺如何回來,
幷林姑娘 · 柳晴雯也怎麼樣回轉過來.)　　　<後紅
4:87>

7

희금어쇼면긔홍운 탈보ᄉ단심밍록슈
戲金魚素面起紅雲 脫寶釵丹心盟綠水

보옥이 쳥문의 회뵈(回報) 이시믈 알고 급히 샤월을 ᄯ어 멈츄고 져다려 무르니 샤월이 믄득 니르디,

"이야(二爺)는 ᄯ혼 황급히 구지 말나 내 이졔 졀졀이 네게 고ᄒᆞ리라. 내가 오ᄂᆞᆯ 쳥문을 가셔 보와시디 도로혀 쇼샹관(瀟湘館)의는 가지 아니ᄒᆞ엿노라. 내가 겨유 롱취암(攏翠菴)의 니르러 먼니 바라보미 졔가 몃 가지 홍미(紅梅)를 가지고 오는지라. 싱각건디 림고낭(林姑娘)이 져로 ᄒᆞ여곰 ᄉ고낭(四姑娘)의 곳의 가셔 어더온다 【93】 ᄒᆞ여 내가 곳 손을 쳐셔 블너 져를 ᄯ을고 우리 이홍원(怡紅院)의 가셔 구경ᄒᆞ즈 ᄒᆞ여 각쳐로 단니며 구경홀 시 졔가 ᄯ혼 십분 감샹ᄒᆞ거늘 내가 믄득 니르디 '네가 이 집의 와셔 감샹ᄒᆞ니 너는 ᄯ혼 이 집 속 쥬인을 싱각ᄒᆞ라'."

ᄒᆞ미 쳥문은 원리 샹쾌ᄒᆞ지라. ᄯ혼 니르디,

"내가 노태태(老太太) 곳으로셔조ᄎ 오므로 보이애(寶二爺) 원리 나를 박디(薄待)ᄒᆞ미 업고

우리도 원리 셔로 조하ᄒᆞ엿더니, 다만 젼일 이 집 속의 보이야 외의 ᄯ 다른 쥬쟝(主掌)ᄒᆞᄂᆞᆫ 사름 【94】 이 잇셔 졔가 우리를 용납지 아니코 곳 내여보내여시니 내여보낸들 ᄯ혼 무어시 히로오리오마는 다만 엇지ᄒᆞ여 내여보내엿ᄂᆞᆫ지라. 태태 앎히셔 한 마디도 변빅(辨白)지 못ᄒᆞ게 ᄒᆞ여 곳 날노 ᄒᆞ여곰 녀호갓다 요괴갓다 ᄒᆞ디 ᄯ혼 다른 길노 가지 아냣시니 이졔 젼ᄉ(前事)를 싱각ᄒᆞ미 가쟝 한이 된다 ᄒᆞ거늘 내가 믄득 말ᄒᆞ디 '너는 맛당히 즐거올지니 도로혀 무어슬 한ᄒᆞᄂᆞ뇨? 다른 사름의 몹쓸 일을 힝ᄒᆞ여 목금(目今)의 보복(報服)을 바다 【95】 네 눈의 뵈는 거슨 말홀 거시 업고 이졔 태태긔셔 엇더케 너를 ᄉ랑ᄒᆞ시며 너도 ᄯ혼 극진이 발명(發明)ᄒᆞ여시며 ᄯ 보이야가 쥬야(晝夜)로 너를 위ᄒᆞ여 져러케 견디지 못ᄒᆞ여 졔가 말ᄒᆞ디 젼일 이곳의셔 만나 보와시나 엇지 네가 한 마디 말도 업는고' ᄒᆞ더라 ᄒᆞ엿노라."

ᄒᆞ니 보옥이 믄득 니르디,

"졔가 곳 무어시라 말ᄒᆞ더뇨?"

ᄉ월이 니르디,

"졔가 말ᄒᆞ디 원리 이야(二爺)로 더브러 몃 마디 말ᄒᆞ려 ᄒᆞ엿더니 너의 등이 부르믈 듯고 내가 갓노라."

【96】 ᄒᆞ거늘 내가 곳 오즈 깃슬 내여 져를 쥬어 보게 ᄒᆞ고 ᄯ 말ᄒᆞ디,

"이런 고뢰(苦惱)홈과 니런 죄과(罪過) 될 일을 너는 스스로 ᄯ 보라 ᄒᆞ엿더니 졔가 보고 ᄯ혼 놀나며 락누(落淚)ᄒᆞ여 니르디 '우리 쇼조종(小祖宗)이 이 무슨 고싱이뇨' ᄒᆞ고 졔가 곳 ᄉ미의 넛는지라. 내가 ᄯ 손톱 말을 졔게 고ᄒᆞ니 졔가 졈두(點頭)ᄒᆞ고 무한이 락루ᄒᆞ며 아모 말도 아니ᄒᆞ거늘 내가 곳 말ᄒᆞ디 '이애 ᄯ 긴착(緊着)ᄒᆞᆫ 말이 잇더라.' 이애 말ᄒᆞ디 '원리 너의 량인은 조코 ᄯ 쩌날 길 업ᄉ디 ᄯ혼 림고 【97】 낭이 잇다' ᄒᆞ더라 ᄒᆞ엿노라."

보옥이 듯고 급히 발을 구르며 니르디,

"죠흔 져져(姐姐)야 올토다."

ᄒᆞ거늘 샤월이 다시 말을 니어 니르니 ᄎᆞ시 엇지된고 하회의 분히ᄒᆞ라.

63

[후홍루몽後紅樓夢 권지오卷之五]

화셜(話說), 보옥(寶玉)이 샤월(麝月)의 말을 듯고 급히 발을 구르며 니르디,

"조흔 져져(姐姐)야 올토다."

ᄒ거눌 샤월이 다시 말을 이어 니르디,

"림고낭(林姑娘)과 다못 이야(二爺)의 졍분(情分)은 너와 내가 모다 알거니와 사롬의 젼셜(傳說)을 드르미 림고낭의 ᄆᆞ음이 변ᄒ엿다 ᄒ니 곳 림고낭이 진개(眞個) ᄆᆞ음이 변ᄒ엿다 ᄒ여도 지금 림고낭이 너로 더브러 이러툿 죠커눌 너는 엇지 【2】 이야룰 위ᄒ여 변빅(辯白)지97) 아니ᄒᄂ뇨? 져의 량인의 츄후(追後) 허다 ᄉ졍(事情)을 의론컨디 너도 ᄯ한 보지 못ᄒ엿거니와 ᄌ견(紫鵑)은 곳 사룸이 아니로다. 어내 한 가지 일을 계가 보지 못ᄒ여시리오? 과연 계가 텬리(天理)룰 좃고 량심(良心)을 가져시면 곳 맛당히 우리 이야룰 위ᄒ여 발명(發明)ᄒ지니98) 계가 과연 즐겨 이 말을 ᄒ고ᄌ 홀진디 너는 엇지 힘ᄢᅥ 권치 아니ᄒᄂ뇨 ᄒ엿노라."

ᄒ니 보옥이 니르디,

"극히 올토다. 계가 엇지 말ᄒ더냐?"

샤 【3】 월이 니르디,

"계가 곳 탄식ᄒ며 말ᄒ디 '림고낭은 본리 고강(高强)ᄒᆫ 셩픔이며 ᄒ믈며 져룰 히(害)ᄒᄂᆫ 사롬이 젹지 아니ᄒ여 ᄌ리룰 아술가 져허ᄒᄂᆫ 이도 이시며 ᄯᅩ한 압두(壓頭)홀가99) 져허ᄒᄂᆫ 이도 잇셔 무단(無端)이 져룰 깅참(坑塹)의 너허 필경 ᄯᅩ 져로 ᄒ여곰 실명을 밧게 ᄒ엿ᄂᆫ지라.' 이갓치 히롭게 구러시니 계가 곳 여러 벌 목슘이 잇셔도 ᄯᅩ한 업셔질지라. 계가 이제 투쳘이 ᄭᅢ다랏시미 일심(一心)으로 츌가코져 ᄒ여 져의 거거(哥哥)도 ᄯᅩ 【4】 한 도라보지 아니ᄒ니 다만 두리건디 져 갓튼 사롬이 ᄌᄀᆡ가 쥬의(主意)룰 뎡ᄒ여시미 타인(他人)의 말은 모다 쓸 디 업스니 곳 보이야(寶二爺)의 고태야(姑太爺)와 고태태(姑太太)가 ᄯᅩ 회싱(回生)ᄒ여 와도 도로

혀 엇더홀지 모로리로다. 내가 말을 젹게 ᄒ여시며 ᄌ견도 가련(可憐)ᄒ도다. 이러툿 이야룰 위ᄒ여 말ᄒ며 져러툿 이야룰 위ᄒ여 곳 이야가 림고낭을 디ᄒ여 말ᄒ여도 도로혀 능히 이갓지 못ᄒ리니 ᄯᅩ 무ᄉ 말을 못ᄒ여시리오마 【5】 는 다만 계가 쥬의룰 졍ᄒ여 일호(一毫) 샹관업시 ᄒ며 근일의는 더옥 가쇼롭도다 한 말만 ᄒ면 계 도로혀 고이히 너기지도 아니ᄒ고 블과 셔픙(西風)이 귀의 지나감 갓치 안다 ᄒ더라."

ᄒ니 보옥이 곳 벙벙ᄒ거눌 샤월이 니르디,

"비록 이러ᄒ나 네가 쥬의룰 졍치 못ᄒ다 니르기 어렵도다. 계가 ᄯᅩ 말ᄒ디, '도로혀 우리 집 ᄉ고낭(四姑娘)이 날마다 언어힝신(言語行事)셔로 갓ᄐ여 블과 션도(仙道)룰 강론(講論)ᄒ다 ᄒ여 졍신을 일코 안ᄌ시니 나는 ᄯᅩ한 쥬의룰 【6】 싱각ᄒ지라. 다만 일개 방법이 잇다.' ᄒ더라."

보옥이 믄득 급히 무러 니르디,

"엇지ᄒ리오?"

샤월이 니르디,

"계 말이 져의 량인은 원리 ᄋᆞ시(兒時)로좃ᄎ 곳 조하ᄒ여시니 이졔 비록 싱쇼ᄒ나 필경 사롬이 안졍(眼睛)이 잇ᄉ나 비록 노야(老爺)긔셔 피ᄒ라 ᄒ여 계시나 우리 부즁(府中)의 노야룰 속이는 일이 ᄯᅩ한 만코 태태(太太)긔셔도 원리 즐겨 엄젹(掩迹)ᄒ시려 ᄒ니 엇지 져의 량인으로 ᄒ여곰 한 번 샹면(相面)ᄒ여 한 마디 말을 강론케 ᄒ리오? 곳 림고낭이 셩을 낸다 【7】 ᄒ여도 ᄯᅩ한 나와 다못 ᄌ견이 그곳의 이시니 무어시 두려오리오? 블과 이야의게 고ᄒ여 ᄶᅳ지 말나 홀 거시오, 둘지ᄂᆫ 그곳의 사룸이 ᄯᅩ한 만

<hr>

97) 【변빅ᄒ다】 图 변백(辯白)하다. 변명하다. ¶ 剖 ‖ 지금 림고낭이 너로 더브러 이러툿 죠커눌 너는 엇지 이야룰 위ᄒ여 변빅지 아니ᄒᄂ뇨 (現在拿你這麼好, 你怎麼不替二爺剖剖呢?) <後紅 5:2>

98) 【발명ᄒ다】 图 발명(發明)하다. 변명하다. ¶ 剖明 ‖ 과연 계가 텬리룰 좃고 량심을 가져시면 곳 맛당히 우리 이야룰 위ᄒ여 발명홀지니 계가 과연 즐겨 이 말을 ᄒ고ᄌ 홀진디 너는 엇지 힘ᄢᅥ 권치 아니ᄒᄂ뇨 ᄒ엿노라 (他果眞拿個天理, 憑個良心, 就該替咱們二爺剖明了. 他果眞肯講講, 你怎麼不死勸呢?) <後紅 5:2>

99) 【압두ᄒ다】 图 압두(壓頭)하다. 압도(壓倒)하다. ¶ 壓 ‖ 림고낭은 본리 고강ᄒᆫ 셩픔이며 ᄒ믈며 져룰 히ᄂᆫ 사롬이 젹지 아니ᄒ여 ᄌ리룰 아술가 져허ᄒᄂᆫ 이도 이시며 ᄯᅩ한 압두홀가 져허ᄒᄂᆫ 이도 잇셔 (這林姑娘呢, 原也不是低三下四的性格兒, 況且從前害他的人也不少, 也有怕他奪了一席的, 也有怕他壓了一頭的.) <後紅 5:3>

하 이제 도로혀 노태태 방중의 비길 만호고 또흔 림시(林氏) 집 사롬이 블시(不時) 왕리호는지라. 내 이제 쇼식을 통호느니 너는 이야의게 고호더 도로혀 청텬빅일(靑天白日)의 다만 쇼샹관(瀟湘館) 문 어귀의 일개 죽엽(竹葉)을 쏫즌 거슬 보고 졔가 곳 다라 드러오라 호라. 우리 곳의셔 림고낭이 병(甁)의 쏘즐 미화(梅花)룰 기다리느니 또 【8】흔 가히 지체치 못호리라 호여 우리 등이 곳 나오더니 졔가 또 머리룰 두루혀 난간 밧긔 죽림(竹林)을 가르치거늘 내가 곳 졈두(點頭)호고 도라왓노라."

보옥이 듯고 환희호여 슈무족도(手舞足蹈)호며 련망(連忙)히 칭사(稱謝)호고 곳 져로 호여곰 가셔 긴착(緊着)히 탐지(探知)호라 호고, 일면(一面)으로 즈긔가 죠급히 바라며 또 셕츈(惜春)을 십분 미원(埋怨)호더라.100)

각셜, 림디옥(林黛玉)이 거거 림량옥(林良玉)의 노샹(路上)의셔 부친 가셔(家書)룰 보니 닐너시더,

"동방(同榜) 친우(親友) 강경셩(姜景星)으로 더브러 동힝(同行)호더니 기 【9】인(其人)이 길히셔 득병(得病)호여시더 량옥이 져로 더브러 십분 졍의(情意) 잇셔 참아 쩌나지 못홀지라. 츠고(此故)로 노샹의셔 두류(逗留)호니101) 목금(目今) 경중의 일졀(一切) 스졍은 비록 왕원(王元)이 잇셔 총찰(總察)호미 또흔 츙셩은 이시나 다만 년긔(年紀)가 만흐니 쳔만 번 바라건더 미미(妹妹)는 쥬쟝(主掌)호라."

호엿거늘 디옥(黛玉)이 또흔 미뤼지 못호나 져의 집 허다 스졍이 동셔남북(東西南北)의 모다 경긔(經紀)호는 일이 잇셔 도로혀 왕봉졔(王鳳姐) 영국부(榮國府) 쟝방(賬房) 츠지호는 더 비컨더 삼스 층 【10】 번거호미 더호니, 첫지는 영부(榮府) 모든 일은 출입이 모다 등록(謄錄)이 잇셔 가인(家人) 등 남녀 업시 분급(分給)호는 거슬 년노(年老)흔 가인비(家人輩)가 곳 문셔룰 샹고(上告)치 아니호고 또흔 조종(朝宗)의 젼례(前例)더로 픔호여 내고, 둘지는 영부의는 블과(不過) 젼묘(田畝)와 시방(市房)과 인졍(人情)과

가용(家用) 쓴이오. 림부(林府)는 다만 시로 비치호여 일졀 스무(事務)룰 모다 쟝졍(章程)을 뎡홀 쑨 아니라 또 스면팔방(四面八方)의 가인(家人)과 호치102) 슈륙(水陸)으로 영운(營運)호여 이러므로 총리(總理)호는 사롬이 극히 번란(煩難)흔 【11】지라. 대옥이 엇지홀 길 업셔 다만 외간(外間) 당옥(堂玉) 안의 잇셔 미일 도총(都總) 치부(置簿)룰 가져 한 번식 경리(經理)호더니, 일일은 졍히 문셔룰 보며 왕원이 부총관(副總管) 슈삼인을 다리고 익낭(翼廊)의셔 수후(伺候)호더니 졸연간(猝然間)의 왕부인(王夫人)과 셜이마(薛姨媽)와 니환(李紈)과 보챠(寶釵)와 평으(平兒)와 희란(喜鸞)과 희봉(喜鳳) 칠인이 한가지로 드러오거늘 디옥이 믄득 문셔룰 바리고 영졉(迎接)호여 나갈 시 왕부인이 문셔가 싸히고 하인(下人)이 수후홈믈 보고 믄득 니르디,

"대고낭(大姑娘)아, 네가 우리 【12】 등을 혐의(嫌疑)치 말고 다만 스졍을 모다 보살필지니 우리는 스스로 모혀 안즈 담화(談話)호리라. 네가 만일 관스호기룰 멈츄면 내가 곳 너의 이마(姨媽)로 더브러 도라가리니 다만 져허컨더 져의 등가지 또흔 가리라."

대옥이 편벽도이 즐겨 좃지 아니호고 일면으로 스양호며 홈긔 드러가즈 호거늘 셜이미(薛姨媽) 믄득 도라가려 호는지라. 디옥이 황망히 니르디,

"임의 이럴진더 나는 곳 구태태(舅太太)의 분부룰 죠츨 거시니 다만 대슈즈(大嫂子) 【13】 와 보져져(寶姐姐)는 나룰 위호여 쥬인이 되라."

니환이 웃고 니르디,

"올토다. 너는 다만 너의 스졍을 맛치고 오라."

대옥이 믄득 당즁(堂中)의 안즈 챠환(丫鬟)

---

100) 【미원호다】동 {매원(埋怨)하다}. 원망하다. ¶ 埋怨 ∥ 일면으로 즈긔가 죠급히 바라며 또 셕츈을 십분 미원호더라 (一面自己巴巴的盼着, 又着實的埋怨惜春起來.) <後紅 5:8>

101) 【두류호다】동 두류(逗留)하다. 머무르다. ¶ 逗留 ∥ 츠고로 노샹의셔 두류호니 목금 경중의 일졀 스졍은 비록 왕원이 잇셔 총찰호미 또흔 츙셩은 이시나 다만 년긔가 만흐니 쳔만 번 바라건더 미미는 쥬쟝호라 (故此逗留, 現在都中一切事情雖有王元總管, 亦且忠誠, 但則年紀上了, 千叮萬囑的托黛玉拿主.) <後紅 5:9>

102) 【호치】명 {화계(伙計 huǒji)}. 점원. 종업원. 중국어 차용어. ¶ 店夥 ∥ 스면팔방의 가인과 호치 슈륙으로 영운호여 이러므로 총리호는 사롬이 극히 번란호지라 (四路八方、家人店夥、水陸營運, 這總理一席, 實在煩難.) <後紅 5:10>

으로 ᄒ여곰 왕원을 부르라 ᄒ니 왕원이 듯고
년망히 앏흐로 나와 겻히셔 분부를 기다리더니
뎌옥이 믄득 니르디,

  "근일 대춍(大總) 문셔를 내가 모다 보왓노
라. 너의 늙은 년긔(年紀)로 두셔(頭緖)를 쳥쵸
(淸楚)히 ᄒ고 ᄯ 이런 영운(營運)ᄒ는 비됴가
이시니 ᄯᄒᆞᆫ 가쟝 무던ᄒ거니와, 다만 너의 부
춍관(副總管) 여러 사름은 인【14】 픔이 비록
박실(樸實)ᄒ나 져의 지분(才分)이 ᄯ흔 너의 버
금이 되지 못홀지니 엇지 나 보기의 죠흐리오?
너의 호광(湖廣)과 광동(廣東) 문셔는 엇지 모호
ᄒ여 도로혀 쥬현(州縣) 아문(衙門)의 용ᄒᆞ 보ᄒ
는 것 갓흐뇨? 이 신구슈쇄(新舊收刷)ᄒᆞᆫ 거슬
실샹(實狀) 조목디로 렬셔(列敍)ᄒᆞᆫ 거슨 곳 변
치 못홀 규모어니와 다만 민간의 영운(營運)ᄒ
는 ᄉ졍은 아춤의 져녁 시가(時價)를 아지 못ᄒ
니 엇지 모호ᄒᆞ미 이갓흐리오? 너 노인네가 남
의게 속앗다 ᄒ면 네가 젼일의 허다ᄒᆞᆫ 대ᄉ(大
事)【15】를 판리(辦理)ᄒ엿고, ᄯ 부슈들이 일
노(一路)의셔 남의게 속앗다 ᄒ면 엇지 능히 쥬
인을 위ᄒ여 이런 ᄉ업(事業)을 일우리오? 그
즁의 ᄯᄒᆞᆫ 연괴(然故) 잇ᄂᆞ니, 비컨디 한 ᄌ루
칼을 오리 감쵸고 쓰지 아니면 곳 녹이 스러 한
즈음을 갈ᄋᆞ야 곳 쾌홀 거시오, 만일 날마다 쓰
면 녹은 스지 아니나 져의 날이 다홀 거시니 너
의 노인네 평싱을 츙간의담(忠肝義膽)으로 진심
갈력(盡心竭力)ᄒ여 이런 년긔(年紀)의 니르럿거
눌 버금 되염즉ᄒᆞᆫ 사름이 업ᄉ니 너는 괴롭지【
16】 아니며 ᄯ 엇지 방챠ᄒ여 가리오?"

  왕원이 믄득 눈을 부븨고 ᄯ러 한 번 졀ᄒ
고 니러 니르디,

  "쇼지[103] ᄯ흔 감히 당치 못ᄒ나 실노 고
낭(姑娘)의 교훈ᄒ시미 올토다."

  뎌옥이 니르디,

  "내 이제 쥬의(主意)를 뎡ᄒ여 네게 한 마
디 말을 니르ᄂᆞ니 다만 믈건을 젹치(積置)ᄒ여
두고 힝용(行用)치 아니면 무엇ᄒ리오? 우리 집
ᄉ졍이 ᄯ흔 크거눌 네가 도로혀 이런 괴로온
ᄉ업을 담당ᄒ여시니 우리 이제 무슨 디방(地

方)이며 무슨 믈화(物貨)든지 의론(議論)치 말고
졀후(節候)【17】를 보와 가며 건각(健脚)의 사
름을 만히 셰내여 삼오쳔(三五千) 리(里) 안 시
가(時價)를 항샹 남의게 비컨디 반 달 동안이나
몬져 아라 믄득 ᄌ셰히 긔록ᄒ엿다가 너는 다만
믈건을 내고 그 남은 일은 다른 사름으로 ᄒ여
곰 슈륙(水陸)게 분쥬(奔走)케 ᄒ면 엇지 조치
아니리오? 지어(至於) 남변(南邊) 뎐답(田畓)은
원러 날마다 만하 가니 다만 문셔 츠지ᄒᆞᆫ 사
름만 미드면 ᄯ흔 챡실치 못홀지라. 우리 쟝러
의 대략 삼쳔 묘(畝) 뎐쟝(田莊)이 되거든 곳 세
곳 농쟝을 짓고 【18】 사름을 어더 그 집의 머무
르고 그 ᄯᅡ히 심어 져로 ᄒ여곰 유가[거]유식(有
居有食)게 ᄒ고, ᄯ흔 격은 챵고(倉庫)를 두어
종ᄌ(種子)를 ᄭ우미고 빈궁(貧窮)ᄒᆞᆫ 사름을 무휼
(撫恤)ᄒ기를 예비(豫備)ᄒ고 각 농쟝의 모든 일
을 쟝슈(莊首)를 맛겨 공과(功過)를 긔록(記錄)ᄒ
여 개챠ᄒ고, 둘지는 뎐답(田畓)과 무역(貿易)을
난호와 각기 문셔를 셰워 미월 미일의 츌입치부
(出入致富)를 모다 쇼샹히 홀 거시오. ᄯ 버
거[104] 일은 텬하셰계(天下世界) 사름이 뉘 아니
리(利)를 취ᄒ리오마는 다만 각박(刻剝)히 타인
(他人)의 거슬 침챡ᄒ【19】면 사름의 꾀가 하
눌 조화(調和)만 갓지 못ᄒ여 아모리 혜오미 도
져ᄒ여도 필경 낭픽(狼狽)ᄒᆞᄂᆞ니, 내 이제 무슨
조건이던지 거리끼지 아니코 모다여 잉(剩)을
남겨 원긔 돕는 일을 지을지니 믈론(勿論) 남븍
고향(南北故鄕)ᄒ고 슈화질병(水火疾病)과 ᄉ숑
치부(詞訟債負)와 ᄉ산류리(死散流離)ᄒᆞᆫ 이런
고황(苦況) 즁의 잇ᄂᆞ 사름을 만나거든 곳 도와
쥬디 다만 요리(要利)ᄒᆞᆫ 도리보다 더옥 즁케
아닐지니 이러ᄒ면 네게 모다 맛기미 조토다."

  왕원이 듯고 ᄆᆞᄋᆞᆷ의 가쟝 항복ᄒ여 믄득【
20】 니르디,

  "쇼지 년긔가 이갓치 만핫시디 일즉 이런
교훈을 듯지 못ᄒ여시니 이제 곳 이갓치 판리
(辦理)ᄒ리라."

---

103) 【쇼지】몡 소적(小的 xiǎode). 소인(小人). 말하
는 사람이 자신을 낮추어 이르는 말. 중국어 차
용어. ¶ 小的 ∥ 쇼지 ᄯ흔 감히 당치 못ᄒ나 실
노 고낭의 교훈ᄒ시미 올토다 (小的也當不起, 實
在姑娘敎訓得很是.) <後紅 5:16>

104) 【버거】몡 둘째. 다음. ¶ 再 ∥ 버거 일은 텬
하셰계 사름이 뉘 아니 리를 취ᄒ리오마는 다만
각박히 타인의 거슬 침챡ᄒ면 사름의 꾀가 하눌
조화만 갓지 못ᄒ여 아모리 혜오미 도져ᄒ여도
필경 낭픽ᄒᄂᆞ니 (再則世界天下人, 哪一個不奔着
利上去, 只因刻剝了, 占了別人的分兒, 人算不如天
算, 饒你會算, 終究折將下來.) <後紅 5:18>

대옥이 이르디,

"각 항 스뮈(事務) 죠목(條目)이 허다(許多)ᄒ니 나는 다만 일년 총부(總簿)롤 모다 보와 청쵸(淸楚)케 홀 ᄯ롬이니 너의 이 문셔롤 모다 모화 가지고 가셔 유심(留心)ᄒ디 뽐즉ᄒ 사롬이 잇거든 곳 다리고 드러와 내가 보고 시험케 ᄒ며 대야(大爺)의게 붓치는 답셔(答書)도 쏘ᄒ 가지고 가라."

왕원이 믄득 일졔히 바다 가지고 나올 시 뜰의 셧던 여러 【21】 사롬가지 이 의론을 듯고 개개히 심복(心服)ᄒ다가 도라가더라. 왕부인과 셜이마 등이 방즁(房中)의셔 듯고 가마니 싱각ᄒ디,

'다만 알기롤 디옥이 졍셰총명(精細聰明)ᄒ여 시스(詩詞)와 필믁(筆墨)의 능ᄒ다 ᄒ여시나 엇지 져의 흉금(胸襟)의 이런 무뺭ᄒ 경위(經緯)와 지졍(才情)이 잇시디 외면(外面)의 쏘ᄒ 드러나지 아닐 줄 아랏시리오? 젼일 왕봉져(王鳳姐)의 광경의 비컨디 진개 쳔디(天地) 현격(懸隔)ᄒ도다.'

ᄒ여 즁인(衆人)이 심즁의 탄복ᄒ고 보챠는 더옥 져의 츄후 의론을 아름다히 너 【22】 겨 니르디,

"다만 졔가 령리(伶俐) 각박(刻薄)ᄒ므로 아랏더니 엇지 졔가 득의(得意)치 못ᄒ엿실 씨의 분격쇼치(憤激所致)로 그런 일이 이셔시나 졍경(正經) 대도의[리](大道理)ᄂ 믄득 뎨일층(第一層) 공부(工夫)롤 지어 근본을 붓도들 줄 아랏시리오? 이런 지졍(才情)과 심지(心地)ᄂ 도로혀 무슨 말 ᄒ랴?"

ᄒ며 다만 왕부인의 심즁의ᄂ 더옥 공경ᄒ고 츄회(追悔)ᄒ여 믄득 싱각ᄒ디,

'내 젼일 공연이 져롤 아라보지 못ᄒ여시니 우리 부즁의 만일 일즉 이 갓혼 사롬 하나히 잇셔 총집(總執)ᄒ엿더면 오늘 【23】 모다 이 모양의 니르지 아니ᄒ여실 거시오. 너는 드르라 져의 일쟝(一場) 의론이 모다 졍셰(精細)ᄒ니 가스(家事)롤 능히 총집홀 말은 말고 다만 져의 ᄆ움 두는 법을 보라. 도로혀 봉져(鳳姐)갓치 다만 셰리(勢利)롤 힘뼈 관스(官司)롤 결년ᄒ며 쏘ᄒ 빗노리 ᄒ여 필경 발각(發覺)ᄒ미 일퓌도지(一敗塗地)ᄒ리오? 나는 의히이 하인(下人) 등의 말을 드르미 도로혀 우리가 구간(苟艱)ᄒ여 답

답이 이런 인친(姻親)을 미즈 님시(林氏) 집의 지믈을 쓰러 쓰고즈 ᄒ는 모양 갓흐나 우리 이런 싱각업는 말은 말고 다 【24】 만 이런 사롬이 와셔 집안을 쥬쟝(主掌)ᄒ면 우리 량부(兩府)의 목금(目今) 수모(受侮)롤 다만 견디여 갈 쭌 아니라 쏘ᄒ 흥왕(興旺)케 ᄒ리니 녜로붓허 말ᄒ디 '일쳔 군스는 엇기 쉬오디 한 쟝슈(將帥)ᄂ 구ᄒ기 어렵다'[105] ᄒ니 져의 구귀(舅舅) 그쳐럼 져롤 스랑ᄒ미 고이치 아니면 젼일 노태태(老太太)긔셔도 쏘ᄒ 져의 속을 아지 못ᄒ시도다.'

ᄒ니 평으는 쏘ᄒ 영혜(穎慧)ᄒ지라 왕부인의 허다 광경을 보고 쏘ᄒ 칠팔 분(分)이나 짐쟉ᄒ여 즁인이 졍히 이쳐럼 싱각ᄒ더니 디옥이 【25】 믄득 셔셔히 드러와 우스며 니르디,

"이마(姨媽)와 구티티(舅太太)긔 티만(怠慢)ᄒ미 만토다. 엇지 슈즈(嫂子)와 즈미(姊妹) 무리는 담화ᄒ여 희쇼(喜笑)치 아니ᄒ느뇨?"

셜이미 웃고 니르디,

"우리 등이 고낭의 말을 듯고 쏘ᄒ 만히 학문을 널넛시며 너의 구태태와 다못 너의 즈미 등은 쏘ᄒ 졈두(點頭)ᄒ기의 골몰(汨沒)ᄒ여시니 엇지 도로혀 담화홀 결을이 이시리오?"

왕부인이 니르디,

"우리 젼일의 모다 대고낭(大姑娘)의 흉즁의 이런 경위(經緯) 잇는 줄을 아지 못ᄒ여시니 너의 구 【26】 귀(舅舅) 그쳐럼 너롤 스랑ᄒ믄 고이치 아니나 우리는 헛도이 이 년긔의 니르도다."

니환 등이 쏘ᄒ ᄯ라 탄복ᄒ거놀 디옥이 웃고 니르디,

"이마와 구태태는 우움의 말을 말나. 도로혀 슈즈 등도 쏘ᄒ ᄯ라 우움의 말을 ᄒ는도다. 나는 일개 녀힉ᄋ(女孩兒)라 무어슬 알니오? 블과 거게(哥哥) 오지 아니ᄒ고 쏘 셔신(書信)을 뼈 보내여 내게 지삼 부탁ᄒ여시미 져의 무리 너모 산란(散亂)홀가 져허ᄒ여 약간 몃 귀졀 말

---

105) 【일쳔 군스는 엇기 쉬오디 한 쟝슈는 구ᄒ기 어렵다】 ⓢ 일쳔 군사는 얻기 쉬워도 한 장수 는 구하기 어렵다. ¶ 千軍易得一將求 ‖ 녜로 붓허 말ᄒ디 일쳔 군스는 엇기 쉬오디 한 쟝슈 는 구ᄒ기 어렵다 ᄒ니 져의 구귀 그쳐럼 져롤 스랑ᄒ미 고이치 아니면 젼일 노태태긔셔도 쏘 ᄒ 져의 속을 아지 못ᄒ시도다 (從古說千軍易得 一將難求, 怪不得他舅舅那樣疼他, 連從前老太太 也沒有認出他的底子來呢.) <後紅 5:24>

을 홀 뿐이오 진개 무순 판리흔 【27】 일이 이시리오?"

보치 웃고 니르디,

"져 사룸을 보라. 가장 겸양(謙讓)ㅎ는 군지로다."

디옥이 믄득 막즈르고[106] 한담(閑談)을 시쟉ㅎ더니 츄후의 왕부인과 보챠와 평ㅇ(平兒)와 희란(喜鸞) 희봉(喜鳳)이 모다 가고 다만 셜이마와 니환이 잇는지라. 대옥이 다만 싱각ㅎ디,

'져의 량인이 가면 곳 셕츈을 끄으러 오리라.'

ㅎ엿더니 뉘 져 량인이 도로혀 오리 안줏실 줄 아랏시리오? 니환이 홀연 이 대옥의 귀박회[107]의 금어이(金魚兒) 업스믈 보고 춤지 못ㅎ 【28】 여 믄득 무르디,

"림고낭(林姑娘)아, 너의 금어이 어디 갓느뇨?"

디옥이 니르디,

"원리 대슈지 이 리력(來歷)을 아지 못ㅎ고 나도 쏘흔 너다려 니르지 못ㅎ엿노라. 이는 원리 금으로 민든 거시 아니라 곳 텬싱(天生) 보픠(寶貝)니라. 져의 온 곳을 말홀진디 쏘흔 가쟝 머러 곳 안기도(安期島) 옥익[익]쳔(玉液泉) 중의셔 난 거시니 다만 죽은 사룸의 입의 먹으면 쳔 년이라도 셕지 아니ㅎ고 산 사룸의 입의는 합당치 아니며 십여 일을 격ㅎ여 믄득 우슈(雨水)로 져룰 일 쥬 【29】 야(週夜)룰 기르디 극히 더디여 일삭(一朔)이 격ㅎ여도 쏘흔 이갓치 기르느니라."

셜이마와 니환이 모다 이샹히 너겨 니르디,

"믈 속의 드러가셔도 능히 노느냐?"

대옥이 니르디,

"엇지 노지 못ㅎ리오? 져녁의 믈그룻 속의 너허 두면 명일(明日) 청신(淸晨)의 곳 활발ㅎ미 비홀 디 업셔 져룰 잡으려 ㅎ여도 잡지 못ㅎ느니 너는 밋지 아니커든 너로 ㅎ여곰 보게 ㅎ리

라."

ㅎ고 믄득 즈견과 쳥문을 블너 죠히 가져다가 이태태(姨太太)와 대내내(大奶奶)룰 【30】 위ㅎ여 보게 ㅎ라 ㅎ니 쳥문(晴雯)이 즉시 가셔 일개 화(花)스발을 가져와 탁샹의 노ㅎ미 즈견(紫鵑)이 믄득 앏흐로 와 쏘흔 보고 니르디,

"져의 조히 노는 거술 보라."

중인이 즈셰히 보미 과연 한 스발 묽은 믈 속의 일개 젹은 금어이(金魚兒) 홀연 왕러ㅎ거눌 셜이마(薛姨媽) 믄득 빈혀룰 쌘혀 믈 속의 너허 져룰 건더리려 ㅎ니 디옥이 련망히 멈츄어 니르디,

"기룸 무든 믈건은 긔ㅎ느니라."

셜이미 믄득 병미(瓶梅)의셔 한 가지룰 썩꺼 믈스발의 【31】 너허 금어ㅇ룰 건더리니 금어이 리왕ㅎ며 미화가지룰 따라 믈녀 ㅎ거눌 셜이마와 니환(李紈)이 웃기룰 마지 아니터니 즈견이 쏘 일기 현미경(顯微鏡)을 가져와 말ㅎ디,

"이태태(姨太太)와 대내내(大奶奶)야 즈셰히 보면 도로혀 더옥 죠흐니라."

량인이 진개 바다 돌녀가며 잡고 볼 시 이 금어이 본러 스분(四分)즘 크더니 도로혀 스척(四尺)이 남아 되고 혼신이 모다 금식이오 눈가의 일션(一線) 홍운(紅運)이 빗쵀고 몸의 쏘 젹금(赤金)으로 뜬 몃 줄 글즈히 이시니, 일면(一面)의 두 줄 【32】 은 '역령역쟝션슈히쟝(冰靈亦長仙壽偕臧)' 여덟 즈히오, 일면의 세 줄 글즈는 '일도지겹이관블록삼약운연(一度災劫二貫菲綠三躍雲淵)' 열두 지니 원러 모다 젼즈(篆字)라. 셜이미 분변치 못ㅎ더니 다힝이 니환이 아라내미 진개 긔괴(奇怪)흔지라. 졍히 돌녀보더니 홀연 드르미 셕츈(惜春)이 다라드러오며 림미미(林妹妹)야 부르거눌 디옥(黛玉)이 믄득 마즈 나아갈 시 셕츈이 손의 한 권 도셔(道書)룰 가졋는지라. 대옥이 셜이마와 니환이 볼가 두려 즉시 녀죠스(呂祖師) 앏흐로 갓치 가더라. 셜 【33】 이마는 본러 노실(老實)흔 사룸이오 쏘 년긔(年紀)가 잇는지라. 한즈음 침음(沈吟)ㅎ다가 곳 일쟝(一場) 의론(議論)을 발ㅎ여 니르디,

---

106)【막즈르다】圖 막지르다. 막다. 거절하다. ¶ 撤開 ‖ 디옥이 믄득 막즈르고 한담을 시쟉ㅎ더니 츄후의 왕부인과 보챠와 평ㅇ와 희란 희봉이 모다 가고 다만 셜이마와 니환이 잇는지라 (黛玉便撤開了, 說起閑話來. 隨後王夫人、寶釵、平兒、喜鸞、喜鳳都去了, 只剩下薛姨媽、李紈.) <後紅 5:27>

107)【귀박회】圖 귓바퀴. ¶ 耳朵 ‖ 니환이 홀연 이 대옥의 귀박회의 금어이 업스믈 보고 춤지 못ㅎ여 믄득 무르디 (這李紈忽然的看見黛玉耳朵上, 不見了個金魚兒, 忍不住便問道.) <後紅 5:27>

"쏘한 긔괴ᄒ도다. 너는 이 보픠(寶貝)를 보라. 내가 싱각건디 보옥(寶玉)이 한덩이 옥의 쏘한 젼면(前面)의 두 줄과 후면(後面)의 세 줄 말이 이시디 모다 죠금도 틀니지 아니코 쏘 하나흔 태즁(胎中)의셔 머금고 나오시며 하나흔 관(棺) 쇽의셔 머금고 나와시니 이는 바야흐로 니르디 '옥(玉)이 금(金)을 쩍짓고 금이 옥을 쩍짓는다' ᄒ리로다. 우리 보【34】 챠두(寶叉頭)의 금쇄(金鎖)는 필경 인공(人工)으로 민든 거시라 엇지 져의 텬싱(天生) 일디(一對)의 비ᄒ리오? 내 말이 아니라 우리 이런 집의셔 무론(勿論) 슈모(受侮)ᄒ고 무비(無非) 인친결친(因親結親)이로디 더욱 한 샹(床)의 세 비필(配匹)이 잇기 어렵고 쏘 림고낭(林姑娘)은 싱내(生來)의 우리 보챠두로 더브러 가쟝 죠하ᄒ여시니 내가 곳 이 진금(眞金) 진옥(眞玉)의 ᄉ졍(事情)을 너의 파파(婆婆)의게 고ᄒ고ᄌ ᄒ노라."

니환이 듯고 보챠(寶釵)의게 걸녀 나무르지도 못ᄒ고 곳 올타 말ᄒ기도 어려온지라. 다만 니르디,

"진개 가쟝 긔괴ᄒ도【35】다."

ᄒ고 ᄌ견과 쳥문으로 더브러 모다 졈두(點頭)ᄒ ᄉ 삼인의 심즁의 쏘 모다 싱각ᄒ여 니르디,

"이태태(姨太太)의 이런 대방가(大方家)는 엇기 어렵도다. 쳔만 격당이 셜파(說罷)ᄒ미 실노 긔괴ᄒ도다."

ᄒ고 셜이마와 니환이 쏘한 나오니 더옥과 셕츈이 년망히 보내고 갓치 다라드러가더라. 원리 셕츈이 이 금어ᄋ 노는 거술 보지 못ᄒ엿는지라. 쏘한 희귀이 너겨 ᄌ셔히 뭇고 ᄌ셔히 볼 ᄉ 쳥문은 보옥을 만나보고 쏘 샤월(麝月)을 만나 홍릉(紅綾) 오ᄌ(襖子) 깃 밧으믈 인【36】ᄒ여 더옥 보옥을 싱각ᄒ여 졍히 글졔룰 비러 픔쇽의 말을 펴고ᄌ ᄒ여 믄득 ᄌ견의 옷술 당긔니 ᄌ견이 쏘한 뜻을 알고 셕츈의 금어ᄋ 뭇는 ᄊ를 타 쏘한 일일히 셜이마의 일쟝 의론을 모다 젼ᄒ니, 더옥이 듯고 홀연 홍운(紅雲)이 만면(滿面)ᄒ며 한 숀을 믈ᄉ발의 의 너허 그 금어ᄋ를 잡아내여 ᄯᅡ히 더지고 쏘 무슨 믈건을 ᄎᄌ 져롤 즛두다리려 ᄒ니, ᄌ견과 쳥문이 황망히 일변 울며 일변 나리다라 집으며 니르디,

"우리【37】고낭(姑娘)아 너는 무슨 노ᄒ미

잇셔 쏘한 곡절업시 이 목슘을 끈흐려 ᄒᄂ뇨?"

대옥이 긔(氣)가 나셔 헐헐이며 니르디,

"너의는 이런 호란(胡亂)ᄒ 말을 지어내니 내 이 믈건을 ᄒ여 무엇ᄒ리오?"

ᄒ거눌 셕츈이 챡급(着急)ᄒ여 쏘한 지삼 권ᄒ며 니르디,

"림져져(林姐姐)야 너는 곳 각인(各人)의 각각 ᄌ긔 일을 힝케ᄒ 거시오. 쏘한 너의 이런 사롬을 용셔ᄒ라. 좌우간 타인의 말이라 듯고 아니 듯는 거슨 네게 잇시니 이러톳 긔롤 내여 무엇ᄒ리오?"

ᄒ고 삼인이 한ᄌ음 들네【38】여 쳔언만어(千言萬語)로 어린 ᄋ히 달내듯ᄒ여 겨유 금어(金魚)룰 가져 도로 더옥의 귀의 달게 ᄒ ᄉ, 다만 샤월은 왕리ᄒ며 먼니 쇼샹관(瀟湘館) 화문(花門)을 바라보나 어디 무슨 쥭지(竹枝)가 이시리오? 죵일 사롬이 왕리ᄒ미 보옥으로 ᄒ여곰 바라는 눈이 ᄶ러질 듯ᄒ더라.

챠셜, 셜이미 진개 왕부인(王夫人) 곳의 니르러 일일히 져의게 고ᄒ니 왕부인이 쏘한 희귀히 너기고 쏘한 희환(喜歡)ᄒ여 가졍이 쳐음의 집의 니르럿실 ᄯᅥ 말을 고ᄒ고 니르디,

"피ᄎ 의견이 셔로 갓【39】다."

ᄒ며 쏘 가졍이 드러올 ᄯᅥ의 니르러 왕부인이 쏘한 고ᄒ니 가졍이 쏘한 가마니 긔이(奇異)ᄒ믈 일ᄏᄃ더라. 왕부인이 믄득 옥슌ᄋ(玉釧兒)로 ᄒ여곰 평ᄋ룰 ᄯᅡ라 쇼샹관의 가 동졍을 탐지ᄒ라 ᄒ더니 오리지 아냐 평ᄋ와 옥슌이 도라와 니르디,

"방ᄌ 림고낭이 금어룰 두다리려 ᄒ던 광경을 쳥문의게 드럿노라."

ᄒ고 일일히 고ᄒ미 왕부인이 다만 심회 답답ᄒ여 즐기지 아니며 옥슌이 쏘한 잉ᄋ(鶯兒)의게 고ᄒ니 잉ᄋ는 원리 보챠의게 갓【40】가온 사롬이라 보옥으로 ᄒ여곰 대옥의 무졍ᄒ믈 ᄌ셔히 알면 믄득 일심으로 보챠의 신샹(身上)을 향ᄒ리라 ᄒ여 쏘한 대옥이 금어 두다리려ᄒ던 일을 보옥의게 고ᄒ니 보옥이 듯고 놀나 벙벙ᄒ며 쏘 ᄌ셔히 싱각ᄒ여 니르디,

"우리 이태태의 말을 다만 계가 대방개라 말ᄒᆯ 쓴 아니라 어내 일ᄌ나 쏘 그르리오? 진개 진금 진옥으로 텬싱(天生) 일디(一對)며 더욱 긔 이ᄒᄆᆫ 져 글ᄌ히 쏘한 틀니미 업ᄉ미로다. 진

개 이러홀 양이면 내 젼일의 가 【41】 쟝 한 덩 이 옥을 한호엿더니 이졔는 곳 맛당히 져롤 이 즁홀 거시오, 쏘 일졈 금어으롤 싱각호미 쏘혼 능히 노닌다 호니 실노 긔이호도다. 내 젼일의 보지 못호여시니 림미미야 네가 곳 날노 더브러 조화 아니호여도 다만 이 금어으롤 날노 호여곰 보고 놀게 호면 쏘혼 죠흐리로다. 내 젼일 가지 고 노닐 믈건을 네가 스랑호는 거시면 네 말이 업셔도 내가 다만 풍문(風聞)으로 드러도 곳 너 롤 쥬엇시니 네가 만일 진개 나의 한 덩이 옥을 스랑 【42】 홀진디 곳 가져갈지니 쏘혼 무숨 이 셕호미 업스디, 다만 그 금옥 말이 이실진디 곳 맛당히 조히 원망케 홀지라. 엇지 내가 젼일의 이 옥을 두다리려 호엿더니 졔가 이졔 쏘 져 금 을 두다리고즈 호니 이 금(金) 옥(玉) 두 가지 믈건도 허다 괴로오믈 밧는도다. 텬하의 필경 이갓치 판의 박은 둣흔 일이 이시니 죠믈도 쏘 혼 극히 공교(工巧)호여 도로혀 사름이 쑤며낸 것 갓흐나 사름이 곳 이 일을 쑤며내려 호여도 쏘혼 능히 이갓치 판의 박은둣시 못호리라. 【43 】 태극(太極) 그린 거슬 보건디 둥군 테 안의 이편의도 졀반 두룬 거시 잇고 져편의도 쏘 졀 반 두룬 거시 이시며, 져편의는 일개 흑졈(黑點) 이오 이편의는 곳 일개 빅졈(白點)으로 져롤 땍 지어시니 텬디 각 스졍이 모다 이 모양이로다. 이롤 볼진디 졔가 젼일의 허다 괴로오믈 밧아시 니 나도 이졔 쏘혼 그 모양갓치 허다 괴로오믈 바다 져의게 갑흘 거시로다 쏘 판의 박은둣시 내가 말쵸의 니르러 보져져(寶姐姐)롤 뚝지엇다 호여 쟝리 져도 쏘혼 말쵸의 【44】 타인을 뚝짓 지는 말거시오 젼일의 내가 능히 져롤 보지 못 호고 졔가 곳 화거(化去)호여시니 이졔 졔가 즐 겨 나롤 보지 아니미 나도 쏘혼 진개 지와 연긔 가 되깃시디 다만 져는 화거호여 도로혀 회싱 (回生)호엿거니와 나는 지가 되여 가 쏘 회싱호 랴 회싱치 못호랴? 곳 능히 그 모양 디로 쏘혼 회싱호면 기후(其後) 스졍(事情)이 엇더호리오? 이는 쏘혼 짐쟉기 어렵도다.”

호여 심즁의 샹량호여 스스로 거러가는 쥴 씨둣지 못호고 대관원(大觀園)으로 와 그 화문 (花門) 【45】 우히 필경 죽지(竹枝) 유무(有無)롤 보더니 다만 보미 샤월이 먼니셔 손을 흔들거놀 보옥이 다만 졍신 업시 미향총(埋香塚) 아러 산

구븨롤 지나와 보미 만발호 미홰(梅花) 쏘혼 편 편(片片)이 년못 속을 향호여 나라가거놀 믄득 그 미화롤 짜라오니 죠흔 록슈쳥쳥(綠水淸淸)혼 년못시라. 손으로 홍난간(紅欄杆)을 붓들고 년못 속을 바라보니 이 년못 속의 어름이 쳐음으로 풀니고 믈결이 닐지 아니호며 보옥의 그림지 거 울갓치 비최거놀 보옥이 믄득 【46】 싱각호디,

‘보옥아 너 갓흔 이런 사름이 엇지 림미미 의게 갓가히 홀고?’

쏘 싱각호디,

‘림미미야 내가 젼일 몽즁(夢中)의 경루옥 우(瓊樓玉宇) 즁의 니르러 너의 허락호믈 닙어 젼샹(殿上)의 니르러 요힝이 너롤 한 번 바라보 다가 도로혀 여러 시녀들이 즉긱의 바올을 나리 믈 닙엇더니, 이졔 다시 셰샹의 모혀 원즁(園中) 의 니르러 바라보미 곳 텬샹의 비컨디 도로혀 먼 둣호도다. 내가 만일 능히 네 그림즈 보기롤 나의 이즈음의 슈즁(水中)을 향 【47】 호여 즈긔 그림즈 보듯 호면 쏘혼 나의 다시 가향(家鄕)으 로 도라오미 헛되지 아니리로다.’

호고 졍히 졍신을 일코 셧더니, 텬샹의 홀 연 한 쎼 기러기 괴란(壞亂)이 울며 나라갈 싀 졍히 그림지 년못 속으로 뵈거놀 무단이 대옥의 젼일 기러기 보고 한탄호던 말이 싱각이 나는지 라. 믄득 니르디,

“우리 등이 으시(兒時)로붓허 원리 조화호 더니 엇지 보겨져가 어내 외도의셔 와 졔가 곳 일노조ᄎ 모음이 동호여시니 쏘혼 봉슈즈(鳳嫂 子)의 조치 못혼 곡 【48】 졀이오 쏘혼 대져졔 (大姐姐) 쥬쟝이 되여 무숨 홍ᄉ관(紅麝串)을 샹 급호미 림미미로 호여곰 일노조ᄎ 다른 모음이 동호엿거놀 쟉일의 태태긔셔 도로혀 ᄎ즈내여 내 옷깃 우히 미엿도다.”

호고 보옥이 곳 홍ᄉ관을 년못 속의 더지 려호 다가 쏘 원츈(元春)의 은의(恩義)롤 으시로 붓허 후히 바든 일을 싱각호고 믄득 니르디,

“쏘혼 구틔여 말지니 나는 다만 다시 이거 슬 가지지 아니호여 림미미로 호여곰 보고 나롤 고이히 너기지 아니케 호미 올토다. 본리 【49】 년못 믈이 빗최는 셩품을 가져시디 내 그림즈만 빗최고 내 모음은 빗최지 아니호니 나는 다만 즈긔가 명빅히 알 쓴이로다.”

호여 졍히 이갓치 싱각홀 시 믈 속의 쏘혼

고기가 나와 놀거눌 보옥이 또 젼일의 여러 조
흔 ᄌ미들이 여긔 잇셔 고기 낙든 거술 싱각ᄒ
며 ᄯᅩᄒᆫ 홀연 대옥의 금어ᄋ를 싱각ᄒ고 니ᄅ
디,

"이ᄂᆫ 진개 금이어눌 ᄯᅩᄒᆫ 능히 노닌다 ᄒ
니 원리 일개 신믈(神物)이어니와 엇지 고기 우
히 ᄯᅩᄒᆫ 글ᄌ 흔젹이 잇ᄂᆫ【50】뇨? 고리의 고
기로 글을 젼ᄒᆫ다 ᄒᆞᆷᄂᆫ 모다 고기 복즁(腹中)의
잇거눌 이졔 ᄯᅩ 편벽도이 고기 비눌 우히 잇도
다. 잉이(鸎兒) ᄯᅩᄒᆫ 능히 무슨 글ᄌ라 말ᄒᆞ지
못ᄒ니 필경 나의 이 옥 우히 글ᄌ와 갓ᄒ냐 갓
지 아니냐? 도로혀 곳 일ᄌ블착(一字不着)ᄒ냐
도로혀 디동쇼이ᄒ냐? ᄯᅩ 져 글 속 의ᄉ(意思)
를 ᄌ셰히 보면 도로혀 합ᄒ리라 ᄒᆫ 말인지 먼
니 ᄶᅥ나리라 ᄒᆫ 말인지 대슈ᄌᄂᆫ ᄌ연 싱각홀
거시니 내 ᄯᅩ 가셔 져의게 무르면 곳 명빅히 알
니로다."

ᄒ【51】여 보옥이 싱각을 졍ᄒ고 믄득 도
향촌(稻香村)으로 와 니환을 잡고 ᄌ셰히 무르
니 니환이 보기를 쳥쵸(淸楚)히 ᄒᆞ엿ᄂᆫ지라 엇
지 니져시리오? 믄득 일일이 고ᄒ거눌 보옥이
일일이 쓸 시 니환이 일변 져롤 가ᄅ치더 ᄯᅩᄒᆫ
젼ᄌ법(篆字法)이 엇더ᄒ며 고기 대회 엇더타
ᄒᆞ거눌 보옥이 져의 말디로 그려내니 니환이 웃
고 니ᄅ디,

"ᄯᅩᄒᆫ 틀니미 업ᄉ나 다만 져기[108] 금을
메우면 곳 올홀지니 지금 너의 림미미 귀박
회[109]의 걸녓ᄂᆞ니라."

보옥이 젼후 좌【52】우로 보다가 니ᄅ디,
"니롤 볼진디 가쟝 죠토다."

니환이 ᄯᅩᄒᆫ 우음을 머금고 이태태의 말을
젼ᄒ니 보옥이 니ᄅ디,

"잉이 ᄯᅩᄒᆫ 일쥭 말ᄒ더라. 이ᄂᆫ 노애 ᄯᅩ
ᄒᆫ 몬져 ᄯᅳᆺ을 뎡ᄒ시미로더 다만 림미미 너모
나롤 과히 원한(怨恨)ᄒ니 죠뎡(朝廷)의셔 사롬
의 죄명(罪名)을 뎡ᄒ여도 ᄯᅩᄒᆫ 구쵸(口招)롤 밧
고 바야흐로 뎡ᄒᆞ니 엇지 림미미갓치 얼골도
뵈지 아니ᄒ고 말도 분변(分辨)케 아니ᄒ여 ᄌ
긔가 무어시라 ᄒ면 곳 무어시 되는 일이 이시

리오?"

니환이 탄【53】식고 니ᄅ디,
"보형뎨(寶兄弟)야, 날노 말홀진디 근져(根
底)가 네게 잇ᄂᆞ니 원리 져롤 이샹히 너기지 못
ᄒ리로다. 다만 져의 림죵시(臨終時)롤 싱각ᄒ미
너의 집의셔 도로혀 져롤 사롬으로 아랏ᄂᆞ냐?
당당ᄒᆫ 영국공(榮國公) 부즁의 고태태(姑太太)가
일개 녀ᄒᆡᄋ(女孩兒)롤 머무럿시니 원리 림부즁
(林府中)의 젼후취(前後娶) 쇼싱(所生)이 아니오
ᄯᅩ 고태태ᄂᆫ 비록 하셰(下世)ᄒ여시나 노태태(老
太太)긔셔 스스로 먼 디방(地方)의셔 져롤 영졉
(迎接)ᄒ여 왓시니 곳 노태태긔셔 져롤 심히 ᄉ
랑ᄒ다 ᄒ나 나무가【54】지롤 버히면 ᄯᅩᄒᆫ 쑤
리롤 도라볼 거시어눌 곳 공연이 고이ᄒᆫ 모양으
로 들네여 져로 ᄒᆞ여곰 무단(無端)이 츌가(出嫁)
ᄒᆫ 일홈을 밧게 ᄒ여시니 져ᄂᆫ 곳 녀ᄒᆡ이라. 엇
지 이런 일홈을 바드며 져의 젼일 병들미 원리
뿔더 업ᄂᆫ 일이나 ᄯᅩᄒᆫ 너의 집이 잇셔 삼ᄉ 년
을 오리 이우(貽愛)치 아니ᄒ엿거눌 가련ᄒ도다
샹(床)의 오른지 반 달의 곳 그럴 쥴 아랏시리
오? 탕(湯)을 ᄎᄌ도 쥬지 안코 믈을 ᄎᄌ도 쥬
지 아니며 ᄯᅩᄒᆫ 사롬의 그림ᄌ도 업더니【55】
더옥 가련ᄒᆞᆷ은 져의 명믹(命脈)이 ᄯᅳᆫ쳐지지 아
낫거눌 져의 챠환(丫鬟)가지 ᄯᅩᄒᆫ 개개히 블너
갓시며 목숨이 진홀 ᄶᅵ 니르러 관지(棺材)도 ᄯᅩ
ᄒᆫ 업셧시니 너ᄂᆫ 싱각ᄒ여보라 너의 가시(賈
氏) 문즁(門中) 졍경(正經) 사롬 즁의 내가 아니
면 뉘 가셔 져의 림죵(臨終)을 ᄒ여시리오? 이
졔 즁인(衆人)은 ᄯᅩᄒᆫ 계가 날노 더브러 조하ᄒ
믈 고이히 너기지 말 거시오 이졔 져의 집의 형
셰(形勢)가 가쟝 죠ᄒᆞᆷ이 븟들고ᄌ ᄒᆞᄂᆫ 이가 ᄯᅩ
ᄒᆫ 만토다. 다만 나는 져의 림죵ᄒᆞᆫ 사롬이라 그
【56】럴 거시 업거니와 ᄎ외(此外) 사롬은 계
가 엇지 ᄒᆞᆫ치 아니리오?"

ᄒ고 니환이 도로혀 홀 말이 젹지 아니더
보옥이 죽을ᄃᆞ시 우는지라. 니환이 련망히 입을
멈츄고 다만 권ᄒ여 니ᄅ디,

"나ᄂᆫ 직심(直心)의 사롬이라. 네가 날다려
뭇기로 내가 말ᄒᆞ엿더니 네가 다시 져러ᄒ면 내

---

108)【져기】图 조금. 약간. ¶ 些 ‖ ᄯᅩᄒᆫ 틀니미
업ᄉ나 다만 져기 금을 메우면 곳 올홀지니 지
금 너의 림미미 귀박회의 걸녓ᄂᆞ니라 (也差不多,
只要塡上些金就是了, 現今在你林妹妹耳環上掛着
呢.) <後紅 5:51>

109)【귀박회】图 귓바퀴. ¶ 耳環 ‖ ᄯᅩᄒᆫ 틀니미
업ᄉ나 다만 져기 금을 메우면 곳 올홀지니 지
금 너의 림미미 귀박회의 걸녓ᄂᆞ니라 (也差不多,
只要塡上些金就是了, 現今在你林妹妹耳環上掛着
呢.) <後紅 5:51>

가 초후는 한 마디 말도 모다 아니홀 거시오.
곳 너의 림미미 곳도 내가 쏘훈 아른 쳬 아니리
라."

호니 보옥이 비샹(悲傷)호믈 참아 눈믈을
거두고 니르디,

"대슈즈야,【57】 너의 말이 즈즈(字字)이
진젹(眞的)호고 즈즈히 간졀호니 날노 호여곰
엇지 비샹치 아니리오? 나는 알건디 림미미 도
져(到底)히 너로 더브러 죠하호니 다만 너는 나
롤 위호여 져의 뜻을 돌니게 호라."

니환이 다만 몃 마디 말을 쑤며 져롤 달내
니 이는 보옥을 비샹케 호면 도로혀 왕부인의
미원(埋怨)을 바들가 져허호미러라. 보옥이 니환
을 하직호고 보챠의 곳의 도라와 보챠와 다못
셜이마로 더브러 샹의홀 시 홀연 샤월이 다라와
가마니【58】 보옥의 귀의 다혀 니르디

"화문(花門) 우히 죽지(竹枝)가 이시니 샐
니 가라."

호거눌

8

□□□□□□□□ □□□□□□□
親姊妹傷心重聚首 盟兄弟醋意起閑談

보옥이 한 번 드르미 곳 셩명을 도라보지 아니ᄒ고 나는ᄃ시 대관원(大觀園)으로 다라가더니 샤월이 ᄯ호 가마니 져를 ᄯ라갈 시, 뉘 알니오 보옥이 그 곳의 니르러 한 번 바라보미 필경 아모 죽지도 업는지라. 츄후 샤월이 니르거늘 보옥이 져의 거줏말ᄒ믈 미원(埋怨)ᄒ니 샤월이 니르디,

"내 엇지 거줏말ᄒ리오? 싱각건디 쳥문이 그곳의 잇셔 ᄯ호 실노 어렵도다. 필연 【59】 져 곳의 ᄯ호 무슨 사룸이 드러갓는 듯ᄒ니 그러므로 쳥문이 ᄭ굿다가 ᄲᅡ혓도다."

졍히 말ᄒᆯ 시 다만 보니 쇼샹관의셔 한 무리 사룸이 나오니 원리 림량옥(林良玉)이 니르러 몬져 사룸으로 ᄒ여곰 통긔(通寄)ᄒ미라. 샤월이 그 사룸의게 ᄌ셰히 뭇고 가마니 보옥을 ᄭᅳ을고 도라가나 보옥이 앙앙(怏怏)ᄒ더라. 원리 량옥(良玉)이 회원(解元)110) 동방(同榜) 강경셩(姜景星)으로 더브러 십분 의긔(義氣) 샹합(相合)ᄒ여 노샹의셔 져의 병이 이시므로 ᄌ연 지쳬ᄒ

---

110) 解元: 科擧時代의 한 칭호. 中鄕試에서 일등을 한 사람을 말한다.

엿더니 이졔 져로 더브러 흠긔 경 【60】 ᄉ(京師)의 니르러 곳 져롤 쳥ᄒ여 량옥의 시 집의 갓치 머믈게 ᄒ니 이 강경셩의 조션(祖先)도 ᄯ호 셰개(世家)라. 그 부친 강학셩(姜學誠)이 한림셔ᄌ(翰林庶子)가지 ᄒ고 년노(年老)ᄒ여 고향의 도라왓다가 부뷔 썅망(雙亡)ᄒ미 다만 경셩(景星) 일인만 머무렷고 가업(家業)이 가쟝 조흐디 아오로 빅슉뎨형(伯叔弟兄)이 업더니 강경셩이 십ᄉ 셰의 향교(鄕校)의 드러111) 일홈이 ᄉ림(士林)의 들네며 여러 번 시취(試取)의 놉히 샌혀 모다 명ᄒᆞᄉ(名下士)로 닐ᄏ더니 량옥으로 더브러 동학(同學) 동방(同榜)ᄒ고 피츠(彼此) 뎨 【61】 형(弟兄)이 업스믈 인ᄒ여 믄득 밍위형뎨(盟爲兄弟)ᄒ여 이셩골육(異姓骨肉)이 되엿더니 량옥이 일심으로 경ᄉ의 니르러 가졍(賈政)의게 고ᄒ고 대옥을 져의 비필노 졍ᄒ고 ᄯ호 동거ᄒ여 져의 효우(孝友) 심원(心願)을 맛치고ᄌ ᄒ며 경셩도 ᄯ호 오리 대옥의 지뫼(才貌) 이시믈 듯고 십분 ᄉ모ᄒ여 일즉 량옥의게 누누히 말ᄒ미 량옥이 ᄯ호 허락ᄒ고 다만 가졍이 허락ᄒ믈 기다려 피츠 대ᄉ(大事)롤 셩취코ᄌ ᄒ니 이 일은 진긔 량인이 모다 쥬의(主意)롤 졍ᄒ미러라. 【62】 당긔의 량옥과 경셩이 흠긔 시 집의 니르러 힝니(行李) 슈습(收拾)ᄒ는 거손 스스로 왕원(王元)이 잇셔 보살피는지라. 량옥이 믄득 왕원의게 분부ᄒ여,

"강대야(姜大爺)의게 조심ᄒ여 ᄉ후(伺候)ᄒ디 내가 영부(榮府)의 갓다가 오믈 기다리라."

ᄒ고 량옥이 즉시 올 시 가졍이 듯고 희환(喜歡)ᄒ믈 이긔지 못ᄒ여 몬젼[져] 가련(賈璉)으로 ᄒ여곰 나아가 영졉ᄒ라 ᄒ고 ᄯ호 보옥과 가환(賈環)과 란가ᄋ(蘭哥兒)로 ᄒ여곰 나오게 ᄒ더니, 가련이 즉시 량옥으로 더브러 가졍의 셔방의 니롤 시 가 【63】 졍이 곳 나아가 량옥의 손을 잡으니 ᄯ호 긔괴(奇怪)ᄒ도다. 비록 림여히(林汝海)의 양지(養子)나 필경 격친(嫡親) 질ᄋ(姪兒)오 면모(面貌)도 ᄯ호 여히(如海)로 방블(彷彿)ᄒ지라. 가졍이 ᄌ연 눈을 부븨더니 량옥이 몬져 ᄭ러 쳥안(請安)ᄒ고 ᄯ 가련과 보옥 등으로 더브러 셔로 보기롤 맛치미 가졍이 향시

---

111) 향교(鄕校)의 드러: 入泮. 相傳古代的諸侯學校前有半圓形的池, 名泮水, 學校卽稱泮宮. 因此, 後世以考入府·州·縣學爲入泮或游泮.

(鄕試)의 고등(高等)ㅎ믈 치하ㅎ더, 냥옥이 쏘흔 보옥과 란가ᄋ의 일을 치하ㅎ고 태태와 부즁 여러 쟝ᄌ(長者)의 안부룰 뭇거눌 가졍이 쏘흔 노샹(路上)의 신고(辛苦)ㅎ믈 뭇더니 가졍이 믄득 【64】 니ᄅ당,

"너의 존공(尊公)이 져럿툿 벼술ㅎ시다가 즁도의 니ᄅ러 기셰(棄世)ㅎ여112) 계시나 황텬(皇天)이 하감(下鑑)ㅎ샤 챵대문호(昌大門戶)홀 사ᄅ믈 내여 계시도다. 외싱(外甥)이 쇼년의 발달ㅎ믄 졍히 아름다온 일이로디 다만 너의 존공과 존당(尊堂)이 쏘흔 능히 보시지 못ㅎ고 우리 노태태도 쏘흔 능히 보시지 못ㅎ니 내가 오늘 너룰 보미 쏘흔 비샹ㅎ믈 이긔지 못ㅎ리로다."

량옥이 니ᄅ더,

"외싱이 죠실호시(早失怙恃)113)ㅎ여 일호(一毫) 아는 거시 업더니 다힝히 텬은조덕(天恩祖德) 【65】 과 외가(外家)의 덕음(德蔭)을 힘닙어 향시의 참예ㅎ여 젹은 일홈을 어더시니 다만 황괴(惶愧)ㅎ도다. 외싱의 남변(南邊) 가향(家鄕)의논 일호 의지홀 곳이 업고 이졔 다만 형미(兄妹) 량인만 잇ᄂᆞᆫ지라. 그러므로 구가(舅家) 근쳐의 집을 머믈너 의탁(依託)고ᄌ ㅎᄂᆞ니 ᄎᆞ후는 젼혀 구구(舅舅)의 교훈을 바다 외싱으로 ㅎ여곰 셩인(成人)케 ㅎ시면 외싱의 조션(祖先)과 부뫼 구텬(九泉)의 잇셔도 쏘흔 구구(舅舅)룰 감격ㅎ여 ㅎ리라."

가졍이 듯고 쏘흔 십분 환희ㅎ여 믄득 니ᄅ 【66】 더,

"죠흔 외싱아, 너의 구귀 무어슬 알니오? 비록 ᄋ시(兒時)의 쏘흔 시셔(詩書)룰 보와시나 엇지 일즉 독셔흔 젹공(積功)이 이시리오? 젼혀 조부(祖父)의 공훈(功勳)과 셩텬ᄌ(聖天子)의 은뎐(恩典)을 힘닙어 곳 이쳐럼 환로(宦路)의 니ᄅ럿시니 텬은조덕(天恩祖德)을 말홀진디 진개 호텬망극(昊天罔極)114)ㅎ나 엇지 일즉 분호(分毫)나 갑핫시리오?"

가졍이 쏘 보옥과 란가ᄋ룰 가ᄅ치며 니ᄅ더,

"져 량개 히ᄌ(孩子)도 더옥 무어슬 알니오? 쏘흔 텬은조덕을 힘닙어 과거의 참예ㅎ여시나 【67】 져의 무리 엇지 ᄯᅡᄅ리오? 무던ㅎ도다. 네가 쇼년 영쥰(英俊)으로 더옥 겸양(謙讓) 노셩(老成)ㅎ니 너의 존당(尊堂)도 쏘흔 디하(地下)의셔 쾌활ㅎ리라. 내 비록 이 년긔의 니ᄅ러시나 졍신이 도로혀 조흐니 네가 무ᄉᆞᆫ 일이 잇던지 대략 내가 도음죽흔 일이 잇거든 너는 모다 내게 고ㅎ라."

ㅎ고 쏘 가련을 가ᄅ치며 니ᄅ더

"련ᄋ(璉兒)야 너는 외면 ᄉᆞ졍을 쏘흔 알지니 ᄎᆞ후의 림표뎨(林表弟) 곳의셔 무ᄉᆞᆫ 일이 잇거든 나의 일과 일양(一樣)으로 알고 너는 명심ㅎ라."

【68】 가련이 올타 디답ㅎ더라. 가졍이 방ᄌ(方才) 보옥을 가ᄅ칠 ᄯᅢ의 량옥이 보옥을 가마니 한 번 혜아려 보고 싱각ㅎ디,

'이 보옥은 곳 옥을 믈고 나온 사ᄅ미로다. 져룰 보미 졍신이 츄슈(秋水) ᄀᆞᆺ고 눈이 봄별 ᄀᆞᆺ튀여 진개 표표(飄飄)히 능히 지긔(至氣)가 잇다.'

ㅎ고 믄득 ᄌᆞ시 보미 '진기 텬샹 신션 ᄀᆞᆺ튀여 경셩형뎨(景星兄弟)도 쏘흔 져의게 멋 분(分)이나 밋지 못ㅎ리로다. 외뫼 이러ㅎ니 필경 젼싱 근긔(根基)가 잇는 사ᄅ미라. 흉즁(胸中)이 쏘흔 블범(不凡)홀 듯 【69】 ㅎ디 가셕(可惜)도다. 졔가 임의 안히가 이시니 그러치 아니면 곳 친샹결친(親上結親)ㅎ면 엇지 조치 아니리오마는 도로혀 지금 경셩형뎨 져긔 잇셔 가셰(家勢)와 인지(人材) 가히 쾌셰라 니ᄅ리니 보옥의게 비컨디 쏘흔 쥬유(周瑜)와 졔갈량(諸葛亮)이 한 셰샹의 낫다' ㅎ고 믄득 니러나 니ᄅ더,

"외싱녜(外甥女) 이곳의 잇셔 구구와 구태태의 은양(恩養)ㅎ시믈 닙은지라. 외싱이 시시로 감격블이ㅎ여 ㅎᄂᆞ니 외싱이 구태태긔 쳥안(請安)흔 후 쏘 미ᄌ(妹子)룰 가셔 보리라."

---

112) 【기셰ㅎ다】 图 기세(棄世)하다. 세상을 떠나다. 별세하다. ¶ 歇手 ‖ 너의 존공이 져럿툿 벼술ㅎ시다가 즁도의 니ᄅ러 기셰ㅎ여 계시나 황텬이 하감ㅎ샤 챵대문호홀 사ᄅ믈 내여 계시도다 (你尊公那麼爲官, 就那麼着歇手, 皇天有眼, 原該出個人兒.) <後紅 5:64>

113) 죠실호시(早失怙恃): 謂人早喪父母之意. 怙恃, 原爲依賴的意思, <詩·小雅·蓼莪>有"無父何怙, 無母何恃"之句. 後引申爲父母代稱, 見蘇轍《爲兄軾下獄上書》: "臣早失怙恃, 唯兄軾一人, 相須爲命."

114) 호텬망극(昊天罔極): 出自<詩·小雅·蓼莪>: "欲報之德, 昊天罔極." 指天際廣大無垠. 比喩父母前輩恩德至大, 有如天之無窮.

가졍이 【70】 믄득 니러 니르디,

"가장 죠흐니 맛당히 샐니 드러갈지라. 모다 한집안이니 몬져 말을 젼치 말고 히즈(孩子)등은 한가지로 드러갓다가 도라와 이곳의셔 밥을 먹으라."

보옥(寶玉)이 량옥(良玉)을 보미 가쟝 친열(親熱)ᄒ믈 씨다르며 쏘 량옥의 용뫼 극히 아졍(雅正)ᄒ며 영쥰블범(英俊不凡)ᄒ믈 보고 심중의 쏘흔 흠경(欽敬)ᄒ여 곳 앏히 셔셔 량옥을 쯔을고 왕부인(王夫人) 방즁으로 올 시, 량옥이 눈이 쾌ᄒ여 한 번 눈을 드러 보미 량개 졀식의 규쉬(閨秀) 잇 【71】 시더, 일인은 년긔(年紀) 젹으나 머리 우히 구술 쯔어미115)롤 길게 느리고 몸의 즈흑식(紫黑色) 쵸피(貂皮) 오즈(襖子)롤 닙고 아리 슈록식(水綠色) 은셔피(銀鼠皮) 치마롤 둘너시며 쟝미봉안(長眉鳳眼)이오, 일인은 년긔 만흐디 더옥 용뫼 졀세(絕世)ᄒ여 얼골이 둥군 달 갓고 눈셥이 츈산(春山) 갓트여 톄되(態度) 쟝엄ᄒ고 신졍(神情)이 한아(閒雅)ᄒ며 머리 우히 쥬취(珠翠)로 가득히 쑤몃고, 목의 년환(連環) 금쇄(金鎖)롤 씌여시며 몸의 연미쳥(燕尾靑) 오즈롤 닙고 아리 다홍 쥬ᄉ(綢紗) 치마롤 둘너시니, 년쇼흔 규쉬 앏 【72】 셧다가 긱(客)이 오는 거술 보고 즉시 바올을 들고 드러가거늘 년긔 만흔 규쉬 뒤히 잇다가 싸라 드러가미 거의 봉혜(鳳鞋)가지 모왓시니 원리 이 량인은 곳 희란(喜鸞) 희봉(喜鳳)이러라. 량옥이 보미 진개 항ᄋ(嫦娥)와 옥녜(玉女) 하강(下降)홈 갓흐나 량옥은 본리 대가(大家) 즈뎨라 이 부즁 규귀(規矩) 삼엄흔 줄 알고 믄득 머믈너 셔셔 보옥이 몬져 드러가 고ᄒ기롤 기다리며 다만 즈긔가 가마니 싱각ᄒ디,

'뎌 량인이 필연 구구(舅舅)의게 잇는 즈긔 표미(表妹)라 다만 일죽 혼ᄉ(婚事)롤 뎡ᄒ【73】엿는지 아지 못ᄒ리라.'

ᄒ여 심중의 호란(胡亂)이 싱각ᄒ더니 보옥이 믄득 쥬렴(珠簾)을 들고 표형(表兄)을 쳥ᄒ여 드러오라 ᄒ거늘 량옥이 드러가 왕부인을 보

---

115) 【쯔어미】 圖 쩨미. ¶ 串 ‖ 일인은 년긔 젹으나 머리 우히 구술 쯔어미롤 길게 느리고 몸의 즈흑식 쵸피 오즈롤 닙고 아리 슈록식 은셔피 치마롤 둘너시며 (一個年齒最小, 頭上珠串長垂, 身穿紫黑色顧綉貂鼠披風, 項帶串如意結線雲肩, 下圍水綠色花綉銀鼠皮裙.) <後紅 5:71>

고 쳥안ᄒ고 한온(寒溫)을 편 후 왕부인이 가련(賈璉)으로 ᄒ여곰 뫼셔 쇼샹관(瀟湘館)으로 가게 ᄒ니 량옥이 십분 쥬밀(周密)ᄒ여 몬져 사롬으로 ᄒ여곰 란가ᄋ(蘭哥兒)롤 싸라 평ᄋ(平兒)와 니환(李紈)과 보챠(寶釵)의 곳으로 가 안부롤 무른 후 믄득 가련으로 더브러 쇼샹관의 니르미, 디옥이 보고 즈연 형미(兄妹) 량인(兩人)이 셔로 안고 일 【74】 쟝 통곡ᄒ니 진개 쳔이(天涯) 골육(骨肉)이 ᄉ후(死後) 즁봉(重逢)ᄒ미 엇지 감샹(感傷)치 아니리오? 다힝이 가련이 겻히 잇셔 지삼 권위(勸慰)ᄒ여 바야흐로 눈믈을 거두며 즈견(紫鵑) 쳥문(晴雯)도 쏘흔 와셔 량옥을 보거늘 량옥이 쏘흔 젼일 광경을 알고 여러 말노 위로ᄒ더니 량옥이 믄득 남변(南邊) 광경이 엇더ᄒ며 노샹의셔 허다 신고(辛苦)홈과 신퇵(新宅)의 규모(規模) 졍ᄒ믈 더옥 딕옥(黛玉)의게 고ᄒ니 딕옥이 쏘흔 왕원(王元)이 엇더케 용녁(用力)ᄒ며 즈긔가 엇더케 쥬의(主意) 졍흔 말을 일일히 【75】 량옥의게 젼ᄒ여 가쟝 위로ᄒ니 량옥이 믄득 니르디,

"미미(妹妹)의 광경이 임의 십분 쾌활ᄒ지라. 나는 싱각건디 구구(舅舅)와 구태태(舅太太)긔 픔ᄒ고 즉시 시 집으로 영졉(迎接)ᄒ여 가고즈 ᄒ니 쳣지는 형미 한디 모힐 거시오, 둘지는 그 곳 ᄉ졍이 쏘흔 번란(煩亂)ᄒ여 내가 십분 짐쟉지 못ᄒ니 젼혀 미미가 쥬의 잡으믈 밋노라."

딕옥이 침음(沈吟)ᄒ다가 니르디,

"나는 원리 시시(時時)로 거거(哥哥) 오기롤 바라 다만 싱각ᄒ디 거게 니르면 즉시 반이(搬移)ᄒ여 가려 ᄒ며, ᄒ믈며 【76】 샹게(相去) 블과 격벽(隔壁)이니 내가 곳 가도 도라와 구구와 구태태롤 뵈오미 편ᄒ디 도로혀 한 가지 일은 거게(哥哥) 슈즈(嫂子)롤 영취(迎娶)ᄒ믈 기다려 내가 기시(其時) 반이ᄒ여 가면 더옥 편ᄒ리라."

량옥이 믄득 웃고 니르디,

"이롤 엇지 구트여 거리끼리오?"

가련이 쏘 니르디,

"표뎨(表弟) 방즈 니르러 시 집의 비록 왕원이 잇셔 모든 일을 졍당히 ᄒ나 필경 다시 한 번 요리(料理)홀 거시니 만일 표뎨가 지금 반이ᄒ여 가면 모다 온당치 못홀 거시오. ᄒ믈며 노

야(老爺)와 태태(太太) 【77】의 의ᄉᆞᆫ는 곳 시종(始終)을 즐겨 노하 보내지 아니ᄒᆞ실지니 표뎨와 표미(表妹) 지금 이 말을 ᄒᆞ면 져 량위 노인네가 고이히 너기실 듯ᄒᆞ도다. 다만 표미 항상 이곳의 이시면 머믈미 편치 못ᄒᆞᆯ 듯ᄒᆞ나 후일의 표뎨가 무슴 일이 이시면 필경 쟝원(牆垣)만 격(隔)ᄒᆞ여 한 집과 일양(一樣)이니 가인(家人)들이 임의로 왕릭ᄒᆞ기 편ᄒᆞᆯ지라 무슨 블편ᄒᆞ미 이시리오?"

량옥이 일양 쥬져ᄒᆞ다가 믄득 니ᄅᆞ디,

"나는 이졔 한 가지 량편(兩便)한 법이 이시니 드릭미 이곳이 졍히 【78】 져편의 강운헌(絳雲軒) 즁 쇼셔쳥(小書廳) 익낭(翼廊)을 졉ᄒᆞ엿다 ᄒᆞ니 만일 담을 통ᄒᆞ면 다만 우리 형미(兄妹) 량인이 편ᄒᆞᆯ 쑨 아니라 곳 량위(兩位) 노인네 ᄯᅩ한 왕릭ᄒᆞ시기 편ᄒᆞᆯ지니 미미는 녁셔(易書)ᄅᆞᆯ 보와 길일(吉日)을 졍ᄒᆞ라."

디옥이 믄득 녁셔ᄅᆞᆯ 펴고 져의 형미 량인의 싱긔(生紀)ᄅᆞᆯ 합ᄒᆞ여 보고 ᄯᅩ 니ᄅᆞ디,

"경년(庚年) 렬셰(劣勢)ᄒᆞᆫ 담을 트미 ᄯᅩ한 두 집의 모다 길ᄒᆞᆫ 날을 볼지니 곳 이곳의 싱긔ᄅᆞᆯ 합ᄒᆞ여 볼진디 경히 명일(明日)이 가쟝 죠토다."

ᄒᆞ고 곳 가련의게 부 【79】 탁ᄒᆞ여 구구와 구태태긔 픔ᄒᆞ라 ᄒᆞ니 가련이 즉시 쥬셔(周瑞)로 ᄒᆞ여곰 가셔 픔ᄒᆞ게 ᄒᆞ미 쥬셰 즉시 도라와 니ᄅᆞ디,

"가셔 픔ᄒᆞ엿더니 말슴이 '가쟝 죠토다' ᄒᆞ시더라."

량옥이 대희(大喜)ᄒᆞ여 즉시 친슈(親隨)ᄒᆞ여 온 쇼시(小廝) 금두(金斗)의게 분부ᄒᆞ여 져로 ᄒᆞ여곰 ᄲᆞᆯ니 왕원의게 고ᄒᆞ라 ᄒᆞ니 그 뒤 즉시 가더라. 량옥이 ᄯᅩ 의뎨(義弟) 강희원(姜解元)의 영년묘픔(英年妙品)과 포학고지(飽學高才)며 ᄌᆞ긔로 더브러 동학(同學) 동년(同年)ᄒᆞᆷ과 일노(一路)의 동힝ᄒᆞ여 이셩골육(異姓骨肉)갓치 아 【80】 】 라 경ᄉᆞ의 니ᄅᆞ러 ᄒᆞᆷ긔 머무는 일이며 목하(目下)의 아직 뎡혼치 아니ᄒᆞᆫ 일과 회시(會試)116) 후의 의혼ᄒᆞᆯ 일을 일일히 말ᄒᆞ니, 디옥과 가련과 ᄌᆞ견과 쳥문이 ᄯᅩ한 모다 량옥의 쥬의

(主意)ᄅᆞᆯ 짐쟉ᄒᆞᆯ ᄉᆡ 대옥이 믄득 싱각ᄒᆞ디,

'죠히 우옵도다. 우리 거거는 젼혀 나의 쥬의ᄅᆞᆯ 아지 못ᄒᆞᆫ는도다. 내가 가보옥(賈寶玉)도 ᄯᅩ한 비각(排却)ᄒᆞ거늘 엇지 도로혀 무슴 강가(姜家) 셩(姓) 가진 사름을 알니오? 너의 이번 쥬션(周旋)ᄒᆞᆫ 필경 헛도이 심긔ᄅᆞᆯ 허비ᄒᆞ리로다.'

가련이 【81】 믄득 싱각ᄒᆞ여 니ᄅᆞ디,

"져의 집의 임의 그러ᄒᆞᆫ 비필이 이시니 우리 보형뎨(寶兄弟)는 도로혀 무슨 싱각을 내리오? 다만 가셕도다. 져 젹지 아닌 쟝염(粧奩)을 영부(榮府)의셔 누릴 시운(時運)이 업도다. 져 강가 셩 가진 이는 ᄯᅩ한 젼셰(前世)의 몃 희ᄅᆞᆯ 닥가 이런 죠흔 일을 어덧는고? 보형뎨는 믄득 그만둘지라도 이 혼ᄉᆞᄅᆞᆯ 일우지 못ᄒᆞ면 쟝릭 이 부즁의셔 날 보낼 일을 싱각ᄒᆞ미 날노 ᄒᆞ여곰 도로혀 엇지 쾌쟝을 타쳡(妥貼)ᄒᆞ리오?"

ᄌᆞ견이 믄득 【82】 싱각ᄒᆞ여 니ᄅᆞ디,

"우리 고낭(姑娘)이 ᄯᅩ한 보옥의게 마멸ᄒᆞ믈 바드미 젹지 아니토다."

다만 니ᄅᆞ디,

"보옥 외에는 곳 다른 사름이 져ᄅᆞᆯ ᄯᅥᆨ지으리가 업다 ᄒᆞ엿더니 이졔는 죠토다. 진긔 림대야(林大爺)가 남변(南邊)의셔 일개 죠흔 사름을 다리고 와 ᄯᅩ한 보옥을 압두(壓頭)ᄒᆞ여 우리ᄅᆞᆯ 위ᄒᆞ여 셜분(雪憤)ᄒᆞ도다."117)

ᄒᆞ고 쳥문은 믄득 싱각ᄒᆞ여 니ᄅᆞ디,

"림고낭(林姑娘)아 네가 진개 거거의 말을 조차 강가(姜家)ᄅᆞᆯ ᄯᆞᄅᆞ고 보옥을 바리ᄂᆞ냐? 네가 죠졸ᄒᆞ고ᄌᆞ ᄒᆞᆯ진디 진긔 강가 【83】 도 ᄯᅩ한 믈니쳐야 바야흐로 죠흐리라. 너의 다못 내가 비록 갓치 다 허명(虛名)을 바다시나 나는 도로혀 져갓치 유시무죵(有始無終)ᄒᆞ고 일심냥의(一心兩意)ᄅᆞᆯ 가진 사름이 아니로다. 림고낭아, 나는 종금(從今) 이후로 다만 보옥을 위ᄒᆞ여 너의 거동을 보는 거시 올토다."

ᄒᆞ나 림량옥(林良玉)은 다만 강희원(姜解元)을 련ᄒᆞ여 칭도(稱道)ᄒᆞ미 즁인(衆人)이 다만 듯고 져의 말을 나모라 ᄒᆞᆯ 사름이 업더라. 졍히

---

116) 회시(會試): 春闈. 卽"春試". 明·清兩代各省擧人在擧行鄕試的次年春天, 齊集京城參加會試. 考試由皇帝特派正副總裁主持, 取中者稱貢士.

117)【셜분ᄒ다】圖 {설분(雪憤)하다}. 분을 떨치다. ¶ 吐氣 ‖ 진긔 림대야가 남변의셔 일개 죠흔 사름을 다리고 와 ᄯᅩ한 보옥을 압두ᄒᆞ여 우리ᄅᆞᆯ 위ᄒᆞ여 셜분ᄒᆞ도다 (眞個太爺在南邊招了一個好的來了, 也壓着寶玉替咱們吐氣.) <後紅 5:82>

말홀 스이의 가졍이 비명(焙茗)을 식여와 오반(午飯) 먹기롤 쳥ᄒ니 량옥이 즉시 미미【84】의게 하직ᄒ고 셔방(書房)의 니ᄅ러 가졍(賈政)을 뫼셔 오반을 먹을 시, 가련이 지좌(在座)ᄒ여 뫼셔 안즛더니 가졍이 림여히 부부의 평일 일을 졔긔(提起)ᄒ며 ᄯ 가쟝 비샹(悲傷)ᄒ여 ᄒ거늘 량옥이 ᄯᄒ 더옥의 근일의 신샹(身上)이 쾌츠ᄒ믈 말ᄒ고 니ᄅ나 구구의게 샤례ᄒᄂᆫ지라. 가졍이 져롤 ᄭ어 안치니 량옥이 당쟝 어셰(語勢)롤 조ᄎ 강희원의 인지(人才) 픔모(品貌)와 가셰(家世) 교졍(交情)을 일일히 말ᄒ고 인ᄒ여 대옥으로 더브러 년혼(聯婚)코ᄌ ᄒᄂᆫ 의ᄉ롤 뵈며 혜아리디 '가졍【85】이 드ᄅ면 곳 편당(便當)타 말ᄒ리라' ᄒ엿더니, 뉘 알니오 가졍이 다른 말을 니ᄅ혀 좌우로 방챠(防遮)ᄒᄂᆫ지라.118) 량옥의 심중의 십분 의혹(疑惑)ᄒ여 스스로 혜아리디,

'구귀(舅舅) 일즉이 사ᄅᆷ을 보지 못ᄒ여시니 내가 엇지 져와 더브러 홈긔 와 몬져 한 번 보게 아니ᄒ엿ᄂᆫ고?'

ᄒ고 곳 니ᄅ디,

"이 강희원은 외싱(外甥)으로 더브러 팔비지교(八拜至交)라. ᄯᄒ 구구의 ᄌ질(子姪)과 일반이니 오ᄂᆯ 졔가 근본 년우질(年愚姪)과 통가ᄌ질(通家子姪) 두 명쳡(名帖)을 갓쵸와 가지고 와 비알(拜謁)코ᄌ ᄒ다가 다【86】만 당돌ᄒ믈 져허ᄒᄂᆫ지라. 그러므로 몬져 외싱으로 ᄒ여곰 한 번 픔ᄒᄂ니 외싱이 명일의 갓치 오거든 구구ᄂᆫ 져롤 한 번 보시면 외싱의게도 싱각이 될 거시오, ᄯ 져의 인픔과 지졍(才情) 학문(學文)을 보시면 ᄯᄒ 조ᄒ리로다."

가졍이 믄득 니ᄅ디,

"이 일은 외싱이 아직 셔셔히 ᄒ라. 내가 지금은 가쟝 슈응(酬應)을 져허ᄒ고 ᄒ믈며 져의 쇼년등과(少年登科)ᄒ 사ᄅᆷ이 엇지 나의 이런 늙은 사ᄅᆷ을 보며 곳 너의 미미의 혼ᄉ도 원리 맛당히 의론(議論)홀 거시【87】로디 다만 ᄎ셔(次序)롤 의론홀진디 ᄯᄒ 네 혼ᄉ롤 몬져 뎡홀 거시오. ᄒ믈며 너의 존당(尊堂)이 일개 녀히ᄋ(女孩兒)롤 머믈넛ᄂᆫ지라. 현싱(賢甥)이 임의 날노 더브러 샹의ᄒ니 ᄯᄒ 가히 쵸쵸(草草)히 못홀지라. 이 일은 ᄯᄒ 셔셔히 샹량(商量)ᄒ리로다."

량옥이 듯고 십분 고이히 너겨 가졍의 의ᄉ롤 짐쟉지 못ᄒ나 ᄯᄒ 져의 말을 논박(論駁)지 못ᄒ여 곳 니ᄅ나 니ᄅ디,

"셜부중(薛府中)과 남안군왕(南安郡王) 부중(府中)을 외싱이 아직 가지 못ᄒ여시니 구구긔 픔ᄒ고 가고ᄌ ᄒ노라."

가【88】졍이 니ᄅ디,

"이ᄂᆫ 맛당히 즉시 갈 거시오. ᄯ 존공(尊公)의 셰괴(世交) 잇셔 내가 모다 너롤 위ᄒ여 단ᄌ(單子)롤 ᄡ고 칭호(稱號)롤 밝히 말ᄒ엿고 맛당히 ᄎ줄 사ᄅᆷ은 ᄯᄒ 일즉 타졈(打點)ᄒ엿노라."

ᄒ고 가졍이 곳 ᄌ단목(紫檀木) 격은 칙탁ᄌ 셜합 안의셔 일개 미홍지(梅紅紙) 격은 졉쳡(摺帖)을 어더내여 량옥을 쥬고 니ᄅ디,

"갈 곳이 원리 만흐나 만일 가지 아니ᄒ면 그 사ᄅᆷ이 ᄯᄒ 고이히 너길 돗ᄒ디 다만 노샹의셔 신고(辛苦)ᄒ엿고 ᄯ 과쟝(科場)이 림박(臨迫)ᄒ여시니 도로혀 밧【89】비 요당[망](要忙)치 말고 몃 날의 난호와 단니ᄂᆫ 거시 죠토다."

ᄒ고 ᄯ 림지효(林之孝)롤 블너 니ᄅ디,

"나의 일량(一輛) 쇼챠(小車)롤 메워 가디 쟝(帳)과 즘성을 모다 졍검(點檢)ᄒ여 즉시 림대야롤 슈후(伺候)ᄒ고 간츠지(趕車的)119)가지 모다 대야(大爺)의 곳의 머믈너 대령케 ᄒ고, ᄯ 오신등(吳新登)으로 ᄒ여곰 갓치 근슈(跟隨)케 홀지니 남방의셔 온 쇼ᄌ(小子) 무리 길을 아지 못홀가 두릴노라. 젼일 고태애(姑太爺) 경ᄉ의 니ᄅ실 ᄠ의 네가 ᄯᄒ 근반(跟班)을 지내여시니 졉졉 우희 ᄡ인 거술 네가 ᄯ【90】ᄒ 대야롤 가ᄅ쳐 보게 ᄒ라."

림지효와 오신등이 응낙ᄒ고 가ᄂᆫ지라. 량옥이 믄득 가졍의게 하직ᄒ고 가더라.

---

118)【방챠ᄒ다】圓 {방차(防遮)하다}. 막아 가리다. ¶ 避掩 ‖ 뉘 알니오 가졍이 다른 말을 니ᄅ혀 좌우로 방챠ᄒᄂᆫ지라 (誰知賈政支吾牽强, 左避右掩的.) <後紅 5:85>

119)【간츠지】圓 {간차지(趕車的)}. 수레모는 사람. ¶ 趕車的 ‖ 나의 일량 쇼챠롤 메워 가디 쟝과 즘성을 모다 졍검ᄒ여 즉시 림대야롤 슈후ᄒ고 간츠지가지 모다 대야의 곳의 머믈너 대령케 ᄒ고 (把我那一輛軟替車兒套過去, 帷子、牲口通要檢點, 馬上就套起來, 送過去伺候林大爺, 連趕車的統留在大爺那裏使.) <後紅 5:89>

챠셜, 가졍이 이 샹방(上房)으로 도라와 왕부인(王夫人) 앏히셔 가쟝 량옥을 기리고 쏘 강희원의 말과 다못 즈긔의 디답흔 말을 젼호니 왕부인이 니르디,

"노야의 츠셔 의론흔 말은 원리 극히 올코 림가(林家) 외싱(外甥)의 혼스도 쏘흔 써롤 당호엿도다. 져의 집의 도로혀 웃 사롬이 업스니 너는 친구구(親舅舅)로 맛당히 쥬쟝(主掌)이 될지 【91】 라. 나는 도로혀 싱각건디 이졔 희란히지(喜鸞孩子) 이 외싱으로 더브러 년긔와 인지(人才) 샹당호니 우리 엇지 친샹(親上) 결친(結親)호여 져의 부즈 량인으로 우리 집 량대 녀셔(女壻)롤 삼지 아니리오? 이러호면 노태태의 혼령도 위로호고 쏘흔 너의 남미의 졍의(情義)에 합훌지니 너는 엇더타 호느뇨?"

가졍이 졈두(點頭)호고 니르디,

"가쟝 죠토다. 우리 이졔 곳 졍훌 거시로디 다만 우리는 곳 녀개(女家)라 즈긔가 몬져 졔긔(提起)호기 어려오니 엇지호면 져로 호여곰 풍편(風便)으로 【92】 듯고 몬져 와셔 구혼(求婚)케 호리오?"

왕부인이 웃고 니르디,

"이러호면 남안군왕(南安郡王)이 응당 쥬스(主事)호리라."

가졍이 쏘흔 졈두호더라. 님대옥(林黛玉)의 곳의셔 진개 데이일(第二日)의 니르러 즉시 담을 트고 문을 통호니 왕원의 픔고호기 가쟝 편호고 대옥의 스졍은 더욱 번거호나 쏘흔 즈견과 쳥문 량인의 찬조(贊助)호믈 힘닙더라. 더욱이 강경셩(姜景星) 졉디호는 문셔롤 보미 져의 거거와 일양이오 가인(家人) 등이 강대야(姜大爺) 말호기롤 쏘흔 쥬인과 일양으 【93】 로 디졉호는지라. 대옥이 가만니 우스며 니르디,

"나의 거게 만일 결의(結義)흔 졍분(情分)을 위훌진디 이거시 쏘흔 맛당호거니와 만일 별노이 다른 의시 이시면 쏘흔 극히 우읍도다."

호며 즈견 쳥문은 디옥의 뜻을 시험코즈 호여 편벽도이 강대야의 문셔롤 셰셰(細細)히 픔호니 대옥이 쏘흔 져 량인의 의스롤 아디 쏘흔 슌편(順便)으로 져의와 긔롱(欺弄)코즈 호여 니르디,

"강대야롤 임의 대야 분부호여 그러케 스후호라 호면 곳 그러케 스후호미 【94】 죠흐리니

엇지 졔가 쥬인이 아니라 말호리오?"

즈견과 쳥문이 이 말을 드르미 분명이 디옥이 거거의 뜻을 슌히 호여 심즁의 이 사롬이 잇도다 호디, 즈견은 도로혀 의심호고 쳥문은 직심(直心)의 사롬이라. 십분 샹심(傷心)호여 보옥을 위호여 한호다가 믄득 니르디,

"우리 림대야는 원리 의긔(義氣) 잇는 사롬이라 호려니와 이 강대야는 쏘흔 너모 편의호도다. 졔가 만일 대야롤 짜라오지 아니호여시면 엇지 이의 니르러시며 대애 【95】 그 쳐럼 져롤 돌보지 아니면 거의 져롤 두드려 내여보내고즈 호노라. 곳 우리 고낭이 대야의 뜻을 슌히 흔다 호나 져도 즈긔가 싱각호여 보라. 필경 우리 집 쥬인이라 닐크르랴."

즈견이 드르미 그 말이 졀당(切當)흔지라. 우음을 춤지 못호고 눈으로 대옥을 보니 대옥이 쏘흔 우스며 싱각호디,

'너는 보라 이 량개 챠환(丫鬟)이 하나흔 말호고 하나흔 잠잠호여 나롤 긔롱호니 내 쏘흔 무옴것 져롤 속이리라.'

호고 우스며 니르디,

"도로 【96】 혀 이리훌 말이 아니로다. 좌우간의 대야는 이 집 쥬인이라. 졔가 만일 림시(林氏) 집 일을 쥬쟝호면 뉘 도로혀 못호게 호며 졔 이 강대야로 더브러 조하호여 가산(家産) 일반(一半)을 버혀 져롤 쥰들 뉘 막으리오? 쥬인으로 디졉고즈 호면 졔가 곳 쥬인이 되리라."

즈견과 쳥문이 듯고 대옥의 뜻이 강가(姜家) 셩(姓) 가진 사롬의 신샹(身上)의 잇는 쥴을 알지라. 즈견이 믄득 싱각호디,

'보옥과 디옥 냥인의 일을 의론훌 진디 으시로붓허 홈긔 노 【97】 라시나 쏘 무슴 별 일이 업고 호믈며 보옥이 이졔 비필(配匹)이 이시니 림고낭(林姑娘)을 도로혀 져롤 쥬어 부실(副室)이 되게 혼다 니르기 어렵도다. 이것흔 림부즁(林府中) 셰력으로 맛당히 졍대(正大)케 녀셔(女壻)롤 갈힐지니 블과 보옥이 스스로 헛도히 일쟝 고황(苦況)을 격는도다. 너의 이 괴로오믄 다만 내가 아느니라.'

쳥문이 쏘 싱각호디,

'림고낭아 내가 도로혀 네가 곳 져 모양의 니롤 쥴을 아지 못호엿노라. 네가 지금 이 모양을 호고즈 훌진디 젼 【98】 일 엇지 구투여 그러

ᄒ엿ᄂ뇨? 네 ᄆᆞᆷ이 져럿틋 공교(工巧)ᄒ도다. 네가 곳 보옥의 졍을 이즈나 ᄯᅩᄒᆞᆫ 깁히 싱각ᄒ라. 필경 보이야(寶二爺)가 너의 챠병(差病)ᄒ기ᄅᆞᆯ 기다리믄 엇지미뇨? 네가 져의 젼후 괴로온 ᄯᅳᆺ을 모다 믈의 씌여 보내니 너ᄂᆞᆫ ᄯᅩᄒᆞᆫ 너모 ᄉᆞ오납고 너모 후두(糊塗)ᄒ도다.120) ᄋᆞ시(兒時)로 븟허 ᄆᆞᆷ을 아라 엇더케 조화ᄒ엿관ᄃᆡ 간간졍졍(乾乾淨淨)히 모다 바리고 다만 너의 거거의 몃 마디 말을 드러 무ᄉᆞᆫ 강가 셩 가진 사ᄅᆞᆷ을 그쳐럼 디졉ᄒ니 죠흔 【99】 녀ᄒᆡᄋᆞ(女孩兒)야 븟그러오냐 븟그럽지 아니ᄒ냐? 번번이 쥬인이라 부ᄅᆞ믄 무ᄉᆞᆫ 쇼리뇨? 나도 ᄯᅩᄒᆞᆫ 이 집 속 사ᄅᆞᆷ이 아니라 허여져 가면 ᄯᅩᄒᆞᆫ 쾌ᄒ리로다.'

ᄒ고 믄득 무료히 다라 나아가니 대옥은 다만 닝쇼(冷笑)ᄒ더라. 림량옥이 ᄯᅩᄒᆞᆫ 와셔 한담(閒談)ᄒᆞᆯ ᄉᆡ 형ᄆᆡ(兄妹) 량인이 ᄯᅩ 친밀히 한지위 말ᄒ며 련ᄒ여 희쇼(喜笑)ᄒ더 일호(一毫)도 무슴 말인지 모ᄅᆞᆯ너니 량옥이 ᄯᅩ 도라가니 원리 림량옥이 가장 희란(喜鸞)을 위ᄒ여 간절이 싱각ᄒ다가 디옥의게 셰셰히 무 【100】 ᄅᆞ니 디옥이 ᄯᅩᄒᆞᆫ 일족이 ᄆᆞᆷ이 잇다가 져로 ᄒ여곰 남안군왕(南安郡王)의게 쳥ᄒ여 통혼(通婚)ᄒ면 이곳 일은 모다 내게 잇다 ᄒ니 량옥이 미우 환희ᄒ더라. 량옥이 ᄯᅩ 강경셩으로 더브러 와 가졍의게 비알ᄒ려 ᄒᆞᆯ ᄉᆡ 가졍이 아문(衙門)의 가셔 도라오지 아니ᄒ엿ᄂᆞᆫ지라. 보옥과 란가이(蘭哥兒) 나아가 뫼셔 안져 모다 동방 졍의(情誼)ᄅᆞᆯ 펼ᄉᆡ 강경셩은 보옥을 보고 스스로 갓지 못ᄒᆞᆷ을 탄식ᄒ고 보옥은 경셩을 보고 ᄯᅩᄒᆞᆫ ᄆᆞᆷ을 기우려 믄득 싱각 【101】 ᄒ더,

'원리 진종외(秦鍾外)의 도로혀 이 갓흔 일기 츌류발최(出類拔最)ᄒᆞᆫ 사ᄅᆞᆷ이 잇고 ᄯᅩ 신방(新榜) 히원(解元)으로 명젼ᄉᆞ히(名傳四海)ᄒ다 ᄒ여 심즁의 ᄯᅩᄒᆞᆫ ᄌᆞ탄블급(自嘆不及)ᄒ여 난가ᄋᆞ로 더브러 은근이 졉디ᄒ더니 강경셩이 십분 겸공(謙恭)ᄒ여 즐겨 ᄌᆞ리의 안지 아니ᄒ고 나아가 노빅(老伯)과 빅모(伯母)의게 쳥안(請安)코ᄌᆞ ᄒ니 보옥이 감히 사ᄅᆞᆷ을 시겨 드러가게 못

ᄒ고, 다만 량옥으로 더브러 갓치 드러가 픔ᄒ고 나와 바야흐로 안즐시 왕부인이 ᄯᅩᄒᆞᆫ 가마니 바올 틈으로 바라보 【102】 니 이 강히원(姜解元)이 보옥과 갓치 안져시디 경림옥쉬(瓊林玉樹) 셔로 빗쵬 갓흔지라. 심즁의 환희ᄒ며 ᄯᅩ 번뇌(煩惱)ᄒ니 환희ᄒᆞᆫ 곳 외싱이 사ᄅᆞᆷ을 그릇 아지 아니미오 번뇌ᄒᆞᆫ 곳 졔가 대옥의 혼인을 앗고져 ᄒ미러라.

외면 삼인이 한지위 담화ᄒ다가 곳 허여질ᄉᆡ 경셩이 림별(臨別)의 ᄯᅩ 보옥의 숀을 잡고 져다려 조셕(朝夕) 상회(相會)ᄒ기ᄅᆞᆯ 언약ᄒ니 보옥이 ᄯᅩᄒᆞᆫ 괄시치 못ᄒ여 말ᄒ디

"명일(明日)의 가군(家君)의게 픔ᄒ고 일족 가리라."

ᄒ더니 명일 【103】 의 니ᄅᆞ러 가졍이 사ᄅᆞᆷ을 보내여 치샤ᄒ고 보옥과 란가ᄋᆞ도 ᄯᅩᄒᆞᆫ 가더라. 남안군왕(南安郡王)이 진기 젼부 집ᄉᆞ(執事)ᄅᆞᆯ 거ᄂᆞ리고 와 가졍을 보고 량옥을 위ᄒ여 쳥혼ᄒ니 가졍이 대회 쾌허(快許)ᄒ니 아지 못게라 필경 엇지된고 하회(下回)의 분히(分解)ᄒ라.

[후홍루몽後紅樓夢 권지륙卷之六]

【1】 화셜(話說), 남안군왕(南安郡王)이 젼부(全付) 집ᄉᆞ(執事)ᄅᆞᆯ 거ᄂᆞ리고 영부(榮府)의 나아와 가졍(賈政)을 보고 량옥(良玉)을 위ᄒ여 쳥혼하니 가졍이 대회ᄒ여 즉직의 허락ᄒ니, 쳣지ᄂᆞᆫ 그 쾌셔(快胥)ᄅᆞᆯ 어드미오, 둘지ᄂᆞᆫ 친샹결친(親上結親)ᄒᆞ미니 대옥(黛玉)의 친사(親事) 닐우지 아니믈 두리지 아니ᄒ리라 ᄒ나 엇지 알니오? 량옥의 심즁의ᄂᆞᆫ 일족 쥬견(主見)을 졍ᄒ여 대옥을 강 【2】 경셩(姜景星)의게 허혼코져 ᄒ더라. 가졍이 희란(喜鸞)의 혼ᄉᆞ 임의 남안군왕의 셩취(成就)ᄒ미 되여시디 가히 즁ᄆᆡ(仲媒)될 사ᄅᆞᆷ이 업다 ᄒ여 ᄯᅩᄒᆞᆫ 븍졍왕(北靖王)의게 쳥ᄒ더니 길일(吉日)의 니ᄅᆞ러 감히 왕아(王爺)ᄅᆞᆯ 경동치 못ᄒ고 다만 왕야 문하(門下)의 일등 관원이 왕야ᄅᆞᆯ 디신ᄒ여 송쳡(送捷) 힝례(行禮)ᄒ거늘 가졍이 공복(公服)으로 가샤(賈赦)로 더브러 대문 밧긔셔 맛고 림량옥(林良玉)도 ᄯᅩᄒᆞᆫ ᄌᆞ긔가 강히원(姜解元)을 쳥ᄒ여 잔치ᄒ니 치무싱가

---

120) 【후두ᄒ다】 圐 {호도(糊塗 hútu)하다}. 멍청하다. 중국어 차용어. ¶ 糊塗 ‖ 네가 져의 젼후 괴로온 ᄯᅳᆺ을 모다 믈의 씌여 보내니 너ᄂᆞᆫ ᄯᅩᄒᆞᆫ 너모 ᄉᆞ오납고 너모 후두ᄒ도다 (你把他從前到後那一番的苦處, 全個兒撂下水裏去了, 你也太狠, 你也太糊塗.) <後紅 5:98>

(綵舞笙歌)와 산진히착(山珍海錯)을 다 【3】 긔록
기 어렵더라. 대옥이 쏘흔 십분 환희ᄒᆞ더 쏘흔
심중의 망과부뫼(亡過父母) 보지 못ᄒᆞᆷ믈 싱각ᄒᆞ
고 도로혀 눈믈을 흘니며 종츳(從此) 이후로 희
란은 더옥의 곳의 니ᄅᆞ지 아니ᄒᆞ고 희봉(喜鳳)
도 쏘흔 오기를 드믈게 ᄒᆞ더라.

보옥(寶玉)이 도로혀 졍신업시 죠셕(朝夕)
으로 가셔 무슴 쥭지(竹枝)를 탐지(探知)ᄒᆞ나 영
향(影響)도 업스며 쳥문(晴雯)은 심중의 대옥을
고이히 너기므로붓허 쏘흔 샤월(麝月)의게 쇼식
젼ᄒᆞᆯ 일을 심상의 두지 아니ᄒᆞ여 진긔 사ᄅᆞᆷ 업
는 【4】 쩌도 쏘흔 쥭지를 쏫지 아니ᄒᆞ고 대옥이
블너도 쏘흔 게을니 니러나니 대옥의 심중의 명
빅히 아더 다만 가마니 우스며 보옥은 요젹(寥
寂)ᄒᆞᆫ 쩌를 만나면 쏘흔 무슨 쇼견이 업셔 다만
량옥과 경셩(景星)의 곳의 니ᄅᆞ러 도로혀 텬디
고금(天地古今)을 의론ᄒᆞ며 시ᄉᆞ가부(詩詞歌賦)
도 모다 강론ᄒᆞ더라. 가졍이 비록 심중의 원러
강희원을 믜워ᄒᆞ나 쏘흔 공경대부(公卿大夫)의
말을 드ᄅᆞ미 모다 져의 지학(才學)을 닐ᄏᆞ라더
실노 졔일등(第一等) 블범지지(不凡之才)라. 금
마 【5】 옥당(金馬玉堂)은 니ᄅᆞ지 말고 곳 한림
(翰林) 아문(衙門)의 드러가도 {쏘}흔 쳐지 둘지
가 되리라 ᄒᆞ니 가졍이 도로혀 심중의 탄복ᄒᆞ여
쏘흔 져의게 회샤로 가셔 보니 강희원이 편벽도
히 ᄌᆞ질지례(子姪之禮)로 힝ᄒᆞ여 심히 공손ᄒᆞ거
놀 가졍이 가쟝 블안ᄒᆞ며 ᄆᆞ음의 싱각ᄒᆞ더,

'이런 인지는 텬하의 구ᄒᆞ여도 엇기 어렵
고 쏘 혼ᄉᆞ를 뎡치 못ᄒᆞ여시니 내가 형미(兄妹)
졍의(情義)로 녀셔(女壻)를 구ᄒᆞ여도 쏘흔 져를
엇고즈 ᄒᆞᆯ지니 엇지 냥옥의 뜻을 고이히 【6】 너
기리오? 보옥이 필경 져의게 비치 못ᄒᆞ나 다만
외싱녀(外甥女)를 진개 경셩의게 쑥지으면 이
업쟝(業障)의 보옥을 곳 엇지ᄒᆞ리오?'

ᄒᆞ고 이러므로 쏘흔 즐겨 보옥으로 ᄒᆞ여곰
져의게 가셔 친근ᄒᆞ여 학문을 널니게 ᄒᆞ니 일노
인ᄒᆞ여 보옥이 대관원(大觀園)의 가지 아니면
믄득 그곳으로 가 강경셩으로 더브러 셔로 죠하
ᄒᆞ여 팔빅지괴(八拜至交) 되여 진개 은휘(隱諱)
ᄒᆞᆯ 말이 업더라. 강경셩은 쏘흔 일심으로 림대
옥(林黛玉)을 싱각ᄒᆞ여 한 번 보옥의게 【7】 뭇
고즈 ᄒᆞ더 긔회 업스믈 한ᄒᆞ더니 일일은 량옥이
나가 오릭 도라오지 아니ᄒᆞ는지라. 보옥이 니ᄅᆞ

더,

"졔가 우리 쇼샹관(瀟湘館)으로 갓시리라."

ᄒᆞ거놀 강경셩이 즘줏 모로는 쳬ᄒᆞ고 니ᄅᆞ
더,

"졔가 그곳의 가면 무어슬 ᄒᆞ는고? 무슨
붕우(朋友)를 그곳의 언약ᄒᆞ미 이시며 쏘 그 관
내의 뉘 머무나뇨?"

보옥이 듯고 ᄆᆞ음이 촉동(觸動)ᄒᆞ여 얼골
이 븕으며 가쟝 져의 무ᄅᆞᆷ믈 고이히 너기더 쏘
흔 져의게 고치 아니ᄒᆞ기도 어려온지라. 다만
니ᄅᆞ더,

"우 【8】 리 표미(表妹)가 그곳의 머무ᄂᆞ니
라."

ᄒᆞ니 경셩이 믄득 무ᄅᆞ더,

"이럴진디 곳 우리 의미(義妹)가 아니냐?"

보옥이 심중의 더옥 견디지 못ᄒᆞ여 혜오
더,

'엇지 우리 림미미(林妹妹)를 졔가 쏘흔 무
단이 ᄌᆞ민라 부ᄅᆞ는고?'

ᄒᆞ더 더옥 능히 면박(面駁)지 못ᄒᆞ여 강잉
(強仍)ᄒᆞ여 니ᄅᆞ더,

"올ᄒᆞ니 졍히 나의 표미로라."

경셩이 쏘 무러 니ᄅᆞ더,

"나는 다만 량대거(良大哥)의 말을 드ᄅᆞ미
우리 의미(義妹) 총명이 졀셰ᄒᆞ고 무쇼부독(無所
不讀)ᄒᆞ여 문쟝이 과인ᄒᆞ며 쏘 경위(經緯)와 지
졍(才情)이 비홀 디 【9】 업다 ᄒᆞ니 가히 보건디
텬디간(天地間) 령슈(靈秀)ᄒᆞᆫ 긔운이 녀ᄌᆞ의게
모히고 우리 등은 도로혀 무어시라 혜리오? 이
거(二哥)의 곳의 녕표미(令表妹)의 필젹이 이실
듯ᄒᆞ니 가히 한 두 가지를 보내여 날노 ᄒᆞ여곰
구경케 ᄒᆞ랴."

보옥이 듯고 더옥 번뢰ᄒᆞ여 싱각ᄒᆞ더 졔
가련ᄒᆞ여 져의 의미(義妹)라 닐ᄏᆞᆯ미 실노 가
통(可痛)ᄒᆞᆫ지라. 다만 니ᄅᆞ더,

"우리 표미가 비록 필믁(筆墨)의 능ᄒᆞ나 다
만 젼일노죠츳 타인의게 한 글ᄌᆞ도 쥬기를 허치
아니ᄒᆞ고 만일 외면(外面)의 사ᄅᆞᆷ 【10】 이 져의
명(名) 쪼를 졔긔(提起)ᄒᆞ면 졔가 번뢰ᄒᆞᄂᆞ니라."

경셩이 믄득 ᄌᆞ긔가 경솔ᄒᆞᆫ 줄 알고 쏘 싱
각ᄒᆞ더 진개(眞個) 대옥의 셩졍이 이갓다 ᄒᆞ고
쏘흔 보옥의 별노이 타(他)의 이시믈 의심치 아
니ᄒᆞ여 니ᄅᆞ더,

"원리 이러ᄒ냐?"

ᄒ니 보옥이 가쟝 쾌활(快活)치 못ᄒ여 하직ᄒ고 도라가 죠셜근(曹雪芹)을 쳥ᄒ여 한담(閒談)ᄒ고 몃 날을 가지 아니ᄒ며 졈졈 병이 발ᄒᄂ지라. 왕태의(王太醫) 진믹(診脈)ᄒ고 니ᄅ디,

"간경(肝境)의 화긔(火氣) 동ᄒ고 심긔(心氣)도 ᄯᅩ흔 부죡다."

ᄒ니 가졍부쳬(賈政夫妻) 심 【11】 시(心思) 번뇌(煩惱)ᄒ며 져의 능히 과쟝(科場)의 드러가지 못홀 줄 알고 일면으로 보챠(寶釵)로 ᄒ여곰 셔셔히 져를 달내라 ᄒ고 다만 란가ᄋ(蘭哥兒)로 ᄒ여곰 경셩(景星)과 냥옥(良玉)을 ᄯᅡ라 독실 공부(篤實工夫)ᄒ여 과쟝의 드러가게 ᄒ더라. 일일은 대옥이 졍히 셕츈(惜春)으로 더브러 도롤 강론ᄒ더니 량옥이 왓다 말을 듯고 셕츈이 련망(連忙)히 회피(回避)ᄒ거늘 량옥이 안ᄌ 가즁(家中) ᄉ무(事務)롤 말ᄒ며 츄후(追後)의 ᄯᅩ 희란의 송치(送綵)121)ᄒ고 영췌(迎娶)홀 일ᄌ(日子)롤 의론ᄒ며 ᄯᅩ 져의게 부 【12】 탁ᄒ여 '혼례시(婚禮時)의 판리(辨理)홀 일을 일일히 분력(分力)ᄒ라' ᄒ고, ᄯᅩ 말ᄒ디,

"남변(南邊)의 도로혀 한 무리 여러 붕위(朋友) 잇셔 십분 죠화ᄒ더니 츄후의 모다 니롤지라. 일인(一人)은 빅노경(白魯駉)이니 필법(筆法)이 능ᄒ고 ᄯᅩ 만유용(萬有容)과 쟝우문(章禹門)은 산슈와 화회(花卉)의 졍묘(精妙)ᄒ고 언ᄉ슈(言泗水)와 쟝곤싱(張昆生)과 항삼쳔(杭三泉)과 항ᄉ쳔(杭四泉)은 ᄉ곡(詞曲)과 음률(音律)을 능통ᄒᄂ지라. 일제히 가솔(家率)을 거ᄂ리고 오ᄂ니 엇지 가즁의 쳐쇼롤 분졍(分定)ᄒ여 안돈(安頓)케 ᄒ리오?"

ᄒ고 ᄯᅩ 니ᄅ디,

"도로혀 한 【13】 가지 긴요흔 일이 잇셔 미미(妹妹)의게 쳥코ᄌ ᄒ노라."

ᄒ며 믄득 화통(靴桶) 속의셔 일개 젹은 미홍지(梅紅紙) 봉투롤 내고 ᄯᅩ 봉투 속의 졉쳡

(摺帖)을 가져 내여 대옥을 쥬고 말ᄒ디,

---

121) 【송치】 圖 송채(送綵). 舊俗. 定婚時男家向女家
送交彩禮, 謂之下聘. 亦稱下定. ¶ 下聘 ‖ 량옥이
안ᄌ 가즁 ᄉ무롤 말ᄒ며 츄후의 ᄯᅩ 희란의 송
치ᄒ고 영췌홀 일ᄌ롤 의론ᄒ며 ᄯᅩ 져의게 부탁
ᄒ여 혼례시의 판리홀 일을 일일히 분력ᄒ라 ᄒ
고 (良玉坐下來, 說了些家務話, 隨後又將喜鸞的
下聘, 過門日期相商'又托他將應辦的事逐一逐二的
支分起來.) <後紅 6:11>

9

요지연월무치칭샹 갑졔연운니금보텹
瑤池宴月舞彩稱觴 甲第連雲泥金報捷

"이는 우리 시집 도형(圖形)이니 각쳐의 모다 편익(扁額)과 쥬련(柱聯)이 업는지라. 미미로 더브러 샹량(商量)코즈 ᄒ노라."

대옥이 웃고 니ᄅ디,

"거거(哥哥)는 ᄯ오 무슨 말이뇨? 이런 일은 곳 너의 일이라. 우리 녀히ᄋ(女孩兒)가 엇지 알니오. 거거는 ᄯ오흔 우음의 말을 말나."

량옥이 믄득 웃고 니ᄅ디,

"죠흔 미미 【14】야, 너는 ᄯ오흔 겸사(謙辭)치 말나. 내가 보형데(寶兄弟)의 말을 드ᄅ미 대관원(大觀園) 즁 허다 현판(懸板)과 쥬련(柱聯)을 ᄯ오흔 태반이나 네가 지엇다 ᄒ거늘 ᄌ긔 가즁ᄉ(家中事)를 네가 도로혀 츄탁(推託)고져 ᄒ나 필경 그러치 아니ᄒ니 내가 이 일을 능히 잘 훌진디 도로혀 너의게 쳥ᄒ랴."

대옥이 니ᄅ디,

"임의 이러ᄒ면 우리 모다 샹의ᄒᄂ 거시 ᄯ오흔 죠흐디 필경 가셔 한 번 보와야 바야흐로 쥬견(主見)을 뎡ᄒ기 죠흐리라."

량옥이 니ᄅ디,

"내 임의 말 【15】 ᄒ엿거니와 너다려 가ᄌ

ᄒ여도 네가 다만 게을니 구도다. 쟉일은 곳 졍월(正月) 이십 팔 일이라. 그 져녁 경츕(驚蟄) 졀긔(節氣) 들 ᄯ의 나의 븡우가 그곳의 가 머무러시며 ᄯ오 말ᄒ디 타인의 편익을 모다 ᄶ히미 보기의 죠치 아니타 ᄒ더라. 너는 보라 명일(明日) 이월 쵸일일 갑인각(甲寅刻)이 가쟝 길ᄒ여 우리가 곳 갈지니 너는 도로혀 이 집 통흔 디로 죠ᄎ가랴 ᄒᄂ냐? 도로혀 챠를 타고 외면으로 죠ᄎ 가랴 ᄒᄂ냐?"

디옥이 니ᄅ디,

"챠를 타 무엇 【16】 ᄒ리오? 내가 곳 이곳으로 가도 긴 골목을 지나고 대문으로 드러가는 거슨 일양(一樣)이니 엇지 죠치 아니리오? 리일 밥을 먹고 가리라."

량옥이 웃고 니ᄅ디,

"ᄌ긔 가즁의 엇지ᄒ여 죠죠(早朝)의 가지 아니ᄒᄂ뇨?"

디옥이 웃고 니ᄅ디,

"거게(哥哥) 쳥신(淸晨)의 도로혀 나를 ᄉ환(使喚)홀 일이 잇ᄂ냐? 나는 거게 슈ᄌ(嫂子)를 영취흔 후의야 바야흐로 능히 탈신(脫身)ᄒ리라."

냥옥이 ᄯ오흔 웃고 도라가며 니ᄅ디,

"단졍코 오라 ᄒ더니 명일의 니ᄅ러 강희원이 몬져 【17】 회피ᄒ여 가미 냥옥이 셩졍이 급ᄒ여 도로혀 이곳의 니ᄅ러 대옥으로 더브러 오반(午飯)을 먹고 형미(兄妹) 이인이 셔셔히 시집으로 올 시 이곳 남부(男婦) 슈빅 인이 무리무리 버러셔고 허다 집ᄉ(執事)와 다못 여러 가인(家人)이 널노의 고두(叩頭)ᄒ여 고낭(姑娘)의게 쳥안ᄒ거늘 냥옥이 쟝방(賬房)의 분부하여 후히 샹사(賞賜)ᄒ라."

ᄒ고 량옥이 대옥을 쳥ᄒ여 의ᄌ의 안게 ᄒ고 노파 등으로 메이라 ᄒ니 대옥이 좃지 아니ᄒ고 다만 거러 뒤히 ᄯ라 반일(半日) 만의 문의 귀의 【18】 니ᄅ러 먼니 바라보미 문 밧긔 량개 셕ᄉᄌ(石獅子)를 안쳣시디 그 문졍(門庭)이 번화ᄒᄆ 도로혀 녕(榮) 영(寧) 량부(兩府)의셔 승ᄒ고 도져히 슈리ᄒ여 극히 쟝녀(壯麗)ᄒ디 졍문(正門)은 여지 아니ᄒ고 동셔(東西) 량문(兩門)만 여럿ᄂ지라. 믄득 셔문(西門)으로 드러갈 시 량옥이 져의게 슈삼 ᄎ 쳥ᄒ여 연의(軟椅)를 타고 셔셔히 나아갈 시 슈화문(垂花門)을

82

드러가민 천당(穿堂)이 이시디 중간의 일개 ㅈ단(紫檀) 부좌(趺坐)롤 노코 일개 젹금(赤金)으로 팔보(八寶) 씨인 악종을 세웟고 그 뒤히 구쳑(九尺)【19】놉히 되는 양류리병풍(洋琉璃屛風)을 세워시민 병풍을 지나가니 쏘 일개 큰 원즁(院中)이라. 스면 월랑(月廊)의 모다 협문(夾門)이 이시며 앏흐로 나아가 셤돌의 오르미 이층의 문이오. 그 속의 쟝츠쳥(長遮廳)이 잇고 스면의 모다 난간을 둘녀시디 졍졔 화려ᄒ고 일식(一色)으로 록스쟝염(綠絲長簾)을 거럿고 화회(花卉)롤 버렷시며 샹면(上面)의 오간(五間) 졍쳥(正廳)이 이시디 두 겻히 각기 셔방(書房)이 잇고 동셔 두 협문 안의 각기 스오 간 되는 셔쳥(書廳)이 이시디 스통팔달(四通八達)ᄒ며 쏘흔【20】화회와 셕가산(石假山)이 잇는지라. 대옥이 즉시 연의(軟椅)에 나려 각쳐로 단니며 구경ᄒ며 니르디,

"이 집이 실노 짓기롤 견고 화려ᄒ게 ᄒ도다."

ᄒ고 량옥으로 더브러 홈긔 안ㅈ 의론ᄒ디 이 대문 우희는 편익을 달지 아니ᄒ는 거시 도로혀 톄면의 죠흘 거시오. 천당(穿堂)122) 우희는 융[연]식당(燕息堂) 삼 ㅈ롤 쓰고 쟝츠쳥(長遮廳) 우희는 내의당(來儀堂)이라 쓰고 졍쳥(正廳) 당면(當面)ᄒ 들보 우희는 쥬홍 밧탕의 젹금(赤金)으로 룡 그린 현판의 량광총독(兩廣總督)과【21】량회운ᄉ(兩淮運司) 고명(誥命)을 뼈 놉히 걸고 중간의 셕쳥 밧탕의 젹금(赤金)으로 구룡(九龍) 그린 현판의 빅금(白金)으로 젼일 ᄉ익(賜額)ᄒ신 졔미당(濟美堂) 삼 ᄯ롤 크게 뼈 걸디 각쳐 쥬련은 여ᄎ여ᄎᄒㅈ ᄒ고 대옥이 쏘 젼후 각쳐로 구경ᄒ며 니르디

"샹방(上房)과 내쳥(內廳)은 부려(富麗)ᄒ믈 말ᄒ기 어려오디 쏘흔 젼일 편익 디로 쓸 거시 이시니, 이는 송풍쥭월헌(松風竹月軒)과 츈당ᄉ(春棠社)와 록미원(綠梅院)과 한미영우(寒梅影藕)와 현풍[화향]ᄉ(花香榭)와 쇼령암(小靈岩)과 쇼셔하(小栖霞)와 반운각(半雲閣)과 셜오(雪塢)【22】와 목[월]화뎡(月華亭)과 쥭님방(竹林舫)과 믁묘쳐(墨妙處)와 내뎡방과 대졍[경]셔옥(帶耕書屋) 금향루(錦香樓)와 연리당(燕來堂)과 이고당(理古

堂)과 ㅈ하헌(紫霞軒)과 셩취지(星聚齋)라 ᄒ거늘 량옥이 니르디,

"ㅈ하헌은 쇼샹관과 졉ᄒ엿다."

ᄒ고 ㅈ긔가 곳 두공부시(杜工部詩)의 '억졔간운(憶弟看雲)'이란 뜻을 취ᄒ여 '간운' 두 ㅈ롤 졔익(題額)ᄒ고 쏘 쳥등가ㅈ롤 지어 경치(景致)롤 구경케 ᄒ며 쏘흔 련귀롤 쓰디 '츈쵸지당쳔리몽(春草池塘千里夢)이오 야샹풍우십년심(夜狀風雨十年心)이라' ᄒ거늘 디옥이 졈두(點頭)ᄒ며 죠타 ᄒ고 쏘 니르디,

"도로혀【23】여간123) 의론홀 곳이 이시니 너는 우리 져곳 죠셜근긔 가르치믈 쳥ᄒ라. 셜근션싱의 학문이 가쟝 죠화 거의 너의 스뷔(師父) 되염즉ᄒ니라."

량옥이 쏘흔 니르디,

"죠타."

ᄒ거늘 디옥이 니르디,

"나의 곳이 쏘흔 갓가오니 곳 도라가리라."

냥옥이 니르디,

"대미미(大妹妹)는 곤홀 거시어늘 엇지 안지도 아니ᄒ고 가느뇨?"

대옥이 니르디,

"곤홀 것도 업고 쏘 드르미 져곳의 스미미(四妹妹)가 나롤 기다린다 ᄒ니 엇지 도라가지 아니리오?"

ᄒ고 즉시 가거늘 냥옥이【24】진개 대옥의 말 디로 현판과 쥬련을 붓치고 쏘 죠셜근을 잇글고 가셔 디옥의 지은 허다 쥬련과 편익 말을 젼ᄒ니 죠셜근 이 보고 니르디,

"녕미(令妹)는 진개 죠대가(曹大家)124)와 스도온(謝道韞)125)의셔 지내도다. 드르미 원리 우쵼션싱(雨村先生)의 문인이라 ᄒ나 다만 져허

---

122) 쳔당(穿堂): 舊時富家宅院中, 座落在前後兩個院落之間可以穿行的廳堂.

123) 【여간】뭐 여간(如干). 약간. 조금. ¶ 些 ‖ 도로혀 여간 의론홀 곳이 이시니 너는 우리 져곳 죠셜근긔 가르치믈 쳥ᄒ라 (還有些不到地處的, 你請敎咱們那邊的曹雪芹先生.) <後紅 6:23>

124) 죠대가(曹大家): 卽東漢史學家班昭(約49-約120年), 一名姬, 字惠班, 扶風安陵(今陝西咸陽東北)人. 其父班彪·兄班固均爲史學家. 兄班固著《漢書》未就死, 她奉命與馬續共同續撰. 和帝時, 曾被召爲後宮敎師. 因其夫名曹世叔, 故人稱曹大家.

125) 스도온(謝道韞): 東晉女詩人. 陳郡陽夏(今河南太康)人. 謝安姪女. 聰慧有才辯. 嘗在家遇說, 謝安曰: "何所似也?" 安姪郎曰: "撒鹽空中差可擬." 道韞曰: "未若柳絮因風起." 安大悅. 世因稱"詠絮才."

컨디 그 지졍은 우쵼션싱도 밋지 못ᄒ리로다.”

강희원이 듯고 더옥 경심향모(傾心向慕)ᄒ여 즉긱의 량옥을 잡고 ᄌ긔 혼ᄉ 졍치 못ᄒᄂ 거술 한ᄒ며 니ᄅ디,

“내 이졔 다른 도리 업ᄉ니【25】다만 닙지독공(立志獨工)ᄒ여 다시 량쟝(兩場) 쟝원(壯元)을 취ᄒ여야 바야흐로 개구(開口)ᄒ리라.”

ᄒ고 일노븟허 더옥 공부를 힘쓰더라. 광음이 임염(荏苒)ᄒ여 쟝ᄎ 화죠(花朝)[126]가 갓가온지라. 량옥이 심즁의 혜오디 이월 십이일은 곳 대옥의 싱일이니 져를 위ᄒ여 크게 잔치ᄒ고ᄌ ᄒᄃ 다만 그날은 ᄌ긔가 회시(會試) 과쟝의 드러갈지라. 부득블(不得不) 십륙일노 퇴뎡(退定)ᄒ면 월식도 조코 더옥 취미 잇다 ᄒ여 이러므로 젼긔(前期) 십일ᄒ여 이월 쵸 륙일의【26】 몬져 와 대옥으로 더브러 샹의ᄒ니 대옥의 심즁의 ᄯᅩ흔 쥬의(主意) 잇셔 니ᄅ디,

“내 이졔ᄂ 필경 츌가흔 사람이 될지라. 허다 부화(浮華)ᄒᄂ 거술 ᄯᅩ흔 보기의 담연(淡然)ᄒᄃ 다만 나의 거게 이러틋 나를 ᄉ랑ᄒ니 나도 ᄯᅩ흔 이날의 니ᄅ러 져의 경을 밧ᄂ 거시 죠코 ᄯᅩ흔 녯날 ᄌ미와 그 부즁의 구모(舅母)와 슈ᄌ(嫂子)와 ᄉ대미미(四大妹妹)가 잇고 ᄯᅩ 드ᄅ미 탐미미(探妹妹)가 ᄯᅩ흔 니ᄅ럿다 ᄒ니 모다 쳥ᄒ여셔 회(會)ᄒ면 엇지 죠치 아니며 젼일의 내가 집이 업【27】더니 이졔ᄂ 거거도 잇고 집도 이시니 내 엇지 일쟝을 열요(熱鬧)이 지내지 아니리오마ᄂ 다만 가셕도다 봉슈ᄌ(鳳嫂子)와 습인(襲人)을 보지 못ᄒ리로다.”

ᄒ고 이러므로 고흥(高興)이 나 곳 응낙ᄒ니 량옥이 니ᄅ디,

“이러ᄒ면 이 날은 곳 미미의 죠혼 날이라. 내가 모다 쥬션홀 거시니 너는 일호(一毫)도 비샹(費想)치 말고 다만 쥬인이 되라. 외면 일은 내가 모다 쥬션ᄒ리라.”

ᄒ니 대옥이 니ᄅ디,

“만일 능히 이러ᄒ면 내가 엇지 즐겁지 아니리오?”

ᄒ니 량옥이【28】 즉시 가셔 강경셩과 죠

셜근 량인으로 더브러 반일(半日)을 샹량ᄒ다가 곳 총관(總管) 왕원(王元)과 다못 간ᄉ(幹事)ᄒᄂ 부총관 몃 사람을 블너 일일히 져의게 분부ᄒ니 왕원 등이 대고낭(大姑娘)의 싱일이란 말을 듯고 곳 ᄯᅮ러 고ᄒᄃ,

“은젼(恩典)을 닙어 삼일 쥬셕(酒席)을 베프러 츙셩을 다ᄒ고 겸ᄒ여 법ᄉ(法師)를 쳥ᄒ여 경(經)을 닑고ᄌ ᄒ노라.”

ᄒ니 량옥이 니ᄅ디,

“일졀 ᄒ지 말나. 고낭의 셩졍이 번거ᄒ믈 슬히 너겨 다만 일일 가연을【29】ᄒ고 외긱들의게도 모다 통긔ᄒ지[127] 아냐시니 너의들은 츙심을 다ᄒ여 다만 그날의 극진히 ᄆᆞᆷ을 쓰ᄂ 거시 올토다.”

왕원이 임의 대옥의게 ᄉ후(伺候)ᄒ여 셩경을 아ᄂ지라. 왕원 일인이 가마니 법ᄉ 수십구 인을 일졔히 쳥ᄒ여 지셩으로 숑경(誦經)ᄒ고 도쟝을 베플고 ᄯᅩ 일만 량 은ᄌ(銀子)를 뻐 빈궁흔 사람을 구급(救急)ᄒᄃ 방싱구복(放生求福)ᄒᄂ 일도 ᄯᅩ흔 감히 못ᄒ니 이ᄂ 모다 왕원의 츙심이러라. 츄후 량옥이 알고 대옥【30】의게 고ᄒ여 형미 량인이 누ᄎ 져의게 갑고ᄌ ᄒᄃ 졔가 일졀코 좃지 아니ᄒ니 이ᄂ 실노 쉽지 아니흔 일이러라.

각셜(却說), 이월 십오일의 량옥 등이 회시 삼쟝(三場)을 맛치고 나오미 모다 과쟝(科場)의 필법(筆法)이 여의ᄒ믈 즐기더니 이월 십륙일의 니ᄅ러 림대옥이 만두쥬취(滿頭珠翠)로 몸의 다홍 운룡단(雲龍緞) ᄌ표피(紫豹皮) 오ᄌ를 닙고 허리의 이 금식 빅복(百福) 문츄쥬ᄌ(紋綢綢刺) 표피치마를 미고 목의 부귀여의(富貴如意) 운견(雲肩)을 두루고 손목의【31】 금팔쇠 네 개를 ᄭᅵ엿고 아미(蛾眉)를 다ᄉ리고 진분(眞粉)을 더ᄒ여 진개 단쟝흔 거시 빅미쳔교(百媚千嬌)ᄒ여 여화여월(如花如月)ᄒ며 ᄌ견(紫鵑) 쳥문(晴雯)도 ᄯᅩ흔 의복과 단쟝을 다ᄉ리고 대옥을 ᄯᅡ라 왕부

---

126) 화죠(花朝): 舊俗以夏曆二月十五日爲百花生日, 故稱此日爲“花朝節”. 一說爲十二一, 又說爲初二日. 《廣群芳譜・天時譜二》引《誠齋詩話》: “東京二月十二日曰花朝, 爲撲蝶會”. 又引《翰墨記》: “洛陽風俗, 以二月二日爲花朝節.”

127)【통긔ᄒ다】圖【통기(通寄)하다】. 통지(通知)하다. 알리다. ¶ 知會‖ 고낭의 셩졍이 번거ᄒ믈 슬히 너겨 다만 일일 가연을 ᄒ고 외긱들의게도 모다 통긔ᄒ지 아냐시니 너의들은 츙심을 다ᄒ여 다만 그날의 극진히 ᄆᆞᆷ을 쓰ᄂ 거시 올토다 (姑娘的性情兒怕煩, 姑娘只許了家宴一天, 外客們通不知會, 你們要盡個孝心兒, 只在這一日加倍的用心便了.) <後紅 6:29>

인(王夫人) 곳으로 갈 시 도로혀 오기롤 너모 일죽ᄒᆞ엿ᄂᆞ지라. 가정은 임의 죠회(朝會)의 드러가시더 왕부인은 오히려 니러나지 아니ᄒᆞ여 청안ᄒᆞ지 못ᄒᆞ고 대옥이 ᄯᅩ 니환(李紈)과 보챠와 평ᄋᆞ(平兒)의 곳을 지나가더 다만 사람으로 ᄒᆞ여곰 한 마디 말만 【32】 ᄒᆞ고 곳 도라오니 이ᄂᆞᆫ 보옥을 피ᄒᆞ려 ᄒᆞᄂᆞᆫ 의시러라. 디옥이 즉시 도라와 쇼샹관(瀟湘館)을 지내여 일즉 즈하헌(紫霞軒)을 향ᄒᆞ여 갈 시 보옥이 잉ᄋᆞ(鶯兒)의 드러와 견ᄒᆞᄂᆞᆫ 말을 드르미 림고낭(林姑娘)이 외면의셔 이내내(二奶奶)긔 일죽 오기롤 청ᄒᆞ더라 ᄒᆞ니 보옥이 련망히 옷술 닙고 니러나 ᄯᅡ라가다가 ᄯᅩ 밋지 못ᄒᆞ고 다만 먼니 보미 한 무리 사룸이 곳히 나뷔 갓치 모혀 한 사룸을 ᄯᅡ라 림부즁(林府中)으로 가ᄂᆞᆫ지라. 원리 보옥이 부즁의 도라 【33】 온 후의 쳐음으로 쇼샹관 즁 니러러 대옥의 와실(臥室)을 구경코즈 ᄒᆞ미 임의 문을 잠가 드러가지 못ᄒᆞ고 창 밧긔셔 류리(琉璃) 속으로 드리미러 보니 ᄯᅩ 회셔피(灰鼠皮) 방쟝(房帳)이 가리여 지척(咫尺)이 쳔리라. 보옥의 심즁의 빅 가지로 번뢰ᄒᆞ여 곳 싱각ᄒᆞ더,

'림미미야 네가 곳 이쳐럼 한을 품엇다 ᄒᆞ여도 곳 날노 ᄒᆞ여곰 한 번 얼골을 보게 ᄒᆞ미 무어시 히로오리오?'

ᄒᆞ고 ᄯᅩ 져의 방문을 밀치고 드러가 져의 방 즁의 필경 무슨 도셔(道書) 【34】 가 잇다 보려ᄒᆞ더 가히 한ᄒᆞᄂᆞᆫ 거시 일개 빅통(白銅) 빈혀쟝으로 문을 잠아 죠금도 움죽일 슈 업ᄂᆞᆫ지라. 졍히 졍신을 일코 셧더니 잉ᄋᆞ와 슈월이 져의 링긔(冷氣) 뽀이믈 져허ᄒᆞ여 져롤 쓰을고 도라가려 ᄒᆞ더니 졔가 ᄯᅩ 멈츄어 셔셔 류슈즈(柳嫂子)의게 즈셔히 무르더,

"님고낭이 오날 싱일의 엇더케 의복(衣服)을 닙엇더뇨?"

ᄒᆞ니 류슈지 우음을 머금고 일일히 져의게 고ᄒᆞ더 보옥이 더옥 졍신을 일흐며 즈하헌 속을 바라보미 【35】 림부즁 스룸이 남녀 업시 왕리ᄒᆞ기롤 만히 ᄒᆞ더 드르미 녀권(女眷) 무리 잔치라 ᄒᆞ여 가기도 어렵고 잉ᄋᆞ와 샤월이 ᄯᅩ흔 직쵹ᄒᆞᄂᆞᆫ지라. 다만 엇지ᄒᆞᆯ 길 업셔 즈긔 방 즁으로 도라오미 보쳐 졍히 단쟝(丹粧)ᄒᆞ기롤 십분 졍졔(整齊)히 ᄒᆞ여시나 보옥이 ᄯᅩᄒᆞᆫ 아른 체ᄒᆞᆯ ᄆᆞ음이 업셔 도로 눕고 니지 아니ᄒᆞ더라.

챠셜, 더옥이 그곳의 니르미 낭옥이 희식(喜色)이 만면ᄒᆞ여 곳 다라와 숀을 잡고 니르더,

"티양이 방즈 오르더니 ᄯᅩ흔 슈셩(壽星)이 오도다."

【36】 디옥이 역쇼(亦笑)ᄒᆞ고 거거의게 길을 양ᄒᆞ더니 형미 량인이 졍의 은근ᄒᆞ여 갓치 텬디 죠션(祖先)과 다못 당샹의 뫼신 신블(神佛)긔 비례ᄒᆞ더니 쳥문과 즈견이 ᄯᅩᄒᆞᆫ 고두(叩頭)ᄒᆞ고 모든 가인 남녀 삼빅여 명이 반렬(班列)을 난호와 드러와 ᄯᅩᄒᆞᆫ 고두ᄒᆞ고 왕원이 강노야(姜老爺)롤 위ᄒᆞ여 드러와 공희(共喜)ᄒᆞᄂᆞᆫ지라. 져의 형미 이인(二人)이 믄득 연리당(燕來堂)의 니르러 옥란(玉蘭)과 다못 각죵 쵸란(草蘭)의 ᄭᅩᆺ 핀 거슬 보고 캉[128]샹의셔 형미 량인이 져기 죠반ᄒᆞᆯ 시 더옥이 믄득 우스 【37】 며 니르더,

"내가 방즈 가셔 구태태(舅太太)긔 쳥ᄒᆞ고 ᄯᅩᄒᆞᆫ 우리 슈즈의게 쳥ᄒᆞ려 ᄒᆞ엿더니 죠흔 슈지 도로혀 니러나지 아니ᄒᆞᆫ지라. 싱각건디 그곳의셔 거거롤 ᄭᅮᆷ꾸는 ᄃᆞᆺᄒᆞ도다."

량옥이 ᄯᅩᄒᆞᆫ 웃고 니르더,

"너의 슈지 나롤 ᄭᅮᆷ꾼 거슬 미미(妹妹) 엇지 나[아]ᄂᆞ뇨?"

디옥이 웃고 니르더,

"원리 짐쟉건디 그러ᄒᆞᆯ ᄃᆞᆺᄒᆞ도다. 슈지 도로혀 드러오지 아냐셔 거게(哥哥) 곳 져쳐럼 졍의(情義)가 친밀ᄒᆞ니 쟝리 드러오면 도로혀 엇지 즐겨 ᄒᆞᆯᄂᆞᆫ지 모로리로다."

량옥이 【38】 웃고 니르더,

"이도 ᄯᅩᄒᆞᆫ 짐쟉ᄒᆞ기롤 잘ᄒᆞ엿거니와 무슴 고이ᄒᆞ미 이시리오? 고낭은 사룸의 졍을 아지 못ᄒᆞᆫ다 니르기 어렵도다."

디옥이 웃고 니르더,

"알기ᄂᆞᆫ 아더 ᄯᅩᄒᆞᆫ 회샤(回謝) 례믈을 의론코즈 ᄒᆞ노라."

량옥이 셔셔히 우스며 니르더,

"회샤 믈건도 여러 가지니 부부(夫婦) 졍리(情理)롤 의론컨디 몬져 즁미의게 회샤치 아니

---

128) 【캉】 圖 〔캉炕 kàng〕. 중국 북방 온돌. 중국어 차용어. ¶ 炕 ‖ 져의 형미 이인이 믄득 연리당의 니르러 옥란과 다못 각죵 쵸란의 ᄭᅩᆺ 핀 거슬 보고 캉 샹의셔 형미 량인이 져기 죠반ᄒᆞᆯ 시 (他兄妹二人便到燕來堂, 看玉蘭及各種的草蘭, 先在蘭花多的, 炕床邊, 兄妹兩人用了些早點.) <後紅 6:36>

흔다 니르기 어려오디 다만 회샤 믈건이 이실진디 나도 쏘흔 샹계홀 문셔가 잇노라."

대옥이 얼골이 붉어지며 곳【39】한 번 혀 츠더라. 형미 이인이 졍히 담쇼홀 시 곳 드르미 스대고낭(史大姑娘)이 온다 흐거늘 디옥이 니르디,

"필경 졔가 오기롤 샹쾌히 흐도다."

량옥이 즉시 회피(回避)흐여 나가더니 츄후 셜이마(薛姨媽)와 향릉(香菱)이 쏘흔 오더라. 스샹운(史湘雲)이 디옥으로 더브러 본디 죠흔지라. 젼일의 와셔 져롤 보고즈 흐디 왕부인이 사롬 왕릭흐믈 막는다 흐믈 드럿눈지라. 그러므로 오지 못흐엿다가 오늘 디옥이 져롤 쳥흐미 엇지 일즉 오지 아니리오? 비록 복식(服色)이 블【40】편흐나 쏘흔 텬쳥(天靑) 빗 오즈롤 닙어시며 량인이 샹견(相見)흐미 비희(悲喜)흐믈 이긔지 못흐더니 쏘 형부인(邢夫人)과 우시(尤氏)와 탐츈(探春)이 일졔히 왕부인 곳의 니르러 함긔 모혀 모다 쇼샹관 길노 죠츠 오라 흐니 필경 왕인과 형부인과 우시와 탐츈과 셕츈과 니환과 니문(李紋)과 니긔(李綺)와 셜보챠(薛寶釵)와 보금(寶琴)과 형슈연(邢岫烟)과 평오 십이인(十二人)이 한 무리 챠환(丫鬟)을 거느리고 오거늘 디옥이 향릉을 부탁흐여 셜이마와 스샹운을 뫼시라 흐고 즈긔는 앏흐로 나아가 공【41】경흐여 니르디,[129]

"외싱녀이(外甥女兒)의 싱일의 엇지 감히 이마(姨媽)와 구태태의 하림(下臨)흐시믈 당흐리오? 다만 손복(損福)홀가 두리더 이는 희즈(孩子)롤 스랑흐시는 의시라. 다만 쳥컨디 오리 안즈 희즈로 흐여곰 태태 등의 복력을 힘닙게 흐라."

셜이미 앏히 잇다가 니르디,

"우리는 모다 지친(至親)이라 원리 몬져 와 시 집을 보고즈 흐더니 공교히 대고낭(大姑娘)의 싱일을 당흐여시미 이곳의셔 쳥치 아니흐여도 우리 쏘흔 오려 흐엿거니와 다만 슐을 취흐여 남의 우움【42】을 밧지 아니려 흐노라."

왕부인과 형부인이 쏘흔 니르디,

"우리가 원리 져곳 대관원 중의셔 대고낭을 위흐여 하로롤 즐기려 흐엿더니 무던토다. 대외싱(大外甥)이 십일 견긔흐여 대고낭으로 더

브러 언약흐미 잇논고로 여의치 못흐엿거니와 우리 오늘 이곳의 니르미 진기 취코즈 흐노라."

흐고 량옥이 왕부인으로 더브러 쏘흔 반즈지명(半子之名)이 잇논지라. 디옥 졍의가 은근흐여 곳 말흐디,

"슐도 먹음즉지 못흐고 희즈(戲子)도 보암즉지 못【43】흐나 다만 바라건디 태태는 용셔흐라"

흐며 쏘흔 나아와 즈리롤 뎡흐고 슐을 권흐려 흐거늘 셜이마 등이 곳 멈츄니 량옥이 믄득 여러 번 졀흐고 쏘 대옥의게 고흐디 죠흔 미미는 나롤 위흐여 슈즈 등과 미미 등의게 쳥안흐고 쏘 만홀(慢忽)흐믈 고흐라 흐니 대옥이 믄득 가셔 고흐눈지라. 왕부인이 웃고 니르디,

"이는 쏘흔 너모 과례(過禮)흐눈도다."

니환 등이 모다 챠환을 시겨 림대야(林大爺)긔 회샤(回謝)흐니 량옥이 공경흐여 읍흐눈지라. 대옥이 니【44】르디,

"외싱녀이(外甥女兒) 스후(伺候)흐리니 외싱은 나가기롤 픔흐노라."

흐고 량옥이 가더라. 대옥이 믄득 모든 고슈(姑嫂)롤 쳥흐여 나와 년치(年齒) 디로 좌롤 뎡흐려 홀 시 셜이미 편히 안줏지 못흐고 즉시 다라나와 여러 숀을 호위흐여 꼬을고 나가 모다 연릭당(燕來堂)으로 올 시 당긔의 대옥이 몬져 셜이마와 형부인과 왕부인긔 쳥흐여 올나가게 흐고 즈긔는 모든 즈미의 뒤히 짜라 일졔히 비례흐더라. 즁인(衆人)이 연릭당을 보미 과연 부려(富麗)흐여 오간 대쳥(大廳)이오. 【45】두(頭) 경히 각기 두 간식 이시디 모다 꼿츠로 삭인 기동으로 아로삭인 들보롤 밧쳣고 정즁의 텬쳥 밧탕의 오동(梧桐)으로 메인 현판의 연릭당 삼즈롤 쓰고 즈단목제(紫檀木梯) 우히 일개 션화로(宣和鑪)롤 놋코 냥 편의 팔 개 금홍쵹(金紅燭)을 혀고 즁간의 한 폭 연월도(宴月圖)롤 거럿고 즈단목 의즈 십륙 좌롤 량 편의 일즈로 버리고 기여(其餘) 팔십여 좌 즈단목 젹은 의즈는 두 벽을 의지흐여 노홧시더 졍면 녀덟 즈리는 다홍 담을 가득히 까르시며, 탁즈와 포【46】 진 버린 거슨 쏘흔 부려(富麗) 휘황(輝煌)흐고 즁간 영챵 밧근 희즈디(戲子臺)롤 모홧고 쓸 가온디는 일식으로 오치 령롱흔 휘장(揮帳)으로 스면을 가 렷고, 젼면 월랑(月廊) 아릭 잉무장(鸚鵡帳)을

---

129) 이곳 원문 16줄 번역 생략됨.

거럿고 빅여 분(盆) 화쵸롤 버럿시며 스면 기동 우희는 모다 악종(樂鐘)을 거럿더라. 디옥이 나아가 즈리롤 정ᄒ고 쏘 량옥을 디신ᄒ여 쳥안ᄒ니 모든 즈미들이 잠간 셔방(書房) 안의 가 피ᄒ여 량옥으로 ᄒ여곰 드러오게 ᄒ니 형부인과 왕부인과 셜이미 믄득 량【47】옥으로 셔로 보기롤 맛치미 량옥이 하직을 고ᄒ거눌 형부인과 왕부인과 셜이마는 샹좌(上座)의 안고 기여(其餘)는 쏘ᄒ 츠셔(次序) 디로 안줏다가 졈심 먹고 곳 니러나 건닐 시 디옥이 니환과 보챠와 향릉으로 더브러 죠흔지라. 믄득 져의 삼인의게 부탁ᄒ여 디신 쥬인이 되여 져 삼위(三位) 노인네롤 뫼시고 각쳐로 단니며 구경케 ᄒ더니 탐츈과 샹운이 믄득 디옥을 쯔을고 금향루(錦香樓) 토 간의의 니르러 별후(別後) ᄉ졍을 담화ᄒ미 진개 지셰즁【48】봉(再世重逢)ᄒ여 비상ᄒ믈 니긔지 못ᄒ고 쏘 탐츈은 쥬의(主意)가 잇셔 니르디,

"오늘 림미미는 곳 쥬인이라 너와 내가 엇지 져롤 멈츄리오? 좌우간의 내가 오늘 져곳의 머믈너 한가ᄒ리니 우리 셰셰(細細)히 졍회롤 펴리라."

ᄉ샹운이 믄득 니르디,

"이는 쏘ᄒ 죠흐니 우리 금야(今夜)의 림챠두(林叉頭) 곳의셔 한 샹(床)의 갓치 즈고 모다 일야롤 셔회(敍懷)ᄒ리라."

디옥이 니르디,

"가쟝 죠토다. ᄉ미미도 쏘ᄒ 그곳의셔 밤을 지내ᄂ니라."

ᄒ고 삼인이 도라올 시 셕츈이 즁인(重人)으로 더브【49】러 쇼셔하(小栖霞)로 가거눌 삼인이 쏘ᄒ 져의 등을 도라보지 아니ᄒ고 일즉와 셜이마와 다뭇 형(邢) 왕(王) 이부인(二夫人)을 츳즐 시 믄득 츈당ᄉ(春棠社)의셔 삼위 노인을 만느니 모다 탑샹(榻上)의 쟝침(長枕)을 의지ᄒ여 쇼챠환(小丫鬟) 등으로 다리롤 치이며 니환과 보챠는 쏘ᄒ 뫼셔 한담ᄒ디 다만 향릉은 그 겻 젹은 칙 탁즈 앏히 셔셔 칙을 구경ᄒ더라. 대옥과 탐츈과 ᄉ샹운이 믄득 우스며 나아와 니르디,

"태태 등은 것기롤 쎨니 ᄒ도다. 우리 등이 괴로이 차줏ᄂ니라."

왕부【50】인이 웃고 니르디,

"이곳의 안줄 디가 쏘ᄒ 만하 우리 등이 일노의 구경ᄒ며 즈로 쉬미 도로혀 곤(困)치 아니ᄒ디 다만 져의 한 무리는 구레 버슨 말 갓치 모다 어디로 다라ᄂ는지라. 림미미(林妹妹)로 ᄒ여곰 쥬션ᄒ기 어렵게 ᄒ도다."

셜이마(薛姨媽)와 형부인(邢夫人)이 쏘ᄒ 웃고 니르디,

"졍히 올토다. 긱이 되여 쏘ᄒ 쥬인의 ᄉ졍을 싱각홀 거시어눌 너는 보라. 져의 년경(年輕)ᄒ 사롬이 고흥(高興)도 잇고 단니기도 잘 ᄒ여 도로혀 여러 퓌로 난호와 노니나 대고낭(大姑娘)으로 ᄒ여【51】곰 이우(貽憂)ᄒ여 견디지 못ᄒ리로다."

디옥이 웃고 니르디,

"좌우간 이 조고만 디방(地方)의 쇼쇄(掃灑)ᄒ기롤 간정(乾淨)이[130] 못ᄒ엿거눌 태태 등이 즐겨 구경ᄒ시니 싱광[131]이 되도다. 이 여러 즈미들은 모다 심히 셔로 조하ᄒ니 뉘 홀노 쥬인이라 ᄒ리오? 외싱녀(外甥女)는 쏘ᄒ 가쟝 한가ᄒ거니와 도로혀 이태태(姨太太)와 구태태(舅太太)는 오리 단녀 계시니 몸도 곤홀 거시오 쏘ᄒ 시쟝홀 듯ᄒ니 져기 졈심을 ᄒ는 거시 죠토다."

졍히 말홀 ᄉ이의 다만 드르미 허다 훤쇼(喧騷)ᄒ【52】는 쇼리와 환픠(環佩) 쇼리 바람의 오더니 셕츈(惜春)과 평ᄋ(平兒) 등이 모다 니르ᄂ는지라. 형(邢) 왕(王) 이부인(二夫人)이 즉시 니러나고 셜이마는 웃고 니르디,

"너의 등은 노니기롤 잘ᄒ나 너의 림미미로 ᄒ여곰 동셔 분쥬(奔走)ᄒ여 져러틋 폐롤 시기니 가쟝 완만ᄒ 손이로【다】."

평이 웃고 니르디,

"도로혀 내가 쯔을고 왓시니 져의 등은 모다 단니고 놀고즈 ᄒ미 진개 취미 잇셔 집도 조코 우리 단취(團聚)ᄒ 락도 잇도다."

---

130)【간정이】㼐 {건정(乾淨)히}. 깨끗이. 중국어 차용어.¶ 乾淨‖좌우간 이 조고만 디방의 쇼쇄 ᄒ기롤 간정이 못ᄒ엿거눌 태태 등이 즐겨 구경 ᄒ시니 싱광이 되도다 (左右這點子地方, 收拾又不乾淨, 太太們肯看看就賞臉.) <後紅 6:51>

131)【싱광】圐 {생광(生光)}. 생색(生色). ¶ 賞臉‖ 좌우간 이 조고만 디방의 쇼쇄ᄒ기롤 간정이 못 ᄒ엿거눌 태태 등이 즐겨 구경ᄒ시니 싱광이 되 도다 (左右這點子地方, 收拾又不乾淨, 太太們肯 看看就賞臉.) <後紅 6:51>

디옥이 웃고 니ᄅ디,

"우음의 말을 말나. 우리 이태태와 구태【53】태롤 ᄯᅡ라 젼면 좌셕(座席) 우흐로 가리라. 다시 한즈음을 들네면132) 거의 곤ᄒᆞ여 견디지 못ᄒᆞ리라."

ᄒᆞ거눌 셜이미 즐겨 니러나지 아니ᄒᆞ고 니ᄅ디,

"너의 무리 다시 날노 ᄒᆞ여곰 슈좌(首座)의 안게 ᄒᆞ미 가쟝 블안ᄒᆞ니 나는 곳 이곳의 잇셔 면을 먹으리라."

형・왕 이부인이 엇지 즐겨 조ᄎᆞ리오? 노축리(老妯娌) 량인이 곳 져롤 ᄭᅳ을고 갈 시 셜이미 웃고 니ᄅ디,

"죠토다. 오날 쥬인이 만흐니 일인은 외싱녀(外甥女)롤 위ᄒᆞ여 돕고 일인은 쇼친가(小親家)롤 위ᄒᆞ여 도【54】으미 다만 나는 일기 긱인이 되도다."

ᄒᆞ거눌 디옥(黛玉)과 보치(寶釵) 셜이마롤 붓드러 여러 사름이 다시 정좌(定座)홀 시 희ᄌᆞ(戲子) 등이 당샹의 참알(參謁)ᄒᆞ고 '팔선샹슈(八仙上壽)'133)롤 부르며 일면으로 희ᄌᆞ 졔목을 나올 시 대옥이 ᄌᆞ견(紫鵑) 쳥문(大晴雯)으로 ᄒᆞ여곰 샹좌의 드리라 ᄒᆞ며 니ᄅ디,

"쳥컨디 이태태와 구태태는 무어술 타졈(打點)ᄒᆞ디 다만 일졈도 좌샹의 긔휘(忌諱)ᄒᆞ미 업는 거스로 ᄒᆞ라."

ᄒᆞ니 삼위(三位) 노인네 모다 ᄉᆞ양ᄒᆞ고 다만 길샹(吉祥)ᄒᆞᆫ 희ᄌᆞ로 타졈ᄒᆞ라 ᄒᆞ며 ᄌᆞ【55】미 등은 ᄯᅩ 흐즈음 지내여 희반(戲班)을 밧고려 ᄒᆞ여 모다 즐겨 타졈치 아니ᄒᆞ거눌 디옥이 다만 스스로 ᄌᆞ긔가 '셜옹남관(雪擁藍關)'134)과 '쇼화삼취(掃花三醉)'135)롤 타졈ᄒᆞ고 일면으로 술을 권ᄒᆞ며 일면으로 희ᄌᆞ(戲子)롤 볼 시 셜이미 싱각ᄒᆞ디,

'우리 젼일 번셩(繁盛)홀 ᄯᆡ의 원리 이곳을 밋지 못ᄒᆞ나 ᄯᅩᄒᆞᆫ 일기 문호(門戶)롤 셩닙(盛立)ᄒᆞ엿더니 의외에 반이 여러 번 들네여 이 지경의 니ᄅ럿고 녀셔(女婿)롤 의지코ᄌᆞ ᄒᆞ디 그 부

중 광경이 ᄯᅩᄒᆞᆫ 조치 못ᄒᆞ더니 편벽도히 림시(林氏)【56】집이 이곳의 니ᄅ러 이러툿 왕셩ᄒᆞ니 나는 이 열요(熱鬧)ᄒᆞᆫ 총중(叢中)의 잇셔 가쟝 비샹ᄒᆞ도다.'

ᄒᆞ고 형부인과 우시(尤氏)ᄂᆞᆫ 싱각ᄒᆞ디,

'이졔 이곳이 이러툿 블꼿갓치 흥왕(興旺)ᄒᆞ니 쟝리 림고낭(林姑娘)이 져 부즁의 드러가면 져 부즁은 ᄌᆞ연 조히 지내려니와 다만 우리 곳은 믄득 엇지ᄒᆞ리오? ᄯᅩᄒᆞᆫ 아지 못게라 그 부즁의셔 도로혀 련ᄋᆞ(璉兒)롤 ᄒᆞ여곰 ᄉᆞ무(事務)롤 보게 ᄒᆞ면 량 편을 가히 다 고죠(顧照)ᄒᆞ미 이시리로다'

ᄒᆞ며 왕부인(王夫人)도 ᄯᅩᄒᆞᆫ 이런 싱각이 업지 아니ᄒᆞ고 ᄯᅩ 보【57】미 대옥이 조용히 셕샹(席上)의 안ᄌᆞ 져 림시 부즁의 쵀량(蔡良) 식부(媳婦)와 죠지츙(趙之忠) 식부와 단승(單昇) 식부와 오샹님(吳祥林) 식부와 빅년(栢年) 식부와 양쥬ᄋᆞ(楊周兒) 식부와 왕복(王福) 식부와 셔슌(徐順) 식부와 셔희(徐喜) 식부와 왕용(王用) 식부롤 졔 쇼임(所任)디로 ᄉᆞ환(使喚)케 ᄒᆞ며, ᄯᅩ ᄌᆞ견과 쳥문으로 ᄒᆞ여곰 동희(同喜)와 동귀(同貴)와 화환과 츄운(秋雲)과 옥슌ᄋᆞ(玉釧兒)와 치운(彩雲)과 삼복(三福)과 오복(五福)과 쥬ᄋᆞ(周兒)와 아련(雅連)과 시셔(侍書)와 취믁(翠墨)과 입화(入畵)와 치병(彩屛)과 진ᄋᆞ(臻兒)와 벽월(碧月)과 츄문(秋紋)과 잉ᄋᆞ(鶯兒)와 문힝(文杏)과 취루(翠樓)와 픙ᄋᆞ(豊兒)와 쇼【58】홍(小紅) 등을 인도ᄒᆞ여 량편 셔쳥(書廳) 안의 니ᄅ러 일양(一樣)으로 연탁(宴卓)을 베프러 관디(款待)ᄒᆞ미 진기 엄슉졍졔ᄒᆞ며 ᄯᅩ 림량옥(林良玉)이 그 쳐로 은근겸숀ᄒᆞᆫ지라. 왕부인이 심즁의 십분 환희(歡喜)ᄒᆞ고 니환(李紈)과 ᄉᆞ샹운(史湘雲)과 보챠와 탐츈(探春)이 ᄯᅩ 싱각ᄒᆞ디,

---

132)【들네다】圏 들레다. 야단스럽게 떠들다. ¶ 鬧∥우리 이태태와 구태태롤 ᄯᅡ라 젼면 좌셕 우흐로 가리라 다시 한즈음을 들네면 거의 곤ᄒᆞ여 견디지 못ᄒᆞ리라 (咱們跟了姨太太、舅太太前面去罷, 再鬧一會子, 差不多乏得支不住了.) <後紅 6:53>

133) 팔션샹슈(八仙上壽): 明代戲曲, 朱有燉作. 記西王母蟠桃慶壽之事. 見《奢摩他室曲叢》第二集. 俗傳八仙爲漢鍾離・張果老・韓湘子・鐵拐李・曹國舅・呂洞賓・藍采和・何仙姑八人.

134) 셜옹남관(雪擁藍關): 戲曲傳統劇目. 又名《藍關雪》・《藍關渡》. 寫唐代韓愈因諫迎佛骨, 被貶爲潮州刺史; 嚴冬之際, 風雪彌漫, 韓單騎就道, 行至藍關, 馬不能前, 爲其侄韓湘子度去, 超生仙界.

135) 쇼화삼취(掃花三醉): 戲曲傳統劇目. 明傳奇劇本《邯鄲記》之一齣. 寫呂純陽因蓬萊缺掃花之仙, 乃至洞庭湖岳陽樓, 欲覓有緣人, 結果失望而去. 其後卽爲往邯鄲城度化盧生等情節.

'오늘 림챠뒤(林叉頭) 십분 득의(得意)ᄒ도다. 너는 보라 져의 도져히 용녁(用力)ᄒ여 쥬션ᄒ는 거슨 모다 봉슈ᄌ(鳳嫂子)를 압두(壓頭)코ᄌ ᄒ는 의시나 너는 보라 진기 봉슈지 져의게 압두ᄒ믈 닙엇도다.'

다만 셕츈은 심즁의 【59】 혜오디 대옥의 오늘 도졍이 곳 희ᄌ(戲子) 타졈ᄒ는 속의 은근이 츌가(出家)ᄒᆯ 연[영]지(影子) 뵌다 ᄒ더라.

챠셜, 보옥이 방즁의 도라온 후의 홀노 ᄌ긔 일인이 쳥링(淸冷)ᄒ여 다만 샤월(麝月)이 잇셔 뫼신지라. 즉시 사름으로 ᄒ여곰 죠셜근(曹雪芹)의 유무(有無)ᄅᆞᆯ 가셔 보라 ᄒ니, 원리 죠셜근이 강(姜) 림(林) 이인(二人)의게 쓰을니믈 닙어 힝리(行李)가지 옴겨 간지 월여(月餘) 나리엿더라. 죠셜근이 노러의 명니(名利)의 락쳑(落拓)ᄒ여 광문(廣文)136) 벼술을 ᄒ미 가쟝 구쇽ᄒ미 만혼지라. 곳 일기 별 【60】 호(別號)를 지으디 셜즁(雪中) 싱근(生芹)ᄒ는 거슬 취ᄒ여 셜근(雪芹)이라 닐ᄏᆞ고 벼슬을 바리고 경셩으로 니ᄅᆞ미 비록 가졍(賈政)의 부ᄌᆞ롤 만나 가즁의 관곡(款曲)히 머무나 ᄯᅩᄒᆞᆫ 깁히 그 지품(才品)을 아지 못ᄒ더니 이제 강·님 량개 쇼년(少年)을 만나미 몸을 굽히고 레ᄅᆞᆯ 두터이 ᄒ여 데ᄌ(弟子) 되믈 원ᄒ니 셜근이 엇지 감히 당ᄒ리오? 다만 ᄉᆞ우지간(師友之間)으로 쳐ᄒ고 즉시 올마가미 날노 계분(契分)이 두텁더니 이날은 졍히 졔미당(濟美堂) 우셔쳥(右書廳)의 안즈 량옥과 경셩(景星)으로 더브러 희ᄌ(戲子) 【61】 롤 보며 슐을 먹을 시 량의 본의ᄂᆞᆫ 보옥(寶玉)을 쳥코ᄌ ᄒ다가 병이 이시믈 듯고 져의게 약회(約會)치 아니ᄒ엿더라. 보옥이 셜근도 ᄯᅩᄒᆞᆫ 올마가믈 인ᄒ여 더욱 파흥(破興)이 되ᄂᆞᆫ지라. 엇지ᄒᆯ 길 업셔 사름으로 ᄒ여곰 란가ᄋᆞ(蘭哥兒)롤 가셔 보라 ᄒ니 쇼챠환(小丫鬟)이 도라와 니ᄅᆞ디,

"문을 닷고 글을 닑으미 져롤 블너도 듯지 못ᄒ고 도로혀 환가ᄋᆞ(環哥兒)ᄂᆞᆫ 탄ᄌ(彈子)활137)을 가지고 도향촌(稻香村)의셔 시롤 뽀며 노니 이야(二爺)ᄂᆞᆫ 가셔 져와 갓치 노니ᄂᆞᆫ 거시 죠토다."

보옥이 듯고 더 【62】 욱 울울(鬱鬱)ᄒ여

밋츨 듯ᄒ더니 다만 림부즁(林府中)의셔 싱가(笙歌) 쇼리 풍편(風便)의 들니거놀 보옥이 샤월의게 무ᄅᆞ디,

"너는 ᄯᅩ 태양을 보라 필경 언마나 지내여야 져력138)이 되랴?"

샤월이 외간(外間)의 나아가 한 번 보더니 곳 니ᄅᆞ디 져 태양이 져로 ᄒ여곰 셔셔히 가라 ᄒ면 져 태양이 편벽도히 ᄲᆞᆯ니 닷고 져로 ᄒ여곰 ᄲᆞᆯ니 가라 ᄒ면 져 태양이 ᄯᅩ 셔셔히 가 다만 사름의 ᄯᅳᆺ만 어긔ᄂᆞᆫ지라. 겨유 오시(午時)가 되엿도다. 보옥이 ᄯᅩᄒᆞᆫ 다라나와 벙벙이139) 태양 【63】 을 보미 다만 오작(烏鵲)이 무셩(無聲)ᄒ고 인영(人影)이 희쇼(稀少)ᄒ지라. 보옥이 무ᄅᆞ디,

"이 부즁의셔 필경 져 곳의 간 사름이 언마나 되건디 곳 이러ᄐᆺ 격격(寂寂)ᄒ뇨?"

샤월이 니ᄅᆞ디,

"나도 ᄯᅩᄒᆞᆫ 몃 사름이 간 줄 모ᄅᆞ디 대략 희고낭(喜姑娘) ᄌᆞ민(姊妹) 량인만 호박(琥珀)과 원앙(鴛鴦)으로 더브러 집의 잇ᄂᆞ니라. 드ᄅᆞ미 져곳의 희ᄌ(戲子)도 여러 픠가 잇고 쇼샹관(瀟湘館)의 문을 통ᄒ기도 ᄯᅩᄒᆞᆫ 죠히 ᄒ여시니 져곳의 가면 노파와 쇼챠환 등이 모다 구경ᄒᆯ 것도 잇고 먹을 것도 잇ᄂᆞᆫ지라. 【64】 뉘 가지 아니ᄒ여시리오?"

보옥이 가마니 졈두(點頭)ᄒ며 니ᄅᆞ디,

"림미미야, 네가 ᄯᅩᄒᆞᆫ 맛당히 이러ᄒ리라. 싱각건디 네가 젼일의 그쳐럼 고쵸(苦楚)ᄒ다가 이제 이러ᄐᆺ ᄒ미 바야흐로 네 ᄯᅳᆺ의 마ᄌᆞ디 다만 가셕(可惜)ᄒᆞᆫ 거슨 봉슈ᄌ가 보지 못ᄒ미로

---

136) 광문(廣文): 唐玄宗時創設廣文館, 設博士館, 當時被看作淸苦閑散的敎職. 明·淸兩代的儒學敎官, 處境與廣文館博士相似, 因而被用作別稱.

137) 【탄ᄌ활】 图 {탄자(彈子)활}. 탄자를 넣어 쏘던 활. ¶ 彈弓 ∥ 문을 닷고 글을 닑으미 져롤 블너도 듯지 못ᄒ고 도로혀 환가ᄋᆞᄂᆞᆫ 탄ᄌ활을 가지고 도향촌의셔 시롤 뽀며 노니 이야ᄂᆞᆫ 가셔 져와 갓치 노니ᄂᆞᆫ 거시 죠토다 (關着門狠狠地念書, 叫他不聽見. 倒是環哥兒拿着彈弓, 在稻香村一帶打雀兒玩呢. 二爺要便同他去玩玩.) <後紅 6:61>

138) 【져력】 图 저녁. ¶ 晚 ∥ 너는 ᄯᅩ 태양을 보라 필경 언마나 지내여야 져력이 되랴 (你且看看太陽, 到底什麽時候纔晚下來?) <後紅 6:62>

139) 【벙벙이】 图 벙벙히. 멍하니. ¶ 呆呆的 ∥ 보옥이 ᄯᅩᄒᆞᆫ 다라나와 벙벙이 태양을 보미 다만 오작이 무셩ᄒ고 인영이 희쇼ᄒ지라 (寶玉也走了出來呆呆的看着太陽, 只覺得鴉鵲無聲, 人影絶少.) <後紅 6:62>

다. 네가 곳 보져져(寶姐姐)로 ᄒᆞ여곰 보게 ᄒᆞᄂᆞᆫ 거슨 ᄯᅩᄒᆞᆫ 무던케니와 다만 네가 나ᄅᆞᆯ 혜아리ᄂᆞᆫ 거슨 너모 잘못ᄒᆞᄂᆞᆫ도다. 네가 엇지ᄒᆞ여 일호(一毫)도 ᄆᆞ음의 나ᄅᆞᆯ 도라보지 아니ᄒᆞ며 더옥 얼골 그 【65】 림ᄌᆞ가지 ᄯᅩᄒᆞᆫ 한 번도 보믈 허치 아니하니 네가 곳 신령(神靈)이라 닐ᄏᆞ라도 ᄯᅩᄒᆞᆫ 사ᄅᆞᆷ의 졍회(情懷)ᄅᆞᆯ 베프러 변빅(辨白)ᄒᆞ기ᄅᆞᆯ 용납ᄒᆞᆯ 거시어ᄂᆞᆯ 엇지 얼골 보믈 허치 아니 ᄒᆞᄂᆞ뇨? 싱각건디 이ᄢᅥ의 쳥문도 ᄯᅩᄒᆞᆫ 내 ᄆᆞ음의 거리ᄭᅵ니 내가 엇지 태태(太太)ᄭᅴ 픔ᄒᆞ고 져ᄅᆞᆯ 쳥ᄒᆞ여 오지 못ᄒᆞ리오마ᄂᆞᆫ 다만 졔가 만일 오면 님미미의 겻히 뉘 잇셔 능히 나ᄅᆞᆯ 위ᄒᆞ여 한 마디 말을 권ᄒᆞ리오? 나는 싱각건디 ᄌᆞ견은 졔가 젼일 왓실 ᄶᅦ의 내가 그쳐 【66】 럼 졔게 쳥ᄒᆞ엿거ᄂᆞᆯ 졔가 도로혀 털셕갓ᄒᆞ니 이졔 ᄯᅩ 림 미미ᄅᆞᆯ ᄯᅡ라 ᄉᆞ후(伺候)ᄒᆞᄆᆡ 곳 쳥문이 즐겨 몃 마디 말을 권ᄒᆞᆫ다 닐너도 졔가 도로혀 조흔 말 이 이시랴. 다만 두리건디 림미미가 나ᄅᆞᆯ 한ᄒᆞ면 겨도 ᄯᅩᄒᆞᆫ ᄯᅡ라 한ᄒᆞᆯ 거시오. 나ᄅᆞᆯ ᄭᅮ지ᄌᆞ면 ᄯᅩᄒᆞᆫ 나ᄅᆞᆯ ᄭᅮ지줄지니 엇지 젼일의 쳥문이 말ᄒᆞ디 ᄌᆞ견이 도로혀 나ᄅᆞᆯ 도와 셰셰히 변빅ᄒᆞ엿다 ᄒᆞᄂᆞ뇨? 이ᄂᆞᆫ 쳥문이 나ᄅᆞᆯ 속이미 아니냐 이ᄅᆞᆯ 볼진디 림미미가 【67】 나ᄅᆞᆯ 디졉ᄒᆞ미 ᄌᆞ견만 못 ᄒᆞ도다. ᄌᆞ견은 나의 츄후(追後) 광경을 보왓고 님미미ᄂᆞᆫ ᄌᆞ긔가 보지 못ᄒᆞ여시니 보지 못ᄒᆞᆫ ᄉᆞ 경을 사ᄅᆞᆷ으로 ᄒᆞ여곰 변빅게 못ᄒᆞᆫ다 닐ᄅᆞ기 어 렵도다."

보옥이 이럿툿 샹심ᄒᆞ더니 셜이마와 형부 인과 왕부인과 평ᄋᆞ와 보쳐 몬져 도라와 보옥을 와셔 보더라. 림부즁의셔 셜이마 등을 보낸 후 의 시로 희ᄌᆞ 무리ᄅᆞᆯ 밧고며 ᄌᆞ리ᄅᆞᆯ 옴겨 록미 원(綠梅院)의 니ᄅᆞ러 년치(年齒) 디로 좌뎡(坐定) ᄒᆞ여 곳 니환이 슈좌(首座)오, 【68】 희반(戲班) 은 곳 집취반(集翠班)이오, 반슈ᄂᆞᆫ 쟝긔관(蔣琪 官)이라. ᄌᆞ견이 앏흐로 와 희희(嘻嘻)히 웃고 더옥의 귀히 다히고 슈어(數語)ᄒᆞ더니 더옥이 다만 웃고 침음블언(沈吟不言)ᄒᆞᄂᆞᆫ지라. 스샹운 이 챡급(着急)ᄒᆞ여 졍히 ᄌᆞ시 뭇고ᄌᆞ ᄒᆞ다가 지 져괴며 나와 니ᄅᆞ디,

"내 ᄯᅩᄒᆞᆫ 이 습인(襲人)의 쟝부ᄅᆞᆯ 보고ᄌᆞ ᄒᆞ노라."

더옥이 믄득 웃고 니ᄅᆞ디,

"다만 네가 가쟝 챡급ᄒᆞ도다."

탐츈이 돌출(突出)ᄒᆞ여 져의게 핍박ᄒᆞᄂᆞᆫ 말을 타졈ᄒᆞ여 져로 ᄒᆞ여곰 업친 믈을 거두기 어렵도다 ᄒᆞᄂᆞᆫ 곡 【69】 죠(曲調)ᄅᆞᆯ 부ᄅᆞ라 ᄒᆞ니 원리 쟝긔관(蔣琪官)이 챵(昌)의 익으나 이 곡죠 ᄂᆞᆫ 부ᄅᆞ지 못ᄒᆞᄂᆞᆫ지라. 스샹운이 곳 져로 ᄒᆞ여 곰 샹부비파(商婦琵琶) 한 회ᄅᆞᆯ 부ᄅᆞ게 ᄒᆞ니 더 옥이 웃고 니ᄅᆞ디,

"너의ᄂᆞᆫ ᄯᅩᄒᆞᆫ 들녈 쥴을 아나 ᄯᅩ 구틔여 엇지 이거슬 타졈ᄒᆞᄂᆞ뇨?"

니환이 웃고 니ᄅᆞ디,

"보형뎨(寶兄弟) 이곳의 잇지 아니ᄒᆞ니 뉘 ᄆᆞ음이 샹홀가 두리리오? 다만 우리가 즐거오믈 취ᄒᆞ리라."

청문이 ᄯᅩᄒᆞᆫ 희희(嘻嘻)히 웃고 더옥의 의 ᄌᆞ 겻히 셔셔 구경ᄒᆞ더니 믄득 니ᄅᆞ디,

"도로혀 ᄯᅮ 【70】 미기ᄅᆞᆯ 화홍류록(花紅柳 綠)갓치 ᄒᆞ엿고 이 비파낭ᄌᆞ(琵琶娘子)도 진기 여호갓고 요괴 갓도다."

ᄒᆞ니 셕샹(席上) 즁인(衆人)이 ᄯᅩᄒᆞᆫ 아는 이도 잇고 모로ᄂᆞᆫ 이도 이시디 모다 웃더라. 쟝 긔관(蔣琪官)이 그 희ᄌᆞᄅᆞᆯ 맛치고 ᄯᅩ 다른 희ᄌᆞ ᄅᆞᆯ ᄭᅮ미고 나올 시 더옥이 사ᄅᆞᆷ으로 ᄒᆞ여곰 가 마니 왕원(王元)의게 분부ᄒᆞ기ᄅᆞᆯ,

"쟝긔관의 가인도 ᄯᅩᄒᆞᆫ 오늘이 져의 싱일 이니 셕샹의 죠흔 쥬연(酒筵) 두 탁ᄌᆞᄅᆞᆯ 져의게 샹급(賞給)ᄒᆞ고 ᄯᅩ 져의게 두 필 비단을 샹급ᄒᆞ 며 ᄯᅩ 내 말을 젼ᄒᆞ디 가쟝 져ᄅᆞᆯ 싱각ᄒᆞ 【71】 노라 ᄒᆞ라."

쟝긔관이 감격ᄒᆞ여 일변으로 나와 샤례ᄒᆞ 고 일변으로 몬져 사ᄅᆞᆷ으로 ᄒᆞ여곰 가즁의 보내 고 아오로[140] 림부즁(林府中) 고낭(姑娘)의 말을 졔게 니ᄅᆞ게 ᄒᆞ니 습인이 쥬셕(酒席)과 비단을 보고 가쟝 비감ᄒᆞ여 락루(落淚)ᄒᆞ더라. 당각의 등을 혀고 ᄯᅩ 희ᄌᆞ 일회(一回)ᄅᆞᆯ 부ᄅᆞᄆᆡ 즁인(衆 人)이 모다 곤ᄒᆞ여 홋허지고ᄌᆞ 홀 시 량옥이 몬 져 쵀량(蔡良) 식부ᄅᆞᆯ 식여 와 곤핍(困乏)ᄒᆞᆷ을 닐ᄏᆞ더니 즉시 모다 가더라. 대옥이 ᄌᆞ견과 쳥 문의게 여러 번 부탁ᄒᆞ여 니 【72】 ᄅᆞ디,

---

140) 【아오로】 ᄝᅵ 아울러. 모두. ¶ 幷 ∥ 쟝긔관이
감격ᄒᆞ여 일변으로 나와 샤례ᄒᆞ고 일변으로 몬
져 사ᄅᆞᆷ으로 ᄒᆞ여금 가즁의 보내고 아오로 림부
즁 고낭의 말을 졔게 니ᄅᆞ게 ᄒᆞ니 (這蔣琪官着
實感激, 一面上來謝了, 一面先叫人送到家裏去, 幷
將林府上姑娘的話告訴他.) <後紅 6:71>

"몬져 가셔 탐고낭(探姑娘)과 셕고낭(惜姑娘)과 스대고랑(史大姑娘)을 끄어 머믈나."

ᄒ고 디옥이 쪼흔 냥옥의게 샤례ᄒ고 쪼 가인(家人)의게 분부ᄒᆫ 후의 쇼샹관(瀟湘館)으로 올 시 쳥문이 말ᄒ디,

"탐고낭은 원리 태태의 방즁의 잇ᄂᆫ지라. 여러 번 가셔 쳥ᄒ엿더니 탐고낭이 츄후 쪼 사룸을 부려 말ᄒ디 고낭 등은 기다리지 말나 리 일 가리라 ᄒ엿고 량위(兩位) 희고낭(喜姑娘)은 쪼 사룸을 시겨 오간(午間)의 쥬셕 보내믈 샤례ᄒ더라."

ᄒ니 대옥이 니ᄅ디,

"임의 이러ᄒ면 일【73】 면으로 곤핍ᄒ믈 닐ᄏ고 일면으로 다시 두 쥬셕을 보내라."

ᄒ더라. 대옥이 믄득 방으로 드러와 셕츈과 샹운(湘雲)을 뫼셔 안줄 시 임의 각식 등쵹이 휘황ᄒ고 화로의 블을 담고 향을 픠여시며 탁샹의 암화반(暗花盤) 일빅 개룰 버렷ᄂᆫ지라. 디옥이 말ᄒ디,

"다만 샹등(上等) 죠흔 챠룰 가져 오고 월식이 쪼흔 죠흐니 챵을 여러 월식이 빗최게 ᄒ디 우리 모다 쥬긔(酒氣) 이시니 곳 져기 바룸을 뽀여도 쪼흔 두렵지 아닐 거시오. 쪼 가즁의 잇ᄂᆫ 란【74】 쵸 곳츨 놉흔 가쟈(架子)의 밧쳐 챵 밧 갓가이 노화 바룸의 향긔가 드러오게 ᄒ여 고흥(高興)을 돕고 쪼흔 등블을 쪄 월식을 온젼이 보게 ᄒ라."

ᄒ고 즈미 삼인이 모혀 안져 졍회룰 펼 시 스샹운이 시로 녯 말을 졔긔ᄒ여 즈셰히 뭇고 쪼 숀으로 대옥의 금어(金魚)룰 만지며 샹심 탄식ᄒ더니 디옥이 져의 과거(寡居)ᄒᆫ 졍경을 무른 후의 졈졈 슈도ᄒᆯ 말을 ᄒᆯ 시 대옥과 셕츈이 긔봉(機鋒)을 닷토와 고흥을 이기지 못ᄒ더 스샹운은 다만【75】 챳종을 들고 링쇼ᄒ며 말을 아니ᄒ거늘 디옥이 믄득 니ᄅ디,

"너는 다만 밋지 아닐 쑨이로다."

샹운이 머리룰 흔들며 니ᄅ디,

"도로혀 밋지 아니ᄒ미 아니라. 나는 너의 무리 모다 도룰 깁히 아지 못ᄒᆷ믈 웃노라. 곳 이러툿 공부ᄒ면 도로혀 일우지 못ᄒ리라."

셕츈이 니ᄅ디,

"네 말이 우리룰 올치 아니타 ᄒ니 너는 강론(講論)ᄒ여 나룰 듯게 ᄒ라."

샹운이 믄득 음양비우(陰陽配偶)와 감호이룡지법(坎虎離龍之法)을 일일히 말ᄒ고 쪼 젼치 아니ᄒᄂᆫ 구결(口訣)【76】 이 잇셔 시긱의 그 구결 디로 공부ᄒ노라 ᄒ니 대옥과 셕츈이 듯고 환희 탄복ᄒ며 져의 득도ᄒᆫ 원위[原由]룰 키여 뭇고ᄌ ᄒ디 스샹운이 즐겨 션인을 만나 쟝츳 대도(大道)룰 일울 말을 아니ᄒ고 다만 쇼이부답(笑而不答)ᄒᄂᆫ지라. 대옥과 셕츈이 니ᄅ디,

"이룰 볼죽시면 네가 우리 스뷔 되리로다."

샹운이 웃고 니ᄅ디,

"스부(師傅)는 원리 되려니와 다만 너의 량인은 길이 다른 사룸이라. 엇지 너룰 인도ᄒ리오?"

대옥이 웃고 니ᄅ디,

"너는 보라 운【77】 챠뒤(雲叉頭) 가쟝 밋쳣도다. 의론컨디 너의 쇼견이 필경 우리게 비ᄒᆯ진디 가쟝 놉흐나 쪼흔 무슨 깁흔 도룰 일우지 못ᄒ여시니 엇지 우리가 도룰 일우지 못ᄒᆯ 쥴을 아ᄂᆫ뇨?"

샹운이 웃고 니ᄅ디,

"다만 무슨 쇼견만 의론ᄒᆯ ᄲᆞᆫ 아니라 내가 진개 너의게 진졍 구결을 젼ᄒ여 너의가 과연 그 법디로 공부ᄒ여도 다만 져허컨디 효험은 젹고 곳 마쟝(魔障)이 이시리라."

디옥이 니ᄅ디,

"우리 량인이 임의 몽각관(夢覺關)을 보와 ᄶᅵ쳐시니【78】 도로혀 무슨 마쟝을 두리리오?"

샹운이 가가대쇼(呵呵大笑)ᄒ며 니ᄅ디,

"가련토다. 너의 량인이 엇지 능히 쑴을 ᄶᅵ엿다 ᄒ리오?"

디옥과 셕츈이 쪼흔 반신반의(半信半疑)ᄒ여 삼인이 삼경(三更)가지 담화ᄒ다가 바야흐로 챵을 닷고 한 샹의셔 즈더라. 대옥과 셕츈이 차마 샹운을 놋치 못ᄒ고 샹운이 과거ᄒᆫ 후의 쪼흔 거리끼는 거시 업ᄂᆫ지라. 곳 롱취암(攏翠菴)으로 반이(搬移)ᄒ여 와 져기 쇼비(所費) 잇ᄂᆫ 거슨 젼혀 디옥이 담당ᄒ디 쪼흔 평ᄋ(平兒)로 ᄒ여곰 대총 문셔의【79】 올니지 말나 ᄒ더라. 슈일 후의 왕원이 와셔 픔ᄒ디 남변 모든 샤야 등이 니ᄅ러 져녁의 셩닉로 드러온다 ᄒ거놀 대옥이 니ᄅ디,

"아랏노라. 졔미당(濟美堂) 우셔쳥(右書廳)은 후일 회긱(會客)ᄒᄂᆫ 쳐쇼룰 민들고 좌셔쳥

(左書廳)의 죠셜근과 빅노경(白魯駉)을 머믈게
ᄒ고 그 비후(背後) 송픙죽월헌(松風竹月軒)의는
강노야(姜老爺)롤 쳥ᄒ여 머믈게 ᄒ고 쇼령암(小
靈岩)의는 만ᄉ야(萬師爺)와 쟝ᄉ야(章師爺)롤
쳥ᄒ여 머믈게 ᄒ고 쇼셔하(小栖霞)의는 언쟝(言
張) 냥항(兩杭) ᄉ위(四位) ᄉ야(師爺)롤 쳥ᄒ여
머믈게 ᄒ디 근슈(跟隨)ᄒ는 사룸이 ᄯᅩ흔【80】
각기 ᄯᅡ르게 ᄒ고 죠·빅(曹白) 이위(二位) 노야
(老爺)게는 월비(月費)롤 강노야 갓치 ᄒ고 기여
간 오분지일(五分之一)노 ᄒ여 미일 미위(每位)
의 문은 일량을 쓰게 ᄒ라."

ᄒ니 왕원이 응답ᄒ고 가더라. 대옥이 가
ᄉ롤 분별ᄒ 후의는 미일의 샹운과 셕츈으로 더
브러 도롤 강론홀 시 니환과 탐츈과 보챠는 비
록 대옥으로 더브러 조하ᄒ나 ᄯᅩ흔 길이 다르고
희란(喜鸞)과 희봉(喜鳳)은 ᄯᅩ 회피(回避)ᄒ여 가
지 아니ᄒ더라. 보옥이 탐츈 도라온 후로붓허
ᄌ로 모혀 파격ᄒ고 희란은 다만 평【81】ᄋ 일
인이 보슙히기 어려온지라. 왕부인이 탐츈으로
ᄒ여곰 힘을 돕게 ᄒ여 미일 쳥죠(淸早)의 곳
가고 왕부인의 곳은 다만 희봉이 잇셔 뫼셔 한
담(閒談)ᄒ여 쇼견ᄒ더니 왕부인이 믄득 싱각ᄒ
디,

'희란은 냥옥으로 ᄯᅥᆨ지어시니 ᄯᅩ흔 태태의
명의롤 밧드러시디 도로혀 희봉은 일즉 비필을
졍치 못ᄒ지라. 져롤 보미 심지(心地)가 놉고 구
디 비록 언쇼가 젹으나 ᄯᅩ흔 톄태 가쟝 엄ᄒ여
보챠의 아리 되지 아닐지라. 쟝리 져의 져져(姐
姐)가 우귀(于歸)ᄒ141) 후【82】롤 기다려 져의
량옥져부(良玉姐夫)로 ᄒ여곰 동방 쇼년 즁의
유심(留心)ᄒ라 ᄒ리니, 쟉일 노애 말ᄒ디 혼인
을 구ᄒ는 사룸이 잇다 ᄒ디 이는 외방(外方)
관원(官員)으로 잇는 사룸이라. 노애 ᄯᅩ흔 블원
(不願)ᄒ고 져의 져져 심즁의 ᄯᅩ흔 한 곳을 싱
각ᄒ나 필경 이 혼인은 젼졍(前定)이 잇는지라.
ᄯᅩ흔 뉘든지 졍ᄒ기 어렵도다. 너는 보라 림고
낭이 ᄋ시(兒時)로붓허 이 부즁의 잇더니 이졔
ᄯᅩ 이러툿 판셰가 변흔지라. 텬하ᄉ(天下事)롤
뉘 짐죽ᄒ리오?'

ᄒ더라.

챠셜, 가란(賈蘭)과 림【83】량옥과 강경셩
(姜景星)이 죠셜근을 ᄯᅡ라 공부ᄒ여 임의 회시
(會試)롤 지내엿시디 죠셜근이 니르디,

"단졍코 등과(登科)ᄒ리라."

ᄒᄆᆯ 인ᄒ여 가졍이 ᄯᅩ흔 십분 환희ᄒ디
다만 보챠는 보옥의 무단이 칭병(稱病) 블츌(不
出)ᄒ여 과쟝(科場)을 허송(虛送)ᄒᄆᆯ 보고 심즁
의 번민ᄒ나 뉘 알니오. 보옥은 필경 ᄎᄉ(此事)
롤 일호(一毫)도 ᄆᆞᄋᆷ의 두지 아니ᄒ고 도로혀
샤월노 ᄒ여곰 무ᄉᆫ 죽지(竹枝)롤 탐지(探知)ᄒ
라 ᄒ니 샤월이 ᄯᅩ흔 번민ᄒ여 쇼샹관으로 가
쳥문의게 ᄌ셰히 무르니 쳥【84】문이 니르디,

"당쵸의 고낭이 대야(大爺)의 말을 좃는 것
갓튼지라. 져의 심즁의 강히원(姜解元)이 잇다
짐쟉ᄒ고 나와 ᄌ견이 ᄯᅩ흔 져롤 고이히 너겻더
니 이졔 보건디 도로혀 그러치 아니ᄒ여 더옥
슈형홀 ᄯᅳᆺ을 졍흠 갓흔지라. 젼일은 일개 ᄉ고
낭(四姑娘) 쓴이러니 지금은 ᄯᅩ흔 일개 ᄉ대고
낭(史大姑娘)을 더ᄒ여 가쟝 친밀히 도롤 강론
ᄒ여 다만 님대애(林大爺) 영취(迎娶)흔 후롤 기
다려 가ᄉ롤 젼쟝ᄒ고 각기 ᄆᆞᄋᆷ디로 일을 힝ᄒ
려 ᄒ는 둣ᄒ도다. 너는 이졔【85】 도라가 보이
야(寶二爺)긔 고ᄒ디 도로혀 무ᄉᆫ 고긔홀 것도
업고 군호(軍號)도 쓸 거시 업고 다만 쳥신(淸
晨)의 그곳 왕원이 와셔 말을 픔ᄒ고 나가거든
몬져 롱취암의 ᄉ디고낭과 ᄉ고낭 유무(有無)롤
탐지ᄒ여 이야(二爺)가 곳 쇼샹관으로 즉입ᄒ면
내가 곳 그곳의 협문(夾門)을 잠으고 졍대(正大)
ᄒ게 당면ᄒ여 일쟝 강론ᄒ면 무어시 두리리오?
너는 다만 보이야긔 고ᄒ디 나는 ᄯᅩ흔 무슴 다
른 법이 업스니 이야로 ᄒ여곰 ᄌ긔가 쥬쟝(主
掌)케 ᄒ라."

ᄒ니 샤월이 도라가 그 말【86】과 갓치
고ᄒ니 보옥이 환희ᄒ고 ᄯᅩ 번뢰ᄒ니 환희ᄒ는
거슨 가히 쇼샹관의 가믈 위ᄒ미오, 번뢰ᄒᄆᆫ
다만 디옥이 즐겨 회심(回心)치 아닐가 두리미
라. 즉시 롱취암으로 가셔 탐문(探問)ᄒ니 맛춤
님홰(入畵) 잇셔 말ᄒ디,

"량위 고낭이 쇼샹관으로 갓ᄂᆞ니라."

ᄒ거늘 보옥이 한탄블이(恨歎不已)ᄒ고 다
만 도라오더라. 대옥과 샹운과 셕츈이 야심(夜
深)토록 담화ᄒ다가 능히 ᄯᅥ나지 못ᄒ여 인ᄒ여

---

141)【우귀ᄒ다】⬚ 우귀(于歸)ᄒ다. 시집가다. ¶
過門 ‖ 쟝리 져의 져져가 우귀흔 후롤 기다려
져의 량옥 져부로 ᄒ여곰 동방 쇼년 즁의 유심
ᄒ라 ᄒ리니 (將來除非等他姐姐過門後, ᄟ他良玉
姐夫在同年內留心.) <後紅 6:81>

흠긔 머믈 시 쏘흔 묘옥(妙玉)의 일을 말ㅎ고
져룰 위【87】ㅎ여 가셕(可惜)ㅎ여 ㅎ거늘 셕츈
이 쏘흔 도젹들 씨 광경을 졔긔ㅎ여 야심시의
엇더케 쳠하 우희 쇼리 나던 말붓허 끗가지 말
ㅎ디 녁녁히 당쟝ㅅ갓치 ㅎ니, ㅈ견이 쏘흔 도
와 말ㅎ여 ㅅ경(四更)의 니르러 바야흐로 ㅈ더
니 텬명시(天明時)의 니르러 다만 드르미 외면
의 사룸이 잇셔 크게 쇼리ㅎ여 니르디,

　　“죠치 아니토다. 강도(强盜)갓치 엇던 사룸
들이 문을 씨치고 모다 드러온다.”

　　ㅎ거늘,

10
경악몽신영상한치 미본성보옥야졍미
驚惡夢神英償恨債 迷本性寶玉惹情魔

모다 놀나 졍히 사롬으로 ᄒᆞ여곰 탐지코ᄌ
ᄒᆞ더니 다만 드르미 【88】 젼ᄒᆞ여 말ᄒᆞ더 란가이
진ᄉᆞ(進士) 방목(榜目)의 뎨팔십 명으로 춤예(參
預)ᄒᆞ고 ᄯᅩ 져 편 림부즁의셔 젼ᄒᆞ여 말ᄒᆞ되,

"림대애(林大爺) 놉히 뎨 십삼 명의 춤예ᄒᆞ
고 강노야(姜老爺)ᄂᆞᆫ 더옥 놉히 뎨 이명의 참예
ᄒᆞ엿다."

ᄒᆞ거늘 대옥이 심중의 극히 환희ᄒᆞ여 련망
히 니러나 사롬으로 ᄒᆞ여곰 왕부인 방즁과 림부
즁의 가 치하ᄒᆞ게 ᄒᆞ고 ᄌᆞ긔ᄂᆞᆫ 믄득 샹운과 셕
츈으로 더브러 도향촌(稻香村)으로 오다가 즁노
(中路)의셔 탐츈(探春) 만나 피츠(彼此) 치하(致
賀)홀 시 탐츈이 말ᄒᆞ되,

【89】 "대슈ᄌᆞᄂᆞᆫ 왕부인 방즁으로 갓ᄂᆞ니
라."

ᄒᆞ거늘 대옥이 즉시 ᄌᆞ견으로 ᄒᆞ여곰 가셔
치하ᄒᆞ라 ᄒᆞ고 ᄌᆞ긔ᄂᆞᆫ 믄득 도라올 시 탐츈이
ᄯᅩ 니르되,

"림져져야, 오늘 너의 져곳 일이 ᄌᆞ연 더
옥 번거홀지라. 내 너를 위ᄒᆞ여 왕부인 방즁의
가셔 말ᄉᆞᆷ을 고홀 거시니 너는 쌜니 도라가 분

별ᄒᆞ라. 다만 져허컨디 태태 등이 ᄯᅩᄒᆞᆫ 가시리
라."

대옥이 웃고 니르되,

"죠흔 미미(妹妹)야, 이러ᄒᆞ면 가쟝 죠흐디
다만 우리 희슈ᄌᆞ(喜嫂子)의 곳의 ᄯᅩᄒᆞᆫ 나를 위
ᄒᆞ여 치【90】 하ᄒᆞ라."

탐츈이 웃고 니르되,

"황문관(黃門官)의 구실을 모다 내가 안앗
도다. 나ᄂᆞᆫ 우리 희져져(喜姐姐)의 곳의 가 희쥬
(喜酒)를 토식(討索)ᄒᆞ여 먹으미 죠흐리라."

ᄒᆞ고 탐츈이 샹운과 셕츈으로 더브러 모다
왕부인의 곳으로 가더라. 대옥이 믄득 쇼샹관으
로 도라오니 맛춤 량옥이 왕원을 다리고 임의
그곳의 잇ᄂᆞᆫ지라. 피츠 환희ᄒᆞ여 치하ᄒᆞ고 왕원
이 ᄯᅩᄒᆞᆫ 희희(嘻嘻)히 고두(叩頭)ᄒᆞ더니 량옥이
믄득 니르되,

"왕원아, 너ᄂᆞᆫ ᄯᅩ 이곳의셔 고낭을 뫼시고
져곳 일을 샹의 【91】 ᄒᆞ되 강노야 일가지 ᄯᅩᄒᆞᆫ
일양(一樣)으로 명빅히 강졍(講定)ᄒᆞ고 즉시 가
라. 나ᄂᆞᆫ 지금 몬져 구태야(舅太爺)와 구태태 곳
의 갓다가 곳 그 부즁 문 밧긔셔 챠를 타고 남
안군왕(南安郡王) 부즁으로 가려 ᄒᆞ되 ᄯᅩᄒᆞᆫ 오
리지 아니ᄒᆞ여 도라올 거시니 너ᄂᆞᆫ 몬져 강노야
와 다못 졔위(諸位) 노야(老爺)를 쳥ᄒᆞ여 죠반
(早飯)을 먹게 ᄒᆞ고 내가 도라와 다시 강노야로
더브러 갓치 출문(出門)케 ᄒᆞ라."

ᄒᆞ니 왕원이 일일히 답응ᄒᆞᄂᆞᆫ지라. 량옥이
즉시 고흥(高興)을 씌고 가며 디옥이 ᄯᅩᄒᆞᆫ 일일
히 왕원의게 【92】 분부ᄒᆞ니 왕원이 ᄯᅩᄒᆞᆫ 년망
(連忙)히 가더라. 디옥이 심즁의 극히 환희ᄒᆞ여
일면으로 향안(香案)을 비셜(排設)ᄒᆞ여 텬디(天
地)긔 샤례ᄒᆞ고 부모의게 비례ᄒᆞ며 일면으로 다
시 왕원을 블너와 은문션싱 ᄎᆞᄌᆞ 볼 ᄯᅵ 례믈(禮
物)과 다못 각 양 쇼비(所費)를 판리(辦理)ᄒᆞ미
여러 날을 가쟝 번거ᄒᆞ더라.

각셜, 가졍과 왕부인과 니환 삼인이 란가
ᄋᆞ의 쵸회시(初會試) 련텹(連捷)ᄒᆞᄆᆞᆯ 보고 가쟝
환희ᄒᆞ며 ᄯᅩᄒᆞᆫ 분망(奔忙)히 슈응(酬應)ᄒᆞ되 보
챠ᄂᆞᆫ 믄득 보옥의 과쟝을 허도ᄒᆞᄆᆞᆯ 위ᄒᆞ여 심즁
의 【93】 챵결(悵缺)ᄒᆞᄆᆞᆯ 면치 못ᄒᆞ되 다힝이 대
방가(大方家)의 셩졍(性情)으로 일호 ᄉᆞ식(詞色)
지 아니ᄒᆞ고, 다만 죠셜근은 평일의 보옥으로
더브러 셔로 조하ᄒᆞ다가 ᄉᆞ인(四人) 즁의 삼인

(三人)은 회시의 참방(參榜)ᄒ고 다만 보옥은 병이 잇셔 입쟝(入場)치 못ᄒ믈 보고 곳 강(姜)·림(林) 량인을 리별ᄒ고 반이(搬移)ᄒ여 와 져의 젹뇨(寂廖)ᄒ믈 위로코즈 ᄒ디 강 림 량인이 즐겨 놋치 아니므로 다만 즈로 ᄎᄌ오나 쏘 디옥이 심회 블평ᄒ여 오리 밧긔 나오지 못ᄒ미 비명(焙茗)과 명연(茗烟)과 니요(李瑤)도 쏘흔 오리 【94】 얼골을 보지 못ᄒ지라. 죠셜근이 엇지ᄒ길 업셔 도라와 져의 삼인으로 더브러 젼시(殿試) 공부를 강론ᄒ고 쏘흔 빅노경(白魯駉)으로 십분 의합ᄒ여 도로혀 단취(團聚)ᄒᄂ 취미 잇더라. 보옥이 져의 삼인이 참방흔 말을 드르디 쏘흔 죠금도 ᄆᆞ음의 두지 아니코 다만 부모와 슈즈(嫂子)의게 치하(致賀)ᄒ며 가경을 짜라 가묘(家廟)의 니르러 분향(焚香)ᄒ고 도로 격격히 방즁의 안즛시더 쏘흔 즈로 왕부인의 곳의 니르러 탐츈과 다못 희란(喜鸞)으로 더브러 한 【95】 담도 아니ᄒ니 탐츈은 쏘흔 희란과 평ᄋ룰 도와 쟝방(賬房)의 ᄉ무(事務)룰 요리(料理)ᄒᄂ지라. 보옥이 심즁이 울울(鬱鬱)ᄒ여 다만 룽취암 즁의 가셔 샹운과 셕츈이 쇼샹관의 가고 아니가믈 탐지ᄒ나, 뉘 알니오 져의 량인이 일일 십이시(時) 내의 열 시나 그곳의 잇고 그러치 아니면 혹 종일도 머믈너 잇ᄂ지라. 보옥이 심즁의 더옥 번민(煩悶)ᄒ여 여러 번 가디 다만 헛도히 도라오더라.

일일은 왕부인이 희란의 길긔(吉期) 쟝ᄎᆞ 갓가오믈 인ᄒ여 탐 【96】 츈으로 ᄒ여곰 니환과 보챠룰 블너와 샹의ᄒᆯ 시 보옥이 즈긔 일인만 홀노 쳥링(淸冷)이 즈미 침샹(枕上)의 젼젼블미(輾轉不寐)ᄒ여 즈연 야심ᄒ고 은쵹(銀燭)이 명멸(明滅)ᄒ더니, 다만 드르미 챵 밧긔 비오는 쇼리 졈졈이 딋돌¹⁴²의 ᄶᅥ러지고 쏘 쳠하의 풍경이 징징이 쇼리 나ᄂ지라. 보옥이 듯기의 죠치 아니ᄒ여 잉ᄋᆞ(鶯兒)와 샤월노 ᄒ여곰 풍경을 ᄶᅥ혓더니 쏘 오리지 아니ᄒ여 비가 쏘 멈츄고 도로혀 챵 밧긔 월싁이 희미ᄒ지라. 보옥이 침샹의셔 【97】 번민ᄒ믈 견디지 못ᄒ여 련ᄒ여 탄

식 락루ᄒ더니 다만 보미 쳥문이 급히 드러와 니르디,

"림고낭(林姑娘)이 져곳의 잇셔 너룰 기다리거놀 너는 도로혀 뿔니 가지 아니ᄒᄂ냐?"

보옥이 즉긱의 니러나 쳥문을 짜라 갈 시 졍히 문의 니르미 다만 보니 습인(襲人)이 다라드러와 두 손을 버려 문을 막고 니르디,

"보이야(寶二爺)야, 지금 우리 이내내(二奶奶)가 방 즁의 잇거놀 너는 어디로 가려ᄒᄂ뇨?"

보옥이 셩내여 니르디,

"네가 이졔 도로혀 나룰 총찰(總察)코즈 【98】 ᄒᄂ냐?"

ᄒ고 곳 습인을 밀치고 나와 졍히 앏흐로 향ᄒ여 갈 시 왕부인을 만나니 왕부인이 믄득 니르디,

"너는 어디로 가ᄂ뇨?"

ᄒ거놀 보옥이 가쟝 챡급(着急)ᄒ여 울며 니르디,

"내가 림미미(林妹妹)룰 보라 가노라."

왕부인이 웃고 니르디,

"죠흔 ᄒᆡᄌ(孩子)야, 너는 이 ᄆᆞ음을 두지 말나. 림미미는 임의 강희원의게 허혼(許婚)ᄒ여 블구(不久)의 셩혼(成婚)ᄒ리니 너는 지금 엇지ᄒ여 가려 ᄒᄂ뇨? 너의 부친이 져로 ᄒ여곰 ᄉ룸을 피ᄒ고 보지 못ᄒ게 ᄒ엿거놀 네가 도로혀 【99】 가셔 져룰 ᄯᅳ을고즈 ᄒ니 다만 져허컨더 너의 부친이 너룰 치죄(治罪)ᄒ리라."

보옥이 이 말을 듯고 셩명(性命) 일흔ᄃᆞ시 챡급ᄒ여 쏘흔 왕부인을 도라보지 아니코 일죽 쇼샹관(瀟湘館)을 향ᄒ여 다라갈 시 다만 보니 쇼샹관 문어귀의 등쵹(燈燭)과 횃블이 버러잇고 치교(彩轎)도 쏘흔 그곳의 잇ᄂ지라. 보옥이 다라드러가니 대옥이 단쟝(丹粧)을 곱게 ᄭᅮ미고 졍히 챠의 오르려 ᄒ거놀 보옥이 곳 ᄭᅳᆯ며 디옥이 허리룰 안고 울며 니르디,

"림미미는 나 【100】 룰 구ᄒ라. 너는 죽어도 강시(姜氏) 집으로 가지 말지니 나는 졍원(情願)으로 너룰 짜라 한 곳의 이시리라."

디옥이 긔싁(氣色)이 링락(冷落)ᄒ여 우ᄉ며 니르디,

"이는 나의 거거(哥哥)가 쥬쟝ᄒᄂ 거시니 나는 샹관업노라."

---

142)【딋돌】圖 댓돌. ¶ 階墀 ‖ 다만 드르미 챵 밧긔 비오는 쇼리 졈졈이 딋돌의 ᄶᅥ러지고 쏘 쳠하의 풍경이 징징이 쇼리 나ᄂ지라 (只聽得窓兒外瑟瑟的一陣一陣下起雨來. 這雨又不大, 只是一點一點的滴在階墀上. 房檐下掛的風馬兒也丁丁當當的響.) <後紅 6:96>

보옥이 울며 니르더,

"죠흔 미미야, 이거시 무순 일이완더 너의 거거로 흐여곰 쥬쟝케 흐느뇨?"

더옥이 웃고 니르더,

"너는 이제 다만 너의 보져져(寶姐姐)를 직희는 거시 올흐리라."

보옥이 울고 니르더,

"나는 종금(從今) 이후로 보져져로 더브러 얼골도 보지 【101】 아니흐고 언어도 아니흐리라."

대옥이 웃고 니르더,

"쓸더 업도다. 나는 강가(姜家)의 집 사름이 되여시니 필경 강가의 집으로 가리라."

보옥이 곡흐며 니르더,

"네가 곳 강가의 집으로 갈진더 내가 노지(奴才) 되여도 또흔 경원(情願)으로 너를 짜라 갈 거시니 다만 미미는 쥬견(主見)을 졍흐라."

대옥이 곳 부답(不答)흐거늘 보옥이 대옥의 허리를 안고 울며 니르더,

"림미미 네가 향내(向來)의 날노 더브러 가쟝 죠하흐엿고 또 가쟝 나를 스랑흐더니 긴급흔 씨 니르러 엇 【102】 지 도라보지 아니흐느뇨? 이는 이제 네가 다만 오시로븟허 동거(同居)흔 졍분(情分)을 보지 아니흐다 흐여도 또흔 맛당히 싱각을 두라."

대옥이 말흐더,

"즈견아, 너는 와셔 보이야를 보내여 가셔 쉬게 흐라. 내가 경히 교즈(轎子)의 올으려 흐다가 져의게 들네를 넙어 곤(困)흐도다. 보옥이 필경 스블여의(事不如意)흘 쥴 알고 복즁(腹中)을 가르고 심통을 내여 뵈는 이만 갓지 못흐다."

흐고 곳 한 손의 칼을 쥐고 즈긔 복즁을 가르려 흐니 대옥이 웃고 니르더,

"너는 【103】 내가 진기(眞個) 강가의 집으로 갈 쥴 아느냐? 내 이제 임의 무심흔 사름이라 너의 므음을 엇지 아른 체흐리오?"

흐고 즉긱의 단쟝(丹粧)을 모다 그르거늘 보옥이 니르더,

"진개 그러흐여도 너는 또흔 내 심통을 보라."

흐고 비를 가르며 곳 한 손으로 한 덩이 심통을 가져 내니 대옥이 다만 링쇼흐고 머리를 두루혀 다라가는지라. 보옥이 다만 즈긔가 흘노

피를 흘니고 셧시미 가쟝 알푸믈 이긔지 못흘지라. 곳 방셩대곡(放聲大哭)흐더니 【104】 홀연 드르미 잉오와 샤월이 블너 니르더,

"이야(二爺)야, 엇지 또 마(魔)가 들녓느냐 밧비 씨라."

보옥이 한 번 몸을 번드치미 원리 일쟝(一場) 악몽(惡夢)이라. 아지 못게라 보옥이 씨여 엇지흐고 하회(下回)의 분히(分解)흐라.

[후홍루몽後紅樓夢 권지칠卷之七]

【1】 화셜(話說), 보옥(寶玉)이 잉오(鶯兒)와 샤월(麝月)의 씨믈 인흐여 한 번 몸을 번드치미 원리 일쟝(一場) 악몽(惡夢)이라. 혼신(渾身)의 찬 쌈이 흐르고 복즁(腹中)이 도로혀 갈나진 것 갓투여 십분 긴착(緊着)히 알프며 벼개와 엇개 모다 져져 어름갓치 챠더 보치(寶釵) 오히려 도라오지 아닌지라. 인흐여 싱각흐더,

'강경셩(姜景星)이 과연 인연이 잇도다. 이제 또 놉히 등과(登科)흐여 【2】 시니 량옥(良玉)이 엇지 그러치 아니리오? 만일 림미미(林妹妹)가 진개(眞個) 강가(姜家)의 집으로 갈진더 나의 이 화샹(和尙) 되엿던 사름이 도로혀 집의 잇셔 무엇흐며 또 몽즁(夢中) 경경(情景)을 싱각흐미 대옥(黛玉)이 그럿툿 링락(冷落)흐니 진개 이러흐면 내가 도로혀 스라 무엇흐리오?'

흐여 신혼(神魂)이 구란(俱亂)흐여 한 지위143) 오열(嗚咽)흐다가 또 대옥의 몽즁 광경을 싱각흐미 또흔 단쟝(丹粧)을 벗고 즐겨 교즈(轎子)를 타고 가지 아니흐니, 다만 져허컨더 진기 강가의 집으로 더브 【3】 러 졍혼흐엿다 흐여도 림미미가 즈긔 쥬견(主見)을 졍흐여 일심으로 나를 싱각흐면 또흔 도로혀 변통이 이실거시로더 다만 계가 또 말흐더,

"이졔는 무심흔 사름이로라 흐니 이는 또 엇진 말이뇨?"

---

143) 【지위】 圖 차례. 번. ¶ 回 ‖ 신혼이 구란흐여 한 지위 오열흐다가 또 대옥의 몽즁 광경을 싱각흐미 또흔 단쟝을 벗고 즐겨 교즈롤 타고 가지 아니흐니 (神魂俱亂, 又咽咽的哭了一回, 又想起黛玉夢中的光景, 原也卸了粧飾, 不肯上轎去.) <後紅 7:2>

쏘 싱각건디,

'샹담(常談)의 니르디 '쑴은 반샹(反詳)ᄒ게 푸러 붉은 거술 쑴쑤면 흰 거술 닙고 죽ᄂ 거술 쑴쑤면 사ᄂ 거술 엇ᄂ다' ᄒ니 과연 반샹ᄒ게 볼진디 림미미ᄂ 쏘 유심(有心)ᄒ 사름이오 진개 강가의 집으로 가지 아니ᄒᆯ 지니 이 엇지 죠치【4】아니리오마ᄂ 림미미가 츄후(追後)의 쏘 말ᄒ디 '가지 아니ᄒ노라' ᄒ여시니 만일 반샹ᄒ게 볼진디 쏘 진개 가고즈 ᄒ미로다.'

ᄒ여 졍히 오열ᄒ고 싱각이 무궁ᄒ더니 잉이 임의 보챠를 쳥ᄒ여 왓ᄂ지라. 보옥이 보챠의 도라오믈 듯고 곳 몸을 번드쳐144) 향벽(向壁)ᄒ고 거즛 즈ᄂ 체ᄒ니 이ᄂ 엇지미뇨? 다만 몽즁(夢中)의 대옥으로 더브러 말ᄒ디,

"종금(從今) 이후ᄂ 보챠로 더브러 얼골도 보지 아니코 언어도 아니ᄒ리라."

ᄒ엿ᄂ지라. 그【5】러므로 즐겨 실신(失信)치 아니미니 보옥의 이런 셩졍(性情)은 쏘ᄒ 극히 어리셕으니 가히 우웁지 아니리오? 보옥이 데이일(第二日)의 니르미 쏘ᄒ 극히 곤ᄒ디 강잉(强仍)ᄒ여 니러나 쏘 롱취암(攏翠菴)의 가셔 탐지(探知)ᄒ고 젼과 갓치 헛도히 도라오더니 이러툿 십여 일을 지내고, 일일은 만각(晚刻)의 롱취암으로 가 탐지ᄒ미 샹운(湘雲)과 셕츈(惜春)이 모다 암즁(菴中)의 잇ᄂ지라. 가쟝 환희(歡喜)ᄒ여 그 길노 쇼샹관(瀟湘館)을 향ᄒ여 올시 쳥문(晴雯)이 졍히 그곳의 잇다가 보옥【6】의 오ᄂ 거술 보고 손으로 부르거늘 보옥이 급히 거러 다라드러와 셤돌노 말미암아 난간을 너머 드러가니 다만 보미 디옥이 즈지곳 문(紋)노흔 협삼(夾衫)을 닙고 아리 쳥녹식(青綠色) 거믄 슈노흔 치마를 두르고 금황식(金黃色) 삼청(三青)으로 슈노흔 츄쥬(綯綢) 한건(汗巾)을 미고 한 손으로 귓 밋히 몃 숑이 혜란쏫츨 쏫더니, 쏘 텬쳥(天青) 호로즈긔병(葫蘆磁器瓶)을 가져 궤(几) 우히 노코 가시145)를 가지고 난쵸분(蘭草盆) 앏히 니르러 쏫츨 슬펴 버히려 ᄒ니, 보옥이 쑴의 태허환경(太虛幻境)【7】의 드러가 젼계(殿階)의 올나 쥬렴(珠簾) 것ᄂ 거술 바라볼

씨의 한 번 낫츨 본 후로븟허 오리 싱각ᄒ다가 오늘 진개 낫츨 보니 그 즐거오믈 엇지 긔록ᄒ리오? 보옥이 즉시 대옥의 겻흐로 갓가이 가 대옥이 머리를 두루혀 졍면으로 겨룰 볼 씨룰 기다려 다만 림미미야 네 신샹(身上)이라 ᄒᄂ 말이 맛지 못ᄒ여셔 뉘 혜아려시리오? 디옥이 곳 아미(蛾眉)를 거스리며 얼골의 노긔(怒氣)를 씌여 삽시간 홍훈(紅暈)이 니러나고 몸을 두루혀 방즁(房中)을 향【8】ᄒ여 닷거늘 보옥이 졍히 짜라 드러가려 ᄒ더니 즉시 문을 닷ᄂ지라. 보옥이 졍히 싱각ᄒ디,

'문 밧긔셔 몃 마디 말을 변빅(辨白)ᄒ리라.'

ᄒ엿더니 다만 드르미 대옥이 즈견(紫鵑)을 블너 니르디,

"즈견아, 너의 등은 엇던 사름이던지 모다 겨로 ᄒ여곰 마고 드러오게 ᄒᄂ냐? 이러ᄒᆯ 양이면 이곳의 진개 머무지 못ᄒ리라."

ᄒ고 안흐로 다라 드러가거늘 보옥이 울민(鬱悶)ᄒ여 죽을 듯ᄒ며 당직(當刻)의 엇구러질 듯ᄒ더니 다힝이 쳥문【9】이 극히 가련이 너겨 련망(連忙)히 붓드러 멈츄며 츄후의 쏘 잉으와 샤월이 와셔 붓들고 가더라. 보옥이 방즁의 도라와 반향(半晌)을 오열ᄒ다가 바야흐로 대곡(大哭)ᄒ며 젼일 몽즁 광경을 싱각ᄒ미 더옥 진젹(眞的)ᄒ 듯ᄒ더라. 보쳐 쏘ᄒ 잉으의게 그 곡졀을 즈셰히 무르니 잉이 니르디,

"당쵸의 도로혀 방심(放心)ᄒ고 겨로 ᄒ여곰 가게 ᄒ여 임의 여의치 못ᄒ여시미 응당 영영 단망(斷望)ᄒ고 도라왓시리라."

ᄒ여 쏘ᄒ,

"심중의 거리【10】끼지 아니ᄒ엿노라."

ᄒ더라. 대뎌 대옥이 이번의 보옥을 이러툿 괄시(恝視)ᄒ여시니 보옥은 쏘ᄒ 맛당히 알 거시어늘 도로혀 실셩(失性)ᄒᆫ 무슴 일인고. 원리 어리셕은 남즈와 ᄆᆞ음 져바리ᄂ 녀즈가 고금(古今) 이리로 이시디 이 녀지 ᄆᆞ음이 변ᄒᆯᄉ록 남지 더옥 실셩ᄒ여 허다 졀셰(絶世) 총명(聰明)ᄒ 사름이 이곳의 니르러ᄂ 보와 씨ᄃᆞᆺ지 못

---

144)【번드치다】图 뒤집다. ¶ 翻轉 ‖ 보옥이 보챠의 도라오믈 듯고 곳 몸을 번드쳐 향벽ᄒ고 거즛 즈ᄂ 체ᄒ니 이ᄂ 엇지미뇨 (這寶玉聽見寶釵回來, 就翻轉身朝着裏牀, 裝作睡着了, 你道爲何?) <後紅 7:4>

145)【가시】图 가위. ¶ 剪子 ‖ 쏘 텬쳥 호로즈긔병을 가져 궤 우히 노코 가시를 가지고 난쵸분 앏히 니르러 쏫츨 슬펴 버히려 ᄒ니 (還拿一個雨過天青的葫蘆磁器瓶放在茶几上, 拿剪子到蘭花盆裏打諒着要剪.) <後紅 7:6>

ᄒᆞᄂᆞᆫ지라. 이러므로 보옥이 져 일장(一場)을 지내디 다만 능히 씨둦지 못ᄒᆞᆯ ᄲᅮᆫ 아니라 더옥 정신【11】을 일흐미로다. ᄯᅩ 대옥은 보옥을 보고 심즁(心中)의 다만 져ᄅᆞᆯ 가련이 아니 너길 ᄲᅮᆫ 아니라 도로혀 극히 긔운을 내여 셕반(夕飯)도 아니 먹고 즉시 상(床)의 오ᄅᆞ니, 원리 대옥이 ᄉᆞ샹운(史湘雲)으로 더브러 강도(講道)ᄒᆞᆷ로븟허 심즁이 황연(恍然) 명ᄇᆡᆨ(明白)ᄒᆞ여 거의 견셩(見性)ᄒᆞᆯ 디경(地境)의 니ᄅᆞ고 텬픔(天稟)이 ᄯᅩ 놉흔지라. 낫지면 비록 가ᄉᆞ(家事)ᄅᆞᆯ 여간 아른 쳬ᄒᆞ나 사ᄅᆞᆷ이 업슬 ᄯᅢ의 니ᄅᆞ러ᄂᆞᆫ 믄득 고요히 좌공(坐功)ᄒᆞ여 임의 호흡이 죠화ᄒᆞ여 긔운이 데일【12】관(第一關) 데이관(第二關)을 통ᄒᆞ여시디 다만 데삼관(第三關)을 통치 못ᄒᆞ여 졈졈 죠흔 쇼식을 바라더니, 의외에 이날 져녁의 니ᄅᆞ러 좌공을 ᄒᆞ고ᄌᆞ ᄒᆞᄆᆡ 긔운이 데이관도 통치 못ᄒᆞᆫᆫ지라. 심즁의 십분 챡급(着急)ᄒᆞ다가 인ᄒᆞ여 씨다라 니ᄅᆞ디,

"이 공부ᄂᆞᆫ 젼혀 ᄆᆞᄋᆞᆷ이 운졍텽[텬]공(雲淨天空)ᄒᆞᆫ 듯ᄒᆞ여야 바야흐로 공효(功效)ᄅᆞᆯ 엇거늘 엇지 보옥을 보고 곳 진노(震怒)ᄒᆞ엿ᄂᆞ뇨? 츳후의ᄂᆞᆫ 다시 몃 ᄇᆡᆨ 보옥이 니ᄅᆞ러도 ᄯᅩᄒᆞᆫ 일호(一毫)도 동치 아니ᄒᆞ여야 죠흐리【13】라."

ᄒᆞ고 이러므로 스스로 ᄆᆞᄋᆞᆷ을 가져 잡념을 졍결(淨潔)히 ᄲᅳ러바리고 셔셔히 다시 긔운을 운동ᄒᆞ니 그 데이관은 곳 경경(輕輕)히 통ᄒᆞ고 거의 데삼관도 ᄯᅩᄒᆞᆫ 의ᄉᆞ(意思) 잇ᄂᆞᆫ지라. 심즁의 십분 샹연(爽然)ᄒᆞ여 ᄒᆞ더라.

챠셜(且說), 강경셩과 림량옥(林良玉)과 가란(賈蘭)이 공명(功名)을 힘쓸 시 ᄯᅩ 죠셜근(曹雪芹)과 ᄇᆡᆨ노경(白魯駉)의 규잠ᄒᆞᄂᆞᆫ 힘이 잇ᄂᆞᆫ지라. 졈졈 뎐시(殿試) ᄯᅢ의 니ᄅᆞ러 시ᄎᆔ(試取)ᄅᆞᆯ 맛치고 ᄯᅩ 인현(引見)ᄒᆞᆯ 시 쟝원(壯元)은 곳 강경셩이오, 탐화(探花)ᄂᆞᆫ 님량옥이오, 가란(賈蘭)도 ᄯᅩᄒᆞᆫ 셔샹길【14】ᄉᆞ(庶常吉士)[146] 벼슬을 ᄒᆞ여시니, 량(兩) 부즁(府中)과 림ᄐᆡᆨ(林宅) 즁의 환희ᄒᆞᄆᆞᆯ 모다 긔록기 어렵고 ᄯᅩᄒᆞᆫ 하례(賀禮)ᄅᆞᆯ 바드며 회샤(回謝)ᄒᆞ여 여러 날을 들네더라. 강경셩이 벼슬을 엇고 샤은(謝恩)ᄒᆞ기ᄅᆞᆯ 맛치ᄆᆡ

즉시 죠(曹)·ᄇᆡᆨ(白) 량인(兩人)의게 부탁ᄒᆞ여 림량옥을 향ᄒᆞ여 대옥의 혼ᄉᆞ(婚事)ᄅᆞᆯ 쳥ᄒᆞ라 ᄒᆞ니 죠셜근이 보옥으로 더브러 본리 막녁지괴(莫逆之交)라 ᄒᆞᆼ샹 무언부도(無言不道)ᄒᆞ여 져의 숨은 졍을 아ᄂᆞᆫ지라. 즐겨 간셥지 아니ᄒᆞ나 ᄇᆡᆨ노경은 남방(南方)의셔 온 사ᄅᆞᆷ이라.【15】 엇지 알니오? 즉시 져ᄅᆞᆯ 위ᄒᆞ여 량옥의게 ᄯᅳᆺ을 젼ᄒᆞ니 량옥이 본리 심즁의 대옥을 경셩(景星)의게 허혼(許婚)코ᄌᆞ ᄒᆞ엿고 ᄯᅩ 신방(新榜) 쟝원으로 셩혼(成婚)ᄒᆞ고 ᄯᅩᄒᆞᆫ 막녁지교(莫逆之交)로 친사(親査)ᄅᆞᆯ 미ᄌᆞ면 다만 ᄆᆞᄋᆞᆷ의 죠흘 ᄲᅮᆫ 아니라 ᄯᅩᄒᆞᆫ 후일의 다하 부모ᄅᆞᆯ 더ᄒᆞ리라 ᄒᆞ여 즉시 응낙ᄒᆞ디, 다만 가정(賈政)의게 픔ᄒᆞ고 경쳡을 보내고ᄌᆞ ᄒᆞ여 즉시 와 가정의게 고ᄒᆞ디 구구(舅舅)긔 픔ᄒᆞ고 ᄯᅩ 남안군왕(南安郡王)의게 고ᄒᆞ리라 ᄒᆞ니, 가정이 드ᄅᆞᄆᆡ 십분 난쳐【16】ᄒᆞ여 여러 가지로 싱각ᄒᆞ디 한 마디도 방챠(防遮)ᄒᆞ기[147] 어려오니, 쳣지ᄂᆞᆫ 림여ᄒᆡ(林汝海) 부뷔 구몰(俱沒)ᄒᆞ여 원리 량옥이 쥬혼(主婚)ᄒᆞᆯ 거시오, 둘지ᄂᆞᆫ 남안군왕도 ᄯᅩᄒᆞᆫ 이 일의 참셥(參涉)ᄒᆞᆯ 거시오, 솃지ᄂᆞᆫ 보옥이 임의 가실(家室)이 잇고 강경셩은 결발부부(結髮夫婦)로 뎡ᄒᆞᆯ ᄲᅮᆫ 아니라 ᄯᅩᄒᆞᆫ 쇽인(俗人)의 쇼견(所見)의 신방 쟝원을 즁히 너기고, 넷지ᄂᆞᆫ 량옥으로 더브러 동학동방(同學同榜)이며 ᄋᆞ시(兒時)로븟허 교유(交遊)ᄒᆞ엿고, 다ᄉᆞᆺ 지ᄂᆞᆫ 이러ᄒᆞ면 ᄯᅩᄒᆞᆫ 림여ᄒᆡ·부부 령혼(靈魂)을 위로ᄒᆞᆯ지라.【17】 진개 져ᄅᆞᆯ 방챠ᄒᆞᆯ 길 업다 ᄒᆞ더니 츄후 일개 쥬의(主意)ᄅᆞᆯ 내여 싱각ᄒᆞ디,

'외싱녀ᄋᆡ(外甥女兒) ᄋᆞ시로 죠ᄎᆞ 보옥으로 더브러 죠케 지내여 비록 무슨 별일은 업ᄉᆞ나 져의 이왕 졍경(情景)을 싱각ᄒᆞᄆᆡ ᄯᅩᄒᆞᆫ 놋키 어려오니 량옥으로 ᄒᆞ여곰 졔게 무러보라 ᄒᆞ이만 갓지 못ᄒᆞ디 졔가 만일 진개 즐기면 ᄯᅩᄒᆞᆫ 방법이 업고 ᄒᆞ믈며 더옥이 달니 혼ᄉᆞᄅᆞᆯ 졍ᄒᆞ면 보옥이 곳 슬기 어렵다.'

---

146) 셔샹길ᄉᆞ(庶常吉士): 卽庶吉士. 淸代制度, 翰林院設庶常館, 選進士之優於文學書法自入館學習, 稱爲庶吉士. 三年之後擧行考試, 按成績分別授以官職.

147)【방챠ᄒᆞ다】圖 {방차(防遮)하다}. 막아 가리다. ¶ 駁回 ‖ 가졍이 드ᄅᆞᄆᆡ 십분 난쳐ᄒᆞ여 여러 가지로 싱각ᄒᆞ디 한 마디도 방챠ᄒᆞ기 어려오니 (這賈政聽見, 就十分的爲難了, 逐層想起來, 一句通駁回不出.) <後紅 7:16> 다ᄉᆞᆺ 지ᄂᆞᆫ 이러ᄒᆞ면 ᄯᅩᄒᆞᆫ 림여ᄒᆡ 부부 령혼을 위로ᄒᆞᆯ지라 진개 져ᄅᆞᆯ 방챠ᄒᆞᆯ 길 업다 ᄒᆞ더니 (五則這麼樣也對得過如海夫婦, 眞個沒的駁回他.) <後紅 7:17>

호여 믄득 한즈음 침음(沈吟)호다가 니른더,

"이 강젼【18】 찬(姜殿撰)148)은 원리 죠흐더 다만 외싱녀ᅌ의 셩졍은 너도 쏘흔 알거니와 비록 녀히ᅌ(女孩兒)의게 명빅히 말호기 어려오나 쏘흔 다만 영향으로 의ᄉᆞᆯ 탐지호여 우리 다시 쇼견을 뎡호리라."

림량옥이 다만 혜오디 가졍의 노셩(老成)흔 의ᄉᆞ라 호여 곳 답ᅌᅳᆼ(答應)호고 즉시 가졍의 말디로 쇼샹관의 와 져를 탐지홀 시 디옥이 졍히 병(瓶)의 쇼심(素心) 난화(蘭花)를 꼬즈노코 고요히 도셔(道書)를 보거눌 냥옥이 믄득 안즈며 희희(嘻嘻)히 웃고 니른더,

"민민(妹妹)야, 이거ᄉᆞᆯ 이더지【19】 보와 무엇호ᄂᆞ뇨?"

대옥이 웃고 니른더,

"너는 다만 너의 관가 문ᄯᅥᆯ 강론홀 거시오. 이거슨 네가 도로혀 아지 못호ᄂᆞ니라."

량옥이 쏘한 웃고 니른더,

"내가 만일 이거ᄉᆞᆯ 알고즈 홀진더 도로혀 너로 더브러 너의 슈즈(嫂子) 영췌(迎娶)홀 일을 의론호랴."

대옥이 쏘흔 웃고 니른더,

"이ᄂᆞ 즈연 그러호리니 졍히 사름마다 각각 길이 다른미 부즈(父子) 형뎨(兄弟)도 도라보기 어려오니라."

량옥이 져의 말이 곡졀이 이시믈 보고 곳 말호더,

"형뎨ᄂᆞ 비록 부즈의 비(比)치 못【20】 호나 블과(不過) 부모의게셔 갓치 나는 사름이라 형 된 사름이 쏘흔 아ᅌᅳ의 일을 쥬쟝(主掌)호리로다."

대옥이 져의 말이 졈졈 핍곤(乏困)호믈 보고 믄득 말호더,

"거거(哥哥)ᄂᆞ 아니 닑은 글이 업ᄉᆞ니 도로혀 '필부(匹夫)도 가히 ᄯᅳᆺ을 앗지 못호다'149) 호ᄂᆞ 한 귀졀 말을 싱각호ᄂᆞ냐?"

량옥이 웃고 니른더,

"사름이 ᄯᅳᆺ을 셰우ᄂᆞ 거시 원리 죠치 아니미 아니로더 다만 ᄯᅳᆺ을 명빅히 졍코즈 홀지니라."

대옥이 니른더,

"사름이 즈긔 몸을 졍결(淨潔)이 가지면 곳 명빅호미【21】 니라."

량옥이 웃고 니른더,

"너의 말 갓흘진더 즈고녀(自古女) 즁 셩현(聖賢)이 모다 구름을 타고 가시리니 무슨 양홍(梁鴻)의 거안졔미(擧案齊眉)150)란 말이 이시리오? 대뎌 한 사름을 다만 그 근긔(根基)와 복록(福祿)을 보와 갈힐지라. 나ᄂᆞ 보건더 인즁(人中) 룡호(龍虎)오, 텬하(天下) 영웅(英雄)이 강젼찬(姜殿撰)만흔 이가 업도다."

디옥이 듯고 곳 눈이 붉으며 가시를 가지고 니른더,

"거거야 네가 진개 나를 핍박호면 내가 곳 머리털을 버히ᄂᆞ 거시 올토다."

량옥이 챡급호여 다라와 대옥을 안아 멈【22】츄고 가시를 앗고즈 호더 대옥이 져ᄉᆞ위 한호고 즐겨 노치 아니며 니른더,

"내가 머리털을 버히지 아니면 네가 필경 나를 핍박호리라."

호니 원리 쳥문이 쳐음의 량옥의 말을 드른미 강가(姜家)를 위호여 구혼호ᄂᆞ지라. 므ᅌᆞᆷ의 가쟝 져를 고이히 너기더니 지금 져의 가시 져시믈 보미 므ᅌᆞᆷ의 싱각호더,

'죠흔 림고낭(林姑娘)이 보옥을 져바리지 아니호다.'

호고 곳 다라와 힘을 다호여 가시를 아ᄉᆞ며 즈견이 쏘 다라와 가시를【23】 아ᄉᆞ려 호다가 쳥문이 임의 아ᄉᆞ시믈 보고 긋치더라. 대옥이 부모를 부른고 곡호거눌 량옥이 놀나며 엇지 홀 줄 몰나 앏히 ᄯᆞ러 한즈음 권히(勸解)호더니 디옥이 다시 셩을 내여 가시를 츠즈려 호ᄂᆞ지라. 량옥이 더옥 놀나 항복(降服)호여 니른더,

"죵금 이후의ᄂᆞ 너로 호여곰 스스로 쥬쟝케 호고 다시ᄂᆞ 강가 한 글즈를 의론치 아니리

---

148) 젼찬(殿撰): 宋有集賢殿修撰等官, 簡稱殿撰. 明清進士一甲第一名例授翰林院修撰, 故沿稱狀元爲殿撰.

149) 필부도 가히 ᄯᅳᆺ을 앗지 못호다: "匹夫不可奪志." 語出《論語·子罕》.

150) 양홍(梁鴻)의 거안졔미(擧案齊眉): 一般應作孟光擧案. 梁鴻字伯鸞, 東漢扶風平陵(今陝西咸陽西北)人, 家貧博學, 與妻孟光隱居霸陵山中, 以耕織爲生. 後至吳(治今蘇州), 鴻爲傭工. 每歸, 孟光爲具食, 擧案齊眉, 以示敬愛. 後專以擧案齊眉喩夫妻相敬. 其事見《後漢書·梁鴻傳》. 案, 有脚的托盤.

라."

ᄒ고 여러 시킥을 들네다가 바야흐로 젼ᄒ여 멈츄미 대옥이 믄득 샹(床) 우희 눕거늘 량옥이 【24】 ᄯ호ᄒ 앙앙(怏怏)ᄒ여 가졍의게 픔치 아니ᄒ고 ᄯ호 ᄌ긔 부즁으로 와 빅노경을 보고 다만 말을 ᄭ미[미] 방챠ᄒ더라. 쳥문이 향시의 대옥을 의심ᄒ 후로붓허 몸을 게으르게 가지니 대옥이 ᄯ호 져의 몸과 ᄆ음이 두 곳의 잇ᄂ 줄 알고 심히 져롤 ᄉ환(使喚)치 아니ᄒ더니 오늘 쳥문이 대옥의 이 모양을 보고 다만 니ᄅ디,

"졔가 강경셩을 거졀ᄒ고 일심(一心)으로 보옥을 향ᄒᄂ 의시라."

ᄒ여 곳 ᄉ후(伺候)ᄒ기롤 챡실이 ᄒ여 ᄌ견보다 더욱 친근ᄒ나, 【25】 뉘 알니오 대옥은 심즁의 아모 곳도 향ᄒᄂ 일이 업ᄂ지라. 더옥이 다만 쳥문의 심지(心地)롤 술피고 져의 실심(實心)으로 보옥을 위ᄒ믈 가련이 너기디 ᄯ호 가마니 링쇼(冷笑)ᄒ더라. 쳥문이 ᄯ호 샤월을 블너와 일일히 졔게 고ᄒ더니 맛춤 옥슌이(玉釧兒) ᄯ호 믈건을 가지고 왓다가 만나 모다 일쟝을 강론ᄒ미 옥슌이 즉시 왕부인(王夫人)긔 고ᄒ니 왕부인과 다못 니환(李紈)과 보챠 등이 모다 알고 왕부인이 ᄯ호 가졍의게 고ᄒ니 가졍이 졍히 져의 ᄯᆺ의 합 【26】 ᄒ여 졈두(點頭)ᄒ더라. 샤월이 ᄯ호 련망히 다라와 보옥의게 고ᄒ디 보옥이 극히 환희ᄒ여 싱각ᄒ디,

'죠흔 미미야, 무슴 강경셩이 곳 망녕(亡靈)된 싱각을 내엿도다. 젼일 져의 의미(義妹)라 ᄒ고 내게 무ᄅ미 고이ᄒ여 견디기 어렵더니 네가 ᄎ후의도 다시 그 말을 ᄒ랴?'

셕츈과 샹운이 듯고 믄득 림대옥(林黛玉)의 다른 의시 이시믈 아ᄂ지라. 셕츈이 니ᄅ디,

"죠흔 림져져(林姐姐)야 다힝이 졔가 ᄆ음을 결단ᄒ도다. 나도 젼일의 ᄯ호 그러툿 【27】 ᄒ여 바야흐로 ᄌ힝(自行) ᄌ지(自止)ᄒ엿노라."

ᄒ디 스샹운은 다만 링쇼ᄒ고 말ᄒ지 아니커늘 셕츈이 니ᄅ디,

"운져져(雲姐姐)야, 너는 엇지 다만 웃기만 ᄒᄂ뇨?"

림져졔 도로혀 ᄯᆺ을 셰우지 못ᄒ다 니ᄅ기 어렵도다. 샹운이 웃고 니ᄅ디,

"너는 져의 말을 니ᄅ지 말나. 다만 져허컨디 너도 ᄯ호 ᄯᆺ을 셰우지 못ᄒᆯ가 ᄒ노라."

셕츈이 곳 그러히 너기지 아니냐 니ᄅ디,

"운져져야, 너는 나롤 격동(激動)ᄒ미냐? 도로혀 나롤 짐쟉ᄒ미냐?"

샹운이 웃고 니ᄅ디,

"다 【28】 만 짐쟉ᄒ엿다 ᄒ노라."

셕츈이 니ᄅ디,

"너는 좌우간(左右間)의 들네기만 ᄒᄂ도다."

샹운이 니ᄅ디,

"무어슬 들네리오? 졍경(正經)으로 강론ᄒ여 네게 듯게 ᄒ리라."

ᄒ고 대뎌 사름이라 ᄒᆯ 즈음의 보옥이 졸연간(卒然間) 드러오니, 원리 보옥이 림대옥이 강경셩을 거졀ᄒ믈 듯고 다만 림대옥이 회심(回心)ᄒ여 졔게 향의ᄒᄂ 줄노 알고 혜오디,

'젼일 져의롤 괄시ᄒ믄 ᄯ호 대옥의 젼일 셩졍(性情)이니 다만 밝히 말ᄒ면 필연 젼과 ᄀᆺ 【29】 치 회심ᄒ리라'

ᄒ여 이러므로 ᄯ호 져롤 가셔 보고 심ᄉ(心事)롤 변빅(辨白)고ᄌ ᄒ디 믄득 샹운과 셕츈이 그곳의 이실가 져허ᄒ여 몬져 롱취암(攏翠菴)의 니ᄅ러 져의 유무(有無)롤 탐지ᄒ려 ᄒ다가 드러가ᄂ 셰 업시 믄득 드러가니 이 량인(兩人)이 졍히 고담쥰론(高談峻論)ᄒᄂ지라. 보옥이 다라 드러가며 쇼리롤 크게 ᄒ여 니ᄅ디,

"대뎌 사름이 엇지ᄒ다 니ᄅ미뇨?"

샹운과 셕츈이 모다 대경(大驚)ᄒ더니 샹운이 믄득 니ᄅ디,

"너는 ᄯ호 안ᄌ 나의 강론ᄒ믈 【30】 드르라. 대겨 사름이 신션이 되고ᄌ ᄒᆯ진디 다만 ᄌ긔 심샹(心上)의 일호(一毫) 견괘(牽掛)ᄒ미도 업게 ᄒᆯ ᄲᆫ 아니라 ᄯ호 하놀이 즐겨 져롤 셩취케 ᄒ시믈 힘닙을지니, 하놀이 원리 사름을 내시면 곳 그 사름의 죵신(終身) 일을 미리 졍ᄒ시ᄂ지라. 사름이 ᄯ호 그롤 어긔지 못ᄒᄂ니, 너는 보라 ᄌ고(自古) 이리로 셩블쟉죠(成佛作祖)ᄒᄂ 사름이 마쟝(魔障)도 격그며 ᄯ호 ᄒ번 화(華)의 ᄲᅱ여나나 필경 혜여 보면 져로 ᄒ여곰 능히 격고 능히 ᄲᅱ여나ᄂ 거시 그 속의 ᄯ호 텬의 【31】 ᄋ 이시며 ᄯ호 이런 근긔(根基)ᄂ 목견(目前) 세샹의 닥가 일우기 어려오니라."

셕츈이 니ᄅ디,

"이롤 보량이면 하놀이 졍ᄒ신 거슬 사름

이 능히 이긔지 못ᄒᆞ랴?"

샹운이 니ᄅᆞ디,

"하ᄂᆞᆯ도 ᄯᅩᄒᆞᆫ 너 홀디로 힝ᄒᆞ여 가ᄂᆞ니 너ᄂᆞᆫ 다만 몃 천ᄇᆡᆨ(千百) 챠ᄒᆞᆫ 인과(因果)ᄅᆞᆯ 졈졈 ᄲᅡ하가 몃 셰샹의 니ᄅᆞ면 진개 네가 스스로 근긔ᄅᆞᆯ 셰우ᄂᆞ니 이거슨 곳 인졍승텬(人定勝天)이로디 필경은 ᄯᅩᄒᆞᆫ 하ᄂᆞᆯ을 순히 홀 ᄯᆞᄅᆞᆷ이라. 너ᄂᆞᆫ 즉긱의 곳 져러코즈 ᄒᆞ니 너ᄂᆞᆫ 젼셩의 엇던 사ᄅᆞᆷ인지 【32】 아ᄂᆞ냐? 이ᄂᆞᆫ 곳 니ᄅᆞᆫ바 쳐음 셰샹의 사ᄅᆞᆷ이 되여 곳 하ᄂᆞᆯ노 올나가기ᄅᆞᆯ 싱각ᄒᆞ미 아니냐?"

보옥이 ᄌᆞ긔 젼일(前日)의 길을 그릇 들믈 싱각ᄒᆞ고 ᄯᅩᄒᆞᆫ 졈두ᄒᆞ고 심즁의 탄복홀 시 셕츈이 니ᄅᆞ디,

"이리 말ᄒᆞ면 너의 근긔ᄂᆞᆫ 믄득 엇더ᄒᆞ뇨?"

ᄉᆞ샹운은 임의 오도(悟道)ᄒᆞᆫ 사ᄅᆞᆷ이나 다만 진인(眞人) 만난 말을 셜파(說破)치 아니ᄒᆞ고 믄득 니ᄅᆞ디,

"나ᄂᆞᆫ 엇더홀고? ᄲᆞᆯ과 져기 인연(因緣)이 잇셔 일이 셰샹을 닥다가 ᄯᅢᄅᆞᆯ 기다릴 ᄲᅮᆫ이로다. 너의 무리 이졔 ᄆᆞᄋᆞᆷ을 고요히 ᄒᆞ【33】미 죠ᄒᆞ니 능히 ᄇᆡᆨ병(百病)을 쇼졔(消除)홀 거시로디 다만 일심(一心)을 ᄌᆞ긔가 명ᄇᆡᆨ히 아지 못ᄒᆞ면 곳 마(魔)ᄅᆞᆯ 만나리라."

셕츈이 ᄯᅩᄒᆞᆫ 웃고 니ᄅᆞ디,

"가히 우읍도다. 운져져야, 네가 도로혀 내 ᄆᆞᄋᆞᆷ을 아지 못ᄒᆞ니 내 엇지ᄒᆞ면 ᄆᆞᄋᆞᆷ을 버혀내여 너로 보게 ᄒᆞ리오? 나ᄂᆞᆫ 다만 ᄌᆞ긔가 명ᄇᆡᆨ히 알면 무슨 마ᄅᆞᆯ 만나리오?"

ᄒᆞ더니, 뉘 알니오 보옥이 ᄆᆞᄋᆞᆷ 버힌단 말을 듯고 홀연 졍신이 희미ᄒᆞ여 면ᄉᆡᆨ(面色)이 희여지며 몸이 흔들니더니 곳 니러나 쇼【34】 샹관으로 올 시 거름이 ᄯᅩᄒᆞᆫ 건실(健實)ᄒᆞ여 젼의 비(比)ᄒᆞ미 더욱 ᄲᅡᆯ니 거러 즉긱의 나아가니 ᄌᆞ견과 쳥문이 져의 풍증(瘋症)이 들녀 안광(眼光)의 졍신업ᄂᆞᆫ 거슬 보고 져ᄅᆞᆯ 부ᄅᆞ디 ᄯᅩᄒᆞᆫ 답응(答應)치 아니ᄒᆞ고 일즉 디옥의 방즁으로 다라와 대옥을 보미 그곳의 안즈 ᄯᅩᄒᆞᆫ 니지 아니ᄒᆞᄂᆞᆫ지라. 보옥이 곳 안즈며 회회히 우스디 대옥이 죵시(終始) 아른 쳬 아니ᄒᆞ거ᄂᆞᆯ 보옥이 졍신 업시 우스며 니ᄅᆞ디,

"림고낭아, 나ᄂᆞᆫ 다만 너ᄅᆞᆯ 싱각ᄒᆞ여 병이

낫노라."

ᄒᆞ고 대옥을 【35】 바라보며 회회히 웃거ᄂᆞᆯ 디옥이 ᄯᅩᄒᆞᆫ 져의 풍증 들닌 줄 알고 즉시 몸을 도로혀 림부즁(林府中)으로 가ᄂᆞᆫ지라. 쳥문이 곳 앏흐로 나아가 보옥을 어로만지며 니ᄅᆞ디,

"이야(二爺)ᄂᆞᆫ 도라가 쉬라."

ᄒᆞ니 보옥이 곳 졈두ᄒᆞ고 우스며 니ᄅᆞ디,

"가히 올토다. 이ᄂᆞᆫ 내가 곳 도라갈 ᄯᆞ로다."

ᄒᆞ며 즉시 니러나더니 맛춤 잉ᄋᆞ 드러오ᄂᆞᆫ지라. ᄌᆞ견이 몬져 져의 실셩ᄒᆞᆫ 거슬 고ᄒᆞ더라. 보옥이 ᄲᅢᆯ니 거러 그 길노 가졍의 머무ᄂᆞᆫ 노태태(老太太) 방즁으로 가고자 ᄒᆞ거ᄂᆞᆯ 다힝이 잉ᄋᆞ와 【36】 옥슌이 붓드러 멈츄고 블너 니ᄅᆞ디,

"이야(二爺)야, 져기 ᄭᅵ여 도라가 쉬라."

ᄒᆞ고 잉ᄋᆞ와 옥슌이 져ᄅᆞᆯ 붓들고 도라올 시 쟝춧 갓가이 드러가미 잉이 견디여 보지 못ᄒᆞ고 니ᄅᆞ디,

"괴롭도다. 이ᄂᆞᆫ 림고랑이 희롭게 ᄒᆞᆫ 거시 아니랴."

ᄒᆞ여 다만 한 귀졀 말노 보옥을 졔셩(提醒)ᄒᆞ엿더니 보옥이 곳 앏흐로 것구러지며 한 쇼리 지ᄅᆞ고 입으로 피ᄅᆞᆯ 련ᄒᆞ여 토ᄒᆞ니 옥슌이 슈각(手脚)이 황망(慌忙)ᄒᆞ여 나ᄂᆞᆫ듯시 왕부인긔 고ᄒᆞ라 가고 가즁인(家中人)이 모다 놀나 다라【37】와 보옥을 상 우히 붓드러 누이디 일양(一樣) ᄭᆡ지 아니ᄒᆞ며 져의 몸과 니마ᄅᆞᆯ 만지미 져기 ᄯᅡᆷ이 잇ᄂᆞᆫ지라.

11

□□□□□□□ □□□□□□□
昏迷怨恨病過三春　歡喜憂驚愁逢一刻

왕부인과 보챠는 다만 눈믈만 흘니고 니환도 쏘흔 황망ᄒᆞ더 가경은 공시 잇셔 도라오지 아니ᄒᆞ엿ᄂᆞᆫ지라. 가련(賈璉)이 나ᄂᆞᆫ드시 사룸으로 ᄒᆞ여곰 말을 타고 왕태의(王太醫)를 쳥ᄒᆞ라 가라 ᄒᆞ니 갓던 사룸이 도라와 픔ᄒᆞ디,

“왕태의 셩외(城外)의 나갓ᄂᆞᆫ지라. 쇼지(小的)151) 임의 사룸으로 ᄒᆞ여곰 챠(車)를 메워 쳥ᄒᆞ라 가게 ᄒᆞ고 쏘흔 사룸을 져의 가즁(家中)의 머믈너 【38】 두어 샹위(相違)치 아니케 ᄒᆞ여시나 쇼지는 드르미 큰 거리 우히 일위(一位) 광동(廣東) 명의(名醫) 왕태부(汪太夫)가 니르러시디 믹법(脈法)과 약리(藥理)가 모다 졍통(精通)ᄒᆞ여 문젼(門前)이 가쟝 열요(熱鬧)ᄒᆞ여 모다 니르디 무던타 ᄒᆞᄂᆞᆫ지라. 쇼지가 쏘흔 쳥ᄒᆞ여 왓시니 몬져 져로 ᄒᆞ여곰 믹을 뵈거나 그러치 아니

면 즉시 마셰(馬貰)를 쥬어 보내고 왕태의를 기다려 보게 ᄒᆞ미 죠흘 ᄃᆞᆺᄒᆞ도다.”

가련이 심즁의 쥬져ᄒᆞ거ᄂᆞᆯ 왕부인이 니르디,

“이 쇼ᄌᆞ가 도로혀 변통(變通)이 이시니 쏘쳥 【39】 ᄒᆞ여 드러와 볼 거시오. 다만 져의 약은 짐쟉ᄒᆞ여 먹이리라.”

가련이 듯고 즉시 나가더니 다리고 드러오ᄂᆞᆫ지라. 내권(內眷) 등이 즉시 회피(回避)ᄒᆞ고 몬져 사룸으로 ᄒᆞ여곰 가련의게 고ᄒᆞ디,

“병 근원(根源)을 져의게 고치 말고 다만 져로 ᄒᆞ여곰 ᄌᆞ긔가 보고 스스로 강론케 ᄒᆞ라.”

ᄒᆞ니 가련이 즉시 져를 다리고 보옥의 샹 앏히 와 안더니 왕대뷔 쏘흔 뭇지 아니코 믹을 누르고 머리를 숙이고 오리 싱각ᄒᆞᄂᆞᆫ지라. 즁인(衆人)이 져의 광경을 보고 모다 니르디,

“져 대 【40】 뷔(大夫) 졍히 의ᄉᆞ(意思) 잇다.”

ᄒᆞ더니 한ᄌᆞ음의 쏘 우슈(右手)를 밧고와 진믹(診脈)ᄒᆞ고 죠희 심지를 달나 ᄒᆞ여 블을 혀 다히고 ᄌᆞ셰히 보더니 왕대뷔 다만 머리를 흐드ᄂᆞᆫ지라. 즁인이 모다 벙벙ᄒᆞ더니 쏘 져의 인즁(人中)을 손톱으로 져기미 보옥이 곳 한 번 ᄌᆞ최음ᄒᆞ거ᄂᆞᆯ152) 대뷔 니르디,

“도로혀 죠타.”

ᄒᆞ니 즁인이 져기 방심ᄒᆞ더니 대뷔 니러나 가련을 향ᄒᆞ여 니르디,

“외면(外面)의 가셔 강론ᄒᆞᄌᆞ.”

ᄒᆞ니 가련이 ᄯᆞ라 나와 안줄 시 가련이 급히 무러 니르 【41】 디,

“노션싱(老先生)은 보기의 엇더ᄒᆞ뇨?”

왕대뷔 머리를 흔들며 입을 내밀고 니르디,

“이노야(二老爺)의 증휘(症候) 쏘흔 헐치 아니토다.”

만비(晩輩)의 쇼견(所見)과 갓홀진디 위홰(胃火) 가쟝 셩(盛)ᄒᆞᆫ지라. 그러므로 비믹(脾脈)이 홍대(弘大)ᄒᆞ고 화긔(火氣)가 급히 샹승ᄒᆞ여 폐경(肺經)으로죠ᄎᆞ 인후(咽喉)로 나오므로 토혈

---

151) 【쇼지】 명 소적(小的 xiǎode). 소인(小人). 말하는 사람이 자신을 낮추어 이르는 말. 중국어 차용어. ¶ 小的 ‖ 쇼지 임의 사룸으로 ᄒᆞ여금 챠를 메워 쳥ᄒᆞ라 가게 ᄒᆞ고 쏘흔 사룸을 져의 가즁의 머믈너 두어 샹위치 아니케 ᄒᆞ여시나 (小的已經叫人打着車沿路兒找去,　也留人在他家裏, 省得錯過了.) <後紅 7:37>

152) 【ᄌᆞ최음ᄒᆞ다】 동 재채기하다. ¶ 哼 ‖ 즁인이 모다 벙벙ᄒᆞ더니 쏘 져의 인즁을 손톱으로 져기미 보옥이 곳 한 번 ᄌᆞ최음ᄒᆞ거ᄂᆞᆯ (衆人皆呆了, 又捏捏他的人中兒, 寶玉就哼一聲.) <後紅 7:40>

(吐血)이 되여시니 이는 모다 위긔(胃氣)가 허(虛)ᄒ여 능히 슈습지 못ᄒ미오, 피가 화긔의 핍박ᄒ미 되여 열이 심경(心經)을 지내여 폐경의 니ᄅ러시니 일졀 믈을 마시지 못【42】ᄒ 거시로ᄃᆡ, 다만 두리건ᄃᆡ 화긔가 셩ᄒ여 젼경(轉經)이 되면 뎨칠일(第七日)의 니ᄅ러 도로혀 발반(發斑)이 되리라 ᄒ니 가련과 다못 내권 등이 모다 놀나 벙벙ᄒ더니 왕부인이 벽을 스이ᄒ여 무ᄅᄃᆡ,

"대부의게 무러보라. 필경 구ᄒ랴 구치 못ᄒ랴?"

왕대뷔 니ᄅᄃᆡ,

"이야는 노태태긔 픔ᄒ라. 만비(晚輩) 즈셰히 보와시니 엇지 구치 못ᄒᆯ가 근심ᄒ리오? 다만 방심ᄒ시믈 쳥ᄒ라. 이 병이 나기는 셜니 ᄒ여시ᄃᆡ 하리기는 더ᄃᆡ니 ᄯᅩ【43】ᄒ 급히 구지 못ᄒᆯ지라. 만일 발반ᄒ기를 비단 문(紋) 갓치 ᄒ면 그거슨 양독(陽毒)이 되고 홍졈(紅點)이 뵈면 곳 홍진(紅疹)이니 홍진은 경(輕)ᄒ고 양독은 즁(重)ᄒᄃᆡ 혹 즈흑식(紫黑色)이 변ᄒ면 열긔(熱氣) 극(極)ᄒ여 위긔(胃氣)가 샹ᄒᆯ지니 한 번 ᄶᅡᆷ이 나면 곳 치료키 어려울지라. 만비는 다만 죠히 쇼산(疏散)ᄒ여 홍진이 되게 ᄒᆯ지니 이는 경ᄒ여 ᄯᅩᄒ 낫기가 용이ᄒ리라."

왕부인이 다못 가련이 십분 칭샤(稱謝)ᄒ더니 왕대뷔 즉시 방문을 니고 니ᄅᄃᆡ,

"쳥컨ᄃᆡ 이야는【44】노태태긔 보내여 보시게 ᄒ라. 이는 셔각디황탕(犀角地黃湯)의 당귀(當歸)와 홍화(紅花)와 길경(桔梗)과 진피(陳皮)와 감쵸(甘草)와 우즙을 더ᄒ여 져로 ᄒ여곰 셜니 피를 인도ᄒ여 경낙(經絡)으로 도라가게 ᄒᄂ 거시니 몬져 두 쳡을 쓰고 다시 볼지라. 만비는 셩 밧긔 나아가려 ᄒ니 다른 날 다시 셔회(敍懷)ᄒ리라."

ᄒ고 곳 나가ᄂ지라. 즁인이 졍히 의혹(疑惑)ᄒ더니 왕태의 즉시 니ᄅ러 병이 긴챡(緊着)ᄒ단 말을 듯고 다만 오신등(吳新登)으로 더브러 드러오니 가련이 황망히 훔긔 드러【45】가 볼 시 왕태의 경동(驚動)ᄒᄂ 긔식을 알고 련ᄒ여 니ᄅᄃᆡ,

"관겨치 아니ᄒ니 태태(太太)긔 픔ᄒ여 쾌히 ᄆᆞ음을 노흐시게 ᄒ라."

ᄒ거늘 가련이 니ᄅᄃᆡ,

"죠희 심지를 달나ᄒᄂ냐?"

왕태의 니ᄅᄃᆡ,

"쓸ᄃᆡ 업도다."

ᄒ고 믄득 가련으로 더브러 나와 안즈 왕태의 니ᄅᄃᆡ,

"이야의 증후가 원리 블경(不輕)ᄒᄃᆡ 다만 보기를 즈셰히 ᄒ여시니 대져 혈허(血虛) 간죠(肝燥)ᄒ 곡졀이라. 간홰(肝火) 폐경(肺經)을 범(犯)ᄒ여 화긔 승(乘)ᄒ여 금긔(金氣)를 녹이미 즈연 피가 샹승ᄒ【46】여 토ᄒ여시니 다만 간경(肝經)을 다스리ᄂ 법은 가히 쇼산(疏散)만 ᄒᆯ 거시오 공벌(攻伐)치 못ᄒᆯ지라. 일면으로 간경을 쇼산ᄒ고 일면으로 폐경을 보ᄒᄃᆡ ᄯᅩ 심비경(心脾經)을 죠양(調養)ᄒ면 긔운이 피를 거ᄂ리고 피가 간경으로 도라가면 즈연 나흐리라."

ᄒ고 믄득 부술 가져 방문을 쓰고 ᄯᅩ 론리(論理)ᄒ여 니ᄅᄃᆡ,

륙믹(六脈)의 오즉 간경(肝經)이 왕셩(旺盛)ᄒ여 울(鬱)ᄒ 거시 극(極)ᄒ여 스긔(邪氣)되여 좌쵼믹(左寸脈)이 미약ᄒ고【47】심긔(心氣) 쇠갈(衰渴)ᄒ여시니 이는 모다 목긔(木氣)가 왕셩ᄒ여 폐금(肺金)을 극(極)ᄒ고 폐긔(肺氣)가 유통치 못ᄒ여 진익(津液)이 화(化)ᄒ여 담(膽)이 되고 피가 긔운을 ᄯᅡ라 쇼스미라. 다스리ᄂ 법이 맛당히 간경을 쇼산ᄒ고 폐경을 보ᄒ며 심비경을 죠양ᄒᆯ지라. 우견(愚見)의ᄂ 쇼요산(逍遙散)의 월국환(越鞠丸)을 겸복(兼覆)ᄒ여 간경을 쇼통ᄒ고 긔도(氣道)를 순히 ᄒᄂ 거스로 쥬쟝(主掌)을 숨고즈 ᄒᄂ니 간경이 평순(平順)ᄒ고 긔운이 류통(流通)ᄒ고 울긔(鬱氣)가 쇼산(疏散)【48】ᄒ거든 다시 보제(補劑)를 빌지니 쳥컨ᄃᆡ 놉흔 쇼견 짐쟉ᄒ여 졍ᄒ라.

ᄒ엿더라. 왕태의 믄득 방문(方文)을 내거늘 가련이 즉시 드려 보내니 왕부인이 량위(兩位) 태의(太醫)가 의견이 갓지 아니믈 보고 더옥 의혹ᄒᄂ지라. 가련이 곳 니ᄅᄃᆡ,

"이 왕태의ᄂ 우리 부즁의셔 젼일붓허 그ᄅ롯ᄒ 일이 업ᄂ니 ᄯᅩ 왕대부의 방문을 겨로 ᄒ여곰 보게 ᄒ리라."

왕부인이 졈두(點頭)ᄒ거늘 가련이 이 왕대부의 방문을 즉시 내여가니 【49】 왕태의 ᄌ셰히 보다가 대경(大驚)ᄒ여 곳 니ᄅ디,

"임의 먹엇느냐?"

가련이 니ᄅ디,

"아니 먹엇노라."

왕태의 웃고 니ᄅ디,

"졔가 필경 샹한(傷寒)의 위열(胃熱)이 잇ᄂ 증(症)으로 보아시니 엇지 이러ᄒ리오? ᄯ 젼경(轉經) 발반(發斑)ᄒ다 말ᄒ믄 가히 우읍고 ᄯ 믈을 먹지 못ᄒ리라 말도 더옥 우음의 말이로다. 분명이 의셔(醫書)의 닐너시디 '무릇 혈증(血症)은 믈 먹는 거시 죠치 아니디 오직 긔운으로 난 증은 믈을 먹는다' ᄒ여시니 너는 보라 보이야(寶二爺)가 ᄭ여나면 곳 믈을 먹으려 ᄒ 【50】 리니 ᄯᅩ흔 힝인미음탕(杏仁米飮湯)을 먹게 ᄒ디 져기 진피(陳皮)롤 더ᄒ여 져의 비폐(脾肺) 량경(兩經)을 윤퇵게 홀지니 이 약을 한 첩을 먹이고 리일은 다시 방문을 곳칠지니 다만 두번지 먹이면 긔운이 번뢰ᄒ리라."

ᄒ고 도라가ᄂ지라. 즁인(衆人)이 져의 의론이 병증(病症)의 근가(近可)ᄒ믈 듯고 ᄯᅩ흔 ᄆ움을 졍고 모다 왕대부롤 ᄶ지겨 니ᄅ디,

"다힝이 져의 약을 먹지 아니ᄒ엿도다. 이 거슬 먹엇더면 엇지홀 번 ᄒ여시리오?"

가졍이 ᄯᅩ흔 도라와 보옥이 【51】 ᄯᅩ 병이 낫단 말을 듯고 심즁의 가쟝 번뢰(煩惱)ᄒ여 니ᄅ디,

"이 업쟝(業障)은 진개 젼싱(前生) 죄롤 오히려 쇽지 못ᄒ엿도다."

ᄒ고 다만 란가ᄋ(蘭哥兒)롤 블너 홈긔 셔방(書房)으로 가고 도로혀 가환(賈環)을 챳지 아니니 가환도 ᄯᅩ흔 감히 나아가지 못ᄒ더라. 왕부인(王夫人)과 보챠(寶釵)와 니환(李紈)이 졍히 보옥(寶玉)의 병의 들녤 시 희란(喜鸞)의 길일(吉日)이 졈졈 갓가온지라. 왕부인이 탐춘(探春)과 평ᄋ(平兒)의게 맛기미 평ᄋ의 쟝방(賬房) 일을 원리 희란의 찬죠(贊助)ᄒ믈 힘닙더니 ᄌ긔 혼ᄉ(婚事)의 니ᄅ러 【52】 ᄂ 엇지 아른 체ᄒ며 비록 희봉(喜鳳)도 ᄯᅩ흔 져의 ᄌᄌ(姉姉)롤 위ᄒ여 피혐(避嫌)ᄒ여 다만 탐춘이 쥬쟝(主掌)ᄒ고 탐춘이 ᄯᅩ 시시(時時)로 보옥(寶玉)의 곳의 가미 분망(奔忙)ᄒ여 두 곳 일을 모다 도라보기 어렵

고 ᄯᅩ 믈녁(物力)이 간구(艱苟)ᄒ여 겨유 단오졀(端午節)을 지내미 가련(賈璉)의 문셔 속이 비비ᄒ여 갈 슈 업고 몬져 란가ᄋ의 과ᄉ 슈웅(酬應)이 잇거늘 ᄯᅩ 련ᄒ여 이 일을 판비(辦備)ᄒ미 가졍(賈政)은 ᄯᅩ 체면을 도라보ᄂ지라. 림량옥(林良玉)의 혼ᄉ롤 당ᄒ여 다만 니ᄅ디,

"범졀을 가의ᄒ여 내 낫츨 【53】 내라."

ᄒ디 은ᄌ(銀子) 일졀의 니ᄅ러ᄂ 믄득 아른 체 아니ᄒᄂ지라. 가련이 여러 번 가ᄅ치믈 쳥ᄒ나 다만 니ᄅ디,

"너ᄂ ᄯᅩ 젼과 갓치 출치ᄒ엿다가 내가 셔셔히 갑기롤 기다리라."

ᄒ니 가련이 진개 챡급(着急)ᄒ여 견디지 못ᄒ며 외면의 가인(家人) 등은 모다 니ᄅ디,

"이야(二爺)ᄂ 공슈(空手)로 무ᄉ 일을 판리(辦理)ᄒᄂ뇨?"

ᄒ고 내간(內間)의 평ᄋᄂ ᄯᅩ ᄉᄉ이 니ᄅ디,

"이것도 업[엇]지 못홀 거시오. 져것도 긴졀(緊切)이 몬져 판비(辦備)홀 거시라."

ᄒ고 ᄯᅩ 보옥의 병의 들네여 ᄉ쥬(四柱) 보는 사룸을 부ᄅ 【54】 지 아니면 곳 태의(太醫)롤 쳥ᄒ고 ᄯᅩ 그러치 아니면 도쳐의 괘(卦)도 보며 츄쳠도 ᄒ나 다만 젼일의 마도퐈(馬道婆) 귀신(鬼神)으로 들네믈 인ᄒ여 가졍(賈政)이 분부ᄒ여 니ᄅ디,

"업쟝의 보옥은 죽어도 관겨치 아니코 ᄉ라도 관겨치 아닐지라. 다만 너의로 ᄒ여곰 귀신으로 들네ᄂ 거슬 허치 아니리니 그러나 일은 너의 ᄒ고 시븐 디로 들네라."

ᄒ더라. 왕부인은 련ᄒ여 련이야(璉二爺)롤 쳥ᄒ여 오라 ᄒ며 ᄯᅩ 련이야롤 지쵹ᄒ여 샐니 가셔 일을 판리ᄒ고 오라 【55】 ᄒ니 가련이 ᄯᅩ 다리가 알파 칭원(稱寃)ᄒ며 ᄯᅩ 림지효(林之孝)와 쥬셔(周瑞)ᄂ 드러와 품ᄒ디,

"쥬단(綢緞)푸리[153]의셔 모다 즐겨 믈건을

---

153) 【푸리】 圏 {포리(鋪裏 pùli)}. 가게. 중국어 차용어. ¶ 鋪 ‖ 쥬단푸리의셔 모다 즐겨 믈건을 몬져 보내지 아니ᄒ고 젼일의 희고랑의 쓴 믈건도 비록 언탁으로 가져와시나 졔가 지금 문방의 니ᄅ러 이 은ᄌ롤 혬ᄒ라 ᄒ고 (綢緞鋪通不肯上賬了, 前日開下來喜姑娘用的單子, 雖則硬着的取過來, 他這會子現在門房裏, 要兌這宗銀子.) <後紅 7:55>

몬져 보내지 아니ᄒᆞ고 젼일의 희고랑(喜姑娘)의 쁜 믈건도 비록 언탁(言託)으로 가져와시나 졔 가 지금 문방(門房)의 니ᄅᆞ러 이 은ᄌᆞ(銀子)ᄅᆞᆯ 혬ᄒᆞ라 ᄒᆞ고 ᄯᅩ 셔면(西面) 긱샹(客床)의 미삭 (每朔) 별리(別利) 돈도 일 삭을 너머 과한(過限) ᄒᆞ여시니 이야의 쳐분을 기다린다 ᄒᆞ더라. 가련 이 곳 몸을 피홀 곳이 업ᄂᆞᆫ지라. 가졍의 곳의 니ᄅᆞ러 샹의ᄒᆞ고 림량옥의게 나이(挪移)ᄒᆞ 【56】 기ᄅᆞᆯ154) 구ᄒᆞ려 ᄒᆞ니 가졍이 도로혀 넘치업다 ᄭᅮ짓ᄂᆞᆫ지라. 홀일 업셔 도라오ᄆᆡ 림지효와 쥬셰 ᄯᅩᄒᆞᆫ 방법이 업ᄉᆞ믈 보고 다만 나아가 각인을 안돈(安頓)ᄒᆞᄂᆞᆫ지라. 가련이 슈두샹긔(垂頭喪氣) ᄒᆞ고 ᄌᆞ긔 방즁의 다라와 캉155) 샹의 벼개ᄅᆞᆯ 의 지ᄒᆞ여 벙벙이 누어시ᄆᆡ 평이 탄식ᄒᆞ여 니ᄅᆞ디,

"나도 ᄯᅩᄒᆞᆫ 너의 가쟝 어려온 쥴을 아노 라. 다라날 슈도 업고 판리ᄒᆞ기도 어려오니 이 지경의 니ᄅᆞᄆᆡ 뉘 도로혀 우리 괴로오믈 알니 오? 우리가 ᄌᆞ긔 ᄉᆞ젼(私錢)【57】을 내여노ᄒᆞ 랴 곳 내여놋코ᄌᆞ ᄒᆞ여도 가련토다. 지금의 니 ᄅᆞ러 도로혀 무어시 이시리오? 나는 ᄯᅩᄒᆞᆫ 쳔ᄉᆞ 만량(千思萬量)ᄒᆞ여도 조흔 도리 업도다. 다만 미리 경륜ᄒᆞ여야 바야흐로 비비ᄒᆞ여 가리니 오 ᄂᆞᆯ 탐고랑(探姑娘)이 보기의 민망ᄒᆞ여 이쳔 량 은ᄌᆞᄅᆞᆯ 가져와 슈응ᄒᆞ고 졔가 도로혀 림고낭(林 姑娘)의게 고ᄒᆞ여 가마니 노아(老爺)ᄅᆞᆯ 쇽이고 오쳔 량을 가져오려 ᄒᆞ니, 좌우간의 져의 집 대 ᄉᆞ(大事)라 다만 몬져 쓰고 다시 의론ᄒᆞᄂᆞᆫ 거시 죠토다."

가련이 곳 니러나며 니ᄅᆞ디,

"졔가 가히 허【58】락ᄒᆞ랴?"

평이 니ᄅᆞ디,

"허락지 아니 량이면 도로혀 져 일을 의론 ᄒᆞ여 무엇ᄒᆞ리오?"

가련이 나가며 니ᄅᆞ디,

"ᄯᅩᄒᆞᆫ 가쟝 긴ᄒᆞ도다. 임의 이러ᄒᆞ면 내가 ᄯᅩ 져의게 가셔 일ᄌᆞ(日子)ᄅᆞᆯ 언약(言約)ᄒᆞ리라."

평이 련망히 져ᄅᆞᆯ 블너 멈츄고 니ᄅᆞ디,

"이 두 길 밧긔 다른 도리 업ᄉᆞ니 죠만(早

晩)은 믈론ᄒᆞ고 가히 나이ᄒᆞ여 쓰려니와 이곳의 가쟝 젼졍이 핍졀홀가 져허ᄒᆞ노라."

ᄒᆞ니 가련이 졈두ᄒᆞ고 나가더라.

챠셜(且說), 림대옥(林黛玉)이 보옥의 ᄌᆞ긔 곳의 드러와 풍증(瘋症)【59】이 발ᄒᆞ여 도라가 므로븟허 련ᄒᆞ여 드ᄅᆞᄆᆡ 졔가 싱ᄉᆞ(生死) 념녜 잇셔 가즁(家中)이 모다 황급히 지낸다 ᄒᆞᄂᆞᆫ지 라. 믄득 심즁의 헤오디,

'보옥이 실노 우읍도다. 으시로븟허 무슨 광경을 지내엿던지 오늘 임의 거졀ᄒᆞ엿거늘 져 도 ᄯᅩᄒᆞᆫ 총명ᄒᆞᆫ 사ᄅᆞᆷ이오 젼일의 ᄯᅩᄒᆞᆫ 일쪽 도 ᄅᆞᆯ ᄭᅢ다ᄅᆞᆺᄂᆞᆫ지라. 비록 길을 잘못 드러 도라와 시나 져의 블가 일을 힘쁠 거시어늘 엇지 다시 ᄯᅩ 이쳐럼 혼미(昏迷)ᄒᆞ뇨? 가히 알니로다. 져갓 혼 사ᄅᆞᆷ은 필경 흐린 믈【60】 건이로다. 곳 나 ᄅᆞᆯ 위ᄒᆞ여 이 병이 낫다 ᄒᆞ여도 내게 무슨 일이 샹관이 되리오? 도로혀 내가 져ᄅᆞᆯ 부ᄅᆞᄆᆡ 아니 오, 졔가 스ᄉᆞ로 와셔 나ᄅᆞᆯ 핍박ᄒᆞᄆᆡ라. 진개 졔 가 죽ᄂᆞᆫ다 ᄒᆞ여도 내가 져ᄅᆞᆯ 히ᄒᆞᄆᆡ 아니어ᄂᆞᆯ 내가 무슨 죄괘(罪過) 되리오? 젼일의 봉슈ᄌᆞ(鳳 嫂子)ᄂᆞᆫ 가쟝 가셔(賈瑞)ᄅᆞᆯ 히ᄒᆞ여시니 비록 가 셰(賈瑞) 맛당히 죽ᄂᆞᆫ다 ᄒᆞ여도 봉슈ᄌᆞᄂᆞᆫ ᄯᅩᄒᆞᆫ 맛당히 져로 더브러 바ᄅᆞ지 아닌 말을 아니홀 지니 엇지 이런 대가(大家)의 슈ᄌᆞ(嫂子) 된 사 ᄅᆞᆷ이 져런 말을 내리오? 곳 공교(工巧)ᄒᆞᆫ 계【 61】 교로 져ᄅᆞᆯ 히ᄒᆞ엿다 ᄒᆞ여도 이도 ᄯᅩᄒᆞᆫ 구틱 여 아니홀지니 사ᄅᆞᆷ마다 다만 ᄌᆞ긔 분슈ᄅᆞᆯ 직휠 ᄯᆞ름이라. 남을 히ᄒᆞ여 무엇ᄒᆞ리오? 나는 젼일 의 보옥으로 더브러 한 곳의 이시나 엇지 져런 말 한 마디나 이시리오? 봉슈ᄌᆞ의 이러툿 ᄆᆞ음 가지ᄂᆞᆫ 거술 볼진디 타인(他人)이 말ᄒᆞ디 "져의 림죵시(臨終時)의 필경 가셔의 혼빅(魂魄)이 와 ᄯᅳ러갓다" ᄒᆞᄆᆡ 고이치 아니토다. 이졔 보옥은 곳 죽ᄂᆞᆫ다 ᄒᆞ여도 ᄯᅩᄒᆞᆫ 능히 가셔의 봉슈ᄌᆞᄅᆞᆯ 한ᄒᆞᄂᆞᆫ 디ᄂᆞᆫ 비치 못ᄒᆞ리니 진개【62】 내게 무 어시 샹관이 되리오? 도로혀 구구(舅舅)와 구태 태(舅太太)긔셔 그러케 나ᄅᆞᆯ 죠히 디졉ᄒᆞ시고 보져져(寶姐姐)도 나ᄅᆞᆯ 디졉ᄒᆞᄆᆡ ᄯᅩᄒᆞᆫ 부족지 아니커ᄂᆞᆯ 내가 만일 이곳의셔 보옥의 무슨 일

---

154) 【나이ᄒᆞ다】圖 나이(挪移)하다. (앞으로) 당겨 옮기다. ¶ 挪移 ∥ 가졍의 곳의 니ᄅᆞ러 샹의ᄒᆞ고 림량옥의게 나이ᄒᆞ기ᄅᆞᆯ 구ᄒᆞ려 ᄒᆞ니 가졍이 도 로혀 넘치업다 ᄭᅮ짓ᄂᆞᆫ지라 (就走到前頭與賈政商 議, 要向林良玉挪移挪移, 倒被賈政喝了一句"沒臉 面的!") <後紅 7:55>

155) 【캉】圖 {캉炕 kàng}. 중국 북방 온돌. 중국어 차용어. ¶ 炕 ∥ 가련이 슈두샹긔ᄒᆞ고 ᄌᆞ긔 방즁 의 다라와 캉샹의 벼개ᄅᆞᆯ 의지ᄒᆞ여 벙벙이 누어 시ᄆᆡ (賈璉只得垂頭喪氣的走到自己房內, 躺在炕 上, 歪着靠枕呆呆兒的.) <後紅 7:56>

잇눈 거술 보면 또흔 비편(非便)ᄒᆞ미 이실지라. 져의 병 듕흔 씨를 탐지ᄒᆞ여 내가 몬져 반이(搬移)ᄒᆞ여 가면 도로혀 간졍(乾淨)ᄒᆞ리니 뉘 또흔 와셔 나를 아른 체ᄒᆞ리오?'

ᄒᆞ고 믄득 ᄌᆞ견(紫鵑)과 쳥문(晴雯)을 블너 보이야의 병 쇼식을 탐지ᄒᆞ라 ᄒᆞ니 쳥문이 ᄎᆞ언(此言)을 듯고 깃브믈 이긔지 못ᄒᆞ여【63】 다만 니르디,

"림고냥의 젼일 광경은 모다 거줏 꾸민 거시오. 오늘 보옥의 병 듕ᄒᆞᆷ믈 듯고 믄득 진심을 드러내눈도다."

ᄒᆞ고 즉시 다라와 보옥의게 고ᄒᆞ니, 뉘 알니오 보옥의 풍증이 가쟝 듕ᄒᆞ여 다만 졍신업시 웃고 사름도 아라보지 못ᄒᆞ눈지라. 쳥문이 한즈음 안줏다가 엇지홀 길 업셔 도라오니 원리 쳥문이 대옥(黛玉)의 실샹(實狀) 쥬의(主意)눈 아지 못ᄒᆞ더라.

지셜(再說), 림량옥이 길일이 졈졈 갓가오믈 보고 심즁의 대옥을 쳥ᄒᆞ여 와 일졀 ᄉᆞ무(事務)를 쥬【64】 쟝(主掌)케 ᄒᆞ고ᄌᆞ ᄒᆞ디 다만 강경셩(姜景星) 구혼(求婚) 일ᄉᆞ(一事)의 져의게 득죄ᄒᆞ여 ᄆᆞ음의 가쟝 거리끼고 또 허다 곡졀이 이시니, 첫지는 디옥이 말ᄒᆞ디 슈지(嫂子) 가거든 바야흐로 오마 ᄒᆞ엿고, 둘지는 강경셩이 목하(目下)의 동거(同居)ᄒᆞ미 대옥이 혐의홀가 두려 만일 졔 ᄆᆞ음을 샹ᄒᆞ여 병이 나면 곳 부모를 샹ᄒᆞᆷ과 갓틀지라. 그러므로 감히 져를 쳥ᄒᆞ지 못ᄒᆞ며 또 강경셩이 빅노경(白魯駉)으로 더브러 갓치 ᄌᆞ긔 혼ᄉᆞ를 은근이 탐문ᄒᆞ눈지라. 량옥(良玉)이 젼일의눈【65】 용력(用役) 쥬션(周旋)홀 쥴노 샹약(相約)ᄒᆞ더니 지금은 말을 변ᄒᆞ여 좌우 방챠ᄒᆞ나 강경셩이 량옥의 길일이 갓가오믈 보고 그림ᄌᆞ를 비러 두 귀 글을 읇허 니르디 '홀노 도원(桃源)을 향ᄒᆞ여 봄비슬 무릅니 유랑(劉郎)이 완랑(阮郎)으로 더브러 노지 아니ᄒᆞ다' ᄒᆞ고, 또 읇허 니르디 '봉리(蓬萊) 궁궐(宮闕)의눈 갓치 것눈 거슬 용납ᄒᆞ디 무지게 ᄉᆞ다리로 광한젼(廣寒殿)의 니르믈 허치 아니ᄒᆞ눈도다' ᄒᆞ여 귀귀(句句)히 량옥을 졔셩(提醒)ᄒᆞ눈 말이라. 량옥이 또흔 극히 비편ᄒᆞ나 다시 디옥의게 탐【66】 문(探問)키 어려오니 진개 말ᄒᆞ기 어렵더라. 도로혀 다ᄒᆡᆼᄒᆞᆷ믄 결친(結親) ᄒᆞ눈 일의눈 안의 대옥이 잇고 밧긔 왕원(王元)이 이시며 또 한

무리 븡위(朋友) 잇셔 셔로 돕눈지라. ᄌᆞ긔눈 다만 강경셩으로 더브러 동방(同榜) 친우(親友)룰 모하 희쥬(戲酒)를 먹고 쇼요ᄌᆞ지(逍遙自在)ᄒᆞ디 블과 한담(閒談)ᄒᆞ눈 좌셕(座席)의 시시로 강경셩의 죠롱ᄒᆞ눈 말을 바드나 량옥이 본리 텬셩(天性)이 우익ᄒᆞ고 또 대옥의 지죠를 흠복(欽服)ᄒᆞ며 임의 일쟝을 들녓눈지라. 엇지 감히 디옥의 앏히 이 일을 졔【67】 긔(提起)ᄒᆞ리오? 다만 셔셔히 다른 모칙을 싱각ᄒᆞ미 죠타 ᄒᆞ더라.

챠셜, 왕부인과 보치 날마다 보옥의 곳의 안ᄌᆞ 직흴 시 보옥이 후두(糊塗)홀[156] 씨도 잇고 명빅홀 씨도 이시디 명빅홀 씨의눈 다만 곡읍(哭泣)ᄒᆞ고 후두홀 씨의눈 다만 웃기만 ᄒᆞ며 또흔 아모 말도 아니ᄒᆞ고 혹 져다려 가마니 무러도 디답지 아니ᄒᆞ더니 왕태의(王太醫) 약을 먹으미 효험이 잇난 듯ᄒᆞ나 더옥 피곤흔 듯ᄒᆞ니 태의(太醫) 말이 '이눈 심계(心界)의셔 난 병이라 다만 심원(心願)을 순케 홀 거시오 젼혀 약으로 다스리지【68】 못ᄒᆞ리라.' ᄒᆞ여 즁간 멋 날은 약도 졍지(停止)ᄒᆞ다가 병이 더ᄒᆞ면 또 져를 쳥ᄒᆞ여 오디 져도 또흔 눈셥을 뗑긔고 니르디,

"임의 픔ᄒᆞ엿거니와 좌우간(左右間)의 멋 가지 약을 여간 가감(加減)ᄒᆞ여 쓰면 필경 큰 히눈 업ᄉᆞ려니와 만일 다른 약을 쓰면 모다 온당치 아니ᄒᆞ니 대뎌 혈증(血症)은 원리 긔괴블측(奇怪不測)ᄒᆞ여 만일 심간(心肝) 량쟝(兩腸)의 범ᄒᆞ면 극히 죠치 아냐 무슴 다스릴 법이 업노라."

ᄒᆞ니 왕부인이 듯고 또흔 무슨 방법이 업스며 보챠눈 비록 대방개(大方家)나 보옥【69】의 이런 광경을 보고 ᄆᆞ음의 또흔 번민(煩悶)ᄒᆞ여 다만 미일 오경(五更)의 니러나 향촉(香燭)을 술오고 공즁을 바라 가마니 비츅(拜祝)ᄒᆞ니 졔가 어내 신명(神明)게 비츅ᄒᆞ눈고 원리 일심으

---

156)【후두ᄒᆞ다】휑 {호도(糊塗 hútu)하다}. 멍청하다. 중국어 차용어. ¶ 糊塗 ‖ 왕부인과 보치 날마다 보옥의 곳의 안ᄌᆞ 직흴 시 보옥이 후두홀 씨도 잇고 명빅홀 씨도 이시디 명빅홀 씨의눈 다만 곡읍ᄒᆞ고 후두홀 씨의눈 다만 웃기만 ᄒᆞ며 또흔 아모 말도 아니ᄒᆞ고 혹 져다려 가마니 무러도 디답지 아니ᄒᆞ더니 (王夫人·寶釵天天守着寶玉, 這寶玉有時糊塗, 有時明白. 明白的時候只管哭泣, 糊塗的時候只管傻笑, 也沒有什麽話告訴人, 就便悄悄的問他, 也不言語.) <後紅 7:67>

로 망과(亡過) 노태태의게 비츅ᄒᆞ디 미일 하늘이 밝지 아니ᄒᆞ여 믄득 쑤러 비러 니르디,

"우리 인후ᄌᆞ비(仁厚慈悲)ᄒᆞ시고 유령유감(有靈有感)ᄒᆞ신 노죠죵(老祖宗) 노태태(老太太)야, 네가 직세(在世)ᄒᆞᆯ 쩌의 이 량부즁(兩府中)의 노쇼(老少) 업시 뉘 노조죵의 복력(福力)을 힘닙지 아니ᄒᆞ여시며 노조죵의 인심(仁心) 대덕(大德)을 뉘 아니 감격【70】ᄒᆞ여시리오? 이는 황텬(皇天)도 아시ᄂᆞᆫ도다. 네가 젼일 보옥을 엇더케 ᄉᆞ랑ᄒᆞ여시며 졔가 너를 엇더케 효경(孝敬)ᄒᆞ엿ᄂᆞ뇨? 이졔 손식부(孫媳婦)는 본디 블ᄉᆞᆫ 인픔으로 노조죵이 편벽(偏僻)도이 션틱ᄒᆞ여 슬하(膝下)의 두고 그쳐럼 나를 ᄉᆞ랑ᄒᆞ며 나를 교훈(敎訓)ᄒᆞ니 내가 어내 셰샹의 너로 더브러 인연이 잇셔 이갓치 ᄉᆞ랑ᄒᆞ엿ᄂᆞ뇨? 이는 보옥의 병이 이 지경의 니르러시니 나는 알건디 노조죵이 명명(冥冥) 즁의셔 보고 심즁 ᄯᅩᄒᆞᆫ 엇지 블샹히 너기시리오?【71】 노죠죵은 유령유감ᄒᆞ신지라. 림고낭을 보내여 회ᄉᆡᆼ(回生)ᄒᆞ여 보옥을 도와 흥왕(興旺)케 ᄒᆞ시믄 이 량부즁 사ᄅᆞᆷ이 뉘 아지 못ᄒᆞ리오? 나는 다만 빌건디 노죠죵이 샬니 명명 즁의 도으샤 이 ᄉᆞ졍(事情)을 셩취케 ᄒᆞ시면 보옥도 쾌ᄒᆞᆯ 거시오, 죠죵(祖宗)의 심원(心願)도 ᄯᅩᄒᆞᆫ 맛출지라. 노조죵은 직셰위인(在世爲人)ᄒᆞ시고 망과위신(亡過爲神)ᄒᆞ여 계시니 다만 가련(可憐)이 보와 샬니 셩취케 ᄒᆞ라."

ᄒᆞ여 보챠 일인이 일일 비츅ᄒᆞ미 ᄌᆞ연(自然) 지셩(至誠)이면 감텬(感天)이라. 일일은 왕부인이 일죽【72】 니러나 원즁(院中)의 니르럿다가 이 광경을 보고 가마니 비후(背後)의셔 드르미 감샹(感傷) 락루(落淚)ᄒᆞᆷ을 면치 못ᄒᆞ고 ᄯᅩᄒᆞᆫ 쑤러 거의 고츅(告祝)고ᄌᆞ ᄒᆞ더라. 탐츈(探春)이 일심으로 희란의 혼ᄉᆞ롤 판리(辦理)ᄒᆞ여 희란의게 무르미 비편(非便)ᄒᆞ면 곳 희봉의게 뭇고 량편의 샹관된 말이 이시면 ᄯᅩᄒᆞᆫ 대옥의게 무르니 두 친가(親家) 일을 시직으로 샹면(相面)ᄒᆞ여 의론ᄒᆞ미 도로혀 십분 온당ᄒᆞ고 가련(賈璉)이 은지(銀子) 이시미 허다 ᄉᆞ졍을 ᄯᅩᄒᆞᆫ 비비ᄒᆞ여 가ᄂᆞᆫ지라. 외면 각쳐 푸리의【73】셔 가부(賈府) 즁의 은ᄌᆞ롤 여례(如例)이 다라내믈 보고 혜오디,

'이는 원비낭낭(元妃娘娘)이 샹ᄉᆞ(賞賜)ᄒᆞ신 내고(來古) 은지라 ᄒᆞ고, ᄯᅩ 만흔 믈건이라도 ᄯᅩᄒᆞᆫ 즐겨 슈응(酬應)ᄒᆞ며 영국부즁(榮國府中)이 젼갓치 열요(熱鬧)ᄒᆞ고 녕부(靈府) 즁도 ᄯᅩᄒᆞᆫ ᄯᅡ라 풍비(風飛)ᄒᆞᆫ지라. ᄯᅩ 가운(賈芸)과 가근(賈芹)이 젼과 갓치 ᄌᆞ로 드러와 챠ᄉᆞ롤 구ᄒᆞ여 은틱을 졈개ᄒᆞ기롤157) 바라니, 가련이 교겨ᄋᆞ(巧姐兒)의 고쵸(苦楚)ᄒᆞᆷ믈 싱각ᄒᆞ고 다만 겨의 무리롤 비치ᄒᆞᄂᆞᆫ 거시 ᄆᆞ음의 샹쾌ᄒᆞᆯ 둣ᄒᆞ디 ᄯᅩᄒᆞᆫ 가가(賈家) 셩(姓) 가진 사ᄅᆞᆷ을 그 은ᄌᆞ로 엇지 돌보리오?'

ᄯᅩ 싱각【74】ᄒᆞ미,

'이 여러 사ᄅᆞᆷ을 봉졔(鳳姐) 만히 닛그러 드리더니 필경 ᄌᆞ쟉지얼(自作之孼)노 졍히 친ᄉᆡᆼ(親生) 교겨ᄋᆞ롤 히롭게 ᄒᆞ여시니 만일 류노노(劉老老)와 평ᄋᆞ(平兒) 량인이 아니면 엇지ᄒᆞ여시리오?'

ᄒᆞ여 이러므로 가환(賈環)도 ᄯᅩᄒᆞᆫ 원한(怨恨)ᄒᆞ니 엇지 겨의롤 보고 번뢰치 아니리오? 즉시 쑤지져 믈니치니 가운과 가근이 ᄯᅩ 쥬셔(周瑞)의게 가셔 쳥ᄒᆞ거늘 쥬셰 여러 번 말ᄒᆞ여 죠히 쥬션ᄒᆞ더라. 셰샹 사ᄅᆞᆷ은 싱각ᄒᆞ여 보라. 원리 은ᄌᆞ라 ᄒᆞᄂᆞᆫ 믈건이 곳 이러ᄒᆞ여 은ᄌᆞ가 업ᄉᆞ면 믄【75】득 견딀 슈 업고 은ᄌᆞ가 이시면 곳 ᄆᆞ음디로 일을 힝ᄒᆞ나 만일 니르디 사ᄅᆞᆷ 되ᄂᆞᆫ 도리가 젼혀 이 한 믈건을 의지ᄒᆞ여 간다 ᄒᆞ면 죄괘(罪過) 젹지 아냐 친쳑븡우(親戚朋友)의 졍의(情義)ᄂᆞᆫ 거리끼지 아니코 일용(日用) ᄉᆡᆼ이(生涯)의 다만 은ᄌᆞ만 즁히 너기ᄂᆞᆫ지라. 이러므로 텬하 셰계 사ᄅᆞᆷ이 은ᄌᆞ만 위ᄒᆞ고 무슨 일이던지 모다 아른 쳬 아니ᄒᆞ며 ᄯᅩ 가쟝 이샹ᄒᆞᆫ 일은 이실ᄉᆞ록 더옥 구ᄒᆞ고 만흘ᄉᆞ록 더옥 탐ᄒᆞ니 이 허다ᄒᆞᆫ 욕심은 뉘 업ᄉᆞ리오마ᄂᆞᆫ 편벽도히 은ᄌᆞ 업ᄂᆞᆫ【76】 사ᄅᆞᆷ이 왕왕이 심ᄉᆞ롤 바르게 가져 업셔도 ᄯᅩᄒᆞᆫ 지나가고 도로혀 영국부 갓흔 쳐지의 니르러는 쓰기도 과히 쓰고 도말(塗抹)ᄒᆞ여 가기도 더옥 힘이 드니 가련토다. 이런 공각(空架)을 가쟝 지팅ᄒᆞ여 가기 어려오나 ᄯᅩᄒᆞᆫ 한 방법이 이시니 사ᄅᆞᆷ이 셰샹의 나미 ᄌᆞ연 의식(衣食)을 경영ᄒᆞ디 밥은 다만 츙복(充腹)ᄒᆞᄂᆞᆫ 거슬 취ᄒᆞᆯ 거시오, 오ᄉᆞᆫ 구틱여 남의 눈을 거리

---

157)【졈개ᄒᆞ다】圖 {점개하다}. ¶ 沾 ‖ ᄯᅩ 가운과 가근이 젼과 갓치 ᄌᆞ로 드러와 챠ᄉᆞ롤 구ᄒᆞ여 은틱을 졈개ᄒᆞ기롤 바라니 (還有賈芸、賈芹仍舊想挨身進來, 討些小差, 沾些汁水.) <後紅 7:73>

찌지 마라. 남이 나룰 봉승(奉承)ᄒ여도 한 모양으로 보고 나룰 웃고 나룰 격동ᄒ여도 ᄯ또 일양(一樣)으로 보면 이 【77】 은ᄌ 권력이 ᄌ연 가비야와질지라. 영국부 중 여러 사롬이 ᄯ또 이 법을 비화 힝ᄒ려 ᄒ면 도로혀 쉽지 아니리니 비컨더 안ᄌ(顔子)의 도(道) 비호는 것 갓ᄐ여 욕파블능(欲罷不能)이로다.

챠셜, 영국부즁의 회란의 길일이 졈졈 갓갑고 ᄯ또 보옥의 병셰(病勢)는 더옥 황급ᄒ지라. 더옥이 듯고 가쟝 반이(搬移)ᄒ여 가고ᄌ ᄒ더 젼일 슈ᄌ(嫂子) 오기롤 기다려 바야흐로 가리라 ᄒ 말의 거리껴 엇지 ᄌ긔 말ᄒ 거술 ᄌ긔가 변개(變改)ᄒ리오 ᄒ더 ᄯ또 보옥이 무슨 일 인는 거 【78】 술 볼가 두려 믄득 왕원을 블너 니ᄅ더,

"량편의 모다 일이 이시미 내 이곳의 잇셔 ᄯ또 블편ᄒ니 대야(大爺)긔 픔ᄒ고 ᄌ긔가 보솗히게 ᄒ라."

ᄒ니 왕원이 아라듯고 ᄯ또 대옥의 말ᄒ기 비편ᄒ 쥴도 아는지라. 감히 탐문치 못ᄒ고 곳 우스며 니ᄅ더,

"쇼지(小的)도 ᄯ또 그리 싱각ᄒ여시나 다만 대야가 엇지 보솗히며 ᄯ또 일지 갓가온지라. 비편ᄒ 일이 만흐더 쇼지 ᄯ또 픔ᄒ라 가리라."

ᄒ더라.

량옥이 이 쇼식을 듯고 블승대회(不勝大喜)ᄒ여 즉긱의 대 【79】 옥을 쳥코ᄌ ᄒ여 즉시 가더니 더옥이 니ᄅ더,

"나는 원리 가고ᄌ ᄒ나 다만 ᄶ가 밋쳐 되지 못ᄒ엿도다."

량옥이 ᄯ또 아라 듯고 믄득 니ᄅ더,

"죠흔 미미(妹妹)야, 공연이 지쳬 말나."

대옥이 졍싁고 니ᄅ더,

"그럿툿 말을 변홀진더 아모 말이나 모다 변ᄒ리로다."

량옥이 그 강가(姜家) 한 ᄌ롤 계긔치 아니코ᄌ ᄒ는 쥴 알고 믄득 읍ᄒ며 비러 니ᄅ더,

"죠흔 미미야, 내 이제는 너롤 거거(哥哥)라 부롤지니 너 녀거거(女哥哥)의 말을 뉘 감히 좃지 아니리오? 내가 만일 이 한 마디 외에 ᄯ또 너로 【80】 ᄒ여곰 다른 말을 변개케 ᄒ면 네 무옴더로 곳 나롤 치는 거시 올흐리라."

더옥이 ᄯ또 웃고 니ᄅ더,

"나는 미ᄌ(妹子)된 사롬이 거거롤 치믈 보지 못ᄒ엿도다. 다만 거거는 나의 무옴을 명빅히 아는 거시 곳 올흐니라."

량옥이 대회ᄒ여 련망히 사롬으로 ᄒ여곰 즙믈(什物)을 반이(搬移)케 ᄒ니 더옥이 니ᄅ더,

"나는 다만 ᄌ하헌(紫霞軒)의 머믈지라. 곳 슈ᄌ가 오드라 ᄒ여도 ᄯ또 샹방(上房)으로 옴지 아니리니 나는 멋 나무 듁림(竹林)을 ᄉ랑ᄒ여 흥샹 와셔 겨롤 보고ᄌ ᄒ노라."

【81】 량옥이 니ᄅ더,

"이러ᄒ면 나도 ᄯ또 ᄌ하헌으로 올마가리라."

더옥이 니ᄅ더,

"이는 극히 번거ᄒ니 그러ᄒ면 나는 곳 가지 아니리로다."

량옥이 니ᄅ더,

"올토다, 네 말더로 너는 반이ᄒ고 나는 반이치 아니리라."

ᄒ고 왕원을 블너 ᄲ리 옴기라 ᄒ니 왕원이 답응ᄒ고 즉시 사롬으로 ᄒ여곰 옴길 시 대옥이 니ᄅ더,

"요ᄉ이 구구와 구태긔셔 보거거(寶哥哥)의 병이 깁흐믈 인ᄒ여 가쟝 번뢰ᄒ신다 ᄒ더 나는 가기 어려오니 너는 나롤 위ᄒ여 종용(從容)이 한 번 【82】 단녀오라."

량옥이 니ᄅ더,

"이 일은 내게 맛기라. 내가 즉시 가셔 픔ᄒ고 도라와 너롤 영졉ᄒ리라."

말을 마치고 곳 가더라. 대옥이 즉시 쳥문을 블너 니ᄅ더,

"쳥문아, 너는 엇지ᄒ려 ᄒᄂ냐?"

ᄌ견이 곳 겨롤 조롱코ᄌ ᄒ여 희희(嘻嘻)히 웃고 니ᄅ더,

"겨는 량두마(兩頭馬)롤 타는 사롬이라."

ᄒ니 쳥문이 챡급(着急)ᄒ여 겨의 입부리[158]롤 찟고ᄌ ᄒ며 니ᄅ더,

"네가 진개 량두마롤 타랴 ᄒ는 사롬이니 무어술 들네ᄂ뇨? 셜ᄉ 고낭(姑娘)이 나롤 내여 보내여도 ᄯ또 고랑의 【83】 쳐분을 기다릴지니

---

158) 【입부리】團 입부리. 주둥이. ¶ 嘴 ‖ 쳥문이 챡급ᄒ여 겨의 입부리롤 찟고자 ᄒ며 니ᄅ더 네가 진개 량두마롤 타랴 ᄒ는 사롬이니 무어술 들네ᄂ뇨 (急得晴雯要撕他的嘴, 便道: "你便是會騎馬的, 鬧什麼?") <後紅 7:82>

내가 네 무슨 응식을 히룹게 ᄒᄂ냐?"

ᄌ견이 웃고 니ᄅ디,

"남의게 믜우믈 바드리로다. 내가 한 마디 긔롱ᄒ엿더니 계가 곳 이런 말을 내니 습인(襲人)이 져룰 믜워ᄒ미 고이치 아니토다. 나는 네게 고ᄒᄂ니 네가 가고ᄌ 홀진디 곳 고낭은 응낙ᄒ여도 나는 ᄯ또ᄒᆫ 응낙지 아니리니 내가 너룰 위ᄒ여 무슨 일을 슈습(收拾)ᄒ리오?"

ᄒ니 더옥이 우스며 니ᄅ디,

"쳥문아, 나는 즐겨 너룰 놋치 아니랴."

쳥문이 ᄯ또 착급ᄒ여 니ᄅ디,

"고낭이 ᄯ또 【84】 ᄒᆫ ᄯ따라 들네여 다만 ᄌ견을 도으니 고낭이 나룰 놋치 아니ᄒᆫ 니ᄅ지 말고 곳 보내여도 ᄯ또ᄒᆫ 가지 아니리라."

대옥이 져의 셩졍(性情)을 알미 엇지 다시 져룰 덧니리오. 믄득 니ᄅ디,

"죠ᄒᆫ 미미는 진개(眞個) 놋치 못홀지니 내 엇지 내여 보내리오?"

ᄒ고 일변으로 즙믈(什物)을 옴기더니 량옥이 ᄯ또ᄒᆫ 와셔 환텬희디(歡天喜地)ᄒ여 영졉ᄒ여 가더라. 량옥의 길일(吉日)이 다다ᄅ미 졍히 텬긔(天氣) 더워 블과 신셕(晨夕)의 셔눌ᄒ고 오간(午間)의 니ᄅ미 ᄯ또ᄒᆫ 남변(南邊)과 갓튼지라. 샹면(上面)의 【85】 모다 바올[159]을 느리고 어름을 ᄡ며 외면 관ᄉ(管事)ᄒᄂᆫ 사ᄅᆷ은 모다 단닐ᄯ씨 ᄯ땀이 흘너 슈건을 련ᄒ여 ᄲ싯슬 시 다만 림부중 규모(規模)는 졍일(正日)의 숀을 쳥(請)치 아니ᄒ고 치하(致賀) 밧ᄂᆫ 것도 ᄯ또ᄒᆫ 명일(明日)의 힝ᄒ니 도로혀 쳥졍(淸淨)ᄒ고 가부(賈府)의셔ᄂᆫ 일졔히 모혀 죠션(祖先)의 졔ᄉᄒ니 ᄯ또ᄒᆫ 가쟝 번요ᄒ디 도로혀 니환과 탐츈이 쥬견(主見)이 잇셔 보옥의 병이 들네면 더옥 더홀가 ᄒ여 곳 가묘(家廟)의셔 졔룰 버리고 곳 그곳의셔 밥을 먹으니 오히려 쳥졍(淸淨)ᄒ더라. 희 【86】 란이 임의 사ᄅᆷ을 피ᄒ지 오린지라. 이런 부귀 쌍젼(雙全)ᄒᆫ 사ᄅᆷ의 비필되믈 싱각ᄒ미 심즁이 ᄯ또ᄒᆫ 쾌활ᄒ나 부뫼 보지 못ᄒ믈 싱각ᄒ미 비감(悲感)ᄒ믈 이긔지 못ᄒ고 ᄯ또 젹친(嫡親) 미미(妹妹) 희봉이 오히려 혼ᄉ룰 졍치 못ᄒ여시니

도로혀 이곳 부모의게 누룰 ᄭ씨친다 니ᄅ기 어렵고 다만 ᄌ긔 츌가(出家)ᄒᆫ 후의 죠히 져의 일을 셩취케 ᄒ려니와 ᄯ또ᄒᆫ 먼니 싀집 보내지 아닐지니 동포(同胞) ᄌ미 량인이 ᄯ써로 왕리ᄒ여 심회(心懷)룰 펴ᄂᆫ 거시 죠타 ᄒ며 【87】 희봉도 ᄯ또ᄒᆫ 싱각ᄒ디,

'부모 업ᄂᆫ 동포 ᄌ미 량인이 이졔 ᄌᄌ(姊姊)ᄂᆫ 임의 여의케 츌가ᄒ여시니 뉘 져룰 ᄯ짜ᄅ리오마ᄂᆫ 다만 나 일인은 곳 엇지홀고? 이졔 태태(太太)긔셔 나룰 더졉ᄒᆫ 친싱(親生) 녀ᄋ(女兒)와 갓ᄒ나 다만 이 부즁(府中) ᄉ졍이 ᄯ또ᄒᆫ 어려오니 엇지 도로혀 나룰 도라보리오? 다만 나의 ᄌ미가 졍분(情分)이 가쟝 죠ᄒ니 나의 ᄌᄌ가 동포 졍의(情義)룰 싱각ᄒ여 나룰 고죠(顧照)ᄒ면[160] 곳 죠ᄒ디 다만 나는 일개 녀히ᄋ(女孩兒)라. ᄌᄌ가 만일 싱각이 밋지 못ᄒ면 내가 엇지 【88】 말ᄒ리오?'

ᄒ니 원릭 져의 동포 ᄌ미 한 방의 거ᄒ며 ᄯ또 졍의가 죠ᄒ디 ᄯ또ᄒᆫ 피ᄎ 못홀 말이 잇더라. 희란 형데 방중의 여러 날 갓치 잇더니 ᄎ일은 왕부인 ᄯ또ᄒᆫ 니환으로 더브러 훔긔 와 져룰 ᄯ떡지어 안ᄌ 여러 가지 믈건을 보술피며 ᄯ또 맛춤 보옥이 이날은 져기 쳥쵸(淸楚)ᄒ여 희쥭(稀粥)을 먹ᄂᆫ지라. 모다 방심(放心)ᄒ여 보챠도 ᄯ또ᄒᆫ 량 편으로 왕리ᄒ더라. 보옥이 졍히 상샹(床上)의셔 심회가 울울(鬱鬱)ᄒ더니 은은(隱隱)이 곡읍(哭泣) 쇼리 【89】 들니ᄂᆫ지라. 셜안(雪雁)으로 ᄒ여곰 뉘던지 뭇지 말고 져룰 ᄭ끄으러 오라 ᄒ니 셜안이 ᄯ또ᄒᆫ 지각(知覺) 업시 가셔 보미 곳 ᄉ대져(傻大姐)라. 즉시 ᄭ끄러오니 보옥이 보고 도로혀 환희ᄒ여 셜안으로 ᄒ여곰 가라 ᄒ고 져다려 무러 니ᄅ디,

"뉘 너룰 힐난(詰難)ᄒ더냐?"

ᄉ대졔 눈믈을 머금고 니ᄅ디,

"련이애(璉二爺) 나룰 치더라."

ᄒ니 보옥이 니ᄅ디,

"엇진 일이뇨?"

ᄉ대졔 니ᄅ디,

---

159) 【바올】 명 발. ¶ 簾子 ‖ 샹면의 모다 바올을 느리고 어름을 ᄡ며 외면 관ᄉᄒᄂᆫ 사ᄅᆷ은 모다 단닐ᄯ씨 ᄯ땀이 흘너 슈건을 련ᄒ여 ᄲ싯슬 시 (上面盡着放下簾子, 擺着凉氷, 外邊這些辦事的, 通跑得汗淋淋的, 手巾兒盡着抹不迭.) <後紅 7:85>

160) 【고죠ᄒ다】 통 {고조(顧照)하다}. 돌보다. 보살피다. ¶ 照顧 ‖ 다만 나의 ᄌ미가 졍분이 가쟝 죠ᄒ니 나의 ᄌᄌ가 동포 졍의룰 싱각ᄒ여 나룰 고죠ᄒ면 곳 죠ᄒ디 다만 나는 일개 녀히ᄋ라 (只要我這個姊姊念着個同胞的情分兒, 照顧着我就好, 只是我一個女孩兒家.) <後紅 7:87>

"졔가 말ᄒᆞ디 '젼일 보이애(寶二爺) 보이내내(寶二奶奶)를 영취홀 찌의 모다 네가 림고낭의게 고ᄒᆞ디 【90】 니 이제 림고낭이 임의 림부즁(林府中)으로 반이ᄒᆞ여 갓시니 너는 다시 어즈러이 말을 말나.' ᄒᆞ고 곳 나를 쳣ᄂᆞ니라."

셜안이 듯고 련망히 드러와 ᄉᆞ대져를 ᄭᅳ을고 나아가 가마니 니ᄅᆞ디,

"련이애 너로 ᄒᆞ여곰 말을 말나 ᄒᆞ엿거늘 네가 편벽도이 ᄯᅩ 말을 ᄒᆞ도다. 네가 다시 말ᄒᆞ면 살지 못ᄒᆞ리라."

ᄒᆞ니 ᄉᆞ대졔 놀나 닷더라. 보옥이 더옥의 임의 림부즁으로 반이ᄒᆞ여 갓단 말을 듯고 황연(晃然)이 귓가의 귀신 갓흔 사름이 잇셔 말 【91】 ᄒᆞ디 강경셩의게 합ᄒᆞ엿다 ᄒᆞ거늘 즉시 가슴의 한 줄기 화긔(火氣) 니러나 한 번 히슈(咳嗽)ᄒᆞ더니 ᄯᅩ 한 ᄎᆞ례 토혈(吐血)ᄒᆞ고 면샹(面上)이 블갓ᄐᆞ며 다만 헐덕이고 누엇거늘 잉ᄋᆞ(鶯兒)와 샤월(麝月)과 셜안 등이 황급히 샹방(上房)으로 가셔 고ᄒᆞ니 왕부인과 보챠와 니환과 탐츈과 셕츈(惜春)과 평ᄋᆞ와 셜이미(薛姨媽) 모다 다라와 보미 보옥이 안졍(眼睛)을 희게 구을이며161) 다리가 졈졈 셔늘ᄒᆞ여 올나 오ᄂᆞᆫ지라. 즁인(衆人)이 엇지 도로혀 무슨 긔휘(忌諱)를 도라보리오? 모다 【92】 일졔히 곡ᄒᆞ고 가졍도 ᄯᅩᄒᆞᆫ 슈각(手脚)이 황급ᄒᆞ여 ᄭᅳᆯ니 태의(太醫)를 쳥ᄒᆞ여 왕태의 즉시 니ᄅᆞ러 다리 믹을 만지더니 머리를 흘들고 니ᄅᆞ디,

"독삼탕(獨蔘湯)을 부으라."

ᄒᆞ여 졍히 슈란(愁亂)ᄒᆞ더니 외면의셔 취타(吹打)쇼리 나며 림량옥이 부즁의 드러와 젼안코ᄌᆞ ᄒᆞᄂᆞᆫ지라. 가졍과 가련은 황망(慌忙)ᄒᆞ여 엇지홀 줄 모ᄅᆞ고 희란의 방즁의셔는 졍경(正經)의 사름이 일인도 업더니 도로혀 평이 쥬견(主見)이 잇셔 ᄭᅳᆯ니 향릉(香菱)을 ᄭᅳ러오고 ᄯᅩ 니환을 ᄭᅳᆯ고 냥 【93】 편으로 단닐 ᄉᆡ 니환이 ᄯᅩ 난가ᄋᆞ(蘭哥兒)를 블너 니ᄅᆞ디,

"너는 태야(太爺)를 가셔 보고 이야(二爺)는 ᄯᅩ 나아가 보라."

ᄒᆞ니 란가이 련망히 가사(賈赦)와 가용(賈蓉)의게 고ᄒᆞ여 홈긔 쥬션홀 ᄉᆡ 보옥의 광경은 졈졈 더ᄒᆞᆫ지라. 왕부인이 무복(無福)ᄒᆞᆫ '아희야!' 부르며 울고 보챠도 ᄯᅩᄒᆞᆫ 죽을 ᄃᆞ시 우디 다만 탐츈이 눈물을 ᄲᅵᆺ고 약 그ᄅᆞᆺ술 가지고 일면으로 독삼탐[탕]을 먹이고 일면으로 왕부인과 보챠를 향ᄒᆞ여 니ᄅᆞ디,

"모다 안졍ᄒᆞ여 져의 졍신을 뎡케 홀 거시오, 다시는 곡ᄒᆞ여 들 【94】 네지 말나."

ᄒᆞ여 졍히 권히(勸解)홀 ᄉᆡ, 엇지 알니오 영국부(榮國府) 문젼의 방포(放砲) 삼셩(三聲)이 나더니 부문을 열고 님량옥이 냥광총독(兩廣總督)과 량회운ᄉᆞ(兩淮運司)와 다못 ᄌᆞ긔 한림의쟝[翰林儀從]을 셰우고 동악(洞樂) 갈도(喝道)ᄒᆞ며 일졔히 들네고 드러오ᄂᆞᆫ지라. 왕부인이 곡을 그치고 발을 구르며 니ᄅᆞ디,

"원슈의 일노 인ᄒᆞ여 더옥 져의 명을 지촉ᄒᆞ리로다."

ᄒᆞ더라. 림량옥이 드러와 안ᄌᆞ 다시 방포ᄒᆞ고 도라가는지라. 왕부인이 니환을 지촉ᄒᆞ여 ᄭᅵᆯ니 희란을 발숑(發送)ᄒᆞ 【95】 여 교ᄌᆞ(轎子)의 올나라 ᄒᆞ더니 ᄯᅩ 림부(林府) 사름이 드러와 픔ᄒᆞ디 ᄯᅩ 시ᄀᆡᆨ을 기다린다 ᄒᆞᄂᆞᆫ지라. 가부(賈府) 즁이 더옥 번거ᄒᆞᆷ을 견디지 못ᄒᆞ더라. 보옥이 한ᄌᆞᆷ 졍신을 뎡ᄒᆞ고 져기 삼탕(蔘湯)을 마시려 ᄒᆞ더니 홀연 대포(大砲)를 노코 희란을 치여(彩輿)의 뫼셔 문으로 나가거늘 보옥이 ᄯᅩ 놀나 헐덕이지도 못ᄒᆞ고 니를 담을고 삼탕도 밧지 아니ᄒᆞᄂᆞᆫ지라. 왕부인과 보챠 등이 곳 방셩대곡(放聲大哭)ᄒᆞ고 가졍도 ᄯᅩᄒᆞᆫ 홀 일 업ᄂᆞᆫ 줄 알미 다만 즁인(衆人)으로 ᄒᆞ여곰 나가게 ᄒᆞ고 ᄌᆞ 【96】 긔는 홀노 셔방(書房)의 안ᄌᆞ 눈믈을 ᄲᅳ스며 탄식ᄒᆞᄂᆞᆫ지라. 가련(賈璉)이 외변 스무를 대강 분별ᄒᆞ고 나는 다시 드러와 보미 곡셩이 진동ᄒᆞᄂᆞᆫ지라. 믄득 보옥(寶玉)의 겻히 가 혼신(渾身) 샹하(上下)를 한 번 만지더니 즉긔의 몸을 두루혀고 손을 흔들며 니ᄅᆞ디,

"들네지 말나."

ᄒᆞ니 즁인이 비로쇼 곡을 굿치ᄂᆞᆫ지라. 가련이 니ᄅᆞ디,

"비록 긔식(氣息)이 미미(微微)ᄒᆞ나 혼신이 다ᄉᆞᄒᆞ고162) 슈각(手脚)이 ᄯᅩᄒᆞᆫ 부드러오니 무

---

161) 【구을이다】 围 굴리다. ¶ 翻 ‖ 왕부인과 보챠와 니환과 탐츈과 셕츈과 평ᄋᆞ와 셜이미 모다 다라와 보미 보옥이 안졍을 희게 구을이며 다리가 졈졈 셔늘ᄒᆞ여 올나 오ᄂᆞᆫ지라 (王夫人、寶釵、李紈、探春、惜春、平兒、薛姨媽, 就一總的趕過來, 只見寶玉的眼睛兒不住的往上翻, 脚底下漸漸的冷上來.) <後紅 7:91>

어술 들네리오? 셔셔히 삼탕을 먹이라 ㅎ며 왕태의(王太醫)도 외간【97】의 잇셔 약을 보술피며 니르디,

"모다 들네지 말고 다시 경신 졍ㅎ믈 기다려 삼(參)을 먹이라."

ㅎ니 중인이 믄득 젹연 무셩ㅎ며 발즈최 쇼리도 내지 아니터니 맛춤 츠야(此夜)의 월식이 가쟝 밝은지라. 어대셔 가마괴 울고 가도 중인이 다만 남부의 싱가지셩(笙歌之聲)이 야심(夜深)토록 긋치지 아니ㅎ다 원망ㅎ더라. 원릭 림량옥(林良玉)이 신부(新婦)를 마즈 가 교비(交拜)를 맛치고 즉시 대옥(黛玉)을 쳥ㅎ여 셔로 담화케 ㅎ고 즈긔는 나아가 죠셜근(曹雪芹)과 빅노경(白魯駉)과 강경셩(姜景星) 등【98】을 뫼셔 반야(半夜)나 희즈(戲子)를 볼 시 대옥이 십분 쾌락ㅎ고 희란(喜鸞)을 스랑ㅎ며 쏘 거거(哥哥)를 위ㅎ여 쥬인이 되여 쳔방빅계(千方百計)로 즈긔는 술을 마시지 아니코 다만 희란을 권ㅎ여 대취케 ㅎ고, 즈긔는 즐기고 노다가 즈견(紫鵑)과 쳥문(晴雯)으로 더브러 가마니 져의 챠환(丫鬟) 믁금(墨琴) 균슈(筠秀)를 믈니치고 즈견 쳥문으로 ㅎ여곰 져를 뫼셔 즈게 ㅎ고, 즈긔는 가마니 웃고 도라가며 일면으로 사람을 시켜 거거(哥哥)를 쳥케 ㅎ니 림량옥(林良玉)이 즐겨 드러가지 아니타가 도로혀 중【99】인이 져를 지쵹ㅎ여 드러가니 외면의셔 중인이 쏘 술을 먹고 희즈를 보와 일야(一夜)를 들네더라. 원릭 왕원(王元)이 보옥(寶玉)의 병이 중ㅎ믈 알고 희스(喜事) 지낼 쩌의 무슨 쇼식을 젼ㅎ는 사람이 이실가 져허ㅎ여 초일 죠죠(早朝)의 류슈즈(柳嫂子)로 ㅎ여곰 쇼샹관(瀟湘館) 중의 가 그곳의 잇는 노파와 쇼챠환(小丫鬟)으로 모다 가게 ㅎ고 쇼샹관을 닷고 쏘 통훈 문을 잠은지라. 그러므로 보옥의 병이 그러툿 들네여도 견연이 쇼식을 아지 못ㅎ니 이는 졍히 시(詩)의【100】 닐너시디,

동원싱각[가]셔원곡(東院笙歌西院哭)이오
남궁환희븍궁슈(南宮歡喜北宮愁)라

동원의셔는 싱가ㅎ고 셔원의셔는 곡ㅎ며,
남궁의셔는 환희ㅎ며 븍궁의셔는 근심ㅎ는도다.

왕부인(王夫人) 등이 보옥의 곳의 삼경시분(三更時分)가지 안즈 직희더니 다만 보미 보옥의 면샹(面上)의 붉은 긔운이 졈졈 담(淡)ㅎ고 후간(喉間)의 쪄기 쇼리 잇는지라. 련망(連忙)히 탕을 먹이미 쏘흔 쪄기 밧고 긔운이 돌녀 한 번 '이야!' ㅎ는지라. 왕태의 그 회되(回棹) 이시믈 알고 급히 니르디,

"이는 가쟝 죠흐니 썰니 삼탕(參湯)을 먹이라."

【101】ㅎ여 즉시 먹이미 보옥이 쪄기 눈을 쓰고 니르디,

"태태(太太)야!"

ㅎ거눌 왕부인이 숀을 만지며 눈믈을 머금고 니르디,

"내 ㅇ히야, 내가 네 겻히 잇노라."

ㅎ니 보옥이 한 번 보다가 눈믈을 홀녀 니르디,

"태태야, 너와 다못 노태태(老太太)는 부졀업시 나를 스랑ㅎ도다."

ㅎ니 탐츈(探春)이 쏘흔 앏흐로 나아가 삼탕을 먹이려 ㅎ다가 졸연이 드르미 보옥이 블너 니르디,

"디옥아 네가 죠흐냐?"

ㅎ고 말을 긋치며 혼신(渾身)의 링한(冷汗)이 흐르거눌 왕태의는 외간(外間)의【102】 잇셔 발을 구르며 왕부인 등은 도로혀 곡도 못ㅎ더니 홀연이 보치 것구러지거눌 련망히 져를 붓드러 니르혀미 보치(寶釵) 니르디,

"가쟝 긔이ㅎ도다. 명빅히 노태태가 늠쳘(凜哲)훈 노인 모양으로 다라 드러오는지라. 내가 곳 것구러졋노라."

ㅎ고 왕부인과 보치 다시 보옥을 보니 얼골도 누르지 아니코 숨긔도 이시며 쌈도 아니나고 몸도 더운지라. 왕부인이 믄득 가마니 사롬의게 닐너 향안(香案)을 버리고 노태태긔 빌나 ㅎ더라. 보옥은 싱스(生死)【103】 츌몰(出沒)ㅎ여 여러 날을 들네더 져 편 림부(林府) 중의셔는 여러 날을 가쟝 열요(熱鬧)이 지내니 림량옥의 셩혼(成婚)훈 후의 즐거온 뜻은 구틱여 말

---

162) 【다스ㅎ다】휑 따스하다. 따뜻하다. ¶ 溫 ‖ 비록 긔식이 미미ㅎ나 혼신이 다스ㅎ고 슈각이 쏘흔 부드러오니 무어슬 들네리오 (雖則氣息微細, 渾身溫溫的, 手脚也軟, 鬧什麼?) <後紅 7:96>

홀 거시 업스디 다만 고이흐믄 희란(喜鸞)이 량옥(良玉)으로 더브러 일언(一言)도 아니흐여 진개 벙어리 갓더니 량옥이 나가면 쏘 아름다온 쇼리로 슈쟉이 빅령빅리(百伶百俐)흔지라. 량옥이 심중의 혜오디,

'내가 무슨 일노 신부의게 득죄흔지 모로리로다'

흐고 대옥의게 무르니 대옥이 쏘흔 슈즈(嫂子)로 더브러 극히 죠하흐【104】디 다만 이 일은 아지 못흐는지라. 량옥이 가마니 믁금(墨琴)을 블너 져의게 무르니 믁금이 곳 말흐여 니르디,

"내내(奶奶)는 다만 고이히 너기는 거슨 노야(老爺)가 첫날 짐즛 나가고 대고낭(大姑娘)으로 뚝짓게 흐고 쏘 대고낭으로 흐여곰 쳔방빅계로 내내롤 슐을 취토록 먹이다 흐여 심중의 이 일노 가쟝 한흐느니라."

흐고 쏘 말흐디,

"내내가 노야로 더브러 담화(談話)케 홀진디 다만 노야는 대고낭을 쏘흔 이쳐럼 한 번 취케 흐여야 내내 심중의 한이 플니리라."

량옥이【105】웃고 니르디,

"원리 이러흐도다. 이는 대고낭이 남을 긔롱코즈 흐미오. 나는 죠금도 져롤 시긴 일이 업노라. 내내가 진개 이러툿 흐고즈 홀진디 쏘흔 용이흐디 다만 원리 슐을 먹고 대고낭은 긔력(氣力)이 약흐여 만히 먹지 못흐니 만히 먹으면 견디지 못홀가 두려온지라. 우리 삼인이 오놀 만각(晚刻) 셔늘흔 찌롤 타 한즈음 마시여 크게 취홀지니 대고낭도 먹고 져도 쏘흔 갓치 취케 흐디 추후로죠츠 벙어린 체 말지니 다시 그럿툿 흐면 내가【106】진개 다시 대고낭으로 더브러 져롤 먹여 취케 흐리라."

흐니 믁금이 곳 가셔 고흐미 희란이 믁금의 말을 듯고 쏘흔 웃고 졈두(點頭)하더라. 량옥이 과연 븍챵(北窓) 뒤 오동(梧桐) 비파 잇는 원중의 각 식 난쵸(蘭草)와 말니화(茉莉花)와 야향화(夜香花)롤 버리고 등상(藤牀)과 쥭셕(竹席)을 베플고 져 량인을 쓰러와 슐을 마실 시, 쏘흔 쇼챠환들노 흐여곰 양금(洋琴)과 비파(琵琶)롤 가지고 아담흔 곡죠(曲調)롤 부르니, 대옥은 본디 쥬량(酒量)이 크지 못흐고 쏘 져의 량옥의 속이믈 넙어 어언간의【107】명졍(酩酊) 대취(大

醉)흐여 좌블안셕(坐不安席)흐는지라. 량옥부뷔(良玉夫婦) 련망히 져롤 붓드러 도라가니 디옥이 곳구러져 누어 즈더라. 뉘 알니오 디옥이 한 번 취흐믈 인흐여 곳 한가지로 큰 수졍(事情)을 지어내여시니 진젹(眞的)히 알고즈 홀진디 챠텽하회분히(且聽下回分解)흐라.

[후홍루몽後紅樓夢 권지팔卷之八]

12
관칙부시봉가원비 의고붕탁ᄉᆞᄉ태모
觀冊府示夢賈元妃　議誥封託詞史太母

화셜(話說), 대옥(黛玉)이 량옥부부(良玉夫婦)의 권(勸)ᄒᆞᄆᆞᆯ 닙어 대취ᄒᆞ미 희란(喜鸞)이 인ᄒᆞ여 셜분(雪憤)코즈 ᄒᆞ여 ᄯᅩ흔 희희(嘻嘻)히 웃고 져를 붓드러 ᄌᆞ하헌(紫霞軒)의 가 ᄌᆞ견(紫鵑)과 청문(晴雯)으로 더브러 져를 위ᄒᆞ여 옷술 그르고 상(床)의 오르게 ᄒᆞ며 희란이 ᄯᅩ 웃고 져를 위ᄒᆞ여 쟝(帳)을 나리고 청문다려 니르디,

"대고낭(大姑娘)이 오늘 가쟝 취ᄒᆞ여시니 한즈음 지내여 ᄭᆡ면 필경 챠【2】를 먹으려 ᄒᆞ리니 져를 링다(冷茶)를 쥬어 먹게 말고 나의게 슐 ᄭᆡᄂᆞᆫ 다고탕(茶膏湯)을 사름으로 ᄒᆞ여곰 보내리니 그 다완(茶碗) 부좌(跗坐) 속의 블을 그ᄃᆡ로 두면 다고탕이 더울지라. 져의 ᄎᆞ줄 ᄯᆡ를 기다려 먹게 ᄒᆞ면 오리 두어도 셔늘치 아니리라."

청문이 답응(答應)ᄒᆞ거늘 희란과 량옥(良玉)이 즉시 우음을 먹음고 가더라. 청문과 ᄌᆞ견이 모다 웃고 니르디,

"대야(大爺)가 우리 등을 먼니 보내미 고이치 아니니 우리 등이 겻히 잇셔 비긔(秘機)를 통ᄒᆞᆯ가 두리미로【3】다. 너는 보라 고낭(姑娘)이 져러툿 취ᄒᆞ여시니 우리 등이 평싱을 ᄉᆞ후(伺候)ᄒᆞ여시디 쳐음으로 보왓노라."

청문이 웃고 니르디,

"너는 아느냐?"

ᄌᆞ견이 웃고 니르디,

"무엇술 모로리오? 블과 희고낭(喜姑娘)이 보슈(報讎)코즈 ᄒᆞ미로다."

청문이 ᄯᅩ흔 졈두(點頭)ᄒᆞ고 웃거늘 ᄌᆞ견이 웃고 니르디,

"이는 ᄯᅩ흔 보슈ᄒᆞ엿다 헬 거시 업도다. 우리 고낭이 취ᄒᆞ기는 ᄒᆞ여시나 다만 일인이 간졍(乾淨)이 누어 ᄌᆞ니 무어술 져허ᄒᆞ리오?"

청문이 웃고 니르디,

"죠흔 져져(姐姐)야, 너는 ᄌᆞ셰히 긔록ᄒᆞ여 두라. 네【4】가 쟝리 간졍(乾淨)치163) 아닐 ᄯᆡ의 ᄯᅩ흔 사름의게 속으믈 닙어 취치 말나."

ᄌᆞ견이 챡급(着急)ᄒᆞ여 니러나 청문을 탑상(榻床)의 눌너 것구르치고164) 일면으로 져를 숨을 쉬지 못ᄒᆞ게 ᄭᅵ고 일면으로 져를 ᄭᅮ지져 니르디,

"나는 너의 녀호와 요귀(妖鬼) 갓흔 닙부리165)를 모다 ᄶᅵ스고즈 ᄒᆞ노라."

청문이 우음을 이긔지 못ᄒᆞ여 니르디,

"죠흔 져져야 나를 용셔ᄒᆞ라. 다시는 감히 아니리니 나를 노화 니러나게 ᄒᆞ고 네 ᄆᆞ음ᄃᆡ로 치라."

ᄌᆞ견이 오러 들네여166) ᄌᆞ긔 머【5】리터럭도 훗허지ᄂᆞᆫ지라. ᄯᅩ흔 즉시 청문을 노흐니

---

163) 【간졍ᄒᆞ다】 혱 {건정(乾淨)하다}. 깨끗하다. 중국어 차용어. ¶ 乾淨 ∥ 네가 쟝리 간졍치 아닐 ᄯᆡ의 ᄯᅩ흔 사름의게 속으믈 닙어 취치 말나 (你將來不乾淨的時候却不要被人哄醉了.) <後紅 8:4>

164) 【것구르치다】 동 거꾸러뜨리다. ¶ 倒 ∥ ᄌᆞ견이 챡급ᄒᆞ여 니러나 청문을 탑상의 눌너 것구르치고 일면으로 져를 숨을 쉬지 못ᄒᆞ게 ᄭᅵ고 일면으로 져를 ᄭᅮ지져 (急的紫鵑趕起來, 一氣的將晴雯按倒在涼榻上, 一面呵着手胳肢他, 一面笑罵他.) <後紅 8:4>

165) 【닙부리】 명 입부리. 주둥이. ¶ 嘴 ∥ 나는 너의 녀호와 요귀갓흔 닙부리를 모다 ᄶᅵ스고즈 ᄒᆞ노라 (我要把你這狐狸妖精似的嘴通撕了.) <後紅 8:4>

166) 【들네다】 동 들레다. 야단스럽게 떠들다. ¶ 鬧 ∥ ᄌᆞ견이 오러 들네여 ᄌᆞ긔 머리터럭도 훗허지ᄂᆞᆫ지라 (紫鵑鬧的自己的頭髮要散下來.) <後紅 8:4>

청문이 니러 안즈며 쏘 헐헐히고 니른디,

　　"즈견져져(紫鵑姐姐)야, 내가 한 마디 긔롱ᄒ여시나 곳 이러툿 긔가 막히게 ᄒᄂ뇨? 너는 보라 나의 쌈이 이러툿 홀너시니 오늘 목욕탕의 졍히 쎄셧도다."

　　즈견이 졍신을 졍ᄒ고 쏘혼 져롤 비우셔 니른디,

　　"쳥문민민(晴雯妹妹)야, 너는 원리 간졍ᄒ거니와 다만 져허컨디 사룸의 졍회(情懷)롤 동ᄒ여 오즈깃시 간졍치 못ᄒ게 흔 둧ᄒ도다. 쟝리 그 오즈깃 【6】 슬 감쵸아 도로혀 무어시 쓰려 ᄒᄂ뇨? 다만 져허컨디 슐도 먹지 아니ᄒ고 간졍치 못홀 둧ᄒ도다."

　　쳥문이 쏘 챡급ᄒ여 와셔 져롤 들네고즈 ᄒ거눌 즈견이 지삼 비러 용셔ᄒ믈 구ᄒ고 져곳 다고탕 병이 왓는지라. 즈견과 쳥문이 대옥이 씨면 챠롤 먹고즈 홀가 져허ᄒ여 모다 샹의 올나 씨여 누엇더라.

　　각셜(却說), 대옥이 대취ᄒ고 도라와 즈긔 상샹의 누어 일호도 인스롤 모른더니 다만 몽롱 즁의 즈긔 몸이 운무 갓치 표표탕 【7】 탕(飄飄蕩蕩)ᄒ여 공즁으로 힝홀 시 머리롤 두루혀 한 번 보니 일개 사룸으로 더브러 홈긔 한 슐위167) 쇽의 안졋는지라. 즈셰히 그 동챠(同車)흔 사룸을 보니 원리 셕츈(惜春)이라. 졍히 담화코즈 ᄒ여 즉시 챠의 나려 홈긔 힝홀 시 다만 보니 샹셔(祥瑞)의 긔운이 표탕(飄蕩)ᄒ고 당면의 일좌(一座) 요궁경궐(瑤宮瓊闕)이 뵈더니 곳 량개 졀식(絶色)의 어린 션녜 잇셔 져롤 인도ᄒ여 나아갈 시 층층흔 옥계금뎐(玉階金殿)을 지내여 이윽히 힝ᄒ미 출입ᄒ는 션녀롤 만난 거시 젹지 【8】 아니터라. 대옥과 셕츈 량인이 피츠(彼此) 숀을 잡고 그 션녀롤 짜라 힝홀 시 언마 못되여 곳 흔 곳의 니른니 원즁(園中)의 벽옥식(碧玉色) 나무 두 쥬(株)가 이시더 슈졍(水晶)갓치 묽고 나무 아리 비취죠(翡翠鳥)가 잇셔 나라 왕리ᄒ는지라. 옥계의 올나 편뎐(偏殿) 뒤히 니른미 그 션녜(仙女) 믄득 빅옥(白玉)으로 꼿츌 삭인 일좌(一座) 칙쟝(冊欌)을 여니 쟝 쇽의 허다 칙즈(冊

子)롤 노핫는지라. 일기 션녜 믄득 한 칙즈롤 가지고 보다가 져 량인을 쥬어 보게 ᄒ니 디옥과 셕츈이 바다 즈셰히 보 【9】 미 그 칙즈 샹면(上面)의 명빅히 금릉십이챠(金陵十二釵) 오(五)개 대즈(大字)롤 뻣거눌 첫 쟝을 펴 보니 한 줄기 믈이오, 멋 죠각 구룸이라 뻣는지라. 대옥이 곳 짐쟉ᄒ디 '이는 스샹운(史湘雲)이라' ᄒ고 쏘 보미 그 아리 멋 줄 글지 이시디 귀귀히 짜로 뻐 닐너시디,

　　역범역셩(亦凡亦聖)이니
　　혼욕함광(混浴含光)이라
　　결졍여텬고월랑(潔淨如天高月朗)이오
　　변화여운용파양(變化如雲湧波楊)이라
　【10】 일죠싱악샹요경(一朝笙樂上瑤京)ᄒ니
　　학비션풍셩로링(鶴背仙風星路冷)이라

　　쏘혼 범인(凡人)이오 쏘혼 셩인(聖人)이니
　　혼연이 한 광지(光池)의 목욕ᄒ엿도다.
　　결졍흔 거슨 하눌이 놉고 달이 밝은 것 갓트며
　　변화ᄒ믄 구룸이 솟고 믈결이 날이는 것 갓도다.
　　일죠의 싱악으로 요경의 오른니
　　학의 등에 신션 바롬 이별 길이 츠더라.

　　디옥이 보기롤 맛츠미 셕츈이 니른디,

　　"그 아리롤 다시 보라."

　　ᄒ거눌 쏘 보미 한 폭 미인을 그려시디 왕비 모양으로 단쟝을 ᄒ엿고 쏘혼 그 뒤히 글지 쎼여시니 닐너시디,

　　챡의뉴츈류득쥬(着意留春留得住)ᄒ니
　　츈스쟝난우발경요슈(春事將蘭又發瓊瑤樹)라
　　봉죠방션연(鳳藻訪嬋娟)ᄒ니
　【11】 황의샹구텬(黃衣上九天)이라

　　뜻을 붓쳐 봄을 머믈너 머믈믈 어더시니
　　봄 일이 쟝춧 느즈미 쏘혼 구슬 나무가 픠엿더라.
　　봉왕 글노 션연흔 거슬 츠즈시니
　　누른 오스로 구텬의 오른니

---

167) 【슐위】 몡 수레. ¶ 車 ‖ 머리롤 두루혀 한 번 보니 일개 사룸으로 더브러 홈긔 한 슐위 쇽의 안졋는지라 (回頭一看, 同了一個人坐在一輛綉車內.) <後紅 8:7>

은심구합덕(恩深求合德)ᄒ니
희경면과질(喜慶綿瓜瓞)이라
일월유회광(日月有回光)ᄒ니
영녕구구댱(榮寧久久長)이라

은혜 깁허 덕이 합ᄒ 사ᄅ을 구ᄒ니
죠흔 경ᄉ의 과질(瓜瓞)이 면연ᄒ도다.
일월이 빗출 돌니미 이시니
영·녕 량부가 댱구ᄒ리로다.

더옥이 셕츈으로 더브러 피ᄎᆞ 경히(驚駭)
ᄒ여 곳 셕츈의 말인 줄 짐쟉ᄒ고 ᄯᅩ 그 아리ᄅᆞᆯ
보니 믄득 량 편의 나무ᄅᆞᆯ 그려시ᄃᆡ 가지와 닙
히 셔로 졉ᄒ고 즁간의 일개 비취(翡翠) 옥린(玉
印)을 ᄃᆞ라시ᄃᆡ 닌(印) 【12】 우희 금어(金魚)ᄅᆞᆯ
거럿ᄂᆞᆫ지라. 셕츈이 놀나 니ᄅᆞᄃᆡ,
　"이거시 네가 아니오 뉘뇨?"
　ᄒ고 후면(後面)을 보미 ᄶᅵ여시ᄃᆡ,

월결즁원(月缺重圓)ᄒ니
슈쟝은뵈(讐將恩報)라
ᄉᆞᄉᆞ싱싱(死死生生)ᄒ니
희환번뇌(喜歡煩惱)ᄅᆞᆯ

달이 니즈럿다가 다시 둥굴미
원슈ᄅᆞᆯ 은혜로 갑ᄂᆞᆫ도다.
죽엇다가 회싱(回生)ᄒ미
환희ᄒ며 번뇌ᄒᄂᆞᆫ도다.

겁회미진경연즁(劫灰未盡情緣重)ᄒ니
블합츈원합즁츈(不合春元合仲春)을
【13】 슈산복히쾌시위(壽山福海快施爲)ᄒ니
블비쳥슈배지휘(不配淸修配指揮)ᄅᆞᆯ

겁운(劫運)이 다ᄒ지 아니코 정(情) 인연
(因緣)이 즁ᄒ니
　춘원의 합지 아니코 츈즁(春仲)의 합ᄒ도
다.
　슈산 복히의 시위ᄒ미 쾌ᄒ나
　쳥슈ᄒᄆᆞᆫ 맛당치 아니코 지휘ᄒ미 맛당ᄒ
도다.

다시 보와 가니 믄득 ᄯᅩ 그렷시ᄃᆡ 빅셜이
분분ᄒᄃᆡ 일개 빈혀가 빗겻고 후면의 ᄯᅩᄒᆞᆫ ᄲᅵ엿
시ᄃᆡ,

언지블징인션(言智不爭人先)ᄒ고
복혜블거인후(福慧不居人後)ᄅᆞᆯ
왕왕ᄉᆞ쳔경지파(汪汪似千頃之波)ᄒ니
독향긔이샹슈(獨享期頤上壽)ᄅᆞᆯ
난샹복[봉]긔고회문(鸞翔鳳起誥回文)ᄒ니
【14】 일빅년간량태군(一百年間兩太君)을

말과 지혜ᄂᆞᆫ 사ᄅᆞᆷ의 몬져ᄅᆞᆯ 닷호지 아니코
복과 슬긔ᄂᆞᆫ 사ᄅᆞᆷ의 뒤히 거ᄒ지 아니ᄒᄂᆞᆫ
도다
　왕왕ᄒ미 쳔경 믈결 갓ᄒ니
　홀노 긔이 샹슈ᄅᆞᆯ 누리도다
　난죠(鸞鳥)가 날기ᄒ고 봉이 니러나고 명
이 문의 도라오니
　일빅 년 ᄉᆞ이의 두 태군이로다

이거손 짐쟉건ᄃᆡ 보챠(寶釵)와 갓도다 ᄒ
고 다시 아리ᄅᆞᆯ 보니 믄득 일지(一枝) 니화(李
花)와 일병(一柄) 환션(紈扇)을 그렷고 ᄯᅩ 그 아
리 일폭(一幅)의ᄂᆞᆫ 난죠(鸞鳥)ᄅᆞᆯ 그리고 ᄯᅩ 일폭
의ᄂᆞᆫ 봉(鳳)을 그려시ᄃᆡ 그 후면의 쓴 글이 다
길리(吉利)ᄒ 말이오, ᄯᅩ 일폭의ᄂᆞᆫ 일륜(一輪)
명월(明月)과 일편(一片) 치운(彩雲)을 그려시니
이ᄂᆞᆫ 청문이로다 ᄒ고 그 후면의 쓴 글ᄌᆞᄅᆞᆯ 보
니 닐러시ᄃᆡ,

제월즁싱(霽月重生)ᄒ니
【15】 치운요경(彩雲耀景)을
령광블산(靈光不散)ᄒ니
합경완밍(合鏡完盟)이라
니미망량진잠영(魑魅魍魎盡潛形)ᄒ니
량셰은슈도보진(兩世恩讐都報盡)을

기인 달이 거듭나니
치운이 경치가 빗나도다
신령ᄒ 빗치 허여지지 아니ᄒ니
거울이 합ᄒ고 밍셰ᄅᆞᆯ 완견이 ᄒ엿도다
니미망량이 다 샹을 감쵸니
두 세샹의 은혜와 원슈(怨讐)ᄅᆞᆯ 모다 갑핫

도다

디옥과 셕츈이 보고 십분 긔이히 너겨 다시 보와 나려가니 한 폭의는 즈지두견화(紫芝杜鵑花)롤 그리고 한 폭의는 누른 씨고리[168] 일기롤 그리고 쏘 흔 폭의는 각식 꼿츌 그려시디 일기 미인이 그 앒【16】 히셔 구경ᄒ며 최말 일폭의는 일좌(一座) 향로(香爐)롤 그리고 그 가의 한 폭 마름이 이시며 이 몃 폭 후면의 쓴 글이 모다 죠흔 말이라. 대옥과 셕츈이 쏘다시 보고즈 ᄒ더니 믄득 그 션녀의 아스가믈 닙고 쏘 슈삼 녀션이 와 져 량인을 인도ᄒ여 곡난(曲欄) 회랑(廻廊)을 지내여 단지 아러 니르미 다만 드르니 금죵(金鐘) 쇼리 나고 명을 젼ᄒ여 니르디,

"가즁비(賈仲妃)와 림태군(林太君)은 뎐(殿)의 오르라."

ᄒ거놀 량인이 즉시 뎐의 올나 부복(俯伏)ᄒ ᄉ 다만 보니【17】 쥬렴을 놉히 것고 원비(元妃) 안즈시며 가뫼(賈母) 쏘흔 봉관(鳳冠) 화리(花梨)로 겻히 뫼셔 안줏더니 믄득 옥익(玉液) 두 잔을 스급(賜給)ᄒ거놀 디옥과 셕츈이 다만 쑤러 마시고 칭샤(稱謝)ᄒ더니 믄득 일기 션녜 가모의 봉관을 가져 디옥을 쥬어 쓰게 ᄒ고 원츈의 봉관은 셕츈을 쥬어 쓰게 ᄒ며 의복도 쏘흔 밧고와 닙히더니, 즉시 져 량인을 붓드러 셤돌의 나리미 대옥의 쓴 관이 니마롤 눌너 심히 알프고 쏘 지삼 버스려 ᄒ여도 버셔지지 아니ᄒ며 셕츈도 쏘흔【18】 일양(一樣)이라. 대옥이 한즈음 알프믈 견디지 못ᄒ여 곳 방셩대곡(放聲大哭)ᄒ더니 즈견과 쳥문이 놀나 련망(連忙)히 나아가 져롤 블너 씨오는지라. 디옥이 놀나 씨니 원리 일쟝(一場) 대몽(大夢)이라. 혼신의 쌈이 흘넛거놀 고이ᄒ믈 탄식ᄒ고 련망히 챠롤 마시며 니러나 목욕ᄒ고 즈리롤 밧고며 곳 니르디,

"ᄉ 내내(奶奶)가 실노 고이ᄒ도다. 대야(大爺)가지 부즁ᄒ여 나롤 니러톳 취케 먹엿거니와 너의들도 쏘흔 일졈 인졍(人情) 업시 모다 오지 아니ᄒ엿ᄂ냐?"

즈견과 쳥문이【19】 웃고 니르디,

"고낭이 도로혀 말ᄒᄂ냐? 대야가 문을 닷고 우리롤 드러오게 ᄒ지 아니ᄒ엿ᄂ니라."

디옥이 니르디,

"엇지 이럴니 이시리오? 쟉야(昨夜)의 나롤 뉘 뫼셔 즈게 ᄒ엿ᄂ냐?"

즈견이 싱각ᄒ디 회란이 옷슬 벗겻다 ᄒ면 디옥 긔(氣)롤 내리라 ᄒ여 다만 니르디,

"대야와 대내내(大奶奶) 친히 인도ᄒ여 오고 우리 량인이 뫼시고 잣ᄂ니라."

대옥이 한즈음 졍신을 졍ᄒ고 니르디,

"종표(鐘表)롤 보라 무슨 시긱(時刻)이뇨?"

쳥문이 니르디,

"히말즈쵸(亥末子初)가 되엿ᄂ니라."

대【20】 옥이 니르디,

"죠치 아니토다. 거의 내일을 그룻칠 번ᄒ여시니 너희 등은 나아가고 다만 등잔만 머무르라."

즈견과 쳥문이 디옥의 샹(床)의 오르믈 기다려 즉시 나가는지라. 대옥이 급히 니러 안즈니 원리 대옥이 근일의 좌공(坐功)ᄒᄂ 공뷔(工夫) 십분 졍셰(靜細)ᄒ여 임의 뎨일(第一) 뎨이관(第二關)은 통ᄒ고 다만 뎨삼관(第三關)만 통치 못ᄒ여 만일 삼관을 통ᄒ면 곳 싀훤ᄒ미 졔호탕(醍醐湯)을 마신 것 갓틀지라. 이러므로 디옥이 십분 간졀이 기다리더니, 뉘 알니오 디옥【21】 이 츠야(此夜)의 젼과 갓치 심신(心身)을 슈습ᄒ고 고요히 좌공을 힝홀 시 그 운동(運動)ᄒᄂ 긔운이 곡졀업시 뎨일관도 통치 아니ᄒ고 쏘 심즁이 졸연 현란(眩亂)ᄒ여 다만 보옥(寶玉)의 싱각만 나는지라. 대옥이 황급ᄒ여 련망히 이 ᄆ음을 멈츄고 다시는 호란(胡亂)흔 싱각을 내지 말나라 ᄒ고 시로 좌공을 시쟉ᄒ더니, 쏘 엇진 일인 줄 모르게 보옥의 ᄋ시(兒時)의 노리ᄒ고 쥬후 풍증(瘋症) 낫실 ᄯ 형용(形容)가지 모다 ᄆ음의 싱각이 나고 쏘 보옥이 지금 와셔 쟝문(帳門) 밧긔 셔셔【22】 림미미(林妹妹)야 부르는 것 갓튼지라. 이러톳 ᄆ음을 졍치 못ᄒ여 ᄉ경(四更)가지 들네니 그 운긔(運氣)ᄒᄂ 공부롤 도로혀 엇지 챡슈ᄒ리오? 대옥이 한탄블이(恨歎不已) ᄒ고 믄득 샹(床)의 나려 쵹(燭)을 밝히고 홀노 안즈 방즈 몽경(夢境)을 일일히 싱각ᄒ미,

---

168) 【씨고리】 圏 꾀꼬리. ¶ 黃鶯兒 ‖ 한 폭의는 즈지두견화롤 그리고 한 폭의는 누른 씨고리 일기롤 그리고 쏘 흔 폭의는 각식 꼿츌 그려시디 일기 미인이 그 앒히셔 구경ᄒ며 (一幅紫杜鵑花, 一幅上畵一個黃鶯兒, 又一幅畵了各色花兒, 一個美人兒在那裏探望.) <後紅 8:15>

'현연(顯然)이 보옥으로 더브러 인연(姻緣)을 쯘키 어려온 줄 알지라. 만일 꿈이 허황타 ᄒᆞ면 엇지 이러틋 쳥쵸(淸楚)ᄒᆞ리오? 셕츈과 다믓169) 즁인(衆人)의 그림과 글귀가 잇고 ᄯᅩ 가모로 더브러 관을 밧고와 쎳시니 이롤 보면 셕츈은 쟝리【23】의 ᄯᅩ흔 원츈(元春)의 ᄌᆞ리롤 니을 거시로ᄃᆡ, 가련토다 나는 임의 홍진(紅塵)의 쮜여나 ᄆᆞ음을 굿게 가져 길을 분명히 ᄎᆞ즛더니 엇지 하놀이 나롤 이러틋 파뎡(派定)ᄒᆞ시뇨?170) 다만 샹운(湘雲)의 복분(福分)은 두터워 진개(眞個) 져의 ᄯᅳᆺ을 맛치도다. 원가(冤家)의 보옥은 진개 젼싱(前生) 업원(業冤)으로 공연이 나롤 쯔러 고ᄒᆡ(苦海)의 너흐니 가쟝 한이 되는도다. 원리 하놀도 ᄯᅩ 이러ᄒᆞ여 사롬의 평싱 일을 엇지 뎡ᄒᆞ던지 필경 그 사롬으로 ᄒᆞ여곰 그ᄃᆡ로 힝케 ᄒᆞ시니 엇지 이답지171) 아니리오? 내가【24】반년(半年)을 괴로이 지은 공부롤 엇지 일죠(一朝)의 허러바려 긔운이 일관(一關)도 통치 못ᄒᆞᄂᆞ뇨?'

ᄒᆞ여 더욱의 심즁의 싱각홀ᄉᆞ록 더욱 번뇌(煩惱)ᄒᆞ여 련ᄒᆞ여 락누(落淚)ᄒᆞ며 ᄯᅩ 싱각ᄒᆞᄃᆡ,

'내 이졔 다만 한 번 죽으면 하놀도 ᄯᅩ흔 엇지 홀 슈 업ᄉᆞ리라.'

ᄒᆞ고 ᄆᆞ음이 샹ᄒᆞ여 니러나 칼을 ᄎᆞᄌᆞ려 ᄒᆞ다가 ᄯᅩ 멈츄며 니르ᄃᆡ,

"ᄯᅩ흔 조치 아니토다. 내 만일 죽으면 도로혀 사롬이 니르ᄃᆡ 보옥을 위ᄒᆞ여 죽엇다 ᄒᆞ리니 뉘 도로혀 나롤 변빅(辨白)ᄒᆞ리오?"172)

좌ᄉᆞ우샹(左思右想) ᄒᆞ【25】여도 올치 아닌지라 다시 안ᄌᆞ 빅반(百般) 원한(怨恨)ᄒᆞ다가 ᄯᅩ 싱각ᄒᆞᄃᆡ,

'이 꿈이 엇지 이러틋 쳥쵸ᄒᆞ뇨? 그 그림과 글을 넉넉히 외올지라. ᄉᆞ미미(四妹妹)도 진기 이 꿈을 갓치 ᄭᅮ어시면 리일 ᄯᅩ 져의게 무롤지니 졔가 만일 진기 ᄯᅩ흔 이 모양이면 도로혀 무손 말을 ᄒᆞ리오? ᄯᅩ흔 ᄉᆞ샹운의 젼후 말을 싱각ᄒᆞ미 졍령(精靈)이 몬져 아든 것 갓도다.'

ᄒᆞ여 ᄯᅩ 니르ᄃᆡ,

"엇지 임의 졔가 셩도(成道)ᄒᆞ엿는고 져도 ᄯᅩ흔 우리와 일양의 사롬이로ᄃᆡ, 다만 녯 말을 드르미 진인(眞人)은 비밀흔 말【26】을 셜파(說破)치 아니흔다 ᄒᆞ니 졔가 과연 셩도흔지 모르리로다. 다마[만] 하놀이 져는 져러틋 죠케 파뎡(派定)ᄒᆞ고 나는 이러틋 괴롭게 파뎡ᄒᆞ엿ᄂᆞ뇨?"

ᄒᆞ며 ᄯᅩ 싱각ᄒᆞᄃᆡ,

'하놀은 죵고이리(從古以來) 영웅호걸(英雄豪傑)이 모다 임의로 못ᄒᆞᄂᆞ니 졔갈공명(諸葛孔明) 갓흔 사롬도 동오(東吳)롤 숨키고 위국(魏國)을 멸ᄒᆞ려 ᄒᆞ다가 오쟝원(五丈原)의 니르러는 능히 ᄯᅳᆺ과 갓지 못ᄒᆞ엿고, ᄯᅩ 악무목(岳武穆)도 일심(一心)으로 숑국(宋國)을 회복고ᄌᆞ ᄒᆞ다가 열 두 금픾(金牌)가 지축ᄒᆞ미 다만 말을 도로혀 와시니 나도 이졔 필경 원슈【27】보옥의게 결박ᄒᆞ미 된지라. 죽어도 졔게 잇고 ᄉᆞ라도 졔게 잇셔 졔가 나롤 그러케 ᄒᆞ려 ᄒᆞ면 하놀도 ᄯᅩ흔 져의 ᄯᅳᆺ을 순히 ᄒᆞ여 그러케 ᄒᆞ니 나롤 가쟝 괴로이 파뎡ᄒᆞ시도다. 내 어니 셰상의 한 칼노 져롤 쯘허 바리리오?'

ᄒᆞ여 이쳐럼 싱각ᄒᆞ다가 부지블각(不知不覺)의 방셩대곡(放聲大哭)ᄒᆞ더니 ᄌᆞ견과 쳥문이 ᄌᆞ다가 놀나 니러나 방즁의 니르러 모다 지삼 져롤 권ᄒᆞᄃᆡ 다만 곡(哭)만 그치고 심즁의 말은 아니ᄒᆞᄂᆞᆫ지라. 져롤 고이히 너겨 니르ᄃᆡ,

"다른 연고(緣故)【28】업시 ᄌᆞ다가 엇지ᄒᆞ여 니러 안ᄌᆞ 니러틋 ᄒᆞ며 곳 져롤 술을 먹여 취케 ᄒᆞ엿다 ᄒᆞ여도 이졔 임의 ᄭᆡ엿고 ᄯᅩ흔 다른 일이 업거놀 이러틋 샹심(傷心)ᄒᆞᄂᆞᆫ 거시 실

---

169)【다믓】⊕ 더불어. 함께. ¶ 同 ‖ 셕츈과 다믓 즁인의 그림과 글귀가 잇고 ᄯᅩ 가모로 더브러 관을 밧고와 쎳시니 이롤 보면 셕츈은 쟝리의 ᄯᅩ흔 원츈의 ᄌᆞ리롤 니을 거시로ᄃᆡ (又有惜春同衆人各人的圖兒詩句, 又與賈母替換着戴這個冠兒, 這麼看起來, 　像是惜春將來也要繼元春的一席.) <後紅 8:22>

170)【파뎡ᄒᆞ다】⊛ {파정(派定)하다}. ¶ 派定 ‖ 나는 임의 홍진의 쮜여나 ᄆᆞ음을 굿게 가져 길을 분명히 ᄎᆞ즛더니 엇지 하놀이 나롤 이러틋 파뎡ᄒᆞ시뇨 (我已經跳出紅塵, 死心塌地的認淸了路兒走, 怎麼天就派定了我?) <後紅 8:23>

171)【이답다】⊛ ≪애닯다≫ ¶ 恨 ‖ 원리 하놀도 ᄯᅩ 이러ᄒᆞ여 사롬의 평싱 일을 엇지 뎡ᄒᆞ던지 필경 그 사롬으로 ᄒᆞ여곰 그ᄃᆡ로 힝케 ᄒᆞ시니 엇지 이답지 아니리오 (原來天也這樣, 定了人做什麼人, 定要跟着的依了他才行, 也可恨得很.) <後紅 8:23>

172)【변빅ᄒᆞ다】⊛ {변백(辨白)하다}. 변명하다. ¶ 辯 ‖ 내 만일 죽으면 도로혀 사롬이 니르ᄃᆡ 보옥을 위ᄒᆞ여 죽엇다 ᄒᆞ리니 뉘 도로혀 나롤 변빅ᄒᆞ리오 (我若死了, 倒還被人家說是爲寶玉死的, 誰還替我辯辯?) <後紅 8:24>

117

노 고괴(古怪)흔 셩품을 일호(一毫)도 짐쟉홀 길
이 업다."

흐며 디옥은 쏘흔 량옥부부롤 한흐여 니르
디,

"림부(林府)의 통흔 문을 닷고 일인도 드러
오게 말며 하눌이 밝거든 쇼샹관(瀟湘館)을 열
고 반이(搬移)흔 후 스고랑(四姑娘)을 쳥흐여 오
라."

흐니 량인이 엇지 감히 어긔리오?

챠셜, 셕츈이 츠야의 롱취암(攏翠菴)의 잇
【29】셔 일몽(一夢)을 어더시디 대옥으로 더브
러 다르미 업눈지라. 심즁의 크게 경의(驚疑)흐
여 런망히 니러나미 좌공 공뷔 쏘흔 모다 이즈
미 되여 슈삼츠 졍좌(靜坐)흐여도 일호 영향도
업눈지라. 쏘흔 황망흐여 스샹운을 쓰러 니르혀
겨의게 무르니 샹운이 렁쇼(冷笑)흐며 니르디,

"네게 고흐느니 꿈을 끼지 못흐면 모다 쁠
디 업눈 일이라."

흐거눌 셕츈이 짐쟉흐디 졔가 긔롱(欺弄)
의 말을 흔다 흐여 곳 니르디,

"너는 짐쟉흐라. 내가 무슨 꿈을 꾸엇느
뇨?"

샹운이 웃 【30】 고 니르디,

"이는 쏘흔 이샹흐도다. 네가 꿈을 꾼 거
슬 뉘 알니오마는 블과 황의(黃衣)173)로 샹텬(上
天)홀 짜름이로다."

셕츈이 크게 놀나 다라와 져롤 쓰어 멈츄
고 니르디,

"죠흔 져져(姐姐)야, 너는 진긔 션인(仙人)
이라. 네가 임의 아랏거든 내게 고흐라."

샹운이 웃고 니르디,

"죠히 우읍도다. 나는 블과 일시 긔롱의
말이라. 무어술 알니오? 네가 알고즈 홀진디 너
로 더브러 한가지로 가던 사롬의게 가셔 무르
라."

셕츈이 쏘 겨의게 뭇고즈 흐니 샹운이 믄
득 져롤 밀치고 니르 【31】 디,

"이거슨 모다 대게 샹관업논 일이니 들네
지 말나. 나는 즈려 흐노라."

셕츈이 쏘 뭇고즈 흐니 샹운이 즉시 샹의
올나 코롤 고흘고 즈눈지라. 셕츈이 쏘 뭇고즈

흐나 홀 슈 업셔 하눌이 밝기롤 기다려 즉시 입
화(入畵)롤 다리고 쇼샹관으로 와 졍히 문을 두
다리려 흐더니 그 속의셔 즈견이 임의 열고 나
와 량인이 셔로 보고 피츠 모옴의 긔이히 너기
며 즉시 홈긔 드러갈 시 다만 보니 디옥이 곡읍
흔 모양이 잇거눌 셕츈이 니르디,

"이샹흐도다."

【32】 흐고 당긔의 셕츈과 디옥 량인이 문
을 걸고 셔로 몽즁스(夢中事)롤 말흐니 필경 일
호도 다르미 업눈지라. 피츠 대경흐여 즉시 칙
즈(冊子)의 그림과 글을 외올 시 디옥이 몬져
샹운의 일 폭 그림과 글을 외오고 니르디,

"운ᄋ(雲兒)는 말흐여 쁠디업스니 필경 셩
도(成道)흐리로다."

셕츈이 쟉야의 샹운의 흐던 말을 일편(一
遍)을 고흐니 디옥이 이윽흔 후 니르디,

"일노 볼진디 졔가 임의 셩도흐엿도다."

흐고 쏘 셕츈은 디옥의 그림과 글을 외오
고 디옥 【33】 은 셕츈의 그림과 글을 외와 츠례
로 그림과 글을 못가지 외올 시 모다 긔이흐믈
닐크르니 원리 사롬이 셰샹의 나미 범스(凡事)
롤 모다 하눌을 어긔지 못흐여 만일 텬의(天意)
가 이시면 사롬의 모옴이 그더로 좃지 아니치
못흐며 흐믈며 셕츈은 쏘흔 보옥으로 더브러 남
미지졍(男妹之情)이 가쟝 두터온지라. 셔셔히 보
옥의 말을 종두지미(從頭至尾)히 옴기고 쏘 보
옥이 지금 병이 위틱흠과 쏘 쟉일의 보챠의게
노태태(老太太) 현영흔 말을 고흐니 디옥이 일
언(一言)을 아 【34】 니코 다만 탄식흐며 셕츈을
위흐여 칙즈의 말과 다못 원츈으로 더브러 봉관
밧고던 일을 일일히 말흐니 셕츈이 쏘흔 탄식흐
더라. 량인이 이러툿 친밀이 한즈음 강론(講論)
흐고 탄식 락누홀 시 외면 챠환(丫鬟) 등은 모
다 무슨 연관지 짐쟉지 못흐고 쏘흔 겨의 형적
(形迹)이 이샹흐믈 웃더니 한즈음 지내여 쏘 스
대고낭(史大姑娘)을 쳥흐여 오라 흐여 스샹운이
니르미 대옥과 셕츈이 극히 공경흐고 련흐여 졔
게 힐문(詰問)흐니 스샹운이 다만 웃고 즐겨 말
을 아니 【35】 커눌 량인이 쏘흔 각각 몽즁스롤
겨의게 고흐디 외면 모든 챠환이 바야흐로 알고
쏘흔 긔이흐믈 닐크르며 샹운은 웃고 니르디,

"너의 등이 친히 눈으로 본 거시 올흐니
가히 우읍도다. 내가 무어술 알니오?"

173) 황의(黃衣): 卽古代帝王的服裝. "黃衣上天"在此
　　是指惜春日後被選入宮中, 作了皇妃.

량인이 져의 즐겨 텬긔(天機)롤 누셜(漏泄)
치 아니려 ㅎ는 줄 알고 쏘흔 다시 뭇지 아니ㅎ
니 즉시 셕츈으로 흠긔 도라가더라. 셕츈이 도
라가 다만 즈긔 최즈의 말은 숨기고 즉시 탐츈
(探春)과 니환(李紈)과 보챠롤 쳥ㅎ여 샹의ㅎ여
가졍(賈政)과 왕부인(王夫人)긔 고【36】ㅎ고 인
ㅎ여 즁인(衆人)이 한 곳의 모혀 의론홀 시 희
봉(喜鳳)도 쏘흔 흠긔 듯더라.

챠셜, 량옥 부뷔 쳥신(淸晨)의 니러나 대옥
의 일을 방심(放心)치 못ㅎ여 부부(夫婦) 냥인
(兩人)이 흠긔 가 져롤 보려 홀 시 문이 걸녀시
믈 보고 밧긔셔 부르니 쏘 대옥의 말노 젼ㅎ는
말을 드르미 문을 거럿시니 져 편 대문으로 가
라 ㅎ거눌 량옥이 놀나 대옥이 긔롤 내여 도로
반이(搬移)ㅎ여 간가 두려 부문(府門)으로죠츠
가고즈 ㅎ디 쏘 시로 셩혼(成婚)한 후의 일죽
빙가(聘家)의 한 번도 가지 못ㅎ지라. 홀【37】
일 업셔 희란을 미원(埋怨)ㅎ니[174] 희란이 져의
남미 졍의(情意)가 죠흔 줄 알고 쏘 즈긔가 계
교롤 내여 고낭을 슐을 취ㅎ게 ㅎ엿는지라. 다
만 웃고 니르디,

"내가 담당ㅎ여 고낭으로 ㅎ여곰 번뢰치
아니케 ㅎ리라."

ㅎ고 일개 계교롤 싱각ㅎ여 사롬으로 ㅎ여
곰 말ㅎ디,

"시 내내가 신샹이 가쟝 블평ㅎ여 셜니 대
고낭을 쳥흔다."

ㅎ니 디옥이 쏘흔 홀일 업셔 다만 문을 열
고 가미 량옥 부뷔 련망히 마즈 나와 곤ㅎ믈 닐
킷고 인ㅎ여 뫼셔 안즈 담화(談話)홀【38】 시
쳔만 가지로 졔게 빌며 희란이 쏘흔 웃고 니르
디,

"디고낭은 다만 나의 이번 일을 용셔ㅎ라.
나도 쏘흔 죄롤 아느니 너의 거게 나롤 가쟝 원
망ㅎ느니라."

대옥이 믄득 니르디,

"슈지(守者) 보슈(報讎)코즈 ㅎ고 거게(哥
哥) 그 명을 봉승(奉承)코즈 홀진디 쏘 용이홀지

라. 블과 이만 긔롱을 임의 셜파(說破)ㅎ여시니
뉘 도로혀 싱각ㅎ리오? 나는 곳 그러치 아니토
다."

ㅎ고 쏘 흐즈음 말ㅎ다가 바야흐로 허여지
더라. 량옥이 디옥의 안식을 즈셰히 보미 십분
참담흔지라. 첫지는【39】 졔가 긔력이 곤핍(困
乏)흔가 두리고, 둘지는 졔가 므옴이 블평흔가
두려 가마니 믁금(墨琴)을 보내여 즈견을 블너
와 즈셰히 힐문ㅎ니 즈견이 본디 보옥을 블샹히
너기고 쏘 디옥이 이즈음의 십분 회심(會心)ㅎ
믈 아는지라. 믄득 최즈 말을 죵두지미(從頭至
尾)히 말홀 시 희란이 쏘흔 혼스(婚事)롤 일우고
즈 ㅎ여 그 말을 찬죠(贊助)ㅎ는지라. 량옥이 듯
고 바야흐로 꿈을 씬 것 갓튼여 믄득 니르디,

"친샹(親上) 결친(結親)ㅎ면 쏘흔 죠흐나
다만 셜시(薛氏)로 더브러 츠셔(次序)가 거리끼
니【40】 엇지ㅎ면 죠흐리오?"

ㅎ거눌 즈견이 믄득 도라와 쳥문의게 고ㅎ
니 쳥문이 쏘흔 평ᄋ의게 고ㅎ여 모다 환희ㅎ더
라.

각셜(却說), 가졍이 왕부인으로 더브러 의
론을 뎡ㅎ고 쏘 가련(賈璉)으로 더브러 샹량(商
量)ㅎ니 가련이 부득블 즉직의 혼스롤 일우고즈
ㅎ는지라. 즉시 죠셜근(曹雪芹)의게 쳥ㅎ여 가셔
뜻을 젼ㅎ라 ㅎ니 익일(翌日)의 죠셜근이 도라
와 량옥의 말을 젼ㅎ디 보챠의 츠셔(次序) 뎡키
어려오믈 인ㅎ여 즈져ᄒᆞ다 ㅎ거눌 가졍이 니르
디,

"이는 나도 쏘【41】 흔 념녀ㅎ엿노라."

ㅎ니 죠셜근이 도라가더라. 가련이 드러와
그 연고롤 무러 알고 즉시 부츄겨 니르디,

"이는 쏘흔 용이ㅎ니 질이 평일의 이데부
(二弟婦)의 현슉흠도 알고 이데뷔 쏘흔 림표미
(林表妹)로 더브러 ᄋ시로붓허 죠하ㅎ는지라. 질
ᄋ(姪兒)의 우견(愚見) 갓틀진디 아직 태태(太太)
롤 속이고 노야(老爺)가 몬져 이데부롤 쳥ㅎ여
한 마디 말슴ㅎ시디 '일시 잠간 권도(權道)[175]롤

---

174) 【미원ㅎ다】 图 {매원(埋怨)하다}. 원망(怨望)하
다. ¶ 埋怨 ‖ 홀일 업셔 희란을 미원ㅎ니 희란
이 져의 남미 졍의가 죠흔 줄 알고 쏘 즈긔가
계교롤 내여 고낭을 슐을 취ㅎ게 ㅎ엿는지라
(就埋怨喜鸞起來, 喜鸞知道他姊妹好, 又是自己起
意醉了姑娘.) <後紅 8:37>

175) 【권도】 图 권도(權道). 목적을 이루기 위한 편
의상의 수단. ¶ 權 ‖ 일시 잠간 권도롤 좃츠면
일후 즈미 항렬 출히는디 무숨 어려오미 이시리
오 ㅎ시면 이데뷔 그런 대방가 어진 덕으로 엇
지 좃지 아니리오 (一時間且從權些, 日後姊妹排
行, 有什麼過不去的, 二弟婦那麼樣大方賢德, 豈有
不順着的.) <後紅 8:41>

좃츠면 일후 ᄌ미(姊妹) 항렬(行列) 출히ᄂᆞᆫ디 무
슴 어려오미 이시리오.' ᄒᆞ시면 이뎨뷔 그런 대
방가 어진 덕으 【42】 로 엇지 좃지 아니리오?"

ᄒᆞ니 가졍이 당각(當刻)의 방법이 업셔 ᄯᅩ
ᄒᆞᆫ 그 말을 죠츠 가마니 보챠ᄅᆞᆯ 쳥ᄒᆞ여 죠혼 말
노 져의게 고ᄒᆞ여 니ᄅᆞ디,

"이 업쟝(業障)의 보옥이 만일 이러치 아니
ᄒᆞ면 원리 명을 보젼키 어렵고 ᄯᅩᄒᆞᆫ 네게도 엇
더케 히로오리오? 지금 권도ᄅᆞᆯ 죠츠 잠간 져ᄅᆞᆯ
쇽이면 쟝리 ᄌ미 항렬은 ᄌ연 나홀 죠츠리라."

ᄒᆞ거늘 보치 비록 대방지나 이런 명분의
니ᄅᆞ러ᄂᆞᆫ ᄯᅩᄒᆞᆫ 침음부답(沈吟不答)ᄒᆞᄂᆞᆫ지라. 가
련이 곳 읍ᄒᆞ며 니ᄅᆞ디,

"노야도 ᄯᅩᄒᆞᆫ 홀 【43】 일 업셔 일을 완젼
케 ᄒᆞ고ᄌ ᄒᆞ시미니 뎨부ᄂᆞᆫ 아니 좃지 못ᄒᆞ리로
다."

보치 ᄯᅩᄒᆞᆫ 답례ᄒᆞ거늘 가졍이 니ᄅᆞ디,

"가쟝 죠토다. 다만 파파(婆婆)의게 와 미
미(妹妹)들의게ᄂᆞᆫ 아직 셰셰히 졔긔(提起)ᄒᆞ라."

ᄒᆞ니 보치 홀일 업셔 다만 강잉(强仍)ᄒᆞ여
니ᄅᆞ디,

"노야의 쥬의(主意)디로 ᄒᆞ쇼셔."

ᄒᆞ거늘 가졍과 가련이 대희ᄒᆞ여 믄득 보챠
ᄅᆞᆯ 안위(安慰)ᄒᆞ니 보채 ᄯᅩᄒᆞᆫ 일언도 아니ᄒᆞ고
싱각ᄒᆞ디,

'노야ᄂᆞᆫ 다만 련이야(璉二爺)의 말을 듯고
일호도 쥬견이 업스며 ᄯᅩ 나ᄅᆞᆯ 막줄나176) 개구
(開口)치 못ᄒᆞ게 ᄒᆞ시 【44】 니 나ᄂᆞᆫ 다만 져의
들네ᄂᆞᆫ 디로 맛겨 두고 태태가 엇지ᄒᆞ시나 보리
라.'

ᄒᆞ고 믄득 울울(鬱鬱)이 믈너가더라. 가련
이 련ᄒᆞ여 가졍을 다리여 죠셜근을 지쵹ᄒᆞ여 가
셔 말ᄒᆞ디,

"젼일 노태태(老太太) 보옥을 디ᄒᆞ여 말ᄒᆞ
디 '뎡혼(定婚)ᄒᆞᆫ 곳이 림고낭(林姑娘)이라.' ᄒᆞ
고 비당(拜堂)홀 ᄯᅵ의도 ᄯᅩᄒᆞᆫ 이와 갓치 말ᄒᆞ고
ᄯᅩ 샹하인(上下人)으로 ᄒᆞ여곰 모다 이쳐럼 말
슴을 젼ᄒᆞ여 보옥이 듯게 ᄒᆞ고 비당 시의 챠환
도 ᄯᅩᄒᆞᆫ 셜안(雪雁)을 부렷ᄂᆞᆫ지라. 이졔 친사(親

---

176)【막줄ㄴ-】图 《막ᄌᆞᄅᆞ다》 막지르다. 막다. 거
     절하다. ¶ 擋 ‖ 노야ᄂᆞᆫ 다만 련이야의 말을 듯
     고 일호도 쥬견이 업스며 ᄯᅩ 나ᄅᆞᆯ 막줄나 개구
     치 못ᄒᆞ게 ᄒᆞ시니 (老爺只聽着璉二爺, 毫無主意,
     又擋住我不許開口.) <後紅 8:43>

事)ᄅᆞᆯ 일울진디 ᄌ연 과문홀 ᄯᅵ 【45】 의 림고낭
으로 ᄒᆞ여곰 셰습(世襲) 영국공부인(榮國公夫人)
관복을 닙고 오게 홀 거시오. 이졔 혼셔(婚書)와
폐빅(幣帛)을 보낼 ᄯᅵ의도 몬져 죠샹의 셰습ᄒᆞ
ᄂᆞᆫ 단셔텰권(丹書鐵券)과 칙봉고명(勅封誥命)을
보내여 표ᄅᆞᆯ 숨을지니 쟝리 셜시내내(薛氏奶奶)
도 ᄯᅩᄒᆞᆫ 일양으로 지위ᄅᆞᆯ 졍ᄒᆞ여 모다 보옥의
공명(功名)디로 봉음(封蔭)홀 거시니 보옥의 쟝
리 진취(進就)도 필경 젹지 아니리라. 대져 셩혼
ᄒᆞᆫ 츠셔ᄅᆞᆯ 의론홀진디 ᄌ연 셜시가 몬져오 림시
(林氏)가 후라 ᄒᆞ디 만일 당쵸 결친ᄒᆞᆫ 명호(名
號)ᄅᆞᆯ 츄구 【46】 ᄒᆞ여 볼진디 필경 림시가 몬져
오. 셜시가 후가 되며 ᄯᅩ 노태태가 친히 분부ᄒᆞ
신 말을 뉘 감히 어긔리오? 젼ᄒᆞ라."

ᄒᆞ니 죠셜근이 본디 보옥으로 더브러 죠하
ᄒᆞᄂᆞᆫ지라. 즉시 가셔 일일히 젼ᄒᆞ니 량옥이 ᄯᅩ
ᄒᆞᆫ 응낙ᄒᆞ거늘 셜근이 도라와 회답을 젼ᄒᆞ고 ᄯᅩ
량위 왕야(王爺)의게 쳥ᄒᆞ여 즁민 되게 ᄒᆞ라 ᄒᆞ
고 범ᄉᆞᄅᆞᆯ 명빅히 의론ᄒᆞ고 ᄯᅩᄒᆞᆫ 일ᄌᄅᆞᆯ 갈히여
뎡홀 시 가련이 즉시 보옥의 곳의 니ᄅᆞ러 일일
히 고ᄒᆞ미 보옥이 환희ᄒᆞ더니 몃 날이 【47】 못
되여 병이 쾌츠ᄒᆞ고 왕태의(王太醫)도 ᄯᅩ한 즐
기더라.

챠셜, 디옥이 몽즁의 칙ᄌ 본 이후로 ᄌ연
ᄆᆞ옴이 졈졈 변ᄒᆞ고 ᄯᅩ 쳥문과 ᄌ견이 져의 회
심(回心)ᄒᆞ믈 짐쟉ᄒᆞ미 죠셕(朝夕) 담화의 보옥
의 말이 업슬 ᄯᅵ 업ᄂᆞᆫ지라. 디옥이 쳐음은 거짓
셩내ᄂᆞᆫ 체ᄒᆞ다가 후의ᄂᆞᆫ ᄯᅩᄒᆞᆫ 머리ᄅᆞᆯ 숙이고 싱
각ᄒᆞ디,

'가졍부부(賈政夫婦) 량인이 그러톳 쥬션ᄒᆞ
여 ᄌ기가 그쳐럼 된 거시 ᄯᅩᄒᆞᆫ 태과(太過)ᄒᆞ
다.'

ᄒᆞ며 ᄯᅩ 시시로 보옥의 젼일 졍을 싱각ᄒᆞ
고 그 병 나믈 불상히 너기며 ᄯᅩ 일면으 【48】
로 싱각ᄒᆞ디,

'보치 젼일의 그러톳 나와 더브러 죠하ᄒᆞ
엿더니 이졔 져의 집 형셰가 픠ᄒᆞ엿시니 내가
도로혀 져의게 공슌ᄒᆞ미 죠토다.'

ᄒᆞ여 ᄯᅩᄒᆞᆫ 죵일을 ᄉ량(思量)ᄒᆞ니 진개 사
롬의 ᄆᆞ옴이 하놀 뜻을 조츠 변ᄒᆞ미라 가쟝 고
이ᄒᆞ도다. 일노 보면 보(寶) 디(黛) 량인(兩人)의
혼ᄉᄂᆞᆫ ᄯᅩᄒᆞᆫ 즉일의 결졍홀 듯ᄒᆞ디, 뉘 알니오
텬디간(天地間) 일이 쳔변만화(千變萬化)ᄒᆞ여 혜

아리지 못홀지라. 홀연간의 쏘 한 가지 다른 일
노 들네여 져의 량인으로 ᄒ여곰 즉시 혼ᄉ【49
】롤 밋지 못ᄒ게 되니 이ᄂ 엇진 일이뇨?

13

□□□□□□□□ □□□□□□□□
謁繡闥借因談喜鳳 策錦囊妙計脫金蟬

원리 가련이 이런 대ᄉ(大事) 일우믈 위ᄒ
여 ᄉ면의 모다 방편ᄒ 일을 구ᄒ니 쟝리 즈긔
간계(干繫)도 오히려 즁대치 아니ᄒ고 ᄯᅩᄒ 가
히 쳠개ᄒ믈177) 어드리라 ᄒ여 그날 져녁의 평
ᄋ(平兒)로 더브러 셰셰히 말ᄒᆯ 시 쇼홍(小紅)이
듯고 즉시 옥슌ᄋ(玉釧兒)의게 젼ᄒ니, 옥슌이
참지 못ᄒ여 왕부인의게 픔ᄒ니 왕부인이 졍히
챠롤 마시다가 옥슌ᄋ의 젼ᄒᄂ 말을 듯고 가슴
의 화긔(火氣) 니러나 손꼿가지 썰녀 챳죵을 【
50】 ᄯᅥ르치고178) 안졍(眼睛)의 눈믈이 여우(如
雨)ᄒ며 입으로 말을 못ᄒᄂ지라. 옥슌이 놀나
벙벙ᄒ고 희봉이 드러와 ᄯᅩᄒ 경공(驚恐)ᄒᆯ 시
왕부인이 죵시 말을 아니타가 이윽ᄒ 후 상샹의
오르니 희봉과 옥슌이 곳 그 뜻을 명빅히 아더
라. 왕부인이 일면으로 눈믈을 흘니며 일면으로

싱각ᄒ더,

　'련ᄋ(璉兒)의 ᄒᄂ 일이 텬리(天理)도 업
고 왕법(王法)도 업도다. 노야는 엇지 져의 말을
죠ᄎ 후두(糊塗)ᄒ미 이갓ᄒ뇨? 나는 부인이 이
로디 사롬마다 리치(理致)디로 ᄒ여 갈지니【51
】 너의 영국공(榮國公)의 셰습(世襲)은 네가 알
기롤 즈긔가 파졍(派定)ᄒ 듯ᄒ나 ᄯᅩᄒ 네가 죽
어야 바야흐로 너의 ᄋ즈의 신샹의 니롤 거시
오. 곳 너의 ᄋ즈의 신샹의 니르러도 ᄯᅩᄒ 뎨형
(弟兄)을 분간ᄒᆯ지니, 셜ᄉ 쥬이(朱兒) 죽엇다
ᄒ여도 쟝방(長房)의 ᄯᅩᄒ 손즈가 잇ᄂ지라. 곳
쟝손(長孫)이 벼슬을 어더 보옥(寶玉)의게 양ᄒ
여도 ᄯᅩᄒ 죠뎡의 쳐분을 기다릴지니 이거ᄉ 말
ᄒ지 말고 셰가(世家) 즈뎨의 혼인 지내ᄂ 법이
죠종(祖宗)의 영요(榮耀)와 쟉품을 보와 길리(吉
利)ᄒ믈 취ᄒᆯ 쓴이니 엇【52】진 단셔텰권(丹書
鐵券)과 칙명고봉(勅命誥封)가지 ᄯᅩᄒ 보내리오?
죠뎡이 곳 림시(林氏) 집을 쥬어 봉챠두(鳳叉頭)
의 쟝화(張華)로 ᄒ여곰 고쟝(告狀)ᄒ던 슈단 갓
치 ᄒ랴? 내가 곳 이런 도리 밧긔 말을 짐쟉ᄒ
들 내가 엇지 즐겨 이 일을 들네며 나롤 멈츄어
들네게 아니ᄒ다 ᄒ여도 내가 곳 엇던 사롬이
되리오? 보챠두(寶叉頭)야 너는 가쟝 가련ᄒ도
다. 너도 ᄯᅩᄒ 내가 ᄯᅵ러온 거시 아니라 전일
노태태(老太太)게셔 간졀이 구혼ᄒ시믄 뉘가 아
지 못ᄒ리오마는 다만 셜가(薛家)의 집이 궁ᄒ
고 반ᄋ(蟠兒)도 사롬【53】 되오미 블셩모양(不
成模樣)ᄒ여 져 사롬의 집 지믈과 형셰(形勢)롤
ᄯᆞ르지 못ᄒ고 ᄯᅩ 가시(賈氏) 집의 죡쳑(族戚)이
아니로다. 지취(志趣)도 업고 량심도 업ᄂ 련ᄋ
(璉兒)는 제가 이졔 ᄯᅩ 셜가 셩(姓) 가진 사롬과
결년(結緣)이 잇거늘 ᄯᅩᄒ 아모 싱각도 업스니
빅합죠(白鴿鳥)가 부귀가(富貴家)롤 ᄯᅡ라 나는
거시 고이치 아니토다. 다만 늙은 교뷔(轎夫) 능
히 사롬을 메고 ᄯᅩᄒ 사롬을 것구르치지 아니ᄒ
다 ᄒ나 엇지 보챠두는 맛춤내 다리 겨는 사롬

---

177)【쳠개ᄒ다】圏 {쳠개하다}. ¶ 沾 ‖ 원리 가련
　　이 이런 대ᄉ 일우믈 위ᄒ여 ᄉ면의 모다 방편
　　ᄒ 일을 구ᄒ니 쟝리 즈긔 간계도 오히려 즁대
　　치 아니ᄒ고 ᄯᅩᄒ 가히 쳠개ᄒᆯ 어드리라 ᄒ여
　　(原來賈璉因爲成了這件大事，四面討好，將來自己
　　的干繫也輕，也還可以沾些好處.) <後紅 8:49> ⇒
　　쳠기ᄒ다

178)【ᄯᅥ르치다】圏 떨어뜨리다. ¶ 跌 ‖ 왕부인이
　　졍히 챠롤 마시다가 옥슌ᄋ의 젼ᄒᄂ 말을 듯고
　　가슴의 화긔 니러나 손꼿가지 썰녀 챳죵을 ᄯᅥ르
　　치고 안졍의 눈믈이 여우ᄒ며 입으로 말을 못ᄒ
　　ᄂ지라 (王夫人正拿着一個茶盅兒，將要喝完，把
　　玉釧兒的話聽完了，就脾子裏起一股酸勁兒，直到
　　指頭上，一失手，把個茶盅兒跌得粉碎，這眼睛裏的
　　淚水也似的，口裏頭只咽着.) <後紅 8:50>

을 만나 것구러지는 지경을 면치 못ᄒᆞ여시니 고
이치 아니토다. 요ᄉᆞ이 네가 다 【54】 만 졍치
(精彩)가 업스며 이 업쟝(業障)의 보옥은 엇지
병이 낫기롤 ᄲᆞᆯ니 ᄒᆞ여 날노 ᄒᆞ여곰 다만 쇠가
죡을 쓰게 ᄒᆞᄂᆞ뇨? 나는 싱각건디 림고낭(林姑
娘)의 인믈과 ᄌᆡ졍(才情)이 원릭 죠ᄒᆞ니 엇지 져
롤 ᄉᆞ랑치 아니리오마는 다만 져의 ᄭᅡ다ᄅᆞᆫ 셩
격을 ᄯᅩᄒᆞᆫ 젹지 아니케 밧앗도다. 져의 구귀(舅
舅) 져롤 보면 이샹히 ᄉᆞ랑ᄒᆞ여 친싱(親生) ᄋᆞ녀
(兒女)도 ᄯᅩᄒᆞᆫ 이러치 못ᄒᆞᆯ지라. 져의 회싱ᄒᆞ여
오므로 지금가지 나는 다만 노태태롤 뫼신 것
갓ᄐᆞ여 나도 넉넉히 효슌(孝順)ᄒᆞ엿다 니롤 거
시오. 보챠두는 【55】 내 앏희셔 엇던 모양이뇨?
보챠두의 본가(本家)는 ᄯᅩᄒᆞᆫ 형셰가 픠ᄒᆞ고 져
의 거거(哥哥)도 죠흔 일을 힝치 못ᄒᆞ디 져 사
롬의 집은 지믈도 잇고 형셰도 이시니 쟝릭 과
문(科文)ᄒᆞ여 오면 안하(眼下)의 무인(無人)ᄒᆞ고
형셰가 하늘의 다하 집안 사롬이 모다 져롤 의
지ᄒᆞ여 먹고 닙어 노ᄌᆡ(奴才) 무리 갓흔 형용을
엇지 견디여 보리오? 런ᄋᆞ 갓흔 셰리(勢利)의
믈건은 말ᄒᆞ여 쁠 디 업고 다만 내가 노태태긔
블효ᄒᆞ여 잘 뫼지 못ᄒᆞ므로 당디 보복(報服)을
바다 다시 쇼태태(小太太) 한 분을 뫼시니 리두
일ᄌᆞ(日子)도 ᄯᅩ 【56】 흔 길거놀 날노 ᄒᆞ여곰
일개 괴로온 식부(媳婦)롤 짓게 ᄒᆞ도다. 이 업쟝
의 보옥은 쟝릭 제 눈의 도로혀 나롤 알니오?
내가 ᄯᅩᄒᆞᆫ 져롤 직희고 잇셔 무엇ᄒᆞ랴? 져의 부
지 림고낭을 쳥ᄒᆞ여 와 텬디갓치 오릭 지릴지니
나는 다만 보챠(寶釵)롤 다리고 이마(姨媽)의 곳
으로 가 일싱을 지내고 금셰샹(今世上)의는 다
시 져의 얼골을 보지 말며 다만 괴로온 싱이로
날을 보내는 거시 ᄯᅩᄒᆞᆫ 죠토다. 보챠두는 ᄯᅩᄒᆞᆫ
ᄋᆞ희롤 비여시니 너는 다만 쥬ᄋᆞ식부(珠兒媳婦)
의 모양이 되리라."

ᄒᆞ고 왕부인(王夫人)이 분 【57】 긔 디발ᄒᆞ
여 즉긱의 니러나 챠롤 메오고 이마의 집으로
가ᄂᆞᆫ지라. 희봉(喜鳳)과 옥슌ᄋᆞ(玉釧兒)와 치운
(彩雲) 등이 ᄯᅩᄒᆞᆫ 황겁ᄒᆞ여 다만 니환(李紈)과
탐츈(探春)과 평ᄋᆞ(平兒)롤 쳥ᄒᆞ여 일일이 고ᄒᆞ
디 ᄯᅩᄒᆞᆫ 감히 쇼홍(小紅)의 와셔 고흔 말은 계
긔치 아니ᄒᆞ니 왕부인 심즁의 무ᄉᆞᆫ 의ᄉᆞ롤 둔지
아지 못ᄒᆞ더라. 언마 못되여 셜이미(薛姨媽) 동
희(同喜)롤 보내여 즉긱의 보챠롤 영졉ᄒᆞ여 가

고 츄후의 ᄯᅩ 동귀(同貴)와 진ᄋᆞ(臻兒) 와셔 옥
슌ᄋᆞ와 치운과 잉ᄋᆞ(鶯兒)와 문ᄒᆡᆼ(文杏)으로 더
브러 슈각(手脚)이 황망ᄒᆞ여 왕부인과 보챠의
금 【58】 침(衾枕)과 일용 즙믈(什物)을 모다 옴
겨 가니 탐츈과 니환과 평ᄋᆞ와 희봉 등이 다만
놀나 병병이 셔로 볼 시 ᄎᆞ시 보옥의 병이 쾌복
(快復)흔지라. ᄉᆞ샹운(史湘雲)과 셕츈(惜春)의 겻
희 잇셔 아모 분슈도 모ᄅᆞ고 어린 ᄋᆞ희갓치 희
쇼ᄒᆞ며 가련(賈璉)은 ᄯᅩᄒᆞᆫ 혼셔[179] 보낼 일을
판리(辦理)ᄒᆞ라 나가고 가졍(賈政)은 맛참 공시
업스디 북졍왕(北靖王)과 남안군왕(南安郡王)이
모다 관원(官員)을 보내여 싱각ᄒᆞᄂᆞᆫ 뜻을 견ᄒᆞ
고 니ᄅᆞ디,

"량위 왕애(王爺) 모다 셰교(世交)롤 셔로
죠하ᄒᆞ더니 ᄎᆞ일의 니ᄅᆞ러 ᄌᆞ긔롤 약회(約會)ᄒᆞ
여 오라 혼다."

【59】 ᄒᆞ거놀 가졍이 지삼 ᄉᆞ양ᄒᆞ디 챠관
(差官)이 좃지 아니코 니ᄅᆞ디,

"왕애 당면ᄒᆞ여 분부ᄒᆞ디 일졍(一定)코 뫼
셔오라 ᄒᆞ엿거놀 엇지 공힝(空行)ᄒᆞ리오?"

가졍이 련망(連忙)히 량개 왕부(王府)로 가
니 북졍왕이 ᄯᅩ ᄭᅳ어 멈츄어 밥을 권ᄒᆞ미 즉시
도라오지 못흔지라. 영부즁(榮府中)의 믄득 쥬인
이 업고 ᄯᅩ 그날 맛춤 란가ᄋᆞ(蘭哥兒)도 ᄯᅩᄒᆞᆫ
입직(立直)ᄒᆞ엿거놀[180] 탐츈이 스스로 가고ᄌᆞ
ᄒᆞ디 ᄯᅩ 쟝방의 분별ᄒᆞᆯ 일이 번거ᄒᆞ여 평ᄋᆞ 일
인이 ᄯᅩᄒᆞᆫ 슈응치 못ᄒᆞᄂᆞᆫ지라. 다만 쥬셔(周瑞)
와 오신등(吳新登)과 림 【60】 지효(林之孝)로 ᄒᆞ
여곰 련ᄒᆞ여 가셔 ᄉᆞ후(伺候)케 ᄒᆞ디 모다 왕부
인이 ᄭᅮ지져 믈니친 비 되고 츄후 뇌디(賴大)
보옥으로 더브러 가디 ᄯᅩᄒᆞᆫ 즐퇴(叱退)ᄒᆞ더니
황혼시(黃昏時)의 니ᄅᆞ러 가졍이 바야흐로 도라
오디 양양(洋洋) 득의(得意)ᄒᆞ여 왕부인의게 드
러가 고ᄒᆞ려 홀 시 탐츈이 즉시 마ᄌᆞ나와 일일

---

179) 【혼셔】 圄 혼서(婚書). ¶ 帖子 ‖ ᄉᆞ샹운과 셕
춘의 겻히 잇셔 아모 분슈도 모ᄅᆞ고 어린 ᄋᆞ희
갓치 희쇼ᄒᆞ며 가련은 ᄯᅩᄒᆞᆫ 혼셔 보낼 일을 판
리ᄒᆞ라 나가고 (在史湘雲、惜春那邊, 不知天東地
西, 只像小時候的玩笑, 賈璉也辦着過帖子的事情
出去了.) <後紅 8:58>

180) 【입직ᄒᆞ다】 圄 입직(立直)하다. 숙직(宿直)하
다. ¶ 値宿 ‖ 영부즁의 믄득 쥬인이 업고 ᄯᅩ 그
날 맛춤 란가ᄋᆞ도 ᄯᅩᄒᆞᆫ 입직ᄒᆞ엿거놀 (這榮府裏
便沒個作主的人兒,　　偏生的蘭哥兒也上班値宿.)
<後紅 8:59>

히 고ᄒ거늘 가졍이 황급ᄒ여 발을 구르며 보옥으로 ᄒ여곰 가게 ᄒ니 보옥이 간 지 오린 후의 바야흐로 도라와 말ᄒ디,

"문이 걸니고 블너도 여지 아니ᄒᄃ."

ᄒ거늘 가졍이 그 일을 발각【61】ᄒᆫ 연고롤 스문(査問)ᄒᄆ 즁인이 다만 말ᄒ디,

"이태태(姨太太) 곳으로셔 온 말이라."

ᄒ니 가졍이 ᄯᅩᄒᆫ 일언도 못ᄒ고 다만 스스로 방즁의 드러가 탄식ᄒ고 비롤 만지며 다만 사름으로 ᄒ여곰 아직 즈다가 린일 청신(淸晨)의 련ᄋ와 보옥이 갓치 가셔 태태(太太)와 이내내(二奶奶)롤 쳥ᄒ여 오디 내가 죠회롤 파ᄒ여 오거든 즉시 샹면케 ᄒ라 ᄒ더니 이튿날의 니르러 가졍이 죠회의 파ᄒ여 도라오미 가련과 보옥이 오히려 오지 아니ᄒ엿거늘 여러 번 사름을 보내여 지쵹ᄒ디 일졀【62】쇼식이 업더니 날이 오시가 지내미 외면의 가련(賈璉)을 쳥ᄒᆫ 사름이 ᄯᅩᄒᆫ 만흔지라. 가졍이 긔가 올나 사름으로 ᄒ여곰 블너오라 ᄒ며 니르디,

"보옥이 ᄯᅩᄒᆫ 더디오면 곳 치리라."

ᄒ니 가련과 보옥이 다만 도라오나 가련은 벙벙ᄒ고 보옥은 눈물만 흘니는지라. 가졍이 ᄯᅩ 발을 굴너 니르디,

"너의 량인은 엇지 모다 벙어리가 되여 일언도 아니ᄒᄂ뇨?"

가련이 니르디,

"질이 보형뎨(寶兄弟)로 더브러 그곳의 니르러 졍쳥(正廳)의 오르려 ᄒᄆ 즉시 문을【63】닷고 오르지 못하게 ᄒ며 반대거(蟠大哥)도 얼골을 볼 슈 업고 다만 과형뎨(蝌兄弟)만 잇셔 일언도 아니ᄒ고 영졉만 ᄒᄂ지라. 질이 말ᄒ디 '나도 그만두고 보형뎨는 인도ᄒ여 드러가게 ᄒᆯ지니 졔가 가슉(家叔)의 말이 잇셔 드러가 품ᄒ려 ᄒᄂ니라.' ᄒ니 과이뎨(蝌二弟) 니르디 '보이야(寶二爺)도 드러가지 못ᄒ리라. 이 문이 근일의 낫기가 한 ᄌ의셔 지나지 못ᄒ니라.' ᄒ거늘 질이 웃스며 니르디 '이뎨(二弟)야 네가 너모 과ᄒ도ᄃ. 이런 말을 지친(至親) 스이의 엇지ᄒ리오?' ᄒ니 졔【64】가 니르디 '지친은 된ᄃ ᄒ여도 만일 문 열기롤 허ᄒ면 우리가 죄롤 당ᄒ리라.' 질이 니르디 '이거시 무ᄉ 말이요? 우리 뎨형 등이 노인네롤 보고 무ᄉ 여의치 못ᄒ미 이시면 피츳 고호ᄒ리니[181] 이뎨는 엇던 사

롬이던지 다시는 이러툿 말나. 네게 비느니 셜니 보형뎨로 더브러 드러가면 나도 ᄯᅩᄒᆫ ᄯᅡ라 드러가리라.' ᄒ엿더니, 가련토ᄃ 보형뎨 곳 죽을 힘을 드려 문을 미디 엇지 드러가며 과이뎨(蝌二弟)도 ᄯᅩ 허다ᄒᆫ 눈비 긴 쇼리롤 ᄒ여 사롬으로 ᄒ【65】여금 당키 어렵게 ᄒ니 보형뎨 곳 지금가지 울며 츄후의 과형뎨 말ᄒ디 'ᄭᅵ여진 ᄉ발의 못된 쵸식이 이시니 귀인이 먹기 어려오나 낫츨 보와 먹으라.' ᄒ거늘 진이 니르디 '이뎨가 그리 아니ᄒ여도 우리 등이 도로혀 달나 ᄒ여 먹으리라.' ᄒ고, 질ᄋ는 그곳의셔 밥을 먹고 보형뎨는 다만 먹지 아니ᄒ여시니 져롤 보라 이러툿 울기만 ᄒ엿ᄂ니라."

가졍이 일면으로 분ᄒ고 일면으로 ᄭᅮ지져도 엇지ᄒᆯ 길 업셔 한ᄌ음 쥬의롤 졍치 못ᄒᄃ【66】가 곳 져의 량인을 믈니치고 ᄌ긔는 방즁의 드러가 홀노 졍신 업시 안ᄌ시며 보옥은 ᄌ긔 방즁으로 도라오미 빈 결 갓ᄐ여 울울(鬱鬱)ᄒ여 곡읍(哭泣)만 ᄒ고 가련은 ᄉ졍이 이셔 나아가 쥬션ᄒ더라.

챠셜, 림량옥(林良玉)이 비록 가졍의 말을 응낙ᄒ여시나 필경 디옥(黛玉)의 말을 듯지 못ᄒ여 만일 츄후 졔가 변개ᄒ면 말거리가 되고 ᄯᅩ 강경셩(姜景星)을 디ᄒ기 어렵다 ᄒ여 림부 외면의는 죠셜근(曹雪芹) 외의는 다른 사롬의게 고치 아니ᄒ고 내간(內間)의는 다만 희란(喜鸞)으로 더브러 샹의ᄒᆯ【67】시 희란이 과문ᄒᆫ[182] 후로붓허 ᄆ음의 희봉을 잇지 못ᄒ여 일계(一計)롤 싱각ᄒ고 냥옥의게 고ᄒ디,

"희봉이 디옥으로 더브러 가쟝 죠ᄒ니 디옥의 쇼식을 탐지코즈 ᄒᆯ진디 다만 희봉을 다려 오리라."

ᄒ거늘 량옥이 응낙ᄒᄂ지라. 희란이 젼일의 디옥을 속여오던 법갓치 말ᄒ디 'ᄌ긔가 급

---

181) 【고호ᄒ다】 图 {고호(顧護)하다}. 돌보아주다. ¶ 圓全 ‖ 우리 뎨형 등이 노인네롤 보고 무ᄉ 여의치 못ᄒ미 이시면 피츳 고호ᄒ리니 이뎨는 엇던 사롬이던지 다시는 이러툿 말나 (你我弟兄們, 見老人家有些不如意的, 彼此圓全些, 二弟怎麼個人兒, 再不要這麼着.) <後紅 8:64>

182) 【과문ᄒ다】 图 {과문(過門)하다}. 시집가다. ¶ 過門 ‖ 희란이 과문ᄒᆫ 후로붓허 ᄆ음의 희봉을 잇지 못ᄒ여 일계롤 싱각ᄒ고 냥옥의게 고ᄒ디 (喜鸞自從過門後, 一心的記着喜鳳, 就想了一計, 告訴良玉.) <後紅 8:67>

흔 병이 잇셔 희봉을 쳥흔다' 흐니 희봉이 듯고
급히 가려 홀 시, 추시 가졍이 왕부인과 보챠의
일을 위흐여 림부의 말이 젼흐여 갈가 져허 분
부흐여 쇼상【68】관(瀟湘館)을 잠은지라. 희봉
이 부득이흐여 가졍의게 고흐니 가졍이 또흔 져
로 흐여곰 말흐지 말나 흐고 즉시 챠롤 타고 앏
문으로 가게 흐니 희봉이 졔미당(濟美堂)의 니
르러 챠롤 나려 드러갈 시, 엇지 알니오 강경셩
이 내셔방(內書房)으로조추 나오다가 졍히 당면
흐여 마죠치미 미쳐 피홀 슈 업는지라. 다만 머
리롤 숙이고 지나갓더니 강경셩의게 주셰히 뷘
비 되엿더라. 희란이 주미 셔로 만나 손을 잡고
져롤 싱각흐여 쇽여 온 연고롤 말흐며 담쇼흐다
가 갓치 주【69】하헌(紫霞軒)으로 가니 더옥이
심즁의 환희흐여 즉시 져롤 쯔어 갓치 머믈 시
량옥이 또흔 드러가 보고 나왓더니, 뉘 알니오
강경셩이 희봉을 보고 싱각흐디,

'텬하 셰계의 엇지 이런 사롬이 이시리오?
이는 또흔 젼싱의 미진 인연이로다.'

흐고 셔시(西施)와 태진(太眞)도 모다 낫게
보더라. 량옥이 져의 희봉을 보왓단 말을 듯고
이윽이 안줏다가 홀연 복스로써 오얏슬 더신홀
의시 동(動)흐여 즉시 밧그로 나가며 져의 회파
[피](廻避) 아니흐믈 미원(埋怨)흐니 강경셩이 미
쳐 【70】 피치 못흔 광경을 밝히 말흐고 인흐여,

"뉘뇨?"

무르니 량옥이 믄득 거즛 난연(赧然)흔 빗
추로 니르디,

"이는 나의 스미(舍妹)로라."

흐니 강경셩이 다른 말은 아니흐고 다만
니르디,

"고이치 아니토다."

흐거눌 냥옥이 우스며 니르디,

"이는 스미가 아니라 실노 다른 사롬이니
라."

흐니 경셩이 벙벙흐다가 또흔 웃고 니르
디,

"뉘 네게 쇽으리오?"

량옥이 웃고 니르디,

"무론모인(毋論某人)흐고 네가 말흐던 도원
(桃源)과 광한뎐(廣寒殿)이라 흐던 말을 또흔 가
히 당흐염족흐냐?"

경셩이 쑤러 【71】 니르디,

"다만 져허컨디 도원과 광한뎐의도 도로혀
이런 사롬이 업술지니 대게 진개 나롤 졔휴(提
携)홀진디 평일 심복지괴(心腹至交) 헛되지 아니
리라."

량옥 경셩을 쯔어 니르혀고 니르디,

"실노 스미는 아니로디 형뎨가 만일 허락
흐면 내 또흔 힘을 다흐리라."

경셩이 지삼 비러 니르디,

"나는 엇던 사롬인지 모르나 다만 가부즁
(賈府中) 사롬이리니 대거(大哥)는 실심(實心) 쥬
션흐라. 만일 그러치 아니흐면 나는 다만 쑤러
응락흐믈 기다려 니러나리라."

량옥이 대쇼흐고 【72】 니르디,

"올토다. 그 사롬의 근본은 종추 네게 고
흐려니와 그 일은 내게 맛겨두미 죠흐리라."

경셩(景星)이 대쇼 칭샤흐거눌 량옥이 즉
시 다라와 희란의게 고흐니 희란이 불승환희(不
勝歡喜)흐여 싱각흐디,

'젹친(嫡親) 주미 량인이 동방(同榜) 량위
(兩位) 진스의게 비필(配匹)흐니 다만 두리건디
가부즁의 원비(元妃) 이하로 또흔 몃지 아니되
는 사롬이로다.'

흐며 량옥의 심즁의도 싱각흐디,

'쇼이(小姨)롤 쳥흐여 와 더옥의 혼스롤 탐
지코즈 흐엿더니 당각의 몬져 주긔 친스(親事)
롤 졍홀 줄을 【73】 헤아리지 못흐여시니 실노
텬뎡연분(天定緣分)이로다.'

흐더라.

지셜(再說), 가졍이 왕부인의 보챠롤 다리
고 보챠의 집으로 가셔 보옥도 샹면(相面)치 아
니믈 보고 좌블안셕(坐不安席)흐더니 탐츈이 니
환과 홈긔 가기롤 쳥흐거눌 가졍이 니르디,

"그리흐라."

흐니 고(姑) 슈(嫂) 량인이 즉긔의 갈 시
보옥이 울며 따라가려 흐거눌 가졍이 또흔 맛당
타 흐는지라. 삼인이 련망히 추의 올나 셜가(薛
家)의 니르러 일죽 드러가니 다만 보미 문을 닷
고 사롬이 잇셔 말을 젼흐여 니르디,

"보이애 도 【74】 라가기롤 기다려 삼고낭
(三姑娘)과 더내내(大奶奶)롤 쳥흐여 드리고 만
일 보이애 이곳의 잇거든 쳥흐여 드리지 마더
또 보이야가 일졍코 머믈너 잇시면 삼고낭과 대
내내도 모다 도라가게 흐라."

ᄒ니 즁인(衆人)이 모다 벙벙ᄒ디 보옥이 즐겨 도라가지 아니코 져 량인과 갓치 잇는지라. 탐츈이 니르디,

"이거거(二哥哥)는 어리도다.[183] 진개 노태태가 필경 너롤 보지 아니ᄒ기 어려오니 너는 샐니 가고 날노 ᄒ여곰 드러가게 ᄒ라. 내가 너롤 위ᄒ지 아니ᄒ면 엇지ᄒ여 와시리오?"

【75】 보옥이 홀일 업셔 도라가더라. 보옥이 즈긔 방즁의 니르러 싱각ᄒ디,

'이 일이 더옥 죠치 아니케 들네도다. 스리롤 의론홀진디 련이거(璉二哥)의 말이 노태태의 근본 명의(命意)롤 죠츠미니 한 글즈나 엇지 제가 지어내여시리오? 내 전일의 만일 림미미(林妹妹)의 신샹이 블평ᄒ여 날노 하여금 보져져(寶姐姐)로 더브러 결혼ᄒ믈 아랏시면 내가 원내 져 스위 한ᄒ고 좃지 아니ᄒ여실 거시오. 비록 노태태가 봉슈즈(鳳嫂子)의 궤계(詭計)롤 듯고 결친ᄒ다 ᄒ나 쏘흔 내 귀 【76】 의 지금가지 기시(其時) 셜화롤 긔록ᄒᄂ니 이제 련이게 즈긔 실인의 말을 변개(變改)ᄒ니 쏘흔 량심을 일치 아니ᄒ여시나 공교히 태태가 역참기즁(亦參其中)ᄒ여 보져져롤 위ᄒ여 차셔(次序)롤 평론ᄒ니, 내 전일 쳥문과 방관(芳官) 여러 즈미로 더브러 쏘흔 디쇼 분의(紛議)롤 거리끼지 아니코 잇다감[184] 져의 등이 안즈며 누엇ᄂ디 내가 도로혀 셔셔 져롤 뫼신 일도 이시니, 보져져의 년긔(年紀)가 원리 만흐믄 니르지 말고 림미미 쏘흔 져로 더브러 죠하ᄒ며 져의게 공 【77】 경ᄒᄂ니 림미미가 보져져 우히 거ᄒ다 ᄒ여도 무슨 고이ᄒ미 이시리오? 내가 보져져보다 년긔가 젹으디 전일의 내가 쏘흔 져의 우히 안즈시니 운ᄋ(雲兒) 등은 긱인(客人)이라 말ᄒ여 뿔디 업거니와 우리 집 숨미미(三妹妹)와 스미미(四妹妹)도 쏘흔 일즉 보져져 우히 안즈시니 뉘 도로혀 무슨 츠셔롤 거리끼리오마는 경경의 좌롤 경홀진디 쏘 뉘 츠셔롤 그릇ᄒ리오? 림미미와 보져져가 니런 스쇼흔 스졍을 모다 교계ᄒ다 니르기 어렵도다. 내가 쟝리 스스로이 놀 찌의 도 【78】 로혀 쳥문과 즈견가지 모다 한가지로 안고즈

ᄒ리니 만일 사롬이 잘못ᄒ다 말ᄒ면 나는 말ᄒ디 '젼일 노태태긔셔 스스로이 노실 찌의 엇지ᄒ여 원앙(鴛鴦)도 쏘한 가치 안게 ᄒ엿ᄂ고.' ᄒ리니 만일 사롬이 니르디 '원앙이 대쇼 분의롤 아지 못ᄒ다.' ᄒ면 원앙갓흔 사롬은 뉘 도로혀 져롤 따로리오? 노야도 말슴ᄒ디 '져롤 따르지 못ᄒ노라' ᄒ거늘 이제 태태(太太)긔셔는 도로혀 이런 쇼스의 ᄆᄋᆷ을 쓰시니 내가 곳 명빅히 알기 어렵고 보져져도 쏘흔 권희(勸解) 【79】 치 아니ᄒ니 너도 이 일의 ᄆᄋᆷ을 둔다 니르기 어렵도다. 보져져야, 네가 만일 진개 이 일의 ᄆᄋᆷ을 둘진디 젼일의 노태태 말슴ᄒ시되 '네가 범스(凡事)의 ᄆᄋᆷ을 두지 아니ᄒ다.' ᄒ심도 곳 거줏 거시로다. 내가 이졔 쏘흔 아지 못ᄒᄂ니 대슈즈(大嫂子)와 삼미미가 가셔 엇지 강론ᄒ엿ᄂ지 만일 이갓치 말ᄒ여시면 태태가 좃지 아닐니 업스리로다.'

ᄒ여 보옥이 쮜여단니며 어린 ᄋ히 쇼견갓치 싱각ᄒ더니 오후의 니환과 탐츈이 쏘흔 도라오ᄂ지라. 보옥이 드 【80】 러가 보니 니환과 탐츈이 우스며 니르디,

"태태긔셔 말슴ᄒ디 '젼슈히 너다려 무르라' ᄒ시더라."

ᄒ니 왕부인이 본디 보옥의 얼골도 보지 아니ᄒ다가 쏘 져의게 말을 뭇는다 ᄒᄂ지라. 보옥이 니르디,

"이 쏘흔 긔이ᄒ거니와 이 일은 내가 아른 쳬 아니ᄒ고 모다 노야긔셔 쥬쟝ᄒ시ᄂ지라. 무슨 말이 잇거든 노야긔 픔ᄒ리니 날노 ᄒ여곰 말을 ᄒ라 ᄒ나 내가 무어시라 ᄒ리오?"

니환은 다만 입을 쥐고 우스며 셕츈이 쏘흔 웃고 니르디,

"우리 등이 그 【81】 처럼 말ᄒ미 아니라 태태긔셔 말슴ᄒ시디 '노야긔도 픔치 말고 너의는 다만 보옥으로 ᄒ여곰 스리롤 평론ᄒ여 내가 듯게 ᄒ라' ᄒ시더라."

ᄒ며 니환이 쏘 웃고 니르디,

---

183) 【어리다】혱 어리석다. ¶ 못 ‖ 이거거는 어리도다 진개 노태태가 필경 너롤 보지 아니ᄒ기 어려오니 너는 샐니 가고 날노 ᄒ여금 드러가게 ᄒ라 (二哥哥呆了, 難道當眞的太太總不見你, 你快走, 讓着我.) <後紅 8:74>

184) 【잇다감】뿐 이따금. 종종. ¶ 有時候 ‖ 내 전일 쳥문과 방관 여러 즈미로 더브러 쏘흔 디쇼 분의롤 거리끼지 아니코 잇다감 져의 등이 안즈며 누엇ᄂ디 내가 도로혀 셔셔 져롤 뫼신 일도 이시니 (我從前同晴雯、芳官這般妹妹, 也不拘大小, 有時候他們坐着躺着, 我盡着的站定了服事他也有的.) <後紅 8:76>

"보형뎨야, 너는 뎨칠(第七) 거인(擧人)이라. 또흔 문쟝의 통ᄒ여 죠뎡(朝廷)이 도로혀 죠타 칭찬ᄒ여시니 네가 이런 리치(理致)를 평론치 못ᄒ랴?"

보옥이 니ᄅ디,

"대슈즈는 우은 말 말나. 날노 ᄒ여곰 리치를 평론ᄒ라 ᄒ니 내가 곳 리치를 평론ᄒ리라."

ᄒ고 즉시 방즈 싱각던 말을 【82】 일일히 말ᄒ며 또 말ᄒ디,

"만일 이갓치 가셔 말솜ᄒ면 태태긔셔 무숨 죳지 아닐 니 이시리오?"

니환과 탐츈이 웃고 니ᄅ디,

"진디[긔](眞個) 이갓치 말ᄒ면 태태긔셔 곳 죳츠시려니와 만일 태태긔셔 또 네게 무ᄅ디 '네가 진개 쥬쟝치 못흔단 말은 올흐나 병이 즁ᄒ여 상 우히 누엇다가 엇지 한 마디 허락ᄒ는 쇼식을 듯고 병이 그러툿 쾌복ᄒ뇨? 이도 그만 두고 엇지 림미미가 반이(搬移)ᄒ여 나가미 네가 병이 나더니 태태와 보져계 반이ᄒ여 나가는디 병이 【83】 나지 아니ᄒ느뇨?' ᄒ시면 너로 ᄒ여곰 엇지 리치를 평론ᄒ리오?"

ᄒ며 니환은 다만 웃기만 ᄒ고 졔가 엇지 평론ᄒ눈고 듯고즈 ᄒ더니 보옥이 니ᄅ디,

"이는 더옥 용이ᄒ도다. 사름이 뉘가 능히 무손 병을 꾸며내리오? 병이 가탁이라 홀진디 왕태의(王太醫) 약도 거즛 거시라 ᄒ기 어려오니 원리 니ᄅ 비증투졔(配症投劑)ᄒ다 ᄒ니 병이 업ᄉ면 엇지 약을 밧으리오? 만일 엇지ᄒ여 나핫느냐 말ᄒ면 내가 능히 즈긔 임의로 나홀진디 젼일 엇지 즈긔 【84】 임의로 병이 나지 아니케 못ᄒ여시리오? 이졔 또 말ᄒ디 '태태가 보져져를 다리고 가미 또흔 병이 발흔다' ᄒ면 우리 집안의 대슈즈와 삼미미도 또흔 병이 나리라. 림미미 반이홀 씨와 판의 박은 듯시 다만 날노 ᄒ여곰 병이 나게 홀진디, 내가 지금 실노 병이 업ᄉ니 엇지 거즛 꾸미며 이도 그만 두고 태태 ᄆ움디로 보져져를 도와 진개 날노 ᄒ여곰 진개 병이 나게 ᄒ면 내 또흔 태태의 뜻을 조츠 거즛 칭병(稱病)홀 거시로디, 왕태의가 단정코[185] 젼

ᄒ니 니환과 탐츈이 더옥 웃는지라. 보옥이 발을 구ᄅ고 니ᄅ디,

"나는 졍경(情景)을 말ᄒ거눌 【86】 너의는 도로혀 우음의 말노 아니 나는 다만 긔가 오ᄅ눈도다."

니환이 웃고 니ᄅ디,

"보형뎨가 극히 올토다. 우리가 진개 이러툿 말ᄒ면 태태긔셔 단졍코 드ᄅ시리라."

보옥이 니ᄅ디,

"필경 대슈지 명빅ᄒ도다."

졍히 말홀 ᄉ이의 죠셜근이 보옥을 쳥ᄒ거눌 보옥이 즉시 가눈지라. 니환과 탐츈이 우음을 그치고 모다 니ᄅ디,

"너는 져 못싱긴 사름을 보라."

ᄒ며 니환이 니ᄅ디,

"우리 원리 즉시 가고즈 ᄒ여시니 필경 져를 위ᄒ여 멋 마디 말을 꾸미 【87】 리로다."

탐츈이 이윽히 침음(沈吟)ᄒ다가 니ᄅ디,

"대슈즈는 후두(糊塗)치 말나. 태태긔셔 보거거(寶哥哥)의 위인(爲人)을 아ᄅ시니 블과 믈 통갓치 젼ᄒ여 노야의 귀의 가게 ᄒ는 거시 올흐며 오늘은 원리 노야를 위ᄒ여 갓시니 엇더ᄒ던지 또흔 노야긔 픔ᄒ여야 죠흐리로다."

니환이 니ᄅ디,

"또흔 가치 아닌지라. 의ᄉ(意思)는 그러ᄒ디 우리 ᄋ녀(兒女) 된 사름이 또흔 그쳐럼 말을 젼ᄒ기 어려오니 다만 말을 꾸며 져 량위 노인네로 ᄒ여곰 화ᄒ게 ᄒ미 죠흐리라."

탐츈이 또흔 졈 【88】 두(點頭)ᄒ더니 한즈음 지내여 탐츈이 니ᄅ디,

---

185) 【-코】⑬ ((일부 한자 어근이나 명사 뒤에 붙어)) 부사를 만드는 접미사. ¶ 왕태의가 단정코 젼일 약방문을 가져 날노 먹게 ᄒ리니 내가 실

일 약방 【85】 문(藥方文)을 가져 날노 먹게 ᄒ리니 내가 실병(實病)이 업거눌 엇지 먹으며 아니 먹기도 어려오니 너의는 싱각ᄒ라 내가 곳 엇지ᄒ여야 죠흐리오? 다만 져허컨디 태태긔셔 도로혀 먹기를 원치 아니시리니 이졔 너의는 나의 말을 태태긔 픔ᄒ고 또흔 태태긔 평논ᄒ기를 쳥ᄒ디 또 이러치 아니면 보져져도 또흔 찬죠(贊助)ᄒ여 강론ᄒ면 태태긔셔 아니듯지 못ᄒ시리라."

병이 업거눌 엇지 먹으며 아니 먹기도 어려오니 너의는 싱각ᄒ라 (這王太醫一定也將前日的藥方給我吃, 我沒有病, 如何吃得, 不吃又不是的, 你們想想.) <後紅 8:84>

"이 말을 쏘흔 꾸미기 어려오니 너는 싱각ᄒ라. 꾸미고즈 홀진디 블가블 보거거(寶哥哥)롤 위ᄒ여 꾸밀지니 엇더케 꾸미던지 필경 보거게 노야의 단쳐(短處)롤 말ᄒ미 될 거시오, 둘지는 범시(凡事) 쏘흔 결말이 잇기롤 바라거놀 이 일은 필경 엇지 결말ᄒ다 ᄒ리오? 너와 나는 실노 어렵도다."

니환이 니ᄅ디,

"쏘흔 어려오나 방즈 도라올 쩌의 너와 내가 모다 명빅히 픔ᄒ디 '갓다가 즉시 오마.' ᄒ엿고 태태긔셔도 【89】 디답ᄒ는 말솜이 '너의는 쏘흔 나롤 져바리지 말나.' ᄒ여시니 이졔 쏘흔 시긱이 느즌지라 필경 엇더하디[던]지 가셔 회답(回答)ᄒ리라."

탐츈이 한 번 싱각ᄒ더니 웃고 니ᄅ디,

"올토다. 우리 다만 보거거의 방즈 ᄒ던 말을 일즈도 곳치지 말고 모다 태태와 이마(姨媽)와 보챠의게 들녀 아직 우음을 취ᄒ여 금일을 지내고 다시 강론(講論)ᄒ리라."

니환이 웃고 니ᄅ디,

"쏘흔 죠토다."

ᄒ고 니환과 탐츈이 즉시 가더라.

챠셜, 죠셜근(曹雪芹)이 보옥을 쳥ᄒ여 와 【90】 무어슬 강론ᄒ는고? 원리 림량옥이 져의게 부탁ᄒ여 몬져 강경셩(姜景星)을 위ᄒ여 희봉(喜鳳)과 구혼홀 의시라. 보옥이 일양 강경셩을 쇼디 ᄒ믄 만일 졔가 대옥의 말을 무ᄅ믈 인ᄒ여 심즁의 쏘흔 졔가 림량옥으로 더브러 죠하ᄒ여 디옥을 아스갈가 져허ᄒ미러니 이졔 졔가 다른 사롬을 션퇴ᄒ디 쏘흔 즈긔의 즈미오 대옥은 샹관업시 된지라. 심즁의 도로혀 쾌락ᄒ 【91】 여 믄득 담당ᄒ여 허락ᄒ고 쏘 가련을 쳥ᄒ여 홈긔 샹의ᄒ니, 가련이 영부즁(榮府中)의 시로 신방 탐화미부(探花妹夫)룰 엇고 련ᄒ여 쏘 일개 쟝원미부(壯元妹夫)룰 어드믈 보고 심즁의 엇지 즐겨ᄒ지 아니며 쏘흔 젼일 가졍이 강경셩을 관디(欵待)ᄒ는 의스롤 보왓는지라 믄득 십분 허락ᄒ니 죠셜근이 즉시 환텬희디(歡天喜地)ᄒ여 도라가 림량옥과 강경셩의게 고ᄒ고 희란의 즈미와 대옥가지 모다 아는지라. 인인(人人)이 쾌락ᄒ여 다만 가졍의게 고ᄒ 【92】 여 즉시 튁일(擇日)ᄒ고 셩혼코즈 ᄒ더라.

각셜, 왕부인과 보치 셜이마 집의 반이ᄒ 므로붓허 삼인이 십분 원한(怨恨)ᄒ여 다만 봉져부부(鳳姐夫婦) 량인이 젼후의 일을 보슙히믈 미원(埋怨)ᄒ디 이졔 왕얘 모다 ᄉ졍을 알고 일즈(日子)도 쏘흔 갓가오니 엇지 변개ᄒ리오? 블과 우리가 사롬과 지믈이 모다 픠(敗)ᄒ믈 보고 셰리(勢利)로 죠츠 가미니 우리는 다만 일싱을 셔로 직희고 지내여 져의 등은 집의 오지 아니케 ᄒ면 필경 지각 잇는 사롬이 잇셔 져롤 보고 져의 무 【93】 법무텬(無法無天)ᄒ 거슬 가마니 우으리라 ᄒ고 노즈미(老姊妹) 량인이 다만 샹심ᄒ며 쏘 셜반(薛蟠)이 알가 두리디, 계가 셩품이 죠치 아니ᄒ여 젼일 발노(發怒)ᄒ여실 쩌의 쏘흔 가셔 보옥을 치미 이시니 이졔 마죠치면 쏘 무슨 일을 들네여 내여 량 편이 모다 죠치 못ᄒ리라 ᄒ여 몬져 져롤 산동(山東) 염무(鹽務)의 보내여 가가(賈家)의 집 일이 지나기롤 기다려 다시 오게 ᄒ고 쏘 셜과(薛蝌)로 ᄒ여곰 가시(賈氏)의 집 사롬을 슈응(酬應)케 아니ᄒ여 각각 셰월을 지내게 홀 시 노즈미 량인은 다만 【94】 눈믈을 홀니고 가련 등을 슈죄ᄒ며, 보챠는 비록 대방가(大方家)나 도로혀 민답(悶沓)ᄒ믈 면치 못ᄒ여 쏘흔 힘힘히[186) 향릉(香菱)과 잉ᄋ(鶯兒)와 문힝(文杏)과 치운(彩雲)과 옥슌ᄋ(玉釧兒) 등으로 더브러 침션(針線)ᄒ며 지내니 졍히 시(詩)의 닐너시디,

슈지슈달금규녀(誰知繡闥金閨女)
야쟉견라보옥인(也作牽蘿補屋人)

뉘 알니오 슈달금규의 부녜
쏘흔 덤굴을 닛그러 집을 깁는 사롬이 되엿도다.

니환과 탐츈이 다시 오니 셜이마와 왕부인이 즉시 쳥ᄒ여 드러가니, 아지 못게라 니환과 탄[탐]츈 【95】 이 무슨 말을 ᄒ엿는고 챠텽하회분ᄒ(且聽下回分解)ᄒ라.

---

186) 【힘힘히】 ㋬ 부질없이. ¶ 閑閑的 ‖ 보챠는 비록 대방가나 도로혀 민답ᄒ믈 면치 못ᄒ여 쏘흔 힘힘히 향릉과 잉ᄋ와 문힝과 치운과 옥슌ᄋ 등으로 더브러 침션ᄒ며 지내니 (寶釵雖則大方, 也不免悶着, 倒反閑閑的, 同香菱、鶯兒、文杏、彩雲、玉釧兒等, 做起針線活計來.) <後紅 8:94>

[후홍루몽後紅樓夢 권지구卷之九]

【1】 화셜, 니환(李紈)과 탐츈(探春)이 다시 오니 셜이마(薛姨媽)와 왕부인(王夫人)이 즉신 [시] 쳥ᄒ여 드러가고 보챠(寶釵)와 향릉(香菱)도 ᄯ흔 셔셔히 침션(針線)을 노코 나와 홈긔 안즐 시 니환과 탐츈이 다만 웃거늘 삼인(三人)이 ᄯ흔 뭇지 아니터니 탐츈이 다만 우스며 니르디,

"우리 등이 져긔 가셔 다만 보옥(寶玉)의게 뭇고ᄌ ᄒᆞᆯ 쁜 아니라 ᄯ흔 노야(老爺)의게 품코ᄌ ᄒ엿더니 노애 다만 도라오지 【2】 아니ᄒ여 우금(于今) 기다려도 오히려 도라오지 아니ᄒᄂ지라. 우리 등이 곳 태태(太太)의 말숨더로 보옥의게 무르니 진긔 리치(理致)롤 평론ᄒ더라."

ᄒ디 왕부인이 니르디,
"내가 듯고ᄌ ᄒ노라."

니환과 탐츈이 일일히 젼ᄒ니 왕부인과 셜이미 ᄯ흔 허리가 썩쩌지도록187) 웃고 보챠와 향릉도 ᄯ흔 우음을 참지 못ᄒᄂ지라. 탐츈이 니르디,

"보거게(寶哥哥) 도로혀 졍경으로 챡급(着急)ᄒ여 우리로 ᄒ여곰 이와 갓치 품ᄒ면 태태긔셔 단졍코 허락ᄒ시리라 ᄒ더 【3】 라."

ᄒ니 왕부인이 곳 공즁을 바라고 혀츠며 긔(氣)롤 내여 ᄶᅮᆽ디,
"후두(糊塗)한 쇼ᄌ야!"

ᄒ며 셜이마도 ᄯ흔 우스며 니르디,
"다만 그만두라. 이 실심(實心)의 ᄒᆡ지(孩子) 엇지 글의ᄂ 도로혀 명빅ᄒ뇨? 미미(妹妹)야 너ᄂ 드르라. 도로혀 무어시 긔가 나ᄂ뇨? 네가 도로혀 져의게 뭇고ᄌ ᄒ니 가련토다."

탐츈이 니르디,
"이슈ᄌ(二嫂子)ᄂ 응당 ᄌ셔히 알니라. 이 말을 우리가 ᄭᅮ민 말이 아니로라."

셜이미 니르디,

"죠흔 고낭(姑娘)아, 우리 보차뒤(寶叉頭) 이졔ᄂ 네가 져다려 슈ᄌ라 닐ᄀᆞᆾ지 말나."

【4】 니환이 니르디,
"이태태(姨太太)ᄂ 엇지 이런 당치 못ᄒ 말숨을 ᄒᄂ뇨? 졔가 엇지 슈ᄌ가 되지 못ᄒ리오?"

왕부인이 니르디,
"슈ᄌ가 될 사롬이 ᄯ 잇ᄂ니라."

탐츈이 니르디,
"곳 ᄌᄌ(姊姊)와 미미가 더 온다 ᄒ여도 모다 가즁(家中)의 죠흔 ᄌ민니 뉘 낫고 낫지 못ᄒ다 ᄒ리오? 우리ᄂ 모다 평심(平心)ᄒ여 지내고ᄌ ᄒ노라."

니환이 져의 말이 죵시(終始) 긴챡(緊着)ᄒ믈 보고 왕부인이 번뇌(煩惱)ᄒᆯ가 두려 즉시 니르디,

"노야ᄂ 금일의 원리 오고ᄌ ᄒ시더니 다만 공시(公事) 밧브고 ᄯ 슈유(受由)188)롤 아직 엇지 못ᄒ여시 【5】 니 다만 져허컨디 금명간(今明間)의 즉시 와 이태태긔 쳥안(請安)ᄒ고 태태롤 뵈읍고 담화(談話)ᄒ며 ᄯ 림미미(林妹妹) 안부롤 무르려 ᄒ실 시 몬져 우리로 ᄒ여곰 왓노라."

왕부인이 웃고 니르디,
"다힝히 네가 ᄉ면(四面)의 광(光)을 내ᄂ도다"

탐츈이 ᄯ흔 찬죠(贊助)ᄒ여 말ᄒ니 셜이마와 보챠ᄂ 모다 말 아니ᄒ고 왕부인이 믄득 니르디,

"노야ᄂ 원리 가쟝 즁대ᄒ여 국쳑(國戚)이오, ᄯ 셰습(世襲) 공쟉(公爵)이라. 우리 ᄌ민 모녀(母女)들이 이곳의 이시나 도로혀 무슨 사롬이라 혜리오? 당쵸 근긔(根基)롤 의론ᄒᆯ진디 셜시(薛氏)가 【6】 원리 지무덕이189) 속의셔 나오

---

187) 【썩쩌지다】 동 꺾어지다. 꺾이다. ¶ 왕부인과 셜이미 ᄯ흔 허리가 썩쩌지도록 웃고 보챠와 향릉도 ᄯ흔 우음을 참지 못ᄒᄂ지라 (也把王夫人、薛姨媽笑的肚子疼了, 連寶玉、香菱也忍不住笑起來.) <後紅 9:2>

188) 【슈유】 명 수유(受由). 말미. 휴가. ¶ 假 ‖ 노야ᄂ 금일의 원리 오고ᄌ ᄒ시더니 다만 공시 밧브고 ᄯ 슈유롤 아직 엇지 못ᄒ여시니 (老爺呢, 今天原也要過來, 只是公事忙, 也告過假沒有準.) <後紅 9:4>

189) 【지무덕이】 명 재무더기. 잿더미. ¶ 灰堆 ‖ 당쵸 근긔롤 의론ᄒᆯ진디 셜시가 원리 지무덕이 속의셔 나오지 아니ᄒ엿시나 다만 이졔 형셰도 픠ᄒ고 운슈도 궁ᄒ고 인믈도 ᄯ흔 변변치 아니ᄒ니 (評起根基上呢, 原也不是灰堆裏出來的, 只是而今勢也敗, 家又窮, 人材兒也不出色.) <後紅

지 아니ᄒᆞ엿시나 다만 이제 형세(形勢)도 퓌(敗)ᄒᆞ고 운슈(運數)도 궁(窮)ᄒᆞ고 인믈(人物)도 ᄯᅩᄒᆞᆫ 변변치 아니ᄒᆞ니 무슨 한 가지가 져 사ᄅᆞᆷ을 ᄯᅡ르며 ᄯᅩ 무슨 력량(力量)이 잇셔 그 집 싱계(生計)ᄅᆞᆯ 도으며, ᄒᆞ믈며 본ᄅᆡ 가부(賈府)의 혈믹(血脈)의 쳑의(戚誼)가 업스니 우리가 도로혀 즈긔가 사ᄅᆞᆷ이라 혜려 ᄒᆞ나 ᄯᅩᄒᆞᆫ 붓그럽도다. 진시 져 사ᄅᆞᆷ의게 ᄉᆞ양ᄒᆞ여도 져 사ᄅᆞᆷ이 도로혀 더된 거슬 혐의(嫌疑)ᄒᆞᆯ지니 노애 그런 좌지(坐地)190)로 도로혀 우리 곳의 니ᄅᆞ고ᄌᆞ ᄒᆞ리오? 진개 오고ᄌᆞ ᄒᆞᆯ진디 너의 【7】 등은 ᄯᅩᄒᆞᆫ 맛당히 져의게 실노 당치 못ᄒᆞᆷ을 스례ᄒᆞ리로다. 우리 이 질ᄋᆞ(姪兒)는 가쟝 명빅ᄒᆞ여 쟉일(昨日)의 보옥이 왓거ᄂᆞᆯ 졔가 말ᄒᆞ디 '우리 집 문이 근일의 낫기가 한 ᄌᆞ의 지나지 못ᄒᆞ여 드러가지 못ᄒᆞ리라.' ᄒᆞ여시니, 너는 노야긔 샤례ᄒᆞ디 져 쇼ᄌᆞ도 드러오지 못ᄒᆞ엿거든 ᄒᆞ믈며 노야 갓흔 대인(大人)이랴 ᄒᆞ라."

ᄒᆞ니 니환과 탐츈이 ᄯᅩ 웃고 니ᄅᆞ디,

"우리 등이 쳐음으로 태태의 취미 잇ᄂᆞᆫ 말을 드럿도다. 집의 도라가면 감히 고치 아니치 못ᄒᆞ리라."

셜【8】이미 ᄯᅩ 니ᄅᆞ디,

"진개 너의 두 분의게 샤례(謝禮)ᄒᆞ여 멈츄기ᄅᆞᆯ 쳥ᄒᆞᄂᆞ니 이 모양 집의 노야ᄅᆞᆯ 오시게 ᄒᆞᄂᆞᆫ 거시 엇지 죠흐리오?"

졍히 말ᄒᆞᆯ ᄉᆞ 셜쾌(薛蝌) 사ᄅᆞᆷ으로 ᄒᆞ여곰 드러와 픔ᄒᆞ디,

"보이애(寶二爺) 오릭 셔셔 단졍코 드러오고ᄌᆞ ᄒᆞ며 어ᄌᆞ러이 지져괴더 대내내(大奶奶)와 삼고낭(三姑娘) 갓흔 사ᄅᆞᆷ은 엇지 능히 드러오고 엇지ᄒᆞ여 다만 나는 못드러가게 ᄒᆞᄂᆞ뇨 ᄒᆞ더라."

ᄒᆞ고 그 말 픔ᄒᆞᄂᆞᆫ 사ᄅᆞᆷ이 ᄯᅩᄒᆞᆫ 입을 쥐고 우ᄉᆞ미 즁인(衆人)이 듯고 혹 긔도 내고 웃기도 ᄒᆞᆯ ᄉᆞ 셜이미 ᄯᅩ 웃고 니ᄅᆞ디,

"그만 【9】 두라. 이 실심(實心)의 히ᄌᆞ다려 도로혀 무어슬 무ᄅᆞ려 ᄒᆞᄂᆞ뇨? 가련토다!"

탐츈이 믄득 니ᄅᆞ디,

"ᄯᅩᄒᆞᆫ 져로 ᄒᆞ여곰 드러오게 ᄒᆞ라."

ᄒᆞ니 왕부인이 련망히 ᄭᅮ지져 멈츄고 ᄯᅩ 니ᄅᆞ디,

"져ᄅᆞᆯ 밀쳐 가게 ᄒᆞ디 ᄯᅩ 가지 아니ᄒᆞ거든 이 후두(糊塗)한 쇼ᄌᆞᄅᆞᆯ 두다려 보내라."

ᄒᆞᆫ디 탐츈이 샐니 니ᄅᆞ디,

"져ᄅᆞᆯ 긔롤 올녀 풍증(瘋症)이 나게 말나. 너는 다만 보이야의게 고ᄒᆞ여 말ᄒᆞ디 나와 다못 대내내가 져의 말을 일일히 픔ᄒᆞ엿더니 이태태와 태태긔셔 진기 응낙ᄒᆞ시니 샐니【10】 도라가라. 우리도 이곳의 잇다가 ᄯᅩᄒᆞᆫ 즉시 도라간다 ᄒᆞ라."

ᄒᆞ니 기인(其人)이 즉시 답응(答應)ᄒᆞ고 셜과ᄅᆞᆯ 쳥ᄒᆞ여 나가 보옥을 다리여 도라가게 ᄒᆞ더라.

니환과 탐츈이 ᄯᅩ 흔담ᄒᆞ여 일면으로 좌젹ᄒᆞ며191) 일면으로 권히(勸解)ᄒᆞ니 셜이미 도로혀 회심(回心)ᄒᆞᄂᆞᆫ 의시(意思) 잇거ᄂᆞᆯ 모다 갓치 안ᄌᆞ 침션을 구경ᄒᆞ며 믈식도 맛쵸며 실을 쐬다가 셕반(夕飯)을 먹은 후의 바야흐로 도라오더라.

ᄎᆞ시 가졍(賈政)이 도라온지 임의 오리여 가련(賈璉)이 몬져 와 희봉(喜鳳)의 말을 픔ᄒᆞ니 가졍이 【11】 ᄯᅩᄒᆞᆫ 즉시 응낙(應諾)ᄒᆞ고 희츌망외(喜出望外)ᄒᆞ여 분부(吩咐)ᄒᆞ디,

"내가 명일(明日)의 태태로 더브러 샹의ᄒᆞᆯ 기다려 회답ᄒᆞ라 가디 ᄯᅩ 일견 일갓치 태태의 ᄯᅳᆺ을 거스리지 말나."

ᄒᆞ니 가련이 가ᄂᆞᆫ지라. 가졍이 대옥(黛玉)의 일을 ᄉᆡᆼ각ᄒᆞ미 일ᄌᆞ(日子)도 갓갑고 왕부인과 셜이미 ᄯᅩ 이쳐럼 들네여 외면의 량위(兩位) 왕애(王爺) 모다 아니 내 엇지 내령(內令)을 두려 쥬의(主意)ᄅᆞᆯ 졍치 못ᄒᆞ리오? 만일 이갓치 힝ᄒᆞ여도 ᄯᅩᄒᆞᆫ ᄉᆞ쳬(事體)ᄅᆞᆯ 일우지 못ᄒᆞᆯ 거시오. 곳 이갓치 일을 지내고 ᄯᅩ 왕부【12】인과 보챠ᄅᆞᆯ 영졉(迎接)ᄒᆞ여 와도 쟝리 고식(姑媳) ᄌᆞ미지간(姊妹之間)의 ᄯᅩᄒᆞᆫ 블평ᄒᆞ리라 ᄒᆞ여 졍히

---

190) 【좌지】 명 좌지(坐地). 높은 지위. ¶ 分兒 ∥ 진시 져 사ᄅᆞᆷ의게 ᄉᆞ양ᄒᆞ여도 져 사ᄅᆞᆷ이 도로혀 더된 거슬 혐의ᄒᆞᆯ지니 노애 그런 좌지로 도로혀 우리 곳의 니ᄅᆞ고ᄌᆞ ᄒᆞ리오 (趕緊的讓人家, 人家還嫌的遲呢, 老爺這樣的分兒, 還要到咱們這裏.) <後紅 9:6>

191) 【좌젹ᄒᆞ다】 통 좌적하다. ¶ 散悶 ∥ 니환과 탐츈이 ᄯᅩ 흔담ᄒᆞ여 일면으로 좌젹ᄒᆞ며 일면으로 권히ᄒᆞ니 셜이미 도로혀 회심ᄒᆞᄂᆞᆫ 의시 잇거ᄂᆞᆯ (李紈、探春又尋些閑話來散悶, 也帶着解勸, 倒象姨太太有個轉過來的意思.) <後紅 9:10>

어려히 너기더니, 니환과 탐츈이 도라오믈 듯고 즉시 사룸을 시겨 쳥ᄒ여 가니 량인이 왕부인과 셜이마의 말을 죠홀디로 여간192) 꾸며 고ᄒᆫ디 가졍이 쏘ᄒᆫ 비편(非便)ᄒ여 가쟝 쥬져ᄒ나 죵시 글을 비혼 사룸이라 엇지 즐겨 긔운을 낫쵸와 부인 규각(閨閣) 즁으로 가리오마ᄂᆞᆫ 이 일이 쏘ᄒᆫ 아니가기도 어려온지라. 인ᄒ여 싱각ᄒᆞ디,

'지금 희봉의 일이 이시니【13】 엇지 이 일을 빙즈ᄒ고 가셔 샹의ᄒᆫ 후의 인ᄒ여 져룰 권ᄒ여 도라오게 아니리오마ᄂᆞᆫ 다만 이태태가 거리끼니 엇지 결졍ᄒ리오?'

ᄒ여 쳔ᄉ만샹(千思萬想)ᄒ다가 다만 가련을 블너 이경(二更)가지 비밀이 의론ᄒ여 모든 일을 가련의게로 미뤼고 가졍은 왕부인의 니환과 탐츈을 시겨 왕복ᄒᆞᆫ 법을 비화 즈긔가 도로혀 가셔 보챠의게 비러 회심케 ᄒ리라 ᄒ여 쥬의룰 졍ᄒ고 명일 좌[하]죠(下朝) 후의 쏘ᄒᆫ 영국부(榮國府)의도 오지 아니ᄒ고 그 길노 셜가(薛家)로 오니, 셜【14】과ᄂᆞᆫ 곳 지친쇼비(至親小輩)라 감히 공경ᄒ여 영졉지 아니며 쏘 가졍도 스스로 일이 곳지 못ᄒᆞᆷ믈 알미 엇지 미셰지ᄉ(微細之事)룰 교계(較計)ᄒ리오? 즉시 셜과룰 블너 사룸으로 ᄒ여곰 왕부인 등의게 품ᄒᆞ디,

"내가 드러가 쳥안ᄒ려 ᄒ다 ᄒ라."

ᄒ고 일면으로 셜과의 손을 닛글고 내당(內堂)의 드러가 안ᄌ 사룸으로 ᄒ여곰 이태태와 태태의게 쳥안ᄒ고 보이내내(寶二奶奶)룰 쳥ᄒ여 나오게 ᄒ니 왕부인이 즉시 막잘나193) 내여 보내지 아니ᄒᆞᆫ지라. 가졍이 련ᄒ여 직쵹ᄒ니 도로혀 셜이【15】미 블안ᄒ여 보챠룰 나아가게 ᄒ니 보치 쏘ᄒᆫ 셜이마룰 위ᄒ여 나와 쳥안ᄒ거늘 가졍이 쏘ᄒᆫ 안부룰 뭇고 한온(寒溫)을 펴며 쏘 말ᄒᆞ디,

"가즁의 ᄉ뮈 영쇄(零碎)ᄒᆫ지라. 내 이졔 태태와 식부(媳婦)룰 쳥ᄒ여 가려 ᄒ니 여간 분별홀 일을 맛치고 다시 오라."

ᄒ며 쏘 강경셩(姜景星)의 혼ᄉ(婚事) 일편

(一遍)을 니ᄅ고 니ᄅ디,

"이ᄂᆞᆫ 녀히ᄋ(女孩兒)의 일이니 젼혀 태태가 쥬의룰 졍ᄒ여야 바야흐로 져 집의 회답(回答)ᄒ리라. 그 집 사룸이 지금 기다리ᄂᆞ니 집으로 도라가 샹의ᄒ거나 쏘 여긔셔 회답홀【16】말을 니ᄅ거나 ᄒ라. 태태가 허락홀 뜻이 업셔도 쏘ᄒᆫ 무ᄉ 말을 ᄒ여야 내가 져의게 회답ᄒ리라."

보치 겨유 방의 드러가미 왕부인 죵시 회봉을 ᄉ랑ᄒᆞᆫ지라. 분두(憤頭)의 말을 잘못ᄒ여 이 혼ᄉ룰 그릇칠가 두려ᄒ여 믄득 말ᄒᆞ디,

"이 봉히ᄌ(鳳孩子)ᄂᆞᆫ 원리 노태태(老太太)의 끼치신 명의(明意)가 잇ᄂᆞᆫ지라. 이졔 이 집과 결혼ᄒ면 노태태 혼령도 쏘ᄒᆫ 희환(喜歡)ᄒ실지니 내가 무ᄉ 말을 ᄒ리오? 다만 외간(外間)의셔 쥬쟝(主掌)ᄒ여 응낙ᄒ미 죠ᄒ리라. 이런 녀히ᄋ의 일은 곳 내게 뭇【17】거니와 다른 일은 모다 스스로 련쇼ᄌ(璉小子)로 더브러 샹의ᄒ라."

ᄒ니 가졍이 본디 대옥의 일을 가련의게 미뤼고ᄌ ᄒ다가 ᄎ언(此言)을 듯고 믄득 니ᄅ디,

"져허컨디 가련이 무ᄉ 일을 잘못ᄒ엿도다."

ᄒ니 왕부인이 링쇼(冷笑)ᄒ며 단셔텰권(丹書鐵券)과 고봉칙명(誥封勅命)의 말을 말ᄒ고 보챠의 ᄎ셔(次序)ᄂᆞᆫ 분명이 졔긔치 아니ᄒ고 다만 니ᄅ디,

"엇지 남의 말을 후두(糊塗)ᄒ게 편쳥(偏聽)ᄒ여 젼후 대쇼룰 모다 이졋ᄂᆞ뇨?"

ᄒ니 이ᄂᆞᆫ 왕부인의 본식(本色)이라. 비록 부부 의견이 참치(參差)ᄒ나 쏘【18】ᄒᆫ 졍의(情意)가 본디 죠흔지라. 이러틋 풍간(諷諫)ᄒᆞᆫ 말이 쏘ᄒᆫ 샹경여빈(相敬如賓)ᄒ더라. 가졍이 믄득 니러나 니ᄅ디,

"원리 련이(璉兒) 이러틋 ᄒ엿거늘 내가 젼슈히194) 아지 못ᄒ여시니 내가 도라가 져로 ᄒ

---

192) 【여간】 ⊞ 여간(如干). 약간. 조금. ¶ 些 ‖ 니환과 탐츈이 도라오믈 듯고 즉시 사룸을 시겨 쳥ᄒ여 가니 량인이 왕부인과 셜이마의 말을 죠홀 디로 여간 꾸며 고ᄒᆫ디 (聽見李紈、探春回來, 就叫人請去, 這兩個人便將王夫人、薛姨媽的言語, 斟酌了好些回上去.) <後紅 9:12>

193) 【막잘ㄴ】 ⑤ 《막자ᄅ다》 막지르다. 막다. 거절하다. ¶ 擋 ‖ 보이내내룰 쳥ᄒ여 나오게 ᄒ니 왕부인이 즉시 막잘나 내여 보내지 아니ᄒᆞᆫ지라 (請寶二奶奶出來, 王夫人就擋住了不許出去.) <後紅 9:14> ⇒ 막즈르다, 막즈ᄅ다, 막줄ㄴ-, 막줄ᄅ-

194) 【젼슈히】 ⊞ {젼수(全數)히}. 모두. ¶ 通 ‖ 원

여곰 오게 ᄒ리니 청컨디 량위 노인네는 도져히195) 교훈ᄒ라.”

ᄒ고 공즁을 향ᄒ여 읍ᄒ며 ᄯ 보챠의 엽흘 향ᄒ여 읍ᄒ니 셜과와 보치 황망히 붓드러 머믈거늘 가졍이 니ᄅ디,

“나ᄅ 위ᄒ여 이태태와 태태긔 샤례ᄒ고 태태긔 쳥ᄒ여 너와 홈긔 도라오게 ᄒ라.”

ᄒ니 【19】 보치 답응ᄒ는지라. 가졍이 믄득 셜과ᄅ 니별ᄒ고 도라오더니 가련이 즉시 가셔 한즈음 안졋다가 바야흐로 셜과ᄅ ᄯ라 드러올 시 보챠와 향릉은 피ᄒ고 셜이마는 믄득 니러나며 왕부인은 안즈 니지 아니ᄒ는지라. 가련이 다만 셧더니 왕부인이 일쟝(一場) 슈죄(數罪)ᄒ디 가련이 감히 변빅(辨白)지 못ᄒ더니 왕부인이 ᄯ 니ᄅ디,

“너의 부부 량인은 젼후 일을 가음아라196) 셩픽간(成敗間) 임의로 ᄒ디 다만 남의 집 셰리(勢利)만 보니 네 안졍(眼睛)이 가쟝 ᄆᆰ도다. 너의는 모다 가시(賈氏) 【20】 문즁(門中)이어니와 도로혀 너의 집의 젼일 지죠와 지혜 잇는 사름은 졍히 머리 우희 왕ᄯᄅ 넛거늘 너는 부쳐의 낫만 보고 즁의 낫츤 보지 아니ᄒ여 엇지 우리 즈미 모녀ᄅ 이러툿 것구ᄅ치느뇨?”197)

ᄒ며 ᄯ 단셔텰권과 칙봉고명 일을 일일히 슈죄ᄒ고 ᄯ 말ᄒ디,

“죠흔 례법(禮法) 아는 동지관(同知官)아, 너의 져 유지유덕(有才有德)ᄒ 사름이 이곳의 사라 잇셔도 ᄯ흔 졔가 이쳐럼 들네는 거슬 금지ᄒ리라.”

ᄒ여 일면으로 말ᄒ며 일면으로 눈믈을 ᄲ거늘 가련이 이런 광경을 보 【21】 고 무한 고두(叩頭)ᄒ디 오히려 플니지 아니ᄒ는지라. 다만 즈긔 숀으로 즈긔 입을 치며 스스로 ᄭᅮ짓기ᄅ 마지 아니커늘 셜이마 등이 모다 블안ᄒ며 왕부인도 ᄯ흔 ᄆ옴이 인즈ᄒ지라 믄득 니ᄅ디,

“네가 이러툿 ᄒ여 무엇ᄒ리오? 네가 말이 잇거든 모다 말ᄒ라.”

ᄒ며 셜과도 ᄯ흔 련망(連忙)히 져ᄅ 권히

ᄒ는지라. 가련이 니ᄅ디,

“태태긔셔 말ᄒ라 ᄒ시면 곳 말을 홀 거시오, 말나 ᄒ시면 엇지 감히 ᄒ리오?”

왕부인이 니ᄅ디,

“너는 모다 말ᄒ라.”

ᄒ니 가련 【22】 이 니ᄅ디,

“만일 단셔쳘권과 칙명고봉 일을 말홀진디 실노 질ᄋ(姪兒)가 강론(講論)ᄒ 거시로디 다만 죠종(祖宗)의 영요(榮耀)ᄒ 믈건과 즈손(子孫)의 길니(吉利)ᄒ 일노의 비립(排立)ᄒ여 량 편이 모다 보기 죠케 ᄒ미니 우리가 그 믈건을 맛당히 림부(林府)의 보내지 아니ᄒᆫ 니ᄅ지 말고 림표뎨(林表弟) 지금 한림(翰林) 벼슬의 이시니 졔가 엇지 감히 바드리오? ᄯ 이러홀 ᄲᆫ 아니라 다만 죠종의 젼ᄒ여 오는 의쟝(儀裝)과 지금 림부즁(林府中)의 잇는 의쟝을 그날의 니ᄅ러 모다 일노(一路)의 버리 【23】 고 갈 거시오. 하믈며 칙명 이하 모든 믈건을 젼일 히미미(喜妹妹) 림부의 갈 ᄶᅵ의 임의 한 번 보내여시나 림부의셔 엇지 일죽 한 가지나 머믈너시리오? 이태태와 태태는 이거슬 싱각ᄒ시면 곳 황연(恍然)ᄒ리라. 지어(至於) 림표미(林表妹)의 ᄉ졍은 ᄯ흔 아직 결졍ᄒ미 업스니 다만 노애 대총(大總)을 쥬쟝ᄒ시고 질ᄋ로 ᄒ여금 앏히 잇셔 ᄉ쇼지ᄉ(小小之事)ᄅ 쥬션(周旋)홀 ᄲᆫ이오. 셜스 결졍ᄒ엿다 ᄒ여도 쟝리 과문(過門)ᄒ여 오면 량개 례[계]뷔(弟婦) ᄯ흔 년긔(年紀) 디로 분변홀지니 뉘 도로혀 이 【24】 런 도리ᄅ 모로리오? 이졔

---

195) 【도져히】 閉 {도저(到底)히}. 호되게. 매섭게. ¶ 狠的 ‖ 원리 련이 이러툿 ᄒ엿거늘 내가 젼슈히 아지 못ᄒ여시니 내가 도라가 져로 ᄒ여금 오게 ᄒ리니 쳥컨디 량위 노인네는 도져히 교훈ᄒ라 (原來璉兒這麽着, 我通不知道, 但只是憑着他, 我也不是, 我回去就叫他過來, 請兩位老人家狠狠的敎訓敎訓.) <後紅 9:18>

196) 【가음알다】 圖 관쟝(管掌)하다. 다스리다. ¶ 幹 ‖ 너의 부부 량인은 젼후 일을 가음아라 셩픽간 임의로 ᄒ디 다만 남의 집 셰리만 보니 네 안졍이 가쟝 ᄆᆰ도다 (你夫妻兩個前前後後幹的好事. 成也是蕭何, 敗也是蕭何, 只看人家勢分兒, 好, 好, 你們眼睛這樣看的淸.) <後紅 9:19> ⇒ 가음아ᄅ

197) 【것구ᄅ치다】 圖 거꾸러뜨리다. ¶ 踹 ‖ 너는 부쳐의 낫만 보고 즁의 낫츤 보지 아니ᄒ여 엇지 우리 즈미 모녀ᄅ 이러툿 것구ᄅ치느뇨 (你不看僧面看佛面, 怎麽樣把我們姊妹娘兒踹到這個田地?) <後紅 9:20>

우리 가즁(家中)의 일개 쟝원(壯元) 녀셰(女壻)
오리니 쟝리 보형뎨(寶兄弟)는 쟝원이 되지 못
홀가 두리리오? 그 유가(遊街)홀 쩌 니르러 져
량위 부인이 흠긔 두 량(輛) 챠(車)룰 타고 일즈
(一字)로 유가ᄒᆞ디 다만 너른 길을 갈희여 가는
거시 ᄯᅩᄒᆞᆫ 죠흐리라."

ᄒᆞ니 셜이마 등이 모다 웃고 왕부인이 ᄯᅩ
흔 니르디,

"너는 드르라 져의 말이 가쟝 죠토다."

가련이 읍ᄒᆞ며 니르디,

"질이 죠흔 말을 ᄒᆞ디 실노이 고심혈셩(苦
心血誠)으로 픔ᄒᆞᄂᆞ니 질이 일싱의 셩취(成娶)ᄒᆞ
믄 모다 노야【25】와 태태룰 힘닙은지라. ᄯᅩᄒᆞᆫ
감격흔 말을 다홀 길이 업고 ᄯᅩ 질ᄋᆞ식부(姪兒
媳婦)는 전일의 그처럼 들네더니 이제 니르러
졔가 임의 죽어시디 타인(他人)이 져룰 졔긔치
아냐도 질이 ᄯᅩᄒᆞᆫ 져룰 미원(埋怨)ᄒᆞᄂᆞ니 질ᄋᆞ
는 집 업는 사름 갓투여 그 부즁의 도라가지 아
니믄 사름이 ᄯᅩᄒᆞᆫ 아는지라. 질이 이졔 ᄯᅩ 일을
그릇ᄒᆞ여 태태의 ᄭᅮ지람을 당ᄒᆞ니 질이 ᄯᅩᄒᆞᆫ 무
식흔지라. 츠후는 다만 ᄲᅴ니 질ᄋᆞ룰 발숑(發送)
ᄒᆞ여 외방(外方)의 가 종젹(蹤迹)을 감쵸고 복록
(福祿)을 바려 노야의 젼일 은젼(恩典)【26】을
갑는 거시 ᄯᅩᄒᆞᆫ 죠코 셜스 갑지 못ᄒᆞ여도 ᄯᅩᄒᆞᆫ
죠흘지라. 대인(大人)의 뜻을 순히 ᄒᆞ여 눈믈 ᄲᅵᆺ
고 다른 곳으로 가 다시는 림민미의 일의 참녜
치 아니리니 태태는 은젼을 베프러 질ᄋᆞ의 죄과
(罪科)룰 용셔ᄒᆞ시고 질ᄋᆞ로 ᄒᆞ여곰 쟝방(賬房)
의 간셥지 말게 홀지니 태태긔셔 즐겨 회심(回
心)치 아니시면 질이 ᄯᅩᄒᆞᆫ 부즁으로 드러가지
아니리라."

왕부인이 듯고 한즈음 침음(沈吟)ᄒᆞ나 도
로혀 결쳐ᄒᆞ기 어려온지라. 다만 니르디,

"가부즁 즈숀이 못싱기면 져러틋 못싱【27
】기고 령리(伶俐)ᄒᆞ면 도져히 령리ᄒᆞ여 져갓흔
입은 강하슈(江河水) 갓투여 도로혀 날노 ᄒᆞ여
곰 졔게 빌게 ᄒᆞᄂᆞᆫ도다."

ᄒᆞ니 셜이마 등이 ᄯᅩᄒᆞᆫ 힘뻐 권홀 시 가련
이 니르디,

"태태긔셔 즐겨 도라가시면 질이 무슨 일
이던지 모다 졍원(情愿)으로 죠츠리니 도로혀
감히 태태로뼈 내게 비시게 ᄒᆞ리오? 다만 나의
이 말이 진개 혈심고셩(血心苦誠)이로다."

ᄒᆞ며 외면의 가졍이 ᄯᅩ 긱쳥(客廳)의 와
안즈 여러 번 사롬으로 ᄒᆞ여곰 보챠룰 쳥ᄒᆞ며
니환과 탐츈과 평ᄋᆞ(平兒)와 희봉【28】이 ᄯᅩᄒᆞᆫ
모다 니르고 ᄯᅩ 몃 탁즈 쥬연(酒筵)을 보내여
내외 들네고, ᄯᅩ 치운(彩雲)과 잉ᄋᆞ(鶯兒) 등으
로 ᄒᆞ여곰 금침(衾枕)과 의샹(衣裳)을 옴겨가며
ᄯᅩ 가졍이 셜이마룰 보고 가즁ᄉᆞ(家中事)룰 말
ᄒᆞ다가 셕반(夕飯) 후의 니르러 바야흐로 왕부
인과 보챠룰 쳥ᄒᆞ여 올 시 보옥이 영졉ᄒᆞ라 나
오거늘 왕부인이 ᄭᅮ지져 믈니치고 가졍도 ᄯᅩᄒᆞᆫ
ᄭᅮ지즈며 ᄯᅩ 샤월(麝月)과 호박(琥珀)과 잉무(鸚
鵡)와 옥쇠ᄋᆞ(玉釧兒) 등으로 하여금 보옥을 인
도ᄒᆞ여 보챠로 더브러 모히게 ᄒᆞ니 보옥이 ᄯᅩᄒᆞᆫ
심즁의 싱각ᄒᆞ디【29】귀가(歸嫁)흔 후로붓허
보챠의게 십분 령락(冷落)히 굴고 ᄯᅩ ᄋᆞ시(兒時)
로붓허 보챠로 더브러 죠하ᄒᆞᄂᆞᆫ 졍의도 잇는지
라. 심즁의 ᄯᅩᄒᆞᆫ 참괴(慙愧)ᄒᆞ여 와셔 은근흔 뜻
을 뵈디 보챠는 ᄯᅩᄒᆞᆫ 져룰 아른 쳬 아니ᄒᆞ고 다
만 안간[內間]으로 가 스스로 즈는지라. 보옥이
홀노 외간(外間) 샹샹(床上)의셔 잘 시 종야(終
夜)룰 쳔ᄉᆞ만샹(千思萬想)ᄒᆞ디 대옥이 과문(過
門)ᄒᆞ여 고식(姑媳) 즈미(姉妹)가 블화(不和)ᄒᆞ여
권ᄒᆞ여 화호(和好)치 못ᄒᆞ면 곳 엇지ᄒᆞ리오 ᄒᆞ
며 ᄯᅩ 왕부인이 져룰 ᄭᅮ짓는 광경을 싱각ᄒᆞ미
도로혀 졔 말을 죳는 것【30】갓지 아닌지라.
엇지 대슈즈(大嫂子)와 삼미미(三妹妹)는 나의
쟉일 말을 일일히 옴겨 태태긔 듯게 아니ᄒᆞ엿ᄂᆞ
뇨 ᄒᆞ고 ᄯᅩ 그 말을 쇼ᄒᆡ즈(小孩子)의 글 외오
듯키 일 편을 외오고 니르디,

"이러틋 말ᄒᆞ면 임의 ᄉᆞ리(事理)가 명빅ᄒᆞ
거늘 태태긔셔 무슨 죳지 아닐 니 이시리오? 다
만 져허컨디 대슈즈와 삼미미 필경 이젓도다."

ᄒᆞ고 즉시 잉ᄋᆞ룰 블너와 졔게 힐문(詰問)
ᄒᆞ니 잉이 다만 웃거늘 보옥이 더옥 챡급ᄒᆞ여
곳 니르디,

"필경 대내내(大奶奶)와 삼고낭(三姑娘)이
일쥭 내 말을 모다 태태긔 젼ᄒᆞ여 드【31】르시
게 ᄒᆞ더냐?"

잉이 더옥 웃고 니르디,

"젼ᄒᆞ기는 진개 젼ᄒᆞ디 다만 내가 긔록지
못ᄒᆞ노라."

보옥이 니르디,

"ᄯᅩᄒᆞᆫ 한 두 귀도 긔록지 못ᄒᆞᄂᆞ냐?"

잉이 즉시 보옥을 죠롱(操弄)코즈 ᄒᆞ여 니
ᄅᆞ디,

"이야(二爺)는 다시 일편을 말ᄒᆞ여 날노 하
여금 듯고 합ᄒᆞ여 보게 ᄒᆞ라."

보옥이 진개 일ᄌᆞ(一字)도 곳치지 아니ᄒᆞ
고 다시 일편을 말ᄒᆞ니 잉이 죽도록 우스며 일
면으로 졈두(點頭)ᄒᆞ여 니ᄅᆞ디,

"모다 젼ᄒᆞ더라."

ᄒᆞ니 보옥이 니ᄅᆞ디,

"이리ᄒᆞ여도 도로혀 태태긔셔 좃지 아니시
더냐?"

잉이 【32】 웃고 니ᄅᆞ디,

"진긔 태태긔셔 ᄎᆞ언을 듯고 바야흐로 응
낙ᄒᆞ시더라."

보옥이 니ᄅᆞ디,

"응낙ᄒᆞ여 계시면 엇지ᄒᆞ여 ᄯᅩ 디로(大怒)
ᄒᆞ시ᄂᆞ뇨?"

잉이 니ᄅᆞ디,

"이는 나도 ᄯᅩᄒᆞᆫ 아지 못ᄒᆞ노라."

ᄒᆞ니 이 ᄊᆡ의 보치 내간 샹샹의셔 ᄌᆞ셔히
듯고 다만 싱각ᄒᆞ디,

'이런 희ᄌᆞ의 보옥이 져러툿 못싱기니 다
만 챠환(丫鬟) 등의게 ᄒᆞᆼ샹 죠롱을 바드리로다.'
ᄒᆞ더라.

챠셜, 왕부인이 도라온 지 여러 날이 되미
심긔가 졈졈 평슌(平順)ᄒᆞ고 ᄯᅩ 희봉 보기를 싱
각ᄒᆞ니 ᄎᆞ시 쇼샹관(瀟湘館)이 열닌지라. 【33】
옥쳔으로 ᄒᆞ여곰 림지효(林之孝)의 식부와 흠긔
가셔 영졉ᄒᆞ여 도라오니 쳣지는 여러 날을 보지
못ᄒᆞ고 둘지는 목하(目下)의 강경셩으로 더브러
의혼(議婚)ᄒᆞ미 져로 ᄒᆞ여곰 한 집의 머무는 거
시 죠치 아니미니 이도 ᄯᅩᄒᆞᆫ 왕부인의 쥬의(主
意)라. 가경이 ᄯᅩᄒᆞᆫ 말ᄒᆞ디,

"가쟝 맛당히 영졉ᄒᆞ여 오리라."
ᄒᆞ더라.

림량옥(林良玉)이 희봉(喜鳳) 가는 거슬 보
미 도로혀 대옥의 일을 탐지ᄒᆞ기 어려온지라.
ᄯᅩ 희란(喜鸞)으로 더브러 샹량(商量)ᄒᆞ니 희란
이 대옥이 셕츈(惜春)으로 【34】 더브러 죠하ᄒᆞ
믈 알고 즉시 셕츈을 쳥ᄒᆞ여 죵용(從容)ᄒᆞᆫ198)

곳의셔 몬져 겨의게 ᄉᆞ연을 말ᄒᆞ니 원리 셕츈이
더옥으로 더브러 몽즁(夢中)의 셔로 칙ᄌᆞ(冊子)
본 일을 인ᄒᆞ여 더옥이 졍녕 ᄯᅳᆺ을 셰우지 못ᄒᆞᆯ
줄 짐쟉ᄒᆞ고, ᄯᅩ ᄉᆞ샹운(史湘雲)의게 무ᄅᆞ미 더
옥이 보옥으로 더브러 필경 인연이 이실 ᄃᆞᆺᄒᆞ며
ᄯᅩ 즁인(衆人)이 이 긔미롤 알고 겨의게 권ᄒᆞ니
더옥이 비록 무가내하(無可奈何)를 아나 ᄯᅩᄒᆞᆫ
쳐음 ᄆᆞ음을 곳치지 아니코 싱각ᄒᆞ디,

'량옥거게(良玉哥哥) 진긔 ᄎᆞᄉᆞ롤 일 【35】
우고즈 ᄒᆞᆯ진더 부득블(不得不) 나의 쇼식을 탐
지ᄒᆞ리니 내 이졔 한 가지 묘계(妙計)롤 싱각ᄒᆞ
여 ᄌᆞ연 일이 일우지 못ᄒᆞ게 ᄒᆞ면 엇지 조치 아
니리오? 대져 보옥의 이 일이 이졔 구태야(舅太
爺)가 쥬쟝ᄒᆞ시ᄂᆞ니 다만 구태야로 나의게 진노
ᄒᆞ시면 곳 나롤 구혼(求婚)치 아니시리니 이는
극히 묘계로다. 내가 이졔 셰지 일울 싱각ᄒᆞ여
겨의게 힐난(詰難)ᄒᆞᆯ지니 졔일은 평싱을 젼갓치
다만 구구(舅舅)라 부ᄅᆞ고 ᄯᅩ 보옥으로 더브러
분거(分居)ᄒᆞ여 각기 ᄌᆞ긔 일을 가음알 【36】 게
ᄒᆞᆯ 거시오, 졔이는 다만 구구의 죠하 아니ᄒᆞ시
는 일을 갈희면 곳 희반(戲班)이라. 나는 다만
편벽도히 쟝긔관(蔣琪官)과 우관(藕官)도 갓치
압령(押領)ᄒᆞ여199) 부즁의 니ᄅᆞ러 젼과 갓치 희
ᄌᆞ롤 부ᄅᆞ게 ᄒᆞᆯ지니 젼일 구귀 보옥을 치던 ᄊᆡ
롤 싱각ᄒᆞ미 ᄯᅩᄒᆞᆫ 희ᄌᆞ(戲子) 일결을 위ᄒᆞ여시
니 기시(其時)는 도로혀 노태태가 계시고 고호
(顧護)ᄒᆞ여도 ᄯᅩᄒᆞᆫ 그러툿 쳣거든 ᄒᆞ믈며 이졔
며 ᄯᅩ 쟝긔관은 지금 왕부즁(王府中)의 잇ᄂᆞᆫ지
라. 엇지 즐겨 오며 지어(至於) 방관(芳官) 등도
환쇽(還俗)ᄒᆞ기 ᄯᅩᄒᆞᆫ 힘 【37】 이 들 거시오, 졔
삼은 구구와 구태태(舅太太)긔셔 평일의 보옥이
ᄒᆞᆼ샹 ᄌᆞ미와 챠환 총즁(叢中)의 잇셔 들네는 거
슬 한ᄒᆞ시니 내 이졔 편벽도히 대관원(大觀園)
의 머믈너 시시(時時)로 여러 ᄌᆞ미와 챠환 등을
영졉ᄒᆞ여 흠긔 셰월을 보내고즈 ᄒᆞ리니 이 세
가지 일은 모다 구태야(舅太爺)의 ᄯᅳᆺ을 거스려

---

198) 【죵용ᄒᆞ다】 圖 {죵용(從容)하다}. 조용하다. ¶
 ‖ 희란이 대옥이 셕츈으로 더브러 죠하ᄒᆞ믈 알
고 즉시 셕츈을 쳥ᄒᆞ여 죵용ᄒᆞᆫ 곳의셔 몬져 겨
의게 ᄉᆞ연을 말ᄒᆞ니 (喜鸞知道黛玉與惜春好, 就
請惜春過來, 背地裏先與他說明.) <後紅 9:34>
199) 【압령ᄒᆞ다】 圖 압령(押領)하다. 압송(押送)하
다. ¶ 押 ‖ 나는 다만 편벽도히 쟝긔관과 우관
도 갓치 압령ᄒᆞ여 부즁의 니ᄅᆞ러 젼과 갓치 희
ᄌᆞ롤 부ᄅᆞ게 ᄒᆞᆯ지니 (我偏要叫蔣琪官領班, 襲人
跟着我服事過去, 連芳官、藕官們, 定要押着他還
俗, 到府裏頭仍舊唱戲.) <後紅 9:36>

필경 나롤 믈니쳐 바리실지니 이는 곳 나의 묘
계로 미양[얌]이 허믈 벗는 방법이라.'200) ᄒ여
싱각을 졍당히 ᄒ고 셕츈을 만나 보고 ᄯᅩᄒᆫ ᄌ
셰히 말ᄒ니 셕츈이 겨의 쥬의롤 명【38】 빅히
알고 우ᄉ며 니ᄅ디,

"이 금랑(錦囊) 삼계(三計)는 과연 너의 묘
ᄒᆫ 법이로디 다만 능히 진개 진연(塵緣)을 버혀
바릴는지 아지 못ᄒ리로다."

ᄒ니 대옥이 ᄯᅩᄒᆫ 웃더라. 셕츈이 믄득 이
갓치 대옥으로 더브러 슈쟉ᄒᆫ 말을 희란(喜鸞)
의게 고ᄒ니 희란이 ᄯᅩ 량옥(良玉)의게 고ᄒ민
량옥이 다만 머리롤 흔들거늘 셕츈이 도라가 ᄯᅩ
ᄒᆫ 왕부인 등의게 고ᄒ민 왕부인 등이 모다 겨
의 계교롤 내여 가졍을 쵹노(觸怒)케 ᄒᆫ 줄을
알고 쳐치홀 도리롤 싱각지 못ᄒ여 심【39】 즁
의 가쟝 거리끼며 ᄯᅩᄒᆫ 졔가 고괴(古怪)타 말ᄒ
는 사롬도 잇고 결단셩(決斷性)이 잇다 ᄒᆫ는 사
롬도 이시디 다만 가졍 일인만 속여 츠ᄉ롤 고
치 아니ᄒ더라. ᄉ샹운은 듯고 다만 니ᄅ디,

"죠타."

ᄒ니 셕츈이 그 연고롤 키여 무ᄅ디 ᄉ샹
운이 필경 명빅히 말ᄒ지 아니터라. 즁인이 심
즁의 모다 니ᄅ디 이 일은 태태가 한 번 들네더
니 노애 ᄯᅩᄒᆫ 한 번 들네리라 ᄒ디 다만 가졍이
듯고 필경 죠츨는지 아니 죠츨는지 아지 못ᄒ며
곳 좃는다 ᄒ여도 디옥이 ᄯᅩ【40】 무ᄉ 계교롤
낼는지 모ᄅ리로다.

---

200)【金蟬脫殼 금선탈각】jīnchántuōqiào <成> [진
 찬토챤] 미양[얌]이 허믈 벗다 *蟬的幼蟲要脫掉
 一層殼, 纔能蛻變爲成蟲. 金蟬脫殼, 比喩用計謀
 脫身而又不爲別人小察覺.∥ "這便是我的～的妙計
 兒, 黛玉早已想得停停妥妥, 遇着惜春再三的問他,
 也就說將出來." 이는 곳 나의 묘계로 미양[얌]이
 허믈벗는 방법이라 ᄒ여 싱각을 졍당히 ᄒ고
 셕츈을 만나 보고 ᄯᅩᄒᆫ ᄌ셰히 말ᄒ니 (後紅
 9:37) ⇒ 金蟬退殼

14

영희당쥬옥경량쇼 쇼샹관ᄌ청비측실
榮禧堂珠玉慶良宵 瀟湘館紫晴陪側室

지셜(再說), 림량옥이 림대옥(林黛玉)의 금낭삼계(錦囊三計)룰 듯고 머리룰 흔들며 다만 싱각ᄒ디,

'대옥의 계괴 너모 흉악ᄒ도다. 졍히 졍문(頂門) 샹(上) 일침(一針)갓치 다만 가졍을 촉노(觸怒)코즈 ᄒ니 만일 져로 ᄒ여곰 남지 되엿더면 진긔 무슨 ᄉ졍을 지어내엿실ᄂᆞᆫ 모ᄅᆞ리로다.'

ᄒ고 다만 다른 도리 업셔 죠셜근(曹雪芹)의게 고ᄒ니 셜근(雪芹)이 웃고 니ᄅᆞ디,

"진개 일호(一毫) 틀니지 아닌 녕미(令妹)의 슈단이로다. 나도 방법이 업스니 다만 련이셰형(璉二世兄)의게 가셔 【41】 고ᄒᄂᆞᆫ 거시 죠ᄒ리라."

ᄒ고 셜근이 즉시 와 가련의게 고ᄒ니 가련이 ᄯ오한 몬져 듯고 그 계괴 가장 험ᄒ믈 놀나 혀룰 두루ᄂᆞᆫ지라. 셜근이 니ᄅᆞ디,

"님형(林兄)도 ᄯ오한 말ᄒ기룰 '졔가 헛도히[201] 거거가 되여 실노 일개 젹친(嫡親) 미ᄌ

<hr>

201) 【헛도히】图 헛되게. ¶ 枉‖ 님형도 ᄯ오한 말ᄒ기룰 졔가 헛도히 거거가 되여 실노 일개 젹

<hr>

(妹子)룰 아른 체 홀 길이 업다' ᄒ니 만일 이 삼건ᄉ(三件事)룰 타텹(妥貼)지[202] 못ᄒ면 만년(萬年)이 되여도 능히 셩공치 못ᄒ리라."

가련이 ᄯ오 황급ᄒ여 한즈음 싱각ᄒ디 쥬의(主意) 업ᄂᆞᆫ지라. 도로혀 셜근의게 비러 니ᄅᆞ디,

"노션싱(老先生)은 곳 내 집으로 더브러 【42】 누디(累代) 셰괴(世交)라. 이 일은 질이 실노 계괴 업도다. 다만 습인(襲人)의 몸을 팔ᄂᆞᆫ 문셔 일쟝(一章)을 져의게 도라보내지 아냐시나 무어시 쓰며 ᄒ믈며 ᄯ오 방관(芳官) 등을 엇지 ᄭᅳ어 오리오? 다만 노션싱긔 쳥ᄒᄂᆞ니 무슨 계교룰 싱각ᄒ라."

셜근이 웃고 니ᄅᆞ디,

"ᄯ오한 그만두라. 내 가셔 싱각ᄒ여 보려니와 다만 강형(姜兄)의 ᄉ졍을 일즉 녕슉(令叔)긔 픔ᄒ엿ᄂᆞ냐?"

가련이 믄득 가졍(賈政) 부뷔 여일이 응낙ᄒ던 말을 고ᄒ니 셜근이 환희ᄒ여 니ᄅᆞ디,

"ᄯ오한 죠토다. 내 【43】 가 이번의 이 일은 아직 찬죠ᄒ여 니ᄅᆞ지 못ᄒ여시나 도로혀 몬져 져 일을 말ᄒ여 일워시니 ᄯ오한 죠흔 증죠(徵兆)로다. 내가 ᄯ오 가셔 무슨 계교던지 싱각ᄒ고 곳 오리라."

ᄒ고 죠셜근이 림부로 가 몬져 가련의 말을 냥옥의게 고ᄒ니 량옥이 일변 환희ᄒ고 일변 근심ᄒ여 ᄯ오한 내간으로 가셔 희란의게 고ᄒᄂᆞᆫ지라. 셜근이 ᄯ오 경셩의게 고ᄒ니 경셩이 대희ᄒ여 고샤블이(叩謝不異)ᄒ거늘 셜근이 스스로 니ᄅᆞ디 '디옥의 일을 가히 경셩의게 고ᄒ 【44】 리라.' ᄒ고 인ᄒ여 고ᄒ니 경셩이 ᄌ셰히 치근ᄒᄂᆞᆫ지라. 셜근이 일편(一遍)을 말ᄒ디 경셩이 바야흐로 ᄭᅮᆷ을 ᄭᅵᆫ 듯ᄒ고 ᄯ오 보옥의 젼일 투긔(妬忌)ᄒ던 ᄯᅳᆺ을 ᄭᅢᆮᄂᆞᆫ지라. 셜근이 ᄯ오 대옥의 세 가지 계교룰 가련이 져의게 방냑(方略)을 쳥ᄒ던 말을 고ᄒ니 경셩이 ᄯ오한 니ᄅᆞ디 '어렵다' ᄒ고, 량인이 남의 일을 관즁(關重)히 너겨 즉시 일쥬야(一晝夜)룰 샹의ᄒ여 도로혀 군국(軍國)

<hr>

친 미ᄌ룰 아른체 홀 길이 업다 ᄒ니 (林兄也講過, 他枉做了哥哥, 實實在在拿不住這一個嫡親妹子.) <後紅 9:41>

202) 【타텹ᄒ다】图 {타텹(妥貼)ᄒ다}. 잘 처리하다. ¶ 妥‖ 만일 이 삼건ᄉ룰 타텹지 못ᄒ면 만년이 되여도 능히 셩공치 못ᄒ리라 (若是這三件不妥, 一萬年不能成功的.) <後紅 9:41>

136

대스(大事) 의론ᄒ 듯ᄒ니 ᄯ 무어슬 싱각지 못ᄒ리오? 셜근이 믄득 허다 방법【45】을 혜아려 졍ᄒ고 가련의게 가셔 고ᄒᆞᆯ 시 량인이 가마니 쇼토(小套) 방즁의 니르러 귀를 다히고 강론ᄒ다가 셜근이 니르디,

"내가 이졔 세 가지를 모다 싱각ᄒ엿노라."

ᄒ니 가련이 더옥 갓가히 안즈 드를 시 셜근이 니르디,

"졔일건(第一件)의 청ᄒᄂᆞᆫ 곳 근본을 잇지 아닐 의시니 노애 본디 즈미간의 졍의가 두터온지라. 그 말을 좃지 아닐니가 업고 지어(至於) 분거(分居) 일졀도 ᄯ 강론ᄒ기 죠ᄒ니 다만 니르디 '목금(目今)의 분긔ᄒ엿다가 명년(明年) 경과 회시[시]를【46】 지낸 후의 다시 말ᄒ리라.' ᄒ면 이ᄂᆞᆫ 보옥을 격권(激勸)ᄒᄂᆞᆫ 의시니 노애 다만 조출 ᄲᅮᆫ 아니라 도로혀 조히 너길 거시오. ᄯ 목하의 속여 과문ᄒ엿다가 구ᄐᆞ여 회시(會試)를 기다리지 말고 내간의 태태 등이 무ᄉᆞᆫ 법을 싱각ᄒᄂᆞᆫ 거시 ᄯ 죠코 졔이건(第二件)은 쟝긔관(蔣琪官)이 근일의 츙슌왕(忠順王) 부즁(府中)의 잇셔 가쟝 번거ᄒ여 싱이가 젹고 ᄯ 츙슌왕은 곳 남안군왕(南安郡王)의 지친(至親)이라. 우리 다만 량옥형(良玉兄)을 보내여 남안군왕의게 쳥ᄒ디 습인의 문셰(文書) 도로혀 이곳의 이시니 져【47】를 다려오고즈 ᄒ며 ᄯ ᄒᆞᆫ 남안군왕의 힘을 바라ᄂᆞᆫ지라. 즉직의 보낼 거시니 이ᄂᆞᆫ 림부즁의셔 출가ᄒᆞᆯ ᄉᆡ 근슈(跟隨)ᄒᄂᆞᆫ 노비로 혤 거시오. ᄯ 쟝긔관의 명ᄌᆞ(名字)를 곳쳐 쟝함(蔣涵)이라 ᄒ면 노애 엇지 스실(査實)ᄒ시며 림고낭(林姑娘)의 곳의 가셔는 모다 말ᄒ디 '노애 져의 등 보내ᄂᆞᆫ 거슬 응락ᄒ엿다.' ᄒᆞᆯ 거시오. 그 녀희즈(女戲子)의 스졍은 더옥 죠ᄒ니 강형이 가쟝 너의 셩의를 감격ᄒ고 ᄯ 보셰형(寶世兄)으로 더브러 죠하ᄒ여 졍원(情願)으로 이 일을 판리(辦理)ᄒ여 공희(恭喜)ᄒᄂᆞᆫ 뜻을 펴【48】려 ᄒ니 대져 은즈(銀子)를 어드면 무슨 일을 일우지 못ᄒ리오? 져 녀승 무리ᄂᆞᆫ 은즈를 보면 즈긔가 ᄯ 즐겨 사ᄅᆞᆷ을 위ᄒ여 회반(戲班)의 들녀 ᄒᆞᆯ 거시어늘 ᄒᆞᆷ믈며 몃 낫 뎨즈(弟子)를 니르리오? 강형이 이졔 시로 결친(結親)ᄒ여 그 무리를 보내면 노애 안졍(眼睛)의 거리쪄 엇지 밧지 아니ᄒ다 ᄒ며 곳 아니 밧ᄂᆞᆫ다 ᄒ여도 그곳의셔 보내면 엇지 먹이기 어렵다 ᄒ

여 믈니쳐 보내리오? 이도 ᄯ 관겨치 아니토다. 졔삼건(第三件)은 더옥 용이(容易)ᄒ니 다만 노야의게 품ᄒ디 '원즁(園中)의【49】 잇셔 ᄒᆡᆼ샹 구일(舊日) 즈미를 모화 놀녀 ᄒ노라.' ᄒ면 노애 엇지 져를 믈니치시리오? 련셰형(璉世兄)은 날노 ᄒ여곰 슈고(愁苦)를 난호라 ᄒ나 나는 다만 이 ᄒᆞᆫ 가지 법이 이시디 ᄯ 강형이 날노 더브러 의론ᄒᆞᆫ 일이오, 림형(林兄)도 ᄯ 아지 못ᄒ니 너ᄂᆞᆫ 혜아려 보라 온당ᄒ냐 아니ᄒ냐?"

가련이 블승환희(不勝歡喜)ᄒ여 칭샤(稱謝)ᄒ여 니르디,

"님고낭이 과연 스오납더니 졍히 노션싱을 만나시미 ᄯ 쥬위(周瑜) 공명(孔明) 만남 갓ᄐᆞ니 이런 비포(排布)ᄂᆞᆫ 실노 졀묘ᄒ도다. 질이 ᄯ ᄒᆞᆫ 한 가지 의시(意思)【50】이시니 이졔 도로혀 몬져 강공(姜公)의 혼스를 결졍ᄒᆞᆫ 후의 졔가 그 희반을 보내면 노애 곳 졍을 믈니치지 못ᄒᆞᆯ 거시오. 그러치 아니면 블과 노애 도학군즈(道學君子)의 셩품으로 말ᄒ디 '쇼년(少年) 귀인(貴人)이 고흥(高興)을 면치 못ᄒ다' ᄒ시리니 다만 경쳡만 보내면 믄득 거리끼미 업스리라."

셜근이,

"가쟝 올토다."

ᄒ고 량인이 다시 디옥의 말을 졔긔치 아니ᄒ고 인ᄒ여 가셔 가졍을 보고 니르디,

"강젼찬(姜殿撰)의 경쳡 보내ᄂᆞᆫ 일즈를 가쟝 갓갑게 졍ᄒ엿ᄂᆞ니라."

ᄒ니 가졍이 곳【51】 니르디,

"가쟝 죠토다. 졍경(正經)의 일을 모다 ᄒᆞᆫ 날의 갓치 지내ᄂᆞᆫ 거시 ᄯ 죠ᄒ니 그날 림외싱(林外甥)이 회문(回門)ᄒ면 량편이 ᄯ 간편ᄒ디 다만 쇼졔 ᄯ ᄒᆞᆫ 가지 의시 잇노라."

ᄒ고 다만 침음블어(沈吟不語)ᄒ니 죠셜근(曹雪芹)이 련ᄒ여 뭇거늘 가졍이 몬져 ᄒᆞᆫ 번 읍ᄒ디 셜근(雪芹)이 년망(連忙)히 답례ᄒ고 니르디,

"우리ᄂᆞᆫ 셰괴(世交)라 도로혀 이런 례슈(禮數)를 거리끼ᄂᆞ냐? 노션싱(老先生)이 무슨 말이 잇거든 모다 말ᄒ라."

가졍(賈政)이 니르디,

"쇼뎨 믄득 일개 우견(愚見)이 잇셔 강공(姜公)의게 통코즈 ᄒᄂᆞ니 우리 이러툿 셔로【52】 죠하ᄒ여 져의 바리지 아니믈 닙어 지친(至

親)을 짓고ᄌ ᄒᆞᆯ진디 무ᄉᆞ 말을 강론치 못ᄒᆞ미
이시리오? 쇼뎨 강공의 광경을 싱각건디 대인션
싱(大人先生)을 쳥ᄒᆞ여 즁미롤 짓게 ᄒᆞ면 도로
혀 싱쇼ᄒᆞᆯ 듯ᄒᆞ니 이 말이 블감ᄒᆞ나 쳥컨디 존
가(尊駕)롤 굽혀 싱광(生光)을 내면 쇼뎨 더옥
즐거올지니 쳣지ᄂᆞᆫ 모든 일의 졍신을 쓰ᄂᆞᆫ 거시
젼슈히 즁미된 사롬의 힘을 밋고 둘지ᄂᆞᆫ 그날
쇼녀도 회문ᄒᆞ미 기시(其時)의 ᄯᅩᄒᆞᆫ 여간 ᄉᆞ졍
이 이시니 친밀ᄒᆞᆫ 사롬이 쥬션(周旋)ᄒᆞ면 더옥
【53】 량편(兩便)ᄒᆞᆯ지라. 싱각건디 강공도 ᄯᅩᄒᆞᆫ
이 ᄯᅳᆺ이 이실 듯ᄒᆞ디 다만 아지 못게라 노션싱
이 가히 허락ᄒᆞ랴?"

ᄒᆞ거ᄂᆞᆯ 셜근이 니ᄅᆞ디,

"노션싱을 쇽이지 아니리라. 강젼찬이 ᄯᅩ
ᄒᆞᆫ 일ᄌᆨ 이러틋 말ᄒᆞ엿고 만싱(晩生)도 ᄯᅩᄒᆞᆫ ᄉᆞ
양키 어려오디 도로혀 만싱이 져허컨디 그날 부
샹(府上)의 다른 대인 션싱을 쳥ᄒᆞ여 오면 스스
로 형용이 더러오미 붓그러올지니 다른 노션싱
쳥ᄒᆞᄂᆞᆫ 거신 즉 니ᄅᆞ지 말고 곳 림공(林公)을
쳥ᄒᆞ여도 만싱이 ᄯᅩᄒᆞᆫ 뫼시기 어려오니 만싱이
진 【54】 개 존명을 봉승(奉承)ᄒᆞ여도 그날의 니
ᄅᆞ러 도로혀 공복(公服)을 닙는 거슬 원치 아닐
지라. 만싱이 젼일의 오두미(五斗米)의 결요(折
腰)ᄒᆞ여시나 다만 별가(別駕)203)와 ᄌᆞᄉᆞ(刺史)204)
롤 보와도 ᄯᅩᄒᆞᆫ 읍ᄒᆞ고 곳 셩품이 겸숀ᄒᆞᆫ 어ᄉᆞ
(御使) 벼슬ᄒᆞᄂᆞᆫ 사롬이 졔례ᄒᆞᄆᆞᆯ 허ᄒᆞ여도 ᄯᅩ
ᄒᆞᆫ 손으로 명쳡을 드리ᄂᆞ니 엇지 한림션싱(翰林
先生)으로 더브러 ᄌᆞ리롤 분ᄒᆞ여 항례(抗禮)ᄒᆞ리
오? 다만 만싱은 포의(布衣) 락쳑(落拓)ᄒᆞᆫ 사롬
이라 ᄯᅩ 일양(一樣)의 사롬이 이셔 갓치 힝례ᄒᆞ
여야 바야흐로 슈고로오믈 난ᄒᆞ미 죠흐리라."

가졍이 【55】 ᄯᅩᄒᆞᆫ 우ᄉᆞ며 니ᄅᆞ디,

"노션싱이 너모 언즁(言重)ᄒᆞ도다. 형뎨 여
러 히 교분(交分)이 이시미 ᄯᅩᄒᆞᆫ 능히 존위(尊
位)롤 혜아릴지니 쇼뎨 원러 셜가(薛家) 이외싱
(二外甥)으로 ᄒᆞ여곰 노션싱을 ᄯᆞ라 례롤 비호
게 ᄒᆞ려 ᄒᆞ여시니 존의(尊意)ᄂᆞᆫ 엇더ᄒᆞ뇨?"

셜근이 니ᄅᆞ디,

"셜이가(薛二哥)ᄂᆞᆫ 원러 블범(不凡)ᄒᆞᆫ 사롬
이오, 만싱으로 더브러 원러 죠화ᄒᆞ니 이러ᄒᆞ면

도로혀 무ᄉᆞ 말이 이시리오? 지금 가셔 즉시 강
젼찬긔 고ᄒᆞ고 져로 ᄒᆞ여곰 가셔 면쳥(面請)케
ᄒᆞ리라."

가졍이 니ᄅᆞ디,

"가쟝 죠토다. 쇼뎨도 ᄯᅩᄒᆞᆫ 스스로 가려
ᄒᆞᄂᆞ니 진 【56】 개 사롬은 익고 례(禮)ᄂᆞᆫ 익지
못ᄒᆞ미로다."

ᄒᆞ니 셜근이 곳 가더라.

챠셜(且說), 죠셜근이 강경셩(姜景星)의 경
텹205) 보내믈 보고 즉시 가련(賈璉)으로 더브러
가졍의 곳의 가셔 젼일 샹의ᄒᆞ던 말을 고ᄒᆞ니
가졍이 다만 졈두(點頭)ᄒᆞ고 련ᄒᆞ여 죠타 말ᄒᆞ
며 일언도 그ᄅᆞ다 아니ᄒᆞ니 냥인이 가쟝 쾌활ᄒᆞᆯ
시 셜근이 ᄯᅩ 니ᄅᆞ디,

"녕싱(슈甥)의 곳의 도로혀 몃 개 하인이
잇셔 혼일(婚日)의 뫼셔 오리니 그 즁의 일인은
곳 부샹(府上)의 오ᄅᆞᆫ 사롬이라."

ᄒᆞ며 가련이 ᄯᅩᄒᆞᆫ 습인(襲人)이라 말ᄒᆞ니
가졍이 니ᄅᆞ디,

"이 【57】 도 ᄯᅩᄒᆞᆫ 죠토다. 이ᄂᆞᆫ 곳 노태태
(老太太)의 구인(舊人)이라. 드ᄅᆞ미 졔가 엇던
사롬의게 ᄭᅱ집갓다 ᄒᆞ더니 엇지 ᄯᅩ 미신(賣身)
ᄒᆞ엿ᄂᆞ뇨?"

셜근이 니ᄅᆞ디,

"싱각건디 노태태 겻히 잇던 사롬으로 부
샹의 은젼(恩典)이 ᄯᅩᄒᆞᆫ 후ᄒᆞ더니 외면 젹은 사
롬의 집으로 가미 괴로오믈 견디기 어려온지라.
이러므로 몬져 림부샹(林府上)의 슈용ᄒᆞ미 되엿
다가 슌편(順便)을 어더 다시 이 부즁(府中)으로
오니 ᄯᅩᄒᆞᆫ 견미(犬馬) 쥬인을 싱각ᄒᆞᄂᆞᆫ 의ᄉᆞ로
다."

가졍이 니ᄅᆞ디,

"이ᄂᆞᆫ 가쟝 죠토다."

ᄒᆞ고 즉시 경텹을 보내고 친영(親迎)ᄒᆞᆯ 일
ᄌᆞ 【58】 롤 뎡ᄒᆞ니 죠셜근이 도라가더라. 가졍
이 믄득 드러가 왕부인(王夫人)의게 고ᄒᆞ니 왕

---

203) 별가(別駕): 官名. 漢置別駕從事史, 爲刺史的佐
　　吏, 刺史巡視轄境時, 別乘驛車隨行, 故名. 宋於諸
　　州置通判, 近似別駕之職, 後世因沿稱通判爲別駕.

204) ᄌᆞᄉᆞ(刺史): 官名. 漢代置. 本爲巡察官性質. 隋以
　　後爲一州的行政長官. 宋代以朝臣充知州, 其名亦
　　不復用. 淸代用作知州的別名.

205) 【경텹】 圈 {경첩(庚帖)}. 사주단자(四柱單子).
　　¶ 帖 ‖ 죠셜근이 강경셩의 경텹 보내믈 보고
　　즉시 가련으로 더브러 가졍의 곳의 가셔 젼일
　　샹의ᄒᆞ던 말을 고ᄒᆞ니 (曹雪芹見姜景星過帖了,
　　就同賈璉將商議過之說, 告訴賈政.) <後紅 9:56>

부인이 근일의 ᄆᆞᆷ의 ᄯᅩᄒᆞᆫ 명빅히 ᄭᅢ다ᄅᆞ미 잇고 ᄯᅩ 보옥(寶玉)이 쥬야로 신변(身邊)의 잇고 ᄯᅩᄒᆞᆫ 보치(寶釵) 쟝ᄎᆞᆺ 산월(産月)이 갓가온지라. 왕부인이 보옥의 곳으로 ᄃᆞᆫ니며 보미 보옥의 부뷔 ᄯᅩᄒᆞᆫ 화합ᄒᆞᆫ지라. 심긔가 ᄯᅩᄒᆞᆫ 평슌(平順)ᄒᆞ여 가졍의 말을 듯고 ᄯᅩᄒᆞᆫ 극히 죠타 말ᄒᆞ니 가졍은 곳 직심(直心)의 사ᄅᆞᆷ이라 ᄆᆞᄋᆞᆷ과 입이 여일(如一)ᄒᆞ여 런ᄒᆞ여 대옥(黛玉)을 ᄌᆞ랑ᄒᆞ되 유지유식(有才有識)ᄒᆞ여 져【59】의 모친과 갓다 ᄒᆞ니 황부인이 ᄯᅩᄒᆞᆫ 투심(妬心)을 면치 못ᄒᆞ여 ᄆᆞᄋᆞᆷ의 니ᄅᆞ되,

"졔가 ᄌᆞ긔 외싱녀(外甥女)롤 편익(偏愛)ᄒᆞᆫ다."

ᄒᆞ더라.

ᄎᆞ시의 가련의 쟝방(賬房) 일이 군식(窘塞)ᄒᆞ고 여러 번 대ᄉᆞ롤 판리(辦理)ᄒᆞ미 졈졈 견듸지 못ᄒᆞ더니 도로혀 뇌대(賴大)의 ᄋᆞ지(兒子) 관황 여탁을 부쳐 보낸지라. 뇌대 이 부즁(府中)이 다시 흥왕(興旺)ᄒᆞᆷ믈 짐작ᄒᆞ고 졍원(情願)으로 이만 량 금ᄌᆞ(金子)롤 가져 외긱(外客) 방쳐(放債)ᄒᆞᄂᆞᆫ 젼례롤 죠ᄎᆞ 가련의게 ᄶᅮ이니 가련이 ᄯᅩᄒᆞᆫ 즁간의 변통(變通)ᄒᆞᄂᆞᆫ 슈단이 잇ᄂᆞᆫ지라. 이러므로 즉시 슌환ᄒᆞ【60】여 일면으로 범ᄉᆞ롤 판리ᄒᆞ더라. 셜근이 도라가 일일히 말을 젼ᄒᆞ니 림량옥(林良玉)과 다못 강경셩 량인이 고흥(高興)으로 혼ᄉᆞ롤 판리ᄒᆞ며 ᄯᅩ 강경셩이 대옥의 셩졍이 령리(伶俐)ᄒᆞᆷ믈 짐작ᄒᆞ고 삼건ᄉᆞ(三件事)롤 타텹(妥貼)ᄒᆞ여도 ᄯᅩ다른 일노 들넬가 ᄒᆞ여 량옥으로 ᄒᆞ여곰 몬져 경텹을 보내고 츄후의 대옥의게 알게 ᄒᆞ라 ᄒᆞ니 량옥이 ᄯᅩᄒᆞᆫ 응낙ᄒᆞ고 삼건ᄉᆞ도 ᄯᅩᄒᆞᆫ 온당이 판리ᄒᆞ엿다가 경텹 보내는 날의 니ᄅᆞ미 진개 대옥의 곳의셔는 일호(一毫) 긔미롤 아지 못ᄒᆞ【61】며 ᄯᅩ 몃 날이 지나미 쟝긔관(蔣琪官)과 습인과 아오로 방관(芳官) 등이 일졔히 모힌지라. 각쳐의 보내여 모다 안돈(安頓)ᄒᆞ기롤 온당이 ᄒᆞ되 ᄯᅩᄒᆞᆫ 흔젹을 드러내지 아니ᄒᆞ니 이는 곳 셰리(勢利) 샹의 익은 슈단이러라.

챠셜, 님디옥(林黛玉)이 셕츈(惜春)이 도라간 후로붓허 보옥의 말을 도로혀 일인도 졔긔(提起)치 아니코 ᄯᅩ 희봉(喜鳳)의 경텹 보내는 일을 졍ᄒᆞ미 져의 등이 아직 개구(開口)치 아니홀 줄 짐작ᄒᆞ며 곳 개구ᄒᆞ여도 단졍코 가졍을

촉노(觸怒)ᄒᆞ리라 ᄒᆞᄂᆞᆫ지라. 이러므로 ᄯᅩᄒᆞᆫ 감히 와셔 번【62】 거이 굴 사ᄅᆞᆷ이 업ᄉᆞ니 진개 이곳 사ᄅᆞᆷ이 모다 계교(計巧)의 ᄲᅡ졋ᄂᆞᆫ지라. 대옥의 심즁의 가쟝 득의(得意)ᄒᆞ여 여젼이 좌공(坐功)홀 시 다만 운긔(運氣) 관심(觀心)을 십분 용력ᄒᆞ되 일호도 효험이 업고 ᄯᅩ 도쳐의 보옥의 싱각이 나되 ᄯᅩᄒᆞᆫ ᄌᆞ긔가 말ᄒᆞ지 아니터니 일일은 희란슈지(喜鸞嫂子) 셔셔히 드러와 우음을 머금고 니ᄅᆞ되,

"고낭(姑娘)아, 죠흔 묘계로다."

ᄒᆞ니 디옥이 낫치 붉으며 졍히 엇지홀 줄 모ᄅᆞ더니 희란이 져의 겻히 안즈 쇼리롤 나죽이 ᄒᆞ여 니ᄅᆞ되,

"우리가 일【63】 즉 말ᄒᆞ지 아냣ᄂᆞ냐 그 삼건ᄉᆞ롤 한 가지도 여의치 못ᄒᆞ면 우리가 좃지 아니리라 ᄒᆞ엿도다."

대옥이 곳 졈두ᄒᆞ거눌 희란이 니ᄅᆞ되,

"만일 삼건시 모다 여의(如意)ᄒᆞ면 우리가 ᄯᅩᄒᆞᆫ 져의게 응낙 아니키 어렵도다."

대옥이 다만 벙벙하거눌 희란(喜鸞)이 곳 귀의 다히고 쇼리롤 나죽이 니ᄅᆞ되,

"말을 변기(變改)치 못ᄒᆞ여 모다 응낙ᄒᆞ엿ᄂᆞ니라."

대옥이 황망ᄒᆞ여 니ᄅᆞ되,

"너는 나롤 속이지 말나."

희란이 니ᄅᆞ되,

"내 감히 속이리오? 이는 노야(老爺)와 태태(太太) 모다 친히 허락ᄒᆞ시미오. ᄯᅩ【64】 더옥 긔이ᄒᆞᆫ 일이 잇셔 실노 혜아릴 슈 업도다. 습인(襲人)과 방관 등이 모다 와시니 네가 져의 등을 드러오게 홀진디 당긱(當刻)의 내가 곳 너롤 위ᄒᆞ여 블너드리리라."

대옥이 니ᄅᆞ되,

"네가 진개(眞個) 나롤 위ᄒᆞ여 블너드리깃ᄂᆞ냐?"

희란이 즉시 가려ᄒᆞ거눌 디옥이 황망히 희란을 멈츄고 니ᄅᆞ되,

"죠흔 슈ᄌᆞ(嫂子)ᄂᆞᆫ 안즈라. 내가 우리 구구(舅舅)가 진개 응낙ᄒᆞᆷ믈 밋지 아냣노라."

희란이 니ᄅᆞ되,

"구구가 응낙지 아니ᄒᆞ여시면 ᄎᆞ인 등이 엇지ᄒᆞ여 와시리오?"

대옥이 량구(良久) 후【65】 니ᄅᆞ되,

"필경 이 사룸들을 엇더케 블너 왓느뇨?"

회란이 니르디,

"이 일졀은 쏘흔 내가 아지 못흐디 다만 츠인들이 모다 츠쳐의 모혀 져의가 즉시 드러오려 흐거눌 도로혀 내가 멈츄고 져의로 흐여곰 내가 네게 고흐기룰 기다려 너의룰 블너드리리라 흐여시니 네가 이졔 밋지 아니커든 내 한 번 블너오리라."

흐고 일면으로 말흐며 일면으로 부르려 가려 흐니 디옥이 극히 황망흐여 회란을 멈츄고 니르디,

"죠흔 슈즈는 진개 이러흐면 우리 【66】 다시 샹량(商量)흐리라."

회란이 니르디,

"샹량훌 거시 업스니 네가 도로혀 아지 못흐도다. 져곳의 뉘 계뢴지 모로디 일면으로 츠인 등을 보내고 곳 금(今) 쳥{신}(淸晨)의 량위 왕애 와셔 듕미 되고 경쳡을 보내면 쏘 너의 거거(哥哥)룰 지쵹흐여 회쳡(喜帖)을 뼈 보내여시니 너의 거거도 쏘 갓혼 심쟝이 되여 경쳡을 보낸 후의 바야흐로 져의 무리룰 다리고 드러와 날노 하여금 네게 고흐라 흐니 이곳이 외면과 샹게(相距) 먼지라. 져의 디로 들네고 다만 우리룰 속여 【67】 시니 뉘 쏘흔 아지 못흐리오? 너의 거게 쏘 말흐디 '이 일은 네가 스스로 졍훈 거시니 다시 샹량훌 거시 업다.' 흐고 쏘 말흐디 '량위 왕애 와셔 비홀 디 업시 들네고 이 부즁이 본리 셩명이 쏘 젹지 아냐 이 말이 도쳐의 파다흐고 와셔 구경훈 사룸도 쏘흔 만타.' 흐더라."

흐며 회란이 쏘 말을 이어 흐고즈 훌 시 디옥이 임의 무옴이 비샹(悲傷)흐여 울고즈 흐디 붓그려[206] 고셩(高聲)흐여 우지 못흐고 다만 상상(床上)으로 다라가 벽을 향흐여 누어 오열(嗚咽)흐믈 마지 아니흐 【68】 눈지라. 회란이 권위(勸慰)흐기도 어렵고 쏘흔 가기도 어려워 다만 즈견(紫鵑)과 쳥문(晴雯)을 블너 져의게 고흐니 량인이 쏘흔 대회흐여 모다 니르디,

"쏘흔 오눌날 일이 이시니 죠토다."

더옥이 일면으로 곡읍(哭泣)흐며 일면으로 한탄흐여 즈긔가 원리 무슨 젹은 쇼견으로 들넨 거술 뉘웃쳐 니르디,

"이졔는 진개 보옥의게 쯔을녀 고히(苦海)로 드러가믈 넙엇도다. 보옥은 다만 나룰 심히 히롭게 흐니 내가 어내 세샹의 너룰 히롭게 흐여 금싱(今生)의 네 슈즁(手中)의 드럿느뇨? 【69】 네 시운(時運)이 쏘 이러툿 죠하 쳔방빅계(千方百計)로 이 일을 쥬션(周旋)흐더니, 하눌이 쏘 흔 네 뜻을 슌히 흐여 날노 흐여곰 너의 올모[207]의 버셔나지 못하게 흐여시니 나도 쏘흔 극히 후두(糊塗)흐거니와 엇지 일개 녀히이(女孩兒) 사룸의게 싀집가는 것도 도로혀 졍쉬(定數) 잇느냐? 내 젼일의 이 말을 의론흐여도 쏘흔 붓그려 사룸을 보지 못흐더니 그만두라. 나는 다만 후세의 사룸이 되여 다시 즈긔의 신심 셩명을 도라보리로다."

흐더라. 쳥문이 믄득 즉직의 가셔 습【70】인을 보고즈 흐거눌 도로혀 즈견이 막아 멈츄고 니르디,

"쳥문(晴雯) 미미야, 너는 쏘흔 너모 밋친 톄 말나. 습인을 의론훌진디 우리가 원리 한 곳 사룸으로 길을 잘못 드럿다 홀지니 져의 심즁이 엇지 비편(非便)치 아니리오? 너의 입이 날낸 칼 갓트여 말을 내면 사룸을 샹흐느니 너의 셩품대로 흐면 도로혀 넷날 즈미 졍분을 도라보리오? 네가 젼일의도 쏘흔 져룰 누르고즈 흐엿거든 흐믈며 네가 지금 져룰 긔탄(忌憚)흐리오? 쏘 방관(芳官) 무리 그곳 【71】 의 이시니 죠흔 희반(戱班) 즁 사룸들이 네가 져룰 하격을 아니 흐여도 져의 무리 도로혀 무슨 칭하(稱賀)룰 졔긔(提起)흐여 져의 무옴이 비편케 흐려든 네가 쏘 몬져 일면 희문(戱文)을 지어 져로 흐여곰 보게 흐느뇨? 너는 쏘흔 죽엇던 사룸이라 다만 오ᄋ미미(五兒妹妹)의 몸을 비러 겨유 오눌날 쳥문이 되여시니 너는 쏘 후세룰 닥그라."

쳥문이 져의 일쟝(一場) 셜화(說話)룰 듯고 도로혀 우스며 니르디,

"대내내(大奶奶)야, 이 즈견즈즈(紫鵑姊姊)

---

206) 【붓그리다】 图 부끄러워하다. 수줍어하다. ¶
害臊 ∥ 회란이 쏘 말을 이어 흐고즈 홀 시 디옥
이 임의 무옴이 비샹흐여 울고즈 흐디 붓그려
고셩흐여 우지 못흐고 (喜鸞要說下去, 黛玉已經
哭出來, 又害着臊, 不便高哭.) <後紅 9:67>

207) 【올모】 图 올무. 올가미. ¶ 圈兒 ∥ 하눌이 쏘
흔 네 뜻을 슌히 흐여 날노 흐여금 너의 올모의
버셔나지 못하게 흐여시니 (天也順了你, 叫我跳
不出你這個圈兒.) <後紅 9:69> ⇒ 올가지, 올무,
옭아미, 올가지

룰 보라. 죠흔 인즈유덕지인(仁慈有德之人)이로다. 내가 져의 등을 보【72】고즈 ᄒᆞᄂᆞᆫ 거슨 쏘흔 구일(舊日) 졍분(情分)을 싱각ᄒᆞ미니 진개 한 번 샹면ᄒᆞᆫ들 져의 단쳐(短處)룰 말ᄒᆞ리오? ᄒᆞ믈며 방관이 쏘흔 날노 더브러 죠하ᄒᆞ니 엇지 져룰 보고즈 아니ᄒᆞ리오?"

희란이 니ᄅᆞ디,

"져의 말도 쏘흔 올코 너도 쏘흔 이런 ᄆᆞ음을 두지 아냐시디 다만 대고냥(大姑娘)이 도로혀 져룰 블너드리지 아니ᄒᆞ고 쏘 고냥의 ᄆᆞ음이 번뢰ᄒᆞ니 너의 무리 녯 즈미룰 보고즈 홀진디 쏘흔 셔셔히 ᄒᆞ라 ᄒᆞ며 희란이 대옥을 짐쟉ᄒᆞ미 임의 이 지경의 니ᄅᆞ러【73】시니 다시ᄂᆞᆫ 괴계(怪計)로 들네지 아니리라."

ᄒᆞ여 다만 냥기 챠환(丫鬟)으로 ᄒᆞ여곰 드러가 뫼시라 ᄒᆞ고 쏘 즈견이 습인으로 더브러 죠하ᄒᆞ믈 알고 져룰 ᄆᆞ음의 거리끼ᄂᆞᆫ가 져허ᄒᆞ여 쏘 말ᄒᆞ디,

"너의ᄂᆞᆫ 쏘흔 방심(放心)ᄒᆞ라. 나도 쏘흔 습인의 쳐지와 지졍(才情)을 아라 져룰 즁인(衆人)과 갓치 ᄉᆞ환(使喚)치 아니케 ᄒᆞ고 다만 져룰 셔원(西院) 즁의 파숑(派送)ᄒᆞ여 여간 침션을 보술피게 홀 거시오. 방관 우관(藕官)도 쏘흔 희즈(戱子) 슈단이 싱쇼홀208) 둣ᄒᆞ니 셔원 즁의 잇셔 쇼영암(小靈巖)과 쇼셔(하)(小棲霞) 등【74】쳐룰 갓가이 ᄒᆞ여 교ᄉᆞ(敎師)룰 ᄯᆞ라 비호고 쳥아흔 긱을 갓가히 ᄒᆞ게 ᄒᆞ다가 길일(吉日)을 기다려 져곳으로 ᄉᆞ후(伺候)ᄒᆞ라 가게 ᄒᆞ리니, 너의ᄂᆞᆫ 져의룰 무슨 먹을 거슬 쥬고즈 홀진디 다만 ᄎᆡ량식부(蔡良媳婦)로 가져가게 ᄒᆞ미 편홀 거시오. 필경은 한 집 사ᄅᆞᆷ으로 항상 샹면ᄒᆞ리니 무슨 져룰 보지 못ᄒᆞ미 이시리오? 너의 량인은 다만 대고냥을 ᄯᅥ나지 말지니 고냥의 셩졍(性情)과 ᄉᆞ졍을 다만 너의 등이 짐쟉홀지라. 너의 등이 일시의 다라나면 쏘 누룰【75】ᄎᆞᆺᄌᆞ리오?"

즈견과 쳥문이 믄득 말ᄒᆞ디,
"내내(奶奶)의게 ᄉᆞ례ᄒᆞ노라."

ᄒᆞ니 희난이 즉시 가셔 량옥의게 고ᄒᆞᆫ디 량옥이 쏘흔 웃고 다만 죠셜근의 묘계룰 탄복ᄒᆞᄂᆞᆫ지라. 희란이 쏘흔 시시로 디옥의 곳의 니ᄅᆞ러 다른 ᄯᅳᆺ을 뵈지 아니코 즈견과 쳥문으로 더브러 셔셔히 권히(勸解)ᄒᆞ더라.

챠셜(且說), 보옥이 경텹을 보낸 후의 가련의게 즈셰히 무러 졔가 죠셜근으로 더브러 용녁ᄒᆞ여 비치흔 쥴 알고 쏘 강경셩도 십분 감격히 너기며 심즁의 블승쾌락ᄒᆞ더니 ᄎᆞ【76】시 보ᄎᆡ 쟝ᄎᆞᆺ 산월(産月)이 가온지라. 샹방의도 쏘 즈로 가지 아니ᄒᆞ며 삼가 태교(胎敎)룰 직희고 쏘 보옥이 귀가흔 후의 오리 동쳐(同處)ᄒᆞ여시디 졍의 막연ᄒᆞ여 피ᄎᆞ 일호(一毫) 희언(戱言)이 업더니 보옥이 지금 퇴락(頹落)흔 일을 당ᄒᆞ미 비로쇼 즈긔가 허다 올치 아니믈 ᄭᆡ닷고 도로혀 가셔 져의게 친근코즈 ᄒᆞ디 ᄆᆞᆺ춤내 보챠의게 먼니ᄒᆞ미 된지라. 보옥이 믄득 동셔(東西)로 놀나 단닐 시 한즈음은 롱취암(攏翠菴)과 도향촌(稻香村)의 니ᄅᆞ고 한즈음은 이홍원(怡紅院)의 니ᄅᆞ다가 쏘【77】그 길노 쇼샹관(瀟湘館)의 가 문틈으로 사ᄅᆞᆷ도 보며 말도 드ᄅᆞ미 졍히 쥬마등(走馬燈) 갓흔지라. 가환(賈環)이 보옥을 보고 믄득 우스며 니ᄅᆞ디,

"이거거(二哥哥)야, 너ᄂᆞᆫ 디ᄉᆞ갓치 풍슈(風水)룰 보라 단니ᄂᆞ냐?"

ᄒᆞ며 비명(焙茗)도 쏘흔 웃고 니ᄅᆞ디,

"이야(二爺)ᄂᆞᆫ 죠보(朝報)룰 젼ᄒᆞᄂᆞᆫ 사ᄅᆞᆷ 갓치 가장 분망(奔忙)ᄒᆞ도다."

보옥이 다만 웃고 아른 쳬 아니ᄒᆞ더니 길일이 다다ᄅᆞ미 졍히 임진년(壬辰年) 무신월(戊申月) 무즈일(戊子日)이라. 쟉야(昨夜) 즈시(子時)ᄂᆞᆫ 곳 닙츄(立秋)니 초일 텬긔 온화ᄒᆞ나 다만 님량옥의 길일(吉日)의 비ᄒᆞ면 져기 셔늘ᄒᆞ여209) 쏘흔【78】슉ᄉᆞ(熟紗) 오슬 닙더라. 영(榮)·림(林) 량부의셔 여러 날 열요(熱鬧)ᄒᆞ여 포진홀 시 다만 영국부(榮國府) 내외 규모(規模)룰 의론홀진디 부문(府門)의 현등결치(懸燈結綵)ᄒᆞ고 뇌대(賴大)와 님지효(林之孝) 이하 십여 인이 화관여복(華冠麗服)으로 량편의 일즈로 버러 안

---

208) 【싱쇼ᄒᆞ다】 혱 {생소(生疎)하다.} ¶ 生 ∥ 방관 우관도 쏘흔 희즈 슈단이 싱쇼홀 둣ᄒᆞ니 셔원 즁의 잇셔 쇼영암과 쇼셔(하) 등쳐룰 갓가이 ᄒᆞ여 교ᄉᆞ룰 ᄯᆞ라 비호고 (便是芳官藕官, 也怕的戲路兒生了, 在西院裏近着小靈巖小棲霞一帶, 跟了敎師.) <後紅 9:73>

209) 【셔늘ᄒᆞ다】 혱 서늘하다. ¶ 凉爽 ∥ 다만 님 량옥의 길일의 비ᄒᆞ면 져기 셔늘ᄒᆞ여 쏘흔 슉ᄉᆞ 오슬 닙더라 (只比得林良玉的好日覺得凉爽些, 也穿得住實地紗了.) <後紅 9:77> ⇒ 서늘ᄒᆞ다, 셔날ᄒᆞ다, 셔늘ᄒᆞ다

젓고, 정문과 두 협문을 일졔히 열미 그 속을 바라보건디 화원 갓투여 일노(一路)의 함푀롤 버려시니 블가승쉬(不可勝數)오, 슈화(垂花門)문의 니르미 믄득 십여 기 오식 비단으로 민돈 향운개(香雲蓋)롤 세웟고 일좌(一座) 오산(鰲山)을 놉히 쑤미고 각식 각양 등을 【79】 다랏시며, 량편 월낭(月廊)의 모다 궁등(宮燈)과 명각등(明角燈)을 거럿고 대리셕 병풍을 지나 드러가미 금구(金鉤) 슈막(繡幕)이 더옥 쳥아ᄒ고 각쳐의 디의(地衣)와 롱담이 십분 찬란ᄒ여 사롬의 안목의 현란ᄒ고, 각양 완호지믈(玩好之物)도 모다 믈식을 맛쵸와 노와시디 스이스이 화분(花盆)을 노왓고 한 곳의 ᄌ명죵(自鳴鐘)이 한 번 울미 믄득 슈빅 좌(座)가 잇셔 일시의 갓치 울고, ᄯ오 무슈ᄒ 잉무(鸚鵡)와 화미죠(畫眉鳥)가 아ᄅ삭인 농(籠) 속의 잇셔 울며 그 길노 내실의 니르러 ᄯ오 대관원(大觀園)으로 드러가미 경 【80】 히 월젼(月殿) 운계(雲階)와 일양(一樣)이며 진개 대옥의 말을 죠츠 쇼샹관(瀟湘館)으로 동방(洞房)을 민드러시며 량옥의 보낸 쥬담보스(珠簞寶笥)와 학능난긔(鶴綾鸞綺)는 ᄯ오흔 구투여 말홀 거시 업스니 그 부귀 풍류는 블가형언(不可形言)이오. 정쳥(正廳) 우희 ‘만샹홀(滿床笏)’을 연희(演戲) ᄒ고 기외(其外)의 이홍원과 쳘금루(綴錦樓)와 함방각(含芳閣) 등쳐의 각양으로 연회ᄒ며, 츄후의 방관(芳官) 등 녀히ᄌ(女孩子)롤 쓰을고 우향스(藕香榭)의 니르러 희법(戲法)을 변ᄒ여 놀며 여러 곳의 모다 집스(執事) 가인(家人)을 파뎡(派定)ᄒ여 긱인을 죠응(照應)케 ᄒ고, 쇼샹관 중의 【81】 녀죠스(呂祖師) 화샹(畫像)은 임의 스샹운(史湘雲)이 롱취암(攏翠菴)으로 니봉(移封)ᄒ여 가미 되엿더라. 즁빈(衆賓) 쇼샹관의 니르미 삼쳐(三處)의 동방(洞房) 비셜(排設)흔 거슬 보고 모다 이상히 너기니 원리 두 집의셔 샹의ᄒ디 대옥의 셩경이 고괴ᄒ여 진개 즐겨 보옥으로 더브러 홈긔 머무지 아니면 죠흔 날을 그릇칠 거시오. ᄯ오 일후의 권ᄒ여 회심(回心)ᄒ다 ᄒ여도 필경 당일 길신(吉辰)은 허송ᄒ리라 ᄒ여 이러므로 ᄌ견 쳥문을 초일의 편방(偏房)으로 졍ᄒ여 일시의 완취(完聚)케 ᄒᄂ는 이만 【82】 갓지 못ᄒ다 ᄒ여 별노이 스기 챠환을 샌셔 대옥을 쥬니 일홈을 향셜(香雪)·쇼방(素芳)·벽긔[의](碧漪)·쳥하(靑荷)라 부르고, ᄯ오 일개 챠환 국

향(菊香)을 ᄲ ᄌ견을 쥬고 일개 챠환 긔하(綺霞)는 쳥문을 쥬어 무슈흔 곳과 비단 갓치 일시의 회합(會合)홀 시, ᄌ견과 쳥문이 ᄯ오흔 붓그리믈210) 먹음고 더옥을 ᄯ라 사롬을 피하니 중인이 모다 보옥의 복력(福力)을 칭찬ᄒ여 뉘 도로혀 져롤 ᄯ ᄅ리오 ᄒ더니, 길일의 니르러 보옥이 금빅복(金白蝠) 이식(二色) 스표(紗袍)와 금하학(金霞鶴) 이식(二色) 스괘ᄌ(紗掛子) 【83】 롤 닙고 머리의 국공(國公) 픔급(品級) 양모(凉帽)롤 쓰고 쳥단(靑緞) 죠화ᄌ(朝靴子)롤 신고 죠션(祖先)과 부모의게 비례(拜禮)ᄒ고 졍쳥 우히셔 팔인교(八人轎)롤 타고 문의 나아가 젼안(奠雁)ᄒ라 갈 시, 노상(路上)의 집스들이 이리(二里) 동안을 비립하니 진긔 텬긔(天氣) 운동(運動)흔지라. 구경ᄒᄂ는 사롬이 운집ᄒ더라. 림디옥(林黛玉)은 이날의 니르러 엇지 능히 무슨 계칙을 내리오? 다만 괴로이 울며 슈ᄌ(嫂子)의 말을 죠츠 마지 못ᄒ여 쟝쇽(裝束)ᄒ니 량옥이 ᄯ오흔 감샹(感傷)ᄒ며 져롤 붓드러 교ᄌ(轎子)의 오르게 ᄒ미 보옥이 마ᄌ 【84】 도라 가ᄂ지라. 일식 류록빗 두 치 팔인교오, 등 뒤히 텬쳥빗 두 치 스인교(四人轎)ᄂ는 곳 ᄌ견 쳥문이라. 일노의 대취타(大吹打) ᄒ고 영국부로 드러올 시 금고풍악(金鼓風樂)은 다만 쳔당(穿堂)의 니르러 멈츄고 셰악(細樂)도 ᄯ오흔 슈화문(垂花門)의 니르러 멈츄더니 졍당(正堂)의 니르미 방관 등 십이 녀히지 싱쇼(笙蕭) 운라(雲鑼)로 인도ᄒ다가 림대옥을 교ᄌ의 붓드러 나오미, 방건(方巾)을 쓰고 ᄯ오흔 국공부인(國公夫人) 망룡복(蟒龍服)을 닙고 보옥으로 더브러 항례(行禮)흔 후의 ᄌ견과 쳥문이 ᄯ오한 말셕(末席)의 셔셔 힝례(行禮) 【85】 ᄒ고 믄득 연의(軟椅)에 올나 일ᄌ(一字)로 쇼샹관으로 올 시 다만 치량식부(蔡良媳婦)와 류슈지(柳嫂子) 몬져 ᄯ라오고 습인은 도로혀 그곳의 머믈너 잇셔 범스(凡事)롤 보솔히더라.

보옥이 동방(洞房)의 니르러 합환쥬(合歡酒)롤 난ᄒ고 상(床)의 안기롤 맛츠미 보옥이 믄득 나와 가경과 왕부인과 다못 모든 친쟝(親長)

142

을 보고 긱이 홋허지믈 기다려 왕부인이 바야흐
로 사룸으로 흐여곰 보옥을 인도흐여 몬져 보챠
의 곳의 가 안부룰 뭇고즈 흐더니 잉이 니르더,

"임의 잠이 드럿다."

흐거놀 보 **【86】** 옥이 쏘흔 붓그려 그 길노
쇼샹관으로 오더니, 뉘 알니오 디옥이 몬져 무
숨 일을 빙쟈흐여 청문을 내여 보내고 임의 즈
견으로 더브러 갓치 즈는지라. 보옥이 청문을
블너 숀을 쯔을며 다만 웃기만 흐고 무숨 말은
아니흐거놀 청문이 쏘흔 머리룰 슉이고 붓그리
믈 마지 아니터니 보옥이 츠야의 청문으로 더브
러 잘 시 량인의 일야(一夜) 논심셔구(論心敍舊)
흐믄 블가형언(不可形言)이러라. 익일(翌日) 청
신(淸晨)의 보옥이 니러나 대옥을 보려 흐니 즈
견이 몬져 마즈 나와 니르 **【87】** 더,

"보이야(寶二爺)는 이졔 도로혀 무슨 쇼원
이 이시리오? 모든 일을 여의(如意)흐엿도다."

흐며 쇼리룰 나죽이 흐여 니르더,

"가련토다. 림고낭(林姑娘)이 가쟝 붓그려
천만 번 내게 빌고 날노 흐여곰 네게 고흐더
'네가 만일 가셔 져룰 쯔을면 졔가 죽는다' 흐
여시니 아직 가셔 져룰 보지 말나."

보옥이 대경흐더니 청문이 쏘흔 짜라 나와
보옥을 멈츄고 니르더,

"이야(二爺)는 다만 셔셔히 굴고 챡급(着
急)지 말나. 진기 사룸의 명을 샹흐리로다."

보옥이 발을 구르고 니르더,

"너의는 **【88】** 나룰 엇던 사룸으로 아느냐?
내가 엇지흐여 져룰 쯔을냐 흐리오? 나는 다만
져의 안부룰 뭇고 쏘 나의 심스(心事)룰 말흐려
흐엿노라."

청문이 니르더,

"네가 진개 이러흐나 졔가 밋지 아니리라."

보옥이 니르더,

"이러툿 흐면 도로혀 졔게 죠치 아니리라."

즈견이 니르더,

"무숨 죠치 아니리오? 블과 씨가 더딀 쓴
이니 네가 이졔 도로혀 한 가지 긴흔 일이 잇도
다. 고낭이 이 광경으로 엇지 나아가 노야(老爺)
와 태태(太太)룰 보리오? 너는 쏘 샹방의 가셔
져의 광경을 말흐더 **【89】** 무숨 병이 잇다 흐여
고이히 너기지 마시게 흐라."

보옥이 련망히 가는지라. 즈견과 청문이

피츠 조롱흐며 류슈즈(柳嫂子)는 겻히 잇셔 즐
기믈 마지 아니흐더라.

각셜, 가졍 부뷔 쟉야(昨夜)의 곤흐믈 인흐
여 도로혀 니러나지 아니흐엿더니 보옥의 니르
믈 보고 졔게 무러 청문의 곳의셔 밤을 지낸 쥴
알고 디옥의 의시 원리 칭병(稱病)코즈 흐믈 짐
쟉흐며 중인(衆人)도 쏘흔 져의 뜻을 짐쟉흐고
쏘 졔가 붓그릴가 져허흐여 져룰 가셔 보지 아
니흐고 몬져 즈 **【90】** 미 등으로 가셔 보게 흐더
쏘흔 죠롱치 말나 흐며, 가졍은 다만 외면의 하
례(賀禮)흐는 사룸의 슈응(酬應)을 졍당히 흐더
라. 디옥이 동방(洞房)의 드러간 후로붓허 즐겨
사룸을 보지 아니흐고 셕츈이 와도 쏘흔 즐겨
언어룰 아니흐며 다만 샹상(床上)의 젹젹히 누
엇는지라. 츠야의 보옥이 보챠의 곳의 한 번 가
셔 보고 쏘 대옥의 뜻을 짐쟉흐미 믄득 즈견을
츠즈니 즈견이 쏘흔 즐기지 아니흐는지라. 첫지
는 디옥의 젹막흐믈 져허흐미오, 둘지는 디옥의
몬 **【91】** 져 되믈 즐기지 아니미오, 셋지는 쏘흔
붓그리믈 견디지 못흐여 다만 청문의게 밀위거
놀 청문이 쏘흔 방법이 업셔 보옥으로 더브러
몃 날 밤을 쉬더라. 뉘 알니오 왕부인이 대옥의
붓그리는 곡졀을 모르고 도로혀 대옥이 져의 집
형셰(形勢)룰 의지흐여 가졍을 밋고 왕부인을
중히 너기지 아니흐는가 심중의 블안흐여 곳 대
옥의게 허다 의심을 내니 이 일을 엇지 변빅(辨
白)흐리오? 진젹흐믈 알녀 홀진더 하회(下回)의
분히(分解)흐라.

[후홍루몽後紅樓夢 권지십卷之十]

15

옥판셤여낭승챡이 금롱실솔녀고웅명
玉板蟾蜍郎承錯愛　金籠蟋蟀女占雄鳴

【1】 화셜(話說), 왕부인(王夫人)이 림디옥 (林黛玉)의 붓그려 즐겨 사름을 보지 아니ᄒᆞᆷ믄 아지 못ᄒᆞ고 도로혀 졔가 본가(本家) 형셰(形勢) 와 가졍(賈政)을 밋고 왕부인을 즁히 너기지 아 니ᄒᆞᄂᆞᆫ가 십분 블쾌ᄒᆞ여 보옥(寶玉)의게 몃 마 디 말을 발챡(發作)고ᄌᆞ ᄒᆞ디 첫지ᄂᆞᆫ 져를 ᄉᆞ랑 ᄒᆞ고, 둘지ᄂᆞᆫ 졔가 히ᄌᆞ(孩子)의 셩졍으로 가쟝 어리셕으믈 짐쟉ᄒᆞ미 졔게 발챡ᄒᆞ여도 ᄯᅩᅙᆞᆫ 블 과 어린 말노 디 【2】 답ᄒᆞᆯ 거시오. ᄯᅩ 졔가 가 셔 디옥(黛玉)의게 고ᄒᆞ면 도로혀 쳐음으로 과 문ᄒᆞᆫ 씨의 곳 져의 단쳐(短處)를 드러ᄂᆞᆫ 둣ᄒᆞ 여, 첫지ᄂᆞᆫ 가졍의게 거리끼고 둘지ᄂᆞᆫ 즁인(衆 人)의 ᄆᆞ음이 블안ᄒᆞᆯ 둣ᄒᆞ며 셋지ᄂᆞᆫ 보챠두(寶 叉頭)를 고호홈²¹¹⁾ 갓혼지라. 이러므로 왕부인이 ᄆᆞ음의ᄂᆞᆫ 번뇌(煩惱)ᄒᆞ나 맛춤내 말을 내지 못 ᄒᆞ더라. 원리 파파(婆婆) 되는 이가 곳 친셩모

(親生母)나 다르미 업ᄂᆞᆫ지라. 대져 식부(媳婦) 되ᄂᆞᆫ 이가 십분 공슌(恭順)ᄒᆞ여 긔거(寄居) 동쟉 (動作)의 구고(舅姑)의 뜻을 혜아려 시기지 아니 ᄒᆞᄂᆞᆫ 일이라 【3】 도 쟝챳 ᄉᆞ긔(辭氣)를 보와 극 진이 봉승(奉承)ᄒᆞ면 파파 되ᄂᆞᆫ 이가 무슨 환희 치 아니미 이시리오? 셜ᄉᆞ 파파 되ᄂᆞᆫ 이가 본리 녀히ᄋᆞ(女孩兒)가 업ᄉᆞ면 도로혀 남의 집의 녀 이 잇ᄂᆞᆫ 거슬 블워ᄒᆞ여 니르디,

"나ᄂᆞᆫ 엇지ᄒᆞ여 녀이 업ᄂᆞ뇨?"

ᄒᆞ며 ᄯᅩ 파파 되ᄂᆞᆫ 이가 본디 녀히ᄋᆞ가 잇 셔 츌가(出嫁)ᄒᆞ여시면 인ᄒᆞ여 싱각ᄒᆞ디,

'ᄋᆞ시(兒時)로붓허 머리를 빗기고 발을 동 히며 극진히 교훈ᄒᆞ여 져를 셩취(成娶)ᄒᆞ여도 필경 남의 집 사름이 되여 머믈너 두지 못ᄒᆞ 다.'

ᄒᆞ여 파파 되ᄂᆞᆫ 이가 쥬 【4】 야(晝夜)로 식뷔 드러오기를 바라다가 만일 져의 ᄌᆡ졍(才 情)과 셩격이 ᄆᆞ음의 들면 식부를 ᄉᆞ랑ᄒᆞ미 친 싱(親生) 녀ᄋᆞ나 다르미 업셔 도로혀 식부를 도 와 ᄋᆞᄌᆞ의 단쳐를 말ᄒᆞᄂᆞᆫ 이도 만ᄒᆞ니, 무릇 고 식간(姑媳間)의 뉘 몃 마디 블호지셜(不好之說) 이 업ᄉᆞ리오마는 도로혀 파파가 일쟝 교훈ᄒᆞ면 ᄯᅩᅙᆞᆫ 다른 일이 업ᄂᆞ니 그러치 아니코 식부의 ᄆᆞ음은 져곳을 향ᄒᆞ고 파파의 ᄆᆞ음은 이곳을 싱 각ᄒᆞ면 엇지 졍의가 화합ᄒᆞ리오? 만일 ᄋᆞᄌᆞ 되 ᄂᆞᆫ 이가 능히 모친의 일편(一片) 고심(苦心)을 【5】 짐쟉ᄒᆞᆯ진디 파피 ᄆᆞ음이 폐이려니와 가쟝 져 허ᄒᆞᄂᆞᆫ 거슨 량개 블용의 ᄋᆞ지 잇셔, 일개ᄂᆞᆫ ᄌᆞ 긔 쳐실(妻室)의게 편익지심(偏愛之心)이 잇셔 다만 슌ᄒᆞᆫ 말노 명빅히 교유(敎諭)치 아닐 ᄲᅮᆫ 아니라 도로혀 식부를 위ᄒᆞ여 결결이 올흔 거슬 발명ᄒᆞᄂᆞ니 만일 식뷔 올흐면 파파가 도로혀 올 치 아니믈 담당ᄒᆞ리오? ᄯᅩ 일개ᄂᆞᆫ 쳔치의 셩픔 을 가져 말ᄒᆞ디 '모친도 ᄯᅩᅙᆞᆫ 이 모양이어늘 도 로혀 타인의 허다 우음의 말을 취ᄒᆞᄂᆞ뇨?' ᄒᆞ면 그 파파 되ᄂᆞᆫ 이가 쳔ᄉᆞ만샹(千思萬想)ᄒᆞ디 '젼 일 【6】 ᄌᆞ긔 식부 되여실 씨의 파파의 가칙(呵 責)ᄒᆞ믈 닙엇더니 이졔 ᄯᅩ 식뷔 여의치 못ᄒᆞ여 샹하의 모다 셜움을 당ᄒᆞ여 견디지 못ᄒᆞ리라.' ᄒᆞᄂᆞ니 파파가 진기 이러ᄒᆞ면 그 식뷔 도로혀 무슨 사름이 되리오? 당각(當刻)의 왕부인(王夫 人)이 십분 번뇌ᄒᆞ디 고홀 곳이 업셔 니환(李紈) 의게 고코ᄌᆞ ᄒᆞ여도 졔가 ᄯᅩᅙᆞᆫ 젼파홀가 져허ᄒᆞ

---

211) 【고호ᄒᆞ다】 圕 【고호(顧護)하다】. 돌보아주다.
¶ 護 ‖ 첫지ᄂᆞᆫ 가졍의게 거리끼고 둘지ᄂᆞᆫ 즁인
의 ᄆᆞ음이 블안ᄒᆞᆯ 둣ᄒᆞ며 셋지ᄂᆞᆫ 보챠두를 고호
홈 갓혼지라 (一則碍着賈政, 二則衆人心裏不平,
三則又像是護了寶丫頭似的.) <後紅 10:2>

여 다만 셜이마(薛姨媽)롤 끄을고 가마니 말ᄒ
며 ᄯ호 눈믈을 흘니ᄂᆞᆫ지라. 셜이미 ᄯ호 극력
(極力) 권히(勸解)ᄒ나 죵시(終始) 플니지 아니터
라.

　제삼일(第三日)²¹²)의 니ᄅᆞ니 이날은 다【7
】만 보치(寶釵) 나오지 아니ᄒ고 기여 즁인(衆
人)은 니환 이하로 모다 모혀 대옥의 곳의 니ᄅ
니 니환과 평ᄋᆞ(平兒)와 탐츈(探春)과 셕츈(惜春)
과 ᄉᆞ샹운(史湘雲)과 형슈연(邢岫烟)과 셜보금
(薛寶琴)과 니문(李紋)과 니긔(李綺)와 향릉(香
菱)과 희란(喜鸞)과 희봉(喜鳳) 십이 인이오. 츄
후(追後)의 ᄯᅩ 형부인(邢夫人)과 우시(尤氏) ᄯ호
니ᄅᆞᆫ지라. 모다 모혀 안ᄌ 더옥을 단장(丹粧)홀
ᄉᆡ 가련토다. 졔가 도로혀 녀희이라 낫츨 드러
니환과 평ᄋᆞ로 ᄒ여곰 눈셥을 그리게 ᄒ여 임의
단장을 맛추미 일개 옥인(玉人) 갓ᄒᆞᆫ지라. 가히
우읍도다 보옥이 드러오고ᄌ ᄒ다【8】가 쳥문
(晴雯)의게 휘츅ᄒ²¹³) 비 되니 즁인이 모다 우
음을 참지 못ᄒ고 더옥은 붓그려 취ᄒ 사롬 갓
치 얼골이 통홍(通紅)ᄒᆞᆫ지라. ᄉᆞ샹운이 웃고 니
ᄅᆞᆸ디,

　"림챠뒤(林叉頭) 가장 말을 잘ᄒ더니 엇지
지금은 벙어리가 되엿ᄂᆞ뇨?"

　셜보금(薛寶琴)이 ᄯ호 웃고 니ᄅᆞᆸ디,

　"림져져(林姐姐)ᄂᆞᆫ 아모리 우을 일이 잇셔
도 웃지 아니ᄒ니 보이야(寶二爺)롤 쳥ᄒ여 와
져의 우음을 닛그러 내면 바야흐로 우으리라."

　ᄒ거늘 니환은 다만 노셩(老成)ᄒᆞᆫ지라. 져
의 등을 막줄나²¹⁴) 니ᄅᆞᆸ디,

　"졔가 져러ᄐᆞᆺ 붓그리거늘 너의ᄂᆞᆫ 이【9】
쳐럼 긔롱(欺弄)ᄒ니 너의ᄂᆞᆫ ᄯ호 엇지 사롬이

되리오?"

　즁인이 모다 웃고 더옥은 다만 머리롤 슉
이미 져의 셜빅화용(雪白花容)의 홍훈(紅暈)이
만면(滿面)ᄒ여 시로 셩혼(成婚)홀 ᄯᅢ 갓ᄒᆞᆫ지라.
니환이 심즁(心中)의 겨롤 가장 ᄉᆞ랑ᄒ여 다만
갓가이 안ᄌ 호위ᄒ고 즁인을 믈니치고ᄌ ᄒ더
형부인이 ᄯ호 안ᄌ 웃ᄂᆞᆫ지라. 이러므로 감히
말을 못ᄒ니 즁인이 엇지 믈너가리오? 한즈음
들네다가 바야흐로 쟝속(裝束)을 맛치미 더옥이
쥬관옥픠(珠冠玉佩)로 챠환(丫鬟) 등이 뫼셔 나
오며 보옥이 ᄯ호 공복(公服)을 갓초【10】고
희희(嘻嘻)히 우스며 갓가히 ᄯᆞ라 힝ᄒ여 샹방
(上房)의 니ᄅᆞ러 츠례로 비례ᄒ고, 가인(家人)
등이 ᄯ호 반렬(班列)을 난호아 와셔 현알(見謁)
홀 ᄉᆡ 왕부인이 더옥을 한 번 보미 ᄉᆞ랑ᄒᆞᆫ 무
옴이 동ᄒ며 ᄯᅩ 겨의 붓그리ᄂᆞᆫ 거술 보고 싱각
ᄒ더,

　'졔가 도로혀 동방화촉을 쳥문의게 ᄉᆞ양ᄒ
고 ᄯᅩ 이러ᄐᆞᆺ 붓그리니 젼일 봉졔 니ᄅᆞ더 졔가
존즁치 아니타 ᄒ엿ᄂᆞ고 진기 원통ᄒ 말을 ᄒ도
다.'

　ᄒ여 왕부인이 겨롤 ᄉᆞ랑ᄒ미 비홀 더 업
셔 앏흐로 가셔 겨의 손을 잡으니 더옥【11】이
다만 쇼리롤 나죽이 ᄒ여 한 마디 구태태(舅太
太)라 부ᄅᆞ거늘 왕부인이 웃고 니ᄅᆞᆸ디,

　"죠흔 히ᄌ야, 내가 너롤 ᄉᆞ랑ᄒ노라."

　ᄒ며 가졍이 ᄯ호 더옥 환희ᄒᄂᆞᆫ지라. 가
졍부뷔(賈政夫婦) 머리롤 두루혀 보옥을 보니
진기(眞個) 일ᄡᅡᆼ 가위[이](佳兒)라. 보옥이 비록
부족ᄒ 듯ᄒ나 도로혀 ᄯᅳᆨ지을만 ᄒ더라. 더옥이
보챠의 곳의 가 보챠롤 보고ᄌ ᄒ더니 보치 일
즉 쟝속(裝束)을 아냣ᄂᆞᆫ지라. 즁노(中路)의셔 잉

---

212)【三朝　삼조】sānzhāo ＜名＞ 結婚或生子的第三
天。‖ "三日, 女家送冠花、彩段、鵝蛋……幷以
茶餅、鵝、羊、果物等合送去婿家,　謂之～禮也
。"(夢粱錄 20) "育子: ～與兒落臍灸囟。"(夢
粱錄 20) [산좌] 사홀 ‖ "到～請老娘來, 把孩子
放在水盆裏洗, 親戚們都來看, 把金珠銀錢等類,
各自丟在水盆裏, 這謂之洗三。" 사홀에 다ᄃᆞ라
老娘을 請ᄒ여 와 아히롤다가 물 소라에 너허
ᄲᅵᆺ기면 親戚들이 다 와 보고 金珠 銀錢 等類롤
다가 각각 믈ㅅ 소라에 드릐치ᄂᆞ니 이를 洗三
이라 니ᄅᆞᄂᆞ니라 (朴新 1:54b) ▼아히 난 디 삼
일 ‖ "倪太守開筵管待, 一來爲壽誕, 二來小孩子
～." 예태쉬 잔치롤 비셜ᄒ여 손을 디졉홀 ᄉᆡ
모든 빈긱이 태슈의 댱슈ᄒ믈 하례ᄒ고 ᄒ나혼
아히 난 디 삼일이라 (樂善 今古奇觀 9)

213)【휘츅ᄒ다】圖 {휘츅하다}. 쫓아내다. ¶ 攛走
‖ 가히 우읍도다 보옥이 드러오고ᄌ ᄒ다가 청
문의게 휘츅ᄒ 비 되니 즁인이 모다 우음을 참
지 못ᄒ고 더옥은 붓그려 취ᄒ 사롬 갓치 얼골
이 통홍ᄒᆞᆫ지라 (可笑寶玉, 探頭探腦的要擠上來,
只被晴雯攛着走, 衆人笑也笑死了, 黛玉就如吃醉
了似的, 羞得面上通紅.) ＜後紅 10:8＞

214)【막줄ㄴ】圖 《막ᄌᆞᆯ다》 막지르다. 막다. 거절
하다.¶ 攔 ‖ 져의 등을 막줄나 니ᄅᆞ더 졔가 져
러ᄐᆞᆺ 붓그리거늘 너의ᄂᆞᆫ 이쳐럼 긔롱ᄒ니 너의
ᄂᆞᆫ ᄯ호 엇지 사롬이 되리오 (攔住他們道: "人家
那麽樣, 你們反這麽頑, 也不顧人家害着臊, 你們可
也成個人兒?") ＜後紅 10:8＞

ㅇ(鶯兒)로 ᄒ여곰 샤례(謝禮)ᄒ거늘 즉시 도라
와 쏘ᄒ ᄌ리롤 뎡ᄒ고 묘연(卯筵)을 베플 시 【
12】 더옥이 명식(名色)으로 잠간 안줏다가 즉시
도라가거늘 보옥이 쏘ᄒ ᄯ라가고ᄌ ᄒ더니 왕
부인이 ᄭ지져 니ᄅ디,

"슈치(羞恥) 업ᄂ 믈건아, 제가 져러톳 존
즁ᄒ거늘 네 도로혀 가셔 들네고ᄌ ᄒᄂ냐? 샐
니 나롤 위ᄒ여 나아가 너의 부친을 뫼시라."

보옥이 다만 다라나와 가정을 뫼시니 이날
영희당(榮禧堂)의 이십ᄉ 쳐 잔치롤 버려 희ᄌ
(戲子)롤 부ᄅ고 슐을 권ᄒ여 실노 번화ᄒ더니,
량위 왕야(王爺)와 모든 훈쳑(勳戚)이 허여지미
쏘 한즈음 지내여 지ᄎ 귀긱(貴客)이 【13】 훗허
지고 기외(其外) 십여 쳐 연셕(宴席)이 잇ᄂ지
라. 가샤(賈赦)와 가정(賈政)으로붓허 란가ㅇ(蘭
哥兒) 모든 쥬인이 도로혀 긱을 졉뎌ᄒ기 어려
오며, 쏘 가환(賈環)은 졍셕(定席)의 참녜치 못
ᄒ고 다만 셔방(書房) 안의셔 가지[운](賈芸) 등
으로 더브러 블긴(不緊)ᄒ 긱을 뫼시며, 외면의
림량옥(林良玉)과 강경셩(姜景星)도 쥬인이 되여
들네여 이경텬(二更天)의 니ᄅ러 맛치고 내간(內
間)의ᄂ 방관(芳官) 등 녀ᄒ의(女孩兒) 잇셔 ᄉ
후(伺候)ᄒ미 쏘ᄒ 청아(淸雅)ᄒ 취미 잇고, ᄉ
환(使喚)ᄒᄂ 사롬이 쏘ᄒ 들네여 슈각(手脚)이
황망(慌忙)ᄒ더라. 졍히 외긱(外客)이 각산(各散)
ᄒ미 다 【14】 만 드ᄅ니 부문(府門) 안의셔 들
네ᄂ 쇼리 훤자(喧藉)ᄒ지라. 가련(賈璉)이 급히
나아가 무ᄅ니 원리 이 부즁의 초대(焦大) 슐을
먹고 취ᄒ여 림지회(林之孝) 져다려 쵸노(焦老
哥)게라 부ᄅ믈 인ᄒ여 문방(門房)의 잇다가 ᄭ
여 나가 들네ᄂ지라. 다만 드ᄅ미 쵸대(焦大) ᄭ
지져 니ᄅ디,

"네가 나롤 노게(老哥)라 부ᄅ니 내 이졔
네게 말ᄒ리라. 너의 조얘(祖爺) 나롤 보고 대야
(大爺)라 부ᄅ노니 내 이곳의 잇셔 너의 부친
낫ᄂ 것도 보고 내 다리 ᄉ이로도 네가 나가리
니 너ᄂ 보건디 엇던 사롬이 되염죽ᄒ뇨? 내가
노태야(老太爺) 【15】 롤 ᄯ라 츌젼(出戰)홀 ᄯ의
너의 무리 왕바등시215)ᄂ 도로혀 나오지도 아냐

---

215) 【왕바둥시】 圈 {망팔동서(忘八東西wángbādōngxi
).} 욕하는 말. 왕바둥시는 중국어 발음으로 읽은
것임. ¶ 忘八羔子 ǁ 내가 노태야롤 ᄯ라 츌젼홀
ᄯ의 너의 무리 왕바둥시ᄂ 도로혀 나오지도 아
냐시니 (大太爺跟着老太爺出兵的時候, 你們這班

시니 너ᄂ 날다려 대태야(大太爺)라 부롤 거시
어늘 엇지 노거(老哥)라 부ᄅᄂ뇨? 너ᄂ 날다려
오줌을 먹엇다 ᄒ디 대태야ᄂ 노태야롤 ᄯ라 츌
젼홀 ᄯ의 진긔 말오줌을 먹어시니 너ᄂ 니ᄅ
라. 노태야의 공훈(功勳)이 어디셔 니ᄅ럿ᄂ뇨?
대태야ᄂ 죠금도 취ᄒ 일이 업거늘 네가 취ᄒ엿
다 ᄒ니 대태야ᄂ 다만 한 다리로 너 갓흔 잡죵
(雜種)을 ᄎ셔 죽이리라."

ᄒ거늘 가련이 명빅히 듯고 크게 ᄭ 【16】
지ᄌ디,

"샐니 결박ᄒ여 먼니 보내라."

ᄒ니 즁인(衆人)이 쏘ᄒ 져롤 한ᄒᄂ지라.
진개 졔가 고흠(高喊)ᄒᄆ를 도라보지 아니코 결
박ᄒ여 내여 보내더라. 얼마 못되여 내간의 쥬
연을 쏘ᄒ 파(罷)ᄒ미 보옥이 즉시 쇼샹관(瀟湘
館)의 니롤 시 더옥의 곳은 드러가미 맛당치 아
니믈 알고 ᄌ견(紫鵑)을 ᄯ러 들네고ᄌ ᄒ거늘
쳥문(晴雯)의 심즁의도 쏘ᄒ ᄌ견으로 ᄒ여곰
보옥을 뫼시게 ᄒ려 ᄒ여 즉시 ᄌ견을 속여 한
곳의 머믈게 ᄒ고 대옥은 쏘ᄒ 쇼방(素芳) 등이
잇셔 뫼시고 【17】 ᄌᄂ지라. 보옥이 드러와 ᄌ
견이 이곳의 이시믈 보고 즉시 갓가이 가니, ᄌ
견이 쏘ᄒ 져롤 피치 못ᄒ고 쳥문이 쏘ᄒ 눈짓
ᄒ니 보옥이 즉시 다라와 ᄌ견의 신샹(身上)의
ᄭ라안거늘 ᄌ견이 얼골이 붉으며 죽을 힘을 다
ᄒ여 져롤 밀치디 엇지 믈너가리오? ᄌ견이 챡
급(着急)ᄒ여 쳥문을 ᄯ어잡거늘 쳥문이 쏘ᄒ
우음을 머금고 져의 손을 잡아 더옥 누ᄅ고 니
ᄅ디,

"보옥은 곳 져의 입을 맛쵸라."

ᄒ니 보옥이 진긔 머리롤 숙여 져의게로
향ᄒᄂ 【18】 지라. ᄌ견이 더옥 챡급ᄒ여 니ᄅ
디,

"네가 이러톳 긔롱ᄒ니 내가 고함ᄒ리라."

보옥이 웃고 니ᄅ디,

"내가 이졔 도로혀 너의 고함을 두리리
오?"

ᄒ며 졍히 들넬 시 다만 드ᄅ니 일인(一
人)이 드러오며 니ᄅ디,

"죠치 아니토다."

삼인(三人)이 모혀 한 곳의 잇다 ᄒ거늘
져의 등이 놀나 련망히 허여지며 니러나 보니

忘八羔子通沒有迸出來.) <後紅 10:15>

믄득 니환이라. 모다 블안흔 의시 잇더니 니환이 니르디,

"내가 와셔 림미미(林妹妹)롤 보려 흐엿더니 그곳의 문이 걸니고 이곳의 열요(熱鬧)흔 쇼리 들니는지【19】라. 다라와 보려 흐엿더니 일쟝 이야기거리롤 볼 줄 쓧흐지 아냣노라. 쳥문이 우스며 니르디,

"대내내(大奶奶)가 쏘흔 이곳의 이시니 스리롤 의론흐리라. 즈견져져(紫鵑姐姐) 나보다 나히 만코 흐믈며 림고냥(林姑娘)이 져러툿 흐니 져는 맛당히 보이야(寶二爺)롤 뫼셔 대신 쥬인이 될 둣흐거놀 졔가 곳 편벽도히 즐기지 아니흐니 도로혀 님고냥의 경계롤 바다 모음이 짜라 변흔 둣흐도다."

즈견이 쏘흔 웃고 니르디,

"네가 이야(二爺)로 더브러 이러툿 들네미 고이치 아니흐【20】니 싱각건더 네가 이야의 경계(警戒)롤 드러 모음이 변흐엿도다."

흐니 니환과 보옥이 쏘흔 대쇼흐거놀 쳥문이 곳 다라가 져롤 치려 흐더니 즈견이 스긔롤 짜라 짐줏 도망흐여 즈긔 방즁으로 다라가 문을 걸거놀 니환이 졈두(點頭)흐며 니르디,

"보형뎨(寶兄弟)야, 너의 등의 스졍(事情)을 내가 원리 아른 쳬 아니홀 거시로더 다만 내게 한 마더 말이 잇노라. 내가 너의 즈고냥(紫姑娘)을 짐쟉건더 님미미(林妹妹)의 츙신(忠臣)이 아니라 흐기 어려오니 졔가 엇지 즐겨 쥬인의【21】 몬져가 되며 이 스이 보미미(寶妹妹) 쏘 신샹이 블평흐니 도로혀 쳥고냥(晴姑娘)이 보옥을 뫼시니만 갓지 못흐도다."

흐니 쳥문이 쏘흔 응낙흐미 보옥이 진개 니환의 말을 듯고 다만 대옥을 들네지 아닐 쑨 아니라 즈견의게도 들네지 아니터라. 더옥이 빅쥬(白晝)의도 흥샹 문을 잠으는지라. 보옥이 시시로 가셔 문외(門外)의셔

"림미미야, 너는 죠흐냐?"

흐며 쏘 말흐디,

"너는 엇지 나롤 아른 쳬 아니흐느뇨?"

흐니 더옥이 심즁의 졍히 엇지흐여야 죠흘 줄을 싱【22】각지 못흐며 니환과 탐츈과 평으 등이 이 광경을 우음의 말노 일졔히 태태(太太)긔 고흐며 쏘흔 보챠의게도 고흐니 보챠는 다만 졈두흐고 태태는 비록 우으나 심즁의는 쏘흔 더

옥을 경즁(敬重)흐며 쏘 싱각흐디,

'림더옥(林黛玉)이 이러툿 교만흐게 즈랏시니 비록 총명이 이시나 만일 흥샹 이러흐면 엇지 가즁(家中) 스무(事務)롤 쥬쟝(主掌)흐리오.'

흐더라.

뎨구일(第九日) 회문(回門)흐는 날216)의 니르미 림더옥이 즐겨 챠롤 타고 부문(府門)으로 나아가지 아니코 다만 보옥으로 더브러 즈하헌(紫霞軒)【23】으로죠차 갈 시 초일 보옥이 비록 져로 더브러 능히 언어(言語)치 못흐나 쏘흔 종일 친근이 지내더니 만긱(晚刻)의 니르러 더옥이 곳 그곳의 잇고즈 흐거놀 왕부인이 황망흐여 친히 가셔 흠긔 도라오미 쏘 젼과 갓치 보옥으로 더브러 각거(各居)흐여 언어치 아니코 다만 즈미(姉妹)로 더브러 약간 담화(談話)흐디 쏘흔 즐겨 샹방(上房)의 도라가지 아니나 보챠의 신샹이 블평흐믈 싱각흐고 쏘흔 즈견과 잉으로 흐여곰 량 편의 리왕(來往)케 흐더라.

각셜(却說), 가졍이 혼스(婚事)롤 임【24】의 지내고 슈응(酬應)을 맛친지라. 가련으로 흐여곰 님부(林府) 례롤(禮物) 바든 쟝긔(帳記)롤 가져오라 흐여 일일히 볼 시, 강경셩이 보낸 녀악(女樂)을 보미 교스(敎師)와 뎨즈(弟子) 무리 모다 십륙 인이오. 희쟝(戲場)노리 흐는 팔인은 싸로 일개 졉텹(摺帖)이 이시디 쏘 녀악을 지공(支供)흐는 일좌(一座) 즈호졈(字號店)이 이시니 각 항 용비(用費)롤 계졔(計除)흔 외에 미년(每年)의 쏘 삼쳔여 금 니식(利息)이 남아 희쟝 각 항 쇼용(所用)을 쳡보(牒報)흐고 쟝긔 굿히 쓰엿시디, 원보(元寶) 류 긔롤 보내여 왕리 하인(下人)을 샹급(賞給)흐라 흐엿거놀 가졍【25】이 가련을 블너 니르디,

"이거술 내가 엇지 아지 못흐엿느뇨?"

가련이 니르디,

"원리 노애 분부흐여 바드라 흔 거시니라."

가졍이 싱각다 니르디,

"이 일이 이시나 여러 날 번거흐고 례단(禮單)도 보지 못흐여시며 쏘 강뎐찬(姜殿撰)은 시로 결친흔 사롬이라. 젼슈히 밧지 아니키 어

---

216)【回九 회구】huí//jiǔ <動> 뎨구일 회문흐는 날 (後紅 10:22) [휘줵] 아흐레가 도라오다 *舊俗新郎結婚三天回娘家, 叫做"回門"; 九天再回娘家, 叫做"回九"。‖ "那日恰是~之期。" 이 날은 흡연이 아흐레가 도라오는 일지라 (紅樓 98:2)

려오나 다만 혜건디 이는 무슨 예스 희즈(戲子)
라 ᄒᆞ엿더니 이졔는 보내지 못ᄒᆞ리니 엇지ᄒᆞ리
오?"

가련이 니ᄅᆞ디,

"드ᄅᆞ미 강미부(姜妹夫) 니ᄅᆞ디 '이는 노태
태의 구일(舊日) 녀악(女樂)이라' ᄒᆞ여 별노 판
비(辦備)ᄒᆞ여 보 【26】 내엿ᄂᆞ니라."

가졍이 니ᄅᆞ디,

"ᄯᅩᄒᆞᆫ 그만두라. 너는 화원(花園) 중의 빈
곳을 갈희여 몬져 져의로 ᄒᆞ여곰 머믈게 ᄒᆞ고
다시 내가 셔셔히 샹량(商量)ᄒᆞᆯ 기다리라."

가련이 답응ᄒᆞ고 즉시 드러가 왕부인긔 품
ᄒᆞ니 왕부인이 ᄯᅩᄒᆞᆫ 깃거 가련으로 ᄒᆞ여곰 쳐쇼
(處所)ᄅᆞᆯ 갈희여 니화(梨花) 츈우(春雨)라 ᄒᆞᄂᆞᆫ
곳의 져의 등으로 ᄒᆞ여곰 반이(搬移)ᄒᆞ여 머믈
게 ᄒᆞ니, 이는 방관(芳官)과 우관(藕官)과 영관
(齡官)과 예관(蕊官)과 규관(葵官)과 약관(藥官)
과 인관(愛官)과 하관(荷官)과 지[기]관(芰官)과
인관(艾官)과 약[쟉]관(芍官) 십이 인이오, 녀교
ᄉᆞ(女敎師)와 녀희즈(女戲子) 【27】 가지 모다 이
십ᄉᆞ 인이 머믈고 림량옥의 보닌 노비 등은 습
인(襲人) 이하로 모다 오지 아니ᄒᆞ여시니 이는
량옥이 가업(家業)을 미미(妹妹)의게 ᄉᆞ양코즈
ᄒᆞᄂᆞᆫ 쥬의(主意)러라.

각셜(却說), 탐츈(探春)이 여러 녀히지 왓다
ᄒᆞᆷ믈 듯고 블승환희(不勝歡喜)ᄒᆞ여 가마니 보옥
과 셕츈(惜春)과 ᄉᆞ샹운(史湘雲)과 셜보금(薛寶
琴)과 희봉(喜鳳)으로 더브러 약회(約會)ᄒᆞ여 니
환(李紈)의 곳의 니ᄅᆞ러 의론을 졍ᄒᆞ미, 보옥을
일개 녀히ᄋᆞ로 장속(裝束)ᄒᆞ여 귀의 골희롤 걸
고 얼골의 분을 바르며 몸의 오식동 겹ᄉᆞ삼(紗
衫)을 닙고 츅록(葱祿) 【28】 한건(汗巾)을 미고
아리ᄂᆞᆫ 금향빗 겹고즈롤 닙고 머리의 무슈ᄒᆞᆫ 젹
은 방울 달닌 실을 역거 실 ᄭᅳᆺᄎᆞᆯ 목 아리 느려
일기 큰 방울을 미즈 등 뒤흐로 느리고, 슐 ᄭᅳᆺ
히 낭기 금(金)으로 얽은 진쥬(珍珠)ᄅᆞᆯ 미여시며
귓 밋히 일개 말니ᄋᆞ 향화(香花)ᄅᆞᆯ 다랏시니 더
옥 옥골화용(玉骨花容)이 가려(佳麗)ᄒᆞᆫ지라. 보
옥이 련ᄒᆞ여 웃고 허리ᄅᆞᆯ 굽히미 즁인이 모다
갈치ᄒᆞ며 ᄯᅩᄒᆞᆫ 일빵 천쳥(天靑) 비단 화혜(花鞋)
ᄅᆞᆯ 신고 방관 등의 거롬을 비호며 니환다려 거
울을 달나 ᄒᆞ여 스스로 빗최여 【29】 보며 웃고
니ᄅᆞ디,

"내가 진긔 녀히이(女孩兒) 되여시니 도로
혀 죠토다."

니환이 웃고 니ᄅᆞ디,

"곳 너롤 싀집을 보내리라."

탐츈이 웃고 니ᄅᆞ디,

"다만 림져져(林姐姐)의게로 싀집 보내미
죠흐리라."

보옥이 니ᄅᆞ디,

"진긔 그러ᄒᆞ면 졍원으로 내가 졔게로 싀
집가리라."

탐츈이 즉시 방관과 영관과 우관을 블너
오니 삼인이 보옥을 보고 도로혀 놀나다가 ᄌᆞ셰
히 보고 ᄯᅩᄒᆞᆫ 모다 웃는지라. 탐츈이 져의 등을
ᄭᅳ을고 와 종용(從容)이 져의게 계교롤 가ᄅᆞ치
니 삼인이 졈두(點頭)ᄒᆞ거놀 즁 【30】 인이 샹의
ᄒᆞ기롤 졍당히 ᄒᆞ고 다만 쇼샹관 즁 사롬만 속
이며 ᄯᅩ 평ᄋᆞ와 쇼운(素雲)과 입화(入畵)롤 몬져
보내여 ᄌᆞ견과 쳥문을 ᄉᆞ환(使喚)ᄒᆞ여 타쳐로
보내고, 탐츈 등도 ᄯᅩᄒᆞᆫ 각각 흘녀 가셔 블긔지
회(不期之回)와 갓치 ᄒᆞ더라. 당ᄯᅢ의 탐츈과 ᄉᆞ
샹운이 몬져 오니 디옥이 졍히 쇼방으로 더브러
한화(閒話)ᄒᆞ다가 즉시 니러나거놀 탐츈이 붓그
러 멈츄고 ᄯᅩᄒᆞᆫ 한담홀 시 탐츈이 니ᄅᆞ디,

"림져져야, 홍납쵹(紅蠟燭)이 눈의 과히 빗
최는도다. 블구(不久)의 달이 오ᄅᆞ리니 도로혀
등(燈)을 【31】 혀는 거시 죠흐리라."

디옥이 즉시 쇼방(素芳)을 블너 밧구라 ᄒᆞ
니 다만 벽샹(壁上)의 걸닌 은하엽(銀荷葉) 등잔
의 블을 혀더니 츄후 니환 등이 올 시 ᄉᆞ샹운이
니ᄅᆞ디,

"모다 월식을 보고 고흥(高興)이 잇셔 우리
금일의 ᄯᅩ 일쳐의 모히도다."

셜보금이 니ᄅᆞ디,

"졍히 올흐니 내가 임의 져롤 싱각ᄒᆞ지 오
리니라."

니환이 니ᄅᆞ디,

"싱각건디 이곳의 죽님(竹林) 그림지 달의
빗최여 가장 취미 잇다."

ᄒᆞ거놀 대옥이 믄득 죠흔 추롤 가져오라
ᄒᆞ니 탐츈이 니ᄅᆞ디,

"림져져야, 너는 【32】 가히 방관 등이 니
화 츈우(梨花春雨)의 머믈믈 아ᄂᆞ냐?"

대옥이 니ᄅᆞ디,

"나도 말을 드럿노라."

탐츈이 니르디,

"대슈즈(大嫂子)는 일즉 져를 보왓느냐?"

니환이 니르디,

"져의 등을 쏘흔 보와시니 가련토다. 그 무리 녀희지 허여젓다가 다시 합흐미 쏘흔 멋 기가 밧고엿느니라."

보금(寶琴)이 니르디,

"드르미 일인이 밧괴여시니 가쟝 죠타."

흐더라. 탐츈이 니르디,

"이는 곳 인관이니 이 희지 실노 죠하 근 일의 뉘 아니 기리리오?"

보금이 니르디,

"이는 규로(規奴)롤 꾸민 거시 아니냐?"

탐츈이 니르디,

"올 【33】 흐니라."

니환이 니르디,

"지금 태태긔셔 블너 가시디 다만 스인(四 人)을 블너 갓느니라."

보금이 니르디,

"이러흐면 인관이 즈연 갓시리라."

니환이 니르디,

"태태긔셔 이마미(姨媽妹) 져를 죠하흐시믈 인흐여 다만 져를 블넛더니 져 삼인은 져를 짜 라 갓느니라."

디옥이 즁인의 이러툿 죠히 말흐믈 듯고 니르디,

"내 도로혀 보지 못흐엿노라."

니환이 니르디,

"우리 져의 나오기를 기다려 져의로 흐여 곰 와셔 놀게 흐리라."

즁인이 모다 죠타 흐니 니환이 즉시 벽월 (碧月)노 흐여 【34】 금 가게 흘 시 한즈음 못되 여 다만 드르미 스개 녀희의 희희히 웃고 다라 드러오디, 방관 등 삼인은 앏히 잇고 보옥은 뒤 히 잇셔 다만 탐츈과 갓치 먼니 셧는지라. 즁인 이 믄득 방관 등으로 슈쟉흘 시 디옥이 눈을 드 러 보미 다만 보옥이 낫치 익은 둣흐고 쏘흔 션 둣흐지라. 믄득 니르디,

"져긔 셧는 사롬이 곳 인관이냐?"

보옥이 웃고 겸두(點頭)흐거늘 대옥이 심 즁의 쏘흔 져를 스랑흐여 니르디,

"사롬으로 흐여곰 가히 스랑흐염죽흐니 져

의 일홈 【35】 의 일개 이쪠(愛字) 진기 올토다."

탐츈이 웃고 니르디,

"네 져를 스랑홀진디 져의게 무어술 샹급 흐라."

대옥이 즉시 머리의 꼬즌 옥판(玉板) 셤여 (螳蜍) 금비취잠(金翡翠簪)을 빠혀 내거늘 탐츈 이 바다 보옥을 위흐여 그 머리의 꼬즈니 보옥 이 희희히 웃는지라. 디옥이 무르디,

"네가 부뢰 잇느냐?"

보옥이 겸두흐거늘 쏘 무르디,

"즈미가 잇느냐?"

보옥이 쏘흔 겸두흐니 쏘 무르디,

"희즈롤 만히 아느냐?"

보옥이 쏘 겸두흐며 다만 웃기만 흐는지 라. 디옥이 믄득 우스며 니르디,

"이 못싱긴 【36】 희즈는 엇지 너다려 무러 도 죠금도 언어롤 아니흐느뇨? 내가 모든 일을 다 너롤 스랑흐디 다만 너의 말 아니흐는 거슨 스랑치 아니흐노라."

흐니 탐츈 등이 참지 못흐여 디쇼흐거늘 디옥이 다시 보고 비로쇼 찌다라 얼골이 통홍 (通紅)흐여 니러나며 니르디,

"죠치 아니토다. 져의 등이 귀신갓치 들녠 다."

흐니 보옥이 대쇼흐고 니르디,

"죠흔 림미미(林妹妹)야, 내가 언어롤 아니 흐다 흐여 네가 셩을 낼진디 엇지흐여 너는 사 롬이 뭇는 말을 디답지 아니흐엿느뇨?"

스샹 【37】 운이 쏘흔 들네며 니르디,

"이졔 인관(愛官)이 말흐여시니 림져져(林 姐姐)는 쾌히 스랑흐라."

흐니 대옥이 련흐여 혀츠거늘 즈견·쳥문 이 듯고 쏘흔 드러와 방관 무리로 더브러 웃기 롤 마지 아니흐여 즁인(衆人)이 이윽히 들네다 가 바야흐로 흣허지니라. 대옥이 보옥이 쏘 고 홍으로 와셔 져를 쯔을가 두려 믄득 샹운과 셕 츈을 머믈너 갓치 즈고 쏘 여러 날이 지나미 비 록 보옥을 피치 아니나 죵시 져로 더브러 언어 치 아니흐고 쏘 져를 두리는 의시 잇셔 즈미 【 38】 와 챠환(丫鬟)을 쓰러 흠긔 이시미 탐츈과 셕츈과 스샹운이 흥샹 져의게 쯔을녀 갓치 밤을 지내더니 휴후의 왕부인(王夫人)이 즈미 삼인의 게 부탁흐여 져녁의 가지 말나 흐미, 디옥이 쏘

ᄌ견(紫鵑)을 다리고 갓치 잇셔 일개 호위군(護衛軍)을 삼아 한가홀 쩌가 만코 혹 샹방의 도라가며 ᄯᅩ 보챠(寶釵)의 곳의 도라가더 다만 ᄌ긔 방중의 이실 쩌 만터라. 보옥이 시시(時時)로 탐춘을 ᄯᅳ을고 니환의 곳의 니ᄅ러 샹의홀 시 니환이 니ᄅ디,

"엇더케 방법을 싱각ᄒ여 모다 져【39】로 더브러 노리홀 쩌의 보형뎨(寶兄弟)가 ᄯᅩ흔 기중의 셧겨 들네면 졔가 붓그리지 아니리라."

탐춘이 이윽히 싱각다가 니ᄅ디,

"림져졔 ᄯᅩ흔 ᄆᆞ음의 조하ᄒᄂᆞᆫ 노리가 업술 듯ᄒᆞ도다."

ᄒ더니 홀연 한 마더 젼셜(傳說)노 니ᄅ디,

"보이내내(寶二奶奶)가 쇼가ᄋᆞ(小哥兒)롤 나핫다."

ᄒ거늘 모다 보챠의 곳의 니ᄅ니 임의 가인(家人)이 모다 모혓고 디옥이 ᄯᅩ흔 그곳의 이시니, 원리 영국부(榮國府) 가법(家法)이 태태 등이 ᄋᆞ히롤 비면 곳 고요히 독쳐(獨處)ᄒ고 ᄯᅩ흔 약을 먹지 아니ᄒ다가 다만 일삭(一朔) 젼【40】 긔ᄒ여 미일 쳥신(淸晨)의 대계원(大桂圓) 이십 기롤 쩌플지 은(銀)막ᄌ217)로 찌어 쇼경(蘇梗) 두 돈 즁을 합ᄒ여 젼복(煎服)ᄒ고 져녁의ᄂᆞᆫ 다만 인삼(人蔘) 양영환(養營丸) 삼젼(三錢) 즁식 먹으면 림산(臨産)ᄒ여 슌리(順利)ᄒ지 아니미 업ᄂᆞᆫ지라. 이러므로 보챠의 신샹이 근실(勤實)ᄒ고 ᄋᆞ히도 쳐음으로 나오미 쇼리 웅장ᄒ며 즉시 왕태의(王太醫) 와셔 믹을 보고 니ᄅ디,

"공희(恭喜)ᄒ노라. 가장 강건(剛健)ᄒ니 일쳡 약도 쓰지 말고 다만 양영환을 고와내여 먹으면 곳 죠흐리라."

ᄒ니 즉시 가ᄂᆞᆫ지라. 가졍과 왕부인이 ᄯᅩ【41】흔 가장 환희ᄒ여 평ᄋᆞ와 니환과 탐춘으로 ᄒ여곰 그곳의셔 보슯히고 이태태(姨太太)롤 뫼셔 한화(閒話)ᄒ다 ᄒ더라. ᄎ시 쟝방(帳房) 즁 ᄉᆞ뮈 간뎡(乾淨)치 못ᄒ여 왕부인이 대옥을 쳥ᄒ여 와 니ᄅ디,

"죠흔 히지야, 너ᄂᆞᆫ 보라. 련ᄋᆞ(璉兒)의 쟝방 ᄉᆞ뮈 져러톳 들네여 평ᄋᆞ 일인만 련ᄒ여 왕

리ᄒ고 네가 ᄯᅩ 과문(過門)ᄒ지 달이 지나지 못ᄒ엿고 너의 봉미ᄌ(鳳妹子)도 ᄯᅩ흔 어리니 너ᄂᆞᆫ 엇지 잠간 보슯히지 아니리오?"

디옥이 응락ᄒ니 원리 디옥이 슈십 일을 한가히 지내미 심즁의【42】 ᄯᅩ흔 지난 일을 일일히 싱각ᄒ디,

'회싱(回生)흔 후로붓허 구구(舅舅)와 구태태(舅太太)나 디졉ᄒ기롤 도로혀 노태태(老太太) 갓치 ᄒ나, 나는 니ᄅ디 스스로 뜻을 셰우리라 ᄒ엿더니 맛춤내 ᄯᅩ흔 이 지경의 니롤 돗ᄒ여시리오? 이계 비록 보옥을 먼니 ᄒ나 엇지 능히 평싱을 쳥졍(淸淨)이 지내며 ᄒ믈며 이 문의 드러와 구고(舅姑)긔 뵈와 식부가 되여 엇지 효슌ᄒ믈 싱각지 아니며, ᄯᅩ ᄒ믈며 영국부 즁이 봉져의 이러톳 들네를 닙어시니 져기 뜻이 잇ᄂᆞᆫ 사름이면 반ᄃᆞ시【43】 봉져ᄋᆞ롤 셜치(雪耻)ᄒ여 다시 흥왕(興旺)케 ᄒ리라.'

ᄒ니 대옥의 이 싱각을 다른 사름이 모다 아지 못ᄒ더니 금일 부즁(府中)의 일이 이시믈 보고 왕부인이 ᄯᅩ 이러톳 졔게 부탁ᄒᄂᆞᆫ지라. 졔가 곳 지죠롤 다ᄒ여 녀졍도치(勵精圖治)ᄒ니 ᄎᆞ시 치하(致賀)ᄒ라 온 사름이 만흔지라. 곳 각인의게 샹급홀 믈건도 일일히 예비(豫備)ᄒ고 가인(家人)을 파졍(派定)홈도 졍당히 ᄒ고 스무롤 분별홈도 ᄯᅩ흔 명빅히 ᄒᄂᆞᆫ지라. 가졍과 가련과 왕부인이 모다 탄복ᄒ고 보옥은 져의 와셔 이러톳 가ᄉᆞ(家事)롤【44】 보슯히믈 보고 이 긔회롤 타 쟝방의 가셔 갓가히 안ᄌ 글시도 쓰고 가장 부ᄌ런이 덤벙이디 대옥은 다만 아른 체 아니ᄒᄂᆞᆫ지라. 보옥이 편벽도이 타인 보ᄂᆞᆫ디 무슨 일을 디옥다려 무ᄅ니 디옥이 략략(略略)히 몃 마디 답응ᄒ나 그쩌가 지나면 도로혀 링낙(冷落)ᄒ더라. 이날은 삼죠(三朝) 셰ᄋᆞ(洗兒)ᄒᄂᆞᆫ 날이라. 즁인이 모다 보챠의 곳으로 올 시 그 신싱(新生) 쇼가ᄋᆞ(小哥兒)롤 가졍이 일홈을 지으디 지가ᄋᆞ(芝哥兒)라 ᄒ고 다홍 마과ᄌ롤 닙히며 보챠의 가졋던 금쇄(金鎖)롤 치이고 유모(乳母) 왕마마(王嬤嬤)의 회【45】 즁(懷中)의셔 와와(哇哇)히 우ᄂᆞᆫ지라. 가졍이 앏흐로 가 이마롤 만지며 이윽히 보다가 우음을 머금고 나가며 즁인이 모다 와 볼 시 지가이(芝哥兒) 졍히 와와히 우다가 보옥이 니ᄅ면 믄득 우름을 긋치고 눈으로 져롤 보ᄂᆞᆫ지라. 즁인이 모다 우어 니ᄅ

---

217)【은막ᄌ】圈 {은(銀)막자}. ¶ 銀簪 ∥ 미일 쳥신의 대계원 이십 기롤 쩌플지 은막ᄌ로 찌어 쇼경 두 돈 즁을 합ᄒ여 젼복ᄒ고 (每淸晨將大桂圓二十元, 帶了殼用小銀簪戳遍, 配二錢老蘇梗濃煎服下.) <後紅 10:40>

터,

"이 쇼히지(小孩子) 스스로 져의 아비롤 아라보니 엇지 긔이치 아니리오?"

왕부인이 니르디,

"너 갓혼 아비논 져러툿 못싱겻시니 쟝리 지가이 즈라면 너롤 무어스로 보리오?"

보옥이 믄득 붓그려 닷는지라. 왕마미 쇼가우롤 안고 즁인의 【46】게 졀을 시기며 니르디,

"구태태와 쵸태태(祖太太)의게 졀ᄒ고 쏘 너의 내내(奶奶)의게 졀ᄒ디 져의 내내도 쏘혼 너의 친내내(親乃乃)라."

ᄒ고 졍히 디옥을 디ᄒ여 졀ᄒ거놀 디옥이 붓그리디 보챠는 상샹의 누어 보고 심즁의 가쟝 즐길 시 디옥이 한옥슈셩긔록(漢玉壽星騎鹿)과 동쥬(東珠) 쵸쥬(朝珠)롤 가져 왕마마의 회즁의 너코 니환은 난가ᄋ의 한림금화(翰林金花)롤 가져와 쇼가우로 ᄒ여곰 금화롤 안기고 니르디,

"너는 난가ᄋ의게 승ᄒ여 쟝원을 ᄒ고 빅년 쟝슈 부귀ᄒ여 우리 부즁을 흥왕케 ᄒ라."

【47】ᄒ니 셜이미 니르디,

"지가ᄋ야, 너는 진기 그 말더로리라."

ᄒ여 당긔의 왕부인과 보쳐 실노 쾌활ᄒ믈 이긔지 못ᄒ고 가졍과 가련은 쏘 희ᄉ(喜事)롤 위ᄒ여 각쳐의 슈응(酬應)ᄒ라 가더라.

일일은 보옥이 졍히 봉요교(蜂腰橋)롤 향ᄒ여 올 시 다만 보니 방관 등 여러 녀히지 산하 셕변(石邊)의 안ᄌ 손으로 무어술 닷토는 모양이라. 보옥이 무르디 맛츰내 디답지 아니ᄒ고 진기 경신을 일혼 둧ᄒ거눌 방관을 쓰어 멈츄고 져의 슈즁(手中)을 보니 원러 일긔 실솔(蟋蟀)을 가졋 【48】 논지라. 보옥이 니르디,

"져거술 가져 무엇ᄒ논뇨?"

방관이 니르디,

"이야는 원러 아지 못ᄒ리라. 져 실솔이 빠홈을 잘ᄒ느니 가쟝 취미 잇느니라."

보옥이 곳 져의 빠호는 모양을 보려 ᄒ거눌 방관이 니르디,

"이곳의셔 엇지 빠호게 ᄒ리오? 네가 보고ᄌ 홀진디 우관으로 ᄒ여곰 일긔 쵸혼 거슬 가지고 오거든 나롤 따라가면 빠호는 거슬 뵈리라."

보옥이 진기 우관의 실솔 가져오믈 기다려

따라가 보니 쏘혼 스발 속의 너흔 것도 이시며 분으로 덥흔 것도 【49】 잇더니 여러 히지 즉시 멱 기 실솔을 분 속의 너ᄒ미 빠호는 모양이 진기 보기 죠흔지라. 보옥이 니르디,

"이러툿 취미 잇는 거슬 일즉 내게 고치 아니ᄒ엿느뇨?"

우관이 니르디,

"이거시 무어시 죠흐리오? 외면의 실솔 넛는 우리롤 민둘고 쳔빅(千百)을 너허 승부롤 닷토디 모다 꼿가지로 산(算)을 ᄒ느니 우리 련이야(璉二爺)도 외면의셔 가지고 노는 거시 가쟝 크디 다만 노야롤 속이느니라."

보옥이 츠언을 듯고 즉시 가셔 가련을 붓들고 그 실솔을 달나 ᄒ니 가련 【50】 이 다만 멱 기 빠홈의 픠흔 실솔을 져의게 보내거눌 보옥이 즉시 탐츈 등 여러 즈미의게 고ᄒ고 쏘혼 시험ᄒ더니 쏘 모다 쇼상관(瀟湘館)으로 와 빠홈을 붓치미 가쟝 고흥(高興)이 잇는지라. 보옥이 즉시 니요(李瑤)롤 블너 져의게 무르니 니요는 남변 사롬이라 엇지 아지 못ᄒ리오? 믄득 력력히 말ᄒ니 즁인이 이러툿 취미 이시믈 듯고 믄득 각기 모다 실솔을 기르고ᄌ ᄒ여 의론을 졍홀 시 디옥이 실솔 우리롤 민둘고ᄌ ᄒ여 니환을 쳥ᄒ여 일 【51】 을 쥬쟝ᄒ고 각식 우리롤 금ᄉ즈단(金絲紫檀)과 쵸칠진니(雕漆陳泥)와 챵금즈관(戧金磁罐)으로 긔교(奇巧)ᄒ게 민드러 대관원(大觀園) 즁 쇼챠환(小丫鬟)가지 실솔을 기르디 가쟝 만흔 곳은 쇼상관이러라. 보옥이 일긔 죠흔 실솔을 갈히여 여러 쇼챠환의 실솔과 빠호게 ᄒ미 모다 이 실솔의게 픠ᄒ니 져녁의논 쳥문(晴雯)으로 더브러 거둘 시 보옥(寶玉)이 한 즈음만의 니러나 니르디,

"일긔 버러지가 가쟝 ᄉ오나와 ᄉ발 쏘의218)롤 밀고 다라날 둧ᄒ도다."

ᄒ고 쳥문을 다리고 일긔 번 샹즈롤 츠ᄌ실 【52】 솔을 샹즈의 너허 잠으고 보옥이 바야흐로 즈더니, 뉘 알니오 이 버러지가 본디 흙을 죠하ᄒ는지라. 죵야(終夜)롤 샹즈 속의 잇더니 믄득 쇼리롤 못ᄒ는지라. 보옥이 다시 일긔 죠

---

218) 【쏘의】 圀 뚜껑. ¶ 蓋兒 ‖ 일긔 버러지가 가쟝 ᄉ오나와 ᄉ발 쏘의롤 밀고 다라날 둧ᄒ도다 (這一個蟲兒利害的很，怕他跳起了罐蓋兒逃走了.) <後紅 10:51>

혼 실솔을 어더 병풍 뒤 다락 스다리 밋히 넛터라. 일일은 실솔을 빠호게 홀 시 니환(李紈)을 청ᄒᆞ여 각인의 실솔을 가져 빅지(白紙)로 빠고 텬평층(天平層)의 다라 경즁(輕重)을 보와 대젹(對敵)홀 실솔노 ᄶᅡ짓고 ᄯᅩ 빠홈 분슈롤 졍ᄒᆞ여 곳 가지롤 각인을 쥬고 황긔(黃旗) 홍긔(紅旗)롤 민드【53】러 승부롤 표ᄒᆞ려 의론을 졍ᄒᆞ고 즁ᄌᆞ미(衆姊妹) 등이 몬져 밥을 먹을 시 다만 드ᄅᆞ니 실솔의 쇼리 나거눌 보옥이 니ᄅᆞ디,

"빠홈 잘ᄒᆞ는 거슨 말ᄒᆞ지 말고 곳 이 쇼리 가쟝 쳥량ᄒᆞ여 완연이 월빅풍쳥(月白風淸)홈 갓ᄒᆞ니 고인(古人)이 니ᄅᆞ디 '실솔지당(蟋蟀在堂)이라' ᄒᆞ고 ᄯᅩ '지아샹하(在我床下)라' ᄒᆞ엿시니 이는 ᄯᅩ흔 져의 쇼리롤 기리미라. 이 젹은 버러지롤 만일 져의 쇼리롤 듯지 못ᄒᆞ면 엇지 져의 잇는 곳을 알니오?"

디옥이 니ᄅᆞ디,

"지금은 《시젼詩傳》의 '실솔지당'이【54】란 말을 곳쳐 '실솔지샹(蟋蟀在箱)'이라 ᄒᆞ리로다."

즁인이 대옥(黛玉)의 이 말이 보옥의 실솔이 샹ᄌᆞ 속의 두엇던 거슬 죠롱ᄒᆞ민 쥴 알고 모다 간간대쇼(衎衎大笑)ᄒᆞ더라. 즁인이 끽반(喫飯) 후의 챠 먹기롤 파(罷)ᄒᆞ고 니환이 실솔 빠홈홀 ᄎᆞ셔(次序)롤 분비(分配)홀 시 보금(寶琴)은 니긔(李綺)롤 ᄶᅡ짓고 셕츈(惜春)은 슈연(岫烟)을 ᄶᅡ짓고 니문(李紋)은 평ᄋᆞ(平兒)롤 ᄶᅡ짓고 탐츈(探春)은 샹운(湘雲)을 ᄶᅡ짓고 ᄌᆞ견(紫鵑)은 방관(芳官)을 ᄶᅡ짓고 쳥문(晴雯)은 향릉(香菱)을 ᄶᅡ지어시디 가쟝 죠흔 거슨 디옥이 보옥을 ᄶᅡ지엇고, 기여(其餘) 즁 슈 맛【55】지 아니ᄒᆞ는 실솔은 모다 스발의 너코 다만 즁슈 맛는 실솔만 몃 시긱을 빠화 승부롤 갈히여 곳츌 난호더니 최말(最末)의 대옥과 보옥의게 니ᄅᆞ럿는지라. 대옥의 실솔 일홈은 쳥대두(靑大頭)오, 보옥의 실솔 일홈은 미화방시(梅花方翅)라. 량긔 실솔이 셔셔히 ᄌᆞ단(紫檀) 우리 속의셔 나오거눌 니환이 실솔이 죠하ᄒᆞ는 풀을 가져 겨롤 인도ᄒᆞ니 쳥대두(靑大頭) 우리 속의셔 나와 멈츄어 잇셔 두 발을 펴고 기다리거눌 미화방시(梅花方翅) 반환ᄒᆞ여 나가더니 도로 믈너오【56】는지라. 보옥이 련ᄒᆞ여 풀을 가져 인도ᄒᆞ민 미화방시 믄득 앏흐로 가다가 셔로 마조치더니 련망히 도라오고 쳥

더두는 믄득 다리롤 들고 날기롤 치며 련ᄒᆞ여 울거눌 니환이 손벽 치고 니ᄅᆞ디,

"보형뎨(寶兄弟) 젓도다."

ᄒᆞ니 즁인(衆人)이 모다 우스며 니ᄅᆞ디,

"원리 보옥의 실솔이 ᄯᅩ흔 이갓치 두려ᄒᆞ는도다."

탐츈이 우스며 니ᄅᆞ디,

"그 실솔이 그르지 아닌져라. ᄯᅩ흔 도로혀 한 번 마죠치미 젼일 보형졔 일 갓도다."

ᄒᆞ며 니환이 ᄯᅩ흔 져의롤 위ᄒᆞ여 곳출 난【57】ᄒᆞ고 산좌(散坐)ᄒᆞ여 모다 담쇼ᄒᆞ더니 다만 보미 비명(焙茗)이 드러와 말ᄒᆞ디,

"죠노애(曹老爺) 니ᄅᆞ러 이야(二爺)롤 쳥ᄒᆞ여 긴요흔 말을 흔다."

ᄒᆞ니

16

□□□□□【□□□□ □□□□□□□□

姜殿撰恩榮欣得偶 趙堂官落薄恥爲奴

보옥이 죠셜근(曹雪芹)이 왓단 말을 듯고 련망히 나아가 셔로 보고 피츠 안즈 담화ᄒ여 져의 온 연고(然故)롤 드르미 강경셩(姜景星)이 어졔 시롤 화답ᄒ여 듯럿더니 셩은(聖恩)을 닙어 허다 믈화(物貨)롤 상급(賞給)ᄒ시고 또 쇼견(召見)ᄒ신 후의 십분 춍이ᄒ샤 슈챤(修撰)219)으로셔 쵸승(超昇)ᄒ여 한림원(翰林院) 시독학ᄉ(侍讀學士)220)롤 졔슈(除授)ᄒ시미 가장 영요(榮耀)ᄒ지라. 인【58】ᄒ여 셩혼(成婚)ᄒᆯ 길일(吉日)을 죠셜근의게 부탁ᄒ여 와셔 샹의케 ᄒ엿더니 맛춤 가졍(賈政)과 가(賈璉)련이 츌타(出他)ᄒ지라. 그러므로 보옥의게 부탁ᄒ여 이 뜻을 젼케 ᄒ미러니 보옥이 이 일을 일호(一毫)도 아지 못ᄒᄂ지라 다만 니르디,

"이는 쏘ᄒ 가장 용이ᄒ니 다만 이 가형(賈兄)이 도라오거든 질이(姪兒) 고홀지라. 즈연

---

219)【修撰 수찬】xiūzhuàn <名> [쉬촨] 슈챤 (方一貫籍 31a) [쉬촨] 翰林院之官侍講之次。(漢淸 臣宰 2:25b) [쉬촨] 수찬官 (華抄 官職 4a) 슈챤 * 官名。唐宋爲史館中官職, 明淸一甲第一名進士一般授翰林院修撰。(後紅 10:57)

이 가형이 즉시 가셔 회샤(回謝)홀 거시니 모든 일을 가히 샹의홀 거시오. 지친지호(至親至好) 간의 피츠 구트여 소쇼(些少) 례졀(禮節)을 거리끼지 아닐 거시어눌 ᄒ믈며 두【59】집이 련졉(連接)ᄒ여 모든 일이 무슨 편당(偏黨)치 아니미 이시리오? 다만 미즈(妹子)의게 뜻을 젼ᄒ여 셜이표형(薛二表兄)의게 고ᄒ게 ᄒ라."

셜근이 니르디,

"졔가 쟉일(昨日)의 셜이거(薛二哥)의 곳의 니르러 져와 샹의ᄒ여 갓치 오고즈 ᄒ엿더니 쏘ᄒ 만나지 못ᄒ여시나 금일 녕미뷔(令妹夫) 쏘ᄒ 가셔 볼 듯ᄒ니라."

보옥이 니르디,

"가쟝 온당ᄒ도다."

ᄒ여 졍히 말홀 시 가련이 쏘ᄒ 도라와 졔가 임의 강한림(姜翰林)의 쵸승ᄒ믈 알고 몬져 니르디,

"강미뷔 놉흔 지죠로 블츠승탁(不次升擢)ᄒᆫ 셩은(聖恩)이 여【60】텬(如天)ᄒ여 우리 량부즁(兩府中)도 쏘ᄒ 빗치 나도다."

죠셜근이 즈긔 온 뜻을 다시 일편을 말ᄒ니 가련이 니르디,

"이는 우리 곳의셔 임의 쥰비ᄒ엿다."

ᄒ고 쏘 보옥을 가르치며 니르디,

"다힝이 우리 이뎨부(二弟婦) 님표미(林表妹) 내외ᄉ(內外事)롤 극진이 죠쳐(調處)ᄒ니 싱각건디 쏘ᄒ 허다 졍리(情理)가 이실지라. 첫지ᄂ 지금 져의 고슈지간(姑嫂之間)이오, 둘지ᄂ 져의 슈즈(嫂子)의 ᄋ이오, 셋지ᄂ 져의 가형(家兄) 님표형(林表兄)의 의뎨부(義弟婦)오. 이 외에 쏘 두 가지가 잇다 ᄒᄂᆫ지라."

셜근이 그 두 가지롤 무른디 가련이【61】 웃고 니르디,

"노션싱(老先生)이 도로혀 그 두 가지롤 알고즈 홀진디 한 가지는 노션싱이 즁미(中媒)되엿고 둘지ᄂ 즁미된 노션싱은 쏘 우리 보형뎨로 더브러 지극히 죠하ᄒ니 이뎨부 림표미 엇지 급히 쥬션(周旋)치 아니리오?"

ᄒ미 셜근과 보옥이 일졔히 웃더니 보옥이 니르디,

---

220) 한림원 시독학ᄉ(翰林院侍讀學士): 淸代以大臣充翰林院掌院學士, 其下設翰林院侍讀學士·侍講學士, 爲翰林院高級官職, 從四品.

"이거(二哥)야, 너는 우은 말 말나. 우리가 쏘흔 한 마디 말도 담화치 못ㅎ엿느니라."

셜근이 니르디,

"사룸을 쇽이지 말나."

가련이 니르디,

"말은 한 마디도 못ㅎ여시디 나는 다만 알건더 남녀 복식(服色)을 【62】 밧고와 희반(戲班)을 쑤미고 량인이 쏘 실솔을 가지고 싸홧느니라. 셜근이 희희(嘻嘻)히 웃고 보옥을 잡고 무르디,

"셰형(世兄)은 무슨 녀복을 쑤몃시며 쏘 셰슈(世嫂)의 쑤민 거슨 무슨 남복(男服)인지 알고즈 ㅎ노라."

보옥이 거짓 니르디,

"실노 업노라."

ㅎ니 셜근이 웃고 니르디,

"너는 다만 셰쉬 무슨 남복을 쑤미믈 내게 고ㅎ라."

보옥이 웃고 니르디,

"실노 실인(室人)은 무어술 쑤미지 아니코 다만 즈미(姊妹) 등이 긔롱(欺弄)으로 질으(姪兒)롤 녀복으로 쑤며 가셔 져롤 쇽엿느니라."

ㅎ고 보옥이 쏘흔 가쟝 득의(得意)ㅎ【63】여 일일히 즉언(卽言)으로 고ㅎ니 셜근과 가련이 대쇼ㅎ눈지라. 보옥이 니르디,

"이거(二哥)는 도로혀 우리다려 담화ㅎ엿다 ㅎ나 지금 몃 날 만의 겨유 한 마디 실솔지상(蟋蟀在箱)이란 말을 드럿노라."

셜근이 그 연고롤 무르니 보옥이 쏘흔 말ㅎ눈지라. 셜근과 가련이 쏘 대쇼ㅎ고 가련이 보옥의 얼골을 만지며 니르디,

"네 도로혀 붓그럽지 아니냐? 엇지 사룸을 디ㅎ여 니르느뇨?"

셜근이 니르디,

"셰형아, 나는 도로혀 몬져 짐죽흔 일이 이시니 너의 실솔이 단졍코 지리라."

보 【64】 옥 니르디,

"엇지 아느뇨?"

셜근이 니르디,

"네가 셰슈로 더브러 빠호고즈 홀진디 엇지 능히 계가지지 아니리오?"

가련이 니르디,

"보형뎨야 노션싱이 말노 너롤 죠롱ㅎ니

나는 보건디 네가 심히 붓그럽도다."

셜근이 니르디,

"너는 계가 붓그럽다 말ㅎ디 나는 혜건디 계가 즐거오리라."

ㅎ고 삼인이 웃다가 바야흐로 홋허지니라.

각셜, 디옥이 쟝방(賬房)을 가음알므로붓허[221] 내외(內外)롤 명빅히 죠쳐ㅎ니 샹히(上下) 탄복ㅎ고 쏘 보챠(寶釵)의 분만(分娩)흔 일과 희봉(喜鳳)의 츌가 【65】 ㅎ는 일이 일시의 마죠치고 쏘 희란(喜鸞)의 지분(才分)이 디옥의게 십분의 구분을 짜르지 못ㅎ여 왕원(王元)과 치량(蔡良)이 드러와 품ㅎ는 말이 만흐니 량부즁 수뮈(事務) 실노 번거ㅎ디, 대옥이 짐줏 한가흔 체ㅎ여 즈긔 지졍(才情)을 드러내고즈 ㅎ미 다만 쳥신(淸晨)의 영부(榮府) 수무롤 판리(辦理)ㅎ고 져녁의 쇼샹관(瀟湘館)으로 도라와 바야흐로 님가(林家) 수무롤 판리홀 시, 왕원과 치량이 오리 원 즁의셔 수후(伺候)ㅎ다가 거의 이경(二更)의 니르러 품ㅎ는 말을 맛치고 왕원과 치량이 도라간 후의는 디옥 【66】 이 방문을 닷치미 스스로 쇼방(素芳)과 향셜(香雪)과 벽의(碧漪)와 쳥하(青荷) 수인(四人)이 뫼시고 쏘흔 즈견과 쳥문도 수환(使喚)치 아니ㅎ니 보옥이 졈졈 져의게 들네기가 어려오며, 즈견은 쏘흔 고괴(古怪)ㅎ여 디옥의 스졍이 번거ㅎ믈 보고 겻히 잇셔 필묵(筆墨)과 산반(算班)을 돕다가 일이 맛치면 쏘흔 긔하(綺霞)롤 다리고 즈긔 쳐쇼로 가 문을 잠으니 진긔 쥬복(主僕) 량인이 일호 다르미 업고 다만 쳥문 일인이 십분 난쳐ㅎ여 보옥을 미러 내치고즈 ㅎ디, 외면의 왕부인(王夫人)과 보챠 이히(以下) 모다 져로 ㅎ여곰 【67】 보옥을 뫼셔 져의 긔포(飢飽) 온량(溫涼)을 시시(時時)로 슯히라 ㅎ고 내간의 디옥과 즈견이 쏘 쳥문 일인은 원리 보옥을 뫼실 쥴노 알고 즈긔 량인은 평싱의 다만 변 일홈만 담당홀 ᄃᆞ시 ㅎ여 쳥문이 시시로 가셔 권히(勸解)ㅎ면 다만 져의 량인의게 챡실이 죠쇼롤 바드디 즈견이 져롤 죠롱ㅎ면 도로혀 두어 마디 대답ㅎ거니와 다만 디옥은 명분이 놉고 입이 쾌ㅎ여 한두 마디 우음의 말을 ㅎ여도

---

221) 【가음알다】圖 관장(管掌)하다. 다스리다. ¶ 經手 ‖ 디옥이 쟝방을 가음알므로붓허 내외롤 명빅히 죠쳐ㅎ니 샹히 탄복ㅎ고 (黛玉自從經手賑房, 治得內外井井, 上下欽服.) <後紅 10:64>

실노 견디기 어려온지라. 청문이 말ᄒᆞ디,

"이야는 한훤(寒喧)【68】을 아지 못ᄒᆞ고 옷술 버스디 치우믈 두려 아니ᄒᆞᄂᆞ니라."

디옥이 웃고 니ᄅᆞ디,

"도로혀 심히 치운 날의 져는 의샹을 닙어 사롬으로 ᄒᆞ여곰 놀나게 말나."

청문이 니ᄅᆞ디,

"이애 이러툿 들네여 의샹(衣裳)을 ᄶᅵᄌᆞ려 ᄒᆞᄂᆞ니라."

대옥이 니ᄅᆞ디,

"무어시 두리리오? 도로혀 옷술 지어 쥴 사롬이 잇ᄂᆞ니라."

청문이 니ᄅᆞ디,

"텬긔 졈졈 셔늘ᄒᆞ니 이야롤 ᄯᅩᄒᆞᆫ 몃 벌 오ᄌᆞ(襖子)롤 더ᄒᆞ리로다."

디옥이 웃고 니ᄅᆞ디,

"엇지 오ᄌᆞ가 업술가 져허ᄒᆞ리오? 다만 오ᄌᆞ기술 온젼이 훌지【69】 니라."

ᄒᆞ니 진개 은근이 죠ᄅᆞᄂᆞᆫ 말이오. 즈견이 ᄯᅩᄒᆞᆫ 웃ᄂᆞᆫ지라. 청문이 얼골이 붉으락 푸르락ᄒᆞ더라. 보옥이 대옥의 실솔지샹(蟋蟀在箱)이라 ᄒᆞᄂᆞᆫ 한 마디 말을 드르므로붓허 심즁(心中)이 가쟝 쾌락ᄒᆞ여 니ᄅᆞ디,

"림미미(林妹妹) 임의 날노 더브러 한 마디 취미 잇ᄂᆞᆫ 말을 ᄒᆞ여시니 나는 졍히 맛당히 긔 샹일층홀 도리롤 ᄒᆞ리라."

ᄒᆞ디 ᄯᅩ 싱각ᄒᆞ미 대옥이 졍셩이 고괴ᄒᆞᆫ지라. 다만 즈견을 잡고 샹량(商量)ᄒᆞ리라 ᄒᆞ더니 일일은 졍히 디옥이 샹방(上房)의 가고 즈견과 청문【70】 이 모다 그곳의 잇ᄂᆞᆫ지라. 보옥이 믄득 청문으로 더브러 즈견의 방즁의 니ᄅᆞ러 몬져 즈견의 챠환(丫鬟) 국향(菊香)을 내여 보내고 보옥이 즉시 가셔 문을 걸고 일개 의ᄌᆞ롤 문 밋히 옴겨노코 즈긔가 안즈니 즈견이 보옥이 무ᄉᆞᆫ 뜻을 둔지 아지 못ᄒᆞ고 곳 니ᄅᆞ디,

"너의 량인이 무ᄉᆞᆫ 쥬의(主意)가 잇ᄂᆞᆫ지 모ᄅᆞ디 너의가 만일 청텬ᄇᆡᆨ일(靑天白日)의 나롤 잡을진디 내가 곳 고함홀 거시오. ᄒᆞ믈며 태태 곳의 ᄉᆞ경이 잇고 고낭(姑娘)도 ᄯᅩᄒᆞᆫ 그곳의셔 나롤 기다리ᄂᆞ니 섈니 문을 여러 날노【71】 ᄒᆞ여곰 나가게 ᄒᆞ라."

청문이 다만 웃고 니ᄅᆞ디,

"이애 결단코 문을 여지 아닐 거시니 우리 는 지금 져로 더브러 ᄆᆞ옴디로 놀니라. 이야는 져의 고함을 두리지 말고 네 ᄆᆞ옴디로 ᄒᆞ고 너 는 ᄯᅩ 져의 속이믈 듯지 말나. 태태(太太) 곳의 셔 죠금도 져롤 ᄉᆞ환홀 일이 업고 고낭이 ᄯᅩᄒᆞᆫ 져의 가는 거슬 기다리지 아닐지니 모다 거즛말 이로다. 내가 너롤 위ᄒᆞ여 문을 직회리니 너는 ᄯᅩ 뜻디로 ᄒᆞ라."

즈견이 발작(發作)ᄒᆞ여 니ᄅᆞ디,

"너의 진긔(眞個) 들네면 내가 곳 죽으리 라."

보【72】옥이 져롤 가련(可憐)이 너겨 니 ᄅᆞ디,

"죠혼 져져(姐姐)야, 너는 나롤 엇던 사롬 으로 아ᄂᆞ뇨? 너 갓혼 사롬을 내가 엇지 즐겨 들네리오? 청문져져(晴雯姐姐)는 네가 져러툿 챡급(着急)ᄒᆞ믈 보고 졔가 말노 너롤 져히미니 너는 밋지 말나. 나는 블과 너로 더브러 샹의ᄒᆞ 여 엇더케 고낭으로 ᄒᆞ여곰 날노 더브러 말ᄒᆞ고 ᄌᆞ ᄒᆞ노라."

즈견이 일면(一面)으로 긔가 나며 일면으 로 우은지라. 믄득 니ᄅᆞ디,

"죠혼 히ᄌᆞ의 셩픔이로다. 진긔 이러홀진 디 엇지ᄒᆞ여 문을 거럿ᄂᆞ【73】뇨? 너는 섈니 문을 여러 챠환으로 ᄒᆞ여곰 보게 훌지니 지금 우리 형젹을 샹방(上房)의셔 알면 ᄯᅩᄒᆞᆫ 죠치 아 니토다."

보옥이 니ᄅᆞ디,

"문을 열면 네가 즐겨 응낙지 아닐가 ᄒᆞ노 라."

즈견이 웃고 니ᄅᆞ디,

"실노 용렬(庸劣)ᄒᆞᆫ 히지(孩子)로다. 고낭으 로 ᄒᆞ여곰 너로 더브러 말을 ᄒᆞ게 훌진디 ᄯᅩᄒᆞᆫ 용이ᄒᆞ거늘 엇지 문을 닷ᄂᆞ뇨? 네가 문을 여지 아니면 내가 단졍코 좃지 아니리라."

보옥이 비로쇼 문을 여니 즈견이 다라나가 거늘 보옥과 청문이 ᄯᆞ라와 ᄭᅳ어 멈【74】츄고 니ᄅᆞ디,

"다라나지 말나."

즈견이 니ᄅᆞ디,

"죠토다. 너의 량인은 모다 심복(心腹)이 되엿다."

ᄒᆞ고 즈견이 숀가락으로 혬ᄒᆞ여 니ᄅᆞ디,

"원리 말ᄒᆞ디 ᄇᆡᆨ야ᄂᆞᆫ[은](百夜恩)이라 ᄒᆞ여

시나 너의는 몃 쳔 밤은 헨지 모르리라. 쳥문이
곳 혀룰 츠거놀 보옥이 즈견의게 비러 니르디,

"죠흔 져져야, 이는 져의게 샹관업는 일이
니 내가 져룰 쯔을고 왓노라. 너는 엇지 고낭으
로 흐여곰 날노 더브러 말을 흐게 흐리오?"

즈견이 웃고 니르디,

"이는 쏘흔 괴이토다. 이 일이 고낭의 쥬
쟝흔 【75】미니 즐겨 말흐면 말흘 거시오, 슬희
면 말 거시어늘 내가 엇지 져룰 권흐리오?"

보옥이 지삼 이걸흔디 즈견이 니르디,

"너는 챡급지 말나 다만 아지 못흐는도다.
내가 엇지 일족 져룰 권치 아니흐여시리오? 고
낭도 쏘흔 이젼의 비치 못흘지니 젼일 태태긔셔
고낭을 향흐여 말흐디 '보옥이 근일의 엇더케
노느뇨?' 흐시니 고낭이 말흐디 '도로혀 안졍(安
定)흐다.' 흐엿고 쟉일노 노애(老爺) 고낭의게
무르디 '보옥이 글을 보느냐 쏘흔 이런 ᄆᆞᆷ이
업셔도 져로 흐 【76】여금 필경 사름이 못되게
흘지니 너는 져룰 경계흐라.' 흐시거놀 고낭이
쏘 답응흐엿고 고낭이 방즁의 도라와 쏘 말흐디
'이야의 셩픔이 싱링지믈(生冷之物) 먹기룰 죠하
흐니 계가 톄흐기 쉬올지라. 너의는 쏘흔 ᄆᆞᆷ
을 쓰라. 나는 쏘흔 져로 더브러 언어(言語)치
아니나 다만 샹방의셔 관심흐시리라.' 흐고 쏘
말흐디 '쳥문의 지각(知覺)이 쏘흔 쇼명흐니 무
슨 져룰 보슗히지 못흐미 이시리오마는 샹방의
셔 도로혀 즈긔게 뭇는다.' 흐여시니 【77】 보이
야(寶二爺)는 싱각흐라. 이계 고낭의 ᄆᆞ옴의 너
룰 싱각지 아니흐느냐? 고낭이 쏘 말흐디 '너의
는 져로 흐여곰 즈로 보고낭의 방즁의 가 이태
태(姨太太)룰 뫼셔 져곳의셔 고이히 너기게 말
나.' 흐여시니, 쳥문아 너의는 싱각흐라. 계가
무슨 일을 싱각지 아니미 이시리오? 네가 만일
져룰 위흐여 일을 샹의코즈 흘진디 졍졍의 말노
진심을 뵈면 무슨 좃지 아니미 이시리오마는 네
가 만일 방즈222) 문을 잠으던 모양디로 흐량이
면……."

"다만 샹의치 아닐 쑨 【78】 아니라 도로혀
쳐쇼(處所)룰 옴길지니 나는 너의룰 위흐지 아
니흐다 니르기 어렵도다."

흐니 보옥과 쳥문이 샤례(謝禮)흐며 보옥
이 쏘 져의게 부탁흐여 더옥을 권히흐라 흐더
라.

챠셜, 강경셩이 길일(吉日)의 니르러 보옥
의 혼시(婚時)와 갓치 열요(熱鬧)흐여 희봉을 영
취(迎娶)흐여 가니 경셩이 쇼년 젼찬(殿撰)으로
쏘 셩권(聖眷)이 늉즁(隆重)흐여 시로 승탁흐여
즁당(中堂)으로붓허 각 아문(衙門)의 니르히 하
쥬(賀酒)룰 베플고 쳥흐는 이가 블계기슈(不計其
數)오. 쏘 동방(同榜) 동관(同舘)의 죠흔 붕우(朋
友)들 【79】 이 시도 지어 보내고 그림도 그려
보내여 십분 친밀흐고 쏘 피츠 연셕(宴席)을 베
프러 왕리(往來)흐여 십여 일을 들네더라. 경셩
과 희봉의 낭지 녀뫼(女貌) 극히 샹득(相得)흐고
쏘 림량옥(林良玉)이 칙임(責任)을 맛치고 쇼원
을 일윗시며 희란은 쏘 즈미(姊妹) 동거(同居)흐
여 진기 샹심락시(賞心樂事) 비흘 더 업는지라.
외면 사름들이 도로혀 강경셩을 칭션(稱善)치
아니코 더욱 가졍을 흠션(欽羨)흐여 니르디,

"졍노야(政老爺)의 문벌(門閥)223)은 도져히
놉도다. 한 과거(科擧)의 쟝원(壯元) 탐화(探花)
량인이 모다 셔랑(壻郎)224)이 되 【80】 엿다."

흐고 쏘 사름이 니르디,

"이거시 무슴 쟝흐리오? 져의 대고낭(大姑
娘)도 곳 일위(一位) 낭낭(娘娘)이러니 쇼고낭(小
姑娘)도 여츠흐니 진기 봉황(鳳凰)이 연쟉(燕雀)
을 싱흐지 아니흐도다. 흐믈며 황친(皇親) 국쳑
(國戚)이오, 량위 쟝원 탐화공(探花公)이 쏘흔
셔낭이 되여시니 이는 부즁(府中)의셔 져의게

---

222) 【방즈】㊌ {방재(方纔fāngcái).} 방금. 금방. 중
국어 차용어. ¶ 剛纔 ‖ 네가 만일 져룰 위흐여
일을 샹의코즈 흘진디 졍졍의 말노 진심을 뵈면
무슨 좃지 아니미 이시리오마는 네가 만일 방즈
문을 잠으던 모양디로 흐량이면 (你若要替他講
話, 正正經經, 斯斯文文的講句話, 談句心, 有什麼
不依的? 你若要像剛纔關門的形狀.) <後紅 10:77>

223) 문벌(門閥): 門楣. 門戶上的橫木. 舊時貴顯之家
門楣高大. 因以"門楣"喩門第. 《資治通鑑·唐玄宗
天寶五年》: "楊貴妃方有寵……民間歌之曰: '生男
勿喜女勿悲, 君今看女作門楣.'" 胡三省注: "言楊
家因生女而宗門崇顯也."

224) 【셔랑】㊁ {서랑(壻郎).} 사위. 見《晉書·王羲
之傳》: "太尉郗鑒使門生求女婿於導(王導), 導令就
東廂遍觀子弟. 門生歸, 謂鑒曰: '王氏諸少幷佳.
然聞信至, 咸自矜持; 惟一人在東床坦腹食, 獨若不
聞.' 鑒曰: '正此佳壻邪!' 訪之, 乃羲之也. 遂以女
妻之." 後因稱女婿爲"東床". ¶ 東床 ‖ 한 과거
의 쟝원 탐화 량인이 모다 셔랑이 되엿다 (一科
兩個鼎甲, 都做了東床.) <後紅 10:80>

구혼ᄒᆞ미 아니오 졔가 구혼ᄒᆞ미니, 너는 보라 븍경셩(北京城) 내 부귀가(富貴家)의 고낭이 만흐디 져 량위 공이 타쳐의 구혼치 아니코 엇지 일졔히 이 부중의 구혼ᄒᆞ엿ᄂᆞ뇨? ᄒᆞ니 이는 도로혀 식견이 업는 사람의 의론 【81】 이로다."

ᄒᆞ더라.

챠셜, 강경셩이 데구일(第九日) 회문(回門)ᄒᆞᆯ 씨 니르러 맛춤 가스(賈赦)는 원외랑(員外郞) 벼슬ᄒᆞ고 가졍은 경긔도어스(京畿道御史)로 승픔(陞品)ᄒᆞ니 ᄯᅩ 분망(奔忙)히 하희(賀喜)롤 바들 시 다만 일일 쥬연을 베프러 손을 쳥ᄒᆞ고 더옥의 쟝방 일도 십분 번거ᄒᆞ여 디옥이 일을 맛치고 도라오미 다만 왕원 쳐량의 품ᄒᆞ는 말이 만치 아냐 용이ᄒᆞ게 타텹ᄒᆞ고 대옥이 방즁으로 드러올 시 다만 보니 보옥이 졍히 그곳의 안젓고 ᄌᆞ견과 쳥문이 ᄯᅩ흔 겻히 잇는지라. 대옥이 믄득 향셜(香雪)과 벽 【82】 의(碧漪)로 ᄒᆞ여곰 등을 혀라 ᄒᆞ고 롱취암(攏翠菴)으로 가고ᄌᆞ ᄒᆞ거놀 보옥이 련망히 ᄯᅡ라와 문을 막아 안고 간졀이 말ᄒᆞ디,

"림미미(林妹妹)야, 나도 가쟝 네가 일개 빙쳥(冰淸)흔 사람인 쥴 알거니와 곳 나의 위인도 네가 ᄯᅩ흔 미드리라. 너는 싱각ᄒᆞ라. 우리 ᄋᆞ시(兒時)로붓허 일쳐(一處)의 잇셔시니 내 엇지 어내 ᄌᆞ미의게 두[득]죄(得罪)ᄒᆞ여시리오? 비록 한두 마디 희언(戲言)이 이시나 실은 심즁의 일호 그른 ᄆᆞ옴이 업셔시니 이는 네가 아는 거시라. 내가 만일 이러치 아니면 곳 즉긱의 지 【83】 가 되고 연긔(煙氣)가 날니며 연긔도 모다 바람의 블녀 업셔지리라. 나는 다만 젼싱(前生)의 도롤 닥가 일기 녀이 되지 못ᄒᆞ미 한이니 내가 만일 능히 젼싱의 슈도(修道)ᄒᆞ며 금싱(今生)의 일개 녀이 되여시면 비록 님미미의게는 비치 못ᄒᆞ나 나의 ᄆᆞ옴은 ᄯᅩ흔 가히 비ᄒᆞ리라."

ᄒᆞ고 말이 이의 니르미 대옥이 스스로 안는 셰 업시 안거놀 보옥이 니르디,

"내가 ᄯᅩ흔 너의 희환(喜歡)홈도 알고 너의 슬히여홈도225) 알고 너의 젼후 괴로온 뜻도 아노라."

ᄒᆞ미 더옥이 눈을 부븨거놀 보옥이 니르 【84】 디,

"만일 내가 일기 녀히이 되여 미미와 챠환을 믈론ᄒᆞ고 너룰 ᄯᅡ라 갓치 이시면 필경은 능히 너의 ᄆᆞ옴을 분명히 알 거시오. 너도 ᄯᅩ흔 내게 반졈(半點)도 싱쇼히226) 구지 아니ᄒᆞᆯ 거시어놀 엇지 내가 편벽(偏僻)도히 일개 녀히이 되지 못ᄒᆞ여 너로 ᄒᆞ여곰 미셰스(微細事)의 나룰 혐의(嫌疑)ᄒᆞ여 바리려 ᄒᆞᄂᆞ뇨? 내가 ᄋᆞ시로붓허 너와 동쳐(同處)ᄒᆞᆯ 씨의 네가 ᄯᅩ흔 시시(時時)로 내게 셩을 내디 내가 ᄯᅩ흔 일일히 발명(發明)ᄒᆞ여시니227) 내가 기시(其時) 일을 한 가지도 잇지 아니ᄒᆞ엿거니와 네가 엇지 【85】 ᄒᆞ여 내게 셩을 내ᄂᆞ뇨? 너의 심즁의ᄂᆞᆫ 블과 흔 마디 말이 이시리니 다만 니르디 '나 림대옥(林黛玉) 일인을 보옥도 능히 ᄆᆞ옴을 아지 못ᄒᆞ니 실노 원통ᄒᆞ도다.' ᄒᆞ는 의스(意思) 아니냐?"

ᄒᆞ니 디옥이 춤지 못ᄒᆞ여 눈믈을 흘니거놀 보옥이 니르디,

"네가 만일 이 의시 업스면 엇지ᄒᆞ여 타인의게는 셩을 내지 아니코 내게만 셩을 내ᄂᆞ뇨? 내가 출셰(出世)ᄒᆞ여 너로 더브러 샹면(相面)흔 후로 한 가지 일도 너룰 향ᄒᆞ여 변빅(辨白)지228) 아닌 거시 업스디 다만 보져져(寶姐姐)의게 쟝가 든 일졀만 【86】 내가 너로 더브러 싱리

---

225) 【슬히여ᄒᆞ다】 圏 싫어하다. ¶ 厭惡 ‖ 내가 ᄯᅩ흔 너의 회환홈도 알고 너의 슬히여홈도 알고 너의 젼후 괴로온 뜻도 아노라 (我也能够知道妹妹的喜歡, 也很知道你的厭惡, 也很知你連根到底牽前搭後說不出的苦兒.) <後紅 10:83>

226) 【싱쇼히】 閉 생소(生疎)히. ¶ 生分 ‖ 너도 ᄯᅩ흔 내게 반졈도 싱쇼히 구지 아니ᄒᆞᆯ 거시어늘 엇지 내가 편벽도히 일개 녀히이 되지 못ᄒᆞ여 너로 ᄒᆞ여금 미셰스의 나룰 혐의ᄒᆞ여 바리려 ᄒᆞᄂᆞ뇨 (你也幷不至於半點兒生分了我, 怎麼我就偏不能做一個女孩兒, 叫你在這點子上嫌棄了我.) <後紅 10:84> 客氣 ‖ 보챠와 진쥬 빅부인의 친근이 더졉ᄒᆞᆷ을 보고 죠금도 싱쇼히 구지 아니코 심즁의 환희감격ᄒᆞ여 련ᄒᆞ여 여러 잔을 마시더니 (寶釵・珍珠見柏夫人相待親熱, 幷不客氣, 心中甚覺歡喜, 又敬又感, 接連飮過幾杯.) <復紅 6:16>

227) 【발명ᄒᆞ다】 圖 발명(發明)하다. 변명(辨明)하다. ¶ 辨明 ‖ 내가 ᄋᆞ시로붓허 너와 동쳐ᄒᆞᆯ 씨의 네가 ᄯᅩ흔 시시로 내게 셩을 내디 내가 ᄯᅩ흔 일일히 발명ᄒᆞ여시니 (我從小同着你一塊兒的時候, 你也時時刻刻的惱我, 我總也辨得明.) <後紅 10:84>

228) 【변빅ᄒᆞ다】 圖 [변백(辨白)하다]. 변명하다. ¶ 辨明 ‖ 내가 출셰ᄒᆞ여 너로 더브러 샹면흔 후로 한 가지 일도 너룰 향ᄒᆞ여 변빅지 아닌 거시 업스디 (但只是我自出娘胎, 同你見面來, 沒有一件事不向你辨明.) <後紅 10:85>

스별(生離死別)ᄒ여 말ᄒ지 못ᄒ엿노라."

ᄒ고 보옥이 곳 곡(哭)ᄒ거늘 디옥이 ᄯ흔 락누(落淚)ᄒᄂᆞᆫ지라. 보옥이 니ᄅᆞᄃᆡ,

"만일 이 일졀(一切)을 의론ᄒᆞᆯ진ᄃᆡ 실노 사람으로 ᄒ여곰 원통ᄒ여 죽게 ᄒ도다. 가중인(家中人)이 노태태(老太太)붓허 개개히 네게 쟝가든다 ᄒ고 방의 드러갈 ᄯᅥ의는 다만 셜안(雪雁)이 너를 부츅ᄒᄆᆞ로 아랏더니 필경 보져져롤 보미 내가 놀나 곳 죽을 듯ᄒᆞᆫ지라. 내가 보져져의 붓그리믈 아지 못ᄒ여시리오마는 ᄯᅩ흔 져롤 도라보지 아니 【87】 코 내가 원릭 부ᄅᆞ지지ᄃᆡ '림미미야 너는 어ᄃᆡ로 가고 보져져는 엇지 퍼왕(覇王)이 되뇨?' ᄒ나 뉘 나롤 아른 체ᄒ리오마는 그만두라 ᄎᆞ후ᄉᆞ(此後事)는 내가 ᄎᆞ마 말을 못ᄒ나 ᄌᆞ견이 ᄯᅩ흔 말을 만히 ᄒ여시리라. 내 젼일 화샹(和尙)이 되여시ᄃᆡ 림미미야 나는 다만 너롤 잇지 아니ᄒ엿ᄂᆞ니라."

ᄒ니 당ᄌᆨ(當刻)의 디옥과 보옥과 ᄌᆞ견과 쳥문 ᄉᆞ인이 일졔히 샹심(傷心)ᄒ더니 보옥이 니ᄅᆞᄃᆡ,

"우리 량인이 별노이 얼골을 다시 보고 ᄯᅩ흔 한 곳의 모혀시며 ᄯᅩ 쳔만 번 익결ᄒ여 잠시변빅 【88】 ᄒ믈 어더시니, 너는 젼일을 싱각건ᄃᆡ 엇지 이러툿 ᄆᆞ음이 모지러229) 일언도 부답(不答)ᄒᄂᆞ뇨?"

디옥이 일변으로 함누(含淚)ᄒ고 일변으로 말ᄒᆞᄃᆡ,

"쳥문미미(晴雯妹妹)야, 너는 져로 더브러 가셔 쉬라. 내가 ᄯᅩ흔 져의게 들네믈 닙는도다."

보옥이 즉시 니러셔며 한탄ᄒ여 니ᄅᆞᄃᆡ,

"그만두라. 헛도히 한 셰상의 사름이 되엿도다. 림미미는 시종(始終)의 나롤 한ᄒ여 말이 명빅지 아니ᄒ니 내가 도로혀 ᄉᆞ라 무엇ᄒ리오? 내가 곳 이거술 가져 ᄆᆞ음을 내여 뵈리라."

ᄒ고 보옥이 【89】 즉시 겻히 노힌 젹은 탁ᄌᆞ 우히 가식230)롤 집으려 ᄒ거늘 ᄌᆞ견이 황망히 아ᄉᆞ가고 니ᄅᆞᄃᆡ,

"이거시 ᄯᅩ 무슨 짓시뇨? 도로혀 고낭을 들네ᄂᆞᆫ도다."

대옥이 곳 발을 구ᄅᆞ며 니ᄅᆞᄃᆡ,

"네가 임의 나롤 ᄡᅳ러 고히(苦海)의 너코 이졔 ᄯᅩ 이의 니ᄅᆞ니 도로혀 나의 명을 ᄭᆞᆫ흐려 ᄒᄂᆞ냐, ᄯᅩ 엇지코ᄌ ᄒᄂᆞ뇨?"

보옥이 ᄯᅩ흔 ᄌᆞ긔가 잘못ᄒᄆᆞᆯ 아ᄂᆞᆫ지라. ᄌᆞ견과 쳥문이 져롤 권ᄒ여 나아가라 ᄒ니 보옥이 니ᄅᆞᄃᆡ,

"내가 별노 금일 이곳의 니ᄅᆞ러시니 엇지 즐겨 나가며 ᄯᅩ 말을 다ᄒ지 【90】 못ᄒ엿노라."

ᄌᆞ견이 울며 니ᄅᆞᄃᆡ,

"원릭 이야의 말이 도로혀 만토다."

디옥이 니ᄅᆞᄃᆡ,

"너는 곳 말ᄒᆞ라. ᄆᆞ음ᄃᆡ로 말을 ᄒ여야 바야흐로 가리로다."

보옥이 ᄯᅩ 눈물을 홀니고 니ᄅᆞᄃᆡ,

"너의는 보라. 림미미가 도로혀 이러툿 말ᄒ니 반졈(半點)도 나롤 블샹히 너기는 싱각이 업도다."

보옥이 말이 이의 니ᄅᆞ미 디옥이 ᄯᅩ흔 ᄆᆞ음이 연약ᄒ여 져의게 거슬니는 말을 못ᄒᄂᆞᆫ지라. 보옥이 니ᄅᆞᄃᆡ,

"너의는 모다 나롤 못싱겻다 ᄒ면 믄득 못싱긴 거시 될 거시 【91】 오, 나의 번거ᄒ믈 슬혀ᄒ면 곳 번거ᄒ다 ᄒ리니 나는 다른 말은 아니ᄒ고 다만 림미미의 심ᄉᆞ만 말ᄒ고ᄌ ᄒ노라. 네가 젼일의 다만 무실무가(無室無家)ᄒ고 ᄉᆞ고무친(四顧無親)ᄒ믈 한ᄒᆞᆺ고 ᄯᅩ 봉슈ᄌ(鳳嫂子)와 습인(襲人) 등이 귀신갓치 들네는 거슬 한ᄒ여시니 이는 죠금도 그ᄅᆞ미 업것마는 다만 금일노 볼진ᄃᆡ 긔운도 펴고 당ᄃᆡ(當代)의 보복도 다 ᄒ엿고 ᄯᅩ 교져ᄋ(巧姐兒)와 습인이 지금 네 슈중의 이시니 모ᄅᆞ는 이는 니ᄅᆞᄃᆡ 네가 져의게 보복고ᄌ ᄒ다 ᄒ디, 다만 나 일인은 네가 별노일 【92】 쟝 경륜(經綸)이 잇셔 셰간(世間)과 디하[상]인(地上人)으로 ᄒ여곰 붓그려 죽게 ᄒᄂᆞᆫ 줄을 아ᄂᆞ니 네가 도로혀 무슨 긔롤 펴지 못ᄒ미 이시리오? 네가 곳 각죵각양(各種各樣)의 여의치 아니미 업ᄉᆞᄃᆡ 다만 내 ᄆᆞ음을 억식(抑塞)게 ᄒ여 쳔만 길 디하(地下)의 드러가게 ᄒ여 능히 일호도 네 심중의 혜아리믈 닙지 못ᄒᄂᆞᆫ도

---

229) 【모질다】 圈 모질다. 사납다. ¶ 狠 ∥ 너는 젼일을 싱각건ᄃᆡ 엇지 이러툿 ᄆᆞ음이 모지러 일언도 부답ᄒᄂᆞ뇨 (你不想而今想從前, 你怎麼狠心到這樣地位, 連一個字兒不回呢?) <後紅 10:88>

230) 【가식】 圈 가위. ¶ 剪子 ∥ 보옥이 즉시 겻히 노힌 젹은 탁ᄌᆞ 우히 가식롤 집으려 ᄒ거늘 (寶玉就要來搶旁邊小桌上的剪子.) <後紅 10:89>

다."

디옥이 부득이ᄒᆞ여 다만 니ᄅᆞ디,

"그만두라. 내가 너의 ᄆᆞ음 져바리지 아니ᄒᆞᄂᆞᆫ 거ᄉᆞᆯ 아ᄂᆞ니 네 말이 ᄯᅩᄒᆞᆫ 다ᄒᆞ여실지라. 죠히 나ᄅᆞᆯ 위ᄒᆞ여 가셔 쉬 【93】 라."

ᄒᆞ고 대옥이 스스로 말이 ᄯᅩᄒᆞᆫ 과ᄒᆞᆫ 줄 알고 얼골이 붉어오ᄂᆞᆫ지라. 보옥이 디옥의 한 마디 말을 듯고 곳 환회ᄒᆞᆷ믈 이긔지 못ᄒᆞ며 ᄯᅩ 싱각ᄒᆞ디,

'져의 말이 죠히 나ᄅᆞᆯ 위ᄒᆞ라 ᄒᆞ여시니 이ᄂᆞᆫ 쾌히 회심(回心)ᄒᆞᄂᆞᆫ 의ᄉᆞᆯ 잇도다.'

ᄒᆞ고 믄득 니ᄅᆞ디,

"림미미가 즐겨 이갓치 말ᄒᆞ니 내 이제 죽어도 ᄯᅩᄒᆞᆫ 눈을 감으리로다."

대옥이 니ᄅᆞ디,

"뉘 ᄯᅩ 싱ᄉᆞ(生死)ᄅᆞᆯ 말ᄒᆞ엿ᄂᆞ뇨? 내가 져 쥬ᄒᆞ므로 돌녀보내지 말나."

보옥이 련망히 말을 그치고 다만 우스며 니ᄅᆞ디,

"죠흔 미미야, 내 【94】 가 임의 밝히 말ᄒᆞ여시니 네가 날노 ᄒᆞ여곰 가라 ᄒᆞ면 갈 거시오. 잠시도 머무지 아니홀 거시로디 다만 종ᄎᆞ(從此) 이후로 너의 한가ᄒᆞᆫ ᄯᅢᄅᆞᆯ 만나거든 우리 ᄒᆞᆼ 샹 이 모양으로 담화(談話)ᄒᆞ면 네 바야흐로 내게 셩내지 아니리라."

대옥이 니ᄅᆞ디,

"지금 ᄯᅢ가 임의 느젓거놀 간다 ᄒᆞ고 가지 아니ᄒᆞ니 단졍코 죽을 다짐을 바다 네 손의 너 코ᄌᆞᄒᆞᄂᆞ냐?"

ᄌᆞ견 쳥문이 ᄯᅩᄒᆞᆫ 보옥을 미러 나가게 ᄒᆞ니 이날 대옥이 종야(終夜)ᄅᆞᆯ 쳔ᄉᆞ만상(千思萬想)ᄒᆞ며 가쟝 감샹ᄒᆞ고 ᄯᅩᄒᆞᆫ 젼후 【95】 일의 보옥을 감격ᄒᆞ여 ᄒᆞ더라.

ᄎᆞ셜, 보옥이 디옥으로 더브러 샹면ᄒᆞ여 피ᄎᆞ 말ᄒᆞ므로븟허 심복이 십분 샹쾌ᄒᆞ여 쳥문의 방즁으로 도라와 쳥문으로 더브러 져 량인의 일을 일일히 말ᄒᆞ며 거의 ᄉᆞ경시분(四更時分)의 니ᄅᆞ러 ᄌᆞ다가 태양이 놉히 오른 후의 바야흐로 니러나 샹방의 니ᄅᆞ니 가졍과 가련 외의 가즁인이 모다 그곳의 모혀 잇ᄂᆞᆫ지라. 보옥이 대옥을 보고 가쟝 친졀히 너기며 대옥도 ᄯᅩᄒᆞᆫ 심히 져ᄅᆞᆯ 피ᄒᆞ지 안ᄂᆞᆫ지라. 왕부인이 【96】 져의 량인의 광경이 화호(和好)ᄒᆞᆷ믈 보고 져의 무리로 ᄒᆞ여곰 졉어(接語)코ᄌᆞ ᄒᆞ여 곳 대옥을 향ᄒᆞ여 니ᄅᆞ디,

"쳥문(晴雯) 히ᄌᆞ(孩子)ᄂᆞᆫ 심즁이 원리 셰미(細微)ᄒᆞ여 보옥을 졔가 ᄯᅩᄒᆞᆫ 능히 보슎힐 거시로디 다만 보옥 히ᄌᆞ의 셩졍은 너ᄅᆞᆯ 쇽이지 못홀지니 졔가 도로혀 즐겨 쳥문의 말을 드ᄅᆞ리오? ᄯᅩᄒᆞᆫ 대고낭(大姑娘)이 죠셕으로 져ᄅᆞᆯ 돌보며 ᄯᅩᄒᆞᆫ 나ᄅᆞᆯ 위ᄒᆞ여 져ᄅᆞᆯ 교훈ᄒᆞ디 졔가 만일 무슴 죳지 아니미 잇거든 네가 곳 내게 고ᄒᆞ라. 너ᄂᆞᆫ 가히 알지니 졔가 쳥문의 【97】 말을 죳지 아니면 쳥문이 ᄯᅩᄒᆞᆫ 져의게도 거리끼고 네게도 거리껴 감히 내게 고치 못ᄒᆞ리니 너ᄂᆞᆫ 종ᄎᆞ 이후로 다만 져ᄅᆞᆯ 위ᄒᆞ여 무슨 일을 쇽이지 말면 이ᄂᆞᆫ 대고낭이 나ᄅᆞᆯ 위ᄒᆞ미로다. 너ᄂᆞᆫ 알지니 이 히ᄌᆞ의 셩졍이 긔포한란(飢飽寒暖)을 모다 모ᄅᆞ니 년긔ᄅᆞᆯ 의론ᄒᆞ면 졔가 너보다 만ᄒᆞ나 셰무(世務)의 니ᄅᆞ러ᄂᆞᆫ 졔가 평싱의 너ᄅᆞᆯ ᄯᅡ르지 못홀지니라."

대옥이 다만 니ᄅᆞ디,

"진기 긔포한란(飢飽寒暖)을 모다 모ᄅᆞ도다."

니환이 웃고 니ᄅᆞ디,

"림미미야, 네가 이쳐럼 졍 【98】 탈ᄒᆞ여시니 ᄎᆞ후의ᄂᆞᆫ 보형뎨(寶兄弟) 무슨 죳지 아니미 이시리오? 모다 림챠두(林叉頭)의게 무ᄅᆞᆯ ᄯᅡ름이로다."

대옥이 니ᄅᆞ디,

"대슈ᄌᆞ(大嫂子)야, ᄯᅩᄒᆞᆫ 나ᄅᆞᆯ 죠롱ᄒᆞ냐?"

ᄒᆞ니 왕부인(王夫人)과 보옥(寶玉)의 심즁의 가쟝 즐거워ᄒᆞ더라. 졍히 말홀 스이의 다만 보니 가련(賈璉)이 외면으로죳ᄎᆞ 희희(嘻嘻)히 웃고 드러오며 니ᄅᆞ디,

"림표미(林表妹)ᄂᆞᆫ 귀도 붉고 죠쳐(措處)도 잘ᄒᆞ니 진기 사름으로 우셔 죽으리로다. 일이 가쟝 샹쾌ᄒᆞ니 엇지 이쳐럼 잘 판리(辦理)ᄒᆞ엿ᄂᆞ뇨?"

ᄒᆞ니 즁인이 련망히 져의게 무ᄅᆞ디,

"엇지미뇨?"

【99】 ᄒᆞ니 원리 금의위당관(錦衣衛堂官) 죠젼(趙全)이 크게 그른 죄ᄅᆞᆯ 범ᄒᆞ여 죄ᄅᆞᆯ 결쳐ᄒᆞ여 즁신의 집의 보내여 종을 숨게 ᄒᆞ엿ᄂᆞᆫ지라. 대옥이 이 쇼식을 드ᄅᆞ미 젼일의 ᄌᆞ견이 져의게 고흔 말을 싱각ᄒᆞ니 가부(賈府) 젹몰(籍沒)

홀 써의 죠당관(趙堂官)이 심히 각박(刻薄)히 ㅎ
다가 다힝이 셔평왕(西平王)이 니르러 은지(恩
旨)를 전ㅎ미 죠전이 바야흐로 조히 도라가고,
쏘 죄안(罪案)을 심문ㅎ는 써의 니르러 미스의
근져(根底)를 키여 빅 가지로 원통케 ㅎ고 초대
(焦大)가 쏘 져의게 결박(結縛)ㅎ믈 닙어 거의
죽을 번【100】ㅎ엿는지라. 이러므로 대옥이 즉
시 사름으로 ㅎ여곰 쥬션(周旋)ㅎ여 죠전을 가
부의 발송ㅎ여 종을 숨게 ㅎ여시더 정히 금일의
죠전을 압령(押領)ㅎ여 오거놀 대옥이 분부ㅎ여
쵸대를 쥬어 셤기라 ㅎ니 량부중(兩府中) 사름
이 모다 쾌ㅎ믈 닐캇고 모다 쵸대의 곳의 가 니
르디,

　"태태야(太太爺)긔 공희(恭喜)ㅎ노라. 일긔
죠흔 삼야(三爺)를 어덧다."

　ㅎ니 쵸대의 위인(爲人)이 원리 우흔 긔운
이 잇는지라. 금일의 대옥이 이갓치 쳐치ㅎ믈
보고 정히 졔 뜻의 합ㅎ여 즉시 한 오리 삿【
101】기[231]를 가지고 져의 허리를 결박ㅎ고 일
긔 칭직을 가지고 져를 쓰러 영국부(榮國府)로
드러오니 부중 사름이 련망히 가련의게 고ㅎ는
지라. 가련이 그 연고를 무러 알고 즉시 드러와
우스며 말을 고ㅎ고 태태(太太) 무리로 ㅎ여곰
병풍 뒤히 니르러 그 광경을 보와 모다 심회를
샹쾌케 ㅎ미러라. 당직의 가련이 즁인의게 고ㅎ
니 즁인이 크게 웃고 니환은 우음을 씌고 대옥
을 가르치며 니르디,

　"너는 쏘흔 판리ㅎ기를 샹쾌히 ㅎ엿도다."

　ㅎ고　왕부인(王夫人)이【102】곳 즁인(衆
人)으로 더브러 나아갈 시 다만 보니 쵸대(焦大)
진기(眞個) 죠당관(趙堂官)을 잡아 드러오며 크
게 쑤지져 니르디,

　"이 긔와 돗 갓흔 망팔고즈(忘八羔子)[232]
야! 너는 곳 나를 알긋느냐? 쵸태태야(焦太太爺)
쏘흔 너를 기다려 보려 ㅎ엿느니라. 너는 스스
로 보라. 너는 무어시라 혜리오? 너는 금의위
(錦衣衛) 당관(堂官)이 되엿다 ㅎ고 격몰ㅎ는 일
홈을 비러 녀호가 호랑이 위엄을 비러 엇듯시
우리 부중의 믈건을 노략ㅎ여시니 너갓흔 잡종

(雜種)의게 고ㅎ노니 죠뎡(朝廷)의 은젼(恩典)이
늉즁(隆重)ㅎ고 우리 부중의 복분(福分)도【103
】쏘흔 셩대(盛大)ㅎ여 젹몰ㅎ여 간 거슬 견슈
히 환급ㅎ여 계시니 너는 일즉 일졈(一點)이나
맛보왓느냐? 너는 탐장범법(貪贓犯法)ㅎ여 우리
부중의 노즈(奴子)의 노지(奴才) 되여 당디의 보
복(報服)을 엇지 도망ㅎ리오? 왕팔고즈(忘八羔
子)는 나의 칭직 마슬 보라."

　ㅎ고 쵸대가 련(連)ㅎ여 칭직으로 치니 죠
젼(趙全)은 원리 당관을 지낸 사름이라. 져디로
칠스록 종시(終始) 언어치 아니ㅎ거놀 쵸대 쏘
쑤지져 니르디,

　"왕팔고즈는 눈을 써 너의 쵸태태야(焦太
太爺)를 보라 태태야(太太爺) 노태야(老太爺)를
싸라 출졍(出征)홀 써의 허다【104】흔 사름을
결박ㅎ엿더니 도로혀 네가 나를 결박ㅎ여시나
너는 보라. 이졔 필경 누가 누를 결박ㅎ느뇨?
너의 당샹(堂上)의 안졋던 승챵은 어디 가시며
너의 근반(跟班)은 어디로 갓느뇨? 태태야는 너
갓흔 믈건을 보미 무어스로 알니오? 이 왕팔고
즈야."

　ㅎ고 쏘 칭직으로 치는지라. 대옥(黛玉)이
오리지 아냐 가졍(賈政)이 퇴죠(退朝)홀 줄을 짐
쟉ㅎ고 쏘 가졍이 츙후(忠厚)ㅎ믈 아는지라. 만
일 보면 필경 금지ㅎ믈 당ㅎ리라 ㅎ여 년망히
가련(賈璉)으로 ㅎ여곰 가셔 말ㅎ고 쎨니 져를
【105】다리고 녕부중(榮府中)으로 가디 오리지
아냐 노애 도라올 듯ㅎ니 만일 노애 보면 필연
금지ㅎ미 이시리라 ㅎ거놀 가련이 련망히 림지
효(林之孝)로 더브러 가셔 쵸대를 권희(勸解)ㅎ
나 쵸대 엇지 즐겨 좃츠리오? 다만 보미 쥬셰
(周瑞) 다라 드러와 말ㅎ더,

　"노애 도라오신다."

　ㅎ니 가련과 림지회 착급히 권희ㅎ더 쵸대
(焦大) 종시 듯지 아니ㅎ고 더옥 밍렬이 치거놀
죠당관(趙堂官)이 다만 쵸태태야(焦太太爺)라 부
르니, 아지 못게라 가졍(賈政)이 드러와 보고 엇
지 고호(顧護)ㅎ여 결쳐(決處)ㅎ엿는지 하【106
】회(下回)의 분희(分解)ㅎ라.

---

231)【삿기】圏 새끼. ¶ 草繩‖ 금일의 대옥이 이
　갓치 쳐치ㅎ믈 보고 정히 졔 뜻의 합ㅎ여 즉시
　한 오리 삿기를 가지고 져의 허리를 결박ㅎ고
　(今日見黛玉如此開發出來, 正合了他的意, 就將草
　繩一條, 縛了他的腰.)〈後紅 10:100－101〉

232)【망팔고자】圏 {망팔고자(忘八羔子)}. 욕하는
　말. ¶ 忘八羔子‖ 이 긔와 돗 갓흔 망팔고즈야
　(猪狗似的忘八羔子.)〈後紅 10:102〉

[후홍루몽後紅樓夢 권지십일卷之十一]

17

림량옥효우양가지 가희란은근련원우
林良玉孝友讓家財　賈喜鸞殷勤聯怨偶

【1】 화셜(話說), 쵸대(焦大) 죠젼(趙全)을
타민(打罵)홀 시 즁인(衆人)이 가졍(賈政)의 도라
온돈 말을 듯고 련망(連忙)히 져롤 권회(勸解)ᄒ
디 쵸대 셩(性)이 대발ᄒ여 엇지 멈츄리오? 다
힝히 가졍이 림량옥(林良玉)과 강경셩(姜景星)의
곳으로 갓ᄂ지라. 쵸대 더욱 ᄆᆞᆷ 것치고 바야
흐로 져롤 방셕(放釋)ᄒ고 인ᄒ여 칫직을 노코
크게 ᄭᅮ지즈며 가ᄂ지라. 즁인이 믄득 죠젼을
ᄭᅳ을고 나아가니 죠젼이 가졍의 인 【2】 즈ᄒ믈
알고 난간을 붓들고 셔셔 가졍이 도라오기롤 기
다려 한 번 상면(相面)코즈 ᄒᆞᄂ지라 즁인이 져
의 마진 거슬 가련(可憐)히 너겨 ᄯᅩᄒᆞᆫ 아른 체
아니ᄒ고 다만 져로 ᄒᆞ여곰 의관을 단졍히 ᄯᅳᆯ의
셔 ᄭᅮ러 기다리게 ᄒᆞ니 왕부인(王夫人) 등이 즉
시 희희히 웃고 드러가더라.
　한즈음[233]이 못되여 가졍이 도라오거늘 죠
젼이 련망히 고두(叩頭)ᄒᆞᄂ지라. 가졍이 즉시

져롤 ᄰᅳ어 니르혀고 니르디,
　"죠노거(趙老哥)야! 너의 죄가 원러 젹지
아니ᄒᆞ디 다힝히 텬은(天恩)이 고후(高厚)ᄒᆞ여
이곳으로 보내 【3】여 계시디 필경은 구일(舊
日) 동관(同官)이라. 내가 엇지 즐겨 너롤 만홀
(慢忽)이 ᄒᆞ리오? 우리 죠종(祖宗) 이러로 사롬
을 각박히 디졉지 아니ᄒᆞᄂ니 너는 죵금(從今)
이후의ᄂ 다시 이갓치 작죄(作罪)치 말나. 우리
모다 셩샹(聖上)을 셤겨 머리의 하늘을 갓치 여
시니 션심을 일치 안ᄂ 거시 곳 죠흘지라. 너는
다만 회과즈칙(悔過自責)ᄒ면 당관(堂官) 지낸
사롬이 엇지 다시 녹용(錄用)홀 ᄰᅵ가 업스믈 두
리리오. 내가 본디 너롤 부즁(府中)의 두어 버술
슴고져 ᄒᆞ디 다만 죠졍 규모롤 감히 좃지 아 【4
】 니치 못홀지라. 내가 ᄯᅩ 일개 농쟝(農莊)을 갈
히여 너로 ᄒᆞ여곰 가셔 머믈게 홀지니 너도 ᄯᅩ
ᄒᆞᆫ 편홀 거시오, 젹몰(籍沒)을 당ᄒᆞᆫ 사롬이 가구
롤 살닐 도리 업술지니 너로 더브러 갓치 가는
거시 ᄯᅩᄒᆞᆫ 죠흘지라. 우리 임의 상면ᄒᆞ여시니
즉시 이쳐럼 힝ᄒᆞ라."
　죠젼이 가졍을 보고져 ᄒᆞᆫ 다만 져로 ᄒᆞ
여곰 쵸대롤 셤기지 아니케 ᄒᆞᆷ을 바랏더니, 뉘
알니오 가졍이 도로혀 이러틋 시은(施恩)ᄒᆞ미
젼일 즈긔 가졍의 집 젹몰ᄒᆞ던 광경을 싱각ᄒᆞ미
【5】 진긔(眞個) 붓그러워 죽을지라. 다만 지비
ᄒᆞ여 샤례ᄒᆞ거늘 가졍이 가련의게 분부ᄒᆞ여 져
롤 안존케 ᄒᆞ라 하더라.
　가졍이 즉시 드러와 왕부인과 즁인이 모다
그곳의 이시믈 보고 ᄯᅩᄒᆞᆫ 죠젼의 일을 일편을
말ᄒᆞ며 니르디,
　"우리는 디디로 츔후(忠厚)ᄒᆞᄂ 거술 슝상
ᄒᆞᄂ 사롬이라. 항샹 유여ᄒᆞ게 일을 힝ᄒᆞ여도
도로혀 텬은죠덕(天恩祖德)을 승당치[234] 못홀가
두릴지라. 우리 모다 노태태(老太太)롤 셤겨시니
노태태긔셔 엇더케 인즈ᄒᆞ시던고 싱각ᄒᆞ여 보
라. 우리 감히 【6】 니즈리오?"
　ᄒᆞ니, 왕부인과 즁인이 모다 탄복ᄒᆞ거늘
가졍이 ᄯᅩ 말ᄒᆞ디,
　"내가 파죠(罷朝)ᄒᆞ여 도라오미 강고애(姜

---

233) 【한즈음】 图 한동안. 꽤 오랫동안. ¶ 一會 ‖
　한즈음이 못되여 가졍이 도라오거늘 죠젼이 련
　망히 고두ᄒᆞᄂ지라 (不多一會, 賈政回來, 趙全連
　忙磕頭.) <後紅 11:2>

234) 【승당ᄒᆞ다】 图 승당(承當)하다. 받아들여 감당
　하다. ¶ 承載 ‖ 항샹 유여ᄒᆞ게 일을 힝ᄒᆞ여도 도
　로혀 텬은죠덕을 승당치 못홀가 두릴지라 (時刻
　留些有餘, 還恐怕天恩祖德承載不起.) <後紅 11:5>

姑爺) 나룰 블너 샹면코즈 ᄒᆞᄆᆡ 내가 ᄯᅩ 무슨
ᄉᆞ정인지 모르고 그곳의 니르러 바야흐로 량옥
의 싱(甥)이 그처럼 고인지풍(古人之風)이 잇는
거슬 아라시나 져의 ᄒᆞᄂᆞᆫ 말이 너모 과ᄒᆞ여 결
단코 좃지 못ᄒᆞᆯ 거시오, 그 중간의 잇는 사름의
말도 ᄯᅩ한 능히 시힝키 어렵도다.”

왕부인이 믄득

“무슨 말이뇨?”

뭇거눌 가졍이 님량옥의 말을 전ᄒᆞ여 니르
디,

“졔가 통곡뉴톄(痛哭流涕)ᄒᆞ【7】며 말ᄒᆞ
디, ‘ᄋᆞ시로붓허 부뫼 구몰(俱沒)ᄒᆞ고 일호도 가
업(家業)이 업더니 다힝히 쇼후가 부뫼 죠육ᄒᆞ
여 셩인(成人)케 ᄒᆞ여시니, 지금 이 산업과 가인
등은 모다 쇼후가 부모의 기치신235) 비라. 졔가
이졔 임의 벼슬을 ᄒᆞ여시니 지금 잇는 방옥과
여간 싱활ᄒᆞᆯ 즙믈 외의는 전슈히236) 져의 미ᄌᆞ
(妹子)의게 ᄉᆞ양코즈 ᄒᆞ노라’ ᄒᆞ고, 져 스위 한
ᄒᆞ여 나의게 비러 쥬쟝ᄒᆞ여 쳐결ᄒᆞ라 ᄒᆞᄂᆞᆫ지라
강(姜)·죠(曹) 졔공(諸公)이 나의 번뇌(煩惱)ᄒᆞ
믈 보고 지삼 말ᄒᆞ디, ‘형ᄆᆡ(兄妹) 이인(二人)이
각기 결반식 난화【8】져의 효우지졍(孝友至情)
으로 셩취케 ᄒᆞ라’ ᄒᆞ디 림외싱(林外甥)이 도로
혀 니르디, ‘우리가 진기 져의 말을 좃지 못ᄒᆞ
리라’ ᄒᆞ고 곳 밍셰를 ᄒᆞ며 즉시 도망코져 ᄒᆞ니
니가 져롤 십분 공경ᄒᆞ여 ᄯᅩ한 무슨 말을 ᄒᆞ지
못ᄒᆞ엿고, ᄯᅩ 한즈음 지내여 져의 무리 도로혀
오고져 ᄒᆞ니 이롤 엇지ᄒᆞ리오? 싱녜(甥女) ᄯᅩ한
이곳의 이시니 엇더케 잘 쥬션케 ᄒᆞ라.”

ᄒᆞ거눌 왕부인이 ᄯᅩ한 니르디,

“이 일이 진기 너모 과ᄒᆞ고 중간 사름의
말도 ᄯᅩ한 과분ᄒᆞ도다.”

ᄒᆞ며 대옥(黛玉)의 심중의는【9】임의 혜
아린지 오러더 지금가지 능히 일언을 못ᄒᆞᆷ믄 엇
지미뇨? 만일 좃지 아니리라 ᄒᆞ면 곳 져의 거거
(哥哥)의 진정을 모로미오, 만일 좃츠리라 말ᄒᆞ
면 ᄯᅩ 가졍의 의ᄉᆞ의 어긔는지라. 이러므로 다
만 픔고(稟告)치 못ᄒᆞ엿더니 가졍이 니르디,

“싱녀야! 이 ᄉᆞ졍은 다만 너의 형ᄆᆡ의 졍

분이니 네가 져의게 잘 회답ᄒᆞ라.”

대옥이 믄득 한 가지 둥굴고 듯기 죠흔 말
을 ᄒᆞ여 가졍 이하 졔인으로 ᄒᆞ여곰 모다 탄복
ᄒᆞ여 한 마디도 져룰 론박(論駁)지 못ᄒᆞ게 하더
라. 대【10】옥이 믄득 니르디,

“이 일을 의론ᄒᆞᆯ진디 거거의 진졍과 중간
사름의 의론을 ᄯᅩ한 좃지 안키 어려오디 구태야
(舅太爺)와 구태태(舅太太)의 셩졍이 다만 내가
사름을 돕기룰 죠하ᄒᆞ고 사름이 나룰 돕는 거슬
구ᄒᆞ지 아니ᄒᆞ여 우리 죠종 이리로 모다 이런
규모가 계시디 다만 거거의 의ᄉᆞ는 외가롤 싱각
ᄒᆞ여 심력을 다ᄒᆞ고즈 ᄒᆞᆯ ᄲᅮᆫ 아니라 더욱 부모
의 은혜 망극ᄒᆞ고 ᄯᅩ 일기 싱녀만 ᄭᅵ치믈 싱각
ᄒᆞ고 지셩으로 싱녀의게 은혜롤 갑고즈 ᄒᆞᄆᆡ니
곳 전슈히 ᄉᆞ양【11】ᄒᆞ여야 바야흐로 져의 원
을 맛친다 ᄒᆞᆯ 거시로디, 다만 우리가 이러ᄒᆞᆯ 도
리가 업고 이졔 붕우(朋友)들이 중간의셔 짐쟉
ᄒᆞ여 각각 졀반식 난호라 권ᄒᆞᆫ 우리가 만일
ᄯᅩ 좃지 아니면 이는 곳 셩인지미(成人之美)가
되지 못ᄒᆞ리로다.”

ᄒᆞ여 대옥이 말을 허랑ᄒᆞ게 ᄒᆞ니 가졍과
왕부인 심중의도 ᄯᅩ한 올히 너기디 다만 가졍이
니르디,

“이것도 내가 모다 승당치237) 못ᄒᆞ리라.”

ᄒᆞ여 졍히 말ᄒᆞᆯ ᄉᆞ이의 희란(喜鸞) 희봉(喜
鳳)이 ᄯᅩ한 즉시 오고 외면의 림량옥과 강경셩
과 죠【12】셜근(曹雪芹)도 ᄯᅩ한 와셔 의론ᄒᆞ여
ᄎᆞᄉᆞ롤 위ᄒᆞ여 오륙일 왕리ᄒᆞ여 바야흐로 졀반
난호는 의론을 뎡ᄒᆞ고 곳 죠흔 날을 갈ᄒᆡ여 문
셔 칙ᄌᆞ롤 가져올 시 대총 장ᄭᅵ238)와 미셰ᄒᆞᆫ 쟝
ᄭᅵ 합ᄒᆞ여 이십여 권이 되고 보내여 온 허다 가

---

235) 【기치다】 동 ᄭᅵ치다. 남기다. ¶ 遺 ‖ 지금 이
    산업과 가인 등은 모다 쇼후가 부모의 기치신
    비라 (現在這些産業家人, 統是這邊父母遺下來的.)
    <後紅 11:7>

236) 【전슈히】 부 {전수(全數)히}. 모두. ¶ 全數 ‖
    졔가 이졔 임의 벼슬을 ᄒᆞ여시니 지금 잇는 방
    옥과 여간 싱활ᄒᆞᆯ 즙믈 외의는 전슈히 져의 미
    ᄌᆞ의게 ᄉᆞ양코즈 ᄒᆞ노라 ᄒᆞ고 (他而今已經得了
    官, 除現在房屋及够澆裹外, 全數要讓與他的妹子.)
    <後紅 11:7>

237) 【승당ᄒᆞ다】 동 승당(承當)하다. 받아들여 감당
    하다. ¶ 擔承 ‖ 이것도 내가 모다 승당치 못ᄒᆞ리
    라 (這麽様, 我總不能擔承.) <後紅 11:11>

238) 【장ᄭᅵ】 명 {장기(帳記)}. 장부(帳簿). ¶ 賬 ‖
    대총 장ᄭᅵ와 미셰ᄒᆞᆫ 쟝ᄭᅵ 합ᄒᆞ여 이십여 권이
    되고 보내여 온 허다 가인 등은 치량이 일기 총
    관이 되고 (總賬細賬倒有三十餘套, 像一部大書,
    送過來的雙身家人, 便是蔡良, 算總管事.) <後紅
    11:12>

인 등은 치량(蔡良)이 일기 총관이 되고, 기여(其餘) 부관(副管)은 구인(九人)이니 단승(單昇)은 내외셩(內外城) 각쳐 은루(銀樓)룰 가음알고 빅년(栢年)은 남변뎐쟝(南邊田莊) 미매(賣買)ᄒᆞᄂᆞᆫ 일을 가음알고 왕복(汪福)은 호광·ᄉᆞ천셩(湖廣四川省) 쟝긔룰 가음알고 셔희(徐喜)ᄂᆞᆫ 졀민·광동(浙閩廣東) 쟝긔룰 가음알【13】고 쥬슈(周秀)ᄂᆞᆫ 하람·산셔·셤셔(河南山陝西) 쟝긔룰 가음알고 죠셩(曹誠)은 염무(鹽務) 무역을 가음알고 쟝함(蔣涵) 은 각식 의복 지료룰 가음알고 겸ᄒᆞ여 희반(戲班)을 거ᄂᆞ리더 ᄎᆞ외 영쇄(零碎)ᄒᆞᆫ 집ᄉᆞ들은 ᄯᅩᄒᆞᆫ 블가승쉬(不可勝數)니 치량의 가음아ᄂᆞᆫ 슈회(數爻) 왕원(王元)과 갓ᄐᆞ여 통계ᄒᆞ며 일쳔만 량이 넘더라.

각셜(却說), 습인(襲人)이 림부중의 니르므로붓허 날마다 의복과 비단을 졈검ᄒᆞ며 ᄯᅩᄒᆞᆫ 희반 ᄉᆞ무(事務)룰 더ᄒᆞ니, 쥬션ᄒᆞᄂᆞᆫ 일이 가쟝 번거ᄒᆞ더 능히 스스로 희란의 곳의 니ᄅᆞ러 말을 폼ᄒᆞ지 못ᄒᆞ고 모【14】 다 치량 식부의 지위ᄒᆞᄂᆞᆫ239) 거슬 기다리며 ᄯᅩ 싱각ᄒᆞ더,

'쟝리 대옥을 ᄉᆞ후ᄒᆞ여 신고(辛苦)룰 격ᄂᆞᆫ 거슨 구ᄐᆞ여 말ᄒᆞ지 말고 ᄯᅩ 드르미 ᄌᆞ견(紫鵑)과 쳥문(晴雯)이 ᄯᅩᄒᆞᆫ 측실(側室)의 쳐ᄒᆞ엿다 ᄒᆞ니 도로혀 져다려 고량이라 부를 거시오. ᄌᆞ견은 노실(老實)ᄒᆞ여 오히려 구일 ᄌᆞ미 졍분이 잇실 ᄃᆞᆺᄒᆞ더 홀노 쳥문은 원슈도 짓고 입도 래[리](利)ᄒᆞ고 셩졍도 강ᄒᆞ여 다만 져의게 괴로오믈 바드리로다. ᄯᅩ 젼일 ᄌᆞ긔 죄룰 싱각ᄒᆞ미 원리 보차(寶釵) 이하 뎨일인이 되엿더니 엇지 쥬의룰 그르게 가【15】 져 이 문중의 나가고 ᄯᅩ 다른 길노 갓시니 보옥을 보기룰 어려온 말은 니ᄅᆞ지 말고 ᄯᅩᄒᆞᆫ 다시 보차(寶釵)룰 볼 안면이 업ᄉᆞ니 내가 싱각이 그룻 드러 임의 이 모양의 니ᄅᆞ러시면 엇지 외방으로 반이(搬移)ᄒᆞ여 가지 아니ᄒᆞ고 편벽도히 림부로 왓다가 공교히 림고낭(林姑娘)의 슈중의 들게 되니 젼일 보고낭(寶姑娘)이 원리 디졉ᄒᆞ기룰 줄ᄒᆞ엿고 ᄯᅩ 젼일 나올 ᄯᅢ의도 ᄯᅩᄒᆞᆫ 져의 모녀 량인이 지삼 나룰 달

내여 나오게 ᄒᆞ여시니 내 만일 능히 그곳으로 가면 도【16】 로혀 일츠룰 보내기 죠흐더 만일 쟝구히 림고량 신변의 이시면 엇지ᄒᆞ리오?'

ᄒᆞ여 습인의 이 싱각이 하로도 십빅 번이나 잇고 홀노 이실 ᄯᅢᄂᆞᆫ 눈믈을 무한이 흘니더니 이날의 니ᄅᆞ러 모든 남녀가인(男女佳人)이 올 시, 대옥이 몬져 져의 등으로 ᄒᆞ여곰 각쳐의 가셔 비례(拜禮)ᄒᆞ라 ᄒᆞ니 습인이 보챠룰 보고 ᄯᅩᄒᆞᆫ 오열(嗚咽)ᄒᆞ며 능히 셜운 ᄉᆞ졍을 니긔여 말ᄒᆞ지 못ᄒᆞ거늘 보치 ᄯᅩᄒᆞᆫ 눈을 부븨며 니ᄅᆞ더,

"너ᄂᆞᆫ 샐니 가셔 너의 내내(奶奶)룰 보고 한가ᄒᆞᆫ 틈이 잇【17】거든 우리 챡실이 담화ᄒᆞ리라."

ᄒᆞ니 습인이 즉시 중인으로 더브러 가더라. 디옥이 미리 분부ᄒᆞ여 각인 등을 죠쳐ᄒᆞᆯ 도리룰 뎡ᄒᆞ고 보옥을 머믈너 져로 ᄒᆞ여곰 습인을 보게 ᄒᆞ엿더니 맛춤 가졍이 보옥을 블너 가ᄂᆞᆫ지라 치량이 믄득 디옥의 말을 나와 젼ᄒᆞ더,

"남녀가인을 두 쪠로 난호와 드러가게 ᄒᆞ고 다만 최말(最末)의 쟝내내(蔣奶奶) 일인은 짜로 드러가라."

ᄒᆞ니 습인이 대옥의 쥬의룰 잠간 짐쟉지 못ᄒᆞ더라. 습인이 중인의 보고 나오【18】 기룰 기다려 바야흐로 드러갈 시 디옥을 보고 졍히 ᄭᅮᆯ고ᄌᆞ ᄒᆞ더니 대옥이 만면쇼용(滿面笑容)으로 져의 손을 잡고 지삼 멈츄어 니ᄅᆞ더,

"우리 ᄋᆞ시로붓허 ᄌᆞ미로 아랏ᄂᆞᆫ지라. 네가 이러툿ᄒᆞ면 내가 블안ᄒᆞ도다. 너ᄂᆞᆫ 내 심중의 가쟝 너룰 싱각ᄒᆞᄂᆞᆫ 줄을 아지 못ᄒᆞ더 이졔 다시 한 곳의 동쳐(同處)ᄒᆞ리니 너ᄂᆞᆫ 내게 싱쇼히240) 구지 말나."

ᄒᆞ니 습인(襲人)이 엇지 감히 일언을 ᄒᆞ리오. 디옥이 ᄯᅩ 함쇼(含笑)ᄒᆞ고 니ᄅᆞ더,

"일즉 ᄒᆡ지(孩子) 잇ᄂᆞ냐? 셜ᄉᆞ 업셔도 잉태ᄒᆞ기【19】 룰 바라리니 격은 사름의 집의도 ᄯᅩᄒᆞᆫ 이 일이 요긴ᄒᆞ니라."

습인이 다만 붓그러오믈 먹음고 니ᄅᆞ더,

---

239)【지위ᄒᆞ다】圐 {지회(知會)하다}. 알리다. ¶ 示下 ‖ 쥬션ᄒᆞᄂᆞᆫ 일이 가쟝 번거ᄒᆞ더 능히 스스로 희란의 곳의 니ᄅᆞ러 말을 폼ᄒᆞ지 못ᄒᆞ고 모다 치량 식부의 지위ᄒᆞᄂᆞᆫ 거슬 기다리며 (事情也盡煩着, 又不能一直到喜鸞處回話, 總要候蔡良家的示下兒.) <後紅 11:14>

240)【싱쇼히】圐 {생소(生疎)히}. 냉담하게. ¶ 生分 ‖ 너ᄂᆞᆫ 내 심중의 가쟝 너룰 싱각ᄒᆞᄂᆞᆫ 줄을 아지 못ᄒᆞ더 이졔 다시 한 곳의 동쳐ᄒᆞ리니 너ᄂᆞᆫ 내게 싱쇼히 구지 말나 (你不知道, 我的心裏頭很有你這個人兒, 而今重新在一塊了, 你不要生分了我.) <後紅 11:18>

"업노라."

디옥이 쏘 져의 귀히 다히고 쇼리룰 나죽이 흐여 니르디,

"보옥이 너로 더브러셔 히코즈 흐니 너는 쏘흔 비각지241) 말나. 무숨 사룸의게 거리끼미 이시리오."

습인이 더욱 붓그려 얼골이 통홍(通紅)흐거늘 디옥이 니르디,

"쇼방(素芳)아! 량위(兩位) 고낭을 쳥흐여 쌜니 구일 즈미룰 보게 흐라."

흐더니 블구의 즈견과 쳥문이 쏘흔 의복을 밧고와 【20】 닙고 오거늘 습인이 믄득 고낭이라 부르니 져의 량인이 쏘흔 젼일 졍분(情分)과 갓치 져져미미(姐姐妹妹)야 흐고 오리 싱각던 말을 흐미 습인이 졍히 엇지흐면 죠흘는지 모르더니 디옥이 니르디,

"습인 져져(姐姐)야! 네가 오기룰 죠히 흐엿도다. 너의 위인과 지분(才分)을 내가 쏘흔 아느니 보옥의 의복을 잘 보살피는 거슨 말흐지 말고 곳 나의 녕쇄(零碎)흔 의복도 모다 네게 부탁흐여 졈검케 흐여 나의 힘을 덜나."

흐고 즉시 즈견과 쳥문을 블너 쟝칙(賬冊)과 쇄【21】 약(鎖鑰)을 져의게 맛기라 흐니 량인이 즉시 젼쟝흐는지라. 디옥이 니르디,

"내가 너의 왕리 블편흐믈 싱각흐고 쏘흔 너룰 위흐여 짜로 방을 슈습흐여시니 만일 너의 긔관(琪官)이 방심흘 듯흐거든 너도 쏘흔 몃칠을 돌녀 드러와 나와 갓치 지내게 흐라."

흐고 쏘 우스며 즈견과 쳥문을 향흐여 니르디,

"너의는 보옥을 보라. 필경 쏘 너의 습인 져져룰 들네고즈 흐여 긔관의게 쳥흐여 젼일 졍을 펴리라."

량인이 쏘흔 웃거늘 디옥이 니르디,

"너의 【22】 는 쏘 습인 져져로 더브러 져의 우거흘 방을 가셔 보고 쥬션흐미 엇더흐뇨?"

습인이 즉시 져의 량인 방중의 니르럿다가 쏘 량인이 습인으로 더브러 습인의 방중의 니르러 보니 두간 방 옥의 계반진셜(祭飯陳設)흔 거

시 져의 량인으로 더브러 광경이 일양이오. 쏘 한 량개 챠환 젼오(全兒)와 잠오(簪兒)룰 졍흐여 져룰 쥬어 스환케 흐고 쏘 즈견이 져다려 말흐디,

"월경[젼](月錢)도 져의 량인과 일양으로 미월의 십량이라."

흐거늘 습인이 희출망외(喜出望外)흐여 즉시 쟝칙과 【23】 쇄약을 가져오며 쏘흔 방중 믈건을 졈검흐여 졍히 분망흘 시, 다만 보니 치량 식뷔 드러오거늘 습인이 련망히 안기룰 쳥흐니 치량 식뷔 습인의게 가마니 고흐디,

"우리 고낭이 너의게 분부흐디 너는 원리 구인이라. 고낭이 쏘흔 가쟝 돌보디 다만 너로 흐여곰 져룰 일개 쥬인으로 보고 쏘 즈긔가 젼후스룰 샹량(商量)흐여 보라."

흐며 쏘 말흐디,

"네가 추후는 샹방(上房)의 가셔 말을 픔흐디 샹심흐여 흐라."

흐고 쏘 말흐디,

"보이야(寶二爺)룰 네게 맛기【24】 는 거시니 희반(戱班) 중의 그릇 인도치 말나."

흐고 쏘 말흐디,

"대고낭(大姑娘)은 네게 다른 말 부탁흘 거시 업고 이 몃 마디 말을 너로 흐여곰 명심케 흐라 흐더라."

흐니 습인이 추언을 듯고 혼비빅산(魂飛魄散)흐며 눈믈을 먹음고 비러 니르디,

"죠흔 치내내(蔡奶奶)야, 고낭의 분부룰 내가 일일히 긔록흐느니 추후는 다만 너 노인네가 고낭 앏히셔 나룰 돌보기룰 구흐노라. 고낭을 쥬인으로 보는 거슨 니르지 말고 즈고낭(紫姑娘)과 쳥고낭(晴姑娘) 량위로 나룰 부리면 내가 쏘흔 노즈로 거힝흐리니 【25】 나는 스스로 아디 길을 그릇 드러 사룸으로 혜지 못흘지라. 고낭이 용셔흐면 내가 곳 살 거시오, 용셔치 아니면 곳 살지 못흐리니 내가 추후의 션심을 내지 아니면 고낭이 번뢰흐믄 니르지 말고 내가 쏘흔 죠히 죽지 못흘지니 다만 쳥컨디 너 노인네는 흥샹 고낭의 앏히셔 돌보면 나도 쏘흔 너 노인네룰 공경흘 싱각이 이시리라."

치량 식뷔 즉시 졈두(點頭)흐고 말을 픔흐라 가더라.

일노븟허 습인이 디옥을 셤기디 쥬야로 쇼

---

241) 【비각흐다】 圏 【배각(排却)하다】. 물리치다. ¶
却 ‖ 보옥이 너로 더브러셔 히코즈 흐니 너는
쏘흔 비각지 말나 (寶玉還要同你叙叙舊呢, 你可
也却不的.) ＜後紅 11:19＞

심익익【26】 ᄒᆞ는지라 왕부인과 보챠 등이 져의 죠히 지내믈 보고 쏘ᄒᆞᆫ 더옥이 대방개(大方家)라 ᄒᆞ더라.

초일 보옥이 가경을 보고 도라와 쏘ᄒᆞᆫ 습인을 보고ᄌᆞ ᄒᆞ여 즉시 더옥의 곳의 니ᄅᆞ럿더니 정히 습인이 그곳의 잇다가 보옥을 보고 즉시 비례ᄒᆞ거늘 보옥이 다만 희희히 웃고 아모 말도 뭇지 아니ᄒᆞᆫ지라 습인이 즉시 나가며 십분 비편(非便)ᄒᆞ여 ᄒᆞ더라. 보옥이 즉시 쳥문의 곳의 니ᄅᆞ러 치량 식부를 잡고 져의게 셰셰히 무러 더옥의 은위병ᄒᆡᆼ(恩威幷行)ᄒᆞᄂᆞᆫ 광경【27】을 알미 졍녕 이 한고죠(漢高祖)의 구강왕(九江王) 경포(黥布)를 졉더ᄒᆞᄂᆞᆫ 법을 비ᄒᆞ는 의시라. 다시 더옥의 방즁의 니ᄅᆞ니 초시 대옥이 보옥으로 더브러 임의 셔구론심(敍舊論心)ᄒᆞ여 일호(一毫)도 혐의 업스며 텬긔 졈졈 최운지라 낭인이 화로를 갓가히 ᄒᆞ고 담화홀 시 더옥이 니ᄅᆞ디,

"보져져(寶姐姐) 분만 후의 네가 쏘ᄒᆞᆫ 가기를 희쇼히 ᄒᆞ고 다만 쳥문만 직희고 쳥문이 쏘ᄒᆞᆫ 너의 들네를 가장 혐의ᄒᆞᄂᆞᆫ지라. 너는 금일의 보져져의 곳으로 갈지라 보져져는 엇지 이런 ᄆᆞ음을 두리오? 다만 져허컨디 샹【28】 방의셔 쳥문의 잘못ᄒᆞᄆᆞᆯ 말ᄒᆞ시리니 너는 내 말을 듯지 아니면 내 곳 블안ᄒᆞ여 우리 평싱의 다시 담화치 아니리라."

보옥이 희희히 웃고 대옥을 보며 쏘 ᄎᆞᆷ아 져의 말을 위월치242) 못ᄒᆞ여 곳 니ᄅᆞ디,

"올토다! 네가 나를 가게 홀진디 내 쏘ᄒᆞᆫ 가는 거시 곳 올흐니라."

ᄒᆞ며 보옥이 쏘ᄒᆞᆫ 대옥의 습인 디졉ᄒᆞ던 말을 보챠의게 가셔 말ᄒᆞ려 ᄒᆞ여 즉시 보챠의 곳으로 가더라.

멋 날이 지나미 련ᄒᆞ여 풍셜(風雪)이 대작ᄒᆞ더니 눈이 개이미 더옥 치운지라. 습인이 보【29】옥과 대옥의 피믈(皮物) 옷슬 밧고와 닙고ᄌᆞ ᄒᆞ믈 인ᄒᆞ여 믄득 노파 등을 거ᄂᆞ리고 의복을 포쇄(曝曬)홀 시 습인이 경즁의 니ᄅᆞ러 하ᄂᆞᆯ을 우러러 니ᄅᆞ디,

"다만 두리건디 쏘 대셜이 올 듯ᄒᆞ도다.

너의는 보라! 하ᄂᆞᆯ 구름이 가쟝 어ᄌᆞ러오니 동셔풍을 분변치 못ᄒᆞ리로다."

대옥이 쏘ᄒᆞᆫ 다라나와 하ᄂᆞᆯ을 보며 니ᄅᆞ디,

"진개 동셔풍을 모르나 다만 져허컨디 웃바름이 아리 바롬을 누루도다."

ᄒᆞ며 즉시 쳥문과 쇼방을 다리고 보챠의 곳으로 갈 시 습인이 일【30】언도 못하고 젼일 계가 쇼식 탐지ᄒᆞ여 샹방의 고ᄒᆞ던 말을 싱각ᄒᆞ더라.

졈졈 년졀(年節)이 갓가오미 왕부인이 믄득 니환(李紈)으로 더브러 샹의ᄒᆞ여 니ᄅᆞ디,

"림고낭과 다못 보옥이 지금가지 도로혀 동방의 단회치 못ᄒᆞ여시며 져의 량인이 쏘ᄒᆞᆫ 싱쇼치 아니ᄒᆞ여 가마니 탐지ᄒᆞ미 쏘ᄒᆞᆫ 담쇼ᄒᆞ미 잇시디 다만 림고낭을 권ᄒᆞ여 회심케 홀 방법이 업스니 내 녁셔(曆書)를 보미 오늘이 가장 죠흔지라. 너는 가히 한 가지 쥬의(主意)를 싱각ᄒᆞ라."

니환이 이윽【31】히 침음(沈吟)ᄒᆞ다가 니ᄅᆞ디,

"권ᄒᆞ는 거슨 쓸디 업스니 우리 쏘 희고낭(喜姑娘) ᄌᆞ미를 쳥ᄒᆞ여 모다 샹량(商量)ᄒᆞ리라."

ᄒᆞ니 왕부인이 쏘ᄒᆞᆫ 죠타 말ᄒᆞ고 즉시 져의 량인을 가마니 영졉ᄒᆞ여 피ᄎᆞ 샹량ᄒᆞ디 쏘ᄒᆞᆫ 방법이 업더니 희란(喜鸞)이 홀연 ᄌᆞ긔 셩혼ᄒᆞ던 날을 싱각ᄒᆞ고 우스며 니ᄅᆞ디,

"죠토다! 우리 림고낭을 속여 말ᄒᆞ디 보거게 금일의 타쳐의 나가 져녁의도 도라오지 아니ᄒᆞᆫ다 ᄒᆞ고, 우리 다시 방법을 싱각ᄒᆞ여 님고낭을 슐을 먹여 춰케 ᄒᆞ고 보거【32】거(寶哥哥)로쎠 방으로 드러가게 ᄒᆞ미 엇지 죠치 아니리오?"

탐츈(探春)과 니환이 모다 죠타 ᄒᆞ거늘 왕부인이 믄득 탐츈과 니환으로 ᄒᆞ여곰 가셔 보옥을 가ᄅᆞ치고 외간의 분부ᄒᆞᆫ 후의 사름으로 ᄒᆞ여곰 모든 ᄌᆞ미를 쳥ᄒᆞ여 올 시 더옥과 보챠(寶釵)와 형슈연(邢岫烟)과 ᄉᆞ샹운(史湘雲)과 셜보금(薛寶琴)과 니환과 니문(李紋)과 니긔(李綺)와 탐츈과 ᄌᆞ견과 쳥문과 평아(平兒) 일계히 니ᄅᆞ고 보옥이 쏘ᄒᆞᆫ 온지라. 왕부인이 환희ᄒᆞ여 니ᄅᆞ디,

"금일의 강미뷔(姜妹夫) 관동 ᄯᅡ히 긔이ᄒᆞᆫ

---

242)【위월ᄒᆞ다】圖 {위월(違越)하다}. ¶ 違拗 ‖ 보옥이 희희히 웃고 대옥을 보며 쏘 ᄎᆞᆷ아 져의 말을 위월치 못ᄒᆞ여 (寶玉笑嘻嘻的看了黛玉, 又不忍違拗他.) <後紅 11:28>

히믈(海物)을 어더 봉【33】 미즈(鳳妹子)로 ᄒ여
곰 가져와 우리ᄅᆞᆯ 위ᄒ여 일일 연회ᄅᆞᆯ 짓게 ᄒ
미 셜이마ᄂᆞᆫ 즐겨 오지 아니ᄒᄂᆞᆫ지라 임의 히믈
을 난호와 보내여시니 우리 금일 한 번 즐겨 봉
미즈의 졍을 져바리지 아니리로다."

희봉(喜鳳)이 웃고 니ᄅᆞ디,

"무ᄉᆞᆫ 죠흐미 이시리오? 블과 잠시 쇼견홀
ᄯᆞᄅᆞᆷ이라."

ᄒ거ᄂᆞᆯ 평이 니ᄅᆞ디,

"져의가 평임(烹飪)을 잘ᄒ지 못홀가 두려
ᄯᅩ흔 져의게 임의 고ᄒ여 다만 그 히믈을 너허
ᄭᅳᆯᄒ고 여간 무어ᄉᆞᆯ 셕그디 ᄯᅩ흔 너모 싱되게
말나."

왕부인이 니【34】ᄅᆞ디,

"진개 그러ᄒ니 이런 텬긔(天氣)의 엇지 싱
되게 ᄒ리오? 다만 입의 마ᄌᆞ면 죠흐리라."

ᄒ니 즁인(衆人)이 ᄎᆞ셔(次序)로 좌뎡(坐定)
홀 시 보옥이 왕부인 겻히 안젓더니 왕부인이
ᄯᅩ흔 란가ᄋᆞ(蘭哥儿)ᄅᆞᆯ 블너 니ᄅᆞ디,

"방즈(方纔) 몃 가지 치쇠(菜蔬) 왓시디 모
다 입의 맛ᄂᆞᆫ도다."

ᄒ더니 다만 보미 비명이 황망히 드러와
니ᄅᆞ디,

"노애(老爺) 지금 븍졍왕(北靜王) 부즁의
잇셔 말ᄒ더 왕애(王爺) 쳥흔다 ᄒ시니 보이야
와 란가ᄋᆞᄂᆞᆫ 즉시 가라."

ᄒ거ᄂᆞᆯ 왕부인 져다려 무ᄅᆞ디,

"무ᄉᆞᆫ ᄉᆞ졍이뇨?"

ᄒ니 비명(焙茗)이 니ᄅᆞ【35】디,

"시 희즈(戲子)ᄅᆞᆯ 보신다."

ᄒ더라. 보옥이 발을 구ᄅᆞ며 니ᄅᆞ디,

"내가 이곳의셔 졍히 즐거오니 뉘 무ᄉᆞᆫ 희
즈ᄅᆞᆯ 보리오?"

ᄒ고 난가ᄋᆞᄅᆞᆯ 블너 니ᄅᆞ디,

"너는 나ᄅᆞᆯ 위ᄒ여 가셔 말ᄒ디 나의 신샹
이 대단이 블평ᄒ다 ᄒ라."

왕부인이 ᄯᅩ흔 니ᄅᆞ디,

"가장 죠타."

ᄒ거ᄂᆞᆯ 란가ᄋᆞ 졍히 긔신(起身)코ᄌᆞ ᄒ더
니 다만 보미 니위(李瑋) ᄯᅩ 드러와 픔ᄒ디,

"노애 분부ᄒ시기ᄅᆞᆯ 왕야(王爺)의 말ᄉᆞᆷ이
보이야로 ᄒ여곰 즉직의 와셔 회즈ᄅᆞᆯ 구경ᄒ디
오릭 기다리게 말고 란가ᄋᆞ도【36】ᄯᅩ흔 갓치

오게 ᄒ라 ᄒ시더라."

ᄒ거ᄂᆞᆯ 왕부인이 믄득 니ᄅᆞ디,

"진긔 원쉬로다. 너의 부친이 이러툿 말ᄉᆞᆷ
ᄒ시니 너는 그 셩졍을 아ᄂᆞᆫ지라 ᄲᆞᆯ니 가라. 필
경 이 회즈ᄅᆞᆯ 어내 ᄯᅥᆺ의 맛치리오?"

니외 니ᄅᆞ디,

"노애 임의 사ᄅᆞᆷ을 시겨 의복을 가져가고
말ᄒ더 죵야가 되리라."

ᄒ더라. 디옥이 즉시 쳥문으로 ᄒ여곰 습
인(襲人)으로 더브러 보이야의 져녁의 입을 의
복을 슈습(收拾)ᄒ라 ᄒ니 쳥문이 답응(答應)ᄒ
고 가미 왕부인이 환희ᄒ고 보옥은 거즛 ᄲᆞᆯ니
가는 쳬ᄒ【37】더라.

즁인이 모다 쥬령(酒令)을 ᄒᆡᆼᄒ며 디옥 일
인을 속이니 디옥이 ᄯᅩ흔 져의 계교ᄅᆞᆯ 아지 못
ᄒ고 ᄯᅩ 희봉과 보챠와 ᄌᆞ견이 져로 더브러 술
을 먹어 야심ᄒ미 디옥이 ᄎᆔᄒ여 블셩인ᄉᆞ(不省
人事)ᄒᄂᆞᆫ지라. 왕부인이 졔가 바룸을 ᄯᅩ일가
져허 즉시 쇼희ᄌᆞ(小孩子) 갓치 니블을 덥고 의
즈(椅子)ᄅᆞᆯ 틔와 왕부인 이하로 모다 져ᄅᆞᆯ ᄯᅡ라
쇼샹관(瀟湘館)으로 가미 보옥이 블승환희(不勝
歡喜)ᄒ여 그곳의 잇셔 영졉ᄒ디 ᄯᅩ흔 비츄 화
쵹을 혀고 안식향(安息香)을 픠워 향긔 뉴양(幽
颺)【38】ᄒ더니 디옥을 븟드러 방즁으로 드러
가미 ᄌᆞ견과 쳥문과 보쳐 가마니 옷슬 벗기고
경경(輕輕)히 져ᄅᆞᆯ 븟드러 누이미 왕부인 등이
임의 훗허진지라. 보옥이 보챠ᄅᆞᆯ 보내려 나올
시 보쳐 보옥을 미러 드러가게 ᄒ거ᄂᆞᆯ ᄌᆞ견이
믄득 보옥을 디신ᄒ여 보챠ᄅᆞᆯ 다리고 방즁으로
도라가더라.

ᄎᆞ야(此夜)의 디옥과 보옥의 연호(燕好)ᄒ
믄 ᄌᆞ연 말홀 거시 업ᄉᆞᆮ ᄯᅩ흔 아지 못게라 디
옥이 술을 ᄭᆡ미 뉘웃치며 한ᄒ미 엇더ᄒ여시며
보옥이 엇더【39】케 비럿ᄂᆞᆫ지 필경 텬연(天緣)
이로다. 단취(團聚)흔 후로 ᄌᆞ연 샹친샹이(相親
相愛)ᄒ더니 데 이일의 니ᄅᆞ러 디옥이 가쟝 븟
그려 즐겨 나오지 아니ᄒᄂᆞᆫ지라. 왕부인이 가졍
의게 고ᄒ며 모다 환희ᄒ고 왕부인이 ᄯᅩ흔 져의
븟그리믈 위ᄒ여 ᄌᆞ미 등의게 말ᄒ여,

"일호(一毫)도 져ᄅᆞᆯ 죠롱치 말나."

ᄒ고 왕부인이 니환과 보챠와 탐츈과 셕츈
(惜春)으로 더브러 날마다 오고 보옥이 ᄯᅩ 날마
다 져녁이면 디옥과 동쳐(同處)ᄒ니 부부지간의

피츠 셔구담심(敍舊談心)ᄒ여 조금 【40】 도 혐
의ᄒ미 업ᄉ되 다만 더옥이 일싱 졍결ᄒ믈 죠하
ᄒ여 입지슈힝(立志修行)ᄒ더니 이졔 인연을 미
즈미 진개 능히 즈긔 뜻을 셰우지 못ᄒ여 ᄯ혼
락누탄식(落淚歎息)ᄒ며 가마니 감샹ᄒ미 비록
보옥이 져를 위ᄒ여 십분 쥬션ᄒ나 엇지 능히
져의 빙심(氷心)을 변ᄒ리오? 이러므로 항려지
졍(伉儷之情)을 시로 미즈시나 미양 금침을 난
호와 즈니 이는 ᄯ혼 사름이 밋지 못ᄒ올 일이러
라.

각셜, 영국(榮國) 부즁의 더옥이 과문(過門)
ᄒᆫ243) 후로붓허 가련(賈璉) 【41】 이 ᄯ혼 극히
한가ᄒ여 젼일 슉치를 쳥졍이 슈쇄ᄒᆷᄂ 니르지
말고 ᄯ혼 녕국부 용도(用度)를 고죠ᄒ더니 그
후는 치량(蔡良)이 가련의 곳의 니르러 무슨 샹
의홀 일이 이시면 가련이 밋쳐 가졍과 대옥의게
픔치 아니ᄒ여도 도로혀 더옥이 말ᄒ되,

"련이거(璉二哥)는 무슨 용쳬(用處) 잇거든
모다 치량의게 무르라."

ᄒ니 이러므로 젼당(典當)의 나갓던 산업
(産業)을 모다 츠즈오고 영국 부즁이 젼과 갓치
번열ᄒ되 도로혀 치량의 뜻디로 쥬쟝ᄒᄂ 일이
팔구분이나 되ᄂ지 【42】 라. 가졍이 쳐음은 ᄯ
혼 공ᄉ 용죠를 분간ᄒ더니 츄후의는 ᄉ셰 여ᄎ
ᄒ믈 보고 ᄯ혼 져를 맛겨두되 대옥이 더옥 쥬
밀ᄒ여 셜이마의 곳의 간구ᄒ믈 짐쟉ᄒ고 ᄯ혼
치량으로 ᄒ여곰 일양으로 고죠케 ᄒᄂ지라. 이
러므로 왕부인과 보치 ᄯ혼 더옥을 십분 감격ᄒ
여 ᄒ며 츠시 과년(過年)ᄒᄂ 범졀이 극히 쟝대
ᄒ여 졍히 림부즁 광경(光景)과 틀니미 업ᄂ지
라. 졔셕(除夕)의 가묘(家廟)의 졔ᄉᄒ고 가연을
베플며 신년(新年)의ᄂ 더옥 쥬연을 베프러 손
을 【43】 쳥ᄒ고 회즈를 보미 부귀와 풍류 긔샹
을 블가형언(不可形言)이러라.

츠시 더옥 긔이ᄒᄆ 즈샹으로 졔신의 셩명
을 치방(採訪)ᄒ실 시 가졍의 거관(居官)ᄒ미 단
졍쳥빅(端正淸白)ᄒ믈 아르시고 즉시 쇼ᄉ구(少

司寇) 벼슬을 초쳔(超遷)케 ᄒ시미 신년의 ᄯ 하
회(賀喜)ᄒᄂ 쥬연을 더ᄒ지라 진개 금샹텸화(錦
上添花)ᄒ고 복록이 병집(騈集)ᄒ여 가즁 대쇼인
등이 블승환희ᄒ더니 일일은 쳥신의 더옥이 졍
히 머리를 빗더니 다만 보미 쳥문이 드러와 말
ᄒ되,

"긔이ᄒᆫ 일이 이시【44】니 미향춍샹(埋香
塚上)의 한 쥬(株) 나무가 낫시되 일년 내의 가
장 크게 즈랏시나 즁인이 ᄯ혼 무슨 나무믈 아
지 못ᄒ더니 이졔 꼿치 피엿시되 ᄯ혼 아는 사
름이 업다."

ᄒ거늘 더옥과 보옥이 믄득 가셔 보려ᄒ더
니 ᄯ 쇼챠환(小丫鬟) 등이 드러와 니르되,

"실노 희긔ᄒ도다. 미화 갓흐되 미홰 아니
오, 다른 거시라 ᄒ여도 무슨 일홈을 뎡홀 길이
업스되 꼿빗치 가장 보기 죠타."

ᄒ거늘,

---

243) 【과문ᄒ다】圖 과문(過門)하다. 시집가다. ¶
過門 ‖ 영국 부즁의 더옥이 과문ᄒᆫ 후로붓허 가
련이 ᄯ혼 극히 한가ᄒ여 젼일 슉치를 쳥졍이
슈쇄ᄒᆷ 니르지 말고 ᄯ혼 녕국부 용도를 고죠
ᄒ더니 (榮國府中, 自從黛玉過門以後, 賈璉也從
容的十二分, 不用說宿逋一淸, 也還顧得那府裏的
用度.) <後紅 11:40>

18

습취여교스경원셕 답쳥인쇄루졔젼싱
拾翠女巧思慶元夕 踏靑人洒淚祭前生

 디옥(黛玉)이 머리롤 밋쳐 빗지 못ᄒ고 다만 운고[雲髻]롤 틀고 호연건(浩然巾)[244]을 쓰고 【45】 즉시 보옥(寶玉)으로 더브러 산모롱이[245] 롤 지내여 년못 가흐로 셕동(石洞)을 지나 층층이 올나가니, 과연 그 나무가 극히 고괴ᄒ여 완연이 학이 춤츄고 교룡이 나는 것 갓튀디 입스긔 복숑화도 아니오, 슐고도 아니오, 오얏도 아니로디 다만 그늘이 번셩ᄒ고 곳치 또 십분 긔괴ᄒ여 쳥(靑)·남(藍) 이식(二色)이 가장 만흐디 쏘흔 비취 옥빗도 이시며 쏘흔 홍빅 즈황빗도 잇고 곳치 졍히 쳥[쳔]엽(千葉) 미화 갓흐며 갓 가히 가셔 향긔롤 맛튀미 쏘흔 무슨 향긔롤 분변키 어려 【46】 온지라. 디옥과 보옥이 졍히 이상히 너기더니 다만 보미 짜히 한숑이 비취 옥 빗 곳치 쩌러졋거놀 디옥이 즉시 쥬으며 무옴의 싱각ᄒ디,

 ‘빗치 이러툿 고으니 도로혀 조금도 향긔가 업셔야 바야흐로 쓰리라.’

 ᄒ며 맛하보니 향긔 과연 업논지라. 또 싱

---

244) 호연건(浩然巾): 당(唐)나라 맹호연(孟浩然)이 자주 쓰고 다녀서 그렇게 부름.

각ᄒ디,

 ‘이 곳치 다만 미화의 그윽흔 향긔갓고 쏘 미화의 운치잇도다.’

 보옥이 웃고 니르디,

 “미미(妹妹)ᄂᆞᆫ 의혹지 말나! 너의 무옴을 내 짐쟉ᄒ노라. 다만 우리 량인이 젼후의 무슈흔 【47】 곳츌 이 짜히 무덧더니 짜 밋히 졍긔 흣터지지 아니ᄒ여 이 나무 하나히 짜홀 뚤코 나와시니 비컨디 텬하 지인이 일싱을 낙쳑(落拓)ᄒ다가 다시 환토(換土)ᄒ면 단졍코 한 번 발양(發陽)흠 갓흐며 임의 져러흔 졍긔가 이시면 즈연 이런 나무가 나려니와 다만 나의게ᄂᆞᆫ 샹관이 업고 모다 미미의 허다흔 졍력으로 져롤 도와 나게 ᄒ여시니 이졔 쏘 져롤 위ᄒ여 일개 아담흔 일홈을 지어 대미(黛梅)라 부르고 쏘 여의미(如意梅)라 부르면 아지 못게라 가히 당 【48】 ᄒ염즉ᄒ랴?”

 대옥이 한 번 싱각ᄒ더니 웃고 니르디,

 “이 일홈 지은 거슨 도로혀 네 힘을 힘입엇다 ᄒ리라.”

 보옥이 웃고 니르디,

 “나의 다른 학문은 모다 너와 갓치 죠치 못ᄒ나 다만 이 일은 내가 나흐니라.”

 대옥이 웃고 니르디,

 “엇지미뇨?”

 보옥이 웃고 니르디,

 “너의 별호 ‘빈경(顰卿)’ 두 글즈도 내가 지엇ᄂᆞ니라.”

 대옥이 웃고 니르디,

 “임의 이러ᄒ면 엇지 대미라 ᄒᄂᆞᆫ 대짜(黛字)롤 음만 갓흔 다른 즈로 아니코 쏘 나의 셩명의 글즈롤 너허 지엇나뇨?”

 보옥이 웃 【49】 고 니르디,

 “일홈은 너헛거니와 쏘흔 셩은 넛치 아니ᄒ여시니 이ᄂᆞ 다르미 아니라 다만 너의 동셩의 일개 화졍션싱(和靖先生)[246]이 츌셰ᄒ여 임의 이 곳츌 스랑ᄒ엿시니 만일 셩을 닐크러 이 곳 일홈을 지으면 엇지 능히 져와 너롤 분변ᄒ리오? 그러므로 네 일홈을 너허 이 곳 일홈을 지

---

245) 【산모롱이】 圖 산모퉁이. ¶ 山坳 ‖ 보옥으로 더브러 산모롱이롤 지내여 년못 가흐로 셕동을 지나 층층이 올나가니 (同寶玉從山坳內穿過去, 沿池轉過石洞, 一級級走上來.) <後紅 11:45>
246) 화졍션싱(和靖先生): 林逋. 宋代詩人이자 書畵家.

어시니 坯혼 '연명국(淵明菊)'과 '무슉연(茂叔蓮)'과 갓치 ᄒᄂᆞᆫ 의ᄉᆞ라. 다만 이 한 가지 꼿출 졔가 ᄉᆞ랑ᄒᆞ면 곳 일기 명ᄯᆞᄅᆞᆯ 져의게 도라보내ᄂᆞ니 우리 량인이 무든 꼿 슈효ᄅᆞᆯ 사ᄅᆞᆷ【50】이 능히 분변치 못ᄒᆞ고 지금 이 미화의 향긔ᄅᆞᆯ 坯혼 사ᄅᆞᆷ이 분변치 못ᄒᆞᄂᆞᆫ지라. 이러므로 坯혼 가지 '여의미(如意梅)'라 ᄒᆞᄂᆞᆫ 일홈을 지어 사ᄅᆞᆷ의 별호갓치 ᄒᆞᄂᆞ니 너는 坯 평론ᄒᆞ라 맛당ᄒᆞᄂᆞ 맛당치 아니랴? 다만 나의 꼿출 무든 신고(辛苦)혼 일은 모다 너의 신샹으로 도라 보내노라."

ᄃᆡ옥이 니르ᄃᆡ,

"엇지엇지ᄒᆞ여 네가 즈긔 일노 꼿 일홈을 짓지 아니ᄒᆞ엿ᄂᆞ뇨?"

보옥이 웃고 니르ᄃᆡ,

"나는 이거슬 거리끼지 아니코 다만 싱각ᄒᆞᄃᆡ 너의 신샹으로 도【51】라보내면 내가 곳 즐거올지니 너와 나ᄅᆞᆯ 뉘 도로혀 두 사ᄅᆞᆷ으로 분변ᄒᆞ리오?"

ᄃᆡ옥이 안졍(眼睛)이 붉으며 져ᄅᆞᆯ 향ᄒᆞ여 혀츠더니 량인이 졍히 말홀 시 다만 보니 탐츈과 보금과 니문과 니긔와 형슈연과 즈견과 쳥문 등이 모다 다라오더니 탐츈이 니르ᄃᆡ,

"죠토다! 보거거는 죠혼 곳을 두고 나만 림미미로 더브러 보며 나ᄅᆞᆯ 속엿ᄂᆞ냐?"

보금이 니르ᄃᆡ,

"우리는 곳 져의 홀노 이 꼿출 구경ᄒᆞᄆᆞᆯ 벌ᄒᆞ리라."

ᄒᆞ며 ᄉᆞ샹운과 셕츈과 니궁지(李宮裁)【52】와 향릉(香菱)이 坯혼 오더니 샹운이 니르ᄃᆡ,

"죠흔 님져져야! 너의는 다만 량인이 이런 죠흔 꼿출 보고 나와 다못247) ᄃᆡ슈즈와 셕미미 갓흔 불샹혼 사ᄅᆞᆷ은 곳 한 마ᄃᆡ도 고치 아니ᄒᆞᄂᆞ뇨?"

니환이 웃고 니르ᄃᆡ,

"림챠두(林叉頭)와 보형뎨(寶兄弟)야! 너의 량인은 진개 벌ᄒᆞ염족ᄒᆞ니라. 이런 긔이혼 죠흔 꼿출 두고 坯혼 사ᄅᆞᆷ의게 고치 아니ᄒᆞ고 다만

너의 량인이 가마니 이러톳 보니 너의는 도로혀 아지 못ᄒᆞ도다. 샹방의셔 아ᄅᆞ시면 坯혼 보챠두와 갓치 오시리라."

ᄃᆡ옥이【53】 니르ᄃᆡ,

"나는 본ᄃᆡ 아지 못ᄒᆞ엿더니 도로혀 쳥문이 드러와 고ᄒᆞ기로 내가 즉시 ᄯᆞ라왓시ᄃᆡ 坯혼 방즈 이곳의 니르럿시니 너의는 고이히 너기지 말고 ᄃᆡ슈즈도 坯혼 져의와 나ᄅᆞᆯ 죠롱치 말나."

보옥이 웃고 니르ᄃᆡ,

"림미미 坯 착급(着急)ᄒᆞ도다.248) 모다 이 꼿 보기ᄅᆞᆯ 죠하ᄒᆞ여 이러톳 슈쟉ᄒᆞ미라. 이졔 임의 이곳의 니르러시니 모다 꼿출 구경치 아니ᄒᆞ고 도로혀 몬져 우슴의 말만 ᄒᆞᄂᆞ냐. 너는 진긔 한 번 구경ᄒᆞ라. 필경 이갓흔 꼿출 엇지 보와시【54】리오? 너의는 坯 향긔ᄅᆞᆯ 맛하보라."

ᄒᆞ니 즁인이 닷토와 나무 밋히 니르러 볼 시 ᄉᆞ샹운과 형슈연과 셜보금이 坯혼 고흥(高興)으로 급히 반셕 우흐로 올나가 이 나무가지ᄅᆞᆯ 더위잡으니249) 보옥이 착급ᄒᆞ여 니르ᄃᆡ,

"죠혼 사ᄅᆞᆷ들아! 다만 꼿출 보고 향긔ᄅᆞᆯ 맛ᄒᆞᄃᆡ 꼿출 썩지 말나."

ᄒᆞ거늘 보금이 웃고 니르ᄃᆡ,

"나는 편벽도히 져 큰 가지ᄅᆞᆯ 썩거다가 병의 너코 구경코즈 ᄒᆞ노라."

보옥이 착급ᄒᆞ여 다만 손을 드러 읍ᄒᆞ거늘 즁인이 일졔히 이샹히【55】 너겨 니르ᄃᆡ,

"실노 긔괴(奇怪)ᄒᆞ도다. 이 꼿치 무슨 꼿치라 혜며 이 긔이혼 향긔도 坯혼 무슨 향긔라 ᄒᆞ리오?"

ᄃᆡ옥이 다만 겸두ᄒᆞ고 坯 다시 우러러 보더니 왕부인과 보챠와 평이 坯혼 니르러 즈셰히 보며 이샹히 너겨 니르ᄃᆡ,

"이 꼿출 필경 무슨 일홈이라 ᄒᆞ리오?"

보옥이 ᄃᆡ미와 여의미라 일홈 지은 의ᄉᆞᄅᆞᆯ 말ᄒᆞ거늘 왕부인이 웃고 니르ᄃᆡ,

---

247) 【다못】뿐 더불어. 함께. ¶ 同 ‖ 너의는 다만 량인이 이런 죠흔 꼿출 보고 나와 다못 ᄃᆡ슈즈와 셕미미 갓흔 불샹혼 사ᄅᆞᆷ은 곳 한 마ᄃᆡ도 고치 아니ᄒᆞᄂᆞ뇨 (你們只是一對的人兒, 看這樣好花, 不過我同大嫂子、惜春妹妹不配的, 就不告訴一聲兒.) <後紅 11:52>

248) 【착급ᄒᆞ다】혱 {착급(着急)하다}. 황급(遑急)하다. ¶ 猴急 ‖ 림미미 坯 착급ᄒᆞ도다 모다 이 꼿 보기ᄅᆞᆯ 죠하ᄒᆞ여 이러톳 슈쟉ᄒᆞ미라 (林妹妹又猴急了, 大家愛看這個花, 所以這樣.) <後紅 11:53>

249) 【더위잡다】동 붓잡다. 끌어잡다. ¶ 攀 ‖ ᄉᆞ샹운과 형슈연과 셜보금이 坯혼 고흥으로 급히 반셕 우흐로 올나가 이 나무가지ᄅᆞᆯ 더위잡으니 (史湘雲、邢岫烟、薛寶琴還高興的很, 走上山子石, 攀着個樹枝兒.) <後紅 11:54>

"쏘훈 취미 이시나 다만 텬디간 믈건이 가쟝 만흐니 뉘 능히 모다 알며 쏘훈 녯글의 긔록 훈 것도 이 【56】 시디 그 글을 보지 못ᄒ면 곳 그 믈건 일홈을 알기 어려온지라 원릭 이런 곳치 잇는 거슬 너의가 그 일홈을 아지 못홀가 시브니 너의는 가셔 글을 샹고(相考)ᄒ여 보라."

보옥이 웃고 니르디,

"샹고홀 것도 업고 다만 한 사름의게 가히 무르리니 츠인이 업다 말ᄒ면 져허컨디 샹고ᄒ여도 쓸디 업스리라."

디옥이 웃고 니르디,

"올토다! 죠셜근(曹雪芹) 션싱 외의는 다른 사름이 업술 듯ᄒ도다."

보챠와 니환이 쏘훈 회회히 웃고 겸두ᄒ거늘 왕부인이 니르디,

"진 【57】 개 그러ᄒ니 너는 곳 셔吗를 보내여 무러 보라."

보옥이 즉시 한 송이 곳출 썩거 가지고 나는 드시 가거늘 왕부인이 블너 니르디,

"셔셔히 가라! 실쪽(失足)홀가 두리노라!"

ᄒ더라. 즁인이 별노이 완상ᄒᄆᆯ 샹의홀 시 보챠 니르디,

"져 곳출 완샹코즈 홀진디 몬져 져를 위ᄒ여 휘쟝으로 갈히리라."250)

보금이 니르디,

"무슨 빗치 합당ᄒ리오?"

평이 니르디,

"가즁의 오칙(五彩) 금쟝(錦障)이 이시니 죠ᄒ냐 죠치 아니냐?"

니환이 니르디,

"곳과 쟝이 모다 빗 【58】 치 일양(一樣)이믈 혐의(嫌疑)ᄒ노라."

탐츈이 니르디,

"흰 빗치 가쟝 죠흐리라."

왕부인이 니르디,

"흰 거슨 구ᄐ여 가치 아니ᄒ도다."

샹운이 니르디,

"쏘훈 태양이 과히 비췰가 ᄒ노라."

대옥이 니르디,

"옥식 쵸(綃)로 민돈 만텬쟝(幔天帳)이 내 곳의 이시니 맛당ᄒ냐 맛당치 아니냐?"

즁인이 니르디,

"가쟝 죠타."

ᄒ거늘 즉시 류슈ᄌ(柳嫂子) 림지효(林之孝) 식부로 ᄒ여곰 가져오니 과연 곳히 빗최여 보기 죠흔지라. 니환이 쏘 왕부인으로 더브러 샹의ᄒ여 다홍 비단으로 쥴 【59】 을 ᄒ여 쟝을 것게 ᄒ고 쏘 곡난간(曲欄杆)을 민드러 팔면으로 두루니 이 말이 엇지 젼파ᄒ엿는지 가졍(賈政)과 가련(賈璉)과 가환(賈環)과 가란(賈蘭)이 쏘훈 와셔 모다 구경ᄒ고 가는지라. 왕부인 등이 믄득 반셕 우히 ᄌ리롤 ᄭᆯ고 안ᄌ 져의 등이 난간 민돌 거슬 보더니 믄득 보미 보옥이 회회히 웃고 드러와 니르디,

"녯 글의는 쏘훈 유무롤 모르디 다만 죠션싱이 말ᄒ디 모다 업다 ᄒ니 우리 다시 다른 사름의게 뭇고 무슨 글을 샹고ᄒ던지 져 곳 【60】 출 대미(黛梅)와 여의미(如意梅)라 부르지 아니면 무어시라 부르리오?"

왕부인이 웃고 니르디,

"대고냥아! 보옥의 말이 가쟝 올타."

ᄒ거늘 보채 웃고 니르디,

"림챠두야! 태태긔셔 쏘훈 이 곳 일홈을 올히 너기시ᄂ니라."

니환과 탐츈이 일졔히 웃고 니르디,

"태태긔셔 이 곳 일홈이 가ᄒ다 ᄒ시니 쏘훈 유리훈지라 우리 금일 와셔 곳출 보지 아니ᄒ고 모다 와셔 너롤 보미로다."

대옥이 웃고 니르디,

"구태태(舅太太)는 보옥의 호란(胡亂)이 들네는 거슬 아른 체 말 【61】 나. 구태태긔셔 보옥을 긔롱ᄒ는 말이어늘 ᄌ미 등은 나의 신샹으로 도라 보내미라."

ᄒ니 즁인이 왕부인을 붓드러 나리고 ᄌ리롤 어디 펼고 샹량(商量)홀 시 쏘훈 곳 아리 펴미 죠타 ᄒ는 이도 이시며 쏘훈 언덕 우히 펴ᄌ ᄒ는 이도 잇는지라. 보챠 니르디,

"곳 아리는 너모 갓갑고 언덕 우흔 너모 셔늘ᄒ며 쏘 쟝을 거드면 쏘훈 ᄌ미251) 업스니

---

250) 【갈히다】圖 가리다. 막다. ¶ 遮 ‖ 져 곳출 완샹코즈 홀진디 몬져 져롤 위ᄒ여 휘쟝으로 갈히리라 (要賞他,　先替他遮個花幔兒.) <後紅 11:57>

251) 【ᄌ미】圖 {자미(滋味)}. 재미. ¶ 味兒 ‖ 곳 아리는 너모 갓갑고 언덕 우흔 너모 셔늘ᄒ며 쏘 쟝을 거드면 쏘훈 ᄌ미 업스니 (花下太近, 岡

내 의亽 갓틀진디 년못가 곡졍(曲亭) 우희 펴미 죠흐리니 너의 등이 모다 보와도 가히 나무 젼신(全身)을 볼지라. 엇지【62】 죠치 아니리오? 너의눈 보라! 년못시 져러툿 묽으니 우리 그 곳의 니른러 굽어보면 도로혀 져 꼿출 위호여 일폭 화샹을 보는듯 호리라.”

왕부인과 디옥이 모다 죠타 호더니 디옥이 웃고 니른디,

“구태태눈 금일 날노 호여곰 쥬인이 되게 호라.”

왕부인이 웃고 니른디,

“그리 호리라.”

호니 대옥이 즉시 치량 식부의게 분부호여 쥬방의 가셔 말호디,

“금일 무슨 음식이던지 다만 각인의 먹을 믈건을 각각 앏히 버리디 쏘흔 몃 가지 슈효롤 거【63】 리끼지 말나.”

치량 식뷔 답응(答應)호고 가눈지라 보옥이 블승환희호며 대옥이 쏘흔 가장 즐기더니 한 즈음이 못되여 판비호믈 졍당히 호엿거놀 중인이 모다 뎡즈(亭子)의 오롤 시 방관(芳官)과 우관(藕官)과 영관(齡官)과 예관(蕊官)등이 쏘흔 져의 장쇽(裝束)디로 비파(琵琶)와 양금(洋琴)과 쇼징(小箏)과 고판(鼓板)과 동쇼(洞簫) 녀섯 가지롤 가지고 쇼녕ㅇ(小令兒) 곡죠롤 부른며 ᄉ후(伺候)호눈지라. 이 뎡지(亭子) 본디 믈 우희 지어시디 겻히 취축(翠竹)과 벽외(壁梧) 잇고 쏘 큰 동쳥나무 일취 지엽이 번셩호며 산 우희【64】 무슈흔 봉만(峰巒)이 중텹호여시디 한 쥬 대미쉬(黛梅樹) 공교히 뎡즈롤 디호여 그림지 년못 쇽의 빗최고 쏘 옥식 쟝과 붉은 난간이 광치찬란(光彩燦爛)호여 고은 빗치 사름의 눈의 현란호며 량편의 각식 나뷔 졍히 허다 시녜 부인을 뫼신 듯호지라 디옥이 심중의 엇지 쾌활치 아니리오?

츠시 왕부인과 보챠와 니환 등이 셔로 평론홀 시 디옥은 홀노 졍신을 일코 가마니 쳔ᄉ만샹(千思萬想)호여 니른디,

“내가 젼일 이 꼿츨 무들 찌의도 다만 보옥으로 더【65】 브러 ᄆ음이 일양이오, 곡화시(哭花詩)롤 지으디 쏘흔 져로 더브러 샹심호엿

더니 금일 내가 져로 더브러 단취(團聚)흔지라 ᄌ연 여러 곳 구경호눈 사룸 중의 쏘흔 져의 일인을 동심(同心)의 사룸이라 홀 거시오. 더옥 긔이흔 거슨 사룸도 회싱호고 꼿도 쏘흔 회싱호여시니 우리 량인의 인연이 막비텬뎡(莫非天定)이로다.”

호며 졍히 이러툿 싱각홀 시 ᄉ샹운이 홀연 다라와 우수며 대옥의 엇게롤 치고 니른디,

“인연이 텬뎡이면 졍신을 일흐믄 엇지미뇨?”

대옥이 대경【66】호여 졔가 션도롤 어든 줄 분명히 아디 쏘흔 져의게 셜파호기 어려온지라. 다만 중인으로 더브러 노리롤 듯고 슐을 마시더니 츠시 텬긔 셔눌흔지라 허여지기롤 샐니 홀 시 보옥과 디옥이 즉시 쇼샹관으로 도라오더니 보옥이 믄득 대옥의 경즈 우희셔 싱각호던 말과 일양으로 말호거눌 디옥이 긔이히 너겨 싱각호디,

‘보옥은 진개 일개 지긔라 호리라. 엇지 나의 ᄆ음과 갓흐뇨?’

호고 쏘 말호디,

“나눈 이 갓치 싱각지 아니호엿【67】노라.”

보옥이 니른디,

“너눈 무슨 싱각을 호엿ᄂ뇨?”

디옥이 웃고 니른디,

“나눈 쏘흔 아모 싱각도 아니호엿노라.”

보옥이 웃고 니른디,

“올토다! 네가 아모 싱각도 아니호미 죠흐니라.”

호고 보옥이 디옥으로 더브러 샹의호디,

“이 나무의 꼿치 쩌러지거든 우리 이 나무 쌜희252) 엽히 무더 다시 각식각양(各色各樣) 꼿츠로 무덤을 믿ᄃ러 쏘흔 나무가 나는 거슬 보리라.”

대옥이 웃고 니른디,

“죠토다! 너눈 경성 안의 낙화롤 모다 쓰

____

子上太凉, 再支起幰子來, 也沒有味兒.) ＜後紅 11:61＞

252)【쌜희】ⓜ 뿌리. ¶ 根 ‖ 이 나무의 꼿치 쩌러지거든 우리 이 나무 쌜희 엽히 무더 다시 각식각양 꼿츠로 무덤을 믿ᄃ러 쏘흔 나무가 나는 거슬 보리라 (等這一樹花謝了, 咱們再就這樹根上埋了他, 仍舊將各色各樣的花, 近着他再埋一冢, 等他再發起一樹.) ＜後紅 11:67＞ ⇒ 불회, 불휘, 불희, 불히, 블회, 쌜니

러와 무드면 필경 이런 곳치 대관원(大觀園)의 【68】 가득ᄒ리라. 네게 고ᄒᄂ니 무릇 텬디간의 크게 이상ᄒ 스졍은 미양 항샹 잇지 아니니 ᄯᅩᄒ 사름과 갓ᄐ여 쳔고 이러의 몃 개 셔시(西施) 태진(太眞)이 이시니 몃 개 스영운(謝靈運)과 니태빅(李太白)이 잇ᄂ뇨? 이런 령이(靈異)ᄒ 경긔가 츌셰ᄒᄆ 모다 번다치 아니ᄒᄂ니 이 일기 나무 곳츨 내가 도로혀 만히 피여시믈 혐의ᄒᄂ니 다만 한 송이만 피여시면 죠ᄒ리라."

ᄒ고 즉시 쥬어온 한 송이 곳츨 가지고 쇼방(素芳)으로 ᄒ여곰 일기 국화 그린 반(盤)을 갈히여,

"져 【69】 기 믈을 담고 곳츨 반즁의 너허 두라."

ᄒ거늘 보옥이 디옥의 말을 듯고 십분 탄식ᄒ며 량인이 졍히 샹의ᄒ여 이 나무 곳치 쩌러지기ᄅ 기다려 ᄯᅩᄒ 미향총 (埋香冢) 우히 무드리라 ᄒ더니, 뉘 알니오 졔이일 쳥신(淸晨)의 즈견과 쳥문과 쇼방과 벽의(碧漪)와 향셜(香雪) 등이 일졔히 드러와 니르더,

"작일 그 나무 곳치 픠기도 이샹히 ᄒ엿거니와 우리 등이 금일의 가셔 보니 한 송이 곳도 업스디 사름이 썩엇다 ᄒ여도 이러ᄐ 간졍(乾淨)케 못ᄒ지니 이ᄂ 【70】 하늘이 조화로 ᄒᄆ 로다."

쳥문이 니르더,

"만일 사름이 가셔 져거슬 썩엇다 ᄒ진디 태태긔셔 그러ᄐ 스랑ᄒ시니 뉘 감히 썩지 못ᄒ믄 니르지 말고 ᄯᅩ 사름이 이 곳츨 썩다 ᄒ여도 이러ᄐ 간졍히 썩그리오? 우리 모다 보왓거니와 져 나무가 그쳐럼 놉ᄒ니 엇지 올나가며 ᄒ믈며 허다ᄒ 가지가 공즁으로 빗겨나가 년못 우히가 지 간 거시 언미 되ᄂᆫ지 모르니 뉘 능히 가셔 썩그리오?"

보옥이 듯고 대경ᄒ여 다만 발을 구르다가 즉시 다라가 나무 【71】 아리 니르니 과연 일슈록음(一樹綠陰)의 일개 곳치 업ᄂ지라. 졍신을 일코 싱각ᄒ더,

'이 나무 곳치 본디 픠기ᄅ 희괴히 ᄒ여시나 다만 시죵을 픠지 아니ᄒ여시면 모르려니와 엇지 방비복욱(芳霏馥郁)ᄒ여 ᄒ로ᄅ 픠엿다가 곳 화신으로 ᄒ여곰 거두어 가게 ᄒ엿ᄂ뇨? 아지 못게라 림미미가 엇더케 샹심ᄒ며 ᄒ믈며 이 나무 곳치 림미미의 회싱ᄒ믈 응ᄒ 샹셰(祥瑞)라. 만일 이러ᄐ 쩌러지믈 슈히 ᄒ면 나와 림미미의 셔로 모히ᄂ 연분이 ᄯᅩᄒ 광음(光陰)이 【72】 오러지 아닐가 두립도다.'

졍히 이러ᄐ 싱각ᄒ며 눈믈이 여우ᄒ더니 ᄯᅩ 나무가의 가셔 숀으로 어로만지다가 홀연 깃거 니르더,

"내가 ᄯᅩᄒ 후두(糊塗)ᄒ도다.253) 곳치 비록 다 쩌러져시나 죠ᄒ 나무 본톄(本體)ᄂ 원리 이시니 너ᄂ 진개 림미미ᄅ 응ᄒ지라. 림미미ᄂ ᄯᅩᄒ 너로 더브러 빅년 쟝쳥(百年長靑)ᄒ려니와 다만 나무의 고은 곳치 픠믄 ᄯᅩᄒ 사름의 은밀ᄒ 스졍 갓ᄐ니, 나ᄂ 싱각건디 림미미의 위인이 비록 곱기가 도리(桃李)갓ᄒ나 ᄯᅩᄒ 츠기가 빙샹(冰霜)갓ᄐ여 임의 【73】 공침동금(共枕同衾)ᄒ여시디 다만 여빈여우(如賓如友)ᄒ니 이 곳과 비컨디 ᄯᅩᄒ 다르미 업도다. 다만 젼일 곳츨 무들 쩌의ᄂ 피츠 갓치 쇠잔ᄒ 곳츨 즙더니 지금은 일졈 곳도 보지 못ᄒ니, 아지 못게라 졔가 그곳의 잇셔 엇더케 샹심ᄒ리오? 나ᄂ 져의 ᄆ옴을 싱각ᄒᄆ 맛당히 가셔 져ᄅ 권위(勸慰)ᄒᆯ 거시로디 다만 권위ᄒᆯ스록 더옥 샹심ᄒ면 곳 엇지ᄒ리오? 나ᄂ 다만 져ᄅ 피ᄒ엿다가 졔가 ᄆ옴을 뎡ᄒ거든 갈 거시로디 다만 나의 심ᄉᄅ 림미 【74】 미 외의ᄂ 도로혀 뉘게 고ᄒ리오?"

보옥이 일면으로 싱각ᄒ며 죠셜근을 ᄎᄌ 가더라.

디옥이 쳥문 등의 말을 듯고 보옥의 ᄆ옴을 헤아리ᄆ 단졍코 감샹ᄒ리라 ᄒ더 즈긔 심즁은 다만 감샹치 아닐 ᄲᅮᆫ외라 도로혀 니르더,

"가쟝 맛당ᄒ다."

ᄒ니 원리 디옥·보옥 이인이 각각 셩졍이 달나 보옥은 다만 번화열요(繁華熱鬧)ᄒ믈 죠하ᄒ고 디옥은 다만 쳥한유졍(淸閑有情)ᄒ믈 스랑ᄒ여 비록 목젼 광경이 부귀무썅(富貴無雙)ᄒ나 ᄯᅩᄒ 심신이 한가ᄒ여 일졈 진 【75】 익(塵埃) 업ᄂ지라. 이러므로 이 나무 곳츨 홀연간의 화신(花神)이 거두워 갓단 말을 듯고 믄득 니르더,

---

253) 【후두ᄒ다】 혱 {호도(糊塗 hútu)하다}. 멍청하다. 즁국어 차용어. ¶ 糊塗 ‖ 내가 ᄯᅩᄒ 후두ᄒ도다 곳치 비록 다 쩌러져시나 죠ᄒ 나무 본톄ᄂ 원리 이시니 너ᄂ 진개 림미미ᄅ 응ᄒ지라 (我也糊塗了. 花兒雖然落盡了, 好好的樹本身兒原在, 你果眞的應了林妹妹.) <後紅 11:72>

"이거시 바야흐로 텬궁션부(天宮仙府)의 긔이흔 곳치니 이러툿 개락(開落)ᄒᆞᄂᆞᆫ 거시 희롭지 아니타."

ᄒᆞ고 즉시 쇼방을 블너 니ᄅᆞ디,

"너ᄂᆞᆫ ᄲᆞᆯ니 가 우리 반즁의 잇ᄂᆞᆫ 한 숑이 곳츨 보라. ᄯᅩᄒᆞᆫ 어디 가지 아니ᄒᆞ엿ᄂᆞ냐?"

쇼방과 쳥문과 향셜이 련망히 보더니 니ᄅᆞ디,

"가쟝 죠히 그 속의 잇다."

ᄒᆞ고 즉시 가져와 디옥을 쥬어 보게 ᄒᆞ니 다만 보미 한 숑이 곳치 과연 【76】 보기 죠코 향긔 ᄯᅩᄒᆞᆫ 긴챡(緊着)ᄒᆞᆫ지라. 디옥이 졈두ᄒᆞ고 한즈음 졍신을 일코 싱각ᄒᆞ더니, 홀연 쇼방 등을 블너 죠히 오리ᄅᆞᆯ 가지고 털스ᄅᆞᆯ 감우며254) 극히 고은 깁을 내여 반즁 곳빗갓치 ᄒᆞ더니 언마 못되여 곳 일개 미화 등을 민ᄃᆞ러 내여시디 ᄯᅩᄒᆞᆫ 가ᄂᆞᆫ 가지와 굴은 가지ᄅᆞᆯ 입스긔 가지 민ᄃᆞᆯ고 ᄯᅩ 금분필(金粉筆)노 곳 쥴기ᄅᆞᆯ 그리니 진개 보기의 죠흔지라. 즉시 문 넘ᄌᆞ(簾子)ᄅᆞᆯ 나리고 비단쟝 속의 걸고 미화등(梅花燈)을 혀니 실노 ᄉᆞ랑ᄒᆞ염즉ᄒᆞ고 【77】 궤 우희 노흔 병 가온디 ᄭᅩ즌 홍미화도 ᄯᅩᄒᆞᆫ 보기 죠흐며 이 등이 돌ᄯᅥ마다 도로혀 향긔 날니ᄂᆞᆫ지라. 디옥이 ᄌᆞ견·쳥문 등으로 더브러 보고 십분 환희ᄒᆞ여 류슈ᄌᆞ와 노파와 챠환 등을 모다 블너 구경케 ᄒᆞ고 무ᄅᆞ디,

"형용이 갓트냐 갓지 아니냐?"

ᄒᆞ니 즁인이 니ᄅᆞ디,

"죠금도 다르미 업다."

ᄒᆞ며 졍히 담쇼홀 시 대옥이 ᄯᅩ 싱각ᄒᆞ디,

'보옥이 지금 엇지 샹심홀ᄂᆞᆫ지 모롤 거시오. 필경 죠셜근을 ᄎᆞᆽ 가시리니 졔가 ᄯᅩ 도라와 이 등을 보 【78】 면 ᄯᅩ 져의 감샹ᄒᆞᄆᆞᆯ 츄동치 아니리오? 가련토다! 져 의심 즁의 쳔젼만회(千轉萬回)ᄒᆞᄂᆞᆫ 거시 다만 나 일인을 위ᄒᆞ미니 젼일 허다 감샹ᄒᆞ여 셩병(成病)홈도 ᄯᅩᄒᆞᆫ 나 일인을 위ᄒᆞ미어니와 우리 지금 일쳐의 이시디 졔가 도로혀 시시로 허다 별니ᄒᆞ엿던 고황(苦況)을 싱각ᄒᆞ니 실노 가련토다. 내 이졔 ᄯᅩᄒᆞᆫ 일개

방법이 잇셔 ᄆᆞ옴더로 각식각양 곳츨 모다 등을 민들거나 그러치 아니면 어죠(魚鳥) 믈형과 인믈가지 모다 각양 등을 민드러 내【79】 더 원쇼(元宵) ᄯᅩᄒᆞᆫ 갓가와시니 그날 져녁의 샹방으로죠ᄎᆞ 대관원의 니ᄅᆞ히 각쳐의 모다 걸고 나무 곳히도 ᄯᅩᄒᆞᆫ 고픠255)ᄅᆞᆯ 다라 등을 걸게 ᄒᆞ디, 보옥이 열요ᄒᆞᄆᆞᆯ 구경코ᄌᆞ 홀 씨의 모다 다라 져의 ᄯᅳᆺ을 샹쾌케 ᄒᆞ리라. 나ᄂᆞᆫ 싱각건디 으시의 남변의 이실 ᄯᅢ로븟허 ᄯᅩᄒᆞᆫ 허다흔 등을 보왓시디, 이ᄂᆞᆫ 외방의셔 민든 등을 모다 무ᄒᆞ여 운스아문(運司衙門)의 거러시미 쇼쥬 ᄯᅡ 지등(紙燈)은 ᄯᅩᄒᆞᆫ 둔탑ᄒᆞ고256) 다만 샹쥬(常州) ᄯᅡ히셔 민든 비단 등이 가쟝 취미 잇다.'

ᄒᆞ여 【80】 이러툿 싱각홀 시 니환과 보챠와 탐츈과 셕츈이 ᄯᅩᄒᆞᆫ 니ᄅᆞ러 그 나무의 곳치 업ᄂᆞᆫ 광경을 고ᄒᆞ니, 대옥이 다만 웃고 대답지 아니며 져 스인을 ᄭᅳ을고 문 넘ᄌᆞ(簾子)ᄅᆞᆯ 들고 드러가 그 등을 보며 ᄯᅩᄒᆞᆫ 반즁의 곳츨 가져 비겨 볼 시 스인이 니ᄅᆞ디,

"가쟝 취미잇다."

ᄒᆞ거늘 디옥이 ᄯᅩᄒᆞᆫ 등을 민ᄃᆞ러 노리홀 일을 말ᄒᆞ니 탐츈이 련ᄒᆞ여 말ᄒᆞ디,

"취미잇다."

보챠 웃고 니ᄅᆞ디,

"우리ᄂᆞᆫ 등 민ᄃᆞᄂᆞᆫ 쟝인이 아니니 나ᄂᆞᆫ 다만 녀의 민들기ᄅᆞᆯ 맛치거든 【81】 일졔히 보와 나의 ᄆᆞ옴의 죠흔 거시 잇거든 가져가미 죠토다."

디옥이 웃고 니ᄅᆞ디,

"보져져ᄂᆞᆫ 보더 도학(道學)ᄒᆞᄂᆞᆫ 사름이라. 이런 등스의 도로혀 편의흔 거술 취ᄒᆞ니 나ᄂᆞᆫ 곳 일개 보져져ᄅᆞᆯ 민ᄃᆞ러 내여 과연 민들기ᄅᆞᆯ 방블(彷佛)이 ᄒᆞ엿거든 보옥으로 ᄒᆞ여곰 가져가게 ᄒᆞ리라."

보챠 니ᄅᆞ디,

---

254) 【감우다】圖 감다. 말다. ¶ 捲 ‖ 홀연 쇼방 등을 블너 죠히 오리ᄅᆞᆯ 가지고 털스ᄅᆞᆯ 감우며 극히 고은 깁을 내여 반즁 곳빗갓치 ᄒᆞ더니 (黛玉忽然的叫着他們, 將紙條子捲着鐵絲, 尋出極輕的綢子, 配了盤兒內的花顔色.) <後紅 11:76>

255) 【고픠】圖 고패. 미상. ¶ 滑溜兒 ‖ 그날 져녁의 샹방으로죠ᄎᆞ 대관원의 니ᄅᆞ히 각쳐의 모다 걸고 나무 곳히도 ᄯᅩᄒᆞᆫ 고픠ᄅᆞᆯ 다라 등을 걸게 ᄒᆞ디 (趕着試燈日, 從上房起, 直到大觀園, 各到處掛滿了, 連樹頂上也掛些滑溜兒.) <後紅 11:79>

256) 【둔탑ᄒᆞ다】圖 둔탑하다. ¶ 呆蠢 ‖ 쇼쥬 ᄯᅡ 지등은 ᄯᅩᄒᆞᆫ 둔탑ᄒᆞ고 다만 샹쥬 ᄯᅡ히셔 민든 비단 등이 가쟝 취미 잇다 (那蘇州的紙割剝燈也呆蠢, 單算常州的扎彩燈兒最有趣.) <後紅 11:79>

"너의논 보라! 림챠뒤 시종의 입이 쾌ᄒ니 내가 져의 입을 쪗지 아니면 내가 보치 아니라."

ᄒ고 즉시 가셔 져의 입을 찌즈려 ᄒ니 디옥이 황급ᄒ여 비러 니ᄅ【82】디,

"보져져논 나롤 노ᄒ라. 내 다시논 감히 아니리니 나의 이 등 민돌기롤 취미잇게 ᄒ논 말을 강론ᄒ여 너의로 ᄒ여곰 듯게 ᄒ믈 기다리라."

니환과 탐춘과 셕춘이 쏘ᄒ 권ᄒ여 니ᄅ디,

"진기 이러홀진디 잠간 져롤 노코 져의 등 민ᄃ논 슈단을 강논ᄒ믈 드ᄅ리라."

보치 바야흐로 손을 놋코 모다 셔셔히 안줄 시 대옥이 믄득 니ᄅ디,

"너의논 모다 남변의 가보지 못ᄒ여시니 샹쥬 짜히 치싁으로 민돈 등이 취미 이시믈 아지 못ᄒ리라. 쏘ᄒ 빈풍등(豳風燈)【83】과 월녕등(月令燈)과 십이등(十愛燈)과 쳔가시등(千家詩燈)과 이십ᄉ효등(二十四孝燈)과 모돈 등이 이시디 내가 가쟝 ᄉ랑ᄒ논 거슨 곳 유량(庾亮) 이월등(愛月燈)과 도연명(陶淵明) 이국등(愛菊燈)이오, 쏘 폭쥭셩즁일셰졔(爆竹聲中一歲除)라 ᄒ논 등(燈)이 이시니 허다 산셕(山石)과 화슈(花樹)롤 비치ᄒ고 가즁인이 모다 문을 열고 폭쥭ᄒ논 거슬 구경ᄒ디 쏘ᄒ 내내 등과 고낭 등과 쇼희ᄋ 등이 이시며 쏘 사롬이 춘쳡(春帖) 붓치논 이도 이시며 쏘 폭쥭ᄒ논 쇼희ᄋ 등도 이시디 져 여러 내내 고낭 등이 의복을 화려이 닙고 젹은 슈로(手爐)롤【84】가져시니 진개 활동ᄒ여 보기 죠흔지라. 내 곳 텬명시가지 등을 다라도 도로혀 부족지 아니리라."

ᄒ니 즁인이 듯고 모다 고흥이 나셔 니ᄅ디,

"이러툿 취미 이실진디 우리 당직(當刻)의 즉시 시쟉ᄒ리라."

디옥이 니ᄅ디,

"우리 쏘ᄒ 미리 샹약(相約)지 말고 각기 의ᄉ디로 등을 민드러 모다 지죠롤 결우리라."

탐춘이 쏘ᄒ 깃거 즉시 니환과 보챠와 셕춘으로 더브러 가더니 쏘ᄒ 모든 즈미의게 고ᄒ고 쏘 입화(入畵)와 츄운(秋雲)으로 ᄒ여곰 희란 희봉의 곳의 가셔【85】고ᄒ여 각기 쳔방빅계

(千方百計)로 등을 민돌며 더옥도 쏘ᄒ 캉 샹의 안즈 죠희와 디롤 가지고 등을 민돌기롤 경영ᄒ더라.

각셜, 보옥이 울울(鬱鬱)ᄒ여 죠셜근의 곳으로 가 반일을 담화ᄒ고 밥을 먹고 바야흐로 도라올 시, 디옥이 엇지 샹심ᄒ며 쏘 ᄆ옴을 경ᄒ지 모르고 쇼샹관을 향ᄒ여 올 시 다만 보니 탁즈와 짜히 모다 텰스와 쳥황쥭편(靑皇竹片)이 가득ᄒ고, 삼실도 쏘ᄒ 무슈히 버려노코 류슈즈와 노파와 쇼챠환이 모다 칼을 가지고 그곳의셔【86】디쪽을 싹거눌 보옥이 고이히 너겨 져다려 무러도 모다 웃고 즐겨 말ᄒ지 아니커눌 보옥이 방즁으로 드러가미 다만 보니 대옥이 캉 샹의 안고 탁즈 우희 죠희롤 펴고 붓슬 가지고 무슨 그림을 그리논 듯ᄒ거눌 갓가히 가셔 보니 쏘ᄒ 슈목과 방옥과 인믈과 각식각양의 곳 모양이 잇논지라. 져의게 무러도 쏘ᄒ 웃고 말ᄒ지 아니터니 디옥이 즉시 캉의 나려 보옥을 ᄯ을고 문 넘즈 안흐로 드러가 져롤 가ᄅ쳐 뵈며 니ᄅ디,

"너논 이거【87】술 보면 곳 알니라."

보옥이 즉시 희환ᄒ여 니ᄅ디,

"죠흔 미미야, 너논 노리감으로 민ᄃ논 거시 실노 사롬의셔 특별이 나 하(何) 취미가 이시니 내 이졔 쏘ᄒ 도와 갓치 민돌니라."

ᄒ며 져의 등으로 홈긔 가셔 딧쪽257)으로 쏘귀거눌 디옥이 챡급ᄒ여 져롤 ᄯ어 멈츄고 니ᄅ디,

"보옥아! 너논 어리셕은 체 말나. 네가 그러ᄒ면 내가 곳 이 노리감을 민ᄃ지 아니리라. 나논 네게 고ᄒᄂ니 이 여러 루각과 인믈과 화회(花卉)롤 뉘 번거ᄒ믈 견디여 져거슬 민돌【88】리오? 다만 쵸롤 닉고 외변의 비단 다ᄅ논 쟝인을 블너와 거거의 곳의 손[客]들노 ᄒ여곰 져롤 가ᄅ쳐 민돌게 ᄒ면 쏘ᄒ ᄲᆞ르고 죠케 ᄒ논지라. 우리논 다만 그거슬 모화 ᄭ며내면 곳 완젼ᄒ 등이 되ᄂ니 져곳 대슈즈와 즈미 등이 모다 이 모양이오. 져 노파와 쇼챠환 등 들네논 거슨 블과 용렬ᄒ 노리감이라. 져의대로 들네여

---

257) 【딧쪽】圕 대쪽. ¶ 竹片 ‖ 져의 등으로 홈긔 가셔 딧쪽으로 쏘귀거눌 디옥이 챡급ᄒ여 져롤 ᄯ어 멈츄고 (同他們去劈這些竹片兒, 急的黛玉拉住他.) <後紅 11:87>

민드러도 또흔 일우기 어려오니 져의디로 ᄒᆞᄂᆞᆫ 거시 편홀지라. 진개 너도 또흔 져의 등과 갓치 들녜려 ᄒᆞᄂᆞ냐? 너는 다 【89】 만 죠히 이곳의 안ᄌᆞ 나의 쵸내는 거슬 보라."

보옥이 진개 환희ᄒᆞ여 져의 그리는 거슬 보고 또흔 져룰 위ᄒᆞ여 빗과 쟝단을 긔록홀 시 영부·림부 량쳐 모든 ᄌᆞ민 쥬야로 화등을 민드러 십일이(十一二) 량일의 니ᄅᆞ러 졈졈 일졔히 모화 셔로 보고 평론ᄒᆞ여 닷토와 비교ᄒᆞ미 곳 동셔 픠루(牌樓)의 등시(燈市)도 또흔 짜로기 어려온지라. 니환의 민돈 거슨 '미인방젹과ᄌᆞ도(美人紡績課子圖)'와 '잉가거슈도(秧歌車水圖)'오, 셜보금의 민돈 거슨 밍양양(孟襄陽)의 '답셜심미(踏雪尋梅)'오, 형슈연과 니문의 민돈 거 【90】 손 《셔유긔西遊記》 네지 회오 니긔의 민돈 거슨 '오왕치련(吳王採蓮)'이오, 탐츈의 민돈 거슨 '침향졍니빅취쥬(沈香亭李白醉酒)'며 또 일 쳑 션등(船燈)은 곳 동파젹벽(東坡赤壁)이오, 셕츈의 민돈 거슨 당졔류월궁(唐帝遊月宮)이오, 희란의 민돈 거슨 도쥬공삼쳔(陶朱公三遷)이오, 희봉의 민돈 거슨 긔린공쟉(麒麟孔雀)이오, 향릉의 민돈 거슨 도등멱귀(挑燈覓句)며 또 양홍거안도(梁鴻擧案圖)오, ᄌᆞ견의 민돈 거슨 ᄉᆞ시여의(四柿如意)오, 쳥문의 민돈 거슨 치운롱월(彩雲籠月)이오, 셜향(雪香)과 벽의(碧漪)와 쳥하(靑荷) 삼인이 갓치 민돈 거슨 일긔 봉쳔등(鳳穿燈)이오, 입화는 오식나한졉(五色羅浮蝶) 【91】 을 민돌고 별월은 ᄉᆞᄌᆞ곤슈구(獅子滾綉球)룰 민돌고 취라는 이룡희쥬(二龍戲珠)룰 민돌고 오신등 식부는 취보분(聚寶盆)을 민돌고 다만 ᄉᆞ상운과 평ᄋᆞ는 민드지 아니ᄒᆞ고 보챠는 또흔 잉ᄋᆞ와 ᄉᆞ월 등으로 ᄒᆞ여곰 일권셔와 황금인(黃金印)과 슈학반도(壽鶴蟠桃) 모양을 민드러 지가ᄋᆞ(芝哥兒)룰 달내디 가환은 치운을 잡고 져룰 도와 마등(馬燈)을 민돌고 또 니향원의 방관과 영관 등 녀희ᄌᆞ는 쇼챠환 등으로 더브러 어등(魚燈)과 공[곤]등(滾燈)과 ᄉᆞ상토록호표등(獅象兎鹿虎豹燈)과 디방승(大方勝)·만지염(滿池艷)을 민드러 대쇼 등이 블 【92】 계기쉬(不計其數)라.

대옥은 곳 슈두(首頭)로 계교룰 내엿ᄂᆞᆫ지라 모다 남의 우희 뛰여나고ᄌᆞ ᄒᆞ여 몬져 곽분양(郭汾陽) 경슈(慶壽)도 냥좌(兩座)룰 민드러 집 우희 편익을 '셰슈텬은(世受天恩)'이라 뻐셔 가

시(賈氏) 가묘와 님부(林府) 가묘의 보내고 또 비진공(裴晋公)의 록야당(綠野堂) 일좌룰 민드러 가경과 왕부인의게 드리고 또 보챠와 평이 등을 민드지 아니ᄒᆞ엿단 말을 듯고 보챠의 곳의 니업후동ᄌᆞ죠텬도(李鄴侯童子朝天圖) 일좌룰 보내니 보치 블승환희ᄒᆞ여 련망히 난모(暖帽)룰 지가ᄋᆞ룰 씌우고 ᄌᆞ긔가 안고 와 져의 【93】 내내의게 ᄉᆞ례ᄒᆞ고 좌졍ᄒᆞ니 대옥이 또흔 즉시 안아 와 이윽히 져룰 다리고 지롱을 보다가 곳 보챠룰 미원ᄒᆞ며 니ᄅᆞ디,

"보져져야! 너는 진개 디단흔 고홍이로다. 이 쇼희ᄌᆞ룰 또흔 텬긔룰 도라보지 아니코 네가 안아 왓시니 니 심즁의 심히 져룰 블샹히 너기노라."

ᄒᆞ더니 즉시 왕마마(王嬤嬤)와 샤월(麝月)과 쳥문과 쇼방이 지가ᄋᆞ룰 바다 안고 도라가더라.

가련의 곳의ᄂᆞᆫ 화합쌍뉴히등(和合雙劉海燈)을 보내고 또 셔왕모(西王母) 군션쥬악(群仙奏岳) 일좌는 셜이마의게 보내며 쇼샹 【94】 관즁의 단 등 일좌는 십뉴면 화ᄉᆞ쥬마등(畵紗走馬燈)이니 편익을 쟝강(長江) 만리 도라 뻣시디 민슈(岷水)로죠촌 삼강(三江)으로 인도ᄒᆞ여 바다로 도라가게 ᄒᆞ고 여러 가지 인믈고ᄉᆞ(人物故事)룰 모다 머리털과 쳘ᄉᆞ로 활동ᄒᆞᄂᆞᆫ 고동을 민드러 시니 이ᄂᆞᆫ 대옥이 ᄋᆞ시로붓허 남변의셔 ᄌᆞ라나시미 남변을 싱각는 의ᄉᆞ오, 또 일좌는 오진칠죠되(五眞七祖圖)니 젼슈히[258] 셔양 국법으로 오관이 모다 활동ᄒᆞ고 모든 신션이 득도ᄒᆞᄂᆞᆫ 광경을 꾸미고, 또 일좌는 회남왕(淮南王)의 젼가승텬되[拔宅飛昇圖]니 그 운하 【95】 인믈의 활동ᄒᆞᆷ은 니ᄅᆞ지 말고 계견(鷄犬)도 모다 울게 ᄒᆞ엿더니, 십삼일 져녁의 니ᄅᆞ러 가샤와 가졍 등이 강경셩(姜景星)과 림량옥과 죠셜근과 졍일홍(程日興)과 빅노경(白魯駉) 등으로 더브러 드러와 몬져 내권(內眷) 등을 희미[회피]케 ᄒᆞ고 각쳐로 단이며 셰셰히 구경홀 시 쇼샹관의 니ᄅᆞ러ᄂᆞᆫ 그 등을 보미 더옥 신긔흔지라. 즁인이 안ᄌᆞ

---

258)【젼슈히】㊕ {젼수(全數)히}. 모두. ¶ 全 ‖ 쏘 일좌ᄂᆞᆫ 오진칠죠되니 젼슈히 셔양 국법으로 오관이 모다 활동ᄒᆞ고 모든 신션이 득도ᄒᆞᄂᆞᆫ 광경을 꾸미고 (一座是五眞七祖圖, 全用西洋法, 五官都會活動, 裝點出這些列仙出身得道的光景.) <後紅 11:94>

완샹ᄒ더니 빅노경이 니ᄅ디,

"이런 죠흔 등을 보거ᄂᆞᆯ 쥬인이 죠흔 술을 니지 아니면 맛당치 아니리라."

강경셩이 태태【96】등의 ᄯᅩᄒᆞ 와셔 구경ᄒᆞᆯ 듯ᄒᆞᄆᆞᆯ 짐쟉ᄒᆞ고 이곳의셔 술 먹으미 편치 못ᄒᆞᆯ지라. 믄득 니ᄅ디,

"술을 먹고즈 ᄒᆞᆯ진디 안쥬가 업ᄉᆞ면 맛당치 아니ᄒᆞᆯ 거시오. ᄯᅩᄒᆞ 심샹ᄒᆞᆫ 안쥐면 이 등(燈)의 맛당치 아니코 오ᄂᆞᆯ은 죠흔 챠(茶)만 먹고 우리 보형뎨로 ᄒᆞ여곰 안쥬ᄅᆞᆯ 죠히 예비ᄒᆞ라 ᄒᆞ엿다가 리일 져녁의 약회(約會)ᄒᆞ여 이곳의 니ᄅᆞ러 등과 달을 더ᄒᆞ여 삼경(三更)가지 통음(痛飮)ᄒᆞ리라."

ᄒᆞ니 즁인이 모다 죠타 ᄒᆞ고 즉시 죠흔 챠ᄅᆞᆯ 먹을 시 항삼쳔(杭三泉) 형뎨(兄弟)【97】이 인이 니ᄅ디,

"우리 이런 죠흔 챠ᄅᆞᆯ 먹어 목구무259)ᄅᆞᆯ ᄲᅵ셔시니 우리 오ᄂᆞᆯ 져녁의 니향원(梨香院) 교ᄉᆞ(敎師) 녀히ᄌᆞᄅᆞᆯ 블너 모다 져의로 더브러 노리ᄅᆞᆯ 부ᄅᆞᆫ 거시 엇더ᄒᆞ뇨?"

보옥이 가쟝 죠타ᄒᆞ고 즉시 사ᄅᆞᆷ으로 ᄒᆞ여곰 니향원의 통긔(通寄)ᄒᆞ고 일면으로 흐터지며 일면으로 사ᄅᆞᆷ을 시겨 님부(林府)의 보내여 포진을 예비케 ᄒᆞ더니 츄후 셜이마와 형부인과 왕부인 등이 여러 ᄌᆞ미ᄅᆞᆯ 거ᄂᆞ리고 각쳐로 단이며 구경ᄒᆞ며 쇼샹관의 니ᄅᆞ럿더니 츠시 림낭【98】옥의 곳의 쳥긱(淸客)들이 다만 대관루 샹의셔 닷토와 쳥곡을 부ᄅᆞ며 니향원 녀히ᄌᆞ도 ᄯᅩᄒᆞ 반렬(班列)을 난호와 텰금루(綴錦樓)와 우향ᄉᆞ(藕香榭) 량쳐의셔 노리ᄅᆞᆯ 쳥아ᄒᆞ게 브ᄅᆞ며 더관원 슈림 우희ᄂᆞᆫ 모다 각식각양의 등을 걸고 년못 속의도 ᄯᅩᄒᆞ 원앙등과 어등을 ᄯᅴ오고 ᄯᅩᄒᆞ 젹은 등션이 잇셔 사ᄅᆞᆷ이 치련가(採蓮歌)ᄅᆞᆯ 부ᄅᆞ고 양금(洋琴)과 고판(鼓板)을 합ᄒᆞ여 곡됴(曲調)ᄅᆞᆯ 맛초니 진개 션경(仙境)갓ᄐᆞ디 다만 농취암(櫳翠庵)의ᄂᆞᆫ 여러 개 류리등(琉璃燈)을 거럿고 쇼챠 환 등은【99】다만 각식 어등(魚燈)과 죠등(鳥

---

259)【목구무】圏 목구멍. ¶ 嗓子 ∥ 우리 이런 죠흔 챠ᄅᆞᆯ 먹어 목구무ᄅᆞᆯ ᄲᅵ셔시니 우리 오ᄂᆞᆯ 져녁의 니향원 교ᄉᆞ 녀히ᄌᆞᄅᆞᆯ 블너 모다 져의로 더브러 노리ᄅᆞᆯ 부ᄅᆞᆫ 거시 엇더ᄒᆞ뇨 (咱們喝了 這個好茶, 洗亮了嗓子, 咱們就今日晩上, 同梨香院 一班敎師女孩子, 大家賭賽個叫百齡, 好不好?)
<後紅 11:97>

燈)을 가지고 셩군쟉디(成群作隊)ᄒᆞ여 산샹으로 올나 왕리ᄒᆞ니, 먼니 바라보미 사ᄅᆞᆷ은 뵈지 아니ᄒᆞ고 다만 등만 뵈며 그 슈림의 빗최ᄂᆞᆫ 빗도 ᄯᅩᄒᆞ 가히 보암즉 ᄒᆞ지라. 여러 태태와 고낭 등이 런ᄒᆞ여 담쇼ᄒᆞ며 치쇼ᄅᆞᆯ 먹고 챠ᄅᆞᆯ 마실 시 보옥 일인은 즐거오믈 이긔지 못ᄒᆞ여 동셔로 분쥬ᄒᆞ더라. 챠간하회분ᄒᆡ(且看下回分解)ᄒᆞ라.

[후홍루몽後紅樓夢 권지십이卷之十二]

【1】화셜(話說), 보옥(寶玉)이 츠야(此夜)의 각식 등을 구경ᄒᆞ며 즐거오믈 이긔지 못ᄒᆞ여 동셔로 리왕ᄒᆞ며 ᄌᆞ미(姉妹) 등을 ᄶᅳ을고 등마다 평론ᄒᆞᆯ 시 왕부인(王夫人)이 니ᄅ디,

"대옥(黛玉)을 들네여 곤케 말나."

ᄒᆞ니 보치(寶釵) 웃고 니ᄅ디,

"져ᄂᆞᆫ 본디 일이 업셔도 흉샹 분쥬ᄒᆞᆫ 사ᄅᆞᆷ이라. 이 즈음의 분쥬ᄒᆞ믄 말ᄒᆞᆯ 것 업ᄉᆞ디 다만 너도 ᄯᅩᄒᆞ 태태(太太)의 너ᄅᆞᆯ 앗기시ᄂᆞᆫ 거슬 싱각ᄒᆞ라."

ᄒᆞ【2】더라.

영부즁(榮府中)의 등노리ᄒᆞᆫ 지 여러 날이 되도록 긋치지 아니ᄒᆞᄂᆞᆫ지라 보옥은 날마다 날이 늣기ᄅᆞᆯ 기다려 등을 혀고즈 ᄒᆞ더니 일일은 날이 느져 모다 등을 혈 시 ᄉᆞ샹운(史湘雲)이 ᄯᅩᄒᆞ 와셔 구경ᄒᆞ더니 디옥이 믄득 니ᄅ디,

"운미미야, 네가 본디 노리ᄅᆞᆯ 죠하ᄒᆞ더니 엇지 이러틋 담연(淡然)ᄒᆞ뇨? 셜ᄉᆞ 진셰(塵世) 번화(繁華)ᄅᆞᆯ 피ᄒᆞ다 ᄒᆞ여도 너는 알니라. 마고(麻姑) 션인이 ᄯᅩᄒᆞ 뿔을 더져 구슬을 일워시니 너는 유회ᄒᆞᄂᆞᆫ 거시 무어시 희로오리오?"

ᄉᆞ샹운이 다만 웃거【3】ᄂᆞᆯ 대옥과 보챠(寶釵)와 보옥과 탐츈(探春)이 지삼 져의게 쳥ᄒᆞᆫ디 샹운이 웃고 니ᄅ디,

"ᄯᅩᄒᆞ 사ᄅᆞᆷ이 고요ᄒᆞ기ᄅᆞᆯ 기다려 너의로 ᄒᆞ여곰 노리ᄅᆞᆯ 구경케 ᄒᆞ리라."

즁인이 모다 이샹히 녀겨 니ᄅ디,

"네가 원리 무슨 등(燈)을 어디 감쵸왓도다."

샹운이 다만 웃거ᄂᆞᆯ 즁인이 셕츈(惜春)의게 무ᄅᆞ니 셕츈이 니ᄅ디,

"실노 업스니 날마다 죠석(朝夕)을 갓치 지내디 무슨 등을 보지 못ᄒ엿노라. 진개 이시면 졔가 달지 아니ᄒ여도 내가 ᄯ흔 능히 달니라."

즁인이 믄득 말ᄒ디,

"샹운【4】이 져의롤 속엿다."

ᄒ거ᄂ 샹운이 웃고 니ᄅ디,

"속엿다 말ᄒ면 곳 속인 쥴노 알나."

보옥이 ᄯ 지삼 져의게 익걸ᄒ니 샹운이 믄득 웃고 니ᄅ디,

"등을 민ᄃ러도 ᄯ흔 한즈음260)을 지내여야 홀지라. 내 임의 사롬으로 ᄒ여곰 가셔 민돌게 ᄒ여시니 너의ᄂ 보고ᄌ 홀진디 다만 사롬이 고요ᄒ기롤 기다리라."

대옥과 셕츈이 믄득 져의 무슨 변화ᄒ는 법이 잇는 쥴 알고 니ᄅ디,

"올토다! ᄉ롬이 고요ᄒ면 ᄌ연 볼 거시 이시려니와 다만 우리가 가셔 보랴 도로【5】혀 가져오려 ᄒᄂ냐?"

샹운이 니ᄅ디,

"이곳의 잇셔 보는 거시 올토다."

즁인이 니ᄅ디,

"가져올진디 우리 곳 몃 졉시 쳐쇼롤 버리고 슐을 먹다가 보기롤 기다리리니 오러지 아냐 사롬이 고요ᄒ리로다."

ᄉ샹운이 니ᄅ디,

"너의 진개 나의 등을 보고ᄌ 홀진디 모다 루샹(樓上)으로 가리니 나의 등이 혀기롤 가장 놉히 ᄒ엿ᄂ니라."

즁인이 져의 말을 죠ᄎ 갓치 루샹으로 가 바라보니 롱취암(櫳翠庵) 즁이 고요ᄒ고 아모 긔망도 업거ᄂ 다만 져의 거즛말ᄒ믈 이샹히 너기더니【6】ᄉ샹운이 손가락으로 가ᄅ치며 니ᄅ디,

"너의ᄂ 보라!"

ᄒ더니 다만 보미 롱취암 즁의셔 삼ᄉ 개 빅학등(白鶴燈)이 나라나와 반공즁(半空中)의 니ᄅ러 나리롤 치며 춤츄더니 츄후 ᄯ 삼ᄉ 개가 ᄯ라 올나가고 나죵의 일개 빅학(白鶴)이 츙텬(衝天)ᄒ여 가며 입으로 오식 안기롤 토ᄒ더니 그 여덟 기 학이 곳 져롤 ᄯ라 춤츄거ᄂ 루샹

즁인이 모다 놀나 벙벙ᄒ더니 샹운이 즉시 난간 가의 니ᄅ러 한 번 손을 두루미 다만 드ᄅ니 반 공즁의 일진 쳥풍이 블며 싱악(笙樂) 쇼리 날【7】녀오고 그 한 무리 학이 구름 속으로 나라가는지라. 대옥과 셕츈이 다만 샹운이 ᄯ흔 승텬홀가 져허 련망(連忙)히 져롤 ᄯ어 멈츄고 니ᄅ디,

"너는 진기(眞個) 션인(仙人)이로다. 학도 ᄯ흔 네가 능히 블너 오미 아니냐?"

샹운이 웃고 니ᄅ디,

"너의는 가쟝 후두(糊塗)ᄒ도다. 뉘 학의 복즁의 쵹블 혀 거슬 보와시며 이러ᄒ면 이는 구은 학[煮鶴]이라 진기 우으니 모다 히ᄌ(孩子)의 쇼리로다."

보옥이 니ᄅ디,

"죠흔 미미야! 너의 노리감261)이 실노 타인의게 비치 못홀지라. 나는 가쟝 져【8】거슬 ᄉ랑ᄒᄂ니 엇지 ᄯ 몃 기 등을 날녀 나롤 뵈지 아니려 ᄒᄂ뇨?"

샹운이 웃고 니ᄅ디,

"만히는 업스디 일이 기는 이실 돗ᄒ니 너의는 죠급히 구지 말고 다만 나롤 위ᄒ여 보라."

ᄒ고 졍히 말홀 ᄉ이의 다만 보니 롱취암 즁의 ᄯ 량개(兩個) 학등(鶴燈)이 나라 오ᄅ디 일기는 크고 일개는 젹어 모ᄌ 모양 갓ᄒ디 ᄯ흔 오ᄅ며 나려 한즈음 춤츄다가 ᄯ흔 공즁을 바라고 가는지라. 보옥이 니ᄅ디,

"그 학이 ᄯ 몃 마디 울면 더옥 죠흐리라."

샹운이 웃고 니ᄅ디,

"나는 블【9】과 셔양 국법으로 이 등을 민ᄃ러시니 엇지 능히 학이 울며 너의는 쳔방빅계(千方百計)로 공교혼 거슬 희롱ᄒ디 도로혀 이 등을 셔인(西人)의 법이라 ᄒ니 이러ᄒ면 너의 지죠도 ᄯ흔 취홀 거시 업스리라."

ᄒ니 즁인이 다만 밋지 아니코 믄득 샹운을 ᄯ라 나려올 시 대옥과 셕츈이 더옥 긴착(緊着)히 ᄯᄅ거ᄂ 샹운이 웃고 니ᄅ디,

---

260)【한즈음】圄 한동안. 폐 오랫동안. ¶ 一會子 ‖ 등을 민ᄃ러도 ᄯ흔 한즈음을 지내여야 홀지라 (就扎起來, 也要好一會子.) <後紅 12:4>

261)【노리감】圄 놀잇감. ¶ 玩兒 ‖ 죠혼 미미야 너의 노리감이 실노 타인의게 비치 못홀지라 (好妹妹, 你這個玩兒實在比人家不同.) <後紅 12:4>

"너의 진기 밋지 아니커든 다시 너의로 ᄒ
여곰 죠고마ᄒ 노리거리롤 보게 ᄒ리라."

ᄒ고 즉시 취라(翠縷)로 ᄒ여곰 샹 밋히
광쥬리의 너흔 죠희[紙] 뭉치롤 【10】 가져 오라
ᄒ니, 취러 가져 오는지라. 즁인이 한 번 보니
다만 각식각양(各色各樣)의 죠희 뭉치라 져의
무슨 긔이ᄒ 곳이 이시믈 밋지 아니터니, 샹운
이 즉시 챠환(丫鬟) 등으로 ᄒ여곰 일기롤 량인
이 가지게 ᄒ여 여러 퓌로 모다 뜰 가온더 셧게
ᄒ고 져의로 ᄒ여곰 갓치 블을 혀게 ᄒ더니 그
죠희 뭉치 이윽ᄒ여 블 긔운의 니러나 일졔히
반공중으로 올나ᄀ미 곳 십여 기 달과 갓흔 거
시 바람을 짜라 닷더니 이윽ᄒ여 바야흐로 뵈지
아니ᄒ미 이는 샹운의 감 【11】 쵸왓던 양등(洋
燈)이라. 즁인이 경탄블이(驚歎不已)ᄒ거늘 샹운
이 믄득 남겨지262) 일기 양등을 헷치고 민ᄃᄂ
법을 강론ᄒ더 몬져 혀든 학등도 쏘ᄒ 일양(一
樣)이라 ᄒ거늘 대옥이 니ᄅ디,

"엇지 그 여러 학이 츔츄며 그 싱악 쇼리
는 쏘 어더셔 나며 쏘 뉘 암즁의셔 블을 혓ᄂ
뇨?"

샹운이 웃고 니ᄅ디,

"시긱을 짐쟉ᄒ여 학등을 혀시니 무슨 긔
이ᄒ미 이시며 바람을 짜라 날면 쏘ᄒ 능히 츔
츄는 것 갓고 그 싱악 쇼리는 내가 도로혀 듯지
못ᄒ엿노라."

즁인이 【12】 져의게 속으믈 닙으디 다만
대옥과 셕츈은 져의 즐겨 형젹(形迹) 드러내지
아니믈 알더라.

즁인이 믄득 각식 등을 거두워 감쵸고 다
만 이 양등만 가지고 노더니 일일은 대옥이 졍
히 한가히 안ᄌᆺ다가 홀연 보민 보옥이 드러와
대옥을 바라보고 다만 희희(嘻嘻)히 웃거늘 더
옥이 져다려 무ᄅ디,

"무슨 스졍으로 웃ᄂ뇨?"

보옥이 웃고 니ᄅ디,

"무슨 스졍은 업스디 한 가지 가쟝 죠흔
노리 믈건이 여긔 잇노라."

보옥이 져로 ᄒ여곰 가져오라 ᄒ니 보옥이
다만 웃고 말ᄒ 【13】 지 아니ᄒ거늘 디옥이 니
ᄅ디,

"쏘ᄒ 무슨 긔이ᄒ 곳이 업스리니 내가 쏘
ᄒ 너의 어린 ᄋ희 셩졍갓치 무슨 노리 믈건을
보고ᄌ 아니ᄒ노라."

보옥이 니ᄅ디,

"네가 진기 보고ᄌ 아니ᄒᄂ냐? 내 너의
죠하ᄒᄂ 믈건을 위ᄒ여 힘을 다ᄒ여 어더 왓노
라."

대옥이 쏘ᄒ 싱각지 못ᄒᄂ지라. 즉시 보
옥을 잡고 져의 몸을 뒤지니 보옥이 웃고 니ᄅ
디,

"뒤져도 어더 내지 못ᄒ리니 네가 진기 보
고ᄌ ᄒᆯ진디 다만 나의 말을 죠ᄎ 금어(金魚)롤
놀게 ᄒ여 날노 ᄒ여곰 【14】 보게 ᄒ라."

디옥이 웃고 니ᄅ디,

"금어는 쟉야(昨夜)의 믈대야 속의 너허시
니 이즈음의 졍히 건져내려 ᄒᄂ지라. 너는 다
만 무슨 죠흔 거시 잇셔 내면 내가 곳 금어롤
놀게 ᄒ여 너롤 뵈리라."

보옥이 니ᄅ디,

"내 즉시 가져다가 너롤 쥬리라."

ᄒ고 다만 나아가 이윽ᄒ 후의 도라와 니
ᄅ디,

"가져왓시니 보라!"

대옥이 다라나와 보니 죽님(竹林) 우히 일
기 금롱(金籠)을 거러시디 젼일의 스랑ᄒ던 한
쌍 록잉뮈(綠鸚鵡)라. 대옥이 진기 블승대회(不
勝大喜)ᄒ더니 잉뮈 대옥 【15】 을 보고 블너 니
ᄅ디,

"림고낭(林姑娘)아! 내가 왓노라. 나는 너
롤 싱각ᄒ기롤 죠히 ᄒ여시니 썰니 나롤 위ᄒ여
몸을 삣기롤"

디옥이 즉시 쇼방(素芳)과 향셜(香雪)노 ᄒ
여곰 썰니 져롤 위ᄒ여 씨셔 쥬라 ᄒ니 보옥이
웃고 니ᄅ디,

"내 금일 아문(衙門)으로셔 도라와 셔화문
(西花門)의 니ᄅ러 져롤 보와시디 내가 도로혀
ᄆ음의 두지 아니ᄒ엿더니 계가 내 일홈을 부ᄅ
거늘 내가 술위의 나려 져롤 보미 계가 시롤 외
오니 엇지 져롤 스랑치 아니며 쏘ᄒ 뉘 도젹ᄒ
여다가 졈(店) 즁의 파 【16】 라실 쥴 아라시리

---

262) 【남겨지】 圈 나머지. ¶ 留下的 ∥ 샹운이 믄
    득 남겨지 일기 양등을 헷치고 민돌 법을 강론
    ᄒ더 몬져 혀든 학등도 쏘ᄒ 일양이라 ᄒ거늘
    (這就是湘雲留下的洋燈兒, 衆人驚奇不已, 湘雲便
    將一個遺下的拆開來, 講這配的法兒, 說是在先的
    鶴燈也只是這樣的.) <後紅 12:11>

오? 이 졈은 화아졈(花兒店)이니 져의게 삼십 량 은ᄌ(銀子)를 쥬미 바야흐로 나를 쥬어 가져 왓노라. 네 말ᄒᆞ디 히ᄌ(孩子)의 셩픔이 아니라 ᄒᆞ고 노리 믈건도 보려 아니ᄒᆞᆫ다 ᄒᆞ니 진개 져 를 가져 놀고ᄌ 아닐진디 요ᄋ(瑤兒)를 쥬리라."

ᄒᆞ니 요이 다만 웃거늘 디옥이 웃고 니ᄅᆞ디,

"네가 ᄯᅩᄒᆞᆫ 명빅히 말ᄒᆞ지 아니ᄒᆞ여 그러 툿 말ᄒᆞ엿거니와 내가 져를 엇지 ᄉᆞ랑치 아니리 오?"

ᄒᆞ더니 그 잉뮈 뺏기를 맛치고 깃술 다듬 으며 가ᄌ(架子)로 뛰여 올나가 부리로 【17】 ᄒᆞᆫ 번 줍거늘 쇼방이 즉시 가셔 믈을 먹이니 잉뮈 ᄯᅩᄒᆞᆫ 령리ᄒᆞ여 약간 믈을 마시고 즉시 글귀를 외오디,

"내가 이졔 꼿출 무드미 ᄉᆞ롬이 어리셕은 거술 우ᄉᆞ나 타일 나를 뭇는 ᄉᆞ롬은 뉜 줄 알니 오?"

ᄒᆞ니 디옥과 보옥이 우음을 이긔지 못ᄒᆞ거 늘 요이 믄득 나가니 보옥이 웃고 니ᄅᆞ디,

"우리 등이 금어를 보리라."

대옥이 즉시 향셜노 ᄒᆞ여곰 가져올 ᄉᆡ 보 옥이 ᄶᅡ라가 져를 보며 ᄯᅩᄒᆞᆫ 현미경(顯微鏡)을 달나 ᄒᆞ여 가지고 ᄌᆞ셔히 져의 량면의 젼ᄌ(篆 字)를 보니 진기 【18】 가쟝 활발ᄒᆞᆫ지라. 보옥이 련ᄒᆞ여 니ᄅᆞ디 취미 잇다 ᄒᆞ더니 쳥문이 ᄯᅩᄒᆞᆫ 다라 드러와 모다 담쇼ᄒᆞ다가 쳥문이 ᄯᅩᄒᆞᆫ 금어 를 와셔 보고 니ᄅᆞ디,

"오늘은 믈의 넛는 날이라."

ᄒᆞ거늘 보옥이 즉시 쳥문으로 ᄒᆞ여곰 가져 내여 디옥을 쥬어 도로 걸게 ᄒᆞ더니 보옥이 ᄯᅩ ᄒᆞᆫ 가셔 보며 니ᄅᆞ디,

"실노 취미 이시니 진개 희셰진뵈(稀世珍 寶)로다. 나의 한 덩이 옥은 다만 용렬한 믈건 이니 엇지 이런 령이한 거시 이시리오?"

대옥이 니ᄅᆞ디,

"져거시 업더면 ᄯᅩᄒᆞᆫ 너의 【19】 게 ᄭᅳᆯ녀 고희(苦海)로 드러가지 아니ᄒᆞ엿시리라."

보옥이 웃고 니ᄅᆞ디,

"이 금어가 업ᄉᆞ면 네가 도로혀 이 잉무를 엇지 보와시랴?"

디옥이 니ᄅᆞ디,

"내가 잉무를 보고ᄌ 홀진디 남희로 가면

ᄯᅩᄒᆞᆫ 일기를 보려니와 이 금어는 무어시 ᄡᅳ리 오? 네 보치옥은 무슨 잠을쇠로 잠앗ᄂᆞ냐? 진금 진옥이 셔로 ᄯᅥᆨ지으미 가쟝 죠ᄒᆞ니 ᄯᅩ 무슨 션 블(仙佛)을 쟝ᄒᆞ다 닐ᄏᆞ리오? 그 션블의 셰샹 을 졔도(濟度)ᄒᆞᆫ 말도 ᄯᅩᄒᆞᆫ 죠ᄒᆞ나 엇지 금옥 을 비기리오?"

보옥이 웃고 니ᄅᆞ디,

"그 【20】 만두라! 젼일 나를 속이던 승되 (僧道) 나를 은신법(隱身法)을 가ᄅᆞ쳐시니 네가 도로혀 나의 단쳐(短處)를 말ᄒᆞᄂᆞ냐? 다시 이러 ᄒᆞ면 내가 곳 은신법을 힝ᄒᆞ여 가마니 너를 희 롱ᄒᆞ리라."

디옥이 웃고 니ᄅᆞ디,

"뉘 너를 두리리오? 나도 ᄯᅩᄒᆞᆫ 능히 노야 를 비화 더러온 믈건으로 너의게 뿌릴 거시니 무어시 두리리오? 네게 고ᄒᆞᄂᆞ니 지금 ᄉᆞ션인 (史仙人)이 집의 이시니 나는 다만 져의게 고ᄒᆞ 면 ᄆᆞ음디로 너의 ᄉᆞ슐(邪術)을 졔어ᄒᆞ리라."

보옥이 믄득 웃고 니ᄅᆞ디,

"그만 두라! 내가 지금 곳 너 【21】 를 두 리게 ᄒᆞ리라."

대옥이 져를 향ᄒᆞ여 혀를 ᄎᆞ더라.

ᄎᆞ시는 한식(寒食) 졀긔(節氣) 졈졈 갓가온 지라. 그날의 니ᄅᆞ러 보옥 등이 친붕(親朋)을 모 화 말을 타고 나아가 뉴완(遊玩)ᄒᆞᆯ ᄉᆡ 디옥이 ᄯᅩᄒᆞᆫ ᄌᆞ미 등과 샹약(相約)ᄒᆞ여 모다 산샹의 니 ᄅᆞ러 먼니 츈식(春色)을 보더니 디옥이 가쟝 놉 흔 곳의 니ᄅᆞ니 이는 쳘벽당(凸碧堂)이라. 다만 보니 쳥문 일인이 홀노 난간을 븟들고 슬피 눈 믈을 흘니거늘 대옥이 날마다 금나총즁(錦羅叢 中)의 잇셔 오리 환희ᄒᆞᆫ 일만 알고 샹심ᄒᆞ미 업 ᄉᆞ며, ᄯᅩ 쳥문도 근 【22】 일의 범ᄉᆡ(凡事) 여의 (如意)ᄒᆞ여 왕부인 이하로 져의 디졉을 극진이 ᄒᆞ니 도로혀 무슨 번뢰(煩惱)ᄒᆞ미 이시리오? 다 만 져허컨디 보옥이 쇼희ᄌ(小孩子)의 셩픔으로 ᄯᅩ 무슨 일의 져를 원통ᄒᆞ게 ᄒᆞ미 잇다 ᄒᆞ여 대 옥이 가마니 가셔 져의 엇개를 치고 니ᄅᆞ디,

"쳥문 미미야! 너는 지금 도로혀 무어슬 슬허ᄒᆞᄂᆞ뇨?"

쳥문이 다만 오열ᄒᆞ거늘 디옥이 지삼 무ᄅᆞ 니 쳥문이 눈믈을 뗏고 숀으로 먼니 가ᄅᆞ쳐 니 ᄅᆞ디,

"고냥은 져 곳을 보라!"

대옥이 ᄌ셰히 바라보다가 믄득 니ᄅ디,

"져 한 【23】 포귀 슈림(樹林)을 보고 엇지 슬허ᄒᄂ뇨?"

쳥문이 오열ᄒ며 니ᄅ디,

"가련토다! 져거슨 곳 쳥문의 무덤이니 쳥문의 젼신을 져 나무 아리 무덧ᄂ니라."

디옥이 듯고 ᄯ오ᄒ 참지 못ᄒ여 락루(落淚)ᄒ며 니ᄅ디,

"너의 이러ᄐ 샹심ᄒ미 고이치 아니디 너ᄂ 비록 젼신을 괴로이 ᄒ고 도로혀 오ᄋ의 신톄(身體)ᄅ 힘닙어 바야흐로 금일 쳥문이 되여시나, 나ᄂ 만일 너와 갓치 디하(地下)의 무치디 ᄯ오 남변의 가셔 뭇쳐시면 금일의 곳 회셩치 아니ᄒ여시리라."

ᄒ고 【24】 ᄯ오ᄒ 십분 샹감(傷感)ᄒ거ᄂ 쳥문이 도로혀 디옥을 권히(勸解)ᄒ디 디옥이 죵시 샹심ᄒ기ᄅ 마지 아니커ᄂ 쳥문이 니ᄅ디,

"고낭아! 나ᄂ 다만 ᄌ긔 무덤의 가셔 단녀오려 ᄒ니 비록 능히 ᄌ긔 고골(枯骨)은 보지 못ᄒ여도 ᄯ오ᄒ ᄌ긔 관 우희 흙을 밟으리라."

대옥이 니ᄅ디,

"이ᄂ 맛당이 ᄒ올 일이로디 우리 대관원 등 뒤히셔 그곳의가지 갓가온지라. 드ᄅ미 노야와 태태 무리 명일 셩외(城外)의 나가 쇼분(掃墳)ᄒ려263) ᄒ신다 ᄒ니, 우리ᄂ 답쳥(踏靑)ᄒ믈 쳥탁ᄒ고 ᄌ민 등 【25】 과 샹약ᄒ여 모다 후원 문을 열고 나아가 답쳥ᄒ디, ᄯ오ᄒ 몬져 샹약ᄒ여 미인(每人)이 각기 ᄯᅥᆨ을 지어 슐병을 가지고 구텨여 한 곳의 모히지 말고 나ᄂ 곳 너와 류슈ᄌ(柳嫂子)로 더브러 너의 무덤 우희 니ᄅ러 너의 젼신의 졔ᄒ고, 너도 ᄯ오ᄒ 너의 지금 몸을 위ᄒ여 이 집 좌편 한 죠각 ᄯ흘 갈희여 신후지디(身後之地)로 뎡ᄒ고 도로혀 오ᄋᄅ 위ᄒ여 일개 비ᄅ 셰우고 보옥으로 ᄒ여곰 비문 일편을 지어 삭이디, 네가 쟝리 빅셰가 지나거든 도로 지금 몸을 가져 오 【26】 ᄋ(五兒)ᄅ 쥬라. 우리 지금 말을 다만 보옥과 류슈ᄌ의게 고ᄒ고 다른 사름의게ᄂ 고치 말지니 너ᄂ 말ᄒ라. 죠ᄒ냐 죠치 아니냐?"

쳥문이 ᄎ언(此言)을 듯고 쾌활히 너겨 니ᄅ디,

"이러ᄒ면 내가 엇지 쇼원을 일우지 아니미 아니리오? 고낭이 이러ᄐ 말ᄒ지 아니ᄒ여시면 내 도로혀 싱각지 못ᄒ리로다."

ᄒ고 냥인이 즉시 언약을 뎡ᄒ더니 뎨일 [이]일의 니ᄅ러 과연 ᄌ민 등이 모다 언약을 졍ᄒ고 다만 샹시 의복을 닙고 죠금도 화려ᄒ 민도리264)ᄅ 아니ᄒ고 대관 【27】 원(大觀園)의 한 무리 ᄌ민 등이 일졔히 후원 문을 열고 나가 답쳥ᄒ 시, 일노의 머귀ᄭ옷츤265) 반즘 희고 니화ᄂ 졍히 붉엇시며 양류ᄂ 슈면의 ᄯᅥᆯ쳣고 도화ᄂ 어ᄌ러이 죠양(朝陽)을 희롱ᄒ며, ᄯ오 ᄯᅥᆨ 파ᄂ 오히ᄂ 동쇼와 쇼고(簫鼓)ᄅ 블며 두ᄃ리고 회ᄌ 등은 희희히 웃고 연을 날나ᄂ지라. 모다 허다ᄒ 죽림을 지내여 노샹의 담쳥(淡靑)ᄒ 죠식을 밟고 가니 디관원의 비컨디 더옥 유아쳥안[한](幽雅淸閑)ᄒ여 이목이 싱신(生新)ᄒ지라.

ᄌ민 등이 ᄯ오ᄒ 한가히 경치ᄅ 바라보 【28】 ᄂ 이도 이시며 ᄯ오ᄒ 쵸화(草花)ᄅ ᄭᅥᆨᄂ 이도 이시며 ᄯ오ᄒ 여러 쇼분(掃墳)ᄒᄂ 사름의 화려ᄒ 모양을 구경ᄒᄂ 이도 이시디, 홀노 대옥과 쳥문은 즁인을 쇽이고 가마니 쳥문의 무덤으로 가며 류슈지 ᄯ오ᄒ 병과 찬합을 가지고 ᄯ라올 시, 다만 보니 몃 쥬 나무ᄂ 특별이 놉히 셧고 동쳥고빅(冬靑古柏)이 ᄉ이마다 이시며 슈림 깁흔 곳의 셕비(石碑) 일좌(一座) 이시디, 젼면의 '부용신쳥문녀ᄌ지푀(芙蓉神晴雯女子之墓)'라 쓰고 겻히 '모월 모월일 가보옥(賈寶玉)은 졔(題)ᄒ노라' ᄒ엿고, 비 【29】 뒤히 삭인 거슨 보옥의 지은 졔문 일편이라. 디옥과 쳥문이 보옥을 심히 감격히 너기고 ᄯ오 몃 보ᄅ 가니 믄득 쳥문의 무덤이라 비치ᄒ기ᄅ 가쟝 졍졔히 ᄒ여시디, ᄯ오ᄒ 무근 플이 죠히 ᄌ랏ᄂ지라. 쳥문과 대옥

---

263) 【쇼분ᄒ다】 동 {소분(掃墳)하다}. 성묘하다. ¶ 掃墓 ‖ 드ᄅ미 노야와 태태 무리 명일 셩외의 나가 쇼분ᄒ려 ᄒ신다 ᄒ니 (明日聽說老爺·太太們總要往城外掃墓去.) <後紅 12:24>

264) 【민도리】 명 차림새. 분장. ¶ 打扮 ‖ 뎨 일 [이]일의 니ᄅ러 과연 ᄌ민 등이 모다 언약을 졍ᄒ고 다만 샹시 의복을 닙고 죠금도 화려ᄒ 민도리ᄅ 아니ᄒ고 (到了第二日, 果眞姊妹們大家約定, 也只隨身衣服, 幷不打扮.) <後紅 12:26>

265) 【머귀ᄭ옷】 명 오동나무꽃. ¶ 桐花 ‖ 일노의 머귀ᄭ옷츤 반즘 희고 니화ᄂ 졍히 붉엇시며 양류ᄂ 슈면의 ᄯᅥᆯ쳣고 도화ᄂ 어ᄌ러이 죠양을 희롱ᄒ며 (一路上桐花半白, 李蕚微紅, 絲絲弱柳低斜, 拂水面之風, 陣陣飛桃歷亂, 度朝陽之影.) <後紅 12:27>

이 보고 다만 눈믈을 뿌리고 모다 슐을 따히 부으며 경문을 슬오더니, 쳥문이 진기 대옥의 말을 죠츠 그 무덤과 일조로 표롤 쏘조 후일의 가인 류오오의 비롤 셰우고 보옥이 지은 음긔롤 삭이게 ᄒ니, 류슈지 쏘흔 감【30】 샹ᄒ믈 이긔지 못ᄒ여 니ᄅ디,

"님고낭아! 내가 지금 ᄆᆞᆷ의 ᄉᆞ랑ᄒᆞ는 녀히ᄋᆞ롤 이곳의 두엇시디 다만 져의 진혼(眞魂)이 아니로다."

대옥이 쏘흔 눈믈을 뿌리며 니ᄅ디,

"쳥문 미미야! 너는 너의 무덤의 플이 임의 푸르고 톄빅(體魄)이 임의 셕으믈 슬허ᄒᆞ나 네가 이졔 시로 오린 원을 맛쳐시니 네 즐겨 오ᄋᆞ 미조롤 잇지 아니커든 믄득 너의 몸을 나흔 모친의게 효순(孝順)홀 거시오. 류슈조야! 너도 쏘흔 감샹치 말지니 만일 너의 ᄆᆞᆷ의 ᄉᆞ랑ᄒᆞ는 녀【31】히지 디하인(地下人)이 되여시면 쳥문도 쏘흔 업슬 거시오, 나의 금어ᄋᆞ도 진기 쳥문으로 더브러 일양이리니 쏘흔 오인 세샹의 잇는 이만 갓지 못홀지라. 이 녀히이 실노 너의 친싱 혈육이 아니라 니ᄅ기 어렵도다."

쳥문이 쏘흔 낙누(落淚)ᄒᆞ며 니ᄅ디,

"고낭의 말이 가장 올토다. 내 만일 오ᄋᆞ 미미의 몸을 비지 아니ᄒᆞ여시면 엇지 도로혀 이 세샹 사람이 되엿시리오? 네가 나의 모친이 아니면 뉘 나의 모친이랴?"

ᄒ니 류슈지 쏘흔 깃거 져의게 샤례ᄒᆞ고 삼인【32】이 즁인이 ᄎᆞᄌᆞ올가 져허ᄒᆞ여 믄득 오던 길노 죠츠 도라가 니환(李紈)과 탐츈과 보챠 등으로 더브러 일졔히 대관원으로 와 모다 고흥으로 여러 쇼희조의 연 날니는 거슬 보미 졔인이 훤요(喧擾)ᄒᆞ여 십분 열요(熱鬧)ᄒᆞ나 여러 사람들이 쏘흔 먼니 힝보ᄒᆞ여 곤뇌(困惱)ᄒᆞᆫ지라 믄득 각기 도라갈 시 맛춤 보옥 등도 쏘흔 답쳥ᄒᆞ고 도라온지라. 보옥이 정히 쇼상관(瀟湘館)의 잇셔 대옥을 기다리더니 대옥이 드러오믈 보고 믄득 우스며 니ᄅ디,

"너의는 쏘흔 고흥으로 놀기롤【33】 죠하ᄒᆞ여 필경 미복(微服)으로 ᄃᆞᆫ니도다. 네가 곳 복식(服色)이 아담ᄒᆞ나 쏘흔 모다 아라 보리라."

디옥이 니ᄅ디,

"다만 너의 쇼희조 등만 놀게 ᄒᆞ리오. 내 명일 쏘 즘셩을 타고 나가 져기 산양ᄒᆞ려266) ᄒᆞ

ᄂᆞ니 너는 보라!"

보옥이 웃고 니ᄅ디,

"더욱 죠토다. 림미미는 샐니 산양ᄒᆞ라. 내가 곳 너롤 따라 일개 마뷔되여 네 몃 기 벌과 나뷔롤 잡아 집으로 도라오믈 보리라."

ᄒ여 대옥으로 ᄒᆞ여곰 웃게 ᄒᆞᄂᆞᆫ지라. 대옥이 안조며 믄득 쳥문이 쇼분ᄒᆞ던 말을 져의게 고ᄒᆞ고 쏘 져【34】의 비문이 가장 죠타 기리며 쏘 말ᄒᆞ디,

"쳥문이 발원(發願)ᄒᆞ여 ᄌᆞ긔 기셰후(棄世後)의 지금 잇는 몸을 도로 오ᄋᆞ롤 쥬고 쏘 보옥의게 청ᄒᆞ여 오ᄋᆞ롤 위ᄒᆞ여 비롤 셰우려 ᄒᆞᆫ다."

ᄒᆞ니 보옥이 대희ᄒᆞ여 니ᄅ디,

"올토다! 이러툿 쳐분ᄒᆞ여야 쏘흔 오ᄋᆞ의게 맛당ᄒᆞ리라."

ᄒᆞ여 정히 의론홀 시 사롬이 젼ᄒᆞ여 말ᄒᆞ디,

"태태긔셔 도라와 계시다."

ᄒᆞ거놀 보옥과 대옥이 믄득 모든 ᄌᆞ미로 더브러 샹방의 니ᄅ럿더니 언마 못되여 가졍(賈政)이 쏘흔 도라와 말ᄒᆞ디,

"명일의 보옥과 란가ᄋᆞ【35】 롤 다리고 텰함ᄉᆞ(鐵檻寺)의 가셔 가졍의게 졔젼ᄒᆞ고 곳 ᄉᆞ십구 위(位) 고승(高僧)을 청ᄒᆞ여 공덕을 짓고 망인을 쵸쳔(超薦)케 ᄒᆞ리라."

ᄒᆞ더니 익일 청신(淸晨)의 니ᄅ러 가졍과 보옥과 란가이 믄득 갓치 가디, 가졍은 공시(公私) 번극(煩劇)ᄒᆞ믈 인ᄒᆞ여 능히 오릭 ᄉᆞ즁의 잇지 못홀지라. 가련으로 ᄒᆞ여곰 집의 잇셔 일을 보슙히고 보옥과 란가ᄋᆞᄂᆞᆫ ᄉᆞ즁의 머믈게 하여 날마다 ᄌᆞ오묘유시(子午卯酉時)로 돌녀가며 힝례ᄒᆞ고 ᄌᆞ긔ᄂᆞᆫ 블시 왕릭케 ᄒᆞ더니, 졔이일의 니ᄅ러 맛춤 텬식(天色)이 음음(陰陰)ᄒᆞ고【36】 비가 와 삼일이 되도록 긋치지 아니ᄒᆞᄂᆞᆫ지라.

디옥이 보옥의 집의 잇지 아니믈 인ᄒᆞ여 가장 무료ᄒᆞ미 홀노 등을 도도고 격격히 안조 이갓치 여러 날을 울울히 지내미 비록 하로도 여러 번 사롬이 와셔 평안ᄒᆞ믈 보ᄒᆞ나 ᄆᆞᆷ의

---

266)【산양ᄒᆞ다】囻 사냥하다. ¶ 打圍 ‖ 내 명일 쏘 즘셩을 타고 나가 져기 산양ᄒᆞ려 ᄒᆞᄂᆞ니 너는 보라 (我明日還要騎了牲口出去, 打一個小圍呢, 你瞧着罷.) <後紅 12:33> ⇒ 산영ᄒᆞ다, 산힝ᄒᆞ다

가쟝 싱각ᄒ며 ᄯ 청문으로 더브러 쇼분ᄒ고 도
라온 일을 위ᄒ여 왕왕이 샹심ᄒ미 진기 좌왜
(坐臥) 블안ᄒ지라. 즉시 청문을 블녀와 등하(燈
下)의 한담홀 시, 비오ᄂ 쇼리 죽엽(竹葉) 우희
ᄯ러져 사름의 심회를 돕고 쳠하의 풍경 【37】
쇼리 바람을 ᄯ라 긋치지 아니ᄒᄂ지라. 량인이
젼후 일을 말ᄒ며 ᄯᄒ 락루홀 시 청문이 니ᄅ
디,

"오ᄋᄂ ᄯᄒ 샹심ᄒ염죽ᄒ도다. 진기 공
연이 잠시 사름이 되여시니 엇지 림고낭갓치 진
혼을 보젼ᄒ여시리오? ᄯ 나도 일개 원통ᄒ 일
이 이시니 죠혼 부모의 혈긔를 ᄌᄀ 몸의 머무
지 못ᄒ엿도다."

디옥이 니ᄅ디,

"그만 두라. 너와 나의 괴로오미 ᄯᄒ 다
르미 업ᄂ지라. 모다 죽엇다가 회싱ᄒ여시나 나
ᄂ 도로혀 이 혈육지구(血肉之軀)를 슬허ᄒᄂ니
젼일 【38】 만일 나의 신샹을 너의게 빌니고 오
ᄋ를 셰샹의 머믈게 ᄒ더면 ᄯᄒ 량편(兩便)ᄒ
리로다."

청문이 니ᄅ디,

"우리ᄂ 무슨 사름으로 혜리오. 진기 고낭
의 말 갓틀진대 영(榮)·녕(寧) 량뷔(兩府) 도로
혀 즁흥홀 날이 이시며 량대애(兩大爺) 엇지 동
긔(同氣) 졍분을 위ᄒ여 즐겨 이러툿 ᄒ리오?"

량인이 졍히 한담홀 시 비오ᄂ 쇼리 련
(連)ᄒ여 그치지 아니코 ᄯ 황혼시의 니ᄅ미 죽
엽 우희 푸른 빗치 더옥 류리챵의 빗최ᄂ지라.
낭인이 졍히 민울히 안졋더니 홀연 나무신 쇼리
【39】 를 듯고 다만 니ᄅ디,

"보옥이 도라온다."

ᄒ더니 엇지 알니오? 니외 ᄉ즁(寺中)으로
죠ᄎ 도라와 보옥의 일봉셔(一封書)를 가지고
태태와 내내와 고낭 등의 안부를 쳥ᄒ고 글월을
드린 후의 즉시 나아가ᄂ지라. 대옥과 청문이
믄득 블을 도도고 ᄯ혀보니, 원릭 보옥이 슈일
을 ᄉ즁의 이셔 죠셕(朝夕) 죵고(鐘鼓) 쇼리를
번거히 너겨 믄득 졍벽(靜僻)ᄒ 승지(僧齋)의 거
ᄒ여 오ᄋ의 묘의 비문(碑文)을 지어 즉시 등출
(謄出)ᄒ여 디옥의게 보내여 보게 ᄒ여시미 디
옥이 믄득 닑어 니ᄅ디,

【40】 대개 드ᄅ미 ᄉ라 이시믄 역녀(逆

旅)의 붓침과 갓고 헛된 몸은 반ᄃ시 도라갈
지니, 복ᄉ(桃)의 미화(梅)를 졉ᄒ미 오히려
갓치 사ᄂ 꼿치 피엿고 미가 화ᄒ여 비둘기
되여시미 겨유 화싱(化生)ᄒᄂ 셩픔이 잇도
다. 타인이 집의 드러오미 슬프미 형상을 비
ᄂ 디셔 심ᄒ미 업고 나를 블녀 방으로 나오
미 다힝ᄒ미 몸을 비ᄂ디셔 더 깁흐리오? 비
록 낙포(洛浦)의 믈결을 밟으나 그림ᄌ를 강
고(江皐)267)의 머무ᄅ지 아니ᄒ엿고 현산(峴
山)의 눈믈을 쩌ᄅ치미 반ᄃ시 【41】 일홈을
능곡(陵谷)의 머무러시니, 이ᄂ 부용신(芙蓉
神) 청문녀ᄌ(晴雯女子)의 몸을 가인(佳人) 류
오져(柳五姐)의게 돌녀보내ᄂ 비라. 셕쟈(昔
者)의 쟝굉의(張宏儀)가 니간(李簡)의게 몸을
빌미 여양(汝陽) ᄯ히 도라오지 아낫고 쥬진
미(朱進馬) 쇼죵(蘇宗)의게 형톄를 븟쳐시미
돈연(頓然)이 쟝군(彰郡) ᄯ히 회싱ᄒ여시며,
외타의 동셩(桐城) ᄯ히 죽은 녀ᄋᄂ 동셔문
(東西門)의 모다 량친을 맛ᄂ고 진원(晉元)
ᄯ히 ᄶ친 사름은 신구죡(新舊族)의 일죡 두
ᄋ돌을 더ᄒ여시며, 지어(至於) 회양월야(淮陽
月夜)의 등블 가진 거슬 놀낫고 샹치 【42】
풍신(上蔡風晨)의 대 ᄶ기ᄂ 거슬 깃거ᄒ여시
니 엇지 격게 보고 만히 고이히 너기며 가히
갓가온 거슨 밋고 먼 거슬 증험ᄒ리로다. 옥
연긔화(玉烟奇化)ᄒ기를 다ᄒ고 구슬 눈믈이
쑤려 쇠잔ᄒ여시미 오린 한을 텬디(泉臺)의
ᄲ하시니 묘연이 만나보기 어려웟고 셩식(聲
息)을 봉리(蓬萊)의 젼ᄒ믈 무러시니 더옥 황
당ᄒ도다. 셜ᄉ 옥쇼(玉簫)가 ᄌᄉ(再世)ᄒ나
위랑(韋郎)은 빈발(鬢髮)이 셩셩ᄒ고 봉쳔이
환거(還去)ᄒ미 졍녀(倩女)ᄂ 니혼(離魂)이 암
암ᄒ도다. 이졔 죽은 거시 져기 니별 【43】 ᄒ
것 갓ᄐ여시미 산산(珊珊)이 그 오ᄂ 거슬 보
ᄂ 듯ᄒ고 가히 알니로다. ᄉ라ᄂ미 거듭 만
나ᄂ 것 갓ᄒ미 허허히 꿈을 씬 듯ᄒ며 ᄯ
미목(眉目)이 모다 평싱갓고 형범(形範)이 눈
의 틀니미 업ᄉ니, 션텬의 공교히 합ᄒ므로써
후셰의 양연(良緣)을 완젼이 ᄒ엿시니 쳔고의
갓ᄐ니 업ᄉ미 이 일이 더옥 긔이ᄒ도다. 밍
셰ᄒ여 보비를 돌녀 보내미 구슬 ᄶ친 거슬
슬허 말나. 근본 동혈(同穴)ᄒ기를 긔약ᄒ나

---

267) 강고(江皐): 강변(江邊).

한 몸의 형용을 난호기 어려온지라. 이의 【44
】 쌍비(雙碑)롤 세워 홈긔 쳔츄(千秋)의 감동
흐믈 긔록흐노라.

흐엿더라.

대옥이 간필(看畢)의 다만 졈두(點頭)흐여
죠타 말흐니 쳥문이 쏘흔 갓가히 와셔 볼 시 대
옥이 쏘 ᄌᄌ히 강론흐여 져로 흐여곰 듯게 흐
니 쳥문이 눈믈을 흘니며 니ᄅ디,

"감격흐도다! 보이애 일편 비문을 지어내
미 오이 쏘흔 일세롤 허싱치 아니흐엿도다."

대옥이 탄식흐여 니ᄅ디,

"보옥은 원리 실심(實心)의 사롬이로디 일
쟝 풍파롤 지내지 아니흐여시면 쏘흔 져의 【45
】 심쟝을 보기 어려오리라."

쳥문이 니ᄅ디,

"엇지 올치 아니리오? 젼일 고낭이 회싱흐
여 도로혀 그러텻 뜻을 세워 쏘 이야로 흐여곰
무한 괴로오믈 격게 흐엿ᄂ니라."

디옥이 탄식흐여 니ᄅ디,

"이ᄂ 쏘흔 미리 졍흔 거시 잇ᄂ 괴로오미
니 뉘 도로혀 두샹(頭上)의 흐늘을 어긔리오?
우리ᄂ 여긔 잇셔 비 오ᄂ 쇼리롤 듯고 쳐량히
지내거니와 져ᄂ ᄉ즁의 잇셔 쏘흔 엇지 고젹히
지내믈 아지 못흐리라."

쳥문이 쏘흔 탄식흐며 니ᄅ디,

"우리 원쥐(圓聚)흐므로붓허 미일 일 【46】
쳐의 모혀 이시니 이런 광경을 쏘흔 가히 당치
아니치 못흐리라."

량인이 졍히 눈믈을 쑤리며 탄식흘 시 비
오ᄂ 쇼리 더옥 졈젹(點滴)흐여 듯기의 죠치 아
닌지라. 대옥이 니ᄅ디,

"이런 광경은 다만 당시(唐詩)의 닐너시디
'죽을 병 가온디 놀나 니러 안ᄌ미 가만흔 바롬
이 비롤 부러 션창(船窓) 안의 드러온다(垂死病
中驚坐起, 暗風吹雨入船窓)' 흐여시니 그 말이
픱진(逼眞)흐도다."

쳥문이 니ᄅ디,

"죽어도 쏘흔 이 모양의 지나지 아니흐니
우리 량인은 모다 회싱흔 사롬이로디 다만 죽은
사롬은 도로혀 묘묘 【47】 망망(渺渺茫茫)흐여
형젹이 바롬과 이슬을 ᄯ라롤 뿐이어늘 져 ᄉ라
잇ᄂ 사롬이 싱각흐여 샹심흐미 바야흐로 견디

기 어려오니라. 너는 싱각흐라. 우리 보이애 도
로혀 죽지 아냣시디 그 반싱반ᄉ(半生半死)흔
광경이 쏘흔 극히 괴로오니 다만 져도 회싱흐엿
다 혜리로다."

대옥이 졈두흐고 도로혀 우ᄉ며 니ᄅ디,

"졔가 만일 진개 회싱흐려 흘진디 다만 진
보옥(甄寶玉)의게 몸을 빌니미 올타."

흐여 쳥문으로 흐여곰 웃게 흐더니 디옥이
쏘 우ᄉ며 니ᄅ디,

"졔가 만일 진보옥의 몸을 비러 【48】 회싱
흐면 도로혀 너로 더브러 일쌍 비필이 되리라."

흐니 쳥문이 져롤 면박흐기 어려온지라 다
만 희희히 웃고 한 마디 말흐디,

"내가 무슨 사롬이라 혜리오?"

흐니 디옥이 즉시 ᄭᄒ고 안졍(眼睛)이 붉
으며 한 번 혀츠더니 홀연 챵 외의 일진풍(一陣
風)이 닐며 한 줄기 디를 썩ᄂ지라. 도로혀 심
히 놀나더니 쳥문이 믄득 니ᄅ디,

"야심흐여시니 너는 드러라! ᄌ명죵(自鳴
鐘) 쇼리 임의 ᄌ말튝쵀(子末丑初) 되엿다."

흐니 디옥이 니ᄅ디,

"금야(今夜) 풍위(風雨) 경(景)의 마ᄌ니 므
옷것 밝도록 안 【49】 ᄌ 져롤 위흐여 일편 비
문을 쓰리라."

쳥문이 니ᄅ디,

"젼일 보이야의 말이 향시 고낭의 살와 바
린 시쵸(詩草)롤 이애 모다 긔록흐엿다 흐더라."

흐니 디옥이 니ᄅ디,

"너ᄂ 쏘흔 알니니 내가 젼일 지은 시롤
졔가 모다 보왓더니, 쏘흔 아지 못게라 졔가 엇
지 모다 긔록흐여 여러 권을 민드러시며 향릉
(香菱)의 시롤 곳쳐 쥰 것도 쏘흔 그 속의 갓치
긔록흐여시니 타인은 그만 두려니와 쏘흔 보고
낭의 시롤 갓치 긔록흘 거시어늘 편벽도히 긔록
지 아니흐엿시니 다힝 【50】 이 보고낭이 범ᄉ
의 므음을 두지 아니흐엿ᄂ지라. 만일 졔가 우
리 단쳐롤 츠줄진디 뉘 벽돌과 기와의 후박(厚
薄)을 의론흐며 흐믈며 규각(閨閣) 즁 필묵은 외
간의 젼파케 아니흐ᄂ니 보옥이 쏘흔 헛도히 므
음을 허비흐엿도다."

쳥문이 니ᄅ디,

"이ᄂ 쏘흔 져의 심쟝(心腸)을 알니라."

대옥이 다만 탄식블이(歎息不已)흐여 량인

이 진기 밝을 쩌가지 안즈 보옥의 지은 비문을 다 뼈셔 스미268)의 너허 가지고 보챠의 곳의 가 뵈니 보치 쏘호 가쟝 죠타 말ㅎ눈지라.

바야흐로 모든 즈미로 더브러 【51】 샹방으로 가더니 츠시 비가 룩칠 일을 긋치지 아냐 나무의 꼿치 거의 다 쩌러진 후의 바야흐로 쳥명ㅎ미 가졍이 십분 희열ㅎ여 공덕을 맛치고 보옥과 란가으롤 다리고 갓치 도라오니, 보옥이 믄득 더옥과 보챠의 곳의 가셔 비(碑) 삭이눈 일졀(一切)을 의론ㅎ더니 보옥이 답쳥(踏靑)을 챵쾌히 못ㅎ믈 위ㅎ여 쏘 경셩과 량옥과 샹약ㅎ여 나가 유완(遊玩)홀 시 니환과 보치 쏘호 텬식이 쳐음으로 긔고 도홰(桃花) 농쥬(穠珠)ㅎ믈 스랑ㅎ여 모든 즈미로 더브러 심방뎡(沁芳亭)의 니르러 완 【52】 샹홀 시 맛춤 왕부인이 셜이마(薛姨媽)의 집의 갓눈지라 즈미 등이 믄득 뜻더로 노리ㅎ여 낙시롤 가지고 고기 낙눈 이도 잇고 쏘호 향쵸꼿츨 쩍눈 이도 이시며, 쏘호 나븨롤 잡눈 이도 잇고 쏘호 년못가히 안즈 믈 속 마름[荇]을 희롱ㅎ눈 이도 이시며 쏘호 병을 가지고 믈을 기러 꼿츨 꼿눈 이도 이시디, 니환과 보챠와 대옥과 샹운은 쏘호 곤ㅎ여 다만 슈건을 티호셕(太湖石) 우희 펴고 안즈 져의 등 노는 거슬 구경홀 시, 믄득 쇼챠환의 가져온 졈심 찬합이 잇거놀 【53】 쏘호 나아가 즁인으로 더브러 먹더니, 다만 보미 도홰 쏘호 셩개(盛開)ㅎ여 십분 교염(嬌艶)ㅎ디 일즉 열닌 꼿츤 쏘호 비의 샹ㅎ여 태양이 쏘이고 일진풍이 니러나미 분분이 쩌러지기롤 비갓치 ㅎ여 여즈미들 의복의 그림지 비최눈지라.

즈미 등이 일면으로 놀며 일면으로 신샹의 꼿츨 쩌러 모다 흥을 다ㅎ여 놀 시 쏘호 필갑 속의 향꼬지와 향낭을 쩌눈 이도 잇거놀 탐츈이 그곳의셔 각방 쇼챠환을 지휘ㅎ여 각기 쥬인의 믈건을 졈겸케 홀 시 【54】 대옥은 다만 졈두ㅎ고 보챠눈 믄득 한 가지 젼스(前事)롤 싱각ㅎ고 믄득 우스며 니르디,

"죠토다. 쏘 대관원을 슈험(搜驗)케 말나."

ㅎ니 더옥이 웃고 니르디,

"보져겨야! 너눈 쳥문의 공스롤 빙거(憑據)ㅎ여 스스 원슈 갑흐믈 모르느냐?"

즁인이 런망히 져의게 무르니 더옥이 웃고 니르디,

"이 일이 쏘호 공교ㅎ도다. 젼일 왕션(王善) 식뷔 녕부 즁 슈식(首飾)을 도젹ㅎ여 파라 돈을 민둘냐 홀 시, 맛춤 쳥문의 챠환 슈즁의 니르럿눈지라. 쳥문이 보와 아라 내고 그 부즁으로 보내니 그 부 【55】 즁의셔 그 사름을 쳥문의게 보내여 쳐결ㅎ여 티쟝(笞杖) 스십을 치고 반년(半年) 월젼(月錢)을 쥬지 아니ㅎ엿느니라."

ㅎ니 즁인이 모다 웃고 말ㅎ디,

"샹쾌ㅎ다."

ㅎ더라. 즁인이 쏘 즈룽쥬(紫菱洲)의 니르러 일좌 츄쳔가즈(秋千架子)롤 볼 시 보금이 니르디,

"우리 원즁의 이 가즈롤 셰윗시디 쏘호 드르미 한 번 노랏다 ㅎ니 우리 금일 엇지 한 번 놀지 아니리오?"

ㅎ니 원리 이 츄쳔가지 실노 화려ㅎ여 셰운 나무의눈 쥬홍 밧탕의 금룡(金龍)을 그리고 빗긴 나무의눈 록록 밧탕의 금텬복(金天蝠)을 노 【56】 왓고 줄을 오식실노 쏘아시미 슈양나무의 빗최니 표표양양(飄飄漾漾)ㅎ여 십분 보기 죠흔지라 셜보금의 고흥 나미 고이치 아니터라. 즁인이 모다 니르디,

"죠타."

ㅎ더니 니환이 믄득 니르디,

"금미미(琴妹妹)야! 이거시 쏘호 가(可)치 아니토다. 첫지눈 각력(脚力)이 부즁(不重)ㅎ여 쩌러질가 두렵고, 둘지눈 쏘호 한긔(寒氣)롤 바들 듯ㅎ고, 셋지눈 우리 젼일 나가 답쳥홀 씨눈 타인이 보고 쏘호 뉘 집 내권(內眷)이믈 몰낫거니와 지금 이 노리롤 ㅎ면 담 밧긔 훈쳑가(勳戚家) 즈계들이 보고 곳 젼파ㅎ리라. 【57】 우리 진개 이 노리롤 ㅎ고즈 홀진디 쏘호 일긔 방법이 이시니 다만 니향원 녀히즈 등을 블너와 쏘호 져의롤 강권(强勸)홀 거시 업고, 다만 져의 즁의 쀨 줄 아눈 사름으로 ㅎ여곰 쀨게 ㅎ면 져의 등이 쏘호 쀨기롤 잘 홀지니 우리눈 밋히셔 구경ㅎ면 엇지 죠치 아니리오?"

---

268) 【스미】 图 소매. ¶ 袖 ∥ 량인이 진기 밝을 쩌가지 안즈 보옥의 지은 비문을 다 뼈셔 스미의 너허 가지고 보챠의 곳의 가 뵈니 보치 쏘호 가쟝 죠타 말ㅎ눈지라 (兩個人眞個的坐到天明, 將寶玉做的碑文寫了出來, 袖了去寫寶玉看, 寶玉也說很好.) <後紅 12:50>

즁인이 모다 죠타 ᄒ더니, 니환이 즉시 사
롬으로 ᄒ여곰 방관(芳官) 등을 블너 오미 모다
슈노흔 의복을 닙고 화혜(花鞋)룰 신엇시디, 영
관(齡官)과 우관(藕官)과 이관(艾官)과 규관(葵
官)이 모다 뛸 줄 안다 ᄒ더니 진긔 스기【58】
녀희지 즉시 츄쳔(鞦韆)의 오르며 니르디,
　"미기룰 잘ᄒ엿다."
　ᄒ거늘 녀교시(女敎師) 방관 등으로 더브
러 뒤히셔 밀 시, 쏘흔 허다 일홈이 이시니 토
화환(套花環)과 반룡무난(盤龍舞鸞)과 스쳔빅화
(梭穿百花)와269) 봉죠양(鳳朝陽)과 썅션도히(雙
仙渡海)와 일악능공(一鶚凌空)과 칙안ᄌ(側雁子)
와 일범풍(一帆風) 각양(各樣)으로 뛸 시, 진긔
낙젼지광(落電之光)과 능운지의(凌雲之意) 이시
며 쏘흔 썅피리로 예샹곡(霓裳曲)을 블며 운리
[라](雲鑼)룰 치고 싱황을 화답ᄒ여 가쟝 졀쥬
(節奏)룰 맛치더니 츄후의ᄂ 스인이 쏘 팔을 견
죠아 올나가 호졉회(胡蝶會)로 뛸 시, 악긔ᄂ 다
만 스현【59】고판(絲弦鼓板)으로 곡죠룰 맛쵸
디 더옥 요라빙졍(裊娜娉婷)ᄒ여 가히 구경ᄒ염
죽ᄒ더라.
　즁인이 졍히 취미 잇게 뛸시 다만 드르니
담 밧긔 허다인이 갈치(喝采)ᄒ거늘 니환이 황
망ᄒ여 즉긱의 녀희ᄌ 등으로 ᄒ여곰 '나리라.'
ᄒ고 풍류도 일졔히 그치디 즁인이 종시 즐겨
긋치지 아니ᄒᄂ지라. 니환이 단졍코 즐겨 져의
무리로 ᄒ여곰 다시 놀게 아니ᄒ니 더옥과 보챠
와 보금 등이 지삼 져의게 뭇거늘 니환이 다만
말ᄒ디,
　"외면의 사롬들이 아담치 못흔 모양【60】
을 보고 우리 신샹의 의심이 니르리니 다시ᄂ
노ᄂ 거시 죠치 아니타."
　ᄒ니

269) 원문은 盤龍舞·鸞梭穿百花로 되어 있음.

19

림대옥중흥영국부 류로로삼진대관원
林黛玉重興榮國府 劉姥姥三進大觀園

담 밧긔셔 갈치ᄒᆞᆫ 이ᄂᆞᆫ 원리 타인이 아니라 림량옥(林良玉)과 강경셩(姜景星)과 가보옥(賈寶玉) 삼인이 몃 기 젹은 근반(跟班)을 다리고 몃 필 말을 타고 답쳥ᄒᆞ다가 도라올 시 졍히 원외로 죠ᄎᆞ 바라보왓ᄂᆞᆫ지라. 이러므로 갈치ᄒᆞ미니 림량옥과 강경셩은 즉시 도라가고 보옥은 원즁의 니ᄅᆞ러 져의 무리로 ᄒᆞ여곰 이 노리ᄅᆞᆯ 식이ᄌᆞ ᄒᆞ거ᄂᆞᆯ 니궁지(李宮裁) 심즁의 헤오디,

'왕부【61】인 블구(不久)의 도라오면 필연 말ᄒᆞ디 졔가 년긔 만흐니 모든 ᄌᆞ미ᄅᆞᆯ 거ᄂᆞ리고 글과 글시ᄅᆞᆯ 익희지 아니ᄒᆞ고 도로혀 령쉬되여 모든 ᄌᆞ미로 노리ᄒᆞ라 홀 거시오, 그러치 아니ᄒᆞ면 ᄉᆞ식(辭色)지 아니코 다만 그림ᄌᆞᄅᆞᆯ 비러 ᄒᆞ두 마디 말ᄒᆞ여도 견디기 어렵다.'

ᄒᆞ여 이러므로 즐겨 좃지 아니코 녀희ᄌᆞ 등으로 ᄒᆞ여곰 즉시 교ᄉᆞᄅᆞᆯ ᄯᆞ라 도라가게 ᄒᆞ고 져도 ᄯᅩᄒᆞᆫ 모든 ᄌᆞ미로 더브러 샹방으로 올 시 보옥이 ᄯᅩᄒᆞᆫ ᄯᆞ라가 이윽히 한담ᄒᆞ더【62】니 왕부인이 ᄯᅩᄒᆞᆫ 도라오고 외면의 가졍과 가련(賈璉)이 ᄯᅩᄒᆞᆫ 셔방즁으로 도라가더라.

각셜(却說), 가련이 부즁의 규모ᄅᆞᆯ 보미 젼일의 비ᄒᆞ여 대샹부동(大相不同)ᄒᆞ디 다만 범ᄉᆞᄅᆞᆯ 판리ᄒᆞᄂᆞᆫ 규귀(規矩) 도로혀 편치 아닌 곳이 이시니 엇지미뇨? 대뎌 허다 공용이 무비(無非) 대옥의 곳의셔 온젼이 나디, 대옥은 쇼샹 관즁의 잇셔 가련이 능히 시시(時時)로 가셔 샹의치 못ᄒᆞ디 일졀 ᄉᆞ무ᄅᆞᆯ 모다 치량의게 무르니 치량이 비록 규구ᄅᆞᆯ 죠ᄎᆞ 담화ᄒᆞᆷ을 심【63】히 공순히 ᄒᆞ나 치량의 위인(爲人)이 ᄯᅩᄒᆞᆫ 십분 졍명(正明)ᄒᆞ여 가련이 일호도 져ᄅᆞᆯ 속이지 못ᄒᆞ고 ᄯᅩᄒᆞᆫ 은근이 져의 명령을 바드미 능히 져의 단쳐ᄅᆞᆯ 드러내지 못ᄒᆞᄂᆞᆫ지라. 인ᄒᆞ여 ᄌᆞ긔 광경을 싱각ᄒᆞ미,

'젼일 부부 량인이 이곳의 니ᄅᆞᆷ은 원리 권도(權道)의 일이오 ᄯᅩᄒᆞᆫ 다만 노태태의 고호(顧護)ᄒᆞ시믈270) 닙엇더니 지금은 기시와 달나 쟝구히 이시면 ᄯᅩᄒᆞᆫ 비편(非便)ᄒᆞᆫ ᄉᆞ졍이 만홀 거시오, 만일 이곳을 하직ᄒᆞ고 져 부즁으로 도라가면 ᄯᅩᄒᆞᆫ 일졈 여망(餘望)【64】이 업ᄉᆞ리라.'

ᄒᆞ며 ᄯᅩ 대옥의 위인을 헤아리미,

'젼일은 인인(人人)이 져의 편협ᄒᆞᆷ믈 말ᄒᆞ더니 이졔ᄂᆞᆫ 변ᄒᆞ여 다른 사롬 갓ᄐᆞ여 ᄒᆡᆼᄒᆞᄂᆞᆫ 일이 이러ᄐᆞᆺ 관활(寬闊)ᄒᆞ니 젼일의 셔로 원망ᄒᆞᆷ믈 싱각ᄒᆞ고 필경 나ᄅᆞᆯ 안존홀 곳이 업다 니ᄅᆞ기 어려오니 도로혀 지금 가졍의게 명빅히 말ᄒᆞ고 일면으로 쟝방(賬房)을 젼쟝(典掌)ᄒᆞ고 일면으로 나의 판리ᄒᆞ염죽ᄒᆞᆫ ᄉᆞ졍을 구ᄒᆞ여 어드면 져의 등 의향디로 죠처ᄒᆞ여도 도로혀 피ᄎᆞ간 비편ᄒᆞᆫ ᄉᆞ졍이 업ᄉᆞ리라.'

【65】ᄒᆞ여 인ᄒᆞ여 한가ᄒᆞᆫ 틈을 타 일일히 가졍의게 픔ᄒᆞ니 가졍이 쳐음의ᄂᆞᆫ 졔가 무슨 다른 연괴(緣故) 잇ᄂᆞᆫ가 의심ᄒᆞ다가 ᄌᆞ셰히 져의 말을 듯고 도로혀 겸두ᄒᆞ며 즉시 져와 더브러 노태태 방즁의 니ᄅᆞ러 왕부인과 니환과 보챠ᄅᆞᆯ 쳥ᄒᆞ여 샹의홀 시, 왕부인이 ᄯᅩᄒᆞᆫ 니ᄅᆞ디,

"평ᄋᆞ의 ᄉᆞ졍이 젼슈히 탐츈과 샹의ᄒᆞ믈 미드나 쟝리 친가 고애(姑爺) 샹경ᄒᆞ면 ᄯᅩᄒᆞᆫ 즉시 져ᄅᆞᆯ 영졉ᄒᆞ여 갈 거시니 평이 일인이 맛ᄎᆞᆷ 니 보슯히기 어렵고, 림고낭의 총명과 진분을【

---

270) 【고호ᄒᆞ다】 圐 고호(顧護)하다. 돌보아주다. ¶
庇蔭 ‖ ᄯᅩᄒᆞᆫ 다만 노태태의 고호ᄒᆞ시믈 닙엇더
니 지금은 기시와 달나 쟝구히 이시면 ᄯᅩᄒᆞᆫ 비
편ᄒᆞᆫ ᄉᆞ졍이 만홀 거시오 (也只靠着老太太的庇
蔭兒, 而今不是這個時候了, 長久接下去, 也不是件
事情.) <後紅 12:63>

66] 보면 젼일 봉져의게 비ᄒ면 도져히 승ᄒ며 ᄯᅩ 허다 공용을 모다 져의 곳의셔 쓰ᄂᆞ니 ᄉᆞ세 ᄯᅩᄒᆞᆫ 가련의 말 갓틀지라. 젼슈히 쟝방일을 져의게 붓치니만 갓지 못ᄒ디 이 말을 내가 ᄯᅩᄒᆞᆫ ᄒᆞ미 비편ᄒᆞ여 도로혀 져의 등이 동방의 원취ᄒᆞᆫ 후의 즉시 일가 ᄉᆞ무를 모다 져의 신샹의 맛기ᄂᆞᆫ 것 갓튼지라. 쥬ᄋᆞ(珠兒) 식부로 ᄒᆞ여곰 져로 더브러 졍당이 샹의케 ᄒᆞᄂᆞ이만 갓지 못ᄒᆞ니 져의 량인은 본리 졍의(情意) 샹통ᄒᆞ여 곳 련ᄋᆞ(璉兒)를 안존ᄒᆞᆯ 도리도 ᄯᅩᄒᆞᆫ 샹【67】 의ᄒᆞᆯ 거시오, 림고낭의 근일 광경을 보건디 도로혀 련ᄋᆞ를 원통케 ᄒᆞ리라 니ᄅᆞ기 어려오니 져의 습인 쳐치ᄒᆞᆷ을 보면 가히 알니라."

ᄒᆞ니 가졍이 련ᄒᆞ여 졈두ᄒᆞ고 ᄯᅩ 후일의 무슨 일이 잇셔도 모히여 샹의ᄒᆞᆯ 쳐쇼를 의론ᄒᆞᆯ시, 젼일갓치 원문 어귀 삼간 쇼하쳥(小花廳)으로 졍ᄒᆞ미 죠ᄒᆞ니 쳣지ᄂᆞᆫ 디옥의 쳐쇼(處所) 갓갑고, 둘지ᄂᆞᆫ 내외 구편(俱便)타 ᄒᆞ여 왕부인과 가졍이 의론ᄒᆞᆷ을 졍당히 ᄒᆞ미, 니환이 믄득 쇼샹관으로 와 대옥을 보고 몬져 여간 다【68】 른 말을 ᄒᆞ고 즉시 가졍과 왕부인의 ᄒᆞ던 말을 일일이 젼ᄒᆞ니 디옥이 다만 년경(年輕)ᄒᆞ여 ᄉᆞ무를 아지 못ᄒᆞᆫ다 츄탁(推託)ᄒᆞ거늘 니환이 지삼 권ᄒᆞ니 디옥이 다만 겸숀ᄒᆞᄂᆞᆫ 의ᄉᆞ만 잇는지라. 니환이 본디 ᄉᆞ리를 통ᄒᆞ니 엇지 일양 고집ᄒᆞ리오? 믄득 니ᄅᆞ디,

"너의 ᄯᅳᆺ을 내가 ᄯᅩᄒᆞᆫ 깁히 아ᄂᆞ니 내가 ᄌᆞ연 너를 위ᄒᆞ여 가셔 픔ᄒᆞ려니와 다만 ᄉᆞ세(事勢) 이의 니ᄅᆞ러시니 샹방의셔도 ᄯᅩᄒᆞᆫ 무슨 방법이 업스리라."

ᄒᆞ고 니환이 즉시 샹방으로 와 회답ᄒᆞ니【69】 가졍과 왕부인이 ᄯᅩᄒᆞᆫ 져의 도리를 죠츠 겸숀ᄒᆞᆷ을 알고 다만 명일의 다시 샹량(商量)ᄒᆞ리라 ᄒᆞ더라. 챠간ᄒᆞ회분ᄒᆡ(且看下回分解)ᄒᆞ라.

[후홍루몽後紅樓夢 권지십삼卷之十三]

【1】 화셜(話說), 니환(李紈)이 대옥(黛玉)을 쟉별ᄒᆞ고 샹방(上房)으로 도라와 회답ᄒᆞ니 '가졍(賈政)과 왕부인(王夫人)이 ᄯᅩᄒᆞᆫ 져의 도리를 죠츠 겸숀ᄒᆞᆷ을 알고 명일의 다시 샹량(商量)

ᄒᆞ리라.' ᄒᆞ더니 뎨 이일(二日)의 니ᄅᆞ러 대옥이 오거눌 왕부인이 즉시 져를 머믈고 가졍의 파죠(罷朝)ᄒᆞ여 도라오기를 기다려 모다 보기를 맛치고 가졍이 몬져 이 말을 니ᄅᆞ혀니 디옥이 ᄯᅩᄒᆞᆫ 니궁지(李宮裁)의【2】게 겸양ᄒᆞ며 ᄯᅩ 보챠(寶釵)의게 ᄉᆞ양ᄒᆞ거눌 왕부인이 우ᄉᆞ며 니ᄅᆞ디,

"대고낭(大姑娘)아! 내가 ᄯᅩᄒᆞᆫ 몃 ᄆᆞ디 말이 잇노라. 우리는 모다 ᄌᆞ긔의 사름이라. 이졔 일가 ᄉᆞ졍을 뉘 너를 밋지 아니며 져 부즁(府中)과 이태태(姨太太)의 곳도 ᄯᅩᄒᆞᆫ 너를 밋ᄂᆞ니 네가 곳 도져히 ᄉᆞ양ᄒᆞ여도 ᄯᅩᄒᆞᆫ ᄉᆞ양ᄒᆞᄂᆞᆫ 일홈ᄲᅮᆫ이오, ᄒᆞ믈며 몃 개 ᄌᆞ미 엇지 셔로 모로미 이시리오? 디식부(大媳婦)ᄂᆞᆫ 원리 온당치 아니ᄒᆞ고 보챠두(寶丫頭)ᄂᆞᆫ ᄯᅩᄒᆞᆫ 졍셰(精細)ᄒᆞ디 다만 ᄆᆞ음이 인ᄌᆞᄒᆞ여 뉘 도로혀 져를 두리리오? 너ᄂᆞᆫ 아ᄂᆞ니 이곳【3】의 무슨 ᄉᆞ졍이던지 믈론ᄒᆞ고 사름이 모다 혜오디 '우리 등이 네가 아니면 엇지 견디리오' ᄒᆞᄂᆞ니, 네가 만일 과히 겸숀ᄒᆞ면 나도 ᄯᅩᄒᆞᆫ 다른 말이 업거니와 블과 량외싱(良外甥)이 입경(入京)ᄒᆞᆫ 후로붓허 우리 십분 디졉지 못ᄒᆞ미로다."

가졍이 ᄯᅩᄒᆞᆫ 니ᄅᆞ디,

"가쟝 올토다! 비록 지친(至親)이 무관타ᄒᆞ나 뉘 ᄯᅩᄒᆞᆫ 이런 졍분을 의론치 아니리오?"

대옥이 츠언을 듯고 즉시 닐며 니ᄅᆞ디,

"구구(舅舅)와 구태태(舅太太)긔셔 말슴이 이의 니ᄅᆞ시니 싱녜(甥女) 감히 당치 못ᄒᆞ노라. 싱녀의 의ᄉᆞ는 실노 ᄌᆞ긔가【4】 년경(年輕)ᄒᆞ여 ᄉᆞ무를 통달치 못ᄒᆞᆷ을 위ᄒᆞ여 이러므로 대슈ᄌᆞ(大嫂子)와 보져져(寶姐姐)의게 담당ᄒᆞᆷ을 쳥ᄒᆞ엿더니 이졔 량위(兩位) 대인이 일졍코 싱녀의게 분부ᄒᆞ시니 싱녜 감히 ᄉᆞ양치 못ᄒᆞ려니와, 지어(至於) 련이거거(璉二哥哥)ᄂᆞᆫ 일즉 싱녀를 다리고 남방의 니ᄅᆞ러 싱녀의 션인대ᄉᆞ(先人大事)를 도와 판리(辦理)ᄒᆞ고271) ᄯᅩ 운ᄉᆞ아문(運司衙門)의 일졀 교디ᄒᆞᄂᆞᆫ ᄉᆞ무를 보술핀 거슨 니ᄅᆞ지 말고 련이 거게 우리 부즁의셔도 ᄯᅩᄒᆞᆫ 무슨 ᄉᆞ졍을 그릇 판리ᄒᆞ미 업고, ᄯᅩ 봉슈지(鳳嫂子) ᄯᅩᄒᆞᆫ 부즁 지산이 츌다입쇼(出多入少)ᄒᆞᆷ을 위ᄒᆞ여

---

271) 【판리ᄒᆞ다】 图 판리(辦理)하다. 처리하다. ¶ 辦 ∥ 련이거거ᄂᆞᆫ 일즉 싱녀를 다리고 남방의 니ᄅᆞ러 싱녀의 션인대ᄉᆞ를 도와 판리ᄒᆞ고 (璉二哥哥呢, 不要說曾經送過甥女到南邊, 幇着甥女辦過先人大事.) <後紅 13:4>

그 【5】 른 싱각을 내다가 쇼인(小人)의게 속앗
시니 쏘흔 이거거(二哥哥)의게 단련홀 거시 업
눈지라 엇지 져로 흐여곰 일을 가음알게272) 아
니리오? 이졔 싱녜 우견(愚見)이 이시디 다만
말흐여 드릭실눈지 모릭리로다."

왕부인이 니릭디,

"원리 모다 갓치 샹의코즈 흐엿노라."

더옥이 니릭디,

"싱녀의 우견은 다름이 아니라 임의 가즁
스무룰 싱녀의게 붓치실진디 즉금 이후로 이 부
즁 일졀 스졍을 모다 싱녀 일인이 쥬쟝흐고져
부즁과 이태태의 곳도 쏘흔 싱녀의 【6】 게 붓치
시디 다만 이 부즁의 근본 잇던 산업은 모다 련
이거거의게 붓쳐 다만 드러오는 치부(置簿)만
가음알고 미월의 빅금(百金)식 회감(會減)흐여
이거거룰 용도의 쓰게 흐고, 져의 방젼(房田)도
쏘흔 타인과 일양으로 공용(公用) 즁의셔 츠하
홀지니 이 드러오는 치부룰 쏘흔 스계삭(四季
朔)으로 싱녀로 흐여곰 샹고케 흐여 사룸의 은
익흐여 투식(偸食)흐믈 닙지 아니케 흐디, 다만
유입무츌(有入無出)흐면 일후의 즈연 능히 짜히
는 거시 만흐리라. 둘지는 싱네 량위 디인의게
명빅 【7】 히 픔흐느니 이 부즁의 뢰대(賴大) 이
하로붓허 년죠(年條) 오린 사룸도 만코 곳 죠죵
(祖宗) 이릭로 끼친 사룸도 쏘흔 블쇼(不少)흐니
임의 싱녀의게 분부흐실진디 쏘흔 져의 등으로
흐여 지휘룰 듯고 규구(規矩)룰 죠츠 엄슉 졍졔
흐여 일호도 그릇흐게 말지니, 만일 져의가 그
릇흐미 잇거든 즁흐면 관가의 보내여 치죄(治
罪)흐고 경흐면 가법(家法)을 힝흐디 쏘흔 능히
일분 용셔치 못흐리라."

가졍이 환희흐며 니릭디,

"죠흔 히즈(孩子)야! 네가 진개(眞個) 능히
이러흐면 곳 우리 가시 죠죵이 유복 【8】 흐시미
니 다만 맛당히 너의 모친을 위흐여 효룰 다흐
라."

왕부인이 쏘흔 환희흐여 니릭디,

"우리 대고낭을 나의 심즁의 엇지 스랑흐
며 공경치 아니리오? 져의 련으룰 안존케 흐는
법도 쏘흔 죠흐디 다만 져의 몸이 잔약(殘弱)흐
니 보챠두와 대식부야 너의는 모다 셔로 죠하흐
눈지라 쏘흔 져룰 보좌흐라."

흐니 니환은 본디 져로 더브러 죠하흐고
보챠는 다만 죠하홀 뿐 아니라 쏘흔 본개(本家)
지금 져의 힘을 힘닙으믈 위흐여 쏘흔 감격흐여
흐는 【9】 지라. 일졔히 우스며 니릭디,

"태태긔셔 분부치 아니흐셔도 우리 등이
쏘흔 져룰 스랑흐느니라."

흐며 대옥도 우스며 니릭디,

"내 원리 너의 량인 밋기룰 호신부(護身符)
갓치 흐느니 진기(眞個) 일기 화호(和好)흐여 만
스(萬事) 환희흐미로다."

가련(賈璉)과 평익(平兒) 쏘흔 극히 즐거워
흐더니 가련이 웃고 니릭디,

"표미(表妹) 이런 무옴을 두면 뉘 환희치
아니흐며 곳 나도 엇지 감히 스양흐리오?"

흐며 평으룰 가릭치고 니릭디,

"졔가 죵금(從今) 이후는 무옴것 쾌활흐리
니 쏘흔 맛당히 일 【10】 겸 심력을 다흐여 찬죠
흐고 죠금도 게으릭게 의스룰 두지 아니미 올흐
리로다."

더옥이 쏘흔 웃고 니릭디,

"엇지 올치 아니리오? 쏘흔 이 슈즈룰 쳥
흐여 흥샹 일쳐(一處)의 잇셔 나룰 졔셩(提醒)케
흐려 흐노라."

평익 웃고 니릭디,

"이도 쏘흔 고낭의 분부룰 기다리려니와
쥬셔(周瑞) 식부도 져룰 블너와 츠스(差使)룰 어
더 쥬고즈 흐노라"

흐더라.

당긱(當刻)의 즁인이 끽반(喫飯)흐고 일개
죠흔 일즈룰 갈히며 의론을 모다 졍흐더니 그
날의 니릭러 즉시 범스룰 츅 【11】 죠(逐條)흐여
견쟝흐여 오니 대옥이 밧고 일호 스실치 아니흐
며 다만 말흐디,

"방즁으로 보내여 한가히 보고 삼가 힝홀
지니 오늘 하로는 도로혀 평슈즈의 용심(用心)
흐믈 쳥흐노라."

흐니 가졍 등이 외셔방(外書房)으로 도라
가더라.

---

272) 【가음알다】 圈 관장(管掌)하다. 다스리다. ¶ 管
∥ 봉슈지 쏘흔 부즁 지산이 츌다입쇼흐믈 위흐여
그른 싱각을 내다가 쇼인의게 속앗시니 쏘흔 이
거거의게 단련홀 거시 업눈지라 엇지 져로 흐여
곰 일을 가음알게 아니리오 (這鳳嫂子也爲的府裏
出多進少, 打些小算, 上了些小人當兒, 也干連不上
二哥哥, 怎樣的不叫他管事呢.) <後紅 13:5>

왕부인이 믄득 이태태와 형부인(邢夫人)과 우시(尤氏)와 희란(喜鸞) 희봉(喜鳳) 등을 쳥ᄒᆞ여 와 두 ᄌᆞ리로 난호와 종일 골픽(骨牌) 노리 ᄒᆞᆯ 시 더옥이 ᄯᅩᄒᆞᆫ 뫼셔 골픽ᄒᆞ고 한 가지 일도 쳐셜치 아니ᄒᆞ미 이 부중 각 집ᄉᆞ(執事) 가인(家人)과 다못273) 가인 식뷔(媳婦) 오리 등후(等候)ᄒᆞ디 일【12】졈 소식이 업더니 긔이 각산(各散)ᄒᆞᆫ 후의 니ᄅᆞ러 더옥이 가정과 왕부인긔 고ᄒᆞ디,

"대인의 분부ᄒᆞ시믈 닙으미 싱녜 다시는 감히 ᄉᆞ양치 못ᄒᆞ나 다만 싱녜 도로혀 멋 마디 말ᄉᆞᆷ이 잇셔 픔노ᄌᆞ ᄒᆞ노라."

ᄒᆞ고 곳 말ᄒᆞ디,

"ᄌᆞ견(紫鵑)과 보옥(寶玉)이 도로혀 동방의 원취(圓聚)ᄒᆞ미 업ᄂᆞᆫ지라. 지삼 져의게 무ᄅᆞ디 졔가 잉ᄋᆞ(鸎兒)를 쳔거코ᄌᆞ ᄒᆞ니 잉ᄋᆞ의 위인이 ᄯᅩᄒᆞᆫ 죠코 젼일 보옥이 무슴 져룰 ᄯᅳᄋᆞᆯ미 업ᄉᆞ디 다만 ᄉᆞ졍을 의론컨디 모다 셔로 돕ᄂᆞᆫ 거시 죠ᄒᆞ니 구구와 【13】 구태태긔 쳥ᄒᆞᄂᆞ니 보겨 져의게 무러 ᄎᆞ인으로 ᄒᆞ여곰 보옥을 쥬어 방즁의 거두워 두게 ᄒᆞ여 ᄯᅩᄒᆞᆫ 갓치 일을 판리케 ᄒᆞ려ᄒᆞ노라."

가정과 왕부인과 보치 모다 죠ᄎᆞ니 도로혀 잉ᄋᆞ로 ᄒᆞ여곰 보옥을 죄케 ᄒᆞ더라.

대옥이 즉시 소샹관(瀟湘館)으로 도라오미 치(량)(蔡良)이 드러와 즁인을 위ᄒᆞ여 쳐분을 쳥ᄒᆞ거눌 디옥이 분부ᄒᆞ디,

"명일 죠신(早晨)의 의ᄉᆞ쳐(議事處)의셔 등디(等待)ᄒᆞ라."

ᄒᆞ니 즁인이 젼젼긍긍(戰戰兢兢)ᄒᆞ여 도라가더라.

졔 이일 아춤의 니ᄅᆞ러 디옥이 몬져 샹방의 가 【14】 셔 쳥안(請安)ᄒᆞ고 즉시의 ᄉᆞ쳥샹(事廳上)의 니ᄅᆞ러 안ᄌᆞ 몬져 치량(蔡良)으로 ᄒᆞ여곰 규죠(規條) 일편을 가지고 나가 젼포(傳布)케 ᄒᆞ니 모다 십ᄉᆞ 죠목(條目)이 잇ᄂᆞᆫ지라. 데 일죠

는 량부 즁 노ᄌᆞ(奴才) 등의 ᄌᆞ손이 벼슬ᄒᆞ여도 노지는 명ᄯᅡ룰 밧고고 봉고(誥封)룰 바다 죠종 졔도룰 어긔지 못ᄒᆞ게 ᄒᆞ고 샹시의 참남(僭濫)ᄒᆞᆫ 의복을 닙지 못ᄒᆞᆯ 거시오, 부즁의 드러오미 쥬인이 안기룰 허급ᄒᆞ여도 다만 방셕을 가지고 ᄯᅡ히 안ᄌᆞ며 ᄯᅩᄒᆞᆫ 고두(叩頭)ᄒᆞ고 안기룰 샤례ᄒᆞᆫ 후의 바야흐로 안ᄌᆞ라 ᄒᆞ엿거눌 뇌더【15】보고 몬져 황겁ᄒᆞ더라. 데 이죠는 가인 등이 다만 감히 쥬인의 일홈을 비러 외간(外間)의 나가 쟉폐(作弊)ᄒᆞ면 타인이 고ᄒᆞ여 알거나 쥬인이 염탐ᄒᆞ여 알면 즉시 관가의 보내여 즁치ᄒᆞᆫ 외의 곳 져의 방업(房業)을 ᄎᆞᄌᆞ 드리리라 ᄒᆞ엿고, 데 삼죠는 가인 등의 친쳑(親戚) 붕위(朋友) 노ᄌᆞ 안칙(案冊)의 드러 일홈을 비러 ᄎᆞᄉᆞ룰 당케 못ᄒᆞᆯ 거시오, 곳 츌가ᄒᆞᆫ 녀이(女兒) 이시면 가고 아니 가는 거슬 의론치 말고 쥬인을 보면 규구(規矩)룰 어긔지 못ᄒᆞ리라 ᄒᆞ여시며, 졔ᄉᆞ죠는 가인 등이 【16】 모다 포의(布衣)룰 닙고 능나쥬단(綾羅綢緞)을 닙지 못ᄒᆞ게 ᄒᆞ며 ᄯᅩ 타는 챠는 익쟝을 버틔고 후당(後擋) 잇ᄂᆞᆫ 챠룰 타지 못ᄒᆞ게 ᄒᆞ고 담의 문 내는 거슨 모다 두 쪽으로 ᄒᆞ라 ᄒᆞ엿고, 졔 오죠는 가인 등의 월미(月米) 월젼(月錢)을 젼의셔 이빅(二倍)룰 더ᄒᆞ여 바드디 미리 일삭만 ᄎᆞ하ᄒᆞ고 일호나 더 ᄎᆞ하ᄒᆞ미 잇거나 ᄎᆞ하ᄒᆞᆫ 사룸으로 더브러 부동ᄒᆞ여 쟉폐ᄒᆞ면 하나흘 ᄎᆞ하ᄒᆞᄂᆞᆫ디 열노 벌ᄒᆞ리라 ᄒᆞ엿고, 졔 륙죠는 가인 등의 혼상(婚喪) 등ᄉᆞ의 젼보다 오 비룰 더ᄒᆞ여 ᄎᆞ하ᄒᆞ【17】디 타인의 혼상 등ᄉᆞ의 환롱ᄒᆞ여 쓰거나 ᄯᅩ 외긱(外客)의 치젼(債錢)을 쓰지 못ᄒᆞ리라 ᄒᆞ여시며, 졔 칠죠는 가인의 번(番) 교디ᄒᆞᄂᆞᆫ 쩌와 말 픔ᄒᆞᄂᆞᆫ 곳을 일긔과 일보룰 어긔지 못ᄒᆞ디 만일 어긔는 쟤 이시면 쥭편(竹鞭)으로 ᄉᆞ십을 치리라 ᄒᆞ엿고, 졔 팔죠는 가인 등이 이 쥬인의 친우의게 왕릭ᄒᆞ미 혹 태만ᄒᆞ거나 혹 ᄉᆞᄉᆞ로이 친우룰 ᄉᆞ리는 쟈는 ᄯᅩᄒᆞᆫ 쥭편 ᄉᆞ십을 치리라 ᄒᆞ여시며, 졔 구죠는 가인 등의 각 믈죵(物種) 미판(買辦)ᄒᆞᄂᆞᆫ 치부룰 미일 미삭(每朔)의 모다 쇼샹히 긔 【18】 록ᄒᆞ여 춍리(總理) 치량의게 모화 보내여 날마다 입감케274) ᄒᆞ라 ᄒᆞ엿고, 데 십죠는 가인 등의 ᄉᆞ시

---

273)【다못】囝 함께. 모두. 및. ¶ 及 ∥ 이 부중 각 집ᄉᆞ 가인과 다못 가인 식뷔 오리 등후ᄒᆞ디 일졈 소식이 업더니 (只有這府裏的各執事家人及家人媳婦, 巴巴的等候着, 總沒有一點子信息.) <後紅 13:11> 以及 ∥ 묘쵸의 니ᄅᆞ러 각방의 집ᄉᆞᄒᆞᄂᆞᆫ 고낭과 다못 일졀 내외인 등이 모다 니러나 쇼셰ᄒᆞ고 각기 방옥을 슈습홀 시 (到了卯初光景, 各房執事姑娘以及一切內外人等, 俱起來梳洗, 收拾打掃.) <復紅 10:24>

274)【입감ᄒᆞ다】囵 입감(入監)하다. ¶ 送呈 ∥ 가인 등의 각 믈죵 미판ᄒᆞᄂᆞᆫ 치부룰 미일 미삭의 모다 쇼샹히 긔록ᄒᆞ여 춍리 치량의게 모화 보내여 날

의복을 일비롤 더 샹급ᄒ디 젼당(典當)ᄒ거나 빌니지 말나 ᄒ여시며, 졔 십일죠는 가인 등이 졍경(正經)의 집ᄉᄒᄂᆫ 사ᄅᆷ의 지휘롤 좃고 다른 동뉴의 말을 듯지 마디 곳 그 사ᄅᆷ의 ᄌ기 쇼용이라 ᄒ여도 ᄯᅩᄒᆫ 허급지 말지니 발각ᄒ면 즉시 스실ᄒ여 내여 보내리라 ᄒ엿고, 졔 십이죠는 각 젼쟝과 각 푸즈275)의 가인 등의게 젼례로 보내는 믈건이 잇거【19】든 모다 샹쳥의 드리디 젼과 갓치 여러 기시 분급지 말고 다만 공뇌(功勞) 잇ᄂᆫ 사ᄅᆷ의 경즁(輕重)을 보와 시시로 분별ᄒ여 샹급ᄒ디 샹쳥의셔도 그 한 가지 죠건의 남은 은젼(銀錢)을 머믈너 두지 말고 희마다 샹젼을 쓰게 ᄒ리라 ᄒ엿시며, 졔 십삼죠는 가인 등이 일호도 각 푸즈 치젼을 쓰지 마디 하나히 이시면 열노 벌ᄒ리라 ᄒ엿고, 졔 십ᄉ죠는 가인 등이 죄롤 짓거든 동류 즁의 져롤 위ᄒ여 디신 쳥ᄒ지 못ᄒ디 어긔는 쟈는 동죄로 쳐치【20】ᄒ리라.

ᄒ여시미, 영부 즁의 뇌디와 림지효(林之孝)로붓허 즁인이 모다 보고 놀나 혀롤 두르더니 대옥이 ᄯᅩ ᄌ견과 쳥문(晴雯)의게 분부ᄒ디,

"나와 다못 보이야(寶二爺)의 일을 모다 치량 식부와 습인(襲人) 량인의게 붓쳐 져로 ᄒ여곰 교체ᄒ여 번을 들게 ᄒ디 부즁 일은 내가 ᄯᅩᄒᆫ ᄆᆷ을 허비홀 거시 업스니 다만 너의 량인의게 붓치면 곳 넉넉ᄒ리라. ᄌ견은 가쟝 ᄆᆷ이 졍셰ᄒ니 드러오는 치부롤 가음알고, 쳥문은 가쟝 강단276)이 이시니 나가는 치【21】부롤 가음알고, 잉ᄋᆞᄂᆫ 가쟝 령리ᄒ니 일면으로 태태 등의 왕릭ᄒᄂᆫ 허다 스무롤 가음아디, 너의 량인 즁의 뉘 곤핍ᄒᆫ 씨롤 당ᄒ거든 곳 그 일을 디신홀 거시오. 류슈ᄌ(柳嫂子)는 내외 쥬방을 총찰ᄒ여 졉응(接應)홀 사ᄅᆷ이 잇거든 남녀롤 믈론ᄒ고 져로 ᄒ여곰 일홈을 보ᄒ여 오게 ᄒ며 단승(單升) 식부와 빅년(柏年) 식부와 님지효 식부와 왕복(汪福) 식부와 셔희(徐喜) 식부와 쥬슈(周秀) 식부와 쥬셔(周瑞) 식부와 오챵(吳昌) 식부와 죠셩(曹誠) 식부와 복승(卜勝) 식부 십인은 두 반【22】 렬의 난호와 나오고 드러가 샹하의 말을 픔ᄒᄂᆫ 일을 가음알게 ᄒ고, 쟝함(蔣涵)과

비명(焙茗)과 명연(茗烟)과 니요(李瑤)는 다만 보옥을 뫼시게 ᄒ라 ᄒ여 더옥이 각항 분별을 임의 졍ᄒ미 믄득 치량으로 ᄒ여곰 나아가 남녀 가인의게 젼령ᄒ여 반렬을 난호와 드러오게 ᄒ라."

ᄒ니 즁인이 놀나 탄복ᄒ며 쇼심익익ᄒ여 ᄎ례로 뎡즁의 니르러 비례홀 시 진기 죠쟉(鳥雀)이 무셩(無聲)ᄒ고 졍졔 엄슉ᄒ더니 대옥이 다만 한 마디 말을 뭇고 모다 아노라 ᄒ니【23】 즁인이 일졔히 답응ᄒᄂᆫ지라. 대옥이 ᄯᅩ 규모 직횔 말을 ᄒ더니 뇌대 등이 다라나가 모다 허롤 두르며 니르디,

"바야흐로 일개 쥬인을 보왓다 ᄒ리로다."

가졍과 왕부인이 다만 니르디,

"대옥이 금일 가스롤 졍돈ᄒ리라 ᄒ여 사ᄅᆷ으로 ᄒ여곰 가셔 탐지ᄒ라."

ᄒ더니 한ᄌ음은 ᄒ여 곳 다라와 회답ᄒ여 말ᄒ디,

"오리지 아냐 대고낭이 오려 ᄒ다."

ᄒ거놀 가졍과 왕부인이 블승환희(不勝歡喜)ᄒ며 가련과 보옥 등도 ᄯᅩᄒᆫ 졈두(點頭)ᄒ고 니환과 보챠는 우셔【24】 니르디,

"실노 님챠쥐(林丫頭) 가쟝 쳐결(處決)을 쏄니 ᄒ엿다."

ᄒ니 다만 보미 대옥이 죵용무ᄉ(從容無事)히 드러오거놀 가졍과 왕부인이 엇지 칭찬홀 눈지 몰나 다만 웃고 니르디,

"진개 분부롤 쏄니 ᄒ여시니 뉘 도로혀 너롤 항복지 아니리오?"

대옥이 웃고 니르디,

"구구와 구태태의 규구롤 져의 등이 엇지 감히 직희지 아니리오?"

ᄒ고 대옥이 쇼샹관으로 와 다시 분부ᄒ여 대관원 각 뎡ᄌ(亭子)와 다못 산샹(山上) 슈목을 모다 시로 슈습ᄒ고 각 원의 슈직(守直)ᄒᄂᆫ 노

마다 입감케 ᄒ라 ᄒ엿고 (家人們買辦各賑, 日有日總, 月有月總, 一總滙交總理蔡良逐日送呈.) <後紅 13:18>

275) 【푸즈】 圀 {포자(鋪子 pùzi)}. 가게. 상점. 중국어 차용어. ¶ 鋪 ‖ 각 젼쟝과 각 푸즈의 가인 등의게 젼례로 보내는 믈건이 잇거든 모다 샹쳥의 드리디 (各莊各鋪各字號, 有家人們的分例, 一總送到上頭.) <後紅 13:18>

276) 【강단】 圀 {강단(剛斷)}. ¶ 殺伐 ‖ ᄌ견은 가쟝 ᄆᆷ이 졍셰ᄒ니 드러오는 치부롤 가음알고 쳥문은 가쟝 강단이 이시니 나가는 치부롤 가음알고 (紫鵑很細心, 管進賬, 晴雯很有個殺伐, 管出賬.) <後紅 13:20>

파(老婆)는 젼과 갓치 【25】 노젼파(老田婆)는 도
향촌(稻香村)을 가음알고 엽마(葉媽)는 형무원
(蘅蕪院)을 가음알고, 기여(其餘) 각인도 젼과
갓치 탐츈(探春)과 보챠의 파졍흔277) 디로 각쳐
롤 가음알고, 쏘 니환을 쳥흐여 도로 도향촌의
머믈게 흐고 보챠와 보금(寶琴)과 향릉(香菱)은
훔긔 형무원의 머믈게 흐고 탐츈과 형슈연(邢岫
烟)은 함방각(含芳閣)의 머믈게 흐고 니문(李紋)
과 니긔(李綺)는 텰금각(綴錦閣)의 머믈게 흐고
스샹운(史湘雲)과 셕츈(惜春)은 농취암(櫳翠庵)의
머믈게 흐고 회란·회봉은 훔긔 한갈산장(浣葛
山莊)의 머믈게 흐고 즈견과 쳥문과 잉으는 훔
긔 이홍원(怡紅院)의 머 【26】 믈게 흐고 즈릉쥬
(紫菱洲)와 동젼츄풍(桐剪秋風)과 젹엽야셜(荻葉
夜雪) 삼쳐(三處)는 모다 탑을 노화 내권(內眷)
등의 블시의 오는 손님을 대졉게 흐고 대관루
(大觀樓)와 우향시[ㅅ](藕香榭) 두 곳은 공쇼(公
所)롤 민돌고 즈긔는 쇼샹관의 머무더 각 내권
이 도라가는 이 이시면 각기 일개 챠환을 머믈
너 간슈케 흐고 각 원 즁의 별노 쥬방(廚房)과
다방(茶房)을 각기 두더 모다 류슈즈 일인이 총
찰케 흐고 모든 월젼을 다 오비롤 더흐여 차하
흐고 니향원의 녀악(女樂) 등은 모다 습인의게
맛기니 대관원 즁인 비젼(比前)흐여 더옥 【27】
열요(熱鬧)흐며 류슈즈도 가쟝 득의흐여 죠셕간
의 즈긔가 져츅흔 식믈이 이시면 가마니 쳥문의
게 보내디 즈견과 잉이 고이히 너길가 져허흐여
각각 삼분흐여 보내는지라.

청문은 텬셩이 본디 강직흐여 지삼 져롤
막줄나278) 류슈즈의 심쟝을 당치 못흐여 쳥문의
죠금 만히 먹는 거술 보면 모다 죠하흐는 거시
라 흐니 아모리 져롤 막즈르나 엇지 즐겨 드르
며, 쳥문이 쏘흔 져의게 가쟝 효슌(孝順)흐여 졔
가 범스롤 친집(親執)흐믈 보면 곳 【28】 말흐디,

"우리 모친은 안즈시라. 나의 톄면도 보고
쏘흔 너도 스스로 도라 보리니 너의 년긔가 쏘
흔 졈졈 만하 가는지라 나 녀희된 사롬이 보미
심즁의 도로혀 견디랴."

흐니 류슈지 쏘흔 감격흐여 련망(連忙)히

니르디,

"고낭이 나롤 니갓치 디졉흐니 엇지 너롤
위흐여 톄면을 보지 아니리오?"

흐니 쳥문이 더옥 져롤 어엿비 너기더라.

챠셜, 죠셜근(曹雪芹)이 님량옥(林良玉)의
곳의 반이(搬移)흐여 오므로붓허 가졍이 여러
번 가셔 져롤 다려오려 흐디 림량옥과 강 【29】
경셩(姜景星)이 지삼 만류흐믈 당치 못흐더니,
가졍이 쏘 스스로 가 안즈 단졍코 갓치 도라오
려 흐미 셜근이 쏘흔 졍을 비각지279) 못흐여 다
만 반이흐여 왓더니, 이 희는 곳은 과회시(科會
試)라 보옥이 임의 과일(科日)을 허도(虛度)흐여
시나 가졍은 다만 셜근이 와셔 보옥을 권흐여
응시홀 공부롤 시기고즈 흐며 보챠도 쏘흔 더옥
의게 지삼 언약흐여 피츳 보옥을 권흐여 공부롤
힘쓰게 흐디 대옥은 쏘 다른 졍흔 쥬의 잇는지
라, 다만 부모와 부쳬 흥샹 갓치 잇셔 츙후음 【30】
덕(忠厚蔭德)을 빠하 근긔(根基)롤 븟도
다280) 졈졈 진셰(塵世)의 초탈흐여 져로 흐여곰
션과(仙果)롤 엇게 홀지니 져런 부명으로 영요
(榮耀)흐믄 진개 부운(浮雲)갓치 보는지라. 이러
므로 입으로는 비록 보챠의 말을 답응흐나 쏘흔
도져히 권치 아니코 흥샹 져롤 권흐여 보챠의
곳으로 가셔 보챠의 권흐믈 듯게 흐고 쏘 잉으
의 길일을 지쵹흐디 즈긔는 도로혀 한가히 샹운
과 셕츈을 모화 도셔롤 강론흐나 샹운은 다만
웃고 니르디,

---

277) 【파졍흐다】 围 파졍(派定)하다. ¶ 派 ‖ 기여
각인도 젼과 갓치 탐츈과 보챠의 파졍흔 디로 각
쳐롤 가음알고 (各人照舊, 依了探春、寶釵派的,
照舊管理.) <後紅 13:25>

278) 【막줄ㄴ】 围 《막즈르다》 막지르다. 막다. 거절
하다. ¶ 攔 ‖ 쳥문은 텬셩이 본디 강직흐여 지삼
져롤 막줄나 류슈즈의 심쟝을 당치 못흐여 쳥문
의 죠금 만히 먹는 거술 보면 모다 죠하흐는 거
시라 흐니 (晴雯天性是個爽直的, 再三的攔他不
起, 柳嫂子的心腸, 見晴雯多吃一些兒都是好的.)
<後紅 13:27> ⇒ 막잘ㄴ-, 막즈르다, 막즈ㄹ다,
막줄ㄹ-

279) 【비각흐다】 围 {배각(排却)하다}. 물리치다. ¶
却 ‖ 가졍이 쏘 스스로 가 안즈 단졍코 갓치 도
라오려 흐미 셜근이 쏘흔 졍을 비각지 못흐여
다만 반이흐여 왓더니 (賈政又自己去守着, 坐定
同回, 曹雪芹也却不得情, 只得移了過來.) <後紅
13:29>

280) 【븟돋다】 围 북돋다. ¶ 培 ‖ 다만 부모와 부
쳬 흥샹 갓치 잇셔 츙후음덕을 빠하 근긔롤 븟
도다 졈졈 진셰의 초탈흐여 져로 흐여곰 션과롤
엇게 홀지니 (只要父母夫妻長長守着的過, 積些忠
厚陰德, 培些根基, 漸漸的超脫塵凡, 證他仙果.)
<後紅 13:30>

“져의 량인은 도로혀 도롤 일우지 못ᄒᆞ리라.”

【31】ᄒᆞ며 보챠는 일심으로 보옥으로 ᄒᆞ여곰 공명을 구케ᄒᆞ여 니ᄅᆞ디,

“네가 젼일 텬은죠덕(天恩祖德)으로 다만 거인이 되리라 ᄒᆞᆫ 내가 곳 너의 말이 다만 님미미(林妹妹) 일인을 위ᄒᆞᆫ 줄 아랏더니 이졔 님미미 한 곳의 잇거늘 네가 도로혀 다만 그 분슈만 직희고ᄌᆞ ᄒᆞ니 ᄯᅩᄒᆞᆫ 단졍코 능히 못ᄒᆞᆯ지라. 샹방의 다만 너 일기 ᄋᆞ지 이시니 엇더케 너롤 바라시며 ᄯᅩ 너롤 강핍(强逼)지 아니시나 너는 ᄯᅩᄒᆞᆫ 므ᄋᆞᆷ을 쓸지라.”

보옥이 웃고 니ᄅᆞ디,

“너의 등은 원리 록두(祿蠧)의 셩품【32】을 변치 못ᄒᆞ여시니 만일 몃 귀 과문을 익혀 진ᄉᆞ(進士)롤 취ᄒᆞᆫ다 ᄒᆞ여도 ᄯᅩᄒᆞᆫ 어렵지 아니ᄒᆞ디 다만 과쟝이 임의 지내고 일후 과거는 심히 먼지라 뉘 ᄯᅩᄒᆞᆫ 번거ᄒᆞᆫ 거술 참아 이 일을 ᄒᆡᆼᄒᆞ리오?”

보치 ᄯᅩ 쥬야로 권ᄒᆞ니 보옥이 대옥 쳥문의 곳으로 도라 가고ᄌᆞ ᄒᆞ나 량인이 ᄯᅩ 막으며 왕부인이 ᄯᅩᄒᆞᆫ 한가ᄒᆞ면 말ᄒᆞᆫᄂᆞᆫ지라 보옥이 가쟝 번거ᄒᆞᄆᆞᆯ 슬히 너기더니, 뉘 알니오 이ᄒᆡ 회시(會試)롤 출방(出榜)ᄒᆞᄆᆡ 텬지(天子) 시쇼(試所)의셔 진졍ᄒᆞᆫ 문ᄯᅡ롤 일일히【33】보시ᄆᆡ 모다 평평ᄒᆞ고 긔이ᄒᆞᆫ 글이 업ᄉᆞᄆᆞᆯ 혐의ᄒᆞ시다가, 믄득 젼일 보옥의 향거문ᄯᅡ(鄕擧文字)롤 보시믈 싱각ᄒᆞ시고 믄득 젼번 과시의 일허바린 뎨칠명(第七名) 거인(擧人) 가보옥(賈寶玉)을 일즉 찻고 찻지 못ᄒᆞᄆᆞᆯ 스문(査問)ᄒᆞ시더니 ᄒᆡ부(該府)의셔 알외디,

“집의 잇셔 죠병(調病)ᄒᆞ므로 회시롤 허도ᄒᆞ고 지금은 병이 업시 지가(在家)ᄒᆞ엿ᄂᆞ이다.”

ᄒᆞ거늘 셩의 대열ᄒᆞ샤 즉시 명ᄒᆞ여 가 보옥으로 흠샤(欽賜) 진ᄉᆞᄒᆞ시고 일톄로 젼시(殿試)롤 보게 ᄒᆞ시니 희뵈(喜報) 부의 니ᄅᆞ미 거긔(擧家) 경축ᄒᆞ여 가【34】졍이 즉시 보옥을 다리고 예졀 샤은ᄒᆞ고 도라오미 ᄯᅩ 일쟝 경하ᄒᆞᄆᆡ 젹지 아닌지라.

가졍이 믄득 보옥으로 ᄒᆞ여곰 죠셜근을 ᄯᅡ라 챡실이 공부롤 힘쓰디 셩은이 니러틋 고후(高厚)ᄒᆞ시니 져바리지 못ᄒᆞᆯ지라. ᄲᆞᆯ니 뎐시 공부롤 ᄒᆞ라 ᄒᆞ며 젼일 향시의 시관(試官)되엿던

이도 ᄯᅩᄒᆞᆫ 와셔 간졀이 권ᄒᆞᆫᄂᆞᆫ지라 가졍이 ᄯᅩ 님·강 량인을 쳥ᄒᆞ여 와 글짓는 법을 셔로 강론ᄒᆞ고 왕부인과 셜이마와 보챠는 ᄌᆞ연 말ᄒᆞᆯ 거시 업고【35】더욱도 ᄯᅩᄒᆞᆫ 죠흔 말노 개유(開諭)ᄒᆞ니 보옥이 능히 공부롤 아니치 못ᄒᆞ더니 뎐시(殿試)의 니ᄅᆞ러 칙문(策問)으로 글졔롤 내디, 한셔렬젼(漢書列傳) 말을 무럿거늘 보옥이 ‘렬녀젼(列女傳)’을 가져 의론을 졍대(正大)히 ᄒᆞ엿더니 즉 권관(卷官)이 이 명지(名紙)롤 보고 톄격(體格)을 아지 못ᄒᆞ여 비록 짓고 쓰기롤 모다 잘 ᄒᆞ여시나 놉히 ᄲᅢ히기 어려워 ᄎᆞ례롤 이갑(二甲) 십명의 메웟더니 다힝히 면시(面試)ᄒᆞᄂᆞᆫ 시부의 쟝원을 ᄒᆞ여 일기 셔길ᄉᆞ(庶吉士) 벼술을 어드미 가졍이 심히 환희ᄒᆞ디 ᄯᅩᄒᆞᆫ【36】그 연고롤 아지 못ᄒᆞ엿더니, 츄후 님·강 량인이 독권관(讀卷官)의 말을 젼ᄒᆞᄆᆞᆯ 듯고 바야흐로 아더라. 왕부인은 다만 보옥을 위ᄒᆞ여 도쳐의 엄젹(掩迹)ᄒᆞ고[281] 보챠 니환 등은 다만 졔가 어리다 말ᄒᆞ디 홀노 디옥의 심중의는 도로혀 합의케 너기니 이는 엇지미뇨? 디옥의 위인이 영롱(玲瓏) 투쳘ᄒᆞ여 한 가지 일로 모로미 업ᄂᆞᆫ지라. 보옥의 광경을 혜아리미 결단코 능히 벼술ᄒᆞ여 ᄉᆞ무롤 관리치 못ᄒᆞᆯ지라. 한림아문(翰林衙門)의 드러가도 ᄯᅩᄒᆞᆫ 한림 중 허다【37】지릉(才能)잇는 관원을 엇지 ᄶᅡ로리오? ᄯᅩᄒᆞᆫ 사롬의게 업슈히 너기믈 면치 못ᄒᆞ리니 도로혀 이 젹은 벼술ᄒᆞ여 쇼요ᄌᆞ지(逍遙自在)ᄒᆞᄂᆞᆫ 이만 갓지 못ᄒᆞ지라. ᄯᅩᄒᆞᆫ 부모의 치[희]망을 면ᄒᆞ고 ᄯᅩᄒᆞᆫ 무슨 챠ᄉᆞ롤 당치 아니ᄒᆞ여 가히 ᄌᆞ긔가 원을 직희리라 ᄒᆞ여, 이러므로 심중의 도로혀 무방히 너기고 곳 보옥의 의론ᄒᆞᆫ 렬녀젼(列女傳) 말은 왕픠(王霸)와 강시(姜詩)의 쳐는 벅벅이[282] 독ᄒᆡᆼ(獨行)의 들 거시오, 죠대가(曹大家)와 치문희(蔡文姬)ᄂᆞᆫ 벅벅이 유림(儒林)의 들 거시오, 죠ᄋᆞ(曹娥)와 슉션웅[웅](叔先雄)은 맛당히【38】합ᄒᆞ

---

281)【엄젹ᄒᆞ다】圖 {엄적(掩迹)하다}. 숨기다. 가리다. ¶ 瞞 ‖ 왕부인은 다만 보옥을 위ᄒᆞ여 도쳐의 엄젹ᄒᆞ고 보챠 니환 등은 다만 졔가 어리다 말ᄒᆞ디 (王夫人只叫瞞了賈政, 寶釵、李紈等只說他獸.) <後紅 13:36>

282)【벅벅이】團 반드시. 틀림없이. ¶ 應 ‖ 곳 보옥의 의론ᄒᆞᆫ 렬녀젼 말은 왕픠와 강시의 쳐는 벅벅이 독ᄒᆡᆼ의 들 거시오 (就是寶玉議論的列女, 說王霸、詩之妻, 應入獨行.) <後紅 13:37>

여 젼(傳)을 지으리라 ᄒᆞ니, 이도 ᄯᅩ흔 졀당(切當)흔283) 의론이로ᄃᆡ 독권관이 식견이 부족ᄒᆞ여 져를 원통케 흠믈 면치 못ᄒᆞ엿다 ᄒᆞ여 보옥으로 더브러 량인이 ᄉᆞ담(私談)으로 강개흠믈 이긔지 못ᄒᆞ미, 보옥이 ᄯᅩ흔 대옥을 뎨일 지긔지인(知己之人)으로 알고 죠셜근도 ᄯᅩ흔 능히 이러틋 깁히 아지 못ᄒᆞ다 ᄒᆞ더니, 보옥이 벼슬을 어든 후로븟허 ᄯᅩ흔 은문 션싱을 뵈옵고 동방(同榜) 친우를 ᄎᆞᄌᆞ디 편벽도히 교습(敎習)을 파졍ᄒᆞ여 관즁으로 죠ᄎᆞ 일과 시부(詩賦) 【39】 글졔를 내여오니 보옥이 엇지 ᄆᆞ음의 두리오? 다만 대옥과 보치 져를 디신ᄒᆞ여 쓰고 지을 ᄯᅡ름이러라.

ᄎᆞ시는 텬즁가졀(天中佳節)이 갓가온지라 각셔(角黍)와 포쥬(蒲酒) ᄯᅩ흔 열요ᄒᆞ더니 일일은 왕부인과 니환과 대옥과 보챠와 탐츈과 셕츈 등이 졍히 샹방의 잇더니 다만 보미 평이 일인을 다리고 한 광쥬리 치쇼와 한 광쥬리 포도와 ᄉᆞ과(沙果)와 산뉴홍(山榴紅)과 산죠(酸棗)를 가지고 ᄯᅩ 여러 개 젹은 치롱의 긔고리284)를 너허시ᄃᆡ 그 개고리 다리로 ᄉᆞ과(絲瓜)를 움키고 【40】 먹는지라. 평이 희희히 우스며 니르ᄃᆡ,

"이는 교져(巧姐)의 슈양모(收養母) 류노노(劉姥姥)의 보낸 거시라."

ᄒᆞ고 ᄯᅩ 말ᄒᆞᄃᆡ,

"이 두 광쥬리 치쇼와 과실은 태태긔 드려 신미(新味)를 맛보시게 ᄒᆞ고 ᄯᅩ 고량(高粱) 한 젼ᄃᆡ(纏帶)와 교믹인(蕎麥仁) 한 젼ᄃᆡ를 ᄀᆞ치 보내고 여러 치롱은 쇼가ᄋᆞ를 쥬어 놀게 ᄒᆞ엿ᄂᆞ니라."

ᄒᆞ니 왕부인이 ᄯᅩ흔 블승환희ᄒᆞ여 니르ᄃᆡ,

"져 노인네가 무던ᄒᆞ도다. 져 노인네 그져 와셔 나를 보면 ᄯᅩ흔 죠흘 거시어늘 엇지 도로혀 여러 믈건을 가지고 왓시며 계가 【41】 지금 어디 잇는지 엇지ᄒᆞ여 갓치 오지 아니ᄒᆞ엿ᄂᆞ뇨?"

평이 웃고 니르ᄃᆡ,

"졔가 ᄯᅩ흔 오려 ᄒᆞᄂᆞ니 나의 곳의 잇셔 임의 이윽히 담화흔지라. 우리 즉시 쥬셔 식부로 ᄒᆞ여곰 쌀니 가 져로 더브러 오게 ᄒᆞ리라."

ᄒᆞ니 쥬셔 식뷔 답응ᄒᆞ고 즉시 가더라.

원리 평이 ᄆᆞ음이 십분 졍셰ᄒᆞ여 류노노의 위인이 질박노실(質朴老實)흠믈 알고 졔가 대옥과 쳥문의 회싱흔 ᄉᆞ졍을 몰낫다가 졸연이 얼골을 보고 크게 경의(驚疑)ᄒᆞ여 무슨 블미흔 말을 낼가 져허 【42】 ᄒᆞ는지라. 이러므로 져를 머믈너 방즁의 두고 몬져 져의게 명빅히 말ᄒᆞ니 류노뇌 련ᄒᆞ여 합쟝 넘블ᄒᆞ며 니르ᄃᆡ,

"우리 노태태(老太太)와 이내내(二奶奶)는 엇지ᄒᆞ여 갓치 회싱치 못ᄒᆞ엿ᄂᆞ뇨? 심히 가련토다."

평이 ᄯᅩ흔 가마니 져의게 고ᄒᆞ여 니르ᄃᆡ,

"노노는 져 량인을 보거든 무슴 회싱흔 말을 말나."

ᄒᆞ니 류뇌(劉姥) 다만 졈두ᄒᆞ며 ᄯᅩ흔 교져를 붓들고 여러 말을 뭇더니 쥬셔 식부 와셔 말ᄒᆞᄃᆡ,

"태태긔셔 져를 쳥흔다."

ᄒᆞ거늘 류노뇌 즉시 니러 【43】 나 흠긔 가더니 왕부인이 기다리다가 보고 우스며 니러나 니르ᄃᆡ,

"노노야! 오리 보지 못ᄒᆞ엿더니 네가 도로혀 강건ᄒᆞ도다."

노뇌 합쟝ᄒᆞ고 허리를 굽히며 니르ᄃᆡ,

"죠흔 태태와 죠흔 내내야, 가쟝 유복유슈(有福有壽)ᄒᆞ시도다."

ᄒᆞ고 대옥의게 니르러는 눈을 뼛고 ᄌᆞ셰히 져를 보다가 니르ᄃᆡ,

"가쟝 유복흔 님내내(林奶奶)는 진개 ᄯᅩ 일양(一樣)이로다."

ᄒᆞ고 ᄯᅩ 니르ᄃᆡ,

"쳥고낭(晴姑娘)은 어디 잇ᄂᆞ뇨?"

쳥문이 우스며 답ᄒᆞ여 니르ᄃᆡ,

"노노는 엇지 나를 보지 못ᄒᆞᄂᆞ냐?"

노뇌 몸을 두루혀 【44】 쳥문을 보고 니르ᄃᆡ,

"진개 올토다. 쳥고낭은 가쟝 복긔(福氣) 잇다."

ᄒᆞ거늘 왕부인이 믄득 져를 ᄭᅳ어 안치고

---

283) 【졀당ᄒᆞ다】 圈 {졀당(切當)하다}. 사리에 꼭 들어맞다. ¶ 不磨 ∥ 이도 ᄯᅩ흔 졀당흔 의론이로 더 독권관이 식견이 부족ᄒᆞ여 져를 원통케 흠믈 면치 못ᄒᆞ엿다 ᄒᆞ여 (也是個不磨之論, 讀卷官拘泥不識, 未免委屈了他.) <後紅 13:38>

284) 【긔고리】 圈 개구리. ¶ 蝌蝌兒 ∥ ᄯᅩ 여러 개 젹은 치롱의 긔고리를 너허시더 그 개고리 다리로 ᄉᆞ과를 움키고 먹는지라 (又是好幾個粟梗纖成的小籠子, 放些知了蝌蝌兒, 鼓翅踢脚, 吃着些絲瓜花兒.) <後紅 13:39>

니르디,

"노노는 엇지ᄒ여 오리 오지 아니ᄒ뇨?"

노뇌 니르디,

"태태긔 고ᄒ여 아르시게 ᄒᄂ니 내가 어내놀 셩중의 드러올 싱각이 업스리오마ᄂ 우리 향암(鄕闇)된[285] 사룸은 날마다 뎐묘(田畝)의 골몰ᄒ여 우리갓치 년긔 만혼 사룸도 ᄯ혼 져의 년경혼 사룸들을 도와 일을 보숣히미 ᄒ상 허리도 싀고 다리도 무겁고 ᄯ 풍우(風雨) 심혼 날은 진 ᄯ히 여러[45] 번 너머지ᄂ니, 태태ᄂ 보라! 나의 이 팔둑이 마목ᄒ여[286] 죵시 낫지 아니ᄒᄂ지라 판ᄋ(板兒)로 ᄒ여곰 약푸리[287]의 가 고약(膏藥)을 어더다가 븟쳐도 ᄯ혼 무슴 효험이 업고, 다리ᄂ 더옥 무거워 슐위롤 타고 오려 ᄒ여도 량미(糧米)롤 가득이 시러 일인도 안기 어려오미 진긔 입셩ᄒ기 극난(極難)ᄒ도다."

ᄒ고 ᄯ 눈을 부븨며 니르디,

"태태야! 나ᄂ 태태롤 속여 말ᄒ미 아니라 이 부중의 니르면 곳 젼일노 태태 싱각이 나ᄂ니 가장 인즈 유덕ᄒ시고 년긔도 내게 비ᄒ면[46] 도로혀 몃 히 젹으시거ᄂᆯ 엇지 몃 히롤 더 스지 못ᄒ시뇨? 이ᄂ 원리 슈(壽)가 ᄯ혼 놉흔 연괴로다."

왕부인이 ᄯ혼 눈을 부븨며 니르디,

"이ᄂ 우리 식부된 사룸이 복이 업셔 능히 노태태롤 뫼셔 빅셰 강왕(康旺)치 못ᄒ미니 무던토다. 너 노인네가 도로혀 노태태롤 싱각ᄒ도다. 노태태긔셔 젼일의 ᄯ혼 너롤 죠히 디졉ᄒ여 계시니 네가 싱각ᄒᄂ 거시 고이치 아니토다."

노뇌 니르디,

"엇지 올치 아니리오? ᄯ 우리집 고냥도 나롤 죠히 디졉ᄒ엿ᄂ[47] 니라."

평ᄋ와 탐츈이 류노뇌 왕봉져(王鳳姐)롤 제긔(提起)ᄒ여 왕부인을 샹심케 홀가 져허ᄒ여 믄득 니르디,

"노노야! 너 노인네가 졍신이 죠토다. 젼일 우리가 원중의셔 노던 일도 가히 싱각ᄒ랴?"

노뇌 니르디,

"몡빅히 싱각ᄒᄂ니 내가 ᄯ라가 두 번을 노랏ᄂ지라. 이졔 원중 광경이 도로혀 죠흐냐?"

왕부인이 니르디,

"시로 슈습ᄒ여 가장 죠흐니 내 어내 ᄯᅥᆫ지 너로 더브러 홈긔 가셔 놀니라."

노뇌 무슈히 샤례ᄒ거ᄂᆯ 왕부인이 일면으[48] 로 담화홀 시 대옥과 샹운과 보챠와 보금과 셕츈이 믄득 외간으로 가 원중의 가셔 놀 일을 샹의ᄒ미 니환이 ᄯ혼 ᄯ라 나오더니 다만 드ᄅᆷ미 노뇌 니르디,

"태태야, 내 이번의 와셔 젼일 사룸을 싱각ᄒ미 개개히 긔록홀 거시오, ᄯ 원앙 져겨ᄂ 나롤 위ᄒ여 의복 여러 벌을 쥬엇거ᄂᆯ 내가 거두워 두고 즐겨 닙지 아니ᄒ여시며 곳 묘스부(妙師父)도 나롤 일긔 다죵(茶鍾)을 쥬엇거ᄂᆯ ᄯ혼 져곳의 죠히 감쵸와 두엇더니 내가 방즈(方纔) 평고낭의게[49] 무러 져 량인이 괴로오믈 알미 내 심중의 ᄯ혼 엇더혼지 아지 못ᄒ리로다."

왕부인이 탄식ᄒ여 니르디,

"가장 졍의(情義) 잇ᄂ 노뇌(姥姥)로다."

ᄒ며 대옥 등도 듯고 모다 졈두ᄒ더니 대옥과 셕츈이 믄득 샹운을 ᄭᅳᆯ고 져 량인의 말을 무른디, 샹운이 다만 웃고 즐겨 말ᄒ지 아니커ᄂᆯ 셕츈이 긴챡히 져의게 무르니 샹운이 믄득 웃고 니르디,

"너의 말이 묘스뷔 진개 도젹의 겁박(劫迫)ᄒ여 가믈 닙엇다 ᄒᄂ냐? 자고로 허다 션블(仙佛)이 형젹을 피홀 ᄯᅥ의ᄂ 빅가[50] 지로 변화ᄒ여 슈하 도젹을 믈론ᄒ고 어내 한 가지롤 지어내지 못ᄒ리오? 이러치 아니면 홍진(紅塵)을 ᄲᅴ여나가 어려울지니 다만 져허컨더 묘스부ᄂ 지금 극락쳐의 잇셔 쇼요홀 거시오, 원앙 ᄌᄌ도 ᄯ혼 갓치 그곳의 이시믈 모다 가히 아지 못

---

285) 【향암되다】 톙 {향암(鄕闇)되다}. 촌스럽다. ¶ 屯 ‖ 태태긔 고ᄒ여 아르시게 ᄒᄂ니 내가 어내 놀 셩중의 드러올 싱각이 업스리오마ᄂ 우리 향암된 사룸은 날마다 뎐묘의 골몰ᄒ여 (告訴太太知道, 我那一天不想進城來, 我們屯裏人家, 天天趕的地畝上活計.) <後紅 13:44>

286) 【마목ᄒ다】 톙 {마목(痲木)하다.} 근육이 굳어져 감각이 없고 운동이 자유롭지 못하다. ¶ 風痲 ‖ 태태ᄂ 보라 나의 이 팔둑이 마목ᄒ여 죵시 낫지 아니ᄒᄂ지라 (太太你瞧瞧, 我這條膊子, 風痲着還沒有好.) <後紅 13:45>

287) 【약푸리】 톙 약방(藥房). ¶ 판ᄋ로 ᄒ여곰 약푸리의 가 고약을 어더다가 븟쳐도 ᄯ혼 무슴 효험이 업고 (叫板兒去討個膏藥貼上, 也沒有什麽效驗兒.) <後紅 13:45>

흐리라."

대옥과 셕츈 등이 믄득 져의 량인이 각기 졍과(正果)를 일워 간 줄 알고 쏘흔 원즁의 스졍(事情)을 언약흐여 졍흐고 다시 드러오더니 노뇌 니르디,

"태태야! 너의 곳 원즁의 노는 거슨 니르지 말고 곳 이곳 【51】 큰 방과 큰 쓸을 우리가 보민 도로혀 묘즁의 노는 니보다 죠토다."

왕부인이 웃고 니르디,

"우리는 날마다 답답이 이곳의 이시미 도로혀 너의 쵼즁의 가 몃칠 머믈기를 싱각흐느니 죠흔 들의 경치를 보면 눈이 명빅흐리로다."

노뇌 니르디,

"태태는 쵼즁의 가셔 몃날을 머믈미 죠타 흐시디 우리 쵼긔(村家) 가쟝 번잡흐니 한 쩍 문을 열고 드러가면 도야지 우리도 그 쇽의 잇고 개 우리도 그 쇽의 이시며 쏘 닭의 쟝도 잇고 혹 닭을 부르다가 풍긔여 바롬이 니 【52】 러 나면 무슨 내옴시 모다 쵹비(觸鼻)흐니 도로혀 엇지 견디리오? 나는 이곳의 니르미 진개 텬션복디(天仙福地)의 니른 것 같도다."

왕부인이 니르디,

"노노야! 네가 쏘흔 입셩흐기 어려오니 이 번의 한밧탕 머믈고 가라."

노뇌 니르디,

"나도 쏘흔 이곳의셔 여러 날을 머믈고즈 흐디 다만 태태를 들네미 가쟝 블안흐도다."

왕부인이 웃고 니르디,

"네가 태만흐믈 혐의치 아니흐면 곳 겨관 업스리라.288)"

대옥이 왕부인의 류노노를 관디흐믈 보고 즉시 챠환으로 흐여곰 밥을 【53】 출혀와 홈긔 씩반흘 시, 노뇌 니르디,

"나는 가쟝 너의 대인가의 이런 규모를 스랑흐느니, 너는 보라! 이러툿 졍졔흐도다. 우리 쵼가의는 두부만 잇셔도 곳 육찬(肉饌)으로 알고 쇼희즈(小孩子) 등이 셔로 아스 들네느니 이 는 도로혀 죠커니와 쏘흔 일긔 반등이 이시면 남지 타고 안고 쏘흔 밥그릇술 가지고 단니며 먹다가 파쑬리 하나만 이시면 모다 지져괴며 우

리 노인네는 년만(年晩)흐나 도로혀 문을 의지 흐여 납량(納凉)흐기를 죠하흐고 져 쇼희즈들이 도로혀 이리흐면 져의로 【54】 흐여곰 링슈(冷水)를 가져 오라 흐여 밥을 마라 한 그릇술 모다 먹으려 흐느니라."

왕부인과 대옥과 탐츈과 보챠 등이 모다 웃고 니르디,

"도로혀 낙(樂)이 만타."

흐니 류노뇌 쏘 니르디,

"내가 쵼즁의 잇셔 사롬의게 부탁흐여 셩의 드러가 쇼식을 탐지흐라 흐니 말흐디 '젼일 한 덩이 옥을 몸의 진인289) 거게 쏘흔 나히 만 하시며 일위 거으로 더브러 모다 무슴 한쳥(漢 廳) 벼술을 흐엿다' 흐니, 우리는 일즉 드르미 각쳐 향곡(鄕曲)의 무슴 량쳥(糧廳)과 포쳥(捕廳) 관원이 잇다 흐니 한쳥 【55】 관원이 져의게 비 흐면 뉘 낫고 못흐뇨?"

왕부인 등이 우음을 참지 못흐더니 노뇌 쏘 니르디,

"쏘흔 무슨 스경을 가음아느뇨?"

왕부인이 니르디,

"한쳥은 쏘흔 량포쳥(糧捕廳)으로 더브러 우렬(優劣)이 다르미 업스디 져의 가음아는 스경은 다만 황뎨 집의 학습흐는 셔방(書房) 쇼즈(小子)와 갓투니라."

노뇌 합쟝흐고 니르디,

"아미타블 황뎨가 하늘갓치 크다 흐는 거시 고이치 아닌지라. 이런 거거들이 셔방 쇼즈 갓치 쏘흔 학습을 흐는도다."

왕부인이 류노노로 더브러 담화흐기를 쥐미잇게 【56】 흐더니 믄득 보챠와 대옥으로 더브러 말흐디,

"명일 류노노로 더브러 대관원의 가셔 놀고즈 흐노라."

량인이 쏘흔 깃거흐더니 대옥이 믄득 니환으로 더브러 보챠의 곳의 가 샹의흐디,

"이졔 단오졀(端午節)이 갓가와시니 무슨 노리를 흐여 한 번 열요흐리오?"

흐니 모다 싱각지 못흐고 셰시 노리 긔록

---

288) 【겨관없다】 圈 {계관(係關)없다.} 관계(關係) 없다. ¶ 네가 태만흐믈 혐의치 아니흐면 곳 겨 관 업스리라 (你不嫌怠慢就够了.) <後紅 13:52>

289) 【진이다】 圈 지니다. 가지다. ¶ 掛 ‖ 젼일 한 덩이 옥을 몸의 진인 거게 쏘흔 나히 만하시며 일위 거으로 더브러 모다 무슴 한쳥 벼술을 흐 엿다 흐니 (說是從前掛了一塊玉的哥哥也很大了, 說同一位哥兒都做了什麼漢廳官.) <後紅 13:54>

흔 칙을 펴보고 니르디,

"다만 량척(兩隻) 룡쥬(龍舟)롤 민드는 거시 죠흐디 도로혀 적막홀 듯흐니 쏘흔 일기 츄쳔션(鞦韆船)을 쑤미면 보옥의 원도 가히 맛치리라."

【57】 흐고 즉시 분부흐여 밤을 도와 판리케 홀 시 대관원 년못 속의 년꼿이 가쟝 만흐니 다만 져허컨디 룡쥬(龍舟) 걸니리라 흐여 구뷔구뷔 년꼿츨 버혀 룡쥬 왕리홀 길을 여더라.

추시 원중의 모다 록음(綠陰)이 무셩흐고 다만 시쇼리만 들니디 오죽 쳔엽(千葉) 셩류(石榴)꼿치 화광(火光)갓트여 눈의 아른아른흐고 금스도(金絲桃)와 길향(頡香) 졔룡[품](諸品)이 쏘흔 난발흐엿는지라. 대옥이 믄득 일 보는 사롬으로 흐여곰 쥬연을 우향스(藕香榭)의 버리고 쳥식 비단 챠양(遮陽)을 버트며 쏘흔 【58】 스면의 념즈(簾子)롤 것게 흐며 텬긔 비록 염열(炎熱)흐나 쏘흔 슈상(水上) 리풍(來風)이 죠터라.

왕부인이 믄득 셜이마와 향룽과 형부인과 우시와 희란 희봉을 쳥리(請來)흐고 니환과 대옥과 보챠와 탐츈과 셕츈과 스샹운과 셜보금 형슈연과 니문과 니긔와 평오와 즈견과 쳥문과 잉오 등으로 더브러 추례로 올 시 다만 보니 스대계 류노노롤 붓들녀 흐디 로뇌 도로혀 붓들지 말나 흐며 일노의 록음을 보미 실노 모옴이 싀원흐여 더위롤 이겨 쏘 【59】 흔 붓치질도 아니코 우향스의 니르니 왕부인이 셜이마와 형부인과 대옥과 보챠로 흐여곰 일셕의 좌뎡케 흐고 즈긔는 류노노와 탐츈과 셕츈으로 더브러 일셕의 안고 기여 즈미 등은 각각 추셔(次序)더로 안줄 시 챠환 등이 과실을 가져오미 대옥이 믄득 쳥문으로 흐여곰 참외 일기롤 가져다가 류노노롤 쥬니 노뇌 보고 믄득 니르디,

"죠흔 호박이라 가루롤 뭇쳐 젼을 지져 먹으면 죠흐리라."

흐거늘 중인이 간간대쇼(衎衎大笑)흐더니 쳥문이 쏘흔 박쟝대쇼(拍掌大笑) 【60】 흐고 니르디,

"노노야! 너는 곳 그쳐럼 민드러 먹어보라."

노뇌 니르디,

"고낭아! 우리는 비록 향암(鄉闇)된 사롬이나 쏘흔 호박을 싱으로 먹지 아니흐믈 아느니

라."

쳥문이 믄득 일기롤 먹어 져롤 뵈니 노뇌 니르디,

"이도 쏘흔 긔이흐도다 몰낫더니 호박도 싱으로 먹는다."

흐고 쏘흔 일개롤 먹으며 니르디,

"태태야! 필경 이 과실이 무어시완디 이러툿 입의 맛느뇨?"

왕부인이 믄득 우스며 니르디,

"이는 참외니라."

류뇌 졈두흐더니 츄후 각인 젼(前)의 일완 셩구(一碗) 【61】 빙연탕(醒口冰燕湯)을 노흐니 류노뇌 졋가락으로 연와(燕窩) 건지롤 집어 이윽히 보다가 니르디,

"이는 양분(涼粉)[290]으로 민돈 국슈가 아니냐? 엇지 이러툿 져르게[291] 뼈흐럿느뇨?"

흐니, 중인이 모다 웃더니 류노뇌 져기 먹다가 졈두흐며 니르디,

"마시 쏘흔 죠흐나 엇지 쏘 닭의 거플을 셕거시며 닭 하나 거플이 이러툿 엇지 기뇨?"

형부인이 웃고 니르디,

"노노야! 입의 맛는 거슬 취흐여 계육(鷄肉)은 모다 넛치 아니흐엿느니라."

뉴노뇌 스발을 노코 합쟝흐여 니르디,

"아미타블! 요스 【62】 이 술진 닭은 일빅대젼(大錢)의 한 기롤 겨유 스고 연계(軟鷄)도 쏘흔 경젼(京錢) 일빅의 두 개롤 겨유 쥬느니 우리 춘가의셔는 젼쟝(田莊) 오십 모 가진 스롬이라야 겨유 셰시의 니르러 한 기롤 여러히 맛보느니라."

왕부인 등이 쏘흔 졈두흐고 쏘 졈심을 먹을 시 왕부인이 져의 식량이 죠흐믈 짐쟉흐고 일완빙동쥬(一碗冰凍酒)로 화치롤 너허 져의 앏히 노흐니 류노뇌 오리 보다가 즉시 뵈슈건을

---

290) 【양분】 圀 양분(涼粉). *녹두묵. 여름철 냉식품의 하나. 녹두 가루 따위를 삶아 우무처럼 만들어서 식힌 후에 덩어리 상태의 것을 잘게 잘라서 식초·고추 따위의 양념을 넣어 먹음. ¶ 涼粉 ‖ 이는 양분으로 민돈 국슈가 아니냐 엇지 이러툿 져르게 뼈흐럿느뇨 (這不是涼粉造的麵條子, 爲什麽扣的這樣短?) <後紅 13:61>

291) 【져르다】 圀 짧다. ¶ 短 ‖ 이는 양분으로 민돈 국슈가 아니냐 엇지 이러툿 져르게 뼈흐럿느뇨 (這不是涼粉造的麵條子, 爲什麽扣的這樣短?) <後紅 13:61>

내여 손을 삣고 졋가락을 노흐며 손가락으로 죠
흔 거슬 갈히 【63】여 만히 먹으니 즁인이 대쇼
ᄒ더니 다만 드르미 봉요교(蜂腰橋) 져편의셔
풍악쇼리 바롬의 날녀오니 이ᄂ 녀희ᄌ들이 츄
쳔션을 쑤며 믈의 씌여 오ᄂ지라. 슈샹의 리왕
ᄒ여 보기 죠흐며 그 뒤희ᄂ 일쳑 쳥룡과 일쳑
금룡션의 쇼라롤 블며 북을 치고 일즈로 져어오
디 그 룡쥬 우희 ᄯ흔 금궐은루(金闕銀樓)롤 짓
고 슈노흔 긔롤 날며 무슈ᄒ 쇠거울과 류리롤
거러 푸른 슈양나무 속으로 왕리ᄒ니 ᄯ흔 먼니
셔 보미 그림 갓튼지라. 가졍 등은 다 【64】만
님(林)·강(姜)·죠(曹)·빅(白) 졔인으로 더브러
요졍관(凹晶館)의 안ᄌ 먼니 바라보며 셜이마
이히 모다 각기 믈건으로 비 셰 쳑의 잇ᄂ 사롬
의게 샹급홀 시 왕부인이 고흥을 이긔지 못ᄒ여
니러나며 니르디,

"우리 금일의 단졍코 쥬령(酒令)을 힝ᄒ리
라."

류노뇌 련망히 니르디,

"아지 못ᄒ노라."

ᄒ니 셜이마와 형부인이 웃고 니르디,

"노노ᄂ 거줏말 말나. 네가 아지 못ᄒ여도
우리가 도으면 죠흐리라."

ᄒ고 즉시 긴 탁ᄌ롤 버리고 스면으로 안
ᄌ며 분부ᄒ디 룡쥬와 【65】ᄯ흔 츄쳔션도 도라
가고 다만 녀희으로 ᄒ여 당목쥬즁(棠木舟中)의
셔 쳥곡쇼죠(淸曲小調)롤 부르라 ᄒ더니, 당각
(當刻)의 즁인이 안ᄌ며 골픠(骨牌)롤 가져 더질
시 졈슈롤 혜여보미 보쳐 령관(令官)이 된지라.
보쳐 ᄉ양코ᄌ ᄒ거놀 형부인과 왕부인이 허치
아니ᄒᄂ지라. 보쳐 브득이 ᄒ여 한 잔 슐을 마
시고 잉으로 ᄒ여곰 오라 ᄒ니, 잉이 니르러 골
픠롤 더지며 믄득 령을 내여 니르디,

"내 이 골픠롤 한 번 더져 그 졈슈롤 보와
어내 사롬이던지 츠례롤 졍ᄒ고 【66】ᄯ 다시
한 번 더져 졈슈롤 합ᄒ여 보와 그 사롬의 일의
간졀케 ᄒ여 한 곡죠롤 말ᄒ리라."

ᄒ고 그 더진 골픠 졈슈롤 모다 와셔보니
졍히 쳥문의게 당ᄒ엿ᄂ지라. 잉이 한 번 ᄯ 더
지며 믄득 니르디,

"이ᄂ 졔파진(齊破陣)이라 ᄒᄂ 곡죠로 졈
슈롤 합ᄒ여 보면 맛당히 니르디 일일 내간 노
비(一日內間奴婢)와 십년 샹국 부인(十年相國夫

人)이라 ᄒ리라."

ᄒ니 쳥문이 붓그리믈 먹음고 골픠롤 바드
며 ᄯ흔 한 번 더지니 졈슈 대옥의게 당ᄒ지라.
ᄯ 한 번 더지며 니 【67】르디,

"샹화시(賞花時)라ᄒᄂ 곡죠로 졈슈롤 합하
여 보면 맛당히 니르디 우리 이곳의 부귀 신션
을 하늘이 쥬셧다 ᄒ리라."

ᄒ니 대옥이 심즁의 가장 즐겨 몬져 슐을
마시고 골픠롤 바다 더지니 졈슈 셜이마의게 당
ᄒ지라. ᄯ 한 번 더지고 니르디,

"개파스[惹波查]라 ᄒᄂ 곡죠로 졈슈롤 맛
쵸와 보면 맛당히 니르디 소나무 그늘과 훤쵸
(萱草) 꼿치 일양으로 복음(福蔭)을 드리워 두
집을 도으리라."

ᄒ여시니 왕부인과 즁인이 졔셩(齊聲)ᄒ여
죠타 ᄒ거놀 셜이미 골 【68】픠롤 바드며 슐을
마시고 한 번 더지미 졈슈 왕부인의게 당ᄒ지
라. ᄯ 한 번 더지고 니르디,

"죠텬ᄌ(朝天子)라 ᄒᄂ 곡죠로 졈슈롤 합
ᄒ여 보면 맛당히 니르디 국모의 위의(威儀)로
옥 셤돌의 비례ᄒ믈 보리라."

ᄒ니 왕부인이 이태태의게 스례ᄒ고 슐을
마시며 골픠롤 바다 한 번 더지미 졈슈 보챠의
게 당ᄒ지라, ᄯ 한 번 더지고 니르디,

"(빈)취화음(醉花陰)이라 ᄒᄂ 곡죠로 졈슈
롤 합ᄒ여 보면 맛당히 니르디 사롬으로 더브러
비견ᄒ여 졔 【69】ᄌ난손(桂子蘭孫)을 두리리
라."

ᄒ여시니 보챠 슐을 마시고 골픠롤 바다
한 번 더지미 졈슈 류노노의게 당ᄒ지라, ᄯ 한
번 더지고 니르디,

"난파지금화(攤破地錦花)란 곡죠로 졈슈롤
합ᄒ여 보면 맛당히 지을 말이 잇시디 다만 나
ᄂ 녕관이라 나의 녕을 죠출지니 이 글귀ᄂ 노
뇌 스스로 지으라."

노뇌 웃고 니르디,

"나ᄂ 실노 지을 쥴 모르노라"

보챠 웃고 니르디,

"네 뜻디로 무어시라 지으면 곳 죠흐리라."

노뇌 ᄯ흔 웃고 니르디,

"죠흔 내내야! 내가 곳 이번의ᄂ 지어도
다만 나 【70】의 지ᄎ292) 사롬을 위ᄒ여 골픠롤

---

292)【지ᄎ】圈 지차(之次). 다음. 버금. ¶ 底下 ‖

더질 찌의는 쏘한 내내가 나를 디신ᄒ여 지어야 바야흐로 올흐리라."

ᄒ니 보치 졈두ᄒ거늘 노뇌 니르디,

"내 젼일 이곳의셔 임의 ᄒ던 말을 싱각ᄒ니 지금 그 말디로 일기 큰 호박이 열녓다 ᄒ면 쏘한 운이 마질지니 도로혀 엇더ᄒ뇨?"

즁인이 대쇼ᄒ고 니르디,

"다힝히 너 노인네가 졍신이 죠타."

ᄒ니 류노뇌 술을 마시고 골픠롤 바다 한 번 더지미 졈쉬 셕츈의게 당ᄒ지라. 쏘 한 번 더지고 보챠롤 향 【71】 ᄒ여 니르디,

"이번은 단졍코 이내내가 지으라."

ᄒ니 보치 좌샹 즁인의 쥬령이 모다 한 번식 분비되믈 보고 믄득 셕츈으로 ᄒ여곰 술을 마시게 ᄒ고 ᄌ긔도 쏘한 술을 마시며 니르디,

"족어림(簇御林)이라 ᄒ는 곡죠로 졈슈롤 합ᄒ여 보면 맛당히 니르디 동황(東皇)이 챡의(着意)ᄒ여 동풍이 죠흐미 졍히 쇼화즁츈(韶華仲春)이라 ᄒ고 녕을 거두라."

ᄒ더니 왕부인이 텬긔 덥고 술도 만히 먹으믈 보고 믄득 니러날 시, 쳥문 등이 류노노의 쥬량이 넉넉지 【72】 못ᄒ여 일죽 취ᄒ여 이홍원 즁의 드러가믈 싱각ᄒ고 져의게 술을 강권치 아니ᄒ고 각인이 모다 훗허져 한가히 놀더니, 만각(晚刻)의 니르러 목욕을 파ᄒ고 각각 ᄉ격삼을 밧고와 닙고 다시 우향ᄉ(藕香榭)로 와 룡쥬롤 볼 시, 이 낭쳐 룡쥬는 모다 오치로 그린 비단과 각양 류리로 ᄭ며시며 등쵹과 풍악을 버리고 푸른 연엽(蓮葉) 속으로 져허 올 시 다리롤 지나올 찌는 쏘한 션샹의 ᄭ민 거술 거덧다가 다시 ᄭ미믈 면치 못ᄒ고, 다만 연슈미리(烟水迷離)한 【73】 곳의 니르러는 ᄆ음디로 왕리홀 시, 보옥이 쏘한 션즁의 갓치 잇셔 련ᄒ여 죠타 ᄒ니 여러 ᄌ미들이 각기 챠환을 다리고 비롤 ᄯᅡ라단니며 어름의 치인 셔과(西瓜)롤 더지며 긔롱ᄒ더라.

ᄌ미 등이 만각의 셔늘한 거술 취ᄒ여 산두던과 교샹(橋上)과 각도(閣道) 졔쳐(諸處)의 단니며 먼니 룡쥬롤 바라보니 방관(芳官) 등 여러

녀ᄒᆡ직(女孩子) 쏘한 량쳑(兩隻) 션즁(船中)의 잇셔 ᄆ음디로 노릐ᄒ며 풍류ᄒ니 여러 픠(派) 싱가(笙歌) 쇼릐 풍현(風弦)의 날녀오미 즁인이 즐기더니 이경 【74】 시분의 니르러 비로쇼 파ᄒ여 가더라.

왕부인이 류노노롤 가쟝 ᄉ랑ᄒ여 련ᄒ여 이십여 일을 머므르고 쏘 져롤 권ᄒ여 싱량(生凉)한 후의 가게 ᄒ디, 노뇌 지삼 도라가고ᄌ ᄒ거늘 부득이ᄒ여 져롤 보내며 져로 더브러 쥬시 집의셔 교져의게 빙례(聘禮)홀 길일을 말ᄒ여 졍ᄒ고 디옥이 쏘한 져의게 지믈 빅금과 여간293) 의복을 쥬니 노뇌 쳔만 번 샤례ᄒ고 가는지라. 왕부인이 쏘 니르디,

"교져의 ᄉ졍은 가쟝 져의 힘을 닙엇거니와 잉ᄋ의 【75】 길일은 오월이 블니(不利)ᄒ다 ᄒ여 륙월 쵸슌을 뎡ᄒ엿더니 엇지 알니오?"

잉ᄋᆡ 뜻을 졍ᄒ여 즐겨 ᄌ견보다 몬져 동방의 원취코ᄌ 아니ᄒ는지라. 츳야는 보옥이 도로혀 ᄌ견으로 더브러 동침홀 시 보옥이 시로 젼ᄉ롤 말ᄒ디,

"네 젼일 엇더케 디옥을 위ᄒ여 나롤 속여시며 그 후는 일양 아른 쳬 아니ᄒ더니 엇지 지금의 쏘한 한 샹의 갓치 머무ᄂᆞᆫ뇨?"

ᄒ고 빅가지로 희롱ᄒ미 ᄌ견이 다만 웃더니 익일의 보옥이 쏘 그곳의 머믈고ᄌ ᄒ거늘 【76】 ᄌ견이 져롤 미러 가게 ᄒ는지라. 쳥문이 쏘한 ᄌ견을 도와 보옥을 미러 잉ᄋ 방즁으로 가게 ᄒ니 이 부즁의셔 쏘한 젼일 희ᄉ(喜事)이실 찌 갓치 희ᄌ롤 보고 쥬연을 베프디 다만 습인은 스스로 샹심ᄒ여 혜오디 '구일(舊日) ᄌ미롤 보미 개개히 명분을 졍ᄒ여시니 ᄌ긔는 가쟝 붓그럽다.' ᄒ며 보옥이 쏘한 우연이 져로 더브러 멋 마디 긔롱(譏弄)의 말을 ᄒ디 다만 혐의ᄒᆞᄂᆞᆫ 사름 이실가 두려 일언을 못ᄒ고, 쏘 쳥문이 다만 그림ᄌ롤 비러 소챠환(小丫鬟)을 ᄭᅮ 【77】 지져 니르디, '녀호갓다' '화홍류(花紅柳) 속 갓다' ᄒ여 ᄌᄌ히 습인의 ᄆ음의 박히는 말을 ᄒ디 엇지 감히 개구(開口)ᄒ리오? 다만 사름업는 곳의셔 함누(含淚)홀 ᄹᅮᆫ이러라.

내가 곳 이번의는 지어도 다만 나의 지츠 사름을 위ᄒ여 골픠롤 더질 찌의는 쏘한 내내가 나롤 디신ᄒ여 지어야 바야흐로 올흐리라 (我就講, 只是我底下擲出來,　也要奶奶替我講纔好.)<後紅 13:70>

293) 【여간】 뭔 여간(如干). 약간. 조금. ¶ 쓰 ‖ 디옥이 쏘한 져의게 지믈 빅금과 여간 의복을 쥬니 노뇌 쳔만 번 샤례ᄒ고 가는지라 (黛玉又送他百金, 給些衣服, 劉姥姥千辭萬謝的去了.) <後紅 13:74>

각셜, 보옥이 잉ᄋ의 곳의 니르미 비록 슉
친ᄒᆞᆫ 사롬이나 잉이 도로혀 십분 붓그리ᄂᆞᆫ지라
보옥이 문을 걸며 져롤 쓰러 담화홀 시 잉ᄋᄂᆞᆫ
다만 머리롤 슉이고 몃 마디 답응ᄒᆞ니 보옥이
ᄯᅩᄒᆞᆫ 참아 져롤 들네지 못ᄒᆞ고 인ᄒᆞ여 젼일 ᄌ
긔 츌문홀 ᄯᅢ의 허다ᄒᆞᆫ 말을 의론ᄒᆞ며【78】피
ᄎ 탄식ᄒᆞ더니 보옥이 홀연 싱각ᄒᆞ미,

'잉이 젼일 낙ᄌ(絡子)롤 미줄 ᄯᅢ의 말ᄒᆞ디
보치 다셧 가지 쟝체(長處) 잇셔 텬하인이 모다
져롤 ᄯᅡ르지 못ᄒᆞ리라 ᄒᆞ여시나 필경 ᄌᆞ셰히 말
ᄒᆞ지 아니ᄒᆞ엿다.'

ᄒᆞ여 곳 져로 ᄒᆞ여곰 이 오건(五件)을 말
ᄒᆞ라 ᄒᆞ니 잉이 웃고 니르디,

"네가 그 오건을 알고ᄌ 홀진디 내가 네게
고ᄒᆞ리라."

ᄒᆞ고

20
조셜근홍루긔썅몽 가보옥쳥운만후진
曹雪芹紅樓記雙夢 賈寶玉靑雲滿後塵

믄득 니르디,

"우리 보고낭의 다섯 가지 쟝쳐(長處)는 진기 텬하인이 모다 밋지 못홀지니, 뎨일은 셩품이 온존(溫存)ᄒ여 희노(喜怒)가 【79】 업고 션악을 믈론ᄒ고 디졉ᄒ기를 일양으로 ᄒ디 심중은 분변ᄒ기를 가쟝 명빅히 ᄒ나 ᄯ호 태연이 질언거식(疾言遽色)이 업스며 죠금도 각박ᄒᆫ 곳이 업ᄂ니라."

ᄒ니 보옥이 졈두ᄒ며 잉이의 ᄯ호 니르디,

"졔이는 시셔(詩書)의 공뷔(工夫) 깁흐니 이애 즈연 알거시오, 뎨삼은 침션(針線)의 어내 한 가지가 졍셰치 아니리오? 갓튼 실이라도 져의 손의 니르면 믄득 광치 나고 의복의 믈식 맛츠는 것도 ᄯ호 엇지 공훈지 모를 거시오, 바늘을 가지면 가쟝 죠홰 잇【80】ᄂ니 이는 이애 엇지 알니오?"

보옥이 니르디,

"ᄯ호 그러ᄒ도다."

잉이 웃고 니르디,

"뎨스는 졔가 렁향환(冷香丸)을 먹어 혼신의 향긔 살의 져졋ᄂ니 타인의 의복은 향과 갓

치 두어 향긔가 나게 ᄒ디 져의 의복은 다만 져로 ᄒ여곰 몃 날을 넙게 ᄒ고 버스면 향긔 훗허지지 아니니 만일 훙샹 넙으면 가쟝 긔가 더옥 죠흐리라. 뎨오는 져의 눈셥과 코와 귀와 입이 분과 옥으로 민돈 것 갓흐니 어내 한 곳이 죠치 아니미 업스며 셩음(聲音)도 쳥낭ᄒ고 구변도 녕【81】 리(伶俐)ᄒ니라."

보옥이 웃고 니르디,

"진기 올커니와 너는 ᄯ호 두 가지 쟝체 잇셔 텬하인이 ᄯ로지 못ᄒ리니, 뎨일은 낙즈 치기를 잘ᄒ고 ᄯ 한 가지는 구ᄐ여 말홀 거시 업ᄂ니라."

잉이 져를 향ᄒ여 혀 츠더라.

챠셜(且說), 대옥이 쟝방(賬房)을 가음알므로붓허 미일 다만 즈견과 쳥문과 잉으롤 식여 져의 규모롤 죠츠 관리케 ᄒ고 즈긔는 도로혀 한가ᄒ여 다만 즈민 등으로 더브러 글을 보고 바둑두며 ᄯ 보챠로 더브러 보옥을 디신ᄒ여 관과(館課) 문ᄯ【82】 롤 짓더니, 일일은 보치 디옥의 곳의 니르러 안ᄌ 한담홀 시 보옥을 일ᄏ러 니르디,

"졔가 아모 일도 가음아지 아니ᄒ고 ᄯ호 글도 보지 아니ᄒ며 다만 죠셜근의 곳의만 가니 ᄯ호 무어슬 강론ᄒᄂ지 모를 거시오, 중당관과(中堂館課)와 교습월과(敎習月課)도 모다 우리로 ᄒ여곰 디신 짓게 ᄒ도다."

대옥이 웃고 니르디,

"보져져(寶姐姐)야! 너는 도로혀 아지 못ᄒᄂ니라. 졔가 반년이나 죠셜근 션싱을 쳥ᄒ여 ᄒᄂ는 일은 곳 우리집 내의 스졍을 모다 죠셜근 션싱의게 고ᄒ고 【83】 우리 ᄋ시의 긔롱ᄒ던 말도 ᄯ호 져의게 고ᄒ여 져로 ᄒ여곰 무슴 «홍루몽紅樓夢»을 지으디, 보옥의 말도 죠션싱이 ᄯ호 희롱ᄒ미 만코 즈긔는 다리롤 도스리고 캉샹의 빗기294) 누어 입으로 외며 몃 기 쇼시(小廝)로 ᄒ여곰 겻희셔 쓰게 ᄒ며 일빅이십 회(回) 글을 지으디 우리 스즁(社中)의 글도 보옥이 모다 쵸(抄)ᄒ여 져롤 쥬어 그 속의 너허 짓게 ᄒ고 우리 긔롱ᄒᄂ는 말도 ᄯ호 모다 들게 ᄒ디 더

---

294) 【빗기】㊉ 비스듬히. ¶ 歪 ‖ 보옥의 말도 죠션싱이 ᄯ호 희롱ᄒ미 만코 즈긔는 다리롤 도스리고 캉샹의 빗기 누어 입으로 외며 (就是寶玉說的, 那曹先生也很頑, 自己盤着腿, 歪在炕上, 口裏念着說着.) <後紅 13:83>

옥 가쇼로온 거슨 져의 도망ᄒ여 나간 일졀을
오도(悟道)ᄒ 모양으로 짓고 보【84】옥을 속여
다려간 승도(僧道)롤 도로혀 션블노 말ᄒ여시니
엇지 우읍지 아니리오?"

보치 년ᄒ여 무르디,

"이 칙이 어디 이시며 엇지ᄒ여 술와295)
바리지 아니ᄒ뇨?"

대옥이 웃고 니르디,

"이ᄂ 엇지 여언(餘言)을 기다리랴? 나도
쏘ᄒ 져거술 술와 바리려 ᄒ여시디 원리 죠션싱
이 노태긔셔 남변(南邊)의 잇셔 무슴 쇼견이
업스믈 위ᄒ여 일변으로 지으며 일변으로 쵸ᄒ
여 보내여시디, 젼셜(傳說)을 드르미 쏘 엇던 사
롬이 한 질을 등출ᄒ여다가 즁가(重價)【85】의
파랏시니 뉘 스셔 간 쥴 모롤 거시오, 이졔 한
질 원본은 내게 잇ᄂ니라."

보치 즉직의 달나 ᄒ여 가져가며 져로 ᄒ
여곰 보옥의게 알게 말고 나의 비평ᄒ믈 기다리
라 ᄒ더니 보치 삼ᄉ일을 즈시 보다가 잉으로
ᄒ여곰 디옥과 보옥을 쳥ᄒ여 《홍루몽》 말을 ᄒ
여 니르디,

"보형뎨야! 너ᄂ 이런 글을 두고 엇지 나
롤 속이뇨?"

ᄒ며 쏘 보옥의 뺨을 만지고 니르디,

"너ᄂ 슈치롤 모르ᄂ냐? 이갓치 붓그러온
일을 쏘ᄒ 글 쇽의 너허 지어 사롬으로 ᄒ여곰
【86】 젼케 ᄒᄂ냐?"

ᄒ니, 보옥이 다만 웃거늘 디옥이 니르디,

"엇지 올치 아니랴? 이 글을 만일 젼파ᄒ
면 네가 무슨 사롬이 되리오?"

보옥이 웃고 니르디,

"보져져야, 너ᄂ 후두치 말나. 이 쟝대ᄒ
한 질 글이 모다 너 일인만 긔록ᄒ엿ᄂ니라."

보치 웃고 니르디,

"쏘ᄒ 너의 림미미롤 칭찬ᄒ미 업ᄂ냐?"

디옥이 웃고 니르디,

"칭찬ᄒ기롤 잘ᄒ여시니 몬져 너롤 위ᄒ여
허명(虛名)을 바닷ᄂ니라."

보치 안졍(眼睛)이 붉거늘 보옥이 져의 량
인이 가쟝 죠하ᄒ디 이 두 마디 말을【87】 각각

ᄆᆞ음을 둔 쥴 알고 련망히 니르디,

"계가 쏘ᄒ 실샹 말만ᄒ고 한 즈도 거즛ᄒ
미 업스며, 쏘 일인이 일개 셩경을 각기 말ᄒ엿
고 ᄒ믈며 보져져와 님미미 모다 그 글을 보왓
거니와 우리 이갓치 홈긔 지내믈 엇지 일호나
그른 말을 ᄒ여시리오? 다른 글의 비ᄒ면 십빅
비가 나ᄒ니라."

대옥이 니르디,

"이ᄂ 올토다."

보치 니르디,

"ᄉ셩니합(死生離合)과 셩쇠취산(盛衰聚散)
ᄒᆫ 원리 극히 대ᄉ어ᄂᆞᆯ 다만 긴요ᄒ 일을 갈
희여 글을 지으면 문셰(文勢) 한가치 못ᄒ【88
】믈 혐의ᄒ지라. 그러므로 미괴로(玫瑰露)와 복
녕샹일회(茯苓霜一回) 갓혼 등한ᄒ 곳을 도로혀
쟝황이 말ᄒ여시니, 이ᄂ 블과 그 일을 비러 가
지고 쇼인의 졍샹(情狀)을 즈셰히 쓰미로다."

대옥이 니르디,

"졍히 올토다. 져의 이 글이 간격도 만코
두셔도 번거ᄒ니 만일 아졍(雅正)ᄒ고 쇽된 거
술 모다 셕거 말ᄒ지 아니면 엇지 모든 일을 긔
록ᄒ며, 말편(末篇)의 니르러 결말ᄒ미 업스믄
쏘ᄒ 연긔와 믈건이 가히 업슴과 갓ᄒ니 만일
그런 젼질 글을 반ᄃ시 만샹홀(滿床笏) 갓치 모
다【89】단취(團聚)케 ᄒ면 쏘ᄒ 취미 업슬 거
시오. 그 쑴을 긔록ᄒ 말도 너모 번거ᄒ 듯ᄒ나
쏘ᄒ 실ᄉ로 긔록ᄒ 말이라 능히 곳치기 어려오
니, 이러므로 그 글이 판긱(版刻)ᄒ고 아니ᄒᄆᆞᆫ
믈론ᄒ고 쏘ᄒ 가히 용렬ᄒ 슈단으로 가감치 못
홀지니, 첫지ᄂ 셔ᄉ(敍事)ᄒᄂ 거시 진젹(眞的)
지 못ᄒ고, 둘지ᄂ 필법이 아담ᄒ고 쇽된 분간
이 잇ᄂ니라."

보치 믄득 탄식고 니르디,

"아ᄂ 올ᄒ나 다만 너의 이 인이 영화 부
귀롤 극진이 누렷거늘 만일 이 글이 젼파ᄒ면
도로혀 쳔츄 만고인(萬古人)으로 ᄒ【90】여곰
샹심류톄(傷心流涕)ᄒ리니 엇지 ᄆᆞ음의 편안ᄒ
리오? 나의 의ᄉᄂ 홍루몽 아리 반졀을 쏘ᄒ 곳
치지 마라. 져의 본리 면목디로 두고 다시 그
후롤 잇ᄂ 거시 죠흐리라."

디옥이 니르디,

"이갓치 말ᄒ면 이어 지을 거시 아니로다.
보거거야! 너ᄂ 다만 져의게 쳥ᄒ여 다시 일부

---

295)【술오다】圖 사르다. 태우다. ¶ 이 칙이 어디
이시며 엇지ᄒ여 술와 바리지 아니ᄒ뇨 (這書在
哪裏, 爲什麼不毀了他?) <後紅 13:84>

《후홍루後紅樓》롤 지으미 죠흐리라.”

보옥이 웃고 니르디,

“보져져는 보라! 님미미 공교혼 말 흐믈 죠하ᄒᄂ니라. 이런 일빅이십 회 큰 글을 져의게 청ᄒ여 다시 일빅이십 회롤 지으라 ᄒ면 뉘 즐 【91】 겨 응ᄒ리오?”

대옥이 대쇼ᄒ고 니르디,

“보옥아! 네가 비록 한림을 ᄒ여시나 쇼견은 오히려 평샹ᄒ도다. 져의 일빅이십 회는 여러 히 일을 긔록ᄒ미어니와 우리 만일 보져져 말갓치 다만 일이 년만 긔록홀진디 십여 회만 ᄒ여도 믄득 넉넉ᄒ리로다.”

보치 웃고 니르디,

“일이 년 ᄉ졍을 일빅 이십 회의 버리려 ᄒ면 쏘혼 일삭의 ᄉ졍이 십회나 되리니 보옥의 쏭누고 오줌 누는 거슬 쏘혼 그 쇽의 긔록ᄒ여도 부죡ᄒ리라.”

디옥과 보옥이 대 【92】 쇼ᄒ더니 보치 니르디,

“원리 홍루몽이 실ᄉ룰 긔록혼 거시라. 《후홍루몽後紅樓夢》도 쏘혼 실ᄉ룰 긔록ᄒ면 일이십 회만 ᄒ여도 쏘혼 죡ᄒ리라.”

보옥이 니르디,

“삼십 회로 지으미 엇더ᄒ뇨?”

디옥이 니르디,

“너는 쏘 죠셜근으로 더브러 샹의ᄒ여 보라.”

ᄒ니 보옥이 믄득 죠셜근을 ᄎ져 가니라.

ᄎ시 엇지된고 하회(下回)의 분ᄒ(分解)ᄒ라.

[후홍루몽後紅樓夢 권지십ᄉ卷之十四]

【1】 화셜(話說), 보옥(寶玉)이 믄득 조셜근(曹雪芹)을 ᄎ져 보고 《후홍루몽後紅樓夢》 지을 일을 말ᄒ니 셜근이 다만 삼십 회룰 허ᄒ거눌 보옥이 단졍코 져로 ᄒ여 삼십이 회룰 지으라 ᄒ니, 셜근이 웃고 니르디,

“이도 쏘혼 용이ᄒ니 내 다시 멋 히룰 머믈너 너와 다못 셰쉬(世嫂) [남의 안히룰 니르미라] 빅두(白頭) 필 ᄭ 가지 니르면 곳 삼쳔 이빅 회

라도 쏘혼 지을 거시로디 다만 나 조셜근이 염 【2】 왕(閻王)의게 알외고 슈유296)룰 어더야 바야흐로 이곳의셔 글을 지으리라.”

보옥이 쏘혼 우음을 참지 못ᄒ더라.

종ᄎ(從此) 이후로 죠셜근이 쏘 후홍루몽을 지을 시 긱즁(客中)의 이 일을 비러 더위룰 지내고 쏘혼 글월노뻐 ᄒ희(諧諧)룰 삼으니 대옥이 더옥 내쥬방(內廚房)의 분부ᄒ여 졍치(精致)혼 졈심을 판비ᄒ여 ᄭ로 내여보내고, 쏘혼 샹품(上品)의 룡암쇼심난(龍巖素心蘭) 네 분(盆)을 굴히여 내여보내며, 쏘 셜근을 긔이고297) 보챠(寶釵)와 디옥(黛玉)으로 더브러 샹의ᄒ여 치량(蔡良)과 단승(單昇)으로 ᄒ 【3】 여곰 은ᄌ(銀子)룰 가지고 남변(南邊)으로 가 죠셜근을 위ᄒ여 가디룰 스고 젼쟝(田莊)을 두디 이곳의 치량의 ᄉ졍은 왕원(王元)으로 ᄒ여곰 간검(看檢)ᄒ게 ᄒ고, 단승의 ᄉ졍은 쟝(옥)함(蔣玉菡)으로 ᄒ여곰 간검케 ᄒ더라.

이 해의 텬긔가 가쟝 덥고 쏘 가무러 비가 아니오는지라. 긔도ᄒ기룰 졍히 번거히 홀 시, 죠셜근이 글월노 쇼견(消遣)ᄒ는 거슬 즐거워ᄒ미 보옥이 한 회룰 어드면 믄득 가지고 드러와 보고 모다 니르디,

“셜근 션싱이 글월을 지을스록 더옥 잘ᄒ다.”

ᄒ여 보옥이 다 【4】 만 텬명시(天明時)룰 기다려 즉시 셜근의 곳의 가 글월을 가져다가 보챠와 대옥의 곳을 믈론ᄒ고 삼인이 쟝시 홈긔 보더니, 일일은 쳥신(淸晨)의 태양이 겨유 오르며 붉기가 블갓혼지라. 보치 쇼샹관(瀟湘官)의 죽음(竹陰)이 쳐량ᄒ고 홍샹 사롬으로 ᄒ여곰 쇼가ᄋ(小哥兒)룰 안고 갓치 와 노더니 왕마미(王嬷嬷) 믄득 쇼가ᄋ룰 다리고 습인(襲人)의 방 즁으로 간지라. 보치 니르디,

“이곳은 탁ᄌ와 의ᄌ 우히 모다 덥지 아니

---

296) 【슈유】 圆 수유(受由). 말미. 휴가. ¶ 假 ‖ 다만 나 조셜근이 염왕의게 알외고 슈유룰 어더야 바야흐로 이곳의셔 글을 지으리라 (只是我曹雪芹要向閻王告假, 纔好在這裏筆耕呢.) <後紅 14:2>

297) 【긔이다】 圈 속이다. ¶ 瞞 ‖ 쏘 셜근을 긔이고 보챠와 디옥으로 더브러 샹의ᄒ여 치량과 단승으로 ᄒ여금 은ᄌ룰 가지고 남변으로 가 죠셜근을 위ᄒ여 가디룰 스고 (又瞞了雪芹, 與寶釵、寶玉商議, 叫蔡良、單昇帶了銀子往南邊去, 替曹雪芹買山置産.) <後紅 14:2>

ᄒᆞ거니와 타쳐ᄂᆞᆫ 도로혀 견ᄃᆡ리오? 금일 오긱의 니ᄅᆞ면 ᄯᅩ 엇더홀 【5】 ᄂᆞᆫ지 모ᄅᆞ리로다.”

대옥이 니ᄅᆞᄃᆡ,

“내 곳은 다힝히 병렴(屛簾)을 거두ᄆᆡ 후원의 셔늘ᄒᆞᆫ 바룸이 드러오ᄂᆞ니, 너ᄂᆞᆫ 보라! 죽림(竹林)이 져러툿 버러 잇셔 바람을 닛그러 내니 엇지 죠치 아니리오?”

보옥이 니ᄅᆞᄃᆡ,

“바룸은 일양이로ᄃᆡ 붓치로 붓치면 곳 이러케 죠치 못ᄒᆞ니 내 다만 이곳의 안져시면 니러날 ᄆᆞ음이 업노라.”

보챠 니ᄅᆞᄃᆡ,.

“죠토다! 태양이 ᄯᅩᄒᆞᆫ 그늘지고 죠흔 바룸이 니러나도다.”

대옥이 믄득 나아가 하늘을 바라보고 니ᄅᆞᄃᆡ,

“금일의 하늘의 구름이 ᄯᅩᄒᆞᆫ 만ᄒᆞ니 우 【6】 의(雨意) 가 잇ᄂᆞᆫ 듯ᄒᆞ도다. 너의ᄂᆞᆫ 모다 와 보라! 져 흰 구름이 층층이 니러나ᄃᆡ ᄯᅩᄒᆞᆫ ᄲᆞᆯ니 모혀드도다.”

보옥이 니ᄅᆞᄃᆡ,

“모다 보라! 져 쳥졍(蜻蜓)이 뭉치지어298) 어내 곳으로셔 왓ᄂᆞ뇨?”

대옥이 니ᄅᆞᄃᆡ,

“죠타. ᄲᆞᆯ니 가 비 오시면 우리 년곳시 ᄯᅩᄒᆞᆫ 믈을 어드리라.”

보챠 니ᄅᆞᄃᆡ,

“너ᄂᆞᆫ 보라. 이 바람이 가쟝 크게 부니 져 년곳이 모다 바람의 ᄶᅥ[썩]거지면 엇지 앗갑지 아니리오? 우리ᄂᆞᆫ ᄯᅩ 가셔 보리라.”

졍히 말홀 ᄉᆞ이의 ᄉᆞ샹운(史湘雲)과 셜보금(薛寶琴)이 ᄯᅩᄒᆞᆫ 오ᄂᆞᆫ지라.

모다 고흥(高興)으로 년곳을 가셔 【7】 보려 홀 시, 대옥은 흑ᄉᆡ고(黑色庫) ᄉᆞ(紗)격삼과 텬쳥화라(天靑花羅) 치마롤 닙고, 보챠ᄂᆞᆫ 심남(深藍) ᄉᆞ격삼과 ᄒᆡᆼ홍화라(杏紅花羅) 치마롤 닙고, ᄉᆞ샹운은 ᄒᆡᆼ황(杏黃) ᄉᆞ격삼과 보라싱쇼 치마롤 닙고, 셜보금은 ᄌᆞ지(紫芝) ᄉᆞ격삼과 월남 ᄉᆞ치마롤 닙고, 모다 귓 밋히 쥬란(珠蘭)과 말니

(茉莉) ᄭᅩᆺ츨 ᄭᅩᆺ고 손의 치식(彩色) 슈(繡) 부치롤 쥐여시며 보옥은 셔흐식(西湖色) 슉라(熟羅) 젹삼과 한빗히 고의(褲衣)롤 닙고 젼(纏)신을 신고, 젹벽부(赤壁賦) ᄡᅳᆫ 파쵸 부치롤 가지고 오인이 일졔히 우향슈(藕香榭)의 니ᄅᆞ러 난간을 붓들고 안져 년못 속 【8】 의 년곳츨 볼 ᄉᆡ, 이 ᄲᅢ의 하늘이 붉은지라 하늘 우히 구름 빗치 년못시 비쵤ᄆᆡ 졍히 시로 마광(磨光)ᄒᆞᆫ299) 거울 갓고 ᄯᅩᄒᆞᆫ 년못의 향긔 바람의 블녀 어ᄌᆞ러이 사롬의 코의 드러 단뎐(丹田)가지 나ᄅᆞ니, 진긔(眞個) 신긔(神氣) 쳥샹(淸爽)ᄒᆞ고 ᄯᅩ 그 년곳이 반기(半開)ᄒᆞᆫ 것도 잇고 셩기(盛開)ᄒᆞᆫ 것도 이시며, ᄯᅩ 허다ᄒᆞᆫ 년입이 바룸을 ᄯᅡ라 어ᄌᆞ러이 번드기고, ᄯᅩ 큰 년입흔 믈 우히 ᄶᅧ시ᄃᆡ 니슬이 구을너 ᄆᆞᆰ은 빗치 구슬갓치 눈의 빗쵤ᄂᆞᆫ지라. 대옥과 보챠와 보금과 샹운 ᄉᆞ인이 다만 말이 업 【9】 시 안져 무슨 녕회(領會)ᄒᆞᆫ ᄯᅳᆺ이 잇ᄂᆞᆫ 듯ᄒᆞᄃᆡ, 보옥은 련ᄒᆞ여 니ᄅᆞᄃᆡ,

“취미잇다.”

ᄒᆞ고 한 ᄯᅥᆯ기 쳥년화(靑蓮花)롤 바라보며 더옥 ᄉᆞ랑ᄒᆞ여 ᄒᆞᄂᆞᆫ지라. 대옥이 믄득 니ᄅᆞᄃᆡ,

“너의ᄂᆞᆫ 보라! 져 쳥년홰 더옥 신션의 픔격이 이시니 우리ᄂᆞᆫ 엇지 칠률(七律) 일슈(一首) 식 지어 ᄭᅩᆺ츨 칭샹(稱賞)치 아니리오?”

ᄉᆞ샹운이 웃고 니ᄅᆞᄃᆡ,

“나ᄂᆞᆫ 일졀 시ᄉᆞ(詩詞)롤 짓지 아니ᄒᆞ노라.”

대옥이 니ᄅᆞᄃᆡ,

“ᄯᅩᄒᆞᆫ 그만 두라! 네 외에도 도로혀 다른 사룸이 잇ᄂᆞ니라. 금미미(琴妹妹)야! 네가 가쟝 민쳡ᄒᆞ니 곳 몬져 짓고 져 량인도 ᄯᅩ 【10】 ᄒᆞᆫ 갓치 지으라. 보금이 웃고 ᄯᅩ ᄒᆞᆫ 번 싱각ᄒᆞ다가 믄득 읇허 니ᄅᆞᄃᆡ,

ᄉᆞ위운졍울남텬(四圍雲淨蔚藍天)
파효ᄒᆡᆼ리견쇼련(破曉行來見素蓮)
팔쳑풍의향탕양(八尺風漪香湯漾)
삼승화로식증션(三昇花露色澄鮮)

---

298)【뭉치짓다】圄 무리짓다. ¶ 成球打滾 ‖ 모다 보라 져 쳥졍이 뭉치지어 어내 곳으로셔 왓ᄂᆞ뇨 (大家瞧那些蜻蜓兒, 成球打滾的, 哪裏來的?)<後紅 14:6>

299)【마광ᄒᆞ다】圄 {마광(磨光)하다}. 갈아서 윤기를 내다. ¶ 磨 ‖ 이 ᄲᅢ의 하늘이 붉은지라 하늘 우히 구름 빗치 년못시 비쵤ᄆᆡ 졍히 시로 마광ᄒᆞᆫ 거울 갓고 (那時候, 天亮得不多一會, 天上的光雲滿映到池子裏, 眞像一個鏡子新磨了水銀似的.) <後紅 14:8>

ᄉ면의 구름이 울남빗 하늘의 맑앗시니
시비를 타 힝ᄒ여 오미 흰 년을 보더라
팔쳑 바람 믈결의 향긔가 탕양ᄒ엿고
삼승 곳 니슬은 빗치 증션ᄒ더라

포셔쳥영방당외(苞舒淸影方塘外)
엽영여혼곡쇼변(葉映餘痕曲沼邊)
약유록쥬림경함(若有綠珠臨鏡檻)
【11】 능파히어량징연(凌波解語兩爭妍)

썰기ᄂ 묽은 그림지 모진 년못 밧긔 폇고
닙혼 나믄 혼격이 굽은 믈가의 비최더라
만일 녹쥬가 잇셔 거울 난간 울림ᄒ면
믈결을 능멸ᄒ고 말을 홀 듯ᄒᄂ 거시 둘
히 고은 거술 닷토더라

즁인이 모다 니ᄅ디,
"가쟝 죠타!"
ᄒ니 보치 웃고 니ᄅ디,
"나도 ᄯᅩᄒ 노즐코져 ᄒ노라."
ᄒ고, ᄯᅩᄒ 읇ᄒ니 닐너시더,

죠량한보슈심료(早凉閒步水心了)
화여파광일양쳥(花與波光一樣靑)
블챠홍의변유티(不借紅衣偏有態)
약분취기암류형(略分翠盖暗流馨)

일쪽 셔눌ᄒ미 믈 가온디 한가히 것기를
맛츠시니
곳과 다못 믈결 빗치 일양으로 푸르더라
붉은 오술 비지 아니ᄒ여도 편벽도이 틱도
가 잇고
약간 푸른 긔를 분변ᄒ미 가마니 향긔가
흐르더라

반즁쥬쥬사쳔류(盤中珠走絲穿柳)
【12】 경리어유영담평(鏡裏魚遊影啖萍)
유취벽통리권긱(携取碧筒來勸客)
쳥가챠진셩시텽(淸歌且趁醒時聽)

숀반 가온디 구슬이 다르니 실은 버들을
ᄢᅦ엿고

거울 속의 고기가 노니 그림ᄌᄂ 마름을
먹더라
푸른 통을 가지고 와 손을 권ᄒ니
묽은 노리롤 씨인 ᄯᅢ의 밋쳐 듯더라

더옥이 니ᄅ디,
"진개 난형난뎨(難兄難弟)니, 보옥아! 너ᄂ
곳 엇더케 지어도 나ᄂ 알건디 네가 일졍코 락
방(落榜)ᄒ리라."
보옥이 우ᄉ며 니ᄅ디,
"너ᄂ 도로혀 짓지 아니ᄒ엿거눌 곳 타인
을 의론ᄒᄂ냐?"
ᄉ샹운이 니ᄅ디,
"보거거(寶哥哥)야. 너ᄂ 져롤 업슈히 너기
지 말나. 져ᄂ 일졍코 샤도온(謝道韞)의 경인귀
(驚人句)가 이시리니 방【13】 ᄌ 그 말을 내이
니 필연 져의 복즁의 글 쵸롤 온당이 내여시리
라. 너ᄂ ᄯᅩ 몬져 외오라."
보옥이 웃고 니ᄅ디,
"내가 곳 한 슈롤 지으리니, 림미미(林妹
妹)야! 네가 몬져 외오라. 뉘가 ᄯᅩ 너의 무슴 공
교ᄒ 글귀롤 도격ᄒ리오? 너ᄂ 보라! 이 곳과
입히 모다 한 빗치라 ᄒᄂ 뜻은 모다 닐ᄏᄅ려
니와 다만 말ᄒ기롤 졍묘히 홀지니 내가 외오면
모다 웃지 말나."
보치 니ᄅ디,
"너ᄂ 지체말고 곳 외오라."
보옥이 믄득 읇허 니ᄅ디,

【14】 초양긔쳐죠함광(初陽起處早含光)
각괴홍의환령방(却怪紅衣幻冷芳)
쵸부혐타시분빅(楚賦嫌他施粉白)
진시만의의홍향(陳詩漫愛倚紅香)

태양이 쳐음 니러 나ᄂ 곳의 일쪽 빗출 머
음어시니
믄득 붉은 오시 츠게 곳다오므로 변ᄒ믈
고이 너기도다
쵸나라 부ᄂ 져의 흰 분을 베플믈 혐의ᄒ
엿고
진가의 시ᄂ 헛도이[300] 붉은 향긔롤 의지

---

300) 【헛도이】 ㉥ 헛되게. ¶ 漫 ‖ 쵸나라 부ᄂ 져의
흰 분을 베플믈 혐의ᄒ엿고 진가의 시ᄂ 헛도이

흐믈 스랑흐엿더라

　　옥환완젼류쳥연[염](玉環宛轉留淸艶)
　　은탁긔스영담쟝(銀橐欹斜映淡粧)
　　요힝션연여련보(僥幸嬋娟與聯步)
　　쇼심대부[동영]슈운향(素心同詠水雲鄕)

옥고리가 완젼흐여시니 푸르고 고은 거슬
먹음엇고
은즈루가 긔스흐여시니 담흔 단쟝의 빗최
더라
션연흔 거시 더브러 거름을 견쥬믈 요힝이
너겨시니
쇼심난과 대부숑이 믈과 구름 시골 닐너라

대옥이 웃고 니르디,
"쳣귀는 쏘흔 무던흐디 그 후【15】는 다
만 긔롱의 말노 흐여시니 진졍 벌을 당홀지라.
내가 만일 교습(敎習)흐는 스승이 될진디 단졍
코 져룰 벌흐고, 다시 져로 흐여곰 시로 짓게
홀지니 이 일슈 글이 도로혀 져의들의 두 슈 사
룰 싸르리오?"
스샹운이 쏘흔 웃고 니르디,
"보거거가 그르지 아니흐거늘 네가 도로혀
아문의 관원갓치 그 글을 쏘노려301) 흐느냐?"
보옥이 웃고 니르디,
"올토다. 너의가 쏘노지 못흐리니 아문의
니르면 다만 쟝원이 되리라."
대옥이 웃고 니르디,
"죠흔 말만 홀 줄 아는 션싱【16】이로다."
보옥이 니르디,
"미미야. 너는 다만 타인만 평논흐고 즈긔
는 필경 엇지 지엇느뇨?"
대옥이 니르디,
"무슨 죠흔 곳이 업스디 다만 보옥의게 비
흐면 져기302) 나으리라."
흐니 즁인이 모다 말흐디,
"올토다. 너는 쏘 외오라."
대옥이 니르디,
"내가 죠치 안타 말흐여시니 너의는 웃지
말나."

보금이 니르디,
"샐니 외올지니 다시는 즈져치 말나."
대옥이 쏘흔 한 슈룰 읇허 니르디,

　　빙졍영슈태영영(娉婷映水態盈盈)
【17】옥골빙긔견야경(玉骨冰肌見也驚)
　　교토미황슈분산(嬌吐微黃須粉散)
　　담셔눈록우스영(淡舒嫩綠藕絲縈)

빙졍이 믈의 비최여시미 티되영영흐여시니
옥골과 빙긔 보와도 쏘흔 놀나리로다
아릿다이 미황빗출 토흐미 슈을의 분이 허
여졋고
담흐게 누록 빗출 펴시미 년실이 얽헛더라

　　화분엽슈텬풍운(花分葉秀天風韻)
　　모비심쳔블셩졍(貌比心淸佛性情)
　　비득인칭샤죠식(配得人稱謝雕飾)
　　지응반부니쟝경(只應攀附李長庚)

곳츤 닙스괴 샌혀난 것슬 난호와시미 하놀
풍운이오
모양이 모음과 갓치 묽아시미 부쳐의 셩졍
일너라
사롬이 닐크르디 죠식흐는 거슬 샤례흐다
흐미 맛당흐니
다만 벅벅이 니쟝경의게 반부흐리로다303)

대옥이 읇기룰 맛치니 스샹운이 웃고 니르
디,
"이는 도로혀 무슴 말을 흐리오?"
흐고 즁인이 쏘흔 일【18】졔히 탄복흐는

---

301)【쏘노다】圖 끊다. 글의 잘잘못을 따져 판단하
　　다. ¶ 考 ∥ 보거거가 그르지 아니흐거늘 네가
　　도로혀 아문의 관원갓치 그 글을 쏘노려 흐느냐
　　(寶哥哥不差呢, 你還要同衙門裏這班人考?) <後紅
　　14:15>
302)【져기】固 약간. 조금. ¶ 些 ∥ 무슨 죠흔 곳이
　　업스디 다만 보옥의게 비흐면 져기 나으리라
　　(好呢, 沒有什麽好處, 不過比上寶玉要强些兒.)
　　<後紅 14:16>
303)【반부흐다】圖 [반부(攀附)하다]. 기어오르다;
　　부를 구하다. 빌붙다. ¶ 攀附 ∥ 사롬이 닐크르
　　디 죠식흐는 거슬 샤례흐다 흐미 맛당흐니 다만
　　벅벅이 니쟝경의게 반부흐리로다 (配得人稱謝雕
　　飾, 只應攀附李長庚.) <後紅 14:17>

붉은 향긔롤 의지흐믈 스랑흐엿더라 (楚賦嫌他
施粉白, 陳詩漫愛倚紅香.) <後紅 14:14>

지라. 보금이 ᄯ 져로 ᄒ여곰 다시 한 번 외오라 ᄒ고 말ᄒ디,

"날노 ᄒ여곰 쓰게 ᄒ고 ᄯ 난·봉 량기(兩個) 미미로 ᄒ여곰 짓게 ᄒ디 져 량인의 필법이 가쟝 죠흐나 다만 겨허컨디 림져져의 글의 눌니믈 닙어 즐겨 짓지 아닐 듯ᄒ도다."

대옥이 웃고 니ᄅ디,

"찬양ᄒ미 너무 과ᄒ도다."

ᄒ고 오인이 한즈음 년화(蓮花)ᄅ 샹완(賞玩)ᄒ디 도로혀 향긔와 빗출 ᄉ랑ᄒ여 즐겨 도라오지 아니ᄒ더니, 홀연 드ᄅ미 년닙 우희 빗쇼리 ᄶ러지고 믈 우희 ᄯ 빗방울이 니【19】 눈지라. 대옥이 니ᄅ디,

"죠토다. 비가 오ᄂᄂ도다. 드ᄅ미 셩샹(聖上)이 일심으로 인민(愛民)ᄒ샤 이 비가 더대믈 위ᄒ여 날마다 쇼의간식(宵衣旰食)ᄒ시고 우리 노야도 ᄯ 밤낫으로 침슈(寢睡)치 아니ᄒ고 쇼찬(素餐)을 먹고 경문(經文)을 닑으며 시벽이면 나아가 반렬을 ᄯ라 긔도ᄒ시니 가히 알니로다. 셩텬지(聖天子) 지셩(至誠)이 감텬(感天)ᄒ샤 구ᄒᄂ 바의 응치 아니미 업도다."

보금(寶琴)이 니ᄅ디,

"진긔 그러ᄒ니 우리 노얘 ᄯ 가쟝 신고(辛苦)ᄒ니라."

보치 니ᄅ디,

"너의ᄂ 보라. 빗방울이 젹지 아니ᄒ니 우리ᄂ 나【20】 려 가리라."

ᄒ고 당각(當刻)의 대옥과 보금과 보챠와 샹운과 보옥이 일졔히 도라올 시 바람이 ᄯ 크게 부러 져의 등의 치마ᄅ 모다 부러 헤치ᄂ지라. 보옥이 뒤ᄒᆨ셔 바라볼 시 대옥은 슈노흔 다홍ᄉ(大紅紗) 고의ᄅ 닙고 보챠ᄂ 슈노흔 텬쳥(天靑) ᄉ고의(紗褲衣)ᄅ 닙고 보금은 슈노흔 아황ᄉ(鵝黃紗) 고의ᄅ 닙어시디 홀노 샹운의 치마ᄂ 허여지지 안ᄂ지라. 보옥이 깃거 니ᄅ디,

"이 바람이 ᄯ 운치 잇도다."

ᄒ니 보챠와 대옥이 붓치ᄅ 가져 가리디 도로혀 큰 ᄉ미가 블녀 귓밋【21】 출 가리ᄂ지라. 샹운이 다만 웃고 니ᄅ디,

"그만 두라. 날노 ᄒ여곰 몬져 가ᄂ 거시 곳 죠흐리라."

ᄒ니 진긔 져의 말디로 ᄒ미 ᄯ 이샹ᄒ믄 풍우가 크게 너러날ᄉ록 오시 젓지 아니ᄒ고

치마가 블니지 안ᄂ지라. 즁인이 다만 탄식블이(歎息不已)ᄒ고 니ᄅ디,

"ᄉ샹운이 도롤 임의 일우워 일후의 필경 빅일비승(白日飛昇)ᄒ고 육신샹텬(肉身上天)ᄒ리라."

ᄒ더라.

쇼샹관의 니ᄅ미 일긔(一刻)이 못되여 비가 붓ᄃ시 오디 다힝이 왕마미 임임[의] 쇼가ᄋ(小哥兒)ᄅ 안고 간지라 보치 도로혀 방심홀 시, 이【22】 ᄶ의 구름이 쇼ᄉ오르며 일긔 혼혹(昏黑)ᄒ여 지쳑을 난변(難辨)ᄒ며 ᄯ 번개 니러나 홀연 뢰뎡(雷電)이 대쟉ᄒ미, 보옥이 황겁ᄒ여 쇼희ᄋ 갓치 대옥과 보챠의 신샹으로 안치며 ᄌ견(紫鵑)과 쳥문(晴雯)과 잉이(鶯兒) ᄯ흔 와셔 호위ᄒ니 원리 보옥이 가쟝 뢰뎐을 두려워 ᄒ미라. 보금과 샹운이 우슘을 참지 못ᄒ며 보옥은 ᄯ 손고락으로 귀ᄅ 막더니 비가 ᄯ 밍렬ᄒ여 반시긱이 못되여 뉵칠 촌이 너머 되더니 바야흐로 졈졈 젹게 오며 바람도 ᄯ 젹게 부더【23】니, 다만 드ᄅ미 원즁 각쳐의 믈쇼리 가득ᄒ며 쇼챠환들이 드러와 니ᄅ디,

"진개 보기 죠토다. 산의 믈이 ᄉ면으로 흐ᄅ디 은빗보다 더 맑고 쇼리도 ᄯ흔 듯기 죠타."

ᄒ거늘 보옥이 즉시 니러나 믈을 가셔 보고져 ᄒ여 습인으로 ᄒ여곰 북졍왕(北靖王)이 져의게 보낸 ᄉ립(簑笠)과 목극(木屐)을 가져다가 쓰고 신으며 즉시 다라갈 시 대옥이 니ᄅ디,

"무ᄉᆫ 긴요ᄒᆫ 일이뇨? 비가 멈츄기ᄅ 기다려도 도로혀 볼 거시 이시리라."

ᄒ디 보옥이 엇지 즐겨 드ᄅ리오? 즁ᄌᄆᆡ(衆姊妹)와 챠환【24】 도 ᄯ흔 져ᄅ ᄯ라 갈 시 보옥이 산동구[山洞]ᄅ 지나여 년못ᄉ로 갓가이 오미 다만 구인(蚯蚓)과 슈계(水鷄) 쇼리ᄅ 드ᄅ미 ᄯ 대면ᄒ 월낭쟝변(月蘭墙邊) 난간 아리 여러 구븨 시내믈이 은과 눈빗ᄀᆺ치 쑈아 나려오며 구리 홈의 ᄶ러져 부디치미 거문고와 쥭방울 쇼리와 ᄀᆺ투여 십분 듯기 죠흐며 ᄯ 류리방(瑠璃房)의 니ᄅ미 류리 밧긔 열아믄 줄기 시내믈이 빗최ᄂ지라. 보옥이 가쟝 고흥이 나 년못 가흐로 지나갈 시 나무신이 벗셔지며 한 번 실족(失足)ᄒ믈 엇지 혜【25】 아려시리오? 한 다리가 년못 속으로 드러가ᄂ지라 보옥이 황겁ᄒ여 다

리롤 쓰어내려 홀 시, 무심중의 한 번 몸을 돌치다가 쏘 한 번 것구러져304) 만면(滿面)의 진흙이 뭇고 혼신샹히(渾身上下) 모다 진흙 속으로셔 나옴과 又튼지라. 맛춤 여러 주미와 챠환들이 오다가 이 광경을 보고 일졔히 대쇼흐고 샹운은 박쟝흐며 니르디,

"죠흔 일기 진흙 보옥이로다."

흐니 보옥이 더욱 한탄흐여 니러나며 니르디,

"너의 무리는 사롬이 아니로다. 내가 것구러져 이 모양 【26】 이 되엿거눌 너의눈 도로혀 겨럿툿 웃느뇨? 대옥이 믄득 보옥을 위흐여 챡급(着急)흐여 흐며 련망(連忙)히 주견 등으로 흐여곰 가셔 져롤 쓰을나."

흐며 일변 사롬으로 흐여곰 샐니 오술 가져 오라 흐니 주견과 잉으와 쳥문이 쏘흔 주긔롤 도라보지 못흐고 즉시 진흙 무든 보옥을 붓드러 니르혀니 중인이 보옥의 안상(顔相)을 보미 진흙이 무더 귀신 又혼지라 우음을 참지 못흐고, 대옥은 황망히 가셔 보더니 니르디,

"다힝이 머리터럭의 진흙이 뭇지 아니 【27】 흐엿도다. 만일 진흙이 무더시면 더욱 삣기 어려오리라."

샹운이 웃고 니르디,

"보거거야! 너는 샐니 머리롤 가져 쏘 진흙 속의 너흐라. 림져져의 머리 삣눈 슈단을 시험케 흐눈 거시 죠흐리라."

흐니 중인이 요졀흐게 웃눈지라. 대옥이 얼굴이 붉어지며 샹운을 향흐여 한 번 혀 추고 보옥은 더욱 어즈러이 쮜노니 원리 진흙 무든 사롬이 쮜노지 못흐여 한 번 쮜놀면 진흙이 곳 타인의 신샹의 쑤리눈지라 보옥이 한 번 쮜놀미 쳥문의게 진흙 【28】 이 만히 쮜여 갓눈지라. 쳥문이 믄득 한흐여 니르디,

"쇼죠죵(小祖宗)아. 이거시 무순 일이뇨? 나는 너롤 복시(服侍)흐거눌 너는 도로혀 나의게 진흙을 쑤리느냐? 쏘흔 스대고낭(史大姑娘)이 우음을 췌흐고즈 홀지니 쏘흔 셔셔히 흐라."

보치 우음을 참지 못흐고 니르디,

"일업시 밧바흐눈 림미미눈 실노 낙극싱비(樂極生悲)흐도다."

흐고 죠히 한 지위305) 들네여 겨유 보옥이 목욕흐고 의샹을 밧고와 닙엇더니 다만 보미 가련이 나눈 두시 드러와 니르디,

"보형뎨야. 너는 이곳의셔 샐니 【29】 필연(筆硯)을 가지고 대궐노 드러가라."

흐니 중인이 모다 놀나 벙벙홀 시 가련이 일변으로 헐더기며 일변으로 말흐여 니르디,

"내각(內閣) 하인이 와셔 니르디 나는 두시 힝흐여 일긱을 어긔지 말나 흐여시니 너는 샐니 가라. 강·림(姜林) 이공(二公)도 쏘흔 챠롤 타려 흐느니라."

보옥이 련망히 오술 닙고 갈 시 중인이 모다 왕부인의 곳의 니르러 져롤 위흐여 크게 념녀흐며 왕부인은 니르디,

"죠뎡 은뎐(恩典)과 죠죵(祖宗)의 여음(餘蔭)을 힘닙어 일기 한림(翰林)을 어더시니 원리 맛당히 공부롤 【30】 챡실이 홀 거시어눌 한님 벼술흐는 이가 엇지 이러툿 믈분슈(勿分數)혼 히지(孩子) 이시리오? 죵일의 글도 보지 아니흐고 글시도 비호지 아니흐며 다만 들네여 날을 지내고 져의 부친도 쏘흔 져다려 공부흐기롤 권흐디 일향 듯지 아니흐니 누구롤 원망흐리오? 금일의 시췌(試取)흐미 쏘흔 이샹흐니 난가으(蘭哥兒)도 부르지 아니흐고 강·림 이공과 又치 부르시니 필경 무순 시췌롤 흐시눈지 모르리로다."

평이 니르디,

"련이으[야](璉二爺)눈 여러 길노 사롬을 보내여 탐지흐라."

흐며 왕부인과 다 【31】 못 중인은 다만 보옥을 위흐여 근심흐더니 한즈음 지내여 가졍이 도라와 쏘흔 탄식흐여 니르디,

"그만 두라. 졔 진죠대로 글을 지어 텬은(天恩)만 기다리는 거시 쏘흔 올토다."

흐더니 오후의 니르미 다만 보니 사롬이 여러 추례로 와 훤텬동디(喧天動地)흐며 희보(喜

---

304) 【것구러지다】图 거꾸러지다. 엎어지다. ¶ 栽 ‖ 무심중의 한 번 몸을 돌치다가 쏘 한 번 것구러져 만면의 진흙이 뭇고 혼신 샹히 모다 진흙 속으로셔 나옴과 又튼지라 (不了一轉身又栽了一跤, 弄得滿面泥汚, 渾身上下竟像河泥裏頭鑽出來的.) <後紅 14:25>

305) 【지위】图 차례. 번. ¶ 會子 ‖ 죠히 한 지위 들네여 겨유 보옥이 목욕흐고 의샹을 밧고와 닙엇더니 다만 보미 가련이 나눈 두시 드러와 (鬧了好一會子, 剛纔洗淨了, 換過衣裳, 只見賈璉飛跑進來.) <後紅 14:28>

報)롤 젼ᄒ거놀 가졍이 년망히 나아가 무러보니
원리 텬ᄌ긔셔 빅셩을 ᄉ랑ᄒ여 비롤 기다리시
ᄂ지라. 여러 달이 가무다가 희우(喜雨)롤 어드
믈 위ᄒ여 셩심이 쾌열(快悅)ᄒ샤 희우롤 위ᄒ
여 고풍(古風) 일슈롤 지【32】으시고 즉시 한
림단ᄌ(翰林單子)롤 드리라 ᄒ여 일홈 아시ᄂ
사롬을 낙졈(落點)ᄒ시고, 쏘 셔울 잇ᄂ 쟝원 ᄉ
오인과 방안(榜眼)과 탐화(探花) 십여인과 다못
다른 아문의 명ᄉ(名士)롤 모다 삼십륙인을 낙
졈ᄒ샤 내뎐(內殿)으로 블너드려 어졔 시롤 화
답게 ᄒ고 쏘 부(賦) 한 슈(首)롤 더 짓게 ᄒ디,
향 티 우ᄂ 거술 한ᄒ여 졍권[交卷]ᄒ라 ᄒ시고
샹방 찬믈을 쥬시며 셩샹이 친히 뎐샹의 어거ᄒ
샤 당쟝의 갑을(甲乙)을 뎡ᄒ시니 보옥이 황급
히 드러가미 셔진(書鎭)을 가지지 아니ᄒ엿ᄂ지
라 통령옥(通靈玉)을【33】 글너 내여 죠희롤 누
ᄅ니 진개 그옥이 통령ᄒ여 사롬으로 ᄒ여곰 셩
각이 시암 솟둧ᄒ여 문블가졈(文不加點)ᄒ고 일
필휘지(一筆揮之)ᄒ여 일텬으로 졍권ᄒ고 일면
으로 통령옥을 도로 츠며 그곳의 잇셔 셩지(聖
旨)롤 기다리더니 텬ᄌ긔셔 이 글을 몬져 보시
미 젼편(全篇)의 말ᄒ 거시 모다 경텬근민(敬天
勤民)ᄒ여 지셩이 감심ᄒ 의ᄉ라. 믄득 셩심(聖
心)의 합당이 너기시고 쏘 부 일편도 공교ᄒ미
죠화롤 앗고 필법도 왕희지(王羲之)롤 비화시미
가히 ᄉ랑ᄒ염족ᄒ고 츄후 각【34】 인이 글을
맛쳐 홈긔 진졍ᄒ미 한 쟝도 가히 이 글쟝을 ᄯ
ᄅ리 업ᄂ지라. 텬지 즉시 보옥의 글쟝을 일등
뎨 일인으로 뎡ᄒ시고 기여ᄂ 모다 이등으로 돌
녀 보내실 시 강경셩(姜景星)은 이등 뎨 팔인이
되고 림량옥은 이등 뎨 삼인이 되고 도로혀 년
노(年老)ᄒ 션비 긔인은 문법이 부죡ᄒ여 편검
(編檢)306) 벼슬노 강직(降職)ᄒ고 보옥은 시독학
ᄉ(侍讀學士)롤 보궐ᄒ시고 량옥도 쏘ᄒ 좌츈방
찬션(左春坊贊善) 벼슬노 승품(陞品)케 ᄒ실 시,
텬지 즉시 보옥의 시권을 가져 여러 시관의게
뵈시니【35】 무블탄복(無不歎服)ᄒᄂ지라.

셩심이 십분 희열ᄒ샤 어필(御筆)노 '쳥운
만후진(靑雲滿後塵)' 편익(扁額)을 쓰시고 어보
롤 쳐 보옥을 샹급ᄒ시고 쏘 문방ᄉ보(文房四
寶) 녀섯 벌과 병 일긔와 여의(如意) 일개롤 샹

급ᄒ시니, 보옥이 셩은을 슉샤ᄒ고 탑젼의 하직
ᄒ 후의 도라왓ᄂ지라. 가졍(賈政) 등이 듯고 일
긔(一家) 환희ᄒ며 대옥의 심즁의ᄂ 더옥 득의
ᄒᄃ 보옥이 이번의 림・강 이인의 압두ᄒᄆ307)
위ᄒ미터라.

가졍 일긔 모다 환희ᄒ며 쏘ᄒ 허다 하직
이 문의 니ᄅ러 보옥의 시권을 쳥ᄒ여 볼 시,【
36】 졍히 보옥으로 ᄒ여곰 등츌(謄出)ᄒ라 ᄒ니
보옥이 어졔롤 화답ᄒ 시ᄂ 믄득 긔록ᄒᄃ 부
(賦)ᄂ 젼편을 외오지 못ᄒ고 다만 몃 귀롤 셩
각ᄒ여 대옥과 보챠로 ᄒ여곰 치와 지어 가졍의
게 보내니 가졍이 졍히 가지고 볼 시 홀연 림지
회(林之孝) 명텹(名帖)을 드리거놀 가졍이 바다
셰셰히 보다가 즉시 말ᄒ디,

"샐니 쳥ᄒ라."

ᄒ고 일변으로 ᄌ긔가 쏘ᄒ 마져 나아가니

<hr>

306) 편검(編檢): 卽編修・檢討的略稱. 都爲翰林院的
　　所屬職官.

<hr>

307)【압두ᄒ다】圖 압두(壓頭)하다. 압도(壓倒)하다.
　　¶ 通壓 ‖ 가졍 등이 듯고 일긔 환희ᄒ며 대옥의
　　심즁의ᄂ 더옥 득의ᄒᄆ 보옥이 이번의 림강 이
　　인의 압두ᄒᄆ 위ᄒ미터라 (賈政等聽了合家歡喜,
　　這黛玉心裏格外的得意,　爲的是寶玉今番把林姜二
　　人通壓下去了.) <後紅 11:5>

21

□□□□□□□□ □□□□□□□□

甄士隱半勸賈雨村 甄寶玉變作賈寶玉

원리 명텹 우희 쓰기롤, '셰우질(世愚姪) 진보옥(甄寶玉)은 돈슈비(頓首拜)라' 뻣고, 쏘 져의 부친 안국공진응가(安國公甄應嘉)의 【37】 일봉 셔신이 이시디 그 셔신 쇽의 쥬친가(周親家)의 셔신 일봉과 진스은(甄士隱)이 셜반(薛蟠)의게 붓치는 셔신 일봉이 쏘 드럿느지라. 쏘흔 그 연고롤 아지 못ᄒ여 ᄌ셰히 보고 바야흐로 그 위졀(委折)을 아니 진응가(甄應嘉)의 셔신의 말ᄒ여시디,

"안무ᄒ는 ᄉ졍을 졍히 판리(辦理)ᄒ더니 변방의 의외에 변난이 니러나미 다힝히 녕친쥬통졔(令親周統制) 대인이 일위 이인을 쳔거ᄒ여시디 쏘흔 나의 동종이니 셩은 진(甄)이오, 일홈은 ᄉ은(士隱)이라. 도슐을 힝ᄒ여 만융(蠻戎) 열아믄 나라 인군(人君)을 쳐셔 항복 【38】 바다 일삭지간(一朔之間)의 격셔(檄書)롤 젼ᄒ여 평뎡(平定)ᄒ니 진션싱이 나라와 빅셩을 위ᄒ여 이런 큰 공업을 셰윗느지라. 뎨와 다못[308] 통졔공이 련명(連名) 샹쇼ᄒ여 져롤 보쳔ᄒᄒ엿노라."[309]

ᄒ엿고, 그 곳히 쏘 가졍과 왕부인의 안부롤 뭇고 인ᄒ여 ᄋᄌ 진보옥이 경셩의 나아가 관직을 기다리는 일을 가져 져의게 부탁ᄒ여시며 쏘 쥬경(周璟)의 셔신 쇽의는 진ᄉ은이 공을 셰워 ᄌ긔와 다못 진응긔 보쥬(保奏)흔 일을 명빅히 말ᄒ엿고 쏘 말ᄒ디,

"이 진ᄉ은은 곳 셜녕친(薛令親)의 친긔 【39】 로디 젼일의 일즉 왕리ᄒ여 셔회(叙懷)치 못ᄒ엿다."

ᄒ고 쏘 말ᄒ디,

"이번의 뎨와 다못 안국공이 졔롤 보거(保擧)ᄒ엿더니 졔가 믄득 원임(原任) 순쳔부윤(順天府尹) 가우쵼(賈雨村) 션싱이 방ᄌ 환ᄒᄒ풍파(宦海風波)롤 지내여 뜻을 뎡ᄒ여 산의 도라가 슘고 즐겨 나오지 안는지라. 진ᄉ은이 삼오ᄎ 사름을 보내여 나오기롤 권ᄒ디, 우쵼(雨村) 션싱이 간졀이 일봉셔롤 보내여 말ᄒ여시디, 져는 곳 득죄흔 사름이라 비록 셩쥬긔셔 은뎐이 관디ᄒ샤 원리 허믈을 바리고 록용(錄用)ᄒ시는 젼례 이시디 【40】 다만 셩텬지 명양일덕(明良一德)ᄒ시고 군현이 만죠흔지라 ᄌ긔 젼일의 허다 죄과롤 싱각건디 가히 군부롤 디홀 낫치 업스니 다만 심산궁곡(深山窮谷)의 가셔 몸을 졍히 ᄒ고 힝실을 닥다가 후셰의 다시 사름이 되여 진츙보국(盡忠報國)ᄒ여 일긔 완젼흔 신히 되는 거시 죠코, 진션싱은 지금 대공을 셰워 셩명이 죠야의 현져ᄒ여시니 졍히 맛당히 일국 대ᄉ롤 판리ᄒ여 일홈을 쥭빅(竹帛)의 드리오고 텬은을 보답ᄒ면 다만 셩텬지 그 공로롤 긔록ᄒ샤 즐겨 너로 ᄒ여곰 【41】 산의 도라가게 아니ᄒ실 ᄲᅮᆫ 아니라 쏘 밧그로 변방을 진무ᄒ고 안흐로 졍ᄉ롤 도울지니 밧드러 권ᄒ건디 다시 혼취(婚娶)롤 힝ᄒ여 실가(室家)롤 뎡ᄒ라."

ᄒ고 우쵼 션싱이 이 글을 붓치고 믄득 표연이 부지거쳐(不知居處)ᄒ엿느지라. 진ᄉ은이 져의 말이 유리ᄒᄆᆯ 보고 다만 도복을 곳치고

209

308) 【다못】囝 더불어. 함께. ¶ 與∥ 진션싱이 나라와 빅셩을 위ᄒ여 이런 큰 공업을 셰윗느지라 뎨와 다못 통졔공이 련명 샹쇼ᄒ여 져롤 보쳔ᄒ엿노라 (這甄先生爲國爲民, 建此絶大功業, 弟與令親統制公, 連名保奏他.) <後紅 14:38>

309) 【보쳔ᄒ다】囵 {보쳔(保薦)하다}. ¶ 保奏∥ 진션싱이 나라와 빅셩을 위ᄒ여 이런 큰 공업을 셰윗느지라 뎨와 다못 통졔공이 련명 샹쇼ᄒ여 져롤 보쳔ᄒ엿노라 (這甄先生爲國爲民, 建此絶大功業, 弟與令親統制公, 連名保奏他.) <後紅 14:38>

공명을 힘뼈 지금 이곳의 잇셔 셩지롤 기다리고
믄득 쇼데로 더브러 인아지의롤 펴고 또 져의
영년(英蓮) 녀ㅇ롤 싱각ㅎ여 말ㅎ더,

　　"이논 곳　녕이질(令姨姪)　며느리310) 향룽
(香菱)이라 ㅎ논 일위【42】 부인이라."

　　ㅎ고 즉시 쇼데의게 부탁ㅎ여 일봉 가셔롤
져의게 붓쳐 달나 ㅎ엿다 ㅎ고, 한 면의 가졍과
왕부인과 다못 탐츈의 안부롤 뭇고 쏘흔 탐츈의
쥬고야(周姑爺)의　가셔(家書)도 잇거놀 가졍이
경회블이(驚喜不已)ㅎ여 일변으로 분부ㅎ여 진
보옥을 청ㅎ여 드리라 ㅎ고, 일변 가련으로 ㅎ
여곰 셔신을 가져 내간의 드려 보내고 왕부인과
탐츈과 다못 셜대내내(薛大奶奶)의게 고ㅎ라 ㅎ
며, 가졍이 믄득 영졉ㅎ라 나아갈 시 진보옥이
영회당(榮禧堂)의셔 가졍을 만는지라【43】 가졍
이 블승환희ㅎ여 즉시 숀을 닛글고 셔방으로 니
르럿더니 진보옥이 가부(賈府)의 허다흔 희신(喜
事) 이시믈 듯고 믄득 일일히 치하ㅎ거놀 가졍
이 져로 더브러 슈삼츠 좌롤 양ㅎ니 진보옥이
숀을 느리고 머리롤 죠으며 니르더,

　　"즈긔논 질이(姪兒)라. 만일 이러툿 좌롤
양(讓)ㅎ시면 질ㅇ논 곳 감히 당치 못ㅎ리니, 다
만 셔셔 교훈을 듯는 거시 죠흐리로다."

　　가졍이 니르더,

　　"셰형(世兄)아. 무슨 말이뇨? 나 ズ흔 늙은
사롬이 빈쥬지례(賓主之禮)롤 죠금도 모른다 니
르기 어렵도다."

　　진보옥【44】이　단졍코　스데지의(師弟之
義)로 좌졍ㅎ기롤 쳥ㅎ거놀 가졍은 죵시 도학
(道學) 잇는 사롬이오, 즈긔가 쏘 져의게 쟝노지
렬(長老之列)이 되는 거술 밋고 또 졔가 십분
겸양ㅎ믈 보고 믄득 니르더,

　　"그만 두라. 우리는 쏘흔 캉311)의 오르지
말고 홈긔 안져 담화ㅎ리라."

　　진보옥이 쏘 니르더,

　　"빅부(伯父) 교훈을 질이 감히 좃지 아니리
오마는 다만 질이 셰교롤 의론ㅎ면 원리 시립
(侍立)ㅎ는 거시 맛당ㅎ고, 둘지는 질이 빅부의
덕틱을 의지ㅎ여 능히 히부(該府) 관원의 보졀
ㅎ면 빅부는 곳 당관(堂官) 대인이오,【45】질ㅇ

　　논 쏘흔 스관의 쥬례가 이실지니라."

　　가졍이 니르더,

　　"셰형은 너무 겸샤치 말나. 데가 외람이
당관이 되여시더 곳 본부 스관 노야 둘이 와도
쏘흔 스데롤 츌혀 안지 아니ㅎ여시며 임의 셰리
이시니 너는 다만 내 말을 좃는 거시 올흐리
라."

　　ㅎ니 진보옥이 감히 스양치 못ㅎ고 다만
다시 고두ㅎ며 안즈믈 고ㅎ고 가졍으로 더브러
궤(几)롤 격(隔)ㅎ여 일즈로 안줄 시, 가졍이 몬
져 안무(安撫) 스졍을 일일히 뭇고 쏘 죤당 안
부롤 무르며 진스은을 보거ㅎ는 쇼식도 즈셰히
【46】 뭇고 쏘 말ㅎ더,

　　"샹쇼롤 밧쳣느냐 아니ㅎ엿느냐?"

　　진보옥이 니르더,

　　"밧쳣다."

　　ㅎ더니 외면의 림지회 드러와 픔ㅎ여 니르
더,

　　"셜부즁 셜이애(薛二爺) 드러와 진쇼ㅇ(甄
少爺)로 더브러 단회(團會)코즈 ㅎ다."

　　ㅎ거놀 가졍이 믄득 짐쟉ㅎ더,

　　'향룽의 곳의셔 셔신을 보고 셜과(薛蝌)로
ㅎ여곰 와 말을 무르려 ㅎ미로다.'

　　ㅎ고 진보옥의게 고ㅎ여 니르더,

　　"이논 곳 녕친가(令親家) 셜이개(薛二哥)니
귀부(貴府) 동미부는 곳 져의 령형(令兄)이오,
겸ㅎ여 나의 집 외싱(外甥)이며 쏘 이식부(二媳
婦)의 거게(哥哥)니라."

　　진보옥이 니르더,

　　"스은(士隱)【47】 션싱이 임의 가대인(家大
人)으로 더브러 죵족지의(宗族之義)롤 펴미 원리
일가분지(一家分枝)며 더옥 가대인으로 더브러
뎨형(弟兄) 항(行)이 되며 쏘흔 가쟝 셔로 죠하
ㅎ는지라. 질이 스은 션싱의 년긔가 가대인보다
몃 히 격으믈 인ㅎ여 이슉(二叔)이라 부르느니
이슉이 원리 질ㅇ의게 분부ㅎ더 빅부긔 뵙고 즉
시 셜부즁의 가셔 스미롤 보라 ㅎ더니 의외예
셜이애 도로혀 몬져 왓도다."

　　가졍이 더옥 깃거 셜과롤 년망히 쳥ㅎ여

---

310)【며느리】囲 며느리. ¶ 媳 ‖ 이논 곳 녕이질
　　며느리 향룽이라 ㅎ논 일위 부인이라 (就是令姨
　　姪媳名香菱的這一位.) <後紅 14:41>

311)【캉】囲 {캉炕 kàng}. 중국 북방 온돌. 중국어
　　차용어. ¶ 炕 ‖ 우리는 쏘흔 캉의 오르지 말고
　　홈긔 안져 담화ㅎ리라 (咱們也不用上炕, 一塊兒
　　坐着講句話吧.) <後紅 14:44>

드러오라 ᄒ고, 또ᄒ 가련으로 ᄒ여곰 보옥과 난가ᄋ롤 【48】 블너 나와 져로 더브러 밥을 먹고 담화ᄒ라 ᄒ며, 가경은 믄득 스스로 왕부인 방중의 니ᄅ러 허다 ᄉ졍을 말ᄒ홀 시, 맛춤 니환과 대옥과 보치 모다 그곳의 잇ᄂ지라 가경이 몬져 림대옥의게 말ᄒ디,

"너의 우쳔(雨村) 션싱이 젼일의 군긔쳐(軍機處)의 잇셔 그쳐럼 ᄉ단(事端)이 만핫더니 이제 져롤 쳔거ᄒᄂ 사롬이 잇거늘 졔가 도로혀 결단코 산으로 드러가시니 실노 환히풍파(宦海風波)롤 지내미 또ᄒ 심담(心膽)이 경겁(驚怯)ᄒ미니 져롤 고이히 너길 거시 업도다."

ᄒ고 쏘 셜보챠(薛寶釵)의 【49】 게 말ᄒ디,

"너의 친가 ᄉ은 션싱이 일심으로 고샹기지(高尙其志)ᄒ더니 이제 져러틋 일쟝 공업을 셰우믈 헤아리지 못ᄒ여시니, 너의 녕쉬(令嫂)이 쇼식을 드른 후의 또ᄒ 아지 못게라 엇더케 환희ᄒ리오? 쟝리 반외싱(蟠外甥)도 또ᄒ 져의 여음(餘蔭)을 힘닙을지니 나의 심중의 가쟝 환희치 아니ᄒ리오?"

왕부인이 우스며 니ᄅ디,

"이ᄂ 실노 몽중의도 싱각지 못ᄒ엿노라."

가경이 말을 맛치고 도로 외당으로 나아가 진보옥으로 더브러 담화ᄒ려 ᄒ더라.

보치 믄득 니ᄅ 【50】 디,

"우리 대슈ᄌᄂ 본리 가련ᄒ도다. 젼일 원굴ᄒ믈 바드믄 말노 다ᄒ지 못ᄒ여 흥샹 사롬 업ᄂ 곳의셔 곡읍(哭泣)ᄒᄂ니, 모르ᄂ 사롬은 다만 니ᄅ디, '졔가 거거의 출문지외(出門在外)ᄒ믈 위ᄒ여 이갓치 ᄒᄂ다' ᄒ디, 기실은 거게 집의 잇셔도 졔가 또ᄒ 가쟝 담연(淡然)ᄒ미, 가중 사롬이 모다 져의 무슨 의ᄉ룰 헤아리지 못ᄒ더니 우리 고슈간(姑嫂間) 졍분이 원리 두터워 죵용ᄒ312) 곳의셔 져의게 무ᄅ디 또ᄒ 즐겨 말ᄒ지 아니ᄒ니, 젼일은 구ᄐ여 말ᄒ홀 거시 업ᄉ디 츄후 졍실 【51】 의 거ᄒ여도 도로혀 져러틋 ᄒᄂ지라. 내가 쏘 져의게 무ᄅ디, '슈ᄌ야 네가 지금은 도로혀 무슨 원통ᄒ미 잇ᄂ뇨?' ᄒ니, 졔가 다만 한 마디 샹심ᄒᄂ 말을 내여 니

ᄅ디, '고낭아 내 이졔 도로혀 맛당치 못ᄒ도다' ᄒ더니, 이졔 싱각건디 일일이 명빅ᄒ지라. 원리 다만 져의 부친의 죵젹이 업스믈 위ᄒ미러니 졔가 이졔 엇더케 즐길ᄂ지 모로리로다."

왕부인이 탄식ᄒ여 니ᄅ디,

"이ᄂ 바야흐로 효녀라 니롤지니 또ᄒ 가련ᄒ도다. 너의 한 무리 ᄌ미들이 버러 안졋 【52】 거니와 뉘 본가 왕리가 업스리오? 곳 쳥문 히ᄌ도 또ᄒ 챠싱ᄒ313) 모친이 잇ᄂ니 가련토다. 이 히지 쟝리의 부녜 샹봉ᄒ리로다."

대옥이 니ᄅ디,

"보겨져ᄂ 평론ᄒ라. 이마(姨媽)긔ᄂ 내가 계녀ᄋ(繼女兒)가 되ᄂ지라 너의게 비치 못ᄒ려니와 네게 고ᄒᄂ니 우리 고슈간의ᄂ 내가 도로혀 네게 비ᄒ여 더옥 친밀ᄒ믄 엇지미뇨? 졔가 젼일의 나롤 짜라 시 짓기롤 비ᄒ려ᄒ홀 시 졔가 믄득 나의게 고ᄒ여 날노 ᄒ여곰 다른 사롬의게 고치 말나 ᄒ고, 졔가 죵용히314) 나롤 잡고 말ᄒ 【53】 디 '너와 나 량인은 일양으로 무부무모(無父無母)ᄒ고 일양으로 가히 도라갈 집이 업ᄂ지라 한 무리 연쟉(燕雀)이 모혀 단니ᄂ 거슬 보와도 또ᄒ 눈믈이 나ᄂ니 너ᄂ 다만 날노 ᄒ여곰 몃귀 글을 지어 샹심ᄒᄂ 말을 니ᄅ게 ᄒ라' ᄒ미, 내가 또ᄒ 일양으로 샹심ᄒ고 지금가지 타인의게 고치 아니ᄒ엿더니 츄후 우리 량대게(大哥) 오미 졔가 쏘 말ᄒ디, '림고낭아 이졔ᄂ 내가 밋지 못ᄒ리니 너ᄂ 친 거거가 잇셔 왓다' ᄒ거늘 내 또ᄒ 가마니 져롤 권히(勸解)ᄒ엿더니 엇지 이졔 【54】 친싱 부친이 이실 쥴을 헤아려시리오?"

ᄒ고 대옥이 안졍(眼睛)이 븕으며 몃 졈 눈믈을 흘니거늘 왕부인 등이 다만 탄식ᄒ더라.

외당의셔 가졍이 진보옥을 보내고 다시 드러와 진보옥을 칭찬블이(稱讚不已)ᄒ며 니ᄅ디,

---

312) 【죵용ᄒ다】 圖 {죵용(從容)하다}. 조용하다. ¶ 우리 고슈간 졍분이 원리 두터워 죵용ᄒ 곳의셔 져의게 무ᄅ디 또ᄒ 즐겨 말ᄒ지 아니ᄒ니 (我們姑嫂情分原也好, 背地裏問着他, 也不肯說.) <後紅 14:50>

313) 【챠싱ᄒ다】 圖 {차생(借生)하다}. ¶ 借生 ∥ 곳 쳥문 히ᄌ도 또ᄒ 챠싱ᄒ 모친이 잇ᄂ니 가련토다 이 히지 쟝리의 부녜 샹봉ᄒ리로다 (便晴雯這孩子, 也有個借生的媽趕着叫, 可憐見的這孩子, 將來父女重逢了.) <後紅 14:52>

314) 【죵용히】 圖 {죵용(從容)히}. 조용히. 몰래. ¶ 悄悄的 ∥ 졔가 죵용히 나롤 잡고 말ᄒ디 너와 나 량인은 일양으로 무부무모ᄒ고 일양으로 가히 도라갈 집이 업ᄂ지라 (他悄悄的拉了我說'你我這兩個人, 一樣的沒爹沒媽, 一樣的無家可歸.) <後紅 14:52>

"지금 벼술을 말홀진ᄃ 보옥은 한림아문
(翰林衙門)이오, 져ᄂ 부죠아문(部曹衙門)이로ᄃ,
다만 져의 긔샹이 도로혀 쓰게시니 응대ᄒᄂ 례
졀은 더덕 말홀 거시 업도다."

ᄒ고 믄득 보옥을 블너 챡실이 한즈음 슈
죄(數罪)ᄒ여 니ᄅᄃ,

"너ᄂ 보라. 타인은 【55】 져쳐럼 무던ᄒ거
놀 너ᄂ 스스로 혜아리ᄃ 엇덧타 ᄒ리오? 너ᄂ
니ᄅ기ᄅ 네가 셩권(聖眷)을 닙어 벼술을 숭픔
ᄒ엿다 ᄒ나 네게 니ᄅᄂ니 일시간 시춰의 낙과
(落科)ᄒ면 벼술을 모다 바려도 오히려 부죡ᄒ
거든 ᄒ믈며 진ᄉ(進士) 반렬의 참예ᄒ리오? 너
ᄂ 져의 지식을 혜아리라. 곳 네가 몃 귀 시문
(詩文)을 몃군다 ᄒ여도 션븨ᄂ 도량과 지식을
귀히 너기고 시문과 지예ᄅ 지ᄎ315)로 너기ᄂ니
져의 광경이 시운(時運)을 만ᄂ면 일기 명신이
되여 조종을 빗내게 못ᄒᄆ 져 【56】 허ᄒ리오.
너ᄂ 혜아리건ᄃ 져의게 무어슬 비ᄒ리오? 이
지각업ᄂ ᄋ히야, 네가 만일 심즁의 명빅홀진ᄃ
쌜니 져ᄅ 따라 비호라. 내가 이러툿 너ᄅ 교훈
ᄒᄂ니 너ᄂ 아ᄂ냐 모르ᄂ냐?"

보옥이 다만,

"아노라."

대답ᄒ거놀 가졍이 즉시 나아가니 왕부인
등이 모다 보옥을 위ᄒ여 블평ᄒ여 ᄒ더라.

왕부인이 믄득 보챠로 더브러 셜이마의 집
의 니ᄅ러 향릉의게 치하홀 ᄉ 향릉이 ᄯᄒ 진
보옥으로 더브러 모혀보고 형민지의(兄妹之義)
ᄅ 펴며 진ᄉ은의 【57】 허다 ᄉ졍을 뭇고 즉시
져로 ᄒ여곰 반이ᄒ여 와 ᄀᄎ 거쳐ᄒ게 ᄒᄂ지
라. 왕부인 등이 인ᄒ여 셔로 담화ᄒᄆ 향릉이
환텬희디(歡天喜地)ᄒ고 셜이마도 ᄯᄒ 깃브믈
니긔지 못ᄒ더라.

각셜(却說), 보옥이 가졍의게 무단이 일쟝
ᄭ지롬을 닙고 ᄆᄋᆷ의 싱각ᄒ되,

'노야의 교훈은 원리 맛당ᄒ거니와 다만
진보옥 갓튼 용렬ᄒ 지죠ᄂ ᄯᄒ 무슨 희한ᄒ
거시 업고, ᄒ믈며 져로 더브러 담론ᄒᄆ 시죵
슈쟉이 일호도 진실ᄒᄆ 업셔 곳 졍경 【58】 의

경ᄉ(經史)도 ᄯᄒ 횡셜슈셜ᄒ니, 내 만일 강·
림 량형으로 더브러 져ᄅ 쳥ᄒ여 일이긱을 담론
ᄒ면 제 곳 대답지 못ᄒ리니 노야의 이러틋시
져ᄅ 탄샹ᄒ믈 졔가 엇지 져바리지 아니리오?'

ᄒ고, 즉시 앙앙(怏怏)이 대옥을 와셔 보려
ᄒ니 뉘 혜아려시리오? 대옥이 기셰(棄世)ᄒ316)
부모ᄅ 싱각ᄒ고 심즁의 번뢰(煩惱)ᄒ여 임의
방문을 잠으고 블너도 여지 안ᄂ지라. 보옥이
ᄯᄒ 짐쟉ᄒ고 다만 문을 격ᄒ여 죠히 권히ᄒ니
대옥이 안의 잇 【59】 셔 다만 니ᄅᄃ,

"올토다. 내가 지금 번뢰ᄒ니 너ᄂ 다른
사름을 츠져가라."

보옥이 무료(無聊)히 쳥문의 곳으로 도라
와 쉴 ᄉ, 보옥이 비록 쳥문의 곳의 이시나 ᄯ
ᄒ ᄆᄋᆷ의ᄂ 대옥을 싱각ᄒ여 쳥문으로 ᄒ여곰
등블을 머무ᄅ게 ᄒ고 져로 더브러 쉴 ᄉ, 보옥
은 다만 젼젼ᄒ여 잠을 일우지 못ᄒ고 쳥문은
도로혀 깁히 ᄌᄃ니 이경(二更) 시의 니ᄅ러 등
블이 오히려 붉고 홀연 쳥문이 몸을 치쳐 보옥
을 붓들고 오열이 우ᄂ지라 보옥이 놀나 【60】
견ᄃ지 못ᄒ여 ᄯᄒ 져ᄅ 잡고 무ᄅᄃ,

"엇지ᄒ여 이러툿시 샹심ᄒᄂ뇨? 너ᄂ 몽
압(夢壓)ᄒ지 말나."

ᄒ니 쳥문이 반향(半晌)을 오열ᄒ다가 믄
득 니ᄅᄃ,

"이야(二爺)야 너ᄂ 나ᄅ 아지 못ᄒ리라.
나ᄂ 쳥문이가 아니오 곳 오ᄋ(五兒)로라."

보옥이 대경ᄒ여 졍신을 뎡ᄒ고 ᄌ셰히 져
ᄅ 보며 져의 말을 드ᄅᄆ 과연 오ᄋ의 셩음이
라. 보옥이 다만 져허ᄒ지 아닐 ᄲᆫ 아니라 더옥
져ᄅ 가련히 너겨 니ᄅᄃ,

"내 ᄆᄋᆷ의 오ᄋ 미ᄌ(妹子)ᄅ 블샹히 너기
ᄂ니 너ᄂ 엇지 능 【61】 히 왓ᄂ냐?"

오ᄋ 니ᄅᄃ,

"내 이야긔 고ᄒᄂ니 나의 슈힝이 원리 다
만 이갓치 하늘이 뎡ᄒ여시ᄆ 몸을 가져 쳥문의
게 빌니고, 나ᄂ ᄯᄒ 원앙(鴛鴦) 져져ᄅ 따라가
묘(廟) 안의 잇셔 노태태긔 ᄉ후(伺候)ᄒᄂ니,

---

315) 【지ᄎ】 圖 지차(之次). 다음. 버금. ¶ 後 ‖ 곳
　　네가 몃 귀 시문을 몃군다 ᄒ여도 션븨ᄂ 도량
　　과 지식을 귀히 너기고 시문과 지예ᄅ 지ᄎ로
　　너기ᄂ니 (就算你也會胡說幾句詩文, 可知道士貴
　　器識而後文藝.) ＜後紅 14:55＞

316) 【기셰ᄒ다】 圐 {기세(棄世)하다}. 세상을 떠나
　　다. 별세하다. ¶ 亡過 ‖ 대옥이 기셰ᄒ 부모ᄅ
　　싱각ᄒ고 심즁의 번뢰ᄒ여 임의 방문을 잠으고
　　블너도 여지 안ᄂ지라 (不料黛玉因觸起亡過的爹
　　媽, 心裏煩苦, 已經閉上房門, 叫不開.) ＜後紅
　　14:58＞

이제 묘스부(妙師父)는 임의 묘령블(妙靈佛)이 되고 쏘흔 원앙 겨겨롤 블너가 션녀가 되여 여러 츙효렬졀(忠孝烈節)노 슌졀흔 렬녀 긔록흔 칙을 가음알게 흐고, 나는 노태태긔 스후흐여 더욱 능히 탈신(脫身)치 못흐느니 노태태긔셔 쟝리 쏘흔 부쳐의 모힌 곳으로 갈지라. 시시로 진인(眞人)을 모화 도【62】롤 강론흐시더니 쟉일의 말숨흐디, '일위(一位) 난지부인(蘭芝夫人)을 만나보미 겨의 말이 나와 다못 너로 흐여곰 젼싱의 하로밤 거즛 부부롤 지어시니 쏘흔 금셕인연(今夕因緣)을 허급흐리라' 흐더라 흐시미, 이러므로 금야의 쳥문으로 흐여곰 노태태긔 스후케 흐고 날노 밧고와 왓시디, 다만 날노 흐여곰 다시 우리 모친을 보게 아니흐여시니 우리 모친긔 고흐디 겨는 다만 쳥문을 날노 알고 다시 나롤 싱각지 말나 흐라. 나는 쟝리 노태태롤 따라 쏘흔 일양으로【63】죠흔 곳이 이시리니 다만 셔셔히 스진인의게 무르면 가히 알 거시오, 곳 님미미도 너로 더브러 쏘흔 쟝구히 단취흘 인연이 잇느니라.”

보옥이 듯고 죠금도 샹심치 아니흐고 쏘 환희흐여 다시 젼일의 신션 맛놋던 말을 니르혀며 니르디,

“젼일의 너롤 디신흐여 쳥문을 싱각흐엿더니 이제 쏘 젼일과 갓치 너롤 친이흐리라.”

흐니 츠야의 환락연오(歡樂燕娛)흐믄 스스로 말흘 거시 업더라. 오경의 니르러 오이 곳 가고져 흐거놀 보옥이 니르디,

“너는 가히 노태【64】태긔 명빅히 고흐고 흥샹 쳥문으로 더브러 량쳐의 밧고와 단니라.”

흐니 오이 니르디,

“이는 하늘이 뎡흐신 일야부쳬(一夜夫妻)라. 모녀도 쏘흔 능히 한 마디 말도 못흐느니 너는 만일 나롤 싱각흘진디 다만 림고낭과 쳥문의 말을 죠츠 나의게 진신(眞身)을 돌여보내고 일긔 비셕을 셰우면 곳 죠흐리니 내 다시는 쏘흔 무슴 여원(餘願)이 업스리라.”

보옥이 도로혀 놋치 못흐더니 다만 보미 오이 몽롱이 즈거놀 쏘 흔드러 씨니 도로 쳥문이라. 쳥문이 우스【65】며 니르디,

“이야야 너는 오으 미미(妹妹)로 더브러 셔회(紓懷)롤 잘흐엿느냐?”

보옥이 더욱 즐거워흐니 쳥문이 니르디,

“노태태긔셔 네게 고흐여 말숨흐디 네가 오리지 아니흐여 쏘 긔이흔 일이 이실 거시니 너는 다만 스스로 보즁흐는 거시 죠흐리라 흐시더라.”

보옥과 쳥문이 하눌이 붉기롤 기다려 몬져 류슈즈(柳嫂子)의게 고흐니 류슈지 쏘흔 블승비회(不勝悲喜)흐고 쏘 즉시 대옥과 왕부인의게 고흐니 가즁인이 모다 밋지 아니흐고 다만 니르디,

“보옥이 거즛말흔다.”

흐디 오직 스샹운이 경경으로【66】말흐디,

“이는 진개 그러흔 일이라.”

흐더라.

각셜(却說), 향릉이 부친의 가신(家信)을 보므로붓허 십분 환희흐며 쏘 칙지(勅旨)롤 밧들미,

'진스은이 큰 공을 셰워시니 이픔 직함을 샹급흐고 히관감독(海關監督)을 계슈흐여 삼년 과만(瓜滿)[317]이 되거든 쇼견(召見)흐고 크게 쓰기롤 기다리라.'

흐엿거놀 향릉이 더욱 환희흐여 루츠 진보옥을 쳥흐여 오고져 흐디 진보옥이 죵시 응낙지 아니흐니 원리 진보옥의 위인이 외면은 겸공흐여 도학군즈(道學君子) 궃티디 기실은 경박흔 습긔가 잇셔 겨의 부【67】친을 쇽이고 죵용흔 곳의셔는 무쇼블위(無所不爲)흐여 슐먹고 챵가(娼家)의셔 즈기롤 다만 챡의(着衣) 끽반(喫飯)갓치 흐디, 가보옥은 비록 부녀 춍즁(叢中)의 잇스나 다만 일개 뜻 ‘졍(情)’쪼롤 즁히 너기고 일호도 즐겨 믈들미 업스디, 진보옥은 믄득 그러치 아니흐여 호식지심(好色之心)이 가쟝 만흐나 도로혀 아모 졍도 업셔 다만 지내가면 믄득 니겨 바리고 곳 학문도 쏘흔 거즛흐는 거시 만코 원리 스쇼흔 춍명이 잇셔 몃 귀 글을 지어도 블과 션싱이 윤식(潤色)흐여 낸 후의 사롬을 뵈고 곳 겨의 어든【68】바 공명도 쏘흔 명빅지 아니흐여 사롬이 니르디,

---

317) 【과만】 명 {과만(瓜滿)}. 벼슬의 임기가 만료됨. ¶ 期滿 ‖ 진스은이 큰 공을 셰워시니 이픔 직함을 샹급흐고 히관감독을 계슈흐여 삼년 과만이 되거든 쇼견흐고 크게 쓰기롤 기다리라 (甄士隱建立大功, 賞給二品職銜, 就授了海關監督, 三年期滿, 候召見大用.) <後紅 14:55>

'ᄎ쟉흔 글노 룡간ᄒᆞ엿다.'

ᄒ니 진기 사ᄅᆞᆷ을 가히 모양으로 취ᄒᆞᆯ 슈 업ᄂᆞᆫ지라 뉘 능히 져의 심지ᄅᆞᆯ 분변ᄒ리오?

진보옥이 향릉과 셜과로 더브러 만나보고 셜시 집을 보미 ᄯᆞ흔 쳥슉흔 가풍이 잇ᄂᆞᆫ지라 엇지 즐겨 와셔 머믈니오? 도로혀 ᄉ대구(傻大舅) 왕인(王仁)과 가쟝(賈薔)과 가운(賈芸) 무리로 더브러 말ᄒᆞ미 의합(意合)한지라. 믄득 더브러 죠셕으로 슐먹고 챵가의 왕리ᄒ며 ᄯᆞ 보옥의 근반(跟班) 니요(李瑤)ᄅᆞᆯ 후려 가려 ᄒ나 니외 엇지【69】 즐겨 가리오?

일일은 가졍의 집의 니ᄅᆞ럿더니 가졍이 도로혀 져ᄅᆞᆯ 십분 공경ᄒ여 보옥으로 ᄒᆞ여곰 흠긔가 강·림 이공을 보라 ᄒ니 맛츰 강·림 량인이 이의 츌타ᄒᆞ엿ᄂᆞᆫ지라 진보옥이 가졍의 입직(入直)ᄒ여318) 밤을 지낸단 말을 듯고 믄득 왕인과 가운의 잇ᄂᆞᆫ 곳을 탐지ᄒ여 ᄎ(車) 두 량(輛)을 몰고 오니, 원리 일개 기녀의 집이라 문의 드러가미 믄득 노ퟝ 잇셔 영졉ᄒ여 드러가니 ᄯᆞ 삼기 녀ᄒᆡ지 잇셔 모다 십륙칠 셰 되ᄂᆞᆫ 년긔며 일졔히 져의ᄅᆞᆯ ᄭᅳ을고 격【70】 은 방 쇽의 니ᄅᆞ러 안ᄌᆞ미, 왕인과 가운이 ᄯᆞ흔 그곳의 잇셔 모다 텬디ᄅᆞᆯ 진동케 줏거리니319) 그 삼개 기녀는 예약슈(倪若水)와 진구관(陳九官)과 륙은관(陸銀官)이라. 모다 모혀 무슈흔 잡담을 ᄒ니 가보옥은 날마다 ᄌᆞ미 춍즁의 잇셔 엇지 일즉 이런 쇽된 광경을 보와시리오? 곳 좌블안셕(坐不安席)ᄒᆞ디 ᄯᆞ 가기ᄂᆞᆫ 난편(難便)흔지라 졍히 탈신ᄒᆞᆯ 방법을 싱각ᄒ더니, 그 ᄯᅢᄂᆞᆫ 하늘이 ᄯᆞ흔 늣고 달이 오ᄅᆞᄂᆞᆫ지라 가운이 니ᄅᆞ디,

"격벽(隔壁)320)의 일개 묘흔 사ᄅᆞᆷ이 이시니 우리ᄂᆞᆫ 엇지 ᄃᆞ려와 한 번 【71】 들네지 아니리오?"

ᄒ니 원리 격벽의 일개 노ᄂᆞᆫ 계집이 이시니 일홈은 예국영(芮菊英)이라 부ᄅᆞ니 져의 부친 예ᄉ상공(芮四相公)이 의복푸리321)ᄅᆞᆯ 여러시며 일싱의 곡죠 부ᄅᆞ기ᄅᆞᆯ 죠하ᄒ여 풍류 잇ᄂᆞᆫ 숀을 만히 ᄉᆞ긔디 다만 이 일개 녀ᄋᆞᄅᆞᆯ 나하시

니 ᄯᆞ흔 노리ᄅᆞᆯ 만히 비화 아더니 예수 샹공이 죽으미 가되 간난흔지라 이고낭이 일개 훈학(訓學)ᄒᆞᄂᆞᆫ 죠션싱의게 ᄉᆞ집갓시디 여러 풍류쟝(風流場)의 노ᄂᆞᆫ 무리 져의 가셩(歌聲)이 죠흐믈 칭찬ᄒ여 셩회(盛會)ᄅᆞᆯ 당ᄒ면 ᄯᆞ흔 져ᄅᆞᆯ【72】 쳥ᄒ여 오니 얼굴은 다만 평샹ᄒ더라.

가운이 예고낭의 말을 니ᄅᆞ혀며 니ᄅᆞ디,

"져의 노리가 가쟝 죠흐니 엇지 블너와 열요(熱鬧)치 아니리오?"

진보옥이 즉시 가운으로 ᄒᆞ여곰 가셔 마져 오게 ᄒ니 예고낭이 ᄯᆞ흔 샹시 의복으로 나아와 모다 보기ᄅᆞᆯ 맛치고 안져 챠ᄅᆞᆯ 먹은 후의 한 곡죠 묽은 노리ᄅᆞᆯ 부ᄅᆞ니 좌즁이 모다 굴치ᄒᆞᄂᆞᆫ지라. 가보옥이 믄득 싱각ᄒᆞ디,

'가셕ᄒ도다. 이러흔 사ᄅᆞᆷ이 이 춍즁의 ᄆᆡ믈ᄒᆞ여시니 그 죠션싱의 위인이 엇더흔지【73】 아지 못ᄒ거니와 만일 용렬흔 인픔을 만나시면 ᄯᆞ흔 한단지인(邯鄲才人)을 일개 쳔인의게 ᄉᆞ집 보내미로다.'

ᄒ여 심즁의 졍히 져ᄅᆞᆯ 가련이 너기더니 진보옥이 믄득 취안이 몽롱ᄒ여 슈각(手脚)이 황망ᄒᆞᄂᆞᆫ지라 예고낭이 이 광경을 보고 믄득 신샹이 블평ᄒᆞᆫᄃᆞᆺ 칭탁ᄒ고 니러나 가ᄂᆞᆫ지라.

진보옥이 취즁의 블고ᄉ면(不顧四面)ᄒ고 즉시 져의 집으로 ᄯᆞ라가 안져 그곳의셔 밤을 지내고ᄌᆞ ᄒ니 왕인이 ᄯᆞ흔 ᄯᆞ라가 광언망셜(狂言妄說)ᄒᆞ디 도로혀 가운은 일이 날【74】 가 두려 보옥으로 더브러 이곳의 안졋더니 언마 못되여 예고낭이 곳 발쟉ᄒ려 홀 맛츰 죠션싱이 ᄯᆞ흔 도라왓ᄂᆞᆫ지라. 죠션싱이 블승분완(不勝憤惋)

---

318) 【입직ᄒ다】图 入直(承當)하다. 숙직(宿直)하다. ¶ 値宿 ‖ 진보옥이 가졍의 입직ᄒ여 밤을 지낸 단 말을 듯고 문득 왕인과 가운의 잇ᄂᆞᆫ 곳을 탐 지ᄒ여 ᄎ 두 량을 몰고 오니 (甄寶玉打聽得賈政 上班値宿, 便打聽得王仁、賈芸所在, 兩輛車一直的 放來.) <後紅 14:69>

319) 【줏거리다】图 짓거리다. 지껄이다. ¶ 搭拳 ‖ 왕인과 가운이 ᄯᆞ흔 그곳의 잇셔 모다 텬디ᄅᆞᆯ 진 동케 줏거리니 그 삼개 기녀는 예약슈와 진구관 과 륙은관이라 (王仁、賈芸也在那裏, 滿桌子的酒 菜, 大家都呼天喝地的搭拳起來, 那三個妓女, 一倪 若水、一陳九官、一陸銀官.) <後紅 14:70>

320) 【격벽】图 격벽(隔壁). 옆방. 옆집. ¶ 間壁 ‖ 격벽의 일개 묘흔 사ᄅᆞᆷ이 이시니 우리ᄂᆞᆫ 엇지 ᄃᆞ려와 한 번 들네지 아니리오 (間壁有個妙人兒, 咱們何不拉過來樂一樂.) <後紅 14:70>

321) 【의복푸리】图 옷가게. "푸리(鋪裏 pùli)"는 중 국어 차용어. ¶ 衣鋪 ‖ 원리 격벽의 일개 노ᄂᆞᆫ 계집이 이시니 일홈은 예국영이라 부ᄅᆞ니 져의 부친 예ᄉ 샹공이 의복푸리ᄅᆞᆯ 여러시며 (原來間 壁有一位客堂, 叫做芮菊英, 父親芮四相公, 開過故 衣鋪.) <後紅 14:71>

ᄒᆞ여 가마니 그곳 동쟝322)의게 고ᄒᆞ엿더니 경긱간(頃刻間)의 사름이 와셔 진보옥을 결박ᄒᆞ여 가디 다힝이 왕인은 도망ᄒᆞ엿ᄂᆞᆫ지라. 가보옥이 그 말을 듯고 ᄯᅩᄒᆞᆫ 가련홀가 져허ᄒᆞ여 감히 집으로 도라오지 못ᄒᆞ고 즉시 니요롤 다리고 가운의 집의 니ᄅᆞ러 머믈고 쇼식을 탐지ᄒᆞ더라. 영국(英國) 부즁의셔 보옥이 【75】 밤이 지나도록 도라 오지 아니믈 보미 ᄯᅩ 젼일의 다라나던 광경과 ᄀᆞᆺᄐᆞᆫ지라. 가즁인이 모다 놀나 일야롤 ᄎᆞᆺ즈디 그림지 업고 진보옥의 려관의 사름을 보내여 탐지ᄒᆞ니 ᄯᅩ 니ᄅᆞ디,

"진보옥이 지금 려관(旅館)의 잇다가 방즈 츌ᄐᆞᄒᆞ엿다."

ᄒᆞ더니 한즈음이 못되여 ᄯᅩ 드ᄅᆞ미 외간이 훤요ᄒᆞ여(喧擾) 니ᄅᆞ디,

"영국 부즁 보옥이 쥬후(酒後)의 부녀롤 늑간(勒奸)ᄒᆞ므로323) 임의 동쟝이 결박ᄒᆞ여 셩즁으로 보내믈 닙어시니 오러지 아니ᄒᆞ여 쥬문ᄒᆞ고 형부(刑部) 아문으로 발송ᄒᆞ 【76】 리라."

ᄒᆞ거놀 왕부인과 가즁인이 모다 듯고 놀나 혼블부톄(魂不附體)홀 시 왕부인과 보챠와 쳥문과 즈견과 잉ᄋᆞᄂᆞᆫ 죽을 ᄃᆞ시 울며, 습인도 ᄯᅩᄒᆞᆫ 십분 감샹ᄒᆞ여 ᄒᆞ디 다만 대옥은 링낙(冷落)ᄒᆞᆫ지라. 가즁인이 니환 이하(以下)로 모다 가마니 의론ᄒᆞ디,

"져의 심쟝이 이러틋 모질다."

ᄒᆞ고 가졍은 맛츰 공시 잇셔 도라오지 아니ᄒᆞ엿ᄂᆞᆫ지라 가련과 림량옥이며 강경셩이 ᄯᅩᄒᆞᆫ 황망ᄒᆞ여 말을 타고 ᄉᆞ면으로 나아가 쇼식을 탐지ᄒᆞ더니 다만 보미 가련이 헐더기 【77】 며 도라와 니ᄅᆞ디,

"ᄉᆞ경이 진젹ᄒᆞ도다. 보형뎨 지금 사름의게 임의 가두믈 닙어 얼굴을 보게 못ᄒᆞ니 싱각건디 큰 화롤 면치 못ᄒᆞ리로다."

대옥이 듯고 ᄯᅩᄒᆞᆫ 셤어ᄒᆞ여324) 즈긔 방즁으로 가더라. 왕부인 등이 일양 곡을 그치지 아

니ᄒᆞ고 졍히 들녈시 다만 보니 쇼방(素芳)이 울며 드러와 니ᄅᆞ디,

"이롤 엇지ᄒᆞ리오? 림고낭이 독약을 먹고 죽엇다."

ᄒᆞ거놀 왕부인 등이 놀나 말을 못ᄒᆞ고 한 슘의 다라가 보니 대옥이 학졍홍(鶴頂紅)이란 독약을 먹고 한 쎄어 【78】 미 죠쥬(朝珠)롤 ᄯᅩ 쓴허 허여졋거놀 왕부인과 보챠 등이 발을 구르며 대옥홀 시 왕부인이 대옥을 안고 블너 니ᄅᆞ디,

"나의 ᄉᆞ랑ᄒᆞᄂᆞᆫ 희즈야. 나의 보옥의 죄명이 도로혀 결명ᄒᆞ미 업거놀 너는 엇지 괴로이 이 일을 힝ᄒᆞᄂᆞ뇨? 네가 이 일을 힝ᄒᆞ면 나도 ᄯᅩᄒᆞᆫ ᄉᆞ지 아니ᄒᆞ고 너와 갓치 ᄒᆞ리라."

ᄒᆞ고 즁인이 모다 모다 죽을 ᄃᆞ시 곡ᄒᆞ더니 ᄉᆞ상운이 년망히 오거놀 즁인이 ᄯᅩᄒᆞᆫ 져의 도술이 이시믈 니젓더니 탐츈과 셕츈이 한 번 져롤 보고 믄득 【79】 ᄯᅳ어 잡으며 니ᄅᆞ디,

"가쟝 죠토다. 네가 오ᄂᆞᆫ다. 너는 ᄲᆞᆯ니 져롤 구ᄒᆞ라."

ᄉᆞ상운이 황망히 구지 아니ᄒᆞ고 한 잔 챠롤 가져다가 입의 머금고 대옥을 향ᄒᆞ여 한 번 ᄲᅩᆷ더니 즉시 쇼릭ᄒᆞ디,

"ᄭᆡ여난다!"

ᄒᆞ고 믄득 즁인으로 ᄒᆞ여곰 곡을 그치게 ᄒᆞ디 관겨치 아니ᄒᆞ니 도로혀 져로 ᄒᆞ여곰 누어 즈지 말게 ᄒᆞ고 다만 져롤 붓드러 한 시긱을 안치케 ᄒᆞ라 ᄒᆞ더니, 대옥이 졈졈 ᄭᆡ여나며 다만 드ᄅᆞ미 외면의셔 들녜여 말ᄒᆞ디,

"보이애 도라온다."

ᄒᆞ니 즁 【80】 인이 도로혀 경희ᄒᆞ더니, 다만 보미 보옥이 엄연이 드러오다가 즁인이 대옥을 에워 안즈믈 보고 무ᄉᆞᆫ 연괸(緣故) 줄 몰나 ᄯᅩᄒᆞᆫ 갓가이 오니 대옥이 보옥을 보고 다만 니ᄅᆞ디,

---

322) 【堆子 퇴자】 duīzi <名> 동쟝 *淸代八旗兵設於首都的駐屯之所的名稱. 淸時八旗兵於各街衢設堆子. 置步甲數名, 以維持治安. ∥ "趙先生恨的很, 就悄悄的告訴~上, 頃刻間就有人來將甄寶玉捆了去, 幸喜的逃了王仁." 죠션싱이 블승분완ᄒᆞ여 가마니 그곳 동쟝의게 고ᄒᆞ엿더니 경긱간의 사름이 와셔 진보옥을 결박ᄒᆞ여 가디 다힝이 왕인은 도망ᄒᆞ엿ᄂᆞᆫ지라 (後紅 14:74)

323) 【늑간ᄒᆞ다】 圖 {늑간(勒奸)하다}. ¶ 强奸 ∥ 영국 부즁 보옥이 쥬후의 부녀롤 늑간ᄒᆞ므로 임의 동쟝이 결박ᄒᆞ여 셩즁으로 보내믈 닙어시니 (榮國府中的寶玉, 因酒後强奸婦女, 已被堆子上捆送到城上去.) <後紅 14:75>

324) 【셤어ᄒᆞ다】 圖 {셤어(譫語)하다}. 헛소리하다. ¶ 訕訕 ∥ 대옥이 듯고 ᄯᅩᄒᆞᆫ 셤어ᄒᆞ여 즈긔 방즁으로 가더라 (黛玉聽見了, 也只訕訕的走了去.) <後紅 14:77>

"졔가 진개 차ᄉ(差使)의게 잡히믈 넙어시
디 가련이 사룸의게 쳥촉(請囑)ᄒ여 보방ᄒ여
왓시민 필연 형부의셔 잡아가 갓칠지니 진개 ᄉ
싱 리별이 한 시긱(時刻)의 잇다."

ᄒ여 즉시 즁인을 도라보지 아니ᄒ고 보옥
을 안고 방셩대곡(放聲大哭)ᄒ거눌 즁인이 ᄯ
권ᄒ여도 긋치지 아니ᄒ다가 이윽ᄒ여 왕 【81】
부인이 권ᄒ여 그치게 ᄒ고 보옥으로 ᄒ여곰 들
녠 ᄉ졍을 말ᄒ라 ᄒ니 보옥이 긔가 나 ᄲ며 니
ᄅ디,

"이눈 모다 진보옥이 지은 ᄉ졍이니 나눈
은문 션싱의 만류ᄒ믈 넙어 그곳의셔 일야룰 머
무럿거눌 진보옥의 일을 엇지 나가 보옥의 신샹
으로 돌녀 보내느뇨?"

ᄒ니 즁인이 도로혀 밋지 아니ᄒ더니 가련
이 ᄯ한 다라 드러와 니ᄅ디,

"이눈 진개 그러ᄒ니 보형뎨의게눈 샹관이
업고 원리 진보옥의 들녠 일이어눌 졔가 지휘아
문(指揮衙門)의 니ᄅ러 공쵸(供招)ᄒ여 【82】 말
ᄒ디, '셩은 보오, 명은 옥이라' ᄒ니, 관원이 져
다려 무ᄅ디 '영국부의 잇지 아니냐?' ᄒ거눌
졔가 우리 집 형셰룰 빌고져 ᄒ여 즉시 그러ᄒ
므로 답응ᄒ미 면뫼(面貌) ᄯ한 가쟝 ᄀᆞᆺ톤지라.
그러므로 곳 와 젼ᄒ엿느니라."

왕부인 등이 도로혀 일쟝대쇼(一場大笑)ᄒ
더니 가련이 니ᄅ디,

"이졔 노얘 ᄯ한 아시고 안국공(安國公)의
졍분을 위ᄒ여 사룸의게 부탁ᄒ여 져의 일을 쥬
션ᄒ여시니 다만 원고로 ᄒ여곰 즐겨 용셔케 ᄒ
면 ᄯ한 가히 일이 타텹홀 둣ᄒ도다."325)

【83】 하고 가련이 ᄯ 우ᄉ며 니ᄅ디,

"다만 져의 본샹이 모다 드러나시니 ᄎ후
의눈 모다 참 보옥이라 부ᄅ지 말고, 다만 일개
거즛 보옥이라 부ᄅ눈 거시 죠토다."

니환이 ᄯ 웃고 니ᄅ디,

"그러ᄒ면 우리 보형뎨눈 도로혀 참 보옥
이라 부룰지니 졍히 일개 통령옥(通靈玉)을 가
졋도다."

왕부인 등이 더욱 대쇼ᄒ더 도로혀 림대옥

---

325)【타텹ᄒ다】 圖 【타쳡(妥貼)하다】. 잘 처리하다.
　¶ 寬 ‖ 다만 원고로 ᄒ여곰 즐겨 용셔케 ᄒ면
　ᄯ한 가히 일이 타텹홀 둣ᄒ도다 (只要原告說通,
　也就可以寬下來的.) <後紅 14:82>

은 십분 난편(難便)ᄒ여 ᄒ눈지라. 왕부인이 믄
득 대옥의 독약 먹은 일을 보옥의게 말ᄒ니 보
옥이 가쟝 ᄆᆞ음의 걸녀 ᄒ더니 믄득 한탄 【84】
ᄒ여 니ᄅ디,

"본리 량인의 명ᄌ(名字)가 ᄀᆞᆺ혼 거시 죠치
안커눌 량인의 셩ᄌ(姓字)가 ᄯ 이샹히 거리ᄭᅵ
니 다힝이 우리 운미미(雲妹妹)룰 힘닙엇도다.
그러치 아니ᄒ더면 도로혀 엇지ᄒ여시리오?"

왕부인이 믄득 니ᄅ디,

"네게 고ᄒ느니 졔가 너룰 위ᄒ여 이 디경
의 니ᄅ니 너눈 잇지 말나. 나도 ᄯ한 이곳의
잇거니와 너의 ᄌ민들은 모다 져룰 죠롱ᄒ지 말
나. 이졔 가즁인이 모다 환희ᄒ여 ᄒ니 만일 사
룸이 져룰 죠롱ᄒ눈 이 이시면 너의눈 다만 나
룰 가져 우 【85】 ᄉ리라 나도 방ᄌ(方纔) 울며
죽으려 ᄒ엿느니라."

즁인이 ᄯ한 대옥의 졍니룰 짐쟉ᄒ고 모다
왕부인의 말을 죠ᄎ디 다만 죵용한 곳의셔눈 말
ᄒ디 져의 보옥을 디졉ᄒ눈 졍분이 과연 싱ᄉ간
의 난ᄒ기 어려오니 진긔 고왕금리(古往今來)의
뎨일 졍죵이라 홀지라. 보옥이 ᄯ한 무론ᄉ싱
(毋論死生)ᄒ고 져룰 놋치 못ᄒ눈 거시 고이치
안토다 ᄒ디, 다만 대옥을 구한 ᄉ샹운은 도로
혀 져룰 죠롱ᄒ여 니ᄅ디,

"너 ᄀᆞᆺ혼 사룸은 일기 졍ᄌ(情字)의 결박ᄒ믈 넙
어 【86】 시니 도로혀 션도(仙道) 닥기룰 싱각ᄒ
느냐?"

ᄒ고 보챠도 ᄯ한 져의 귀히 다히고 쇼리
룰 나죽이 ᄒ여 니ᄅ디,

"너도 ᄯ한 일개 졍츔이라 니ᄅ리로다."

ᄒ니 대옥이 다만 웃고 보옥은 더욱 ᄶ의
ᄉ뭇게 감격ᄒ여 ᄒ더라.

당직의 왕부인이 ᄉ샹운과 보챠와 보옥 삼
인을 머믈너 대옥을 ᄲᅵᆨ짓게 ᄒ고 ᄌ긔눈 믄득
도라올 시 맛춤 가졍이 ᄯ한 도라왓눈지라. 모
다 방ᄌ 지낸 일을 말ᄒ고 도로혀 일쟝대쇼홀
시, 왕부인은 ᄯ한 보옥의 외면의셔 밤 【87】 지
낸 ᄉ졍을 속이고 니ᄅ디,

"진보옥을 련ᄋ(璉兒)가 말ᄒ기룰 잘못ᄒ여
시니 도로혀 가보옥(假寶玉)이라 부ᄅ눈 거시
죠타 ᄒ고, 우리 보옥은 ᄯ한 진실무가ᄒ거눌
노야눈 도로혀 보옥으로 ᄒ여곰 져룰 ᄯ라 비호
라 ᄒ여시나 다힝히 비호지 아니ᄒ엿도다."

가졍이 도로혀 죠치 아니ᄒᆞ여 싱각ᄒᆞ여 니
ᄅᆞ디,

'태태가 이러툿 져롤 고호(顧護)ᄒᆞ니 져도
ᄯᅩᄒᆞᆫ 무슨 일을 들네여 내지 아니리오?'

ᄒᆞ고 즉시 사ᄅᆞᆷ으로 ᄒᆞ여곰 보이야롤 부ᄅᆞ
라 ᄒᆞ고, 일면으로 왕부 【88】 인의게 고ᄒᆞ여 니
ᄅᆞ디,

"진보옥도 ᄯᅩᄒᆞᆫ 져의 집 교훈이 엄졀치 아
니ᄒᆞ여 이갓치 되여시니 나도 도로혀 보옥을 힘
뼈 가ᄅᆞ치려 ᄒᆞ니, 부인은 고호치 말고 ᄯᅩᄒᆞᆫ 가
련과 림량옥과 강경셩으로 ᄒᆞ여곰 모다 뉴심(留
心)ᄒᆞ여 교도(敎導)케 ᄒᆞ리라."

ᄒᆞ고 ᄯᅩ 말ᄒᆞ디,

"진보옥이 이러투시 황당ᄒᆞ니 다힝이 니긔
의 친사(親事)롤 완뎡(完定)치 아녀시미 지금 스
졍이 관겨치 아니ᄒᆞ니 곳 관ᄉᆞ(官司)롤 맛치고
벼슬을 보궐ᄒᆞ여도 ᄯᅩᄒᆞᆫ 쟝진(長進)이 업스리로
다."

ᄒᆞ고 졍히 말ᄒᆞᆯ 스이의 【89】 사ᄅᆞᆷ이 젼ᄒᆞ
여 말ᄒᆞ디,

"보옥이 뎐뎡의 고시홀 ᄡᅥ의 어샤ᄒᆞᆫ 믈건
을 즁시 밧드러 왓고, ᄯᅩᄒᆞᆫ 승품ᄒᆞᆫ 칙지도 왓
다."

ᄒᆞ니 가즁인이 모다 왕부인의 방즁의 니ᄅᆞ
고 가졍은 싱각ᄒᆞ디,

'칙지롤 영졉ᄒᆞᆫ 후의 보옥을 다시 교훈ᄒᆞ
디 ᄯᅩᄒᆞᆫ 가즁인의 져롤 고호ᄒᆞᄆᆞᆯ 도라보지 아니
리라.'

ᄒᆞ니 아지 못게라 가졍이 보옥을 엇지 교
훈ᄒᆞᄂᆞᆫ지 챠텽하회분ᄒᆡ(且聽下回分解)ᄒᆞ라.

[후홍루몽後紅樓夢 권지십오卷之十五]

22
훈풍뎐샤좌론단쳥 봉조궁승계피젹블
熏風殿賜坐論丹靑 鳳藻宮升階披翟韍

【1】 화셜(話說), 가졍(賈政)이 보옥(寶玉)의 블챠탁용(不次擢用)으로 몽은(蒙恩)ᄒᆞᆷ믈 인ᄒᆞ여 져를 한 번 교훈ᄒᆞ기를 혜아릴 시, 왕부인(王夫人)과 대옥(黛玉)은 다만 보옥을 고호(顧護)ᄒᆞ여326) 입으로는 비록 답응ᄒᆞ나 심즁의는 십분 블연(不然)ᄒᆞ게 너기더니, 보옥이 도라오기의 니ᄅᆞ러 가졍이 몬져 향안을 비셜ᄒᆞ고 텬은(天恩)으로 샹샤ᄒᆞ시믈 고두샤은(叩頭謝恩)ᄒᆞ고 공경ᄒᆞ여 어셔(御書)를 밧 【2】 드러 가지며 보옥을 거ᄂᆞ리고 가묘의 니ᄅᆞ러 힝례(行禮)ᄒᆞ고 부즁(府中)으로 도라올 시 보옥이 몬져 너당의 니ᄅᆞ러 가졍과 왕부인을 위ᄒᆞ여 비례ᄒᆞ고 츄후 가즁인이 모다 치하홀 시, 보옥이 손을 ᄂᆞ리고 겸히 셧더니 가졍이 몬져 져를 한 번 술피미 도로혀 가쟝 근칙(謹飭)ᄒᆞ고 일뎜 경광(輕狂)ᄒᆞᆫ 티도를 드러니지 아니ᄒᆞᄂᆞᆫ지라. 심즁의 가마니 싱각ᄒᆞ

---

326)【고호ᄒᆞ다】⑧ 고호(顧護)하다. 돌보아주다. ¶護 ∥ 왕부인과 대옥은 다만 보옥을 고호ᄒᆞ여 입으로는 비록 답응ᄒᆞ나 심즁의는 십분 블연ᄒᆞ게 너기더니 (王夫人、黛玉却只是護着寶玉, 口裏雖則答應, 心裏便十分的不然.) <後紅 15:1>

디,
'쏘한 나의 엄졀이 교훈ᄒᆞᆷ믈 힘 닙엇시디 다만 졔가 나 업ᄂᆞᆫ디 타인의 【3】 게 이 규모를 직횔지 모ᄅᆞ리로다.'

ᄒᆞ고 즉시 닝쇼(冷笑)ᄒᆞ며 니ᄅᆞ디,

"보옥아, 너는 후두(糊塗)치327) 말나. 너는 니ᄅᆞ기를 금일 셩은이 니러툿 늉즁ᄒᆞ미 진기(眞個) 너의 학문으로 말미암아 니ᄅᆞ럿다 ᄒᆞᄂᆞ냐? 네가 아문 즁의 허다 친비 노션싱(老先生)의게 비치 못ᄒᆞᆷ믄 니ᄅᆞ지 말고 곳 ᄀᆞᆺ튼 년비의 신진도 너의 스승되염죽ᄒᆞᆫ 이가 쏘한 그 즁의 가쟝 만흐니 너는 진기 져를 시ᄎᆔ(試取)의 압두(壓頭)ᄒᆞ엿다 ᄒᆞᄂᆞ냐? 곳 약간 식견이 잇셔 잠시간의 셩의의 합ᄒᆞ 【4】 엿다 ᄒᆞ여도 너는 가히 알지니 글 지으믄 일일의 득실이 잇ᄂᆞ니 너의 죠고만 쟝쳐(長處)로 엇지 빅 가지 단쳐(短處)를 숨기리오? 나는 가쟝 네 ᄆᆞ음을 아ᄂᆞ니 죵금 이후는 스스로 니ᄅᆞ디, '당금 텬하의 도로혀 뉘게 ᄉᆞ양ᄒᆞ리오?' ᄒᆞ여 가쟝 ᄌᆞ긍ᄒᆞ여 덤벙일지니 나는 보건디 너의 덤벙이ᄂᆞᆫ 고홍이 다시 한 번 시ᄎᆔᄒᆞ여 하등(下等)을 당ᄒᆞ면 아문의 잇기를 구ᄒᆞ여도 되지 못홀지라. 니러ᄒᆞ미 엇지 죠흐리오? 네 ᄎᆞ후는 진기 쟝진(長進)이 이시려 홀 【5】 진디 챡실이 공부를 힘쓰며 학문 잇ᄂᆞᆫ 이를 만나거든 도쳐의 ᄆᆞ음을 나작이 ᄒᆞ고 감히 안고 심대(心大)치 말면 곳 능히 발달치 못ᄒᆞ고 다만 본분만 직혀도 믄득 과분ᄒᆞ여 너의 평싱 ᄉᆞ졍이 쏘한 족ᄒᆞ다 혬홀지니 니 도로혀 네게 무어슬 더 바라리오? 셩샹(聖上)이 만긔지가(萬幾之暇)의 문시(文思) 광죠(光照)ᄒᆞ샤 가쟝 너의 아문의 유심ᄒᆞ시니 너는 스스로 혜건디 무슨 지목이라 ᄒᆞᄂᆞᆫ뇨? 셩샹이 너 디졉ᄒᆞ시미 이의 니ᄅᆞ시니 싱각건디 네가 맛 【6】 당히 젼률황공(戰慄惶恐)히 너길 거시오? ᄒᆞ믈며 너 ᄀᆞᆺ튼 사ᄅᆞᆷ은 몃 귀 글을 닑은 외의 도로혀 무어슬 안다 ᄒᆞ리오? 이제 텬히 티평ᄒᆞ여 신ᄌᆞ(臣子) 된 사ᄅᆞᆷ이 희호셩덕(熙皞聖德)을 숑양(頌揚)ᄒᆞᆫ 외의 도로혀 무슴 일이 잇셔 가히 텬은을 만분지일이나 디납ᄒᆞ리

---

327)【후두ᄒᆞ다】⑧ [호도(糊塗 hútu)하다]. 멍청하다. 중국어 차용어. ¶糊塗 ∥ 보옥아 너는 후두치 말나 너는 니ᄅᆞ기를 금일 셩은이 니러툿 늉즁ᄒᆞ미 진기 너의 학문으로 말미암아 니ᄅᆞ럿다 ᄒᆞᄂᆞ냐 (寶玉, 你不要糊塗了, 你說, 今日的聖恩高厚, 眞個是你的學問上來的麽?) <後紅 15:3>

오? 너는 몃 권 칙 외의는 긔포한란(飢飽寒暖)
을 모다 모로니 가히 우읍도다. 무슨 사룸이라
혜리오? 이 아비 된 사룸이 너룰 교훈ᄒᆞᄂᆞ니 너
는 싱각ᄒᆞ여 보라. 텬하의 혹문 잇는 스룸이 쏘
ᄒᆞ 부지기【7】쉬니 곳 죠셜근(曹雪芹) 노슉(老
叔)도 네가 어느 일의 져룰 싸르리오마는 겨는
져러틋 궁ᄒᆞ고 너는 니러틋 달ᄒᆞ여시니 너는 추
후의 져룰 보거든 더옥 ᄆᆞ음을 나죽이 ᄒᆞ미 맛
당ᄒᆞ지니 나는 네게 고ᄒᆞ디 너는 아ᄂᆞ냐 모ᄅᆞᄂᆞ
냐?"

보옥이 련망(連忙)히 고두(叩頭)ᄒᆞ고,
"아ᄂᆞ라."

답응ᄒᆞ니 가졍이 뎜두(點頭)ᄒᆞ고 니러 나
아가미 보챠(寶釵)와 니환(李紈) 등이 모다 탄복
ᄒᆞ디 다만 왕부인과 디옥의 심즁의는 니ᄅᆞ디,

'보옥이 니러틋 셩은을 입엇거눌 도로혀
노야(老爺)는 이 일을 위ᄒᆞ여 더【8】옥 교훈ᄒᆞ
다.'

ᄒᆞ여 심즁의 다만 가졍이 태과(太過)ᄒᆞᄆᆞᆯ
이상히 너길시 왕부인이 믄득 우음을 머금고 보
옥의 손을 줍으며 니ᄅᆞ디,

"ᄒᆡᄌᆞ(孩子)야 타인은 너룰 칭찬ᄒᆞ거눌 너
의 부친은 도로혀 니러틋 너룰 교훈ᄒᆞ니 이는
쏘ᄒᆞ 너룰 스랑ᄒᆞᄂᆞᆫ 의시라. 금일 너도 쏘ᄒᆞ 송
황(悚惶)ᄒᆞ리로다."

ᄒᆞ고 왕부인이 쏘 디옥을 보며 니ᄅᆞ디,
"디고랑(黛姑娘)아, 너의도 쏘ᄒᆞ 져룰 어엿
비 너겨 모다 ᄀᆞᆺ치 가셔 노닐나."

디옥이 쏘ᄒᆞ 얼골이 븕으디 보옥은 다만
희희히 웃고【9】나는 ᄃᆞ시 가는지라. 왕부인이
웃고 니ᄅᆞ디,

"이리 ᄒᆞᄂᆞᆫ ᄒᆡᄌᆞ룰 너의 등은 보라."

디옥과 보챠 등이 쏘ᄒᆞ 원즁(園中)의 가셔
졍히 이홍원(怡紅院)의 니ᄅᆞ러 다만 보미 보옥
이 그곳의 셔셔 손으로 블너 니ᄅᆞ디,

"죠흔 미미(妹妹)와 ᄌᆞᄌᆞ(姐姐)는 셜니 오
라 우리 곳 이곳의셔 노닐니라."

ᄒᆞ니 모든 ᄌᆞ미들이 담쇼ᄒᆞ며 드러올 시
보쳐 우음을 머금고 디옥을 ᄭᅳ을며 니ᄅᆞ디,

"태태(太太)ᄭᅵ셔 다만 디고랑이 져룰 어엿
비 너긴다 말슴ᄒᆞ시려 ᄒᆞ다가 쏘 디고랑이 비련
(悲戀)ᄒᆞᆯ가 져허【10】외면으로 너의가 져룰 어
엿비 너기라 ᄒᆞ여 계시니 이졔 우리는 져로 더

브러 노닐 줄 모ᄅᆞᄂᆞ니 쳥컨디 져룰 어엿비 너
기는 일기 디고랑은 져로 더브러 노닐나."

디옥이 쏘ᄒᆞ 웃고 니ᄅᆞ디,
"죠흔 보챠두(寶丫頭)야. 태태 말슴도 네가
쏘ᄒᆞ 론박ᄒᆞᄂᆞ냐? 너는 원리 도혹(道學)이 잇는
존즁ᄒᆞ 사룸이라 즐겨 노닐지 아닐 거시오. 쏘
일기 존즁ᄒᆞ 쇼가ᄋ(小哥兒)룰 두엇시니 우리는
도로혀 그러치 못ᄒᆞ도다."

ᄒᆞ니 보쳐 급히 져룰 쎠누르려 ᄒᆞ거눌 디
【11】옥이 다만 웃더니 탐츈(探春)이 웃고 니
ᄅᆞ디,

"님져져(林姐姐)는 원리 입이 쾌ᄒᆞᆫ 스룸이
라. 보져져(寶姐姐)야, 너는 져룰 아룬 체 말나."

ᄒᆞ니 보옥이 우음을 참지 못ᄒᆞ더라. 보금
(寶琴)이 니ᄅᆞ디,

"이거거(二哥哥)야 너는 우리로 ᄒᆞ여곰 이
곳의 니ᄅᆞ게 ᄒᆞ여시니 무슨 구경ᄒᆞᆯ 거시 잇ᄂᆞ
냐?"

보옥이 니ᄅᆞ디,
"졍히 올토다. 쳥문(晴雯)이 말ᄒᆞ지 아니ᄒᆞ
엿더면 나도 쏘ᄒᆞ 아지 못ᄒᆞ여시리니 우리 모다
가셔 져 일쥬(一株) 히당화(海棠花)룰 보리라.
나무 우히 큰 가지 하나히 나더니 꼿치 즉시 가
【12】득히 픠엿ᄂᆞᆫ지라 엇지 긔이치 아니리오?"

즁인(衆人)이 일졔히 가셔 보고 모다 긔이
ᄒᆞᄆᆞᆯ 일커룰 시 니환이 니ᄅᆞ디,

"보형뎨(寶兄弟)야. 너는 한림원(翰林院)의
텬하 문쟝이 모힌 곳인 줄 아ᄂᆞ냐. 네가 한림
웃듬이 되여시니 이 꼿치 졍히 샹림일지(上林一
枝)룰 웅ᄒᆞ미로다."

ᄒᆞ니 즁인이 모다 말ᄒᆞ디,
"대슈ᄌᆞ(大嫂子)의 말이 가장 공교타."
ᄒᆞ더라.

즁인이 졍히 그곳의셔 비회ᄒᆞᆯ 시 다만 보
니 입화(入畵)와 취뤼(翠縷) 련망히 다라와 니ᄅᆞ
디,

"쳥컨디 니니(奶奶)와 고랑 등은 셜니 롱취
암(櫳翠庵)【13】으로 가라."

ᄒᆞ거눌 즁인이 모다 져다려 무ᄅᆞ디,
"무슨 일이 잇ᄂᆞ냐?"
입홰 니ᄅᆞ디,

"우리 져곳의 밉화나뮈 오륙십 쥐 잇더니
우리 방ᄌᆞ328) 가셔 보미 향긔 가쟝 촉비(觸鼻)

ᄒᆞ거눌 곳가히 가셔 보고 쏘ᄒᆞᆫ 놀랏노라. 이졔 어니 ᄲᅵ논 산샹산하(山上山下)의 미홰 일시의 모다 픠엿시니 고랑 등은 밋지 아니커든 모다 가셔 보라.”

ᄒᆞ니 셕츈(惜春)이 앏셔가며 다만 니ᄅᆞ디,

“이도 쏘ᄒᆞᆫ 공연이 들네는 말이라.”

ᄒᆞ고 보옥 등도 쏘ᄒᆞᆫ 져룰 ᄯᅡ라가더니 과연 암즁의 니ᄅᆞ미 【14】 붉은 곳과 누룬 다디 향긔 사롬의게 부터치는지라. ᄌᆞ미 등이 모다 긔 이ᄒᆞᆷ믈 일ᄏᆞᆯ더니 홀노 ᄉᆞ샹운(史湘雲)이 미화룰 바라보고 다만 뎜두ᄒᆞ거눌 즁인이 져룰 줍고 힐문ᄒᆞ니 ᄉᆞ샹운이 웃고 니ᄅᆞ디,

“나는 뎜(占) 치는 사롬이 아니라 무어슬 알니오?”

보치 니ᄅᆞ디,

“너는 엇지ᄒᆞ여 뎜두ᄒᆞᄂᆞ뇨?”

샹운이 웃고 니ᄅᆞ디,

“이샹토다. 미화룰 보면 다만 머리룰 곳게 가지는 거시 죠흘진디 너의는 고인의 시의 일기 목 고든 사롬을 말ᄒᆞ엿시디 평셩의 거룸 【15】 을 졍직히 ᄒᆞ디 다만 곳 아리 니ᄅᆞ러 여러 번 머리룰 슉인다 ᄒᆞᆷ믈 아지 못ᄒᆞᄂᆞ냐?”

즁인이 쏘ᄒᆞᆫ 웃더니 니환이 니ᄅᆞ디,

“올토다. 방ᄌᆞ 히당화룰 샹림(上林) 일지(一枝)의 비ᄒᆞ엿더니 이 곳출 필경 쏘ᄒᆞᆫ 비길 곳이 잇실 듯ᄒᆞ도다.”

샹운이 웃고 니ᄅᆞ디,

“져거슨 한 가지 ᄲᅮᆫ이오, 이 곳촌 한 나무의 가득ᄒᆞᆯ ᄲᅮᆫ 아니라 쏘 몃 십 쥬의 가득ᄒᆞ여시니 ᄌᆞ연 ‘군옥산두(群玉山頭)’라 혜리로다.”

즁인이 쏘ᄒᆞᆫ 져의 말이 무슨 의신지 아지 못ᄒᆞ더라.

보옥이 블당으로 드 【16】 러가 죵과 경쇠룰 가지고 두드려 희롱ᄒᆞ며 ᄌᆞ미 등은 쏘ᄒᆞᆫ 경문(經文)을 보며 안ᄌᆞ 룡졍다(龍井茶)룰 마실 시 디옥과 보금이 믄득 묘옥(妙玉)을 싱각ᄒᆞ미 즁인이 모다 져룰 위ᄒᆞ여 탄식ᄒᆞᆯ 시 니환이 니ᄅᆞ

---

328) 【방ᄌᆞ】 圐 {방재(方纔fāngcái).} 방금. 금방. 중국어 차용어. ¶ 剛纔 ‖ 우리 져곳의 미화 나뮈 오륙십 쥐 잇더니 우리 방ᄌᆞ 가셔 보미 향긔 가쟝 촉비ᄒᆞ거눌 곳가히 가셔 보고 쏘ᄒᆞᆫ 놀랏노라 (我們那邊的梅樹, 少也有五六十棵, 也數他不清, 我們剛纔回去, 聞得香的很, 走將過去也駭了一跳.) <後紅 15:13>

디,

“우리 부즁이 진긔 셩만ᄒᆞ고 쏘ᄒᆞᆫ 부죡ᄒᆞ미 업도다. 노태태긔셔 기셰(棄世)ᄒᆞ여 계시다 ᄒᆞ나 향슈ᄒᆞ시미 쏘ᄒᆞᆫ 젹지 아니코 우리 노야는 쏘 니ᄅᆞ툿 츙후젹덕(忠厚積德)ᄒᆞ시니 진긔 텬은 죠덕(天恩祖德)을 힘닙어 복록이 무궁ᄒᆞ디 다만 젼후ᄉᆞ룰 【17】 혜여보건디 일긔 영고랑(迎姑娘)이 가셕ᄒᆞ도다.”

디옥이 닝쇼ᄒᆞ거눌 평이(平兒) 니ᄅᆞ디,

“너의는 가히 림고랑의 웃는 뜻을 아ᄂᆞ냐? 젼일 련이애(璉二爺) 드러와 말ᄒᆞ디, ‘손시 집이 쏘ᄒᆞᆫ 올치 아닌 일을 지어 가잔[산](家産)을 젹몰입관(籍沒入官)ᄒᆞ여시미 손고애(孫姑爺) 와셔 은ᄌᆞ(銀子)룰 ᄶᅮ어 쁘려 ᄒᆞ니, 싱각건디 졔가 젼일 그러툿 셰력 잇셔 우리 영고랑도 쏘ᄒᆞᆫ 져의 집으로 보니엿더니 이졔 졔가 와셔 우리게 쳥ᄒᆞ는 날이 잇도다’ ᄒᆞ거눌 우리 등이 님고랑긔 픔ᄒᆞ엿더니 림고 【18】 랑이 말ᄒᆞ디, ‘출하리 걸인의게 쥬급ᄒᆞᆯ지언졍 결단코 일푼 은ᄌᆞ룰 져의게 ᄶᅮ이지 아니리라. 태태긔셔 ᄆᆞ음이 인ᄌᆞᄒᆞ여 져룰 거졀키 어려이 너길가 져허ᄒᆞᄂᆞ니 문샹의 분부ᄒᆞ여 픔치 말나’ ᄒᆞ엿고, 쏘 드ᄅᆞ미 가즁인을 모다 형부(刑部)의 가도왓다 ᄒᆞ더니 요ᄉᆞ이 무슨 모양이 된지 모롤지라. 도로혀 보옥이 샹쾌ᄒᆞ도다.”

디옥이 니ᄅᆞ디,

“져의 죄명은 필경 살기 어려오니 영고랑이 디하의 잇셔도 쏘ᄒᆞᆫ 분 【19】 긔룰 풀니라.”

ᄒᆞ니 즁인이 모다 영츈(迎春)을 위ᄒᆞ여 쾌ᄒᆞᆷ믈 일ᄏᆞᄅᆞ미 디옥이 니ᄅᆞ디,

“ᄎᆞ후는 모다 샹약(相約)ᄒᆞ여 다시 손가 일졀을 졔긔(提起)치 말지니 졔긔ᄒᆞ면 너가 곳 번뇌(煩惱)ᄒᆞ리로다.”

즁인이 심즁의 디옥의 의긔룰 감격히 너기며 쏘ᄒᆞᆫ 졔가 은원(恩怨)의 너모 분명ᄒᆞᆫ 줄 아더라. 즁인이 쏘 다른 말노 담화(談話)ᄒᆞ더니 쳥문이 와셔 말ᄒᆞ디,

“쥬연(酒宴)을 임의 이홍원의 버렷다.”

ᄒᆞ거눌 보옥 등이 도라올 시 월식(月色)이 졍히 죠혼 【20】 지라 ᄌᆞ미 등이 쏘ᄒᆞᆫ 년치(年齒)룰 의론치 아니코 다만 단원(團圓)이 안ᄌᆞ 모다 졍치(精致)ᄒᆞᆫ 치쇼와 과픔(果品)을 먹을 시 박하빙미쥬(薄荷冰梅酒)도 쏘ᄒᆞᆫ 먹고329) ᄎᆞ후

미편다(梅片茶)롤 쓰려 오라 ᄒ여 마시미, 챠롤
먹지 아니ᄒ는 이는 다만 쇼챠환(小丫鬟)으로
하여곰 겻히 셔셔 연ᄌ육(蓮子肉)을 찌여 먹게
ᄒ더니, 디옥이 믄득 일쥬 괴화(槐花) 나무 아리
화계샹(花階上)의 안ᄌ시미 귀 밋히 여러 기 반
디블330)이 쩌러져 밝은 빗치 셤셤(閃閃)ᄒ며 또
ᄒ 여러기 잇셔 져의 의샹의 쩌러지ᄂ지라. 보
【21】옥이 믄득 파쵸(芭蕉) 붓치 일병(一柄)을
가지고 져롤 위ᄒ여 뿟거놀 보치 우스며 니ᄅ
디,

　"보형뎨야. 너모 일도다. 일덤 힘을 남겨두
어 너의 님미미롤 위ᄒ여 샹가의 안ᄌ 모괴롤
뿟는 거시 죠흐리라."

　ᄒ니 디옥이 또ᄒ 그 말을 응ᄒ여 웃고 니
ᄅ디,

　"다만 힘을 밍녈이 쓰지 말나. 일기 죠흔
바ᄂ질 솜시로 지은 허리쯰가 쯘허질가 두리노
라."

　보치 또ᄒ 우음을 춤지 못ᄒ고 니ᄅ디,

　"죠흔 일기 입이 쾌흔 님챠두야. 한 ᄌ도
남의 【22】게 스양치 아니ᄒ는도다."

　보옥이 반디블을 련ᄒ여 뿟츠미 그 반디블
이 허여져 나ᄂ지라 보옥이 믄득 정신을 일코
바라보더니 탐츈이 심중의 혜오디,

　'졔가 디옥을 보미라.'

　ᄒ여 믄득 니ᄅ디,

　"보거거야. 너는 님쳐져롤 위ᄒ여 일 폭
(幅) 화샹(畫像)을 그리려 ᄒᄂ냐?"

　보옥이 또ᄒ 아론 체 아니ᄒ더니 보치 믄
득 일기 항나 슈건을 가지고 만지며 니ᄅ디,

　"나도 또ᄒ 일기 어리셕은 기러기롤 보고
ᄌ ᄒ노라."

　디옥이 또ᄒ 웃고 니ᄅ디,

　"그 【23】 기러기 몸의 미 마즌 혼격이 잇
ᄂ니 져롤 눈믈노 샹급ᄒ미 바야흐로 죠흐리
라."

　보치 웃고 니ᄅ디,

　"타인의 안졍(眼睛)이 포도ᄀᆺ치 부을가 두
리노라."

　디옥이 즉시 다라와 보챠의 신샹(身上)을
눌너 안고 우스며 니ᄅ디,

　"죠흔 ᄌᄌ(姊姊)야 말홀 줄 안다 혜리로
다."

　ᄒ니 보치 또ᄒ 우스며 한 뭉치 되니 져의
냥인의 말을 즁인이 모다 명빅히 아지 못ᄒ디
다만 보옥이 ᄌᄌ히 알고 또 져의 냥인을 보미
비록 말노 은근이 긔봉(機鋒)을 닷토나 또ᄒ 우
음을 취ᄒ 【24】 여 가장 죠하ᄒ는 뜻이 잇ᄂ지
라 심즁의 쾌활ᄒ믈 이긔지 못ᄒ여 니ᄅ디,

　"우리 모다 이곳의 잇셔 니런 월식을 보미
필경 무슨 노리롤 ᄒ리오?"

　니환이 니ᄅ디,

　"젼일 이곳의 잇셔 너롤 위ᄒ여 싱일 잔치
ᄒ미 언마 동안을 들네엿더니 오날도 또ᄒ 그와
ᄀᆺ치 일셕을 들네미 졍히 죠흐리라."

　탐츈이 니ᄅ디,

　"니런 더운 텬긔의 임의 슐을 먹엇고, 둘
지ᄂ 젼일 슐노 들네여시니 또 다시 슐노 들네
면 지미 업술지라. 우리 【25】 ᄂ 또 쳥취(淸趣)
잇ᄂ 스경을 위ᄒ여 놀스록 더옥 고요케 ᄒ여
모다 셔늘흔 긔운을 뽀여 심즁이 곳 텬샹월식
(天上月色)과 ᄀᆺ치 명낭ᄒ미 바야흐로 죠흐리
라."

　보금이 니ᄅ디,

　"놀스록 더옥 고요흔 거ᄉ 다만 림쪄져의
게 쳥ᄒ여 일곡 거문고롤 타ᄂ 이만 ᄀᆺ지 못ᄒ
니라."

　즁인이 일졔히 죠타 ᄒ고 디옥이 또ᄒ 고
흥을 니여 즉시 쇼방으로 ᄒ여곰 거문고롤 가져
오라 ᄒ니, 보치 바롬과 이슬 바드믈 져허 모다
쳠하 란간 아리 니ᄅ러 란쵸 【26】 분을 ᄀᆺ가히
ᄒ여 안고, 디옥이 월식 아리 거문고 탁ᄌ롤 버
리고 거문고롤 탈 시 미화 핀 거슬 위ᄒ여 믄득
미화 곡죠롤 타미 뎨 삼쟝의 니ᄅ러 늠늠흔 긔
운이 빙샹(氷霜) ᄀᆺ거놀 니환이 다만 뎜두ᄒ며
뎨 스쟝의 니ᄅ러 미화 향긔와 월식을 분명히
형용ᄒ미 스샹운이 죠타 ᄒ고 셕츈(惜春)이 또
ᄒ 쳥찬ᄒ니 이 거문고 쇼리 바람을 화답ᄒ여
더옥 월빅풍쳥(月白風淸)ᄒ고 텬공디활(天空大
闊)ᄒ믈 씨ᄃ롤너니 뎨 십쟝의 니 【27】 ᄅ미 만

---

329) 이곳 원문 5줄 번역 생략.

330) 【반디블】 圄 반디불이. ¶ 螢火蟲 ‖ 디옥이 믄
　　득 일쥬 괴화나무 아리 화계샹의 안ᄌ시미 귀
　　밋히 여러 기 반디블이 쩌러져 밝은 빗치 셤셤
　　ᄒ며 　(黛玉却坐在一棵槐樹下的龍泉窯靑花磴上,
　　鬢邊落了好幾個螢火蟲兒, 閃閃的亮光.)　<後紅
　　15:20>

니쟝텬(萬里長天)의 월식이 가득ᄒᆞ여 황홀히 한
쎄 오식 치운이 뜰노 나려오는 것 ᄀᆞᆺᄐᆞᆫ지라. 디
옥이 도로혀 더 타랴 ᄒᆞ더니 왕부인이 야심ᄒᆞ여
보옥이 곤홀가 두려 치운(彩雲)과 호박(琥珀)을
보니여 져의 등을 지촉ᄒᆞ여 일죽 허여지게 ᄒᆞ
더, 만일 허여지지 아니면 즈긔 친히 오려 ᄒᆞᆫ다
ᄒᆞ니 즁인이 브득이 ᄒᆞ여 허여질 시 셕츈이 스
샹운으로 더브러 농취암으로 도라왓더니 챠환
등이 련ᄒᆞ여 셕츈을 보며 니ᄅᆞ디,

【28】 "아지 못게라 엇지ᄒᆞ여 고랑의 면상
이 슐취ᄒᆞᆫ 것 ᄀᆞᆺᄐᆞ여 홍광(紅光)이 념념(艶艶)ᄒᆞ
뇨?"

ᄒᆞ거ᄂᆞᆯ 셕츈이 거울을 보믜 진기 그러ᄒᆞᄃᆡ
즈긔도 곡졀을 모로더니 셕츈이 그린디 관원 도
로 일기 칙쟈(冊子)ᄅᆞᆯ 쑤며 탁샹의 노혓거ᄂᆞᆯ 스
샹운이 웃고 먹을 갈며 칙을 펴고 셕츈의 필젹
을 모ᄠᆞ고331) 한 줄 락관(落款)을 쓰디 '모년 월
일의 모관 가졍(賈政)은 ᄎᆞ녀(次女) 가즁츈(賈仲
春)을 명ᄒᆞ여 습가 그리노라' ᄒᆞ고, ᄯᅩ 칙즈ᄅᆞᆯ
쑤미ᄂᆞᆫ지라. 셕츈이 놀나 련ᄒᆞ여 【29】 져의게
무ᄅᆞ디 스샹운이 다만 웃고 답지 아니타가 즉시
즈거ᄂᆞᆯ 셕츈이 ᄯᅩᄒᆞᆫ 즈더라.

익일 효두(曉頭)의 니ᄅᆞ러 보옥이 입죠스
은(入朝謝恩)ᄒᆞ더니 즉시 쇼견(召見)ᄒᆞ시믜 원리
원비(元妃) 비빈(妃嬪) 즁의 가쟝 어진 덕이 잇
셔 셩춍(聖寵)이 본디 고후(高厚)ᄒᆞᄃᆡ 다만 셩인
지셰(聖人之世)의 유공(有功)ᄒᆞ여야 바야흐로 ᄡᅳ
고 즐겨 쳑신(戚臣)을 위ᄒᆞ여 은젼을 나리지 아
니ᄒᆞᆫ지라. 니ᄅᆞ므로 가졍 일문이 다만 샹시와
ᄀᆞᆺ치 공직ᄒᆞ고 곳 승품ᄒᆞ미 잇셔도 ᄯᅩᄒᆞᆫ 쳥신념
근(清愼廉勤)ᄒᆞ믈 ᄎᆔᄒᆞ시러니 ᄎᆞ 【30】 일의
니ᄅᆞ러 보옥이 시ᄎᆔᄒᆞᄆᆞᆯ 인ᄒᆞ여 놉히 승탁(昇
擢)ᄒᆞᆫ지라. 셩의(聖意) 견권(繾綣)ᄒᆞ샤332) 싱각ᄒᆞ
시디, '셰신(世臣)의 집의 필경 가훈이 이시니
현비의 어진 덕도 ᄯᅩᄒᆞᆫ 평일 규즁의 의방을 가
ᄅᆞ치미 이시미라.' ᄒᆞ여, 원비의 ᄭᅵ친 필묵(筆墨)
칙격(冊籍)을 렬남(閱覽)ᄒᆞ실 시 기즁의 텬은을
감숑(感頌)ᄒᆞ고 부형즈뎨(父兄子弟)ᄅᆞᆯ 권면ᄒᆞ여
진춍진효(盡忠盡孝)케 ᄒᆞᄂᆞᆫ 시문(詩文)이 만코

ᄯᅩ 일기 칙자의ᄂᆞᆫ 다만 근친ᄒᆞᄂᆞᆫ 은젼을 긔록ᄒᆞ
여시디, 처음 일편은 셩은 바든 일을 긔 【31】
록ᄒᆞ고 ᄯᅩ히ᄂᆞᆫ 허다ᄒᆞᆫ 사ᄅᆞᆷ의 챵화시(唱和詩)ᄅᆞᆯ
버렷시디, 기즁(其中)의 보옥의 시가 원리 특이
ᄒᆞᆫ 지죄 이시니 모든 션비ᄅᆞᆯ 압두ᄒᆞ미 고이치
아니타 ᄒᆞ샤, 니러므로 보옥이 샤은ᄒᆞ미 믄득
훈풍뎐(薰風殿)의셔 쇼견ᄒᆞ시니 보옥이 ᄭᅮ러 샤
은ᄒᆞᆫ 후의 부복(俯伏)ᄒᆞ여 셩지ᄅᆞᆯ 기드리더니,
셩샹이 몬져 져의 죠부 공훈을 무ᄅᆞ시고 ᄯᅩ 가
졍의 외임(外任) 지닌 디방(地方)을 무ᄅᆞ시며 ᄯᅩ
원비의 근친 일졀을 무ᄅᆞ시거ᄂᆞᆯ 보 【32】 옥이
일일이 쥬달ᄒᆞ엿더니 즉시 스좌(賜坐)ᄒᆞ시고 셩
은 긔록ᄒᆞᆫ 칙을 져ᄅᆞᆯ 쥬어 보게 ᄒᆞ시며 ᄯᅩ 디관
원(大觀園) 관경을 무ᄅᆞ시ᄂᆞᆫ지라 보옥이 쥬ᄒᆞ디,

"그림이 잇다."

ᄒᆞ엿더니 즉시 명ᄒᆞ여,

"ᄲᆞᆯ니 가져와 진졍케 ᄒᆞ라."

시고 ᄯᅩᄒᆞᆫ 니부(內府)의 감쵸왓던 그림을
보옥을 쥬어 보게 ᄒᆞ시더니 한즈음이 못되여 그
림을 가져다가 진졍ᄒᆞᆫ디 텬심이 디열ᄒᆞ샤 후면
일항(一行) 락관을 보시고 무ᄅᆞ시디,

"가즁츈(賈仲春)은 곳 가졍의 ᄎᆞ녜(次女)
냐?"

【33】 보옥이 즈셔히 짐쟉ᄒᆞ지 못ᄒᆞ디 즉
시 ᄭᅮ러 올흐므로 쥬ᄒᆞ엿더니, ᄯᅩ 져ᄅᆞᆯ 명ᄒᆞ여,

"안즈라."

ᄒᆞ시고 그 그림을 져ᄅᆞᆯ 쥬어 보게 ᄒᆞ시고
ᄯᅩ 말삼ᄒᆞ시디,

"이 그림이 슈윤(秀潤)ᄒᆞ여 가쟝 고인의 법
되 잇도다."

ᄒᆞ시니 보옥이 그 락관을 보믜 ᄯᅩᄒᆞᆫ 엇지
ᄒᆞ여 셕츈을 곳쳐 즁츈이라 ᄒᆞᆫ 연고를 아지 못
ᄒᆞ며 디관원도(大觀園圖) 칙즈ᄅᆞᆯ 도로 올니니
믄득 명ᄒᆞ여,

"도라가라."

ᄒᆞ시거ᄂᆞᆯ 보옥이 샤은ᄒᆞ고 도라와 가졍과
왕부인 등을 보고 ᄯᅩ 【34】 ᄒᆞᆫ 가샤ᄅᆞᆯ 쳥ᄒᆞ여 와
일편을 고ᄒᆞ미 모다 스샹운이 이ᄀᆞᆺ치 락관ᄒᆞᄆᆞᆯ

---

331) 【모ᄠᆞ다】 圖 모(摹)ᄠᆞ다. 모방(模倣)ᄒᆞ다. ¶ 摹
　　仿 ∥ 스샹운이 웃고 먹을 갈며 칙을 펴고 셕츈의
　　필젹을 모ᄠᆞ고 한 줄 락관을 쓰디 (史湘雲就笑着
　　磨起墨來, 打開卷子, 摹仿了惜春筆跡, 題一行款.)
　　<後紅 15:28>

332) 【견권ᄒᆞ다】 圖 {견권(繾綣)하다.} 못내 그리워
　　하다. ¶ 徘徊 ∥ 셩의 견권ᄒᆞ샤 싱각ᄒᆞ시디 셰신
　　의 집의 필경 가훈이 이시니 현비의 어진 덕도
　　ᄯᅩᄒᆞᆫ 평일 규즁의 의방을 가ᄅᆞ치미 이시미라 ᄒᆞ
　　여 (聖情徘徊, 想到世臣之家, 終有家教, 怪不得元
　　妃賢德, 也是平日閨教有方.) <後紅 15:30>

긔이히 너기고 셕츈이 궁궐의 션퇵ᄒ여 드러갈
가 두려 졍히 방황ᄒ더니, 믄득 즁시(中使) 니ᄅ
거늘 가졍과 가시(賈赦) 련망히 향안을 비셜ᄒ
고 셩지ᄅ 영졉ᄒ미 디관원도 그린 가졍의 츠녀
가 즁츈을 션퇵ᄒ여 봉죠궁(鳳藻宮)의 드러와
공직(供職)ᄒ라 ᄒ여 계시거늘 가졍 등이 ᄲ러
텬샤ᄅ 보니고 믄득 분망ᄒᄆᆯ 이긔지 못ᄒ니 허
다 하긔【35】은 다시 말홀 거시 업ᄉ며 스례감
(司禮監)의셔 길일을 갈희여333) 빙례(聘禮)ᄅ 힝
ᄒ 후의 더옥 분망ᄒ여 ᄒ며 우시(尤氏) 평일의
고랑으로 더브러 십분 의합지 못ᄒ더니, 한 번
칙지 바드믈 듯고 련망히 니ᄅ러 샹면ᄒ기ᄅ 구
ᄒ나 뉘 알니오? 죠졍 규뢰 삼엄ᄒ여 한 번 칙
지ᄅ 나린 후의 믄득 궁녜 니ᄅ러 ᄉ후ᄒ미 ᄉ
샹운도 ᄯᅩᄒ 보옥의 곳으로 반이(搬移)ᄒ여 거
쳐ᄒ다가 즁비(仲妃) 입궁ᄒ 후의 바야흐로 도
라가며 보옥도 다만 보챠의【36】곳의 머믈고
왕부인도 ᄯᅩᄒ 죠셕의 나아가 한 번 쳥안ᄒ고
즉시 나오더라.

　가즁츈이 비록 젼심 슈도ᄒ여시나 이졔 군
명이 계시미 엇지 감히 어긔며 몽즁의 원비ᄅ
보미 칙ᄌᆯ 뵈고 관복을 쥬어시며 ᄉ샹운이 ᄯᅩ
여러 츠례ᄅ 텬졍명슈(天定命數)ᄅ 뵈엿ᄂᆫ지라
ᄌ연 회피홀 방법이 업더니 입궁홀 날의 니ᄅ미
영화 부귀ᄅ 긔록지 못홀너라. 가졍이 믄득 량
부(兩府)의 분부ᄒ여 모다 즁비(仲妃)【37】라
칭ᄒ니 즁인[비] 위인(爲人)이 원비와 방블ᄒ더
더옥 겸화졀검(謙和節儉)ᄒ며 시례(詩禮) 외의ᄂ
ᄯᅩ 단쳥(丹靑)을 죠하ᄒ여 가쟝 셩의에 맛가존
지라.334) 즉시 원봉호(元封號)ᄅ 승습(承襲)ᄒ시
고, ᄯᅩ 봉죠궁샹셔(鳳藻宮尙書) 가덕비(加德妃)
ᄅ 더 봉ᄒ시니 가졍 이히(以下) 모다 디희ᄒ여
가묘(家廟)의 고유(告由)ᄒ고 하연(賀筵)을 베퍼
십분 번화 열요(熱鬧)ᄒ며, ᄯᅩ 량 부즁(府中) 형
뎨 ᄌ질과 다못 님·강 냥인을 모흐고 니권(內
眷) 등가지 합ᄒ여 가연을 버리고 못니 텬은죠
덕을 말ᄒ며 모【38】다 츔효 두 ᄌᆯ로 피ᄎ 경
계ᄒ니 가샤 이히 모다 심열경복(心熱驚服)ᄒ더
니 입궁ᄒ기 젼 슈일을 격ᄒ여 즁비 궁녀ᄅ 보

니여 젼유(傳諭)ᄒ여 니ᄅ디,

　"우리 집이 텬은죠덕으로 이 지경의 니ᄅ
러시니 ᄯᅩᄒ 극진이 셩만ᄒ디 다만 '쇼심젹심
(小心赤心)' ᄉ긔 글ᄌᆯ 가즁인의게 분부ᄒ노
라. 니 이졔 다ᄉ 가지 규귀(規矩) 잇셔 고ᄒᄂ
니 모다 죠츠라. 뎨일은 나의 곳의셔 근검졀용
(勤儉節用)ᄒ여 일호 가즁 믈건을 쓰지 아니리
니 만일 한 가지【39】 믈건을 드려 니 말을 어
긔면 니 즉직의 쥬문ᄒ여 치죄(治罪)홀 거시오,
뎨이는 님슈ᄌ(林嫂子) 치가(治家)ᄒᄆᆯ 심히 엄
졀이 ᄒ니 가즁인은 모다 겨의 약속을 죠츠미
ᄉ의박실(事意朴實)ᄒᄆᆯ 힘쓰고 일뎜 부화(浮華)
ᄒ 거술 좃지 말디 동산과 뎡ᄌ도 ᄯᅩᄒ 넉넉ᄒ
니 다시 토목지역(土木之役)을 니ᄅ혀지 말 거
시오, 뎨삼은 가즁인이 나의 샹ᄉ(賞賜)ᄅ 바라
지 말지니 나의 곳의 샹ᄉᄒ신 믈건이 가쟝 만
하 샹시의 쓰고 남은 거시 이시면 니 모다 쥬문
ᄒ고【40】도로 밧치려 ᄒ며, 뎨ᄉ는 가즁인이
벼슬을 쳥념ᄒ게 거ᄒ며 ᄆᆞ음을 츙후히 가져 쥬
야로 젹덕힝션(積德行善)ᄒ여 다만 젼일 노태태
의 덕힝을 싱각ᄒ면 쟝구히 텬은죠덕을 보젼홀
거시니 너가 곳 능히 얼골을 보지 못ᄒ여도 ᄯᅩ
ᄒ ᄆᆞ음을 노홀 거시오, 뎨오는 ᄉ샹운을 봉ᄒ
여 령모[묘]진인(靈妙眞人)이 되여시니 가즁인이
모다 공경ᄒ여 ᄉ후ᄒ디 ᄉ진인(史眞人)의 화상
일 폭을 반급(頒給)ᄒᄂ니, 너가 시립흔 화샹이
그즁의 잇는【41】지라 농취암 당샹의 봉안ᄒ
라."

　ᄒ엿거늘 가졍이 즉시 ᄲ러 븟슬 가지고
긔록흔 후의 텬샤ᄅ 보니고 더옥으로 ᄒ여곰 공
경ᄒ여 히ᄌ로 등츌(謄出)ᄒ여 쟝황ᄒ여 영희당
즁(榮禧堂中)의 걸고 삭망(朔望)이 되면 ᄯᅩᄒ 분
향비독(焚香拜讀)ᄒ더라.

　가졍이 즁비의 더옥을 ᄉ랑ᄒᄆᆯ 알고 심즁
의 겨의 지죠ᄅ 항복ᄒ여 츠후의 난쳐흔 일이
이시면 ᄯᅩᄒ 더옥으로 더브러 샹의ᄒ니 더옥의
총명이 가쟝 쾌ᄒ여 한 번 보면 믄득【42】쳥슈
ᄀᆞᆺ트여 일긔 온당흔 도리ᄅ 당각(當刻)의 말ᄒ
니 가졍이 다만 탄복ᄒ고 ᄯᅩ 님냥옥의게 고ᄒ

---

333)【갈희다】圖 가리다. 고르다. ¶ 擇 ‖ 허다 하
　긔은 다시 말홀 거시 업ᄉ며 스례감의셔 길일을
　갈희여 빙례ᄅ 힝흔 후의 더옥 분망ᄒ여 ᄒ며
　(這些送賀的, 更不必說, 到了司禮監擇吉行聘之後,
　益發忙將起來.) <後紅 15:35>

334)【맛갖다】圖 맞다. 알맞다. ¶ 稱 ‖ 즁인[비] 위
　인이 원비와 방블ᄒ더 더옥 겸화졀검ᄒ며 시례
　외의ᄂ ᄯᅩ 단쳥을 죠하ᄒ여 가쟝 셩의에 맛가존
　지라 (這仲妃爲人, 一切都像元妃, 更還謙和節儉,
　詩禮之外, 又善丹靑, 十分稱旨.) <後紅 15:37>

더,

"너의 녕미(슈妹)는 엇지 일기 히이(孩兒) 되엿느뇨? 만일 남지 되엿더면 진긔 경텬위디(經天緯地)하리니 우리 늙은 스름이 따르지 못하믄 그만 두려니와 너의도 져허컨디 모다 져와 又지 못홀 듯하니, 나는 다만 바라건디 계가 나룰 위하여 일기 손ᄋ(孫兒)룰 나흐면 우리 부즁이 도로혀 지팅하리로다."

량옥이 쏘흔 뎜두하며 니르디,

【43】"본디 구구의 은젼으로 져룰 가쟝 ᄀ 스랑하거니와 져의 총명을 의론컨디 실노 드무니 쇼싱 등 이하는 모다 져의게 항복홀지라. 져의 경위는 심히 명빅하니 심샹흔 스졍을 계가 다만 당쟝의 십분 온당하게 쳐분하믄 니르지 말고 곳 져로 더브러 죠뎡 일과 빅셩의 스졍을 의론하여도 쏘흔 가쟝 명빅하고 져의 졍신도 쏘흔 무슨 일이든지 믈론하고 한 번 보면 잇지 아니하여 실노 져룰 따룰 스룸 【44】이 업느니라."

하거늘 가졍이 듯고 다만 뎜두홀 쓴이러니 쏘 가련이 따라 니르디,

"곳 즁비의 진궁(進宮)하는 일졀이라도 각식각양(各色各樣)이 모다 이왕 치뷔(置簿) 잇거늘 표미(表妹) 다만 일야간의 쟉졍하더니 츄후의 보미 일뎜도 유루(遺漏)흔 거시 업고, 쏘흔 너가 한두 마디 보충(補充)흔 말도 업셧시니 모르는 이는 말하디, '젼일 우리 가즁의 일위 낭낭이 낫시미 모든 일이 녯 규뫼 잇다' 하디, 아는 이는 믄득 니르디, '젼일 낭낭은 궁즁의 잇다 【45】가 칙봉하엿고 지금 즁비는 부즁으로죠츠 션퇵하여 드러又다' 하느니, 표미 일인이 쥬쟝치 아니하면 니런 디스롤 엇지 판리(辦理)하여시리오?"

가졍이 니르디,

"진긔 그러하나 네가 말 아니하여시면 너 도로혀 싱각지 못하여시리로다. 나는 다만 외면의셔 졉응하여시미 모든 일의 졍당하믈 긔록지 못하고 쏘흔 일을 가음아는 사름이 일일히 와 픔하는 말이 업셧도다. 니런 큰 스졍을 판리하디 부즁이 도로혀 아모 스졍 【46】이 업슴 又트여시니 엇지 계가 무던치 아니며 계가 나룰 보미 쏘흔 일뎜 디스룰 판리흔 형젹(形迹)을 드러너지 아니하니 이는 도로혀 무슨 말을 하리오? 다만 보옥 又튼 됴량업는 거슨 날마다 져와 홈

긔 이시나 일뎜이나 비홧시리오? 너의논 져룰 보라. 도로혀 져러툿 용널하니 이는 엇지하면 죠흐리오?"

냥옥이 웃고 니르디,

"져의 복분(福分)이 가쟝 죠흐니 죠상의 뉘 셩샹의 샤좌(賜坐)하시믈 닙엇시리오? 도로혀 계가 니런 셩총 【47】을 엇고 이제 낭낭도 쏘흔 계가 쥬달하여 바야흐로 니런 칙지 나렷시니 우리 등이 뉘 도로혀 져룰 따르리오?"

하니 가졍이 쏘흔 웃더니 믄득 니르디,

"이 히지 무어술 알니오? 나는 졍히 계가 츠스룰 위하여 안고심디(眼高心大)하여 가쟝 긔운을 너여 영향 업는 일을 지을가 근심하느니 너의논 알거니와 너가 년긔도 만코 졍신도 부죡하거눌 날마다 여러 노야와 셔판(書辦)335) 등으로 더브러 들네여 만일 유심치 아니하면 져의 등이 무슨 뜻 【48】 밧긔 일노 들네고 츠외의 쏘 즈긔게 당흔 당관(堂官) 일이 이시니 엇지 무슨 결을이 잇셔 이 쇼즈룰 아룬 쳬하며, 곳 여긔 잇셔 져다려 몃 마디 말을 쑤지져도 계가 귓가의 바룸을 아느니 너의 거거된 스룸은 나룰 위하여 져룰 엄졀히 교훈하디 계가 무슴 블호(不好)흔 곳이 잇거든 바로 니게 고하여 ᄆ음디로 져룰 치는 거시 바야흐로 죠흐리라."

남냥옥과 가련이 본디 가졍의 셩픔이 강직하믈 아는지라 다만 련셩(連聲)하여 【49】 답응하더니 가졍이 니르디,

"명일 아문 즁의 도로혀 몃 가지 방심치 못홀 일이 잇셔 즈긔 친히 술피고 발락(發落)고즈336) 하느니, 너 금일은 쏘흔 일즉 즈고져 하노라."

---

335) 【셔판】圏 {서판(書辦)}. 舊時官府中管文書和簿記的小吏. ¶ 書辦 ‖ 너의논 알거니와 너가 년긔도 만코 졍신도 부죡하거늘 날마다 여러 노야와 셔판 등으로 더브러 들네여 (你們知道, 我年紀也上了, 精神也差了, 天天同這些老爺們·書辦們鬧.) <後紅 15:47>

336) 【발락하다】图 {발락(發落)하다}. 처리하다. ¶ 開發 ‖ 명일 아문 즁의 도로혀 몃 가지 방심치 못홀 일이 잇셔 즈긔 친히 술피고 발락고즈 하느니 (明日衙門裏倒有幾件事不放心, 要自己問問纔好開發.) <後紅 15:49>

23

□□□□□□□□□ □□□□□□□□□

林絳珠乞巧奪天工 史湘雲迷藏露仙迹

님냥옥(林良玉)과 가련(賈璉)이 즉시 니러
가니 가졍(賈政)이 헐슉(歇宿)ᄒᆞ고 익일 쳥신(淸
晨)의 즉시 아문(衙門)의 니르럿더니 믄득 여러
가지 스졍이 형부의 니르러 심리ᄒᆞ기를 기ᄃᆞ리
거ᄂᆞᆯ 가졍이 다만 가 ᄉᆞ관(司官)으로 ᄒᆞ여곰 문
목(問目)ᄒᆞᆫ 거시 ᄆᆞ음이 노히지 못ᄒᆞ여 간ᄉᆞ
(幹事)ᄒᆞᆫ ᄉᆞ관 량인을 갈히【50】여 ᄌᆞ긔롤
ᄯᅡ라 한가지로 공쵸(供招)를 바들 ᄉᆡ, 몬져 ᄉᆞ관
등으로 심문ᄒᆞ여 만일 심문ᄒᆞᆫ 거시 ᄉᆞ리의 맛지
아니면 ᄌᆞ긔 ᄯᅩᄒᆞᆫ 여러 마ᄃᆡ 무러 이ᄀᆞᆺ치 여러
가지 일을 결쳐ᄒᆞ엿더니,337) ᄯᅩ 이삼 ᄶᆡ 숑민(訟
民)을 거ᄂᆞ려 드러오ᄃᆡ 한 ᄶᆡᄂᆞᆫ 곳 민인(民人)
예이(倪二)라 ᄒᆞᄂᆞᆫ 사ᄅᆞᆷ이 쟝긔나기 ᄒᆞ여 걸인
쟝화(張華)를 이겻시민 쟝화의 신변의 은ᄌᆞ 이
시믈 보고 억늑(抑勒)으로 아ᅀᆞ려 ᄒᆞᆯ ᄉᆡ 피ᄎᆞ

징탈ᄒᆞ다가 쟝홰 치폐(致斃)ᄒᆞ엿더니 쟝화의 외
귀(外舅) ᄯᅩ치 노롬ᄒᆞᆫ【51】 사ᄅᆞᆷ 등을 명빅히
치근ᄒᆞ여 관가의 발쟝(發狀)ᄒᆞ엿거ᄂᆞᆯ338), 가졍이
심문ᄒᆞ여 살인ᄒᆞᆫ 죄안으로 결졍ᄒᆞ고 치[예]이(倪
二)롤 착가(着枷)ᄒᆞ여 옥의 ᄂᆞ리오고 ᄯᅩ ᄒᆞᆫ ᄶᆡᄂᆞᆫ
관인 니어시(李御史) 평안쥬(平安州) 관원을 탄
획(彈劾)ᄒᆞ여시ᄃᆡ, 일면으로 탄획ᄒᆞ며 일면으로
져의 뢰믈을 밧고 져의게 쥬션ᄒᆞ여 복직ᄒᆞ여 쥬
믈 허락ᄒᆞ더니 그 후의 평안쥬 관원이 능히 복
직지 못ᄒᆞ엿ᄂᆞᆫ지라. 그 가인이 고쟝(告狀)ᄒᆞ엿거
ᄂᆞᆯ 가졍이 니어스롤 원통케 홀가【52】 두려 즁
간의 왕ᄅᆡᄒᆞ던 사ᄅᆞᆷ을 셰셰히 심문ᄒᆞ니 곳 니어
스의 친근ᄒᆞᆫ 가인이 거즛말을 지어 속인 곡졀이
라. 믄득 그 가인을 죵즁치죄(從重治罪)ᄒᆞ고 니
어스ᄂᆞᆫ 다만 원디츙군(遠地充軍)ᄒᆞ여시며, ᄯᅩ ᄒᆞᆫ
ᄶᆡᄂᆞᆫ 방쳬(放債)ᄒᆞᄂᆞᆫ 셔변 긔인이 사ᄅᆞᆷ을 모화
줍기ᄒᆞ다가 병마ᄉᆞ(兵馬使) 츠역(差役)에게 줍힌
비 되엿거ᄂᆞᆯ 셔긔(西客)이 도로혀 츠역을 구타
ᄒᆞ고 즐겨 관졍(官廷)의 니ᄅᆞ지 아니미라.

　가졍이 ᄯᅩᄒᆞᆫ 츠역을 발숑ᄒᆞ면 외간의 쟉폐
(作弊)홀가 두려 셔긔의【53】게 셰셰히 심문ᄒᆞ
여 즉시 셩명을 타뎜(打點)ᄒᆞ여 왕공무(王公茂)
와 손무원(孫茂源)과 엽늉창(葉隆昌)과 왕디유
(王大有)와 다못 병ᄆᆞᄉᆞ 츠역 왕승(王勝)과 니득
공(李得功)을 ᄂᆞ리(拿來)ᄒᆞ여 져의게 무ᄅᆞᄃᆡ,

　"엇지ᄒᆞ여 이 잡기롤 버렷시며 그 챠역을
구타ᄒᆞ엿ᄂᆞ냐?"

　ᄒᆞ니 원리 져의 등이 냥위(兩位) 부원(部
員) 노애 외방부쳥(外方府廳) 벼슬을 ᄒᆞ여 빗슬
어더 반젼(盤纏)을 ᄒᆞ려 ᄒᆞ믈 보고 즁변(重邊)으
로 빗슬 쥬려 ᄒᆞᄂᆞᆫ지라. 몬져 사ᄅᆞᆷ으로 ᄒᆞ여곰
져의 친쳑을 후려와 셔로 잡기ᄒᆞ며, 그【54】 외
방 관원이 노친이 이시며 업습과 다ᄅᆞᆫ 빗시 이
시며 업스믈 ᄌᆞ셔히 무ᄅᆞ며 ᄯᅩ한 져의게 인졍
(人情)을 쥬마 허락ᄒᆞ엿더니 여러 거간ᄒᆞᄂᆞᆫ 샤
룸339)이 져의 즁변을 혐의ᄒᆞ거ᄂᆞᆯ 셔긔 등이 젼

---

337)【결쳐ᄒᆞ다】圖 [결처(決處)하다]. ¶ 開發 ‖ 몬
　져 ᄉᆞ관 등으로 심문ᄒᆞ여 만일 심문ᄒᆞᆫ 거시 ᄉᆞ리
　의 맛지 아니면 ᄌᆞ긔 ᄯᅩᄒᆞᆫ 여러 마ᄃᆡ 무러 이ᄀᆞᆺ
　치 여러 가지 일을 결쳐ᄒᆞ엿더니 (先叫司官們審
　問, 遇有問不中肯的, 自己也問幾句兒, 就開發了幾
　件.) <後紅 15:50>

338)【발쟝ᄒᆞ다】圖 발쟝(發狀)하다. ¶ 告發 ‖ 피ᄎᆞ
　징탈ᄒᆞ다가 쟝홰 치폐ᄒᆞ엿더니 쟝화의 외귀 ᄯᅩ치
　노롬ᄒᆞᆫ 사ᄅᆞᆷ 등을 명빅히 치근ᄒᆞ여 관가의 발쟝
　ᄒᆞ엿거ᄂᆞᆯ (彼此扭奪之間, 張華跌斃, 被張華的母舅
　訪明了同賭的一干人, 跟查明白, 告發到官.) <後紅
　15:51>

339)【中間人 즁간인】zhōngjiānrén <名> 거간ᄒᆞᄂᆞᆫ
　샤룸. ‖ "就便許他們的抽頭, 那些中間人嫌他太狠
　了." ᄯᅩ한 져의게 인졍을 쥬마 허락ᄒᆞ엿더니 여

225

일 쟝긔(帳記)롤 너여 져의로 ᄒ여곰 보게 ᄒ고 니ᄅ디,

"어니 곳 어니 사ᄅᆷ이 모양으로 빗슬 어디 가지 아니ᄒ엿ᄂ냐?"

ᄒ여 졍히 쟝긔롤 보다가 믄득 ᄎ역이 드러와 노롬 졔구롤 슈즁의 너혼 비 된지라 니러므로 ᄎ역을 구타ᄒ【55】엿거눌 가졍이 본릭 니런 스롬을 가장 믜워ᄒ고 ᄯᅩ 쟝긔칙(帳記冊)을 보믹 허다 경관(京官)과 외관(外官)이 모다 져의게 속아 은젼을 만히 일헛시믹 졍히 가련ᄒ지라. 즉시 디로ᄒ여 죄 범혼 각인(各人)을 쥭편(竹片)으로 엄치ᄒ고 져의 슈즁의 든 문셔롤 일일이 아ᄉ니고 다만 단신만 남겨 압송ᄒ여 본향으로 도라가게 ᄒ고, 그 문셔 즁의 실닌 본은(本銀) 삼뵉여 만 냥은 각인의게 젼령ᄒ여 일년 닉의 ᄭᅮ어간 본은(本銀)을 일졔히 경셩(京城)으로【56】 보닉게 샹약ᄒ고, 경셩의 통계회관(通濟會館)이라 ᄒᄂ 집을 짓고 무릇 경관과 외임(外任) 가는 스롬을 모다 반젼(盤纏)을 쥬게 ᄒ디 이 죠목의 속혼 은냥을 황셩문(皇城門) 외각 은푸리의 븟쳐 리식(利息)을 취케 ᄒ니, 경관이 ᄭᅮ어간 은이 이시면 다만 륙리(六利) 변리(邊利)로 졍ᄒ고 만일 갑지 못ᄒ면 거간혼 스롬이 디신 갑게 ᄒ며, 외관이 부임ᄒ지 못ᄒᄂ 이ᄂ ᄯᅩ혼 이와 ᄀᆺ치 져의게 ᄭᅮ이니, 경셩의 허다혼 스롬이 가졍의 ᄎᄉ 관리ᄒᄂ믈 보고【57】 쾌히 너기지 아니리 업ᄉ며, 외방도 ᄯᅩ혼 모다 젼파ᄒ엿시디 왕공무 등 스인은 일신의 쟝독(杖毒)340)을 ᄯᅴ고 산셔(山西) 셥셔(陜西) 등쳐로 도라가니 ᄯᅩ혼 일쟝츈몽(一場春夢) ᄀᆺ고 다만 일이기 고공(雇工)만 잇더라.

가졍이 도라와 셔긱 쳐치혼 일을 가장 쾌활히 너겨 님낭옥과 죠셜근의게 고ᄒ디,

"이 무리 셔긱의 방ᄎ(放借)ᄒᄂ 스롬은 실노 통한ᄒ니 빗슬 쥬고 그 스롬을 죠죵ᄀᆺ치 아라 단여도 ᄀᆺ치 단이고 안ᄌ도 ᄀᆺ치 안ᄌ 만일 그 스롬이 외방【58】의 도임(到任)ᄒ면 ᄯᅩ혼 뵉가지로 들네여 그 스롬이 부득블 고쟝케 ᄒ니 실노 통악(痛愕)ᄒ지라. 나의 오늘 쳐치혼 법이 ᄯᅩ혼 하나홀 징계ᄒ여 뵉인을 경계케 혼다 ᄒ리로다."

<hr>

러 거간ᄒᄂ 샤롬이 져의 즁변을 혐의ᄒ거눌
(後紅 15:54)

죠셜근이 니ᄅ디,

"더옥 묘혼 거슨 경셩의 통뎨회관을 지은 거시로디 다만 그 일을 쥬장키가 ᄯᅩ혼 어렵도다."

가졍이 니ᄅ디,

"나ᄂ 다만 륙부당관(六部堂官)과 샹의ᄒ여 한 곳의셔 두 달식 가음알면 죠흐리라."

죠셜근이 ᄯᅩ혼 니ᄅ디,

"가쟝 죠흐니 이와 ᄀᆺ치 홀【59】 진디 쟝리 외임가ᄂ 관원이 허다 고황(膏肓)을 면ᄒ리로다."

ᄒ더라.

가졍의 셩졍이 공졍ᄒ고 ᄯᅩ 일을 당ᄒ믹 십분 용심ᄒ니 진개 셩명이 날노 더ᄒ여 구즁(九重)의 ᄉ못ᄎ니,341) ᄎ시 셩명 지죠의 신하된 스롬이 한 가지 지죠롤 다ᄒ면 믄득 텬쳥의 밋ᄎ믹 젼죠(前朝) 시졀의 셔로 칭예(稱譽)ᄒᄂ 거슬 슝샹ᄒᄂ 습긔(習氣) 잇셔 다만 과도(科道) 관원이 글월을 올녀 칭숑홈의 비치 아닐너라. 가졍이 이ᄀᆺ치 거관(居官)ᄒ믹 곳【60】 일셰(一世) 구텬(九遷)ᄒ여도 죠야(朝野) 지인이 ᄯᅩ혼 츄복(推服)홀 거시로디 도로혀 졔가 쵸방지친(椒房之親)이 되믈 위ᄒ여 승픔ᄒ믹 오히려 더 된 듯ᄒ나 가졍의 심즁의ᄂ 시시로 젼젼긍긍ᄒ여 모다 과분ᄒ니 박복지인(薄福之人)이 보젼키 어렵다 ᄒ며 ᄯᅩ 말ᄒ디,

"ᄌ긔가 도로혀 죠죵의 젹덕(積德)ᄒᄂ믈 힘닙어시니 ᄌ긔 신샹의 니ᄅ러ᄂ 도져히 공힝(功行)을 ᄯᅡ하 ᄌ숀의게 머믈너 줄지니 속어(俗語)의 니ᄅ디, '샹등(上等) 스롬은 죠죵이 쥬ᄂ 밥을 먹【61】고 즁등(中等) 스롬은 ᄌ긔 어든 밥을 먹으디 하등(下等) 스롬은 ᄌ숀의 밥가지 모다 일인이 먹ᄂᆫ다' ᄒ여시니, 나ᄂ 지금 ᄯᅩ혼 엇던 밥을 먹ᄂ지 스스로 아지 못ᄒ노라."

<hr>

340) 【쟝독】 ⑱ 쟝독(杖毒). 곤장을 맞아 생긴 독기(毒氣). ¶ 棒瘡 ‖ 왕공무 등 스인은 일신의 쟝독을 ᄯᅴ고 산셔 셥셔 등쳐로 도라가니 ᄯᅩ혼 일쟝 츈몽 ᄀᆺ고 다만 일이기 고공만 잇더라 (那王公茂等四人帶了一身棒瘡, 回到山陜去, 也實在的一場春夢, 只有赤脚傭工而已.) <後紅 15:57>

341) 【ᄉ못ᄎ―】 ⑱ 《ᄉ못다》 사무치다. 통하다. ¶ 徹 ‖ 가졍의 셩졍이 공졍ᄒ고 ᄯᅩ 일을 당ᄒ믹 십분 용심ᄒ니 진개 셩명이 날노 더ᄒ여 구즁의 ᄉ못ᄎ니 (賈政生性公正, 又是遇事十分用心, 眞個的聲名日起, 徹於九重.) <後紅 15:59>

ᄒᆞ니 즁인이 겨의 광경을 보고 뉘 겨롤 경이(敬愛)치 아니리오?

차셜, 보옥이 즁비의 연고롤 인ᄒᆞ여 보챠의 방즁의 머믈너 죠셕으로 들네미 보치 쏘흔 번거ᄒᆞ믈 슬희 너기고 보옥이 쏘 쇼가ᄋᆞ롤 가지고 분슈업시 긔롱ᄒᆞ미 보치 련ᄒᆞ여 겨롤 미러디 【62】 옥의 쳐쇼로 가라 ᄒᆞ디 디옥이 쏘 너여 보니ᄂᆞᆫ지라. 다만 ᄌᆞ견의 방즁의 잇셔 멷 날 밤을 지니다가 도로 보챠의 쳐쇼로 도라오니 보치 지삼 겨롤 밀치디 보옥은 다만 말ᄒᆞ디,

"님미미 진졍으로 너여 보닌다."

ᄒᆞ거늘 보치 웃고 니ᄅᆞ디,

"그만 두라. 니 너롤 보니여 가게 ᄒᆞ미 올토다."

ᄒᆞ고 보치 보옥으로 더브러 목욕을 졍히 ᄒᆞ고 한가지로 쇼샹관(瀟湘館)으로 오더니 디옥이 임의 농취암으로 ᄀᆞᆺᄂᆞᆫ지라. 보치 믄득 보옥으ᄅᆞ 【63】 로 더브러 디옥의 방즁으로 드러와 보옥으로 ᄒᆞ여곰 옷슬 벗게 ᄒᆞ고, 신과 보션가지 모다 감쵸고 겨로 ᄒᆞ여곰 상의 올나 죽부인 등 뒤히 숨게 ᄒᆞ고 ᄉᆞ(紗) 니블노 가리며 가마니 쟝(帳)을 나리고 쟝 누루는 막디롤 가져 눌너 노흐디 젼과 ᄀᆞᆺ치 ᄒᆞ고, 챠환 등의게 분부ᄒᆞ여 말ᄒᆞ지 말나 ᄒᆞ며 즉시 입을 쓰쥐고 우스며 도라가다가 쏘 챵밧긔셔 보옥의게 고ᄒᆞ디,

"보형뎨야 니 명일 쳥신(淸晨)의 와셔 너의롤 보리라."

ᄒᆞ니 보옥이 【64】 니ᄅᆞ디,

"보져져는 죠히 도라가라."

보치 도라가 우스며 잉ᄋᆞ(鶯兒)의게 고ᄒᆞ고 믄득 니ᄅᆞ디,

"님고랑이 쏘흔 보이야롤 너여 보니기롤 간졍히342) ᄒᆞ더니, 너는 싱각ᄒᆞ라 금셕의 보옥의 엇더케 들넬지 모르리라."

잉이 웃고 니ᄅᆞ디,

"우리는 멷 날을 간졍ᄒᆞ리니 님고랑은 금셕의 쏘흔 겨의 들네믈 죠히 바드리로다."

ᄒᆞ더니 익일 쳥신의 과연 가셔 우음을 먹

음고 손을 흔들며 ᄉᆞ롬으로 ᄒᆞ여곰 통긔(通寄)치 말나 ᄒᆞ며 다만 챵외 【65】 의셔 겨의 쇼식을 탐지ᄒᆞᆯ ᄉᆡ 다만 드ᄅᆞ니 겨의 량인이 방쟝(方將) 담화롤 시쟉ᄒᆞᆫ 것 ᄀᆞᆺ더니 보옥이 니ᄅᆞ디,

"미미야. 너는 도져히 사롬의게 고ᄒᆞ라. 우리 ᄋᆞ시로 죠ᄎᆞ 그러툿 죠하ᄒᆞᆫ 뉘 능히 우리 냥인을 따ᄅᆞ리오마는 엇지 너는 회싱ᄒᆞ여 그러툿 나롤 아룬 쳬 아니ᄒᆞ여시며 그도 그만 두고 아모리 ᄒᆞᆯ 일이 잇더라 ᄒᆞ여도 엇지 니가 죽는단 말을 듯고도 쏘흔 즐겨 일넘도 돌니지 아니ᄒᆞ엿ᄂᆞ뇨? 나는 량심을 니ᄂᆞ니 너 【66】 는 스스로 일일히 니게 고ᄒᆞ라."

ᄒᆞ디 디옥이 일언도 아니ᄒᆞᆫᄂᆞᆫ지라 보옥이 믄득 ᄀᆞᆺ가히 가 겨롤 쓰어 당긔니 디옥이 셩을 너여 니ᄅᆞ디,

"나의 죠죵(祖宗)아, 이졔는 너 ᄒᆞ고 시분디로 ᄒᆞ엿거늘 져녁의도 그러툿 ᄉᆞ롬을 들네더니 지금 셔늘ᄒᆞᆫ 아춤의ᄂᆞᆫ 나롤 용셔ᄒᆞ미 죠커늘 도로혀 니러툿 들네ᄂᆞ냐?"

보옥이 니ᄅᆞ디,

"가련토다. 뉘 지금 다시 너롤 들네려 ᄒᆞ리오? 너는 다만 니가 죽어도 엇지ᄒᆞ여 동념(動念)치 아니믈 말 【67】 ᄒᆞ라. 네가 말을 아니ᄒᆞ면 니 다만 너의 손을 쥐고 단졍코 놋치 아니리라."

디옥이 탄식ᄒᆞ며 니ᄅᆞ디,

"죠죵아, 니 네게 고ᄒᆞ리라. 나의 좌공(坐功)이 원리 범연치 아냐 임의 긔운을 뎨삼관(第三關)가지 통ᄒᆞ여 거의 셩도(成到)케 되엿더니 젼셰의 너의 빗슬 져 나롤 닛그러 니런 고희(苦海)의 너헛거늘 너는 도로혀 뭇ᄂᆞ냐? 네 추후는 보져져의게 가셔 들네라."

보옥이 니ᄅᆞ디,

"그만 두라. 이졔 너의 심즁의 도로혀 나의 일인이 잇ᄂᆞ냐?"

디옥이 【68】 다만 닝쇼ᄒᆞ고 말 아니커늘 보옥이 련ᄒᆞ여 무ᄅᆞ니 디옥이 웃고 니ᄅᆞ디,

"심즁의 너 잇는 거슨 무러 무엇ᄒᆞ려 ᄒᆞᄂᆞ뇨? 니 네게 고ᄒᆞᄂᆞ니 나는 심즁의 너롤 모다 잇고 나의 녯날 공부롤 다시 못ᄒᆞ는 거슬 한ᄒᆞ노라."

보옥이 니ᄅᆞ디,

"죠흔 미미야 너는 쏘흔 후두(糊塗)치 말

---

342) 【간졍히】⏹ {건졍(乾淨)히}. 깨끗이. 중국어 차용어.¶ 乾淨 ‖ 님고랑이 쏘흔 보이야롤 너여 보너기롤 간졍히 ᄒᆞ더니 너는 싱각ᄒᆞ라 금셕의 보옥의 엇더케 들넬지 모르리라 (林姑娘也推的乾淨, 把寶二爺攦的慌, 你想想今日晚上, 不知寶玉要鬧到什麼分兒.) <後紅 15:64>

나. 니 젼일 너롤 니별ᄒᆞᄆᆞᆯ 인ᄒᆞ여 망녕도히 셩
블쟉죠(成佛作祖)ᄒᆞᆷ믈 싱각ᄒᆞ여 진기 화상이 되
고ᄌᆞ ᄒᆞ다가 거의 셩명을 일홀 번ᄒᆞ고, 바야흐
로 니런 이 【69】 단ᄉᆞ셜이 필경 챡실ᄒᆞᆫ 하락343)
이 업ᄉᆞᄆᆞᆯ 아랏ᄂᆞ니, 너는 싱각ᄒᆞ라 져 삼승 블
경의 쳔언만에(千言萬語) 모다 일기 빌 '공(空)'
ᄶᆞ롤 말ᄒᆞ여 ᄉᆞᄅᆞᆷ으로 ᄒᆞ여곰 실상이 잇는 길노
가게 ᄒᆞ신 의ᄉᆞ니, 니 이졔 너로 더브러 한 곳
의 이시민 나는 곳 진기 션인이오 ᄯᅩ한 텬계의
올낫다 ᄒᆞ리로다. 목젼 부귀롤 우리가 쾌활히
누리는 거슨 니ᄅᆞ지 말고 너와 니가 곳 쵼쟝(村
莊)으로 가거나 혹 심산궁곡(深山窮谷)으로 가셔
너로 더브러 나믈을 키고 고기롤 【70】 줍아도
모다 십분 쾌활ᄒᆞᄃᆡ 다만 니가 도로혀 일기 경
ᄶᆞ롤 강론코ᄌᆞ ᄒᆞ니, 나는 ᄉᆞ라도 너롤 위ᄒᆞ미
오, 죽어도 너롤 위ᄒᆞ미오, 곳 승텬ᄒᆞ기롤 싱각
흠도 ᄯᅩ한 너롤 위ᄒᆞ여시며 너는 ᄯᅩ한 ᄉᆞ라도
나롤 위ᄒᆞ미오, 죽어도 나롤 위ᄒᆞ미어늘 다만
일기 션인이 되기롤 싱각ᄒᆞ여 곳 나롤 바리려
ᄒᆞ니 네 필경 바리려 ᄒᆞᄂᆞ냐 바리지 아니려 ᄒᆞ
ᄂᆞ냐? 너롤 권ᄒᆞᄂᆞ니 죵금 이후는 나 외의 다른
ᄉᆞᄅᆞᆷ과 다른 일은 모다 아 【71】 론 쳬 말나. ᄉᆞ
미미(四妹妹)도 ᄯᅩ한 ᄯᅳᆺ 셰우믈 가장 굿게 ᄒᆞ여
시ᄃᆡ 이졔 더져져 ᄀᆞᆺ튼 일기 션인을 승습(承襲)
ᄒᆞ여시니 져도 일기 션인이 아니라 니ᄅᆞ기 어렵
도다."

보치 련ᄒᆞ여 드ᄅᆞ며 뎜두ᄒᆞ다가 이 말을
듯고 우음을 이긔지 못ᄒᆞ더니 디옥이 웃고 니ᄅᆞ
ᄃᆡ,

"긔이ᄒᆞ도다. 다ᄒᆡᆼ히 니가 무슨 말을 아니
ᄒᆞ엿ᄂᆞ니라. 보챠두는 엇지 벽의 붓혼 버러지가
되여 슈샹ᄒᆞᆫ ᄆᆞ음을 먹고 드러오지 아니ᄒᆞᄂᆞ
뇨?"

보치 웃고 드러오며 니ᄅᆞᄃᆡ,

"님챠두야, 네가 무슨 【72】 말을 아니ᄒᆞ엿
다 ᄒᆞᆷ은 진기 보옥의게 복쵸(服招)ᄒᆞ미니 지금
보옥은 엇지 홀 디로 ᄒᆞ라."

ᄒᆞ니 디옥이 즉시 다라와 져롤 격지ᄒᆞ
랴344) ᄒᆞ거놀 보옥이 련망히 즁간의 빗기 안ᄌᆞ

권히(勸解)ᄒᆞ니 더옥이 웃고 니ᄅᆞᄃᆡ,

"보겨져야 너는 도학 션ᄉᆡᆼ이라 도쳐의 공
경인을 말ᄒᆞ더니 엇지 이졋ᄂᆞ뇨? 《례긔禮記》의
닐너시ᄃᆡ, '쟝ᄎᆞᆺ 당의 오ᄅᆞ민 쇼리롤 몬져 닌다'
ᄒᆞ엿ᄂᆞ니라."

보치 웃고 니ᄅᆞᄃᆡ,

"가히 알 거시니 니간(內間) 말이 문밧긔
나지 아니ᄒᆞᆫ다 ᄒᆞ여시니 문안 【73】 의 잇는 ᄉᆞ
룸은 원러 모다 말을 ᄀᆞᆺ치 드롤지라. 너는 다만
듯지 못홀 말을 말나."

더옥이 낫치 븕으며 붓그러오믈 이긔지 못
ᄒᆞ여 져롤 향ᄒᆞ여 혀ᄎᆞ니 보치 계가 노홀가 두
려 믄득 웃고 니ᄅᆞᄃᆡ,

"죠흔 미미야. 우리는 들네지 말ᄂᆞ니 례법
(禮法)의 문의 니론 긱을 치지 아니ᄒᆞᆫ다 ᄒᆞ엿ᄂᆞ
지라. 우리는 셔늘ᄒᆞᆫ 챠롤 토식(討索)ᄒᆞ여345) 먹
으리라."

더옥이 니ᄅᆞᄃᆡ,

"보겨져야. 우리는 ᄯᅩ한 명빅히 강졍(講定)
홀지니 너의 곳은 곳 ᄒᆡ지(孩子)잇셔 져의 들네
는 【74】 거슬 져허ᄒᆞᆫ다 ᄒᆞ나 니런 더운 텬긔의
우리는 ᄉᆞ룸이 아니냐? 엇지 나의 업는 ᄶᆡ롤 타
보옥을 달니여 ᄉᆞ룸과 귀신이 모르게 나의 샹
우희 감초왓ᄂᆞ뇨? 지금은 져 고랑 삼인이 잇거
놀 져의게는 침칙지 아니코 다만 나의게만 들네
려 ᄒᆞ니 이는 네가 도로혀 무슨 변빅(辨白)ᄒᆞ미
이시리오?"

보치 웃고 니ᄅᆞᄃᆡ,

"보형뎨야. 나는 도로혀 네게 무ᄅᆞ려 ᄒᆞᄂᆞ
니 네 쟉셕(昨夕)의 엇더케 져롤 들네엿관ᄃᆡ 져
로 ᄒᆞ여곰 니러톳 블평ᄒᆞ여 ᄒᆞ니 너는 니게 【75
】 고ᄒᆞ라."

보옥이 구을며 웃기롤 마지 아니커놀 더옥
이 진기 챡급(着急)ᄒᆞ니 쳣지는 보챠롤 원망ᄒᆞ
고 둘지는 보옥이 무슨 말을 닐가 두려 즉시 다

---

343) 【하락】 圀 {하락(下落 xiàluò)}. 행방. 소재. 중
국어 차용어. ¶ 下落 ∥ 바야흐로 니런 이단ᄉᆞ셜
이 필경 챡실ᄒᆞᆫ 하락이 업ᄉᆞᄆᆞᆯ 아랏ᄂᆞ니 (纔曉
得這些異端邪說,　到頭來沒有一個着實的下落.)
＜後紅 15:69＞

344) 【격지ᄒᆞ다】 圐 {격지(胳肢)하다}. ¶ 撐 ∥ 더옥
이 즉시 다라와 져롤 격지ᄒᆞ랴 ᄒᆞ거놀 보옥이 련
망히 즁간의 빗기 안ᄌᆞ 권히ᄒᆞ니 (黛玉就趕上去
要撐他，急的寶玉連忙橫在中間，解勸開了.) ＜後紅
15:72＞

345) 【토식ᄒᆞ다】 圐 토색(討索)하다. 돈이나 물품 따
위를 억지로 달라고 하다. ¶ 討 ∥ 우리는 셔늘ᄒᆞᆫ
챠롤 토식ᄒᆞ여 먹으리라 (咱們且討個凉茶兒.)
＜後紅 15:73＞

라가 보챠롤 멈츄고 니르디,

"보옥아. 너는 와셔 보져져롤 들네지 아니
흐면 니 평싱의 너롤 아른 체 아니리라."

흐니 보옥이 진기 다라와 져롤 들네는지
라. 보치 착급흐여 천만 번 미미롤 부르며 빌거
놀 디옥이 지삼 무르디,

"보챠두는 츠후의 이 말을 감히 흐려 흐느
냐?"

【76】 흐니 보치 다만 웃고 즐겨 말흐지
아니터니 홀연간의 셜보금(薛寶琴)이 드러오미
바야흐로 허여지디 또흔 우음을 긋치지 아니흐
더니 보금이 련흐여 무르나 삼인이 엇지 즐겨
져의게 고흐리오? 보금이 니르디,

"니 금일 와셔 너의롤 츠즈문 곳 디슈지
(大嫂子) 날노 흐여곰 몬져 오게 흐미라."

흐고 또 말흐디,

"져도 츄후의 또흔 모든 즈미롤 모화 오려
흐여 졔가 경히 져져의 곳으로 가더니 아지 못
게라 져졔(姐姐) 임의 왓도다."

흐고 졍히 말홀 【77】 스이의 다만 보니 니
환(李紈)과 니문(李紋)과 니긔(李綺)와 형슈연(邢
岫烟)과 스샹운과 희란(喜鸞)과 희봉(喜鳳)과 향
릉(香菱)과 평이(平兒) 일졔히 드러와 모다 말흐
디,

"이는 니환이 약쇽흐여 온 일이라."

흐니 원리 니환이 칠월 칠일의 걸교아(乞
巧兒) 집을 짓는 거시 죠타 흐여 샹방의 픔흐엿
더니 태부인이 말솜흐디,

"이는 너의 후싱의 노리라. 우리 ㄱ튼 노
인은 공교흐믈 비러도 또흔 쓸 디 업스니 너의
는 모음것 놀나. 나도 또흔 와셔 구경흐리라."

흐거눌 니환이 즉시 가 【78】 셔 보챠의게
무르려 흐더니 보치 임의 이곳의 니른지라. 니
러므로 모든 미미 일졔히 왓더라.

니환이 츠언을 니르혀미 보옥이 블승환회
(不勝歡喜)흐고 디옥이 니르디,

"대슈즈야, 너는 또 쳥고랑(晴姑娘)을 쳥흐
여 와 무르라."

흐더니 쳥문이 드러와 니르디,

"대니니(大奶奶)야, 우리 너니 삼일 젼의
분부흐여 과실과 치쇼롤 졍당히 판비흐여시미
지금 다시 용심(用心)홀 거시 업고 각쳐의 보닐
과실합도 모다 져곳의 잇느니라."

니환이 웃고 니르디,

"우리 【79】 님챠두는 무슨 졍신이 니르지
못흐는 곳이 이시리오? 디쇼스롤 믈론흐고 타인
이 모다 졔가 어느 쎄의 판비흔지 아지 못흐니
지금 노리도 또흔 져의 진기 령리흐믈 알니라."

디옥이 웃고 니르디,

"죠흔 슈즈야 즈랑을 과히 말나."

흐고 즈미 등이 담쇼흐더니 보금은 탐츈으
로 더브러 바둑 두고 스샹운은 겻히 안즈 구경
흐며 니긔와 희란과 형슈연과 평ㅇ 스인은 투젼
(投錢)흐고 희봉과 향릉과 니환과 니문과 쳥문
오 【80】 인은 골픽(骨牌)홀 시, 한즈음³⁴⁶⁾ 지니
여 쳥문이 일이 잇셔 나가고 보챠로 밧고와 모
다 고흥으로 노닐더니 다만 보미 왕부인이 여러
노파로 흐여곰 쥭의즈(竹椅子)롤 메오고 호박과
잉무와 치운을 다리고 오거눌 모다 븟드러가더
니, 왕부인이 드러와 캉 샹[炕上]의 쟝침(長枕)
을 의지흐여 눕고 쇼챠환으로 다리롤 치이더니
왕부인이 웃고 니르디,

"너의는 오늘 죠흔 션인의게 공양흐며 도
로혀 이곳의셔 잡기로 들네니 져허컨디 직녀(織
女) 【81】 낭낭이 견우(牽牛)로 흐여곰 와셔 잡으
리라."

보옥이 웃고 니르디,

"태태는 보라. 다만 나와 림미미가 춤녜지
아니흐엿노라."

왕부인이 웃고 니르디,

"너는 도로혀 츄탁흐미 죠흐디 대고랑은
곳 쟉두(作頭)흔 쥬인이라 엇지 능히 츄탁흐리
오?"

흐니 즁인이 디쇼흐더라. 왕부인이 또 니
르디,

"네가 슈삼츠 이태태(姨太太)롤 쳥흐여도
이태태 즐겨 오지 아니커놀 네가 또 즈고랑으로
흐여곰 가게 흐엿더니 필경 온다 흐느냐 【82】
오지 아니흐느냐?"

디옥이 웃고 니르디,

"미리 강졍흐엿느니 오지 아니면 곳 보옥
으로 흐여곰 가게 흐고 또 오지 아니면 싱녜 스

---

346) 【한즈음】 閩 한동안. 꽤 오랫동안. ¶ 一會兒 ‖
한즈음 지니여 쳥문이 일이 잇셔 나가고 보챠로
밧고와 모다 고흥으로 노닐더니 (一會兒, 晴雯有
事情走開去, 便換上寶玉, 大家玩了一會.) <後紅
15:80>

스로 가고 쏘 오지 아니면 태태긔셔 가라.”

왕부인이 웃고 니르디,

“실노 강졍흐믈 샹쾌히 흐엿도다.”

흐더니 다만 보미 즈견(紫鵑)이 드러와 니
르디,

“이태태긔셔 오신다.”

흐더니 진기 셜이미 드러와 모다 보기를
맛치미 셜이미 웃고 니르디,

“우리 노졸(老拙)흔 스룸은 직녀 낭낭이 곳
공교흔 거술 쥬 【83】 려 흐여도 쏘흔 공교흔 거
시 츠쳐의 니르지 아닐 거시오. 우리 더고랑은
쏘흔 공교흐미 도져흐여 직녀 낭낭의 공교흔 곳
집을 모다 도젹흐여시니 도로혀 무슨 공교흔 거
술 빌니오?”

더옥이 웃고 니르디,

“계마(繼媽)의 계녀(繼女)롤 즈랑흐미 너모
과흐니 나는 보져져롤 짜르지 못흐노라.”

보치 웃고 니르디,

“공교흔 지죠는 나도 쏘흔 져의게 스양흐
리라.”

더옥이 니르디,

“노인네 환희흐믈 엇기 어려오니 담쇼코즈
흐느냐? 도 【84】 로혀 잡기로 놀녀 흐느냐?”

이미 니르디,

“나는 도로혀 노인으로 쇼년 총중(叢中)의
드러가 져의로 더브러 놀녀 흐노라.”

왕부인이 웃고 니르디,

“올토다. 우리는 쏘흔 별노 즈리롤 졍치
말고 다만 일기 츙후흔 사롬의 아리 즈리롤 갈
히여 안즈미 죠토다.”

이미 니르디,

“다만 져허컨디 한 무리 쇼년 쟝군이 안명
슈쾌(眼明手快)흐여 몃십 기 골피롤 탁샹의 모
화 노코 숀으로 져으디 다만 샹하인의 안식만
보고 즈긔 슈츙을 알 【85】 듯흐도다.”

왕부인이 웃고 니르디,

“우리 노인은 니러치 못홀가 져허흐노라.”

흐고 셜이마는 향릉을 디신흐며 왕부인은
보챠롤 디신홀 시 보치 쏘흔 겻히 안즈 훈슈흐
며 바둑 두는 이와 투젼흐는 이도 쏘흔 젼과 ᄀᆞ
치 놀시 쇼챠환 등이 스면의 버러셔셔 아모션
(鵝毛扇)을 가지고 숀을 가르가며 경경(輕輕)히
붓치고 쏘 힝인다(杏仁茶)롤 나와 히갈(解渴)흐

더라. 셜이미 안경을 끼고 낫츨 우러러 숀 속을
보디 종시 맑게 보지 못흐는지라. 【86】 쏘 머리
롤 돌나 창을 바라보고 니르디,

“대고랑아, 져 바을347)과 붓치는 다만 파
리로 흐여곰 드러오고 나가지 못흐게 홀 듯흐도
다. 너는 져 죽림(竹林)의 두어 가지 스룸의 뜻
의 맛지 아닌 거술 샤롬으로 흐여곰 버혀바리
라. 늙은 스룸이 이곳의셔 골피 보기가 밝지 못
흐거늘 져 죽영(竹影)이 도로혀 어른거려 사름
을 번뇌케 혼다.”

흐니 즁인이 모다 웃고 더옥이 즉시 스룸
으로 흐여곰 버히게 흐더니 셜이미 다시 안경을
끼며 【87】 니르디,

“이졔야 바야흐로 죠타.”

며 즁인이 쇼샹관즁(瀟湘館中)의셔 종일을
한유(閒遊)흐다가 셕양의 바야흐로 파국흐고 더
옥이 즈견으로 흐여곰 골피 승부롤 혜여보니 왕
부인과 희봉이 젓고 투젼의는 평이 지고 바둑의
는 탐츈이 진지라. 그 돈을 모화 즁츄(中秋) 노
리롤 흐게 흐고 인흐여 모다 짜 아리 스면 곡난
(曲欄) 화계상(花階上)의 니르러 만리쟝텬을 바
라보미 오쉭 치운이 잇고, 힝각(行閣) 셔편 양뉴
그림즈 【88】 속의 셤월(纖月)이 비최여 빗치 아
황 ᄀᆞ튼지라. 더옥이 믄득 결교흐는 탁즈와 뉴
리등(琉璃燈)과 향로롤 비셜흐니, 향연이 스룸의
낫치 경경히 부디치니 즁인이 모다 거믜합을 개
개히 탁즈 우희 노흐디 그 합 속의 쏘 금스(金
絲)와 은스(銀絲)와 칠스(漆絲)로 구공침(九孔針)
의 께여 비단보의 쓰고 그 우희 낫낫치 각인의
셩명을 뻐 너헛더라.

니환이 쏘 연이션(憐愛扇)을 너여 노흐니
왕부인이 웃고 니르디,

“이는 무슨 출쳬(出處) 잇는 일이뇨?”

니환이 웃고 니르 【89】 디,

“보형뎨의게 무르라.”

보옥이 니르디,

“이는 《셔경잡죠西京雜俎》[《서경잡기西京
雜記》]라 흐는 칙의 가픠란(賈佩蘭)이 말흐엿시
디 칠월 칠일의 즈미 등이 연못 머리의 림흐여

---

347) 【바을】 圐 발. ¶ 簾兒 ∥ 져 바을과 붓치는 다
만 파리로 흐여곰 드러오고 나가지 못흐게 홀
듯흐도다 (那洋簾兒紗扇兒, 怕蠅子進來是去不得
的.) <後紅 15:86>

오식 실을 가지고 피츠 셔로 얽어 쯔으디 다만 능히 얽어 쯔러 오는 춤은 무론모인(毋論某人)ㅎ고 모다 셔로 어엿비 너기고 셔로 스랑ㅎㄴ니 일홈을 오식연션(五色憐線)이라 ㅎㄴ니라."

왕부인이 웃고 니르디,

"도로혀 취미 잇도다."

셜이미 니르디,

"우리 노인네도 쏘흔 몃 돌니룰 얽으랴?"

보옥 【90】 이 진기 우스며 실을 가져와 냥위 노인네룰 얽으니 중인이 모다 디쇼ㅎ거눌 보옥이 쏘 다른 스룸을 얽으려 ㅎ는지라 디옥과 보치 모다 혀츠니 보옥이 웃고 니르디,

"스룸이 도로혀 누룰 스랑치 아니리오?"

ㅎ고 쳥문을 얽으니 쳥문이 쏘흔 우음을 춤지 못ㅎ더니 셜이미 웃고 니르디,

"니 진기 오기룰 맛당히 ㅎ엿도다. 뉘 니러톳 즐거오미 이실 쥴 아랏시리오?"

디옥이 니르디,

"오늘 공교흔 거슬 빌 쁜 아니라 본리 부 【91】 귀와 슈룰 비러 냥위 노인네룰 쥬려 ㅎ엿ㄴ니라."

보치 웃고 니르디,

"말 잘ㅎ는 님미미룰 져의게 무어스로 상급ㅎ리오?"

ㅎ고 중인이 웃더니 다만 보미 한 무리 가치 쥭림 우히 니르러 련ㅎ여 짓거눌 보옥이 니르디,

"네 목 우히 터럭이 모다 직녀 낭낭의게 샌히믈 닙어시니 너는 도로혀 무어스로 지져괴ㄴ뇨? 네가 니러톳 썔니 왓시니 싱각건디 네가 다리룰 문회쳐348) 견우의 신과 보션을 젹시고 미룰 마줄가 져허 【92】 이곳으로 다라왓도다."

왕부인이 웃고 니르디,

"용녈흔 쇼ㅈ야, 너는 우리 지가ㅇ(芝哥兒)룰 보라 도로혀 너룰 우스리라."

니환이 니르디,

"이 한 무리 희쟉(喜鵲)이 쏘흔 오기룰 긔이히 ㅎ여시니 우리 집의 쏘 무슨 희시(喜事) 잇실가 ㅎ노라."

왕부인이 니르디,

"스룸의 ㅁ음이 ᄒ샹 죡ᄒ믈 아지 못ᄒ여 룽(隴) 짜홀 엇고 쏘 촉(蜀)을 바라ㄴ니 우리는 이제 셩만(盛滿)ᄒ미 이의 니르럿시미 너의 노야는 다만 과분타 말슴ᄒ여 은젼을 어더 일기 쳥한흔 츠스(差使) 당 【93】 ᄒ기룰 바라ㄴ니 우리는 도로혀 무슨 희스룰 싱각ᄒ리오?"

셜이미 니르디,

"이 부즁이 흥왕(興旺)ᄒ여 무론 슈모(受侮)ᄒ고 능히 짜르지 못ᄒ리니 나는 다만 너의가 시시로 춤효룰 힘쓰고 젹덕힝인(積德行仁)ᄒ믈 탄복홀지라. 진기 날마다 복젼(福田)을 심으미 후일 보응은 쏘흔 이긔여 혜지 못ᄒ리라."

ᄒ고 졍히 말홀 스이의 다만 보니 가련이 헐헐히며349) 드러와 니르디,

"태태긔 공희(恭喜)ᄒ노라. 우리 노애 호부샹셔(戶部尙書)로 승탁(昇擢)ᄒ시고 져 부 【94】 즁 디노야도 쏘흔 니과급사즁(吏科給事中)으로 승픔ᄒ여 노야와 디노야긔셔 임의 스은 샹쇼룰 판리ᄒ라 가 계시고 질ㅇ(姪兒)도 쏘흔 그 부즁으로 가고ᄌ ᄒ노라."

ᄒ고 언필(言畢)의 믄득 가며 보옥이 쏘흔 짜라나가는지라. 왕부인 등의 환희홈과 셜이마 이히(以下) 모다 칭하ᄒ믄 다시 말홀 거시 업더라. 왕부인이 니르디,

"합 속을 보라. 우리 금일의 공교ᄒ믈 비러 뉘 가장 만히 어덧ㄴ뇨?"

디옥이 니르디,

"본리 맛당히 명일의 열 거 【95】 시로디 지금 그 속의 무어시 잇나 보리라."

ᄒ고 모다 합을 열시 왕부인과 셜이마와 스상운과 평ㅇ는 일즉 참녜치 아니ᄒ엿고, ᄌ견과 잉ㅇ의 합은 거믜가 실노 모다 가득히 얽엇시며 탐츈과 니환과 니긔와 니문과 형슈연과 희란의 합은 모다 빙쇼문(□□紋)과 미궤문(玫瑰紋)이 얽혓시디 모진 것과 긴 것도 이시며 쳥문의 합은 두 포귀 부용화(芙蓉花) 모양이 얽혓고 보금의 합은 몃 포귀 미화 모양이 얽혓고 보챠의 합은 한 포귀 모란 모 【96】 양이 얽혀시디,

---

348) 【문회치다】 圖 무너뜨리다. ¶ 塌 ‖ 네가 니러톳 썔니 왓시니 싱각건디 네가 다리룰 문회쳐 견우의 신과 보션을 젹시고 미룰 마줄가 져허 이곳으로 다라왓도다 (你這麼跑得快, 敢則塌了橋, 濕着牛郎的鞋襪兒, 怕的打, 跑到這裏.) <後紅 15:91>

349) 【헐헐ᄒ다】 圖 헐떡이다. 헐떡거리다. ¶ 喘喘 ‖ 다만 보니 가련이 헐헐히며 드러와 니르디 태태긔 공회ᄒ노라 (只見外面賈璉趕進來, 氣喘喘的 說道"恭喜太太.") <後紅 15:93>

홀노 딕옥의 합의는 거믜 간 곳이 업고 약간 운문(雲紋)이 얽혓시딕 중간의 신션 '션(仙)' 쯔와 아들 '(즈(子))' 쯔가 분명이 잇눈지라. 딕옥이 십분 합의ㅎ며 왕부인 이히 모다 긔이ㅎ믈 일쿳더니 딕옥이 즉시 분부ㅎ여,

"여러 거믜롤 하나토 상치 아니케 ㅎ라."

ㅎ고 청문으로 ㅎ여곰 간검(看檢)ㅎ여 도향촌(稻香村)으로 보니여 빅변두 가즈 엽히 방싱(放生)ㅎ라 ㅎ고 왕부인은 즉시 셜이마롤 쯔을고 샹방의 니르러 흠긔 머무더라.

초일 오경의 가정 [97] 이 가샤로 더브러 일졔히 입죠스은(入朝謝恩)ㅎ고 하긱 왕리ㅎ미 쏘흔 열요ㅎ며 도임ㅎ여 공스롤 판단ㅎ미 련ㅎ여 륙칠일을 분망홀 시 보옥이 쏘흔 외면의 잇셔 가정을 짜라 하긱을 뫼시고 님낭옥과 강경셩이 쏘흔 와셔 모다 셔로 돕더라.

일일은 오후의 딕옥이 졍히 홀노 쇼샹관(瀟湘館) 중의 안줏더니 가정이 니르거놀 딕옥이 마즈 드러가미 가정이 믄득 당샹의 안즈니 딕옥이 챠롤 드리거놀 가정이 한 잔을 마시는 [98] 지라. 딕옥이 짐쟉ㅎ딕 '가정이 무슨 셜화롤 샹의코즈 혼다.' ㅎ고, 쏘 가정을 보미 만면 슈식(愁色)이 잇거놀 딕옥이 믄득 무르딕,

"구구(舅舅)는 무슨 스졍을 혜아리시느뇨?"

가정이 덤두ㅎ며 니르딕,

"진긔 난쳐ㅎ미 잇노라."

딕옥이 련ㅎ여 무르딕,

"무슨 난쳐ㅎ미 잇느뇨?"

가졍이 니르딕,

"우리가 루셰(屢世)로 텬은을 바드믄 호텬망극(昊天罔極)ㅎ여 말노 다ㅎ기 어려오미 진긔 신즈된 스롬이 능히 간뢰도디(肝腦塗地)ㅎ여도 쏘흔 보답기 어렵더니 이졔 쏘 이 지위의 니 [99] 르믄 너가 꿈의도 싱각지 못ㅎ여시니 엇지 능히 촌심(寸心)을 다ㅎ지 아니리오? 니가 아문의 니르러 스스로 몸을 도라보지 아니코 다만 진심ㅎ려 ㅎ고 일호도 스졍을 은휘(隱諱)치 못ㅎ딕 과연 졍신이 밋지 못ㅎ눈지라 오죽 실졍으로 힝코즈 ㅎ나 다만 한 가지 스졍이 이시니 뉘 알니오? 호부아문(戶部衙門)의 젼례로 밧눈 록봉(祿俸) 외의 도로혀 허다흔 식믈노 삼기는 은지 이시나 이롤 엇지 쓰리오? 니 쥬달ㅎ고 밧치려 ㅎ딕 거리끼믄 중인이 말ㅎ기 [100] 롤 구중

의셔 모다 아르시는 거시라 ㅎ고 만일 중인과 굿치 이 은즈롤 바드면 나의 몸이 본릭 경결ㅎ여 즐겨 일뎜 더러온 거술 뭇치지 아니려 ㅎ믄 니르지 말고 머리 우히 하놀을 싱각ㅎ건딕 므옴의 엇지 편ㅎ리오? 진긔 난쳐ㅎ도다. 너는 과연 식견이 과인(過人)ㅎ리니 나롤 위ㅎ여 혜아려보라."

딕옥이 니르딕,

"만일 이 은즈롤 과연 셩상이 아지 못ㅎ시는 게라 ㅎ면 엇던 스롬의게 거리끼는 거술 도라보지 아니ㅎ여 단졍코 쥬 [101] 달ㅎ고 밧치려니와 만일 진긔 셩상긔셔 아르시는 거시면 도로혀 남의게 거리끼믈 겨허치 말고 바드미 쏘흔 가ㅎ디 다만 구구의 셩졍이 졍직ㅎ여 이 일을 즐기지 아니실진딕 싱녀는 일긔 우견(愚見)이 이시니 믄득 우리게 오는 일분 은즈롤 스관(司官) 노야 등의게 산급(散給)ㅎ여 져로 ㅎ여곰 공스 판단키롤 더옥 쳥념ㅎ고 근신케 ㅎ면 엇지 더옥 죠치 아니리오? 셕일(昔日) 원시(原思)란 스롬이 외직의 잇셔 삼기는 곡식을 공부즈(孔夫子) 말솜을 죠츠 인 [102] 리(隣里) 향당(鄕黨)의 분급ㅎ여시니 우리 니런 은즈는 필경 젼례로 졍ㅎ미 아니오. 쏘흔 반공반스(半公半私)의 죠건이니 친지간의 분급ㅎ미 비편(非便)흔지라. 구구는 아문 속원(屬員)의 분산ㅎ미 쏘흔 셩샹이 젹은 신하의 밋치는 은젼이니 엇지 냥편치 아니리오?"

가정이 듯고 딕희ㅎ여 니르딕,

"아롬다온 말이니 니 꿈을 바야흐로 씬 둣ㅎ도다."

ㅎ고 믄득 딕옥의 손을 줍으며 니르딕,

"아롬다온 히즈야. 너는 엇지ㅎ여 일긔 남즈 되여 우리와 굿치 당관(堂官) [103] 벼솔을 ㅎ여 모다 셩은을 보답지 못ㅎ엿느뇨?"

딕옥이 니르딕,

"싱녀는 다만 짐쟉으로 흔 말이니 쳥컨딕 누누는 질졍ㅎ여 판단ㅎ쇼셔."

가정이 니러나며 니르딕,

"뉘 도로혀 너의 니러툿 판단ㅎ믈 요긔ㅎ리오?"

ㅎ고 믄득 환희ㅎ며 가눈지라. 딕옥이 혜오딕, '가정의 위인이 실노 쳥츙굴경(淸忠骨鯁)ㅎ여 일긔 공졍흔 딕신이라 혜리니 니러툿 벼솔

을 ᄒ면 진기 텬은죠덕을 보답홀지니 또 나를
더졉홈도 일기 지기라 일ᄏ【104】롤지라. 너
임의 진셰의 ᄲᅱ여나지 못홀진디 다만 일기 남지
되여 혹 변방의 전공을 셰워 위쳥(衛靑)과 곽거
병(霍去病)의 ᄉ업을 일우거나 그러치 아니면
니빅(李白)과 왕규(王珪)의 문장을 효측ᄒ여 보
옥ᄀᆺ튼 ᄒᆡ즈로 ᄒ여곰 텬하 영웅을 압두케 아니
홀 거시어늘 도로혀 날노 ᄒ여곰 녀희지 되게
ᄒ여시디 또 ᄆᆞᆷ디로 목란(木蘭)의 군중의 죠
ᄎᆞᆷ과 죠아(曹娥)의 아비롤 구함 ᄀᆺ치 ᄒ여도 또
ᄒᆞᆫ 도로혀 범이 죽으미 가죽을 머문다 니롤 거
시어늘 맛【105】ᄎᆞ니 긔라총중(綺羅叢中)의 골
몰ᄒ여시니 실노 원통ᄒ도다. 녯젹의 류뇌(지)
(劉牢之)라 ᄒᄂ 스롬이 그 외구(外舅)와 심히
방ᄉ(倣似)ᄒ다 헛도히350) 말ᄒ여시니 나는 다
만 일기 막부의 참모되미 죠흐나 다힝히 계가
나롤 경복ᄒ여 일ᄏᄂ 붕우ᄀᆺ치 너기니 츠후ᄂ
니 다만 져의 아롬다오믈 찬죠ᄒ미 죠토다. ᄉ
샹운이 원리 나의게 말ᄒ디 니 도로혀 신션의
근긔(根基) 이시니 금셰와 후셰롤 믈논ᄒ고 다
만 즈긔 공덕을 닥그라 ᄒ여시니 나는 능히 구
구롤【106】 권ᄒ여 몃 가지 인민틱믈(仁民澤物)
ᄒᄂ ᄉ업을 힘써 힝ᄒ면 다만 두리건디 도로혀
녯길을 ᄎᄌ 가리로다.' ᄒ고, 디옥이 졍히 졍신
을 일코 안ᄌᆺ더니 의외에 일인이 겻희 벙벙이
목인(木人)쳐로351) 셧시니, 아지 못게라 이 번지
하회(下回)의 분히(分解)ᄒ라.

[후홍루몽後紅樓夢 권지십륙卷之十六]

　　【1】 화셜(話說), 디옥(黛玉)이 졍히 졍신을
일코 안ᄌᆺ더니 의외에 일인이 겻희 벙벙이 목인
(木人)쳐로 셧시니, 원리 디옥이 습인(襲人)으로
ᄒ여곰 한 벌 남식(藍色) 겹ᄉ격삼을 가져다가
밧고와 닙으려 ᄒ엿더니 졍히 가졍(賈政)이 나

오믈 맛죠치미 습인이 격삼을 가지고 겻히 셧다
가 가졍이 도라간 후 디옥이 졍신을 일코 안ᄌ
겨의 셧시믈 보지 아니ᄒᄂ지라. 원리 금【2】
죠(今朝)의 보옥(寶玉)이 습인과 흠긔 몃 마디
말을 긔롱ᄒ여 져다려 잉틱(孕胎) 유무롤 무르
며 또 말ᄒ디,
　　"네 젼일 말ᄒ기롤 너의 거게(哥哥) 너롤
속냥(贖良)ᄒ여 나가려 ᄒ다 ᄒ니 나롤 그쳐로
놀나게 ᄒᄂ냐?"
　　ᄒ며 또 말ᄒ디,
　　"네 젼일은 나롤 모로ᄂ 체ᄒ엿거니와 이
졔 또 니러ᄐ ᄒᄂ뇨?"
　　ᄒ며 또 말ᄒ디,
　　"너의 나롤 위ᄒ여 침션(針線)ᄒ여 쥬믈 칭
샤(稱謝)ᄒ노라."
　　ᄒ며 또 말ᄒ디,
　　"청문(晴雯)의 지은 쟉금구(雀金裘)라 ᄒᄂ
갓옷슬 나롤 위ᄒ여 슈습ᄒ라. 금【3】 년 겨울
의 니 날마다 닙으려 ᄒ노라."
　　ᄒ며 또 말ᄒ디,
　　"니 향즈(向者) 샹원야(上元夜)의 너의 집
의 니ᄅ미 네 과실을 가져 나롤 먹게 ᄒ더니 이
졔 너의 집이 또 어디 잇ᄂ뇨?"
　　ᄒ며 또 말ᄒ디,
　　"져 일건(一件) 다홍 한건(汗巾)이 ᄯ기 되
도다."
　　ᄒ미 습인이 또ᄒᆞᆫ 가마니 몃 마디 응답ᄒ
엿더니 싱각건디 디옥이 모다 듯고 일노 말믜아
마 져롤 아론 체 아니ᄒ다 ᄒ여 심중의 니러ᄐ
놀나미 그곳의 셧시디 믄득 디옥은 아오로352)
듯지 못ᄒ고 싱각ᄒ【4】ᄂ 것도 또ᄒᆞᆫ 이 일이
아니믈 아지 못ᄒ미러라.
　　디옥이 져의 광경을 보고 싱각기롤 즈긔가
쳐음의 노태태(老太太) 방중의 니롤 ᄶᅥ의 한 곳
의 잇셔 져져(姐姐)라 부르며 일양 지니기롤 가
장 죠히 ᄒ고, 또 믈건도 보니며 침션을 완상ᄒ

---

350)【헛도히】囝 헛되게. ¶ 枉 ‖ 녯젹의 류뇌(지)
라 ᄒᄂ 스롬이 그 외구와 심히 방ᄉᄒ다 헛도
히 말ᄒ여시니 나는 다만 일기 막부의 참모되미
죠흐나 다힝히 계가 나롤 경복ᄒ여 일ᄏᄂ 붕우
ᄀᆺ치 너기니 (枉說了劉牢之酷似其舅, 我只好做一
個幕府參謀, 也虧他敬服我如同畏友.) <後紅
15:105>

351)【-쳐로】囝 -처럼. ¶ 似 ‖ 디옥이 졍히 졍신을
일코 안ᄌᆺ더니 의외에 일인이 겻희 벙벙이 목인
쳐로 셧시니 (黛玉正在出神, 不防着旁邊站一個
人, 呆得木頭似的.) <後紅 15:106>

352)【아오로】囝 아울러. 모두. ¶ 幷 ‖ 믄득 디옥
은 아오로 듯지 못ᄒ고 싱각ᄒᄂ 것도 또ᄒᆞᆫ 이
일이 아니믈 아지 못ᄒ미러라 (却不知黛玉幷不
曾聽見, 思量的也幷不是這些.) <後紅 16:3>

여 극히 의합ᄒᆞ미 비홀 디 업고 중간의 여간 블평지ᄉᆞ(不平之事) 잇다 ᄒᆞᄂᆞ ᄯᅩᄒᆞᆫ 졔가 와셔 쇼식을 탐지ᄒᆞ여 ᄌᆞ긔가 니러타 져러타 말을 닌지라. 니러므로 보챠(寶釵)의 쳐쇼로 보니엿거니와 금일 니런 【5】 광경이 ᄯᅩᄒᆞᆫ 심히 가련타 ᄒᆞ여 도로혀 십분 거리끼는지라. 니러나 ᄉᆞ격삼을 밧고와 닙고 즉시 져룰 붓들며 니러디,

"습인 져져야, 너 이졔 다른 싱각을 ᄒᆞ기로 네 이곳의 셧시믈 이젓도다. 우리는 ᄋᆞ시로 붓허 죠히 ᄌᆞ민(姉妹)라 일크론지라. 너는 나의게 구이(拘碍)ᄒᆞ여 싱쇼(生疎)치 말게 ᄒᆞ라. 네가 니 심중의 ᄯᅩᄒᆞᆫ 너룰 ᄉᆞ랑ᄒᆞ믈 아지 못ᄒᆞ려니와 범ᄉᆞ의 네가 나룰 위ᄒᆞ여 용심ᄒᆞ미 니 믄득 셔력(舒力)되미 젹지 아니토다. 죠ᄒᆞᆫ 져져는 나 【6】 룰 위ᄒᆞ여 안ᄌᆞ라. 우리 졍극(正劇)을 펴리라."

ᄒᆞᄃᆡ 습인이 엇지 감히 안ᄌᆞ리오? 디옥이 니러디,

"일양 구이(拘碍)ᄒᆞ면 나는 곳 번뇌(煩惱)히 너기노라."

습인이 다만 젹은 반등[凳]의 안거눌 디옥이 져와 흠긔 여간353) 녯일을 담화ᄒᆞᆯ 시 습인이 디옥의 져룰 니러ᄐᆞᆺ 졉디ᄒᆞ믈 보고 더욱 감격히 너기는지라. 디옥이 ᄯᅩ 량쳐(兩處) 은푸리354)룰 젹어 쥬며 쟝옥함(蔣玉菡)으로 ᄒᆞ여곰 쥬관(主管)케 ᄒᆞ고, ᄯᅩ ᄌᆞ견(紫鵑)과 쳥문을 블너 모다 와셔 한ᄌᆞ음 담화ᄒᆞ더니 【7】 보챠와 보금(寶琴)이 믄득 니러러 상의ᄒᆞᄃᆡ,

"요졍관(凹晶館)의 나아가 셕양을 기ᄃᆞ려 모다 월식을 완샹ᄒᆞ리라."

ᄒᆞ니 디옥이 ᄯᅩᄒᆞᆫ 환희ᄒᆞ더니 과연 일모(日暮)ᄒᆞ미 ᄌᆞ민 등이 모다 니러러 난간을 붓들고 월광(月光)을 완샹ᄒᆞ미 진기(眞個) 텬고월쇼(天高月小)ᄒᆞ고 운진픙경(雲盡風輕)ᄒᆞ여 다만 각인의 ᄉᆞ미가 유유양양(悠悠揚揚)이 날니더라. 모든 ᄌᆞ민 모다 모혀 안줄 시 다만 보옥을 보지 못ᄒᆞ미 보치 니러디,

"이 어리셕은 거시 방ᄌᆞ 이곳의 잇더니 ᄯᅩ 어디로 【8】 도망ᄒᆞ뇨?"

ᄒᆞ더니 다만 드ᄅᆞ미 견면 언덕 괴화나무 아리셔 닭이 울거눌 니환(李紈)이 니러디,

"아롭답지 못ᄒᆞ도다. 여러 노파 등이 간슈(看守)ᄒᆞ기룰 잘못ᄒᆞ여 도향촌(稻香村)의 슛닭을 이곳의 다라 오게 ᄒᆞ여시니 니런 밤의 졔가 엇지 능히 졔곳으로 ᄎᆞᆽ가리오?"

ᄒᆞ더니 그 닭이 련ᄒᆞ여 어ᄌᆞ러이 울거눌 디옥이 우음을 춤지 못ᄒᆞ여 니러디,

"디슈ᄌᆞ(大嫂子)야, 너는 쇼ᄒᆡᄌᆞ(小孩子)의게 쇽으믈 닙지 말나. 뉘 집 슛닭이 엇지 이ᄶᅥ의 울니오? 너는 드 【9】 르라. 보옥의 셩음이 아니냐?"

즁인이 다시 듯고 모다 웃더니 탐츈(探春)과 희봉(喜鳳)이 즉시 다라가 보옥을 줍아오미 보옥이 다만 난간을 붓들고 한 뭉치 되여 웃는지라. 탐츈이 니러디,

"금일 월식이 가쟝 죠코 우리 모다 보거거(寶哥哥)룰 비화 셔로 슘어 능히 ᄎᆞᆽ 니거든 슘든 ᄉᆞ롬으로 ᄒᆞ여곰 벌노 밤참을 시키디 단졍코 ᄌᆞ긔 손으로 믠둘게 ᄒᆞᆯ 거시오, ᄎᆞᆽ 니지 못ᄒᆞ면 곳 이곳의 셔셔 모다 슘은 ᄉᆞ롬을 블너 니리라."

보 【10】 금이 니러디,

"죠ᄒᆞ나 디관원(大觀園)이 가장 큰지라. 우리는 다만 텰벽당(凸碧堂)으로 가거나 후원(后院)의 가기룰 허치 아닐지니 뉘 믄져 슘으리오?"

희봉이 니러디,

"니 난쵸입홀 ᄯᅡ 쟝단(長短)으로 져비355)룰 ᄶᅡ히디 긴 것 가진 ᄉᆞ롬이 믄져 슘으라."

ᄒᆞ니 즁인이 모다 죠타 ᄒᆞ고, 진기 난쵸입흐로 져비룰 ᄲᅢ힐 시 니환은 그 중의 춤녜치 아니코 탐츈이 믄져 가 담밋 믈 업는 곳의 슘엇더니 모다 찾지 못ᄒᆞ고 블너니며, 니환은 파쵸밋 쇽의 슘 【11】 고 희란(喜鸞)은 니환의 등 뒤히

---

353) 【여간】 [부] 여간(如干). 약간. 조금. ¶ 好些 ∥ 디옥이 져와 흠긔 여간 녯일을 담화ᄒᆞᆯ 시 습인이 디옥의 져룰 니러ᄐᆞᆺ 졉디ᄒᆞ믈 보고 더욱 감격히 너기는지라 (黛玉就同他談了好些舊話兒, 襲人見黛玉待得他這樣, 益發感激.) <後紅 16:6>

354) 【은푸리】 [명] {은포리(銀鋪裏 pùli)}. 금은방. 중국어 차용어. ¶ 銀號 ∥ 디옥이 ᄯᅩ 량쳐 은푸리룰 젹어 쥬며 쟝옥함으로 ᄒᆞ여곰 쥬관케 ᄒᆞ고 ᄯᅩ ᄌᆞ견과 쳥문을 블너 모다 와셔 한ᄌᆞ음 담화ᄒᆞ더니 (黛玉又批了兩處銀號, 叫蔣玉菡管了, 也叫紫鵑晴雯大家過來談了好一會.) <後紅 16:6>

355) 【져비】 [명] 제비. ¶ 니 난쵸입홀 ᄯᅡ 쟝단으로 져비룰 ᄲᅢ히디 긴 것 가진 ᄉᆞ롬이 믄져 슘으라 (讓我摘些蘭葉兒抽長短, 長的先躱起來.) <後紅 16:10>

숨으며 보챠는 큰 쇼나무 아리 등나(藤蘿) 속의 숨고 청문은 최쟝 뒤히 숨고즈 ᄒ거늘 보옥이 즈견으로 ᄒ여곰 청문을 계슈나무 우흐로 올녀 보니여 숨게 ᄒ고 디옥은 노파의 민도리룰 ᄒ여 젼다(煎茶)ᄒ는 화로가의 쥰좌(蹲坐)ᄒ여 사름을 등지고 얼골을 가리며 즈견은 노파의 쟝막 뒤히 숨을 시 모다 찻지 못ᄒ고 블너니더 다만 평ᄋ(平兒)는 거울 병풍 뒤히 숨엇다가 니기(李綺)의게 줍힌 비 되고, 또 【12】 각인이 일기 스샹운(史湘雲)을 붓드러 즁로의 니르러 홀연 뵈지 아니터니 난간가의 니르러 보니 죠히 한낫 스샹운이 그곳의 셔셔 웃는지라. 즁인이 져룰 줍고 무르려 ᄒ니 스샹운이 믄득 연못스로 향ᄒ여 믈을 밟고 가는지라. 즁인이 연못 가흐로 져룰 따라가 쇼샹관(瀟湘館)의 니르러 련ᄒ여 무르니 스샹운이 웃고 일언(一言)도 아니ᄒ더 즁인이 져의 옷과 신이 졋지 아니믈 보고 더옥 져룰 공경ᄒ더라. 즁인이 모다 말ᄒ더,

"평 【13】 슈즈(平嫂子)는 친히 밤참을 민들나."

ᄒ니 평이 웃고 니르더,

"즈긔는 또ᄒ 무슴 죠흔 거술 민들기 어렵고 젼일 류로뢰(劉姥姥) 토란을 보니엿시더 도로혀 심히 향긔로오니 먹기의 죠ᄒ랴 죠치 못ᄒ랴?"

탐츈이 니르더,

"임의 친히 민들기로 졍ᄒ여시니 뉘 무슨 향긔로온 토란 먹기룰 죠하ᄒ리오?"

보옥이 홀연 젼스(前事)룰 싱각ᄒ고 믄득 디옥의 스미룰 끄어 줍고 니음시356)룰 맛타 보다가 디옥의 믈니치믈 닙은지라. 탐 【14】 츈이 웃고 무르더,

"이거거야, 이는 또 무슴 곡절이뇨?"

보옥이 웃고 니르더,

"우리는 스스로 젼일 디옥을 비유ᄒ여 긔롱ᄒ던 말이 이시나 너의는 아지 못ᄒ리라."

디옥이 다만 보옥이 무슨 말을 홀가 두려 믄득 니르더,

"도져히 모다 무어슬 먹어야 죠홀는지 샹

의ᄒ여 평슈즈로 ᄒ여곰 진시(眞是) 판비(辦備)케 ᄒ라."

보옥이 니르더,

"또ᄒ 무던토다. 계가 능히 츄탁(推託)지357) 못홀지니 도로혀 하엽탕(荷葉湯)을 판비케 ᄒ라."

보치 웃고 니르더,

【15】 "네가 노야의게 이왕 미룰 마ᄌ거늘 또 이 탕 먹기룰 싱각ᄒ느냐?"

즁인이 모다 올타 ᄒ니 평이 즉시 사름으로 ᄒ여곰 지료룰 가져와 진기 류슈즈로 더브러 친히 쥬션홀 시 디옥이 니르더,

"이도 또ᄒ 부죡ᄒ도다. 금일 월식이 죠코 우리 모다 와셔 노리 ᄒ니 먹을 거술 만히 민드러 당연이 샹방(上房)의도 보너려니와 또ᄒ 셔방(書房)의도 보니고 또ᄒ 림부(林府)의도 보니여 냥더거거(良大哥哥)와 강져부(姜姐夫)로 ᄒ여곰 맛보게 ᄒ리라."

즁인이 모다 니 【16】 르더,

"가쟝 죠타."

ᄒ더니 한즈음 지니미 스롬이 만코 숀이 쾌ᄒ여 즉시 민들기룰 다ᄒ지라. 간졍(乾淨)이 슈습ᄒ여 가져오니 모다 고흥(高興)으로 월식을 구경ᄒ며 술도 또ᄒ 먹더니 난가이(蘭哥兒) 또 스롬으로 ᄒ여곰 드러와 몃 그룻술 더 만드러 나가고 모다 다시 한즈음 담쇼ᄒ다가 바야흐로 허여지더니 명죠(明朝)의 모다 샹방의 니르러 쟉야(昨夜)의 놀기룰 취미 잇게 ᄒ엿다 말ᄒ니 왕부인(王夫人)이 니르더,

"낭낭(娘娘)이 임의 져룰 진인(眞人)으로 봉ᄒ여시 【17】 니 너의는 추후의 맛당히 져룰 공경ᄒ여 스진인(史眞人)이라 일크룰지니 우리 집이 또ᄒ 져의 도와쥬믈 힘닙느니라."

스샹운이 웃고 니르더,

"태태(太太)는 져의 거줏말 ᄒ는 거술 아론 체 말나."

ᄒ니 왕부인이 또ᄒ 져의 션가(仙家) 도슐을 밝히 알미 셜파(說破)ᄒ미 블편ᄒ여 또ᄒ 한즈음 담화ᄒ고 바야흐로 허여지니라.

---

356) 【니음시】 闍 냄새. ¶ 보옥이 홀연 젼스룰 싱각ᄒ고 믄득 디옥의 스미룰 끄어줍고 니음시룰 맛타 보다가 디옥의 믈니치믈 닙은지라 (寶玉忽然憶起一節, 就拉住了黛玉的袖子聞一聞, 被黛玉打開去了.) <後紅 16:13>

357) 【츄탁ᄒ다】 闍 {추탁(推托)하다}. ¶ 推辭 ∥ 졔가 능히 츄탁지 못홀지니 도로혀 하엽탕을 판비케 ᄒ라 (要他推辭不得的, 還是小荷葉湯罷.) <後紅 16:15>

디옥이 심즁의 본리 ᄉ샹운을 경복(敬服)
ᄒ며 ᄯ 즈긔 쳐음 ᄆᆞᆷ이 변치 아냐 다만 션도
ᄅᆞᆯ 닥고ᄌᆞ ᄒᆞ여 믄득 ᄉ샹운을 ᄯᆞ 【18】 라 롱취
암(櫳翠庵)의 니ᄅᆞ러 져의게 븟치여 션도(仙道)
의 비결을 젼ᄒᆞ믈 요구ᄒᆞ디 ᄉ샹운이 다만 우음
을 이긔지 못ᄒᆞ나 디옥은 더욱 ᄭᅮ러 간걸(懇乞)
ᄒᆞ기의 니ᄅᆞ니 샹운이 져의 ᄭᅮ러 간구(懇求)ᄒᆞ
믈 도라보지 아니코 다만 웃기만 ᄒᆞ거눌 디옥이
제가 빅쥬(白晝)의ᄂᆞᆫ 젼슈ᄒᆞ믈 즐기지 아니ᄒᆞ민
가 두려 즉시 쳥하(靑荷)와 쇼방(素芳)으로 ᄒᆞ여
곰 침구ᄅᆞᆯ 가져 오더니 보옥이 보고 ᄯᆞ라와 아
ᄉᆞ려 ᄒᆞ거눌 디옥이 셩너여 보옥을 밀치니 샹운
이 우ᄉᆞ며 니ᄅᆞ 【19】 디,

"이거거야, 너ᄂᆞᆫ 챡급(着急)히 말나. 제가
냥야(兩夜)만 머믈너 무슴 의취(意趣) 업ᄉᆞ면 즈
연 스ᄉᆞ로 도라가리라."

ᄒᆞ나 보옥이 엇지 즐겨 신죵(信從)ᄒᆞ리오?
디옥이 믄득 즈견과 쳥문을 블너 이야(二爺)ᄅᆞᆯ
다리고 이홍원(怡紅院)으로 가라 ᄒᆞ니 보옥이
편벽도히 이홍원으로 가기ᄅᆞᆯ 즐기지 아니ᄒᆞ여
다만 스ᄉᆞ로 쇼샹관 디옥의 방즁으로 도라가 머
믈며 도로혀 여러 번 ᄉᆞ롬으로 ᄒᆞ여곰 롱취암의
보니여 디옥을 쳥ᄒᆞ여 도라 오라 ᄒᆞ고, ᄯᆞ ᄉ 【
20】 샹운의게 쳥ᄒᆞ여 져의 도라오믈 지쵹ᄒᆞ라
ᄒᆞ니 ᄉ샹운이 디옥을 빅단(百端) 죠쇼(嘲笑)ᄒ
ᄂᆞᆫ지라.

24

롱취암정연미도과 쇼샹관구원투방심

櫳翠庵情緣迷道果 瀟湘館舊怨妒芳心

ᄃᆡ옥(黛玉)이 챡급ᄒᆞ여 ᄌᆞ긔가 나가 롱취암(櫳翠庵) 문을 좀으니 보옥이 ᄯᅩᄒᆞᆫ 엇지ᄒᆞᆯ 길 업셔 아직 ᄒᆞᆯ노 밤을 지ᄂᆡ미, ᄃᆡ옥은 믄득 롱취암의 머믈너 ᄉᆞ샹운의게 븟치여 져의게 션도(仙道)의 비결 젼슈키ᄅᆞᆯ 요구ᄒᆞ니 ᄉᆞ샹운이 다만 웃고 즐겨 말을 아니타가 블 혈 ᄯᅢ의 니ᄅᆞ러 셕반을 먹고 ᄃᆡ옥이 ᄎᆔ루(翠縷)와 쇼방(素芳)가지 모다 ᄂᆡ여 보ᄂᆡ고 믄득 【21】 ᄇᆡᆨ단으로 져의게 ᄋᆡ걸ᄒᆞ여 니ᄅᆞᄃᆡ,

"죠ᄒᆞᆫ ᄆᆡᄆᆡ야, 너ᄂᆞᆫ 다만 나의 일편 고심(苦心)을 가련히 너기라. 네 만일 나의게 허락ᄒᆞ면 칼을 가지고 혈육을 버혀 스ᄉᆞ로 졍졍으로 표ᄒᆞ여도 ᄂᆡ가 ᄯᅩᄒᆞᆫ 즐기리니 ᄂᆡ 실노 셩심으로 슈도ᄒᆞ고 홍진(紅塵)의 츌몰ᄒᆞ믈 원치 아니ᄒᆞ노라. 나의 근긔(根基)가 비록 너와 ᄀᆞᆺ지 못ᄒᆞ나 ᄂᆡ 금셰의ᄂᆞᆫ ᄯᅩᄒᆞᆫ 무ᄉᆞᆷ 죄과(罪過) 업고 믄득 젼셰 죄얼을 모다 ᄆᆞᆰ히지 못ᄒᆞ엿다 ᄒᆞ여도 ᄯᅩᄒᆞᆫ 나의 ᄀᆡ과쳔션(改過遷善)ᄒᆞ믈 【22】 허락ᄒᆞᆯ지니 나ᄂᆞᆫ «신션통감神仙通鑑»을 보건ᄃᆡ 원ᄅᆡ 슈도ᄒᆞ여 일원 후의 다시 공덕을 ᄎᆔ우ᄂᆞᆫ 이가 잇ᄂᆞ니, 다만 고ᄒᆞ건ᄃᆡ 너ᄂᆞᆫ ᄌᆞ비지심(慈悲之心)으로 나의게 젼슈ᄒᆞ라. 네가 만일 즐겨 나의게 젼슈ᄒᆞ면 너의 스승된 은덕은 곳 나의 부모와 ᄀᆞᆺ치 알지니 나ᄂᆞᆫ 원컨ᄃᆡ 평ᄉᆡᆼ을 일ᄀᆡ 공슌ᄒᆞᆫ 뎨ᄌᆞ 되여 너ᄅᆞᆯ 셤기ᄃᆡ 네가 날노 ᄒᆞ여곰 엇지ᄒᆞ라 ᄒᆞ든지 ᄯᅩᄒᆞᆫ 죠ᄎᆞ리니 다만 너ᄂᆞᆫ ᄋᆡ련(哀憐)이 너기믈 바라노라."

ᄒᆞ고 거의 눈믈이 ᄯᅥ【23】러질 듯ᄒᆞ거ᄂᆞᆯ 샹운이 우ᄉᆞ며 니ᄅᆞᄃᆡ,

"ᄂᆡ가 너로 ᄒᆞ여곰 엇지ᄒᆞ라 ᄒᆞ던지 진ᄀᆡ 너ᄂᆞᆫ 죠ᄎᆞ랴?"

ᄃᆡ옥이 니ᄅᆞᄃᆡ,

"쳔만 번이라도 진ᄀᆡ 죠ᄎᆞ리라."

샹운이 웃고 니ᄅᆞᄃᆡ,

"네가 진심ᄒᆞ여 나의 젼슈ᄒᆞ믈 드ᄅᆞᆯ진ᄃᆡ 나ᄂᆞᆫ 다만 너로 ᄒᆞ여곰 보옥을 ᄯᅡ라가 ᄌᆞ게 ᄒᆞ리라."

ᄃᆡ옥이 니ᄅᆞᄃᆡ,

"아ᄅᆞᆷ다온 ᄆᆡᄆᆡ야, 니러ᄐᆞᆺ 우음의 말을 말나. 남은 니러ᄐᆞᆺ ᄋᆡ걸ᄒᆞ거ᄂᆞᆯ 너ᄂᆞᆫ 도로혀 니러ᄐᆞᆺ 우음을 ᄌᆞ아ᄂᆡᄂᆞ뇨? 네 다시 긍죵(肯從)치 아니면 ᄂᆡ 곳 【24】 네 앏희 죽고ᄌᆞ ᄒᆞ노라."

샹운이 ᄃᆡ쇼ᄒᆞ며 니ᄅᆞᄃᆡ,

"님챠두(林丫頭)ᄂᆞᆫ 니러ᄐᆞᆺ ᄉᆞᄉᆡᆼ으로 져히믄 다만 보옥을 놀나게 ᄒᆞ려니와 엇지 나ᄅᆞᆯ 협졔(脅制)ᄒᆞ리오? 네 만일 이곳의셔 나ᄅᆞᆯ 다시 들네면 ᄂᆡ 곳 목젼의셔 일ᄀᆡ 젹은 도술을 지어 너로 ᄒᆞ여곰 븟그러오믈 잇고 스ᄉᆞ로 보옥을 ᄎᆞᄌᆞ가 놀게 ᄒᆞ리라."

ᄒᆞ니 ᄃᆡ옥이 놀나 감히 언어(言語)치 못ᄒᆞ고 도로혀 우ᄉᆞ며 니ᄅᆞᄃᆡ,

"죠ᄒᆞᆫ ᄆᆡᄆᆡ야 올토다. ᄂᆡ가 너의 모진 거ᄉᆞᆯ 아ᄂᆞᆫ지라. ᄂᆡ ᄯᅩᄒᆞᆫ 【25】 네게 도ᄅᆞᆯ 간구ᄒᆞᆯ 방법이 업ᄉᆞᄃᆡ 다만 쳥컨ᄃᆡ 너ᄂᆞᆫ 나 ᄀᆞᆺ튼 일ᄀᆡ 녀히ᄋᆞᄅᆞᆯ 블샹히 너기라. 부모도 업고 무슈ᄒᆞᆫ ᄉᆞᄉᆡᆼ고뇌(死生苦惱)ᄅᆞᆯ 바닷시ᄃᆡ ᄌᆞ긔가 명심견셩(明心見性)ᄒᆞ여 즐겨 홍진의 츄락지 아니려 ᄒᆞ고 션가 공부도 ᄯᅩᄒᆞᆫ 일죽 셩심으로 간구ᄒᆞ여시ᄃᆡ 다만 근긔 용녈ᄒᆞ여 겁운(劫運)과 마쟝(魔障)[358]이 오ᄂᆞᆫ지라. 이졔 몸은 더러온 진흙의 잇

358) 【마쟝】 명 {마장(魔障)}. 불교 용어. 악마의 장해. ¶ 魔頭 ‖ 션가 공부도 ᄯᅩᄒᆞᆫ 일죽 셩심으로 간구ᄒᆞ여시ᄃᆡ 다만 근긔 용녈ᄒᆞ여 겁운과 마쟝이 오ᄂᆞᆫ지라 (就是元門功夫, 也曾志心體認, 無奈根基平常, 劫數魔頭來了.) <後紅 16:25>

시나 ᄆ음은 슈졍ᄀᆺ트여 도로혀 일뎜(一點) 진셩(辰星)이 어둡지 아니ᄒ고 ᄉ싱관두(死生關頭)롤 아ᄂ니 네가 곳 【26】 나롤 죠슈쵸목지뉴(鳥獸草木之類)로 안다 ᄒ여도 젼셩의 싱각을 그릇ᄒ 죄과롤 가르쳐 줄지니 다만 이 일을 너의게 은틱(恩澤)을 구ᄒ노라.”

ᄉ샹운이 니르디,

“니 ᄯ호 너의게 들네믈 닙어 번뇌케 ᄒ도다. 님챠두야, 내 이졔 네게 고ᄒᄂ니 너가 너의 근긔 용녈타 말ᄒ미 아니라 너의 릭력(來歷)을 의론컨디 원리 날노 더브러 샹게(相距) 머지 아니ᄒ디 다만 너의 겁운과 마챵이 만하 금세의는 단졍코 능히 이 길노 힝치 못ᄒ리니, 다만 부ᄌ런이 【27】 공덕을 ᄊ하 텬연(天緣)을 기드리미 죠ᄒ리라. 대져 션가 공부는 모롬죽이 져 한 층을 닥가 일워야 바야흐로 져의게 져 한 층을 가르쳐 쥬ᄂ니 엇지ᄒ여 일졀 젼슈치 아닐 니 잇시리오? 슈도ᄒ는 ᄉ졍은 다만 진실노 공부롤 만히 닥그면 외가 익으면 꼭지가 ᄯ러지ᄂ는359) 것 ᄀᆺ트여 졈졈 도롤 일위ᄂ니 만일 일시의 모다 말ᄒ면 공부ᄒ는 사롬이 이곳의 니르지 못ᄒ고 몬져 져곳의 니르기롤 바롬 ᄀᆺ튼지라. 싱각이 젼일(專一)치 못ᄒ여 【28】 공부의 효험이 업ᄉ미 니러므로 즁도이 폐ᄒ고 즁간의 스승을 일허 인도ᄒ여 줄 사롬이 업고 쳔빅 가지로 신고롤 격거도 맛춤니 셩공치 못홀 거시오. 만일 근긔의 이 ᄀᆺ튼 인연이 이시면 믄득 ᄆ음이 령ᄒ여 스스로 ᄭᅵ드롤지라. 공뷔 거의 일위게 되면 ᄌ연 진션(眞仙)이 와 인도ᄒ리니 너는 엇지 진긔 젼슈ᄒ믈 엇기 어렵다 ᄒ리오? 내가 네게 고ᄒᄂ니 션가 진실ᄒ 공부롤 네가 ᄯ호 힝ᄒ여 실효롤 어덧실진디 엇지 도로혀 【29】 마챵(魔障)이 이시리오? 네 만일 밋지 아니커든 다시 나롤 ᄯ라 안즈라 용블용(用不用)은 ᄌ긔가 ᄌ긔 ᄆ음을 보면 알니라.”

디옥이 듯고 진긔 ᄉ샹운을 ᄯ라 ᄯ호 안ᄌ더니 괴이토다. 디옥이 잡념을 쳥졍(淸淨)히

---

359) 【외가 익으면 꼭지가 ᄯ러진다】 圄 외가 익으면 꼭지가 떨어진다: 조건이 성숙되면 일은 쉽게 이루어진다 ¶ 瓜熟蔕落 ‖ 슈도ᄒ는 ᄉ졍은 다만 진실노 공부롤 만히 닥그면 외가 익으면 꼭지가 ᄯ러지는 것 ᄀᆺ트여 졈졈 도롤 일위ᄂ니 (這件事情, 總須做足眞功, 瓜熟蔕落, 逐關自然過去.) <後紅 16:27>

쓰러 바리고 젼일 힝ᄒ던 법디로 운용ᄒ나 일호 효험이 업고 ᄯ호 심지 현란ᄒ여 다만 보옥의 싱각만 나되 젼일 꿈의 최ᄌ 보던 써 광경과 다르미 업스나 ᄯ호 ᄉ샹운의게 고ᄒ기 비편ᄒ지라 다만 ᄌ긔가 한탄ᄒ더 【30】 라.

챠셜(且說), 보옥이 홀노 디옥의 방즁의 잇셔 옷술 벗지 아니코 취침ᄒ나 엇지 잠을 들며 심즁의 ᄯ호 허다 싱각이 나되,

‘젼일 나와 다못 림미미 샹종시(相從時)의 모다 현묘(玄妙)ᄒ 의론을 ᄒ여시디 블과 여간 총명을 닷토미오. ᄯ호 시ᄉ(詩詞)롤 챵화(唱和)홈도 이 일을 비러 졍회(情懷)롤 챵셔(暢敍)코ᄌ ᄒ미러니 림미미 기셰ᄒ 후의 내 다만 텬상으로 가 져롤 ᄎᄌ려 싱각ᄒ엿는지라. 그러므로 실셩ᄒ 드시 블도 일우믈 싱각ᄒ여 【31】 ᄯ호 황홀이 쇼식이 잇는 ᄃᆺᄒ더니 뉘 알니오? 져 요승(妖僧)과 요도(妖道)의 후리믈 닙어 거의 셩명(性命)을 일홀 번 ᄒ엿다가 다힝히 부친이 구ᄒ여 도라오믈 닙어시니 당시의 다만 셩명 어든 것만 다힝히 너기고 도로혀 림미미로 더브러 부뷔 단원(團圓)ᄒ믈 싱각지 못ᄒ엿더니, 뉘 알니오 가즁으로 도라오미 다만 림미미 회싱홀 ᄲᆫ 아니라 쳥문도 ᄯ호 회싱ᄒ엿더니 림미미 도로혀 ᄯ호 ᄆ음이 혼미ᄒ여 션도롤 비호고ᄌ ᄒ여 【32】 ᄉ미미(四妹妹)로 더브러 한실노 드럿시미 그 텰셕(鐵石) 심쟝을 엇지 견디리오? ᄯ호 아지 못게라 무슴 운슈로 하눌이 ᄯ호 져로 ᄒ여곰 회심케 ᄒ시니 진기 삼싱즁취(三生重聚)라 ᄒ리러니 이졔 홀연이 슈도ᄒ믈 싱각ᄒ여 ᄯ호 운미미롤 ᄯ라가 좌공(坐功)ᄒ니 져의 셩졍이 궤벽(怪僻)ᄒ미 뉘 져롤 권ᄒ여 들니게 ᄒ리오? 졔 만일 진기 혼미ᄒ믈 버셔나지 못ᄒ면 엇지ᄒ리오?’

보옥의 싱각이 이의 밋ᄎ미 번뇌ᄒ여 더욱 줌을 일우지 못ᄒ며 ᄯ호 혜오 【33】 디,

‘디옥이 다만 ᄌ견과 쳥문의 말을 듯더니 졔 젼일 좌공홀 써의 져의 량인도 ᄯ호 져롤 권히(勸解)치 못ᄒ니 이졔 도로혀 누로 ᄒ여곰 가게 ᄒ미 죠ᄒ리오?’

ᄯ호 싱각ᄒ디,

‘이 일은 다만 ᄉ디미미(史大妹妹)로 ᄒ여곰 져롤 아론 쳬 아니ᄒ면 졔가 스스로 믈너 나올지라. 근리 운미미 도로혀 습인으로 더브러

죠하ᄒ니 니 습인으로 ᄒ여곰 가셔 운미미의게 가마니 고ᄒ미 천만 졍당ᄒ다.'

ᄒ여 성각을 졍ᄒ고 믄득 샹의 나려 스스로 방문을 열【34】고 습인의 곳으로 다라가니 습인이 임의 방문을 거럿ᄂ지라 보옥이 챵외의셔 엿보미 습인이 홀노 안ᄌ 벙벙이360) 무슨 ᄉ졍을 싱각ᄒᄂ 듯ᄒ지라. 보옥이 챵외의 업더여 쇼리롤 나죽이 ᄒ여 부르디,

"습인 져져야."

ᄒ니 습인이 놀나 니르디,

"뉘뇨?"

보옥이 니르디,

"니로라."

습인이 니르디,

"보이애(寶二爺) 아니냐?"

보옥이 니르디,

"올ᄒ니 썰니 문을 열나."

ᄒ니 원리 습인이 디옥의게 ᄉ후(伺候)ᄒ므로붓허 미양 보옥이 져의게 들네믈 방비ᄒᄂ지라. 쳣지ᄂ 디옥의 투긔(妒忌)롤 두리고 둘지ᄂ 쳥문의 입이 쾌ᄒ여 젼파ᄒᆯ가 져허ᄒ나, ᄯ 쟝부 쟝옥함이 흥샹 습인을 권ᄒ여 보이야로 더브러 셔로 죠하ᄒ라 ᄒ며 ᄯ 니르디,

"너와 나 량인이 보이야롤 셤기믄 죄ᄎ(罪差)롤 분변ᄒᆯ 거시 업고 우리 젼후의 ᄯ흔 져의 허다 은혜롤 닙어시니 너ᄂ 다시 나의게 반뎜 의심을 두지 말나. 네 만일 이 일의 나롤 의심ᄒ면 부부의 졍분이 아니라."

ᄒ니 습인이 쟝옥함의 진심이믈 보고【36】도로혀 일호 의심이 업고 ᄯ 디옥과 쳥문의 말을 져의게 고ᄒ며 니르디,

"니 이졔 만일 일호 희미ᄒ 일이 잇셔 져 냥인의 눈의 니르면 엇지 견디리오?"

ᄒ니 쟝옥함이 믄득 습인으로 ᄒ여곰 디옥과 쳥문을 속이고 가마니 보옥으로 더브러 죠하ᄒ라 ᄒ디, 습인이 원리 담이 젹어 감히 못ᄒ고 다만 머리롤 흔드ᄂ지라. 니러므로 도쳐의 십분 유심ᄒ여 피ᄒ고 디옥과 쳥문도 ᄯ흔 져의 의ᄉ롤 짐쟉ᄒ더니 초야의 디옥이 【37】룽취암의 머

무ᄂ지라 습인이 심즁의 졍히 싱각ᄒ며 니르디,

'보옥으로 더브러 명빅히 변빅(辨白)지 못ᄒ엿다.'

ᄒ더니, 엇지 보옥이 챵 밧긔 니롤 줄 아랏시며 ᄯ 야심ᄒ지라. 습인이 가장 스룸의 시비롤 져허ᄒ여 니르디,

"님고랑이 지금 룽취암의 잇고 ᄯ 반야(半夜)의 이애 엇지 이곳의 니르뇨? 쳥컨디 이야ᄂ 방즁으로 도라갈지니 말이 잇거든 명죠(明朝)의 말ᄒ라."

보옥이 ᄯ흔 져의 ᄆ음을 알고 ᄯ 져의 가련ᄒ 졍ᄉ롤 보미 일시【38】간의 도로혀 져의게 쳥ᄒ여 스상운의게 쳥ᄒ여 달나 ᄒᄂ 말은 잇고 홀연 젼일 졍분이 싱각나미 졍히 져로 더브러 셔회(敍懷)코ᄌ ᄒ여 믄득 니르디,

"네 만일 문을 여지 아니면 니 곳 옷슬 벗고 이곳의 셔셔 경야(經夜)ᄒ리라."

ᄒ니 습인이 비록 보옥으로 더브러 외면으로 싱쇼ᄒ나361) 심즁의ᄂ 젼일 졍의가 잇ᄂ지라. 이 말을 드르미 심즁의 믄득 보옥을 가련히 너기고 ᄯ흔 디옥과 쳥문을 이즈미 된지라. 다만 한 마디로 죠종아 부르며 【39】니르디,

"엇지 니러툿 괴롭게 ᄒᄂ뇨?"

ᄒ고 한 손으로 믄득 문을 열거눌 보옥이 드러가 믄득 문을 닷고 져롤 닛글며 가마니 웃고 니르디,

"일졍코 셔회코ᄌ ᄒ노라."

ᄒ니 습인이 본리 믈결 ᄀᆺ튼 셩품으로 ᄋ시의 죠하 ᄒ던 졍이 즁ᄒ지라 엇지 좃지 아니리오? 보옥이 ᄌ연 스상운의게 구쳥(求請)ᄒᆯ 말을 ᄯ흔 져의게 고ᄒ더니 텬식(天色)이 쟝ᄎ 밝기의 니르미 습인이 믄득 놀나 보옥을 강잉(强仍)ᄒ여 밀쳐 보니고 ᄌ긔ᄂ 즉시 니러나 쇼세(梳洗)ᄒ믈 맛【40】치미 룽취암의 니르러 디옥의게 ᄉ후ᄒ니 디옥이 일야롤 ᄌ지 아니ᄒ다가 ᄯ흔 니러난지라. 습인이 일죽 니르믈 보고 ᄯ흔 져의 졍결히 몸 가지믈 짐쟉ᄒ고 도로혀 보옥이 진긔 져의 방즁의셔 경야ᄒᆫ 아지 못ᄒᄂ지라. 디옥이 웃고 니르디,

---

360) 【벙벙이】㋠ 벙벙히. 멍하니. ¶ 呆呆的 ‖ 보옥이 챵외의셔 엿보미 습인이 홀노 안ᄌ 벙벙이 무슨 ᄉ졍을 싱각ᄒᄂ 듯ᄒ지라 (寶玉便往窓戶外張着, 只見襲人還在那裏一個人坐着, 像是呆呆的想着什麼事情.) <後紅 16:34>

361) 【싱쇼ᄒ다】㋤ {생소(生疎)하다}. ¶ 疏遠 ‖ 습인이 비록 보옥으로 더브러 외면으로 싱쇼ᄒ나 심즁의ᄂ 젼일 졍의가 잇ᄂ지라 (這襲人雖與寶玉外面疏遠, 心裏却照舊顧戀.) <後紅 16:38>

“쟉야의 일이 잇셔 니러나믈 일죽ㅎ엿노라.”

ㅎ니 이 한 마디 말이 졍히 습인의 십즁의 다 둣친지라. 안졍이 즉시 붉으디 디옥은 도로혀 짐쟉지 못ㅎ더니 습인이 믄득 일변 【41】 으로 완완이 나가며 가마니 니르디,

“귀신ㄳ치 무셥도다.”

ㅎ고 다만 디옥이 의ᄉ쳐(議事處)의 가기를 기드려 바야흐로 ᄉ샹운의 샹(床) 가의 니르니 샹운이 니러 안즈며 습인을 닛그러 안치거눌 습인이 바야흐로 보옥이 져다려 간쳥ㅎ던 말을 져의게 고ㅎ니 샹운이 다만 뎜두(點頭)ㅎ며 니르디,

“너는 가셔 이야의게 고ㅎ여 져로 ㅎ여곰 다만 방심케 ㅎ라. 림고랑이 몃 날을 머믈고 믄득 도라가리라.”

ㅎ고 ᄯ 우스며 습인의 비롤 만지고 니르디,

“쟉야 【42】 의 가히 일기 젹은 보옥을 비엿시리라.”

습인이 붓그리믈 이긔지 못ㅎ여 혜오디,

‘샹운이 몬져 알고 디옥의게 ㅎ엿시므로 방즈 나롤 보고 일즉 낫느냐 말ㅎ다.’

ㅎ여 좌블안셕(坐不安席)ㅎ며 도로혀 보옥이 진기 져롤 들녠 일을 샹운의게 고ㅎ고 비러 니르디,

“니 ᄯ 엇지홀 길 업셔 져의게 순종ㅎ여시니 ᄉ고랑은 나롤 위ㅎ여 엄젹(掩迹)ㅎ라.362) 너는 일기 신션이니 엇지 너롤 속이리오?”

샹운이 웃고 니르디,

“니 무슨 결을이 잇셔 너의 【43】 니런 일을 아른 쳬ㅎ리오? 님고랑의 방즈 말도 ᄯ 우연이 ᄒ 말이니 너는 구틱여 심녀치 말고 다만 쳥문만 방비ㅎ라. 져의 입이 엇더케 쾌ㅎ뇨? 즐겨 남의 붓그리믈 도라보라.”

습인이 샹운의게 ᄉ례ㅎ고 즉시 쇼샹관으로 도라가 보옥의게 고ㅎ려 ㅎ더라.

님디옥이 롱취암의셔 삼오일을 머믈고 공부ㅎ더 일호 영향이 업눈지라. 다만 울울블락

(鬱鬱不樂)ㅎ더니 ᄉ샹운이 니르디,

“네 이계는 나의 도롤 젼슈치 【44】 아니믈 괴이히 너기지 말고 다른 싱각을 너지 말나. 너롤 간졀이 바라는 ᄉ롬이 져곳의 잇거눌 엇지 도라가지 아니ㅎ느뇨?”

ㅎ더 디옥이 즐겨 도라가지 아니터니 샹운이 져의 샹방의 간 ᄯ롤 기드려 가마니 보옥을 블너와 쇼방과 쳥하(靑荷)롤 거느리고 침구롤 옴겨가게 ㅎ고, 져녁의 ᄯ 디옥을 친히 다리고 왓논지라 보옥이 블승환희(不勝歡喜)ㅎ여 다만 신부롤 먼리셔 영취(迎娶)ㅎ여 옴과 ㄳ튼지라 ᄉ샹운을 보니고 믄득 량 【45】 인이 즐기더라.

습인이 임의 보옥으로 더브러 여러 밤을 즐기다가 디옥이 쇼샹관으로 도라오믈 보고 ᄆ 옴의 의혹ㅎ믈 픔고 ᄯ 보옥이 힉ᄌ(孩子)의 셩경으로 사롬을 디ㅎ여 무슨 긔미롤 뵐가 져허 믄득 비도 알푸고 머리도 어질ㅎ다 ㅎ고 방즁의 잇셔 여러 날 피ㅎ더 대옥이 도로혀 죠곰도 의심치 아니코 거연이 날이 오리미 가히 쳬번(替番)ㅎ고363) 나갈지라. 치량(蔡良) 식뷔(媳婦) 드러와 쳬번ㅎ거눌 습인이 나가랴 ㅎ더니, 뉘 알니오 이 쳬 【46】 번ㅎ는 즁의 ᄯ흔 한 가지 ᄉ단(事端)이 들녜여 난지라.

원리 디옥이 치가(治家)ㅎ믈 경셰히 ㅎ여 범시 모다 일졍ᄒ 규뫼(規模) 잇셔 다만 습인이 가음아는 의복과 슈식(首飾)을 의론ㅎ여도 미양 쳬번홀 ᄯ의 니르면 봉ㅎ여 둔 샹ᄌ 외의 슈식과 의복 샹ᄌ롤 낫낫치 졍검(點檢)ㅎ여 만일 치량 식뷔 쳬번ㅎ고 나올 ᄯ의는 습인이 믄득 말ㅎ디,

“치니니(蔡奶奶)는 졍신을 허비치 말고 열 쇠롤 가져오라.”

ㅎ고 습인이 쳬번ㅎ고 나갈 ᄯ 니르려는 치량 【47】 식뷔 믄득 니르디,

“우리는 둔졸(鈍拙)ᄒ 사롬이라 도로혀 낫낫치 졍검코즈 ㅎ노라.”

ㅎ면 습인의 말이,

“쟝니니야, 너는 ᄆ옴을 쓰지 말나.”

ㅎ더니 뉘 알니오? 습인이 금일의 쳬번ㅎ

<hr>

362) 【엄젹ㅎ다】 圖 {엄젹(掩迹)하다}. 가리다. 막다. ¶ 遮蓋 ∥ 니 ᄯ흔 엇지홀 길 업셔 져의게 순종ㅎ여시니 ᄉ고랑은 나롤 위ㅎ여 엄젹ㅎ라 (我也是無可奈何的順着他, 史姑娘替我遮蓋着.) <後紅 16:42>

363) 【쳬번ㅎ다】 圖 {쳬번(替番)하다}. 번을 교대하다. ¶ 換班 ∥ 대옥이 도로혀 죠곰도 의심치 아니코 거연이 날이 오리미 가히 쳬번ㅎ고 나갈지라 (黛玉倒也幷不疑忌, 好容易熬過幾天, 可以換班出去.) <後紅 16:45>

고 나갈 시 도로혀 몃 가지 교뎌 못한 슈식이 잇더라. 원리 가환(賈環)이 근일의 부형을 속이고 남셩문(南城門) 외의 나가 희즈(戲子)룰 보고 노리룰 드르며 가운과 부동(附同)하여 쇼쳡을 기르미 타인의 허다한 빗술 인과(挨過)치364) 못할지라. 다만 치운으로 더브러 【48】 상의하뎌 치운이 쏘한 능히 져로 더브러 방법을 싱각지 못하는지라 가환이 빗술 방츠(防遮)치 못하여 거의 사룸이 문의 니르러 들넬지라 엇지할 길 업셔 쏘 치운으로 더브러 의론하니 치운이 믄득 쥬의(主意)룰 싱각하고 환ㅇ(環兒)의게 고하여 니르뎌,

"니 싱각건뎌 전일 련이애(璉二爺) 전졍의 견뎌지 못할 쎠면 련이닌니(璉二奶奶)로 더브러 의론하고 원앙 져져의게 간쳥하여 노태태의 믈건을 비러니여 전당(典當)하고 은즈룰 어더 쓰더니 【49】 이졔 습인 져졔 님고랑의 곳의 잇셔 슈식을 가음아디365) 노태태의 셰간의 비컨뎌 십 여 비나 될 듯하니 너는 다만 져의게 간쳥하면 혹 묘리 이실 듯하니라."

가환이 니르뎌,

"이 계교(計巧) 가장 죠흐뎌 다만 너가 가는 거슨 비편하니 쳥컨뎌 너는 나룰 위하여 져 의게 말하뎌 멋츨 니의 단졍코 믈너쥬마 하라. 죠흔 져져야 나룰 구하라."

하니 치운(彩雲)이 즉시 습인의게 가셔 고할 시 졍히 보옥이 습인으로 더브러 담쇼할 쎠 룰 만 【50】 난지라. 보옥이 치운의 오믈 보고 나가며 습인도 쏘한 붓그러오믈 이긔지 못하더 니 치운이 믄득 안즈며 환ㅇ의 말을 져의게 고 하니 습인이 쏘한 난쳐한지라. 믄득 니르뎌,

"치운 미미야, 니 네게 ᄉ경을 고하느니 나의 동ᄉ(同事) 치니니 쳬번하여 드러오면 ᄉ 실(査實)하믈 졍셰히 하니 만일 삼애(三爺) 과한 (過限)하도록 무르지 못하여 형젹이 드러날진뎌 날노 하여곰 엇지하리오? 말을 아니하면 ᄌ긔가 견뎌지 못할 거시오, 말을 하면 쏘 【51】 삼야의

게 겹년(牽連)이 되리니 가련토다. 나는 엇던 사 롬이며 엇던 쳐지뇨? 시시로 삼가고 죠심하여도 도로혀 부지(扶支)치 못할가 두리고 림고랑이 도량이 관뎌하다 하여도 네 알거니와 일긔 입이 쾌한 사롬이 잇셔 날노 더브러 셰력이 현슈할 쓴ᅵ라. 하믈며 너 스스로 믈건 환롱(幻弄)한 것 도 죄과(罪過) 격지 아니커니와 즁간의 도로혀 삼애 간범(干犯)하고 쏘한 네가 간범하여시니 엇지 죠흐리오?"

치운이 ᄎ언을 듯고 닝쇼하며 니르뎌,

"삼야는 쳐 【52】 지 평샹하고 나도 쏘한 볼 것 업는 사롬이라. 니 금일의 쏘한 공연이 ᄎᄉ룰 참녜하엿시미 너도 원리 난쳐할지니 그 만 두라. 니 곳 져의게 가 회답하리라."

습인이 져의 광경이 니러툿 하믈 보미 져 룰 이샹히 너기는 듯한지라. 쳣지는 졔가 왕부 인 앏히 허다한 말을 할가 두리고, 둘지는 목하 (目下)의 보옥이 와셔 담쇼하믈 마죠쳐시니 엇 지 이 일을 인하여 일긔 적국을 엇지 아니리오 하고 치운을 ᄭ어 멈츄고 니르뎌,

"죠흔 미미야, 일 【53】 긔 죠홀 도리 이시 니 삼야는 다만 너게 언마 은즈룰 쓰리라 하면 니 우리 쟝부로 하여곰 구획(區劃)하여 져룰 쥬 게 하리라."

치운이 니르뎌,

"삼야는 원리 다만 오뵉 냥 은즈룰 쓰려 하더 멋 시긔이 지나지 아냐 부득블 쓰리니 너 의 쟝부 보기룰 기드리지 못할지라. 네 만일 즐 겨 져의 급한 거슬 구코즈 할진뎌 너는 다만 믈 건을 져의게 빌녀 전당케 하면 즉시 전당표(典 當票)룰 가져 네게 보니리니 너는 몬져 너의 쟝 부로 하여곰 속히 믈너 【54】 오게 하고, 츄후 삼애 은즈룰 어더 구변하여 너의 쟝부의게 환보 (還補)하기룰 기드리면 엇지 냥편(兩便)치 아니 리오?"

습인이 그 말을 죠츠 즉시 슈식(首飾) 일 갑(一匣)을 치운을 빌니니 치운이 믄득 가환을

---

364) 【인과하다】 圈 【애과(挨過)하다】. 맞다. 당하다.
¶ 滾 ‖ 원리 가환이 근일의 부형을 속이고 남 셩문 외의 나가 희즈룰 보고 노리룰 드르며 가 운과 부동하여 쇼쳡을 기르미 타인의 허다한 빗 술 인과치 못할지라 (原來賈環近日瞞着父兄, 在 南城外瞧戲聽擂, 合了賈芸, 串些私門, 拉下許多欠 賬, 滾不過來.) ＜後紅 16:47＞

365) 【가음아─】 圈 ≪가음알다≫ 관장(管掌)하다. 다스 리다. ¶ 管 ‖ 이졔 습인 져졔 님고랑의 곳의 잇 셔 슈식을 가음아디 노태태의 셰간의 비컨뎌 십 여 비나 될 듯하니 너는 다만 져의게 간쳥하면 혹 묘리 이실 듯하니라 (而今襲人姐姐現在林姑 娘處管了首飾, 怕不比老太太多了十幾倍的金珠, 你只求求他, 或者有個算計.) ＜後紅 16:49＞

쥬어 전당ᄒᆞ여 치쟝(債帳)을 타텹(妥貼)ᄒᆞ고 가환이 친히 와 습인의게 스례ᄒᆞ며 전당표롤 쥬니 이ᄂᆞ 모다 디옥이 룡취암의셔 머믈 ᄲᅵ의 치운이 왕리ᄒᆞ여 ᄉᆞ경을 쥬션ᄒᆞ미라. 습인이 전당표롤 밧고 원리 쟝옥함으로 ᄒᆞ여곰 가져 믈너오게 【55】ᄒᆞ리라 싱각ᄒᆞ엿더니, ᄎᆞ시 보옥이 ᄌᆞ로 져롤 들네고 일면으로 디옥이 그 흔적을 알가 두려 심시 번란(煩亂)ᄒᆞ지라. 그러므로 그 일을 전연이 이졋다가 치량 식뷔 쳬번ᄒᆞ여 올 ᄲᅵ의 니ᄅᆞ러 쥴연간(猝然間)의 ᄎᆞᄉᆞ(此事)롤 싱각ᄒᆞ고 황급망죠(慌急罔措)ᄒᆞ여 다만 치녀니롤 ᄭᅳ을고 죵용ᄒᆞᆫ 곳으로 가 져의게 고ᄒᆞ디,

"치운 고랑은 태태 신변의 사ᄅᆞᆷ이라 실노 비각(排却)ᄒᆞ기[366] 어려워 권도(權道)로 슈웅(酬應)ᄒᆞ여시니 너 이졔ᄂᆞ 다ᄅᆞᆫ 법이 업고 다만 너 노인네가 줌시 【56】 포용ᄒᆞ믈 구ᄒᆞ노라. 너 나가면 단졍코 급히 쥬션ᄒᆞ여 몬져 우리 쟝부로 ᄒᆞ여곰 믈너다가 가마니 보너여 전장(典掌)ᄒᆞ리니 나의 경계도 ᄯᅩᄒᆞᆫ 십분 난쳐ᄒᆞᆫ 연괴(緣故)로다. 너 노인네ᄂᆞᆫ 밋지 아니커든 치운의게 무러 보라."

ᄒᆞ니 치량 식뷔 ᄎᆞ언을 듯고 실노 ᄌᆞ져ᄒᆞ ᄂᆞ지라.[367] 쳣지ᄂᆞ 치운이 태태 신변의 ᄀᆞ가히 잇ᄂᆞ 사ᄅᆞᆷ이믈 위ᄒᆞ미오. 둘지ᄂᆞ 평일의 ᄯᅩᄒᆞᆫ 습인 부쳐의 경디(敬待)ᄒᆞ믈 바닷ᄂᆞ지라. 믄득 니ᄅᆞ디,

"쟝니니(蔣奶奶)야, 네 가장 쥬견(主見)이 업도다. 【57】 네가 이 집의 드러와 쥬인이 엇던 사ᄅᆞᆷ인지 아지 못ᄒᆞᄂᆞ냐? 져의 샹시의 은견으로 그러텃 관디ᄒᆞ거니와 만일 무ᄉᆞᆫ 죄범이 잇셔 져의 숀의 들면 뉘 능히 방츠(防遮)ᄒᆞ리오? 너ᄂᆞ 엇지 타인의 지믈을 도젹ᄒᆞ여 니런 흔젹 잇ᄂᆞ 일을 들네여 너엿ᄂᆞ뇨? 네가 디면ᄒᆞ여 픔ᄒᆞ기 어려올진디 엇지 너게 미러 날노 ᄒᆞ여곰 ᄌᆞ현(自現)케 아니ᄒᆞᄂᆞ뇨? 이 쟝씌ᄂᆞ 다만 너 일인이 맛고 나의 쥬견 니ᄅᆞᆫ 허치 아니ᄒᆞᆫ다 니ᄅᆞ기 어렵도다. 이졔 너ᄂᆞ 일즉 다라【58】 나고 나의

신샹으로 화룰 넘기게 ᄒᆞ니 여러 날 연타(延拖)ᄒᆞᆫ 니ᄅᆞ지 말고 명죠의 보너여 아모 흔젹이 업다 ᄒᆞ여도 후일 발각이 되면 너 ᄯᅩᄒᆞᆫ 간졍치 못ᄒᆞ리라. 네게 고ᄒᆞᄂᆞ니 나도 ᄯᅩᄒᆞᆫ 일기 간졍ᄒᆞᆫ 스ᄅᆞᆷ이라. 타인으로 더브러 무ᄉᆞᆫ 일의 간범치 아니면 도로혀 누롤 두리리오? 네 이졔 임의 이 일을 들네여시니 너가 곳 발각ᄒᆞ면 평일 졍분이 어디 이시며, 만일 너롤 위ᄒᆞ여 담착(擔着)ᄒᆞᆫ다[368] ᄒᆞ여도 너 ᄯᅩᄒᆞᆫ 묘칙이 업고 ᄯᅩ 태태 신변 사ᄅᆞᆷ이 【59】 그 즁의 간범ᄒᆞ여시니 모다 우리 고랑의 귀의 들니기 어려올지라. 지금은 엇지ᄒᆞ리오마ᄂᆞ 다만 네가 명죠의 쥬션ᄒᆞ믈 기드리리라."

ᄒᆞ니 습인의 얼골이 희락 붉으락 ᄒᆞ며 지삼 청샤ᄒᆞ고,

"명죠의ᄂᆞ 반ᄃᆞ시 변통ᄒᆞ리라."

ᄒᆞ고 믄득 디옥의게 쳬번ᄒᆞ여 나가믈 픔ᄒᆞ고 나갈 시 일로의 싱각ᄒᆞ디,

'전일은 너가 보옥의 신변의 뎨일등 스ᄅᆞᆷ이라. 보챠 외의ᄂᆞ ᄯᅩᄒᆞᆫ ᄶᅡ롤 사ᄅᆞᆷ이 업고 디옥도 ᄯᅩᄒᆞᆫ 용심ᄒᆞ여 쥬【60】션ᄒᆞ여 쥬어시니 진기 영국부즁(榮國府中)의셔ᄂᆞ 도로혀 누롤 두려 ᄒᆞ여시리오? 당시의 금쥬보픠(金珠寶貝)롤 믈론ᄒᆞ고 ᄡᅳ랴 ᄒᆞ면 보옥이 모다 죠ᄎᆞ시니 이 오빅 냥 은지 무어시 귀ᄒᆞ리오? 엇지 한 번 실죡ᄒᆞ여 만시 와히(瓦解)ᄒᆞ기의 니ᄅᆞ럿ᄂᆞ냐? 당디 보복으로 디옥의 슈즁의 드러 지금 죠고만 ᄉᆞ졍도 ᄯᅩᄒᆞᆫ 이 노파의 토심[369]을 밧ᄂᆞ도다.'

ᄒᆞ며 ᄯᅩ 싱각ᄒᆞ디,

---

366) 【비각ᄒᆞ다】 圈 {배각(排却)하다} 물리치다. ¶ 推却 ‖ 치운 고랑은 태태 신변의 사ᄅᆞᆷ이라 실노 비각ᄒᆞ기 어려워 권도로 슈웅ᄒᆞ여시니 너 이졔ᄂᆞ 다ᄅᆞᆫ 법이 업고 다만 너 노인네가 줌시 포용ᄒᆞ믈 구ᄒᆞ노라 (彩雲姑娘是太太身邊人, 實在無可推却, 權且應酬, 我而今沒有別法, 只得求你老人家暫時包涵些兒.) <後紅 16:55>

367) 【ᄌᆞ져ᄒᆞ다】 圈 {주저(躊躇)하다}. ¶ 遲疑 ‖ 치량 식뷔 ᄎᆞ언을 듯고 실노 ᄌᆞ져ᄒᆞᄂᆞ지라 (蔡良家的聽了這番言語, 着實遲疑.) <後紅 16:56> ⇒ 듀뎌ᄒᆞ다, 듀뎨ᄒᆞ다, 쥬뎌ᄒᆞ다, ᄌᆞ졔ᄒᆞ다

368) 【담착ᄒᆞ다】 圈 {담착(擔着)하다}. 도맡다. ¶ 擔着 ‖ 만일 너롤 위ᄒᆞ여 담착ᄒᆞᆫ다 ᄒᆞ여도 너 ᄯᅩᄒᆞᆫ 묘칙이 업고 ᄯᅩ 태태 신변 사ᄅᆞᆷ이 그 즁의 간범ᄒᆞ여시니 모다 우리 고랑의 귀의 들니기 어려올지라 (要說替你擔着, 我也算不上來, 又拉什麼太太身邊的人在裏頭, 總也到不得我們姑娘耳朶裏.) <後紅 16:58>

369) 【토심】 圈 토심(吐心). 분풀이. 남이 불쾌한 낯빛이나 말씨로 대할 때 느끼는 불쾌한 마음. ¶ 惡氣 ‖ 당디 보복으로 디옥의 슈즁의 드러 지금 죠고만 ᄉᆞ졍도 ᄯᅩᄒᆞᆫ 이 노파의 토심을 밧ᄂᆞ도다 (現世現報, 落在黛玉手裏, 弄到而今, 連一點子事情, 也受這老婆子的惡氣.) <後紅 16:60>

'져는 원리 고궤(古怪)ᄒ니 ᄯᅩᄒᆞᆫ 져를 고이히 너기지 못ᄒ리로다. 님고랑이 그러툿 ᄆ【61】ᅟᅩᆷ이 졍셰ᄒ니 홀연간의 무ᄉᆞᆫ 슈식을 싱각ᄒ고 즉시 ᄎᆞᄌᆞ면 져로 ᄒ여곰 란쳐ᄒ리니 님고랑의 규모를 도로혀 견ᄃᆡ리오? 나는 다만 명죠의 가져와 즉시 젼쟝ᄒ미 올ᄒ리라.'

ᄒ고 ᄆᆞᅟᅩᆷ이 쵸챵(悄愴)ᄒ여 눈믈을 씻고 집의 니르러 쟝옥함을 보고 몬져 가ᄉᆞ를 슈쟉ᄒ다가 믄득 이 일을 져의게 고ᄒ며 져로 ᄒ여곰 명죠의 슈식을 믈너 오라ᄒ니, 뉘 알니오 쟝옥함이 듯고 도로혀 습인이 가환으로 더브러 무ᄉᆞᆫ【62】 은졍이 잇ᄂᆞᆫ가 의심ᄒ여 믄득 넝쇼ᄒ며 니르ᄃᆡ,

"놉ᄒᆫ 나무가지를 붓들고 오르지 못ᄒᆯ진ᄃᆡ 그만 둘 거시어늘 엇지 쵸변디즁(草邊地中)으로 ᄯᅮ러와 들네려 ᄒᄂᆞ뇨?"

습인이 쳥파(聽罷)의 한탄ᄒ여 죽고ᄌᆞ ᄒ며 밍셰ᄒ고 울거늘 쟝옥함이 니르ᄃᆡ,

"니 ᄯᅩᄒᆞᆫ 고지 듯지 아니ᄒᄂᆞ니 우리 회쟝 우희셔 밍셰ᄒ믈 가쟝 만히 드럿ᄂᆞ니라."

ᄒ니 습인이 ᄯᅩᄒᆞᆫ 보옥으로 더브러 죠히 지녀여시ᄃᆡ 말ᄒ기 비편ᄒᆫ지라. 다만 통곡ᄒ더니 쟝옥함 【63】 이 ᄯᅩ ᄒᆞᆫ 번 거ᄒ믈 슬히 너겨 즉시 스스로 누어 ᄌᆞ니 ᄎᆞ야의 습인의 난쳐ᄒᆞᆫ ᄌᆞ연 말ᄒᆯ 거시 업고, ᄯᅩᄒᆞᆫ 죽기를 싱각ᄒᄃᆡ,

'엇지ᄒ여 일죽 원앙을 ᄯᅡ라 죽지 못ᄒ엿ᄂᆞ뇨?'

ᄒ더니 텬명시(天明時)의 니르러 쟝옥함이 샹(床)의 나리며 탄식고 니르ᄃᆡ,

"죠ᄒᆫ 희ᄌᆞ를 보왓도다."

ᄒ고 ᄯᅩ 니르ᄃᆡ,

"삼랑(三郞)이 인삼을 먹고 도로혀 썰희를 남겨 두미 무던토다."

ᄒ고 다라나가니 습인이 진기 긔가 막히며 ᄯᅩ 싱각ᄒ미,

'젼일 보옥을 ᄯᅡ라 이홍원 【64】 의 이실 ᄯᅢ의 보옥이 한 마디 즁란ᄒᆫ 말도 업고 너가 그림ᄌᆞ를 비러 져의게 몃 마디 듯기 죠치 아닌 말을 ᄒ여도 졔가 곳 방츠ᄒ기의 골몰ᄒ여시니 니런 경박(輕薄)ᄒᆫ 말이 엇지 일호나 귓가의 니르럿시리오?'

ᄒ고 다만 오열ᄒ더니 뉘 알니오 치량 식뷔 쳥죠(淸早)의 진ᄋᆞ(蓁兒)를 보ᄂᆡ여 말ᄒᄃᆡ,

"쟝너ᄂᆞᆫ 즉긔의 드러와 요긴ᄒᆫ 말을 드르라."

ᄒ니 습인이 더옥 챡급ᄒ여 죽을 듯ᄒᆫ지라. 다만 진ᄋᆞ의게 부탁ᄒ여,

"고랑의 곳의 가셔 나【65】의 유병(有病)ᄒᆞ믈 고ᄒ고 치너너게 간쳥ᄒ여 몃 날 슈유(受由)370)를 허급게 ᄒ며 치너너의 긴요ᄒᆫ 말도 모다 아ᄂᆞ니 단졍코 일을 그릇ᄒ지 아니리라 ᄒ라."

ᄒ엿더니 치량 식뷔 듯고 가쟝 번뢰ᄒ믈 이기지 못ᄒ여 말을 말고ᄌᆞ ᄒ면 더옥이 홀연간의 슈츌(查出)ᄒᆞᆯ가 져허ᄒ고 드러가 픔ᄒ려 ᄒ나 ᄯᅩᄒᆞᆫ 치운의게 거리끼며 ᄯᅩᄒᆞᆫ 쇼챠환 등의 우음의 말을 드르미 보옥이 습인의게 들낸 광경을 알지라. 싱각ᄒᄃᆡ,

'ᄎᆞ인이 원 【66】 리 보이야의 구인(舊人)이라 비록 타쳐로 ᄌᆞᆺ다 ᄒ나 도라오미 젼일 분쉬 도로혀 잇셔 보이애 요ᄉᆞ이 ᄯᅩ 져로 더브러 죠ᄒ니, 너 만일 일시간의 발각ᄒ면 져는 셜움을 당치 아니ᄒ고 나는 도로혀 ᄶᆡ를 벗기 어려오니, 다만 두리건ᄃᆡ 졔가 치운과 부동ᄒ여 태태로 ᄒ여곰 보이야를 고호(顧護)ᄒ여 나의 단쳐(短處)를 ᄎᆞᄌᆞ면 엇지 방ᄎᆞᄒ리오? 나는 다만 셔셔히 기ᄃᆞ려 보미 죠타.'

ᄒ여 일면으로 드러가 ᄉᆞ후ᄒ며 일면으로 ᄉᆞᄅᆞᆷ을 보 【67】 ᄂᆡ여 져를 지촉ᄒᄃᆡ ᄌᆞ긔가 결을이 이시면 ᄯᅩᄒᆞᆫ 습인의 방즁의 니르러 안ᄌᆞ 독촉ᄒᆯ 시 다만 보니 습인이 샹샹(床上)의셔 곡읍(哭泣)ᄒ다가 치량 식부의 긔구(開口)키를 기ᄃᆞ리지 아니ᄒ고 눈믈을 ᄲᅵᄉᆞ며 쟝옥함의 말을 젼ᄒ고 ᄯᅩ 말ᄒᄃᆡ,

"니 임의 사ᄅᆞᆷ을 식여 치운의게 독촉ᄒ여시ᄃᆡ ᄯᅩᄒᆞᆫ 회답이 업ᄉᆞ니 이를 엇지ᄒ면 죠흐리오?"

ᄒ니 도로혀 치량 식부로 ᄒ여곰 방법이 업ᄂᆞᆫ지라. 졍히 난쳐히 너기더니 고랑이 ᄯᅩ ᄉᆞᄅᆞᆷ을 보 【68】 ᄂᆡ여 져를 부른다 ᄒ거ᄂᆞᆯ 치량 식뷔 련망히 드러가니 이ᄂᆞᆫ 무ᄉᆞᆫ ᄉᆞ졍을 위ᄒ미뇨? 원리 뇌ᄃᆡ(賴大)의 손녀를 왕원(王元)의 손

---

370) 【슈유】 圏 수유(受由). 말미. 휴가. ¶ 假 ‖ 고랑의 곳의 가셔 나의 유병ᄒ믈 고ᄒ고 치너너게 간쳥ᄒ여 몃 날 슈유를 허급게 ᄒ며 (到上頭去告病, 求蔡奶奶告幾天假.) <後紅 6:65>

ᄋ(孫兒)의게 졍혼ᄒ엿시디 님지효(林之孝)와 치
량이 즁미되여 퇴일 힝빙(行聘)ᄒᆯ 시 몬져 니ᄅ
러 경텹371) 보닐 일ᄌᆞᄅᆞᆯ 니ᄅᄎᄂᆞᆯ 더옥이 심즁
의 가쟝 환희ᄒ여 뇌디 식부로 ᄒ여곰 겻히 셧
게 ᄒ고 다쇼 셜화ᄅᆞᆯ ᄒ다가 ᄯᅩ 쳥하(靑荷)의
방즁으로 보니여 밥을 쥬게 ᄒ며 니ᄅ디,

"져 노인네 치이(齒牙) 업ᄉ디 도로혀 강건
【69】ᄒ여 먹기ᄅᆞᆯ 잘 ᄒ리니 다만 기름지고 연
ᄒ 거슬 가져다가 겨ᄅᆞᆯ 권ᄒ여 먹게 ᄒ라."

ᄒ니 류슈지 련망히 어두(魚肚)와 구은 오
리고기와 쥬침화퇴(酒燜火腿)와 연와가루 등속
을 가져오고 치쇼가지 한 탁ᄌᆞ의 버려 노ᄒ니,
뇌디 식뷔 눈을 ᄲᅦ고 낫낫치 보다가 다만 니ᄅ
디,

"아미타블! 황송황송ᄒ다."

ᄒ니 쳥히 믄득 져ᄅᆞᆯ 붓드러 안칠 시 류슈
지 믄득 니ᄅ디,

"뇌노태태(賴老太太)야, 우리 니니 너의 년
고ᄒᆷᄅᆞᆯ 공경ᄒ여 날노 ᄒ여곰 가히 먹음족ᄒ 믈
건【70】을 슈습게 ᄒ여시디 너 ᄯᅩᄒ 슈습ᄒ기
ᄅᆞᆯ 간졀히 못ᄒ여시니 너 노인네ᄂᆞᆫ 웃지 말나.
ᄯᅩᄒ 고랑 방즁의 쇼용을 예비ᄒ엿다가 블과 몇
가지 기름지고 연ᄒ 거슬 갈히여 왓시니 너 노
인네ᄂᆞᆫ 맛보라."

뇌디 식뷔 다만 니ᄅ디,

"당치 못ᄒ노라."

ᄒ고 져의 쳥문 고랑의 모친이 되믈 인ᄒ
여 ᄯᅩᄒ 져ᄅᆞᆯ 가쟝 공경ᄒᄂᆞᆫ지라. 믄득 니ᄅ디,

"류노틱(柳老太)ᄂᆞᆫ 나의 늙고 더러온 거슬
혐의치 아닐진디 쳥고랑으로 더브러 안ᄌᆞ 쥬인
의 은젼【71】을 바드라."

류슈지 웃고 니ᄅ디,

"너의 노인네의게 고ᄒᄂᆞ니 너 이즈음 은
졍히 분망ᄒ지라. 타일 ᄌᆞ긔가 쥬인이 되여 너
의 노인네ᄅᆞᆯ 쳥ᄒ미 올흐리라."

쳥히 웃고 니ᄅ디,

"뇌노태태야, 네게 고ᄒᄂᆞ니 부즁 니외 빅
여 샹 음식과 치쇼ᄅᆞᆯ 모다 이 노태태 슈즁으로
판비ᄒᄂᆞᆫ지라. 너 노인네의 톄면이 ᄌᆞ별(自別)ᄒ

여 이 노태(老太)가 특별이 왓거니와 이즈음의
가쟝 분망ᄒᄂᆞ라."

뇌디 식뷔 니ᄅ디,

"류노 태태ᄂᆞᆫ ᄲᆞᆯ니 일을 보라 가라."

ᄒ니 류슈【72】지 믄득 양양득의(揚揚得
意)ᄒ여 가더라.

더옥이 벽의(碧漪)로 ᄒ여곰 먹을 갈고 향
셜(香雪)노 붓슬 잡아 뇌디 손녀의게 샹급(賞給)
ᄒᆯ 슈식을 버려 ᄡᆯ 시 몬져 륙십오 ᄌᆞ 호문갑
(號文匣) 속의 미화동쥬잠(梅花東珠簪) 일디(一
對)와 국화벽셔잠(菊花碧犀簪) 일디와 금ᄉ봉(金
絲封) 일디와 금편복(金蝙蝠) 일디ᄅᆞᆯ ᄡᅳ고, ᄯᅩ
칠십삼 ᄌᆞ호 문갑 속의 디쥬(大珠) 이기와 구슬
발향 두 벌과 각싀 슈졍 구슬 쥬머니ᄅᆞᆯ ᄡᅳ고,
ᄯᅩ 일빅ᄉ십팔 ᄌᆞ호 문갑 속의 금팔쇠 ᄉ디와
구슬 지환(指環) 일디ᄅᆞᆯ ᄡᅳ고 ᄯᅩ 일【73】빅ᄉ
십구ᄌᆞ호문갑 속의 금계지(金戒指) 십이디(十二
對)ᄅᆞᆯ ᄡᅳ고 ᄯᅩ 별노이 단ᄌᆞ(單子)ᄅᆞᆯ ᄡᅥ셔 쳥문을
쥬어,

"쥬단ᄉ릉(綢緞紗綾) 이십 통과 은ᄌᆞ 이쳔
량을 쥬라."

ᄒ고 다만 치량 식부 오기ᄅᆞᆯ 기ᄃᆞ려 일일
히 갈히여 너게 ᄒᆯ 시, 치량 식뷔 디관원 문의
니ᄅ러 이 쇼식을 듯고 놀나 혼블부톄(魂不附
體)ᄒ여 련망히 드러와 보니 다힝히 슈인의 빌
닌 믈건은 기 즁의 업ᄂᆞᆫ지라. 심신을 졍ᄒ고 낫
낫치 갈히여 너여 그릇시 담아 들고 오려 ᄒ더
니 졍히 뇌디 식뷔【74】밥을 모다 먹고 집힝
이372)ᄅᆞᆯ 집고 오ᄂᆞᆫ지라. 더옥이 믄득 여러 가지
믈건을 져로 ᄒ여곰 보고 ᄯᅩ 쳥고랑의게 보닌
비단 단ᄌᆞᄅᆞᆯ 져ᄅᆞᆯ 쥬고 져로 ᄒ여곰 다만 ᄆᆞ음
의 죠하ᄒᄂᆞᆫ 비단을 갈히여 가지라 ᄒ니 뇌디
식뷔 쳔만 칭샤ᄒ거ᄂᆞᆯ 더옥이 니ᄅ디,

"너의 손녜 원릭 아름다오니 져의 인픔과
침션과 다못 글시와 혬을 모다 아ᄂᆞᆫ 거슨 니ᄅ
지 말고 다만 금년 츈간(春間)의 너의 몸이 블
평ᄒ미 계가 그러틋 너ᄅᆞᆯ 셤기믈 보와도 ᄯᅩᄒ
이 히【75】지 ᄆᆞ음이 그릇지 아니믈 알지라.

---

371) 【경텹】圈 {경쳡(庚帖)}. 사주단자(四柱單子).
¶ 帖 ‖ 님지효와 치량이 즁미되여 퇴일 힝빙ᄒᆯ
시 몬져 니ᄅ러 경텹 보닐 일ᄌᆞᄅᆞᆯ 니ᄅᄎᄂᆞᆯ (林
之孝、蔡良爲媒, 擇日行聘, 先來告訴下帖日期.)
<後紅 6:68>

372) 【집힝이】圈 지팡이. ¶ 拐 ‖ 심신을 졍ᄒ고 낫
낫치 갈히여 너여 그릇시 담아 들고 오려 ᄒ더
니 졍히 뇌디 식뷔 밥을 모다 먹고 집힝이ᄅᆞᆯ 집
고 오ᄂᆞᆫ지라 (按定了心神, 逐件查出, 擺在書卷盒
內, 托了過來, 恰好賴大家的也吃完了飯, 漱過口,
抹了臉, 拄個拐走了過來.) <後紅 16:74>

네게 고ᄒᆞᄂᆞ니 너의 친가 왕원이 ᄋᆞ명을 '효슌
거이(孝順哥兒)'라 부르ᄂᆞ니 져의 부모 디졉ᄒᆞ기
롤 가장 효셩을 다ᄒᆞ도다. 졔가 이졔 그런 년긔
의 니르럿시디 져의 부모롤 말ᄒᆞ면 도로혀 눈믈
을 흘니ᄂᆞ니 ᄌᆞ손이 ᄯᅩᄒᆞᆫ 져의게 효슌ᄒᆞ미 ᄯᅩᄒᆞᆫ
고이치 아니토다. 너의 손네 과문(過門)ᄒᆞᆫ 후의
다만 너롤 셤기던 광경ᄀᆞ치 져롤 셤기면 너의
친긔 엇더케 ᄉᆞ랑ᄒᆞᆯ는지 모르리라."

뇌디 식뷔 니르디,

"니니야 너의 은젼(恩典)【76】을 감격히
너기노라. 우리 노지(奴子)된 사룸이 몃 긔 남녀
롤 길너도 모다 샹젼의 거술 의식을 ᄒᆞᄂᆞ니 젼
싱(前生)의 닥기롤 잘ᄒᆞ여 너 ᄀᆞᄐᆞᆫ 현인을 만나
시니 냥부즁 노지 뉘 너의 은퇴을 입지 아니ᄒᆞ
여시리오? 가가(家家)히 너의 화샹을 밧드러 향
촉을 혀고 념블ᄒᆞ여야 바야흐로 맛당ᄒᆞ리라. 우
리 니런 혼ᄉᆞᄂᆞᆫ 원뉘 샹젼의 힘을 닙거니와 ᄯᅩ
ᄒᆞᆫ 너의 분부롤 드르미 더욱 감격ᄒᆞ도다. 엇지
너의게 속여 말ᄒᆞ리오? 우리 노지 된 사룸이 비
【77】록 쳔ᄒᆞ나 녀ᄋᆞ롤 기르면 ᄯᅩᄒᆞᆫ 일양으로
귀히 길너 ᄋᆞ시로붓허 머리롤 빗기고 싱ᄋᆞ(生
兒)롤 가르쳐 졍신을 허비ᄒᆞ여 셩인케 ᄒᆞ디, 다
만 져롤 근쳐로 싀집 보니여 쟝구히 왕리키롤
싱각ᄒᆞ며 ᄯᅩᄒᆞᆫ 져로 ᄒᆞ여곰 타인의 집의 니르러
구고(舅姑)의 환희ᄒᆞᆷ믈 밧고 지아비롤 도와 잘
지니고ᄌᆞ ᄒᆞᄂᆞ니 너롤 속이지 아닐지라. 쟉야의
져롤 위ᄒᆞ여 이경(二更)가지 강론ᄒᆞ엿노라."

디옥이 니르디,

"너는 방심ᄒᆞ라. 이 히지 남의 집의 드러
가 【78】 면 뉘 환희치 아니리오? 너ᄂᆞᆫ 니런 희
ᄉᆞ(喜事)롤 위ᄒᆞ여 너모 졍신을 허비치 말나."

뇌디 식뷔 니르디,

"우리 년긔 젹지 아니ᄒᆞ여 눈이 어두미 엇
지 바늘이나 줍으리오? 모든 영쇄(零碎)ᄒᆞᆫ 일을
빈 말만 ᄒᆞᆯ ᄯᆞ룬이니 다만 쳥컨디 너ᄂᆞᆫ 니 안면을
보와 즐겨 우리 더러온 집의 니르러 하로 희ᄉᆞ
롤 보면 곳 무던ᄒᆞ리니 나는 다만 너의 허락을
어드면 다시 샹방의 가 태태긔 쳥ᄒᆞ리라."

디옥이 가장 환희ᄒᆞ여 니르디,

"너 노인네게 ᄉᆞ례ᄒᆞᄂᆞ니 일졍 【79】 코 갈
거시로디 다만 셩혼 후 뎨 구일 회문(回門)ᄒᆞᄂᆞᆫ
날의 니르러 태태 등을 쳥ᄒᆞ여 모다 ᄀᆞ치 가리
라."

뇌디 식뷔 가장 환희ᄒᆞ며 ᄭᅮ러 ᄉᆞ례ᄒᆞ거늘
디옥이 련망히 져롤 붓드러 멈츄니 뇌디 식뷔
샹급ᄒᆞᆫ 믈건을 ᄯᆞ라 온 쇼챠환으로 ᄒᆞ여곰 가져
가게 ᄒᆞ고 디옥이 ᄯᅩ 사룸으로 ᄒᆞ여곰 져롤 붓
드러 왕부인 곳으로 가게 ᄒᆞ더니 맛춤 평이 니
론지라. 디옥이 믄득 평으로 더브러 방즁의 드
러가 안즐 시 평이 반일을 디옥으로 더브러 슈
【80】 작ᄒᆞ니 졍히 무슨 말을 강론ᄒᆞᆫ는지 아지
못ᄒᆞᆯ지라. 쇼방과 향셜 등도 ᄯᅩᄒᆞᆫ 피ᄒᆞ여 가고
다만 치량 식뷔 드르미 디옥이 뇌디의 집의 가
고ᄌᆞ ᄒᆞ거늘 심즁의 니르디 '만일 습인이 비러
간 슈식을 ᄎᆞᄌᆞ면 쟝ᄎᆞᆺ 엇지ᄒᆞ리오?' ᄒᆞ고 십분
챡급ᄒᆞ여 ᄯᅩ 나가 습인을 지촉ᄒᆞ라 갈 시,

25

태모쥬셰교몽혜증 도아다의복효근로
兌母珠世交蒙惠贈 搗兒茶義僕效勤勞

평이(平兒) 디옥(黛玉)의 방중의 잇셔 가마니 강론ᄒ니 원리 가환(賈環)을 말ᄒ미러라. 평이 가마니 니ᄅ디,

"디고랑(大姑娘)아, 금일 네게 와셔 고ᄒᄆ은 다롬이 아니라 너의 이 【81】 목(耳目)이 총명(聰明)ᄒ미 젼일 네가 련이야(璉二爺)롤 쳥ᄒ여 와 환형뎨롤 스실ᄒ라 ᄒ여 련이애 즉시 나가 스실(査實)ᄒ니 진기 들네기롤 아롬다히 못ᄒ지라. 요ᄉ이 우리 부중의셔 ᄯ오 멋 스롬이 알미 이시디 다만 샹방만 쇽엿거눌 련이애 도로혀 가쟝 붓그려 니ᄅ디 일기 아ᄋ373)롤 거ᄂ리지 못ᄒ고 도로혀 디고랑이 스출(査出)ᄒ기의 니ᄅ럿고 이졔 가중의 젼황(錢荒)ᄒ미374) ᄯ오 심ᄒ도다."

디옥이 니ᄅ디,

"나ᄂ 조미 등으로 더브러 너간의 【82】 잇셔 ᄯ오 아모것도 아지 못ᄒ디 다만 량기월(兩

個月) 너로 져의 실심락빅(失心落魄)ᄒᄆ을 보고 너가 즉시 사롬으로 ᄒ여곰 가마니 져의 타고 단이ᄂ 즘싱과 챠롤 술피미 항샹 집의 잇지 아니지라. 탐미미(探妹妹)로 ᄒ여곰 유심케 ᄒ엿더니 ᄯ오 말ᄒ디, '졔가 가쟝 황란ᄒ도다. 졔가 무ᄉ 츠ᄉ롤 당치 아니ᄒ엿고 노애 ᄯ오 ᄉ졍이 잇셔 져롤 ᄉ환(使喚)치 아니ᄒ엿거눌 졔가 그러툿 분망ᄒ니 엇지 젼지로써 들네미 아니리오' ᄒ니, 너ᄂ ᄯ오 나의게 고 【83】 ᄒ라. 졔가 근일의 무ᄉ 일을 ᄒᄂ뇨?"

평이 니ᄅ디,

"네게 고ᄒ리니 너ᄂ 놀나지 말나. 원리 료량(料量)업ᄂ 운이(芸兒) 젼일 련이니니(璉二奶奶) 이실 ᄯᅵ의 져의 여간(如干) 믈건을 탐ᄒ여 부중을 들네엿고, 그 후의도 ᄯ오 무슈히 밍낭ᄒ 일을 들네엿ᄂ지라. 우리 련이야로 ᄒ여곰 졀치부심(切齒腐心)ᄒ여 져롤 이 문안의 드리지 아니ᄒᄂ지라. 졔가 반연ᄒ 곳이 업셔 곳 환야(環爺)롤 후려가 셩문 밧긔 나가 희ᄌ(戲子)롤 보ᄂ니라."

디옥이 뎜두ᄒ고 우스며 니ᄅ 【84】 디,

"졔가 그런 일을 시쟉ᄒ여시나 심통업ᄂ 디노관(大老官)은 엇지 ᄯ라 들네ᄂ뇨?"

평이 니ᄅ디,

"말ᄒᆯ진디 ᄯ오 사롬으로 ᄒ여곰 긔가 막혀 죽으리라. 졔가 료량업ᄂ 운ᄋ롤 ᄯ라 호부셔판(戶部書辦)의 집의 가셔 무ᄉ 거줏말을 ᄒ고 멋빅 량 은ᄌ롤 취ᄒ엿ᄂ니라."

디옥이 놀나 니ᄅ디,

"이 쇼지(小子) 맛당히 죽으리로다. 우리 노야ᄂ 분니의 오ᄂ 식믈 은ᄌ도 밧지 아니ᄒ고, ᄯ오ᄒ ᄉ관(司官) 노야 등의게 분급ᄒ엿거눌 이 쇼지 도로혀 셔판의 곳 【85】 의 가 쇽이고 은ᄌ롤 취디ᄒ여 갓다 ᄒ니 쳔만 번 맛당히 죽으리로다."

평이 니ᄅ디,

"져의 냥인이 이 은ᄌ롤 엇고 들네기롤 격지 아니케 ᄒ여시니 무슴 희반 잇ᄂ 곳의 방옥

---

373) 【아ᄋ】圈 아우. ¶ 兄弟 ‖ 일기 아ᄋ롤 거ᄂ리지 못ᄒ고 도로혀 디고랑이 스출ᄒ기의 니ᄅ럿고 이졔 가중의 젼황ᄒ미 ᄯ오 심ᄒ도다 (一個兄弟管不來, 倒等大姑娘察訪出來, 而今饑荒也多得很呢.) <後紅 16:81>

374) 【젼황ᄒ다】圈 {젼황(錢荒)하다}. 돈이 잘 융통되지 아니하여 귀하다. ¶ 饑荒 ‖ 일기 아ᄋ롤 거ᄂ리지 못ᄒ고 도로혀 디고랑이 스출ᄒ기의 니ᄅ럿고 이졔 가중의 젼황ᄒ미 ᄯ오 심ᄒ도다 (一個兄弟管不來, 倒等大姑娘察訪出來, 而今饑荒也多得很呢.) <後紅 16:81>

(房屋)을 셰 니고 坐흔 포진(鋪陳)을 판비ᄒ여
뷘틈이 이시면 곳 가셔 노리롤 듯고 슈양 ᄋ들
도 무슈히 어덧ᄂ니라."

　ᄒ거눌 디옥이 져의게 혀추더니 평이 니ᄅ
디,

　"디옥 들녠 일이 이시니 져의 냥인이 坐
하와즈삼리ᄒ(下瓦子三里河)라 ᄒᄂ 곳의 가셔
기녀룰 쟉쳡(作妾)ᄒ【86】엿ᄂ니라."

　디옥이 니ᄅ디,

　"이ᄂ 니 도로혀 밋지 아니ᄒ노라. 니 坐
흔 유심ᄒ여 져룰 술피미 져녁의 도로혀 집의
잇ᄂ니라."

　평이 니ᄅ디,

　"블과 몃 디 담뵈룰 먹고 즉시 도라온다
ᄒ더라."

　ᄒ니 디옥이 니ᄅ디,

　"니러ᄒ면 돈을 무어시 쓰ᄂ뇨?"

　평이 니ᄅ디,

　"나도 의심ᄒ노라."

　디옥이 웃고 니ᄅ디,

　"슈즈ᄂ 후두[糊塗]치 말나. 이ᄂ 곳 져의
등의 남을 속이ᄂ 법이니 이 일을 노애 아ᄅ시
면 엇지 견디리오? 죠흔 슈즈야, 너ᄂ 삼고랑긔
고치 말【87】나. 져의 ᄆᄋ미 샹홀가 두리노라.
환야ᄂ 坐흔 죠이랑(趙姨娘)의 ᄭ치친 혈속이 아
니라 니ᄅ기 어려오니라."

　평이 니ᄅ디,

　"올토다. 다만 련이애 엇지홀 방법이 업고
너룰 와셔 보고즈 ᄒ여도 坐흔 붓그러온지라.
날노 ᄒ여곰 네게 고ᄒ디 '계가 도로혀 너룰 두
리ᄂ니 쳥컨디 너ᄂ 쥬견을 졍ᄒ라' ᄒ더라."

　ᄒ니 디옥이 탄식ᄒ고 한즈음 침음(沈吟)
ᄒ다가 닝쇼ᄒ여 니ᄅ디,

　"계가 나룰 엇지ᄒ여 두리ᄂ뇨? 너가 은지
잇셔 쓰ᄂ 거슬 두리【88】미나 너가 은즈룰 부
문안의 가득히 ᄡᅡ하 두어도 坐흔 능히 져의 혬
업시 허비흔 거슬 츙슈(充數)치375) 못ᄒ리라. 져
쇼즈로 다시 무슨 ᄉ졍이던지 들네게 ᄒ라. 노
야와 태태긔셔 임의 부즁 ᄉ졍을 너게 맛겨 계

---

375)【츙슈ᄒ다】圖 {충수(充數)하다}. 보충하다. ¶
　　塡 ‖ 너가 은즈룰 부 문안의 가득히 ᄡᅡ하 두어
　　도 坐흔 능히 져의 혬 업시 허비흔 거슬 츙슈치
　　못ᄒ리라 (我便銀子堆滿府裏們，也不能塡他的混
　　眼空兒.) <後紅 16:88>

시니 니 엇지 모ᄅᄂ 체ᄒ리오? 너ᄂ 련이야의
게도 고치 말고 坐흔 져 혬업ᄂ 쇼즈의게도 고
치 말며 다만 져로 ᄒ여곰 리두(來頭)룰 보게
ᄒ라."

　ᄒ니 평이 坐흔 디옥이 무슨 슈단이 잇ᄂ
지 짐작지 못ᄒ고 다만 등한흔 슈쟉으【89】로
담화ᄒ여 디옥의 번뇌ᄒ믈 플치더 이윽히 말ᄒ
다가 도라가 가련(賈璉)의게 고ᄒ니 가련이 坐
흔 짐쟉지 못ᄒ더라.

　디옥이 믄득 님냥옥(林良玉)으로 ᄒ여곰 가
마니 각쳐 병마ᄉ(兵馬司)의 고ᄒ여 즉긱의 엄
졀이 수실ᄒ여 회즈와 창기(娼妓)룰 일졔히 모
다 너치게 ᄒ고 坐 분부ᄒ여 환ᄋ의 거쟝(車帳)
을 쩌혀바리고 마필을 모다 타쳐(他處) 챠ᄉ의
게 보니고 치량으로 ᄒ여곰 삼야의 근반(跟班)
의게 분부ᄒ디,

　"추후 만일 삼야룰 ᄯᅡ라 어즈【90】러이
들네거든 즉시 나의게 품ᄒ라."

　ᄒ고 坐 가환의 삭젼(朔錢)과 가운(賈芸)의
젼례룰 회감(會减)ᄒ여 셔판의게 환보(還補)케
ᄒ여 반일 ᄉ이의 판단키룰 졍당히 ᄒ니, 가환
이 놀나 죽고즈 ᄒ며 坐흔 여러 날을 피ᄒ더니
디옥이 니환과 보챠의게 고ᄒ미 니환과 보치 坐
흔 놀나 보치 니ᄅ디,

　"우리ᄂ 그림즈도 아지 못ᄒ엿더니 졔 필
경 외면의셔 니런 ᄉ졍을 들네엿도다."

　니환이 니ᄅ디,

　"다힝히 님미미 쳐치ᄒ믈 잘ᄒ여 환애【91
】즉시 니러ᄐ 안졍ᄒ엿ᄂ니라."

　디옥이 니ᄅ디,

　"계가 즐겨 니러ᄐ 안졍ᄒ면 坐흔 엇지 환
ᄋ라 ᄒ리오? 져의 몸은 억졔ᄒ여도 져의 ᄆᄋ
은 억졔치 못ᄒ리니 졔 본리 ᄆᄋ미 잡뉴(雜流)
의게만 죠추 가니 엇지 즐겨 니러ᄐ 안졍ᄒ리
오? 모다 다시 보라."

　졍히 말홀 ᄉ이의 탐츈이 드러와 져의 삼
인이 모다 블열(不悅)흔 긔식이 이시믈 보고 지
삼 힐문(詰問)ᄒ디 모다 언어(言語)치 아니ᄒ니
탐츈이 단졍코 져의들이 필경 무슨 ᄉ졍이 잇뇨
알고져 ᄒ거눌【92】니환이 참지 못ᄒ고 모다
셜파ᄒ니 탐츈이 긔가 막혀 다만 눈을 부븨고
즉시 샹방의 가셔 품코져 ᄒ거눌 디옥이 놀나
련망히 ᄭᅳ어 멈츄니 탐츈이 니ᄅ디,

　　“이는 도로혀 견디리오 니런 쇼지 곳 이 ㄱ튼 ᄉ졍을 들네여 노야의 셩명을 허러바리니 이 부즁의 니런 블쵸(不肖) ᄌ손을 머믈너 두리오? 모다 져의 모친이 가ᄅ치기를 잘못ᄒ미니 디하(地下)의 잇셔도 ᄯ흔 ᄉ롬으로 ᄒ여곰 머리털이 니러셔게 ᄒᄂ지라. 니 엇지 상심 【93】 치 아니리오? 님져져의 착실히 져를 억졔ᄒ믈 칭샤ᄒᆯ 거시로디 다만 져의 ᄆᆞ음을 억졔치 못ᄒ리니 노애 져를 쳐 죽이지 아니ᄒ면 ᄯ흔 즐겨 ᄆᆞ음을 거두지 아니리라.”

　　디옥이 니ᄅ디,

　　“나도 원리 말ᄒ여시디 다만 노야의 셩픔이 ᄉᆞ오납고 본리 져를 번뇌ᄒ시니 만일 노애 아ᄅ시면 엇지 즁히 다ᄉ리지 아니리오? 져를 치실진디 셩명(性命)이 업ᄉ리라.”

　　보치 니ᄅ디,

　　“원리 올ᄒ니 젼일 보옥을 칠 ᄲᅵ의 보옥이 ᄯ흔 【94】 위티ᄒᆯ 번ᄒ엿거ᄂᆞᆯ 다힝히 노태태계셔 져를 구ᄒ엿거니와 금일 환형데를 치면 뉘 감히 구ᄒ리오? 삼고랑도 너의 상심ᄒᄆᆞᆯ 고이히 너기지 아닐지니 너의 님져졔 드러가 픔치 아니면 ᄯ흔 져허컨디 도져히 들네여 슈습ᄒ기 어려울 듯ᄒ도다.”

　　니환이 니ᄅ디,

　　“너는 이졔 ᄯ 죠급히 구지 말고 가마니 져를 져혀 놀나게 ᄒ라.”

　　보치 니ᄅ디,

　　“너는 ᄯ흔 보옥 치던 광경으로 져를 졔셩(提醒)ᄒ여 져로 ᄒ여곰 ᄆᆞ음의 잇지 아니케 ᄒ라.”

　　탐 【95】 츈이 니ᄅ디,

　　“져를 엇지 보거거(寶哥哥)의게 비ᄒ리오? 다만 일기 부모를 욕되게 ᄒ는 쇼지로다. 우리 져를 ᄭ러 ᄭᅮ지ᄌ면 졔 감히 듯지 아니리오마는 우리 업ᄂᆞᆫ디 도라셔면 도로혀 긔록지 못ᄒᄂᆞ니 일기 글[료]량 업ᄂᆞᆫ 쇼지로다.”

　　디옥이 ᄯ흔 탄식ᄒ거ᄂᆞᆯ 탐츈이 니ᄅ디,

　　“님져져야, 너의 ᄆᆞ음을 니 ᄯ흔 알지니 본리 니ᄅ기를, ‘부친은 외면의셔 가음알고 모친은 니간의셔 가음안다’ ᄒ거ᄂᆞᆯ 우리 보거거 ᄋᆞ시의 져를 노태태계셔 고호ᄒ 【96】 믄 니ᄅ지 말고 태태도 ᄯ흔 져를 그르게 가ᄅ치미 업ᄉ디 한 번 영쇄ᄒ 말을 듯더니 원즁으로 드러와 이 사름도 너여 보니고 져 사름도 너여 보니여 도로혀 졍경의 사름도 ᄯ흔 무한(無限) 셜음을 밧게 ᄒ여시니 태태 심즁의ᄂᆞᆫ 블과 보거거를 위ᄒ여 져로 ᄒ여곰 도져히 셩인(成人)코ᄌ ᄒ여 그러틋 가ᄅ치시고 져러틋 술피시미니 이졔 환ᄋᆞᆫ 져를 론란ᄒ여 무엇ᄒ리오?”

　　ᄒ니 디옥이 다만 뎜두ᄒᆯ 시 맛춤 왕마미 지가ᄋᆞ(芝哥兒)를 안고 왓거 【97】 ᄂᆞᆯ 니환이 우ᄉ며 니ᄅ디,

　　“보미미야, 너의 쇼가이(小哥兒) ᄯ흔 노니ᄂᆞ니 너는 져를 보라. 일기 쇼고(小鼓)를 가지고 져러틋 츔츄며 한 손으로 ᄯ 마마의 빈혀를 ᄲᅢ히ᄂᆞᆫ도다. 너는 삼고랑의 말을 드르라 올ᄒ냐 올치 아니냐? 쇼가이 장리 장셩ᄒ거든 너는 ᄯ흔 치기를 엄히 ᄒ라.”

　　보치 우ᄉ며 니ᄅ디,

　　“나ᄂᆞᆫ 도로혀 네가 란가ᄋᆞ(蘭哥兒)를 엄히 치믈 보지 못ᄒ엿노라.”

　　탐츈이 니ᄅ디,

　　“져 난가ᄋᆞᄂᆞᆫ 도로혀 무슴 칠 일이 이시리오? 싱각건디 져의 ᄋᆞ시(兒時)의 혹당(學堂)의셔 【98】 노혀 도라오면 상방의 니ᄅ러 쳥안(請安)ᄒ고 음식을 먹은 후의 져로 ᄒ여곰 노닐나 가라 ᄒ면 졔 다만 쓸 가온디셔 뒤짐지고 리왕ᄒ며 당음(唐音)을 외오미 진긔 쟝ᄌ와 일반이어ᄂᆞᆯ 노애 방즁의셔 보시고 다만 우ᄉ며 뎜두ᄒ시다가 즉시 안아와 져를 ᄉ랑ᄒ시며 졔가 디슈ᄌ를 ᄯᅡ라 도라가미 등하의셔 ᄯ흔 셔텹(書帖)을 모방ᄒ미 나도 ᄯ흔 ᄒᆞ상 보왓ᄂᆞ니라.”

　　보치 니ᄅ디,

　　“진긔 그러ᄒ니 보옥이 거인의 ᄲᅢ히던 희의 보옥 【99】 이 엇지 글 지을 ᄆᆞ음이 이시리오? 도로혀 졔가 디노야의 가신을 가지고 와셔 닑어 져를 들니며 피ᄎ 강론ᄒ여 흥치(興致)가 나미 바야흐로 글을 지어 슉질 낭인이 ᄀᆞ치 공부ᄒ여 과거의 ᄲᅢ히니라.”

　　탐츈이 니ᄅ디,

　　“이는 ᄯ흔 디슈ᄌ의 복력(福力)이 죠흐미니라.”

　　디옥이 니ᄅ디,

　　“이졔ᄂᆞᆫ 말ᄒ여도 ᄯ흔 ᄡᅳᆯ디 업ᄉ니 니 심즁의ᄂᆞᆫ 별노이 싱각이 잇노라. 쥬디거게(珠大哥哥) 임의 거셰ᄒ고 샹방의 다만 보옥과 환ᄋᆞ 량

기 ㅇ지 이시디 【100】 보옥은 니러틋 용렬ㅎ여 다만 우리 충즁(叢中)의셔 들녤 쓴이나 쏘ㅎ 다른 스단(事端)을 니르혀 너지 아니코 환형뎨도 근본은 죠곰도 난즙ㅎ 일을 죠하 아니터니 모다 료량업는 운ㅇ의 후려가믈 닙어시미 이 연고롤 우리가 픔ㅎ려 ㅎ여도 픔치 못홀지니 다만 져롤 경계ㅎ여 긔탄(忌憚)케 ㅎ여 다시 다른 스돈을 들네게 아니ㅎ리라."

ㅎ고 즁인이 모다 탐츈을 권ㅎ다가 디옥이 즉시 도라오니라. 디옥이 방즈 탐츈의 말 【101】 을 드르미 왕부인이 셰쇄(細瑣)ㅎ 말을 그릇 듯고 사롬을 너여 보니엿다 ㅎ는지라. 홀연이 젼일 습인의 싱각이 나미, 디옥은 원리 텬하의 유심ㅎ 사롬이라 젼일 원통ㅎ 일이 홀연 ㅁ음의 드러오미 엇지 노하 바리며, 쏘 습인이 슈유롤 쳥ㅎ고 죠병(調病)홀 쩌롤 당ㅎ지라 싱각ㅎ디,

'졔가 티평이 쳬번ㅎ고 나가더니 엇지ㅎ여 병을 급히 어덧시며 쏘 여러 날이 지니여도 습인이 도로혀 드러오지 아니ㅎ다.'

ㅎ여 곳 져의 【102】 허다 단쳐롤 싱각ㅎ디 쏘ㅎ 셜파치 아니코 다만 치량 식부의게 고ㅎ여 니르디,

"너는 습인의게 비치 못ㅎ미 무슴 호신(護身)홀 부쟉(符籍)이 업느니 병 업시 슈유(受由)롤 고치 못ㅎ리라."

치량 식뷔 놀나 련망히 습인의 쇼식을 젼ㅎ니 습인이 더옥 챡급ㅎ여 죽으려 ㅎ더라.

일일은 야심 후 보옥이 졍히 샹방으로셔 나와 의스쳐의 니르러 장긔롤 보더니 홀연 샹방의셔 쳥ㅎ여 가미 원리 가졍이 풍즈쇼[영](馮紫霄[英])로 더브러 평일 셔 【103】 로 죠하ㅎ더니 풍즈쇠 젼일 허다ㅎ 옥믈(玉物)과 문방(文房)을 가져와 팔녀 ㅎ디 졍히 영국부(榮國府) 구간홀 쩌롤 만난지라 피츠 교역(交易)을 일우지 못ㅎ더니 이제 영국뷔 시로 흥왕ㅎ믈 보고 쏘 문방 미미ㅎ는 각인을 거느리고 부즁의 왕리ㅎ니 가졍이 쏘 져의 졍을 비각(排却)지 못ㅎ니 엇지ㅎ 연괸고? 젼일 노국공이 변방의 나아가 입공홀 쩌의 몃 가지 ㅁ음의 스랑ㅎ는 보픠 이시니 한 가지는 셔문고졍검(犀紋古定劍)이라. 칼즈루 우 【104】 히 룡안ㄹ치 큰 동쥬(東珠)롤 박앗고 한 가지는 홍안[한]옥반지(紅漢玉扳指)니[376] 모다

노국공의 일홈과 별호롤 삭여시미 진기 션인 슈틱(手澤)의 쎄친 비러니 풍즈쇠 쏘ㅎ 젹지 아닌 은즈롤 허비ㅎ고 츠즈와 가졍의게 보니니 가졍이 엇지 밧지 아니리오? 겨의게 은즈롤 갑고즈 ㅎ나 쏘ㅎ 언마롤 줄는지 모르고 졔가 쏘 즐겨 밧지 아니ㅎ는지라. 다만 안면을 보와 겨의 여간 고믈 보픠롤 스니 겨의 뎨일 죠흔 믈건은 젼일 보던 일기 디모쥬(大母珠)라 ㅎ 【105】 는 구술이라. 마노반(瑪瑙盤)의 담고 디쇼 구술 일쳔 기 디모쥬롤 둘너 한 덩이 되여시니 갑시 실노 삼만 량 은지 되미 원리 가히 스랑ㅎ염죽ㅎ고, 기여(其餘)는 가졍이 갈희여 합의ㅎ 거슨 믄득 삭급죠[쇼금죠](嗽金鳥) [금을 마시는 시 일홈]의 토ㅎ 가루 팔 냥즁과 풍마동(風磨銅)으로 민돈 디쇼 각즈판(刻字版) 두 벌과 죠비연(趙飛燕)의 능나경(綾羅鏡) 일기와 텬보(天寶) 이년(二年)의 헌원경(軒轅鏡)을 의방(依倣)ㅎ여 민돈 거울 십이 좌와 만년한옥(萬年漢玉) 술잔 일 건이오. 보옥이 갈희여 합의ㅎ 거슨 믄득 만셰통 【106】 텬텹(萬歲通天帖)이라 ㅎ는 필젹 일부오, 니졍신(李正臣)의 병 가온디 구화산(九華山)이라 ㅎ는 완의 일좌이오, 몃 벌 셔양국 공교ㅎ 법으로 민돈 죵표(鐘表)와 다못 ˙영쇄ㅎ 쇼쇼 문방이라. 풍즈쇠 도로혀 가졍 부즈의게 지삼 쳥ㅎ디,

"몃 가지롤 더ㅎ라."

ㅎ니 가졍이 허락지 아니코 임의 갈힌 거술 은즈롤 다라 혬ㅎ미 실노 스만 이쳔 칠빅 량이 되는지라. 니러므로 디옥을 쳥ㅎ여 상의ㅎ니 디옥이 다만 삭금죠의 토ㅎ 가루 여덟 냥즁을 퇴ㅎ미 믄득 칠쳔 【107】 이빅 량이 감ㅎ는지라. 디옥이 니르디,

"기여 믈건도 모다 죠흐디 져 디모쥬롤 겨의가 기르는 법을 아지 못ㅎ리라. 다만 기르기롤 잘ㅎ면 능히 여러 젹은 구술을 거느려 젹은 구술노 ㅎ여곰 각기 스스로 젹은 구술을 쏘 나흐며 져 각즈판도 쏘ㅎ 아롬다오니 분명케 즈획이 틀니미 업는지라. 이는 셜문(說文)을 아는 이가 볼 거시오, 쏘 여러 벌 비밀ㅎ 셔췩을 긔간(改刊)ㅎ미 아롬다오니 이 두 가지는 원리 유익ㅎ거니와 기 【108】 여 믈건은 두고 완상ㅎ미 죠홀 쓴이니 만일 모다 쓰지 못홀 믈홰(物貨)면

---

[376] 반지(扳指): 也稱"搬指"·"班指". 以骨或象牙制 成, 套在右手大拇指上, 爲射箭時拉弓弦的用具. 後 改用翠·玉爲材料制成, 成爲一般飾物.

우리 등이 은즈룰 허비ᄒ여 희즈 노리ᄒᆞᆯ 알니라.”

ᄒ니 가졍 부뷔 ᄯ오흔 환희ᄒ여 왕부인이 우ᄉ며 말ᄒ니, 아지 못게라 필경 이 엇지된지 하회(下回)의 분희(分解)ᄒ라.

[후홍루몽後紅樓夢 권지십칠卷之十七]

【1】 화셜(話說), 가졍(賈政) 부뷔(夫婦) 환희ᄒ여 왕부인(王夫人)이 우ᄉ며 니ᄅ디,

“노야(老爺)ᄂ 보라. 대고랑(大姑娘)이 도쳐(到處)의 헴이 잇다 ᄒ리로다.”

가졍이 ᄯ오흔 우ᄉ며 보옥(寶玉)이 희희히 웃더니 디옥(黛玉)이 니ᄅ디,

“네 임의 져 두 가지롤 ᄉ랑홀진디 곳 안고 도라가라.”

ᄒ니 말이 밋쳐 굿치지 아니ᄒ여셔 보옥이 법텹(法帖)과 구화산을 가지고 희희히 우ᄉ며 쇼상관(瀟湘館)으로 다라갈 시 【2】 왕부인이 니ᄅ디,

“셔셔히 가라 너머질가 ᄒ노라.”

가졍이 ᄯ오흔 니ᄅ디,

“져 어리셕[션] 거샤 뉘 도로혀 졔 거술 아ᄉ리오? ᄯ오흔 챠환(丫鬟)도 시기지 아니니 져 쇼ᄒᆡ지(小孩子) 쩌러치면 믄득 엇지ᄒ리오?”

왕부인과 디옥이 일변 사름으로 ᄒ여곰 니환(李紈)과 보챠(寶釵)와 탐춘(探春)과 평ᄋ(平兒)와 ᄉ상운(史湘雲)과 셜보금(薛寶琴) 등을 쳥ᄒ여 물건을 보라 ᄒ며, 일변으로 사름을 부려 모다 안돈슈습(安頓收拾)ᄒ고 헴ᄒᆞᆫ 방즁(房中)의 분부ᄒ여 최ᄌ의 긔록ᄒ고 ᄌ호 슈효롤 올닐 시 디옥이 【3】 니ᄅ디,

“이졔 맛당히 져의게 삼만 오쳔 오ᄇᆡᆨ 량 은즈(銀子)롤 다라 쥬디 본ᄅ 니ᄅ기롤, ‘머리가 삼기기 젼의 ᄭᅩ리가 몬져 난다(頭沒生尾巴先長)’ ᄒ니, 우리 치량이 져의게 삼ᄇᆡᆨ 오십 오 량 두 젼을 즐겨 용셔ᄒ리오? 나도 ᄯ오흔 회감(會減)ᄒ여 스스로 ᄌ긔 ᄉ롬의게 샹급ᄒᄂᆞᆫ 헴을 ᄒᆞ려니와 ᄯ오흔 져 풍가(馮家)의게 챠하ᄒ기롤 기ᄃ려 요감(了勘)ᄒ리니377) 다만 니러ᄐᆞᆺ 헴ᄒ면 졔가

---

377) 【요감ᄒ다】 图 요감(了勘)하다. 끝내다. ¶ 乾

ᄯ 무슴 잉여(剩餘)가 넉넉지 못홀 거시오. 젼일 져의게 두 가지 믈죵(物種) 【4】 을 바닷시미 엇지 회샤(回謝)ᄒ리오? 우리 이졔 별노이 져의게 이쳔 량을 보니여 져 두 가지롤 회샤ᄒ면 ᄯ오흔 져의 다시 와셔 무슴 구황(救荒)ᄒ라 들네믈 면ᄒ리라.”

ᄒ니 가졍 부뷔 웃기롤 마지 아니며 가졍이 니ᄅ디,

“니러ᄐᆞᆺ ᄒ미 가쟝 죠흐리라.”

디옥이 믄득 ᄌ견(紫鵑)과 쳥문(晴雯)을 블너 져의 냥인(兩人)의게 분부ᄒ디 일인은 버려 헷치게 ᄒ고 일인은 슈습ᄒ기롤 등후(等候)케 홀 시 니환 등 졔인이 일졔히 드러오거눌 가졍이 믄 【5】 득 나가 풍ᄌ쇼(영)(馮紫霄[英])롤 졉디ᄒ여 밥을 먹게 ᄒ더라. 일긔 마노반(瑪瑙盤)의 진쥬롤 왕부인 침실 외면 캉[坑]샹 탁ᄌ의 노핫치미 영롱흔 빗치 눈의 현황(炫煌)흔지라. 셜보금이 몬져 가셔 한 벌 모쥬(母珠)롤 손바닥의 밧들고 ᄯ오 마노반을 가져 경경(輕輕)히 기우려 이쳔 긔 젹은 구슬을 따로 한 곳의 노핫더니 가쟝 긔이ᄒ도다. 그 일쳔 긔 젹은 구슬이 모다 즉시 구을너 와 일긔 모쥬롤 에워 요요젼젼(搖搖顫顫)이 마노반 가온디로 옴기여 한 덩이 큰 구슬 【6】 뭉치가 얽히여 되여시디 그 큰 구술을 밧드러 샹면의 노히게 되니 졍히 과실 우희 ᄭᅩᆨ지 이심과 ᄀᆞᆺ트디 그 광치 십분 눈의 ᄡᅩ이ᄂᆞᆫ지라. 왕부인이 니ᄅ디,

“이 큰 구술이 능히 여러 젹은 구술노 ᄒ여곰 ᄯ오 젹은 구술이 싱기게 ᄒᄂᆞ니 그 싱길 ᄯᅡ롤 기ᄃ려 우리가 다시 술피리라. 다만 미월의 슈효롤 샹고ᄒ여 일쳔 긔 외의 일긔라도 영슈(零數) 이시면 이ᄂ 곳 시로 싱기미니라.”

샹운이 웃고 니ᄅ디,

“보져져(寶姐姐)야 너ᄂ ᄌ긍(自矜)치 말나. 너ᄂ 지가ᄋ(芝哥兒)롤 능히 나핫 【7】 거니와 이 큰 구술도 ᄯ오흔 너의게 ᄉ양치 아니리라.”

ᄒ니 보치 챡급(着急)ᄒ여 샹운을 ᄭᅳ어줍거눌 즁인이 디쇼ᄒ고 디옥이 니ᄅ디,

“우리집 지가ᄋᄂ 일만 긔 젹은 구술노 비

淨 ‖ ᄯ오흔 져 풍가의게 챠하ᄒ기롤 기ᄃ려 요감ᄒ리니 다만 니러ᄐᆞᆺ 헴ᄒ면 졔가 ᄯ오 무슴 잉여가 넉넉지 못홀 거시오 (也等這姓馮的下處乾淨, 但是 這麼算起來, 他也不能沾什麼大光.) <後紅 17:3> ⇒ 뇨감ᄒ다, 료감ᄒ다

치 못ᄒ리니 져 큰 구술이 엇지 보져져롤 ᄯᆞ르
리오?"

ᄒ니 보치 웃고 니ᄅ디,

"님챠두야 너는 셜화(說話)룰 능히 잘ᄒ는
도다. 우리 모다 너롤 볼지니 너는 쟝리 모쥬쳐
로 싱산치 아니랴?"

셜보금이 ᄯᅩ 우스며 니ᄅ디,

"님져져는 쟝리 젹은 구술은 낫치 아니ᄒ
다 ᄒ여도 한 【8】 덩이 젹은 옥을 낫는디 지나
지 못ᄒ리라."

ᄒ니 디옥이 안졍(眼睛)이 붉으며 삼인을
향ᄒ여 혀츠니 즁인이 디쇼ᄒ며 평ᄋ 등이 ᄯᅩ
여러 고경(古鏡)을 보미 일기 한(漢)나라 거울은
모다 푸론 등록이 가득ᄒ여 몃 곳 밝은 빗치 드
러낫시며 당경(唐鏡)은 도로혀 명낭ᄒ여 져롤
빗최여 보미 면샹의 일진 맑은 긔운이 쏘이고
심즁의도 ᄯᅩ흔 셔늘ᄒ 듯ᄒ지라. 모다 니ᄅ디,

"죠흔 거울이라."

ᄒ여 졍히 말ᄒᆞᆯ 스이의 다만 보니 쳥문이
드러와 표 【9】 지 빙쥰(憑準)ᄒᄆᆯ 픔ᄒ니 디옥
이 믄득 삼만 오쳔 이빅 스십 오 량과 ᄯᅩ 이쳔
량을 노야긔 보니고, ᄯᅩ 삼빅 오십 오 량을 분
반(分半)ᄒ여 일빅 칠십 오량 오젼은 치량을 샹
급ᄒ고 기여(其餘)는 몃 깃378)술 난호와 즁인의
게 샹급ᄒ며, 왕부인이 ᄯᅩ흔 즈견으로 ᄒ여곰
믈건을 졔죠흔 디로 간슈케 ᄒ고 니환 등이 태
태(太太)롤 뫼시고 밥을 먹으며 외면의 가졍은
풍즈쇼롤 졉디ᄒ여 밥먹기롤 맛치미 믄득 은즈
롤 헴ᄒ여 쥬니 풍즈쇠 십분 환 【10】 희ᄒ여 쳔
만 칭샤ᄒ고 도라가며 ᄯᅩ흔 님량옥(林良玉)과
강경셩(姜景星)의게 여러 가지 믈건을 스게 ᄒ
니라.

즁인이 왕부인의 방즁의셔 진식ᄒ고379) 디
옥이 다시 의스쳐(議事處)의 니ᄅ러 간스(看査)
ᄒ기룰 맛치미 향셜(香雪)을 다리고 쇼샹관으로
도라올 시 니런 ᄯᅥ의 공교ᄒ미 업스면 셜화롤
일위지 못ᄒᆯ지라. 습인(襲人)이 치량(蔡良) 식부
(家)의 긔별흔 쇼식을 드ᄅ미 님고량이 져의 칭
병흔 거술 고이히 너긴다 ᄒ거늘 황급ᄒ여 머리

도 밋쳐 빗지 못 【11】 ᄒ고 약약(略略)히 몃 번
빗질ᄒ여 머리롤 쏘치고 디관원(大觀園)으로 드
러갈 시 봉요교(蜂腰橋) 니ᄅ러 한 번 너머지미
두발이 산란흔지라. 다힝히 챠환이 붓드러 니ᄅ
혀고 디강 머리롤 슈습ᄒ여 쥬며 쇼샹관으로 올
시 한 번 문의 들미 보옥이 보고 믄득 져롤 ᄭᅳ
을며 디옥의 방즁의 니ᄅ러 구와산완의(□□□
□□)롤 보게 ᄒ며 츌쳐롤 강론ᄒ여 져로 ᄒ여
곰 듯게 ᄒ니 습인이 엇지 겨의 니런 셜화롤 드
롤 ᄆᆞ음이 이시리오? 다만 좀시 치량 【12】 식부
의게 말을 고ᄒ려 ᄒ고 ᄯᅩ 디옥이 드러와 마쥬
치면 의심을 닐가 져허ᄒ더 입으로 말을 못ᄒ고
얼골만 붉거늘 보옥이 겨의 광경을 보미 ᄯᅩ 졔
가 가즁의셔 쟝옥함(蔣玉菡)으로 더브러 무슴
일이 잇셔 쳐음으로 와셔 니런 완의롤 구경치
아니 흔다 의심ᄒ미 도로혀 져의 손을 줍고 다
만 회회히 우스며 어즈러이 말ᄒ더,

"공교(工巧)코 공교ᄒ도다."

ᄒ미 치량 식뷔 습인의 왓시믈 보고 겨의
믈건을 ᄎᆞᄌ려 ᄒ여 습인을 줍고 담화코즈 【13
】 ᄒ다가 졔가 보옥의게 붓들니믈 보고 다만 문
외의셔 겨의 나오기롤 기ᄃ리더니 뉘 디옥이 가
마니 쇼리 업시 드러올 쥴 아랏시리오? 치량 식
뷔 몬져 놀나는지라. 디옥이 다만 드르미 습인
이 방즁의셔 니ᄅ디,

"쇼죠죵(小祖宗)아, 그만 두고 다시 들네지
말게 ᄒ여 나롤 살오라."

ᄒ니 디옥이 덤덤 다라 드러가미 다만 보
니 보옥이 습인을 ᄭᅳ어 멈츄고 습인은 두발이
산란ᄒ엿다가 량인이 놀나 보옥은 붓그려 다라
나가고 습인은 다만 앏흐로 영졉ᄒ여,

"디 【14】 고량아!"

한 쇼리롤 부ᄅ거늘 디옥이 일언도 못ᄒ며
믄득 흉즁의 한 줄기 블덩이 올나오는지라. 캉
즁 샹 가의 니ᄅ러 안즈며 그 졍샹(情狀)을 싱
각ᄒ미 도로혀 무어술 엄젹(掩迹)ᄒ리오? 붓그
림도 이져바리고 넘치도 ᄯᅩ흔 도라볼 길히 업더

---

378) 【깃】 圐 몫. ¶ 股 ∥ ᄯᅩ 삼빅 오십 오량을 분반
ᄒ여 일빅 칠십 오량 오젼은 치량을 샹급ᄒ고
기여는 몃 깃술 난호와 즁인의게 샹급ᄒ며 (又
將三百五十五兩劈分兩半, 將一百七十七兩五錢賞
蔡良, 餘下按股賞衆人訖.) <後紅 17:9>

379) 【진식ᄒ다】 圐 밥먹다. ¶ 吃飯 ∥ 즁인이 왕부
인의 방즁의셔 진식ᄒ고 디옥이 다시 의스쳐의
니ᄅ러 간스ᄒ기룰 맛치미 향셜을 다리고 쇼샹
관으로 도라올시 니런 ᄯᅥ의 공교ᄒ미 업스면 셜
화룰 일위지 못ᄒᆯ지라 (衆人在王夫人房裏吃了飯,
黛玉重到議事處查點完畢, 帶了香雪回到瀟湘館來,
當時無巧不成話.) <後紅 17:10>

니 맛참 치량 식뷔 문외의셔 져를 위호여 술필
시, 더옥이 쏘흔 일호 안졍을 두지 아냐 도로혀
습인을 일장 교훈호거나 혹 치량 식부로 호여곰
격벽(隔壁)호여380) 무슈히 쑤지져도 쏘흔 맛당
홀 거시오, 그러【15】치 아니면 ᄆᆞᆷ더로 보옥
으로 호여곰 들네게 호여도 맛당홀 거시어늘 뉘
알니오? 더옥의 셩졍이 고궤(古怪)호여 습인을
부르지 아니코 치량 식부도 부르지 아니호며 도
로혀 향셜과 벽의(碧漪)와 쇼방(素芳)을 블너 쑤
지즈디,

　　"즉긔의 나의 상상(床上) 의쟝과 금침을 모
다 원즁(院中)으로 가져 가고 졍결흔 거술 밧고
와 오라!"

　　호니 삼인이 엇지 좃지 아니리오? 모다 안
고 나가며 안고 드르올 시 입을 가리고 습인을
바라며 다만 우으니 습인이 원굴(寃屈)호여 죽
고즈 호며 붓그러【16】워 죽을 듯흔지라. 그곳
의 셧지 못호고 다만 즈긔 상샹으로 가셔 곡읍
(哭泣)호려 호더니 쏘 드르미 더옥이 방즁의셔
니르디,

　　"보옥으로 호여곰 팔인교(八人轎)롤 메오고
영희당(榮禧堂) 우흐로 가 즈긔가 교뷔(轎夫) 되
여 져의 결발(結髮)흔 부인을 보니여 나가게 호
라."

　　호니 치량 식뷔 련망(連忙)히 방즁의 니르
러 숀짓호미 습인이 놀나 감히 셧지 못호고 머
리털을 슈습호며 눈물을 먹음고 가즁으로 향호
여 가더라.

　　더옥이 ᄆᆞᆷ을 진졍호고 셰셰히 ᄉᆞ량(思
量)호미,

　　'져 붓【17】그러옴 업는 거시 젼일 음모
궤계(陰謀詭計)롤 뻐 빅 가지로 나와 다못381)
쳥문을 죠히 희치더니 이졔 삼고랑이 졔긔호도
다. 뉘 모르리오마는 곳 보옥이 나의게 고흐더
뎨일 보옥을 유인호여 허러 바린 사롬은 곳 졔
어늘 도로혀 태태의 앏히셔 니르기롤, 나와 다
못 쳥문이 져롤 유인호엿다 호니 왕ᄉᆞ(往事)롤

계긔컨더 진기(眞個) 샹심호리로다. 로태태긔셔
너롤 식여 보옥을 셤기게 호엿거늘 너로 호여곰
져롤 이 한 죠건 ᄉᆞ졍을 가르치라【18】호엿ᄂᆞ
냐. 십여 셰 된 히자(孩子)롤 네가 믄득 져롤 노
하 지나치지 아니호니 너는 진기 요괴로온 졍녕
(精靈)이오 진기 호리(狐狸)어늘 네 도로혀 쳥문
을 말호ᄂᆞ냐? 네가 금셰 복복을 바다 젼후의 보
지 못호던 사롬이 시로이 니 슈즁의 니르럿도
다. 니 도로혀 너롤 극진이 관더호엿거늘 너는
쏘흔 일뎜 고긔호미 맛당홀 거시로더 너는 무슴
믈건이관더 보옥을 만나미 도로혀 져롤 방과(放
過)호리오? 니런 일은 나도 쏘흔 익【19】이 보
왓도다. 내 원리 보옥을 가쟝 슬희여호거늘382)
뉘 쏘 쵸롤 마시고 신 거술 견더리오? 너는 명
빅히 몃 간 방옥과 몃 좌 탑샹이 이시니 히가
맛도록383) 그 속의 잇셔 네 ᄆᆞᆷ더로 엇지 ᄉᆞ랑
ᄒᆞ던지 모다 무방호거늘 믄득 쳥텬빅일(靑天白
日)의 우리 이곳의셔 들네니 너는 나롤 엇던 사
롬이라 호ᄂᆞ냐? 보옥 ᄀᆞ튼 져 요량업는 이롤 무
어시라 혜리오? 네가 져롤 유인호지 아니면 졔
가 엇지 너롤 들네리오? 도로【20】혀 거줏 쳥
결흔 쳬호고 한 마디 다시 들네지 말나 호나 네
심즁을 혜건더 단졍코 다시 들네고즈 호리라.
니 만일 너의 뜻을 마출진더 명일 이즈음의 도
라왓던들 가쟝 죠흐리니 너는 가히 보옥을 즐겨
도라보리오. 붓그러옴 업는 거스 나도 너의 심
쟝을 보ᄂᆞ니 너는 다만 보옥을 쯔어 멈츄게 ᄒᆞ
라. 나는 니런 지목호는 일홈을 담착(擔着)ᄒᆞ

---

380)【격벽ᄒᆞ다】⑤ 격벽(隔壁)하다. 이웃하다. ¶ 隔
　　壁 ‖ 더옥이 쏘흔 일호 안졍을 두지 아냐 도로
　　혀 습인을 일장 교훈ᄒᆞ거나 혹 치량 식부로 ᄒᆞ
　　여곰 격벽ᄒᆞ여 무슈히 쑤지져도 쏘흔 맛당홀 거
　　시오 (這黛玉也十分不留人臉,　倒是將襲人敎訓一
　　頓,　或者叫蔡良家的隔壁罵一場也罷了.)　<後紅
　　17:14>

381)【다못】⑪ 함께. 모두. ¶ 同 ‖ 져 붓그러옴
　　업는 거시 젼일 음모궤계롤 뻐 빅가지로 나와
　　다못 쳥문을 죠히 희치더니 이졔 삼고랑이 졔긔
　　ᄒᆞ도다 (這個不害臊的, 從前陰謀詭計, 百般的把
　　我同晴雯害得好,　現今三姑娘還提起來.)　<後紅
　　17:17> 連 ‖ 우리는 져 괘요와 셩요와 졍요 여러
　　가지 ᄉᆞ발과 다못 합즈롤 가지고 가리라 (咱們
　　將那戈窯·成窯·定窯的那幾隻碗連盒子抱去.)
　　<復紅 12:51>

382)【슬희여ᄒᆞ다】⑤ 싫어하다. ¶ 厭 ‖ 내 원리 보
　　옥을 가쟝 슬희여ᄒᆞ거늘 뉘 쏘 쵸롤 마시고 신
　　거술 견더리오 (我原也很厭寶玉, 誰又吃醋染酸?)
　　<後紅 17:19> ⇒ 스려ᄒᆞ다, 슬희여ᄒᆞ다

383)【맛-】⑤ 《맞다》 마치다. 끝나다. ¶ 終 ‖ 너는
　　명빅히 몃 간 방옥과 몃 좌 탑샹이 이시니 히가
　　맛도록 그 속의 잇셔 네 ᄆᆞᆷ더로 엇지 ᄉᆞ랑ᄒᆞ
　　던지 모다 무방ᄒᆞ거늘 (你明明有間房, 有張床,
　　終年在裏面, 憑你愛怎麼樣總使得.) <後紅 17:19>
　　⇒ 맞다

믈384) 즐기지 아니ᄒᆞᄂᆞ니 너의 져 모양더로 ᄒᆞ여도 나는 다만 참는【21】거시 올흐리라. 니 너ᄅᆞᆯ 시험ᄒᆞ여보믈 극진이 ᄒᆞ엿거늘 너는 도로혀 무슴 낫츠로 이곳의 다시 드러오리오? 네 다시 들네려 ᄒᆞ거든 곳 쾌쾌(快快)히 보옥을 유인ᄒᆞ여 네 집으로 니ᄅᆞ러 부부 냥인이 니러ᄐᆞᆺ ᄉᆞ랑ᄒᆞᄂᆞᆫ ᄆᆞ음이 잇거든 니러ᄐᆞᆺ 힝홀지니 보옥을 믄득 허러바릴지라도 니 능히 너ᄅᆞᆯ 아른 체 아니홀 거시오, ᄯᅩᆫ 나의셔 더ᄒᆞᆫ 사름이 잇셔도 도로혀 아른 체ᄒᆞ랴.'

ᄒᆞ여 대옥이 진긔 샹심홀 시 져 치량 식부는 한즈음【22】을 피ᄒᆞ여 도로혀 습인을 위ᄒᆞ여 원통히 너기ᄂᆞᆫ지라 완완히385) 다라와 습인을 더신ᄒᆞ여 변빅(辨白)고ᄌᆞ386) ᄒᆞ더니, 뉘 알니오 긔구(開口)치 못ᄒᆞ여 몬져 더옥이 한 마디 ᄭᅮ즈지믈 당ᄒᆞ니 치량 식뷔 놀나 황망히 믈너 나오며 곳 이홍원(怡紅院)으로 가 ᄌᆞ견과 쳥문의게 고ᄒᆞ더 일변 습인을 위ᄒᆞ여 변빅ᄒᆞ니, 져 냥인이 련망이 나아와 보미 더옥이 안졍이 붉으며 그곳의 무료히 안줏거늘 량인이 앏흐로 와 무ᄅᆞ니 더옥이 믄득 종두【23】지미(從頭至尾)ᄅᆞᆯ 져 량인의게 셰셰히 고ᄒᆞ니 ᄌᆞ견이 다만 니ᄅᆞ더,

"져로 ᄒᆞ여곰 붓그려 죽으려 ᄒᆞ리로다."

ᄒᆞ고 쳥문의 입은 엇지 평슌ᄒᆞ리오? 호리(狐狸)와 요괴로온 졍령이란 말노 무슈히 ᄭᅮ지ᄌᆞ며 ᄯᅩ 각쳐의 가셔 고ᄒᆞ려 ᄒᆞ거늘 더옥이 ᄭᅳ어 멈츄고 니ᄅᆞ더,

"계가 졍히 나의 니런 일홈을 니고ᄌᆞ ᄒᆞ거늘 너 ᄀᆞᆺ튼 직심(直心)의 사름은 도로혀 져의 원을 맛치려 ᄒᆞᄂᆞ냐?"

ᄒᆞ니 쳥문이 다만 머믈너 셧시더 도로혀 져ᄅᆞᆯ ᄭᅮ지ᄌᆞ믈 긋치【24】지 아니ᄒᆞᄂᆞᆫ지라. 쇼샹관즁 사름이 ᄯᅩᆫ 여러 날 이 말을 일ᄏᆞᄅᆞᆷ 보옥이 감히 오지 못ᄒᆞ고 ᄯᅩᆫ 감히 이홍원의도 가지 못ᄒᆞ여 다만 보챠의 곳의 피ᄒᆞ여 보챠의 앏히셔 습인을 위ᄒᆞ여 셰셰히 변빅ᄒᆞ니 보치 다만 링쇼(冷笑)ᄒᆞ고 도로혀 니ᄅᆞ더,

"네가 습인을 ᄯᅳ을녀 ᄒᆞ거든 어니 곳의 가치 아니ᄒᆞ여 편벽(偏僻)도히 그 곳의셔 들네엿ᄂᆞ뇨?"

보옥이 긔가 막혀 어ᄌᆞ러이 ᄲᅱ며 챠환 등이 덤덤 젼셜(傳說)ᄒᆞ여 왕부인【25】귀의 니른지라. 왕부인이 싱각ᄒᆞ더,

'나는 ᄌᆞ젼으로 다만 니ᄅᆞ더 님고랑이 더 방긔(大方家)라 ᄒᆞ엿더니 원리 니런 일의 니ᄅᆞ러는 능히 죠곰도 용셔치 아니ᄒᆞ니 필경 년쳔(年淺)ᄒᆞᆫ 사름이라. 다만 ᄌᆞ긔가 셩명을 앗겨 타인을 들네여 젼파케 아니ᄒᆞ미 죠흐리로다. 습인은 무어시라 혜리오? 네가 스스로 일홈을 숀샹치 아닐 거시오. 보옥 ᄀᆞᆺ튼 쇼ᄌᆞᄂᆞᆫ ᄯᅩᆫ 후두ᄒᆞ도다. 니런 빅쥬(白晝)의 아모 곳의셔나 붓그러오믈 도라 보지 아니ᄒᆞᄂᆞ【26】뇨?'

ᄒᆞ고 왕부인이 죵ᄎᆞ이후(從此以後)로 더옥의 안식을 술피며 심즁의 여간 블연ᄒᆞᆫ 의ᄉᆡ 잇더라.

션시(先是)의 니궁지(李宮裁) 말ᄒᆞ더,

"젼일 노태태 즁츄졀(仲秋節)을 당ᄒᆞ여 일즉 텰벽당(凸碧堂)의셔 잔치ᄅᆞᆯ 볘풀고 월식을 완샹홀 시 계화 슈풀 속의셔 방관(芳官) 등으로 ᄒᆞ여곰 져ᄅᆞᆯ 블니미 쳐량ᄒᆞᆫ 의ᄉᆡ 만터니 이졔 우리 부즁의 시로 흥왕(興旺)ᄒᆞ여 젼일의셔 승ᄒᆞ다."

ᄒᆞ고 단졍코 쳘벽당의 니ᄅᆞ러 한 번 열요(熱鬧)코ᄌᆞ ᄒᆞ더니 이 몃날의 월【27】식이 명낭ᄒᆞ고 츄풍이 ᄯᅩᆫ 명낭ᄒᆞᆫ지라 모다 흥을 도도와 즁츄의 잔치코ᄌᆞ ᄒᆞ고 ᄯᅩᆫ 칠셕(七夕) 날 임의 노름의 진 돈을 모화 둔 거시 잇ᄂᆞᆫ지라. 왕부인이 ᄯᅩᆫ 진시 허락ᄒᆞ엿더니, 뉘 알니오 더옥이 몃날의 졍신과 홍황이 업거늘 왕부인이 하로 모다 더옥을 쥬장을 혜ᄂᆞᆫ지라. 계가 고흥이 업ᄉᆞ미 가인이 모다 픠흥(敗興)이 되더니 편벽도히 몃날 져녁을 하늘의 구름이 일뎜도 업고

---

384)【담챡ᄒᆞ다】圖 {담착(擔着)하다}. 도맡다. ¶ 擔 ‖ 나는 니런 지목ᄒᆞᄂᆞᆫ 일홈을 담챡ᄒᆞᆷ믈 즐기지 아니ᄒᆞᄂᆞ니 너의 져 모양더로 ᄒᆞ여도 나는 다만 참는 거시 올흐리라 (我不肯擔這個名兒, 憑你怎樣, 我只好忍着是了.) <後紅 17:20>

385)【완완히】㊌ {완완(緩緩)히}. 천천히. ¶ 慢慢的 ‖ 져 치량 식부는 한즈음을 피ᄒᆞ여 도로혀 습인을 위ᄒᆞ여 원통히 너기ᄂᆞᆫ지라 완완히 다라와 습인을 더신ᄒᆞ여 변빅고ᄌᆞ ᄒᆞ더니 (那蔡良家的躲了一會子, 倒替襲人抱屈, 慢慢的走上來, 要替他剖辨剖辨.) <後紅 17:22> ⇒ 완완이

386)【변빅ᄒᆞ다】圖{변백(辨白)하다}. 변명하다. ¶ 剖辨 ‖ 져 치량 식부는 한즈음을 피ᄒᆞ여 도로혀 습인을 위ᄒᆞ여 원통히 너기ᄂᆞᆫ지라 완완히 다라와 습인을 더신ᄒᆞ여 변빅고ᄌᆞ ᄒᆞ더니 (那蔡良家的躲了一會子, 倒替襲人抱屈, 慢慢的走上來, 要替他剖辨剖辨.) <後紅 17:22>

월광이 빅쥬 ㄱ트미 【28】 즁츄가졀의 니르러 쏘
한 여젼이 단회(團會)ᄒ여 희ᄌ(戲子)롤 보미 모
다 십분 환희ᄒ디, 가련토다 습인이 가즁의 도
라와 긔가 오르고 붓그러워 다만 죽고ᄌ ᄒ더
니, 다힝이 치량 식뷔 더옥의 그릇 습인을 고이
히 너기는 ᄉ졍은 숨기고 다만 환이(環兒) 슈식
(首飾)을 비러 젼당(典當)홀 일졀을 치량의게 고
ᄒ고 져로 ᄒ여곰 쟝옥함의게 셰셰히 고ᄒ여 샬
니 젼당 믈건을 쇽(贖)ᄒ여 니게 ᄒ고 습인의
ᄆ옴을 위로코ᄌ 홀 시 치량이 【29】 믄득 쟝옥
함을 ᄶ을고 와 습인을 위ᄒ여 변빅ᄒ여 니르
디,

“삼야(三爺) ᄀ튼 사롬을 뉘 아롬답게 보
며 너의 슈ᄌ(嫂子)는 곳 엇던 인픔이뇨? 쟝형
뎨야 너는 후두(糊塗)치 말나. 우리 녀인은 으시
로붓허 일호(一毫)도 거줏말을 아니ᄒ는지라. 니
러므로 샹방의셔도 져롤 미드시며 졔가 너의 슈
ᄌ로 더브러 쏘 무슴 샹관이 업스니 엇지ᄒ여
몸을 도라보지 아니코 고호(顧護)ᄒ며 변빅ᄒ리
오? 쟝형뎨야, 너는 종금이후(從今以後)로 명빅
히 짐작ᄒ고 쏘 【30】 너의 슈ᄌ의게 잘 권ᄒ라.
이삼빅 은ᄌ는 진기 삼애 쓴 거시니 너는 긴요
ᄒ ᄉ긔롤 밝히 알나.”

쟝옥함이 듯고 반신반의(半信半疑)ᄒ며 쏘
니르디,

“곳 졔가 삼야로 더브러 다른 ᄉ졍이 업다
일너도 니런 활슈(滑手)ᄒ 규모롤 당홀 길이 업
스니 쏘 져로 ᄒ여곰 고러ᄒ믈 지니게 ᄒ리라.”

ᄒ고 일면으로 져의게 친근이 굴며 져롤
쇽여 말ᄒ디,

“지금은 ᄌ슈ᄒ 줄 아랏시니 은ᄌ롤 어드
면 곳 너롤 위ᄒ여 믈너닐지라. 너는 다만 【31
】 방심(放心)ᄒ라.”

ᄒ니 습인이 쏘 혜오디,

‘쟝옥함은 셰리(勢利)만 아는 사롬이라. 만
일 더옥이 져롤 너여 보닌 광경을 말ᄒ면 샹면
의 일뎜 셰력이 업다 ᄒ여 더옥 져의게 괄시ᄒ
믈 닙으리라.’

ᄒ여 쏘ᄒ 더옥의 투긔ᄒ는 일을 말ᄒ지
못ᄒ고 다만 모호이 응답ᄒ더라. 더옥이 원리
셩졍이 일홈을 앗겨 비록 탐춘이 젼일 ᄉ졍 말
ᄒ믈 인ᄒ여 습인을 원망ᄒ는 ᄆ옴이 니러나고
쏘 공교히 습인의 의심된 졍경을 보무로 부 【32

】지블각(不知不覺)의 일장 발작ᄒ여시디 쏘ᄒ
져롤 막잘나 외면의 젼파케 아니코 다만 니르
디,

“외면의셔 모다 이 일을 아지 못ᄒ다 ᄒ나
뉘 알니오?”

왕부인 이히(以下) 모다 알며 곳 챠환 등
이 모혀 안ᄌ면 모다 한 가지 진젹(眞的)ᄒ 일
노 알고 믄득 져롤 가져 우음의 말거리롤 숨으
미 님고랑의 쟝과 금침이 본리 졍결타 니르는
도(道) 이시며 쟝니니(蔣奶奶) 스스로 쟝과 금침
을 졍히 셰납(稅納)ᄒ여 쥬엇더면 쏘ᄒ 죠타 ᄒ
는 이 잇셔 진기 우음 【33】 의 말을 삼으디 다
만 치량 식부와 다못 습인의 챠환 진으는 니런
사롬의 호란(胡亂)이 말ᄒ믈 원망ᄒ더라.

일일은 더옥이 한가히 안굿더니 다만 보미
왕원 식뷔 희희히 웃고 드러와 한마디 고랑을
부르고 쓸며 졀ᄒ고ᄌ ᄒ거놀 더옥이 황망ᄒ여
져롤 ᄶ어 니르혀고,

“안ᄌ라.”

ᄒ니 왕원(王元) 식뷔 가장 규모롤 아는지
라 엇지 감히 안ᄌ리오? 더옥이 슈ᄎ 말ᄒ디 ᄌ
긔가 쏘ᄒ 니러셔리라 ᄒ니, 이 노인네 바야흐
로 방셕 【34】 을 달나 ᄒ여 안ᄌ믈 샤례ᄒ고 안
줄 시 대옥이 져의 안부롤 뭇고 져도 쏘ᄒ 쳥안
ᄒ며 니르디,

“우리 노ᄌ(奴才)된 샤롬이 디디로 쥬인의
은젼(恩典)을 닙엇거니와 도로혀 네가 일긔 숀
식부(孫媳婦)롤 졍ᄒ여 쥬시믈 바드니 진기 감
격무지(感激無地)ᄒ고 쏘 노야와 고랑이 허다
믈건을 샹급ᄒ시니 더옥 당홀 길이 업노라. 우
리 노ᄌ된 사롬이 한 마디 지각 업는 말이 잇ᄂ
니 다만 뇌승(賴昇) 식부의 말을 드르미 고랑이
응락ᄒ실 줄 알지라. 【35】 부쳐의 다리도 즐겨
싸홀 밟ᄂ니 우리 고야 고랑도 쏘ᄒ 하림(下臨)
ᄒ시기롤 싱각ᄒ며 이곳의 태태와 졔위 니너도
쏘ᄒ 심즁의 쳥ᄒ고ᄌ ᄒᄂ니 아지 못게라 고랑
은 허락ᄒ랴 아니ᄒ랴? 우리 남인이 말ᄒ디,
‘우리 ᄆ옴것 픔ᄒ여 너의게 한 번 샤안(賜顔)ᄒ
시믈 쳥ᄒ라’ ᄒ더라.”

ᄒ니 더옥이 웃고 니르디,

“우리 가즁의 대니니와 강니니(姜奶奶)도
가ᄂ냐 아니 가ᄂ냐?”

왕원 식뷔 웃고 니르디,

"말삼ㅎ시기롤, '쏘ㅎ 뎌고랑의 쇼식을 기
드리 【36】 노라' ㅎ더라."

ㅎ거놀 뎌옥이 웃고 니르디,

"너 노인네의게 칭샤(稱謝)ㅎ노라. 니 무슴
응낙지 아니미 이시리오? 너는 다만 티티긔 쳥
ㅎ여 응락ㅎ시면 우리 단졍코 가리라."

왕원 식뷔 우스며 니르디,

"고랑을 속이지 아니ㅎ노라. 태태 앏히 본
리 감히 폼ㅎ기 어려온지라. 쏘ㅎ 셜이 태태의
게 은젼을 쳥ㅎ엿더니 이태태 임의 의향을 탐지
ㅎ미 태태긔셔 가쟝 환희ㅎ여 니르시디, '젼일
노태태긔셔도 쏘ㅎ 일즉 뇌승 식부의 【37】 집
원즁의 니르러 죵일을 노라 계시다가 가시다'
ㅎ니, 니르므로 금번의도 즐겨 갈지라. 져의 친
가의 곳은 싱쇼ㅎ여387) 가지 아니ㅎ다 니르기
어렵도다 ㅎ시니 우리 노부뷔 싱각건디 엇지 니
런 영광이 이시리오? 쏘ㅎ 우리 고랑의 낫출 힘
닙어시니 몃 분 부쳐롤 쳥ㅎ여 가 하로 공양ㅎ
여 일뎜 츙심을 다ㅎ리라."

뎌옥이 본리 져의 노부쳐 냥인을 공경ㅎ더
니 쏘 져의 말 잘ㅎ믈 보고 가쟝 환희ㅎ여 믄득
니르디,

"나는 우리 【38】 태태긔셔 쏘ㅎ 응락ㅎ신
말을 밋지 못ㅎ니 우리 이졔 곳치 드러가 쳐분
을 쳥ㅎ리라."

왕원 식뷔 우스며 니르디,

"고랑을 속이지 아니ㅎᄂ니 방ᄌ 샹방으로
죠ᄎ 왓노라."

뎌옥이 웃고 니르디,

"고이ㅎ도다. 네가 강하헌(絳霞軒)으로 죠
ᄎ 도라오지 아니ㅎ엿ᄂ냐?"

ㅎ고 졍히 말훌 ᄉ이의 ᄌ견이 쏘ㅎ 우스
며 드러와 니르디,

"노태태야. 네 쳥ㅎ믈 지셩으로 ㅎ여 태태
도 응낙ㅎ여 계시니 우리는 다만 뎌고랑을 ᄯ라
가 치하ㅎ리라."

ㅎ니 왕원 【39】 식뷔 황망히 니러나 샤례
ㅎ고 쏘 회ᄉ의 말을 ㅎ다가 즉시 도라가니라.

치량 식뷔 쏘ㅎ 뎌옥의 죠만간 츌문ㅎ다 ㅎ믈
듯고 치운의 비러간 믈건이 발각이 될가 ㅎ여
급히 여러 번 사롬을 식여 쟝가의 가셔 습인을
지쵹ㅎ여 쟝옥함의게 무르기롤 구ㅎ라 ㅎ니, 쟝
옥함이 다만 등한ㅎ 말노 방츠(防遮)ㅎ고 쏘 사
롬으로 ㅎ여곰 치운(彩雲)의게 가 무르니 치운
이 쏘ㅎ 링락(冷落)히 츄탁(推託)ㅎ미388) 진기
사롬으로 ㅎ여곰 챡급(着急)ㅎ 【40】 여 견딜 길
이 업스며, 치량 식부는 미리 혜아리디, '그날의
니르면 발각이 되여 크게 무안을 당ㅎ리라.' ㅎ
엿더니, 뉘 알니오 필경 그 믈건 즁의 한 가지
도 쓰지 아니니 쏘ㅎ 무스이 지니더라. 당일의
셜이마(薛姨媽)와 왕부인과 진향릉(甄香菱)과 니
환과 보챠와 뎌옥과 니문(李紋)과 형슈연(邢岫
烟)과 니긔(李綺)와 셜보금과 탐츈과 희란(喜鸞)
과 희봉(喜鳳)과 평ᄋ와 ᄌ견 등이 가즁 챠환과
노파롤 거ᄂ리고 모다 승챠(乘車)ㅎ여 왕가로
가니 부즁의 다만 소상 【41】 운과 쳥문과 잉ᄋ
(鸎兒) 잇더라.

왕가의 니르러 듀문으로 드러가지 아니ㅎ
고 일즉히 챠롤 노하 동산 쇽으로 가니 이 동산
이 십분 광활ㅎ여 원리 타인의 폐ㅎ 동산으로
만유용(萬有容)이란 사롬이 져롤 위ㅎ여 쟝뎜(粧
點)ㅎ여시미 쳥슈(淸秀)ㅎ며 왕원의 가계 비록
뇌승(賴昇)보다 십 비가 넉넉ㅎ나 다만 본셩이
검박(儉朴)ㅎ여 즐겨 호화로온 거슬 죠히 너기
지 아니ㅎ며 즙믈도 쏘ㅎ 부려(富麗)치 아니니
원리 경셩의 니르러 시로 집을 스고 이 동산 쇽
의 【42】 슈목과 공디(空地) 심히 만흐믈 위ㅎ여
곳치 숫시디 다만 냑냑(略略)히 몃 간 집을 짓
고 셰간 즙믈도 디로 믿돈 거시 만흐며, 두루
단이며 보미 블과 무슈ㅎ 울셥흐로389) 가렷시디
왕원이 한가홀 ᄯ면 다만 디롤 심으고 고기롤
기르며 과실과 치쇼롤 위업(爲業)ㅎ며, 각쳐의

---

387) 【싱쇼ㅎ다】 圄 {생소(生疎)하다}. ¶ 生分 ∥ 져
　　의 친가의 곳은 싱쇼ㅎ여 가지 아니ㅎ다 니르기
　　어렵도다 ㅎ시니 우리 노부뷔 싱각건디 엇지 니
　　런 영광이 이시리오 (難道親家那邊的就生分了不
　　去，咱們老夫妻想起來，那裏有些個臉?) <後紅
　　17:37>

388) 【츄탁ㅎ다】 圄 {추탁(推託)하다}. ¶ 推 ∥ 쟝옥
　　함이 다만 등한ㅎ 말노 방츠ㅎ고 쏘 사롬으로
　　ㅎ여곰 치운의게 가 무르니 치운이 쏘ㅎ 링락히
　　츄탁ㅎ미 (蔣玉菡只用話兒支吾着，再叫人去問問
　　彩雲，彩雲更推得乾淨.) <後紅 17:39>

389) 【울셥ㅎ】 圄 울타리섶. ¶ 籬笆 ∥ 두루 단이며
　　보미 블과 무슈ㅎ 울셥흐로 가렷시디 왕원이 한
　　가홀 ᄯ면 다만 디롤 심으고 고기롤 기르며 과
　　실과 치쇼롤 위업ㅎ며 (曲折望去，不過編了無數
　　籬笆，他閑時節，只喜種竹養魚，種菜摘果.) <後紅
　　17:42>

여간 즙믈을 버려 노핫시미 도로혀 보기의 쳥아
(淸雅)ᄒ고 태태 등이 와셔 동산의 노닐믈 위ᄒ
여 ᄯ 희디(戲臺) 두 곳을 베풀고 등쵹(燈燭)을
찬란이 버렷시니, 한 곳은 태태 등을 겹 【43】
디ᄒ고 한 곳은 냥옥을 겹디홀 시 보옥이 믄득
강경셩과 다못 한 무리 문긱(門客)과 노야(老爺)
등을 쳥ᄒ여 일졔히 니르러 모다 동산을 보며
니르디,

　　"야식(夜色)이 가히 ᄉ랑ᄒ염죽ᄒ다."

ᄒ더니 왕원의 가법(家法)이 십분 공근(恭
謹)ᄒ여 몬져 손ᄋ와 손식부로 ᄒ여곰 나와 뵈
오미 모다 한즈음 기리다가 너간과 외면의 모다
좌롤 졍ᄒ고 희ᄌ롤 베풀시 냥옥 등이 희ᄌ 보
믈 죠하 아니ᄒ여 믄득 왕원으로 ᄒ여곰 분부ᄒ
여 두 무리 희ᄌ 【44】 롤 일졔히 너간으로 드러
가 디령ᄒ라 ᄒ고, ᄌ긔는 항삼쳔(杭三泉) 등으
로 더브러 ᄆᄋᆷ디로 맑은 곡죠롤 부르고 노닐며
슐도 ᄯᄒᆫ 만히 먹고 고목과 죽림이 곡슈회랑
(曲水回廊)의 빗쵠 거슬 보며 도쳐의 실솔(蟋蟀)
이 만코 누른 나븨도 만흐며 빅변두 곳도 ᄯᄒᆫ
향긔로온지라. 믄득 찬합(攢盒)을 가지고 각쳐로
단일시 너간의 태태 등은 다만 희ᄌ롤 보고 야
식도 구경ᄒ다가 일모(日暮)ᄒ미 모다 챠롤 타
고 도라갈 시 여러 쇼야 무리는 엇지 【45】 즐겨
도라가며 ᄯ 보옥이 습인의 일을 위ᄒ여 여러
날을 울울히 지내다가 금일 홀연 쇼챵(消暢)ᄒ
미 쥬령(酒令)을 힝ᄒ고 일쟝 통음(痛吟)ᄒ다가
모다 다시 슌노(順路)로 힝ᄒ여 다만 산구비롤
죠차 지나가미 허다ᄒᆫ 노목이 믈 우히 님ᄒ여
나무 그림ᄌ와 믈결 빗치 황연이 푸른 구롬 한
죠각 ᄀᆺ트며 일긔 쳥등(靑藤) 가ᄌ(架子) 밋히
젹은 널다리 이시미 그 다리의 니르러 한 번 바
라볼 시 모다 놀나니 믈도 아니오 밧도 아니라.
녹엽이 가득히 덥혀 【46】 거의 십여 이랑이 되
니 원리 일긔 큰 년모시오, 젹은 비 하나히 다
리가의 머믈너 잇거눌 보옥이 디희ᄒ여 즉시 비
의 올나 마름을 키려 홀 시 강경셩이 ᄯᄒᆫ 취ᄒ
여 비의 오르고ᄌ ᄒ거눌 보옥이 져의 와셔 아
슬가 져허 련망히 뛰여 올나 노롤 가지고 언덕
을 향ᄒ여 한 번 져흐미 그 비 나는 ᄃᆺ시 슌류
(順流)ᄒ여 가거눌 다리가의 즁인이 손을 치며
웃더니, 뉘 알니오 그 젹은 비가 즁류의 니르러
믈결이 바롬을 죠츠 니 【47】 러 나는지라. 보옥

이 안ᄌᆺ셔도 무방홀 거시어눌 도로혀 셧시며,
ᄯ 취후의 각력(脚力)이 부죡ᄒᆫ지라 한 번 구러
지더니 믄득 비 아오로 뒤쳐 드러가미 즁인이
황망ᄒ미 일인도 믈의 드러갈 사롬이 업더니 도
로혀 강경셩이 쥬견(主見)이 잇셔 총망(悤忙) 즁
의 년못시 깁지 아니믈 보고 믄득 고함ᄒ여 니
르디,

　　"보형뎨야 너는 다만 니러셔라."

ᄒ니 보옥이 ᄯᄒᆫ 술이 ᄭᆡ여 졍히 니러셔
려 ᄒ나 뉘 알니오 밋히 진흙이 잇셔 셔고ᄌ ᄒ
나 덤덤 드러 【48】 가더니 외면의 왕원이 가즁
인이 고함ᄒ믈 듯고 즉시 농부 몃 사롬이 다라
와 일졔히 나려가 보옥을 업어 니르혀니 혼신의
진흙믈이 님니(淋漓)ᄒ고, ᄯ 허다ᄒ 잇쎄와 믈
버러지가 얽혓는지라. 외면의 니르미 왕원이 놀
나 련망히 쟝옥함과 비명(焙茗)과 명연(茗烟)과
니요(李瑤) 등으로 더브러 보옥을 위ᄒ여 씻기
믈 간졍히 ᄒ고 의복을 닙희려 ᄒ미 보옥이 다
만 알푸다 부르지지고 닙지 아니커눌 즁인이 ᄌ
가히 가셔 보니 두 다리 【49】 우히 모다 부룻고
ᄯᄒᆫ 알파 싸홀 드디지 못ᄒᆫ지라. 님냥옥이
니르디,

　　"너 싱각ᄒ미 남변(南邊)의 잇실 쎄의 일인
이 이와 ᄀᆺ치 믈의 쩌러져 부으며 부르텃더니
다만 다엽(茶葉)을 짓찌여 븟치미 오리지 아냐
즉시 낫더라."

ᄒ거눌 왕원이 즉긱의 나가 허다ᄒ 다엽을
짓찌여다가 븟치니 과연 통셰(痛勢) 져기 긋치
미 니르럿 들네여 등(燈) 혈 쎄의 니르러 도라
가려 홀 시 즁인이 상의ᄒ디,

　　"이롤 엇지ᄒ리오? 챠롤 타도 ᄯᄒᆫ 비편
(非便)ᄒ리니 좌우간 부즁이 【50】 ᄀᆺ가온지라
가마니 노야의 교ᄌ롤 가져다가 타고 도라가미
죠흐리라."

ᄒ고 비명이 즉시 가셔 가졍의 타는 교ᄌ
롤 메여올 시 즁인이 들네여 슈각(手脚)이 황망
ᄒ디, 뉘 알니오 보옥의 심즁의는 도로혀 쾌활
이 너겨 다만 혜오디, '님미미 방쟝(方將) 나롤
번뢰ᄒ니 니 이 모양으로 편벽도히 쇼샹관으로
가셔 죠리ᄒ면 졔가 엇지ᄒ나 보리라.' ᄒ고, 믄
득 명연의게 분부ᄒ여,

　　"집의 가셔 죽의ᄌ(竹椅)롤 밧고와 오라."

ᄒ여 보옥을 틱오고 쇼샹관을 가 【51】 니,

26

□□□□□□□□□　□□□□□□□□□
開菊宴姑媳起猜嫌　謝痘神闺房同笑語

비명(焙茗) 등 중인이 일변 놀나고 일변 우스며 즉시 가셔 가졍(賈政)의 교즈(轎子)룰 메여오미 문상(門上)의 치량(蔡良)이 듯고 즉시 교즈와 굿치 드러올 시 일면으로 쥬셔(周瑞)로 ᄒ여곰 태태긔 픔ᄒ니, 태태 쏘흔 놀나 다만 분부ᄒ디,

"노야룰 속이고 썔니 명심ᄒ여 뫼시고 가라."

ᄒ니 비명이 보옥의 말을 죠추 교즈룰 니여 보니고 쥭의즈(竹椅子)룰 밧고와 타게 ᄒ고 일즉 쇼상관(瀟湘館)으로 메오고 올 시 니요로 ᄒ여곰 몬져 가 보ᄒ라 ᄒ엿더니, 뉘 알니오 쇼상관 문이 걸녓거 【52】 놀 니외 문을 격ᄒ여 연고룰 고ᄒ디 벽의 믄득 드러가 더옥의게 고ᄒ니 더옥이 분부ᄒ디,

"다른 곳으로 보니고 문을 열지 말나."

ᄒ더니 언마 못되여 니르러 즐겨 문을 여지 아니믈 보고 믄득 니요 등으로 ᄒ여곰 힘을 다ᄒ여 문을 두다리라 ᄒ니, 더옥이 다라 나와 드르미 보옥이 니르디,

"너의는 엇지ᄒ여 감히 문을 두다리지 못

ᄒ느뇨? 니 스스로 두드리리니 너의는 쏘흔 짜라 두드리라."

ᄒ더니 쇼상관 문을 북치듯 두 【53】 다리는지라. 더옥 일면으로 셩을 니며 일면으로 웃다가 믄득 싱각ᄒ디,

'몸이 건실ᄒ여 문을 두다리니 병이 깁지 아닌지라 져의 보져겨 곳으로 가셔 들네믈 보리라.'

ᄒ고 믄득 쇼방으로 ᄒ여곰 말ᄒ디,

"고랑이 잠이 깁헛고 열쇠룰 감쵸왓시니 다만 쳥컨디 셜니니 곳으로 가라."

ᄒ니 보옥이 이윽히 두다리다가 쏘흔 홀일 업는지라 믄득 니르디,

"우리는 이졔 곳 셜니니(薛奶奶) 곳으로 가리라."

ᄒ미 여러 사룸이 입을 가리고 가마니 우스며 【54】 다시 쥭의즈룰 메고 보챠의 곳으로 가니 당각(當刻)의 원중 모든 녀인이 모다 우스며 니르디,

"야슌(夜巡)ᄒ는 관원이 니르럿다가 다시 가더 다만 일빵 곤쟝이 업다 ᄒ며 쏘 말ᄒ디, 상아문(上衙門)의 쳥안(請安)ᄒ라 니르럿다가 문의 인졍(人情)을 쓰지 아냐 드러가지 못ᄒ고 도로 간다."

ᄒ고 회회히 웃더라. 보옥이 보챠의 방문 앏히 니르러 믄득 젹각(赤脚)으로 거러 드러가더니 쳥문과 즈견과 잉이 오며 츄후의 왕부인과 니환과 탐츈이 쏘흔 오더 더옥이 니르지 아니코 【55】 한 무리 사룸이 방중의 옹위ᄒᆯ 시 보옥이 임의 보챠의 상 우히 누엇는지라. 왕부인이 믄득 상가의 안즈며 쳥문은 납쵹(蠟燭)을 가지고 와 져의 두 다리룰 보미 다엽을 가득히 븟쳐 엇더흔지 볼 슈 업스디 여간 부즁(浮症)이 잇더라. 왕부인이 니르디,

"어리셕은 쇼즈야, 니러툿 즈라도 도로혀 일양(一樣)이냐? 너는 평싱의 다시 비룰 타지 말나. 우리집 년못 속의 지금 몃낫 젹은 비가 이시니 네가 그거슬 타기룰 죠하ᄒ여도 쏘흔 무방ᄒ거눌 엇지 【56】 ᄒ여 왕원의 집의 니르러 니러툿 회롱감으로 들네엿느뇨?"

니환이 웃고 니르디,

"보형뎨야 너는 마름을 키엿느냐?"

탐츈이 쏘흔 웃고 니르디,

“보거거(寶哥哥)야 너는 니러툿 너머졋시니 필경 마름을 언마나 어덧느뇨?”

왕마미 쏘흔 지가오(芝哥兒)롤 안고 와 니르디,

“우리 쇼가오(小哥兒)는 도로혀 잠이 업셔 져의 노야롤 와셔 보니 노야는 죠흔 마름을 키엿거든 져롤 쥬어 노닐게 흐라.”

흐고 지가오는 쏘흔 보옥을 바라보고 아아(啞啞)히 우스며 두 숀으로 상샹(床上)을 향흐여 어즈러 【57】 이 치거놀 왕마미 니르디,

“우리는 모다 져롤 볼지니 진기 마름을 달나 흐는도다.”

왕부인이 니르디,

“지가오야, 너는 가셔 져다려 무르디 붓그러오냐 아니 붓그러오냐 흐라.”

쳥문이 믄득 납쵹을 가지고 지가오롤 닛그러 가셔 블을 뵈더라. 왕부인이 믄득 보옥다려 무르디,

“너는 지금 알푸냐 알푸지 아니냐?”

보옥이 붓그려 니르디,

“쳐음은 알푸더니 다엽을 붓치미 믄득 통셰 긋치 다만 움죽일 슈 업스니 한 번 움죽이면 알푸 【58】 도다.”

왕부인이 니르디,

“져러툿 알푼 거슨 즈작즈슈(自作自受)흐미로다. 너는 명일 사름을 식여 아문의 가셔 슈유(受由)롤 고흐고 쏘흔 이 일을 말흐면 료량(料量)업는 희지 붓그러오냐 아니 붓그러오냐? 필경 뉘 네게 이 방문을 고흐더뇨?”

보옥이 니르디,

“강미뷔(姜妹夫) 말흐디 즈긔 친히 보왓시미 효험이 가쟝 빠르다 흐더라.”

왕부인이 웃고 니르디,

“네 이졔 이 방문을 어덧시니 쏘흔 병신되는 것도 두렵지 아니코 셩명을 일는 것도 두렵지 아니리 【59】 니, 명일의 병이 낫거든 너는 다시 왕원의 집 년못 속의 가 들네라.”

보치 니르디,

“본리 니러툿 들네는 거시 곳 본셩이라. 젼일 동산의셔 멧쑤기[390]롤 줍고 쏘 치롱 속의

기고리[391]롤 단오의 쑥으로 민든 사름을 티와 방즁의 가득히 너여 노흐미 지가이 보고 놀나 우럿시며, 밤즁의 니블 속의 너러나 쏘 가마니 쳥졍(蜻蜓)을 잡아 쳥문의 스미 속의 가득히 너헛시니 어늬 한 가지가 쟝즈(長者)의 흐는 일 ᄀ트뇨?”

왕부인이 니르디,

“엇지 【60】 흐면 죠흐리오? 너의는 보라. 계가 노야의 앏희셔 그러툿 져허흐다가 도라셔면 니러툿 들네도다. 보챠야. 너는 명죠(明朝)의 쏘 져롤 위흐여 졍히 삣기고 필경 엇더흐믈 볼지니 태의(太醫)롤 쳥흐랴 쳥치 아니랴? 우리는 다만 져의 낫기롤 기드려 져의 부친긔 고흐리라.”

흐고 쏘 니르디,

“다시는 다리롤 이아쳐[392] 상치 말게 흘지니 분명히 뇌승의게 고흐디 져의 신혼 후 뎨 구일의 우리 쏘흔 가지 아니흔다 흐라. 져의 원 【61】 즁의 산이 가쟝 만흐니 이 희지 쏘 무슨 일을 들네여 너지 아니리오?”

흐니 보옥이 다만 빌건디 노야긔 고치 말나 흐며 즁인이 즉시 허여지더라.

왕부인이 방즁의 도라와 홀연 싱각흐미,

‘즁인이 모다 니르럿시디 오즉 디옥이 니르지 아니흐엿는지라 니르디 계가 다만 습인을 위흐여 부부의 졍분을 죠곰도 업도다. 계가 그러툿 상흐여 문의 니르러도 드리지 아니코 쏘흔 나와 보지도 아니흐니 엇지 니런 졍리 잇시리오? 나는 원 【62】 리 보옥을 고흐치 아니흐거니

여 노흐미 지가이 보고 놀나 우럿시며 (前日在園裏捉了個蚱蜢兒, 又放出個籠子裏的蟈蟈兒, 把端午節下戴的艾人小健人兒騎上了, 放在房裏滿地跳, 惹的芝哥兒哭哭笑笑.) <後紅 17:59>

391) 【기고리】 圈 개구리. ¶ 蟈蟈兒 ∥ 젼일 동산의셔 멧쑤기롤 줍고 쏘 치롱 속의 기고리롤 단오의 쑥으로 민든 사름을 티와 방즁의 가득히 너여 노흐미 지가이 보고 놀나 우럿시며 (前日在園裏捉了個蚱蜢兒, 又放出個籠子裏的蟈蟈兒, 把端午節下戴的艾人小健人兒騎上了, 放在房裏滿地跳, 惹的芝哥兒哭哭笑笑.) <後紅 17:59>

392) 【이아치다】 圈 흔들다. 부딪치다. ¶ 磨擦 ∥ 다시는 다리롤 이아쳐 상치 말게 흘지니 분명히 뇌승의게 고흐디 져의 신혼 후 뎨 구일의 우리 쏘흔 가지 아니흔다 흐라 (也不要再磨擦傷了, 索性告訴賴昇他們, 回九這日咱們也不去了.) <後紅 17:60>

---

390) 【멧쑤기】 圈 메뚜기. ¶ 蚱蜢兒 ∥ 젼일 동산의셔 멧쑤기롤 줍고 쏘 치롱 속의 기고리롤 단오의 쑥으로 민든 사름을 티와 방즁의 가득히 너

와 다만 너의 ᄌᆞ긔 국량이 좁다 ᄒᆞ여 왕부인이 근일의 근본 뎌옥을 올치 아니케 너기ᄂᆞᆫ 의시 잇더니 이졔 ᄯᅩ 일비나 더ᄒᆞ며 뎌옥은 쇼상관의 잇셔 ᄯᅩᄒᆞᆫ 보옥을 싱각ᄒᆞ여 졔가 과히 쌍치 아니ᄒᆞ엿ᄂᆞᆫ지 모르리라 ᄒᆞ디, 이즈음의 ᄯᅩ 사룸을 보니여 무ᄅᆞ면 ᄯᅩ 져의 ᄆᆞ음을 기ᄅᆞ미 아니리오?'

ᄒᆞ며 ᄯᅩ 싱각ᄒᆞ디,

'왕부인 등이 단졍코 모다 가셔 져ᄅᆞᆯ 보리니 만일 사룸이 나ᄅᆞᆯ 의심ᄒᆞ디 습인의 일을 위ᄒᆞ【63】여 ᄆᆞ음의 긔록ᄒᆞ엿다 ᄒᆞ면 너 일홈이 도로혀 습인의 일노 손샹ᄒᆞ미 되리라.'

ᄒᆞ며 ᄯᅩ 싱각ᄒᆞ디,

'왕봉졔(王鳳姐) 젼일 우이져(尤二姐) 디졉ᄒᆞᄆᆞᆯ 그러툿 ᄒᆞ엿거니와 이졔 보옥의 신변의ᄂᆞᆫ ᄯᅩᄒᆞᆫ 일인쓴 아니로디 너 일인도 박디ᄒᆞ미 업고 곳 ᄌᆞ견 등도 ᄯᅩᄒᆞᆫ 날노 더브러 의합(意合)ᄒᆞ고 습인도 날노 ᄒᆞ여곰 고쵸ᄅᆞᆯ 격게 ᄒᆞ미 ᄯᅩᄒᆞᆫ 젹지 아니디 너 도로혀 원슈ᄅᆞᆯ 은혜로 갑핫거늘 졔 이졔 나의 일홈을 손샹케 ᄒᆞ니 싱각건디 더옥 한탄ᄒᆞ염죽【64】ᄒᆞᆫ지라.'

니러므로 미일 쳥죠의 샹방의 니ᄅᆞ나 고식(姑媳) 량인이 모다 관곡(款曲)지 아니며 왕부인은 믄득 뎌옥이 보옥을 가셔 보고 아니 보믈 탐지ᄒᆞ디, 뉘 알니오 뎌옥이 의ᄉᆞᄎᆞ로 가더니 즉시 쇼상관으로 가ᄂᆞᆫ지라. 왕부인이 심즁의 미안ᄒᆞ더니 보치 믄득 와셔 왕부인긔 고ᄒᆞ디 보옥의 다리 부은 거시 죵시 낫지 아니디 이ᄂᆞᆫ 도로혀 관겨치 아니ᄒᆞ니 다만 노야의 앏히 엄젹ᄒᆞᆯ 거시오, 아문(衙門)의도 ᄯᅩᄒᆞᆫ 슈유ᄅᆞᆯ 쳥ᄒᆞ여야 ᄒᆞ리라. 왕【65】부인이 니ᄅᆞ디,

"이ᄂᆞᆫ 너가 모다 졍당히 ᄒᆞ엿ᄂᆞ니 너ᄂᆞᆫ 다만 보옥의 모든 일을 가음알게 ᄒᆞ라. 이졔 방관지인(旁觀之人)이 가장 만흐디 도로혀 네가 져ᄅᆞᆯ 실심(實心)으로 고호ᄒᆞ라."

ᄒᆞ니 보치 ᄯᅩᄒᆞᆫ 왕부인의 의ᄉᆞᄅᆞᆯ 명빅히 알고 여러 날을 각인이 일심으로 모다 보옥을 고호ᄒᆞ미 ᄯᅩᄒᆞᆫ 가환을 술필 사룸이 업ᄂᆞᆫ지라. 가환이 믄득 가마니 나가 단이다가 졍히 운ᄋᆞᄅᆞᆯ 마죠치미 숀으로 ᄭᅳ을고 가즁의 니ᄅᆞ러 피ᄎᆞ의 뎌옥을 원망ᄒᆞᆯ【66】시 운ᄋᆞ(芸兒) 니ᄅᆞ디,

"삼슉(三叔)아 니 네게 고ᄒᆞ리라. 우리 부즁이 님시(林氏) 집 밥을 먹ᄂᆞᆫ다 ᄒᆞ여도 우리

영부즁 산업을 엇지ᄒᆞ여 녕부즁 련이야(璉二爺)로 ᄒᆞ여곰 가음알게 ᄒᆞᄂᆞ뇨? 너ᄂᆞᆫ 노야의 친싱ᄋᆞ지(兒子) 아니라 니ᄅᆞ기 어렵거늘 태태ᄂᆞᆫ 다만 ᄌᆞ긔의 니질(內姪) 녀셔(女壻)만 고호ᄒᆞ고 ᄯᅩᄒᆞᆫ 너ᄅᆞᆯ 뉘 나흐믄 아른 쳬 아니ᄒᆞ니 네가 젼일의 만일 련이심ᄌᆞ(璉二嬸子)로 더브러 비필이 되엿더면 싱각건디 네가 이즈음의 ᄯᅩᄒᆞᆫ 가산을 쥬관ᄒᆞ여시리라. 너ᄂᆞᆫ 일긔 님시 ᄀᆞᆺ【67】튼 독믈을 보라. 졔가 명식으로ᄂᆞᆫ 너의 일가즁을 모다 고호ᄒᆞ다 ᄒᆞ나 뉘 알니오? 졔가 가마니 련이야ᄅᆞᆯ 부동ᄒᆞ여 오로지 ᄌᆞ긔의 슈즁의 농낙ᄒᆞ미 가장 죠흔 계피로다. 진긔 외양과 실샹을 아오로 누리니 블과 혜건디 다만 너 일인만 속일 ᄯᅮᆫ이니라."

가환(賈環)이 긔가 올나 쒸며 니ᄅᆞ디,

"우리ᄂᆞᆫ ᄆᆞ음디로 져의 지믈을 허비ᄒᆞ리라."

운이 니ᄅᆞ디,

"네가 너의 거술 쓰거늘 뉘 금ᄒᆞ리오? 우리 금일의 곳 쾌쾌히 노닐나 가리라. 젼일 왕원의 집의셔 그【68】러툿 열요히 지니여 누ᄅᆞᆯ 쳥치 아니미 업ᄉᆞ디 홀노 너 일인만 쌘히더니 보이애 ᄯᅩᄒᆞᆫ 니러툿 들네ᄂᆞᆫ도다."

환이 니ᄅᆞ디,

"모든 사룸은 하늘의 닷ᄂᆞᆫ 허믈이 잇셔도 모다 관겨치 아니디 우리ᄂᆞᆫ 한 번 움즉이면 믄득 그ᄅᆞ다 ᄒᆞ더라."

ᄒᆞ고 량인이 의합히 셜화ᄒᆞ고 쳔방빅계(千方百計)로 들네미 영부즁의 ᄯᅩᄒᆞᆫ 져ᄅᆞᆯ 아른 쳬ᄒᆞᆯ 스룸이 업더라.

보옥이 치료ᄒᆞ여 여러 날이 되미 다만 뎌옥이 져ᄅᆞᆯ 와셔 보믈 바라디 대옥은 다만 가마니 스룸을 보내【69】여 져의 나흐믈 탐쳥(探聽)ᄒᆞ고 더옥 즐겨 나오지 아니ᄒᆞ니, 왕부인이 몃번 보옥의 병을 졔긔ᄒᆞ디 대옥이 모다 한 말도 아른 쳬 아니ᄒᆞ거늘 왕부인이 심즁의 더옥 합의치 아니케 너길시, 니환과 탐츈과 보금 등이 모다 가마니 의론ᄒᆞ디,

"보옥이 집의 도라 오므로붓허 허다 난쳐ᄒᆞᆫ 일노 들네여 겨유 오늘날의 니ᄅᆞ럿고 젼일 보옥이 셩취(成娶)ᄒᆞᆫ 일졀도 쳔만 곡졀이 이시니 진긔 말ᄒᆞᆯ진디 쟝디ᄒᆞ디 이졔 니ᄅᆞ러【70】모든 일이 아오로 슌히 되엿다 혬ᄒᆞᆯ 거시어늘

259

쏘 이 일노 들네도다. 믄득 습인은 원리 림챠뒤 스스로 뜻을 세워 블너 오미오, 쏘흔 무숨 져의게 블편케 흐믈 보지 못흐여시며 림챠두도 모든 스졍의 가쟝 체면을 도라보며 쏘 보옥을 슬희 너겨 몃 번 타인의 방중으로 미러 보너미 니런 일의 교계흐미 업눈 것 굿더니 엇지 홀연간의 니런 연고롤 들네여 샹방의도 쏘흔 의심을 두눈뇨?"

흐여 모든 주미 련흐여 져【71】의 일을 말흐며 대옥도 쏘흔 씨둣고 심중의 더옥 울울흐더라.

구월 구일의 니르미 보옥이 오히려 너러나지 못흐고 왕부인도 쏘흔 흥황이 업더니 도로혀 셜이미 와셔 모다 텰벽당의 니르러 노리 흐니 이집은 곳 대관원 중 가쟝 놉흔 봉만(峰巒)이라. 늙은 계슈(桂樹) 심다(甚多)흐고 츄식(秋色)이 가쟝 가려(佳麗)흐디 원중을 구버보면 텰벽[금]각(綴錦閣) 집 말뤼393) 이 난간의 비흐면 오히려 나즈며, 스면 셕벽 동구롤 바라보미 다만 양의 챵주쳐로394) 가는 길【72】이 굴곡흐여 나려가며 원중의 가득흔 죽림과 화회(花卉)롤 나려다 보미 싸히 청태(靑苔)굿고 허다흔 뎡지(亭子) 쏘흔 싸히 븟흔 듯흐고 나눈 시도 하면(下面)의 잇더라. 쏘흔 과히 놉흐미 바롬이 심흐믈 두려 이집 앏흐로 죠츠 드러가 몃 거롬을 지나미 창의 오식 류리롤 모다 븟쳣눈지라. 니르므로 풍위(風雨) 디긔(大起)흐여도 방중의 셔화쥬련(書畵柱聯)이 블너여 움죽이지 아니흐니, 이날은 청명흐미 모다 그집 우희 니르러 포진(鋪陳)을 베플고 회주롤 보【73】더니 쏘흔 말이 노태태의게 밋츠미 모다 한즈음 탄식흐며 왕부인은 심중의 다만 디옥의 일을 위흐여 심히 환희치 아니터니 마춤 회주의 노리 중의 《비파긔琵琶記》롤 부르눈지라. 왕부인이 니르디,

"우쇼졔 본리 현철(賢哲)흐거니와 쏘흔 졔가 톄모(體貌)롤 도라보미니 원리 니르디 사롬의 톄모와 나무의 그림지 일호도 틀니미 업다."

흐니, 중인이 모다 싸라 답응흐디 대옥은

십분 블열흐더니 녕관(齡官)이 셔로 약【74】속흐며 셔로 꾸짓눈 모양으로 노닐기의 니르러 중인이 모다 니르디,

"이눈 져의 본디 익은 회지니 젼일 낭낭긔셔도 칭찬흐시니라."

흐더니 녕관이 창을 신이 나게 부롤 시 디옥이 쏘흔 링쇼흐며 니르디,

"챠환 등이 니러툿 입을 놀니눈도다."

흐니 왕부인이 쏘흔 습인의게 다둣쳐 녯일이 들췌믈 씨둣고 셕간(席間) 중인이 쏘흔 명빅히 아더니 다힝이 규관(葵官)이 디편(大騙)과 쇼편(小騙)으로 노니눈 민도리롤 꾸미니 만【75】당(滿堂) 계인이 디쇼흐더라.

회주롤 맛치고 쏘 몃 가지 맑은 곡죠롤 부르고 바야흐로 허여질 시 편벽도히 몃날 밤 월식이 가쟝 교결(皎潔)흐미 월하(月下)의 니르러 머리롤 드러 바라보니 졍히 일긔(一器) 닝슈(冷水)로 안졍(眼睛)을 삐스미 심중이 셔늘흠과 방블흐며, 츄츙(秋蟲)이 흰 이슬을 마시고 어즈러이 울며 허다흔 나무 쇼리와 시음395) 쇼리 모다 달 가온더로죠츠 나는 듯흔지라. 디옥이 심중의 번뢰흐여 믄득 스상운을 추즈 한화(閑話)홀 시대【76】 옥이 월식을 가르치며 니르디,

"가련토다. 항아(嫦娥)롤 주고이리(自古以來)로 져롤 엇더흔 사롬이믈 아눈 이 업눈니라."

샹운이 웃고 니르디,

"네가 쏘 무숨 긔이흔 의론이 잇눈냐?"

디옥이 니르디,

"졔가 유궁후 예(羿)의게 힘뻐 간흐디 듯지 아니미 추마 하(夏)나라히 망흐믈 보기 어려온고로 월궁(月宮)을 다라굿시니 이눈 모다 고신얼지(孤臣孼子) 원굴흐미 이시나 신셜(伸雪)홀 디 업스미로다."

샹운이 우스며 니르디,

"너는 무숨 신셜치 못흐는 원굴흐미 잇다【77】흐느뇨? 월궁의 쟝쳐는 보텬지하(普天之

<段>

393)【말루】명 마루. ¶ 頂‖ 늙은 계슈 심다흐고 츄식이 가쟝 가려흐디 원중을 구버보면 텰벽[금]각 집 말뤼 이 난간의 비흐면 오히려 나즈며 (古桂甚多, 秋色最好, 瞧這園子裏, 連綴錦閣的閣頂, 也比欄杆低了好些.) <後紅 17:71> ⇒ 마루, 말ㄴ, 말루, ᄆᄅ, 몰ㄴ, 몰ㄹ

394)【-쳐로】조 -처럼. ¶ 스면 셕벽 동구롤 바라보미 다만 양의 챵주쳐로 가는 길이 굴곡흐여 나려가며 (在四面石洞中望去, 但是羊腸細路, 曲折而下.) <後紅 17:71> ⇒ -텨로, -톄로, -쳐름

395)【시음】명 샘. ¶ 泉‖ 츄츙이 흰 이슬을 마시고 어즈러이 울며 허다흔 나무 쇼리와 시음 쇼리 모다 달 가온더로 죠츠 나는 듯흔지라 (那些秋蟲, 吸了白露, 便盡着叫, 同這些樹聲泉聲, 都像月亮裏響出來的.) <後紅 17:75>

下)롤 두로 빗횐다 ㅎ되 다만 각인의 심중 허다
흔 일을 두로 빗회지 못홀가 져허ㅎ노라."

대옥이 쏘흔 믁믁무언ㅎ며 다만 월식만 바
라보고 츠탄홀 시 져 월식이 편벽도히 사롬의
안졍(眼睛)쳐로 더옥 졍치 쏘이는 드시 광명ㅎ
미 냥인이 대좌ㅎ여 삼경의 니르러 비로쇼 흐터
지더라.

보옥이 십월 망간(望間)의 니르러 비로소
문의 나미 즉시 쇼샹관의 니르니 디옥이 도로혀
아론 【78】 쳬 아니ㅎ거늘 보옥이 십분 후회ㅎ여
한탄ㅎ더니 맛춤 보옥이 젹은 모의(毛衣)롤 밧
고와 닙으려 ㅎ믈 인ㅎ여 치량 식뷔 어디 이시
믈 아지 못ㅎ미 믄득 보챠의게 쳥ㅎ여 겨롤 위
ㅎ여 발명(發明)ㅎ려 ㅎ여 보챠롤 쳥ㅎ여 오미
믄득 치운의 ᄉ단(事端)을 말ㅎ니 보치 꿈을 바
야흐로 씬 듯ㅎ여 니르되,

"네 이졔 즉시 가셔 습인을 블너 니 곳의
니르면 니 스스로 도리 이시리라."

ㅎ니 습인이 근본 쟝옥함의게 져의 실셰ㅎ
【79】 믈 업슈히 너기믈 당홀가 져허ㅎ여 드러
가고즈 ㅎ다가 지금 셜너니 부른단 말을 듯고
즉시 니르러 한 번 보챠롤 보고 믄득 울며 젼일
ᄉ졍을 고ㅎ고 쏘 니르되,

"내가 감히 림고랑을 원망ㅎ리오. 다만 즈
긔가 젼일의 엇지 죽지 못ㅎ믈 원망ㅎ여 다뭇
니니와 이태태긔셔 날노 ㅎ여곰 나가게 ㅎ시더
니 금일의 죽지도 못ㅎ고 ᄉ지도 못ㅎ니 엇지
셰월을 보니리오?"

보치 눈믈을 머금고 니르되,

"치운은 원리 심히 황 【80】 당ㅎ거니와 다
만 림고랑은 평일의 쏘흔 이 모양이 아니러니
져허컨디 심중의 도로혀 숨은 뜻이 잇는 듯ㅎ니
날이 오리면 즈연 명빅ㅎ려니와 이계는 도로혀
보이야의 모의가 긴결ㅎ니 열쇠가 이시면 여지
못홀 니 업ᄉ디 다만 겨의 셩졍을 짐쟉홀 사롬
이 업도다. 너는 다만 이곳의 잇다가 나의 님고
랑의 곳의 단여오믈 기다리라."

ㅎ고 보치 믄득 가는지라. 습인이 잉ᄋ의
게 부탁ㅎ여 가마니 가셔 치운을 속여 왓거늘
겨 【81】 의게 쳔만 번 이걸ㅎ니, 뉘 알니오 치
운의 심중의 한 가지 쥬의 잇고 쏘흔 운이 환ᄋ
로 ㅎ여곰 겨의게 고ㅎ되,

"쟝옥함이 은지 가장 만코 쏘 치량 식부도

이 일의 춤녜ㅎ여시디 져의 냥기 쟝뷔 이의셔
십 비 되는 은이라도 쏘흔 죡히 무러닐지니 우
리는 이 일을 져의게 맛겨 들네게 ㅎ리라."

ㅎ엿는지라. 치운이 믄득 니르되,

"나도 쏘흔 져의게 졸녀 엇지홀 길 업는
고로 너의게 쳥ㅎ여시니 네가 기시의 슈식을 【
82】 빌니지 아니ㅎ더면 쏘흔 방법이 업슬 거시
어눌 이졔 날노 ㅎ여곰 엇지ㅎ라 ㅎ느뇨? 네가
내 말을 좃지 아니커든 우리 곳 ᄀ치 져의게 가
셔 무러 보리라."

ㅎ니 습인이 쳣지는 치운이 그일의 버셔날
가 져허ㅎ고, 둘지는 쟝옥함이 방즈 의심ㅎ거눌
환ᄋ로 더브러 슈작ㅎ다가 쏘 마죠쳐 본 사롬이
잇셔 쟝부의 귀의 젼ㅎ면 더옥 발명키 어려오믈
져허ㅎ니 엇지 즐겨 가리오? 다만 치운을 줍고
긔약을 졍ㅎ라 ㅎ니 치 【83】 운이 슈변셩로(羞
變成怒)ㅎ고 쏘 보치 와셔 보면 죠치 아니리라
ㅎ여 즉시 니르되,

"태태긔셔 나롤 부리신 ᄉ졍이 잇다."

ㅎ고 니러 가니 즁인이 모다 블편이 너기
더라. 마춤 보치 도라 오더니 보치 니르되,

"님고랑은 평일의 쏘흔 쳬모롤 도라보디
져의 ᄆᄋ미 가장 졍셰ㅎ여 우리 ᄀ치 강논(講
論)ㅎ기 죠치 아닌지라. 졔가 일병 나의게 고치
아니커눌 너가 만일 몬져 셜파ㅎ면 도로혀 져의
단쳐롤 드러니는 것 ᄀ트미 너가 다만 가셔 보
옥 【84】 의 모의롤 무럿더니 졔가 말ㅎ되, '습
인이 가음안다' ㅎ거눌 너 믄득 말ㅎ되, '졔가
슈유롤 쳥ㅎ고 나간 지 오리니 뉘 져의 게으르
믈 용납ㅎ리오. 너가 곳 가셔 겨롤 블너오리라.'
ㅎ니 님고랑이 쏘 말ㅎ되, '겨롤 블너오라 ㅎ여
시니 너는 줌간 안줏다가 곳 가디 다만 샹시(常
時)와 ᄀ치 ㅎ라.' 니 겨롤 보미 무숨 ᄆᄋ미 이
심 ᄀ트니 너 도라오려 홀 쩌의 졔가 웃고 말ㅎ
되, '맛당히 샹방의 니르러 픔ㅎ고 겨롤 쳥ㅎ라'
ㅎ거눌 너의 【85】 방즁인을 너의게 요구ㅎ미 올
흐리라 ㅎ니 너는 지금 가거든 쏘흔 죠심ㅎ라."

ㅎ니 습인이 보챠의게 샤례ㅎ고 몬져 이홍
원의 니르럿더니 즈견과 쳥문이 치부(置簿) 가
음아는 방의셔 삭젼(朔錢)을 츠하ㅎ거눌 습인이
잉ᄋ로 더브러 쇼샹관의 니르러 방즁의 드러가
쳥안ㅎ니 디옥이 쏘흔 모호이 답응ㅎ는지라. 습
인이 믄득 가셔 보옥의 모의롤 츠즈며 잉ᄋ는

더옥을 뫼시고 한화홀 시 쏘흔 이윽히 안젓더니 흘연 보치 잉 【86】 으롤 청흐여 가미 원러 지가이 여러 날 한녈이 발흐거늘 태의롤 청흐여 뵈미 말흐디,

"두역(痘疫)인 듯흐다."

흐더니 추일 오후의 보치 죠희396) 심지의 블을 혀 빗최여 보니 과연 몃 뎜이 잇는 듯흐거늘 보치 믄득 보옥을 이홍원으로 보너며 일면으로 잉으롤 청흐여 가셔 상의흐미러라. 왕부인과 니환과 탐츈과 스상운과 셜보금과 형슈연과 다못 님더옥과 니문과 니긔 추례로 올 시 지가이 다만 겨술 들고 【87】 아아(嗚嗚)히 울거늘 보치 젼일 두역을 보지 못흐엿는지라 심히 방심치 못흐고 영부중이 이 일을 위흐여 모다 분망흐며 태의(太醫)도 삼스인이 일계히 다라 드러오미 번거흐미 몃 비가 더흐더라. 흘연 즈견이 치부 가음아는 방의셔 쟝긔(帳記)롤 혬홀 시 구빅 냥 은표(銀票) 일장이 업는지라. 련망히 즈호(字號)롤 상고(詳考)흐여 은푸리의 가셔 스실흐니 말흐디,

"쟉일 오후의 표롤 빙쥰(憑準)흐여 은즈롤 추즈 갓다."

흐는지라. 즈견 【88】 과 쳥문이 더옥의게 품흐니 더옥이 도로혀 겨의 량인을 고이히 너기지 아니코 다만 말흐디 젼일 련이너니(璉二奶奶) 이실 쩌의는 다만 즈긔가 쟉폐(作弊)흐고 사롬이 겨롤 속이는 이 업더니 엇지 너 슈중의 니런 사롬이 잇느뇨? 너의가 그릇 사롬을 쥬엇다 말흐면 너가 밋지 아닐 거시오. 흐믈며 너가 일긔 용녈흔 법을 베푸러 날마다 츌입 슈효롤 상고흐느니 그러툿 그릇되미 이시리오. 너의는 쏘 싱각흐여 보라. 요스이 뉘 오기롤 【89】 부즈런이 흐엿느뇨?"

쳥문이 니르디,

"부즈런 이가 도로혀 뉘 이시리오? 다만 환가으쁜이로다."

대옥이 닝쇼흐고 니르디,

"오날이냐?"

냥인이 모다 니르디,

"금일은 낫츨 보지 못흐엿노라."

더옥이 믄득 탄식흐며 니르디,

"엇지흐면 죠흐리오? 너의 냥인의게 고흐느니 한 마디도 너지 말고 다만 겨의게 쥰 양으로 치부흐여 두면 너 스스로 도리 이시니 추후의는 엄졀이 막을 쁜이니라."

습인이 방중의셔 듯고 더옥 환으롤 한흐며 쏘흔 모다 디 【90】 옥의 도량을 항복흐디 다만 제가 치부의 환으가 쁜 양으로 긔록흐는 거시 무슴 의신 줄 짐쟉지 못흐더라.

추시 가중인이 모다 지가으의 두역으로 들네믈 인흐여 궁중 즁비(仲妃) 냥냥도 쏘흔 너관(內官)을 보너여 무르미 쏘 몃 비 번거흐미 더으더라. 습인이 싱각흐디, '환이 니러툿 들네여 돈을 쓰디 대옥이 쏘흔 겨롤 아른 체 아니흐니 겨허컨디 젼당흔 믈건을 추줄 길이 업다 흐여 틈이 이시면 믄득 치운의게 지 【91】 촉흐니 치운이 환으는 원망치 아니코 도로혀 습인이 와셔 지촉흐믈 번뢰히 너기고 제가 다시 드러오믈 보미 제가 진졍을 대옥의게 고흐면 즈연 태태 알히셔 셜파(說破) 되는 거시 두려올지니 너가 몬져 하슈(下手)흐여397) 겨롤 졔어흐는 이만 갓지 못다.' 흐고, 허다흔 도리롤 싱각흐며 이홍원으로 오니 졍히 즈견과 쳥문이 그곳의 잇다가 쏘흔 겨롤 태태 신변 사롬이라 흐여 극진이 공경흐는지라. 냥인이 은근이 영 【92】 졉흐여 모다 젼일 즈미의 졍회롤 펼 시 쳥문은 다만 므옴의 습인을 아니흐는지라 믄득 몬져 니르디,

"치운 미미야. 이곳 일을 의논컨디 나는 원러 쫏겨 나간 사롬이라. 시로 다시 드러오미 쏘흔 붓그럽도다."

치운이 니르디,

"너는 무슴 붓그러오미 이시리오? 삣기롤 쏘흔 도져히 흐여시니 뉘 도로혀 네 말을 한 즈나 강논흐리오?"

즈견이 니르디,

---

396) 【죠희】圈 종이. ¶ 紙 ‖ 추일 오후의 보치 죠희 심지의 블을 혀 빗최여 보니 과연 몃 뎜이 잇는 듯흐거늘 보치 믄득 보옥을 이홍원으로 보너며 일면으로 잉으롤 청흐여 가셔 상의흐미러라 (這一天飯後, 寶釵將紙拈子一照, 像有些見了點, 寶釵便將寶玉送往怡紅院, 一面快請鶯兒過去商議.) <後紅 17:86>

397) 【하슈흐다】圈 {하수(下手)하다}. 손을 쓰다. ¶ 下手 ‖ 계가 진졍을 대옥의게 고흐면 즈연 태태 알히셔 셜파 되는 거시 두려올지니 너가 몬져 하슈흐여 겨롤 졔어흐는 이만 갓지 못흐다 (怕他將眞情告訴黛玉, 一直的在太太面前回穿, 不如先下手把他制了.) <後紅 17:91>

"이는 쏘훈 진젹(眞的)후도다."

쳥문이 니르디,

"죠훈 미미야. 다만 그 곡졀을 말후여야 곳【93】 타인이 미드리라."

후니 치운이 다만 뎜두(點頭)후는지라. 주견과 쳥문이 져의 광경이 의심되믈 보고 믄득 져롤 닛글고 무르디,

"근리의 사롬이 쏘 무어시라 의론후더뇨?"

치운이 니르디,

"논란이 잇기는 이시디 나는 관셥지 아니리라. 다만 남이 져롤 니러툿 관디후거놀 져는 편벽도히 허다훈 듯기 어려온 말을 지어니여 남의 톄면을 손샹케후니 하놀이 쏘훈 올케 너기지 아니시리라."

량인이 텽파(聽罷)의 십분 올히 너겨 주견이【94】 믄득 니르디,

"무안(無顔)을 보고 나가셔 엇지 도로혀 니런 ᄆᆞ음을 니리오?"

치운이 니르디,

"무안을 보고 나가도 셰력이 잇셔 드러오미 이마 우히 일기 호신부(護身符)롤 엿느니 그만 두라. 나는 쏘훈 상관업는 일을 아른 톄후여 시비롤 주아니지 아닐지라. 나는 가노라."

후고 즉시 보챠의 방듕으로 가셔 왕부인긔 ᄉᆞ후(伺候)후려 후더라. 쳥문이 치운의 말을 듯고 엇지 참으리오? 즉시 주견으로 더브러 더옥의 방듕의 니르러 가마니 일일이 고후니 진【95】기 주주히 더옥의 심듕의 다닷치는지라 대옥이 쏘훈 샹심후여 눈믈을 흘니고 가마니 니르디,

"제 임의 이마 우히 일기 호신부가 잇시면 우리 쏘훈 져롤 니여 보니지 못후리라. 고이후도다. 보고랑의 와셔 말훈 거시 원리 샹방 지휘롤 바든 거시니 너 쏘훈 한 마디 말노 분명히 셜화후엿거니와 보고랑이 드러가 픔훈지 아니훈지 아지 못하리라. 져는 셩픔이 평슌훈 사롬이라 샹방의셔 챠ᄉᆞ롤 명후【96】여시니 제 감히 좃지 아니리오? 샹방의셔 임의 니러툿 일을 힝후시니 우리는 쏘 눈을 드러 보면 엇지 광증이 나지 아니리오마는 우리는 져의게 양후는 거시 쏘훈 죠흐리라."

쳥문이 니르디,

"이는 죠흐니 우리는 본젼을 허비후여 혐

의 잇는 사롬을 잇그러다가 져로 후여곰 이 문셔방(文書房)을 가음알게 후미 가장 죠흐리로다."

주견이 쏘훈 니르디,

"우리 스스로 치부방(置簿房)을 ᄉᆞ양후고 괴로오믈 바다 무엇후리오?"

더옥은 본디 쳬면【97】을 도라보는지라 쏘훈 져의 량인을 멈츄어 기구치 말나 후디, 쳥문은 셩픔이 강직후여 일뎜 원통훈믈 밧지 못후는지라 엇지 금졔(禁制)후여 멈츄리오? 믄득 리왕후며 눈박인 말노 습인을 히치니 가련토다. 습인이 졍히 셰월을 보닐 길이 업셔 시시로 죽고즈 후니 뉘 가만 훈 곳의 치운의게 모희롤 바든 줄 알니오? 주고로 고신얼즈(孤臣孽子)와 츌부원쳡(出婦怨妾)이 미양 이ᄀᆞ치 신고(辛苦)후미 이시나 다만 주긔만 샹심홀 쓴이러라. 대【98】옥이 나산(懶散)후여[398] 긔동치 아니후더니 이즈음 지가ᄋᆞ의 두역이 믄득 고극(苦劇)후미 삼ᄉᆞ인 태의(太醫) 듕의 일기 증가(曾家) 셩 가진 이가 쥬관후미 원리 두증(痘症)의 열요히 힝셰후는 사롬이니 ᄆᆞ음이 졍셰후고 담냑(膽略)도 이시나 혼긔(渾家) 증셰롤 방심치 못후여 미일 삼십 냥식을 써셔 보니디 도로혀 빈 틈을 타 타쳐의 가셔 두로 슈응후더라.

증티의(曾太醫) 두증이 슌치 못후믈 보고 ᄆᆞ음의 관계후미 젹지 아냐 믄득 일야롤 싱각후고 텬명【99】시(天明時)의 드러가 주셔히 볼 시 왕부인과 셜이마와 니환과 보챠 등이 쏘훈 피치 아니커놀 태의 주셰히 보다가 믄득 니르디,

"태태와 너니는 방심후라. 만싱(晚生)[399]이 이즈음의 분명히 아랏시니 단졍코 셩공후믈 하례후노라."

---

398) 【나산후다】 혱 {나산(懶散)하다}. 해이(解弛)하다. ¶ 懶散 ‖ 대옥이 나산후여 긔동치 아니후더니 이즈음 지가ᄋᆞ의 두역이 믄득 고극후미 삼ᄉᆞ인 태의 듕의 일기 증가 셩 가진 이가 쥬관후미 (這黛玉懶散不出去, 那邊芝哥兒的痘子却利害上來, 這三四位大夫, 有一個姓曾的拿主.) <後紅 17:98>

399) 【만싱】 명 {만생(晚生)}. 자신을 낮추어 부르는 말. ¶ 晚輩 ‖ 태태와 너니는 방심후라 만싱이 이즈음의 분명히 아랏시니 단졍코 셩공후믈 하례후노라 (老太太、奶奶放了心罷, 晚輩這會子瞧得準, 拿定了恭喜收功.) <後紅 17:99>

왕부인 등이 계셩ᄒᆞ여 니ᄅᆞ디,

"션싱은 우리 혼가의셔 모다 밋ᄂᆞ니 다만 이 히ᄌᆞ롤 위ᄒᆞ여 셩공ᄒᆞ면 너로 ᄒᆞ여곰 평싱을 여의케 ᄒᆞ리니 너ᄂᆞᆫ 추후의 힝의(行醫)치 아니 ᄒᆞ여도 ᄯᅩᄒᆞᆫ 가ᄒᆞ리라."

태의 믄득 읍ᄒᆞ며 【100】 샤례ᄒᆞ여 니ᄅᆞ디,

"태태와 쇼야(小爺)의 복력이 크믈 샤례ᄒᆞᄂᆞ니 다만 만싱의 한 첩 약 ᄡᅳᄆᆞᆯ 보라. 즉시 묘리(妙理) 이시믈 담당ᄒᆞ리라."

ᄒᆞ고 증태의 외간으로 나가 방문(方文)을 ᄡᅳᆯ 시 ᄯᅩᄒᆞᆫ 침냥ᄒᆞ다가 믄득 붓슬 드러 ᄡᅳ디 인삼(人蔘) 빅출(白朮) 진피(陳皮) 복령(茯苓) 픠모(貝母) 은화(銀花) 감쵸(甘草)롤 각기 등분ᄒᆞ고 디초[400] 삼기롤 더ᄒᆞ여 달혀 먹이라 ᄒᆞ더라. 태의 방문을 ᄡᅳᆫ 후의 하직을 고ᄒᆞ고 나가니 즁인이 져기 방심ᄒᆞ며 왕부인은 ᄯᅩᄒᆞᆫ 셜이마롤 ᄭᅳ을고 상방으로 【101】 가셔 쉴 시 왕부인이 가마니 니ᄅᆞ디,

"습인의 말을 네가 알니라. 여러 날을 님챠둬 도로혀 이ᄀᆞᆺ치 ᄒᆞ며 너게 무슨 일이 상관이 되건디 나롤 보면 안싴이 져러ᄐᆞᆺ ᄒᆞ고 근일의ᄂᆞᆫ 더욱 이샹ᄒᆞ니 혼긔 지가으롤 위ᄒᆞ여 뉘 하로 십여 ᄎᆞ식 단이지 아니ᄒᆞ여시리오마ᄂᆞᆫ 편벽도히 져ᄂᆞᆫ 한 거름도 금ᄀᆞᆺ치 앗기니 본리 이 일이 보챠두의게 무슴 상관이 이시며 ᄯᅩ 쇼희ᄌᆞ의게 무슨 상관이 이시리오? 진기 이상ᄒᆞᆫ 셩격이어놀 도로혀 평일 【102】 의 체면을 앗긴다 말ᄒᆞ미로다. 근일의 련ᄒᆞ여 죠ᄒᆞᆫ 인삼을 보니니 뉘 져의 삼을 기다려 먹으리오?"

셜이미 듯고 ᄌᆞ연 권희(勸解)ᄒᆞ믈 마지 아니디 심즁의ᄂᆞᆫ ᄯᅩᄒᆞᆫ 져롤 이샹히 너기더라.

ᄎᆞ시 영부즁의 분망ᄒᆞᆫ 이도 잇고 나산ᄒᆞᆫ 이도 이시며 심녀ᄒᆞᄂᆞᆫ 이도 이시디 다만 환으ᄂᆞᆫ 이 틈을 타 뎌욱 들네여 희ᄌᆞ(戲子)도 보고 챵기(娼妓)도 결년(結緣)ᄒᆞ며 잡기와 슐 먹기롤 무쇼블위(無所不爲)ᄒᆞ미 문셔방의셔 도젹ᄒᆞᆫ 은표(銀票)롤 임의 다 ᄡᅳ 【103】 고, ᄯᅩ 치운과 부동(附同)ᄒᆞ여 왕부인의 ᄉᆞ젼(私錢)을 무슈히 도젹ᄒᆞ여 니여 가니 진기 환으와 다못 운이 낙화유

슈(落花流水)ᄀᆞᆺ치 들네미 ᄯᅩᄒᆞᆫ 허다ᄒᆞᆫ 사ᄅᆞᆷ의 의론이 니러나 니ᄅᆞ디,

"영부즁 믈건을 뉘 ᄌᆞ셔히 짐쟉지 못ᄒᆞ리오? 다만 일위 쇼애 엇지 한만히[401] ᄡᅳᄂᆞ뇨?"

ᄒᆞ며 ᄯᅩ 말ᄒᆞ디,

"져의 집의 그런 가법이 잇거놀 ᄯᅩᄒᆞᆫ 도로혀 니런 픤지 잇다."

ᄒᆞ며 ᄯᅩ 니ᄅᆞ디,

"본리 가졍(賈政) 노야의 ᄉᆞ졍이 ᄯᅩ 번거ᄒᆞ니 엇지 졍신이 이의 미츠리오? 너ᄂᆞᆫ ᄯᅩᄒᆞᆫ 팔ᄌᆞ죠 【104】 혼 사ᄅᆞᆷ을 위ᄒᆞ여 근심 말나. 졔가 곳 평싱을 낭비ᄒᆞ여도 넉넉ᄒᆞ리라."

ᄒᆞ디 환으ᄂᆞᆫ 곳 부친 쳔년(天年) 후의 갑흐마 ᄒᆞᄂᆞᆫ 슈긔(手記)롤 무슈히 ᄡᅥ 니니 실노 인다로오디 이 부즁의 님디옥이 임의 아ᄅᆞᆫ 체 아니ᄒᆞ니 뉘 도로혀 금지ᄒᆞ리오? 다만 셜이미 시시로 집의 도라가 환으의 쇼문이 죠치 아니믈 듯고 무ᄉᆞᆫ ᄉᆞ단을 들네여 닙가 져허ᄒᆞ여 가마니 왕부인긔 고ᄒᆞ니 왕부인이 다만 가졍이 져롤 고호홀가 두려 한 마디도 졔긔치 아니 【105】 코ᄌᆞᄒᆞ디, ᄯᅩ 가졍이 일후의 알고 미원(埋怨)홀가 두려 뷘 틈을 타 니ᄅᆞ디,

"근일의 ᄯᅩᄒᆞᆫ 번거ᄒᆞ디 환으롤 나지ᄂᆞᆫ 얼골을 보기 어려오니 너ᄂᆞᆫ ᄯᅩᄒᆞᆫ 져롤 ᄉᆞ실ᄒᆞ라."

ᄒᆞ엿더니, 뉘 알니오 가졍이 도로혀 니ᄅᆞ디,

"너 근일 ᄌᆞ로 왕리ᄒᆞ미 도로혀 환으ᄂᆞᆫ 보나 다만 보옥을 보지 못ᄒᆞᆫ다."

ᄒᆞ고 즉시 보옥과 환으롤 부ᄅᆞ더니 편벽도히 치운이 나ᄂᆞᆫ 드시 쇼식을 젼ᄒᆞ여 환으ᄂᆞᆫ 즉시 드러오고 보옥은 도로혀 쇼식을 젼ᄒᆞ여 줄 사ᄅᆞᆷ이 업ᄂᆞᆫ지라. 가졍 【106】 이 다만 셩니ᄂᆞᆫ 긔식이 잇고 ᄯᅩᄒᆞᆫ 보옥을 부ᄅᆞ지 아니ᄒᆞ더니 믄득 니ᄅᆞ디,

"너 ᄀᆞᆺ튼 쟝진(長進)업ᄂᆞᆫ 쇼ᄌᆞᄂᆞᆫ 다만 나 일인으로 ᄒᆞ여곰 너롤 죠속(操束)ᄒᆞ라[402] ᄒᆞᄂᆞ

---

400) 【디초】 ⑬ 대추. ¶ 大棗 ‖ 인삼 빅출 진피 복령 픠모 은화 감쵸롤 각기 등분ᄒᆞ고 디초 삼기롤 더ᄒᆞ여 달혀 먹이라 ᄒᆞ더라 (人蔘、白朮、廣皮、茯苓、土貝母、銀花、甘草各等分，加大棗三枚煎服.) <後紅 17:99>

401) 【한만히】 ⑮ {한만(閑漫)히}. 한가하고 느긋하게. ¶ 영부즁 믈건을 뉘 ᄌᆞ셔히 짐쟉지 못ᄒᆞ리오 다만 일위 쇼애 엇지 한만히 ᄡᅳᄂᆞ뇨 (這榮府裏的東西, 誰也算他不淸, 不出這一位爺, 如何流通開去?) <後紅 17:103> ⇒ 한만이

402) 【죠속ᄒᆞ다】 ⑧ {조속(操束)하다}. 단속(團束)하다. ¶ 管 ‖ 너 ᄀᆞᆺ튼 쟝진업ᄂᆞᆫ 쇼ᄌᆞᄂᆞᆫ 다만 나 일인으로 ᄒᆞ여곰 너롤 죠속ᄒᆞ라 ᄒᆞᄂᆞ냐 나롤 위ᄒᆞ여 나가라 (你不長進的小子，單要我一個管你，

냐? 나를 위후여 나가라!"

후니 왕부인이 가졍의 말을 드르미 환으의 일의 또 보옥을 쪄 말후며, 보옥이 편벽도히 오지 아니후디 도로혀 보옥을 꾸짓지 아니후니 이는 분명히 환으를 고호후는 의시라 후고, 믄득 싱각후디, '져디로 엇더케 들네여 돈을 쓰는지 나는 다시 아른 체 아니리라.' 후 【107】 고, 심즁의 가쟝 쾌활히 너기지 아니터니 다힝이 지가으의 두 증이 회두(回痘)후여 가쟝 태평훈지라 혼긔 십분 환희후며 증태의도 또훈 젹지 아닌 례믈을 밧더니 숑신후는 눌의 니르미 치부방이 또훈 극히 번거후디 다힝이 디옥이 젼긔후여 비포후여시며 쏘 즁비낭낭(仲妃娘娘)이 사롬을 보너여 나올 쥴 알고 또훈 판리(辦理)후믈 졍당히 후엿더라.

디옥이 초일 죠신(早晨)의 니러나 쇼셰(梳洗)후고 단쟝후기를 맛치미 또 희반(戲班)이 긔약의 밋지 못 【108】 훌가 두려 사롬으로 후여곰 가셔 죠히 분부후라 후더니 공교히 희반 즁의 일기 연괴 잇더라. 홀연 왕부인이 치운으로 후여곰 와셔 말후디,

"샐니 가셔 이야를 위후여 의복을 밧고와 닙히라. 궁즁의셔 너관이 오리라 후는지라."

습인이 련망히 보옥의 의복을 가져가고 디옥이 또훈 셔셔히 드러갈 시 겨유 당샹의 니르미 왕부인이 나오거눌 디옥이 앏흐로 가셔 쳥안후니 왕부인이 믄득 우스며 니르디,

"대고랑의 【109】 귀훈 거롬을 슈고로이 후엿도다."

후니 즁인이 모다 듯는지라. 디옥이 가쟝 붓그려 일면으로 싱각후디, '나는 니러톳 남을 위후거눌 도로혀 무안을 당후도다. 지가으의 영쇄훈 일의 한 가지나 너가 용심치 아니후여시리오마는 니런 쳥신의 면박을 당후엿도다.' 후고, 심즁이 졍히 블평후여 방즁으로 드러가니 졍히 습인이 방즁의 잇는지라. 디옥이 믄득 짐쟉후디, '습인이 무슨 말을 후여 태태긔셔 드르시고 니 【110】 러톳 샐니 발쟉후도다.' 후고 쇼리를 나죽이 후여 니르디,

"우리는 명일의 모든 일을 져의게 스양후리라."

후니 습인이 드르미 진긔 놀나 죽을 듯후고 또훈 원통후여 죽을 듯훈지라. 셔셔히 홀노 눈믈을 삐스며 도라가더라.

당각(當刻)의 셜이미 이 졍샹(情狀)을 보미 평일의 또훈 디옥의 은혜를 바든지라 믄득 즁간의셔 화호(和好)를 시기고즈 후여 다만 니르디,

"고랑아, 지가으의 스졍은 너의게 슈고시긴 거시 견딜 길 업 【111】 도다. 디쇼스를 믈론후고 네가 져러톳 졍셰히 돌보왓시며 오늘날 번극(繁極)훈 슈응도 또훈 네가 남이 모로는 곳의셔 언마 졍신을 허비훈지 모로니 다만 이 힌지즈라거든 네게 효순후믈 기다리라."

후니 이 한 마디 말이 왕부인의 모음을 띠치는지라. 왕부인이 비록 습인을 위후여 모음을 두나 지가으의 일의 또훈 져의 힘을 가쟝 힘 닙엇더니 쳥죠(淸早)의 한 번 샹면후고 져의게 한 마디 면박훈 거시 죠치 아니며, 졔가 또 극히 령 【112】 리훈 사롬이어눌 너가 싱각지 못후엿다 후고, 또훈 셜이마의 말을 짜라 디옥을 십분 공즈후니 디옥이 또훈 왕부인의 뜻을 명빅히 알고 니르디,

"태태긔셔 도로혀 니러톳 후시거눌 내 엇지 용렬훈 모음을 너리오?"

후고 믄득 은근훈 졍의를 펴 심곡(心曲)의 말을 다후니 가즁인이 가스를 쥬쟝후는 량인이 화호후믈 보고 또훈 와셔 우음의 말도 후며 인후여 희즈를 보며 슐을 마실 시, 보치 또훈 디옥을 감격히 너겨 련후 【113】 여 슐을 가져 권후니 디옥이 여러 날 울격히 잇다가 또훈 쇼챵(消暢)후더니403) 홀연 싱각후디, 쇼샹 관즁의 허다훈 사롬의 하례후는 례믈을 바다 두엇시미 환으의 가져가믈 닙을가 져허후나 또훈 스식을 드러니지 아니코 다만 웃고 말후디,

"의복을 밧고와 닙고 올 거시니 이곳의셔 나를 기드리지 말나."

후거눌 왕부인이 니르디,

"좌우간의 희즈를 오리지 아냐 맛칠 거시오. 너도 또훈 곤훌 거시니 모음디로 가셔 쉬라."

替我出去.) <後紅 17:106>

403) 【쇼챵후다】 圖 (소창(消暢)하다). 마음을 후련하게 하다. ¶ 開懷 ‖ 보치 또훈 디옥을 감격히 너겨 련후여 슐을 가져 권후니 디옥이 여러날 울격히 잇다가 또훈 쇼챵후더니 (寶釵也感激黛玉, 很很的拿酒勸他, 黛玉鬱結了好些時兒, 倒也開懷樂意.) <後紅 17:113>

ᄒᆞ고 디옥이 믄【114】득 쇼방과 향셜을
다리고 도라와 모든 믈건을 일일히 쟝긔의 올니
고 슈습ᄒᆞ엿다가 열요ᄒᆞ믈 지닌 후의 보고랑의
곳으로 보니려 ᄒᆞ여 졍히 분망ᄒᆞᆯ 시, 홀연 류슈
지 다라 드러와 말ᄒᆞ디,

"습인 져졔 울고 도라 가더니 방문을 걸고
결항치ᄉᆞ(結項致死)ᄒᆞ엿ᄂᆞᆫ지라. 져의 쟝뷔 쇼식
을 듯고 회방 즁의 잇다가 도라가 문을 박츠 열
고 극녁(極力)ᄒᆞ여 구호ᄒᆞ디 회셩치 못ᄒᆞ엿ᄂᆞ니
라."

ᄒᆞ거ᄂᆞᆯ 디옥이 놀나 ᄆᆞ음이 어즈러이 뛰노
더니 다【115】시 한즈음 지니여 ᄌᆞ견이 쏘 급
급히 드러와 말ᄒᆞ니 디옥이 쏘ᄒᆞᆫ 눈믈을 씨스며
뎜두ᄒᆞ여 니르디,

"샐니 져롤 구ᄒᆞ라."

ᄒᆞ니 쏘ᄒᆞᆫ ᄌᆞ견이 련망히 가ᄂᆞᆫ지라. 디옥
의 심즁의ᄂᆞᆫ 쳔언만에(千言萬語) 이시디 발언치
못ᄒᆞ니, 아지 못게라 습인의 셩명이 엇지된고
하회분히ᄒᆞ라.

［후홍루몽後紅樓夢 권지십팔卷之十八］

27

진블쵸디쟝보원경 유다졍통방셩쟉합
眞不肖大杖報冤愆　繆多情通房成作合

【1】화셜(話說), 디옥(黛玉)이 습인(襲人)의 ᄌ진(自盡)ᄒ믈 듯고 심즁의 ᄯᅩᄒᆫ 감샹(感傷)ᄒ여 즉시 ᄌ견(紫鵑)을 식여 사롬으로 ᄒ여곰 가셔 져룰 구ᄒ라 ᄒ니 ᄌ견이 가거놀 ᄯᅩ 류슈ᄌ(柳嫂子)로 ᄒ여곰 외면의셔 들네지404) 말고 쥬연(酒宴)을 죠응(照應)ᄒ라 ᄒ더니 ᄌ견이 이홍원(怡紅院)의 니ᄅ러 다만 삼오 ᄎᆞ롤 사롬으로 ᄒ여곰 가 구원케 ᄒ고 졍히 한즈음을 기ᄃ리미 바야ᄒ로 쇼식이 잇【2】셔 말ᄒ디,

"죠히 회싱(回生)ᄒ엿다."

ᄒ거놀 ᄌ견이 련망히 나아와 고ᄒ니 디옥이 믄득 아춤의 지닌 셜화(說話)룰 져의게 고ᄒᆫ디 ᄌ견이 믄득 니ᄅ디,

"고랑(姑娘)아, 이는 도로혀 습인을 그릇 의혹ᄒᆞ미니 아춤의 태태(太太)의 셜화룰 듯고 나와 쳥문(晴雯)이 모다 죠하 아니ᄒ여시며 고

랑이 져 한 마디도 우리가 ᄯᅩᄒᆫ 맛당타 ᄒ엿더니 츄후 오간(午間)의 니ᄅ러 모다 한담ᄒᆞᆯ 시 도로혀 잉무(鸚鵡)와 호박(琥珀)이 말ᄒ기룰 습인이 아춤의 나아가 다만 보이야(寶二爺)롤 위ᄒ여 의【3】복을 밧고와 닙게 ᄒ고 아오로 한 쇼리 개구(開口)ᄒ미 업스믈 여러 사롬이 보왓시며, 티티도 ᄯᅩᄒᆫ 틈이 잇셔 져로 더브러 무어슬 론란(論難)ᄒ미 업스니 태태 심즁의 별노 다ᄅᆫ 의ᄉᆡ 잇ᄂᆞᆫ지 아지 못ᄒ리라."

ᄒ니 디옥이 쳥파(聽罷)의 뎜두(點頭)ᄒ고 믄득 벽의(碧漪)와 쳥하(靑荷)로 ᄒ여곰 톄디(體大)ᄒᆫ 인삼 한 량즁을 갈희여 보니여 져의게 뵈고 져로 ᄒ여곰 죠리케 ᄒ라 ᄒ니 냥인(兩人)이 간 지 오리지 아냐 도라와 니ᄅ디,

"쟝옥함(蔣玉菡)이 우리 가믈 보고 말ᄒ기롤, 내내(奶奶)로【4】 ᄒ여곰 와셔 져룰 보라 ᄒ며, ᄯᅩ 져의게 인삼을 파급(派及)ᄒ여 죠리케 ᄒ신다 ᄒ여 가장 감격히 너겨 내내의게 쳥안(請安)ᄒ며 내내의 은혜룰 스례ᄒᆞ니 이졔 회싱ᄒ여 무탈ᄒ미 내내ᄂᆞᆫ 방심(放心)ᄒ라 졔가 하리기룰405) 기ᄃ려 져로 ᄒ여곰 드러가 비ᄉᆞ(拜辭)케 ᄒ리라 ᄒ미, 우리 습인을 드러가 보니 도로혀 극히 가련ᄒᆞᆫ지라. 한 낫 실 ᄀᆞᆺᄐᆞᆫ 긔운으로 셜화롤 니지 못ᄒ며 면샹(面上)이 누ᄅ러 밀죠각 ᄀᆞᆺᄐᆞ 다."406)

ᄒ고 냥개 챠환(丫鬟)이 일변 말ᄒ며 일변 눈【5】을 부븨니 ᄌ견이 ᄯᅩᄒᆫ 슈건으로 눈믈을 ᄲᅵᆺ거놀 디옥이 다만 뎜두ᄒ고 무슴 셜화룰 아니타가 완완(緩緩)이 방즁으로 드러가 안ᄌᆞ미 즁인(衆人)이 져의 여간 뉘웃ᄂᆞᆫ 의ᄉᆞ룰 두리라 짐쟉ᄒ엿더니, 뉘 알니오 디옥이 별노 일단 의ᄉᆞ 잇셔 니ᄅ기룰,

"졔가 죽ᄂᆞᆫ 거시 더디미 가셕(可惜)ᄒ도다. 죽으려 ᄒᆞ다가 죽지 아니ᄒ고 무삼 모양으로 다시 사롬을 보며 믄득 내가 오늘 아춤의 져룰 그ᄅᆺ 의혹ᄒ엿다 혜여도 젼일 치운의 니ᄅ던 말이

---

404) 【들네다】圖 들레다. 야단스럽게 떠들다. ¶ 揚開 ‖ ᄌ견이 가거놀 ᄯᅩ 류슈ᄌ로 ᄒ여곰 외면의셔 들네지 말고 쥬연을 죠응ᄒ라 ᄒ더니 (紫鵑去了, 也叫柳嫂子外面不要揚開, 且照應酒席去.) <後紅 18:1>

405) 【하리다】圖 (병이)낫다. ¶ 舒服 ‖ 내내ᄂᆞᆫ 방심ᄒ라 졔가 하리기룰 기ᄃ려 져로 ᄒ여곰 드러가 비ᄉᆞ케 ᄒ리라 (請上頭放心, 等他舒服了, 叫他上來磕頭.) <後紅 18:4>

406) 【밀죠각】圖 밀조각. ¶ 蠟板 ‖ 한 낫 실 ᄀᆞᆺᄐᆞᆫ 긔운으로 셜화롤 니지 못ᄒ며 면샹이 누ᄅ러 밀죠각 ᄀᆞᆺᄐᆞ 다 (一絲兩氣的說不出話來, 面上黃得蠟板似的.) <後紅 18:4>

ᄯᅩᄒᆞᆫ 내가 그【6】롯 의혹ᄒᆞ므로 니르기 어렵다."

ᄒ더라. 습인의 스단(事端)이 명죠(明朝)의 니르미 부중(府中)이 가마니 이도 말ᄒ며 져도 말ᄒ여 뎜뎜 들네미 왕부인 귀의 니르니 왕부인이 심중의 본러 습인을 져기 공념(恭念)ᄒ미407) 잇더니 이 쇼식을 듯고 더옥 더옥을 한ᄒ더 오직 치운(彩雲)이 미일 심중의 황황히 지니더라.

이ᄯᅥ 뎜뎜 년졀(年節)이 ᄎ가오미 치부방(置簿房) 스뮈(事務) 가장 번거ᄒᆞᆫ지라. 즈견과 청문과 잉ᄋ(鶯兒) 삼인이 져당ᄒ기 어려온 ᄯᅵ 니르면 더옥이 필경 스스로 의스쳐(議事處)【7】의 가고 잇다감408) ᄯᅩᄒᆞᆫ 그 곳의셔 밥을 먹으더 다힝히 더옥의 위인이 도져히 총명ᄒ여 젼지(錢財) 출입을 모다 졍당히 ᄒ더 ᄯᅩᄒᆞᆫ 슈삼일 젼 긔ᄒ여 미리 쥰비ᄒ미 비록 빅시(百事) 아오로 다ᄃ라도 판리(辦理)ᄒ믈 ᄆᆰ은 믈ᄀᆞᆺ치 ᄒ며, ᄯᅩᄒᆞᆫ 습인이 드러오지 아니믈 위ᄒ여 잉ᄋ로 ᄒ여곰 져의 스무를 더신ᄒ니 즈견과 청문을 도와줄 사롬이 업눈지라. 그러므로 즈긔가 나오면 ᄯᅩᄒᆞᆫ 평ᄋ를 쳥ᄒ여 함긔 보술피더니, 일일은 졍히 의스쳐의 잇【8】셔 쟝긔(帳記)를 분별ᄒᆞᆯ 시 홀연 드르미 외면의셔 훤동(喧動)ᄒ며 드러와 니르더,

"노야(老爺)게셔 분부ᄒ시기를 ᄲᆯ니 삼빅 량 은즈를 졍평(整平)으로 다라 가져오라 ᄒ시더라."

ᄒ니 더옥이 믄득 한 봉의 오십 냥식 ᄲᅡ셔 둔 여셧 봉을 갈희여 가져 가게 ᄒ엿더니 츄후 쥬셰(周瑞) 다라드러와 니르더,

"죠치 아니토다. 삼애 큰 스단을 니르혀 내엿다."

ᄒ거눌 더옥 등이 믄득 샹방(上房)의 니르러 일졔히 왕부인을 ᄯᅡ라 나가 병풍 뒤히셔 규시(窺視)ᄒ니, 원러 가졍(賈政)이【9】 아문으로셔 도라 오다가 즁로의셔 보미 여러 샤롬이 일량챠(一輛車)를 둘너 셧더니 가졍의 교지(轎子)

니르믈 보고 일인이 다라드러 쓸며 교즈를 즙아 멈츄고 명을 구ᄒ라 ᄒ거눌 가졍이 분부ᄒ더,

"본 디방(地方) 아문(衙門)으로 가라."

ᄒ니 기인이 말ᄒ더,

"이눈 디인부즁(大人府中) 스졍이라. 지금 디인의 쇼애(少爺) 이곳의 잇다."

ᄒ거눌 가졍이 믄득 ᄭᅮ지즈더,

"이눈 뉘뇨? ᄲᆯ니 나아오라."

ᄒ니 원러 가환(賈環)과 가운(賈芸)이라. 가졍이 ᄯᅩᄒᆞᆫ 졍신이 혼미ᄒ여 믄득 무르더,

"무슨 일이뇨?"

ᄒ니【10】 빗슬 진 연괴(緣故)라 ᄒ거눌 가졍이 믄득 ᄭᅮ지져 니르더,

"모다 부즁으로 압녕(押領)ᄒ여 가즈."

ᄒ더니 부즁의 니르미 가졍이 믄득 젼쳥(前廳)의셔 교즈의 나리며 분부ᄒ여 고함ᄒ던 사롬을 드러오라 ᄒ여 져의게 무르니 기인이 말ᄒ더,

"쇼지409)의 셩은 복(卜)이오 명은 원창(源昌)이니, 약푸리를 여러 셩이 ᄒ더니 슈월 젼의 삼애 져 일위 쇼야로 더브러 말ᄒ더, '부즁의셔 약지(藥材)를 쓰고즈 ᄒ더 모다 희귀ᄒᆞᆫ 스향(麝香)과 육계(肉桂)와 울금(鬱金) 등속이라' ᄒ【11】거눌 쇼지 디답ᄒ더, '쇼뎜(小店)의눈 업다' ᄒ엿더니, 두 분 쇼애 지삼 힐문(詰問)ᄒ여 쇼지를 ᄭᅳ을고 큰 약 져지로 가 외상을 니여 오고 ᄯᅩ 쇼지로 ᄒ여곰 스스로 챠를 셰녀여 약을 가지고 뒤히 ᄯᅡ라 그 쇼야의 집으로 보닐 시 쇼야가 부즁의 니르러 말ᄒ더, '십일 후의 돈을 쥬마' ᄒ더니 지금 일호도 쥬지 아니ᄒ미 쇼뎜은 곳 간구ᄒᆞᆫ 뎜이라 방츠(防遮)ᄒᆞᆯ 길히 업고 지금 이 긱인이 쇼지를 핍박ᄒ니 쇼지눈 진기(眞個) 목슘이 업셔지리라."

ᄒ며 그【12】 일긔 긱인도 ᄯᅩᄒᆞᆫ ᄯᅡ라 말ᄒ

---

407) 【공념ᄒ다】圈 (공념하다). 그리워하다. ¶ 顧戀 ‖ 왕부인이 심중의 본러 습인을 져기 공념ᄒ미 잇더니 이 쇼식을 듯고 더옥 더옥을 한ᄒ더 오직 치운이 미일 심중의 황황히 지니더라 (王夫人心裏本來有些顧戀襲人, 聽見這個信兒, 愈覺的埋怨黛玉, 惟獨彩雲聽見了, 逐日間心驚眼跳.) <後紅 18:6>

408) 【잇다감】튀 이따금. 종종. ¶ 有時 ‖ 즈견과 청문과 잉ᄋ 삼인이 져당ᄒ기 어려온 ᄯᅵ 니르면 더옥이 필경 스스로 의스쳐의 가고 잇다감 ᄯᅩᄒᆞᆫ 그 곳의셔 밥을 먹으더 (到了紫鵑·晴雯·鶯兒 三個人弄不開的時候, 黛玉竟自己到議事處去, 有時也在那裏吃飯.) <後紅 18:7>

409) 【쇼지】圈 소적(小的 xiǎode). 소인(小人). 말하는 사람이 자신을 낮추어 이르는 말. 중국어 차용어. ¶ 小的 ‖ 쇼지의 셩은 복이오 명은 원창이니 약푸리를 여러 셩이 ᄒ더니 (小的姓卜, 叫做卜源昌, 開過藥鋪生意.) <後紅 18:10>

눈지라 가정이 긔가 올나 도로혀 가운더려 무르니 가운이 다만 니르디,

"이 일이 잇다."

ᄒᆞ눈지라. 니러므로 가정이 즉긔의 은을 가져다가 그 한 무리 사름을 쳐결ᄒᆞ여 보니고 가정이 노긔 등등ᄒᆞ여 환·운 량인을 다리고 셔당으로 가셔 ᄭᅮ지져 ᄭᅮᆯ니고 믄득 가련(賈璉)을 부르니 가련이 드러가미 몬져 가정이 가련을 ᄭᅮ짓고 즉시 가련으로 ᄒᆞ여곰 져의 냥인의게 무르디,

"ᄯᅩ 약지를 시러왓시니 아지 못게 【13】 라 엇더케 들네엿느뇨?"

ᄒᆞ고 져로 ᄒᆞ여곰 ᄲᆞᆯ니 말ᄒᆞ라 ᄒᆞ니 져 량인이 벙어리ᄀᆞᆺ치 다만 머리를 부딧는지라 가련이 ᄯᅩᄒᆞᆫ 도리 업셔 이윽히 힐란ᄒᆞ다가 믄득 가정의게 픔ᄒᆞ되,

"져 량인을 죽이나 엇지 즐겨 말ᄒᆞ리오? 다만 운ᄋᆞ(芸兒)의 노ᄌᆞ 왕후ᄋᆞ(王猴兒)를 블너오미 죠흐리라."

ᄒᆞ니 가정이 믄득 ᄭᅮ지져 ᄲᆞᆯ니 부르라 ᄒᆞ더니 언마 못되여 왕후ᄋᆞ를 블너온지라. 이 후ᄋᆞ눈 나히 십구 셰오, 얼골이 누르며 입쌀이 이즈러졋시 【14】 더 도로혀 간특(奸慝)ᄒᆞ며 져 냥인을 ᄯᆞ라 들네므로 ᄯᅩᄒᆞᆫ 히호모(海虎帽)를 쓰고 한 벌 호피(虎皮) 모의(毛衣)를 닙엇눈지라 가정이 ᄭᅮ지져 모다 벗기라 ᄒᆞ고, 져를 죽편(竹鞭) 일빅을 치니 후이 두 손으로 엇게를 취고 다만 쩌눈지라. 가련이 믄득 져를 ᄭᅮ지져,

"죵두지미(從頭至尾)히 바로 말ᄒᆞ라."

ᄒᆞ니 후이 믄득 일일히 말ᄒᆞ되 ᄯᅩᄒᆞᆫ 쟝씌 일판을 외오기를 쳥쵸(淸楚)히 ᄒᆞ되 치운이 쟝니너의 슈식(首飾)을 비러 전당(典當)ᄒᆞᆫ 거스로 붓허 태태의 금쥬(金珠)를 도젹ᄒᆞ고 치부방의 【15】 은표(銀票)를 도젹홈과 각 뎜포(店鋪)의 외상 쟝씌와 다못 희ᄌᆞ(戲子)를 보고 기녀(妓女)를 결년ᄒᆞ며 ᄯᅩ 슐먹고 취ᄒᆞ여 쥬뎜 왕지야(王的兒)로 더브러 ᄡᆞ호고 가 칭(稱) 태의(太醫)ᄒᆞ고 과부를 도젹ᄒᆞ려 ᄒᆞ다가 더로샹의셔 오좀 먹은 등스를 낫낫치 말ᄒᆞ며 머리를 부딧고 니르디,

"다만 이ᄲᅮᆫ이오 다시는 업다."

ᄒᆞ거늘 가련이 ᄭᅮ지져 져를 니치라 ᄒᆞ니 후이(猴兒) 즉시 다라나는지라. 가련이 긔ᄉᆡᆨ(氣塞)ᄒᆞ여 구러질 듯ᄒᆞ거늘 가련이 황망히 붓드러

멈츄고 난가ᄋᆞ(蘭哥兒)와 보옥(寶玉) 【16】 도 ᄯᅩᄒᆞᆫ 다라나와 붓들며, 니간(內間) 왕부인 등은 놀나 다만 머리를 흔들며 더옥은 ᄆᆞ옴이 령리ᄒᆞ미 치운이 ᄌᆞ쳐(自處)ᄒᆞᆯ가⁴¹⁰ 두린지라 즉시 잉무와 쇼방(素芳)으로 ᄒᆞ여곰 직희라 ᄒᆞ더라.

가정이 이윽ᄒᆞᆫ 후 정신을 졍ᄒᆞ고 ᄭᅮ지져 줄과 더곤(大棍)을 가져오라 ᄒᆞ여 져를 결박ᄒᆞ라 ᄒᆞ니, 님지효(林之孝) 등이 엇지 감히 좃지 아니리오? 가정이 발을 구르며 ᄭᅮ지져 니르디,

"즁히 치라."

ᄒᆞ여 믄득 이삼십 도를 치니 젼일 보옥을 칠 ᄣᅦ의눈 여러 문 【17】 긱(門客)이 도로혀 감히 ᄀᆞ가히 오더니 지금 가정의 긔ᄉᆡᆨᄒᆞ기의 니르믈 보고 ᄯᅩ 니권(內眷) 등이 모다 병풍 뒤히 잇눈지라 뉘 감히 와셔 권ᄒᆞ리오? 가련과 보옥과 란가이 다만 가정을 향ᄒᆞ여 울며 머리를 부디츠더 가정이 모르는 쳬ᄒᆞ고 도로혀 치기를 지쵹ᄒᆞ니 왕부인이 믄득 다라 나오눈지라. 가정이 왕부인을 보고 즉시 가인(家人)을 ᄭᅮ지져 믈니치며 곤쟝을 아ᄉᆞ 스스로 치더 부인이 ᄀᆞ가히 갈ᄉᆞ록 곤쟝을 더욱 밍녈이 치눈지라. 환 【18】 ᄋᆞ의 쵸록 룽(菱)바지의 피가 ᄉᆞ못쳣고 쳐음은 오히려 부르지지더니 츄후눈 슘긔 졈졈 업눈지라 가련과 보옥과 난가이 울며 한ᄉᆞ(限死)ᄒᆞ고 곤쟝을 붓드러 멈츄며 왕부인이 오열ᄒᆞ고 ᄀᆞ가히 가 져를 안ᄒᆞ더 가정이 엇지 즐겨 노ᄒᆞ리오? 병풍 뒤히 여러 사름이 더옥과 보차(寶釵)를 미러 나가라 ᄒᆞ미 냥인이 ᄯᅩᄒᆞᆫ 나가더니 더옥이 믄득 앏흐로 나아가 가정을 붓들미 가정이 바야흐로 믈너나 의ᄌᆞ 우히 안지며 다만 헐헐이거늘⁴¹¹ 왕부인이 믄득 【19】 니러나 울며 가운을 가르쳐 니르디,

"환ᄋᆞ ᄀᆞᆺ튼 료량업눈 거슨 니르지 몰고 네가 져를 유인치 아니ᄒᆞ여시면 졔 엇지 니러톳

---

410) 【ᄌᆞ쳐ᄒᆞ다】 图 {자처(自處)하다}. 자진(自盡)하다. ¶ 尋死 ‖ 니간 왕부인 등은 놀나 다만 머리를 흔들며 더옥은 ᄆᆞ옴이 령리ᄒᆞ미 치운이 ᄌᆞ쳐 ᄒᆞᆯ가 두린지라 (裏面王夫人等吐舌驚駭, 只管搖頭, 黛玉心靈, 怕的彩雲尋死.) <後紅 18:16>

411) 【헐헐이다】 图 헐떡이다. 헐떡거리다. ¶ 喘 ‖ 더옥이 믄득 앏흐로 나아가 가정을 붓들미 가정이 바야흐로 믈너나 의ᄌᆞ 우히 안지며 다만 헐헐이거늘 (黛玉便上去扶了賈政, 賈政方纔退到椅子上坐着, 只管喘.) <後紅 18:18> ⇒ 헐헐리다, 헐헐히다

들네리오? 우리 부즁의셔 쏘흔 너롤 박디흔 일이 업거놀 너는 엇지 니런 무옴을 너느뇨? 텬리(天理)도 모르는 량심 업는 거스."

흐니 가졍이 믄득 헐헐이며 디옥을 가르쳐 니르디,

"대고랑아 너는 나롤 위흐여 져다려 무르라."

디옥이 몬져 가련으로 흐여곰 가환을 메여 드러가게 흐고 믄득 링쇼흐며 니르디,

"운쇼즈(芸小子)야 【20】 니 몬져 너롤 위흐여 네 심즁의 말을 흐리라. 너는 블과 니르디, '삼야야 네가 년긔(年紀) 만코 쏘흔 노야의 친싱(親生)이어눌 엇지 일을 가음아지 못흐고 도로혀 련이야(璉二爺)의게 스양흐느냐 홀 거시오' 쏘 니르디, '삼야야 너는 태태의 쇼싱이 아니오, 쏘 림심지(林嬸子) 가스롤 쥬쟝흐니 제가 쥬쟝 홀스록 우리는 편벽도히 들네리라' 흐엿실 거시니, 올흐냐 올치 아니흐냐?"

흐니 가운이 놀나 혼블부톄(魂不附體)흐여 다만 고두(叩頭)흐거놀 디옥이 믄득 가졍의게 픔흐디,

"우리 【21】 집 스당(祠堂)이 쏘흔 니런 주손을 드리지 아닐지니 죠죵(祖宗)이 보시면 쏘흔 진로흐실지라. 져다려 무어슬 무르리오? 출죵흐미412) 맛당흐도다."

가졍이 뎜두흐거놀 가련이 가졍의 발로흐믈 두려 뚜지져 니르디,

"운쇼즈는 나아가라."

흐니 디옥이 니르디,

"나롤 위흐여 좀간 머믈나. 우리는 너롤 가시집 자손으로 혜지 아니흐고 너롤 타인으로 혜여 강론흐리니 네 젼일 련이심즈(璉二嬸子)의 죽으믈 업슈히 너기고 져의 교져으(巧姐兒)롤 파라 남을 쥬어 【22】 첩을 숨으려 흐여시니 죄가 죽엄죽지 아니냐? 네가 노태태의 효복(孝服) 즁의 사롬을 모화 영희당(榮禧堂)의 니르러 계집을 다리고 노롬흐여시니 죄가 맛당히 쏘흔 죽엄죽흐냐 죽엄죽지 아니냐? 네가 노야의 톄면(體面)을 도라보지 아니코 셔판(書辦)의게 가셔 은즈롤 속여 취흐여시니 죄가 쏘흔 죽엄죽흐냐

죽엄죽지 아니냐? 너롤 출죵흐여 내여 보니는 거시 오히려 경흐니 너는 스스로 말흐라."

가운이 머리롤 죠아 피가 흐 【23】 르며 다만 니르디,

"맛당히 죽엄죽다."

흐니 대옥이 니르디,

"나가라."

흔디 가운이 다라 가더라.

왕부인이 젼일 환으의 말을 가졍의게 고흐엿더니 가졍이 고호(顧護)흔413) 일졀을 졔긔흐거놀 가졍이 쏘흔 왕부인이 금쥬(金珠)롤 일코 스실(查實)치 못흔 말을 흐는지라. 다힝히 디옥과 보채 말녀 굿치더니 가졍이 믄득 니르디,

"대고랑아, 엇지 치부방의셔 구빅 량 은표롤 일코 쏘흔 스실치 아니흐뇨?"

디옥이 믄득 환으의 용하로 치부의 올닌 말을 픔흐 【24】 니 가졍이 밋지 아니흐는지라. 디옥이 믄득 스롬으로 흐여곰 가져오미 진긔 출입 치부의 긔록흐엿는지라. 가졍이 니르디,

"져의 용하 치부의 올닌 거슨 무슨 의식 뇨?"

디옥이 즁인을 디흐여 일편을 셜파(說破)홀 시 디옥이 니르디,

"우리 냥 부즁이 쏘흔 구간(苟艱)흐미 심흔지라. 싱녀(甥女)의 의스는 모다 젼일 모양긋치 회복흐디 져 부즁도 쏘흔 일양으로 회복흐여 공심(公心)으로 분파홀지라. 니러므로 싱녀 일인이 졍원(情願)으로 냥부롤 고죠흐여 냥 부즁 산 【25】 업이 뎜뎜 회복흐여 젼일과 굿기롤 기드려 져 부즁 스롬은 슈효롤 보와 분파흐고 이 부즁의는 다만 보옥 외의 환형뎨와 난가으의게 분급흐디 쏘흔 모롬죽이 쟝유젹셔(長幼嫡庶)롤 분간홀 거시오. 싱녀는 우흐로 구구와 구태태롤 봉양흐고 아리로 머믈너 지가으롤 쥬려 흐느니 이는 싱녜 일세 사롬이 되여 구구의 말솜을 죠츠 모친을 위흐여 효도롤 다흐미오. 쏘흔 림시(林氏) 죠션(祖先)을 욕되지 아니케 흐여 사롬으로

---

412) 【츌죵흐다】 圈 쫓아내다. ¶ 革逐 ‖ 져다려 무어슬 무르리오 츌죵흐미 맛당흐도다 (問他什麽, 革逐便了.) <後紅 18:21>

413) 【고호흐다】 동 고호(顧護)하다. 돌보아주다. ¶ 回護 ‖ 왕부인이 젼일 환으의 말을 가졍의게 고흐엿더니 가졍이 고호흔 일졀을 졔긔흐거놀 가졍이 쏘흔 왕부인이 금쥬롤 일코 스실치 못흔 말을 흐눈지라 (王夫人便將前日告訴賈政, 賈政回護的話提起, 賈政也將自己金珠走失不査說出.) <後紅 18:23>

ᄒᆞ여곰 죠히 일커르디 모친의 【26】 은덕을 갑는
녀힝이(女孩兒)라 홀지니 이졔 져의 용하 치부
의 긔록ᄒᆞᆷ은 블과 일후 분파홀 찌의 계제(計提)
코져 홀 ᄯᆞ롬이로다."

ᄒᆞ니 당각(當刻)의 니간과 외면 사롬이 모
다 드르미 뉘 아니 탄복ᄒᆞ리오? 가졍이 ᄯᅩᄒᆞ 니
는 셰 업시 니러나 니르디,

"건국영웅(建國英雄)이오 녀중호걸(女中豪
傑)이니 가히 공경ᄒᆞ염죽ᄒᆞ도다. 우리 죠종이
유복ᄒᆞ시미니 나는 모다 네 말디로 너의 원을
죠ᄎᆞ리라."

디옥이 가졍의 긔운이 져기 나리믈 보고
믄득 사롬으로 ᄒᆞ여곰 가마니 림·강 【27】 죠·
빅 ᄉᆞ인을 쳥ᄒᆞ여 가졍을 위ᄒᆞ여 히울(解鬱)케
ᄒᆞ고 가련과 치량으로 ᄒᆞ여곰 가운을 거ᄂᆞ리고
환ᄋᆞ의 빗진 거슬 명빅히 혬ᄒᆞ게 ᄒᆞ고 ᄌᆞ긔는
보챠로 더브러 왕부인을 권ᄒᆞ여 드러오게 ᄒᆞ디,
ᄯᅩᄒᆞ 권ᄒᆞ여 치운을 힐란ᄒᆞ여 져로 ᄒᆞ여곰 살기
어렵게 말나 ᄒᆞ니, 왕부인이 ᄯᅩᄒᆞ 젼일 가졍이
셰시(歲時)의 간구ᄒᆞ여 ᄌᆞ긔 방중의 믈건을 찻
거늘 츄탁(推託)ᄒᆞ여 업다 ᄒᆞ엿더니 도로혀 니
환과 보챠의게 믈건을 비러 젼당ᄒᆞ엿거늘 이졔
샤 【28】 쳔(私錢)⁴¹⁴으로 둔 금쥬(金珠)롤 도로
혀 ᄌᆞ긔 챠환의 도젹ᄒᆞ여 니믈 닙엇시미 가졍을
디면키 어렵고 ᄯᅩᄒᆞ 니환과 보챠롤 디면키 어려
온지라. 니러므로 치운을 깁히 원망ᄒᆞ니 비록
디옥과 보치 힘써 권ᄒᆞ디 노긔(怒氣) 나리지 아
니ᄒᆞ여 믄득 니르디,

"니 슈삼 삭(朔)을 습인을 보지 못ᄒᆞ미 치
운이 말ᄒᆞ디, '졔가 심히 분망ᄒᆞ여 능히 져롤
부르지 못ᄒᆞᆫ다' ᄒᆞ더니 치운이 도로혀 져의게
가셔 니러탓 쫄낫다."

ᄒᆞ거늘 디옥이 ᄆᆞ옴이 영혜(靈慧)ᄒᆞ여 이
홍원의셔 치운 【29】 이 거즛말ᄒᆞ믈 ᄭᅢ닷고 믄득
니르디,

"치운이 말ᄒᆞ기롤 젼일 습인이 드러오믄
도로혀 태태긔셔 부르시미라 ᄒᆞ더라."

ᄒᆞ니 왕부인과 보채 졔셩(齊聲)ᄒᆞ여 니르

디,

"가장 긔괴ᄒᆞ도다."

ᄒᆞ고 당각의 돌녀가며 한 마디식 ᄒᆞ여 습
인이 왕부인 곳의 니르러 디옥을 훼방ᄒᆞᆫ 일졀을
도져히 발명(發明)ᄒᆞ니⁴¹⁵ 왕부인이 니르디,

"죠치 아니토다. 실노 일기 호리(狐狸)의
졍령이니 습인이 엇지 원통ᄒᆞ여 죽지 아니며 져
의 ᄌᆞ쳐ᄒᆞᆷ믈 엇지 고이히 너기리오?"

ᄒᆞ며 ᄯᅩᄒᆞ 염미(葉媽) 디옥을 【30】 ᄯᆞ라와
뒤히 잇다가 우스며 니르디,

"그 날 쟝내내(蔣奶奶)롤 치량(蔡良) 식뷔
(媳婦) 블녀와 젼당ᄒᆞᆫ 믈건을 ᄎᆞᆺ ᄌᆞ미 쟝내내 엇
지 착급(着急)ᄒᆞ던지 봉요교(蜂腰橋)의 니르러
한 번 너머지미 옥잠(玉簪)이 ᄭᅢ여지고 두발(頭
髮)이 모다 산란ᄒᆞ엿거늘 다힝이 니 져롤 붓드
러 니르혀고 져롤 위ᄒᆞ여 두발을 슈습ᄒᆞ여 쥬엇
더니 졔 즉시 그 옥잠을 니게 보니엿더라."

ᄒᆞ고 ᄌᆞ긔 ᄭᅩ진 빈혀롤 너여 중인을 뵈니
진기 난쵸 쏫판이 이즈러졋ᄂᆞᆫ지라 디옥이 심중
의 투털히 ᄭᅢ닷고 【31】 싱각ᄒᆞ디,

'진기 니러ᄒᆞ면 습인이 ᄯᅩᄒᆞ 원통ᄒᆞ여 죽
으리라.'

ᄒᆞ더라.

왕부인이 방중으로 드러가 슈식장(首飾欌)
을 열고 일일히 샹고홀 시 보챠와 디옥과 탐츈
(探春)이 ᄯᅩᄒᆞ 와셔 보미 금팔쇠 두 ᄡᅡᆼ과 금계
지(金戒指) 일갑(一匣)과 옥ᄌᆞ계픠(玉齋戒牌) 두
덩이와 구슬 ᄭᅦ어미 두 벌과 디쥬(大珠) 일닙과
슈졍 한 합과 염쥬(念珠) 구슬 한 ᄭᅦ어미가 업
고, 쟝 속 믈건이 ᄯᅩᄒᆞ 산란ᄒᆞᆫ지라. 왕부인이 ᄆᆞ
옴이 황망ᄒᆞ여 믄득 ᄭᅮ지ᄌᆞ디,

"이 녀호 졍녕을 블너오라."

ᄒᆞ여 즉시 쥬셔 식부와 【32】 림지효 식부
로 ᄒᆞ여곰 한즈음을 착실히 치니 치운이 믄득
울며 젼일 츄동의 잇던 방중으로 쫏겨 나가니
공교히 환ᄋᆞ의 잇는 곳이 ᄯᅩᄒᆞ 문을 샹디ᄒᆞ엿는
지라. 중인이 도로혀 죠히 우을 시 디옥이 가마
니 평ᄋᆞ(平兒)로 ᄒᆞ여곰 스롬을 식여 져의 낭인
을 간슈ᄒᆞ여 가음알게 ᄒᆞ고, 디옥이 믄득 쇼상

---

414) 【ᄉᆞ쳔】 图 {사젼(私錢 sīqián).} 개인돈. 중국어
　　차용어. ¶ 梯己 ‖ 이졔 샤쳔으로 둔 금쥬롤 도
　　로혀 ᄌᆞ긔 챠환의 도젹ᄒᆞ여 니믈 닙엇시미 가졍
　　을 디면키 어렵고 ᄯᅩᄒᆞ 니환과 보챠롤 디면키
　　어려온지라　(而今梯己的金珠轉被自己丫頭偸出,
　　也對不過賈政.) <後紅 18:27-28>

415) 【발명ᄒᆞ다】 图 {발명(發明)하다}. 변명(辨明)하
　　다. ¶ 辨明 ‖ 당각의 돌녀가며 한 마디식 ᄒᆞ여
　　습인이 왕부인 곳의 니르러 디옥을 훼방ᄒᆞᆫ 일졀
　　을 도져히 발명ᄒᆞ니 (當下你一句我一句, 又將襲
　　人到王夫人處編排黛玉一節辨明.) <後紅 18:29>

관(瀟湘館)으로 도라와 치량 식부롤 한즈음 챡실이 꾸짓고 청호(靑荷)로 흐여곰 인삼과 은즈롤 가지고 습인의게 니르러 위로흐고, 쏘흔 겨의게 모다 고흐며 겨로【33】흐여곰 죠리흐여 쾌히 낫거든 즉시 드러오라 흐니, 부중 샹히 모다 니르디,

"노애 이번의 환·운(環芸) 량인을 죠히 치죄흐여시미 여러 사롬의 발병이 되엿다."

흐고 쟝옥함이 쏘흔 죠곰도 의심이 업고 쏘 보미 님내내 친근흔 고량을 보니여 전후 스졍을 일일이 셜파흐고 쏘 겨로 흐여곰 섈니 드러오라 흐니, 겨의 식부가 가쟝 무식지 아니타 흐여 습인을 십분 관디흐며 쏘 비명(焙茗)이 리왕흐며 스롬을 만나면 고흐디,

"텬리(天理)가 분명흐도다! 젼일 환가이 보이야【34】롤 모히(謀害)흐여 한즈음을 맛게 흐더니 한 가지 죄가 이시면 도로혀 한 가지 보복이 이시미 금일 쏘흔 그와 ᄀᆺ치 빗슬 갑눈 ᄃᆞ시 흐디 도로혀 중변(重邊)416)을 너여시니 엇지 붓그럽지 아니리오? 우리 노지(奴才) 된 사롬도 보미 쏘흔 즐겁도다."

흐거놀 중인이 쏘흔 겨롤 그르다 못흐고 다만 우스며 니르디,

"우리 겨롤 보미 심히 즐거오디 환ᄋ로 흐여곰 듯게 말지니 겨의 단쳐롤 드러니면 겨로 흐여곰 일 기 왕후이(王猴兒) 되리라."

흐더라. 이일(二日)이 비록 지낫시나 가졍이【35】죵시 ᄆᆞ음이 풀니지 아냐 쏘 왕부인으로 더브러 피츠 블편히 너겨 츠시의 편벽도히 셰시가 ᄀᆺ가오디 도로혀 즈로 얼골을 보지 못흐눈지라. 보챠와 디옥이 쏘흔 탐츈과 니환을 ᄭ을고 샹의홀 시 보옥이 쏘흔 기즁의 셧겨 짜라 왕리흐디 디옥이 임의 습인을 번뢰히 너기지 아니흐고, 쏘흔 보옥을 번뢰히 너기지 아니흐여 덤덤 젼과 ᄀᆺ치 화호(和好)흐더니 년결을 지니미 가묘(家廟)의 졔스흐고 긱을 쳥흐여 쥬연을 베풀미 슈삭을 분망히 지니【36】디, 다만 고이흐믄 가졍과 왕부인이 고집흐여 피츠 즐겨 언어(言語)롤 아니흐며 중인이 쏘흔 셜이마롤 쳥흐

여 와 스긔(事機)롤 보아가며 권히(勸解)케 흐디 가졍은 도흑군즈(道學君子)의 셩품이오, 왕부인은 쏘 고집이 잇눈지라 셜이마 얇히셔눈 피츠 말흐나 도로혀 교긔(驕氣) 잇눈 사롬 ᄀᆺ트여 다만 한두 마디 슈응홀 쑨이라.

니환과 탐츈과 디옥과 보챠 등이 모혀 샹의흐디 일기 방법을 싱각지 못흐고 쏘흔 각인이 흐터지더라. 디옥이 유심흐여 스롬으로 흐여곰 환【37】가오와 치운의 일을 탐지흐미 다만 보니 치운이 병을 강잉흐여 환가오롤 셤기눈지라 모든 챠환이 겨롤 미원(埋怨)흐여 니르디,

"너는 환가오의 죄롤 닙엇다."

흐거눌 치운이 니르디,

"각인의 졍원(情願)이 원리 ᄀᆺ지 아니흐니 태태긔셔 곳 나롤 쫏츠 나가게 흐시면 내가 ᄆᆞ득 죽을 곳을 츠즈려니와 모다 붓그러오믄 쏘흔 도라볼 길이 업스니 유시유죵(有始有終)흐게 겨롤 셤기고즈 흐노라."

흐니 중인이 모다 겨의 어리셕으믈 우스디 홀노 보챠와 디옥은 도로혀 졔가 잘【38】흐다 흐더라.

디옥이 원리 도량이 너르미 엇지 도로혀 겨의 습인을 모히흐여 시비롤 니르혀믈 ᄆᆞ음이 이겨 바리지 아니리오? 미양 보챠로 더브러 왕부인 얇히셔 셰셰히 권흐며 왕부인이 쏘흔 즈긔 챠환이믈 위흐여 덤덤 히셕흐눈지라. 보최 ᄆᆞ득 왕부인을 권흐여 승시흐여 치운을 환가오롤 쥬어 방중의 거두게 흐라 흐니, 왕부인이 쳐음은 즐기지 아니타가 디옥이 쏘 짜라 말흐눈지라 다만 가졍을 속이고 겨의 낭인으로 흐여【39】곰 한 방의 단췌(團聚)케 흐며 디옥이 ᄆᆞ득 니환과 보챠로 더브러 샹의흐디,

"환ᄋ눈 겨의 년긔(年紀) 쏘흔 쟝셩흐엿고 련흐여 들네눈 것도 쏘흔 스면이 죠치 아니흐니 겨롤 긍측(矜惻)히 너겨 혼스롤 일우리라."

흐니 중인의 의견이 셔로 ᄀᆺ튼지라. ᄆᆞ득 약회(約會)흐여 왕부인긔 고흐미 졍당흐다 흐거놀 삼인이 ᄆᆞ득 가련으로 더브러 가졍의게 고흐니 가졍이 심히 노긔등등(怒氣騰騰)흐다가 스인이 여러 번 가셔 말흐니 가졍이 싱각흐디, '필경 이 일이 판리치 아닐 길히 업【40】고 쏘 죠이랑(趙姨娘)의 ᄭᆡ친 혈쇽이라.' 흐여, 인흐여 한 마디 답흐디,

---

416)【중변】⑲ {중변(重邊)}. 비싼 이자. ¶ 重利‖ 금일 쏘흔 그와 ᄀᆺ치 빗슬 갑눈 ᄃᆞ시 흐디 도로혀 중변을 너여시니 엇지 붓그럽지 아니리오 (今日也照依着還債, 倒上了些重利兒, 臊脾! 臊脾!) <後紅 18:34>

"너의 쥬견디로 ᄒ라 나는 아론 체 아니ᄒ
노라."

ᄒ니 스인이 츠언을 듯고 즉시 왕부인긔
픔ᄒ고 모든 일을 판리ᄒ며 츄동(秋桐)의 머무
던 방옥을 슈습홀 ᄉᆡ 져 곳 왕친가(王親家)는
곳 일기 졸뷔(猝富)라 ᄯᅩᄒᆞᆫ 십여만 가산을 두어
시며 다만 ᄌᆞ녀 이인(二人)이 이시더 ᄋᆞ들의 일
홈은 순가(順哥)오, 녀ᄋᆞ의 일홈은 순미(順媚)⁴¹⁷⁾
니 ᄯᅩᄒᆞᆫ 왕부인의 원쪽이라. 환ᄋᆞ의 들네믈 듯
고 ᄯᅩᄒᆞᆫ 방심치 못ᄒ다가 이졔 가련이 와셔 셩
혼ᄒ【41】고ᄌᆞ ᄒᄂᆞᆫ 의론을 듯고 즉시 응락ᄒ
더라.

츠시(此時) 습인이 ᄯᅩᄒᆞᆫ 병이 뎜뎜 나으디
다만 붓그려 디관원으로 드러오믈 블편히 너기
더니 디옥의 심즁의 가장 견디지 못ᄒ여 져의
병이 하렷단 말을 듯고 일변으로 비명을 식여
쟝옥함의게 고ᄒ고 일변으로 치량 식부와 다못
쇼방과 향운으로 ᄒᆞ여곰 두 냥(輛) 챠(車)룰 타
고 홈긔 나아가 단졍코 져룰 [illegible]ᄇ어오라 ᄒ며, 디
옥은 믄득 ᄌᆞ견과 쳥문과 잉ᄋᆞ로 더브러 쇼상관
의셔 기드리고 ᄯᅩ 부즁 사롬의게 분부ᄒ여,
【42】 "한 무디도 져의 허믈을 말ᄒ지 말
나."

ᄒ니 습인이 ᄯᅩᄒᆞᆫ 톄면이 잇ᄂᆞᆫ지라 믄득
한가지로 드러와 디옥을 보고 눈믈을 먹음으며
고두ᄒ거늘 디옥과 ᄌᆞ견 등이 ᄯᅩᄒᆞᆫ 눈믈을 흘니
고 즉시 져룰 붓드러 멈츄며 져룰 ᄯᅳ어 홈긔 안
ᄌᆞ려 ᄒ니 습인이 지슙 좃지 아니커늘 디옥이
련ᄒ여 권ᄒ미 오인이 홈긔 안줄 ᄉᆡ 디옥이 믄
득 치운의 허다 올치 아닌 일을 말ᄒ며 ᄯᅩ 니ᄅ
디,

"습인 져져야 너는 실노 원통ᄒ여 죽엄죽
ᄒ도다. 우리는 ᄋᆞ시(兒時)로죠츠 ᄌᆞ미 【43】 간
이라. 너는 ᄯᅩᄒᆞᆫ 일시 나의 남의게 속은 줄노
알나."

ᄒ니 습인이 ᄯᅩᄒᆞᆫ 젼당(典當) 빌닌 거시
잘못되ᄂᆞᆫ 양으로 알고 니ᄅ디,

"이ᄂᆞᆫ ᄌᆞ긔가 올치 못ᄒᆞ미라."

ᄒ니 쳥문은 셩픔이 강직ᄒᆞᆫ지라 믄득 니ᄅ
디,

"이ᄂᆞᆫ 원리 올치 아니ᄒᆞᆫ디 다만 고랑의 심
즁의ᄂᆞᆫ 실노 져룰 호리(狐狸) 졍령이라 ᄒ고 한

탄ᄒᄂᆞ니라."

디옥이 ᄯᅩ 져의 근일의 음식 먹으믈 무ᄅ
며 져의 팔을 닛그러 보며 련ᄒ여 눈을 부븨고
져룰 가련히 너기니 일노죠츠 습인이 더옥 감격
히 너기며 디옥과 쳥문 【44】 도 진긔 쳐음과 ᄀᆞᆺ
치 화호ᄒ여 치부방 일도 ᄯᅩᄒᆞᆫ 셔로 도와 쥬더
라.

당각의 습인이 ᄯᅩ 왕부인과 보챠의 쳐쇼의
가 고두ᄒ니 왕부인과 보치 ᄯᅩᄒᆞᆫ 허다ᄒᆞᆫ 말노
위로ᄒ고 아오로 디옥의 졉디ᄒᄂᆞᆫ 졍셩을 뭇더
니 왕부인이 믄득 평ᄋᆞ로 ᄒ여곰 치운을 블너
져로 더브러 셜화케 ᄒ고 보챠도 졔가 임의 환
ᄋᆞ의 방즁의 거두워 둔 ᄉᆞ롬이믈 위ᄒ여 ᄯᅩᄒᆞᆫ
권ᄒ여 머믈게 ᄒ며 보치 ᄯᅩᄒᆞᆫ 습인으로 더브러
쇼상관의 니ᄅ러 이윽히 말ᄒ다가 바야흐 【45】
로 가더라.

츠시 환ᄋᆞ의 빗진 거술 임의 쳥쵸(淸楚)히
혬ᄒ여시디 도로혀 가졍과 왕부인이 ᄆᆞ음이 맛
지 못ᄒ여 피ᄎᆞ 발셜치 못ᄒᆞ미 이시며 겻히 사
롬도 ᄯᅩᄒᆞᆫ 능히 희셕지 못ᄒᄂᆞᆫ지라.

---

417) 순미(順媚): 원문은 "順娟"으로 되어 있음.

28

림쇼샹오완츈란월 가희봉희방션졉운
林瀟湘邀玩春蘭月 賈喜鳳戲放仙蝶雲

니환(李紈)과 보챠(寶釵)와 탐츈(探春)과 평ᄋᆞ(平兒) 등이 가졍(賈政)과 왕부인(王夫人)의 심즁이 블평ᄒᆞ믈 인ᄒᆞ여 슬하의 잇ᄂᆞᆫ ᄉᆞᄅᆞᆷ이 쳔ᄉᆞ만상(千思萬想)ᄒᆞ여도 권ᄒᆡ(勸解)ᄒᆞᆯ 도리 업셔 ᄌᆞᄆᆡ 등이 날마다 상의ᄒᆞ더니 보ᄎᆡ 웃고 니ᄅᆞᄃᆡ,

"우리 각양으로 모다 ᄉᆡᆼ각ᄒᆞ여시ᄃᆡ 필경은 님챠두(林丫頭)의 힘을 어들지니 져의 【46】 공교ᄒᆞᆫ ᄌᆡ죄 가장 만흐ᄆᆡ 우리ᄂᆞᆫ 다만 져ᄅᆞᆯ 격동(激動)ᄒᆞ면 졔가 단정코[418] 무ᄉᆞᆫ 방법이 이시리라."

니환이 웃고 니ᄅᆞᄃᆡ,

"졔가 ᄯᅩᄒᆞᆫ 극히 공교ᄒᆞ니 나의 말을 죠ᄎᆞᆯ진ᄃᆡ 도로혀 져ᄅᆞᆯ 격동치 말지니 졔가 이 ᄭᅬ의 ᄲᅢ지지 아니리라."

보ᄎᆡ ᄯᅩᄒᆞᆫ 우ᄉᆞ며 뎜두ᄒᆞ고[419] 모다 즉시 가셔 져의게 무ᄅᆞ니 ᄃᆡ옥이 ᄯᅩᄒᆞᆫ 져의 등이 ᄎᆞᄉᆞᄅᆞᆯ 위ᄒᆞ여 오믈 짐작ᄒᆞ고 믄득 우ᄉᆞ며 니ᄅᆞᄃᆡ,

"ᄯᅩ 와셔 일을 의론ᄒᆞ려 ᄒᆞᄂᆞ냐?"

니환이 웃고 니ᄅᆞᄃᆡ,

"님챠두야, 우리ᄂᆞᆫ ᄯᅩᄒᆞᆫ 너ᄅᆞᆯ 격동치 아【47】니리니 필경 네가 도로혀 무슴 계괴 이시리라. 만일 이 일의 방법을 ᄉᆡᆼ각지 못ᄒᆞ면 ᄯᅩᄒᆞᆫ 림ᄃᆡ옥이라 혜지 못ᄒᆞ리라."

ᄃᆡ옥이 우ᄉᆞ며 니ᄅᆞᄃᆡ,

"격동치 아니 ᄒᆞᆫ단 말이 죠흐ᄃᆡ 지금 너의게 방법을 고ᄒᆞ면 ᄯᅩᄒᆞᆫ 너의게 격동ᄒᆞ미 되엿다 말ᄒᆞ리라."

보ᄎᆡ 믄득 안ᄌᆞ며 져의게 무ᄅᆞᄆᆡ ᄃᆡ옥이 믄득 니ᄅᆞᄃᆡ,

"한 마ᄃᆡ 고동의 맛ᄂᆞᆫ 말이 이시ᄃᆡ 다만 ᄂᆡ가 련ᄒᆞ여 드러가ᄂᆞᆫ 거시 ᄯᅩᄒᆞᆫ 모양이 죠치 아니ᄒᆞ니 이번의ᄂᆞᆫ 보져져ᄅᆞᆯ 쓰고져 ᄒᆞ노라."

보ᄎᆡ 웃고 니ᄅᆞᄃᆡ,

"졔갈공 【48】 명(諸葛孔明)의 ᄆᆞ옴ᄃᆡ로 장슈ᄅᆞᆯ 타뎜(打點)ᄒᆞ미[420] 죠흐리라."

ᄃᆡ옥이 믄득 니ᄅᆞᄃᆡ,

"태태 말ᄉᆞᆷ을 노얘 원ᄅᆡ 능히 론박지 못ᄒᆞ고 노야의 ᄆᆞ옴도 다만 져허컨ᄃᆡ ᄯᅩᄒᆞᆫ 들니미 계신 듯ᄒᆞ며 노야의 말삼도 태태ᄭᅴ셔 ᄯᅩᄒᆞᆫ 허다 곡졀을 강논치 못ᄒᆞ시미 잇ᄂᆞᆫ지라 우리ᄂᆞᆫ 다만 이 ᄉᆞᄭᅴᄅᆞᆯ 보와 가며 화호ᄒᆞ시게 ᄒᆞ면 곳 죠흐리라. 다만 노야ᄭᅴ 말삼ᄒᆞᄃᆡ 태태ᄭᅴ셔 금쥬ᄅᆞᆯ 일허바린 후의 진시 샤츌(査出)ᄒᆞ여 아ᄅᆞ시고 우리 삼인을 블너다가 말ᄉᆞᆷ하시ᄃᆡ ᄂᆡ 평ᄉᆡᆼ의 이 믈건을 【49】 앗겨 다ᄅᆞᆫ 곳의 쓰지 아니ᄒᆞ고 머믈너 두어 장ᄎᆞᆺ 환ᄋᆞ 식부와 다뭇 난가ᄋᆞ와 지가ᄋᆞ의 식부ᄅᆞᆯ 위ᄒᆞ여 례믈을 쥬고ᄌᆞ 하엿더니 의외에 져의 들네여 업시 ᄒᆞ여시니 노야ᄭᅴ 픔ᄒᆞ고 이 어미 업ᄂᆞᆫ 히ᄌᆞᄅᆞᆯ 타ᄉᆞ(打死)코ᄌᆞ ᄒᆞᄃᆡ

---

418) 【-코】 접 ((일부 한자 어근이나 명사 뒤에 붙어)) 부사를 만드는 접미사. ¶ 一定 ‖ 우리ᄂᆞᆫ 다만 져ᄅᆞᆯ 격동ᄒᆞ면 졔가 단정코 무ᄉᆞᆫ 방법이 이시리라 (咱們只激着他, 他一定的有什麽法兒.) <後紅 18:46>

419) 【뎜두ᄒᆞ다】 동 {점두(點頭)하다}. 고개를 끄덕이다. ¶ 點頭 ‖ 보ᄎᆡ ᄯᅩᄒᆞᆫ 우ᄉᆞ며 뎜두ᄒᆞ고 모다 즉시 가셔 져의게 무ᄅᆞ니 ᄃᆡ옥이 ᄯᅩᄒᆞᆫ 져의 등이 ᄎᆞᄉᆞᄅᆞᆯ 위ᄒᆞ여 오믈 짐작ᄒᆞ고 (寶釵也笑着點點頭, 大家就去問他, 黛玉也猜着他們爲這個來的.) <後紅 18:46> ⇒ 졈두ᄒᆞ다

420) 【타뎜ᄒᆞ다】 동 {타점(打點)하다}. 준비하다. ¶ 點 ‖ 졔갈공명의 ᄆᆞ옴ᄃᆡ로 장슈ᄅᆞᆯ 타뎜ᄒᆞ미 죠흐리라 (聽憑諸葛孔明點將罷了.) <後紅 18:48>

심즁의 ᄯᅩᄒᆞᆫ 블상타 ᄒᆞ시더라 ᄒᆞ여 다만 긴요ᄒᆞᆫ 말노 졔셩ᄒᆞᆯ지니 니러톳 강론ᄒᆞ면 노야긔셔 회심치 아니믈 겨허ᄒᆞ리오?"

ᄒᆞ니 당각의 즁인이 모다 일졔히 탄복ᄒᆞ더니 보치 니ᄅᆞ디,

"엇지ᄒᆞ여 날노 ᄒᆞ여곰 가라 ᄒᆞᄂᆞ뇨?"

디옥【50】이 니ᄅᆞ디,

"대슈ᄌᆞᄂᆞᆫ ᄯᅩᄒᆞᆫ 오ᄅᆞ지 아냐 식부를 어들지니 엇지 말ᄒᆞ며 나도 블편ᄒᆞᆫ 연괴 이시니 노야긔셔 너가 스스로 이 계교를 너엿다 의심ᄒᆞ실 ᄃᆞᆺᄒᆞ디, 보져져야 너는 져 지가이(芝哥兒) 도로혀 어린지라 네 곳 말ᄒᆞ면 엇지 식부를 위ᄒᆞ여 례믈을 경영ᄒᆞᆫ다 말ᄒᆞ리오?"

ᄒᆞ니 즁인이 일졔히 말ᄒᆞ디,

"진긔 공명의 모략보다 낫다."

ᄒᆞ더니 과연 보치 틈을 타 져의 말디로 가정의게 말ᄒᆞ니 가정이 다만 뎜두ᄒᆞ며 일량일(一兩日)이 지나지 못ᄒᆞ여 뎜뎜 왕【51】부인과 친근히 구ᄂᆞᆫ지라. 왕부인이 가정의 니러톳 ᄒᆞᆷ믈 보고 ᄯᅩᄒᆞᆫ 즉시 ᄆᆞᄋᆞᆷ이 풀니디 도로혀 뉘 권히ᄒᆞᆫ가 의심ᄒᆞ여 가마니 보챠의게 무ᄅᆞ니 보치 ᄯᅩᄒᆞᆫ 감히 속이지 못ᄒᆞ여 바른말 ᄒᆞ미 왕부인이 비홀 디 업시 즐거워ᄒᆞ며 다만 니ᄅᆞ디,

"무던토다 나의 심즁을 모다 님챠두의 극진이 셜파ᄒᆞᆷ믈 닙엇도다. 우리 곳 흠긔 가셔 져를 보리라."

ᄒᆞ고 왕부인과 보치 한가지로 쇼상관의 와 디옥으로 더브러 반일을 담쇼ᄒᆞ미 디옥으로 ᄒᆞ여곰 블【52】승환희(不勝歡喜)케 ᄒᆞ며 익일의 보치 왕부인의 환희ᄒᆞᄂᆞᆫ 연고를 디옥의게 고ᄒᆞ고 믄득 우스며 니ᄅᆞ디,

"이ᄂᆞᆫ ᄯᅩᄒᆞᆫ 일거량득(一擧兩得)이로다. 니 일젼의 말ᄒᆞ디 상방의셔 ᄯᅩᄒᆞᆫ 너로 더브러 셕연(釋然)ᄒᆞ시리라 ᄒᆞᆫ 원리 너가 지어닌 말이 아니로다."

디옥이 ᄯᅩᄒᆞᆫ 보챠의게 감샤블이(感謝不已)ᄒᆞ니 보치 니ᄅᆞ디,

"상방의셔 임의 니런 의시 계시면 우리 ᄋᆞ녀된 사ᄅᆞᆷ은 ᄆᆞᄋᆞᆷ것 져로 ᄒᆞ여곰 환희케 ᄒᆞ미 바야흐로 죠흐니 너는 요ᄉᆞ이 틈이 잇거든 ᄯᅩᄒᆞᆫ 부ᄌᆞ런이 드러가라."

【53】ᄒᆞ니 디옥 뎜두ᄒᆞ며 진개 보챠를 ᄯᅡ라 모든 ᄌᆞ민로 언약ᄒᆞ여 시시로 드러가 ᄯᅩᄒᆞᆫ

골픠 노리도 ᄒᆞ며 무한 담쇼ᄒᆞ더니 왕부인이 믄득 니ᄅᆞ디,

"죠치 아닌 일을 위ᄒᆞ여 삼동(三冬)을 들네더니 금일의 니러러 바야흐로 쳥졍ᄒᆞᆷ믈 ᄭᅵ드ᄅᆞ리니 우리 모다 노리홀 ᄉᆞ졍을 의논ᄒᆞ리라."

디옥이 믄득 말ᄒᆞ디,

"태태긔셔 무슴 노리를 죠하ᄒᆞ시ᄂᆞ뇨?"

니환이 니ᄅᆞ디,

"짐쟉건디 희ᄌᆞ 보기ᄂᆞᆫ 죠하 아니ᄒᆞ시리라."

왕부인이 니ᄅᆞ디,

"비록 이 여러 녕관(伶官)이 령리ᄒᆞ나【54】실노 희ᄌᆞ가 가장 번거ᄒᆞ니 곳 시로 난 희ᄌᆞ라도 ᄯᅩᄒᆞᆫ 보기를 죠하 아니ᄒᆞ노라."

보치 웃고 니ᄅᆞ디,

"우리 ᄯᅩ 상의ᄒᆞ여 졍ᄒᆞᆫ 후의 다시 와 태태긔 품ᄒᆞ리라."

ᄒᆞ고 즁인이 한ᄌᆞᆷ 담화ᄒᆞ다가 즉시 보챠의 곳의 모혀 가 상의ᄒᆞ니, 원리 가정이 젼일의 임의 분부ᄒᆞ미 이시디 보옥이 승도(僧道)의게 후려가믈 닙은지라. 그러므로 승도ᄂᆞᆫ 모다 부즁의 드러오지 못ᄒᆞ게 ᄒᆞ고 ᄯᅩᄒᆞᆫ 마도퓌(馬道婆) 고이ᄒᆞᆫ 일을 지으믈 위ᄒᆞ여 무릇 삼고륙파(三姑六婆)를 문의 드리지 아니ᄒᆞ【55】고 텰함ᄉᆞ(鐵檻寺)와 산화ᄉᆞ(散花寺)와 만두암(饅頭庵) 등쳐의 비록 노태태의 싱시와 ᄀᆞᆺ치 년례(年例)를 보니디 여러 니권들을 일졀 암관ᄉᆞ묘(庵觀寺廟) 등쳐(等處)의 가셔 노지 못ᄒᆞ게 ᄒᆞ고 다만 디관원(大觀園) 즁의셔ᄂᆞᆫ 져의 ᄌᆞ민 등의 ᄆᆞᄋᆞᆷ디로 놀게 ᄒᆞ엿ᄂᆞᆫ지라. 니러므로 보챠 등이 상의ᄒᆞ고 다만 원즁의셔 놀기를 꾀홀 시 아담ᄒᆞᆫ 일은 국화를 심으ᄂᆞᆫ 련귀시(聯句詩)의 니ᄅᆞ고 속된 일은 쥬육(酒肉)을 풍비(豐備)ᄒᆞᄂᆞᆫ디 니ᄅᆞ며 ᄯᅩ 연날기[니]기와 호졉(蝴蝶) 줍ᄂᆞᆫ ᄀᆞ식 노리를 모다 임의 젼일의 지니여시니 도로혀【56】무어시 남앗시리오? 만일 다시 거듭 놀면 ᄯᅩᄒᆞᆫ 아모 취미도 업스리라 ᄒᆞ더니 탐츈이 니ᄅᆞ디,

"우리ᄂᆞᆫ 모다 공교ᄒᆞᆫ 지죠를 다토ᄂᆞᆫ 이만 ᄀᆞᆺ지 못ᄒᆞ 각인이 일긔 화쵸분(花草盆)을 각기 ᄭᅮ미디 ᄯᅩᄒᆞᆫ 나무와 돌과 뎡ᄌᆞ를 ᄀᆞᆺ쵸 잇게 ᄒᆞ여 모다 모화 놋코 어니 거시 죠혼가 보리라."

니환이 웃고 니ᄅᆞ디,

"진개 보옥의 미미로다. 손가락으로 날마

다 진흙을 희롱홀지니 죠흔 히즈의 버릇시로
다."

보치 니르디,

"우리는 각인이 고리(古來) 렬녀(列女)룰
갈히여421) 너디 【57】 또흔 각기 류(類)룰 난호
와 합흐여 한 질 글을 지으리라."

디옥이 웃고 니르디,

"이는 져의 한림아문(翰林衙門)의셔 찬슈
(纂修)흐는 일이라. 우리가 흥샹 보옥을 더신흐
여 니런 챠스(差使)룰 당흐느니 도로혀 이 일노
들네리오? 보져져는 진기 도학 션싱이라 너모
글을 죠하흐도다."

니환이 웃고 니르디,

"나는 곳 너룰 식여 일기 문무(文武)의 간
범치 아니흔 노리룰 뎡흐여 드리게 흐디 만일
말흐기룰 잘흐지 못흐거든 우리는 모다 져룰 평
논흐리라."

디옥 【58】 이 웃고 니르디,

"나의 뜻을 죠츨진디 지금 뎡이월(正二月)
텬긔(天氣)의 미쳐 모다 난죠 꼿출 심으리라."

보챠와 탐춘과 셜보금(薛寶琴)이 모다 니
르디,

"진개 니러흐면 도로혀 취미가 이시리라."

니환이 웃고 니르디,

"님챠두야. 너는 또 난죠 심으는 거시 죠
흔 거슬 말흐라."

디옥이 니르디,

"나는 도로혀 한 마디 말이 이시니 오러지
아냐 니 싱일이 또흔 니룰지라. 너의는 모다 나
룰 위흐여 싱일 잔치룰 짓지 말고 이 힘을 가져
닷토와 가며 이 한 가지 노리 【59】 룰 판리(辦
理)흐면 니 싱일을 또흔 극히 아담이 지니리라."

니환이 웃고 니르디,

"우리는 져의 문셔 가음아는 슈단을 보리
라. 도쳐의 리히룰 혜아리디 도로혀 말흐기룰
아담이 흐니 가장 지룡(才能) 잇는 사룸이로다."

디옥이 니르디,

"네게 고흐느니 원리 니르기룰 화죠(花朝)
[이월 십오일이라] 의 싱일이 되는 녀즈는 명되(命

途) 극히 죠치 못흐다 흐디 우리 이제 스스로
몬져 셜파흐리니 원리 극히 죠치 못흔 팔즈의
미양 극히 아룸다온 스룸이느니 니러므로 【60】
뻐 져러틋 싱일을 지니여 편벽도히 타인과 굿지
아니케 흐려 흐노라."

보치 우스며 니르디,

"타인과 굿지 아니려 흐믄 블과 즈긔가 국
향(國香) [즈싴이 아룸다오믈 니르미라] 의 비코져 흐
미로다."

흐거늘 디옥이 믄득 한 번 혀 츠며 니르
디,

"너는 곳 텬하향(天下香) [국향보다 더옥 아룸
답다 흐미라] 이로다."

흐니 디옥의 이 한 마디 말은 곳 져룰 향
원(鄕愿) [모든 스룸이 모다 깃거흐단 말이라] 이라 니
르는 의시러라. 보치 우스며 니르디,

"우리가 져의 입부리422)룰 보리라."

흐니 즁인이 모다 우움을 니르혀 너더라.

니환이 우스며 니르 【61】 디,

"그만 두고 져의 난죠 꼿치 아룸다온 곡졀
말흐믈 드르리라."

디옥이 웃고 니르디,

"난화의 아룸다온 곡졀(曲折)을 네 만일 아
지 못홀진디 너는 또흔 련흐여 뭇지 말나. 우리
몬져 졍흔 쥬견이 이시니 심으려 흐느냐 아니
심으려 흐느냐? 과연 심을진디 져의룰 더흐여
강논흐리라."

즁인이 이졔 셩흐여 말흐디,

"일졍코 심으려 흐노라."

보치 니르디,

"니 도로혀 몬져 강뎡(講定)코져 흐느니 각
인으로 흐여곰 각기 심으게도 말고 또흔 쇼샹관
의도 심으지 말며 【62】 한 곳 공디(空地)의 심
으려 흐믄 엇지미뇨? 편벽도히 림챠둬 빅령빅리
(百伶百俐)흐여 흥샹 쒸여나게 아룸다온 지죠룰
희롱흐여 타인을 압두(壓頭)흐느니423) 젼년의

---

421) 【갈히다】 圖 가리다. 뽑다. ¶ 選 ‖ 우리는 각
인이 고리 렬녀룰 갈히여 너디 또흔 각기 류룰
난호와 합흐여 한 질 글을 지으리라 (咱們各人
選些列女出來, 也分出各樣門類, 合成一部書.) <後
紅 18:56>

422) 【입부리】 圖 주둥이. ¶ 嘴頭子 ‖ 우리가 져의
입부리룰 보리라 (咱們瞧他嘴頭子.) <後紅 18:60>

423) 【압두흐다】 圖 {압도(壓倒)하다}. ¶ 壓 ‖ 편벽
도히 림챠둬 빅령빅리흐여 흥샹 쒸여나게 아룸
다온 지죠룰 희롱흐여 타인을 압두흐느니 젼년
의 등을 믄둘믈 보와도 곳 알지라 (偏這林丫頭
千伶百俐, 總要弄出頂好的壓人家, 上年扎燈就是
了.) <後紅 18:62>

등을 민둘믈 보와도 곳 알지라. 우리는 쏘흔 여러 사룸이 너의게 항복홀 일을 힝치 아니흐리라."

니환이 니르디,

"니러톳 말홀진디 너는 곳 심을 곳을 졍흐라."

흐고 졍히 말홀 스이의 보옥이 쏘흔 니르러 난쵸 심은단 말을 듯고 환희흐여 니르디,

"이홍원의 심으리라."

흐니 보치 웃고 니르디,

"올토【63】다. 도로혀 너의게 항복흐리오?"

스샹운(史湘雲)이 니르디,

"대져 난쵸의 아룸다온 곳은 젼혀 풍월을 엇고즈 흐고 쳥풍명월(淸風明月)은 쏘 믈 잇는 집을 어더야 죠흐리라."

보치 니르디,

"니러흐면 일졍코 요졍관(凹晶館)의 심으리라."

흐니 즁인이 모다 죠타 말흐거놀 디옥이 니르디,

"진긔 그러흐도다. 난쵸 쏫치 월하(月下)의 잇셔야 쏘흔 월식이 더흐고 난쵸 운치도 이시리라."

보금(寶琴)이 니르디,

"이 쏫치 아니면 쏘흔 츠시 월식을 뜩짓지 못흐리니 가을 달은 사룸으로 흐여【64】곰 근심이 나게 흐고 봄 달은 사룸으로 흐여곰 환희케 흐디 츈졀이 난만(爛漫)이 픤 쏫의 비최면 쏘흔 져의 너모 고은 거술 혐의홀지라. 담담이 이 쏫셰 빗최임만 깃지 못흐도다."

스샹운이 뎜두흐며 니르디,

"쏘흔 도로혀 《쥬역周易》 리치(理致) 이시니 '원형리뎡(元亨利貞)' 네 글즈히 슌환무궁(循環無窮)흐디 뎡(貞)짜 아리 원(元)짜룰 니르혀느니라."

디옥이 듯고 련흐여 뎜두흐더니 보치 니르디,

"니리 말홀진디 우리 디관원 즁의셔 란화(蘭花)와 월식을 가지고 노라도 쏘흔 극히 셩흐다 혬【65】홀지니, 대슈즈(大嫂子)야 너는 알니라 우리 죠종 계실 찍의 졍치(精致)흐게 포진(鋪陳)흔 거술 쏘흔 모다 밧골지니라."

니환이 니르디,

"이는 네가 도로혀 의스룰 온당이 너여시니 니가 곳 낫낫치 우는 거시 올토다."

보옥이 니르디,

"그 셔화(書畵)도 쏘흔 밧고라."

대옥이 니르디,

"밧고는 거시 쏘흔 죠흐디 네 만일 난쵸 그림과 난쵸 글귀룰 걸면 쏘흔 극히 젹은 사룸이로다."

보옥이 니르디,

"님미미야 너는 나룰 이 모양으로 보느냐? 너가 곳 난쵸 그림은 어더 니려니와 쏘 달 그린 거슨【66】 어더니지 못홀지니, 즈고로 명홰(名畵) 쏘흔 다만 한 박회424) 달 형용만 그리고 달빗츤 그리는 이 업느니라."

흐니 즁인이 모다 웃더라.

영국 부즁의셔 쳔방빅계(千方百計)로 각식 각양(各色各樣)의 난쵸 꼿츌 심을 시 편벽도히 니런 아담흔 화최(花草) 샹등(上等) 죠흔 거시 도로혀 각쳐 은푸리 즁의 휘쥬(徽州) 쇼흥(紹興) 죠봉(朝奉) 등쳐의셔 온 긔인의 곳의 만히 잇더라. 보치 다만 분부흐여 오식 분을 쓰지 아니흐고 다만 의흥(宜興) 따히셔 구은 즈빅(紫白) 량식(兩色) 분(盆)을 갈히여 심으디 분 우히 진흙을【67】고로게 펴고 쏘 사룸으로 흐여곰 뵈슈건을 가지고 허다흔 풀 우히 시벽 이슬을 거두워 고로게 뿌려 기르며, 란쵸 꼿치 바룸을 죠하흘믈 위흐여 류리집을 씌우지 아니흐고 젼혀 아담흔 빗히 스로 뚜의425)룰 발나 씨워 봉졉(蜂蝶)과 마의(螞蟻)룰 피흐고, 각식 난쵸 오빅여 분을 일졔히 죠흔 궤와 죠흔 등샹의 난호와 노아 요졍관의 버려 놋코 니환(李紈)이 난쵸 꼿치 달빗치 만히 빗최기룰 위흐여 가인의게 분부흐여 일곱 간 되는 챠양(遮陽)【68】을 거더 바리고 난쵸 꼿치 진흐기룰 기드려 다시 뚜미라 흐

---

424)【박회】圏 바퀴. ¶ 輪 ‖ 즈고로 명홰 쏘흔 다만 한 박회 달 형용만 그리고 달빗츤 그리는 이 업느니라 (從古名家, 也只畵出月影一輪, 也沒有 畵出月色來呢.) <後紅 18:66>

425)【뚜의】圏 뚜껑. ¶ 罩 ‖ 란쵸 꼿치 바룸을 죠하흐믈 위흐여 류리집을 씌우지 아니흐고 젼혀 아담흔 빗히 스로 뚜의룰 발나 씨워 봉졉과 마의룰 피흐고 (爲的蘭花喜風, 不用玻璃罩, 全用淡雅色紗罩罩着, 就防了蜂蝶螞蟻.) <後紅 18:67>

고, 난쵸 쏫치 바롬을 죠하ᄒᆞ믈 위ᄒᆞ여 ᄉ면 챵의 일제히 셰렴(細簾)을 걸고 바라보미 다만 한 죠각 가비야온 연긔 ᄀᆞᆺ트며 요졍관(凹晶館) 즁 포진도 ᄯᅩᄒᆞᆫ 십분 졍치ᄒᆞ게 ᄒᆞ여 일좌(一座) 양지옥상(羊脂玉床)을 놋코 좌편의ᄂᆞᆫ 일좌 파ᄉ국(波斯國) 마노탑(瑪瑙榻)을 놋코 우편의ᄂᆞᆫ 일좌 셔양국(西洋國) 류리탑(琉璃榻)을 노왓시더, 그 우히 모다 ᄌᆞ단향(紫檀香) 캉 탁ᄌᆞ를 놋코 삼쳥(三靑)빗히 슈 노흔 안식(安息)과 방셕(方席)을 폇시며 ᄯᅩ 각식 편의(便椅)와 【69】 겹교의를 ᄉ면의 노왓고 동셔협(東西峽) 방 안의ᄂᆞᆫ 캉을 버리지 아니코 다만 몃좌 평상을 노왓시며, 유문향라쟝(有紋香羅帳)을 거러 곤ᄒᆞ면 가셔 쉬기를 예비ᄒᆞ며 챠와 슐 그릇도 ᄯᅩᄒᆞᆫ 모다 고긔(古器)를 ᄡᅳ고, ᄯᅩ 즁간의 죠숑셜(趙松雪) 《난뎡슈계도蘭亭修禊圖》 일폭을 걸고 일면의ᄂᆞᆫ 황ᄌᆞ구(黃子久)의 《환아도換鵝圖》 횡축(橫軸)이오, 일면의ᄂᆞᆫ 왕몽(王蒙)의 《도격도[독역도]讀易圖》 횡폭(橫幅)이오, 우집(虞集)과 션후빅긔(鮮于伯機)의 쥬련(柱聯) 여러 쌍을 거럿시미, 진긔 낫낫치 졍아ᄒᆞ며 다만 난쵸쏫 향긔를 맛고져 ᄒᆞ여 향로를 모다 먼니 【70】 ᄒᆞ니, ᄎᆞ시의 허다ᄒᆞᆫ 난홰 이시디 디옥이 도로혀 무슈ᄒᆞᆫ 난쵸를 더 가져와 친히 간검(看檢)ᄒᆞ여 요졍관 동편 믈을 격ᄒᆞᆫ 언덕의 일ᄌᆞ로 가득히 심으미 도로혀 무슈ᄒᆞᆫ 부용(芙蓉) 뿌리를 키여 바리ᄂᆞᆫ지라. 보옥이 다만 니ᄅᆞ디,

"가셕도다."

ᄒᆞ고 니환은 ᄯᅩᄒᆞᆫ 우스며 니ᄅᆞ디,

"져 속이 니러ᄐᆞᆺ 졍아(靜雅)ᄒᆞ거늘 져 곳이 진긔 잡란(雜亂)ᄒᆞ도다."

ᄒᆞ니 디옥이 웃고 니ᄅᆞ디,

"너의ᄂᆞᆫ 뉘 알니오?"

ᄒᆞ니 보옥이 웃고 니ᄅᆞ디,

"이ᄂᆞᆫ 무슴 아지 못ᄒᆞ미 이시리오? 이 ᄀᆞᆺ튼 난쵸 화계(花階)가 이시면 히마 【71】 다 쏫치 피여 너의 빈혀 우히 쏫고져 ᄒᆞ미로다."

디옥이 웃고 니ᄅᆞ디,

"이ᄀᆞᆺ치 아는 거시 죠토다."

ᄒᆞ니 원리 그 언덕이 놉하 졍히 마ᄌᆞᆫ 편 난간을 디ᄒᆞ여시미 부용 필 ᄯᆡ의 가쟝 보기 죠ᄒᆞ며 비록 다룬 곳의 부용이 ᄯᅩᄒᆞᆫ 만ᄒᆞ디 다만 이곳의 심으지 아니ᄒᆞ엿다 ᄒᆞ여 보옥이 익셕히

너겨 ᄉ롬을 식여 부용을 만히 심은지라. 지금 디옥이 샌혀 바라믈 보고 가마니 미원(埋怨)ᄒᆞ여 니ᄅᆞ디,

"님미미ᄂᆞᆫ ᄯᅩᄒᆞᆫ 쳥문을 위ᄒᆞ여 져기 부용을 앗기ᄂᆞᆫ 거시 죠타."

ᄒᆞ더라.

이 【72】 곳의셔 ᄌᆞ미 등이 니러ᄐᆞᆺ 노닐 시 가졍과 왕부인이 ᄯᅩᄒᆞᆫ 와셔 보고 가졍은 져의 등이 노닐기를 아담이 ᄒᆞᄆᆞᆯ 깃거ᄒᆞ고 왕부인도 ᄯᅩᄒᆞᆫ 취미 잇다 말ᄒᆞ더니 여러 날이 지나미 난쵸쏫이 덤덤 피고 이월 쵸류일의 니ᄅᆞ미 텬긔 음음ᄒᆞ고 ᄯᅩᄒᆞᆫ 몽몽(濛濛)ᄒᆞᆫ 셰위(細雨) 련ᄒᆞ여 나리미 비록 쏫치 피기를 쾌활히 ᄒᆞ여시나 ᄯᅩᄒᆞᆫ 사룸의 뜻이 즐겁지 못ᄒᆞᆫ지라 형슈연(邢岫烟)이 니궁ᄌᆡ(李宮裁)의 죠흔 챠양 거드믈 비쇼(誹笑)ᄒᆞ며 니긔ᄂᆞᆫ 말ᄒᆞ디,

"님져졔 샤진인(史眞人)의게 쳥ᄒᆞ여 날을 【73】 블너오ᄂᆞᆫ 거술 보리라."

ᄒᆞ거늘 디옥이 믄득 우스며 니ᄅᆞ디,

"화죠의 싱일 되ᄂᆞᆫ 사룸이 명되 죠치 못ᄒᆞ니 니러ᄐᆞᆺ 미풍셰우(微風細雨)가 잇셔야 바야흐로 맛당ᄒᆞ리로다."

ᄒᆞᄂᆞᆫ지라. 보금이 디옥의 블평ᄒᆞᆫ ᄆᆞ음이 이시믈 겨허ᄒᆞ여 믄득 니ᄅᆞ디,

"님져져ᄂᆞᆫ 보라. 하늘이 련일 쳥명ᄒᆞ여 죠고만 비방울도 업스면 난홰 도로혀 취미 업다."

ᄒᆞ니 디옥이 우스며 니ᄅᆞ디,

"너ᄂᆞᆫ ᄯᅩᄒᆞᆫ 말ᄒᆞ기를 너모 공교히 ᄒᆞ도다."

ᄒᆞ고 니환과 보챠ᄂᆞᆫ 니ᄅᆞ디,

"져ᄂᆞᆫ 진긔 쏫츨 앗기ᄂᆞᆫ 샤 【74】 룸이라."

ᄒᆞ더라. 뉘 알니오 쵸십일 오후붓허 하늘이 덤덤 쳥명ᄒᆞ여 십일일의 니ᄅᆞ미 태양이 미미히 비최고 허다ᄒᆞᆫ 난홰 가쟝 무셩ᄒᆞ게 피여시며 향긔도 ᄯᅩᄒᆞᆫ 만흔지라. 왕부인이 히모다 디옥을 위ᄒᆞ여 미리 치하ᄒᆞ며 보옥도 ᄯᅩᄒᆞᆫ 희희히 웃고 리왕ᄒᆞ더니 보챠 믄득 디옥으로 더브러 상의ᄒᆞ디,

"니러ᄐᆞᆺ 아담이 노ᄂᆞᆫ 노리의 속된 사룸을 기즁의 참녜케 못ᄒᆞᆯ 거시로디 우리 명일 낫지ᄂᆞᆫ 보옥으로 ᄒᆞ여곰 림·강 졔인으로 더브러 가셔 완상(玩賞)케 ᄒᆞ 【75】 며 져의 ᄆᆞ음디로 슐을 먹고 노리를 듯게 ᄒᆞ디 다만 희ᄌᆞ를 버려 난화를 번뇌케 말 거시오. 져의 등이 허여지기를426)

기드려 우리는 다만 달 오룰 쩌의 가더 쏘흔 다
룬 거슨 먹지 말고 다만 샹픔 챠와 시암믈427)을
시험ᄒ리라."

ᄒ거놀 디옥이 니르디,

"가쟝 죠토다."

ᄒ더니 십이일 쳥신의 니르러 디옥이 믄득
단쟝을 ᄎ쵸고 가묘의 나아가 분향ᄒ며 구구와
구태태긔 비례ᄒ고 쟝유(長幼) 샹하인(上下人)이
모다 디옥의게 비례ᄒ여 헌슈ᄒ고 가졍(賈政)과
가샤(賈赦)와 가련(賈璉)과 보【76】옥과 보옥(寶玉)과
가용(賈蓉)과 난가이(蘭哥兒) 죠·빅·쟝·만 ᄉ
인과 항시(杭氏) 형뎨(兄弟)와 님·강 냥인과 다
못 뎡일흥(程日興) 등 문긱을 인도ᄒ여 모다 요
졍관의 니르러 곳츌 완샹ᄒ고 곡죠롤 드르며 즁
비낭낭(仲妃娘娘)도 쏘흔 사룸을 식여 그림을
니여 보니더니 셕양텬(夕陽天)의 니르러 즐거오
믈 다ᄒ고 허여지며, 왕부인과 셜이마는 다만
형부인과 우시(尤氏)와 용ᄋ(蓉兒) 식부로 더브
러 니당의셔 녀악(女樂)을 보디 대관원 즁 ᄌ미
ᄉ샹운과 향릉(香菱)과 보금과 보챠와 니환과
니문과 니긔와 탐츈과 희란과 희봉과 디옥과 보
【77】옥과 평ᄋ와 ᄌ견과 쳥문과 잉ᄋ 십륙인
이 각기 챠환과 노파롤 거느리고 달빗츨 밟으며
한 무리 사룸이 모다 요졍관으로 향ᄒ여 올 시,
일로의 나무 그림ᄌ와 곳 그림ᄌ 속으로 지나가
미 쏘흔 가히 ᄉ랑ᄒ염즉ᄒ디 모다 스스로 신샹
을 보미 황연이 거문 슈노흔 옷술 닙은 듯ᄒ며
비가 기이고 텬식이 쳥명ᄒ며 츈식이 화란ᄒ미
쏘흔 모의롤 닙지 아니ᄒ고 다만 샹시의 닙는
면의롤 닙엇시며 츠야(此夜)의 월식이 쏘흔 명
낭ᄒ고 텬【78】샹의 일뎜 구룸이 업스미 곳 푸
룬 믈결 ᄀᆺ트며 달가의 슈삼 긔 밝은 별이 이시
미 비취옥의 구술을 박은 듯ᄒ며 쟝츳 요졍관을
ᄀᆺ가히 오미 잇다감428) 난화 향긔가 바룸의 날
니여 오더니 셜보금과 보옥이 샬니 거러 몬져
요졍관 셔편 난간의 니르러 보금이 손벽치고 우
스며 니르디,

"극히 묘ᄒ도다. 눈이 나린다."

ᄒ며 츄후 즁인이 다라와 모다 말ᄒ디,

"취미 잇도다. 달이 쩌러져 나려오는 듯ᄒ
다."

ᄒ더니 보옥이 믄득 화계 가온디 니【79】
르러 어즈러이 단이며 쏘 쇼리롤 놉혀 니르디,

"우리는 샬니 달 속으로 가리라."

ᄒ니 즁인이 진기 져의 말디로 ᄒ더니 디
옥이 웃고 니르디,

"모다 금미미(琴妹妹)롤 보라. 가쟝 졍치
(精致)ᄒ도다."

니환이 웃고 니르디,

"월하의는 아모리 츈쟝 녀희ᄋ라도 모다
미목이 쳥슈ᄒ여 보기 죠ᄒ니 우리집 금미미는
니르지 말고 젼일 노태태긔셔도 쏘흔 다만 져의
셜즁(雪中)의 잇는 것만 보왓고 져의 니런 월즁
(月中)의 잇는 거술 보지 못ᄒ엿도다."

보금이 웃고 니르디,

"모다【80】님져져롤 보라 ᄉ랑ᄒ염즉지
아니ᄒ냐?"

ᄒ니 보옥이 진기 즐거오믈 마지 아니며
다만 니르디,

"무던토다. 너의가 분바르기롤 죠하 아니
ᄒ기로 너의롤 위ᄒ여 달빗츨 발낫시니 모다 보
라. 고로게 발낫ᄂ냐 고로지 못ᄒ게 발낫ᄂ냐?"

니긔 니르디,

"이곳으로 와 보져져의 금빈혀롤 보라. 금
실 빗치 낫낫치 달 속가지 쏘여 비최도다."

보차 니르디,

"뉘 니러치 아니리오? 곳 너의 두발을 보
라. 한 둘네 붓쳐의 니마의 원광(圓光)이 아니
냐?"

디옥이 믄【81】득 슈풀 속을 가르치며 니
르디,

---

426)【허여지다】⑧ 헤어지다. 흩어지다. ¶ 散 ∥ 져
　의 등이 허여지기롤 기드려 우리는 다만 달 오
　롤 쩌의 가더 쏘흔 다룬 거슨 먹지 말고 다만
　샹픔 챠와 시얌믈을 시험ᄒ리라 (等他們散了, 咱
　們只等月亮上來出去, 也不吃什麼, 只品些上好的
　茶葉泉水.) <後紅 18:75>

427)【시얌믈】⑲ 샘물. ¶ 泉水 ∥ 져의 등이 허여지
　기롤 기드려 우리는 다만 달 오룰 쩌의 가더 쏘
　흔 다른 거슨 먹지 말고 다만 샹픔 챠와 시얌믈
　을 시험ᄒ리라 (等他們散了, 咱們只等月亮上來出
　去, 也不吃什麼, 只品些上好的茶葉泉水.) <後紅
　18:75>

428)【잇다감】⑭ 이따금. 종종. ¶ 一陣 ∥ 달가의
　슈삼 긔 밝은 별이 이시미 비취옥의 구술을 박
　은 듯ᄒ며 쟝츳 요졍관을 ᄀᆺ가히 오미 잇다감
　난화 향긔가 바룸의 날니여 오더니 (月亮旁邊,
　有兩三顆明星, 像着翡翠上嵌的珠子, 將近凹晶館,
　就有一陣陣蘭花香韻飄過來.) <後紅 18:78>

"칙판(冊板)의 삭여도 쏘흔 니러툿 쳥쵸(淸
楚)치 못흐리라."

흐더니 보옥이 믄득 머리롤 우러러 달을
바라보고 어즈러이 뛰놀며 니르디,

"너는 즉시 나려오라."

흐고 곳 셕난간(石欄杆) 가흐로 다라가셔
믈 속을 바라보며 니르디,

"너의는 져거슬 보라. 안졍(眼睛)ᄀᆞᆺ치 황황
(晃晃)히 나롤 닛그니 니태빅(李太白)이 셩명을
도라보지 아니흐고 져롤 줍으려 흐는 거시 고이
치 아니흐도다."

흐니 디옥이 보옥의 진기 쎠러질 듯흐믈
져허 믄득 【82】 져롤 ᄭᅳ어오며 니르디,

"우리 난화롤 보라 가즈."

흐고 모다 난화 겻흐로 다라 니르미, 다만
보니 난엽(蘭葉)의도 달이 빗최여 가장 명낭흔
지라. 디옥이 분부흐여 일졀 ᄉᆞ쑤의[紗罩]롤 벗
기고 셰셰히 보미 그 난홰 더옥 아담흐여 쏘흔
란개(亂開)흔 것도 잇고 반기(半開)흔 것도 이시
디 그 곳판이 사룸을 가르치는 듯흐고 쏘흔 여
러 줄기가 한 무리 아롬다온 샤룸이 둘너 셔셔
셔로 말흐고ᄌᆞ 흐는 의ᄉᆞ ᄀᆞᆺ트며 쏘흔 곳치 입
ᄉᆞ괴 속의 뭇치여 잇셔 고ᄉᆞ유인(高士幽人) 【83
】이 쵸려(草廬)의 안존 것 ᄀᆞᆺ트디 여러 화엽이
셔로 셧기여 모다 바라보미 영롱투텰(玲瓏透徹)
이 ᄯᅡ히 빗최여 쏘흔 필법을 비흐는 것 ᄀᆞᆺ튼지
라. 보옥이 니르디,

"엇더케 허다 심력을 허비흐여 져거슬 심
엇더니 모든 향긔롤 모다 달 속 하마(蝦蟆)의
마시믈 닙어 죠곰도 맛치지 아니흐다?"

흐거눌 디옥이 니르디,

"가장 후두(糊塗)흐도다. 너는 이 곳치 가
히 먼니셔 볼 거시오, ᄀᆞᆺ가히셔 보지 못홀 거시
믈 아지 못흐느냐? 모다 나롤 ᄯᅡ라오라."

흐미 모다 일졔히 동창가의 니 【84】 르러
안즈니 다만 난간 밧믈을 격흔 언덕 우희 난쵸
향긔 잇다감 유유양양(悠悠揚揚)히 오는지라. 즁
인이 비로쇼 져의 젼일 비치흔 거슬 탄복흐더
라. 보옥이 니르디,

"이 향긔가 필경 쓴 의시 잇다."

흐며 보치 니르디,

"가장 맑다."

흐고 보금이 니르디,

"이졔 사룸이 가장 열요흐디 곳 이 꼿빗치
다홍이라 말흐며 쏘흔 진홍이라 말흐느니, 우리
는 싱각건디 무릇 화훼(花卉)의 가장 붉은 거슨
향긔 심치 아니흐미, 매괴화(玫瑰花)ᄀᆞᆺ치 향긔로
온 거시 이시나 쏘흔 속된 듯흐며 【85】 디져 맑
은 향긔는 원리 져기 쓴마시 잇느니라."

ᄉᆞ샹운이 니르디,

"비컨디 달이 만일 붉으면 쏘흔 능히 밝지
못흐리니 맑고 흰 두 글ᄌᆞ는 원리 셔로 련흔 거
시니라."

디옥이 니르디,

"이는 근본 리치롤 의론흔 거시어니와 만
일 달의 구롬이 가리면 쏘흔 밝지 못흔지라. 니
러므로 샤즁(謝重)이란 사룸이 그림을 그리는디
젹은 구롬을 뎜텰(點綴)흐기롤 죠하흐더니 도로
혀 회계왕(會稽王) 도지(道子) 말흐디 져의 심지
가 맑지 못흐여 하눌을 흐리게 흔다 흐엿 【86】
느니라."

ᄉᆞ샹운이 니르디,

"니런 의론은 쏘흔 일기 격믈(格物)흐는 사
룸의 식견이로다."

흐더니 그쩌의 달이 쏘흔 놉히 오른지라
즁인이 챠롤 마시고 다시 그 난쵸롤 보미 더옥
만히 열넛더니 홀연 드르미 양류(楊柳) 그림ᄌᆞ
속의셔 슈슈흐는 쇼리 나는지라 즁인이 모다 놀
나 보니 비명과 니외(李瑤) 보옥의 분부롤 듯고
큰 쳔리경(千里鏡) 일좌롤 메여와 즉시 가ᄌᆞ(架
子)의 밧쳐 놋더니 보옥이 말흐디,

"이는 우리 죠종시의 진즁의셔 쓰시던 보
픽니 우리 쏘 가져와 이 【87】 달을 보리라."

흐고 쏘 니요로 흐여곰 여러 슈향죠(收香
鳥) [향긔 마시는 거시라] 롤 가져와 난쵸 화계 속의
노와 난쵸 향긔롤 모다 마셔 각인의 방풍의 가
게 흐라 흐더라.

즁인이 진기 쳔리경 올히 가 안력을 다흐
여 달을 바라보미 블과 뵈기롤 가장 크게 흐고,
쏘 ᄌᆞ셔히 보미 몃 덩이 산과 들 그림지 잇는
듯흐디 다만 디옥이 달 보기롤 가장 친근이 흐
여 기즁(其中)의 궁뎐과 사룸의 그림지 뵈는지
라. ᄉᆞ샹운의게 무르니 쏘흔 웃기만 흐고 즐겨
말흐 【88】 지 아니흐며 즁인이 쏘흔 흥을 다흐
여 노더니 니간(內間)의 회ᄌᆞ롤 임의 맛친지라
왕부인이 사룸으로 흐여곰 도라가기롤 지쵹흐니

다만 모다 도라올 시 보금이 니르디,

"이 달이 스룸의게 혐의룰 바들지니 니가 샐니 가면 쪼흔 샐니 가고 너가 더디 가면 져도 쪼흔 더디 가 짜라 단이는 것 굿트미 날노 호여곰 다라가셔 져룰 줍을 듯호도다."

호니 중인이 모다 우스며 말호디,

"죠흔 희즈의 셩픔이로다."

호고 모다 담쇼호며 왕부인의 【89】 곳으로 갈 시 경히 각문 앏히 니르미 다만 보니 호박이 와셔 말호디,

"태태긔셔 야심호다 호시며 상방 긔인이 모다 허여지더니 태태긔셔 쪼흔 디취호여 안기 룰 어려워호시고 즉시 상의 오르고즈 호시며 고 랑과 너니 무리로 호여곰 모다 오지 말나 호시 더라."

호니 중인이 다만 보챠의 곳으로 와 한즈 음 안줏다가 디옥이 바야흐로 도라가더라.

데 이일의 디옥이 일즉 니러나 헌슈흔 스룸의게 회샤호믈 맛치고 니환의 곳으로 와 겨유 【90】 좌뎡(坐定)호엿더니 다만 보미 쇼방이 와 셔 말호디,

"왕대애(王大爺) 외면의 잇다."

호거눌 디옥이 즉시 나가 져룰 블너드려 져의게 무르디,

"무슨 말이 잇느뇨?"

호니 왕원(王元)이 희희히 우스며 한 번 읍호고 니러나 니르디,

"쇼지(小的) 한 가지 믈건이 잇셔 대고랑긔 드리려 호노라."

디옥이 무르디,

"무어시뇨?"

왕원이 웃고 니르디,

"고랑을 속이지 아닐지니 이 한 가지 믈건 은 원리 경셩(京城)의 니르지 못호엿고 경셩의 니르러도 쪼흔 감히 져거술 먹을 스룸이 업느 【91】 니라."

디옥이 놀나며 니르디,

"단졍코 무슴 독믈(毒物)이로다."

왕원이 웃고 니르디,

"이는 실노 하돈(河豚)이라 호는 어믈이니 라."

디옥이 웃고 니르디,

"니러호면 니 ᄋ시(兒時)의 쪼흔 남변(南

邊)의셔 맛술 보왓시니 실노 이의셔 더 죠흔 거 시 업스디 다만 위틱호도다."

왕원이 웃고 니르디,

"관겨치 아니호니 우리집 오노죠봉(吳老朝奉)[429]이 남변으로셔 왓시미 일기 큰 목통(木桶) 의 강슈(江水)룰 담고 이삼빅 미(尾) 하돈을 그 믈 쇽의 너허 경셩으로 가져 왓시디 필경 빅여 미만 스랏는지라. 쇼지 【92】 는 년긔 만흐므로 쪼흔 져거술 맛보지 못호엿더니 오노 죠봉이 능 히 져거술 펑임(烹飪)호는 쥬즈(廚子)룰 다리고 와 펑임호여 노죠봉이 먹고 쇼지로 호여곰 보게 호거눌 쇼지도 쪼흔 먹엇시며 금일 쇼지가 쪼흔 죠히 펑임호여 디야로 호여곰 맛보게 호엿더니 쪼흔 말호디 죠타 호고 쇼지로 호여곰 와셔 더 고랑긔 품호라 호엿시니 대고랑이 만일 방심치 아니커든 쇼지 늙은 목슘을 도라보지 아니코 몬 져 맛보와 대고랑으로 호여곰 보게 호리라."

【93】 디옥이 웃고 니르디,

"과연 방심호고 먹으면 극히 죠흘진디 너 는 가져 오라."

호니 왕원이 즉시 가더라.

니환이 다라 나오며 웃고 니르디,

"이도 쪼흔 졀묘호니 우리 이졔 곳 져거술 가지고 난화룰 완샹호리라."

디옥이 니르디,

"가장 죠타."

호고 즉시 스룸으로 호여곰 모든 즈미와 다못 보옥을 쳥호여 오라 호니, 중인이 니르러 츠언을 듯고 희츌망외(喜出望外) 호더니 보옥이 믄득 니르디,

"우리 샐니 오[요]졍관으로 가리라."

보챠 니르디,

"이졔 너 일기 【94】 의론홀 일이 이시니 우리 젼일의 열요히 모힐 써의 모다 고흥으로 시샤(詩社)룰 미줏더니 이 일을 힝치 아닌 지 오리고 젼일의 너의가 몃 슈 쳥년시(靑蓮詩)룰 지엇다 호여도 쪼흔 혬홀 거시 업도다. 싱각건 디 젼일 시샤의 오즉 국화시(菊花社) 가장 셩호 고 시도 쪼흔 죠흐며 만터니 맛춤 이졔 난화룰 심엇는지라. 고인이 니르디, '봄 난죠와 가을 국 홰 각각 한 써의 셩호미 잇다' 호니, 우리 금일

---

429) 죠봉(朝奉): 宋代曾有朝奉郎·朝奉大夫等官名. 南宋以後因以朝奉爲富翁·土豪之通稱.

블가블 난화시(蘭花詩)롤 지으디 쏘흔 난(鸞)·
봉(鳳) 이인과 다못 【95】 향룽 슈즈롤 쳥흐여
일졔히 스의 드러 모다 호블호(好不好)롤 평론
흐리라."

흐니 디옥이 몬져 니러나며 니르디,
"극히 묘흐다."

흐고 즁인이 모다 죠타 말흐더니 보옥이
니르디,

"므옴디로 니 말흐리라. 님미미 젼일의 시
쵸(詩抄)롤 쇼화흐거늘 니 임의 져롤 위흐여 일
졔히 외여 니엿고 졔가 요스히 졍히 좌공을 죠
하흐니 이 일노 져의 벽회롤 금졔(禁制)흐리라."

니환이 니르디,

"보미미의 의론이 과연 죠흐디 니 도로혀
한 가지 경편(輕便)흐고 취미잇는 도 【96】 리
이시니 셜스 젼일의 국화롤 싱각한다 글졔롤 흐
엿시면 이졔는 곳 란쵸롤 싱각한다 할 거시오,
젼일의 국화롤 찻는다 흐여시면 이졔는 곳 난쵸
롤 찻는다 흐여도 又치 비비흐면 쏘흔 난쵸시가
열 두 슈가 될지니, 죠흐냐 죠치 아니냐?"

디옥이 웃고 니르디,
"실노 죠토다."

보금이 니르디,
"죠키는 죠흐디 난화가 국화의 비흐면 쏘
흔 짓기 어려오니라."

탐츈이 니르디,
"진기 그러흐나 이는 도로혀 감탄신토(甘
呑辛吐)흐는 말이로다."

니환이 웃고 니르 【97】 디,
"이졔 하돈을 먹을진디 몃 귀 죠흔 시롤
짓지 못홀가 져허흐리오?"

보옥이 웃고 니르디,
"니 젼일 쏘흔 게롤 먹엇노라."

보치 웃고 니르디,
"게가 엇지 하돈으로 뚝지으리오?"

즁인이 모다 디쇼흐더라.

당각의 보옥이 희란과 희봉과 향룽을 쳥흐
여 일졔히 모혀 요졍관으로 갈 시, 추시는 츈양
(春陽)이 오시의 又가오미 난훼 십분 복욱(馥郁)
흔지라. 모든 즈미 추례로 안줄 시 보옥은 다만
셔방의 쇼희즈又치 출입흐며 벼루와 먹과 붓과
시젼 【98】 지(詩箋紙)롤 가지고 와 몬져 십이
죠목을 버려 쓰더니 스샹운이 니르디,

"이졔 도로혀 한 마디 말이 이시니 식로
스의 든 스롬은 별호가 업논지라. 각인은 스스
로 쏘 말흐라."

흐니 희란은 낭풍일스(閬風逸士)라 흐고,
희봉은 벽동경위(碧桐靜友)라 흐고, 향룽은 영년
쳔긱(映蓮遷客)이라 흐고, 보금은 송하쳥로(松下
淸僚)라 흐디, 보옥과 디옥과 보챠와 탐츈은 각
기 젼별호(前別號)롤 잉용(仍用)흐고 즁인이 공
회[의](公儀)흐여 젼과 又치 니환으로 흐여곰 시
관이 되여 갑을(甲乙)을 평론흐며 각인이 즉시
【99】 가셔 글졔롤 갈힐시, 향셜(香雪)이 믄득
왕원을 위흐여 드러와 쳐분을 쳥흐디 어니 쩌의
연셕(宴席)을 버리랴 흐거늘 니환이 분부흐디
글을 밧치고 연셕의 나아가리라 흐며 당각의 보
치 몬져 뎨일 <억난憶蘭> 글졔롤 타뎜흐고 글
졔 아리 즈기 별호 웃 글즈 '형(蘅)' 짜롤 쓰거
늘 보옥이 니르디,

"쏘 졔가 뎨일 글졔롤 타뎜흐엿다."

흐고 디옥은 <문난問蘭>과 <공난供蘭>과
<화난畵蘭>을 타뎜흐고 상운은 쏘흔 <난몽蘭
夢>과 <난영蘭影>을 타뎜흐거늘 보옥이 니【
100】 르디,

"니러툿 아스가는 법은 거의 죠흔 거슬 모
다 갈히여 남지 아닐지니 나도 쏘흔 하나홀 갈
히리라."

흐니 아지 못게라 필경 엇지된지 하회(下
回)의 분히흐라.

[후홍루몽後紅樓夢 권지십구卷之十九]

【1】 화셜(話說), 보옥(寶玉)이 니르디,
"나도 쏘흔 하나홀 갈히믈 기다리라."

흐여 졍히 말홀 스이의 보금(寶琴)이 쏘흔
와셔 <잔난殘蘭>을 타뎜(打點)흐고 향룽(香菱)은
<방난訪蘭>을 타뎜흐거늘 보옥이 즉시 <영난詠
蘭>을 타뎜흐고 츄후의 희란(喜鸞)은 <죵난種
蘭>을 타뎜흐고 희봉(喜鳳)은 <대란對蘭>을 타
뎜흐여 각기 글졔 밋히 별호(別號) 한 즈식 쓰
더니 이 여러 규각(閨閣) 군치(裙釵) 도로혀 하
필(下筆)흐믈 픙우又치 【2】 흐여 두세 잔 챠 마
실 동안의 쏘흔 일편을 맛친지라. 보옥이 믄득

향설(香雪)과 벽의(碧漪)로 ᄒ여곰 일폭 아황연
파젼(鵝黃衍波箋)을 갈희여 등츌(謄出)ᄒ고 글졔
아리 각기 별호(別號)롤 쓴 후의 니환(李紈)을
쥬어 종두지미(從頭至尾)히 낡게 ᄒ미 닐너시디,

억란(憶蘭) [난쵸롤 ᄉᆡᆼ각ᄒ미라] 형무군(蘅蕪
君)

증졉ᄆᆡ화셰셰기(曾接梅花細細開)
총무향영비비회(叢無香影費徘徊)
힝의방쵸난망거(行依芳草難忘去)
몽도공산ᄉ셩ᄅᆡ(夢到空山乍醒來)

일죽 ᄆᆡ화의 셰셰히 열니믈 졉ᄒ니
ᄰᆯ기의 향긔와 그림지 업ᄉ미 비회롤 허비
ᄒ더라
힝ᄒ여 방쵸롤 의지ᄒ미 잇고 가기가 어렵
고
【3】 ᄭᅮᆷ이 공산의 니르미 좀간 ᄭᆡ더라

긔아션츈경취원(記我先春耕翠畹)
쇼타젼도투창태(溯他前度透蒼苔)
나당피경니피쳐(羅堂被徑离披處)
시쳥동풍일죠ᄎᆡ(試請東風一早催)

나의 봄을 몬져 ᄒ여 푸른 밧두던의 밧 가
ᄂᆞᆫ 거슬 긔록ᄒ엿고
져의 젼번의 푸른 잇ᄭᅵ롤 ᄯᅮ른 거슬 ᄉᆡᆼ각
ᄒ더라
당의 버리고 길의 넙혀 니피ᄒ 곳의
시험ᄒ여 동풍의게 일죽 지쵹ᄒᄂᆞᆫ 거슬 쳥
ᄒ더라

방란(訪蘭) [난쵸롤 찻ᄂᆞᆫ 거시라] 영년쳔긱(映
蓮遷客)

욕구유품도층난(欲求幽品度層巒)
왕우쵸인고셜한(枉遇樵人告雪寒)
공장발운심경곡(筇杖拔雲尋徑曲)
균동[광]힝로견향란(筠筐行露見香難)

그윽ᄒ 품을 구ᄏᆞ져 ᄒ여 층만의 지ᄂᆞ미
그릇 쵸인을 만나 눈이 찬 거슬 고ᄒ더라

집힝이로 구ᄅᆞᆷ을 혜쳐 길 구븐 거슬 찻고
【4】 ᄃᆡ죵은 이슬노 단이미 향긔롤 보기
어렵더라

유양약여통령오(悠揚若與通靈悟)
쳥비영죵근고환(淸秘寧終庫古歡)
응시암아유졀ᄃᆡ(應是岩阿留絕代)
당젼쇼식이반환(倘傳消息慰盤桓)

유양ᄒ미 더브러 신령ᄒ게 ᄭᆡ닷ᄂᆞᆫ 거슬 통
ᄒ며
맑고 비밀ᄒ나 엇지 맛ᄎᆞᆷᄂᆡ 녯 즐거오믈
앗기리오
응당 바회와 언덕의 졀ᄃᆡ 빗츨 머무럿시리
니
혹 쇼식을 젼ᄒ여 반환ᄒᄆᆞᆯ 위로ᄒ랴

죵란(種蘭) [난쵸롤 심으미라] 낭풍일ᄉᆞ(閬風逸
士)

ᄉᆡᆼ즉당문미인셔(生卽當門未忍鋤)
이근호여셕쳥쇼(移根好與惜淸疎)
샹타등경함파쳐(想他藤徑含葩處)
칭이숑근방젼쵸(稱尒松根放箭初)

나미 즉시 문을 당ᄒ여시ᄃᆡ ᄎᆞ마 버히지
못ᄒ니
ᄲᅮ리롤 옴겨 죠히 더브러 맑고 셩근 거슬
앗길너라
져 등나무 길의 ᄭᅩᆺ부리롤 먹음은 곳을 ᄉᆡᆼ
각ᄒ엿고
【5】 너의 숑은의 살ᄃᆡᆺ치 나오ᄂᆞᆫ 쳐음의
갓갑더라

이셜셰균단영굴(泥屑細勻丹穎茁)
슈화경쇄록교셔(水華輕洒綠翹敍)
지슈졍셰황ᄌᆞ두(只須淨洗黃磁斗)
챠비텬한개듁거(差配天寒倚竹居)

진흙 가루롤 가늘게 펏시미 붉은 순이 나
오고
믈 빗난 거슬 가비야이 ᄲᅮ리미 푸른 입히
퍼지더라

다만 모름죽이 황ᄌ무룰 졍히 ᄲᅵ스면
겨기 찬 하늘의 대쇽의 거ᄒᆞᆫ 거술 ᄯᅥᆨ지
을너라

대란(對蘭) [란쵸룰 디ᄒᆞ미라] 벽동졍우(碧桐靜
友)

하옥계리희견지(下玉階來喜見之)
연아졍호읍쳥ᄌ(延俄正好挹淸姿)
ᄌ지셩벽간무염(自知性癖看無厭)
임쇼여치좌공이(任笑余痴坐肯移)

옥계의 나려 깃부게 보니
쥬져ᄒᆞ며 졍히 맑은 ᄌ식을 당긔미 죠터라
스스로 알괘라 셩벽이 볼스록 시롬이 업고
【6】 나의 어리셕은 거술 우으믈 밋겨두미
좌룰 즐겨 옴기리오

찬슈진용젼젹면(餐秀盡容前覿面)
습방휴회후샹ᄉ(襲芳休悔后相思)
의의홀ᄉ싱참괴(猗猗忽使生慙愧)
망각진안이허시(忘却塵顔尒許時)

쳥슈ᄒᆞᆷ믈 먹으미 극진이 견일 얼골 본 거
술 용납ᄒᆞ고
ᄭᅩᆺ다온 거술 엄습ᄒᆞ미 후일 셔로 싱각ᄒᆞ믈
뉘웃지 말나
의의ᄒᆞᆫ 거시 홀연 ᄒᆞ여곰 붓그러오미 나게
ᄒᆞ니
틋글 얼골을 이겨바리믈 여러 ᄯᅢ룰 ᄒᆞ엿도
다

공란(供蘭) [난쵸룰 이바지ᄒᆞ미라] 쇼샹션ᄌ(瀟
湘仙子)

의젹유방근유요(擬覿幽芳近愈遙)
형운텬ᄉ망쵸쵸(衡雲天上望迢迢)
쳥등옥궤당샹부(請登玉几當湘賦)
응좌샤암[감]겨쵸쇼(應坐紗龕抵楚騷)

그윽ᄒᆞ고 ᄭᅩᆺ다온 거술 보려 ᄒᆞ미 갓가올스
록 더옥 머니
형운 텬ᄉ룰 바라기룰 쵸쵸히 ᄒᆞ더라

쳥ᄒᆞ여 옥궤의 오ᄅᆞ미 쇼샹의 부룰 당ᄒᆞ엿
고
【7】 응당 사암의 안ᄌ미 쵸나라 글을 디
젹ᄒᆞ더라

고견잉황함눈셜(高見鶯黃含嫩舌)
진의비취비방쵸(珍宜翡翠配芳苕)
진쟝쇼슈진쳥헌(只將沼水陳淸獻)
욕양싱향졍젼쇼(欲讓生香鼎篆消)

놉히 잉황 빗치 고은 혀룰 먹음으믈 보왓
고
보빈는 비취병의 ᄭᅩᆺ다온 풀을 ᄯᅥᆨ지으믈 맛
당히 너기더라
다만 연못 믈을 쳥헌ᄒᆞᆫ 거술 볘푸러시니
향긔나는 거술 사양코ᄌ ᄒᆞ여 솟히 연긔
스라지더라

영란(詠蘭) [난쵸룰 읆흐미라] 이홍공ᄌ(怡紅公
子)

시의봉군파져심(詩意逢君怕阻深)
원쟝암곡슉츄심(遠藏岩谷孰追尋)
함호신부젼고치(含豪信否傳高致)
션운의어비쇼심(選韻疑于配素心)

시 ᄯᅳᆺ이 그디룰 만나미 간심ᄒᆞ믈 져허ᄒᆞ여
시니
먼니 암곡의 감쵸미 능히 ᄯᅡ라 ᄎᆞᄌ리오
붓술 먹음으미 놉혼 운치 젼ᄒᆞ믈 밋부게
너기며
【8】 운아ᄒᆞᆷ믈 갈히미 흰 ᄆᆞ음을 ᄯᅥᆨ짓ᄂᆞᆫ디
의심ᄒᆞ더라

품졀연하란토쇽(品絶烟霞難吐屬)
모궁션은비침음(貌窮仙隱費沈吟)
요타쟝길언유로(饒他長吉言幽露)
졔안도련병태침(啼眼徒怜病態侵)

품은 연하의 ᄭᅳᆫ허졋시니 토쇽ᄒᆞ미 어렵고
모양은 션은을 구ᄒᆞ미 침음ᄒᆞ믈 허비ᄒᆞ엿
더라
넉넉히 져 쟝길이 그윽ᄒᆞᆫ 이술을 말ᄒᆞ나

우는 눈의 한낫 병든 티되 침노ᄒᆞ믈 블샹이 너겻더라

화란(畵蘭) [난쵸룰 그리미라] 쇼샹션ᄌ(瀟湘仙子)

춘풍필져홀회샹(春風筆底忽回翔)
락지리피쵸쇼방(落紙離披肖素芳)
슈향번즁구졍취(誰向繁中求靜趣)
란죵공쳐취진향(難從空處取眞香)

춘풍이 붓 아러 홀연 회샹ᄒᆞ니
피피ᄒᆞ게 죠희의 쩌러지미 희고 곳다오미 ᄀᆞᆺ더라
뉘 번화ᄒᆞᆫ 가온ᄃᆡ룰 향ᄒᆞ여 고요ᄒᆞᆫ 취미룰 고ᄒᆞ며
【9】 뷘 곳을 죠ᄎᆞ 진향을 취ᄒᆞ기 어렵더라

슌지아비함심담(脣脂雅配含心淡)
슈쳔싱증방엽쟝(手釧生曾放葉長)
당ᄉᆞ령근ᄉᆞ슈묵(倘寫靈根辭水墨)
경쳥눈록변미망(輕靑嫩綠辨微茫)

입쌀 연지의ᄂᆞᆫ 본디 ᄆᆞ음 먹으믈 담ᄒᆞ게 ᄒᆞ미 맛당ᄒᆞ고
팔쇠ᄂᆞᆫ 본리 입ᄉᆞ괴 ᄌᆞ라기가 길믈 믜워ᄒᆞ더라
만일 신령ᄒᆞᆫ 쑤리룰 그리ᄂᆞᆫ디 슈묵을 ᄉᆞ양ᄒᆞ면
경쳥과 눈록의 분변ᄒᆞ기 미만ᄒᆞ더라

문란(問蘭) [난쵸룰 무ᄅᆞ미라] 쇼샹션ᄌ

시향쳥용군ᄌᆞ호(試向淸容君字呼)
독심방완갈구구(獨尋芳睕竭區區)
나쟝산의유리졀(那將山意幽來絶)
즘파춘광담도무(怎把春光淡到無)

시험ᄒᆞ여 ᄆᆞᆰ은 얼골을 향ᄒᆞ여 군ᄌᆞ룰 부ᄅᆞ니
홀노 곳다온 밧츨 ᄎᆞᄌᆞ미 구구ᄒᆞᆫ ᄆᆞ음을 다ᄒᆞ더라
엇지 산 뜻을 가져 그윽ᄒᆞ여 ᄂᆞᆫ허지게 ᄒᆞ며

【10】 엇지 춘광을 가져 담ᄒᆞ미 업ᄂᆞᆫ디 니ᄅᆞᄂᆞ뇨

별거연나영블한(別去烟蘿寧不恨)
반ᄉᆞ숑쥭가혐우(伴些松竹可嫌迂)
망언응쇼효효셜(忘言應笑嘵嘵舌)
허아동심죠긔고(許我同心調豈孤)

연나룰 니별ᄒᆞ여 가미 엇지 한치 아니ᄒᆞ며
쇼나무와 디룰 ᄶᅡᆨᄒᆞ엿시미 가히 오활ᄒᆞᆷ믈 혐의ᄒᆞ랴
말을 이즈미 응당 효효ᄒᆞᆫ 혀룰 이줄지니
나의게 동심을 허락ᄒᆞ미 곡죠가 엇지 피로오리오

잠란(簪蘭) [난쵸룰 ᄭᅩᄌᆞ미라] 형무군

로용젹하최션신(露容摘下最鮮新)
지월쇼방뎜텰균(在月梳旁点綴匀)
흡향발운규졍녀(恰向髮雲窺靜女)
황어빈감영가인(恍於鬢鑒映佳人)

이슬 얼골을 ᄶᅡ 나렷시미 가쟝 션신ᄒᆞ니
월쇼 겻히 잇셔 뎜텰ᄒᆞ믈 고르게 ᄒᆞ엿더라
졍히 터럭 구룸을 향ᄒᆞ여 고요ᄒᆞᆫ 계집을 엿보왓고
【11】 황연이 귀밋 거울의 아롬다온 ᄉᆞ룸이 빗최도다

취슈안식겸러담(翠羞顔色拈來淡)
옥비졍신탁미진(玉比精神琢未眞)
고욕염향쳠하운(膏浴艶香添雅韻)
지련령락침변춘(只憐零落枕邊春)

푸룬 빗츤 안식을 붓그리미 가오믈 담ᄒᆞ게 ᄒᆞ엿고
옥은 졍신을 비ᄒᆞ여시니 죱기룰 춤되게 아니ᄒᆞ엿더라
고은 향긔룰 목욕ᄒᆞ여시미 운치룰 더ᄒᆞ여시니
다만 벼긔 가히 봄이 영낙ᄒᆞᆫ 거슬 어엿비 너기더라

란영(蘭影) [난쵸 그림지라] 침하구우(枕霞舊友)

범범경간묵음죠(泛泛驚看墨蔭稠)
정쟝챠고암즁투(靜將釵股暗中偸)
싱화영지쳥도진(生花映紙青都盡)
졀엽의쟝분셰구(折葉依墻粉細句)

범범ᄒᆞᆫ 놀나 거믄 구름 만흐믈 보니
고요히 빈혀 다리를 가져 가만ᄒᆞᆫ 가온디 도젹ᄒᆞ엿더라
산곳치 죠희의 빗최엿시미 푸른 거시 모다 다ᄒᆞ엿고
【12】 쩌거진 입히 담을 의지ᄒᆞ미 분이 가늘게 흐렷더라

신위경풍대요양(身爲縈風對搖漾)
총인ᄉᆞ월냥명유(叢因紗月兩明幽)
죵지식샹구공쳐(從知色相俱空處)
ᄌᆞᄉᆞ쳥ᄌᆞ운치유(自寫清姿韻致留)

몸이 바롬을 맛치믈 위ᄒᆞ여 더ᄒᆞ믈 요양이 ᄒᆞ엿고
쩔기는 다리 ᄉᆞ이의 격ᄒᆞ믈 인ᄒᆞ여 두 편이 밝고 어둡더라
맛춤니 알건디 식과 얼골이 모다 뷘 곳의 스스로 맑은 ᄌᆞ티를 그리미 운치가 머믈넛더라

란몽(蘭夢) [난쵸를 꿈꾸미라] 침하구우

요졍피쳐죠샹연(遙汀被處阻湘烟)
츈곤난변역가련(春困欄邊亦可憐)
졍담약인운셔아(情淡略因雲緒惹)
신쳥야위월혼견(神清也爲月魂牽)

먼 믈이 져곳의 샹연이 막혓시니
봄의 난간가의셔 곤ᄒᆞ미 쏘ᄒᆞᆫ 가련ᄒᆞ더라
졍이 담ᄒᆞ미 약간 구름 실마리를 인ᄒᆞ여 야긔ᄒᆞ고
【13】 졍신이 맑으미 쏘ᄒᆞᆫ 월혼을 위ᄒᆞ여 끄으더라

류방긔이잉경각(都房旆旎鶯憬覺)
무원쳔면졉허연(茂苑芊眠蝶栩然)
일쟉한쳔발심셩(一酌寒泉友深醒)
란용져아비방연(懶容低亞倍芳妍)

류방의 긔이ᄒᆞ엿시미 쇠꼬리 경각ᄒᆞ고
무원의 쳔면ᄒᆞ미 나븨가 허연ᄒᆞ더라
한 잔 찬 시음의 깁히 ᄭᆡ믈 발ᄒᆞ여시미
게으론 얼골이 져아ᄒᆞ며 갑졀이 꼿답더라

잔란(殘蘭) [난쵸 쇠잔ᄒᆞ미라] 송하쳥료(松下淸僚)

단심슈심고향유(檀心瘦甚古香留)
졈유미황훈판두(漸有微黃暈瓣頭)
일반츈즁졍야원(一半春中情惹怨)
십분유쳐태함슈(十分幽處態含愁)

쏘 향긔 ᄆᆞ음이 여외믈 심히 ᄒᆞ엿시미 녯 향긔 머믈넛시니
졈졈 미황ᄒᆞᆫ 빗치 잇셔 꼿판 머리의 둘넛더라
일반 츈즁의 졍이 원ᄒᆞ믈 야긔ᄒᆞ엿고
【14】 십분 유쳐의 태되 근심을 먹음엇더라

지샤치치심하인(再思采采心何忍)
샹견졍졍의ᄉᆞ슈(尙見亭亭意似羞)
위셕졍신죠가젼(爲惜情神早加剪)
진감환피슈랑슈(盡堪芃佩綉囊收)

다시 키믈 싱각ᄒᆞ미 ᄆᆞ움의 엇지 ᄎᆞ마ᄒᆞ며
오히려 졍졍ᄒᆞ믈 보왓시미 뜻이 붓그럽더라
졍신 앗기믈 위ᄒᆞ여 일즉 갈기믈 더ᄒᆞ여시니
심히 견디여 환피를 슈랑의 거두더라

니환이 졍히 반복 음아(吟哦)ᄒᆞ며 모든 ᄌᆞ미 모다 칭찬홀 시 피ᄎᆞ 각기 셔로 츄복(推服)ᄒᆞ더니 보옥이 니ᄅᆞ디,
"너의 모다 이ᄀᆞᆺ치 잘 지엇시니 이는 실노

폄론(貶論)ᄒ기 어렵도다."

니환이 니ᄅ디,

"졔목은 믄득【15】젼 번 국화의 비컨디 어려오디 시는 도로혀 낫도다. 니 다시 공도(公道)로 비평ᄒᆯ진디 문란이 뎨일이오, 억란이 뎨이오, 란영이 뎨삼이오, 화란이 뎨ᄉ오, 공란이 뎨오오, 잔란이 뎨륙이로디 ᄯᅩ 쇼샹션ᄌ의게 쟝원을 허ᄒᆯ지니 진기(眞個) 츈란(春蘭) 츄국(秋菊)의 모다 겨의게 양두(讓頭)ᄒ미 되엿고 이하 방란과 종란과 디란과 잠란과 란몽은 죠치 못ᄒ고 영란은 곳치 되리니 ᄯᅩ 보형뎨(寶兄弟)로다. 보옥이 ᄯᅩ 박슈 환희ᄒ여 니ᄅ디,

"실노 지공무ᄉ(至公無私)ᄒ도【16】다."

니환이 니ᄅ디,

"즁인은 엇더타 니ᄅᄂ뇨?"

대옥은 다만 우ᄉ며,

"당치 못ᄒ노라."

ᄒ며 즁인이 모다 말ᄒ디,

"가쟝 격당ᄒ다."

ᄒ거늘 니환이 니ᄅ디,

"당쵸의 힝ᄒ고 ᄭᅮᆷ이 공산의 니ᄅᆫ다 ᄒᄂ는 글귀도 죠치 아니타 니ᄅ기 어려오디, 져 뫼 ᄠᅳᆺ이 그윽ᄒ여 ᄭᅳᆫ허질 듯ᄒ고 봄빗치 담ᄒ여 업ᄂ대 니ᄅ다 ᄒᄂ는 글귀ᄂ는 ᄯᅩ 란화의게 무ᄅᆷ미 대답ᄒᆯ 말이 업고, 져 란영 글졔의 푸른 거시 모다 진ᄒ고 분을 가늘게 흐린단 글귀ᄂ는 ᄯᅩᄒᆫ 실노 침【17】쟉(沈着)ᄒ니 비록 화란의 입ᄉᆞᆯ 연지와 팔쇠 ᄀᆞᄐᆫ 교렴(巧艷)ᄒᆫ 글귀가 잇셔도 구터여 겨의게 ᄉ양치 아닐 거시오. 져 공란도 ᄯᅩᄒᆫ 묘히 지어시며 잔란도 졍신이 발월ᄒ고 기외의 죠ᄒᆫ 글귀 오히려 만ᄒ디 모다 그 아리 층이 된다 ᄒ리로다."

디옥이 니ᄅ디,

"져 대란 글졔의 보와도 시름이 업고 좌ᄅᆯ 즐겨 ᄯᅥ나리오 ᄒᆫ 말이 ᄯᅩᄒᆫ 묘ᄒ니라."

샹운(湘雲)이 니ᄅ디,

"너의 쇼나무 ᄲᅮ리의 맛갓다430) ᄒᄂ는 글귀도 ᄯᅩᄒᆫ 졍신이 발월(發越)ᄒ니라."

대옥이 니ᄅ디,

---

430)【맛갓−】뗑《맛갓다》맞다. 알맞다. ¶稱‖너의 쇼나무 ᄲᅮ리의 맛갓다 ᄒᄂ는 글귀도 ᄯᅩᄒᆫ 졍신이 발월ᄒ니라 (就'稱爾松根'一句也出神.) <後紅 19:17>

"져 난영과 난몽【18】이 더옥 묘ᄒ니 ᄯᅩᄒᆫ 도를 ᄭᅢ다ᄅᆫ 말이라. 니 젼일 겨의 별호ᄅᆯ '침하(枕霞)'라 지으믈 보고 곳 겨의 범 쇽의 ᄶᅱ여나믈 아랏노라."

ᄒ고 모든 ᄌᆞ미 시로 다시 한ᄌᆞᆷ 읇다가 바야흐로 연셕(宴席)의 올나 모다 칭찬ᄒ여 니ᄅ디,

"과연 일기 귀믈이라."

ᄒ고 모다 흥을 다ᄒ여 먹으며 ᄯᅩᄒᆫ 쳥과(靑果)도 만히 먹더니 니환이 웃고 니ᄅ디,

"보형뎨야, 나는 싱각건디 네 젼일 너게 ᄒᆫ 슈 게(偈)ᄅᆯ 읇흔 시ᄅᆯ 지어 쥬더니 이졔 엇지 ᄒᆫ 슈 하든 시ᄅᆯ 치오지 아니ᄒ【19】ᄂ뇨?"

ᄒ거늘 보옥이 우ᄉ며 니ᄅ디,

"ᄯᅩᄒᆫ 웃지 말나."

ᄒ고 즉시 붓슬 드러 쓰니 닐너시디,

강간니픔슈후태(江干異品數鯦鮐)

만리풍범일하리(萬里風帆日下來)

노궐굴잔죠셜샹(蘆蕨掘殘潮雪上)

양화락편랑운기(楊花落遍浪雲開)

강 ᄉᆞ이의 긔이ᄒᆫ 픔을 후티ᄅᆯ 혜ᄂ니

만리 풍범이 날 아리로 오ᄅ더라

노하 슌을 키여 쇠잔ᄒ여시미 죠슈 눈이 올낫고

버들 곳치 두죠 ᄶᅥ러졋시미 믈결 구롬이 열니더라

응교감남티쳔과(應敎橄欖堆千顆)

거셕령셔ᄉ빅비(詎惜醹醏瀉百杯)

막염예지등북디(莫艷荔枝登北地)

유슈휴ᄎ도연디(有誰携此到燕臺)

응당 감남으로 ᄒ여곰 쳔기ᄅᆯ ᄲᅡᄒᆯ 거시오

엇지 아롬다온 슐 빅비 마시믈 앗기리오

예지가 북디의 오ᄅᆷ믈 블워 말나

【20】뉘 이 거슬 닛글고 연디의 오ᄅ리오

대옥이 웃고 니ᄅ디,

"젼일 게ᄅᆯ 읇흔 시의 비컨디 모양이 ᄀᆞᄐᆫ 듯ᄒ도다."

니환이 니ᄅ디,

"또한 죠타."
학니 보옥이 우스며 니른되,
"너와 다못 보져져는 또한 전과 ヌ치 일
슈식 지으라."
디옥이 니른되,
"몬져 보져져(寶姐姐)의게 가른치믈 청학노
라."

보치(寶釵) 웃고 니른되,
"니 져의게 비학면 언마 낫지 못학다."
학고 즉시 옮허 니른되

묘쇼후태양ス진(妙溯鰷鮒揚子津)
강남풍미쳔삼츈(江南風味擅三春)
샹동반고노아쳔(常同半苦蘆芽薦)
구여회감간과진(旧與回甘諫果陳)

묘학게 후티롤 양ス진의 싱각학니
【21】 강남의 풍미 삼츈을 쳔조학더라
항샹 반만 쓴 노아로 ヌ치 드리고
구일의 감미가 도는 감남으로 더브러 볘프
더라

연[욕]진졍화의돈셕(浴盡井華疑頓釋)
죠리강로아하인(調來姜露訝何因)
셰간독심하어미(世間毒甚河豚味)
긔포환오미셕신(旣飽歡娛未惜身)

우믈믈의 샐기롤 다학여시니 의심이 돈연
이 플니고
로강집으로 타미 의심이 엇지 인연학여 나
리오
셰간이 하돈보다 독학미 심학여시니
임의 비부른미 즐거워학고 몸을 앗기지 아
니터라

디옥이 또한 옮허 니른되

노슌지비망셰쳔(蘆笋牙肥網細穿)
희간시시출쳥연(喜看鮖鮖出淸淵)
군분연미방명변(群分燕尾方名辨)
픔태어경식보젼(品汰魚輕食譜傳)

갈디슌이 겨유 살지미 그믈을 가늘게 쑤러

시니
【22】 시시히 연못식 나는 거술 보미 죠터라
무리는 연미롤 난호앗시니 방명을 분변학
엿고
픔은 어졍을 니치니 식보의 젼학더라

융박고뉴운익륜(融珀膏流雲液潤)
응지유활셜화션(凝脂乳滑雪花旋)
만혐당돌셔시심(漫嫌唐突西施甚)
응위연파과별션(應爲烟波過別船)

융박훈 기름이 흐르미 구룸이 진익이 윤틱
학고
기름이 엉긔여 밋그러웟시미 눈꼿치 회션
학더라
헛도히 셔시롤 당돌학미 심학믈 허비학여
시니
응당 연파롤 위학여 다른 비로 가더라

보옥이 심히 죠타 말학니 니환이 웃고 니
른되,
"일인은 녯 스롬을 쑤짓고 일인은 금셰롤
풍 【23】 ス(諷刺)학엿시되 도로혀 공녁(工力)이
샹젹(相敵)학도다."
보옥이 니른되,
"님미미와 보져져야. 니 아문(衙門) 즁의
가셔 글을 지어 쬬노면431) 모다 두렵지 아니되
다만 너의 등만 두려오니 너의가 젼일 나롤 위
학여 관과 문뜨롤 ᄎ쟉(借作)학여 쥬미 쬬노는
사롬이 업스미 고이치 아니학도다."
학니 즁인이 디쇼학며 니러퉛 담쇼학여 오
후의 니른미 바야흐로 흐터지더라.
대관원(大觀園) 즁 모든 ス미 등이 난쵸
꼿츠로 노리학미 이월(二月) 회간(晦間)의 니른
러 바야흐로 긋치고 시 【24】 로 요졍관의 칠간
(七間) 챠양432)을 지으며, 삼월 쵸싱의 니른러

---

431)【쬬노다】囹 꿈다. 글의 잘잘못을 살펴 판단하
다. ¶考‖니 아문 즁의 가셔 글을 지어 쬬노
면 모다 두렵지 아니되 다만 너의 등만 두려오
니 너의가 젼일 나롤 위학여 관과 문뜨롤 ᄎ쟉
학여 쥬미 쬬노는 사롬이 업스미 고이치 아니학
도다 (我到衙門裏去考都不怕, 單單的怕定了你們
這一班, 怪不道你們代筆的, 沒人考得過了.) ＜後紅
19:23＞
432)【챠양】囹 차양(遮陽). 감아 올릴 수 있게 된

환ᄋ(環兒)의 길일이 ᄯᅩ가온지라 더옥이 의ᄉ쳐
(議事處)의 니ᄅ러 ᄌ견과 쳥문(晴雯)과 잉ᄋ(鶯
兒)로 더브러 여러 날 분망(奔忙)히 지니며 ᄯᅩᄒᆞᆫ
습인(襲人)으로 ᄒᆞ여곰 보술피믈 돕게 ᄒᆞ고 왕
부인(王夫人)이 ᄯᅥ로 친ᄉᆞ의 셰쇄ᄒᆞᆫ 일을 ᄀᆞ지
ᄒᆞ여 낫낫치 판비(辦備)ᄒᆞ디 다만 가졍(賈政)은
도로혀 환ᄋ룰 번뢰히 너겨 샹면치 아니커놀 다
힝히 림냥옥(林良玉)과 강경셩(姜景星)이 가ᄉᆞ
(賈赦)룰 ᄯᅳ을고 ᄯᅩ치 니ᄅ러 지삼 권히(勸解)ᄒᆞ
여 환 【25】 ᄋ로 ᄒᆞ여곰 드러오게 ᄒᆞ엿더니 가
졍이 도로혀 긔운을 참지 못ᄒᆞ여 치려ᄒᆞ거눌 즁
인이 권ᄒᆞ여 말닌지라. 일노 죠ᄎᆞ 가환(賈環)이
비로쇼 감히 드러와 쳥안(請安)ᄒᆞ디 가졍이 ᄯᅩ
ᄒᆞᆫ 져다려 무ᄉᆞᆫ 말을 뭇지 아니코 길일(吉日)의
니ᄅ러 왕부인 등이 치운을 방즁의 둔 말을 픔
ᄒᆞ니 가졍이 ᄯᅩᄒᆞᆫ 방법이 업더라. 져 왕친가(王
親家)의 곳의셔 ᄯᅩᄒᆞᆫ 가시집 셰력을 ᄉᆞ모ᄒᆞ여
슈쳔금을 허비ᄒᆞ여 쟝염433)을 ᄀᆞ쵸고 가부즁(家
府中)의 길일을 당ᄒᆞ여 【26】 희ᄌᆞ(戲子)룰 보고
하례(賀禮)룰 바드며 긱인(客人)을 쳥ᄒᆞ고 신부
룰 겹디홀 시 즁비(仲妃) ᄯᅩᄒᆞᆫ 사ᄅᆞᆷ을 식여 례
믈을 보내니라.

　가환의 쳐 왕시(王氏)의 ᄋ명(兒名)은 슌미
(順媚)니 셩졍이 온슌ᄒᆞ디 다만 면뫼 십분 루췌
(陋醜)ᄒᆞ여 뱜이 얽고 입이 크며 한 눈이 희미
ᄒᆞ고 구각(軀脚)이 건쟝ᄒᆞ여 환ᄋ보다 가쟝 큰
지라. 환이 여의치 못ᄒᆞ여 다만 치운의게 심복
을 의탁ᄒᆞ며, 슌미ᄂᆞᆫ 쇼가(小家) 녀지라 언에(言
語) 심히 쇽되거눌 왕부인이 도로혀 져룰 짐쟉
ᄒᆞ고 다만 니 【27】 환과 보챠(寶釵)와 더옥의
뒤히 셰우디 진기 맛ᄌᆞᆽ지434) 못ᄒᆞ며, ᄯᅩ 믈졍을
아지 못ᄒᆞ여 모르는 믈건이 이시면 낫낫치 뭇고
ᄌᆞ ᄒᆞ니 노파와 쇼챠환 등이 가마니 져룰 우ᄉᆞ
며 더옥 등이 죵용ᄒᆞᆫ 곳의셔 흥샹 져룰 닛글고
우음감435)을 믿ᄂᆞᆫ지라. 왕부인이 모든 ᄌᆞ미
등즁의 셧기지 못ᄒᆞᄆᆞᆯ 짐쟉ᄒᆞ고 더옥 더옥이 져
룰 가비야이 볼가 져허ᄒᆞ여 가마니 더옥을 ᄯᅳ어
멈츄고 니ᄅ디,

　"니런 ᄉᆞᄅᆞᆷ이 아니면 져 집의셔 즐겨 환ᄋ

롤 쥬지 【28】 아니리라. 만일 져룰 가ᄅ치고ᄌᆞ
홀진디 ᄯᅩᄒᆞᆫ 힘을 허비ᄒᆞ리니 졔가 도로혀 스ᄉᆞ
로 분슈룰 알고 동졍이 온즁ᄒᆞ니 너ᄂᆞᆫ 다만 졔
가 너의 곳의 니ᄅ거든 시시로 져룰 가ᄅ치라."

　더옥이 왕부인의 의ᄉᆞ룰 알고 ᄯᅩᄒᆞᆫ 즉시
응답ᄒᆞ며 슌미도 ᄯᅩᄒᆞᆫ 알고 스스로 방즁의 잇셔
침션을 비ᄒᆞ며 져의 등으로 더브러 노니지 아니
ᄒᆞ고 도로혀 왕부인을 뫼시디 왕부인이 셜이마
(薛姨媽)의 집의 니ᄅ면 ᄯᅩᄒᆞᆫ ᄯᅡ라 단일ᄉᆡ 보옥
이 우ᄉᆞ며 니ᄅ디,

　【29】 "평싱의 블워ᄒᆞᄂᆞᆫ 거슨 녀ᄒᆡᄋᆡ(女孩
兒)로디 원리 ᄯᅩᄒᆞᆫ 이 ᄀᆞᆺᄐᆞᆫ 스ᄅᆞᆷ이 이시니 도로
혀 일기 더러온 노지(奴才)가 되여야 죠흐리라."

　ᄒᆞ더라. 뎜뎜 삼월 망후(望後)의 니ᄅᄆᆡ 모
란이 픠ᄂᆞᆫ지라 각쳐 모란 화계(花階)의 비단 앙
쟝(仰帳)을 가리며 호화령(□花鈴)을 걸 ᄉᆡ 가졍
이 ᄯᅩᄒᆞᆫ 공ᄉᆞ룰 맛치고 한가ᄒᆞᆫ지라 왕친가룰 쳥
ᄒᆞ여 련일 희ᄌᆞ룰 보며 슐을 권ᄒᆞ더니 븍졍왕
(北靖王)과 남안군왕(南安郡王)이 알고 ᄯᅩᄒᆞᆫ 슐
을 가지고 오려 ᄒᆞᄂᆞᆫ지라. 가졍이 황망히 포진
(鋪陳)을 【30】 졍히 ᄒᆞ고 하로룰 쳥ᄒᆞ여 여러
희ᄌᆞ룰 돌녀가며 드러 삼경시의 니ᄅᄆᆡ 바야흐
로 허여지더니 ᄎᆞ시 모란이 칠팔 분이나 셩기
(盛開)ᄒᆞ엿ᄂᆞᆫ지라. 보치 믄득 말ᄒᆞ디,

　"젼일 쟉약(芍藥)곳치 픠엿실 ᄯᅢ의 다힝이
운미미가 슐을 취ᄒᆞ여 곳 ᄋ리셔 죠으럿시므로
곳츨 져바리지 아니ᄒᆞ엿거니와 우리 이 모란 곳
츨 디ᄒᆞᄆᆡ ᄯᅩᄒᆞᆫ 담박ᄒᆞᆫ 둣ᄒᆞ도다. 너ᄂᆞᆫ 보라. 위
ᄌᆞ요황(魏紫姚黄)이 져러틋 부려히 열녀시니 우

천막. ¶ 卷篷 ‖ 이월 회간의 니ᄅ러 바야흐로
굿치고 시로 요졍관의 칠간 챠양을 지으며 (直
到了二月盡邊, 方纔收拾過去, 重新在凹晶館搭起
那七間卷篷.) <後紅 19:24>

433)【쟝염】圈 {쟝염(粧奩)}. 혼수(婚需). ¶奩‖져
　왕친가의 곳의셔 ᄯᅩᄒᆞᆫ 가시집 셰력을 ᄉᆞ모ᄒᆞ여
　슈쳔금을 허비ᄒᆞ여 쟝염을 ᄀᆞ쵸고 가부 즁의 길
　일을 당ᄒᆞ여 희ᄌᆞ룰 보고 하례룰 바드며 (那邊
　王親家處, 也慕賈家的勢, 費了數千金贈奩, 到這吉
　期, 一樣也唱戲受賀.) <後紅 19:25> ⇒ 쟝념, 쟝
　념, 쟝염, 향염
434)【맛ᄌᆞᆽ다】圈 맞다. 알맞다. ¶配‖왕부인이
　도로혀 져룰 짐쟉ᄒᆞ고 다만 니환과 보챠와 더옥
　의 뒤히 셰우디 진기 맛ᄌᆞᆽ지 못ᄒᆞ며 (王夫人倒
　也諒他, 只是排在李紈、寶釵、黛玉後頭, 眞個不
　配.) <後紅 19:27> ⇒ 맛가지다, 맛갓ᄂᆞ, 맛갖다,
　맛ᄌᆞᆽ다, 맛쏫다
435)【우음감】圈 웃음거리. ¶笑話兒‖노파와 쇼
　챠환 등이 가마니 져룰 우ᄉᆞ며 더옥 등이 죵용
　ᄒᆞᆫ 곳의셔 흥샹 져룰 닛글고 우음감을 믿ᄂᆞᆫ지
　라 (惹的老婆子、小丫頭們暗地裏笑他, 黛玉等背
　後, 常拿他做個笑話兒.) <後紅 19:27>

리 비록 져의 부귀롤 홈 【31】 션(欽羨)치 아니
려니와 또흔 텬디 죠화의 의스롤 져바리지 아닐
지니라."

스샹운이 웃고 니르디,

"기시의 내가 일쟝을 취흐여 너의게 이폐
흐엿는지라. 금일의 니르러 이 모란을 완샹코져
아니흐노라. 너는 아지 못흐려니와 전일 봉미미
(鳳妹妹) 말흐디, '졔가 한 가지 졀등(絶等)흔 믈
건이 잇셔 남긱(南客) 등이 오지 아니키롤 기드
려 졔가 곳 모란이 가쟝 셩기흔 곳으로 가지고
와 중인으로 흐여곰 보게 흐리라' 흐거놀 내 지
삼 져의게 무르미 【32】 졔 말흐디, '슈삼일이
지니여야 바야흐로 보리라' 흐며, 져다려 무슨
믈건이냐 무러도 졔 또흔 말흐지 아니흐나 거의
나도 알 듯흐도다."

디옥이 웃고 니르디,

"뉘 능히 너롤 속이리오? 필경 무슨 노리
감이냐?"

샹운이 웃고 니르디,

"ᄌ연 볼 거시니 기시의 말흐여야 바야흐
로 취미 이시리라."

흐더니 보옥이 미쳐 다 듯지 아니코 즉시
다라가 희봉을 지촉흐려 흐더니 반일만의 도라
와 말흐디 봉미미 가쟝 고괴(古怪)흐여 즐겨 말
흔 【33】 지 아니코 다만 말흐디 슈일 후의 단졍
코436) 보리라 흐더라.

뎨삼일의 니르러 진기 희봉(喜鳳)이 희란
(喜鸞)으로 더브러 니르러 왕부인과 모든 ᄌ미
와 보옥을 약회(約會)흐여 금향뎡(錦香亭)의 니
르럿더니 믄득 챠환이 여러 더광쥬리롤 가지고
왓거놀 희봉이 즉시 챠환(丫鬟)으로 흐여곰 광
쥬리마다 열나 흐더니 다만 보미 광쥬리 속의
무슈흔 호졉(胡蝶)이 나라 나오디 파쵸션(芭蕉
扇)ᄀ치 큰 것도 잇고 스발 만흔 것도 이시며
금식(金色)도 이시며 흑식(黑色) 【34】 도 이시디
진기 최찬뉵니(璀燦陸離)흐여 표표양양(飄飄漾
漾)히 다만 화계 우희셔 비회홀 시 태양이 뽀이
고 여러 모란 꼿치 또흔 바롬을 짜라 흔들니며
그 나뷔롤 인도흐미 졍히 슈노혼 비단 ᄀ튼지

라. 보옥이 엇지 일쥭 보왓시리오? 다만 니르디,

"뉘든지 져 거슬 가져가지 못흐리니 져롤
이곳의 머믈너 두어 기르리라."

흐니 중인이 져다려 무르디,

"어디셔 온 거시뇨?"

흐거놀 희란이 말흐디,

"강미뷔(姜妹夫) 일기 광동(廣東) 동방(同
榜)흔 스롬의게 어더온 나부션(羅浮仙) 【35】 졉
견이라."

흐거놀 왕부인이 또흔 환희흐여 즉시 연셕
을 베풀고 음식을 먹으며 졍히 즐기더니 홀연
궁중의셔 쇼식이 잇셔 보옥과 량옥과 경셩을 부
르신다 흐거놀 보옥이 다만 피흥(敗興)이 되여
관복을 ᄀ쵸고 가는지라. 왕부인 등이 방심치
못흐여 즉시 모든 ᄌ미로 더브러 도라와 샹방의
니르럿더니 오후의 보옥이 도라와 바야흐로 알
미, 보옥 등을 픠[파]졍(派定)흐여 글을 찬슈(纂
修)케 흐시디 미일 오경의 니르나 【36】 드러가
판리케 흐라 흐여 계신지라. 왕부인 등이 모다
환희흐디 다만 보옥과 디옥의 심중의 십분 앙앙
흐며 츄후 가졍이 도라와 보옥을 권면(勸勉) 교
훈흐여 져의게 분부흐디,

"아지 못흐는 거순 량위(兩位) ᄌ부(姊夫)
의게 가르치믈 쳥흐고, 션진(先陣)을 만나거든
다만 무옴을 낫쵸와 가르쳐 쥬믈 쳥홀지니 곳
능히 총지관(總裁官) 앏히셔 현룽(衒能)치 못흐
여도 다만 진심갈력(盡心竭力)흐여 시시로 챡실
히 공직(公直)흐라."

흐니, 보옥이 답응흐거눌 또 디옥을 【37】
블너 니르디,

"미일 스경(四更)의 져롤 지촉흐여 죠반을
먹이고 챠의 오르게 흐라."

흐니 디옥이 입으로는 비록 답응흐나 거의
눈믈이 ᄯ러질 듯흐더라. 보옥이 즉시 쇼샹관으
로 도라와 디옥으로 더브러 일야롤 담화흐디 도
로혀 집을 오러 쩌나가는 것 ᄀ더니 일노붓허
보옥이 날마다 입표흐미 디관원 ᄌ미 등이 또흔
보옥이 집의 업스므로 인흐여 노리홀 무옴이 업
스미 블과 ᄌ츠 왕리흐여 셔권(書卷)과 침션을
의론홀 짜룸이 【38】 러라.

거연(遽然)이437) 단오일(端午日)이 지나미

---

436) 【-코】 㐀 ((일부 한자 어근이나 명사 뒤에 붙
어)) 부사를 만드는 접미사. ¶ 봉미미 가쟝 고
괴흐여 즐겨 말흐지 아니코 다만 말흐디 슈일
후의 단졍코 보리라 흐더라 (說是鳳妹妹古怪的
很, 斷不肯說, 只說兩日後斷有的.) <後紅 19:33>

437) 【거연이】 㖵 거연(遽然)이. 문득. 갑자기. ¶ 直
‖ 거연이 단오일이 지나미 뉘 싱각흐엿시리오

뉘 싱각ᄒ엿시리오? 가졍과 보옥이 ᄯᅩ 슈가(隨駕)의 몽뎜(蒙點)ᄒ여 먼니 나아갈 시 왕부인 등이 황망ᄒ여 니ᄅ디,

"이 히지 니러ᄐᆺ 쟝셩ᄒ여시디 오히려 녀ᄌ의 겻흘 ᄯ녀나지 못ᄒ여시니 엇지ᄒ면 죠ᄒ리오."

디옥이 더옥 ᄆᆞ음의 망죠(罔措)히438) 너기더니 도로혀 보치 니러러 디옥을 지삼 권ᄒ여 니ᄅ디,

"님미미ᄂᆫ 놀나지 말나. 계가 날마다 우리 츙즁(叢中)의 셧겨 잇셔시니 계가 문밧긔 나가 경력(經歷)ᄒᆞ미 바야흐로 죠ᄒ 【39】 리라."

디옥이 함루(含淚)ᄒ고 쇼리롤 나죽이 ᄒ여 니ᄅ디,

"니 혜아리건디 습인으로 ᄒ여곰 져롤 ᄯᅡ라가게 ᄒ리라."

보치 디쇼ᄒ며 니ᄅ디,

"너 ᄀᆞᆺ튼 스롬이 니런 말을 ᄒᄂᆞ냐? 도로혀 다힝이 니게 고ᄒ엿도다. 그러치 아니터면 텬하 스롬이 모다 웃기롤 마지 아니리라. 뉘 슈가(隨駕)ᄒ 관원이 가권(家眷)을 다려가믈 보왓시며 습인이 ᄯᅩ 왕쇼군(王昭君)의 변방의 나가ᄂᆫ 것 ᄀᆞᆺ치 물을 탈 줄 알니오? 너ᄂᆫ 말ᄒ지 말나 붓그려 죽으리로다."

디옥이 【40】 눈을 부븨며 니ᄅ디,

"조션싱(曹先生)으로 ᄒ여곰 ᄯᅡ라가게 ᄒ미 엇더ᄒ뇨?"

보치 니ᄅ디,

"져가 즐기지 아닐가 ᄒ노라. 네게 고ᄒ여 방심케 ᄒᄂᆞ니 이제 노야롤 ᄯᅡ라가ᄂᆞ니라."

디옥이 울며 니ᄅ디,

"졔 몸이 견디지 못ᄒ리라."

보치 웃고 니ᄅ디,

"먼니 단이ᄂᆫ 화샹도 ᄯᅩ흔 견디엿ᄂᆞ니라."

디옥이 홀 일 업셔 다만 보옥으로 더브러 낭인이 견권(繾綣)ᄒ여439) ᄯ녀나지 못ᄒᆯ 시 보옥이 ᄯᅩ흔 울며 니ᄅ디,

"죠흔 미미야. 너ᄂᆫ 노야와 태태 앎히셔 니가 너롤 【41】 연연ᄒ여 ᄒ던 거슬 말ᄒ지 말나."

ᄒ니 디옥이 다만 울며 뎜두ᄒ더라.

긔신(起身)ᄒᄂᆞᆫ 날의 니러러 가졍이 아문 즁으로셔 바로 원힝(遠行)ᄒ고 스롬으로 ᄒ여곰 보옥을 지쵹ᄒ미 디옥과 쳥문이 가쟝 견디지 못ᄒ고 ᄌᆞ견과 잉으도 ᄯᅩ흔 죵용ᄒ 곳의셔 락루ᄒ디 홀노 보치 ᄆᆞ음의 거리끼지 아니ᄒ며 왕부인이 ᄯᅩ흔 지삼 져롤 ᄡᅳ어 멈츄고 눈믈을 흘니더니 가련이 련ᄒ여 와 지쵹ᄒ고 님지회(林之孝) ᄯᅩ 가졍의 말을 젼ᄒ디 뎜 【42】 심 참(站)의셔 기다린다 ᄒᄂᆞᆫ지라. 보옥이 문을 날 시 님힝(臨幸)ᄒ여 도로혀 함루ᄒ며 디옥을 도라보더라. 디옥이 즉시 누어 여러 날을 니지 아니ᄒ미 ᄉ상운이 져롤 비우셔 말ᄒ디,

"져ᄂᆫ 일긔 죠흔 션도(仙道)롤 비ᄒᄂᆞᆫ 스롬이라."

ᄒ디 디옥이 ᄯᅩ흔 능히 말을 못ᄒ며 일노 죠ᄎ 시시(時時)로 셔신을 붓치고 보옥의 도라오믈 바라더라.

칠월의 니러러 부ᄌ 낭인이 쳬번(替番)ᄒ고440) 도라오미 혼긔 디희ᄒ더니 보옥이 왕부인긔 쳥안ᄒ고 보챠 【43】 로 더브러 줌시 셔ᄉ 멋마디 담화ᄒ 후의 즉시 쇼샹관으로 와 디옥을 보고 디쇼ᄒ며 니ᄅ디,

"나도 ᄯᅩ흔 도라오ᄂᆞᆫ 날이 잇도다."

디옥이 우스며 니ᄅ디,

"너ᄂᆫ 싱각ᄒᄂᆞ냐? 젼일 흑당(學堂)의 갓다가 도라와셔도 니러ᄐᆺ 말ᄒ엿ᄂᆞ니라."

ᄒ니 보옥이 디쇼ᄒ며 일노 죠ᄎ 일문이 모혀 즐겨 블승쾌활(不勝快活)ᄒ더라.

일일은 가졍이 아문으로셔 도라왓더니 왕부인이 무ᄅ디,

"오후의 문의 나가지 아니ᄒᄂᆞ냐?"

---

438) 【망죠히】 閈 {망조(罔措)히}. 갈팡질팡 어찌할 바를 모름. ¶ 驚慌 ‖ 디옥이 더옥 ᄆᆞ음의 망죠히 너기더니 도로혀 보치 니러러 디옥을 지삼 권ᄒ여 니르디 (黛玉心裏益發驚慌, 倒是寶釵走過來再三的勸黛玉道.) <後紅 19:38>

439) 【견권ᄒ다】 혱 견권(繾綣)하다. 못내 그리워하다.¶ 依依 ‖ 디옥이 홀 일 업셔 다만 보옥으로 더브러 낭인이 견권ᄒ여 ᄯ녀나지 못ᄒᆯ시 (黛玉也無可如何, 只與寶玉兩個依依不舍.) <後紅 19:40>

440) 【쳬번ᄒ다】 圐 {쳬번(替番)하다}. 번(番)을 교대하다. ¶ 換班 ‖ 칠월의 니러러 부ᄌ 낭인이 쳬번ᄒ고 도라오미 혼긔 디희ᄒ더니 (道直七月裏, 父子兩人換班回來, 合家大喜.) <後紅 19:42>

가졍과 보옥이 ᄯᅩ 슈가의 몽뎜ᄒ여 먼니 나아갈 시 (直過了端午節後, 誰想賈政、寶玉又派了隨駕出差.) <後紅 19:38>

가경이 니르디,

"가즁의 잇셔 일위 긔인【44】을 기드리고즈 ᄒᆞ노라."

왕부인이 무르디,

"엇던 긔인이뇨?"

가경이 니르디,

"젼일 북뎡왕이 궐즁의셔 나의게 말ᄒᆞ디 일위 남방 션싱이 이시디 가장 고명ᄒᆞ니, 셩은 쟝(張)이오 별호ᄂᆞᆫ 미은(梅隱)이니 시쵸뎜(蓍草占)을 치디 비홀 디 업시 령(靈)ᄒᆞ고 셩졍이 가장 고괴ᄒᆞ여 즐겨 남의 례믈을 밧지 아니ᄒᆞ고 다만 ᄉᆞ룸을 권ᄒᆞ여 챡ᄒᆞᆫ 일을 ᄒᆞ라 ᄒᆞ디, 져다려 뎜(占)을 쳐 달나 ᄒᆞᄂᆞᆫ 이ᄂᆞᆫ 졔가 모다 권ᄒᆞ디 져와 ᄀᆞ치 몃 가지 챡ᄒᆞᆫ 일을 힝ᄒᆞ라 ᄒᆞ고 신명【45】 옳히셔 밍셰ᄒᆞ엿다 ᄒᆞ더니, 졔가 방즈(方纔) 너롤 위ᄒᆞ여 뎜을 쳣시디 졔가 쏘ᄒᆞᆫ 죠곰도 지믈노 보시(布施)ᄒᆞ라 아니ᄒᆞ고 다만 목젼 이곳의 죠ᄒᆞᆫ 일을 가르치며 너로 ᄒᆞ여곰 한두 가지롤 힝ᄒᆞ라 ᄒᆞ디, 져ᄂᆞᆫ 쏘ᄒᆞᆫ 무실무가(無室無家)ᄒᆞ고 고운 야ᄒᆞᆨ(野鶴)ᄀᆞ치 풍찬노슉(風餐露宿)ᄒᆞᄂᆞ니, 너ᄂᆞᆫ 말ᄒᆞ라 추인을 가히 공경ᄒᆞ염족지 아니냐?"

왕부인이 니르디,

"너ᄂᆞᆫ 일족 져롤 보왓ᄂᆞ냐?"

가경이 니르디,

"엇지 보지 못ᄒᆞ엿시리오? 무루 녹은 눈셥과 봉의 눈이오, 코히【46】 크고 입이 모지며 얼골이 길고 긴 슈염이 눈빗ᄀᆞ치 희며 졍신이 가장 잇고 한 벌 견쥬(繭綢) 의복을 닙고 단이디 진긔 표연이 신션(神仙) 긔운이 잇ᄂᆞ니라."

왕부인이 니르디,

"너ᄂᆞᆫ 져의게 무어슬 뎜 쳣ᄂᆞ뇨?"

가경이 니르디,

"가튁(家宅)이 평안ᄒᆞ믈 뎜 칠 ᄯᆞ룸이로라."

왕부인이 니르디,

"니게 한 마디 말이 이시디 다룬 ᄉᆞ룸의게ᄂᆞᆫ 고치 아니ᄒᆞ엿노라. 요ᄉᆞ이 님고량을 보미 져기 신 거슬 죠하ᄒᆞᄂᆞᆫ지라 련으로 ᄒᆞ여곰 왕태의롤 쳥ᄒᆞ여 진믹ᄒᆞ엿더니【47】 말ᄒᆞ디, '태긔(胎氣)가 영향도 업다' ᄒᆞ나 도로혀 의슐이 평샹ᄒᆞ미냐 진긔 쇼식이 업ᄉᆞ미냐? 너ᄂᆞᆫ 엇지ᄒᆞ여 져의게 쳥ᄒᆞ여 이 일을 뎜 치지 아니ᄒᆞᄂᆞ뇨?"

ᄒᆞ니 가경이 뎜두(點頭)ᄒᆞ며 니르디,

"가장 올타."

ᄒᆞ고 한즈음 안즈 말ᄒᆞ더니 오신등(吳新登)이 드러와 품ᄒᆞ디,

"쟝ᄉᆞ애(張師爺) 왓다!"

ᄒᆞ거눌,

29

□□□□□□□□　□□□□□□□

卜蘭桂衍孫來續祖　賦葛覃仲妃回省親

가졍(賈政)이 련망히 의관을 졍졔ᄒ고 나가 마즈 공경츄양(恭敬推讓)ᄒ며 손을 줍고 드러오니 겨 쟝미은(張梅隱)은 일기 고시(高師)라 십분 탈쇽(脫俗)ᄒ여 다만 니ᄅ디,

"대인아 피ᄎ【48】 쟝읍(長揖)ᄒ리라."

ᄒ고 즉시 빈쥬(賓主)ᄅᆯ 분ᄒ여 안더니 가졍이 겨의 ≪쥬역周易≫ 리치(理致)의 졍미(精微)ᄒᆯ 알고 믄득 강경셩(姜景星)과 님량옥(林良玉)과 란가ᄋᆞ(蘭哥兒)ᄅᆯ 쳥ᄒ여 일졔히 나와 뫼셔 좌뎡(坐定)ᄒᆯ 시 가졍이 니ᄅ디,

"션싱이 쥬역의 현묘(玄妙)ᄒᆫ 일을 통ᄒ니 진기 졍강셩(鄭康成)과 왕보ᄉ(王輔嗣) 량인(兩人)의 식견을 합ᄒ여 바야흐로 션싱을 디젹ᄒ리라."

쟝미은이 니ᄅ디,

"대인도 고명박식(高明博識)ᄒ거니와 져 녈위(列位) 노션싱도 ᄯᅩᄒᆫ 경셔(經書)의 젼력ᄒᆫ 스승이니 지하(在下)441)ᄂᆫ 【49】 쳔견과문(淺見寡聞)이라 엇지 능히 경셔의 졍미ᄒᆫ 뜻을 강론ᄒ리오?"

가졍이 니ᄅ디,

"션싱은 다만 과겸(過謙)치 말나."

ᄒ고 강경셩이 믄득 무ᄅ디,

"동한(東漢) 시의 쥬역을 말ᄒ 사ᄅᆷ들이 혹 니ᄅ디, '티괘(泰卦)와 비괘(否卦)의 음양이 각기 모다 모든 괘의 쥬쟝이 된다' ᄒ며, 혹 니ᄅ디, '슈(水)·ᄉ괘(師卦)가 방통(旁通)ᄒ여 텬(天)·화(火)·동인(同人)이 되엿다' ᄒ고, 혹 니ᄅ디, '건괘(乾卦)의 졍(正)과 변(變)으로 츄이(推移)ᄒ여 구괘(姤卦)로브터 박괘(剝卦)의 니ᄅ고, 곤괘(坤卦)의 졍과 변으로 츄이ᄒ여 복괘(夏卦)로붓【50】허 쾌괘(夬卦)의 니른다' ᄒ고, 혹 니ᄅ디, '모든 괘가 모다 건곤(乾坤)으로죠ᄎ 낫다' ᄒ니, 그 뜻이 블과 괘샹(卦象)을 밀위여 각기 한 말식 편집(編輯)ᄒ미니 피ᄎ 능히 셔로 통ᄒ지 못ᄒ미 벅벅이 엇지 졀츙ᄒ여야 올ᄒ리오?"

쟝미은이 니ᄅ디,

"원리 ≪쥬역≫을 궁구ᄒᄂᆫ 법이 일졀 ᄌᆞ연 지리ᄅᆯ 근본을 삼으미 각인이 ᄌᆞ긔 뜻을 말ᄒ지 못ᄒᆯ지라. 한(漢)나라 여러 션비 비록 '삼역(三易)'을 근본ᄒ나 쳔착(穿鑿)ᄒᆫ 말이 블쇼(不少)ᄒ여 죠리(條理)와 ᄎ셰(次序) 모다 어ᄌᆞ러오믈【51】 면치 못ᄒ엿ᄂᆞ니, 블과 쥬역의 죵요로온442) 뜻은 건곤 두 괘가 다만 셰 획되ᄂᆫ 괘ᄅᆯ 낫코 셰 획되ᄂᆫ 과ᄂᆫ 남녀(男女) 쟝즁쇼 각 셰 괘식 합ᄒ여 여셧 괘의 나가는 거시 업ᄉ미, 이는 곳 건곤이 여셧 ᄋᆞ들을 싱ᄒᄂᆫ 법이오 일노 죠ᄎ 샹하 ᄉ방으로 밀위여 가거늘 우[간]보(干寶)와 우번(虞翻)과 후과(侯果)의 현란ᄒᆫ 말은 곳 올치 아니니라."

가졍이 니ᄅ디,

"션싱의 말이 가쟝 투텰(透徹)ᄒ도다. 션싱

천견과문이라 엇지 능히 경셔의 졍미ᄒᆫ 뜻을 강론ᄒ리오 (大人高明淹博，就是列位老先生，也是經師專家，在下淺見寡聞，哪裏講得出≪經≫的眞意.) <後紅 19:48>

442)【죵요로오-】𝐇 ≪죵요롭다≫ {죵요(宗要)롭다}. 즁요하다. ¶ 要 ‖ 블과 쥬역의 죵요로온 뜻은 건곤 두 괘가 다만 셰 획되ᄂᆫ 괘ᄅᆯ 낫코 셰 획되ᄂᆫ 과ᄂᆫ 남녀 쟝즁쇼 각 셰 괘식 합ᄒ여 여셧 괘의 나가ᄂᆫ 거시 업ᄉ미 (不過≪易≫之要義, 乾坤只生三劃之卦, 三劃卦更無出於六子者.) <後紅 19:51>

441)【지하】𝐇 {재하(在下)}. 저. 자기를 낮추는 말. ¶ 在下 ‖ 대인도 고명박식ᄒ거니와 져 녈위 노션싱도 ᄯᅩᄒᆫ 경셔의 젼력ᄒᄂᆫ 스승이니 지하ᄂᆫ

이 남안군왕(南安郡王)의 친가를 위후여 덤 친 괘는 과연 령험후 【52】 니라.”

쟝미은이 니르디,

“이는 쟉년 일이니 그 괘는 풍지혁(豊之革)이라. 져의 형뎨 쏘흔 지하(在下)의게 무슨 일을 고후미 업거늘 지히 괘샹(卦象)을 보고 져의게 무르디, ‘이는 무슴 농장 일이 아니냐?’ 후엿더니 졔 말후디, ‘올타’ 후거늘 지히 말후디, ‘이 농장을 구치 말지니 스면의 슈쵀(水草) 잇셔 음양 리치의 가장 블니후미 스롬의 집을 머믈기 어렵고 후믈며 형뎨 냥인이 동거후면 더욱 죠치 아니후니 원러 형뎨롤 슈쥭의 비후 【53】 거늘 본괘 효ᄉ(爻辭)의 몬져 한 말이 드러낫시니 그 올혼편 팔을 쩌것다’ 후고, ‘그 변괘의 곳 가면 흉후리라’ 후여시니, ‘이는 단정코 가지 못후리라’ 후엿더니, 져의 형 되는 스롬은 오히려 죠추디 그 아으는 단정코 편후믈 탐후여 그거술 스더니 과연 일년이 못되여 변을 당후엿거니와 이도 쏘흔 미리 졍흔 쉬라.”

443)후미 남냥옥 등이 더욱 공경후더니 가정이 죠셜근(曹雪芹)을 쳥후여 함긔 안게 후며 보옥 등이 젼의 듯지 못후던 말을 【54】 드르미 블승탄복(不勝歎服)후더라.

각의 영국부(榮國府) 샹등(上等) 음식을 베퍼 디졉후고 가정이 믄득 손을 씻고 강진향(降眞香)을 픠오며 쟝미은이 쏘흔 손을 씻고 시쵸궤(蓍草櫃)롤 밧드러 놋터니 쟝미은이 니르디,

“지하의 챡흔 일을 원후믄 가장 만흐디 대인 부즁의는 두 가지롤 구후노라. 당금 요순지셰(堯舜之世)의 튁급만믈(澤及萬物)후미 엇지 텬광(天光)이 빗쵀지 못홀 곳이 이시리오마는 지하의 심즁의는 믄득 두 가지 ᄉ졍이 이시니, 뎨일은 경즁(京中)의셔 긱ᄉ 【55】 흔 각셩 스롬이 관을 머므르고 도라가지 못후는 이 만후니 쳥컨디 디인이 져의 쥬인의 유무와 도라갈 디 이시며 업ᄉ믈 방문후여 져의 이곳의 무더야 죠코, 혹 본토로 보니여야 죠흐믈 짐쟉후며 쏘 년구(年久)후도록 완쟝(完葬)치 못흔 관을 일일히 실심으로 판리홀 거시오, 뎨이는 여러 슈졀흔 과부와 궁빈흔 효ᄌ 의식이 업는 이 잇거든 쳥컨디 대인은 심복인과 언약후여 회관을 지어 실심으로 은혜롤 베풀지니 디쟝 【56】 뷔 현샹(賢相)

이 못되면 량의(良醫)가 되라 후여시니 지하는 능히 의슐(醫術)을 아지 못후나 다만 일부 역리(易理)롤 미더 챡흔 거술 권홀지라. 디인이 만일 경승이 되거든 ᄆ음을 다후여 국가롤 위후며 빅셩을 위후여 쟝구흔 원긔(元氣)롤 붓도드면 이 는 곳 지히 디인의 혜퇵을 밧는 쟉시로다.”

가정이 곳 응락후고 향안(香案) 옮히셔 발원후며 다시 쇼회롤 축원후미 쟝미은이 향안 아리셔 덤 치는 법디로 시쵸롤 더져 손지진(巽之震)을 어 【57】 드니 쟝미은이 놀나 니르디,

“괴이후다.”

후거늘 가정이 무슴 디블길(大不吉)흔 덤이 낫는가 두려 급히 길흉을 무르니 쟝미은이 니르디,

“이거술 보라. 죠흔 거술 이긔여 말후지 못후리라.”

가정과 즁인이 바야흐로 안심후고 가정과 보옥이 다시 비례후미 쟝미은이 믄득 안즈며 ᄌ셔히 오리 싱각다가 믄득 무르디,

“대인 부즁의 무슨 님시(林氏) 셩 가진 이가 잇느냐? 이 덤이 졍히 그분의게 당후도다.”

가정이 놀나 니르디,

“진긔 신인이 【58】 로다. 감히 션싱을 쇽이지 못후리니 님식부(林媳婦)의 태긔(胎氣) 유무롤 덤 치노라.”

쟝미은이 니르디,

“올토다. 나의 셔셔히 강론후리라. 본괘 샹히 모다 손괘(巽卦)니 두 나무가 합후여 림 뗘(字) 되엿고 륙효(六爻) 다 변후여시니 맛당히 변괘(變卦) 단ᄉ(象詞)롤 볼지라. 변괘의 아리 일획이 ‘남’ ᄌ롤 응후여시니 쵸산(初産)의 득남(得男)후믈 공희(恭喜)홀 거시오, 이쓴 아니라 명빅히 말후여시디 공치복(恐致福)이라 후여시니 쏘흔 디인의 공구슈셩(恐懼□□)후여 복록(福祿) 근긔(根基)롤 일위 【59】 는디 합당후고, 쏘 우음의 말이 익익[啞啞]후다 후여시니 일위 녕손(슈孫)을 나흘 거시오, 후면을 보미 더욱 죠토다. 빅리롤 진동후여 공후(公侯)롤 봉후여 졔ᄉ의 쥬인이 되리라 후여시니 다시 일위 국공(國公)이 날지라. 이 뜻을 뉘 히득(解得)지 못후여 지하로 후여곰 히득후라 후느뇨?”

후니 가정과 죠셜근과 강경셩과 님냥옥과 보옥과 란가이 모다 블승환희후더니 가정이 믄

득 보옥으로 ᄒ여곰 오라 ᄒ여 히즈로 졍히 긔
록게 ᄒ【60】며, 난가ᄋ는 나는 드시 드러가
왕부인긔 고ᄒ니 왕부인이 디희ᄒ거늘 난가이
ᄯ 파발(擺撥)ᄀᆺ치 각쳐(各處)로 고ᄒ라 가미 디
옥이 듯고 ᄯᅩᆫ 붓그리며 일변 환회ᄒ더라.

가졍이 쟝미은을 십분 공경ᄒ여 ᄯᅩ 져의게
청ᄒ여 허다 역리롤 의론ᄒ며 심즁의 져롤 머믈
너 멋날 밤을 지니고ᄌ ᄒ며 강경셩 등도 ᄯᅩᆫ
힘써 만류ᄒ디 쟝미은은 일위 고시(高士)라 엇
지 머믈니오? 슐위444)롤 틱여 보니고ᄌ ᄒ나 ᄯᅩ
ᄒᆫ 즐겨 응락지 아니ᄒ【61】논지라 다만 져롤
권ᄒ여 두어 잔 상등(上等) 챠롤 먹게 ᄒᆯ 시 가
졍이 도로혀 멋 마디 훈회(訓誨)ᄒ믈 쳥ᄒ니 쟝
미은이 믄득 네 귀 글노 말ᄒ디,

"죠심ᄒ여 몸을 직희며 ᄆ음의 부모롤 싱
각ᄒᆯ 거시오 ᄌ손이 만당(滿堂)ᄒ여 과환이 련
면(連綿)ᄒ리라."

ᄒ고 믄득 스미롤 썰치고 가니 즁인이 다
만 ᄎ탄블이(嗟歎不已) ᄒ더라.

가졍이 드러와 왕부인긔 셰셰히 말ᄒ니 왕
부인이 니ᄅ디,

"엇지ᄒ여 져다려 싱산ᄒᆯ 쩌롤 뭇지 아니
ᄒ뇨?"

가졍이【62】 발을 구ᄅ며 후회ᄒ더니 츄후
강경셩과 님낭옥과 보옥이 ᄯᅩᆫ 드러와 말ᄒ디,
"진긔 신션이니 한나라 관뢰(管輅)의셔445)
낫다."

ᄒ고 님강 낭인이 가미 보챠와 보금과 니
환이 ᄯᅩᆫ 와셔 모다 말ᄒ디,
"이는 진긔 리인(異人)이라."

ᄒ거늘 보옥이 도로혀 남안군왕의 쾌롤 말
ᄒ며 신리(神異)ᄒ믈 ᄎ탄ᄒ고 ᄌ미 등이 ᄯᅩᆫ
멋날을 강론ᄒᆯ 시 보치 스샹운의게 가셔 문의ᄒ
니 샹운이 다만 우스며 모르노라 츄탁ᄒ거늘 가
졍과 강경셩이 다시【63】 쟝미은을 쳥ᄒ려 ᄒ더
니 임의 어니 곳으로 간 줄 모롤너라.

챠셜(且說), 디옥이 비록 치부방(置簿房)을
가음아나 ᄯᅩᆫ ᄌ견과 쳥문과 잉ᄋ의 쥬션ᄒ믈
힘닙고 도로혀 평이(平兒) 잇셔 져의 삼인을 도

으며 녕부즁 산업도 ᄯᅩᆫ 가련이 잇셔 경리ᄒ미
도로혀 쳥한(淸閑)ᄒ지라. 대옥이 믄득 맛당히
판리ᄒᆯ 일을 일일히 졍당이 ᄒᆯ 시 셜보금은 미
한림(梅翰林) 집의 졍혼ᄒ여 임의 길일을 틱졍
(擇定)ᄒ엿고, 형슈연(邢岫烟)은 셜과(薛蝌)의게
출가ᄒ여【64】시미 디옥이 ᄯᅩ 스스로이 은푸리
한 곳을 쥬고 ᄯᅩ 니문은 죠시랑(趙侍郎)의 ᄎᄌ
와 졍혼ᄒ며 니긔논 진보옥을 퇴혼(退婚)ᄒ고
별노 시로 등과(登科)ᄒᆫ 왕ᄉ림(王詞林)과 졍혼
ᄒ며 난가ᄋ는 븍경왕의 싱질녀(甥姪女)와 졍혼
ᄒ니 이는 곳 범샹셔(范尚書)의 녀이라. 길일도
ᄯᅩᆫ 틱졍ᄒ여 모든 일을 쥰비ᄒ며 교져ᄋ(巧姐
兒)의 쥬가(周家)로 더브러 졍혼 혼ᄉ도 ᄯᅩᆫ 가
련으로 ᄒ여곰 용심(用心)케 아니ᄒ고 다만 스
스로 판리ᄒ니 진긔 지죠도 능ᄒ고 은ᄌ도 넉넉
ᄒ미 무슨 일을 졍당【65】히 못ᄒ리오? ᄯᅩ 님
낭옥이 ᄌ긔 집 후변의 뷘 ᄯᅡ히 이시믈 혐의ᄒ
여 ᄯᅩᆫ 일좌 뎡ᄌ롤 지으려 ᄒ여 가즁 여러 붕
우의게 쳥ᄒ여 도형(圖形)을 니되 죵시 합의치
못ᄒ여 허다ᄒᆫ 도형을 보내여 디옥다려 일일히
비치ᄒ믈 쳥ᄒ나 그곳의 긔이ᄒᆫ 돌을 임의 가득
히 ᄲᅡᄒᆺ고 화회(花卉)와 기와며 목ᄌ(木材)도 일
졔히 쥰비ᄒ고 각식 공장과 슐슈 아는 션싱과
다못 허다ᄒᆫ 포진(鋪陳) 등믈(等物)을 졍당히 ᄒ
고 다만 도형을 졍ᄒ기만 기ᄃ리더라.

【66】디옥이 졍히 경뉸(經綸)코ᄌ ᄒ더니
ᄯᅩ 가환의 부부 량인이 ᄲᅣᆼ으로 뎨구일 회문지례
(回門之禮)롤 ᄒᆼᄒ미 ᄌ연 분요(紛擾)ᄒ지라. 이
일을 지닌 후의 다시 뎡ᄌ 도형을 여러 날 경뉸
ᄒ여 일우미 림량옥이 그 도형을 과연 죠히 개
졍ᄒ믈 보고 즉시 길리 ᄒᆫ일 ᄌ롤 갈히여 시역
(始役)ᄒᆯ 시 희란과 희봉이 원즁(園中)의 공장이
훤요(喧擾)ᄒ믈 혐의ᄒ여 가부즁으로 왓다가 역
ᄉ(役事) 맛기롤 기ᄃ려 바야흐로 가며 ᄌ미 등
은 일양 열요히 지닐 시 모다 왕부【67】인 방
즁의 모혀 잇고 셜이마도 ᄯᅩᆫ 이곳의 잇셔 졍
히 단취(團聚)ᄒ여 즐기더니 다만 보미 가련이
환텬회디(歡天喜地)ᄒ여 다라 드러오며 말ᄒ디,
"셩샹이 ᄯᅩᆫ 큰 은젼을 나리시다."

ᄒ거늘 왕부인이 련망히 무ᄅ니 가련이 니

---

444)【슐위】圈 수레. ¶ 車 ∥ 쟝미은은 일위 고시
라 엇지 머믈니오 슐위롤 틱여 보니고ᄌ ᄒ나
ᄯᅩᆫ 즐겨 응락지 아니ᄒᆫ논지라 (這張梅隱是一
位高人, 如何留得住? 要套車送他也不肯.) <後紅
19:60>

445)【-의셔】图 -보다. -에 비해. ¶ 賽過 ∥ 진긔
신션이니 한나라 관뢰의셔 낫다 (眞個神仙, 賽過
了神卜管輅.) <後紅 19:62>

르디,

　"우리 낭낭이 쏘 셩지(聖旨)룰 밧드러 셩친(省親)ㅎ시느니라."

　왕부인 등이 블승환희홀 시 가련이 니르디,

　"니 젼일 말ㅎ엿거니와 당금의 셩텬지 텬하룰 다스리시미 가장 즁디히 너기시는 거슨 일기 효되(孝道)라. 신민의 ᄆ음을 【68】 졉어 싱각ㅎ시디 부모와 ᄋ녀의 셩졍은 모다 일양이니 귀쳔이 다르미 업다 ㅎ시는지라 셩상이 스스로 죠셕 시봉(侍奉)ㅎ샤 텬하로써 효양(孝養)ㅎ시고 인ㅎ여 보시미 궁즁의 비빈 지인 등이 모다 입궁흔 후의 여러 히룰 부모룰 쩌나미 엇지 두 편의셔 쥬야 싱각지 아니리오 ㅎ샤 니러므로 젼일 일위 낭낭도 은지(恩旨)룰 밧드러 지근(至近)케 ㅎ시고 쏘 미월의 이륙일을 만나면 쵸방(椒房) 권쇽을 입궁 문후(問候)ㅎ믈 허ㅎ시니 이는 셩상이 지효슌인(至孝純仁)ㅎ 【69】 샤 톄텬격믈(體天格物)ㅎ시는 광탄[탕](曠蕩)흔 은젼이라. 니러므로 외쳑의 집의셔 미양 별원(別院)을 지어 가히 난예(鑾輿)룰 머므르시게 ㅎ며 아오로 ᄌ하로 난예룰 계쳥(啓請)ㅎ여 부모 스계의 하림(下臨)ㅎ믈 허ㅎ샤 친히 골육을 보고 텬륜지졍(天倫之情)을 펴게 ㅎ시더니 지금도 다만 젼일 은젼과 ᄀ치 ㅎ디 곳 젼일의 우리집 원비 낭낭으로 더브러 일시의 귀셩(歸省)ㅎ던 쥬귀비(周貴妃)와 오귀비(吳貴妃) 이위(二位) 낭낭도 쏘흔 우리 낭낭으로 더브러 ᄀ치 즁츄가졀(仲秋佳節)의 귀가셩친(歸家省親) 【70】 케 의윤(依允)ㅎ여 계시미 노애 임의 조[스]은(謝恩)ㅎ라 가 계시니 엇지 하늘 ᄀ튼 홍은(鴻恩)이 아니리오? 쏘 낭낭이 분부ㅎ시디 집의 이실 쩌의 젼일 낭낭의 셩친흔 ᄉ졍을 친히 보미 판리(辦理)ㅎ믈 과히 번화히 흔지라 젼일 낭낭이 쏘흔 일즉 슈삼츠 경계ㅎ여 계시니 이번은 젼일의 비ㅎ여 십분지 팔을 졔감(除減)홀 거시오, 반뎜도 부화(浮華)흔 거슬 허치 아닐지니, 만일 원즁의 드러와 무슨 격례[외](格外)의 장뎜(粧點)ㅎ믈 보면 즉직의 회난(回鑾)홀지니 가히 알니로다. 셩상 【71】 계셔 빅셩을 위ㅎ여 친히 셩가룰 슈고로이 ㅎ샤 외싱의 슌힝(巡幸)ㅎ여 빅셩의 풍쇽을 보시디 필경 민간의 일쵸(一草) 일목(一木)을 허비치 아니시거늘 ㅎ믈며 낭낭이 귀가셩친(歸家省親)ㅎ미냐?

가즁인(家中人)이 이 뜻을 슴가 죠츠야 바야흐로 환희ㅎ리라."

　ㅎ시고 쏘 말삼ㅎ시디,

　"낭낭이 쏘흔 일호 샹ᄉ(賞賜)가 업슬 거시니 이 부즁의셔 호리(毫厘)도 진헌(進獻)ㅎ지 말나 ㅎ시고, 쏘 악쟝(樂章) 일권을 나리시니 이는 《시젼詩傳》의 ＜갈지담혜葛之覃兮＞ 일쟝이라. 대니(大內)의셔 임의 악보 【72】 룰 찬츌ㅎ여시니 이향원(梨香院) 녀히ᄌ의게 분부ㅎ여 이 악쟝을 흑습게 ㅎ디 금슬(琴瑟) 죵고(鐘鼓)로 이 ᄀ튼 쳥명광디(淸明廣大)흔 쇼리룰 알외게 ㅎ고 일졀 쇽악(俗樂)은 쓰지 말나 ㅎ시더라.'

　ㅎ고 가련이 말을 맛치고 악쟝 췩을 너여 노흐며 쏘 말ㅎ디,

　"낭낭이 쇼찬(素餐)을 ᄌ미 시죵ㅎ는 궁녀 등도 하로룰 관졉(款接)ㅎ디 모다 살싱을 긔(忌)ㅎ라 ㅎ여시니 모다 죠심ㅎ여 드르라."

　ㅎ니 왕부인 등이 듯고 모다 말ㅎ디,

　"낭낭의 분부룰 뉘 감히 좃지 아니리오마는 다만 너모 【73】 담박ㅎ여 공경ㅎ는 졍셩을 펴지 못ㅎ리니 엇지ㅎ면 죠흐리오?"

　보챠 니르디,

　"낭낭의 검쇼ㅎ신 덕은 광쇼(光昭)ㅎ시니 교훈을 밧드러야 도로혀 맛당ㅎ리라."

　니환이 쏘흔 니르디,

　"낭낭의 평일 졍[셩]졍(性情)이 이 ᄀ트시니 ᄌ연 일졀 죠츠리라."

　더옥이 니르디,

　"다만 젼일 낭낭의 지셩ㅎ던 젼례의셔 진기 팔분을 졔감ㅎ면 이는 곳 우리 등의 승슌(承順)ㅎ는 도리어니와 다만 낭낭 앏히는 곳 이ᄀ치 스후(伺候)ㅎ디 니관 등 시죵인의게는 믄득 젼ᄀ치 【74】 홀지니라."

　ㅎ니 왕부인과 가련이 모다 말ㅎ디,

　"가장 죠타."

　ㅎ더니 가련이 쏘 말ㅎ디,

　"질ᄋ는 외면의 가셔 노야 도라오시믈 기드려 즉시 이 뜻을 픔ㅎ리라."

　ㅎ거늘 왕부인이 쏘흔 말ㅎ디,

　"가장 조토다."

　보옥이 웃고 니르디,

　"젼일의 비ㅎ여 팔분을 졔감홀진더 니 젼일의 응졔(應制)ㅎ여 오언률시(五言律詩)룰 네

슈롤 화답ᄒ여시니 이번은 다만 일슈 오언졀귀
(五言絶句)롤 지으리라."

디옥이 웃고 니ᄅ디,

"죠토다. 네가 도로혀 글을 모피(謀避)ᄒ【75】려 ᄒᄂ냐? 우리ᄂ 모다 샹약(相約)ᄒ고 낭낭긔 쳥ᄒ여 너로 ᄒ여곰 이빅 운(韻) 오언비률
(五言排律) 일슈롤 짓게 ᄒ리라."

보옥이 믄득 니ᄅ디,

"이ᄂ 엇지 견디리오? 졍시(廷試)의도 ᄯᅩᄒ 이 ᄀᆺ튼 괴로오미 업스리라."

보치 웃고 니ᄅ디,

"네 젼일 고시(考試)홀 쩌의 너모 편ᄒ여시니 원리 맛당히 복시(覆試)의 한 번 힘을 드리리라."

보옥이 웃고 니ᄅ디,

"나는 다만 너의 냥인을 ᄯᅳ을고 ᄀᆺ치 고시롤 보미 엇더ᄒ뇨?"

왕부인과 셜이미 ᄯᅩᄒ 웃더니 다만 보미
동귀(同貴) 다라 드러와【76】 말ᄒ디,

"우리 집 이애(二爺) 말ᄒ기롤 뎜즁 샹괴
(商賈) 게 한 짐을 보니여시디 가즁인의게 모다
각기 보니엿다."

ᄒ고 임의 쥬방으로 보내엿ᄂ니라. 왕부인
이 니ᄅ디,

"방ᄌ 낭낭이 분부ᄒ시디 살성을 말나 ᄒ여 계시거눌 이제 ᄯᅩ 이 게롤 술무면 엇지 싱명을 히ᄒ미 아니냐?"

ᄒ미 즁인이 모다 뎜두ᄒ더니 보옥이 니ᄅ디,

"게도 ᄯᅩᄒ 싱명이오 방싱ᄒᄂ 것도 원리
죠ᄒ디 다만 우리집 연못 속의 방싱ᄒ면 ᄯᅩᄒ
너모 만홀 듯ᄒ고 만일 스롬으로【77】 ᄒ여곰
타쳐의 가 방싱ᄒ라 ᄒ면 단졍코 스롬의 입 속
의 방싱ᄒ미 되리니 다만 겨의게 싱강과 쵸롤
보니지 아닐 ᄯᅳᆫ이라. 나의 뜻을 죠출진디 다만
이번의ᄂ 먹고 츄후의ᄂ ᄌᆨ긔도 스지 아니며 타
인이 보니여도 ᄯᅩᄒ 밧지 아니ᄒ면 엇지 죠치
아니리오?"

ᄒ니 셜이미 말ᄒ디,

"졔가 도로혀 뉴리ᄒ다."

ᄒ며 형슈연이 ᄯᅩᄒ 말ᄒ디,

"가쟝 올ᄒ니 우리 금일의ᄂ 홍치롤 다ᄒ리라."

왕부인이 니ᄅ디,

"게 먹ᄂ 법을 말홀진디 낫낫치 겨【78】의 싹지롤 ᄶ뎌혀 먹지 아니면 ᄯᅩᄒ 춰미가 업슬 거시오. 만일 다른 믈건으로 셕거 민둘면 ᄯᅩᄒ 싱신(生新)ᄒ게 민들 법이 업스디 다만 싹지롤 ᄶ뎌혀 먹으면 곳 졍히 ᄶᅵᆺᄂ다 ᄒ여도 ᄯᅩᄒ 비린 마시 잇셔 밤을 지닌 후의도 그 의시 잇ᄂ지라. 니러므로 너가 ᄯᅩᄒ 겨거술 죠하ᄒ디 다만 이거술 위ᄒ여 뜻의 합당이 너기지 아니ᄒ노라."

보금이 웃고 니ᄅ디,

"님겨겨야 너ᄂ 무슴 공교ᄒ 지죠롤 다ᄒ라. 우리 오늘 모다 이 게롤 네게 보니ᄂ【79】니 너ᄂ 다만 일기 싱신ᄒ 법으로 민드디 ᄯᅩᄒ 너모 긔이ᄒ게도 말고 다만 입의 맛게만 ᄒ미 죠흐리라."

디옥이 웃고 겸두ᄒ더니 셜이미 니ᄅ디,

"오늘 게 먹ᄂ 일을 님고랑의게 부탁ᄒ면 ᄌ연 심히 죠ᄒ디 니 도로혀 샹량ᄒ미 잇ᄂ니 원리 음식 민드ᄂ 법이 격게 민들면 곳 졍치ᄒ고 만히 민들면 쥬방의셔 ᄯᅩᄒ 보슬피기 어려울지라. 이졔 다만 우리 몃 스롬의 먹을 것만 님고랑의게 맛겨 민들고 기여 각방 겨겨 등은 겨의 셩【80】 미디로 먹게 홀 거시오, 둘지ᄂ 니 향원 녀희ᄋ 등은 ᄯᅩᄒ 겨로 ᄒ여곰 노리롤 부르지 말게 홀 거시오, 히ᄌ 등이 게롤 보면 셔로 앗고 즐거워 홀 거시니 ᄯᅩᄒ 겨의로 ᄒ여곰 ᄆᆞ음디로 놀게 홀 거시오. 우리 만일 우움을 취코ᄌ 홀진디 드르니 부문(府門) 건너편 골목 속의 일기 향쥐(杭州) 녀션이(女先兒)[446] 왓시디 구지(口才) 가쟝 령리ᄒ다 ᄒ니 우리 블너와 노닐면 죠ᄒ냐 죠치 아니냐?"

왕부인 이하 졔인이 일졔히 말ᄒ디,

"이 ᄀᆺ트면 더옥 【81】 죠흐리라."

ᄒ고 왕부인 등이 이홍원의 츄식이 아름답

---

446) 【女先(兒) 여선아】 nǚxiān(r) <名> 녀션ᄋ (後紅
20:80) [뉘뼌얼] ˮ칙 보ᄂ 녀ᄌ *瞽目女藝人. "先
兒"是先生的略稱,　舊時習慣稱算命和說書唱曲的盲
藝人爲"先生".‖ "不但有戲,　連耍百戲幷說書的男~
全有." 다만 노름만 이술 뿐 아니라 타령의 윈ᄌ
희롱이며 다ᄆᆺ 칙보ᄂ 녀ᄌ가지 은견이 잇셔 (紅
樓 43:42) "家中常走的~兒來上壽." 량긔 녀ᄋ로
ᄉ곡을 블너 헌슈ᄒ미 조흐리라 (紅樓 62:52) 女先
生的略稱。一般指說書藝人及賣卜者。‖ "又喚了一
個長來走動的算命~,　三個都在熱炕上坐等." (醒
姻 21)

고 쏘 계슈 몃 나무가 꼿치 피믈 인ᄒ여 모다 츠례로 그곳으로 가더니 각인의 면젼의 일기 ᄌ단(紫檀) 다궤(茶櫃)롤 놋코 쏘흔 별노 ᄌ리롤 베푸지 아닐 시 왕부인과 셜이마 냥위 노인니는 한 캉[炕]447)의 누엇더니 녀션이 니ᄅ러 청안ᄒ고 겻히 안져 믄득 거문고롤 가지고 <쟝군령將軍令> 일곡을 타기롤 맛친 후의 노리롤 블너 니ᄅ디

　　셔풍쟉야도원림(西風昨夜到圓林)
　　【82】 취츌지두만뎜금(吹出枝頭萬点金)
　　시쳥가인리현샥(試倩佳人理弦索)
　　죠타산슈쥬쳥음(助他山水奏淸音)

　　셔풍이 쟉야의 원림의 니ᄅ니
　　가지 머리의 만뎜이나 되는 금을 부러 니더라.
　　시험ᄒ여 가인을 비러 줄을 다ᄉ리니
　　져의 산슈롤 도와 묽은 쇼리롤 알외더라.

노리롤 맛치고 믄득 니ᄅ디,
"쳥컨디 냥위 노태태는 쳐분ᄒ라. 무슨 노리 곡죠롤 부ᄅ라 ᄒᄂ뇨?"
왕부인이 믄득 셜이마의게 ᄉ양ᄒ니 셜이미 니ᄅ디,
"나도 쥬견이 업ᄉ니 너는 나롤 위ᄒ여 싱각ᄒ디 다만 모든 ᄉ롬이 웃고 지니고ᄌ ᄒ노라."
왕부인이 한 번 싱각ᄒ더니 니ᄅ디,
"젼일 【83】 노태태 동산의셔 노실 ᄢ의 쏘흔 일즉 일기 녀션오롤 청ᄒ여 왓시디 져 ᄀᆺ튼 구지가 업거눌 노태태긔셔 죠타 말솜ᄒ여 계시니 디져 녀션오 등의 부ᄅᄂ글은 블과 가인지ᄌ(佳人才子)의 무슨 <봉구황鳳求凰>이며 <삼쇼인연三笑姻緣>이라 ᄒᄂ 거시니 이는 엇지 가인지쟈라 헤리오? 블과 빈궁ᄒ고 쇼견 부죡흔 ᄉ롬이 부귀가롤 투긔ᄒ여 이 글을 지어ᄂᆡ여 가

마니 긔ᄌ(譏刺)ᄒ미니, 모든 ᄉ롬이 져거슬 듯기롤 죠하 아니ᄒ믈 말ᄒ지 말고 곳 그 글 지은 사름 【84】 이 쏘흔 허다흔 죄과롤 지으미니 진기 노태태의 말솜이 그ᄅ지 아니미 나의 식부된 ᄉ롬이 스스로 파파(婆婆)롤 기리미 아니로다. 이 녀션오롤 보건디 문셰(文勢) 쏘흔 격지 아닌 듯ᄒ디 도로혀 이거슬 드ᄅ려 아니ᄒ고 다만 당쟝의 우음을 취ᄒ여 무슨 우은 말을 ᄒ면 모다 죠ᄒ리라. 너의 녀션오의 버ᄅ손 다만 노리롤 블너 극히 요긴흔 ᄢ의 니ᄅ면 쇼리롤 긋치고 줄을 늣츄디 타인이 하회(下回)롤 드ᄅ려 ᄒ면 곳 니ᄅ디 입이 마ᄅ다 ᄒ며 목 【85】 이 쉬엿다 ᄒᄂ니 우리도 쏘흔 니런 꾀의 ᄢᆫ지지 아니ᄒ노라."
ᄒ니 녀션이 우음을 춤지 못ᄒ며 니ᄅ디,
"태태는 진기 명빅ᄒ시도다. 이졔 곳 긴요흔 말노 통쾌ᄒ게 우음을 취ᄒ면 엇더ᄒ리오?"
즁인이 모다 우스며 니ᄅ디,
"가장 죠타."
ᄒ며 츠시 디옥이 임의 류슈ᄌ의게 분부ᄒ믈 맛치고 쏘흔 와셔 안ᄌ 녀션오의 말을 드롤시 녀션이 믄득 니ᄅ디,
"우리는 이졔 ᄌ긔 동뉴(同類)의 말을 ᄒ리라."
ᄒ고 인ᄒ여 말ᄒ디,
"일기 녀션이 ᄉ쥬(四柱) 【86】 보는 거슬 아더니 남ᄌ의게 싀집가미 그 남지 쏘흔 관샹ᄒᄂ지라."
홈긔 단이며 슐업(術業)을 슈응(酬應)ᄒ더니 일위 노애 져의 냥인의 지죠롤 시험코ᄌ ᄒ여 믄득 져의 량인을 청ᄒ여 두 곳의 난호와 안치고 믄득 녀션으로 ᄒ여곰 ᄉ쥬롤 뵈니 녀션이 니ᄅ디,
"이 ᄉ쥬의 싱ᄒᄂ 것과 돕는 거시 만코 월건(月建)의 살이 이시디 갑목(甲木)이 인방(寅方) 왕(旺)ᄒᄂ 곳의 안고 ᄉ궁(巳宮)의 병홰(丙火) 쏘흔 졔살(制煞)ᄒᄂ 거시 이시니 일졍 디귀(大貴)ᄒ리라."
ᄒ거눌 노애 나가 쏘 남 【87】 ᄌ로 ᄒ여곰 관샹ᄒ라 ᄒ니 담[남]지 니ᄅ디,
"쳥컨디 관을 버ᄉ라. 머리가 놉고 가장 죠흐며 텬졍이 광활ᄒ고 코말뉘448) 풍만ᄒ며 량

---

447) 【캉】 图 {캉(炕 kàng)}. 중국 북방 온돌. 중국어 차용어. ¶ 炕 ∥ 각인의 면젼의 일기 ᄌ단 다궤롤 놋코 쏘흔 별노 ᄌ리롤 베푸지 아닐 시 왕부인과 셜이마 냥위 노인니는 한 캉의 누엇더니 (各人面前, 放一個紫檀氷梅底的茶几兒, 也不另外擺席,　王夫人·薛姨媽兩位老人家一炕兒歪着.)
　<後紅 19:81>

448) 【코말누】 图 콧마루. ¶ 鼻準 ∥ 텬졍이 광활ᄒ

관(兩顴)이 쏘흔 산경의 맛가지며449) 손바닥도 곱기가 쇼음깃고 붉은 뎜이 투털히 이시니 필연 대부(大富)흐리라."

흐니 져의 부쳐 낭인이 쏘흔 쥬인의 뜻을 잘 봉승흐여시나 뉘 알니오 이 노얘 도로혀 번민흐믈 견디지 못흐여 즉시 져의 부쳐 낭인을 쳥흐여 깃치 모히게 흐고 니르디,

"너의 낭 【88】 인이 일인은 귀흐다 흐고 일인은 부흐다 흐니 한 집안 스롬의 말이 곳 깃지 아니토다."

녀션이 믄득 니르디,

"노얘 다만 귀흐실진디 귀흔 거시 극흐디 니르면 즈연 가음열450) 거시오. 다만 가음열진디 부흔 거시 극흐디 니르믄 원리 귀흔 가온디로셔 죠츠 나오니 이제 녀인의 식견은 다만 귀흐믈 바라고 외면의 열녁(閱歷)흔 스롬은 모다 부흐믈 즁히 너기는지라. 우리도 여러 부귀흔 스롬을 보왓시디 쳐음븟허 뭇기롤 필 【89】 경 밥이 잇셔 먹으랴 흐느니, 니르므로 남즈는 다만 부흐기롤 슝샹흐디 실은 노야의 팔즈롤 츄슈(推數)흐여 보미 부귀 무빵흐리라 홀 거시오, 도로혀 향슈흐미 더옥 슝흐도다 흐엿느니라."

흐니 즁인이 듯고 일졔히 디쇼흐며 왕부인이 웃고 니르디,

"죠흔 님시 쳐변(處變)흐는 스롬이라."

흐더니 챠환이 즉시 게롤 드려오미 원리 더옥이 류슈즈의게 분부흐여 다섯 가지로 민드러 각기 마술 맛깃게 흐여 먹기의 죠케 【90】 흐고 한 가지식 드리오, 정치흔 치쇼롤 쏘흔 올니니 셜이마 이하 졔인이 모다 칭찬흐며 보옥은 쏘 말흐디,

"한 샹을 셔방즁으로 보너디 가련과 란가으롤 쳥흐여 쥬인이 되게 흐고 님·강·죠 삼인을 뫼셔 양디로 먹게 흐라."

흐며 왕부인이 니르디,

"우리 금일 즐기미 노태태 노닐 쎠의 비흐면 다만 류로로(劉姥姥)만 업다."

흐니 보치 웃고 니르디,

"노노는 원리 취미가 잇다."

흐며 보옥이 니르디,

"그만 두라. 블과 몃 마디 촌쟝 말을 흐미

ㅁ 【91】 옴디로 말흐여도 쏘흔 사롬의게 슬히 너기믈 바드리라."

흐고 즁인이 담쇼흐다가 허여지더라.

즈금 이후로 날마다 낭낭의 셩친흐는 스졍을 판리흐디 쳣지는 젼례 잇고 둘지는 즁비 분부흐여 번화흐믈 말나 흐여시미 도로혀 용이흐게 판비흐며 녀악의 갈담 악쟝도 연습흐믈 익슉히 흐엿더니 당일의 니르러 낭부와 다못 님틱 샹하인 등이 일졔히 모도여 진심흐여 스후홀 시 디관원 너의 즁 【92】 비 머므롤 곳을 비록 젼일의 비흐여 팔분을 졔감흐여시나 쏘흔 쟝념지간의 룡봉(龍鳳)이 춤츄는 듯흐며 죠작(鳥雀)의 쇼리도 업고 쳐쳐의 향연이 요요흐며 영부 디문으로 죠츠 동구가지 모다 휘쟝으로 엄히 막앗더니 오후의 니르러 일위 틱감이 몰을 달녀와 말흐디,

"금일은 젼일의 비컨디 허다 스무롤 일죽 판비흐라. 낭낭이 오션을 즈시고 보령궁(寶靈宮)의 가 비블(拜佛)흐시며 미쵸(未初)의 궁의 드러가 연셕을 바드시고 즉시 【93】 발졍(發程)흐시리니 이곳의셔 죠심흐여 스후흐라."

흐거눌 가졍이 즉시 사롬으로 흐여곰 너간의 통긔(通寄)흐니, 아지 못게라 필경 이 엇지된고 챠간하회(且看下回)흐라.

[후홍루몽後紅樓夢 권지이십죵卷之二十終]

【1】 화셜(話說), 가졍(賈政)이 즉시 사롬으로 흐여곰 너간의 통긔(通寄)흐고 가련(賈璉)과 집스인(執事人) 등으로 더브러 틱감(太監)을 인도흐여 가셔 관디케 흐며 일면으로 등쵹(燈燭) 맛튼 사롬의게 분부흐더니 홀연 드르미 외면의셔 방포셩(放砲聲)이 나며 방즈 왓던 틱감과 깃

고 코말뉘 풍만흐며 (天庭飽滿, 鼻準豐隆.) <後紅 19:87>

449)【맛갓다】圏 맞다. 알맞다. ¶ 配 ∥ 쏘흔 산졍의 맛가지며 손바닥도 곱기가 쇼음 깃고 붉은 뎜이 투털히 이시니 필연 대부흐리라 (兩顴也配得三台, 請敎手掌, 好, 軟若綿團, 透出朱點, 必定大富.) <後紅 19:87>

450)【가음열다】圏 부유(富裕)하다. ¶ 富 ∥ 노얘 다만 귀흐실진디 귀흔 거시 극흐디 니르면 즈연 가음열 거시오 (老爺單是貴, 貴到極處, 自然富起來.) <後紅 19:88>

튼 태감이 니르러 말ᄒ되,

　"오신다."

ᄒ거늘 남인(男人)은 가정과 가ᄉ(賈赦) 이ᄒ(以下) 젼과 ᄀᆞ치 셔편 문밧긔 【2】 셧고 녀인(女人)은 왕부인(王夫人) 형부인(邢夫人) 이히 젼과 ᄀᆞ치 디문 밧긔셔 영졉ᄒ여 여러 시긱(時刻)이 지ᄂᆡ민, 믄득 인도ᄒ는 태감이 몰을 타고 니르며 츄후의 룡졍봉삽(龍旌鳳翣)과 치우금[궁]션(雉羽宮扇)과 금노곡기(金爐曲蓋) 원비(元妃) 쩌와 일양이오, 셰악(細樂)도 지나가고 건파(巾帕)를 밧드니도 ᄯᅩᄒᆞᆫ 지나가더니, 믄득 바라보ᄆᆡ 금황슈(金黃綉) 봉난예(鳳鸞輿) 오거늘 가부(賈府) 졔인이 련망(連忙)히 ᄭᅮᆯᄉᆡ 바로 디문과 의문(儀門)의 들ᄆᆡ ᄯᅩᄒᆞᆫ 쇼용(昭容)과 치빈(彩嬪) 등이 잇셔 즁비(仲妃)를 뫼셔 난예(鸞輿)의 ᄂᆞ리민, 즁비 【3】 톄인목덕쳐(體仁沐德處)의 니르러 각 쳐를 보민 과연 검쇼ᄒᆞᆫ지라. 십분 희열ᄒ여 심즁의 싱각ᄒ되,

　'고인이 말ᄒᆞᆷ을 '놉흔 ᄃᆡ 거ᄒᆞ여 위팅ᄒ믈 싱각ᄒ고 가득흔 ᄃᆡ 쳐ᄒᆞ여 넘치믈 막는다(居高思危, 處滿防溢)' ᄒ여시니 엇지 맛당히 니러치 아니리오?'

ᄒ고 ᄯᅩᄒᆞᆫ 젼일 원비(元妃) 님ᄒᆡᆼ시(臨幸時)ᄀᆞ치 각 쳐를 보민 젼일ᄀᆞᆺ튼 허다 금옥쥬취(金玉珠翠)와 금슈룽라(錦繡綾羅)의 화려흔 믈건을 모다 팔분이나 졔감(除減)ᄒ고 다만 졍결흔지라. 즁비 싱각ᄒ되,

　'이ᄀᆞᆺ치 지ᄂᆡ여야 【4】 바야흐로 텬은죠덕(天恩祖德)을 보젼ᄒ리니 져 금문옥호(金門玉戶)와 계젼난궁(桂殿蘭宮)의 긔샹은 엇지 신ᄌᆞ의 맛당히 둘 비리오? 님져져(林姐姐)는 진기(眞個) 혹문 잇는 사ᄅᆞᆷ이라.'

ᄒ고 즉시 셩친(省親) 별쳐(別處) 졍쳥(正廳)으로 오더니 량위(兩位) 태감이 가정과 가ᄉ 등을 인도ᄒ여 월ᄃᆡ(月臺) 아릭셔 반렬(班列)을 출혀 힝례(行禮)코ᄌᆞ ᄒ더니 쇼용이 말ᄒ되,

　"말고 믈너가라."

ᄒ며 ᄯᅩ 왕부인 등을 인도ᄒ여 드러오ᄆᆡ ᄯᅩᄒᆞᆫ 말고 믈너가라 ᄒ더니 즉시 풍뉴를 알외며 즁비 옷슬 곳쳐 닙고 【5】 거기(車駕) 왕부인 방즁의 니르러 가인지례(家人之禮)로 힝코ᄌᆞ ᄒ거늘 왕부인이 ᄭᅮ러 ᄉᆞ례ᄒ며 멈츄니 즁비 ᄯᅩᄒᆞᆫ 환희ᄒ여 원비의 락루(落淚)ᄒ던 광경ᄀᆞᆺ지 아냐

안ᄌᆞ며 니르디,

　"나의 깃거ᄒᆞᆫ 곳 너 말을 죠ᄎᆞ 졀검공근(節儉恭謹)ᄒ여 가히 텬은죠덕(天恩祖德)을 보젼ᄒ미니 ᄎᆞ후는 다만 이 규모롤 죠ᄎᆞ라."

ᄒ고 ᄌᆞ민(姉妹) 등도 ᄯᅩᄒᆞᆫ 일일히 본 후의 대옥(黛玉)의 손을 줍고 니르디,

　"ᄌᆞᄌᆞ(姊姊)야 너는 근일의 무어슬 ᄒᆞᄂᆞ뇨?"

디옥이 일기 졉텹(摺帖)을 드리니 기즁(其中)의 쓴 거시 【6】 모다 각쳐 각인의게 실심실혜(實心實惠)로 힝흔 챡흔 일이라. 즁비 희동안식(喜動顏色)ᄒ여 니르디,

　"다만 이 부즁(府中)을 흥왕(興旺)홀 쑨 아니라 ᄌᆞ긔도 ᄯᅩᄒᆞᆫ 샹등(上等) 죠흔 근긔(根基)를 셰우리니 나의 쇼심도 우(愚)되는 거시 헛되지 아니타."

ᄒ고 ᄯᅩᄒᆞᆫ 보챠(寶釵)의게 쳥ᄒ여 지가ᄋᆞ(芝哥兒)를 다려오라 ᄒ여 안아 보며 다만 져의게 일기 한옥(漢玉)으로 민든 젹은 인(印)을 샹급ᄒ고 기여(其餘) 즁인의게는 다만 친필노 그린 그림 일폭(幅)식 샹ᄉ(賞賜)ᄒ더니, ᄯᅩ 거가의 올나 농취암(櫳翠庵)의 【7】 니르러 비블(拜佛)ᄒ고 ᄉᆞ진인(史眞人)을 볼 시 즁인을 믈니치고 이윽히 강론ᄒ더니 텬식(天色)이 겨믄지라. 등쵹을 보며 예관(蕊官)이 쇼리를 잘흔다 ᄒ여 예관으로 ᄒ여곰 <갈담장葛覃章>을 부르며 각식 쳥아흔 풍뉘 화답홀 시 '귀령부모(歸寧父母)' 귀졀의 니르미 ᄯᅩᄒᆞᆫ 락루ᄒ고 말노 경계ᄒ며 왕부인과 보챠와 디옥의 손을 줍고 분부ᄒ되,

　"이팔일노 드러오라."

ᄒ고 쵸경(初更)이 밋지 못ᄒ여 난예(鸞輿)의 오르고ᄌᆞ ᄒ거늘 왕부인이 권ᄒ여 멈츄 【8】 고 다시 몃 마디 말을 홀 시 디옥이 ᄯᅩᄒᆞᆫ 말ᄒ되,

　"량옥(良玉)의 곳의셔 일좌 뎡ᄌᆞ(亭子)를 지으려 흔다."

ᄒ거늘 즁비 니르디,

　"뎡ᄌᆞ롤 필역(畢役)ᄒ거든 다시 와 셩친(省親)ᄒ고 뉴완(遊玩)ᄒ리라."

즉시 승여(乘輿)ᄒ여 가는지라. 즁인이 즁비의 졀검(節儉)흔 규모와 환희ᄒ는 광경을 보고 원비 셩친ᄒ던 ᄯᅢ롤 싱각ᄒ미 비록 일즉 경계흔 말이 이시나 도로혀 감샹흔 의시 만흔 듯

ᄒᆞ던지라. 니러므로 오리지 아냐 승하(昇遐)ᄒᆞ엿더니 지금 즁비의 힝【9】동거지ᄂᆞᆫ 일졍코 일승일앙[항](日昇日恒)ᄒᆞ여 긔이지슈(耆頤之壽)ᄅᆞᆯ 누리리라 ᄒᆞ여 가즁이 모다 환희 칭숑ᄒᆞ며 ᄯᅩᄒᆞᆫ 쇼가ᄋᆞ(小哥兒)의 옥인(玉印)을 보니 일기 붉은 한옥의 '부귀슈고(富貴壽考)' 네 ᄌᆞᄅᆞᆯ 젼ᄌᆞ(篆字)로 삭엿ᄂᆞᆫ지라. 왕부인 이히 모다 가쟝 환희ᄒᆞ며 즉시 디옥과 보챠로 일기 젹은 금낭(錦囊)을 ᄀᆞᆺ치 지어 옥인을 너코 져ᄅᆞᆯ 쥬어 ᄎᆞ게 ᄒᆞ디 져ᄅᆞᆯ 다리고 단이ᄂᆞᆫ 사롬으로 ᄒᆞ여곰 십분 유심케 ᄒᆞ더라.

영국뷔(榮國府) 즁비 셩친ᄒᆞᆫ 후 데이일【10】의 쳥안(請安)ᄒᆞ고 데 ᄉᆞ일 십팔 쳥신(淸晨)의 왕부인과 디옥과 보치 ᄯᅩ 드러가 쳥안ᄒᆞ고 샹ᄉᆞᄒᆞᆫ 음식을 바드니 진기 열요(熱鬧) 번화ᄒᆞ더라.

일일은 가졍이 칙지(勅旨)ᄅᆞᆯ 영졉ᄒᆞ며 챠ᄉᆞ(差使)ᄅᆞᆯ 당ᄒᆞ여 나가 셩역(城役)을 보라 ᄒᆞ신지라 인군(人君)의 말ᄉᆞᆷ을 경야치 못ᄒᆞ여 련망히 경셩(京城)의 나아가미 왕부인이 ᄯᅩᄒᆞᆫ 한가ᄒᆞᆫ지라. 믄득 셜이마(薛姨媽)와 형슈연(邢岫烟)과 향릉(香菱) 등이 영졉ᄒᆞ여 가믈 닙고 디옥이 ᄯᅩᄒᆞᆫ 각양 ᄉᆞ무(事務)ᄅᆞᆯ 일일이 쳐결【11】ᄒᆞ미 믄득 보챠로 더브러 한 가지 희ᄉᆞ(喜事)ᄅᆞᆯ 샹의ᄒᆞ고 보옥의게 고ᄒᆞ디,

30

림대옥쵸연벽락연 죠셜근지결홍루몽
林黛玉初演碧落緣 曹雪芹再結紅樓夢

이 ᄶᅵ롤 타 몬져 죠셜근(曹雪芹)을 위ᄒ여 고향의 젼숑ᄒ리라 ᄒ니 보옥(寶玉)이 가장 환희ᄒᄃ 다만 ᄌ미 등이 능히 일졔히 모히지 못ᄒᆯ가 져허ᄒᄂᆫ지라. 더옥(黛玉)이 니ᄅᄃ,

"너ᄂᆫ 념녀롤 과히 ᄒᄂᆫ도다. 보져져(寶姐姐) ᄀᆺᄐᆫ 도ᄒᆨ(道學)의 사롬도 ᄯᅩᄒᆫ 녕쉬(領袖) 되여 고흥(高興)을 니ᄂᆞ니 뉘 도로혀 원치 아니리오? 향릉(香菱) 슈ᄌ(嫂子)ᄂᆫ 가마니 져의게 언약ᄒ려니와 기여ᄂᆫ 란슈ᄌ(鸞嫂子)와 봉미【12】미(鳳妹妹)도 ᄯᅩᄒᆫ 즐겨 오리라. 우리ᄂᆫ 모다 죠셜근의게 고치 말고 다만 니간(內間) 사롬이 좌졍ᄒᄆᆯ 기ᄃ려 너와 다못 거거(哥哥)와 강미뷔(姜妹夫) 죠히 져롤 속여 드러오게 ᄒ면 더옥 취미 이실 거시오, 남변(南邊)의 사롬을 보니여 죠셜근의 집을 위ᄒ여 판리(辦理)ᄒᆫ 일도 모다 졔긔(提起)치 마랏다가 ᄯᅩ 쥬셕(酒席)이 지나믈 기ᄃ려 다시 져의게 고ᄒ며 즉시 져의 가신(家信)을 가져 져로 ᄒ여곰 보게 ᄒᆯ지니라."

보옥이 블승환희(不勝歡喜)ᄒ여 냥인(兩人)이 졍히 샹의ᄒᆯ 시 보【13】치 ᄯᅩᄒᆫ 다라와 니ᄅᄃ,

"님챠두(林丫頭)야, 젼일 말ᄒᆫ 거슨 엇지ᄒ려 ᄒᄂᆞ뇨? 텬긔(天氣)도 ᄯᅩᄒᆫ 가장 죠ᄒ니 ᄯᅵ롤 어긔지 말나."

더옥이 니ᄅᄃ,

"엇지 올치 아니리오? 니 졍히 져의게 고ᄒ엿노라."

보옥이 니ᄅᄃ,

"보져져야, 너ᄂᆫ ᄯᅩᄒᆫ 오기롤 졍히 죠히 ᄒ여시니 우리ᄂᆫ 곳 리일 하로롤 즐기리라."

보치 니ᄅᄃ,

"금일도 ᄯᅩᄒᆫ 죠코 명일은 더옥 죵용(從容)ᄒ나451) 다만 남변 ᄉ졍을 죠션싱이 젼혀 아지 못ᄒ니 ᄯᅩᄒᆫ 노애(老爺) 도라오기롤 기ᄃ려 져의게【14】 고ᄒᆯ 거시 업스리라. 오리 츌문(出門)ᄒᆫ 사롬이 가신을 긴졀이 기다리고 ᄒ들며 져의 노태태(老太太)의 평안ᄒᆫ 글지 이시니 우리ᄂᆫ 엇지 금일 져의게 고치 아니리오?"

더옥이 니ᄅᄃ,

"나도 ᄯᅩᄒᆫ 니러툿 싱각ᄒ엿시ᄃ 명일 쥬후(酒後)의 져의게 고ᄒ면 졔가 더옥 즐겨ᄒ리라. 쳣지ᄂᆫ 졔가 가신을 보면 고향을 싱각ᄒᆯ가 두리고, 둘지ᄂᆫ ᄯᅩᄒᆫ 져의게 고ᄒᄃ 일졍코 노애 도라오기롤 기ᄃ려 긔신(起身)ᄒ라 ᄒ여 졔가 이 한 마ᄃ 말을 응락ᄒ【15】거든 바야흐로 져의게 이 글월을 쥬어 보게 ᄒ리라."

ᄒ니 보옥이 말ᄒᄃ,

"가장 온당ᄒ다."

ᄒ더니 보옥이 다시 니ᄅᄃ,

"니러ᄒ면 니 금일의 졍히 셜이마의 집의 가 이마와 태태긔 쳥안코ᄌ ᄒᄂᆞ니 니 가마니 진ᄋ(臻兒)의게 고ᄒ여 향릉 슈ᄌ의게 샹약(相約)ᄒ고 그 길노 림부(林府)의 가 님·강 냥형(兩兄)과 란·봉 냥미(兩妹)의게 고ᄒ여 명일 죠신(早晨)의 오게 ᄒ여 일기 아집(雅集)을 지으리라."

더옥과 보치 모다 말ᄒᄃ,

"죠타."

---

451)【죵용ᄒ다】圈 {죵용(從容)하다}. 조용하다. ¶ 從容 ‖ 금일도 ᄯᅩᄒᆫ 죠코 명일은 더옥 죵용ᄒ나 다만 남변 ᄉ졍을 죠션싱이 젼혀 아지 못ᄒ니 ᄯᅩᄒᆫ 노애 도라오기롤 기ᄃ려 져의게 고ᄒᆯ 거시 업스리라 (今日也好, 不過明日從容些, 只是南邊的事情, 曹先生通沒有知道, 也不用等老爺回來告訴他.) <後紅 20:13>

ᄒᆞ니 보옥이 즉시 가더 【16】 라.

디옥이 일면으로 오[우]관(藕官)을 블너와 져로 ᄒᆞ여곰 니향원(梨香院)의 가 한 무리 ᄌᆞ미의게 고ᄒᆞᄃᆡ,

"명일의 졍히 젼일의 부ᄅᆞ지 아니턴 시 희ᄌᆞ(戲子)룰 갈희여 부ᄅᆞ고ᄌᆞ ᄒᆞᄂᆞ니 금셕의 몬져 곡죠(曲調) 칙을 보니여 보게 ᄒᆞ라."

ᄒᆞ고 디옥이 ᄯᅩ 보챠로 더브러 니환(李紈)과 평ᄋᆞ(平兒)의 곳의 가 상약고ᄌᆞ ᄒᆞ더니 노샹의셔 탐츈(探春)과 샹운(湘雲)을 만나 ᄯᅩ한 ᄀᆞᆺ치 가더라.

원리 디옥과 보치 평일의 죠셜근을 가쟝 공경ᄒᆞ니, 쳣지ᄂᆞᆫ 가졍과 보 【17】 옥의 긔괴(技巧)오, 둘지ᄂᆞᆫ 젼후 홍루몽(紅樓夢) 두 질(帙) 글의 모다 져의 부부 삼인을 위ᄒᆞ여 말ᄒᆞ기룰 화샹 니ᄃᆞ시 ᄒᆞ여시미 심즁의 가쟝 감격히 너기ᄂᆞᆫ지라. 니러므로 가마니 탐지ᄒᆞ여 셜근이 남변으로 도라갈 뜻이 잇ᄂᆞᆫ 쥴 알고 ᄯᅩ 셜근이 지죠룰 픔고 오만ᄒᆞ여 귀인의게 즐겨 간구(干求)치 아니ᄒᆞᄂᆞᆫ지라. 먼니 노다가 환향ᄒᆞ미 ᄯᅩ한 ᄌᆞ싱지락(自生之樂)이 업술 듯ᄒᆞ고 죠노태태(曹老太太) 뎜뎜 년로ᄒᆞᄃᆡ 죠셜근 션싱은 ᄯᅩ 일기 광명뇌락(光明磊落)ᄒᆞᆫ 스룸이 【18】 라 즐겨 머리룰 슉여 다시 오두미(五斗米)룰 구ᄒᆞ지 아니홀 거시로ᄃᆡ 디옥이 슈즁의 은직(銀子) 이시니 무슴 ᄉᆞ졍을 판리치 못ᄒᆞ리오? 믄득 가마니 가인 치량(蔡良)과 단승(單昇)을 보니여 죠셜근의 가향의 가 삼쳔 금으로 한 곳 가ᄉᆞ(家舍)룰 ᄉᆞᄃᆡ ᄯᅩ한 치젼화포(菜畦花圃)와 죽원연당(竹園蓮塘)이 이시며, ᄯᅩ 일만 금으로 져룰 위ᄒᆞ여 슈한블갈(水旱不竭)ᄒᆞᄂᆞᆫ 량젼(良田) 팔빅 묘(畝)룰 ᄉᆞ고, ᄯᅩ 져의게 몃 곳 뎜방(店房)을 쥬어 미월의 빅금 리식(利息)이 이시미 가히 일용이 넉넉ᄒᆞ고 뜻ᄃᆡ로 명 【19】 산오악(名山五嶽)의 오유(遨游)케 ᄒᆞ며 치량 단승이 실노 판리ᄒᆞ믈 졍셰(精細)히 ᄒᆞ여 가즁의 ᄡᅳᄂᆞᆫᄃᆡ 디쇼 즙믈을 일일히 판비(辦備)ᄒᆞ고, 죠노태태와 죠태태(曹太太)와 죠쇼야(曹少爺)와 죠고랑(曹姑娘)을 뫼셔 시집의 반이(搬移)케 ᄒᆞ고 ᄯᅡ로 일만 량을 머믈너 가용을 ᄒᆞ게 ᄒᆞᄃᆡ 도로혀 시로 도임ᄒᆞᆫ 디방관원(地方官員)이 젼세(田稅)룰 ᄉᆞ실(査實)홀가 ᄒᆞ여 문셔룰 샹고ᄒᆞ여 셰룰 밧치고 범ᄉᆞ룰 쳥쵸(淸楚)히 ᄒᆞᆫ 후의 바야흐로 가신(家信)을 토득(討得)ᄒᆞ여 경셩으로

드러와 디옥을 쥬니 디옥이 ᄯᅩ한 십분 【20】 졍당ᄒᆞ다 칭찬ᄒᆞ나 죠셜근은 엇지 알니오?

ᄎᆞ시ᄂᆞᆫ 구츄텬긔(九秋天氣)라. 익일 죠신(早晨)의 니ᄅᆞ러 죠셜근이 졍히 남부즁 졔미당(濟美堂) 좌셔쳥(左書廳)의셔 홀노 일인이 안젓시미, 맛춤 빅노경(白魯駉)이 쟉일의 셩 밧 붕우의게 쓸녀 나가 글시룰 ᄢᅵ이믈 닙은지라. 당각(當刻)의 셩외의 잇셔 도라오지 아니ᄒᆞ여시미 졍히 요젹(寥寂)ᄒᆞ여 다만 뜰 가온디 가득히 심은 목셔(木樨) 향긔룰 맛다가 즉시 쇼셔하(小栖霞)로 가 곡죠룰 듯고 파젹(破寂)ᄒᆞ려 ᄒᆞ엿더니 그곳의 냥[우]항(雨杭) 졔 【21】 인이 셩외 희원(戲園)으로 ᄀᆞᆺᄂᆞᆫ지라 다만 도라와 벙벙이 안젓다가 위연이 셔권(書卷)을 뒤젹이미 두공부시집(杜工部詩集)이 잇ᄂᆞᆫ지라 ᄯᅩ한 가지고 볼 시 ᄌᆞ연 고흥으로 읇더니 다만 드ᄅᆞ미 가보옥(賈寶玉)과 님냥옥(林良玉)과 강경셩(姜景星)이 ᄀᆞᆺ치 드러와 희희히 우스며 니ᄅᆞᄃᆡ,

"죠노 션싱은 공부룰 잘ᄒᆞ거니와 우리ᄂᆞᆫ 너의 공부룰 희룹게 ᄒᆞ여 ᄯᅵ을고 져곳으로 가셔 노닐녀 ᄒᆞ노라."

죠셜근이 니러나며 읍ᄒᆞ고 니ᄅᆞᄃᆡ,

"쇼뎨(小弟)ᄂᆞᆫ 금일의 가장 게어ᄅᆞ도다.”452)

보옥 【22】 이 믄득 비러 니ᄅᆞᄃᆡ,

"죠혼 션싱아, 결단코 너로 ᄒᆞ여곰 가게 ᄒᆞ여야 이 게으룬 근긔(根氣)가 풀니리라."

ᄒᆞ니 모다 웃더라.

죠셜근은 본디 셩픔이 무가무블가(無可無不可)ᄒᆞᆫ 사룸이오, 이즈음의 졍히 울울ᄒᆞ다가 ᄯᅩ 삼인이 져룰 ᄯᅵ으니 엇지 가지 아니리오? 즉시 의관을 밧고와 닙을 시 강경셩이 웃고 니ᄅᆞᄃᆡ,

"노션싱아, 너 ᄀᆞᆺ튼 탈쇽(脫俗)ᄒᆞᆫ 스룸도 도로혀 니런 일의 구이(拘碍)ᄒᆞ며 ᄒᆞᄆᆞᆯ며 좌우간 모다 ᄌᆞ긔 집안이라. 다만 너의 노인네의게 ᄀᆞᆺ 【23】 치 가셔 노닐기룰 구ᄒᆞ노라."

죠셜근이 믄득 우스며 뎜두(點頭)ᄒᆞ고 즉시 져의 삼인으로 더브러 영국부로 올 시 부문(府門) 옮히 톄면(體面) 잇ᄂᆞᆫ 가인 등 여러 사룸

---

452) 【게어ᄅᆞ다】 圖 게으르다. ¶ 懶 ‖ 쇼뎨ᄂᆞᆫ 금일의 가장 게어ᄅᆞ도다 (小弟今日懶的很.) <後紅 20:21>

이 일계히 니러나 손을 느리더니 져 스인이 외셔방의 니르미 가련이 황망히 흔연호 긔식으로 영졉호여 드러가 안즈며 챠룰 마시더니 보옥이 즉시 디관원으로 가기룰 쳥호디, 죠셜근이 본디 가부즁 규뵈 삼엄호믈 알미 다만 오쳑지동(五尺之童)이라도 브르는 령을 【24】 밧드지 아니면 즁문의 드지 못호며, 쏘 디관원은 원비와 즁비의 하림(下臨)호 후로붓허 모다 틔틔와 고랑 등의 머무는 비 된지라. 긱인(客人)이 지친(至親)이 아니면 드러가지 못호고 쏘 가졍이 츌타호 후의 보옥이 어리셕은 셩졍을 발호미니 엇지 져로 더브러 원즁의 드러가 노닐며 곳 가졍이 아지 못호다 혜여도 쏘혼 무음의 블편호니, 비록 니권(內眷) 등을 쏘혼 가졍이 져로 호여곰 다 보게 호여시나 셜亽 원즁의셔 만 【25】 나면 도로혀 아론 체호여야 죠치 아니랴 호여 믄득 니르디,

"보셰형(寶世兄)아, 너는 너모 희롱치 말고 다만 샹방의 가셔 나룰 위호여 태태긔 쳥안호라. 원즁의 가지 아니리니 너가 니권 등의 머므는 명즈룰 아지 못호다 니르기 어렵도다."

남냥옥이 니르디,

"노션싱아 너는 아지 못호는도다. 금일의 태태긔셔 슈즈와 고랑 등을 다리고 모다 셜이마의 집으로 가셔 계시미 보형데 심히 쳥졍호여 견디지 못호는지 【26】 라. 니러므로 우리룰 ᄭ을고 오미오, 하믈며 츄식도 명녀(明麗)호고 계화(桂花)도 쏘혼 셩긔(盛開)호여시니 다만 져허컨디 우리 등이 날이 지도록 들네여도 져의 등이 도로혀 도라오지 아니리라."

가련이 쏘혼 니르디,

"노션싱아 진긔 니러호니라."

호고 강경셩이 니르디,

"우리는 즉시 가리라."

호니 죠셜근이 쏘혼 밋고 보옥의 손을 닛글고 모다 다라 오더라.

원리 초일의 희즈와 쥬연을 텰금각(綴錦閣)의 버려시니 이 집은 스면이 모다 믈이 【27】 오 홍란간(紅欄干) 널다리가 언덕을 통호여시디 그 뒤는 모다 즁즁쳡쳡호 쳥산이오, 산모롱이453) 쇽의는 죽뤼(竹樓) 잇고 쏘 쇼뢰(小路) 만

---

453) 【산모롱이】圏 산모퉁이. ¶ 山坳 ∥ 산모롱이 쇽의는 죽뤼 잇고 쏘 쇼뢰 만흐디 각식각양의

호디 각식각양(各色各樣)의 안리홍(雁來紅)과 계관화(鷄冠花)와 츄희당(秋海棠)이 잇고, 쏘혼 도쳐의 국홰(菊花) 만발호여시디 금치(金釆)로 그린 분과 옥셕분(玉石盆)의 심은 것도 만흐니 진긔 만죵츄식(萬種秋色)이오, 쏘 계쉬 참텬(參天)호여 바름이 블미 향긔 쵹비(觸鼻)호더라.

당각의 가련이 셜근 등을 뫼셔 원문 어귀의 니르러 믄득 말호 【28】 디,

"노애 집의 계시지 아니호미 외면의 亽졍이 이실 듯호니 보형데는 뫼셔 이시라."

호고 가련이 믄득 도라가더라.

텰금각 아리 임의 포진호믈 텬궁(天宮)ᄀ치 호고 희즈는 쓸 가온디 버럿시디 그곳이 쏘혼 광활호여 즁간의 한 즈리룰 볘푸럿시디 돗 알히 쏘혼 곳문 노흔 다홍 능젼(絨氈)을 폇시며 디옥과 보챠와 탐츈과 니환과 亽샹운(史湘雲)과 희란(喜鸞)과 희봉(喜鳳)과 향릉과 즈견(紫鵑)과 쳥문(晴雯)과 잉ᄋ(鶯兒)와 평ᄋ 십이인이 모 【29】 다 응쟝셩식(凝粧盛飾)으로 뒤 난간 아리 안즈 국화룰 보며 한화(閑話)호디 죠셜근의 드러오기룰 기드려 나가 보리라 호고, 쏘혼 그곳의셔 각인이 젼일 국화시(菊花詩)룰 싱각호더라.

죠셜근이 보옥과 량옥과 경셩으로 더브러 디관원 안흐로 드러오미 당면호여 일디 쳥쟝(□□)이 이시디 그 우희 허다호 돌 모양이 긔괴(奇怪)호여 쏘혼 진금리슈(珍禽異獸)ᄀ고 미미히 여러 구분 길이 통호엿는지라. 보옥이 져의 삼인을 거느리고 산상으로 올나가 【30】 쏘 셔려 나려와 돌 골목을 지니여 평탄호 곳의 니르미 비루화함(飛樓畫檻)의 벽쉬(碧樹) 참텬호엿시니 이는 심방뎡(沁芳亭)이라. 보옥이 믄득 져의룰 닛글고 텰금각으로 가지 아니호고 몬져 슌로(順路)로 쇼샹관(瀟湘館)으로 와 우스며 져의 등을 인도호여 니르디,

"나의 집의 좀간 오즈라."

호미 즁인이 웃더니 죠셜근이 니르디,

"셰형아, 너 ᄀ튼 아담호 스롬이 디룰 보고 도로혀 무음을 두지 아니호느냐? 너는 다만 이곳의 셔셔 져 편 분벽화 【31】 쟝(粉壁花墻)의 여러 나무 췌죽(翠竹)이 빗최믈 보라. 쏘혼 완샹

안리홍과 계관화와 츄희당이 잇고 (山坳內棕亭竹樓, 也多有小路兒, 直通到橋上, 又是各色各樣的雁來紅、秋黃、鷄冠、秋海棠.) <後紅 20:27>

ᄒ염죽ᄒ도다."

보옥이 니ᄅ디,

"이 말이 올ᄒ냐? 필경 쥬인을 보리니 과문블입(過聞不入)지 말나."

셜근이 니ᄅ디,

"당시의 간쥭하(看竹何) 슈문쥬인(須問主人)이라 ᄒ엿ᄂ니라."

ᄒ고 담쇼ᄒ며 당즁의 니ᄅ러 안즈미 셔화(書畵)와 고긔(古器)롤 다 보기 어렵더니 가동이 믄득 냥긔 찬합과 룡졍다(龍井茶)롤 가져오거놀 경셩이 니ᄅ디,

"원리 보형데 블너 드러와 뎜심을 권ᄒ미로다."

ᄒ고 모다 먹【32】더니 경셩이 벽상의 시롤 보고 디옥의 필젹을 엇고즈 ᄒ나 엇지 츠즈리오? 믄득 보옥의게 보기롤 토식(討索)ᄒ니454) 보옥이 니ᄅ디,

"죠희의 쓰면 곳 살나 바리ᄂ니라."

경셩이 니ᄅ디,

"디젼 《후홍루몽》을 비평ᄒ지 아니ᄒ엿ᄂ냐?"

보옥이 니ᄅ디,

"졍히 샹즈 속의 너코 줌앗시니455) 노션싱이 보고즈 ᄒ여도 다만 뎜(點) 쥰 것만 너여 보니믈 허ᄒ고 비평ᄒ 말도 쏘ᄒ 등츌(謄出)ᄒ여 가게 못ᄒᄂ니라."

림량옥이 니ᄅ디,

"진기 그러【33】ᄒ니라."

강경셩이 웃고 니ᄅ디,

"고이치 아니토다."

ᄒ고 즉시 젼일의 보옥의게 디옥의 필젹을 구ᄒ엿더니 보옥이 투긔지심(妬忌之心)을 너던 광경을 말ᄒ니 즁인이 모다 디쇼ᄒ고 믄득 다라나와 분쟝(粉牆)으로 죠츠 가더니 믄득 요화뎡(蓼花汀)과 즈룽쥬(紫菱洲)와 우향슈(藕香樹)롤 지나 보옥이 쏘 져의 등을 닛글고 이홍원으로 드러가 고목(古木)이 즁싱(重生)ᄒ여 더옥 무셩ᄒ 희당 나무롤 보며 쏘 닛글고 형무원(蘅蕪院)의 드러가 져의 등의게 말ᄒ【34】디,

"젼일 보챠 잇든 곳이라."

ᄒᄂ지라. 즁인이 쏘ᄒ 각식 향툐롤 썩거 숀의 쥐고 쏘 한갈산쟝(浣葛山莊)으로 지나갈 시 도로혀 님낭옥 등의 오리 기드리믈 져허ᄒ여 져의 등을 지쵹ᄒ여 구을너 디관루(大觀樓)롤 지나 텰금각을 바라고 올 시, 믄득 우관(藕官)과 방관(芳官)과 문관(文官)과 녕관(齡官) 등 십이기 녀ᄒ지(女孩子) 일졔히 다라나와 죠셜근의 숀을 붓들고 영졉ᄒ여 드러가니 셜근이 한 번 쓸의 드러가 바라보니 금슈쥬긔(錦繡珠璣)로 포진ᄒ믈【35】 십분 가려(佳麗)히 ᄒ고 난간 아리 일곱 즈리롤 버렷ᄂ지라 즉시 머믈너 셔고 고이히 너겨 니ᄅ디,

"보셰형(寶世兄)아 필경 무슴 긔인이 잇ᄂ뇨?"

강·림 량인이 니ᄅ디,

"노션싱아 네 드러가면 믄득 알니라."

ᄒ며 보옥은 나는 드시 드러가ᄂ지라 죠셜근이 도로혀 곡졀을 무ᄅ며 당치 못ᄒ여라 ᄒ니 방관과 우관과 녕관 여러 ᄒ지 곳 쓸벌 엉권 드시 일긔 죠셜근을 부츅ᄒ여 드러와 뎡즁 뎨일 셕샹의 니ᄅ니 셜근이 분슈【36】롤 아지 못ᄒ고 다만 한 숀으로 즈리롤 집고 한 숀으로 의즈롤 붓들며 엇지 즐겨 안즈리오? 졍히 여러 ᄒ지 등으로 들닐시 다만 보니 병풍 뒤히 한무리 션녜 나오ᄂ지라 셜근이 몸을 쌘혀 닷고즈 ᄒ더니 디옥과 보챠 등 십이인이 일졔히 乂가히 와 비례ᄒ거놀 죠셜근이 황망ᄒ여 동편 벽 밋흐로 다라가 답례ᄒ고 츄후 님·강 량인도 쏘ᄒ 샹례ᄒ더니 보옥이 믄득 디옥과 보챠로 죠츠 평ᄋ의 니ᄅ히 셩명【37】을 통ᄒ니 셜근이 니ᄅ디,

"졔위(諸位) 부인의 셩ᄒ 례롤 당치 못ᄒ리니 지하(在下)456)는 블승황괴(不勝惶愧)ᄒ노라.

---

454)【토식ᄒ다】圖 {토색(討索)하다}. 돈이나 물품 따위를 억지로 달라고 하다. ¶ 討 ∥ 믄득 보옥의게 보기롤 토식ᄒ니 보옥이 니ᄅ디 죠희의 쓰면 곳 살나 바리ᄂ니라 (就問寶玉討着看, 寶玉道: "落紙就燒掉了.") <後紅 20:32> 生發 ∥ 너는 가셔 져의게 언마롤 토식ᄒ던지 내 쏘ᄒ 아른체 아니코 반드시 너로 ᄒ여금 발빈케 ᄒ려니와 (你去生發他多少, 我也不管, 我這裏頭明叫你發個財.) <復紅 6:101>

455)【줌아-】圖 《줌으다》 (문 따위를) 잠그다. ¶ 鎖 ∥ 졍히 샹즈 속의 너코 줌앗시니 노션싱이 보고즈 ᄒ여도 다만 뎜 쥰 것만 너여 보니믈 허ᄒ고 비평ᄒ 말도 쏘ᄒ 등츌ᄒ여 가게 못ᄒᄂ라 (可不是鎖在箱子裏, 連老先生要看, 也是我過批出去的, 我當時過了圈點連批語, 通不許抄出去呢.) <後紅 20:32>

456)【지하】圖 {재하(在下)}. 저. 자기를 낮추는 말. ¶ 在下 ∥ 졔위 부인의 셩ᄒ 례롤 당치 못ᄒ리

실노 보이 셰형이 말ᄒᆞ지 아니ᄒᆞ여시미 쳥혜포
말(靑鞋布襪)노 왓시니 더옥 블공ᄒᆞ여라.”

보옥이 웃고 니ᄅᆞᄃᆡ,

“노션싱아, 네가 도로혀 니런 말을 ᄒᆞᄂᆞ냐?
졍히 량ᄃᆡ게(兩大哥) 말ᄒᆞᄃᆡ 강ᄃᆡ거(姜大哥)ᄀᆞᆺ튼
이ᄂᆞ 바야흐로 죠흔 의복 닙으미 맛당ᄒᆞ고 죠션
싱ᄀᆞᆺ튼 이ᄂᆞ 죠흔 의복을 닙지 아니ᄒᆞ여야 바야
흐로 맛ᄀᆞᆺ다 ᄒᆞ여시니 뉘 이 두 마ᄃᆡ 말【38】
을 흠복(欽服)지 아니리오? 이졔 션싱이 좌의
드러야 모다 바야흐로 안즈미 죠흐리라.”

죠셜근이 지삼 ᄉᆞ양ᄒᆞ며 말셕의 안고즈 ᄒᆞ
거늘 강경셩과 님낭옥이 모다 니ᄅᆞᄃᆡ,

“션싱은 모다 문싱식부(門生媳婦)로 헬 ᄯᆞ
롬이니 엇지 좌롤 양(讓)ᄒᆞ시ᄂᆞ뇨?”

셜근이 니ᄅᆞᄃᆡ,

“니러ᄐᆞᆺ 말ᄒᆞᆯ진ᄃᆡ 쇼뎨ᄂᆞ 맛당히 만싱(晚
生)이라 일ᄏᆞᄅᆞ리라.”

ᄒᆞ고 졍히 결졍치 못ᄒᆞ더니 방관 등 여러 희지
나아와 죠셜근을 븟드러 졍즁 셕샹의 안【39】
치고 ᄌᆞ견과 쳥문과 잉ᄋ 삼인이 ᄃᆡ옥과 보챠와
희란과 희봉을 뫼셔 셕샹의 나와 비반(杯盤)을
드리니 죠셜근이 답례ᄒᆞ기 비편(非便)ᄒᆞ여 다만
각인의 앏히 니ᄅᆞ러 읍ᄒᆞ여 ᄉᆞ례ᄒᆞᆫ 후의 좌의
들미 경셩과 낭옥과 보옥은 두 편의 일ᄌᆞ로 렬
좌(列坐)ᄒᆞ고 좌편 슈좌(首座)의ᄂᆞ ᄉᆞ샹운이오,
우편 슈좌의ᄂᆞ 니환이 안즈미 평ᄋ의 니ᄅᆞ히 더
져 빈쥬 십륙인이라. 가련을 쳥ᄒᆞ여도 오지 아
니믈 인ᄒᆞ여 니환이 즉시 난가ᄋ로 ᄒᆞ【40】여
금 니ᄅᆞ러 님미부롤 죠ᄎᆞ 안게 ᄒᆞ니 간[난]가이
보옥으로 더브러 슉질 낭인이 ᄃᆡ좌ᄒᆞ미 비편ᄒᆞ
믈 인ᄒᆞ여 보옥을 향ᄒᆞ여 읍ᄒᆞ고 안즈믈 고ᄒᆞᆫ
후의 바야흐로 좌뎡ᄒᆞ니 아오로 십칠인이라.

당각의 죠셜근이 유심ᄒᆞ여 보미 ᄃᆡ옥은 분
홍시 봉황과 무란 노흔 비단 오ᄌᆞ(襖子)롤 닙고
아리ᄂᆞ 흑식 국화 슈 노흔 치마롤 닙엇시며 귓
가의ᄂᆞ 계화롤 꼿고 무슈ᄒᆞᆫ 긴 구슬 ᄯ어미롤
거러시【41】며, 보챠ᄂᆞ 록식 미화 슈노흔 비단
오ᄌᆞ롤 닙고 아리ᄂᆞ 다홍 편복(蝙蝠) 노흔 치마
롤 닙고 머리의ᄂᆞ 부용잠(芙蓉簪)을 ᄭᅩ즈시며
니환과 탐츈은 쳔쳥(天靑) 나[다]란이(哆羅呢) 비
ᄌ(褙子)457)와 다홍 다란이 치마롤 닙엇시며 회

란과 희봉과 향릉 등은 단쟝ᄒᆞ기롤 십분 화려히
ᄒᆞ여시ᄃᆡ 다만 ᄉᆞ샹운은 학챵의(鶴氅衣)롤 닙고
황관(黃冠)ᄀᆞᆺ튼 건(巾)을 볏ᄂᆞᆫ지라. 당각의 죠셜
근이 안즈며 니ᄅᆞᄃᆡ,

“죠셜근이 금일의 졔형과 졔위 부인의 니
런 셩흔 【42】례롤 바드니 ᄯᅩᄒᆞᆫ 당치 못ᄒᆞ노
라.”

니환이 몬져 니ᄅᆞᄃᆡ,

“노션싱은 과겸(過謙)치 말나. 금일은 본ᄃᆡ
님·셜 냥위가 쥬인이 되여 공경하는 ᄯᅳᆺ을 베풀
미로ᄃᆡ ᄯᅩᄒᆞᆫ 우리 모즈도 곳출 비러 부쳐의게
드리ᄂᆞ니 ᄋ지(兒子) 젼혀 션싱의 교훈을 힙 닙
엇시니 엇지 감히 이ᄌᆞ리오?”
ᄒᆞ고 즉시 난가ᄋ로 ᄒᆞ여곰 나롤 위ᄒᆞ여 ᄉᆞ부의
게 공경ᄒᆞ라 ᄒᆞ니 난가이 니러나 술을 부으미
죠셜근이 밧고 ᄉᆞ례ᄒᆞ며 더옥은 죠셜근의 쥬【
43】량이 심히 크지 못ᄒᆞᆷ을 아ᄂᆞᆫ지라 다만 한
잔을 부어 보옥을 쥬어 가져가게 ᄒᆞᄃᆡ, ᄯᅩᄒᆞᆫ 일
기 젹은 비취(翡翠) 옥잔이니 대쇼(大小) 엄지
손가락의 비ᄒᆞ면 언미 틀니지 아니ᄒᆞᄂᆞᆫ지라 죠
셜근이 련망히 웃고 바드니 좌의 안즌 이가 일
졔히 뎜두ᄒᆞ며 웃더라.

더옥과 보치 믄득 ᄌᆞ견과 쳥문과 잉ᄋ로
ᄒᆞ여곰 ᄌᆞ긔롤 ᄃᆡ신ᄒᆞ여 술을 부으니 죠셜근이
련망히 니러나며 보옥의게 쳥ᄒᆞ여 멈츄기롤 고
ᄉᆞᄒᆞ며 【44】니ᄅᆞᄃᆡ,

“결단코 감히 당치 못ᄒᆞ리라.”
ᄒᆞ니 보옥이 엇지 즐겨 응락ᄒᆞ며 님·강 냥인
ᄯᅩᄒᆞᆫ 말ᄒᆞᄃᆡ,

“션싱은 다만 바들지니 쥬인의 셩의롤 믈
니치지 말나.”

ᄒᆞ니 셜근이 니러나 머리롤 슉이고 한숨의
셕잔을 마시고 다시 져두 공슈(拱手)ᄒᆞ여 니ᄅᆞ
ᄃᆡ,

“삼위 고량아, 쳥컨ᄃᆡ 셜근으로 ᄒᆞ여곰 괴
롭게 말나.”

좌즁인이 ᄃᆡ쇼ᄒᆞ니 원리 셜근이 과연 쥬량
이 젹으미 젹은 삼비쥬(三盃酒)롤 마시더니 얼
골의 곳 츈식이 니러 【45】나며 다만 머리롤 흔

니 지하ᄂᆞᆫ 블승황괴ᄒᆞ노라 (當不起各位夫人的盛
禮, 在下實在慚惶.) <後紅 20:37>

457) 【비ᄌ】 명 {배자(褙子)}. 조끼 모양의 덧저고리.
¶ 掛子 ‖ 니환과 탐츈은 쳔쳥 나[다]란이 비ᄌ
와 다홍 다란이 치마롤 닙엇시며 (李紈探春一樣
的燕尾靑哆羅呢掛子,　　大紅哆羅呢如意掛線裙.)
<後紅 20:41>

들고 손으로 슈염을 어로만지며 즈긔의 샹의 핀쵸롤 희롱ᄒ니 디옥이 가마니 우스며 보챠롤 향ᄒ여 니르디,

"너는 노션싱을 보라. 믄득 글을 읇는 형샹이로다."

보치 우스며 니르디,

"글을 읇흐미 아니라 셕샹 광경을 인ᄒ여 우리롤 위ᄒ여 《홍루몽》의 너허 편집ᄒ려 ᄒ미로다."

ᄒ니 좌샹의 듯는 이 모다 우음을 니르혀 닐 시 보치 죠셜근이 과취(過醉)홀가 져허 니르【46】디,

"샐니 죠태야롤 위ᄒ여 술 끼는 탕(湯)을 나아 오라."

ᄒ며 님냥옥이 또 니르디,

"금일 쥬인의 셩의가 도져(到底)ᄒ니 또ᄒ 쳥컨디 쥬인은 스스로 회포롤 펼지니라."

강경셩이 또ᄒ 니르디,

"가쟝 올흐니 우리 긱을 뫼신 사롬도 또ᄒ 알고즈 ᄒ노라."

디옥이 니르디,

"우리 즈미간 가즁(家中) 범스(凡事)롤 션싱의 비단결ᄀ튼 ᄆ옴과 슈노혼 듯ᄒ 입을 번거이 ᄒ여 젼후 《홍루몽》 량질(兩帙)을 편집ᄒ여 텬하 후셰인으로【47】ᄒ여곰 우리 몃 스롬이 잇는 줄을 모다 알게 ᄒ여시니 우리 ᄀ튼 스롬은 본리 무어시라 헤리오? 다만 션싱의 량질 글을 의탁ᄒ여 또ᄒ 후셰의 셕지 아니리로다."

셜근이 련망히 블감ᄒᄆᆯ 스례ᄒ디 보치 니르디,

"네 말이 도로혀 젹도다. 싱각건디 션싱의 포부는 삼쟝칠략(三長七略)458)과 빅셩오게(百城五車)459)라. 죡히 량경(兩京) 삼도부(三都賦)롤 능멸홀지니 룡을 아로삭이고 봉을 토ᄒᄂᆫ 거슨 말ᄒ지 말나. 이의 검긔(劍氣)【48】로 ᄒ여곰 뛰노지 못ᄒ게 ᄒ며 쥬광(珠光)으로 ᄒ여곰 아지 못ᄒ니 뉘 밍안(盲眼)이 되엿ᄂᆫ뇨? 벅벅이460) 샹스의 붓그러오믈 더ᄒ리로다. 션싱은 즘짓 일

홈을 숨기고즈 하여 이거술 비러 뜻을 펴미 휘호락디ᄒ니 우리 등은 다만 지휘ᄒᄆᆯ 밧들지라. 두 질 글을 우리롤 위ᄒ여 화상을 니므로 헴ᄒ미 죠홀지니 이는 엇지미뇨? 션싱의 여러 가지 져슐(著述)ᄒᆫ 타인의게 젼치 아니케 ᄒ디 다만 이 량질 글을 스롬으【49】로 ᄒ여곰 쵸츌(抄出)ᄒ여 젼케 ᄒᄂ니라."

ᄒ니 즁인이 일졔히 탄복ᄒ거놀 죠셜근이 련망히 니르디,

"이는 더옥 감당치 못ᄒ노라."

ᄒ고 즈긔가 즉시 한 잔 술을 부어 스스로 마시며 칭예(稱譽)ᄒᄂᆫ 말을 스례ᄒ니 보옥의 부부 삼인이 믄득 희즈 졔목을 보너며 셜근의게 타뎜(打點)ᄒᄆᆯ 쳥ᄒ니 셜근이 니르디,

"셰 형과 다못 냥위 부인의 니러텃 셩히 례디(禮對)ᄒᄆᆯ 당ᄒ니 나도 또ᄒ 션싱의 무슴 연분으로【50】 니러 긔이ᄒ 긔회롤 어덧시믈 아지 못홀지라. 도로혀 감히 희즈 타뎜ᄒᄆᆯ 스양ᄒ리오마는 다만 부즁의 녀악을 우금(于今) 보지 못ᄒ엿도다. 금일 아회(雅會)의 모롬죽이461) 샹등 죠흔 희즈롤 타뎜홀지니 지하의 의스는 강·님 냥형으로 더브러 의론ᄒ고 보이셰형(寶二世兄)긔 쳥ᄒ여 쥬인의게 젼탁(轉託)ᄒ여 희즈롤 타뎜코져 ᄒᄂ니 아지 못게라 엇더하뇨?"

냥옥과 경셩이 또ᄒ 니르디,

"가쟝 죠타."

ᄒ고 스샹운과 탐츈【51】이 또ᄒ 직심으로 말ᄒ디,

"공경ᄒ미 명의롤 좃는 이만 ᄀ지 못ᄒ다 ᄒ니 너의 냥인은 곳 노션싱의 명의롤 죠츠미 올흐리라."

ᄒ니 디옥이 믄득 탁문군(卓文君)의 <님공당로臨邛當爐>와 스마상여(司馬相如)의 <샹견쥬부上

---

458) 삼쟝칠략(三長七略): 三長, 指史家必須具備的三點特長, 卽才智·學問·識見. 見《唐書·劉知幾傳》. 七略, 爲漢代劉歆所著, 又名七略別錄, 是中國最早的圖書目錄分類著作. 內分輯略, 六藝略, 諸子略, 詩賦略, 兵書略, 術數略, 方技略, 是爲七略. 見《漢書·藝文志》

459) 빅셩오거(百城五車): 百城, 語出《北史·李謐傳》: "丈夫擁書萬卷, 何假南面百城?" 五車, 見《莊子·天下》: "惠施多方, 其書五車." 以上均比喩人博學多才, 無所不通.

460) 【벅벅이】 댿 반드시. 틀림없이. ¶ 應 ‖ 벅벅이 샹스의 붓그러오믈 더ᄒ리로다 (應增上士之羞.) <後紅 20:48>

461) 【모롬죽이】 댿 모름지기. 마땅히. ¶ 必須 ‖ 금일 아회의 모롬죽이 샹등 죠흔 희즈롤 타뎜홀지니 지하의 의스는 강님 냥형으로 더브러 의론ᄒ고 (今日雅集, 必須點些上好的戲兒, 在下的意思, 要同姜林兩兄商議.) <後紅 20:50>

殿奏賦>룰 타뎜ᄒ고 보챠는 니틱빅(李太白)의
<탈화취쥬脫靴醉酒>룰 타뎜ᄒ니 즁인이 졔셩(齊
聲)ᄒ여 죠타 ᄒ더니, 여러 녀ᄒᆡ지 믄득 희ᄌ
민도리462) ᄒ고 드러와 계슈꼿 향풍 속의셔 한
줄기 싱가녀악지음(笙歌女樂之音)을 알월 시 【
52】 일면으로 방관과 우관과 령관 예관으로 ᄒ
여곰 두로 슐을 권ᄒ더니 두 가지 희ᄌ룰 맛치
고 ᄯᅩ 비반463)을 밧고아 나오미 모다 《홍루몽》
의론을 니르혈 시 강경셩이 니르디,

　　"이 량질(兩帙) 글을 임의 보왓시디 필경
낭위 슈ᄌ의 비평ᄒ 칙ᄌ는 보지 못ᄒ여시니 맛
참니 흠젼(欠典)이 되도다."

　　보옥이 믄득 니르디,

　　"우리 이 두 질 글이 실노 옥명당(玉茗堂)
이라 ᄒ는 글을 ᄯᅡ지음죽ᄒ니 옥명당의 오오산
(吳吳山) 삼부인이 합ᄒ여 비평ᄒ미 이 【53】 시
미 타인의 의론을 ᄌ아니엿ᄂ니 지금 두 부녜 《
홍루몽》을 합ᄒ여 비평ᄒ면 ᄯᅩᄒ 타인의 의론을
ᄌ아니지 아니리오?"

　　강경셩이 니르디,

　　"이 칙을 엇지 비ᄒ리오?"

　　보옥이 니르디,

　　"곳 니러틋 권ᄌ(圈子)와 뎜(點) 쥰 칙을
젼ᄒ여도 ᄯᅩᄒ 가ᄒ리로다."

　　스샹운이 우스며 니르디,

　　"이 냥 질 글은 가장 죠흐믄 말홀 거시 업
스디 다만 나는 곳 방외지인(方外之人)으로 이
가온디 참녜ᄒ미 맛당치 못ᄒ고 ᄯᅩ 나는 구이ᄒ
미 업시 고요히 안줏ᄂ니 【54】 ᄯᅩᄒ 그러틋 말
홀 거시 업거늘 도로혀 무슴 도혹이 잇는 듯ᄒ
도다."

ᄒ여 스샹운이 이 두어 마디 말을 ᄒ미 죠셜근
이 다만 겸양ᄒ더니 도로혀 보옥이 다라 나와
샤유의 셕샤의 니르러 유ᄒ며 겨의게 도슐을 힝
ᄒ여 노닐믈 쳥ᄒ니 샹운이 우스며 니르디,

　　"너는 노션싱으로 ᄒ여곰 ᄯᅩ 홍루몽의 긔
록지 아니케 ᄒ려 ᄒᄂ뇨?"

　　즁인이 모다 졔셩ᄒ여 간쳥ᄒ니 샹운이 니
르디,

　　"그만 두라."

ᄒ고 믄득 국화 일 【55】 분(一盆)을 가져오며
계화(桂花) 일지(一枝)룰 썩거 오더니 당각의 취
루로 ᄒ여곰 비취 젹은 슐잔을 가져오고 국화
여섯 송이룰 썩거 탁샹의 버린 후의 그 슐잔을
즁간의 노코 슐을 가작(加酌)ᄒ더니 그 여섯 송
이 국화 즉시 슐잔을 밧드러 죠셜근 앏흐로 나
라 가는지라 즁인이 디희ᄒ며 죠셜근이 다만 그
슐을 마시더니 취뤼 ᄯᅩ 계화가지로 한 번 ᄯᅡ흘
치미 다만 보니 공즁의셔 무슈ᄒ 계홰 ᄯᅥ러지며
그 계홰 샹 【56】 운의 셕샹으로죠ᄎ 니러나 죠
셜근의 셕샹의 니르러 둥글게 모혀 계화교(桂花
橋)룰 일우더니 그 슐잔이 계화교 우흐로죠ᄎ
구을너 오거눌 샹운이 잔을 가지고 슐을 치미
그 슐잔이 ᄯᅩ 계화교 우흐로 구을너 가니 즁인
이 더옥 긔이히 너기며 죠셜근이 ᄯᅩᄒ 마시기룰
다ᄒ 후의 즉시 니러나 공슈(拱手)ᄒ고 스례ᄒ
여 니르디,

　　"평싱 쳐음으로 니런 션인의 슐을 먹노라."

ᄒ더니 그 국화와 계홰 여젼이 가지 우희
잇 【57】 ᄂ지라 좌즁이 무블칭긔(無不稱奇)ᄒ여
다시 좌뎡ᄒ니 원리 스샹운의 챠환(丫鬟)이 ᄯᅩ
ᄒ 이 ᄀᆞᄐᆞᆫ 도슐이 잇더라. 디옥이 믄득 니르디,

　　"금일 니런 아회(雅會)는 ᄯᅩᄒ 고금의 뎨일
노 혜리라. 쟉일 희반(戲班) 즁의셔 허다ᄒ 시
희ᄌ칙(戲子冊)을 보니엿시디 죠흔 거시 ᄯᅩᄒ
잇ᄂ니 그 즁의 벽락연(碧落緣)이라 ᄒ는 곡뎌
(曲調) 이시디 이는 곳 남변 일위 명공의 시로
지은 거시라. 결묘ᄒ 가시(歌詞) 졍히 원나라 스
룸의 가장 신통ᄒ 곳의 비흘지니 여러 희반 【58
】 즁의셔 모다 능히 부르지 못ᄒ디 도로혀 우리
녀ᄒᆡ으 등이 비화 아는지라. 금일의 ᄯᅩᄒ 죵요
로온 거술 쌘 몃 회룰 부르게 ᄒ미 죠치 아니ᄒ
랴?"

　　좌즁이 모다 죠타 ᄒ거눌 문관 등이 즉시
그 민도리룰 ᄒ고 나올 시 방관이 슈삽(羞澀)ᄒ
틱도룰 가지고 난지(蘭芝)의 희ᄌ룰 쑤미더 십
분 핍진(逼眞)ᄒ지라. 죠셜근이 완샹ᄒ며 니르
디,

---

462) 【민도리ᄒ다】 圖 분장(扮裝)하다. ¶ 扮 ‖ 여러
　　녀ᄒᆡ지 믄득 희ᄌ 민도리ᄒ고 드러와 계슈꼿 향
　　풍 속의셔 한 줄기 싱가녀악지음을 알월 시 (這
　　班女孩子便扮上來，就這桂花香風裏，奏出一派笙
　　歌女樂之音.) <後紅 20:51>

463) 【비반】 呷 {배반(杯盤)}. ¶ 席面 ‖ 방관과 우
　　관과 령관 예관으로 ᄒ여곰 두로 슐을 권ᄒ더니
　　두 가지 희ᄌ룰 맛치고 ᄯᅩ 비반을 밧고아 나오
　　미 (叫芳官、藕官、齡官、蕊官周回勸酒，這兩回
　　戲文過了，又換過席面.) <後紅 20:52>

"진기 지인(才人) 가스의 필법이니 일뎜 시
속된 말이 업도다."
ㅎ여 경히 긴졀ㅎ 즈음의 니르미 맛춤 【59】 일
륜(一輪) 명월이 동산 계화층듕(桂花叢中)으로셔
쇼스오르미 죠요(照耀)ㅎ여 향셜(香雪)의 빗치
나미 다만 만편금식(萬遍金色)이 희미ㅎ며 일파
(一派) 션악(仙樂)이 료량(嘹亮)ㅎ지라. 죠셜근과
보옥과 량옥과 경성이 도로혀 즈리의 나아가 산
샹 뎡즈 속의 니르러 먼니 바라보며 듯다가 다
시 월식을 붋고 죽교(竹橋)롤 건너와 좌의 들미
더옥과 보치 쏘흔 보옥의게 부탁ㅎ여 잔을 어더
와 술을 붓고 보옥으로 ㅎ여곰 보너며 니환과
스상운과 탐 【60】 츈 등이 쏘 챠환으로 ㅎ여곰
술을 부으며 강경성과 님량옥과 보옥과 난가이
쏘흔 뫼셔 굿치 술을 마실 시 셜근의 쥬량이 본
리 넉넉지 못ㅎ더니 회포롤 쇼챵(消暢)홀 쩌 니
르러는 도로혀 취치 아니ㅎ는지라. 더옥이 믄득
니르디,
"금일 션싱이 하림(下臨)ㅎ시니 우리는 쏘
흔 심히 다힝ㅎ지라. 청컨디 션싱은 일 슈 글을
머믈너 뻐 아회롤 긔록ㅎ라."
셜근이 니르디,
"구술과 옥이 앏히 이시니 엇지 더 【61】
러온 거슬 드리리오?"
보치 웃고 니르디,
"모다 문하로 헬지니 션싱은 너모 과겸(過
謙)ㅎ는도다."
강경셩이 니르디,
"션싱의게 첫 귀롤 청ㅎ고 모다 련귀(聯句)
로 지어 일슈롤 일우니만 굿지 못ㅎ니 비록 강
잉ㅎ여464) 후진(後塵)을 죠츠나 쏘흔 연쥬합벽
(聯珠合璧)ㅎ엿다 헬지라."
ㅎ니 셜근이 웃고 니르디,
"다만 졔공과 졔부인은 련귀로 글을 읇허
셩스(盛事)롤 긔록ㅎ거든 뎨(弟)는 일긔 지필ㅎ
는 아젼이 되미 죠흐리라."
보옥이 웃고 【62】 니르디,
"첫지는 모다 문인이오, 둘지는 모다 통가
세회(通家世好)니 션싱이 본더 탈속ㅎ시거눌 도

로혀 이거슬 구익(拘碍)ㅎ시ᄂ뇨? 션싱이 만일
우리 등을 바리지 아니실진디 쳣 귀롤 지으시고
난질ㅇ(蘭姪兒)로 ㅎ여곰 겻히 잇셔 등출케 ㅎ
리라."
셜근이 웃고 니르디,
"뎨도 쏘흔 감히 스양치 못홀 거시로디 다
만 우리 금일 아회는 천고의 업는 비라. 곳 련
귀롤 지어도 쏘흔 구례(舊例)의 거리끼지 말고
다만 각인이 짓고즈 ㅎ면 믄득 짓 【63】 고 츠셔
(次序)도 거리끼지 말며 글귀 다쇼도 쏘흔 거리
끼지 말고 등출ㅎ는 이도 쏘흔 각인의 읇는 글
귀디로 별호롤 쓰디 쏘흔 운(韻) 다는 다쇼롤
거리끼지 마라. 텬풍(天風)이 낭낭(琅琅)ㅎ고 히
산(海山)이 창창(蒼蒼)ㅎ도록 지어야 바야흐로
흥치가 이시리라."
님낭옥이 웃고 니르디,
"니러톳 ㅎ면 더옥 죠토다."
ㅎ거눌 더옥이 믄득 녀악을 좀간 긋치게 ㅎ고
일긔 향남목(香楠木) 셔번련(西番蓮) 삭인 다샹
(茶床) 우희 문방스보(文房四寶)롤 노하 난가ㅇ
의 겻히 【64】 노흐며 난가ㅇ는 붓시 먹을 뭇쳐
기드릴 시 셜근이 믄득 읇허 니르디

금능가긔요죵산(金陵佳氣繞種山)
봉무란건샹옥관(鳳舞鸞騫上玉關)
오등관뇨련스틱(五等冠僚聯賜宅)
삼스쟝뎐슈[령]죠반(三司掌典領朝班)
셰가교목쳥운디(世家喬木靑雲地)
루쟝즁후셔젼긔(累將重侯書傳記)

금능의 아롬다온 긔운이 죵산의 둘너시니
봉이 춤츄고 난죠가 니러나 옥관으로 오르
더라
다셧 등의 동뇨의게 웃듬ㅎ여시미 어스흔
집이 련ㅎ고
삼스의 젼고롤 가음아랏시미 죠졍 반렬의
기드리더라
세가 교목 쳥운 짜히오
쟝쉬 여러히오 공휘 거듭ㅎ미 젼긔의 긔록
ㅎ엿더라

경성이 믄득 읇허 니르디

---

464) 【강잉ㅎ다】 동 강잉(强仍)하다. 마지 못하여 하
다. ¶ 勉 ‖ 비록 강잉ㅎ여 후진을 죠츠나 쏘흔
연쥬합벽ㅎ엿다 헬지라 (雖則勉步後塵, 也算珠聯
璧合.) <後紅 20:61>

【65】 슈합[각]금병쳑의죤(綉閣金屛戚誼尊)
룡루월뎐가인시(龍樓月殿家人侍)

슈합금병의 쳑의가 놉핫고
룡루월뎐의 가인이 뫼셧더라

보옥이 니르디

텬은죠덕일방즁(天恩祖德日方中)
이훈쳥엄교효츙(彜訓淸嚴敎孝忠)
공인박쇼지근셔(共愛薄曙持謹恕)
깅츄곽황슈겸공(更推郭況守謙恭)

텬은과 죠덕이 날이 바야흐로 가온디 ᄒᆞ여시니
쩟쩟ᄒᆞᆫ 가르치미 ᄆᆞᆰ고 엄ᄒᆞ여시니 츙효롤 가르치더라
ᄒᆞᆫ 가지로 박쇼의 삼가고 용셔ᄒᆞᄆᆞᆯ ᄉᆞ랑ᄒᆞ엿고
다시 곽황의 겸공ᄒᆞᆷ 가지를 직희믈 밀위더라

셜근이 죠타 ᄒᆞ니 즁인이 모다 뎜두ᄒᆞ거ᄂᆞᆯ 셜근이 ᄯᅩ 읇허 니르디

【66】 죠죵공덕류쳥ᄉᆞ(祖宗功德留靑史)
쥬하관응지죵시(柱下官應載終始)
위검향염쾌록홍(爲檢香奩快綠紅)
특쟝연쇼모란지(特將烟素摹蘭芷)

죠죵 공덕이 쳥ᄉᆞ의 머무럿시니
쥬하관이 응당 시죵을 시룰너라
형[향]염을 졍검ᄒᆞ여 록홍을 쾌히 ᄒᆞ믈 위ᄒᆞ여
특별이 연쇼롤 가져 난쵸롤 모쯔더라465)

디옥이 니르디,
"죠혼 말을 돌닐 쥴 아는 령쉬로다."
보치 니르디,

"짓기롤 굄진이 ᄒᆞ엿ᄂᆞ니라."
님낭옥이 니르디,

일죵긔연유통령(一從祺燕有通靈)
긔연의 통녕이 잇스므로붓허

경셩이 우스며 니르디,

【67】 보디ᄡᅡᆼ릭구옥셩(寶黛雙來扣玉聲)
보디 ᄡᅡᆼ으로 와 옥쇼리롤 두ᄃᆞ리더라

즁인이 모다 죠혼 글귀라 ᄒᆞ니 디옥이 니르디,
"ᄌᆞ민 가쟝 만흐니 우리는 모다 말을 펴리라."
ᄒᆞ고 믄득 읇허 니르디,

ᄌᆞ민만당혼금쥬(姊妹滿堂歡錦晝)
경요졉엽토긔영(瓊瑤接葉吐琪英)

ᄌᆞ민 만당ᄒᆞ여 비단 낫의 즐기니
경외 입ᄉᆞ괴롤 졉ᄒᆞ여 구술 ᄭᅩᆺ부리롤 토ᄒᆞ더라

희봉이 웃고 니르디,

외가량량단란희(外家兩兩團團喜)
희시싱ᄋᆞ급이ᄌᆞ(喜是甥兒及姨子)

외가의 ᄡᅡᆼᄡᅡᆼ이 단란ᄒᆞ믈 깃거ᄒᆞ여시니
깃거ᄒᆞᄂᆞᆫ 이는 싱녀와 다못 이ᄌᆞ러라

【68】 향룽이 니르디,

란취증휴ᄉᆞ원친(暖翠曾携思遠親)
담시깅득강셩비(淡詩更得康成婢)
디관원니취금챠(大觀園內聚金釵)

란취롤 일즉 닛그러시미 먼 어버이롤 싱각ᄒᆞ니
시롤 말ᄒᆞ미 다시 강셩의 죵을 어덧더라
디관원 안의 금차 모드여시니

---

465) 【모쯔다】 图 모(摹)쯔다. ¶ 摹 ∥ 형[향]염을 졍검ᄒᆞ여 록홍을 쾌히 ᄒᆞ믈 위ᄒᆞ여 특별이 연쇼롤 가져 난쵸롤 모쯔더라 (爲檢香奩快綠紅, 特將烟素摹蘭芷.) <後紅 20:66>

보치 니르디,

풍월간리분외가(風月看來分外佳)
풍월을 보와 오미 십분 아롬답도다

셜근이 니르디,
"이 아리는 통용(通融)ᄒ여 가는 거시 바야
흐로 죠타."
ᄒ고 믄득 니르디,

홀유셩쇠음쵸로(忽有盛衰吟草露)
【69】잠시한링락츄괴(暫時寒冷落秋槐)
셩쇠젼안쇠환셩(盛衰轉眼衰還盛)
옥반쥬환냥상영(玉返珠還兩相映)

홀연 셩쇠 잇셔 쵸로롤 읇흐니
잠시 한링ᄒ여 가을 괴홰 써러지더라
셩쇠가 눈을 구을니미 쇠ᄒ엿다가 도로혀
셩ᄒ니
옥이 도라오고 구술이 도라오미 둘너 셔로
빗최더라

보옥이 니르디,

두구봉젼쇼로령(豆蔲棚前宵露零)
목단졍샹츈풍병(牧丹亭上春風病)
츈병슈련억ᄉ싱(春病誰憐億死生)

두구 가즈 앏히 밤 이술이 써러지고
목단령[뎡] 우희 츈풍이 병드더라
봄의 병들미 뉘 ᄉ싱을 싱각ᄒ믈 어엿비
너기리오

샹운이 니르디,

지리인샹쇼화힝(再來人想掃花行)
【70】텬샹진비친죠칙(天上眞妃親詔冊)
인간가우시완밍(人間嘉偶始完盟)

두번지 온 ᄉ롬이 곳츨 쓸고 힝ᄒ믈 싱각
ᄒ더라
텬샹의 진비가 친히 죠칙ᄒ여시니
인간의 아롬다온 ᄯ이 비로쇼 밍셰ᄒ더라

중인이 모다 우스니 디옥이 도로혀 붓그리
ᄂ지라. 셜근이 니르디,

니졍공봉신션긱(內廷供奉神仙客)
션츌금규도젼셕(宣出金閨到前席)

니졍의 공봉신션긱을
볘프러 금교[규]로 나와 젼셕의 니르더라

경셩이 니르디,

향샹반하찬필화(香象蟠霞燦筆花)
금닌약낭셔운격(金鱗躍浪敍雲翮)
【71】텬졍총발관ᄉ신(天情寵拔冠詞臣)
어ᄉ쳥운만후진(御賜靑雲滿後塵)
젼비괴참슈후진(前輩愧慙輸後進)
쇼명호환시ᄡ친(小名呼喚侍雙親)

향긔 코기리의 안기가 셔렷시미 붓 곳치
빗낫고
금닌이 믈결의 쮜놀미 구롬 날기롤 펴더라
텬졍이 총탁ᄒ여 ᄉ신의 웃듬ᄒ엿시니
어필노 쳥운 만후진을 써셔 쥬시더라
젼비가 후비의게 지는 거술 붓그렷시니
쇼명을 블너 ᄡ친의 뫼시더라

보옥이 웃고 니르디,
"이롤 엇지 당ᄒ리오?"
셜근이 니르디,
"진긔 죠흐니 너 ᄯ오 ᄯ을 구을녀 셔ᄉ코즈
ᄒ노라."
ᄒ고 믄득 니르디,

영희당샹광화만(榮禧堂上光華滿)
냥도운란아셩한(兩度雲鸞迓星罕)
【72】훈풍젼리논단쳥(薰風殿里論丹靑)
봉죠궁즁쥬싱관(鳳藻宮中奏笙琯)

영희당 우희 당홰 가득ᄒ여시니
두 번 구롬 난예롤 별의장으로 맛더라
훈풍뎐 속의 단쳥을 의론ᄒ고
봉죠궁 즁의 싱관을 알외더라

보치 니르디,

갈담아악경전션(葛覃雅樂敬傳宣)
갈담 아악을 공경ᄒ여 젼ᄒ여 펴니

디옥이 니르디,

문셩귀리월졍원(問省歸來月正圓)
셩친ᄒ고 도라오미 달이 졍히 둥구더라

보치 니르디,

치빈분겸반ᄌ미(彩嬪分縑頒姊妹)
쇼의인션도션연(昭儀引扇導嬋娟)

치빈이 비단을 난호아 ᄌ미의게 반급ᄒ엿
고
쇼의 붓치룰 인도ᄒ여 션연ᄒᄆᆯ 닛그더라

【73】샹운이 니르디,

블당향화션인과(佛堂香火仙因果)
블당 향화와 신션 인연은

디옥이 니르디,

독방진인구련좌(獨訪眞人久聯坐)
홀노 진인을 ᄎᄌ 오러 ᄀᆺ치 안ᄌᆺ더라

희란이 니르디,

쵹도명녕부ᄌ심(觸到螟蛉負子心)
투탄쥬루아미쇄(偸彈珠淚峨眉鎖)

명녕이 ᄋᆞ들 ᄆᆞᄋᆞᆷ 져바리ᄂᆞᆫ디 싱각ᄒ여 니
르미
가마니 구술 눈믈을 ᄲᅮ리고 아미롤 ᄌᆞᆷ으더
라

셜근이 니르디,
"ᄎᅀᅥ후ᄂᆞᆫ 데가 슈고로오믈 드리리라."
ᄒ고 믄득 니르디,

【74】종명졍식진번챤(種鳴鼎食盡繁昌)
계ᄉ고문휘길샹(繫駟高門彙吉祥)
화졔산호퇴함하(火齊珊瑚堆檻下)
슈쳔쵸슈렬지방(綉韉貂袖列墀旁)
샹셔량필ᄉ농졍(尚書亮弼司農政)
익녀빙연시공졍(益勵氷淵矢公正)
과질증휘화[고]권가(瓜瓞增輝詰券家)
죠라병졔금쟝셩(蔦蘿幷締金張姓)
남국ᄉ인복련리(南國詞人袱硯來)
【75】독교쥬리허츄비(獨敎珠履許追陪)

종명 졍식ᄒ미 극히 번화ᄒ여시니
ᄉᆞᄆᆞᆯ 놉혼 문의 미미 길상이 모혓더라
화졔와 산회 난간 하의 ᄲᆞ혓고
슈노혼 안쟝과 쵸피 ᄉᆞᄆᆡ 셤돌가의 버럿더
라
샹셰 냥필ᄒ여 농ᄉ졍ᄉ롤 가음아니466)
더옥 어룸과 연못ᄉᆞᆯ 힘써 공경[졍]ᄒᆞᆯ 밍
셰ᄒ더라
과질이 화[고]권가의 빗츨 더ᄒ고
죠리 아올나 금장 냥셩의 미졋더라
남국의 글ᄒᄂᆞᆫ ᄉᆞᄅᆞᆷ이 벼루롤 가지고 오니
홀노 구술 신으로 ᄒᆞ여곰 ᄯᆞ라 뫼시믈 허
ᄒ더라

디옥이 니르디,

요강[쟝]락슈진ᄉ필(要將洛水陳思筆)
가무샹젼셜면[션]ᄌ(歌舞觴前說善才)

낙슈의 진ᄉ의 붓슬 가져
가무ᄒᄂᆞᆫ 잔 앏히 착ᄒᆫ 지죠롤 말ᄒ고ᄌ
ᄒ더라

셜근이 니르디,

위무ᄌᆞ손역감남(魏武子孫歷坎懍)
블모심샹모션픔(不貌尋常貌仙品)

---

466)【가음아-】圖《가음알다》관장하다. 다스리다.
¶司‖샹셰 냥필ᄒ여 농ᄉ 졍ᄉ롤 가음아니
더옥 어룸과 연못ᄉᆞᆯ 힘써 공경[졍]ᄒᆞᆯ 밍셰ᄒ더
라 (尚書亮弼司農政, 益勵氷淵矢公正.) <後紅
20:74>

견지신잠긔염다(繭紙新蠶紀艶多)

어젼츈인언졍심(魚箋春蚓言情甚)

【76】 십년호희미문유(十年湖海賣文遊)

니은이환옥타두(吏隱而還屋打頭)

쳑긔지리의후승(陟屺再來依後乘)

미호경허반편쥬(買湖竟許返扁舟)

셔원문쇼[연]칭쳔고(西園文宴稱千古)

스슈슈여죠가토(絲綉誰如趙家土)

죠젼하당대모연(祖餞何當玳瑁筵)

련음쳥륵영녕부(聯吟請泐榮寧府)

위무의 ᄌ손이 감남을 렬녁ᄒ니

심상ᄒᆫ 듯ᄒ지 아니코 션픔 ᄀᆺ더라

깁고치 죠희의 시 누에로 고은 거슬 긔록

ᄒᆞ믈 만히 ᄒᆞ엿고

어젼의 봄 구인이 졍회롤 말ᄒᆞ미 심ᄒᆞ더라

십년 호희의 글을 팔고 노닐더니

아젼으로 숨어 도라오미 집이 머리롤 부더

치더라

뫼의 올낫다가 다시 니르러 후승의 의지ᄒᆞ

엿고

호슈롤 ᄉ미 맛츰니 편쥬로 도라가믈 허ᄒᆞ

더라

셔원의 글ᄒᆞ는 쇼시롤 쳔고의 일ᄏᆞᄅ나

실노 슈놋는 거시 뉘 죠나라 ᄯᅩ ᄀᆺ트리오

젼별ᄒᆞ미 엇지 ᄃᆡ모연을 당ᄒᆞ리오

련귀로 읇흐믄 쳥컨더 영녕부의 삭일지어

다

즁인이 졔셩ᄒᆞ여 말ᄒᆞᄃᆡ,

"가장 죠타."

ᄒᆞ고 ᄯᅩ 【77】 난가ᄋ로 ᄒᆞ여곰 한 번 닑으라 ᄒᆞ

며 니르더,

"명일의 션싱의 필법을 쳥ᄒᆞ여 뻐셔 즉시

돌의 삭이리라."

ᄃᆡ옥이 거듭 녀악을 시로 블너 회ᄌᆞ롤 부

ᄅ다가 쇼리롤 맛치고 흐터지기의 니르러 일륜

명월이 어룸ᄀᆺ치 졍히 즁텬의 달녀시며 각식 명

각등(明角燈)과 류리등(琉璃燈)의 시로 쵹을 혀

시미 진긔 곳 뛴 하놀과 달 비쵠 ᄯᅡ히오, 구슬

집과 구슬 셤돌이라. 보옥과 냥옥이 몬져 앏ᄒ

로 와 니르더,

"노애 분부ᄒᆞ시믈 졍 【78】 히 챠ᄉ로 나갓

다가 도라오믈 기ᄃᆞ려 바야흐로 션싱긔 젼별ᄒᆞ

시더라."

ᄒᆞ니 죠셜근이 본러 가졍을 당면ᄒᆞ여 쟉별ᄒᆞ려

ᄒᆞ며, ᄯᅩ 보옥 ᄃᆡ옥 등이 이ᄀᆺ치 관더ᄒᆞᄆᆞᆯ 보고

실노 응락고ᄌᆞ ᄒᆞ여 믄득 니르더,

"렬위롤 쇽이지 아니리니 지희(在下) 만일

노모롤 인ᄒᆞ미 아니면 ᄯᅩᄒᆞᆫ 남으로 도라가믈 원

치 아닐지니 쳐ᄌᆞ 보기는 진긔 헌신ᄀᆺ치 ᄒᆞ노

라. 금슈(錦繡) 춍즁(叢中)의 날마다 노리롤 듯

고 슐을 취ᄒᆞᆷ믄 니르지 말고 다만 졔형으로 더

브 【79】 러 심산쇼ᄉ(深山蕭寺)의 잇셔도 ᄯᅩᄒᆞᆫ

가히 셔로 더ᄒᆞ여 희가믈 이ᄌᆞ리라."

즁인이 모다 ᄉ례ᄒᆞ더니 ᄃᆡ옥과 보치 즉시

일긔 비갑(拜匣)을 밧드러 니더 비갑 우희 한오

리 홍쳠(紅簽)을 붓쳣시더 '젼후홍루몽윤필지지

(前後紅樓夢潤筆)'라 ᄒᆞ엿거늘 셜근이 쩌혀보니

노모의 가셔(家書)가 잇고, ᄯᅩ 노뫼 《후홍루몽》

첫 쟝의 비평ᄒᆞᆫ 거시 이시며 ᄯᅩ 일긔 졉텹(摺

帖)이 잇거늘 믄득 펴보니 ᄃᆡ략 ᄌᆞ긔롤 위ᄒᆞ여

삼ᄉ만 금을 허비ᄒᆞ엿는지라. 셜근이 련ᄒᆞ여 당

치 【80】 못ᄒᆞ여라 ᄒᆞ고, ᄯᅩ 우음을 먹음고 읍ᄒᆞ

며 니르더,

"가모롤 디신ᄒᆞ여 후히 증급(贈給)ᄒᆞ믈 ᄉ

례ᄒᆞ노라."

ᄒᆞ고 ᄯᅩ 니르더,

"니 평싱의 뇌쇼(牢騷) 울결(鬱結)ᄒᆞ더니

금일의 모다 쓰러 바리고 니 ᄆᆞ음디로 노모롤

밧드러 문을 닷고 셰월을 보니여도 죠코 텬하

명산의 노라도 ᄯᅩᄒᆞᆫ 죠흐니 이는 모다 셰 형과

냥위 부인의 쥰 비로다."

경셩이 ᄯᅩ 칙 졔목 긔록ᄒᆞᆫ 두 권 칙을 쥬

며 니르더,

"이는 형뎨와 다못 냥ᄃᆡ게(良大哥) 남변의

겨치ᄒᆞᆫ 팔십 죵 셔칙과 【81】 류빅여 죵 명화고

텹(名畵古帖)이니 모다 밧드러 보니여 졍신을

기르게 ᄒᆞ노라. 죠셜근이 더옥 감샤ᄒᆞ여 ᄒᆞ니

죵고급금(從古及今)의 쇼셜 지은 사름의 보복을

어드미 엇지 셜근ᄀᆺ치 니러툿 편의ᄒᆞ리오? 진젹

(眞的)ᄒᆞᆫ 일을 진젹히 젼ᄒᆞᄂᆞ니 한 ᄌᆞ도 거즛

거시라 의심치 말나. 당나라 시긱(詩客)의 밍교

(孟郊)와 가도(賈島) ᄀᆺ튼 이는 공연이 칙의 읍

쥬어려 일싱을 괴로이 지니엿도다."

당각의 즁인이 낫낫치 허여질시 ᄃᆡ옥과 보

치 오히려 셜근의 춰 【82】 ᄒᆞ믈 념녀ᄒᆞ여 텰금각 뒤희 몬져 포진ᄒᆞ엿다가 셜근을 청ᄒᆞ여 일야를 쉬게 ᄒᆞ되 다만 보옥으로 ᄒᆞ여곰 뫼시게 ᄒᆞ고, 또 방관과 우관과 예관과 녕관으로 ᄒᆞ여곰 ᄉᆞ후ᄒᆞ여 피ᄎᆞ 돌녀가며 죠틱야(曹太爺)와 보이야(寶二爺)를 위ᄒᆞ여 허리와 다리를 치고, 또 노파 등을 분부ᄒᆞ여 각싱[식] 등롱(燈籠)을 혀 텬명시가지 니ᄅᆞ게 ᄒᆞ며, 또 밤의 상디 셜화홀가 ᄒᆞ여 또ᄒᆞᆫ 류슈ᄌᆞ로 ᄒᆞ여곰 와셔 야찬을 쥰비케 ᄒᆞ엿더니 셜근 【83】 과 보옥이 진긔 여흥이 발ᄒᆞ여 홍루몽 의론을 니ᄅᆞ혈 시, ᄎᆞ시 병풍 뒤 난간 아릭 대병의 계화를 곳고 쇼심건란(素心建蘭) 네 분을 버려 노왓시며 또 각식 명국(名菊)을 둘너 노코 량인이 다만 녀히ᄌᆞ로 ᄒᆞ여곰 다리를 치이며 일면으로 믹편다(梅片茶)를 마시더니 죠셜근이 다만 희희히 웃고 보옥을 보며 말홀 듯ᄒᆞ되 말을 아니ᄒᆞᄂᆞᆫ지라 보옥이 련ᄒᆞ여 져의게 무ᄅᆞ니 셜근이 웃고 니ᄅᆞ되,

"닉 이졔 여러 가지 ᄆᆞ옴의 일을 또 【84】 ᄒᆞᆫ 맛쳣시니 곳 금일 니런 아집(雅集)으로 냥부 《홍루몽》을 결국(結局)ᄒᆞ면 또ᄒᆞᆫ 가ᄒᆞᆫ지라. 귀부의 니런 셩의를 이어 임의 노뫼 칙장의 비평ᄒᆞᆫ 글이 이시니 이ᄂᆞᆫ 곳 가히 셔문(序文)이라 홀지라. 나ᄂᆞᆫ 구ᄐᆞ여 싸로 셔를 짓지 아닐 거시로되 다만 일건 부죡ᄒᆞᆫ 거시 기즁의 잇ᄂᆞ니 엇지미뇨? 금셕의 열두 분은 졍히 칙 쇽의 십이채(十二釵)오, 다만 평고랑(平姑娘) 일위가 시로 드럿시나 또ᄒᆞᆫ 《젼홍루몽》 버금 칙 우히 긔록ᄒᆞ미 잇ᄂᆞ니 다만 셜·님 【85】 량위 비평ᄒᆞᆫ 거술 닉 보지 못ᄒᆞ여시믹 젼후 량질(兩帙) 글 쇽의 득실호부(得失好否)를 아지 못ᄒᆞᄂᆞᆫ지라. 니러므로 나의 심즁의 한 가지 혐[흠]젼(欠典)ᄀᆞᆺ도다."

보옥이 또ᄒᆞᆫ 련ᄒᆞ여 우ᄉᆞ며 말을 아니커놀 셜근이 긴착(緊着)히 져의게 무ᄅᆞ니 보옥이 웃고 니ᄅᆞ되,

"이 냥질 글이 도로혀 무ᄉᆞᆫ 말ᄒᆞᆫ 거시 이시리오? 죠치 아니케 말ᄒᆞᆫ 거ᄉᆞᆫ 곳 그디로 두려니와 죠케 말ᄒᆞᆫ 거ᄉᆞᆫ 또ᄒᆞᆫ 엇더케 죠타 말을 못홀지니 져의 ᄌᆞ믹 량인이 진긔 그러타 니ᄅᆞ지 못 【86】 홀지라 도로혀 형용ᄒᆞ여 칭찬ᄒᆞ리오? 다만 님믹믹 말ᄒᆞ되 이 두 질 글이 극히 묘ᄒᆞ니 만일 진개 ᄉᆞᆺ출 결말코ᄌᆞ 홀진디 다만 져의 말디로 죠출지니 보져져도 져를 항복ᄒᆞ거니와 나도 또ᄒᆞᆫ 가쟝 항복ᄒᆞ노라."

ᄒᆞ더라. 죠셜근이 또 긴착히 무ᄅᆞ니 보옥이 다만 웃고 즐겨 말ᄒᆞ지 아니며 이윽히 츄탁(推託)ᄒᆞ며 웃고 니ᄅᆞ되,

"님믹믹 말ᄒᆞ기를 노션싱이 과연 니러ᄐᆞᆺ 글을 결쇽ᄒᆞ면 텬하 후세인이 냥슈(兩首) 글노 비평ᄒᆞ 【87】 되 곡죠를 맛치믹 사ᄅᆞᆷ을 보지 못ᄒᆞ여시니 강 우희 두 뫼ᄲᅮ리가 푸ᄅᆞ다 ᄒᆞ리라."

ᄒᆞ더라. 죠셜근이 착급히 ᄀᆞᆺ가히 니ᄅᆞ러 읍ᄒᆞ며 니ᄅᆞ되,

"죠ᄒᆞᆫ 셰형(世兄)아. 만일 일졍코 그러ᄐᆞᆺ 결쳐(決處)코ᄌᆞ 홀진디 나ᄂᆞᆫ 곳 일ᄌᆞ(一字)도 곳치지 아니리라."

보옥이 웃고 니ᄅᆞ되,

"져도 또ᄒᆞᆫ 무ᄉᆞᆷ 지은 글이 업고 다만 두 어귀 목젼의 잇ᄂᆞᆫ 말을 ᄲᅢ 《후홍루몽》 답쳥쇼묘(踏青掃墓)ᄒᆞᄂᆞᆫ 한 회 쇽의 긔록ᄒᆞ엿ᄂᆞ니라."

셜근이 보옥의게 비러 니ᄅᆞ되,

"죠ᄒᆞᆫ 【88】 셰형아. 임의 니ᄅᆞᆺ ᄒᆞ면 네 도로혀 말ᄒᆞ지 아니려 ᄒᆞ엿ᄂᆞ냐? 너ᄂᆞᆫ 썰니 가셔 가져다가 날노 ᄒᆞ여곰 스ᄉᆞ로 보게 ᄒᆞ라."

보옥이 우ᄉᆞ며 드러가 가마니 딕옥을 쇽이고 도적ᄒᆞ여 나오거놀 셜근이 딕희ᄒᆞ니 보옥이 웃고 니ᄅᆞ되,

"노션싱아, 우리ᄂᆞᆫ 다만 그 한 쟝만 보기를 허할 거시오 뎨 이쟝붓허 보기를 허치 아닐지니 이거술 강졍(講定)ᄒᆞᆫ 후의 가져오리라."

죠셜근이 니ᄅᆞ되,

"단졍코 쇽이지 아니리라."

ᄒᆞ니 보옥이 바야흐 【89】 로 일권(一卷) 칙을 닉여 놋코 다만 뎨 일장만 펴니 죠셜근이 바야흐로 님딕옥의 진젹ᄒᆞᆫ 히ᄌᆞ를 보믹 진긔 쳔교빅미(千嬌百媚)ᄒᆞ여 졀묘ᄒᆞᆫ 필법이 왕한[헌]지(王獻之) 십삼힝 가온디로 나온지라. 죠셜근이 안졍(眼睛)을 씨ᄉᆞ며 촉하(燭下)의 ᄀᆞᆺ가히 와 친결이 보니 다만 한 쥴을 ᄲᅢ 일너시되, '잔슬노ᄉᆞᄉᆞ로 쇼쇼(蘇小)의 무덤의 부으니 가히 알니로다. 쳡은 곳 의즁인(意中人)이라' ᄒᆞ여시며, 또 싸로 한 쥴을 ᄲᅢ시되, '인간의 또ᄒᆞᆫ 나의셔 더옥 어리셕은 ᄉᆞᄅᆞᆷ이 잇 【90】 오' ᄒᆞ엿더라.

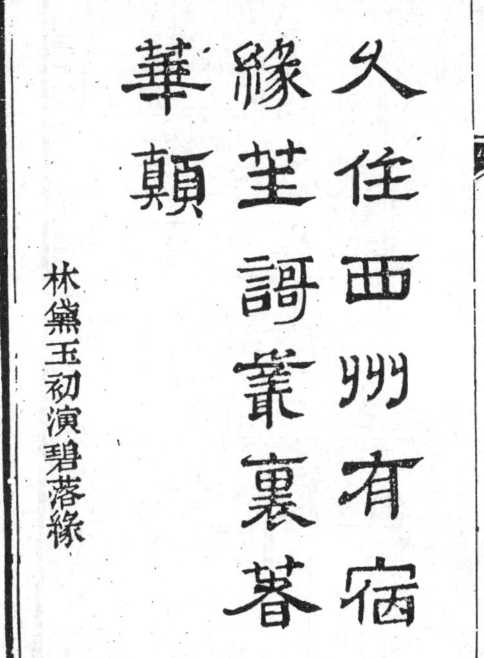

久住西州有宿緣莖詞叢裏著華顛

林黛玉初演碧落緣

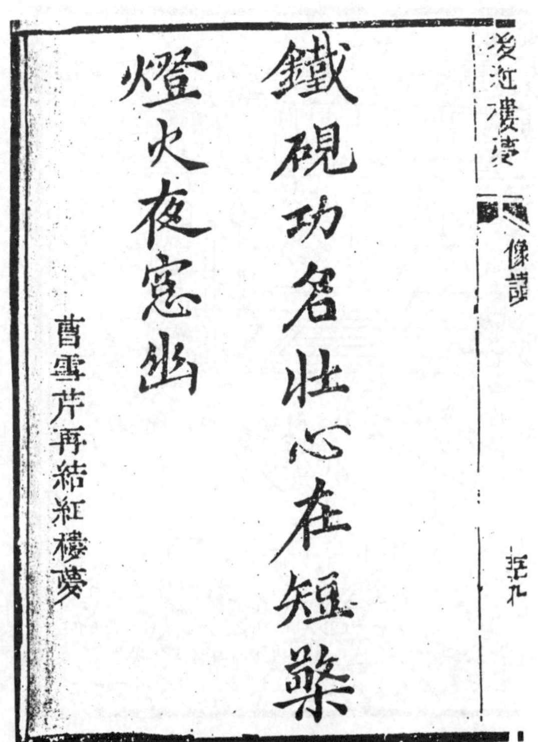

鐵硯功名壯心在短檠燈火夜窗幽

曹雪芹再結紅樓夢

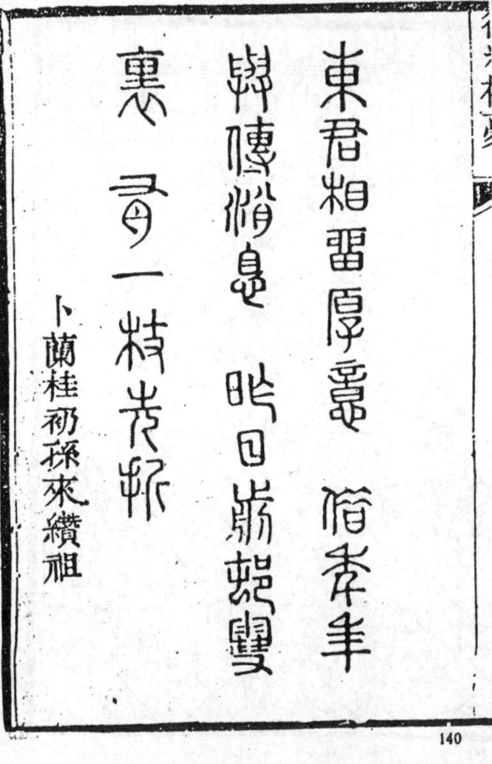

140

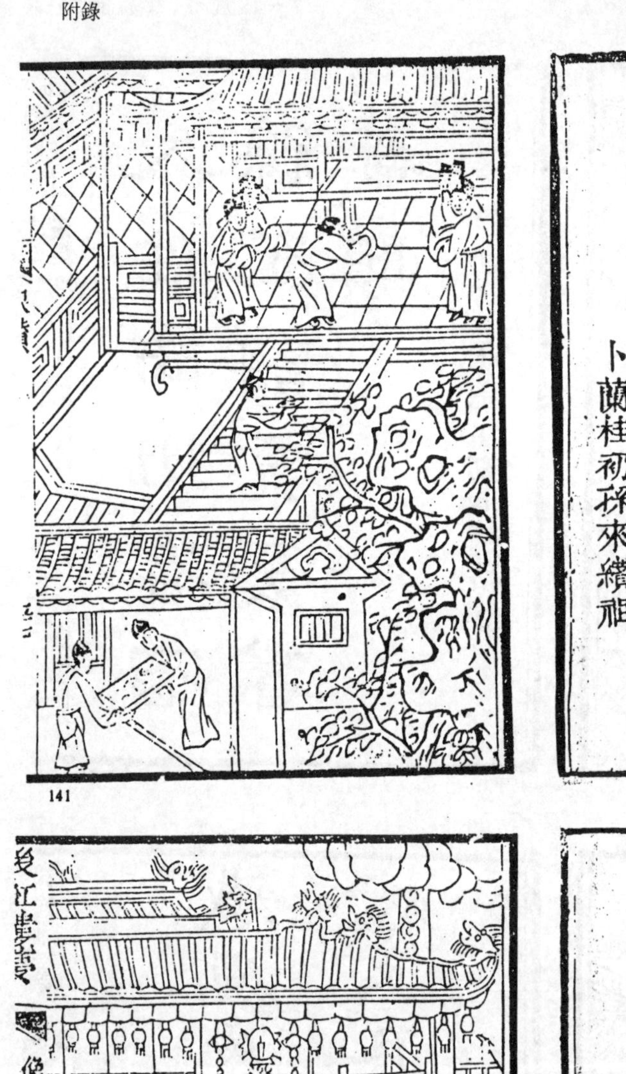

141

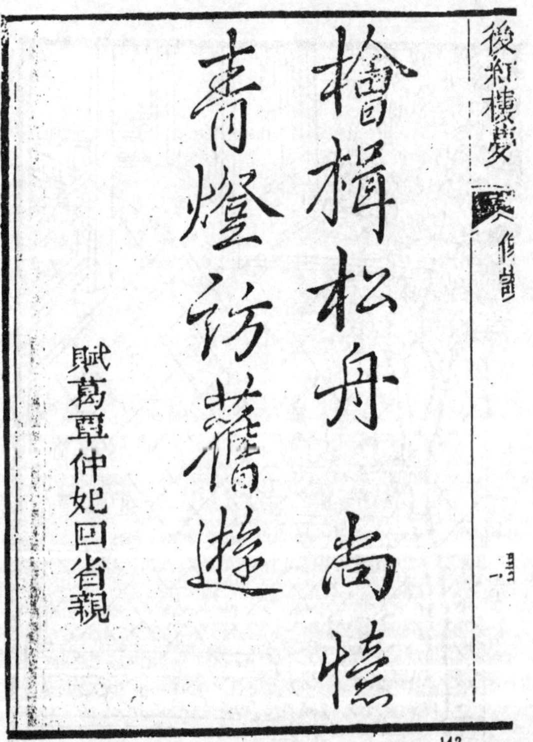

142

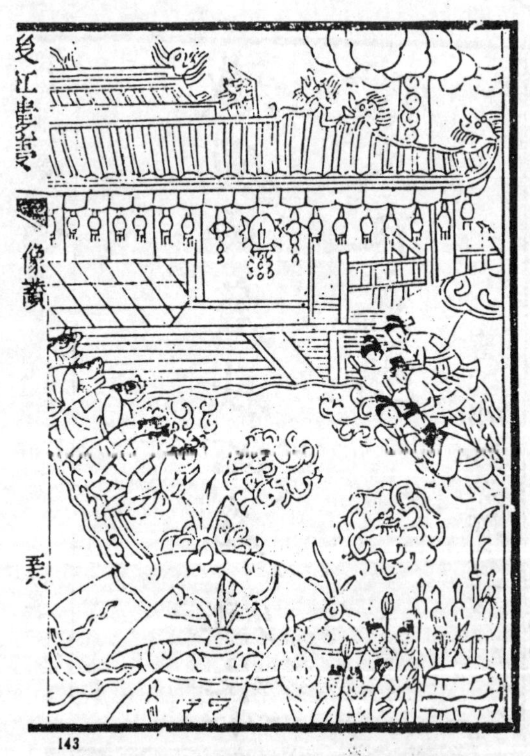

143

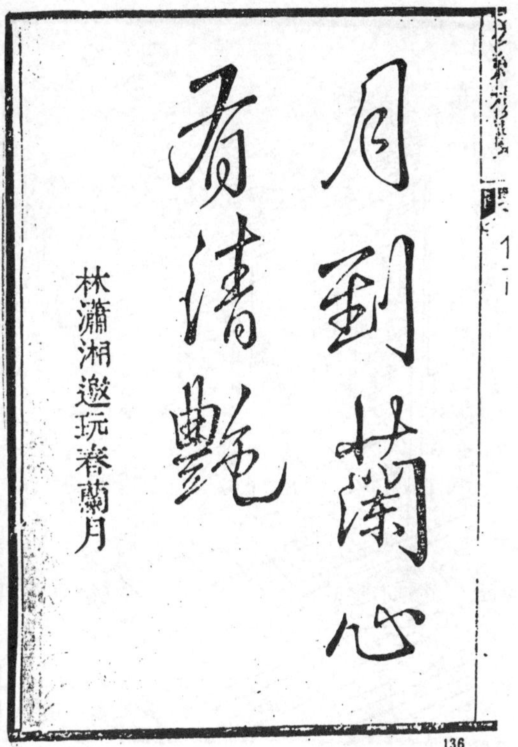

月到蘭心看清艷

林瀟湘邀玩春蘭月

136

137

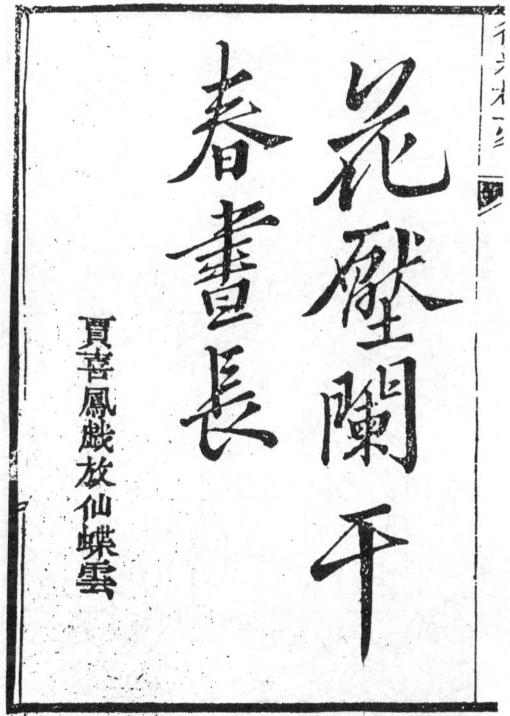

花壓闌干春晝長

賈喜鳳戲放仙蝶雲

138

139

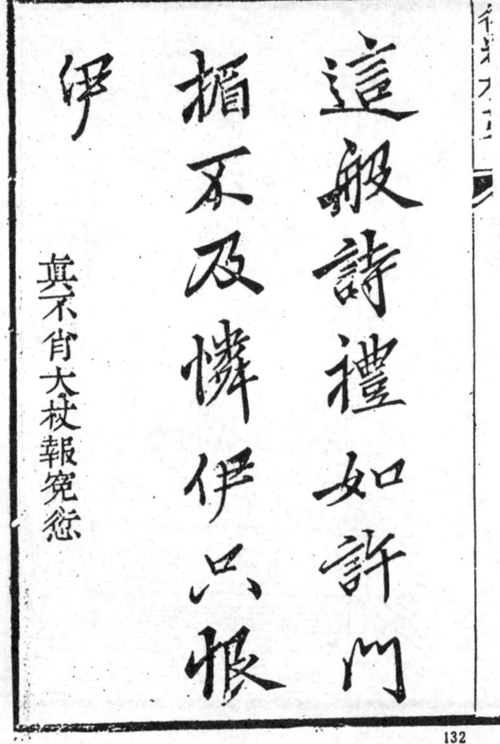

這般詩禮如許
楯不及憐伊只悵
伊
真不肖大杖報冤忿

像讚

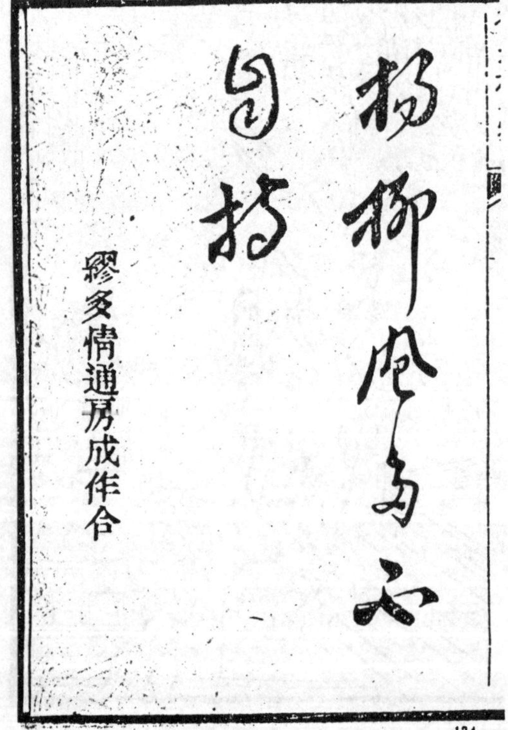

楊柳庵為六
旬掐
繆多情通房成作合

象讚

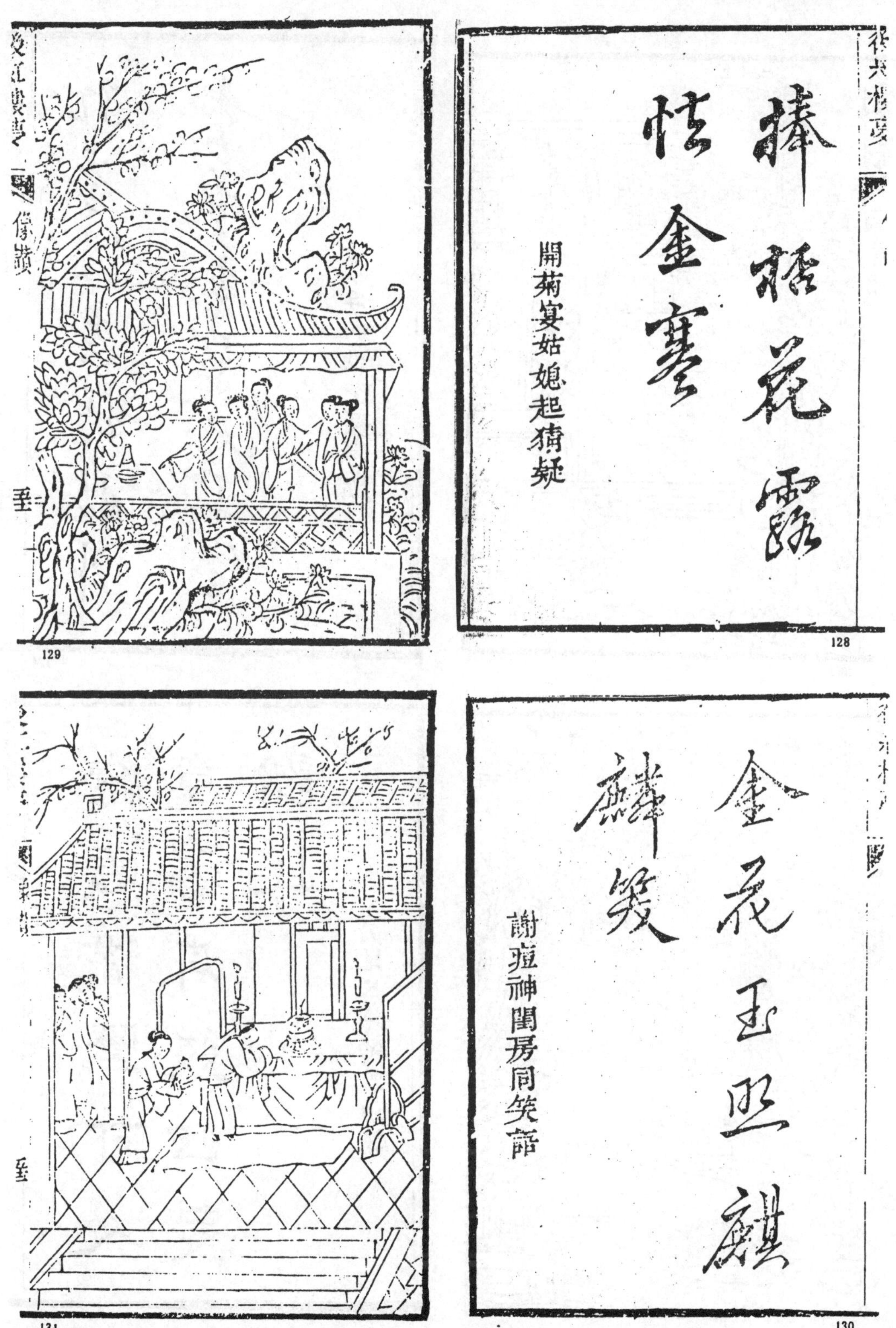
開菊宴姑媳起猜疑
128
謝竈神閨房同笑語
130
129
131

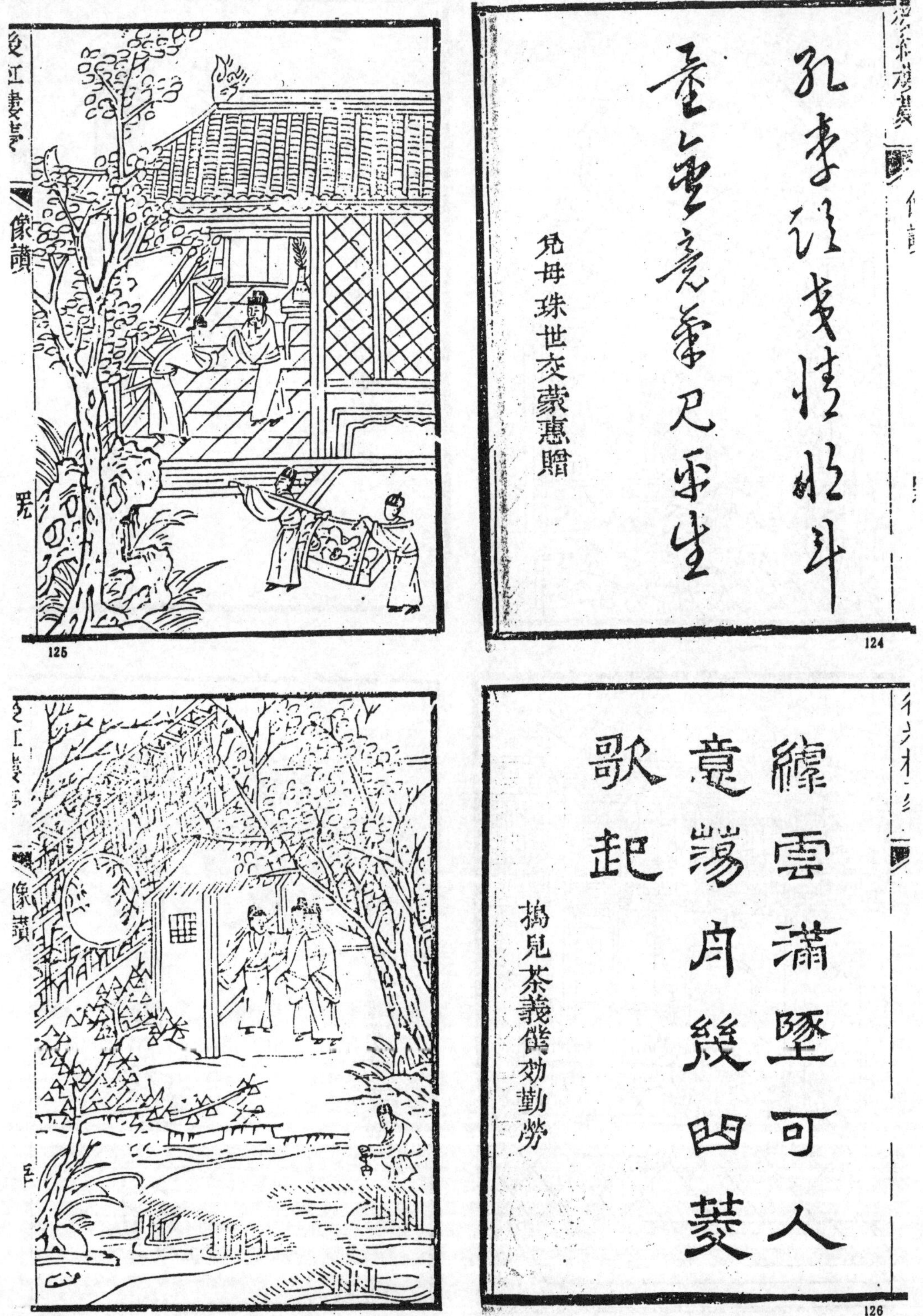

320

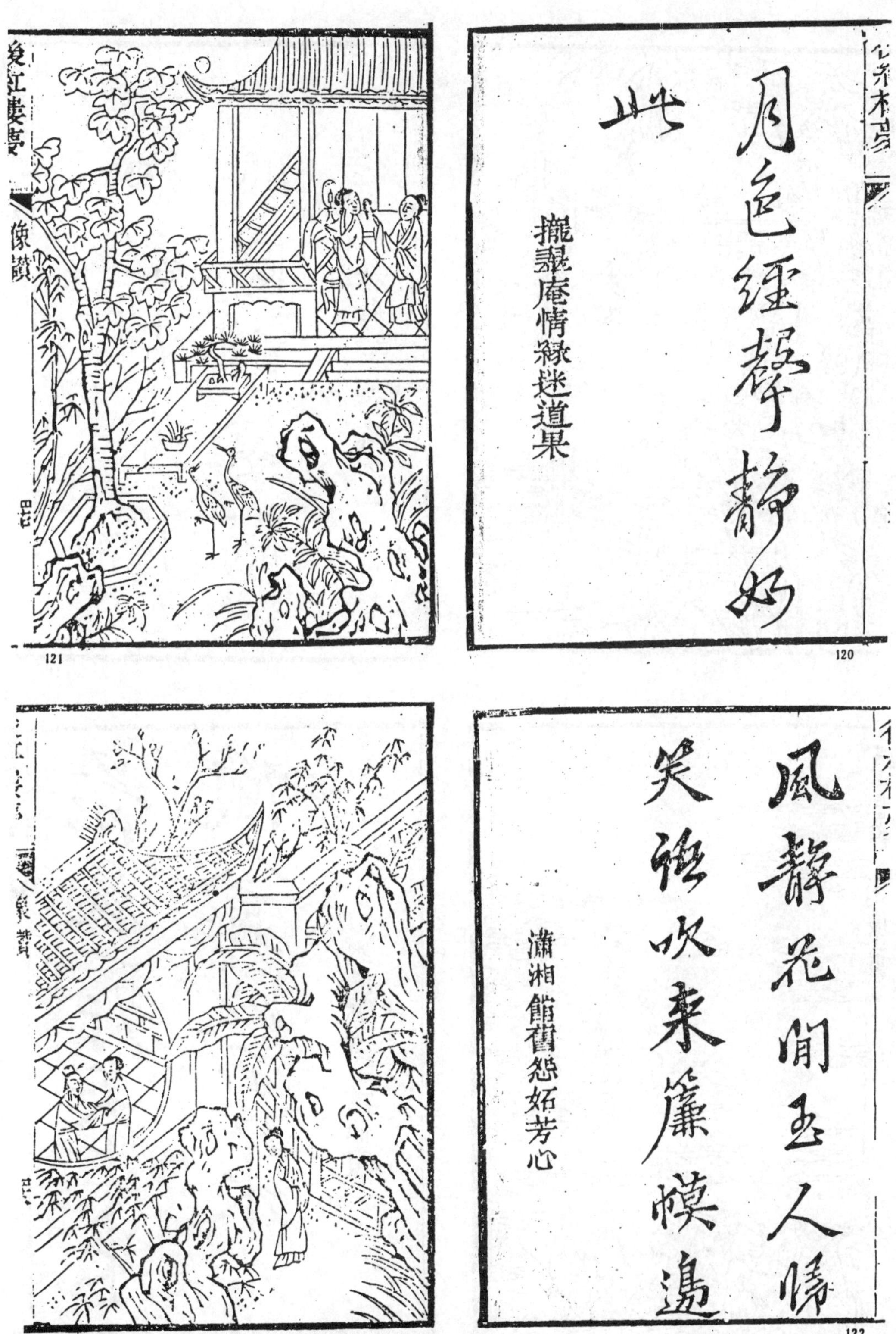

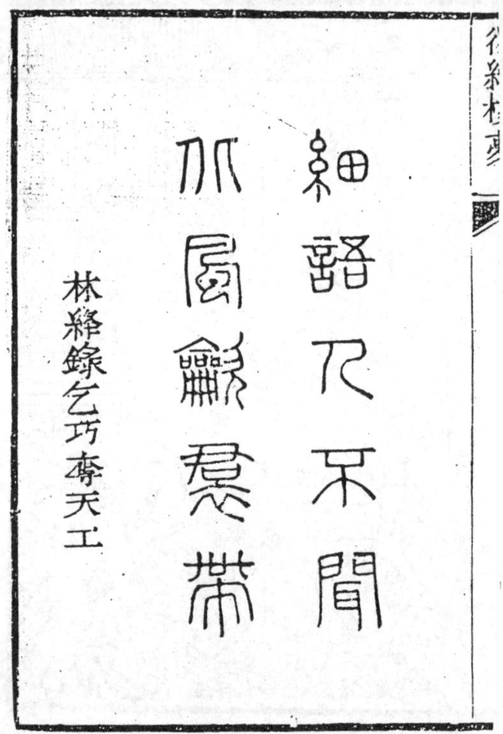

細語不不聞
加圓皺懸帶
林絲綠乞巧奪天工

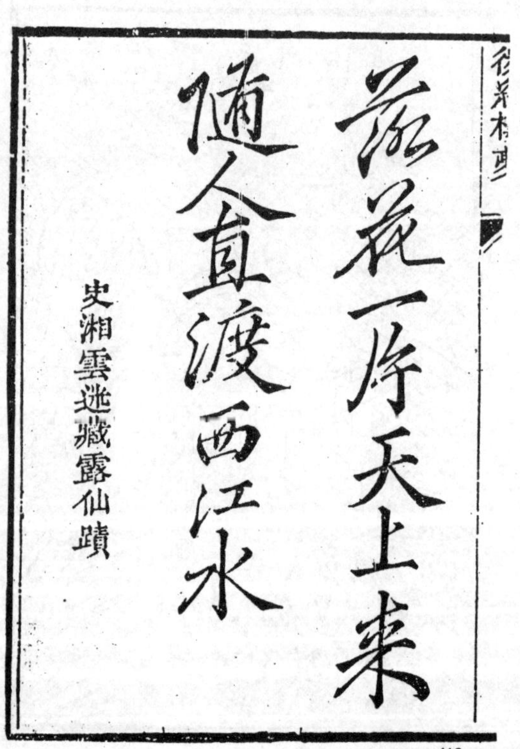

落花一斥天上來
隨人直渡西江水
史湘雲逃藏露仙蹟

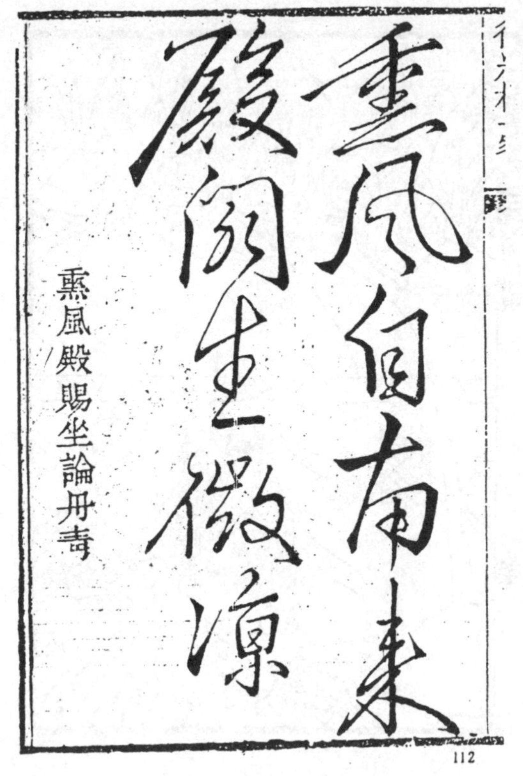

薰風殿賜坐論冊壽

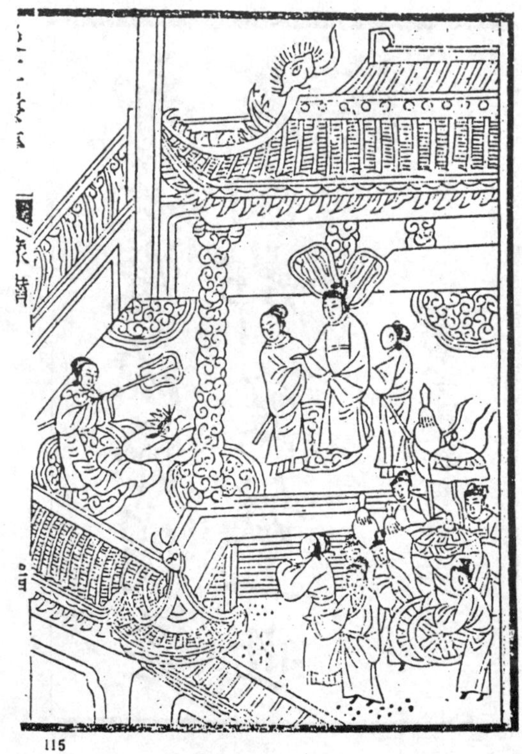

鳳藻宮升階披翟芾

323

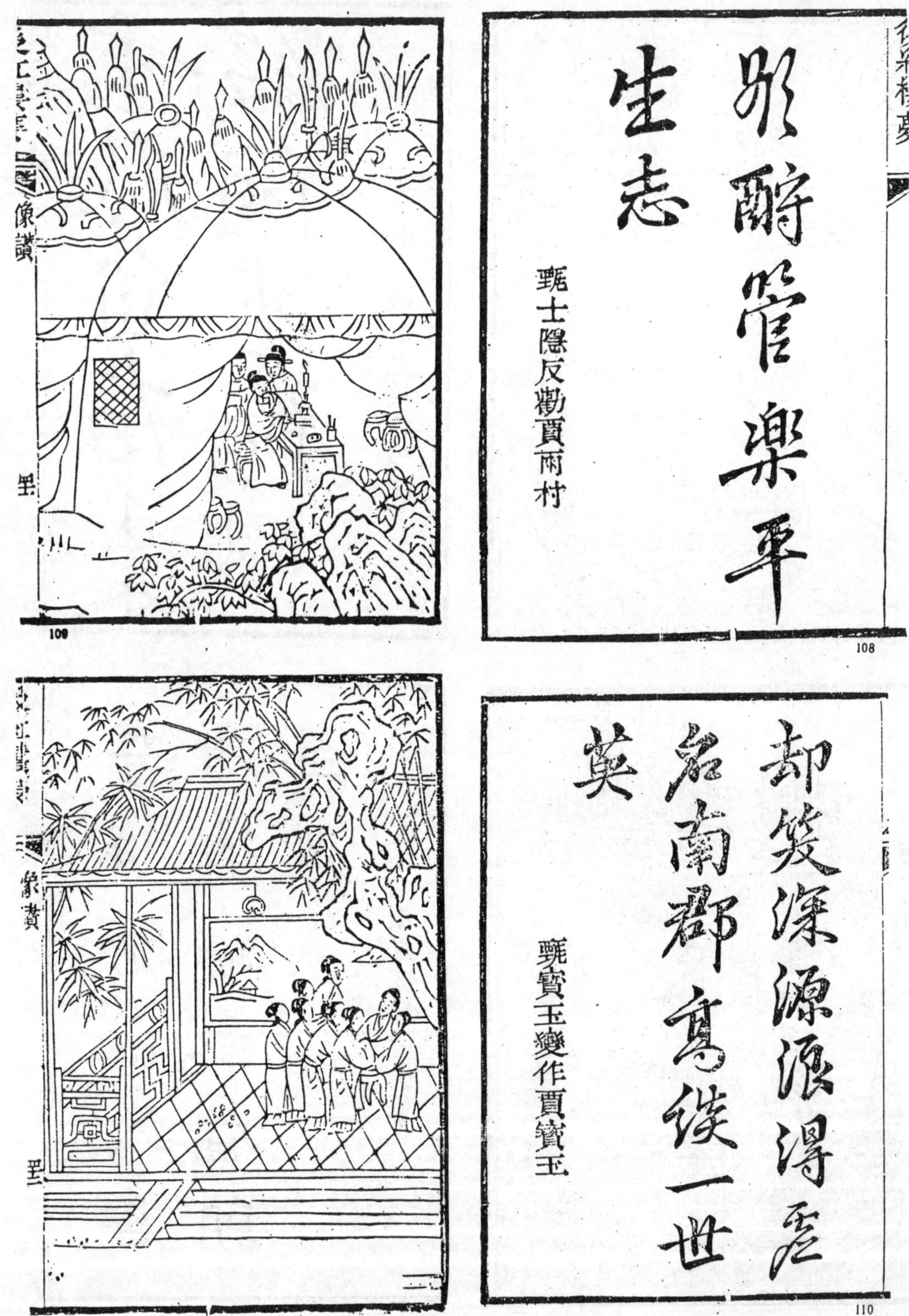

眾醉管樂平生志

甄士隱反勸賈雨村

却笑溪源派得處

名南郡高後一世

莫

甄寶玉變作賈寶玉

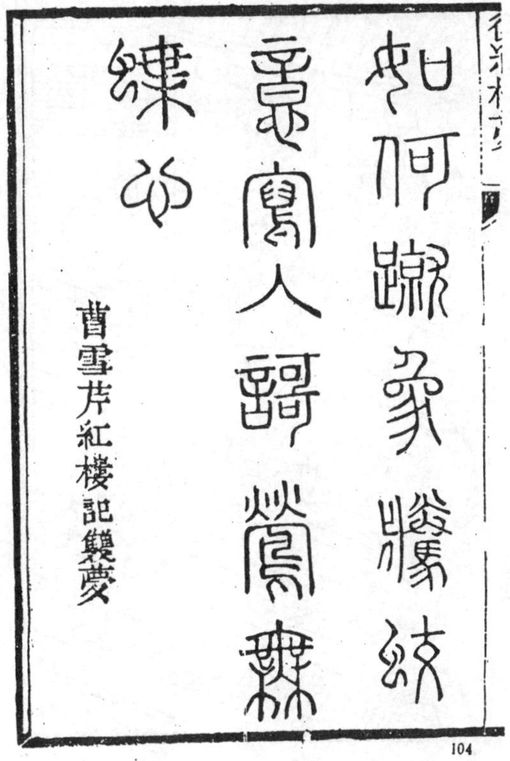

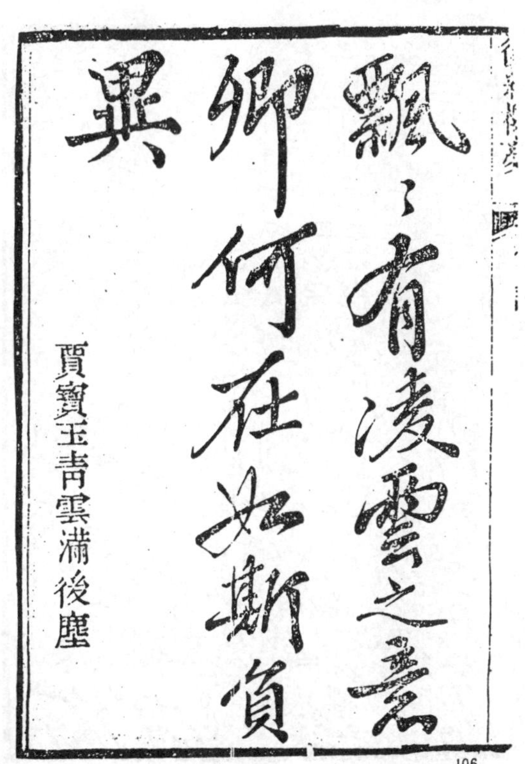

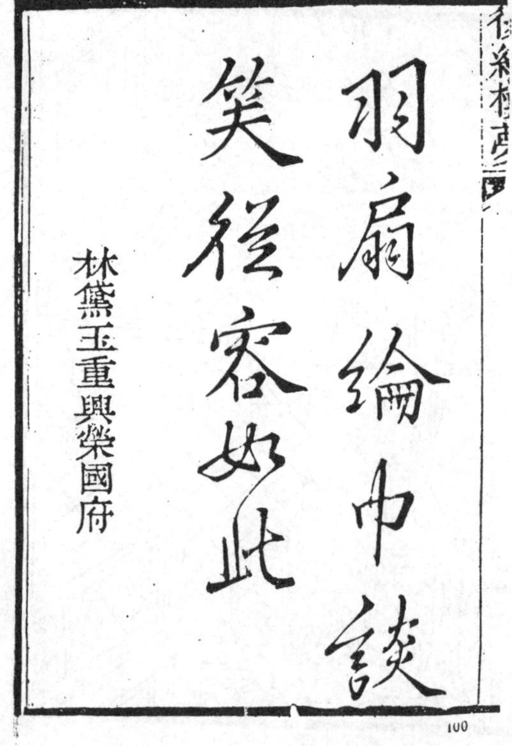

羽扇綸巾談
笑從容如此

林黛玉重興榮國府

翡翠側身窺綠
蜻蜓偷眼遊紅
酒
梅

劉老老三進大觀園

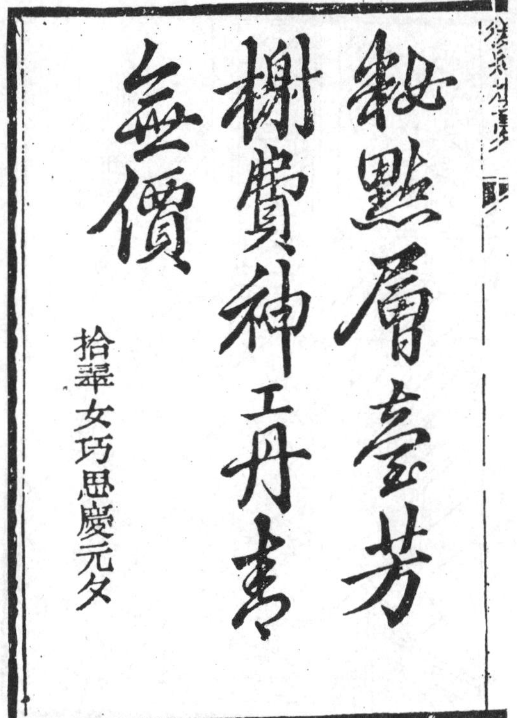

拾翠女巧思慶元夕

97　　96

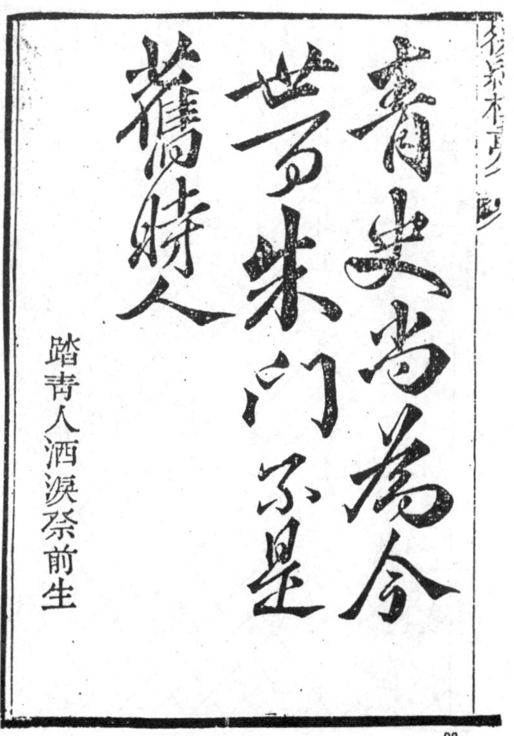

踏青人酒淚祭前生

99　　98

高風綿紗額波激
清尺希之謠塞耳
不能聽

林巨玉孝友讓家財

93

92

苗葉多瀋倉曉
霜釀孤滿出幾
弓妻

賈喜鸞殷勤辦怨偶

95

94

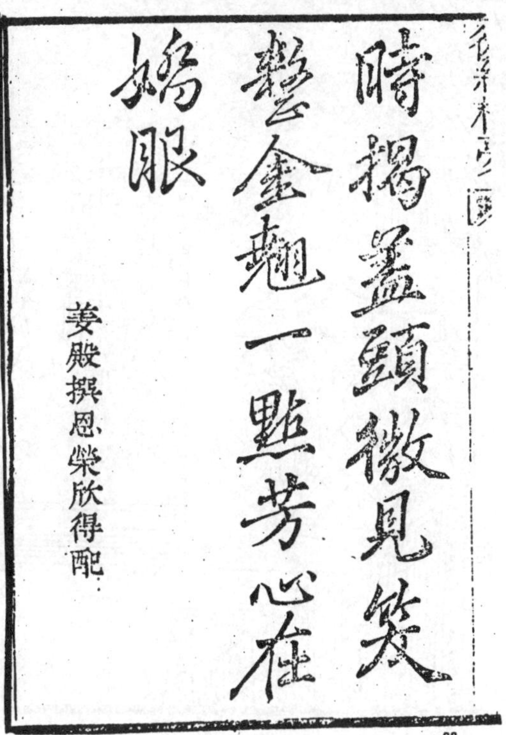

時揭盞頭微見笑
整金翹一點芳心在
嬌眼

姜殿撰恩榮欣得配

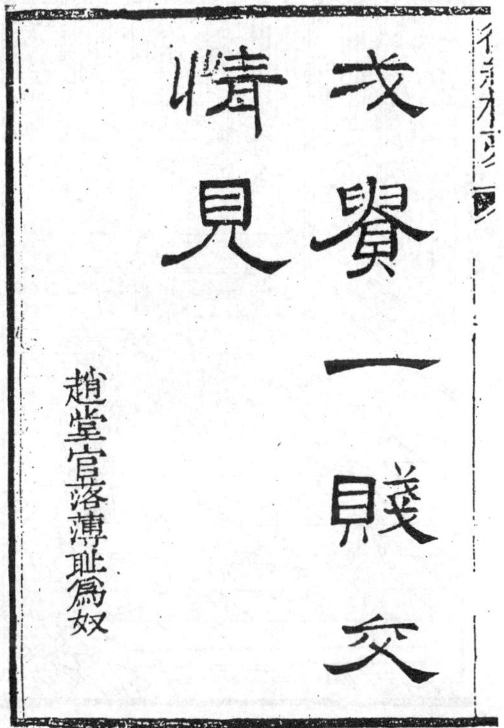

戈賢一賤交
情見

趙堂宣落薄耻為奴

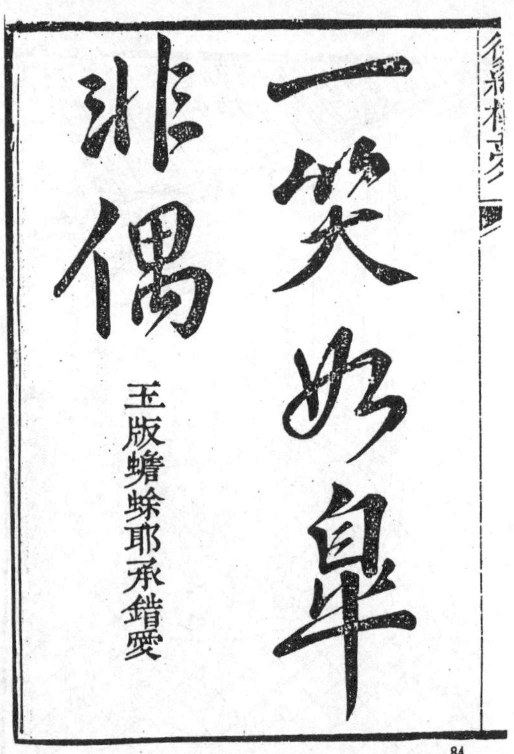
一笑奴皁
非偶
玉版蟾蜍耶承錯愛

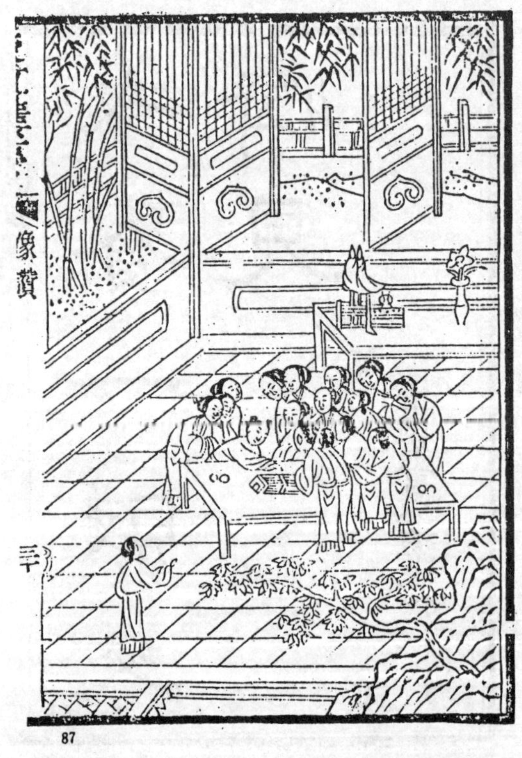

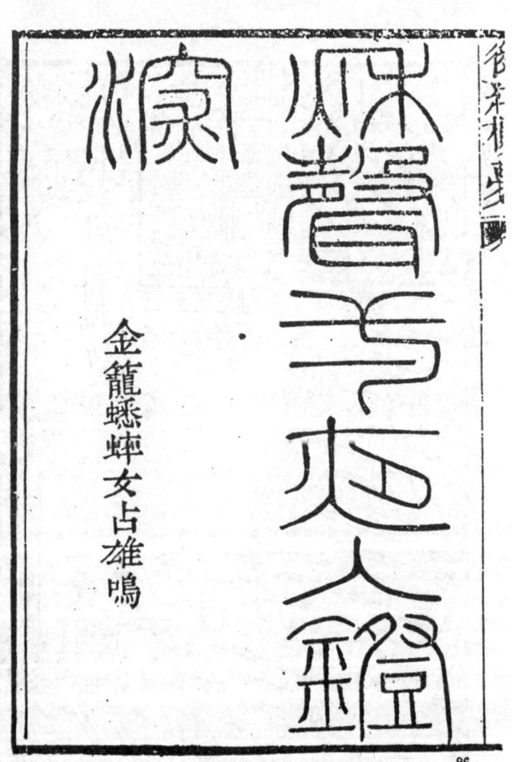
金籠蟋蟀女占雄鳴

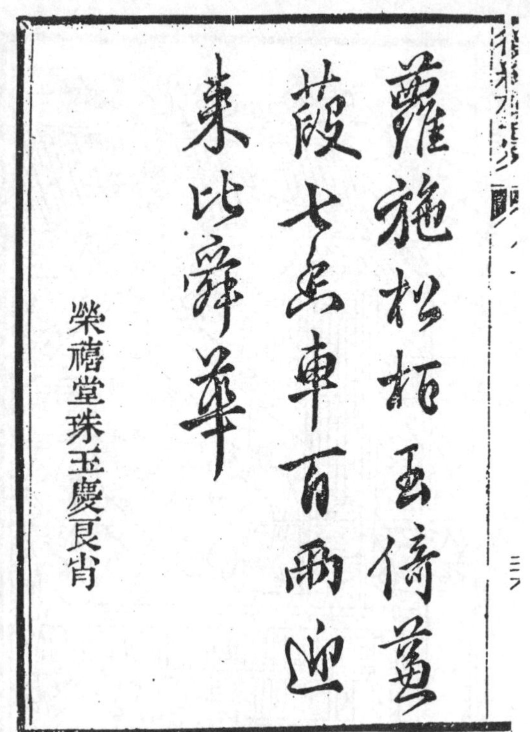

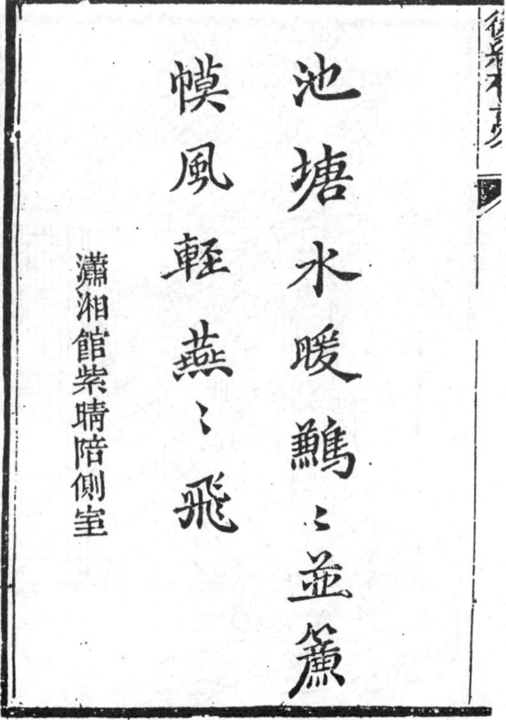

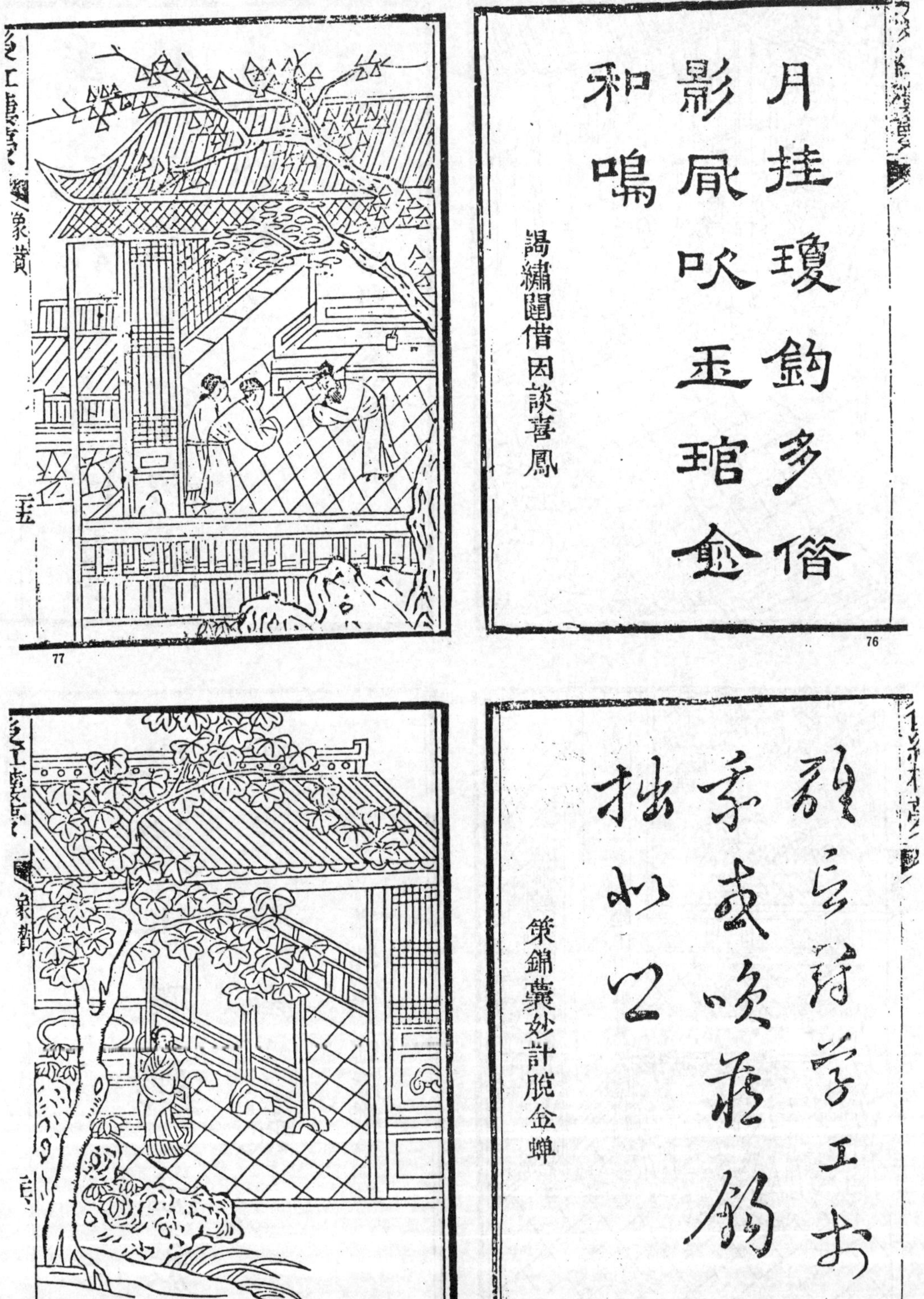

月挂瓊鈎多倚
影扇吹玉琯金
和鳴
謁繡闥借因談喜鳳
76
77
策錦囊妙計脱金蟬
78
79

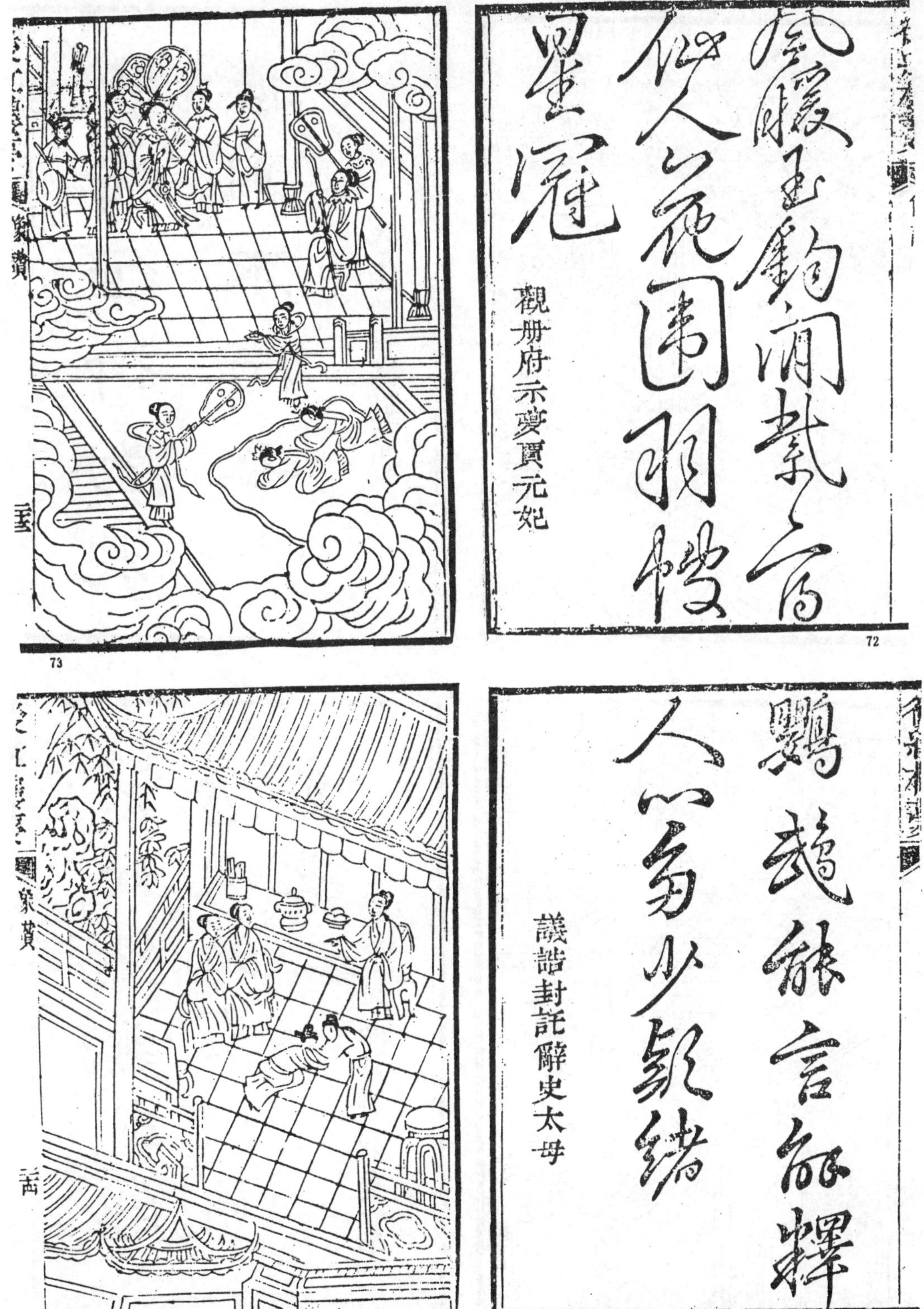

觀冊府示變賈元妃
讓誥封詫辭史太母

多情細柳對沈
腰渲不勝衣
昏迷惟恨病過三春

不如雙燕到蘭
房月地雲皆爾
許長
歡喜憂驚秘逢一刻

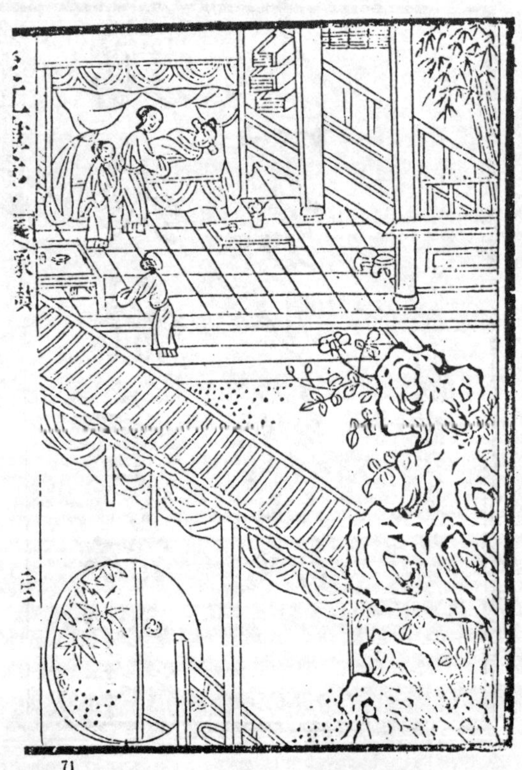

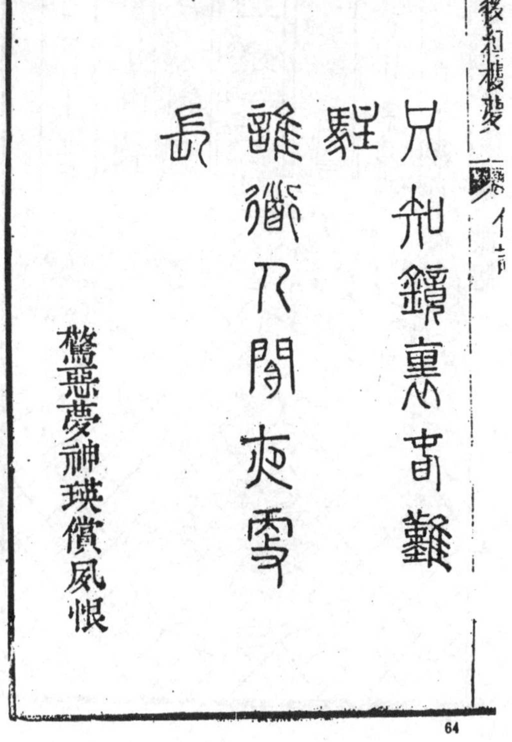

驚惡夢神瑛償風恨

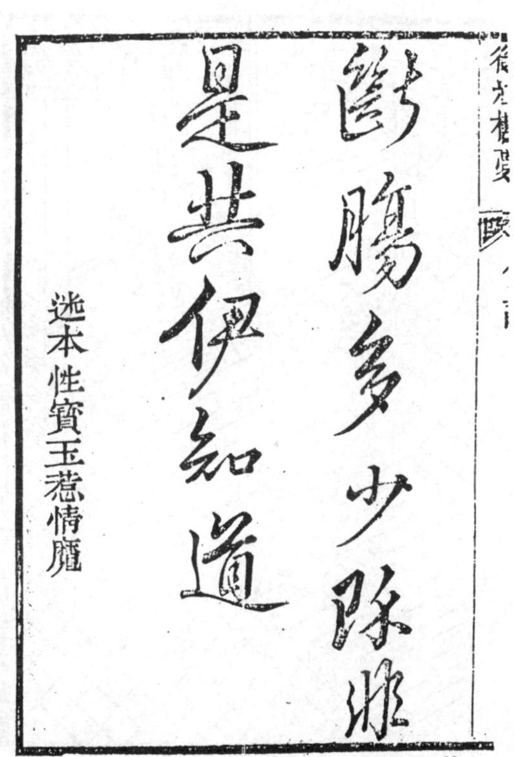

迷本性寶玉惹情魔

335

像讚

七

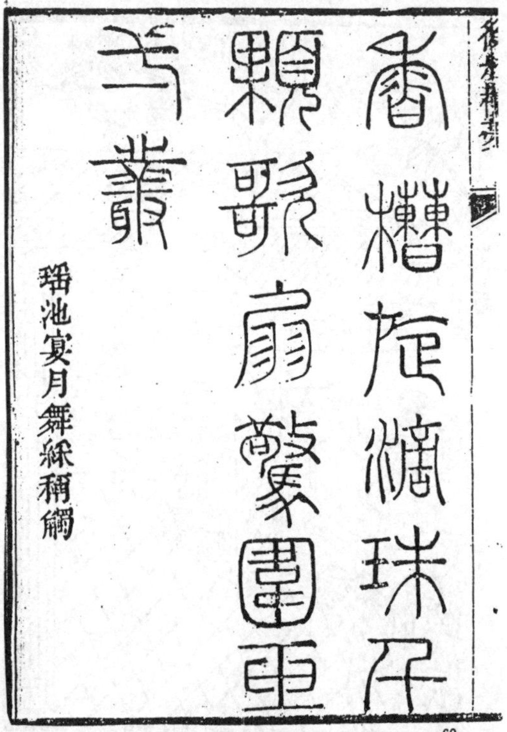

香檀旋爐珠子顆歌扇麈圍重峕叢

瑤池宴月舞綵稱觴

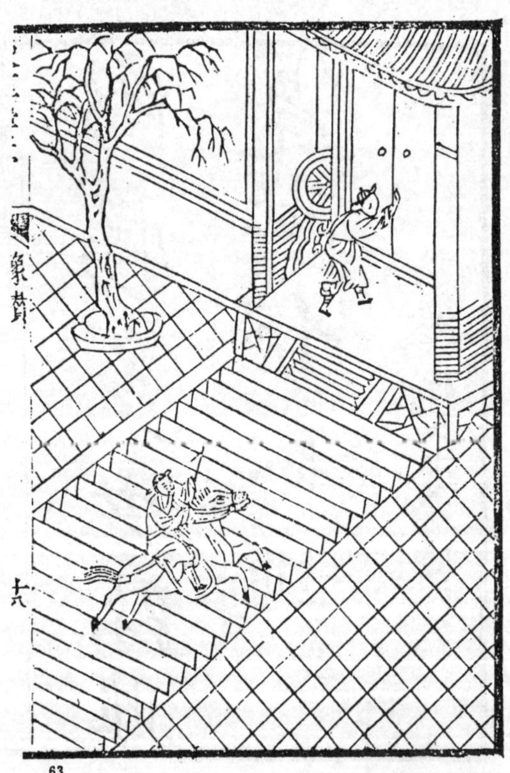

象贊

六

門外馬蹄聲春風頃刻生

甲第連雲泥金報捷

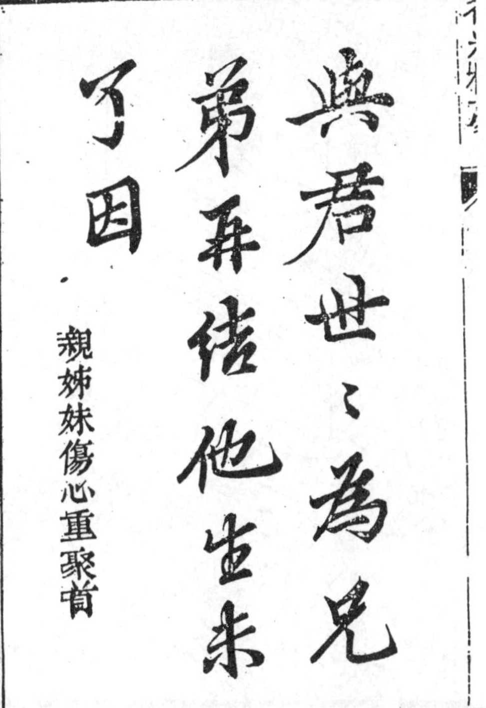

56

57

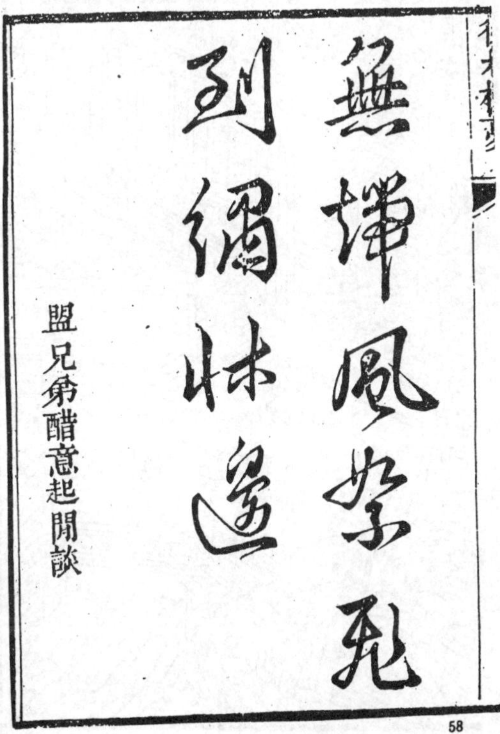

58

59

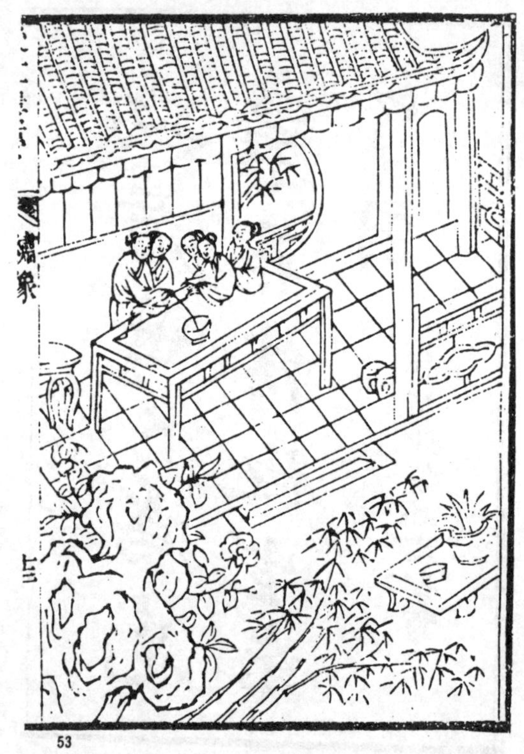

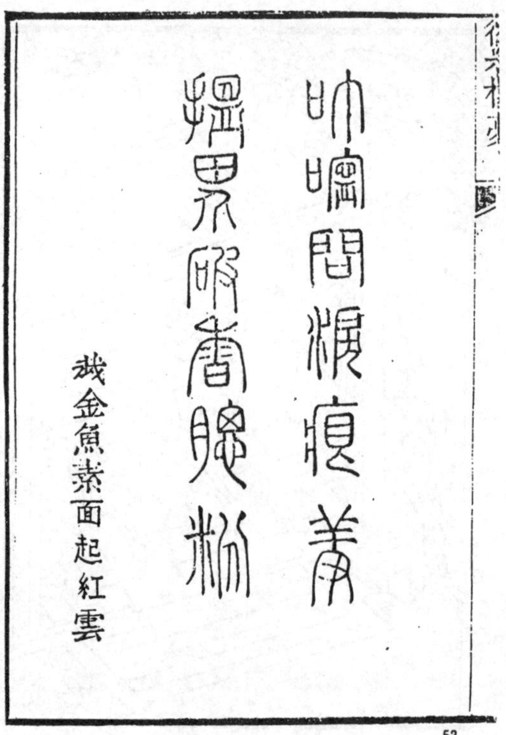

减金魚素面起紅雲

53　　　　52

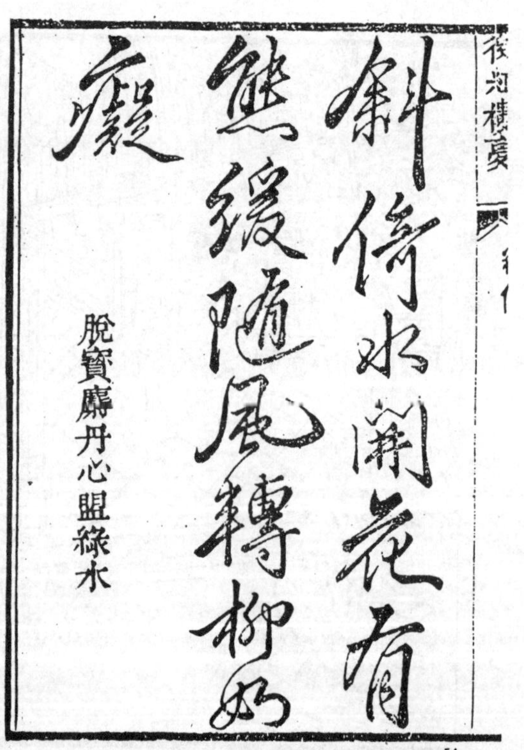

脫寶釀丹心盟綠水

55　　　　54

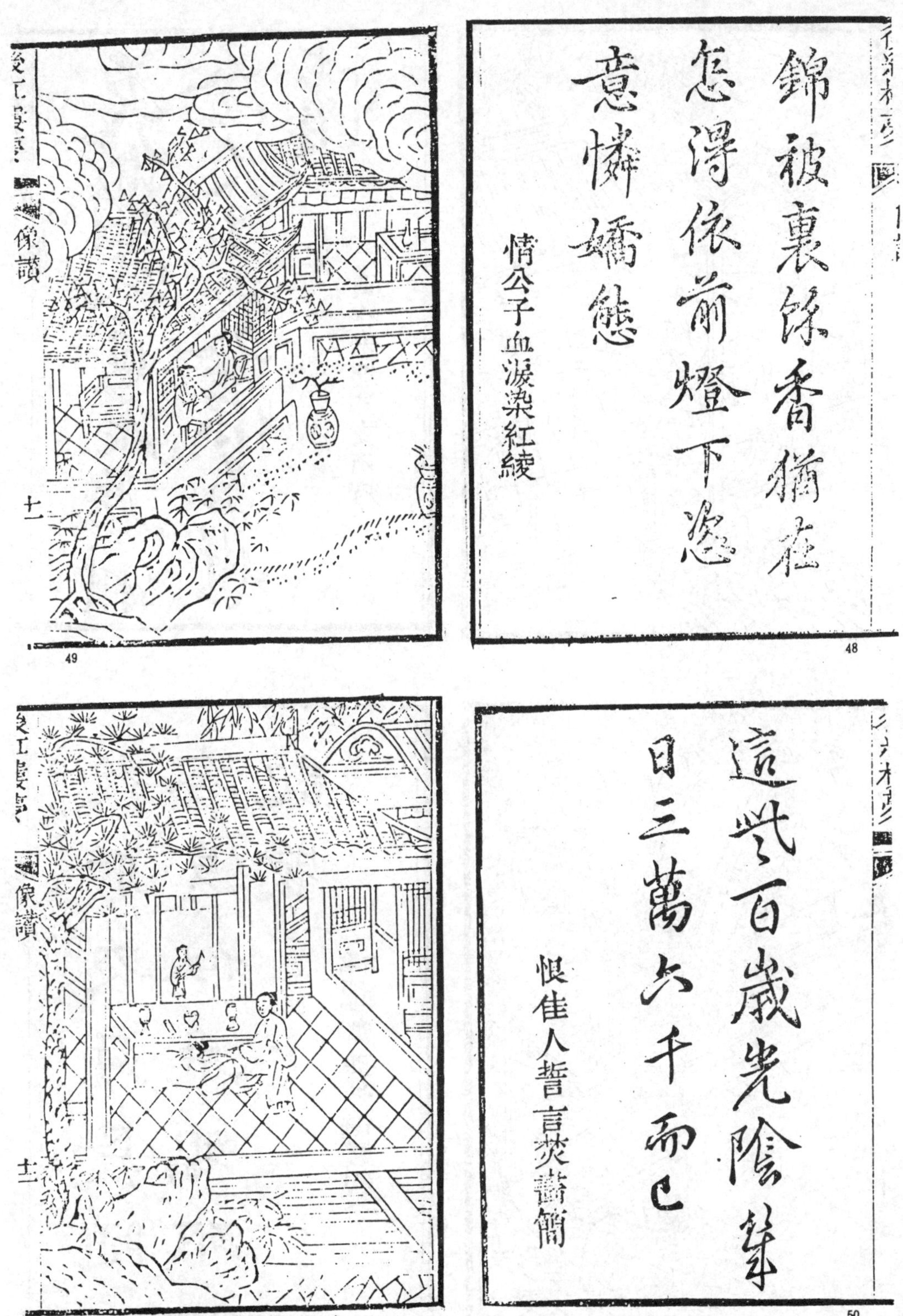
錦被裏餘香猶在
怎得依前燈下恣
意憐嬌態
情公子血淚染紅綾
這些百歲光陰
日三萬六千而已
恨佳人誓言焚簫簡
像讚
十一
像讚
十二
49
48
51
50

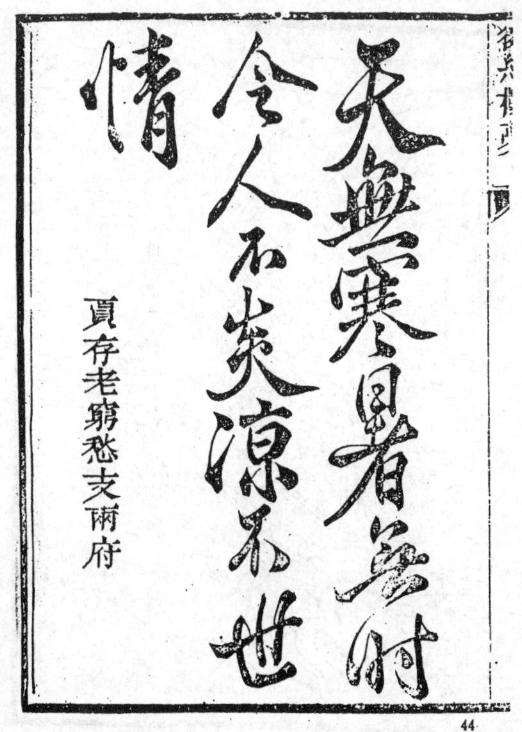

天無寒暑者無時
令人不炎涼不世
情

賈存老窮愁支兩府

44

愁加夜月長隨
客身似飛鴻不
記家

林蘊卿孤身憶雙親

46

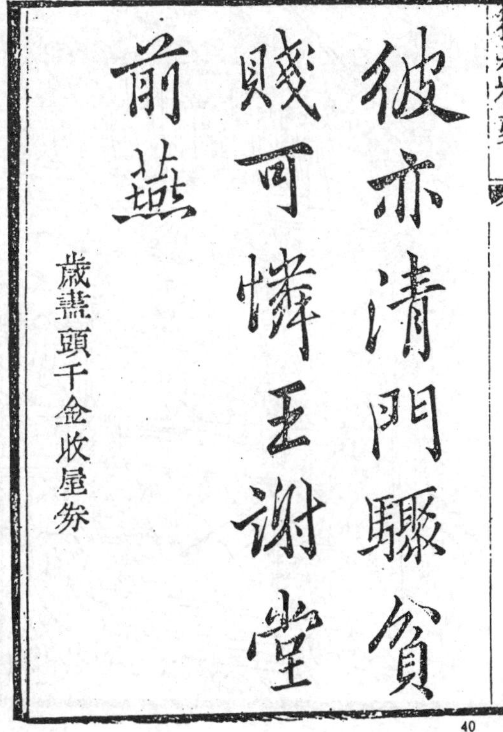

彼亦清門驟貧賤可憐王謝堂前燕

歲蕘頭千金收屋券

41　40

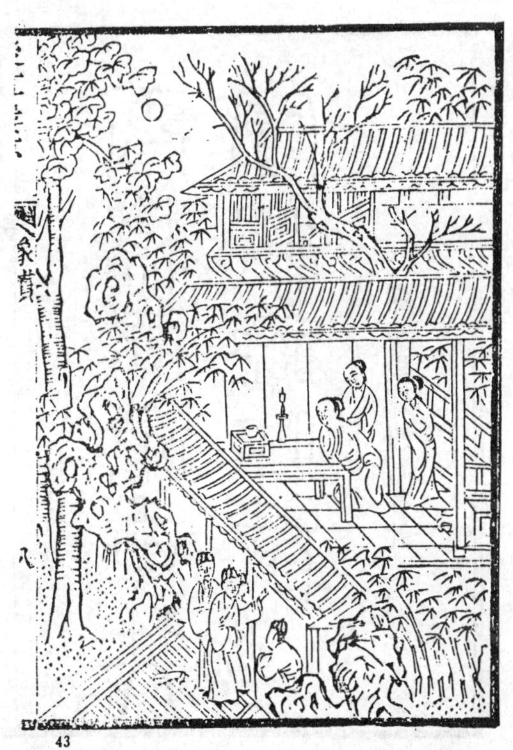

丁丁玉漏咽銅壺明月上金鋪

月圓夜萬里接鄉書

43　42

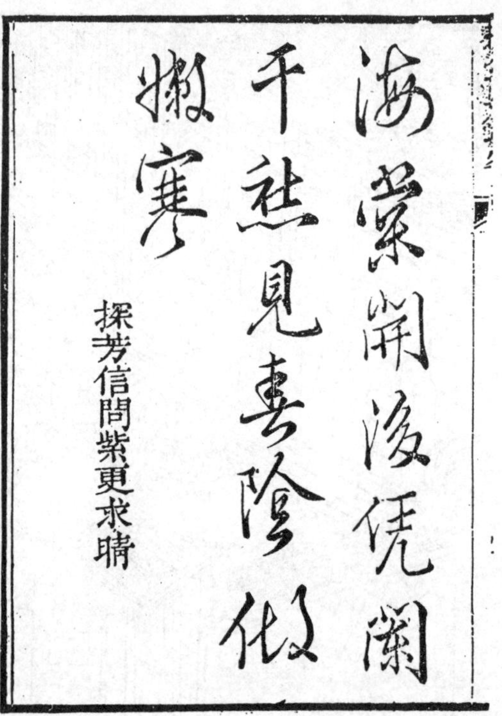
海棠開後慿闌干
千社見春陰似
嬾寒
探芳信問紫更求晴

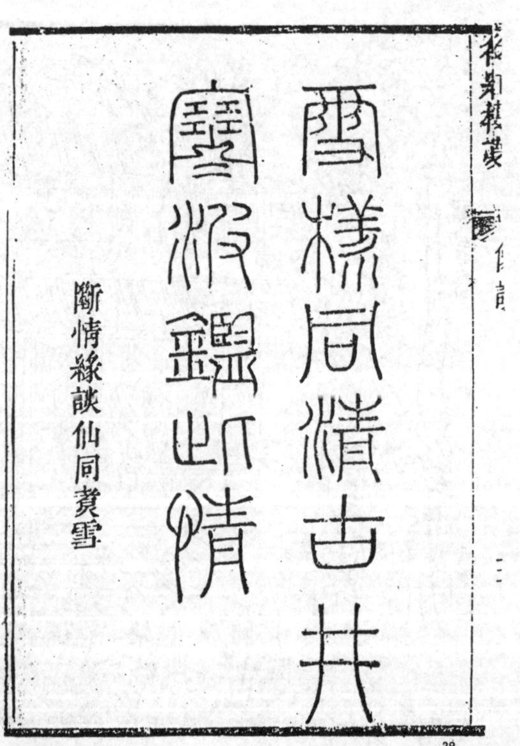
斷情緣談仙同養雪

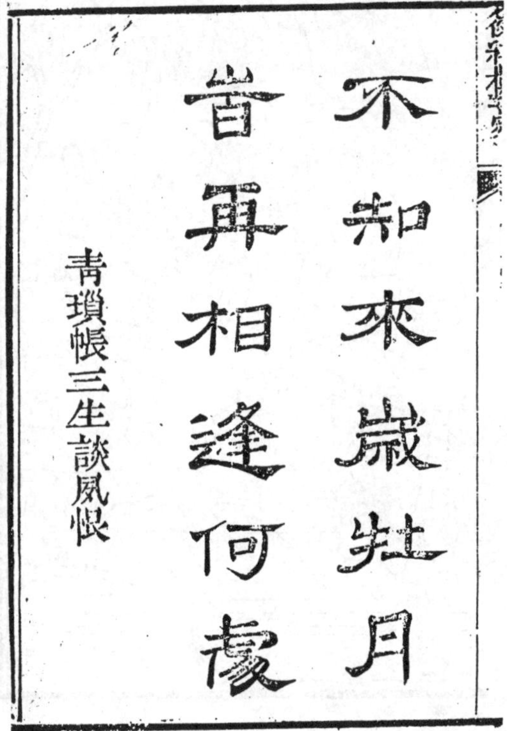

不知來歲牡丹月
當再相逢何處
青瑣帳三生談鳳恨

33　　32

單栖蹤跡多感
情懷到此厭厭向
曉披衣坐
碧紗櫥深夜病相思

35　　34

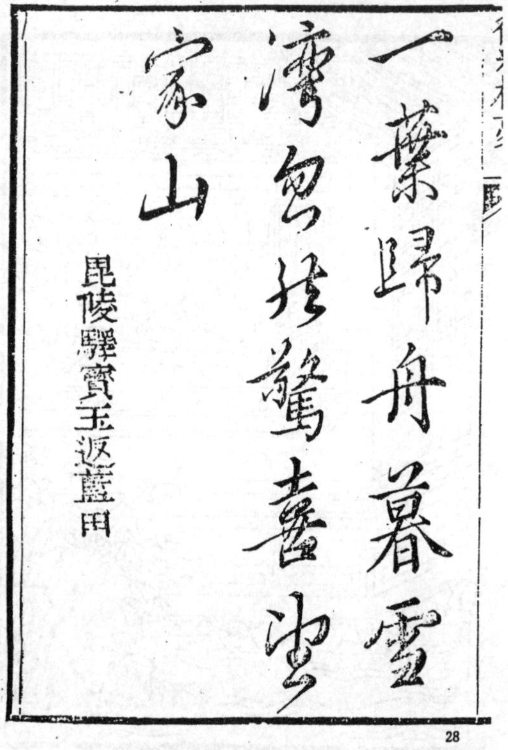

一葉歸舟暮雪
灣鳧捿鷺喜晴
家山

昆陵驛寶玉返蘆田

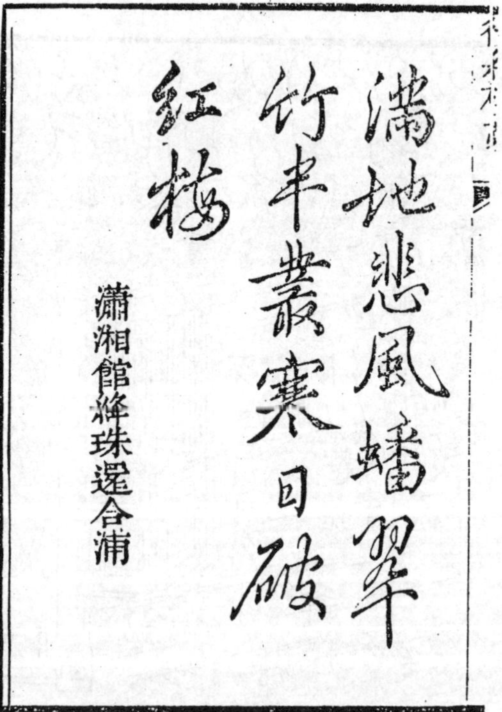

滿地悲風蟻翠
竹半叢寒日破
紅梅

瀟湘館絳珠還合浦

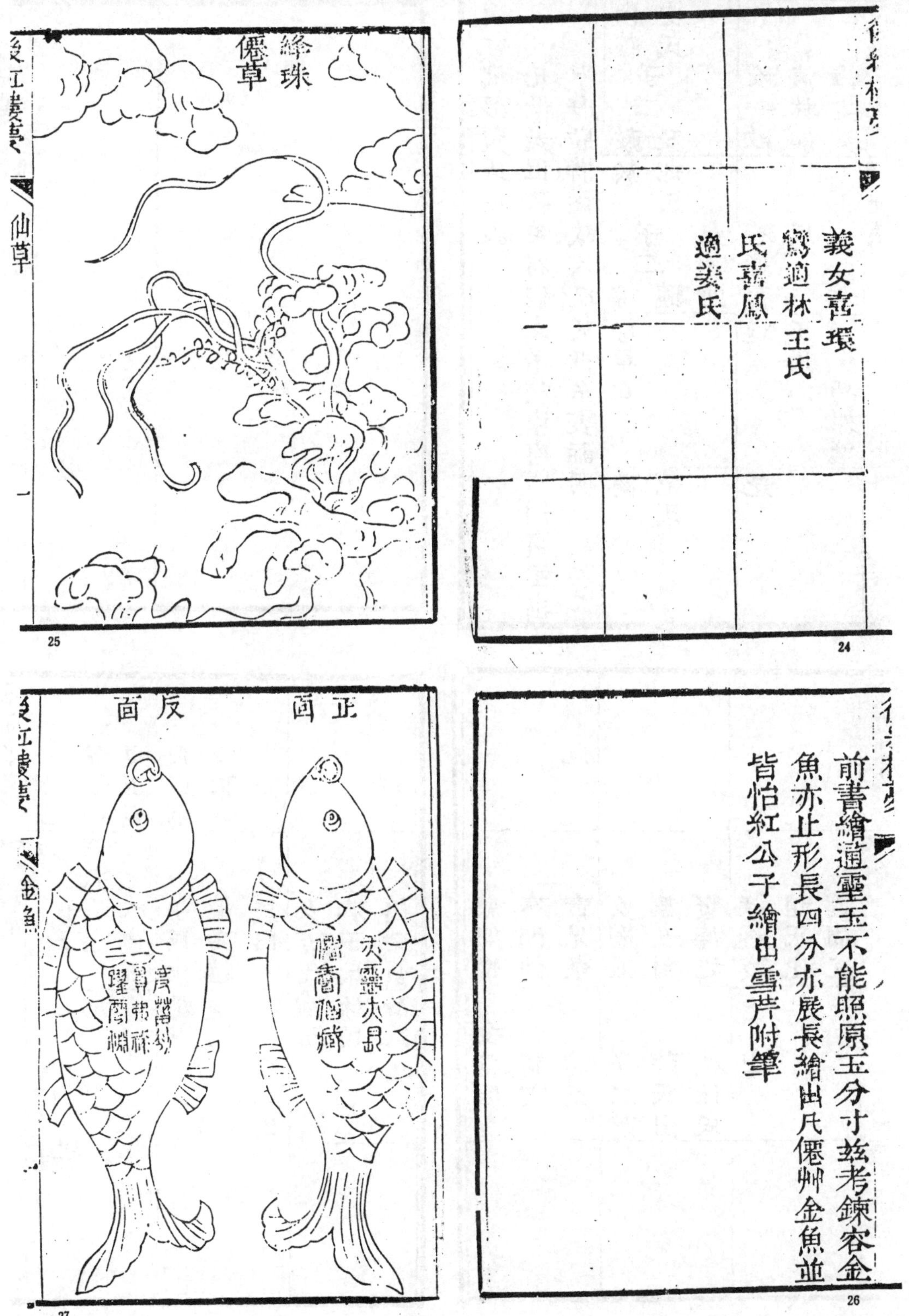

絳珠
儸草
仙草

義女囍璟
鶯道林王氏
氏囍鳳
逸羲氏

反面　正面
金魚

前書繪道靈玉不能照原玉分寸茲考鍊容金
魚亦止形長四分亦展長繪出尺儸艸金魚並
皆怕紅公子繪出雪芹附筆

24
25
26
27

後紅樓夢

後紅樓夢賈氏世表

凡世表但載榮府觀支不載寧府以別寶玉也
寧府惟惜春敘入已於世系表註明

代善　史氏　子二
赦　邢氏　子二
政
璉　琮　琮早亡
女一迎
蘭　范氏
女一敏　適林如海　生女
春　適孫璉
王氏　女一
巧姐適
芝

一黛玉
政　子三
嗣子一　王氏　珠　寶玉
瑊玉娶　王氏出珠
賈政嗣　環娶趙李氏
女喜鸞　氏出
女五元寶玉
春王氏林氏
出封賢薛氏
周氏　桂
李氏出
子一蘭

德妃惜　娶紫鵑
春卯仲　晴雯
春兄敬　鶯兒
女嗣政　子二芝
爲女封　薛氏出
賢德妃　桂林氏
探春妾　出
趙氏出
適周氏

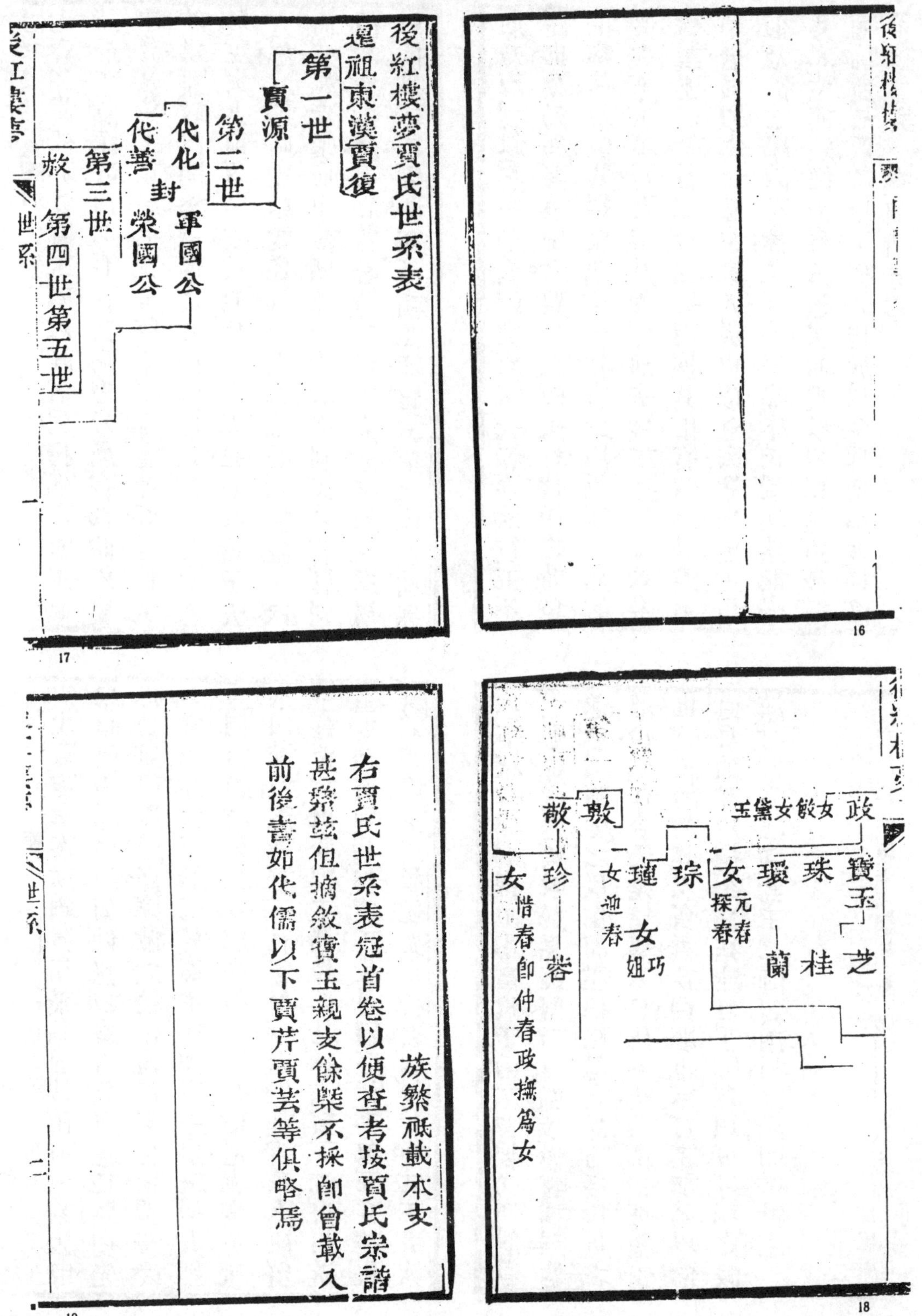

後紅樓夢賈氏世系表
遠祖東漢賈復
第一世 賈源
第二世
代化 軍國公
代善 封榮國公
第三世 第四世 第五世
敕
政 女餃 女黛玉
寶玉 芝
珠 桂
環 蘭
女探春 元春
琮
璉
女迎春
女姐 巧
敬 敕
珍 蓉
女惜春 卽仲春政撫爲女
右賈氏世系表冠首卷以便查考按賈氏宗譜族繁祇載本支
甚夥茲但摘敘寶玉親支餘槩不採卽曾載入
前後書如代儒以下賈芹賈芸等俱略焉

元春為貴妃。亦愛寶玉。乃以歸省為擇偶。以黛玉賦薛坡工意深許而聞有言其病者。乃屬寶釵貽以麝串。於是黛玉益恚矣。寶玉既不得志。遂狎婢並伶人蔣琪。賈政既聞怒。欲撻之死。得賈母救免。於是襲人於王夫人前譖晴雯及似晴雯之五兒並及黛玉。夫人怒。立遣晴雯。晴雯遂死。而夫人之忌黛玉益深。既而元妃薨。榮府中落。熙鳳獨恃勢漁利。通外官營利債。恣所欲為。而心益忌黛玉。黛玉痛念無家。又熙鳳等擠排不已。求速死。而病益深。寶玉傷之深。亦病。熙

鳳乃以寶釵愛繫金鎖。諧與寶玉天緣。而恐寶玉不從也。乃偽為聚黛玉者。賈母及政夫婦皆從之。時黛玉病甚。乃嗾其婢紫鵑來。使扶寶釵以愚寶玉。紫鵑哭守黛玉不行。乃嗾其婢雪雁去。黛玉遂嘔血死矣。寶玉逃惘就婚。醒乃痛哭而撫其柩。寶釵之嫂甄香菱者。向以父士隱棄家入道。自傷無家。謂與黛玉相似。故從之學詩。及黛玉死。亦傷痛。李氏獨與紫鵑送其死。紫鵑遂從惜春入道矣。時賈政以襂儲道被議。同部賈赦賈珍以下猶不悛。加以熙鳳所為益橫恣

御史臺露章參劾。錦衣衛飛騎查抄兩府。頃刻致敗。眾口騰謗。熙鳳乃俯仰無以為人。賈母遂死。雖以先世功烈復爵還產。雕敝之後。治疚俱難也。初賈母愛奉佛。既迎女妙玉於園中。又使寶玉事張道人。妙玉困得道者。因盜刦以術幻去。遂有僧道與寶玉徑求以誘道惑誘寶玉。寶玉屢欲遁跡。輒為家人阻留。至是賈政出使。寶玉攜賈蘭赴秋試。寶玉既出關。遂遁去。知者知其為黛玉故也。而熙鳳亦既死矣。雖快其死。益傷黛玉故遁跡也。榜發。叔姪皆中式。王夫人

以不深悔痛。為寶玉本富貴子弟。不習苦。又悟僧道之蠱也。適遇賈政於毘陵驛。乃自歸政。驚喜攜歸。適遇黛玉睹雯之反生。而盡悟熙鳳之詐。乃援賈母之治命。為作合。為是時襲人已嫁蔣琪。紫鵑仍從黛玉也。寶玉請於其友曹雪芹曰。夢也不可不記。請以僧道為仙釋。以掩余之狂迷可乎。雪芹曰。可。可託之假語村言。爰託名黛玉之師賈雨村。詳說而歸結之。

事各有端委人各具情性以我才所到而述彼究竟
前皆極瑰麗亦甚多蹊徑後善最精妍一手自論定
使以理所歸表為情之正否泰本乘除前後與合并
直將掩前光豈特稱從勁廻環費絹織舒卷混餖飣
先得觀者心有如響所應結構莫能測線索互相映
紙貴爭傳抄明珠走無脛擲地作金聲亦可愈疴病
平心一再思疑義析靡賸潛幽執能闢再繼不敢請
既非燕許肇焉能附歌詠檐外暗香來瑤華一枝贈
散華居士漫題

後紅樓夢摘叙前紅樓夢簡明事畧

按前紅樓夢卷帙浩繁或有未購前書及已購而
未便攜者為叙事畧以便參考
紅樓夢何以作為賈寶玉林黛玉夫婦作也寶玉
玉而生為祖母史太君母王夫人所鍾愛父賈政訓
之甚嚴而重慈護之特甚政生子珠早亡珠婦李氏
舉遺腹子蘭政妾趙氏生幼子環劣而不慧故賈政
期望寶玉不淺政有同母兄赦與政之同祖姪珍襲
封寧國公者同居赦之子璉娶政之妻姪女王熙鳳

政乃招之來授以家計赦襲封榮國公政則從事農
郡政不能家人事自得璉與熙鳳以家委之熙鳳善
賈母王夫人適當李氏寡而寶玉幼駸駸乎攬榮
府而有之矣寶玉者幼即以心溺漁色而賈母又以
美婦女晴雯襲人等侍之晴雯雖貞而襲人早導以
溺矣熙鳳窺之深亦與諛派以順其意欲寶玉得美
妻妾而仍想暗者則榮府皆已有也惟賈母王夫人
不悟耳賈母有愛女敏適林運司敏亡遺甥女黛玉
黛玉者國色也賈母迎之來愛之甚使同寶玉伴已

始則兩小無猜繼則形影從而心神許顧能相持以
禮此可嘉焉黛玉機警而辨熙鳳竊忌之矣使偶寶
玉必反家政也適王夫人之姊薛姨攜其女寶釵來
有麗色又柔訥而下人熙鳳心竊喜以為王夫人之
姝女也是可惑寶玉而逐黛玉惟我計耳乃浸潤抑
揚於史太君王夫人二人漸以惑而寶玉不渝也於
時林如海死矣黛玉愁怨深病時作史氏姪孫女湘
雲政妾生女探春政兄赦女迎春政兄敬女惜春卽
仲春並李氏寶釵皆憐之寶玉益憂之甚政有長女

雪芹憮慮筆也後以重價得之與同人鳩工梓行以
公同好譬如斷碑得原碑缺譜得全譜凡臨池按拍
泉共此賞心耳逍遙子漫題

後紅樓夢

凡例

一是書係曹雪芹原稿每卷有雪芹手定及瀟湘
館圖章金書並無殘缺故以重價得之照本付
梓間有須修餘處亦未增減一字欲全廬山眞
面也

一是書序後有賈氏世系表世表並前書簡明節
略悉照原本刻入

一是書圖點悉照原本

一是書原稿同前書原稿合裝一部原本序題評
跋甚多今前書已盛行各省不必再刻故刻後
書但刻原序一首餘題詞評跋亦未刻入

一凡說部書繡像皆讚在陽頁襯在陰頁不便觀
覽此書皆像在陽頁讚在陰頁先讚後像兩頁
對開以便觀覽

題詞

是何人煙霞深隱吟風弄月將蕙質蘭晉消歇兌出
囂絲蠻結花落重開歌停再奏葵羹盡廣長舌正夜靜
剪燭摩挲忽燦仙葩意思倍飄忽憶當時聯吟綴
錦望似瑤臺絳關明艷催妝嬌雛捧硯慈意氣炎雲礎
漫玩作珠璣分明一片香雪也邊堪竇文僀字不
受孽泉高潔儘許抽身脫鞴卸縛嬬與窀憮說看縅
細干古欲盡半生腸熱　調寄十二時　白雲外史
漫題

輯　補

序

曹雪芹紅樓夢一書久巳膾炙人口轉抄未一帙
須歇十金目鐵嶺高君梓成一時風行然於家藏一
築同人相傳雪芹尚有後紅樓夢三十卷遍訪未能
得楳林深情之頃白雲外史散花居士竟訪得原稿
並無鈌殘余亟為借讀讀竟不勝驚喜尤竟全書皆
歸美君親存心忠孝而諷勸規警之處亦多即誅嘲
跌宕亦雅令而有儔致杜陵云顧儒文雅老頭成又
云晚節漸於詩律細玩此細筋入骨精蒠深亹洞篇

讀笑耆幼孫扶牀嬉弄足樂亦有花竹園圃池榭可
以行遊又林太史姜太史送來書籍圖冊收藏檢校
甚斃見還傾聞老年兄弟姊妹並姪輩都過從婦亦
能供疏煮酒並問行人幾時到家惟主人情禮如斯
一旦謝別白雲在天龍門不見知去留甚難也後紅
楳夢簡交溫理信可歸結前書再有第三十回脫稿
即寄回只此哨宕無為蛇足來字云一日口古一回
無停機故少冗語即贈林夫人作別何如年老目瞽
不多反致謝林夫人不另書

原序

曹太夫人寄曹雪芹先生家書即書於後紅樓夢
之首篇墨跡在原稿藏於林黛玉夫人瀟湘館雪
芹先生即以冠於卷首為序文
某年月日六十六歲老母字諭雪芹兒吾兒吏隱養
母因桑梓無一椽之栖廼使門下生徒代供菽水身
復乞假遠遊為買山作計每去七十歲止四年耳見
豈無陟岵之堅乎頤者林夫人遣妃紉來代營田宅
母頤遷家還鄉大過望母尚健飯亦喜家人清善孫

同哀大哥存在南邊的畫八千種名畫古帖六百餘件一總奉贈怡神曹雪芹益發感謝從古及今做稈乘的獲報那有曹雪芹這便宜真事真傳林疑他一字假借那些郊寒島瘦柱自的苦吟覓句苦過了一生這裏眾人便一散了黛玉寶釵猶恐雪芹醉了就閒後先設了鋪靖雪芹安歇一宵只叫寶玉振天相陪再着芳宦藕官蕊官伺候着彼此替換曹老爺寶二爺趄着腥兒又吩咐老婆子小了頭子把各色燈點得通明真到天亮恐怕桃燈夜諕也叫柳嫂子過來伺候了半夜餐這雪芹寶玉真個餘興勃勃又議論起紅樓夢來彼時屏風後殷關不供着西火金桂花四盆四季素心建蘭又環繞些異

892

種名菊兩個人由着女孩子提着腰腿喝着香片茶兒那曹雪芹只笑嘻嘻的看着寶玉待說不說的寶玉儘着閒雪芹笑道我而今各樣心事通完了就將今日這番雜集歸結後紅樓夢也便結得他住了永府上這番盛情現有老毋批在書上的家書就可以莫做個序文我不必另為做序只是總有一個缺陷在裏頭為什麼呢今日席上一十二位恰是冊子上的十二釵只惜一位平姑娘在裏頭也是前書內副冊上的不過薛林二位的評定我沒看見不知道這前後兩部書琳瑜之處故我心裏只覺缺了一件似的寶玉也儘着笑不言語雪芹儘着問他寶玉笑道老先生不要怪我就說出來曹雪芹拉住了繫問寶

第三十回

893

玉笑道這兩部書還有什麼說說不好的便也由他說好的也說不出怎樣的好難道他們當真的還讚得上來不過林妹妹說這兩部書妙美妙極的了若果真的要結住他總要依他這個寶姐姐也服他我也很服曹雪芹又拉住了繫問寶玉總笑着不肯說出來推了一會寶玉笑道他說老先生果真的依了他這樣結束天下後世人還要批兩句曲終人不見江上數峰青呪曹雪芹急了就趕過來作一樣道好世兄如果一定應該那樣的結束我就一字不改依着使了寶玉笑道他也沒有蹟上什麼書只寫兩句現成話兒就在邦踽肯端墓一回上寫了兩句雪芹來及寶玉道好世兄既這麼着你到不要說你快快

894

的去拿來趁我照一眼寶玉笑一笑就走進去悄悄的瞞着螢玉偷了出來雪芹大喜寶玉笑道咱們不許顯第二頁讓明了再拿出來雪芹逝一定的決不相散的寶玉方纔拿出這一冊揭開這一頁來曹雪芹方總恐將林黛玉的真蹟小行楷的再干燭百媚從王獻之十三行中出來曹雪芹楷了揩眼睛揩近燭光看的親切只見寫一行道杯酒自流蘇小墓可知妾意是小青中人又另起一行寫道人間亦有痴於我豈獨傷心是小青

第三十回

895

藻宮中養生珠

寶釵道

萬事雅樂欽傳宣

黛玉道

問省歸來月正圓

寶釵道

姝嬪分練頌妤妹昭儀引扇導褘褕

湘雲道

佛堂香火仙因果

黛玉道

888

喜雲道

獨訪真人久聯坐

闖到螟蛉貪子心偷彈珠淚蛾眉鎖

雪芹道往後承効勞罷使道

鐘鳴鼎食儘繁昌繁和高門景吉祥

璀貂袖列埒旁尚書亮孤司農政益勵冰淵矢公正瓜

增輝話苐家萬蘿並緒金張姓南圍

顧許追陪

黛玉道

要將洛水陳思筆歌舞翩翩說善才

第三十回

889

雪芹道

魏武子孫歷劫懷不貌舜常貌仙品笛紙新蠶艶多魚

殘春蚓言情甚十年湖海賈文遊史隱而遷屋打頭陛此

再來依後乘買湖竟許返扁舟西園文斌十古難媲誰

如趙家王祖錢何當玫瑂筳聯吟請泖縈客府

眾人齊聲說妤極了又呌蘭哥兒紿了一通說明日請先生的

法書寫了就這裏勒石黛玉重新呌妤樂演上載文到了戲完

席散那一個月亮水也似的恰妤的貼在天心遍些顧縷穿珠

貼絨貼墨明角玻璃燈內重新換烟真個花天月地璀璨陪賢

玉辰玉先上前來說明老爺吩咐只要等出差回來方肯戲別

890

曹雪芹本來要面別賈政又是寶玉黛玉等如此欵留就一口

應承便說道不耑列位說在下岢不因老母此

得妻子真如歙展不要說錦繡叢中日夜雅歌醇酒就同請此

仁兄在深山蕭寺也可以相對忘年眾人皆説

揿了一隻科盒上來貼一個紅签寫着前後紅樓夢淵筆雪芹

揭開一看只見老母家信一封並一個摺帖

有三四萬金只得連說了幾個當不起又笑姜

毋謝了厚贈又說道我曹雪芹一輩子的牢騷結

已坤除過看我將毋閑閒也好過着我逃遊天

兄兩位夫人所賜姜景星又送了兩冊書目過

第三十回

891

會林良玉笑道這就更妙了黛玉便叫女樂暫歇將一個嵌玉
的香楠木雕西番蓮的茶几放了文房四寶移近蘭哥兒賈蘭
就硯了墨等著雷芹便吟道
金陵佳氣毓鍾山鳳舟雲寨上玉關五等冠儕聯賜宅三
司字典頌朝班世家喬木青雲地景將重候書傳記
景星便吟道
嫡閣金屏成蔭舟龍樓月殿家人侍
良玉道
天恩祖德日方中舜訓清嚴教孝忠共愛謨昭持謹詔更
雅郭況守謙恭

884

雷芹光說好眾人亦皆點頭曹雪芹吟道
祖宗功德留青史柱下官應載終始為被香奄快蟻紅將
將煙囊拳蘭芷
黛玉道好篇轉闔領袖寶釵道過得通清了林良玉吟道
一伏祺然有通靈
景星笑一笑道
寶瑩雙來叩玉磬
泉人都說好句黛玉道姊妹很多咱們大家敘進去便吟道
姊妹滿堂戲畫錦瓊瑤接葉吐奇英
喜鳳笑聯道
第三十回

885

外家兩兩圍圖喜喜翅兒及娘子
香菱聯道
暖翠曾攜恩遠親談詩更得原成婢天觀圖內聚金釵
寶釵接道
風月看來分外佳
雪芹道便要渾融跳脫的過去鏡好還吟道
思有盛衰吟卓靈暫時閒冷落秋堤盛衰持眼哀還盛玉
返珠還兩相映
寶玉道
苣蕒棚前宵霧寨壯丹亭上春風病春病誰惜憶死生

886

湘雲笑道
再來人想瑤花行天上真妃親詔冊人間春稱始完盟
泉人都笑了黛玉倒客燦起來雪芹道
內延供奉神仙客室出金門列前庠
景星聯道
香景墻窺曜筆花金螫躍派舒露翩天情龍板冠詞臣御
賜青雲滿後慶前聳慚慚翰後進小名呼喚待雙覘
寶玉笑道這個如何當得起雪芹道真好我又要轉闔敘事了
就吟道
紫禧堂上光華滿兩度雲鬟迅呈罩翠重鳳嚴裏論丹青鳳
第三十回

887

史湘雲也笑道這兩部書不用說是好的很了只是我是世外之人配不上在這裡頭亦且我只是無掛無牽的靜坐也不好說得那麼倒像有竹廬道理的又湘雲說這兩句曹雪芹不過謙遜倒卷得寶玉走出席來到了湘雲席前打恭作揖求他愛個戲法兒頑頑湘雲笑笑道你不要叫老先生又編進紅樓夢去咲眾人都同聲的求湘雲道罷了就取一盆菊花朵一枝桂花遞來當下就取了兩樣花遞來湘雲就叫翠縷送過翠縷把小杯兒摘下六朵菊花圓攞在桌上將小杯放在中間斟滿了酒那六朵菊花就捧著這杯酒飛到曹雪芹面前眾人喜極了雪芹只得欽乾翠縷又將這枝桂花撲一下只見平空落下

880

無數桂花就來這些桂花就從湘雲席上起直到曹雪芹席上倒合了一片桂花橋這小杯兒就骨碌碌的從桂花橋上滾過去湘雲斟了酒那杯酒又從桂花橋上一步一步的走過來眾人益發奇絕了曹雪芹也便喝乾跳起來拱謝道一生一世第一回吃這個仙賜酒那菊花桂花依舊的上了花枝了合座無不搆予重新坐下原來湘雲的丫頭也有這等道術黛玉就說道今日這個雅集也算古今第一了昨日戲班裏送上許多新戲的曲本來好的也有內有一部碧海緣是南邊一位名公新製的填詞兒直到元人高妙蓬這些班兒裏並沒有唱出來倒是咱們這些女孩子學會了今日且摘錦做幾折好不好合座都

881

說好文官等就拾出來這芳官蕊官溼溼扮這個蘭芝十分真神曹雪芹賞得了不得又說果真是才人之筆沒有一點子俗筆兒正演到闔目凝睇恰好一輪新月在東山側首桂花叢裏海將上來照曜的香雪有兒只覺得萬團金粟連離一派仙香嫋喨曹雪芹寶玉良玉景星反又出席走到山子上的亭子內遠望遠眺了重新踏月回來穿過竹橋入閣上席林黛玉又覿目上來斟了酒雪芹只得也乾翻寶玉讓過杯來斟了托寶玉送過去李紈湘雲探春等又叫丫頭斟上酒來姜景星林良玉賢玉蘭哥兒也陪着喝這雪芹量本有限到了開懷時候倒不甚醉黛玉便道今日先生光臨咱們也逾幸的很可好請先生留題

882

一時以眾雅集雪芹道珠玉在前那裏獻得醜寶叙笑道一總算來統是門下先生孫得太過些姜景星道不如請先生起句大家聯吟一章雖則勉步擬塵也算珠聯璧合雪芹笑道這只好諸公諸夫人聯吟記盛弟當做一個執筆抄胥寶玉笑道一則統是門人二則統是通家世好先生洒脫異常還拘着這個先生若真個不肯就請起句叫蘭姐兒在旁謄清雪芹笑道弟也不敢辭讓只是咱們今日雅集千古所無就聯句起來也不要拘着舊套只是各人適意愛吟的便吟次序也不拘長短多少也不拘就謄清的也照着各人吟的句子注出名頭要怎便任也不拘定多少韻數直做到天風琅琅海山蒼蒼覽有個興

883

獻佛小兒令伏了教訓如何敢忘就叫蘭哥兒替我敬師傅蘭哥兒就起身對酒曹雪芹只得領謝了黛玉曉得曹雪芹酒量不甚高只送一個盃與寶玉遞上去卻是一個小小的翡翠玉杯兒比大拇指差不多大小雪芹連忙笑領了這陪坐的一席磕磕頭笑起來黛玉寶釵就叫紫鵑晴雯鶯兒上來替自己斟酒曹雪芹連忙站起寶玉攔住說斷斷不敢當寶玉那裏林姜二人也說先生只好領了卻不得主人的盛情曹雪芹站著磕了頭一口氣喝過三杯再磕著頭拱拱手說道三位姑娘請不要折壞了曹雪芹羞得合座大笑原來雪芹酒量果小喝了這三小杯的酒面上就春色起來又將頭來搖再將指

876

頭拈拈弄弄自己的鬍子黛玉就悄悄的笑向寶釵道你看老先生通文的又愛吟詩了寶釵笑道不是吟詩又要將席上的光景替咱們編入紅樓夢呢這席上聽見了的又笑起來寶釵恐怕曹雪芹醉了說叫快替曹老爺送醒酒湯上去林良玉道到底今日主人的盛意也要請主人家自己宣一宣兒姜景星也說狠是的我們陪客也要知道的黛玉道咱們姊妹閨家常事兒煩先生錦心繡口編出前後兩部紅樓夢叫天下後世的人通和道有咱們這幾個人兒咱們算得上什麼無不過托了先生這兩部書也便不朽了曹雪芹連稱不敢當寶釵道你說的這小覷先生的腹貨三長七略百城五車鑪錘精鍊都

877

休說雕龍吐鳳乃使劍氣未騰珠光莫識誰為看者應增相士之著先生欲晦名借此抒寫揮毫染素我等遵供指揮這兩部書不好算咱們的寫真只好算先生的著述小影為什麼先生各種的著述不許人傳單這兩部書給人傳了眾人一齊稱服曹雪芹連說這個益發當不起這雪芹聽見這番議論就自己斟一杯飲了謝寶玉夫婦三位就送上戲目請雪芹點戲雪芹道世兄同二位夫人這樣盛禮我也不知前生什麼造化得此奇逢還敢推辭點戲但府上的女樂從沒見過今日雅集必須點些上好的戲兒在下的意思要同林姜兩兄商議請寶二世兄轉求主人點戲未知如何姜景星也說好得很史

878

湘雲探春也真截就說道恭敬不如從命你二位就依了老先生罷了黛玉就照了卓文君臨邛當壚司馬相如上殿春賦實釵就照李太白脫靴醉酒眾人齊聲叫好這班女猴子便扮上來就這樣花香鳥語奏出一派笙歌雅樂之音一面又叫芳官齡官藕官蕊官周回勸酒這三回戲文過了又換過席面大家論起紅樓夢來姜景星說這兩部書是見過了到底二位嫂子的批本沒有見過終是個缺典寶玉就道這兩部書實在有以配得上玉茗堂玉茗堂都有吳吳山兩婦合評惹人議論不要這二婦合評的紅樓夢出去也要惹人家的議論來姜景星道這個哪裏使得寶玉道就把這個圈點的本兒傳出去也罷了

879

茂盛的海棠又拉進蘅蕪院告訴他們說是寶釵的舊居眾人也摘了好些香草兒在手裏又走過瀟蕩山庄倒是林良玉恐帕紫玉們等久了就嚷着他們轉過了大觀樓一直望蹤錦閣來就有芳官文官齡官等十二個女孩子一齊穿着刷花的真珠衆小襖拖着洒花各色的褌腿蹬着滿幫花各色鞋兒一齊的趕上來攙着曹雪芹的手扶他進去曹雪芹進了院子望見了歸時珠璣環得百分鮮麗閣底下還擺着七席正席他就站住了驚異起來說道寶世兄倒底有些什麼人客姜林兩個笑道老先生你進去就知道的寶玉就飛跑進去了曹雪芹還要問問當不起芳官文官萬官這班女孩子就像蜜蜂螞蟻

872

朝王似的把一個曹雪芹扛了進來一直推到正中間第一席第一座上雪芹不知分曉只一手攙着席一手攙着椅子如何肯坐進去這芳官就拿頭來頂他正在同這班女孩子鬧着只見屏風後一羣仙姬出來雪芹掙脫了要走這黛玉寶釵一齊十二位齊齊望上拜將下去慌得雪芹趕到東首壁脚邊一樣的還了禮隨後林姜二人也見了禮寶玉就從黛玉起直到平兒遞一通名道姓雪芹道當不起各位夫人的盛禮在下實在慚惶實在寶二世兄沒有就知青鞋布襪的過來益發的不恭敬了寶玉笑道老先生你還說這個話兒可不是良大哥說得好像姜大哥方配得穿個衣服兒像曹先生方配得不穿衣服

第三十回　七　873

兒誰不服這兩句話而今請先生入座了大家方好坐曹雪芹再三推辭要兩邊坐景星良玉都道通算嫩門生媳婦便了怎麼讓起來雪芹道這樣說小弟一定該稱晚生了正讓着那芳官一班女孩子又一羣的上來直將曹雪芹按住在正中間第一座上紫鵑晴雯鶯兒三個人服事了黛玉寶釵喜鸞喜鳳上席來送了杯盤雪芹不便回敬只走到各席前打恭謝了纔入座景星良玉兩橫相倍排下去左首是湘雲右首自李紈坐起直到平兒共賓主一十六人坐定闔請賈璉不來李紈就叫了蘭哥兒來跟著林姑夫坐蘭哥兒又為的對面是寶玉爺兒倆不便對坐打了恭告過坐方纔坐下共是一十七個人

874

當下曹雪芹留心看去只見黛玉穿着粉紅色三藍鳳穿牡丹花的緞披風下襯着墨色灑綠洋菊花滿蹄裙鸞兒邊圍了半邊桂花毬垂下無數的長珠串寶釵穿着笠綠色廂綉梅花翠羽的緞披風下襯着大紅花編切金蝙蝠鑲雲裙頭上貼幾枝扁翠芙蓉李紈探春一樣的燕尾青哆囉呢掛子大紅哆囉呢如意勾嵌裙喜鸞喜鳳肩菱等也打扮得十分艷麗只有史湘雲穿着件氅衣帶一頂巾像個黃冠的模樣通是紫黑白三色的種滑羊裘兒當下曹雪芹坐下便道曹雪芹今日承諸兄諸位夫人這樣盛禮可也當不起李紈先說道老先生休得過謙今日主人本是林薛二位的敬意却是咱們母子也得個借花

第三十回　八　875

咱們就過去罷曹雪芹也就信了就攜了寶玉的手大家走過來原來這一日的戲酒設在綴錦閣這個閣閣兒外四面皆曲水紅欄板橋曲岸傍閣臨涯盡是重重疊疊的青山山拗內探亭竹樣也多有小路兒真通到橋上又是各色各樣的雁來紅秋黃雞冠秋海棠也到處開滿的菊花菊花細種皆一層層擺着描金五彩盆玉石盆真個是萬種秋容滿地千層古桂參天一陣陣風兒吹過來香得了不得當下賈璉陪著雪芹等到園門口就說老爺不在家怕外面有些事情寶兄弟陪著罷賈璉就轉去了曹雪芹就同他們三個走進來這邊綴錦閣下已經鋪設得天宮似的戲毯兒就攤在院子裏閣子底下也鑪開澗

中間一席而旁各三席席前也鋪了大紅氈絨滿花的拜翠氈玉寶釵探春李紈史湘雲喜鸞喜鳳香菱兒紫鵑晴雯平兒共十二個人大家說說教豔服在閣後翻新內坐著看菊閒話等他們進來出去相見這邊曹雪芹同了寶玉良玉景星走進大觀園門過了層皮石路當面就是一帶翠嶂再往前進便許多石筍兒這石狀奇怪宛如異鳥怪獸映着些樹木藤蘿那廳蘿上結著許多群紅子兒如珊瑚珠一般寶玉就領了他們三個寧過幾條曲徑上了山頂又盤下去過了石洞到了平垣之處飛樓畫樣皆開侵御抱於山拗但覺得碧樹千寶青溪瀉玉走上去便是沁芳亭寶玉却不引他們到綴錦閣去先順了路同

到瀟湘館來笑著讓他們道舍下去坐一坐兒惹的眾人大笑起來曹雪芹道世兄你這麼個雅人這看竹子還沒有在行你只要站在這裏看這一帶粉壁花牆映着千竿的翠竹也就好看呢寶玉道是了倒底要看看主人家沒有個過門不入的雪芹道看竹何須問主人說著笑著也就進來同到堂中坐下看不盡的古董字畫小么兒就捧了兩個銀絲盆兒上來一碟松瓤乳油酥一碟梅花香屑風永糕一碟杏仁飛麪野雞合子一碟玫瑰合桃蛋撐兒配上龍井茶景星道原來是寶兄弟掐進來打尖呢大家就用了些景星只看壁上的詩要尋著瑩玉的筆跡那裏招得出就問寶玉討着看寶玉道落紙就燒桿

了景星道批的前後紅樓夢呢寶玉道可不是鎖在箱子裏連老先生要看也是我過批出去的還只許過了圈點連批語通不許抄出去呢林良玉笑道真個的姜景星笑道怪不得了就將從前問起寶玉寶玉動了醋意的光景說出來眾人盡皆大笑就走出來沿着粉墙去忽見青山斜阻轉過去露出一帶黃泥墙上皆用稻莖遮着眾人知是李宮裁的院宇便不進去只看了些裝笠犁鋤桔槔轆軸必具也有些雞鴨鵝兒再走過去恰好撥面那個山勢牢着墙一派一派的過來也夾着活水放開轉過山坡全在綠樹陰裏過去便走過了蓼花汀紫菱洲稻香榭寶玉又拉他們進怡紅院去看這一棵栢木重生趲簇

諸侯傳游遠回卻又無以自樂且曹老太太也漸漸年高起來他又是個光明磊落之人不肯低首下心再去求這五斗米的況黛玉有的是銀子什麼事辦不來便悄悄的打發蔡良單陞往他家鄉置了三千金一所住宅也有菜畦花園竹圃荷池又將一萬金替他置了八百畝水旱不竭的良田又送他幾所水碓棧房每月有百金花利可以日用無憂趁意的遨遊名山五嶽這蔡良單陞實在辦的精細連動用傢伙什物件件辦得齊全伺候得曹老太太曹太太曹少爺曹姑娘搬進新宅另外留下一萬的安家還怕有官兒查着漏稅連契紙兒通稅過了交代清楚方纔討了家信關了細摺趕進京交與黛玉黛玉也很

864

誇他妥當這曹雪芹那裏得知此時正是九秋天氣那日早晨雪芹正在林府裏濟美堂的左書廳東邊房內獨自一個人坐在那裏恰好白晉銅偏一日前被外城朋友拉出去寫字住在外城沒有回來正是寂靜的當只聞得前前後後院子裏的木樨香兒就走到小棲霞去想聽個曲兒解解悶那知言張兩杭也往外城戲園裏去了只得走了回來呆呆的坐着順手將書卷一翻看見杜工部詩集也就取過來看看不知不覺的高了興就吟哦起來剛念到南菊再開人臥病西風一緊故園心只聽得賈寶玉林良玉姜景星一同進來笑嘻嘻的道曹老先生好用功呀咱們要荒你的功拉到那邊去領領曹雪芹站起來

第三十四　三

865

打一欠伸道小弟今日擱的很寶玉就共及道好先生包管你走一走這媚店兒就舒服了惹得大家笑起來這曹雪芹本是一個無可無不可的這會子現在閑着又是這三個人拉他如何不去就要換起衣冠來姜景星笑道老先生你這麼個脫俗人兒還拘着這個況且左右是自己家裏不過求着你老人家一同的走走散散曹雪芹便笑着點點頭兒就同着他們三位一同走過榮國府來恰的這兩個府門口幾十位體面管家二爺們一齊站起來垂着手他們四位走到外書房賈璉慌忙陪着笑接進去坐下喝了茶寶玉就請到大觀園裏去這曹雪芹素知賈府的規矩森嚴但凡五尺之童不奉呼喚不入中門又

866

這個大觀園自從元妃仲妃遊幸之後通是太太們姑娘們住的所在官客非至親不進去又是賈政出差寶玉孩氣如何便同他進去就園就算賈政不知也過意不出雖則內眷們也是賈政叫都見過了設或在園中遇着還是照應好不照應好就說道寶世兄你不要太頑兒了你只要到上頭去替我請太太的安這園子裏我是不去的我難道不曉得是內眷們住的園亭林良玉道老先生你沒知道今日太太帶着嫂子們姑娘們一起往薛姨太太家去了寶兄弟怪清靜的受不得所以拉我們過來其實秋色也富麗桂花也盛開只怕我們鬧到月斜了他們還不回來呢賈璉也說道老先生真個的這樣姜景星道

第三十四　四

867

請安頌賀真個的熱鬧繁華忽一日賈政接旨出差去看城工
君官不宿連忙出京王夫人也清閒目在卻被薛姨媽邢岫烟
香菱苦苦的拉了過去黛玉也將各色事務開發一清就與寶
釵商讓了一件樂事同寶玉說起來未知什麼事情寶玉的意
見與他兩個同不同且聽下回分解

第二十九回

終

859

後紅樓夢

第三十回

林黛玉初演碧落緣　　曹雪芹再結紅樓夢

話說賈政出差去約有兩三月方可回來王夫人也趁家務清
閒到薛姨媽那邊去了黛玉便告訴寶玉要趁此時先與曹雪
芹送行寶玉也喜歡得很只怕姊妹們不能會齊黛玉道你也
太多慮了連寶姐姐這麼個個道學人兒也就為頭為腦的高興
誰還不願意的除卻香菱嫂子要悄悄的約他其餘寶嫂子鳳妹、
妹也肯來咱們越不要告訴他只等裏面齊了你同哥哥姜妹
夫好好的哄他進來那兩邊解的事情通不要提起且等酒席

861

過了再告訴他就拿他的家信給他瞧寶玉喜得了不得兩個
人正商議著寶釵也走進來說道林丫頭前日說的話怎麼樣
天氣也好得很不要擔誤了時候兒黛玉道可不是呢我正在
這裏告訴寶姐姐他也來的正好咱們就今日樂一
天罷寶釵道今日也好不過明日從容些只是南邊的事情曾
先生通道也不用等老爺回來告訴他今日長久出門的人
兒盼的家信黑況且他有老太太的平安字兒咱們何不今日
就告訴了他黛玉道我也這麼想不如明日酒後告訴他他更
樂呢一則怕他見了字兒思鄉起來二則必要告訴他一定
要等老爺回來了再起身等他應承了這一句鑽給他這封字

862

兒齋寶玉寶釵都說妥當的很寶玉道這麼著我今日正要到
姨媽家去請姨媽太太的安我就悄悄的告訴兒的下唇菱
嫂子順便就那邊去告訴林姜兩兄鳳兩妹明日要早早的過
來做一個雅集兒他到梨香院去告訴一班姊妹明日要棟筷新鮮
叫稿官來叫他到梨香院去告訴一班姊妹明日要棟筷新鮮
從沒有唱過的戲唱今兒先將曲本兒送過來說畢便同寶
釵去約李紈平兒一同去了路上過著探春湘雲也一同去了原來
黛玉寶釵平日很歡重曹雪芹一則是賈政寶玉的至交二則
是前後紅樓夢兩書想為他夫婦三人寫照心裏十分感激因
此上悄悄的探知雪芹並有回南之意知道員才高傲不肯干謁

863

第三十回

360

覷飛馬來說今日比從前早了許多用過午膳往寶靈宮拜
了佛未初進宮領了宴卻准起身這裏小心伺候賈政就叫人
一路傳進去就有賈璉同著執事人等簇太監去吃酒飯一面
再吩咐了值燈綠的恩輸外面馬妃之聲同從前的一樣太
監們就說來了男的自賈政賈敕以下照舊在西街門外的一樣
自王夫人那夫人以下跟舊在大門外迎接肅靜了好些時候
便有引道的太監騎馬到來隨役龍椎鳳翠雉羽宮金鑾曲
益照著元妃一樣細樂也過去了捧中橋的也過去便望見金
黃綺鳳鑾與過來賈府諸人連忙跪下鑾與一直的進了大門
儀門也照舊更了衣使也有略客彩婿等引仲妃下與仲妃來

第二十九回　　三

855

到體仁沐德處四面一看果然儉素心裏十分欣悅即便想道
古人說的居高思危處滿防溢可不諒這樣的也像從前元妃
臨幸的時節各處看過了一回從前那些珠玉金翠錦繡婇羅
的奢華一概除了大半只是個潔靜恭敬的光景仲妃想道
這處著下去纔保守得天恩祖德那奝門玉戶桂殿蘭宮的氣
象豈是臣子所宜林姐姐真是個有學問的就到了省親別墅
的正聽來兩位太監引賈政賈敕等在月臺下排班略客傳諭
兒了退出去又引王夫人等上來也免了退下去就秦起樂來
而謝止仲妃也喜喜歡歡不像元妃垂淚的光景坐下來說道

856

我喜的是依了我節儉恭理可以保守了天恩祖德海往後只守
著這個親模姊妹州也一一見通就軟了黛玉的手道姐姐你
近來做些什麼事情黛玉便呈送上一個紅摺兒通是一處處
一件一件實心實惠行的善事兒仲妃喜動顏色說道非但興了
這個府裏目己也虛立個上好的根基不枉了我的善心道及
也請賈釵抱出芝哥兒來把了一把罕罕的賈他一枚漢玉小
卯兒其餘眾人都只親筆的畫一幅又上了車駕到攏翠蓬拜
佛見了史真人屏了眾人講了好些時候天就晚了略的照
照燈盡宮噪子好叫他唱萬卑之章各已雅樂和著歌到歸留
父毋一句也就滂了些淚兒重新叮嚀戒警了幾句執了王夫

第二十九回　　三

857

人賈釵黛玉的手叮嚀他們二八日進去不及一更就要整東
王夫人等又勸住不再說了幾句黛玉也說良玉那邊還要蓋一
座小園仲妃許下蓋好了圍再來省親就玩就升與去了眾人
看見仲妃節儉的規模喜歡的光景追想元妃有親的時候難
則也曾戒警倒覺得惶感了些所以不欠就仙遊了而今仲妃
的行為繫止一定是日升月恆者頤上壽一家都歡喜稱頌也
來看芝哥兒的玉卯是通紅的一方小漢玉裝著富貴壽考四
字王夫人等都喜歡的很就叫黛玉寶釵一同做一個小錦囊
裝了與他掛上叫頌他的好生留心遠榮國府自仲妃省親以
後第二日請了安第四日十八早上王夫人黛玉寶釵又遊去

858

361

攀跪了騎馬要人家遮着下回就說口渴了嗓子枯了咱們也
不上這個檔兒女先兒就笑得了不得道太太真個明白而今
就買我痛快的圖個笑何如眾人都笑說道很好黛玉達時候
己吩咐了柳嫂子一遍也來坐了聽說書女先兒就說道咱們
而今現身說法就說一個女先兒一個女先兒會算命嫁一個
男的會相面一同行道應酬一位老爺要試他兩個技藝就請
他兩口子過去分兩處坐下老爺便叫女先兒算命女先兒說
道甲未坐寅月建當令四柱又有生扶月干裁透而坐旺地巳
宮而又亦有劃狀一定大貴老爺走出去叫男的相面男的說
道請尊冠起一起好的很天庭飽滿鼻準堂隆兩額也配得三

第二十九回　十　851

台請教手掌好歌若綿團透出碟點必定大富這夫妻兩個也
奉承足了誰曉得這位老爺倒反不耐頜起來一會子請他夫
妻兩個會齊了說道你們兩個說富一個說貴一家子的
說話兒就不同女先兒就說道老爺單是貴貴到極處自然富
起來單是富到極處原從貴上起而今女流的見識單望的是
貴外面閱歷的總重在富一邊我過見好些富貴人關口
使說到底可還有碗飯吃所以男人只說問富一邊去其實推
算貴還道叫做富貴雙全還鏡一個毒命延長眾人悲見了一齊
大笑王夫人笑道好一個隨機應變真賽過了柳教亭似的迼
裏說送上螃蝴茶原來賞玉吩咐柳嫂子將螃蟹分做五樣分

852

配每上一樣精緻素菜第一是螃蟹黃只將披雞蛋鵝
油拌炒第二是螃蟹油水晶越似的只將披菠菜雞油拌炒革
三是螃蟹肉只將臺醋清蒸第四是螃蟹腿只將黃精淡糟一
遍加寸許香黑芝麻用糟油拌着第五是螃蟹柑只將蘇茹天
花雞湯加豆腐清燉就算一個全蟹宴局自薛姨媽以下人人
稱讚寶玉還說快些裁到食譜上去又連叫送一分到書房裏
靖賈建蘭哥兒作束悟了林姜曹三位務必故量的吃些那些
了頭芳窑州也儘着吃白意兒也將蟹黃兒塗人的臉說算一
個端午節下的雄黃酒兒晴雲平兒只得過去喝着王夫人說
道咱們今日也樂毅了此上老太太從前只少一個劉老老寶

第二十九回　853　土

敘笑道老爺呢原也有趣寶玉道罷了不過說幾句村庄話兒
儍說也討人嫌的不過有了他替林妹妹添個頑兒的扳不倒
硬了黛玉也笑起來撤了器皿女并兒又唱了個楚江情又叫
唱了個裊暗絲芳官葱官們也來聽眾人就說玩笑笑的散了
此後就一日一日的辦起省親的事來一則有了薛章二則仲
妃吩咐過的不許螢華倒也容易妥當連女樂的葛覃樂章也
演習熟了到了這日兩府同林宅的上下一齊齊集小心伺候
起來大觀園內雖則打設着仲妃到的所在殿宇減了幾分也
遶帳舞崎龍簾飛彩鳳靜悄悄的瑞雀無聲到處香烟繚繞日
榮府大門直巷口通用了圍候擋羅交午的時候就有一位太

854

趙這些螃蟹可不傷生害命的眾人都也點頭寶玉道螃蟹呢
原也是個生靈救生原也故得但只咱們家故到池子裏去也
覺的太多若是呌人故去一定故在人家口裏不過少送些畫
醋便了依着我只吃這一回往復自己也不買他人家送了來
也不收宜不是好薛姨媽倒說他有理那㳠煙也說狠是咱們
今日且盡個興兒王夫人道說起吃螃蟹來不過一個個的剝
着吃若吴別的再起來也没個新鮮的法兒越不過是氣趣妙
的雞鴨肉和做了羮湯的再不惹揚州調兒剝了一
盞一角的也再不見什麽新樣兒若是剝了吃咳原有趣
那腥味兒還了得就算洗刷淨了也有些氣味兒討人嫌過了

847

一夜還只意意思思的所以我也塌的吃他也還愛他單只為
了這個上頭不顧意便了寶琴笑道林姐姐你什麽巧勁兒通
使的出咱們今日大家拿這個螃蟹交託了你你只要變出一
個新樣兒也不要太奇了總要配口覺（好）寶玉笑了笑道趕頭薛
姨媽笑道今日吃螃蟹交託了林姑娘自然好的很了我還有
個面量從來弄炳事的少弄些便精緻弄的多了厨房裏也照
管不過來咱們而今只要咱們幾個人憑着林姑娘調度其餘
谷房姐姐受剝了吃的也由他再則藕香院一班女孩子也不
要他唱了孩子們捨個螃蟹樂得什麽祟似的也呌他們懷心
意的樂咱們若要取個笑兒聽得前頭街術㝵到了一個杭州

848

的女先兒口齒兒很伶俐活愛咱們就呌了來碩一碩好不
王夫人等一齊說道這麼着吏好王夫人等說慢慢的進園
來爲的怡紅院秋色可愛天是早桂開了幾株大家就走到那
眾去各人面前故一個紫檀冰梅底的茶几兒此不另外擺
王夫人薛姨媽兩位老人家一炕兒歪着女先兒到了勾各人
請了安就坐在旁邊椅子上將孩子和一和琴一套將軍令彈
完了口裏唱道

西風昨夜到園林　吹出枝頭萬點金
試情佳人理絃壺　助他山水愈清音

唱完了就站起來說道請兩位老太太的示下要唱個什麽

849

意兒王夫人就讓着薛姨媽薛姨媽道我倒没有主意你替我
想想只要大家關一個笑兒王夫人想了一想道從前老太太
遊園的時候也曾請一個女先兒進來没有他這個口齒老太
太說的好只是女先兒們唱的書無不過才子佳人什麼鳳求
鳳三笑姻緣這那裏算得才子佳人不過是那些寒酸促掐的
人妒忌着富貴人家編出這些書來暗裏訊刺的不要說大家
人家不愛聽他就是這個做書的也造了多少口過真真老太
太說的不差不是我當婧婦的自己揚着婆婆似的這位女先
兒看來書兒也不少單不要說這些只是短景取笑的說個笑
話兒就好你們女先兒的習氣只唱到極要聖的時候括了一

850

嚴聚到王夫人房裏建薛姨媽也在這裏正在團聚歡快樂只見賈建歡天喜地的走進來說道當今聖上又有恩典王夫人建忙問他賈建道咱們的娘娘又奉省親了王夫人等歡喜得說不出來賈建道我從前說過的當今治天下至大至重的莫如一個孝字體貼臣民之心想來父母兒女天性皆是一理不在貴賤上分的當今自謂日夜奉侍以天下孝養因見宮裏嬪如才人等皆是入宮多年抛離了父母豈有兩下裏不日夜思想的故此從前的一位娘娘奉了恩旨歸省亦且每月逢二六日期准椒房眷屬入宮請候這是當今至孝純仁體天格物的顒濡殊恩所以凡屬椒之家凡有重宇別院可以駐蹕關防並

第二十九回　六　843

許政請鑾興下跽父母私第親見骨肉面敘天倫而今只点了從前的恩典便是從前同了咱們娘娘一起歸省的用貴妃吳貴妃二位娘娘也仍同了咱們家娘娘進于中秋佳節歸家省親老爺乙經入朝謝恩去了這可不是天大的洪恩還有娘娘的吩咐說在家的時候親見過從前的省親一切事情辦的太聲華了就是從前的娘娘也曾再三的警戒一番娘娘吩咐比了從前要減去十分之八不許半點兒浮華尚一進圓來看見了竹廖格外粧點立刻回鑾可知道聖工爲了百姓上觀勞聖駕省方觀民從不肯費民間一草一木何況娘娘省親回家一家子敢違恪遵方幾歡喜又說娘娘也不給一毫賞賜這府裏

844

也不許進獻毫毫又後下一本樂章是毛詩上萬之覃芩一章大內裏乙經譜將出來就吩咐梨香院的女孩子學習這章毛詩採著琴瑟鐘鼓奏這個清明廣大的音樂不許另奏俗聲貫建說罷就將樂章一冊送上來又說娘娘此番那些隨從的內官人等要玖侍這一天總不許教生人家小心敬聽王夫人等聽了都說娘娘吩咐雖敢不遵只是太靜了仲不出恭敬之忱這便怎麼好寶釵道娘娘俊德光明奉了教訓倒也合意李紈這便道娘娘平素的性情如此自然一切遵依寶玉道只將從前歸省的章程真個的減去八分這就是承順了只是娘娘上頭這樣伺候到了那些內官侍從人等卻要如前王夫人賈建

第二十九回　七　845

都說很好賈建便說姓兒且往外面去等老爺回府時就回明了老爺王夫人也說很好寶玉笑道既依著從前減去八分我從前應制做了四首五言律詩我這卷只要五言絕句一首罷了賈玉笑道好你倒要逼學我們大家的了靖娘娘限你一首二百韻的五排詩便了寶玉便道這還了得連延誤也沒有這等苦呀寶釵笑道你前日的考太便宜了原說很很的覆我一番寶玉笑道我只拖定了你們兩個八一同考何如王夫人薛姨媽也笑起來只見同賈夫過來說咱們家二爺說是店影計們送了一塔多大蜘蛛家中人也少一總送了過來已經送到廚房裏去了王夫人道剛纔媽娘娘吩咐叫不要殺生的而今又要

846

了不獨端先生就卜這姓林的小姐可有個喜信兒張梅隱道是了是了等我便便的講出來為什麼呢本卦上下皆具難道不是個雙本林六爻皆變讀占之卦义不用說了還有一個道理款茫好的很却不在本卦發勁定到之卦現出哈好是眾一家而得男慈喜頭胎便興的這也通不算明明說一個恐致福也正合著大人恐惧戒警的致福棋基笑言哑哑難道不是一位小令孫後有則也你們裕後的法則原好看到後面去阿哨哨了不得要警百里公侯之封以為祭主重新出一位國公誰不會解要在下解的賈政曹雷并林良玉姜景呈寶玉蘭哥兒都喜得了不得賈政就叫寶玉上來好好的楷字記

第二十九回　四　839

著蘭哥兒飛風的趕進來告訴王夫人王夫人天喜蘭哥兒及走報似的各處告訴去寶玉也聽見了也害燥也喜歡賈政十分歡服他又請他談了好些易理心裏要留住他過幾夜姜景呈等也二十分的苦留這張梅隱是一位高人如何留得住要奉承送他也不肯賈政再三恋敖敖邀他過兩蓋名榮賈政還要贈幾句話張梅隱就說出四句來道堅冰操守愛日心田芝蘭滿階桂枝參天說罷便拂袖去了眾人只嗟呀不已賈政走進來嗔細告訴王夫人王夫人說為什麼不問他個時候兒賈政跌腳的悔隨後姜景呈林良玉寶玉也進來只說真個神仙豪過欣神卜管輅林姜兩位去了寶釵寶琴也過來大家都

840

說這個異人寶玉又將南安郡王處的卦驗說出來菱發呲出蔣奇妹妹們也講了好幾元寶釵就去問史湘雲湘雲只是微笑惟說不懂賈政來良玉姜景呈還想去請他過來已不知何處去了且說堂玉則管了賬房却蔚了紫鵑晴雯鶯兒還有平兒聲著他三人那府裏的產業也有賈璉經理倒也清閒自在堂玉却將應辦的事逐件安排起來薛寶琴許配丁梅翰林處乙經選了吉期邢岫烟嫁過丁薛蚪堂玉又私自贈一所字額又是李紋講定了趙侍郎的次子李綺不配甄寶玉呂議丁定了新科的王詞林蘭哥兒議定了北靖王的螟女便是花尚書的女兒吉期也到了便就一件一件安排妥貼連巧姐兒周

五　841

家的親事也不用賈璉費心也只一樣的准備真個才情又大銀錢又寬什麼事兒不妥當的還有林良玉姝撥邊的院子空也要蓋一座園亭請著家中一班朋友打稿媒不出色將許多園樣送過來要瞥玉逐一的作置那邊巧石乙經堆滿丁各色齊木花草碑反木植也群全各色工匠同陰陽先生及各色鐵墊陳設也妥富了早等著這個園兒方可以開工堂玉正要斜酌又是賈環夫婦二人雙回門直等一切事過了重新斜酌起這個園亭園兒倒費了好幾個黃昏良玉這園兒果然改的好就選了吉利的日子蓋造起來喜驚喜鼠爆的空園上匠作喧鬧仍舊過來等工完了方纔回去姊妹們益發熱鬧的很大

842

以大壯四之五故有孚離日為光四之九得位正中故光亨此亦推易之理但四陽四陰之卦定有四易此其一耳侯景說頤卦即觀初六升之九五降此本觀臨而來之推易法虞氏又說晉四之初與大過旁通則雜卦之義說除理次序皆亂矣不過易之要義乾坤只生三畫之卦三畫卦更無出于六子者此即乾坤生六子之法而暮四朝三上下四旁推得去說做變卦便不是了景星等十分嘆服賈政道先生談得透暢的很先生替南安郡王的令親卜的那一卦好靈張梅隱道那是上年的事丁靈之茅九三一爻變占本卦變爻本卦為頁之卦與他是仲二人也沒有告新在下什麼事情在下搖了卦像問他可是

第二十九　二

835

為什麼庄子的事情他說是的在下說這座庄子要不的四面水草陰陽上很不利住不的人家況且昆仲二位同居更不好明明的手足兩人爻詞上先靈一勾折其右肱那變卦上打頭就說一個征山災是去住不得的他的令兄倒依人之話老二一定的貪了便宜去買他果真不上一年可僭可僭這也是前定良玉等越發敬奇起來張梅隱笑道大人當時就有一位先生在席間剖過在下的賈政道到的什麼張梅隱道他說怎見得是水草在下說怎見得不是水草他說沛作揲即是禍慢在下說這個註本來差了怪的山海經內肓涌的沛郭理也說一個未詳吳任臣必還博雅不料他反引了這個易經的注子也

第二十九　四

836

說做詿誤之辭可笑極了還寃枉他做一個孟子上的沛澤多而禽獸王沛水草名定要了易義也註明了山海經賈政諸人聽了益發折服就連曹雪芹也請出來同坐賈玉等真個聞所未聞教得他不得當下振出第一等席面歇過了賈政便盥漱了焚起降檀真香張梅隱便也盥漱過了供上者檳張梅隱道在下的善應兒也很多在大人府上求了兩件罷當今堯舜之世還及萬物那有天光照不及的地方在下心裏卻有兩件事情第一各省客死在京的人遺棺無歸的很多求大人對明他有主無主有歸殺打箅他或埋或還還有那些年久暴露的逐件實心委祥第二那

第二十九　三

837

些守節寡婦盡孝寡兒無穿方吃求大人斟了同志起個得實的會兒大丈夫不為良相便為良醫在下不能岐黃只盡這一部易理勤善大人到為相的時候儘看的為國為民培些人長的氣脈這便是在下叩賜了賈政就依了在香案前許下善願仍着禱告了那張梅隱便在香案下遺了簽樣起來揲著了吳之霞張梅隱就驚異得狠道了不得賈政就慌了恣有什麼大不好的签兆出來便急急的問他山吉張梅隱道好得了不得在這裏賈政眾人方鏡心安賈政寶玉從新拜過了張梅隱就必下來細細想了一回便開言道大人府裏可有什麼姓林的一位卜的可是這一位賈政載得了不得便道真個神明

838

下午不出門去賈政道要在家裏候一位客人王夫人問是什麼客賈政道前日北靖王在朝裏當面說起有一位南方先生高明的狠姓張擴梅隱探將好著靈得了不得性情也古板的狠不肯受謝儀只是勸人為善請他探卦的他總要勸你依着他行幾件善事兒在神前立了誓他方綫替你占卦他也並不募什麼財物去只指着眼前地方上的好事兒叫他做一兩件他也無家無室孤雲野鶴露宿風餐你說這個人可敬不可敬王夫人道你可曾見過賈政怎麼沒有見過濃眉鳳目大鼻方口長方面一部長鬚雪白的有精神的狠穿件蘭綢衣服走起步來真個飄然有神仙之氣王夫人道你請他占什麼卦賈

第二十八回　三　831

政道占個家宅平安罷了王夫人道我有一句話通沒告訴第二人這幾天照着林丫頭愛吃點子酸味兒叫璉兒請王太醫去診診脈說影响兒也沒有還是醫家平常呢還是真個沒有信兒你為什麼不請他占這一件賈政點頭說狠是的正在說着只見吳新登進來回道張師爺過來賈政便迎了出去不知張梅隱卜卦如何且聽下回分解

832

後紅樓夢

第二十九回

卜簫挂初猻來讚祖　賦蔦蘿仲妃回省親

話說賈政聽見張梅隱進來連忙衣冠趣迎出去恭敬接讓携手進來那張梅隱是個高士十分脱略只說大人彼此長揖罷就分賓主坐下賈政知道他的易理精微便請姜景星林庚玉蘭哥兒一齊出來相陪賈政道先生元理高妙真個的聞易精微合了鄭辰成王輔嗣兩家方綫有這番戰解張梅隱道大人高明海博就是列位老先生也是經師尊家在下淺見道閣那裏請將出經的真意賈政道先生只不要過謙了姜景星

第二十九回　一　833

或問東漢之易之家或以否泰陰陽各均為諸卦之育義以地水師孝道為天火同人或以乾正變自姤至剥坤正變自復至夬爻以諸卦皆出自乾坤或以復臨幕大壯夬姤遯否觀剥為十辟卦其義不過推卦而我其一說很此不能相通應作何折辰或是張梅隱道這就是宗袁于實屢翻蒭爽陸績侯果虞氏諸人之說視起來原也各齐一理但只推易之法一本自然不由他各人穿鑿了以臺鑿去這些漢儒雖則原本三易不過构目夫未推到上九為乾復月此本京房以卦氣值日立月並非泥了聖賢的變係于實說乾初九至九五自復來至推移相生而干寶升以為爻則是乾坤反受坐於諸卦英虞翻

第二十九回　二　834

有芭蕉扇大的也有碗大的又有無數小的也有五釆顏色各
樣花紋也有渾金渾黑色真個璀璨陸離飄飄漾漾只在花臺
上飛舞往來太陽耀着那些杜丹花也就順着風頭搖搖的引
着這些蝶兒如雲錦一般賈玉那曾瞧過喜得了不得只說誰
此不許去拿他留他在這裏養小蝶兒呢眾人問他那裏來的
吾鶯鶯說是姜妹夫問一個廣東同年要來的羅浮仙蝶繭王
夫人也喜歡就排開席來大家吃過了正在談笑忽然聞說內
閣有信傳賈玉良玉同景星賓玉只得阻了興冠帶而去王夫
人等不放心就同眾姊妹來到上房裏來下午賓玉回來方知
道派了慕脩的書每日五更便須進去辦事王夫人等俱各散

第二十八回　　九　　827

喜得寶玉黛玉心裏十分快隨後賈政回來將寶玉勉勵教
訓了一番吩咐他不知道的便請教兩位妹夫過了淵輩只管
虛心稟請教益就不能在總裁面前見長總要盡心竭力剋剋
慇真寶玉答應了是又叫黛玉每四鼓催他吃如事工車黛玉
口雖答應幾乎落下淚來賈正就回到瀟湘館同黛玉談了一
夜倒像個久別離家的光景從此寶玉便日日進朝這大觀園
好妹們也為的寶玉不在家無心遊玩不過彼此往來談論些
書卷針黹而已直過了端陽節後誰想賈政寶玉又派了隨駕
出差王夫人等心裏益發驚慌這孩子長得這麼大了從沒離
過女人便怎麼好黛玉心裏更覺慌乱倒是寶釵走過來再三

第二十八回　　九　　828

的勸黛玉道林妹妹不要歡了他整日間在我們隊裏混等他
出去歷練歷練罷好黛玉帶着哭你低的道我打算要叫襲人
跟他去寶釵大笑道林妹妹你這個聰明人說出這個話來還
彀苦新我不然時天下人通笑死了誰見隨駕的官兒帶着家
春走襲人又會的君出塞的騎姓口你不要說了燥死了黛玉
樣眼道曹先生呢寶釵道未必肯去新你放心現在跟着老爺
走黛玉泣道身子熬不起些寶釵笑道游方和尚也羞過了黛
玉也無可如何只與寶玉兩個依依不舍寶玉也泣道好妹妹
你不要在老爺太太面前說我戀着你黛玉只管泣着點頭到
了起身之日賈政就衙門裏一直長行叫人堆着寶玉這裏覺

第二十八回　　二十　　829

玉晴雯最是割捨不得紫鵑鶯兒也是背地裏掩淚獨有寶釵
大方王夫人也再三拉住了叮囑賈建連連來催林之孝又傳
賈政的言語來說的在打尖地方等着寶玉只得出門臨行還
彀遍的含淚兒回望黛玉就瞧了好幾天不起身惹的史
湘雲來笑他說他好個脩仙學道的人兒黛玉也不能敢回了
從此時常寄信剋剋望寶玉回來真到七月裏父子兩人換班
回來念家大喜寶玉請了太太的安望過子寶釵略略站一站
說幾句話就奔到瀟湘館來見了黛玉大笑道也有回來的日
子黛玉笑道你起得從前上學回米也說這個寶玉大笑從此
一門聚樂說不盡的快活一日賈政下衙門回來王天人問道

第二十八回　　二十　　830

大笑起來直說笑到下干方散這大觀園的菡花直頑到二月
盡邊方纔收拾過去重新在凹晶館搭起那七間捲蓬到了三
月初環兒吉期也近了黛玉不免到議事處同紫鵑鶯兒晴雯
忙了好幾元也教衆人幫著照應王夫人也時常問些親事零
碎也便各色齋全只是賈政還搖環兒不許見面彆的狠良久
姜景星拉了賈赦同來再三解勸硬叫他上來賈政還氣的要
打又是衆人再三勸開從此賈環方敢上來請安賈政也不問
他什麼言語到了吉期只得將收彩雲之事回明賈政也没法
了那邊王親家處也甚賈家的勢費了數千金贈奩到了吉期
一樣也唱戲受賀請客人待新婦仲妃也遣人送賀禮出來這
第二十八回

823

賈環之妻王氏小名順娟性情倒也溫良只是面貌十分醜陋
麻臉大口一隻白花眼睛身軀偉岸乞得下環哥兒環兒甚不
得意只得將心腹託與彩雲順娟小家女子談吐蠢俗王夫人
倒也踪他只是排在李紈寳釵黛玉之後真個不配又没見世
面雖見不識的物事兒遞件要問惹得老婆子小丫頭們暗他
裏笑他黛玉等背後常拿他做個笑話兒王夫人打諒著衆姊
妹們都不入隊尤怕黛玉雖不起他就悄悄的拉住黛玉說道
不是這樣一個呢人家也不肯給環兒若是要教他費氣力他
也還自己知道分兒安頓穩重你只照他學到那裏隨時提提
他便了黛玉知道王夫人的意思也就一口答應這順娟也還

824

懂得就自己在房裏學些針指不同他們頑兒倒也跟著王夫
人服侍王夫人到薛家去也跟著走走又有寳玉笑說生平慕
的是女孩兒原來也有這一個還是做一個臭小子好漸漸的
三月望從牡丹開放各處的牡丹臺遞了錦幔掛了花鈴賈政
公事也清閒就請王親家來會親排日開戲請酒北靖王南安
郡王知道了也要移樽過來慣的賈政盛飾請了一天兩班文
武班輪流唱戲直鬧到三更時分方纔席散覺得牡丹花
開到七八分寳釵就說從前芍藥開時廝得雲妹妹醉眠了花
片沒有辜負了他咱們在牡丹花上也覺得瀲泊送你看魏紫
姚黃開得那樣富麗咱們雖不奉承他的富貴也要體諒著春
第二十八回

825

工的意思湘雲笑道我就醉了一塲荒你們掌扳到而今這牡
丹也不要賞了你們不知道前日鳳妹妹說他有一件乾好的
物事等官客們不來他就帶到牡丹花最熱開的地方來頑給
衆人瞧我再三問他他說還要等兩日纔有問他什麼物事他
不說敢則我到知道了黛玉笑道誰還能端過你倒底是什麼
頑兒湘雲笑道自然雖見了纔知方有趣寶玉聽不倒一聲就
趕過去催著喜鳳好半日回來說是鳳妹妹古怪的狠斷不肯
說只說兩日後斷有的到第三日果真喜鳳同喜鸞過來約了
王夫人衆姊妹寳玉到錦香亭便有了頭拿了好些竹筐子過
來喜鳳就叫遞筐子打開了只見筐子裏飛出無數蝴蝶來也

826

寒栗發深醒嫩客低亞悟芳妍

殘闌　　松下清傸

檀心瘦甚古香留漸有微黄華辧頭一半春中情悲惹十分幽處愁含愁再思采采心何恐尚見亭亭意似羞為惜精神早加剪儘堪芟佩綺橐收

季紈正在反覆吟哦眾姊妹大家稱獎起來彼此各相推服寶玉道你們都好到這迸實在難得難於品評了李紈笑道題目呢却比上次的菊花難些詩却好呢我再從公批評出來問蘭第一憶蘭第二蘭影第三畫蘭第四供蘭第五殘蘭第六又要推瀟湘妃子為魁了真個的春蘭秋菊都被他占去了以 第二十八回

819

下詠蘭種蘭對蘭簪蘭夢不好了末了詠蘭又是寶兄弟了寶玉也拍手歡喜道實在公平李紈道眾人以為何如黛玉只笑說當不起的眾人都說確當得很李紈道這行來芳草夢到空山一聯非不好無奈他這那將山壼裏把春光二句又把蘭花問得無言可對底下那個青俱盡粉細勾也實在沉着難有唇脂千剎巧鑿之句不得壓他那供字也烘托的妙殘字也出神往後佳句尚多算來都壓下去了黛玉道那對蘭的看無厭坐不移也妙湘雲道就稱爾松根一句也出神堂玉道那蘭影蘭夢尤妙也是見道之言我從前見他這個枕霞的號就知道他離處起凡了當下眾妙妹重新大家吟賞了一會方繞上席

820

都讚這個河魚果然是一件尤物大家都盡興吃了些也吃了好些青菜李紈忽然笑道寶兄弟我記起來你從前還找一首螃蟹詩而今何不補出一首河豚詩寶玉笑道做雖做也不過取笑罷了就取筆寫道

江千異品數離鮭萬里風帆日下來蘆葭抽殘潮雪上楊花落遍浪雲開應教橄欖堆千顆詎惜醖醐滿百柈莫羨荔支登北地有誰携此到燕臺

黛玉笑道比從前螃蟹詩似乎像樣些李紈道也好呢寶玉笑道你同寶姐姐也照舊做一首黛玉道先請教寶姐姐罷寶釵笑道我此他好得有限呢隨即口占道 第二十八回

821

妙數離黜揚子津江南風味擅三春常同半苦蘆芽鷹曹與回甘辣果陳浴盡井華羨頗釋調來蓋露蚱何困世間毒甚河魚味既飫歡娛未惜身

黛玉也口占一首道

蘆笋牙肥綢細穿喜看歸師出清淵厚分蒸尾方名辨品汰魚鞋食饈悸朒珀膏流雲濺澗凝脂乳滑雪花旋莫嫌唐突西施甚應為煙波過別船

寶玉說好極了李紈笑道一個誚古一個鳳今倒也工力相敵寶玉道寶姐姐林妹妹我到衡門裏去考都不怕單單的怕定了你們這一班怪不得你們代筆的没人考得過了說的眾人

822

祗恐離披處拭倩東風一早催

訪蘭

欲求幽品度層巖枉遇狂人告雪寒荷杖撥雲尋逕曲筇

憧行露見香難愁憑若與通靈悟清關宣終歷古歡應是

巖阿留跡代懷博消息慰盤桓

映蓮仙客

種蘭

生即當門未忍鋤移根好與惜清蹤想他藤運含苞處稱

莳松根救箭初泥屑句丹顆蛆水華輕漲綠翹舒只頃

淨洗黄礙斗差配天寒　竹居

閒風逸士

對蘭

第二十八回

碧桐靜友

815

下玉階來喜見之延俄正好挹清姿自知性癖看無厭住

笑余痴坐肯移餐秀懊容前靚面襲芳休悔披披相思猗猗

忽使生慚愧羞却塵緣裲許時

供蘭

潇湘妃子

擬覓幽芳近愈追衛雲天士望逅迨請登玉几當湘賦應

坐紗籠振楚鬟高見鶯黃含嫩舌珍宜翡翠酏芳苦祇將

沿水陳清歠欲讓生香鼎篆銷

詠蘭

怡紅公子

擬意逢君怕阻深遠藏巖谷就逅尋含竜信否傳高致遐

韻疑於配心品絕烟霞難吐屬貌霄仙隱費沈吟餽他長

第二十八回

816

長吉言幽露啼眠徒悵病懕懕

畫蘭

春風筆底忽迴翔落紙離披披肖業芳誰向繁中求靜趣難

從空炁取真杏唇脂雅配含心淡千剗生慴救業長懷寫

靈根解水墨輕青嫩綠辨微茫

問蘭

潇湘仙子

試句清容君字呼獨尋芳逕竭區區那將山意幽來絕忿

把春光淡到無別去烟蘿盒不恨伴些松竹可嫌迂忘言

應笑咒吃舌許我同心調豈派

答蘭

第二十八回

蘅蕪君

817

露冷摘下最解新在月梢旁照綴勻恰向鬘雲窺靜女悅

於鬢鑑映佳入翠羞顏色拈來淡玉比精神琢未真膏沐

艷杏添雅韻祇憐零落枕邊春

蘭影

枕霞舊友

汎汎鶯看墨蔭襉靜將釵股暗中偷生花映紙青都盡折

葉依墻粉細勻身為摯風對撼漾叢因紛月兩明幽從知

色相俱空處自寫清姿韻致留

蘭夢

枕霞舊友

逅汀被處阻湘煙春困欄邊亦可憐情潛略固雲緒惹神

清也為月魂幸都房荷旋鶯蕪覺茂苑芊眠蝶栩然一勻

第二十八回

818

爺當薔也說好的狠叫小的過來回大姑娘大姑娘若不放心小的拼著老命先當給大姑娘瞧黛玉笑道果然放心吃得妙極的了你就拿過來王元卯便去了李紈就走出來笑道妙極咱們而今就拿他賞蘭花黛玉道狠好就叫人請了眾姊妹同寶玉來眾人到了聽說這箇大家喜出非常寶玉便道咱們快去罷寶釵便道而今我有一個議論在此咱們從前聚得熱鬧的時候大家高興起過詩社此調不彈久了算前日你們做幾晉青蓮花詩也算不得想起從前的詩社惟有菊花社最盛詩也好也多恰好而今種了蘭花古人說得好春蘭秋菊各占一時之芳咱們今日不可不做蘭花詩也便請了鸞鳳二位同香

第二十八回　十一　811

菱姑子一齊入社大家評評好不好寶玉先跳起來道妙極眾人都說好寶玉道索性我說出來罷林妹妹從前焚的詩稿我已經替他一齊默了出來他這些時正在用功收拾這件事益發打入他的拳路去了李紈道寶妹妹的議論果然好我還有一個省事而有趣的道理譬如從前是懷菊而今就懷蘭從前是訪菊而今就訪蘭一直排下去也還他十二首好不好黛玉笑道實在好寶琴道好便好蘭却比菊難了好些探春道真個呢這倒也是一句甘苦話呢李紈笑道而今有河豚呢了怕不做出兩句好詩寶玉笑道從前也吃過螃蟹呢寶釵笑道螃蟹配不上河豚呢眾人都大笑起來當下便命去請了喜鸞喜鳳

812

香菱過來會齊了同到凹晶館去那時候春陽近午蘭花十分薇郁眾姊妹便次第的坐下寶玉倒像個書房小子似的出出進進捧了端硯古墨湖筆雪箋過來先將十二個題目一排兒寫出史湘雲道而今還有一句話有些新入社的沒有別號各人且自己說出來喜鸞便說是閬風逸士喜鳳便說是碧桐靜友香菱便說是映蓮仙客寶琴便說是松下清齋這寶玉寶釵等各仍其舊眾人公議仍請李紈為主司評定甲乙各人就去揀題香雪便替王元上來請示問幾時擺席李紈吩咐交卷就席當下寶釵先去把第一個憶蘭勾了題下註上一個蘅字寶玉道又是他把第一個勾了黛玉便把問蘭供蘭畫蘭勾了湘

第二十八回　十三　813

雲也把蘭影蘭夢兩個勾了寶玉道這種搶法差不多好的統揀完了等我也來挑一個正說着寶琴也來把殘蘭勾了寶玉隨即就勾了一個詠蘭隨後喜鸞便勾了種蘭香菱勾了訪蘭喜鳳勾了對蘭各人都在題目紙上注了一字造班閣間裙釵倒也筆如鼠雨兩三盞茶時也都完了寶玉就叫香雪碧游揀一幅鵝黃衍波箋騰出來各題下各注出別號寫完了送與李紈說從頭讀道

憶蘭
　　　　　　蕉園君
曾接梅花細細開黃無香影費徘徊行依芳草難忘夢到空山下醒來記我先春耕罷晚湖他前度透蒼苔蘿堂

814

狄一辨像指着人的也有蔕莖兒逗一圈兒的都像要言語的意思也有隱在叢裏似高人幽士在草廬中獨坐的那些花葉交加總望得玲瓏剔透映在地下也好學些筆法兒寶玉道怎麼着費了多少心裁他把些香韻都被月亮衰的蝦蟆精吸去了就一些兒也不聞黛玉道你不知這個花可遠而不可近的大家跟我來就一齊到東邊坐下只覺得糊杆外隔水的坡子上一陣陣蘭香悠悠揚揚的送過來眾人纔服他前日的佈置寶玉道這箇香倒底有些苦意寶釵道清得很寶琴道而今人狠熱鬧的就說這個人紅也說紅極了咱們想起來兄是花卉十分紅的不狠香算有玫瑰花也想俗大凡清香的原有些苦

第二十八回

味呢史湘雲道譬如月亮紅了也不曾明清白兩字原是連的黛玉道這是底子裏的原故倘如月亮遮了雲也不明所以謝三愛一個微雲點綴倒被王道子說一個心地不淨渾織太清了史湘雲道這番議論倒是一個格物的見解那時候月亮也亮起來眾人也喝了好些茶再瞧那蘭花又開放好些忽見綠樹影裏簌簌的响眾人駭了一跳却是焙茗李瑤聽了寶玉的吩咐抬了一座大千里鏡來就將架子支起寶玉說是祖宗時上陳用的寶貝咱們且拿來照這個月兒又叫傘去收香鳥秡在蘭臺上收些蘭花香兒到各人房裏去眾人真個的就着這千里鏡望月盡着眼力照去也不過照得大了好些

望去一塊塊山石影子似的又有黛玉看得月亮分外親近像是見些宮殿人影兒問着史湘雲只是笑笑不肯說眾人也盡興了內裏戲也唱完了王夫人叫人來催進去只得大家辭來寶琴道討人嫌的這個月亮我快也快慢也慢只跟着跑似的不要惹我走罷去追着他眾人都笑說道孩子氣大家說說笑笑望王夫人那邊去正將走到角門只見琥珀過來說道太太說夜深了上頭客人都散了太太也坐不住醉的很就待上床叫姑娘們奶奶們通不要上去了眾人只得同到寶釵處坐了一會子大家方纔回去到了第二日黛玉平起謝壽畢就走到李紈處來方纔坐定只見賣芳來說王大爺在外面黛玉

第二十八回

就走出去叫他進來問他有什麼話王元笑嘻嘻的打了一千站起來笑道小的有一件物事要來孝敬大姑娘黛玉問是什麼王元笑道不瞞姑娘說這一件物事從來沒有到京的到了京也沒人敢吃他黛玉嚇了一嚇道一定是什麼毒物了王元笑道實在就是河豚魚黛玉笑道這個麼我小時候也在南邊嘗過的好是實在好不過只是險些兒王元笑道不妨事的就是咱們家吳老朝奉在南邊來竟拿一個大木桶盛了江水活養着二三百尾帶進京來竟有一百多尾是活的小的為的年紀大了也不敢試他這吳老朝奉帶了會弄他的廚子進來老朝奉就吃給小的瞧小的也吃了今日小的也烹製了好些大

幾龍呢寶琴怕黛玉存了心便道林姐姐睢罷到了天晴得久起來没有些雨絲兒蘭花倒不樂呢黛玉笑道你也説得太巧又過了十一一天太陽微微烘起來那些蘭花分外開的茂盛來紋寶釵道他真是惜花人兒誰知到和十晌午天就晴起來香也香極了王夫人以下都替黛玉預賀寶玉也嘻嘻的跳進跳出寶釵就與黛玉商議道這樣雅致的頑兒放不得俗人在裏面咱們而今日裏頭讓寶玉同拈夫們去賞玩過他們喝酒聽由只不許唱戲文惱了蘭花等他們散了咱們只等月亮上來了出去也不吃什麼只品些上好的茶葉泉水黛玉道很好真個到了十二早晨黛玉便艷妝了出去家廟裏拈香拜了賈

第二十八回　803

政王夫人長幼上下全拜過了壽富裏仲妃也打發人送畫出來這裏賈政賈赦璉兒寶玉蘭哥兒讓着曹白章萬杭氏兄弟林姜二位並程日與等門客都到凹晶館賞花臨曲直到日色平面盡散而散王夫人薛姨媽只同著邢夫人尤氏蓉兒媳婦在內堂裏照女樂這裏大觀園姊妹史湘雲香菱寶寶釵寶琴紈李綺李紋探春喜鸞喜鳳平兒黛玉寶玉紫鵑晴雲鴛兒一十六人並于頭老娿子蝂人都望凹晶館來一路上穿着樹影花陰也就可愛大家照着身上都像刻了墨綉花兒那幾元天屯驟晴春光和暖也穿不住小毛衣服只穿些棉絨棉綢彩兒這夜月色明亮得很天上一點雲彩没有就如鋪了一片縐波

第二十八回　804

月亮傍邊有兩三顆明星傢着翡翠上嵌的珠子將近凹晶館就有一陣陣蘭花香韻飄過來薛寶琴寶玉走的快先走透了四晶館的西首欄杆寶琴拍手笑道竹極了下了大雪了隨後衆人走來都說道有趣有趣月亮要眛下來了寶玉便走到臺基中間亂舞又叫道咱們快走到這月心子裏來衆人真個的依着他黛玉笑道大家照琴妹妹好標緻呢李紋這月亮地下過你小戶人家村莊裏的女孩子大凡眉清目秀的惹照得好不要說咱們家這個琴妹妹從前老太太也只見他在雪地裏没見他在這個月亮下寶琴道大家也照林姐姐愛不愛黛玉笑道也照你家寶姐姐愛不愛大家說笑把個寶玉樂得

第二十八回　八　805

什麼似的只說道為的你們不愛搽粉替你們搽這個月亮粉使了大家瞧瞧勻不勻李紋道來來瞧寶姐姐的金簪上一絲絲的金嵌直射到月亮裏寶釵道誰不是這樣就瞧你頭兒上不是一圈佛頂光黛玉便指着樹林子說道雕板子也沒有這樣清楚寶玉就仰着頭將兩隻手望上亂撥脚下亂跳道你就下來罷只走到石欄杆邊望着水裏道你們照他耀眼晴似怕的真個猴子就拉他轉來道咱們大家還是瞧蘭花去於是大家都走到蘭花器子邊只見蘭葉上亮得很黛玉就叫一槪去了紗單細細的瞧那些蘭花益發些靜也有全放的半吐的

806

的精緻陳設也都要換起來李紈道這個你倒也派的妥當我就色色摔過便了寶玉道連那字畫也換黛玉道換換也好你若是掛些蘭花畫兒蘭花勾兒也小家子極了寶玉道林妹妹你瞧得我這樣我便拾得出畫蘭也拾不出畫月從古名家也只畫出月影一輪也沒有畫出月色來呢眾人都也發笑從此榮府裏就千方百計種出些各色各樣的蘭花來偏這件高雅的花卉項好的倒在各銀號字擺薇州朝奉紹興算手處覺了來有了說文人阿伯要沒有拿去有的說這種花出在我王老三手裏寶釵只吟咐不許用五綵盆只用宜興窯紫白二色上等的勻將那哥汝定窯盆栽著盆面上一色鋪勻了山泥又叫

第二十八回

人將布等收了好許多草頭曉露勻勻的澆灑養著為的蘭花喜風不用玻璃罩全用稚淡色紗罩罩著就防了蜂蝶蝸蟻便有蟲蘭素蘭綠舌白瀏丹顋綠心紫翹斜芳大中小荷花瓣珠黑月英菊青同那些同心並頭並蒂一總出名異品五百餘盆一齊分著香几香架及各色檀梓梨楠高腳架子探列到四品館去李紈要他月亮大吟咐將七間塔蓬卻去等蘭花過了再發起來為的蘭花喜風把四面屏窗一齊上了繡菊洋簾望去只如輕煙一抹那回晶裏的陳設也二十分精緻正中間放一張水雲擷螭的羊脂白玉床兩旁邊左首放一張波斯國瑪瑙褟右首放一張西洋琉璃褟放著香梓紫檀油桶的坑棹通是

三藍竊花的靠枕墊水梅紋紫檀的腳蹴一色素檀便椅藤花紋虎斑木使持來西斎閒內不擺炕單鋪了幾張軟腳床掛著刷花香羅帳頂備著傢乏了躺躺的那茗酒之器也全用古玩又是正中間掛一幅趙松雪墨筆蘭亭修禊圖一邊是黃子久換鵝圖橫披一邊是王蒙靖易圖橫披掛幾聯張伯雨其鮮于伯幾的對聯真個是色色精雅總要讓這蘭花的生香出來將鑪瓶通去了當時有許多棟下的蘭花黛玉還添了無數就親自瞧著在凹晶館東首隔水的坡子上一道的栽滿倒抵去了好些芙蓉根兒寶玉只說道可惜李紈也笑道裏邊這樣楚楚那邊真個雜亂無章了黛玉笑道你們誰懂得寶玉笑道

第二十八回

六

道有什麼不懂算有個蘭臺年年發花供著你薔兒上帶帶便了黛玉笑道算是這個便了那坡子高起正對著一帶欄杆芙蓉時十分好宿雖別前後的芙蓉很多可惜缺了這角寶玉噔惜不己便看著人去種這些芙蓉根兒口裏也悄悄的埋怨道林妹妹你也瞥暗變忌些兒好這裏姊妹頑兒這個賈政及王夫人也走來熙瞧賈政喜他倒頑得斯文王夫人說有趣那花便漸漸的狀起來可可的過了二月初五六元氣陰陰起來也毛毛的下了兩番細雨雖則花情快活都是人意不歡那岫堙便笑李宮裁去得好搭蓬李綺便說讓林姐姐求丈真人叫個月亮出來黛玉便笑說花朝的命兒不好要這樣微風細雨

一會就歌到寶釵處商議原來是寶政吩咐過的因為寶玉被僧道拐騙故此僧道通不許到府又為馬道婆作怪凡是三姑六婆不許上門那鐵檻寺饅頭菴等處雖則依了老太太時候的年例給他這些內眷們一概不許到菴觀寺廟去游玩只就大家園內遇他姊妹們頑兒所以寶釵等商議也只在園裏打算大家商議起來雅到種葡聯句俗到割腥唉翟就連放風箏撲蝴蝶各色的頑兒都也頑過了還賸下什麼來若再重複起來也沒有什麼情趣探春道咱們不如大家鬥個巧各人堆一盆小花園也有樹石亭榭大家聚起來熙的那一個好李紈笑道真是寶玉的妹妹手指頭天天弄泥好孩子氣寶釵道咱們

第二十八回　三

795

各人選些列女出來也分出各樣門類合成一部書黛玉笑道這是他們翰林衙門襲惰的差使咱們常替寶玉當君還開這箇寶姐姐真是道學先生太文了李紈笑道我就派你獻一個不文不武的頑兒上來說得不好咱們大家批評他黛玉笑道依着我趁這個正二月元氣大家種些蘭花寶釵探春薛寶琴都說道真個倒有趣呢李紈笑道林丫頭你且說出個種蘭的好處來黛玉道我還有句話差不多我的生日也近了你們大家不要替我做生日就將這分子湊起來辦這一件頑兒連我的生日也就雅極了李紈笑道咱們賬他管賬的心機兒處處打算盤還說雅呢好箇能員派兒黛玉道告新你從來說花朝

796

生日的女令是極不好的咱們而今自己先說破了從來極不好的八字總要出一個極好的人兒所以做這箇生日偏要比人家不同些寶釵笑道不同些不過自己要算個國香便了黛玉啐了一啐道你便是個天下香黛玉這一句就說他是個鄉愿的意思寶釵笑道你們瞧他嘴頭兒眾人都笑起來李紈笑道罷了聽他說這蘭花的好處黛玉笑道蘭花的妙處你若不懂你也不怕着問咱們而今先定見了種不種果就種了對着他講眾人齊聲說一定要種的寶釵道我倒要講定了也不許各人各種也不許種在瀟湘館要在一個公所為什麼呢偏這林丫頭千伶百俐總要弄出頂好的壓人上年九燈就是了咱

第二十八回　四

797

們也不犯着大家來朝你李紈道這麼說你就定見一個地方正說着寶玉也來了聽說種蘭也很歡喜就說在怡紅院種去寶釵笑道呢倒來朝你呢史湘雲便道大凡蘭花的妙處全要些風月這清風明月又妙在臨水的軒廂寶琴道這麼着一定在凹晶館眾人都說好黛玉道是呢真個的蘭花在月亮底下也就有了蘭韻寶琴道不是這種花也配不得這春天的月亮秋月令人愁恩春月令人歡喜煦着春花也嫌他太嬌艷了不如淡淡的映着這個花史湘雲點點頭道也還有頁起下元的真意黛玉聽了跟着照頭寶釵道這底說起來咱們大觀園內頑兒到蘭花月亮也算極盛的了大姨子你便知道祖宗時

798

後紅樓夢

第二十八回

林瀟湘邀玩著蘭月　賈喜鳳戲放仙蝶雲

話說李紈寶釵探春平兒等因賈政王夫人心裏不自然做小輩的千思百想沒法兒說開好妹們日日商議寶釵笑道我各樣也想到了倒底要尋著林丫頭他的巧勁兒也很多咱們只激著他他一定的有什麼法兒說兒李紈笑道他也巧極了依我說倒不要激他他不吃這一筋寶釵也笑著點點頭大家就去問去黛玉也猜著他們為這個衆的就笑道又來議事了李紈笑道林丫頭咱們也不激著你到底你還有個算計兒若是這

筒上想不出方法來也就不算林黛玉了黛玉笑道好一個不激著告訴你知道算你激出來的便了寶釵便坐下來問他黛玉便道話是有句把中竅的話兒單則是我只管上前也不妨這要用著寶姐姐寶釵笑道臨過諸葛孔明點將便了黛玉便道太太的話老爺原也不能敢回就定老爺心裡頭只怕黛玉便味兒老爺的話老太太也存著心曲折講不出咱們只就這筒上圓上來就好了只說了久已虛出來原叫脣咱們三筒上去說我一輩子惜穿惜戴留一點子給環兒媳婦同顏哥芝哥媳婦做個見面錢不料的被他鬧殘了要回老爺打死了這個沒媽的孩子心裏也實在的疼只好提醒些兒罷了

這麼著講怕的老爺不回心當下衆人一齊歡服寶釵道為什為用我呢黛玉道大坟子也近討媳婦了怎麼說我呢怕老爺疑我打算出來的話兒寶姐姐你那芝哥兒還小著你就說著那裏算替媳婦討見面錢衆人一齊說真個賽過孔明了真箇寶釵過了空閒就依著他在賈政面前說了賈政就只管點頭一二日間便不知不覺來親近王夫人王夫人見賈政這樣也就漸漸解釋倒袄心誰人去說開了悄悄去問寶釵寶釵也不歡瞞你真說了出來王夫人就樂得什麼似的只道罷了我的心坎兒都被林丫頭說穿了咱們就去賺賺他王夫人寶釵就一同的到瀟湘館來同黛玉說笑了半日把黛玉喜歡得什麼

似的過一天寶釵將王夫人喜歡的緣故告訴黛玉便笑道也便一當兩等上頭也同你釋然卻也不是我編出來的黛玉也感謝寶釵不已寶釵道上頭阮這麼筒意思咱們做兒女的儘著博他喜歡繞好你這幾日空閒也上去得勤些黛玉點點頭真個跟了寶釵約了衆姊妹不時上去也順頑辟兒說說笑話王夫人便道為些不相干的事情關過一冬直到這個日子繞覺得清清淨淨的你們大家也商議頑兒的事情黛玉便說太太愛什麼頑兒李紈道猜定是不愛顯戲文也幾個女孩子伶倒實在的這個戲文也煩極了就上了新戲也不愛顯寶釵笑道咱們且商議定了再來回覆太太大家誤了

性兒王夫人又是古執的在薛姨媽面前彼此雖則說話倒像個客氣的人兒應酬一兩句便了那李紈探春黛玉寶釵等也想不出一個方法兒也只得各人散了黛玉留心叫人打聽環哥兒彩雲只見彩雲扶着痛哭事環哥兒眾丫頭都埋怨他說你被環哥兒誤了彩雲道各人情願太太就攆我出去我便尋個死就罷來嚷也丟完了有始有終的要跟他眾人都笑他的歎惟獨寶釵寶玉倒說他好黛玉度量也寬倒也將他害襲人搬是非的不是忘懷了反與寶釵在王夫人面前細細的勸王夫人也為的自己丫頭漸漸解釋寶釵便勸王夫人索性將彩雲給環兒收了王夫人起先不肯寶釵那着說只得瞒了賈政叫

786

他兩個一房黛玉便與寶釵李紈商議環哥兒的年紀也是個時候了儘着關也不成一件事體給他完了親罷大家意見相同便吩咐了告訴王夫人說的妥當三個人便同賈璉告訴賈政賈政很生氣四個人幾遍去說賈政想起來終究也沒有不辦的又是趙姨娘留下的血脉因此就回一句道憑你們罷我通不管四個人得了這句話就回了王夫人逐件的辦起來就將秋桐住的原房收拾起來那邊王親家卻是一個暴發足有十餘萬家私只有子女二人子名順哥女名順娟也是王夫人的遠族見環兒好闊也不放心今見賈璉來講完相便即應兒這時候漸漸人也好上來了只是害着臊不便走進大觀園中

第二十七回　九　787

黛玉心裏十分過不去打聽得他好了一面叫焙茗告訴蔣函一面叫蔡良家的同着熏芳香雲一同出去千定的拉他上來自己便同紫鵑晴雯鶯兒在瀟湘館等候着又吩咐府裏人不許一字兒揭着他襲人也有了臉面就一同進來見了黛玉淦着淚磕頭下去黛玉鶯鵑等也下淚趕緊的扶住他拉他同坐襲人再三不肯黛玉不依五個人就一同坐下黛玉便連根到底將彩雲許多不是說出來說道襲人姐姐你也知道我上了檔死了咱們從小的姊妹兒你也實在的委屈當的差題着說是自己不是晴雯性直便道這個呢你原也真個不是但則姑娘的心兒實在恨他這個狐精呢黛玉又問他

788

近日的飲食拉他的膊子瞅瞅懂管抹眼可憐兒他從此襲人加倍感激黛玉晴雯也便真個的相好如初便眼房裏也去幫助當下襲人又到王夫人寶釵處磕頭王夫人寶釵也安慰了多少言語並問了黛玉相待的情形王夫人便叫平兒去喚彩雲來給他陪話寶釵為的他已經是環哥兒收過的人也就勸住寶釵也同眾人到瀟湘館坐了許久方去當時賈璉的飢荒便算清楚過了倒反賈政王夫人心裏不投有一個彼此說不出旁人也不能勸釋之處不知後來如何和睦且聽下回分解

第二十七回　十　789

傑可歎可歎我家祖宗有福我總依你遂你的願便了瑩玉見
賈政的氣兒略平便叫人悄悄的請林姜壺曰四位過來替賈
政散問叫賈璉蔡良押著賈苦清楚環兒的來了自己便同賈
敘勤了王夫人進來也勸王夫人不要難為了彩雲惹他羞死
作活王夫人卻為從前賈政平下飢荒要尋房基裏物事推說
沒有反問李紈賈敘惜當而今梯乙的金珠反被自己丫頭偷
出也對不過賈政也對不過李紈賈敘所以深悵彩雲離則賣
釵瑩玉苦勸起氣不平王夫人便道我三四個月不見襲人彩
雲說他忙得緊不能叫他他倒去問他拉批瑩玉心靈立刻悟
丁怡紅院彩雲之謎就說道彩雲說前日襲人進來還是太太

叫上來的王夫人賈敘聲說道奇極的了當時你一句我一
句又將襲人到王夫人處編排瑩玉一節辨明王夫人道不好
了賢在是一個狐狸精了這襲人可不委屈死呢怪道這孩子
上吊也有葉媽跟在後頭笑道那一天蔣奶奶起進來討這個
當物急得什麼似的走到蜂腰橋裁了一交跌缺了一根玉簪
兒頭髮通散亂了衲的我扶他起來替他挽了頭髮他就送了
我這根簪兒就按下來給眾人瞧果真的蘭花辦兒碎缺了瑩
玉一個人心裏就徹底透明起來想道真個的襲人也委屈死
就王夫人走進房去就開了首飾廚一一查看賈敘瑩玉櫃春
也來瞥不見了金鑭兩對金戒指一盒玉屑戒牌兩塊珠串四

第二十之四　七

掛大珠一粒晶子一金湖珠一十二掛珠記念一串廚裏的物
事兒也亂亂的王夫人氣的慌便喝叫狐精過來就叫周瑞家
的林之孝家的著賈的打了一頓就哭著的檊到從前秋桐住
的房裏巧巧的環兒也在對門聚人倒也好笑瑩玉便悄悄的
叫平兒去著人看守與料他兩個瑩玉便回瀟湘館著賈將蔡
良家的敘說了一頓便叫青荷帶了人參銀子去安慰襲人也
全個兒告訴他叫他撑得起快進來這府裏上下通說老
爺這一頓打的好洗清了多少人蔣玉函也全無疑心又見林
奶奶打發近身的姑娘出來前後一齊說開了又叫他快上去
覺得他的妻房很有臉面也將襲人十分奉承又是焙茗跳進

跳出達人告訴道天理天理從前環三爺害的寶二爺打那一
頓一報還一報今日也照依著遭情倒上了些重利兒燥脾燥
脾咱們當小子的雖著也樂眾人也不駁回他只笑道咱們照
他樂得什麼似的不要給三爺聽見了揭他一個短拿他做一
個王猴兒這件事雖別過去賈政總不開懷又同王夫人彼此
存心偏是年下近了反不大見面賈敘瑩玉也就拉了探春李
紈商議起來寶玉也和在裏頭跟來跟去瑩玉既不惱襲人也
就不惱寶玉漸漸的依先和好起來也就過年祭祖及請年酒
忙忙碌碌鬧了兩個多月可怪賈政王夫人執意彼此不肯文
言也曾請了薛姨媽過來有意無意的勸釋卻苦的賈政道學

第二十七回　八

玉時那些門客還敢上來而今見賈政氣得不是路了又且內眷們通在屏風後誰敢上來賈璉寶玉蘭哥兒只望了賈政哭着磕頭賈政也不理還喝叫打王夫人就走出來賈政一見了王夫人就踮開家人搶了棍目己打王夫人趕近前那棍子趁下去的很賈環的一條綠綿褲血已漬透起先還叫着喘着到此聲息將無賈璉寶玉蘭哥兒就哭着死命的抱住棍子王夫人便哭哀哀的趕前去抱住他賈政那裏肯歇手屏風撲都推黛玉寶釵出去兩個也就去黛玉便上去扶了賈政賈政方魏退到椅子上坐着又管喘王夫人便站起來哭着指了賈苦道環兒這個沒料兒的不用說了不是你句引他他怎麼鬧得

778

這樣咱們府裏也沒有薄了你你怎麼起這個心沒天理的良心兄衰盡的賈政便氣吁吁的指着黛玉道大姑娘你你替我問他黛玉先叫賈璉將賈環指了進去便冷笑道苦小子我先替你講你不過說三爺你年紀也大了也是老爺的就生怎麼不管事倒讓着璉二爺又是三爺你不是太太生的又是林嬸子霸定了他霸定了咱們偏開是不是有沒有這賈苦魂也嚇得坪了只管磕頭黛玉便回賈政道咱們祠堂裏也不要這個子孫祖宗見了也惹氣問他什麼羊逤便了賈政也點點頭賈璉帕的賈政惹氣喝叫苦小子滾罷黛玉說替我站住咱們不算你賈家子孫算你平人謨你從前救着璉二嫂子死了要賈

第二十七回　五　779

他的巧姐兒給人作妾該死不該死你把府裏的尼姑哄出去混賬說冤不該死你在老太太臉裏聚人到榮禧堂花賭又住那府裏花賭誣冤不該死你壞老爺的聲名去哄騙書辦該死不該死葦你出姓輕些兒你自己讓賈苦就碰得滿頭血只說該死黛玉便說滾出去死罷賈苦也沿出門跑去了王夫人便將前日告訴賈政賈政回覆的話提起賈政也將自己金珠走尖不查說出銜得黛玉寶釵解開賈政便道大姑娘怎麼賬房裏冤百兩遺失也不查黛玉便將上簿的話回明賈政不信黛玉便叫人取來果然的出進簿皆記上了賈政問上他支簿上什麼覺思因這一問黛玉就當着眾人說出一篇大

780

議論來黛玉道咱們這兩府裏也鉅荒得很了甥女的意思總要將蓬底子全個兒恢復了便那府裏也一樣的恢復齊全來公分晰所以甥女一個人情願包顧兩府等兩府的庶產有進拱出的長趄來恢復舊局那府裏便按人分晰這府裏只提出寶玉平分給環兄弟蘭哥兒兩房也還判一個長次嫡庶甥女自己的便上面事萃了舅舅舅太太下面就留給芝哥兒這是甥女為人一世依着舅舅說的替母親盡一個孝道也不辱沒了林氏的祖先給人家好說一個邋娘的女孩兒而今記在他的支簿上不過日後分晰提出便了當下裏裏外外的人聽了無一個不真心嘆服賈政也不覺咻起來道中間英雄女中豪

第二十七回　六　781

也都是三日前預先準備雖然百事交加理得一清如水也為了襲人不上來叫鶯兒代才他的事情紫鵑晴雯没有副手故此就自己出來也請平兒一同帮着照應當日正在議事處開發賬目忽然瞧見外面搭進話來說道老爺吩咐快些兒三百兩九七平整乞元然出去覺玉就做了兒現成的五十兩一封六對付了去隨後周瑞走進來道不好了三爺鬧出大鏡荒來了覺玉等便來到上頭一齊跟了王夫人出去在屏風後站着張望原來賈政在部裏回來平路上見幾個人圍着一輛車兒見賈政轎子過來一個人就跪上來跐着拉住轎子叫喊救命賈政吩咐到該管地方衙門去這個人說道這個是大人府裏

的事情現有大人的少爺在這裏賈政便喝是誰快叫上來原來正是賈環賈苦賈政見了生氣便問什麼事說是債員賈政便喝叫一總押了府裏去到得進了府賈政便在頭裏出轎傳喊叫的人上來問他這個人說小的姓卜叫做卜源昌做個藥鋪生意前兩月三爺同那一位少爺來說府裏要用藥材都是犀角麝香肉桂一切貴藥材小的回說小店没有三少爺再三拉了小的到藥料行賒去還叫小的自己僱了車跟着他送到那位爺府上小的又跟了少爺照着進這個府裏說定了十日後付銀到今分厘没有小店是個浮店招架不起現在這個客人逼着不的小的真個的没命了那一個客人也跟着說賈政

也氣壞了回問賈苦賈政只得說有的所以賈政立刻取銀開發那起人去了賈政便氣得什麼似的帶這兩個人到書房裏去喝令跪着便叫賈璉賈璉上去先被賈政痛喝了一聲就叫賈璉問他兩個藥材也献了不知鬧得怎麼樣喝叫他快說他兩個便啞子似的只管磕頭賈璉也没法停了一停便回賈政道他這兩個便打死了如何肯說除非叫苦兒的小子王猴兒上來賈政便喝令快叫不一時王猴兒叫到這猴子一十九歲一頭癩子又缺嘴唇倒也刁鑽古怪為的跟了他兩個閙也戴一頂海虎帽穿一件狐凌緊身賈政喝叫剝掉了先給他一百鞭子不許叫這猴兒兩手抱着府只管戰賈璉便喝他從頭直

說王猴兒便一一二二的說出來倒也一盤賬背的清楚從彩雲惜蔣奶奶的當物偷太太的金珠三次偷賬房的銀票各店鋪賒賬惜當及聽檔雕戲嫖娼壓寶又喝醉了同酒店的主兒打碌乞醫閙寡婦被街坊溼尿也同老西兒汪姓爭風打架等事盡數說完就碰個頭說只這個再没有了賈璉喝叫他滾罷這猴兒沿出門就跐了賈政氣得幾乎跌倒賈璉慌忙扶住蘭哥兒寶玉也趕出去扶住裏面王夫人等吐舌驚駭只管搖頭寶玉心靈怕的彩雲母死就叫琥珀素芳去看守住了賈政定了一會就喝叫拿繩拿大棍來一口氣喝叫綑起來林之孝等怎敢不拯賈政跌着腳喝叫重打就打了二三十下從前打寶

雪慢慢的回來將這些東西一件一件閉眼安放等開熱過了送交寶姑娘去正在收拾將了忍然柳嫂子走進來說道襲人姐姐哭著回去關上房門懸梁自盡了他丈夫得信在戲房裏奔回去踹開房門儘著救也救不轉黛玉嚇得心頭亂跳再一會子紫鵑也急急的奔進來說紫玉也找淚也點點頭道曉得了快快的救他紫鵑也忙忙的去了這紫玉心裏便有千言萬語似的說不出來不知襲人性命如何且聽下回分解

第二十六回　四　769

後紅樓夢

第二十七回

真不肖大杖報冤愆　謬多情通房成作念

話說黛玉聽見柳嫂子說襲人自盡心裏也傷就叫紫鵑差人去救他紫鵑去了也叫柳嫂子不要揚開且敷應酒席去紫鵑到了怡紅院也就三五通的叫人出去幫著救他直等了一個時辰方纔有信進來說道好了轉過來了紫鵑忙忙的過來告訴黛玉黛玉就將早上的話告訴他紫鵑便道姑娘這倒是錯怪襲人了早上踹着太太的話我同晴雯都不喜歡就是姑娘說那一句咱們也說是該的後來到了午間大家閒談起來倒

第二十七回　一　771

是鸚鵡琥珀說襲人早上進去單替寶二爺模了衣服並沒有開一聲口多少人瞅著太太也沒有空兒替他講什麼不知太太心裏頭另有什麼別的意思黛玉聽了也點點頭就叫碧漪青荷快出大枝人參一兩送去瞅他叫他將息着兩個去了好些時方纔回來說蔣玉函見咱們去了說是上頭叫去看他的又是賞他人參叫他將養蔣玉函很感激說是請請奶奶的安謝了奶奶的恩典而今轉過來不妨事了請上頭救心等他舒服了叫他上來磕頭咱們走進去瞅這襲人姐姐倒也怪可憐兒的一絲兩氣的說不出話來面上賞得蠟板似的兩個兒頭一面說着一面也掛眼紫鵑也將手帕兒找起淚來黛玉只

772

管默默點頭也不說什麼只慢慢的走進房裏坐定家人打諢他有些懊悔的意思誰知黛玉另有一番思量只想他可惜死得遲了再死不死怎麼樣再見得人便算我今早錯怪了他前日彩雲說的難道又是我錯怪了接下黛玉尋思那襲人之事到明日早晨府門裏悄悄的你說我說漸漸的揚開來也傳到王夫人耳朵裏王夫人心裏本來有些顧憐襲人聽見這個信兒念覺的埋怨黛玉惟獨彩雲聽見了逐日間心驚眼跳那時候漸漸的近了年邊這賬房裏的事務好不繁項到了紫鵑晴雯鶯兒三個人弄不開的時候黛玉竟自己到賬事處去有時也在那裏吃飯彷的黛玉這個人五官並用出出進進丼丼有條

第二十七回　二　773

說道本來政老爺的事情也煩那裏廂將到你們也不要替古人擔憂他就花一輩子還敎環兒就連待父天平的偕紙也寫了與數出去實在可恨這府裏林黛玉既然不管誰還禁得住他倒是薛姨媽時常回去走走聽見環兒的風聲不好恐怕鬧出事來情悄的告訴王夫人王夫人只恐賈政護他要想一字不提又恐賈政埋怨就趁空閒說道這幾天也很煩環兒日裏頭不大見面你也查查他誰知賈政倒反說道我這幾天出出進進倒照見環兒單不見寶玉就叫寶玉環兒偏生彩雲飛風的遇了信去環兒隨即進來寶玉偏沒人齡信他賈政只哼了一聲也不叫寶玉只說道你這不長進的小子單要我一個看

第二十六回

765 主

你替我出去王夫人聽了賈政的口氣又牽著寶玉偏是寶玉不來反不爲寶玉明明是護短的意思就想道憑他怎麼鬧餞荒我只不管便了王夫人心裏很不快活彀的芝哥兒的症子回謝了身子很好一家子也很喜歡那曾大夫也發了一大宗酬僾到了謝神這日賬房裏也煩的很爵的黛玉隔夜妥當了而且預備着仲妃蓮人出來妃一切辦的停當黛玉也便一早晨起來枇洗搐戴還恐戳班裏不道地也叫人去吩咐了好些巧巧的花錦叢中開出個孃故來恩然王夫人叫彩雲來說道快整給二爺換衣服去宮裏有內官到了襲人就忙忙的拿了寶玉衣服上去黛玉也就慢慢的上去剛剛的走進堂屋王

766

夫人走出來黛玉上去請安王夫人便笑道勞動大姑娘貴步眾人都聽見了黛玉也很燥一面想道我這處著為人家倒討個沒臉就這芝哥兒的事零零碎碎那一件不費心好好的清早晨碰這釘子心裏正在不平走進房裏恰見襲人在房中黛玉認定襲人有了什麼言語太太一說一聽發得那麼快就低低的說道咱們明日就讓人家襲人聽了真個嚇死也寬屈死了就慢慢的一個人抹眼淚兒回去了當下薛姨媽照出情形平日也受過黛玉好處就在中間調停起來只說道大姑娘這芝哥兒的事情景得你了不得無大無小就通賬應得那麼精細今日的應酬繁雜也不知你背地裏費了多少精神只等這

第二十六回

767 主

孩子大起來孝順你罷一句話照醒了王夫人他雖則為襲人存着心知道芝哥兒的事全個廚他清早上見面就給他一句他又是極有心機的也是我不梳戳了王夫人也就十分的詾起黛玉來黛玉也明白王夫人的意思上頭倒這麼樣我怎麼樣倒反糖呆也就殷勤起來沒說也說一家子見這兩個作主的人兒和好了也來說笑話扛順恨也就照戳喝酒賞敘也感激黛玉很很的拿酒勸他黛玉覺結了好些時兒倒也開懷樂意忽然想起瀟湘館裏有受下許多賀儀帕破環兒拿了也不露聲色只笑說換件衣服上來這裏都不要等我王夫人道橫監戱也快完了你也乏得很隨意散散罷黛玉便帶了素芳香

768

罷了罷了我也不管閒事不要招出是非來我去了彩雲就到寶釵房中伺候王夫人去了晴雯聽了如何恐得住就同了紫鵑來一五一十悄悄的告訴黛玉真個一個個字碰在黛玉心窩裏黛玉也氣傷了薇薇的揮淚起來也悄悄的道他既有項上這一層攙身咱們也不便請他出去怪道寶姑娘來說原是上頭的梅閣兒我也道破了一句不知寶姑娘上去回不他是個好好先生上命差遣他敢不依上頭既衆這樣行事咱們且拿眼睛瞧著要狂到什麼分兒要咱們讓他也使得晴雯道很好的咱們出了本兒儰完家讓他管這個眼房很好窯碼也說咱們當真的賠錢吃苦做什麼黛玉這個人始終愛名卻禁

第二十六回　十

761

住他兩個不許開口自己心裏便不由人似的冷下來這晴雯

762

生性爽直受不得一點委屈如何攔得住便出出進進嵌字眼兒儰著襲人可怜襲人正在過不得日子朝朝暮暮死活無門誰知暗地裏又着了彩雲一枝冷等從古孤臣孽子出婦怨妻每有此等苦況也只儰個不了自黛玉塌散不出去那邊芝哥

来大夫走到外間便寫出醫案又斟酌了好些時候就提筆寫了人參白朮廣皮茯苓土貝母銀花甘草各等分加大棗三枚煎服大夫為了方苦辭出去眾人略略的放了心王夫人也拉了薛姨媽住上頭去散散王夫人悄悄的道襲人的話兒你知道了多少時兒林了頭還這麼着鬧我什麼事見了我面色也那麼着這幾天更奇一家子為了芝哥兒誰此一天去走十幾

第二十六回　上

763

這倆是他一步兒也金貴的狠這個又替寶丫頭什麼相干又

764

替這小孩子什麼相干真個的好一個性格兒還說平昔愛個名兒這幾天儰著的送些人參過來誰就等着他的人參吃呢薛姨媽聽了兔不得解釋解釋心裏頭卻也有些媽他這時府裏頭忙的忙姗的攢存心的存心只有環兒趁着這個時候趖

人擡手我便說他也告做出去久了誰家他頻擱的我就去叫他上來林姑娘也說就叫他來便了你略坐一坐兒就過去只照常行事我照他還存一個心呢我臨走的時候他笑說該到上頭去回了請他我說你屋子裏人問你要呢你這會子去也要存個心襲人謝了寶釵先到怡紅院紫鵑兩人還在賬房裏發付月錢對誰襲人使同鶯兒到瀟湘館來上去請安黛玉也只似愿不應的襲人便去料理寶玉皮衣鶯兒便來陪了黛玉閒話也瑛了許久忽然寶釵請鶯兒過去原來芝哥兒發了幾夜寒熱大夫瞧過說傢出痘子這一天飯後寶釵將個紙招子一照樣有些見了照寶釵便將寶玉送往怡紅院一面叫鶯

第二十六回　八

757

兒過去商議王夫人薛姨媽李紈探春湘雲寶琴黛玉邢岫煙李紋李綺香菱先後過來看視那芝哥兒只含着乳嗚嗚的哭寶釵從沒見過甚不放心榮府裏為這件事也就大家忙起來大夫也三四個一同出進添了好幾倍的頓忽然紫鵑在賬房裏歸起賬來少了九百兩一疊銀票連忙按着字號往銀號查去說是昨日下午對票起了去了紫鵑晴雯便來回明黛玉鶯玉倒也不怪他兩個只說從前璉二奶奶的時候只有自己作韓沒有人暗算他怎麼我手裏丟人說是你們錯給人我不信況且我設了個呆法兒天天上個四柱總錯到那裏去你們且想想這幾天誰來得勤些晴雯道來得勤還有誰只環哥兒罷

758

了黛玉冷笑道今日呢二人都道今日便不見面了黛玉便嘆口氣道怎麼好告訴你們不許響一聲竟記在他的支簿上面我自有道理只往炕崁些珠兒襲人在房裏聽見益發將環兒恨的切齒也就大家服黛玉的度量只猜不出他託在環兒支簿上是什麼意思這裏一家子通閤着芝哥兒的痘子宮裏仲她也幾次打發內官來問又添了幾個的頓那襲人打量着珠兒聞的化了遣黛玉也不管他怕當物丟完了過空就去通着彩雲彩雲不忿環兒反擋襲人去催逼又見他重新進來怕他將其情告訴黛玉一直的在太太面前回穿不如先下手把他剃子就想了許多主意慢慢的往怡紅院來恰好紫鵑晴雯都

第二十六回　九

759

在那裏因他是太太身邊的人兩個忙相接大家說起些舊姊妹的話來晴雯見有襲人在心上便先說道彩雲妹妹論起這個屋裏我原是攆出去的人兒重新進來也慚愧彩雲道你有什麼慚愧呢洗也洗得適清了誰還護得上你一個字來紫鵑道這倒也是真的呢晴雯道好妹妹只要護一護就護上了彩雲只管低頭紫鵑晴雯便見他光景可疑便拉了問他近來又有人講什麼彩雲道有是有呢我不管便了單則人家待的這樣寬偏要編出這些難聽的說話壞人家的名兒皇天也不依兩人聽了十分相信紫鵑便道沒臉出去了怎麼還要使這個心彩雲道沒臉兒出去有勁兒進來有項上一層殺身呢

760

鉛王夫人便道這位半小姐地根兒賢惠也是他愛這個名從來說人的名兒樹的影兒一些不差的衆人也隨和了黛玉十分不悅到了齡官扮了相的相罵上來衆人都說這是他的拿手戲從前娘娘也賞過的這齡官唱到出神黛玉也冷笑道了頭卅這樣利口王夫人也覺得刺着襲人惹起蕭席間衆人都也心裏明白彩的蓉官扮了大丑小丑上來惹得滿堂大笑戲文完了又是幾套清曲十番方纔席散偏是那幾夜的秋月皎潔的很走到月亮地下抬頭一望只像一碗清水養着眼珠滾進心孔似的那些秋蟲吸了白露便儘着叫同那些樹搭泉聲都像月亮裏響出來的黛玉心裏煩便去尋湘雲閒話黛玉

指着月亮道可憐兒的嫦娥從古來沒有人知道他是什麼人呢湘雲笑道你又有什麼奇論了黛玉道他必辣異不聽不忍見夏宣之己故爾奔月總是孤臣蘖子有苦無伸便了湘雲笑道他是沒有什麼伸不出的苦呢這月亮的好處好在普天下照得遍只怕各人心裏多有照不到的地方黛玉也默默無言只望着月亮嗟嘆那月亮偏像人定了眼珠似的越射些精光出來兩個人直坐到三更始散寶玉直到了十月中間方始出來便到瀟湘館去黛玉還只不理寶玉十分悔恨却因寶玉要換小毛衣服蓉哀家的猜摩不出便求寶釵替他剖明了叫他上來便將彩雲的事情說出來寶釵如夢方醒便道你而今就

去叫襲人進來便到我這裏我自有道理那襲人照不上他原想上去聽見傳薛奶奶的話叫着林姑娘也寶釵就哭訴了前情道我也不敢怠着林姑娘也前為什麼不死也是奶奶同娘太太呼我出去的林姑娘平日也不這樣只怕肉中還有隱情日久活怎麼樣過這日子寶釵搖眼道彩雲咳原也荒今倒是寶二爺的夜衣要緊了難道有了鑰匙不沒人猜准他脾氣便了你只在這裏等我往林姑過來寶釵便去了襲人便託鴛兒悄悄的去哄了哀萬求的苦新他誰知彩雲心裏另有一番主意也是苦兒教

環兒告訴他的說蔣玉菡的銀子很多又是蓉哀家的也攪了干係他這兩個男的十倍也賠將上咱們這點子多謝他的了彩雲便說我也是被他嬌得沒奈何故此求你你彼時不借也沒法而今叫我怎麼樣你不信咱們便同去問他襲人一則怕彩雲卻病二則為蔣玉菡起疑帕的同環兒講話又被彩見的人傳到文文耳裏裏越洗不清如何肯去只拉了彩雲的影彩雲便惱羞成怒又怕寶釵回來賭着就說太太有事情立起來走去了衆人都花不平恰好寶釵回來寶釵道林姑娘呢平日也狠愛這個名他的心也多不像咱們好讚他並沒有苦新我我若先說破了倒像揭他的短兒我只去問寶玉此來他說裏

去婆媳兩個都不大浹洽王夫人便打聽黛玉去瞧寶玉不去
誰知林黛玉到議事處走走便回瀟湘館去了王夫人心裏更
不受用起來寶釵卻來告訴王夫人說寶玉的腿不打緊腫也
退些右脚大指上線腫得凶些也還不礙只是老爺前要遮瞞
些街門裏也要告個假王夫人道這個我早要當了你且照料
着些而今幸虧的人多還是你疼顧他些罷寶釵·也就明白王
夫人的意思那些時各人存了一個心又是關着寶玉便無人
稽查賈環賈環便悄悄的出去走走恰好碰着苦兒一把手拉
住拉到家裏彼此怨恨着黛玉苦兒便遺三叔我告訴你就便
算咱們府裏吃了林家的飯咱們榮府的產業為什麼叫那府

749

第二十六回
四

裏連二爺管你難道不是老爺的親生太太只偏護着自己的
內任女婿也不問你是誰養的你從前若配了連二嬸子敢則
你這會子也管賬你照着這一個林婿子好辣賣他名兒已顧
你一家誰知他暗裏勾通連二爺全個美到自己腰裏去了好
計好計真個名實兼收不過算起來單欺你一個便了環兒就
氣得跳起來道咱們寶性花完了他苦兒道你使你的誰瑩着
咱們今日就暢快頑去你照着前日王元家那麼熱鬧憑什麼
人都請遍了單撇下你一個寶二爺也鬧的好環兒道說什麼
人家扳了天通好咱們動一動就錯兩個說得合意又千方百
計的鬧去了這榮府裏也沒人管他寶玉睡了好些時兒只望

750

第二十六回
五

黛玉去瞧他那知黛玉只時裏着人打聽知他好上來益發不
肯過去王夫人幾遍的提起寶玉黛玉總不置一辭王夫人心
裏越不適意李紈探春寶琴等便悄悄的議論道自從寶玉回
家以後鬧了多少鏌荒紈覺到得這個時候從前寶玉完相一節
千回萬折真個說也話長到了而今算得諸事遂好了又鬧起
這一節就是棄人這個人原是林丫頭目己立意要來的倒也
沒有瞧見什麼難為他就是林丫頭各色事情上也很愛個名
兒又是厭煩着寶玉幾次的憚他到別人房裏去不像在這個
上計較的怎麼忽然間鬧出這些緣故弄得上頭去意意思思
的上頭也存着個心家妹妹偃着說他黛玉也覺得了便心裏

751

第二十六回

越不覺快到了重九登高之日寶玉還不能起來王夫人也嬌
媳的倒是薛姨媽過來了大家就聚到凸碧堂去為這個所在
是大觀園最高的峯巒古桂甚多秋色最好照這園子裏連蹤
錦閣的間頂也此欄杆低了好些在四面石洞中望去但是羊
腸細路曲折而下那滿園裏竹樹花卉望下去只似地上蒼苔
那些亭閣也只像撲在地上飛為通在下面也為的高舉了怕
有天風這個堂前步搖拓進去有一大多深窗上全用了五色
玻璃所以眾兩起來裏頭字畫挂幅以不動連日天氣晴明大
家走到上頭擺席唱戲也說起老太太大家嘆息一回王夫人
心裏單只為了黛玉有些不歡恰好戲文裏唱出琵琶記的書

752

一步挪進去紫鵑晴雯鶯兒也來了隨後王夫人探春李紈也來單只寶玉不到一時人擠滿屋子寶玉已蹬躺在寶釵床上王夫人就坐在床沿上晴雯便携蠟過來瞧他兩腿屑滿了兒茶也看不出好歹鵑略有些浮腫王夫人便道你這個真淘氣的長得這麼大了還這麼着你就一生一世沒有上過船咱們家池子裏現有幾個船兒你愛住在上面也使得怎麼到老王家去鬧這個把戲李紈便笑道寶兒弟你采的菱呢探春也笑道寶哥哥你裁到這個樣子倒底得了多少菱兒王塘塘也抱了芰哥兒來道咱們小哥兒還沒有睡來瞧他老爺了老爺采得好菱兒給他些頑頑那芝哥兒也望着寶玉嬲嬲的笑兩

第二十六回　二　745

隻小手望着床上亂撲王塘塘道你們大家照他認真的計菱所兒呢王夫人便道芝哥兒你上去羞他羞他悶他燥不燥晴雯就携了蠟引着芝哥兒看火去了王夫人便問寶玉道你現在疼不疼寶玉強着說道起先呢原也疼肩上了藥兒便止了只是動不得一動就疼王夫人道好好肉上剅疼自作自受便了你明日打發人往衙門裏告畂也說這個沒料兒的燥不燥到底誰告訴你這個方兒寶玉道姜妳夫說的親眼見過見敢的很王夫人笑道你而今得了這個方兒也不怕殘疾不怕壞了性令明日好起來你就再到老王家池子裏去鬧罷寶叙道本來呢關得個不是分了前日在園裏挺了個蜘蛛兒又放出個蘿

746

子裏的蜘蛛兒把端午節下戴的艾人小健人兒騎上了放在房裏滿地跳著的芝哥兒哭哭笑笑到夜裏還在被窩裡打出又悄悄的捉個蜻蜓兒塞在那晴雯袖子裏那一件像大人幹的事兒王夫人道怎麼好你們瞧他在老子面前怕的那麼樣背地裏遠麼鬧寶丫頭你明日早上且替他洗淨了眼照到底怎麼樣要請大夫不要請大夫咱們倆只等他好起來告訴他王夫人又道也不要麼搓傷了索性明日告訴賴昇他倆回九這日咱們也不去了他那園子裏的山子很多不要這個淘氣的又去鬧出故事來寶玉只來求不要告訴老爺衆人就散了王夫人回房恩然想起衆人都來惟有黛玉不到誅他只為了

第二十六回　三　747

襲人一個夫妻的情分兒通送有他我傷了到門不納也不出來瞧一瞧那有這個道理我呢原不護了寶玉只是你自乙的局量兒寶些王夫人近日本有些不照寶玉的意思今又加了一倍覺玉在瀟湘館原也憶着寶玉不知他我傷沒有這會子再打發人去問不要又長起他的智來又想起王夫人等一定都去瞧他萬一有人疑心我為了襲人的事兒存了心我的名兒倒被襲人弄壞了又想起鳳姐兒從前待的尤二姐那麼着而今寶玉身遵也不止一個人我並沒有薄待了那一個便紫鵑等也是一心一意這襲人給我的苦楚也很教了我倒青仇將恩報他反壞我的名兒想起來益覺可恨以此早晨往上頭

748

一掉側便連船翻過來這邊眾人嚇慌了又沒一個人能跳下
得水還是姜景星有主意急忙裏瞧見池子不深就喊道寶兄
弟你只站定了站定了寶玉酒也驚醒也想站定誰知池底浮
泥甚深站站了便只管陷下去外面王元一家子聽得叫喚飛
即有幾個種地的能識水一齊下去時寶玉救了起來渾身泥
水淋滿也拖帶了好些水草螺螄到了外面王元也嚇慌了連
忙與蔣玉函焙茗李璜等替寶玉洗抹乾淨要替他穿上
衣服寶玉只叫疼的狠穿不上地姜景星兩腳上都
腫將起來也疼的蹲不下地眾人一看原來兩腳上不
一個人一樣的淬水發腫起泡只用兒茶一樣搽碎了膏上不

740

久就好王元便立刻出去研碎了許多兒茶來當真的膏上果
然疼也住些鬧到上了燈打算回去眾人商議這便如何上得
車駛了去又不好也受虐探左右近在這裏只好悄悄的用老
爺轎子抬回去焙茗就悄悄的回去抬了賈政出門的轎子過
來這裏開得手忙脚亂誰知寶玉心裏倒反快活起來只想道
林妹妹現在噁著我這個樣子偏要到瀟湘館去將養看他
怎麼樣就吩咐茗烟到了家換了竹待一瓦抬到瀟湘館去焙
茗等眾人也氣也笑不知寶玉回去黛玉留也不留且聽下回
分解

第二十五回

十七

741

後紅樓夢

第二十六回

開菊宴好媳起積嫌　謝癡神閒房同笑語

話說寶玉困在王元家園裏落水發腫不能坐車只得叫焙茗
去將賈政的大轎抬來門口蔡衣聽見隨即自己同了轎子過
來一面叫用瑞悄悄的上去回明太太夫人也駭呆了只吩
咐瑞著老爺快些用心伺候去那焙茗便依了寶玉到了家扶
出轎子攙上竹枝抬住瀟湘館來叫李璜先去通報誰知瀟湘
館的門早關了李璜隔著門告知緣故紫鵑使進去告訴黛玉
黛玉吩咐送往別處去不許開門不一時寶玉到了見不肯開

一

743

寶玉便走出來聽著只聽得寶玉說道你們為
等我自己來你們跟著那瀟湘館的門兒就吃
鼓的一般學起來黛玉又好氣又好笑便想硬
門病也有限等他到寶玉姐姐那邊鬧去便教着
睡久了鎖起收了上去只好請到薛奶奶那邊
一會子也沒法便說咱們而今就抬往薛奶奶
二摩人遞了嘴晴笑格支格支重新將椅蟜抬
下圍裏一眾女人無不發笑都說夜巡官兒絆
根竹板兒又說上街門請安門包沒講安門上
哈大家說笑這寶玉到寶釵房門前便赤著脚
攔住了嘻嘻哈

744

脸兒請幾位佛爺家去供一天盡黑子孝心罷了黛玉本敬他
老夫妻兩個又見他會說話也很喜歡就說道我不信咱們太
太也應下了咱們而今就同上去請一個示下王元家的笑道
不瞞你老人家說剛纔原從上頭下來的黛玉笑道怪道你不
從絳霞軒過來正說著紫鵑笑吟吟的走進來道老太你也實
在靖的志誠連太太也應下了咱們只跟著大姑娘過去道賀
罷懷得王元家的連忙站起來謝著再說些喜事的話就回去
了這蔡良家的又聽息黛玉早晚間要出門恐怕要用著彩雲
借去的怠的又打發幾適人到蔣家去催蔡人轉求蔣玉函蔣
玉函只用話兒交吾著再叫人去問問彩雲彩雲更推得乾淨

736

真個令人怎死了到了這日蔡良家的預備看閘穿對一個大
沒臉誰知竟沒有取用一件依舊過了一閘當日薛姨媽王夫
人唐芰李紈寶釵黛玉李嬸寶琴邢岫煙探春喜鸞喜鳳
平兒紫鵑等帶了一眾丫頭老婆子俱上了車到王家去府裏
只剩下時實鶯兒兩個人到了王家不走天門一連故車到園
裏去這個園十分開濶原是人家的廢園萬有容替他點綴倒
也清幽遠王元的家計雖則十倍了賴昇但則素性儉模不肯
過分奢華嫁伏也不富麗原是到京來新買的宅子為的這個
園裏樹木空地甚多故此買了只小小的益了些小房以廊嫁
伏什物竹子的居多曲折望去不過編了無數籬笆王元閒時

第二十五回

737

只喜栽竹養魚種菜摘果各到處均做些庄家的樣伏倒也耳
目一新因為太太們就園也就搭起兩座戲臺燈綵十分燦爛
一座敬太太們一座敬良玉寶玉就請景星同兩府門客師爺
們作陪也一齊的到了大家看著這個園都說野趣可愛王元
一家子十分恭敬先叫孫子孫媳婦出來見過了大家誇獎一
齊上去答應自己同杭二景等隨意唱個清曲頑頑酒也喝得
回裏外都定席開戲良玉等廝頑鬧戲就叫王元儔兩班戲一
多了顯著這些古樹叢竹映著些曲水迴廊各到處秋菼喝的
好趣黃蝶兒也多那些芰花兒也香的有趣就叫攜了攢盒各
庭散步裏面太太們只管照戲熙野景到日斜時候便都工卒

738

回去了那些爺們如何肯回又是寶玉為了襲人的事閙了好
些時兒今日忽然開懷便猜拳行令痛喝一番大家再順著路
走只見山子轉過去許多老樹眠在水面上樹影波光悅如練
雲一片一座古藤架底小小的一座橋走過橋那邊一望大家
吃了一驚非水非田一大片絲荸鋪滿差不多有十幾畝的園圓
原來是一片菱蕩一隻小船兒停在橋邊寶玉大喜就要下船
去眾菱姜景星也醉了此要下去寶玉怕他摔了連忙跳上去
用槳向岸上一點那一隻小船就如飛的順流去了這裏景星
眾人只拍手笑著那曉得這個小船兒到了中流水性活潑就
羌漾起來寶玉坐下去也還不妨他只管站著又是醉撥腳軟

第二十五回

739

也燥花辭了蔡良家的隱起黛玉錯怪之情只將環兒惜當一節叫蔡良去新蔣玉函叫蔣玉函夫妻分上不要疑到別的內裏緣故賞在清楚快快的將當物賠出妾慰了他蔡良使拉蔣玉函過來細細的替襲人到道三爺這個人誰趕得上你嫂子是什麽根基蔣兄弟你不要糊塗了咱們女的從小兒說不來半個字假所以上頭信他他同你嫂子又沒有什麽拉扯為什麽橫身藹呢辨呢蔣兄弟你往後自然明白你且好好的勸你娘子這二三百銀子當真的三爺吩咐了你姓蔣的你且清楚著要緊蔣玉函聽了回家來也似信不信的就算他同三爺沒拉扯這樣手段也業不起且等他挫磨著坐一面也來慪賬他

732

襲人又恐怕蔣玉函勢利說出黛玉撐他的光景上頭一些臉兒也沒有益發被他看輕為此也不便將黛玉的醋意兒說出也只含糊答應了這黛玉卻是生性愛名雖則固採慕說起舊恨鬧到襲人又巧遇了襲人可疑的情景不知不覺的發揮一菀却又攔住靖雯不許傳到外面去只說外邊通不知道誰知自王夫人以下俱各晚將就是丫頭們聚起來也都當了一件哄他說現在打茸銀子一有了銀子就替你取出來你放心真事要便拿他做個笑話兒有的說林姑娘的床帳本來好有的說他原先也同寶二爺一鋪的有的說蔣奶奶自己洗凈了交還也好有的說妳他痕迹討厭換幾幅兒有的說妳也好

第二十五回　主　733

上去頑頑有的說做了戲匙子罷了真個也說得好笑只簽良家的同襲人的了頭絡兒背地裏罵這班人嚼舌一日黛玉開坐只見王元家的笑嘻嘻走進來叫了一聲姑娘跪下去就磕頭慌得黛玉扶也扶不及拉他起來叫賞他坐這老人家很知覷難如何敢坐黛玉再三再四的說自己些站著這老人家方繞對一個墊子謝了坐坐下了黛玉問他好他他請了安說道

734

地上所以咱們老大也妄想起來說自己的姑爺姑娘也就想賞個臉兒至於這裏的太太各位奶奶頭也想求一求不知姑娘許不許咱們男的只說過著咱們的心兒裏一覽要求不你老人家賞賞臉黛玉笑道家裏大奶奶姜奶奶去不去王元家的笑道也說候大姑娘的信兒黛玉笑道多謝你老人家我有什麽不願意你只要請堆了太太咱們一定來王元家的笑道不瞞姑娘太太跟前底兒不敢回却是丫薛姨太太的恩洪娘太太早曾探過口氣太太好不喜歡說提前老太太也曾到過賴親家園裏說過一天難道今番親家那邊的就生分了不去也就賞臉咱們奴才那裏有這面子也只怵了姑娘的

第二十五回　古　735

你倒說晴雯你現世現報前前後後見不得人重新到我手裏我倒反覺持到你十二分你也該存一點子顧忌你是什麼東西再碰着寶玉還餓得過他就這個上我也憚看得過我原也很厭寶玉誰又吃醋撥酸你明明有間房有張床終年在裏面過你愛怎麼總使得就着天白日在忘這裏鬧起來你當我是什麼人兒寶玉這沒料兒的算什麼你不勾他他怎麼鬧你還要假撇清說一個不要再鬧了誰一心的要再鬧你這若遠你的意期日這會子回來纔好你可肯顧顧寶玉不害燥的我也遇見你的心肝你只拿住了我不肯撕個名兒遇你怎樣我只好忍着忍就完了我也難准了你以後還有

728

什麼臉兒跨到這裏你再想鬧就快快的勾了寶玉到你家裏去夫妻兩個愛怎麼樣便怎麼樣便丟了寶玉我不能管你也還有大似我的人兒要問問呪此時黛玉真氣傷了心蓋良家家的躲了一會子倒替襲人抱屈慢慢的走上來想替他剖辯剖辯誰知口也沒開先被黛玉喝一句好一個跋扈的蓉良家的妹的慌忙退了下來就往怡紅院告訴紫鵑晴雯一面替襲人剖辯這兩個連忙過來只見林黛玉臉兒呆呆的問坐在那裏兩個上去問黛玉就從頭到尾細細的告訴他兩個人紫鵑只說道丟人燥死了那晴雯的嘴頭子還了得就狐狸妖精干報百樣的罵將出來還要到各處去告訴倒是黛玉拉住

第二十五回

二

729

了說道他正要出我這個名兒你這個直性人偏還去上他這個橘晴雯只得站住還不住口的尖利話兒還瀟湘館裏也就說了好幾天寶玉不敢來也不敢往怡紅院去只在寶釵庭孫着細細的在寶釵面前替襲人剖辯寶釵也只冷笑非但不信他倒反笑道你要鬧襲人什麼地方不可偏要攥中了那個地方只把寶玉氣得亂跳漸漸的丫頭們都得知了傳到王夫人耳躲裏王夫人想道我一路下來只說林姑娘大方原來到這個上倒底不能杖鬆倒底年輕人兒但自己也要愛着些聲名不犯着鬧的人家傳遍了襲人茅什麼你自己可不損了些名兒她樣兒寶玉這小子也糊塗冤了大白畫什麼地方把燥丟

730

完了王夫人從此以後便察看黛玉的神色心裏頭就有些不然起來本來李紈早說過從前老太慶賞中秋曾在凸碧堂家宴賞月在桂花林裏叫芳官們吹笛惹出一番連演而今咱們廟裏重新興旺過於從前偏要到凸碧堂繁華熱鬧一場況又這幾天月亮也很好秋色也富麗大家高興定要宴賞中秋也還有七夕嬴下的東道在那裏王夫人也早早依從誰知黛玉這幾天毋精打彩的目王夫人以下大家打諒着黛玉是個拿主的他不高興一家也便敗興偏這幾夜雪影兒一絲也無那秋月明起來照得如同白畫到得中秋佳節一樣也圓圓照戲一家子都不十分盡歡可惜連襲人回到家中氣也氣死燥

第二十五回

三

731

道好鏡子雕他那單子上七折還九兌也還貴得這樣正說着只見晴雯上來回話說了對畔黛玉便叫將三萬五千二百四十五兩又二千兩送交老爺又將三百五十五兩劈分兩半將一百七十七兩五錢賞蔡良餘下按股賞衆紫鵑將物事歸攏記李紈等就跟了太太吃飯外面賈政陪馮紫英吃了飯就將銀子交代他馮紫英十分歡喜千謝萬謝而去也請林良玉姜景星買了好些衆人在王夫人房裏吃了飯黛玉重到議事處全照完畢帶了香雪回到瀟湘館來當時無巧不成話襲人因蔡良家的寄了信去說林姑娘怪他粧病嚇慌了頭也不及梳略略的揀了幾梳趕進大觀園去心慌意亂

走到蜂腰橋又栽了一交栽得頭髮散亂衛得些媽扶起略揽一揽便奔瀟湘館來一進門寶玉避見就拉他到黛玉房裏照這壺中九華詳些出處給他聽襲人那有心腸聽他這些言語一心只要去求告蔡良家的又怕黛玉過來撞着了惹起疑心口內不言臉上就紅紅的寶玉瞧他的光景又疑蔣玉函有什麼了總上來就不看巧山反拉住他的手笑嘻嘻的只管胡說八道巧巧那蔡良家的又爲着襲人進來了要退他的東西拉他說話見他被寶玉粘住了只好往門外站定笔他出來誰知林黛玉情然無聲輕輕走進蔡良家的光景了一嚇黛玉只聽見襲人在房裏說道小祖宗罷了不要再鬧了鏡

第二十五回

了我罷黛玉趕一步走進去只見寶玉還摑住襲人襲人頭髮散亂兩個都吃了一驚寶玉窘着燥便一直的走了出去襲人只得迎上前叫一聲大姑娘黛玉一聲兒不言語就肝膽裏那路火胃將工來走到炕床邊坐下想起這些情狀還還梅到那裏去燥也忘了羞恥也丟完了好個蔡良家的還在房門外替他迎風這黛玉也十分不留人臉倒是將襲人教訓一頓氣者叫蔡良家的隔壁罵一場也罷了再不照寶性替寶玉關一場也罷了誰知黛玉性情古怪也不叫襲人而且不叫蔡良家的倒反喝叫春雷碧荷素芳立刻將我床上帳帷被褥全個兒料到院子裏去換上乾淨的這三個散不依大家抬出花進抵着

嘴裏着襲人只管笑把個襲人寬也寬死了燥也燥死了站立不住只得走到自己房中將注去了黛玉還在房裏說道快叫寶玉抬八輛到榮禧堂上自己做小子送他的結髮人兒出去那蔡良家的連忙到房門還做手勢嚇得襲人站也不敢站揽揽頭覺嗟着淚望家裏去了這裏黛玉按定了細細的思量起來這個不害燥的從前陰謀計百般的把我同晴雯引誘他揀的前日三姑娘還揀起來誰不知道就是寶玉告訴我頭一個就是他引誘壞的倒在太太面前說我同晴雯引誘他提起往日真個也氣壞了心老太太叫你伏侍伺寶玉叫你教他這一件事的麼十幾歲的孩子你就教他不過你便真是妖精真是狐狸

第二十五回

393

零碎小頑意兒馮紫英還再三請賈政父子多檢幾伴賈政不
檢了拜起來九折寶兒已經要四萬二千七百餘銀故此請黛
玉商議黛玉道了金盾八兩平去了七千二百黛玉說其餘物
事通好這每珠兒他州不知道養法只要養得好原會領了冰
珠各自各長出小珠兒那活字板也好他清楚的當字畫兒
也考校着來是通於筑文的弄的也好剖出些秘本的書來
這兩伴原也長的利共餘物事留着頑頑便了摘如一繩是個
英實起其子銀做個演子賈政夫婦也喜歡王夫
人笑道老爺你照着犬姑娘對處有個算兒賈政也笑着王夫
也嘻嘻的笑黛玉道你既愛那兩樣你就把了去罷寶玉得不

720

人笑得了不得賈政便說這麼着更好賞玉說得紫鵑晴雯上
來吩咐他兩個一個開發一個伺候收拾李紈等人也都
上來賈政便出去陪馮紫英吃飯了那一監珍珠兒就欢在王
夫人臥房外間妝景工晶整難眼妣連有光薄寶琴先這
一顆小珠都就圓圓的滾過來圍着近一顆每珠顛顛指指
干顆小珠擎在掌中再把瑪瑅整輕輕側料聚在一達也慢
慢的將這一顆每珠輕輕的另替放在一達也可憐的很這一
到細心裏貼成一顆大珠珠把這個大每珠擎在上面活像果
子上的蒂兒那光彩就十分射眼王夫人說道這顆每珠會領
了這些小珠子生出小珠擎生下來的時候咱們再照只要通

722

的一聲就把法帖巧山笑嘻嘻的花往瀟湘館去了惹的王夫
人說道慢着些兒走不賣裁倒了賈政也道這個洞氣的誰還
搶他的也不叫了頭擎着拌好王夫人黛玉一面叫人預
人請李紈寶釵平兒採春湘雲琴等來照物事一面叫人預
備着收拾吩咐賬房上了冊子編入撒數黛玉便道而今該應
兒給他三萬五千五百兩濟平足紋從來頭沒生尼起先長咱
們這茶良肯銭他這三百五十五兩我也扣了句己賈目己的
人也等這乾淨的下飛乾但是這庵筭起來他也不能沿什
麼光從前受他的兩伴物事如何消釋咱們而今另外送他三
千消釋那兩件也省得他再來拉扯打什麼抽豐把賈政王夫

第二十五回
x
721

月間盤數只除了一千零一粒便是生出來的了史湘雲笑道
寶姐姐你不要珍了你會生出芝哥兒來你試這個每珠也就
不讓着你急得寶釵趕上去把湘雲擂了一把惹得眾人大笑
黛玉笑道咱們家芝哥兒此不上這每珠兒怎麼
趕得工寶姐姐寶釵笑道林丫頭你是會說話的了咱們大家
不着小珠不過蔡一搓小王呪惹得林黛玉眼圈兒紅起來望
着三個人哔了一哔眾人無不大笑平兒又去照那些古鏡
那一面漢鏡過是青蹂鑄滿只露出幾點子明光那唐鏡還亮
照着他覺得面工射一陣清氣心裏頭覺得寒澄澄的李紈說

第二十五回
八
723

394

這個璟兒還講他做什麼黛玉只管點頭恰好王媽媽抱了廷哥兒過來李氏就笑道林妹妹你們這小哥兒也頑呢你瞧他拿著一柄小敌兒那麼舞一隻小手還去搶塘塘的簪兒你聽趙三姑娘的話兒是不是這個小哥兒大起來你也要很很的打呢寶叙笑道我倒沒有興見你根根的打蘭哥兒探春通你那蘭哥兒還用得打麼記得小時候敉了學回來到了上頭去請過安吃了物事吤他頑頑去他只在院子裏背著手跋來跋去背些詩真個大人一樣的覺得老爺在裏面避見了只管

716

玉中舉那年寶玉那有性情做文章倒是他拿了爺爺的家信衆愈與他聽彼此講的高興方競做起文章來爺兒兩個大家用功中這個舉探春道這也是大嫂子的根氣好黛玉道而今呢說必無及了我心裏却万有個想頭為什麼呢珠大哥哥乙纓去世上頭只有寶玉環兒這兩個兒子寶玉優得什麼似的也不過在我們隊裏鬧鬧便了也鬧不出別的事情來就是環兄弟原並不是奸滑刁鑽皆因若兒這個沒料兒的勾引鬧出這些綠故咱們而今回是回不得的只好戒著他罷了不要再鬧出別的事故兒來大家你一句我一句勸了探春一番黛玉也就回去了卻因探春心中無心的捉起從前襲人進鏡王夫

第二十五回
五
717

人誤聽撺入一節忽然惱起舊恭來這黛玉是第一個有心的人舊恨上心如何料下又遇著襲人吿做恭病趨他好好換班出去為什麼病得這樣快又過了蝦幾天襲人還不消做就想出他許多不是來也不說穿只吿新蘩良家的道你不比襲人沒有什麼護身符兒不許無病吿做嗤得蘩良家的逆忙寄信襲人襲八韮稜意得要死一旦平暴黛玉正在上頭下來走到謨事厾看眼目忽然上頭請去原來賈政與馮紫英素日相好馮紫英從前拿了好些玉器古董來賣正值榮國府衆難時候從此交易未成而今榮國府重新興旺又領了些古董客人來到府裏走動賈政又卻不得他的情為什麼呢從前老國公在

718

逢礁立功的時節兒絡了幾件心愛的寶貝一件是犀毇古定劍劍靶上鑲有桂圓大的東珠一件是紅漢玉扳指都鑲有老國公的名諱真是先人手澤所貽馮紫英不知那裏覓衆送與賈政賈政不好不收還他銀子也不知還他多少他又不肯收只得狗了交情買他些古董玩器他的第一件就是從前看的那一顆大母珠一個碼瑙盤盇有圓圈釈了一千期大小滾盇珠寶價三萬銀原本可受其餘賈政揀中的便是嗽金鳥吐屑八兩鳳磨銅大小活字剗兩付趙飛燕菱花鏡一面天寶二年仿新粧鏡十二面萬年漢玉瓶一只寶玉撿中的便是萬歲通天帖墨迹一部李正臣壺中九華一座幾件西洋巧法鐘表及

六
719

395

是他們什麼混賬的暗瑄了這個給上頭知道還了得好嫂子
你芸告訴三姑娘怕他氣壞了這難道不是趙姨娘留下的好
種兒平兒道是了平則是璉二爺也沒法叫我告訴你說他還
怕的你靖你拿個主兒黛玉嘆了一口氣沉吟一會冷笑道他
怕我什麼我有銀子便了我便銀子難滿府門裏也不能壞
他的混賬罷兒這小子再鬧著什麼事情也鬧出來老爺太太
把府裏的事交給我怎麼能不管你也不用告訴璉二爺也不
用黃新這小子只叫他照著罷平兒也猜摸不出黛玉有什麼
手段只得尋開話兒解勸黛玉之頓說了些時走回去告訴璉
二爺璉二爺也猜摩不出黛玉便叫林良玉去各處兵馬司告

712

新立刻嚴查將榴兒媳婦一并撵逐又吩咐將環兒的車挑子
卻掉了牲口都配著別的差使叫蔡良吩咐著環兒的跟班兒
往後再跟著胡鬧立刻宴辦再將賈環月錢賈苦年例扣出交
還書辦半日鬧乾淨了把賈環嚇得要死也躲了好些時兒
黛玉就去告訴李紈賈釵李紈賈釵也嚇了一跳賈釵道咱倆
影兒也不知道他覺在外面鬧出這些事情來李紈道廢得林
妹妹治得他就這麼歇手黛玉道他肯這麼歇手算不得環兒
拘得身拘不得心他已竟一心的奔著下流肯就這麼歇手大
家眼著罷正說問探春走了進來看他們三個人皆有不悅之
色再三盤問通不言語探春定要問他們倒底為的什麼事情

第二十五回　三　713

李宮裁忍不住就全個講了出來把探春氣的要死又管樣眼
恨極了就要上頭去回明慌得黛玉連忙一把拉住了探春道
這還了得這點子小子就鬧出這些花色來敗壞爺的聲名
這府裏存得住這樣不肖種子通是他媽慣的好在地底下也
叫人提著頭髮根兒我好不氣僑了心多謝林姐姐趕緊的拘
管他林姐姐你拘得他的身拘不得他的心必定不是老爺打他
一個死也不肯收心呢賈玉道我呢原也說過但則老爺的性
子利害地根兒又喂他若是老爺知道了怕不重處但則打起
來沒有命呢賈釵道原是呢從前打賈玉的時候也就有些差
不多兒還麼有老太太救他今日環兒弟打起來誰歇去救三

714

妹妹也不怪你氣僑了你林姐姐不上去回也怕的回穿了沒
有收熱李紈接口說道你而今且接著悄悄的恐嚇他賈釵道
你也將打賈玉的光景提醒他叫他提在心裏探春道他此上
賈哥哥什麼好一個沒料兒的小子好一個辱沒厚媽的小子
咱們拉著他罵他歇不聽撺過面兒還記得好一個沒料兒的
混眼不堪小子堂玉也歇氣探春道林姐姐你的心兒我也知
道了從來說參管外媽管內咱們賈哥哥小時候就他有老太
太護著太太也沒有慣壞他一聽了些零碎言語趕進園來撑
這個撐那個倒教些正經人兒受了些委屈太太心裏也不過
為的賈哥哥要想他成人上進那麼著管教那麼著察看而今

第二十五回　四　715

给個臉光輝肯到咱們的破園子裏頭一天戲就敢了只
要求惟了你再往上頭求太太去黛玉很喜歡就道多謝你老
人家來是一定求的只是回九日期請了太太姑娘們大家同
來罷這賴大家的就喜歡得很流下去謝黛玉更忙自己扶住
他賴大家的就領了賞將多少物件叫跟的小丫頭托著黛玉
又叫人攙扶他到王夫人那邊去了恰好平兒過來黛玉便同
着平兒遭房裏去坐平兒只悄悄的告訴了黛玉半天不知講
些什麼話素芳香雪等也避開只有蔡良家的聽見姑娘要到
賴家去備然要用着襲人借出的着飾便將如何必裏十分着
急只得又去催逼襲人未知討輯與否且聽下回分解

708

後紅樓夢

第二十五回

荒母珠世交蒙惠贈　堪兒茶義僕勤勞

話說蔡良家的聽見林黛玉應承了到賴昇家去恐怕要用首
飾顯出襲人惜當的事情心裏十分着意章而日子還遠只好
快快的催他賠了出來遂即偷個空閒又往襲人家堆去了這
裏平兒在黛玉房裏原來就攛的賈環平兒悄悄的道犬姑娘
今日來告訴你不為別的你的耳目原也長你前日靖連二爺
過來查查環兄弟璉二爺題即出去一壺果真的關得不懍樣
了這幾天府裏頭悅悅的也有些人知道罪則瞞了上頭璉二

第二十五回
一
709

爺倒端的狠說一個兄弟管不來倒等大姑娘緊訪出來而今
鐵荒也多得狠呢黛玉道我呢在裏頭本也不知道什麼只是
兩月來照着他失說落智的我就叫人悄悄的查他的姓口來
子長久不在家也叫三妹妹留着心也說他亂的狠他又不當
什麼要使上頭又没有事情使唤着他他忙得那麼着不關鐵
荒關什麼你且告訴我他近日到底幹些什麼平兒道告你知
道你不要氣壞了函是去兒這個没料兒的從前璉二奶奶在
日貪他些小物事閒進府來往從也開出無數花已兒許璉二
爺咬牙切齒不許他跨進這條門檻他就没爺子弄了就句出
這位爺去往前門外聽檔兒黛玉點着頭說道是了他關于這、

710

空心大老官怎麼上場呢平兒道說來也氣冗人他跟了苦兒
這個没料兒的先到本部書辦家去不知編些什麼謊挑了幾
百銀黛玉驚駭道這小子該冗了咱們老爺連分內的飯食銀
也不要全分給司官老爺們這個于反到書辦那裏去誑編誘
死讀冗平兒道他兩個得了這個于就關得大了在什麼檔兒
下處拉了屋子也弄些鋪蓋過空就去聽小曲頑兒乾兒子恕
了無教黛玉就哼了一啐平兒道還關呀他兩個還到下瓦子
三里河去妹妹媽黛玉道這個我倒不信我也留心慮他晚上倒
在家的平兒道聽說不過吃袋烟也就回來了黛玉道這麼着
花錢做什麼平兒道我也罷心黛玉笑道你不要捌塗這一定

第二十五回
二
711

乾淨你老人家不要笑話也是備着上頭用的不過揀些樣肥
烟的過來你老人家且幫管着配得口眠不得口賴大家的只
說道了不得了不得為他是晴雯的母親也很敢重他便道
老太不操我老醜狀兒間着青姑娘坐領主子的恩典柳老太
嫂子笑道告訴你老人家我這會子正忙着改日自己作息
你老人家便了青荷笑道賴老太太告訴你知道内外百十序
飯食菜蔬通在這位老太手裏發付你老人家臉大遠些柳老太
特地過來這會子他正忙得很呢賴大家的道阿喲喲柳老太
太快些治政去罷柳嫂子就得意洋洋的去了黛玉這遍時碧
游廉昆香雲就筆開賬將賞賴大孫女兒的首飾開明先呼開

704

六十五號文匣内取梅花金托底束珠寶罷
碧霞犀寶翠一對紫金景絲鳳一對珠戴
七十三號文匣内取大珠二粒編珠兩掛
枝各色晶子珠一盒再開一百四十八號文匣内取攢金鐲一
付攢金鐲一付響金鐲四對鑲金貓兒眼
再開一百四十九號文匣内取金戒指十二對另單夾晴雯
烟殿釤綾衣料二十套花粉銀二千兩賬已開齊只等老爺家
的上來蓉良家的走進園門得了此信嚇得魂不附體連忙起
進來看了單子還辭得襲人借出之件不在裏頭接足心神遂
逕件產出攆在書架金内托了過來哈好賴大家的也吃完了

705

飯哎過口抹了臉挂個拐走了過來黛玉就將這些東西給他
雕又呌他到晴姑娘處去領了對牌去取緞足只揀心愛的
花樣取那賴大家的就千辭萬謝黛玉道你這個珠女兒原也
好不說他的人材兒針線兒連寫算通去將只上春頭你身
子不輸服他那麼着服事你就見將這個珠女兒告訴你
們這個老親家小名呌孝順哥兒持他的爹媽從你而今他
上了這些年記他老人家說起爹媽來還孝順他不盡子
孝順他作的孫女兒過門後只像服事作的先是服事他你們
這個夫親家還不知怎麼樣愛呢賴大家的道奶奶不盡你
的恩典咱們當奴才的養下一男半女盡是呢看上頭穿着上

706

頭的前生前世修得好過着你這位老人家兩府裏的奴才誰
不沾你的好處家家供着你長生位點香烟們
這頭親事應也仰攀些也虧你老人家吩咐
說咱們當奴才的雖則小戶人家養個女兒
養從小兒祇頭教生活週領成人只想嫁在近鄰長久的來走
來走也呌他到人家去討公婆的喜歡幫夫做活不瞞你老人
家說昨日晚上還替他講到二更天呢黛玉道你懷管救心這
個孩子到人家去誰不喜歡你不要為這喜事自己過於勞神
了賴大家的道好奶奶咱們年紀上了眼花得什麼似的那裏
抬得起一個針兒這些零碎事暗說暗說罷了只求你老人家

707

398

〔700〕

一着慌整拾現世現被落在黛玉手裏弄到而今連這一點
子事情受這老婆子的悶氣又想一趨他呢雖古板却也不能
怪他黛玉做事那麼細心忽然間想着什麼蔣兒說要就要也
叫他為難黛玉的趄姐還了得我只有明早取來趕緊交代的就
完了便一路唆咖惺惺抹眼淚到家看見蔣玉函免不得將家
棠事說說就將此事告訴他要他趨明早晴出誰知蔣玉函聽
了倒反疑心襲人與賈環有什麼隱事起來便冷笑一聲道呢
不上高枝兒也飛了鎖到草地裏閗把戲襲人聽了恨得要死
就剗神賠咒的哭泣起來蔣玉函便道我也不跟着我們戲場
上的賠咒兒聽得很多歇則你這幾天内當真貼着封皮恰好

〔701〕

襲人也與寶玉好過又不便說出來只有痛哭蔣玉函也生氣
厭煩就自己睡去了那一夜襲人的難過自不必說要想尋死
為什麼不早死趄上篤密到了天明蔣玉函下床嘆一口氣道
串將好戲又道好眼睛又道張三郎吃人參倒貼些本兒使了
一直走了出去真把襲人氣得要死又想起從前跟寶玉住在
怡紅院寶玉一句重話也沒有借影兒給他幾句惡話他就費
了多少指陪這些輕薄言語那有一字入耳只管嗚嗚咽咽的
哭誰知那蔣良家的趄早叫鑫兒來請蔣奶奶立時立刻進去
說句要緊話襲人益發急得要死只得就託鑫兒到上頭去告
病求蔡奶奶告幾天假所有蔡奶奶的話通知道了斷斷不誤

第二十四回

〔702〕

事的蔡良家聽見了張不耐煩要不言語怕黛玉忽然間查出
來要去回明倒底碼着彩雲也聽得小丫頭們說說笑笑的粧
照寶玉閣襲人的光景想起他這個人原是寶二爺的第一個
舊人誰則跨上了別的船兒回轉來情分還在寶二爺這兩元
又同他好了我若一時間說穿怕的他不吃虧我不洗清只恐
怕他合了彩雲叫太太念了寶二爺弄我的不是這就扺榮不
來我也只好緩着就一面上去伺候一面看人過去催他自己
空了也來襲人屋裏坐索只見襲人正在床上哭泣不等蔡良
家的開口就眼淚鼻涕的將蔣玉函這些話說出來又說我已
打發人催過彩雲也沒回信這便怎麼好倒弄得蔡良家的沒

〔703〕

法起來正在為難上頭又來叫他蔡良家的連忙上去不知什
麼事情原來賴大的孫女兒許與王元的孫子林之孝蔡良為
媒擇日行聘先來告帖日期黛玉心裏很歡喜就叫賴大
家的站在旁邊說了多少閒話又叫到青荷房裏實飯說他老
人家牙齒通沒了倒硬朗會吃只揀爛的勤他吃些柳嫂子得
知忙送上魚肚嫩老鴨酒燜火腿糖芛鼗雞雲和海參生野雞
然炒拌麵蒸菇杏腐蒸窩爛蛋連些小菜黑心揀了一桌這
老太婆抹抹眼睛逐樣的看一看只說這阿彌陀佛罪過罪過
青荷便扶狀他坐下來柳嫂子道賴老太太咱們奶奶敬你平高
喜歡你的講話叫我收拾些吃得動的物事兒我卻收拾得不

第二十四回

幸連著三爺可憐兒的我是個什麼人兒什麼分兒到到講飭
還怕站不住的就算林姑娘度量寛宏你知道有一個伶牙俐
齒的人兒同我不對勁兒況且我自己弄空頭已經不清楚中
間還連著三爺也連著你彩雲聽了這番話就冷笑起來說道
三爺呢分兒也平常我也是看不過的意思我今日却多了這
事了你呢原也爲難罷了我就回覆他去便了襲人看他光景
如此像有些怪他一則怕他在太太面前言三語四二則他現
今撞著了寶玉的頑笑不要爲這件事又弄一個冤家出來便
拉住彩雲道好林妹妹要便有一個主意三爺只吿訴我要多少
銀子等我叫我們男的打算給他彩雲道三爺呢原也只要得
696

五百兩銀子不過立刻就要等不得尋你姐夫你若果真肯教
他的急你只將物事借給他當了便將當票先交還你你先叫
姐夫早晚將來隨後等三爺有了銀子連本利還你姐夫豈不
兩便襲人就依了便將金珠首飾一匣借給彩雲便交還當與
當閒掙果真的寶璣親自來謝襲人交還當票這纔是在
攧翠惹住的時候彩雲往來設法成此一件事情襲人接了當
票原想叫蔣玉函去贖回又爲了寶玉剮剮開他一百又防堂
玉看出心煩意亂故將此事惱了直到了蓉良家的埃班上來
陡然閒憶起此事惆悵得手足無措只得拉了蓉奶奶地裏悄
悄吿訴他說彩雲姑娘是太太身邊人實在無可推卸權且應
第二十四回　八　697

酬我而今没有别法只得求你老人家暫時乜涵些兒等我出
去了一定趕著先叫我們男的贖了出來悄悄的送進來交
代我原也十分爲難你老人家不信便問問彩雲是太太身的
了這番言語著實遲疑一則也爲的彩雲是太太身邊近身的
人二則平日也受過襲人夫妻的教便說蔣奶奶你好没主
意你跨進這個門眼睛裏還是不出這個主子是什麼材料兒
他再常時過興那廢樣揪了別人末梢閒出蔟在他平裏頭甚難
也拾綵不搭你怎麼不推到我身上等我出個頭兒這本賬難
臉回救不得你怎麼不搭你怎麼不推出這個空兒你就碍著
道你一個人管的不許我出個主意而今你便走了弄到我上
698

頭不要說地下去就便明早遲來完全無蹤將來開穿了我也
不得乾淨吿訴你咱們姓蔡的是一個乾淨人呢不替人拉扯
什麼誰怕誰呢你而今已纏閙了這個要說我就叫出來平日
的情分何在要說替你揹著我也算不上來又拉什麼太太身
遵的人在裏頭鬧起也到不得我們姑娘耳朵裏而今便怎麼謀
只等你明早罷了襲人臉上被他說得紅一回白一回只得再
三謝了應承了明早必有便上去回明了下班走出園去一路
上想起前是寶玉身邊事一等人除了寶釵也沒人趕得上
便賞玉也用心周旋真個在榮國府裏還怕著誰當時不論金
珠寶貝說有就有要使使使寶玉繩依稀穿這三五百銀怎麼
第二十四回　九　699

只管放心住幾天或回來的又笑着摩摩襲人的肚子說道昨夜可曾惦一塊小寶玉羞得襲人燥得了不得還恐怕湘雲先知造新了堂玉故此一見面的時候說出起早的話來襲人就坐不是的倒將寶玉真個鬧他的事告訴湘雲夾及他道我也是無可奈何的順着他史姑娘替我遮蓋着你是個話神仙如何嘴將過你湘雲道我那有功夫管你們這些閒事就是林姑娘剛鏡這句話也是隨口的你也不必存心你只防着嘖愛便了他那肯頭了什麼似的肯顧人家的燥糞人謝了史湘雲就回瀟湘館告訴寶玉去了那邊林黛玉在攏翠卷住了三五夜用的功夫竟無影響只是悶悶不樂文湘雲說道你而

692

不回去黛玉也不肯回湘雲等他在上頭的時候悄悄叫寶玉來看着晝芳青荷移了臥具過去坑上又自乙送了他過來寶玉善歡得了不得也不敢取笑他只如新娶遠歸一樣送了史湘雲出去便綢繆燕好起來襲人乙經同寶玉歡了幾夜見黛玉回到瀟湘館心裏惦着鬼胎又怕寶玉孩子性情替他好了一番在人面前諾手門眠的就說肚子疼頭也暈暈着在房裏緊閃了好幾天堂玉倒也並不疑忌好容易趕過幾天可以換班出去便有蔡艮家的上來換班襲人便要出去誰知這箇瑛班裏卻鬧出一件話起來原來堂玉治家精細凡百事都有一

第二十四回　六　693

個規條只就襲人所管的衣服首飾每到換班的時候除了封過的衣箱不拘其餘首飾箱匣上下首須逐件檢照文代在蔡艮家下班的時候襲人便說蔡奶奶不要勞神了將鑰匙交過來罷到襲人下班的時候蔡艮家的便道咱們拱茲的人兒倒要逐件檢照檢照蔣奶奶你卻不要存心誰知襲人今日下班偏有幾件交代不出的首飾原來賈環近日端了父兄在南城外賭戲起福令了賈芸事些私門拉下許多欠賬滾不過來只得與彩雲商議彩雲也不能替他設個法兒賈環張羅不開若不多有人關上門來無可奈何仍舊要彩雲打算彩雲便想出主意來告訴環兒道我想起從前建二爺過不去的時候曾同

694

使用而今襲人姐姐現在林姑娘處管首飾帕不比老太太的多了十幾偌的金球你只求求他或者有個算計賈環說這個打算好是好但只我不好過去就求你替我告訴他說幾日內一定贖還他好姐姐擬我一救彩雲就過來告訴襲人正過着寶玉同襲人說說笑笑的寶玉見彩雲來便無精打彩的走出去襲人也等着燥彩雲便坐下來將賈環這些說話告訴他聚人聽了卻就為難起來便道彩雲妹妹我告訴你說不盡的苦處我這個同事蔡奶奶一到換班查得精細倘然三爺過期不贖露出馬腳來叫我怎麼樣不說呢自己過不去說出來呢又

第二十四回　x　695

今好好的忽又想著修仙跟了雲妹妹坐功去他這性情怪僻
誰也不能勸轉他來他若果真著迷便怎麼好寶玉想到此處
就翻來覆去的睡不著又想起寶玉修仙便想起鴛鴦時
雯兩個人的話他從前坐功的時候連他兩個人也勸他不來
而今還叫誰去好又細想這庄事情豈要雯妹妹不理他也就
自己近日將來近日雲妹妹倒與襲人好我且叫襲人去悄悄
的告訴雲妹妹這便千妥萬妥寶玉想定了便下床來一個人
開了房門走到襲人那邊去襲人已經關了房門寶玉便往窗
戶外張著只見襲人還在那裏一桶人坐著像是呆呆的想著
什麼事情寶玉便伏在窗戶外低低的叫一聲襲人姐姐襲人

688

嚇了一跳便道是誰寶玉道是我襲人道寶二爺麼寶玉道是
的快快的開開門兒這襲人自從跟了黛玉每每防備著寶玉
開他一則怕寶玉醋意二則怕黛玉多心傷明來雖則
丈夫蔣玉函時常勸他與寶二爺相好說道你我夫妻兩個胶
事實上存半點子心你若要在這個上疑品我就不是夫妻情
我兩人分彼此我們前後說道多少好爲你再不要在
分了襲人卻也並無歧意也將寶玉晴雯的事
苦訴他說我而今若有一點子落在他們眼睛裏還了得蔣玉
函使叫他瞞了黛玉晴雯悄悄的和寶玉好是瞞小不
敢只管搖頭所以人前十分留心躲避黛玉晴雯也猜他

第二十四回　四

689

的意思出來這一晚黛玉住在攏翠菴襲人正在思量恐怕與
寶玉分說不清那晚將寶玉卻正到了窗外而且夜又深了襲
人十分怕是非就說道林姑娘現在攏翠菴什麼時候了二爺
走到這裏靖二爺好好的回到房裏去有話明早說罷寶玉也
知道他的心裏又見他可憐兒的情形一時間倒將要他告訴
丈湘雲的話忘記了忽然間隔起前情竟要與他敘說道你
若不開門我就卻了衣服站在這裏涼著那襲人雖與寶玉外
面疏遠連心裏卻照舊顧盼一聞此言心裏就疼著寶玉也將黛
玉晴雯忘記了只說一句小祖宗何苦呢一手便開出門來寶
玉一進去便關上門拉住他低低的笑著告訴他一定要敘著

690

襲人本來水性楊花又是幼交情重如何不依寶玉自然也將
求史湘雲的說話告訴他了到了天已將明襲人便卻警醒絚
將寶玉推了過去自己就起來梳洗畢趕到攏翠菴伺候黛玉
黛玉一夜未睡卻也起多了看見襲人趕早來到此精出他洗
清的意思轉不料寶玉真個的在他房裏過夜眼圈兒
就紅起來寶玉卻也不在意襲人使慢慢的走過一逕暗想道
說道夜裏有事起將早一句話恰好打在襲人心坎裏眼圈兒
神明神明利害告訴黛玉到議事處去了方走到
尖湘雲妹邊史湘雲坐來拉襲人直等到寶玉下襲人方繞將寶玉
求他的說話告訴他湘雲只管敲頭就道你去告訴二爺叫他

第二十四回　五

691

你若肯傳了我你的師恩就比做父母一般我願一輩子做一個孝順徒弟服事你遇你要叫我怎麼樣都肯只求你哀情些兒說到此差不多眼淚也落下來湘雲笑道憑我叫你怎麼樣都肯果真的寶玉道千真萬真湘雲笑道你用心聽我傳授我只叫你跟了寶玉去睡罷寶玉道好妹妹不要這樣取笑人家這樣哀求你反這樣取笑你再不肯我就在你面前再了死罷湘雲大笑道林丫頭你那些尋死作活只好嚇寶玉如何挾制得我你若再要閙我我就眼前變個小戲法教你忘了燥自己那寶玉頑兒去嚇得寶玉不敢言語倒反陪起笑來道好妹妹是的了我知道你的利害了我也沒有什麼求你的法兒只求

684

你情我一個女孩兒家沒爹沒媽死死生生受了無數苦惱自已明心見性不肯墮落紅塵就是元門功夫也曾志心體認無奈根基平常叔數履頭來了如今芽在污泥心如水月也還一靈不昧晚得生死關頭你就算我做鴛鴦草木之類罪過他也想成形給他指照只就這點子上求你動動心罷史湘雲道我也被你閙的厭煩了林丫頭我而今告訴你不是我說你根基平常論起你的來應原與我差不多只是你的魔叔重些今世裏斷不能走上這路只好勤積功果以候元緣便了大凡元門上的功夫須做到那一層方指引他那一層為什麼不許一總傳授呢這件事情總須做足真功瓜熟蒂落迸閒自然過去若

第二十四回　二　685

一總說了出來做的人沒有走到這一步先望那一步只這一念不把當下坐功便無效驗所以半塗而廢的半中閒夾了真師無人指引便用盡了千般辛苦終究不得成功若根基上有這個緣法就使靈心自悟不過真師到了交代換功自有真仙來引你怎麼說沒有真傳我告訴你履蹋乾无你也行出資效怎麼會注出魔障來你若不信你再跟著我坐起來有用沒用你看你自己的心就相信了黛玉聽了真個跟了史湘雲也打坐起來可怪黛玉清清醒醒打埽凈了心地按著舊功運用一些不效而且橫七豎八總隔起寶玉又像從前做夢見冊子的那一夜光景真個一毫無二卻又不好意思告訴史湘雲只有

686

自己悔恨不題且說寶玉獨自一人在黛玉房中和衣就枕那裏睡得着心裏也就想出許多頭踏來從前我同林妹妹小時候大家談談禪機也不過門些小聰明兒也就如唱和詩詞借此陶情快性到了林妹妹過背後我只想往天上去尋著他玩此出了神似的要想起佛來也便悅悅如有所得誰知被那妖僧妖道拐騙著達幾乎送了性命虧得老爺救了回來當時只徼倖得了性命不想還與林妹妹夫婦團圓誰知回到家中非但林妹妹回轉過來連晴雯也一同回轉林妹妹反又着了達學道修仙同四妹妹打成一路那一副鐵石心腸還了得我又不知怎麼樣還氣天也教他順了轉來真個的三生聚首如

第二十四回　三　687

兒通）在平嫂子那裏眾人都說好平兒就叫人取過來真個的
同着柳嫂子們自己動手寶玉道這卻當不起了今日月亮本
來好咱們大家來頑頑多做些除送了工頭去些道些書房裏
也送些我們那邊等良大哥哥姜姐夫大家賞賞眾人都說好
的根一會子人多手快就做完了收拾乾淨慢慢的送上來大
家高興看着月亮多也唱了些蘭哥兒又叫人進來添了幾碗
出去大家再說笑一會方纔散了到了明日大家走到上房說
昨晚的有趣王夫人道娘娘已經封他真人你們往後該敬他
稱他個史真人我們一家子也都俠着他的庇佑史湘雲只笑
說道太太不要理他們編哄王夫人也明知他仙家的元妙不

680

便說破他談了一會方散這寶玉心裏本來散服史湘雲又足
初心不改經要學道修仙便即派了史湘雲到攏翠菴去粘住
了他要傳授修仙要訣湘雲只笑得不得寶玉直到了旋求
起來湘雲由他跟着益發大笑寶玉恐怕他日間不肯傳授就
叫青荷素菃立刻將卧具搬了過來羞得寶玉趕過來搶每堂
玉生氣將寶玉扠出去湘雲笑道二哥哥你不要着急等他住
兩夜沒有什麼想頭自然自己回來寶玉那裏肯信堂玉便叫
紫鵑晴雯過來拉二爺到怡紅院去那寶玉偏不肯往怡紅院
去只自一個人往瀟湘館堂玉房裏住下還幾遍的叫人到攏
翠菴請堂玉回來又託史湘雲推他回去惹得史湘雲將堂玉

第二十三回

六

681

百般嘲笑急將寶玉自己出去關上了卷門寶玉也就無可奈
何權且孤眠獨宿這寶玉便在攏翠菴卷住下了那邊瀟湘館裏
却關出一件笑話來要知端的如何且聽下回分解

682

後紅樓夢

第二十四回

攏翠菴情緣迷道果　瀟湘館舊路妒芳心

話說寶玉住在攏翠菴粘住了史湘雲要他傳授修仙要訣湘
雲只管笑那裏肯說到得點上燈吃過晚飯寶玉連翠縷賣芳
也又閒了就百般哀求起來說道好妹妹你只可憐我一片
苦心你若許我用刀子割由刺血自己表白也肯我實實在在
志心學道不顧墮落紅塵我的根基雖不如你我今世裏也沒
有什麼眾過就箄前世藥眼未清也許我改悔補時我看神仙
通鑑上原有修成之後再補足功果的只求你慈悲傳了我眾

第二十四日

一

683

扣了你站在這裏咱們從小兒的姊妹你不要拘着的生分了我你不知我的心裏也疼的你兄弟兒你替我操了心我就舒辰得多少好姐姐你替我坐下了咱們談談心兒襲人那裏敢坐黛玉道必定拘着我就惱了襲人只得在小榻上坐下了黛玉就同他談了好些舊話兒襲人見黛玉待得他這樣益發感激黛玉又扯了兩處銀鐲叫蔣涵管了也叫紫鵑晴雯大家過來談了一會寶釵寶琴就走過來商議到四品館去等到晚上大家看月亮黛玉也喜歡的很果真天晚了姊妹們大家聚起來扶着欄杆看這箇水月精神真個的天高月小雲盧風輕只將各人的衣衫兒飄得悠悠揚揚的眾姊妹大家走近來翠不

676

見了寶玉寶釵道這個淘氣的纔在這裏又聚到那裏去了兄聽見對岸曲槐樹下雞啼起來李紈便說不好了這些老婆子收得不乾淨把稻香村上的公雞跑到這裏來了多早晚他自已還會上宿去呢那雞只雀亂啼起來黛玉笑得了不得道大嫂子你不要給小孩子哄了誰家公雞會這時候嗬你聽聽不是寶玉的聲音虎眾人聽了都也笑將起來探春喜鳳就遠過去將寶玉捉回來了寶玉只扶着欄杆笑做一圍探春道今日月光也很好我們大家學着寶哥哥捉迷藏頑頑捉着了罰他弄個半夜餐要他親手旨造捉不着就立在這裏大家呼他出來寶琴道好則好但這大觀園大的很咱們只不許走上凸

第二十三回
古四
677

碧堂穿出後院去誰就先躲起來喜鳳道藏我墙些蘭花葉兒抽長冠長的先躲起來眾人都說好真個做了長冠葉兒除了李紈不肯探春先去藏起來藏在橋底下沒水的地方大家咔了出來李紈藏在芭蕉棠下喜鵑藏在李紈背後寶釵藏在大松樹下籬蓋裏晴雯藏在書廚背後寶玉叫紫鵑晴雯遠在挂樹上黛玉扮了老婆子蹲在茶爐後背着人遮着面紫鵑躲在老婆子的帳後頭大家尋不着叫了出來單是平兒躲在鏡屏從破李綺捉出來又是各人捉了一個史湘雲捉到半路通不見了到了欄杆邊只看見好的一個史湘雲立着眾人要拉怪了問他史湘雲就踏着水面過去眾人這過來跟着他走到

678

瀟湘館儘着問他史湘雲只笑着不言語眾人見他衣履毫不沾溼越發的散愛他眾人都說要平嫂子親手造一個半夜餐平兒笑道自己吃卻也造不出什麼好的前日劉老老送些香芋過來倒也香的好愛吃不愛吃探春道說定是手造的誰愛吃什麼香芋兒寶玉忽然憶起一節就拉住了黛玉的袖子開一開被黛玉打開去了探春笑問二哥哥這又是什麼呢寶玉笑道我們另有個香芋的笑話兒你們不懂得黛玉只怕寶玉說出什麼來就道到底大家商議吃什麼好等平嫂子好動手寶玉道也罷了要他推辭不得的還是小荷葉湯罷寶釵笑道你又被老爺打了又想喝這個湯探春道原也好況且銀模子

第二十三回
古五
679

上頭那個天心裏如何過得去真個的為難你沒有過人的見識人就不如你倘倒替我打算打算黛玉道若說這項銀子果然聖上是知道的倒也不怕碍眾人就領了也使得不過舅舅的生性再也不肯甥女倒有個愚見不如將咱們這一分散與司官老爺們叫他大家天良辦公一發的清廉勤慎豈不更好從前原思為宰將所得之粟依了孔聖人散了鄰里鄉黨咱們散給親友舅舅散給屬員也是聖上到小臣的恩典豈不兩全這項銀子究竟不是例上設立的也是半公半私的致項不便貫政聽了大喜道好孩子說的我如夢方醒就拉了黛玉的手道孩子你怎麼不做一個男子漢咱們做一個同堂官兒大家

672

報答聖主黛玉道蠢女只是個打諢的話兒要請舅舅定見賈政立起來道誰還肯將你這個理就喜喜歡歡的去了黛玉想起賈政為人實在的清忠骨頭莫得一個公正大臣這樣做官真可以配得上天恩祖德就是待我也要算一個知己我既不能起凡出世索性做一個男子漢或者勉力疆場做出這衛青霍去病的事業再不然也趕上了李勺王珪不叫寶玉這種孩子兒我似的就壓了天下英雄倒叫我做了個女孩兒索性做個木蘭從軍曹娥救父也還彀死留度又泪沒在綺羅隊裏實在的悔氣枉說了劉牢之酷似其舅我只好做一個幕府參謀也幫他救販我如同晏友往復我只是成他的美便了雲妹妹

第二十三日

673

原句我說過也還有列仙的根基不拘今世來世只要看自己的功行我只能勤著舅舅天大的幹幾件仁民澤物的事情只怕也還走得到舊路上去黛玉正在出神不防著碎遙站一個人呆得木頭似的原來黛玉時襲人取一件月白實地紗花繡夾紗衫兒來換正過着賈政進來襲人就拿了衫兒站压旁邊賈政去後黛玉就坐下來出神没有看見他站在那裏原先平晨頭賓玉也同襲人頑了好幾句問他有個琪官没有又說你從前原說過你哥哥要贖你出去的話我那麼樣又說你從首便要不理我而今又這麼樣又說難為你還替我做活計兒又說晴雯補的那件雀金裘好好的替我收了今年冬天我天

674

天要穿的又說救元宵時到過你們家裏你拿果子給我吃而今你們家還住那裏廟又說那一條大紅汗巾子配了對了襲人也悄悄的應了幾句打諢著黛玉都聽見了敢此不理他嚇得什麼似的站在那裏誰知黛玉却並不曾聽見思量的此並不是這些黛玉聽見了他這番光景想起自己和到老太房裏的時候一塊兒趕着叫姐姐一路下來也過的好又是送東西看活計好不過的就是使了個暗算也是他來探過口氣目己說出來鳳西兒的話兒故此順了寶釵那邊去了今日這樣无景也怪可憐兒的黛玉倒也十分過意不去站起來換過紗衫兒就拉他過來道襲人姐姐我剛纔想着些別的事情就忘

675

玉笑道誰還不疼著誰呢一統就說到晴雯暗雯笑的要跌娘

媽笑道我真該過來誰知有這個樂呢黛玉道本來乞福乞壽

668

407

們齋供的好仙人兒倒在這裏開起賭來怕的
郎來拿賭呢寶玉笑道太太瞅見了罩沒有我同林妹妹王夫
人笑道你倒推得乾淨若是大姑娘是個頭家你就推不乾淨
呢說的眾人都笑了王夫人道你再三的請娘太太娘太太不
曾過來你又叫紫姑娘去倒底過來不過來寶玉笑道躲過了
不過來便叫寶玉去再不來甥女自己去再不
人道實在請的炎快只見紫鵑進來道娘太太也來了真個薛
娘媽走進來大家靖了安薛娘媽笑道咱們老
娘娘就要給個巧兒也到不了那裏去咱們大姑娘的巧勁兒
也巧極了把織女娘娘的巧庫兒也盜完了還要乞什麼巧兒

黛玉笑道寄媽拣的寄女兒太過了不要寶姐
叙笑道這個巧兒上我也懷着的讓你聚了黛玉道難得老人
家喜歡還是談談呢還是入了局頑一頑姨媽
少年隊的同他們頑一頑王夫人笑道是了咱
坐只揀着忠厚的下家坐便了姨媽道只怕這
眼明手快合著幾十張牌在桌子上雕也不用照只拿眼睛瞧
着了上下家的臉色呢王夫人笑道我們倚老賣老的怕不的
這些薛姨媽就替了看蓉王夫人就替了寶釵寶釵也坐在旁
邊扣底看醒那圈蓉吊也跟舊的頑起來小丫頭子四面站
開了將鵝毛扇輕輕的替摸打著又送些新解蓮子加潭荷水

糖的溫湯兒去仁茶兒觧渴薛娘媽帶著眼鏡仰著西看著手
裏題看得不清爽又回轉頭來望望窗兒說道大姑娘那洋蘑
兒的扇兒怕蜒子進來吳去不得的你把那兩竿討人嫌的長
竹林叫人支開些人家關不清在這裏地還來一晃一晃的攬
人家眾人畷笑起來寶玉就叫人支開去薛娘媽重新將眼鏡
向鼻樑上支一支說道這鏡好呢眾人在瀟湘館裏頑了一天
太陽將要盡仃方纔散局黛玉叫紫鵑算著輸丁王夫人喜戲
馬吊局輸丁平兒蓋局輸丁探春并起來做中秋東道散丁局
打起洋簾大家走到院子外四圓曲榭砌方磚的大花磚上望
得碧天萬里有幾塔五采雲霞那西閣雲邊踨楊影翠裏早透出

新月一鈎黛玉就叫把供桌供碟香壇玻璃燈擺設起來人面
香烟就輕輕的和著眾人都把蜘蛛金兒一個個供上來也有
金綫碾賬的也有雕漆的戲金的都貼上記記也將彩線穿了
九孔對小錦包兒最好了故在各人的金兒上李紈就將悄悄
綫兒拿出來王夫人笑道這是什麼典故李紈笑道問寶兄弟
寶玉說道這在西京雜俎上說七月七日姊妹們臨百子池頭
拿五色彩綫彼此相牽但牽著的人兒不拘是誰都是相憐相
愛的就叫做五彩憐媦兒王夫人笑道倒有趣姨媽道咱們老
人家也來娑蜼幾輪兒寶玉真個的笑著走上來娑這兩位老人
家眾人笑的了不得寶玉又去娑別人寶釵紫玉都哮起來寶

丫頭怎麼鬼鬼智的不走進來寶釵笑着進來道林丫頭你没有說什麼不過自己招起着而今是憑寶玉怎麼樣的了黛玉就趕上去要攔他急的寶玉連忙横在中間解勸開了黛玉笑道寶姐姐你是個道學先生動不動要說礼聖人的怎麼樣忘記了禮記上的將上堂聲必揚呢寶釵笑道可知道内言不出於閨這閫以内的人原是大家聽得的你只不要說出個聽不得的話兒黛玉面上通紅了嗳得了不得便使勁兒哼他一呼寶釵恐他喉急起來就笑道好妹妹咱們且不要嚷了有禮不打上門客咱們且討個凉茶兒黛玉道寶姐姐咱們倒也要講個明白你那裏就算有了孩子帕的他關這歷個天氣咱們

就不是個人兒怎麼樣趁我不在家哄着寶玉人不知鬼不覺的藏在我妹上現在有他三位姑娘們倒不去招他單則要鬧我你還有什麼辨的寶釵笑道寶兄弟我倒要問你你昨日晚上怎麼樣的鬧他叫他恨到這樣你告訴我寶玉就跌着腳笑得了不得黛玉真個的急死了一則恨着寶釵二則怕寶玉說出什麼就趕上去扭住了寶釵說道寶玉你不來鬧寶姐姐我一輩子不理你寶玉就真個的走上來鬧他急得寶釵只干妹妹萬妹妹再三的夾反討饒黛玉再三問寶丫頭往後還敢不敢寶釵只笑着不肯說忍送閒薛寶琴走進來方纔散開了也還笑一個不住寶琴燈着問三個人誰肯告訴他寶琴道我今

日來訪你們是大嫂子叫我先來的說是他隨後也同了眾姊妹過來他正往姐姐那邊去了不如姐姐己經過來正說着只見李紈李綺邢岫烟史湘雲喜鸞喜鳳香菱平兒一齊進來都說是李紈的來的李紈為的是七月七日了好做一個乞巧的雅集兒回過了上頭王夫人說這是你們後生家的頑兒我們老拙的人乞了巧也不中用了你們儘着頑兒我也要來瞧瞧呢李紈就去看寶釵寶釵己經來到達裏故此一摩人一總進來李紈當先說起先把個寶玉喜歡極了黛玉道大奶奶你且叫晴姑娘過來問問看晴雯就上來道大奶奶咱們奶奶三日前就吩咐下了瓦來供碟兒就辦得停妥達會兒再不用

賈一點子心連送各處的巧菓金兒都己擺好在那裏李紈笑道我們這個林丫頭還有什麼不到的二十里先落蓮葉無大無小的人家全不知道他什麼時候上辦的就這點子頑兒也就見他的才情真好一個麻利孩子黛玉笑道好嫂子不要誇得過分了好妹妹們就大家說說笑笑寶琴便與探春下圍碁史湘雲觀局李綺喜鸞邢岫烟平兒四家打馬吊喜鳳香菱李紈李敏晴雯五個人抹牌一會兒晴雯有了事情走開去便换上寶釵頑了一會只見王夫人叫幾個老婆子抬了一乘竹椅子帶着琥珀鴛鴦彩雲也過來大家扶了進去王夫人就便叫在坑上叢着波羅麻的靠枕小丫頭子拍着腿王夫人笑道你

中來寶釵再三推他寶玉只說林妹妹撺的慫寶釵笑道罷了
我送你去就是了寶釵同寶玉淨了俗就一同的走到瀟湘館
來黛玉卻往櫳翠蕃去了寶釵就同寶玉走進黛玉房來襲寶
玉脫了衣藏過鞋襪兒他上了床照在竹夫人背後用紗被
兒迎着悄悄的下了帳子欬了麼帳苹兒跛着原先一樣的叫
丫頭們不許說出來就抵着嘴笑回去了又走轉着黛兒便道是的
著告訴寶玉道寶兄弟我明日一早晨來照着告訴黛兒便道是林
了寶姐姐你好好的回去罷寶釵的媳你想想今日晚上不知寶
姑娘也推的乾淨把寶二爺撻的媳你想想今日晚上不知寶
玉要鬧到什麼分兒當兒笑笑道咱們且清凈費天林姑娘今日

秋黛玉就搁起恨聲來道祖宗我告訴你我坐的工夫你原不
小乙經過過了三個關差不多成上采了前世少欠了你的情
拖我下了這個苦海你還問咦你往撥同寶姐姐去罷寶玉
道罷了你而今心上到底可有我道個人兒黛玉只真孔真笑
一笑不言語寶玉盧着問黛玉道竹麼而今不而今我算心上有
你便怎麼樣我告訴你再不要心上丟完了你春我的舊工
天做去呪寶玉道好妹妹你再不要糊塗了我從前因為別了
你要想成佛作祖真個要做和尚幾乎送了性命晚得這些
異端那說到頭沒有着賓的下落你想那些三乘佛經總說的
一個空字這便是如來佛教人的真言說是一個空教人走賓

晚上也發他鬧的了到次日早晨寶釵真個的避去帶着笑摟
着手不許人通報只在窗兒外聽着他們只聽見他們兩個說
話像是起來了寶玉道妹妹你到底要告訴人我們從小兒那
麼樣好誰也趕不上咱們忽然就不理我們罷了
庭樣好誰也趕不上咱們忽然就不理我們罷了
恨是这恨的了怎麼瞧見我死去了也不肯轉一個念兒咱們
你怎麼樣的了晚上那麼關人家這會子再來鬧你你只要說我
李個良心出來你自己總要寶賓在在的告訴我黛玉總不則
一聲寶玉就去拉扯他堂寶玉就恨起我的祖宗而今是怎
死了你怎麼不動一個念兒你不說我只摟住你這個手斷不

路的意思我兩今同你在一塊我就是真仙人登了仙界了不
要說現在的富貴儘着咱們快活就住村野裏去再則往深山
遠水的地方去同你挑個菜兒打個魚兒也百分的快活不過
我還有一句話一個情字我生也為的你死也
為的你就想上天也是生也為的我死也為的我
單則想了個仙人兒做就要你到底得下丟不下勤
你從今以後捨了我一概兒就不問罷四妹妹也立志堅得狠
而今也眾上了大姐姐好一個仙姐姐難道算不得一個仙人
寶釵只管題只管笑着點頭兒聽到此處扁不住笑出來黛玉
笑道不好了蔚的我沒有說什麼寶了頭做了冷壁姑兒了寶

410

倪二釘了枷扭押下去一起官犯是李御史衆劾平安州一面
彈劾一面得了他的賄賂許他料理後官撥來平安州不能復
經手的家人呈告出來貫政恐委屈了李御史細細審出中間
過手的卻是李御史的家人謊騙就將家人從重治罪李御史
只擬一個埋瘴克軍一起是放賬的西客聚賭波兵馬日拿住
西客倒反毆差不肯到衆貫政也恐差役滋擾細細的問他焉
趙名來王公茂源業隆昌王大有原差王勝李功問他們
為什麼結賭毆差竟晚得他們因為有兩位部員老爺放了外
任要想欢一個對扣轉票的狠賬故此光託了人去鉤了他的
親友來賭訪問這個出京的官兒有老親沒有身上有別賬沒

652

有就便許他們的抽頭那些中間人樣他太很了這班西客就
拿出舊眼來給他們瞧說是那一省那一位統是這樣的正在
看著就被差役進來連賭具搶在手裏以致貫政本來狠
惱這班人又看了這本賬有多少京官外官通被他們盤剝得
可憐兒的就大怒起來各人重處了十板追出各契光身子逃
彿回原籍去將契上本銀三百餘萬寫字與各人約定一年之
内將原惜本銀送齊到京造一所日下通濟會館凡是京員出
身赴外省之任統給盤纏此項銀兩發交前門外各銀樓存息
京官有借貸的只交六厘的息金如歸不起中人代歸就有外
官出不得京的也照例借給他滿京城見貫政辦此一事無不

653

稱快外有也畫傳揚那王公茂等四人帶了一身捧瘗回到山
陝去也實在的一塲春夢只有赤腳傭工而已貫政回來最把
這一件得意告訴林良玉曹雪芹說這班放賬的西人實在可
恨狄了賬祖宗似的同著走監著坐人家到了任也就要無敵
百樣的開人家勤不動還要告張狀兒實在可恨我今日的辦
法也算懲一懲百了曹雪芹道尤妙在這個日下通濟會館只
是主持他也難貫政這我只合著六部堂官一部管二月便了
曹雪芹也說狠好這麼樣將來出京的官兒有了許少唐折貫
政生性公正又是過事十分用心真個的聲名日起徹於九重
這聖神之朝微臣下的盡了一長便達天聽不比那前代標榜

654

習氣要待科道交章論起來貫政這樣居官就一歲九遷朝野
也都推服反為他是個概房之戚陞轉倒覺得遁个些似的貫
政心裏頭剖到臨深履薄說過分了恐怕福薄的人兒承載
不起自己還蔭著祖宗的好處到了自己身上到底積了什麼
功行可以留與子孫俗語說的好上等的吃祖宗飯中等的吃
本身飯下等速子孫飯也一個人吃完我而今自己也不知吃
的那一宗呢眾人見他這個光景誰不歡愛他且說貫玉因仲
妃之故住在寶釵房中頑得了不得寶釵也狠感頌貫玉又將
小哥兒頑兒頑得不知輕重的寶釵儘著推他往黛玉震堂玉
又攘了出來只得賴在靖雯房裏過了幾夜仍舊要到寶釵序

655

一晚上的算計到了後來沒有遺漏了一點也不用找補出一
半句的話兒不知道的說是咱們家裏出過一位娘娘諸事有
個舊規模知道的便晚得從前這位娘娘是在宮裏冊封的而
今這一位是名進去的不是表妹一個人拿主這麼大事怎麼
就辦得過來賈政道真個呢不是你說我倒反沒有想清呢我
在外面接應也忘扛了一件件總妥當也沒有管事的替着上
來回話辦了這麼一件天大的事情府裏頭倒了清清閒閒像
没有事情的可不真個的難為了他他見了我也從沒有露出
一點子的辦事形狀遠遠有什麼說的只是寶玉這個沒料的
天天跟著一塊學也學一點子你們瞧他還是那麼慢這就怎

648

麼好良玉笑道他的福分兒很大呢祖宗時誰已急到賜坐來
褊是他得這個聖眷連而今的娘娘也是他蔭對起來總有這
個盲意咱們誰還趕得上他弟弟也不要說他懷了說的賈政
笑起來賈政道他這個孩子懂的什麼我正慈他為了這些上
心肥眼大的儘著搖擺狂得沒影兒起來你們知道我年紀也
上了精神也差了天天同這些司官們書辦們鬧要不留心他
們就閒一個兒也還有自己問的堂事那裏有工夫管這小
子就便空閒了喝他幾句他一定是個耳邊風你們做哥哥的
嚴嚴的替我教訓他瞧見他什麼不好霸直的回我很很的打
也這漾好呢林良玉賈璉儘曉得賈政性情古方只得答應達

649

聲賈政道明日衙門裏倒有幾件事不放心要自己問問總打
聞發我今日也要早睡了林良玉賈璉也就走散不知賈政到
衙門裏去辦的什麼事情且聽下回分解

650

後紅樓夢

第二十三回

林蜂珠乞巧奪天工　史湘雲速藏露仙蹤

話說賈政因同衙門堂官兩人告假又有幾人出差不能
一早就到衙門卻有幾樁事情到刑部裏候審賈政不敢
呌司官問便選了兩位能幹的司官跟著自己一同問供
司官們審問過有問不中肯的自己也問幾句兒就開發了幾
件又帶上數起一起是民人倪二賭博贏了劉丙張華
上有銀起上偷奪彼此揪扭之間張華跌跤被張華的母
明了同賭的一干人跟臺明白告發到官賈政問定了誤毆把

651

忙碌那邊尤氏平日與姑娘不十分投合一聞得了旨意連忙
過來要見一面誰知朝廷的規矩森嚴一宣了旨便有內官過
來伺候連史湘雲也搬到黛玉處住下直等仲妃入宮之後方
得搬回寶玉也只住在寶釵那邊王夫人也只許早晨進去請
一個安就出來了這賈仲春即賈惜春雖則一意修行今有君
仲如何敢違又是夢中見過元妃將冊子賜觀冠服授受史湘
雲又三番幾次指示先機自然沒法的了到了入宮這日說不
盡的恩榮富貴賈政便吩咐合家兩府都稱仲妃這仲妃為人
一切都像元妃更還謙和節儉詩禮之外又善丹青十分謙否
就襲了元妃封號也晉封為鳳藻宮尚書加封賢德妃賈政以

下俱各犬喜殺告家廟開設賀筵十分的榮華熱鬧賈政便會
齊了兩府內兄弟子姪及姜林至親合著內眷們擺了家宴苦
口的說著天恩祖德大家將忠孝兩字彼此警戒一番自賈赦
以下無不志誠悅服隔了數日仲妃就叫內官出來傳諭道咱
們家天恩祖德上到了這個分兒盛也盛極了只有小心赤心
四字吩咐一家子我今有五條規矩較交下來大家遵著第一
我這裏勤儉節省用不著一些家裏頭的物事厘毫絲忽不許
進一點子物事兒違了我的言語進上來我立刻奏聞請旨治
罷第二林嫂子治家甚嚴一家子遵他的約束事事往樸實節
儉上去不許一點浮華園亭也儘毀了不得再興土木之功第

二一家子不用望我的賞賜我這裏的賞賜物事很多時節存
餘我縱要奏徹上去第四一家子居官清正存心忠厚無日無
夜的積德行善只想著從前老太太的為人長久的保著天恩
祖德我就不能見個面也故了心第五是史湘雲封為靈妙真
人一家子恭敬伺候從下一幅史真人的真容有我侍立的像
在上面就供在攏翠巷的堂上賈政就跪著就筆記下送過天
使叫黛玉恭恭敬敬楷書謄出來裝裱好了掛在榮禧堂中遇
著朔望也焚香拜讀賈政知道仲妃賞識黛玉心裏又服他的
才往彼遇著難處的事也同黛玉商議黛玉只是見性很快一
見便望見了水底似的將一定的道理衝口兒就說出來賈政

只是歎服還告訴林良玉說你們這一個令妹怎麼樣做了一
個女孩兒若做了個男子漢真個掣天緯地的咱們老頭子趕
不上罷了只怕連你們就不如他我只望他替我生下一個好
孫兒咱們這府裏歎則還揀起來呢良玉也點頭說道本來舅
舅的恩典疼的他他那個見性還了得不要說尋常的事情處分
後就也服的他他很論起他的聰明兒賈在也少呢外甥們背
到二十分妥當他只一口兒說了出來就使同他議論些朝政
民情也亮的很他那個記性兒也好不拘什麼見過了就不忘
記實在的沒有人趕上他賈政聽了也只有點頭的分兒還有
貫連跟上說就仲妃進宮一節各色各樣沒有個舊賬表妹只

到步塘上欄杆內近着建蘭盆兒坐了黛玉就月明之下撫了琴要儌琴起來順手和一和恰好的和了字調為梅花又開了就彈起梅花三弄來彈到第三段凜若冰霜惟有長松與翠竹長青可以結伴為兄弟李紋只管點頭彈到第四段梅自清香月自澄白史湘雲只管說好惜春也贊嘆這個琴束之聲和入風籟倍覺得月白風清天空地迴黛玉彈到第十段韻舞兮虞庭端章兮馓馓若王臣齋莊中正金玉玲玲那天上的月亮正恰好的月華起來一個萬里長天就月華徧了悅悅惚惚有一朵五色祥雲低下來罩着院子黛玉還要彈下去王夫人怕的夜深寶玉乏了呼彩雲琥珀過來催他們早散再若不散自

640

乙要過來眾人只得散了惜春同史湘雲回到攏翠卷了頭們只管看着惜春說道不知怎麼姑娘面上像吃了洞紅光豔豔的惜春照着鏡子果真的旬乙也不解這惜春畫的大觀園圖兒却裝成一個手卷放在桌上史湘雲就笑着席起墨來打開參子琴做了惜春筆頭題一行歇寫着某年月日某官街賈政命次女賈仲春恭臨重新的捧好裝好騣得惜春只管問他史湘雲只是笑着的就睡下了惜春也睡下不題到次日五鼓寶玉入朝謝恩立即名見原來元妃在妃墳之中十分賢德聖眷本優只是聖人之世有功方用不肯推恩到感誼上去故此賈政一門也只照常供職就是陛邊上去也只靠居官清廉勤慎

第二十二回

七

641

這日寶玉因考受知聖情徘徊想到世臣之家終有家教怪不得元妃賢德也是平日閨教有方就將元妃留下的筆墨冊籍查閱起來大半是感頌天恩勉勵父兄弟姪盡忠盡孝的詩文又有一個紀恩冊是單記省親的恩典開首一篇序文紀恩序章後載了多少唱和詩肉有寶玉的詩原充已經出色怪不得壓了摩才因此寶玉謝恩便在熏風殿名見起來寶玉蹤謝之從俯伏候旨聖上先問他祖父功勳又問了賈政歷任的地方又問起元妃省親寶玉一一奏畢就賜坐了將紀恩冊賞給他照也悶起大觀園的光景寶玉奏說有園就命羞而取來進呈也將內府收藏的丹青賞寶玉看了不多一會取圖進呈天情

642

甚悅看到後面一行題歇就問道這賈仲春就是賈政的次女庖寶玉模不着聽見問了就跪奏了一個是又賞他坐了也將這圖賞給他瞧又說這丹青秀潤很有古人的法度兒寶玉看了題的歇也不知什麼緣故惜春就改做仲春賈玉仍舊將大觀園的圖奉送上去便命他回去寶玉謝了恩回來見了賈政王夫夫等也請賈政過來告訴大家為史湘雲題這歇字兒題得詫異恐怕惜春要送入宮闈正在猜度便有中使到了賈政賈妝即忙攏香案接旨方知畫大觀園圖的賈政之次女賈仲春選入鳳藻宮供職賈政等跪送了天使就了不得忙將起來這些送賀的更不必說到了司禮監擇吉行聘之微益徑日夜

第二十二回

643

惜了一個迎姑娘兒瑩玉就冷笑了一笑平兒道你們可懂得
林姑娘的笑前日璉二爺進來說起孫家也壞了事家產通查
抄入官什麼孫姑爺要來借銀子使想着他從前那等的勢力
咱們迎姑娘也送在他手裏而今也有來求咱們的日子咱們
回過林姑娘林姑娘說賓可捨給花子斷沒有一厘銀子借給
他恐怕太太心慈吩咐門上回絕了聽說一家子下了刑部些
這幾天不知拖到什麼樣兒倒也報得爽快林瑩玉道他們那
個罪名兒就不是活罪呢迎姑娘在地下也吐氣了眾人都替
迎春稱快瑩玉道罷了往後大家約着再也不要提一個孫字
提起來我就怪煩的眾人心裏也就瑩玉的晦氣也覺的他恩
636

總上過於分明了些眾人又將別的話說了一番晴雯過來說
酒已擺在怡紅院內寶玉等仍舊回來月亮剛剛的正好姊妹
們也不飲齒只是圍圓坐下大家檢些精緻涼爽的菜葉吃了
些也喝些蕭笙麵的薄荷冰梅酒又是鵝油炸的拖粉蘋果些
雞油炸的拖麵菊葉鮮蝦仁餡的胡桃飛麵合子螃蟹肉餡的
包子蔴菇天花小捲燕桂花膏的鬆米風糕松仁和玫瑰泥的
冰油瑪瑙酥野雞煎的小薄餅只將杏酪荷葉稀飯青精炊桃
潑碧香粳米湯煮小米羹樣過口吃過了留些茶果兒開了梅
片茶來不喝茶的只叫小丫頭子站在旁邊剝新鮮蓮子肉兒
黛玉却坐在一樓槐樹下的龍來窯青花磴上鬆邊落了好幾
637

個螢火蟲兒燦燦的亮光也有幾個落在他身上來寶玉就令
了一柄芭蕉扇替他前前後後的趕寶釵笑道寶兄弟太平了
留點子勁兒替你妹妹趕蚊蟲要坐在床沿上趕蟻好黛玉也
心心相印的說道只不要使猛了勁捍下一個好活計的兜肚
兒寶釵也笑死了說道好一個貪嘴的林丫頭一個字兒不讓
人寶玉將流螢一趕那些螢火蟲就慢慢的飛起來寶玉就呆
呆的望着探春只道看着黛玉就笑道寶哥哥你要替林姐姐
畫一幅喜容寶玉也不理寶釵就將一塊羅巾料過去說道等
我也看一個默雁黛玉也笑道默雁身上有捧瘡賣他些眼淚
兒纔好寶釵笑道防人家的眼睛腫得葡萄似兒黛玉就走過
638

來坐在寶釵身上笑道好姐姐箏得會玩話的了寶釵也笑做
了一團他兩個人的話眾人都不明白只有寶玉字字清楚見
他兩個雖則机鋒針對却也頑頑笑笑好到這個合兒心裏就
百分的快活說道大家通在這裏咱們趁着這個月亮到底再
個什麼頑兒李紈道從前在這裏替你慶壽鬧的什麼時候今
日也照依的鬧一晚可好探春道什麼天氣還經得起唱酒再
則前日鬧過酒也不犯着的重複了咱們且弄個清趣的事情
金頑金靜大家迎着這個涼風心裏頭就像天上的月曨好听
寶琴道越頑越靜除非夾取及林姐姐彈一曲琴眾人齊聲說好
黛玉也高興就叫素芳取琴過來寶釵恐怕受了風露大家都
639

記得賈政點點頭，也就立起來走出去了，率領寶釵等俱各嘆服。只有王夫人、黛玉心裏說寶玉這樣聖春，恭得老爺反教訓了一番，心裏頭只怪的賈政太過了。王夫人便帶笑攬了寶玉的手說道：孩子，人家跨你老子，倒反這樣教訓你，可知道也是疼你的意思罷了，今日你也辛苦殺了。王夫人就瞅著黛玉道：大姑娘，你們也疼他，大家同去頑頑罷。黛玉眼圈兒就紅一紅。寶玉只嘻嘻的笑著飛跑的去了。王夫人笑道：這個淘氣的，你們瞅著他。黛玉寶釵等也就到園裏，正走到怡紅院，只見寶玉

〔632〕

站在那裏儘著招手道：好妹妹，好姐姐，快快的來，咱們就在這裏頑兒罷。一羣妹妹就說說笑笑的進來。寶釵就帶著笑拉寶玉道：太太只說的大姑娘疼他，又怕大姑娘不好意思搭上個你們兩字，而今我們是不會瞥他頑，請一個疼他的大姑娘替他頑兒罷。黛玉也笑道：好個寶丫頭，連太太的話統躲回了你，原是個尊重的道學人兒，不會頑，不過尊重的很，又添出一位尊重的小哥兒。我們倒不覺，玉的話還沒說完，急的寶釵要格支他。黛玉就住了口，只管笑。探春笑道：林姐姐原舊是個辣嘴兒，寶姐姐你還去招他做什麼，只把個寶玉笑得打跌。寶琴道：二哥哥你叫我們到這裏有什麼瞅？寶玉道：正是了，不是晴雯說我也不知道，大家過去瞅瞅，那一樹的海棠花樹頂上發起一大枝花就開滿了，奇不奇。眾人一齊去看，個個稱奇。李

〔第二十二回　三　633〕

紈道：寶兄弟，翰林是天下文章之府，你做了翰林的頭兒，恰好應了個上林一枝。眾人都說大嫂子說的巧得很。眾人正在那裏排徊，只見入畫、翠縷忙忙的趕來道：請奶奶姑娘們快快的到櫳翠菴去。眾人都問他為的什麼事。入畫道：我們那邊的梅樹少也有五六十棵，也數他不清，我們剛纔回去，開得香的很，走將過去也駭了一跳。而今什麼時候，山上山下的梅花一會子開遍了。姑娘們不信，大家去瞅瞅。惜春當先便走，口裏只說

〔634〕

這也是胡鬧的話兒。只見寶玉等也跟了他去，果然進了菴門，紅英繡琴，香艷撲人，姊妹們無不詫異。獨有史湘雲望著梅花只管瞅頭。眾人拉住他盤問。史湘雲笑道：我又不是打卦的先生，知道什麼。寶釵道：你為什麼瞅頭？湘雲笑道：奇了，見了梅花只好直著項頭子，你們可知道古人的詩說一個強項，一生少回步，只因花下垂低頭麂。眾人也笑了。李紈道：是了，比著海棠的上林一枝，到底也有個比方呢。湘雲笑道：那是一枝，這是滿樹，且又幾十樹滿枝了，自然算了摩玉山頭了。眾人也不解他什麼意思。寶玉走進佛堂裏，把那些鐘磬之屬敲敲弄弄。姊妹們也來看經典，坐下來喝些龍井茶。黛玉、寶釵便想起妙玉，眾人都替他嘆息。李紈就說：咱們府裏真個極盛起來了，也沒有什麼缺陷的，就算老太太過賀了，老太太的壽也很高，咱們老爺又這麼忠厚積德，真個天恩祖德，日引月長，只是算前年復可

〔第二十二回　四　635〕

也去鬧出什麼來就叫人請寶二爺一面告訴王夫人道那題
寶玉也是家教不嚴以致如此我還要狠狠的教訓寶玉你們
不要護了他叫賈璉林良玉姜景星大家留心又說甄寶玉這
樣荒唐的鬧得李嬸親事沒有定准而今事情是不妨了就完
丁官司補丁官也沒出息正說著傳說寶玉和詩時御賜的物
件有中使齊了來也有了陞官的旨意一家子都到王夫人房
中賈政打其埃過音重新將寶玉教訓一番也不顧一家子覺
著他不知賈政如何教訓寶玉且聽下回分解

628

後紅樓夢

第二十二回

重鳳殿賜坐論丹青　鳳藻宮升階披羅幕

話說賈政因寶玉裝聖上恩典不次超陞思量教訓他一番王
夫人黛玉卻只是護着寶玉口裏雖則答應心裏便十分的不
照到了寶玉回來賈政先設了香案叩謝了元恩賞賜恭恭敬
敬的將御書供了起來隨即帶領寶玉到家廟中行過禮回進
府中寶玉先到了內堂替賈政王夫人磕過頭隨後大家上來
道了賀寶玉便垂了手站在旁邊賈政先將他打諒了一番倒
還謹飭的很不露出一些輕狂之態心裏暗暗的想道也還覺

629

得我教訓的嚴也不知他背了我到別人面前可還守著這個
規矩就冷笑一聲道寶玉你不要糊塗了你說今日的聖恩高
厚真個是你的學問上來的麼你同衙門許多前輩老先生不
用說了就是一輩的新進做過你太老師的也很多在裏頭你
當真的方得他過就算略略有些見識普時間合了聖意你可
知道文有一日短長你這個寸長那裏速得住百短我很知道
你的心兒從今以後當今也跨過的了天下還讓著誰好不振
擺兒我煎著你搖擺的高興再一考就考下來了求著留個館
兒就不能教的這鏡好呢你往後果真何上實實在在的做個
溫故知新的工夫過著有學問的到處虛心切不要心肥眼大

630

就不能巴意上去只能教守定了硬算遁分你一輩子的事情
也完我還想你什麼聖上萬幾之暇文思光照很留心你們這
個衙門你自己瞧瞧什麼個材料兒聖上扳你到這個地位想
起來也教你的戰慄悚惶況且你這個人除讀了幾句書還懂
得什麼而且天下太平做臣子的除了頌關歌誦還有什麼事
可以仰答萬一你除了這幾本書連飢飽寒煖通不知道可笑
的很算個什麼人兒我做老子的教訓著你你想想天下有學
問的人也不計其數就這曹雪芹老叔你那件上望的他見他
那麼著你這樣你往後見了他更該虛心到什麼分兒我告訴
你你知道不知道記得不起得寶玉連忙打千答應知道答應

631

起來王夫人抱著黛玉叫道我的心疼的孩子你寶玉的罪名624還沒有定下你何苦的走這條路你走上這路我也不要活了跟了你去罷衆人都只得要死過去了史湘雲連忙走過來衆人也忘記了他有道樹倒是探春惜春一望見他便一把拉住說好的很你來了你快快的救他史湘雲不慌不忙取過一杯茶來喝了一口望著黛玉一噴喝聲醒便叫衆人住了哭不妨事的倒不要扶他睡下只扶他坐直了一個時辰黛玉就漸漸的醒過來只聽見外面一片聲說寶二爺回來了衆人倒反驚駭只見寶玉好端端的走了進來見衆人圍了黛玉也不知什麼緣故也就走近來這黛玉一見了寶玉只道他果真的差押了賈璉託人保回來就要進刑部監的真個死別生離爭此一

到就顧不得衆人抱住寶玉放聲大哭衆人也勸不住好些時王夫人上來勸住了叫寶玉說出闗的事情寶玉氣得亂跳起來道全是甄寶玉幹的事情我被府師留住了在房師處住了一夜如何將甄寶玉的事裝在我賈寶玉身上衆人還不信賈璉也趕進來說是真個的真正與寶兄弟無干原是甄寶玉闗的事他到了指揮衙門俠說姓保名玉官兒問他可住在榮國府他想沿咱們的光就順口兒答應了而貌也像得很故此就說傳起來王夫人等倒反大笑了一塲賈璉道而今老爺也知道了為的安國公分上也託人囬旋他只要原告說通也就可625

以罷下來的賈璉又笑道只是他的底裏盡露往後不好再叫626真寶玉倒只好叫一個假寶玉了李紈也笑道那麼着我們的寶兄弟倒要叫做真寶玉可不是掛一個通靈玉呢王夫人等一發大笑只有那林黛玉十分的不好意思王夫人就將黛玉服毒之事告訴寶玉很過不去就恨起來道本來兩個名字兒囬得不好兩個姓又姓得古怪虧了我們雲妹妹不然還了得王夫人就說道告訴你他為你到這麼個分兒你不要忘記了我也在這裏你們子妹們大家不許頑兒他而今一家子喜喜歡歡的若有人頑兒他你們只管取笑我我剛纔也哭得要死過去的呢衆人也體諒著黛玉也都依了王夫人只背地

裏說他待寶玉的情分果然生死難分的真算古往今來第一個情種了怪不得寶玉也死死活活的粘住了他只有救他的史湘雲倒取笑他說你這個人兒被一個情字綑住了還趕趁仙寶釵也低低的附他耳躲邊說道這也算個情蠱呢黛玉只是笑著寶玉就益發的感激入骨王夫人當下留史湘雲寶釵寶玉三人相伴黛玉自己便走回上房來恰好賈政也回來了說起來倒也大笑了一番王夫人也將寶玉外邊過過夜的一節端過了說道好個甄寶玉璉兒說的好只好反叫做寶玉了咱們的寶玉也還真材實料的老爺還叫寶玉跟着他學戲的沒有學上來賈政倒不好意思囬趁道太太這麼寵着他不要他627

上班值宿便打聽得王仁賈芸所在兩輛車一直的跟來却是一個妓女人家進了門便有老婆子迎接進去隨有三個女孩子就是十六七年紀一攛的拉了他們到小屋子裏坐下王仁賈芸也在那裏滿桌子的酒菜大家就呼天喝地的搭起拳來那三個妓女一悅若水一陳九官一陸銀官都來湊趣無般百樣的話都說出來這賈寶玉天天在姊妹行中那曾見這些村俗的光景就坐立不定的又不好意思走正要想個脫身的法兒那時候天也晚上來月亮也起了賈芸道隔壁有個妙人兒叫們何不拉過來樂一樂原來間壁有一位堂客叫苟菊英父親苟四相公開通故衣鋪一生愛唱個曲兒結交清客單生了

620

這一女也學會了多少清曲苟四相公之過家道艱難這苟姑娘就嫁了一個處館的趙先生那些清客等輩統贊他這個嗓子過著勝會也讚他出來相貌却是中中的賈芸提起他來就說他這個人兒曲子雖好却是關不得的甄寶玉就立時立刻的叫賈芸去遠了過來那苟姑娘也就家常永服走了過來大家見過了坐下來喝了茶唱了一折廊會合座都喝采賈寶玉便想道可惜這麼個人兒埋沒在這裏還不知那個趙先生配得上配不上若遇了個粗蠢不堪的也算辱沒了人嫁與廝養卒了心上正在那裏可憐兒他那甄寶玉便蒙著了醉眼漸漸的要動手動脚起來苟姑娘看出光景便推身上不便立起來

621

走回去了甄寶玉那裏顧得趁著醉就一直跟了過去坐定了要在他家過夜王仁也跟著去胡說亂道還是賈芸怕事陪著寶玉坐在這邊不多一會苟姑娘就變起臉來何可的趙先生也回來了趙先生恨的很就悄悄的告訴堆子上頃刻間就有人來將甄寶玉捆了去幸喜的逃了王仁賈寶玉聽見也著了慌怕干連自己不敢回家就帶了李璐到賈芸家中往下了聽信這裏榮國府中見寶玉晚上不回又像從前走失了的嚇也嚇死再了一夜沒個影兒打發人到甄寶玉窩中又說甄寶玉現在窩中昨日分路走的不多一會又聽見沸沸揚揚傳將來說榮國府的寶玉因酒後去強圻婦女已被堆子上綑送到城

622

上去差不多奏明了就發刑部衙門王夫人一家子聽了驚得魂不附體王夫人寶釵紫鵑晴雯鶯兒哭得天慘地慘襲人也着實的傷只有寶玉冷冷的眾人自李紈以下都悄悄議論他心腸就硬到這樣賈政正有公事未回慌得賈璉林良玉姜景星也騎著馬分頭打聽只見賈璉趕回來喘吁吁的說道事情是的真的了寶兄弟現被人關住不許見而看來要關穿的了黛玉聽見了也只汕汕的走了王夫人等就哭得要死正在閙著只見素芳哭進來說道了不得了林姑娘服毒死了王夫人等驚得說不出話來就一氣的奔過去繞晚得林黛玉服的鶴頂紅一挂朝珠還散落在地上王夫人寶釵等就跌脚大哭

623

投來了五兒道我告訴二爺我的壽限原只這樣注定將這個身子借給晴雯我卻跟了鴛鴦姐姐在宗祠內伺候老太太而今妙師父已成了妙靈佛了也名了鴛鴦姐姐去做了神女菩那些忠孝節烈殉命的列女冊籍我伺候老太太益發不能脫身老太太將來也要到佛會裏去的常時也曾看些真人講道昨日說會着了一位蘭芝夫人說注定我同你前生前世做過一夜做夫妻也要還了這一夕緣分故此今日晚上叫晴雯去伺候了老太太換我過來只不許我再見我媽你告訴我媽他往後只將晴雯當了我再不要想我將來跟定了老太太一樣也有好處只慢慢的問史真人便知道便是林姑娘同你也 616

還有大家久聚的緣法兒寶玉聽了非但不惱而且歡喜從新將前面遇仙的話說起來說從前是對着你想晴雯而今又映着從前的親愛你那一夜的歡娛羨好自不必說到了五更五兒就說要去寶玉道你可好替老太太說明了時常與晴雯兩下裏替換我或是半月一換或是十天一換老太太也有人伺候咱們也可常敍豈不是好五兒道這是前世注定的只有這一夜夫妻緣分連到母女也不能講一句話兒妹若念我只要依了林姑娘晴雯還我真身立個碑就是了我往後也沒有什麼政願兒寶玉還捨不得只見五兒矇矇的睡去倒弄醒了仍舊是晴雯晴雯倒笑起來道二爺你同五兒妹妹敍得好不好 617

寶玉越發樂起來晴雯道老太太告訴你說你不久還有奇遇你只自己保重好了寶玉晴雯趕天明了先告訴柳嫂子柳嫂子也悲喜不勝又即告訴寶玉又告訴王夫人一家說不信只說寶玉揮淚兒只有史湘雲正正經經說果真的卻說甄香菱自從接了父親家信十分歡喜又得了旨意甄士隱建立大功實給二品職銜就授了海疆監督三年期滿候名見大用香菱更覺喜歡連次的要請甄寶玉過來無奈甄寶玉再三不肯原來甄寶玉為人外面謙恭道學一段新文其實紈褲習氣端了他的父親甄應嘉背地裏無所不為喝酒宿娼只當做穿衣吃飯賈寶玉在婦女中間只重一個情從不曾沾染了分毫那甄 618

寶玉便不然不論男女無不留心到也沒有什麼情只過去了便忘記的而且不擇精粗美惡遇着他高興的時候鬧得出奇出格就學問上面也是個假的原有些小聰明謅得幾句也要先生粉飾了竟拿出來就他所得功名也不明白也有人說過着窗稿的真個的人不可以貌取誰能辨出他的底子來甄寶玉與香菱薛蟠見過看見薛家也是清肅家風如何肯來居住倒反合了愛大爺王仁賈薔賈芸這一班匪類說得投機就一同喝酒嫖妓賭歡聚還想來勾寶玉的李璜過去李璜如何肯去那一日到榮府裏賈政倒十分的敬他叫寶玉同去會會姜林二位可可的姜林兩人出門去了甄寶玉打聽得賈政 619

兒的眼前你們一班兒好妹妹誰沒個娘家住來便晴雯這孩子也有個惜生的媽趕着叫可情兒的這孩子將來父女重逢了賞玉道寶姐姐評起來姨媽跟前我是個寄女兒比不上你苦訴你這姑嫂上面我卻還比你親客些為什麼呢他從有要跟着我擎待他卻告訴了我不許我告訴第二個人他悄悄的拉了我說你我這兩個人一樣的洋參混媽一樣的與家可歸眼看個飛的燕若兒也淌淚你只叫我做幾句詩說幾句傷心話我也一樣的傷心從沒有告訴人後來我們良大哥來了他又說林姑娘咱們而今比不上了你是有個親哥哥來了我也時地裏悄悄的勸他不料而今有個生身的父親出來了賞玉一

612

面說眼圈兒就紅起來也彈了幾點淚王夫人等只管嘆息不題外面賈政退了甄寶玉重新進來只管櫃贊甄寶玉不已說現在的官兒寶玉是個翰林衙門他是個部曹衙門但是他那個行為氣度還了得禮節應對間更不必說了便呌寶玉來着寶的數說了一頓說道賺着人家的孩子那麼好你自己賺賺算什麼你說你得了聖眷唯了官苦新你知道一會子考了下來全個兒去完了還趕不上歸班進士呢你照他那等見識就算你也曾胡謅幾句詩文可知道士貴器識而後文藝他那個光景巴急起來怕不做一個名臣榮宗耀祖你自己照照比上他什麼你這沒料兒的你若心裏明日快快的跟着他學我教

第二十一回

五

613

訓你你懂不懂寶玉只得垂了手答應一句懂得賈政就出去了王夫人等大家替寶玉不平起來王夫人便同寶釵到薛姨媽家替香菱賀喜香菱也道繾綣會了甄寶玉做了兄妹問了甄士隱許多脩細就請甄寶玉搬過來同居王夫人等過去辭賀香菱歡天喜地得了不得薛姨媽也喜之不勝却說寶玉被賈政無緣無故的發揮了一番心裏想來老爺的教訓呪原也該應但只是甄寶玉這個樣盡底才也沒有什麼稀希況且同他講論一派游談毫無實際追到真實的所在就這正正經經的經史也只扯東曳西繞西閃我若同姜林兩位同他談一刻他也就登答不來老爺這番賈識他他可不要負了也就快快

614

的來尋寶玉不料寶玉因惱起之過的父母心裏煩惱已經開上房門呌不開寶玉也猜着了又隔了門勸了好些黛玉在裏而只說道是了我這會子煩你尋別人去罷寶玉就悶悶的回到晴雯房裏却一心的惦記着寶玉便呌晴雯留着燈兒就同晴雯欹下只是翻來覆去的睡不着晴雯倒睡着了到了二更時候燈還亮着忽然晴雯翻轉身抱着寶玉嗚嗚的哭起來寶玉驚得了不得便也扎了悶他為什麼這樣的傷你不要魘住了晴雯哽咽了半晌說道二爺你不認得我了我不是晴雯是五兒寶玉嚇了一跳定着神細細的聽他果真是五兒的聲音寶玉非但不怕益發可憐兒他說道我的五兒妹子你怎麼能

615

榮禧堂過著賈政歡喜不盡隨即捧了手來到書房甄寶
玉打聽得賈家許多喜事便逐件的稟賀過了賈政便與他再
三濱坐甄寶玉垂了手打一千道自己的姪兒若要這樣讓姪
兒就不敢只好站了聽教訓賈政道世兄什麼話兒難道我老
頸子寶主通不懂得甄寶玉一定要請師生坐是個道
學人兄自己文倚着長輩又見他謙讓十分便道罷了咱例也
不用上燒一塊兒坐着講句話罷甄寶玉又道伯父教訓姪兒
敢不依但則姪兒論起世交上原是個侍立的分兒再則姪兒
托了伯父的福庶庇能教補上了部員伯父就是堂官大人姪兒
也有司官的規矩賈政道世兄不用太謙了弟叫做堂官就是

608

本部的司官們來也沒有師生坐法就是世交你只依著
我使了甄寶玉不敢再讓只得再打一千坐然後同賈政
隔著茶几一字兒坐下賈政先將安搬的事逐件問過又問過
了公爺近好就將甄公保裳的信也細細的問了就說摺子上
去了沒有甄寶玉說遞過了外面林之孝又進來回道薛府東
的薛二爺要進來會會甄少爺賈政便晚得是看菱處得了信
叫薛蚪過來問話的便告訴甄寶玉道這就是寶本家的令親
薛二哥貴本家的令兄就是歡房下的外塌也
就是二小娘的哥子甄寶玉道這位士隱先生乙經同家大人
敝出語誼本來一家分支的恰好同家大人弟兄輩分之好的

第二十一回　三

609

很姪兒因士隱先生小了家大人幾歲也叫二叔二家叔原吟
州遇姪兒見過了老伯就往薛府上熟令妹去不料薛二哥倒
先施起采賈政益喜忙請薛蚪進來也叫賈建寶玉蘭哥兒出
來陪了吃飯敘話自己便到王夫人上房說出這許多事情來
恰好李紈寶玉都在那裏賈政便告訴寶玉道你的雨村
先生從前在軍機處那麼樣喴赫如今有人參他他倒來意八
山去了寞在官海的風波經過了便也心驚膽戰怪不的他又
告訴寶釵說你們的太親翁士隱先生一心高尚不料而今建
了這庭一場功業你令嫂得信搜也不知怎樣的喜歡將來你
蘭大哥也有庇蒼我心裏好不快樂王夫人也笑道這個寶釵在

610

夢想不到了賈政說完仍舊到外面同題寶玉謹說開話去了
這裏寶釵便道我們這個大嫂子本來是個可憐兒的從前受
的氣是說不盡的了而且背了人常常哭泣不知道的只說他
為了哥哥出門在外故此這樣其實哥哥在家時候他也淡得
很一家子也猜不出他什麼意思我們姑嫂情分原也好背地
晨問着他也不肯說從前是不用說了到後來扶了正還是那
麼着我倒問他說嫂子你而今還有什麼委屈呢他只說出一
勾傷心的話說道姑娘我而今倒反不配哭而今想起來件件
明白了原來只為的生身父親沒有個蹤迹兒他而今該樂不
知樂得什麼分兒王夫人嘆口氣道這纔算個孝女兒也可憐

第二十一回　口

611

即謝了聖恩陛辭回來賈政王夫人等聽了無不歡喜那黛玉的心裏更格外的得意為的是寶玉今番把林姜二人通壓下去了也有許多賀客到門討寶玉的詩稿看賈政便叫他去謄出來那寶玉和的詩便記得賦卻並不全只得黙了些出來叫黛玉寶釵補足了送到賈政處賈政正欲取看忽見林之孝送進書帖來賈政接過手拆開細細的看了一遍就說快請一面說一面自己也迎出來不知來的是什麼客人且聽下回分解

604

後紅樓夢

第二十一回

　甄士隱反勸賈雨村　賈寶玉變作甄寶玉

話說賈政因寶玉升官妃了幾天一日無事正在復看寶玉的應制詩賦忽見林之孝送進書帖帖上寫世愚姪甄寶玉頓首拜夾着他父親安國公甄應嘉的書信信內又帶寄一封回親家的信又有一封等薛蟠的賈政不解其故返一的看來方知這些緣故原來甄應嘉信內說的是安撫的情形正在辦着違種上倒不靖起來虧令親周統制得了一位異人也是敝同宗名士隱的用了道術征服了蠻戎幾十國之王一月間傳檄而

605

定這甄先生為國為民建此絕大功業弟與令親統制公聯名保奏書內又問賈政王夫人近好並將兒子甄寶玉進京補官之事相託那回信內也將甄士隱建功保舉之事細敘又說這位甄公便是薛令親的親家從前未曾敘及未曾往來此次弟與安國公保舉他他卻蒙原任順天府尹賈雨村先生自代無奈雨村先生脫過宦途風波立志歸隱不肯出山甄公三回五次的差人勸駕那雨村先生就苦苦切切寫了一封懇札來說他是得過不是的人雖則聖仁之朝恩典寬大原有棄瑕

606

用的一班廢員但則是聖天子明良一德忠正盈朝想起自己從前的許多不是沒有什麼可以對得君父的只好往深山窮谷之處潛心修行過世為人重新盡忠報國做出一個完全的人臣來先生現立奇功大名著於朝野正當幹一番大事垂名青史報効王家非但聖天子有功必錄不肯放你還山而且要恭勸重新婚娶再立室家那雨村先生得了此書便不知所往甄公見他說得有理只得改了道服努力功名現在這裏候旨却與小弟做了回門親戚就便憶起他的英蓮令愛就是令嬡姪媳名喚英蓮的這一位順便也託小弟帶一封書與他信內也再三問賈政夫婦及探春的近好也有探春的姑爹家書賈政驚喜不已一面叫請甄寶玉一面叫賈璉將書信送進去告訴王夫人探春並薛家蟠大奶奶自己便迎出去甄寶玉左

607

上泥塗得鬼臉似的恚不住的大笑黛玉慌忙走上去肩說道
還好齡的頭髮沒沾著泥再若沾著泥更難淨呢湘雲便笑道
寶哥哥你快快的把腦瓜子再往河泥裏鑽好等林姐姐
就個淨頭的手段兒眾人把肚腸子也笑疼了黛玉面上紅起
來望著湘雲啐了一口寶玉益發乱跳起來原來沾河泥的人
跳不得的一跳就濺到別人身上去寶玉一跳把晴雯鶯兒濺
了好些泥兒晴雯便也恨道小祖宗遠是柯呸呶人家服侍你
你倒濺人家也有這史大姑娘要取笑且慢些兒罷寶釵也笑
得了不得道這個無事忙實在的樂極生悲了開了好一會子
刚覷洗淨了換過衣服只見賈璉飛跑進來道寶兄弟呸好你

600

在這裏快些帶了筆硯趕進朝去眾人都驚
一頭說道內閤裏條子說飛鼠的走狀不的
姜林二位也待上車快走寶玉只得連
都到王夫人房裏大家提心弔膽的都替他
人就說叫著朝廷的恩典祖宗的蔭庇拉上
好的用功當翰林的那有這樣沒料的孩子
學字只開着過日子他老子也氣的慌說打
定的你們大家也勸他他一直不聽這還怎
奇怪蘭哥兒沒有博姜林二位一同的傅到
兒道璉二爺己好幾起的人去打聽去了王

第二十回

601

寶玉撐著憂再一會子賈政回來也慈的很便
了爭口氣完了款子趣候天恩也罷了直到下
連幾次的人打進來喧天的報大喜賈政連忙
天子愛民望雨因為三時天旱得了好雨聖情
了一首喜雨古鼠就將翰林翠子點了些知名
四五位狀元十幾位榜探又點了聲事府衛門
士共有三十六人宣到內殿和這一首御製持
一中賦以題為韻限香交琴賜上方珍錦皇上
甲山寶玉走得急忙未帶鎮紙只得將通靈玉
底神玉通靈思如泉涌文不加點揮洒立成第

602

交卷一面獻上道雪玉在考桌上候音天子一
全說的敬天勤民誠動神格便就合了聖意又
齊下巧馨天孫那字法全學二王真個飛鳥依
時間各卷都完了一總進呈沒有一卷可以比
子就將賈寶玉一卷定了個一等第一名其餘
呈考了二等第八林良玉考了二等第三還有
神差了些反降了蝙檢就將寶玉補了侍讀學
了左春坊贊善之職天子就將寶玉的卷子賞
不喫服聖情十分喜歡就御筆題一個青雲滿
寶賞給寶玉又賞文房四寶六件又瓶一件如

第二十回

603

肯傲黛玉笑道讚的太過了他們五個人將荷花賞玩了一回還戀着這香色不肯回來忽聽得荷蓋上響了幾聲水面上也照了些水圍兒黛玉說道好了有雨來了越說聖上一心愛民為這個雨遭了些元天宵衣旰食我們老爺也日夜不眠的吃齋念經四更天就出去隨班祈禱可知道聖天子至誠動天有求必應呢寶琴道真個呢咱們老爺也辛苦的很了寶釵道你們眼睛這殿子不小咱們下去當下黛玉寶琴寶釵湘雲寶玉一齊的回來那風兒也颳得大了把他們裙子通吹開了寶玉在後面望去見黛玉是三藍繡的西番蓮大紅紗褂寶釵是藍綠繡冰梅元色紗褂寶琴是洒綠繡菊的鵞黃紗褂獨有湘雲

的裙兒不吹開寶玉就喜道這陣涼風兒也颳得緊寶釵黛玉寶琴將扇遮着還撒開大袖來遮了雲鬟湘雲笑着道罷了讓我前頭走就好了真個的依了他卻又奇怪憑着鼠雨衣不沾濕裙不吹開眾人只是不住的嘆服想這史湘雲的道行已成日後總要白日飛昇肉身上天的了及至進了瀟湘館不多一刻那雨就潑天的倒將下來幸虧王姆娘已經抱了小哥兒去寶釵倒也放心這時候雲湧上來就像天晚的光景又接連的閃起電來忽然雷震起來平地裏發起幾個霹靂嚇得寶玉像小孩兒似的問黛玉寶釵身上亂鑽紫鵑晴雯鶯兒也趕攏圍着原來寶玉最是怕雷惹得寶琴湘雲笑一個不了寶玉還

第二十回

將指頭緊緊的掩住兩耳那雷也就住了不到半個時辰足足的下有六七寸就漸漸的小下來一會子兩也小了只聽得滿園子裏各處的水聲就有小丫頭子跑進來說道真個好看呢那些山澗水橫七豎八的衝出來銀子也沒有他的亮光聲音兒也更好聽寶玉就一骨碌跳起來要去看水就叫襲人把北靖玉送的那一副簑笠木屐戴起來一頭走一頭去叫黛玉說什麼要緊等兩住了還有得看呢寶玉那裏肯依眾抑黛玉頭也跁了他去寶玉走過山澗近着池子只趓得蚯蚓水難之聲辭過去就望見對面月閗墻的欄杆下一曲一曲的澗水翻銀滾雪瀉將下來瞤著迎澗的銅片兒有如琴筑之聲十分好聽那澗

旁邊有個半圓之半一扁過去便見玻璃房又映出玻璃外的十幾道曲澗寶玉高興得很就在池邊上走過去不想這個未脫了一失腳就一脚踏到池子裏去寶玉慌了就提起脚來不料一轉身又載了一交弄得滿面泥污渾身上下竟像河泥裏頭鑽出來的恰好一羣好姊妹丫頭一羣人走過來了眾人看見這個光景不覺好笑史湘雲拍手大笑道好好一個泥寶玉寶玉益發恨起來連忙道你們這班人不是人了人家載到這樣你們還那樣的笑黛玉即便替寶玉發起來連忙叫紫鵑等去拉他一面叫人快取衣服去紫鵑鶯兒晴雯也顧不得自己就將這一個拖泥帶水的寶玉扦扦的扶起來眾人看見寶玉面

第二十回

走動燦晶瑩翹目，黛玉、寶釵、寶琴、湘雲四人只是坐下了，說不出一句話兒，竟有個相對忘言的光景。寶玉只連聲說有趣，又望着一叢青蓮花，尤覺可愛。寶玉就說道，你們瞧那些青蓮花，更覺仙品，咱們何不口占一律。瞧他史湘雲笑道，我是一切綺語掃除的了。黛玉道，也罷，除了你還有別人，琴妹妹你很敬複你就先來罷。他兩個也不肯饒了他。寶琴笑笑，想了一想便吟道：

四圍雲淨蔣藍天破曉，行來見素蓮八尺。鳳游香瀁漾三升花露色澄群艺，舒清影方塘外。蘋映餘痕曲沿邊若有，姝珠臨鑑照凌波，解語兩爭妍。

592

求人都說好的很。寶釵笑道，罷了，我也要獻醜的，你們吟來憑我甲乙。寶釵就吟道：

早凉閒步水心汀，花與波光一樣青。不惜紅衣偏有態，暑分翠蓋暗流馨。盤中珠走縣穿柳，鏡裏魚游影唉游攜取。翠簡來勤客，清歌且趁醒時聽。

黛玉道，真個難尋無難分伯仲。寶玉你便怎麼樣呢，我知你一定的背榜了。寶玉笑道，你也還沒有呢，就料定人家。史湘雲道，寶哥哥你不要小覷了他，他一定有小謝驚人之句，竟說出這個話來，他的順菶是妥當的了，你且先念出來罷。寶玉就笑道，我就謅一首，林妹妹你到底先念了出來，誰又偷你什麼巧

第二十回　七

593

你煦着罷，這花葉一色的意思，大家不免只要說得輕妙些，我念出來大家不要笑話。寶釵道，你不要支吾了，你就念罷。寶玉便吟道：

初陽趁庭早金光，卻怪紅衣幻冷芳。媒蹙持慢覺倚紅香，玉環宛轉留清艷，銀書敦斜映瀞妝悅悻。蟬娟與聯步，童心過寄水雲鄉。

黛玉笑道，起句也罷了，往後只膺頑兒趁來真正的越打我，若做了教習老師，斷要打了再叫他重做這一首。選起得上他倆，而首底湘雲笑道，寶哥哥不差呢，你還要同衙門裏單要考個考。寶玉笑道，你們便考不過，到了衙門裏單要考個頭兒。黛玉

594

笑道，好一個說嘴先生。寶玉道，林妹妹你只管批評人家，你自乙的到底怎麼樣。寶玉笑道，好呢，沒有什麼不過比你強，坐兒眾人都說是了，你且念出來。寶玉道，我說過不好，你們不要笑。寶琴道，念罷，再不要指搉揄了。寶玉就吟出一首道：

婷婷映水態盈盈，玉骨冰肌見也驚。嬌吐微黄韻粉散瀣，舒嬾綠縞然攀。花分葉秀天風韻，貌叱心清佛性情。配得人稀謝雕飾，只應攀附李長庚。

黛玉吟完了，湘雲先笑道，這還有什麼說的。眾人也一齊嘆服。寶琴又叫他再念了一遍，說道，等我去寫出來呷驚風，兩個妹妹也去做他兩個，筆致兒很好，只怕被林姐姐這首壓住了不

第二十回　八

595

就三千二百回也有，只是我曹雪芹要向閻王告假纔纔好，在這裡筆耕呢。寶玉也笑得了不得。從此以後曹雪芹又編起後紅樓夢來，客中借此消遣，到也詼諧滑稽，以文為戲。寶玉益發叫內廚房收拾精緻茶點，時刻送出去，也揀了上好的龍岩素心蘭四盆送出去，又囑了雪芹與寶玉商議，叫蔡良單哂帶了銀子往南遷去，替曹雪芹買山置產，這裡蔡良的事情叫王元帶著翠哂的執事叫蔣涵帶著。這年天氣也熱的很，又是旱少雨，新禱正煩，曹雪芹纔得借了這個消遣。寶玉得了一回，使傘進一回，來看都說雪芹先生越做越好。寶玉總等天明了，打亮鐘的時候就往雪芹處取了進來，不拘寶釵寶玉黛玉處三個

588

人約會了，同看這一日早晨太陽剛纔透上，已曬紅得火炭似的。直湯上來，寶釵為的是瀟湘館綠竹陰涼，當叫人扎了小哥兒同來，頑要王嬸嬸便把小哥兒扶往聚人房中去。寶釵道這裡桌子椅子上通不熱，別處還了得，今日到了午間還不知怎樣呢。黛玉道我這裡擱得去了屏門上了屏簾引著這後院子的涼風過來，你看竹子擺得那樣快，這個風過來不好麼。寶玉道一樣的風兒扇子上的就沒有這個好，我只坐在這裡不要動了。寶釵道好了太陽也會陰起來了，阿唷唷好大風，黛玉便走出去望著天道今日天上的雲也多，敢則有些雨意，你們大家來照那些濃濃的白雲頭一層層的胃上來也胃的快。寶玉道

589

大家照這些蜻蜓蛱蝶兒戕打滾的那裡來的。黛玉道好哾快些下雨，咱們的荷花池子也要水呢。寶釵道你看這個鳳兒括得這麼大，那些荷花不要統被他吹折了，好不可惜，咱們且賭賽。去正說著文湘雪薛寶琴也走過來穗見寶釵說要去看荷花，大家高興。黛玉穿的是深藍葡萄色洋蓮宮紗衫，元青花羅珠遮裙。寶釵穿的是深藍菊芝蔴地滾羊皮金的紗衫，杏紅牡丹花的羅裙。史湘雲穿的是杏黃蝙蝠遍雲紋紗花色淨素紗裙。薛寶琴穿的是粉紫小八寶的掛綫紗衫，月白滿地松竹紗紋遠都塞了珠蘭茉莉呢。香玉手裡都揸一柄湘妃竹的繡綠宮紗扇。寶玉只穿一件西湖色洋葛熟羅衫，一色的裤褉踏著紫

590

棕色的踏底綢綠鞋兒，搭一把針刺赤璧賦的芭蕉扇，五個人一齊走到韓香榭下坐定，扶著欄杆看這個池子裡的荷花。那時候天亮得不多一會，天上的雲光滿映到池子裡英俊一個鏡子新房了水銀似的。也不知那些荷花荷葉的香氣是自己吐出來的是風吹來的，只覺得一陣陣清幽芳馥之氣亂撲到人面上，透入鼻孔一直的反到丹田，甚個意清神爽心骨候仙。又是這些荷花半吐的半放全放的，也有全謝的半謝的，還有幾個小蓮蓬帶了一片花瓣嚲著，風兒亂捲的顏色深浸也。辨他不清，又映著許多翠蓋亂擎扎擋，還有一兩枝花棠倒生早地上來的，那些大荷葉浮在水面上的還存著許多露珠兒

591

為什麼不燒了他黛玉笑道這還等你說我也要燒他原來曹
先生因老太太在南邊没有什麼消遣一面編一面抄了寄回
去臨說還有人悄悄的抄了一部出去賣了重價不知誰人買
了去而今一部底本却在我這裏實叙立時立刻的要了過去
叫他且不要告訴寶玉知道等我批評批評寶釵拿回去便細
細的看了三四日就叫鶯兒請了寶玉過來說起這部紅
樓夢便笑道寶兄弟你好你有這一部書怎麼瞞著我寶釵又
抹寶玉的臉道好速速也忘了燥得了不得的也編在書內叫
人傳出去寶玉只管笑著黛玉道可不是呢這部書若傳開了
你可還或個人兒寶玉笑道寶姐姐你不要糊塗這一大部書

584

会珍的是你一個呢寶釵笑道也没有到你林妹妹的分兒黛
玉笑道分兒好先替你頂個盛名便了寶釵的眼圈兒就紅了
一紅寶玉見他兩人好的狠這兩句話各人存個心連忙的說
道他倒也說的實話没有一字兒做借出來又是一個人一個
性格況且寶姑娘好妹妹你們通着過了我們這樣相處可曾
有一句歪話兒呢這可不比別的說部高了百十倍麼黛玉道
這倒不差寶釵道死生離合聚散哀之際原是極大的關目
早抹着要喫的叙事筆下也嫌好忙故此閒閒散散之處也要
說的就算玫瑰露茯苓霜一回小題大做也不過借此寫出空
小人情狀黛玉道正是呢他這一大部書閒架也大頭緒也繁

第二十回　三

585

不是跐密相間雅俗相參如何叙得就是到後來没有結束也
是烟波無際宕逸不收若那麼一部書必定做一回滿床笏的
圍圓也没有趣味到那叙夢之筆似乎太順也只是記實的話
不能刪叙所以這部書不論刻不刻却不可俗手刪改一則叙
事不真二則文筆有古今雅俗之別了寶釵便嘆息道是便是
了只是你們兩人享盡榮華若這部書傳開了反使千秋萬古
之人為你倡心流涕於心何安我的意思延紅樓夢的後半段
也不用改他也存他的真面目要得他再續上些就好了黛玉
道這麼說不是續得的寶哥哥你只好再請他編一部後紅樓
夢了寶玉笑道寶姐姐你看林妹妹說的好輕巧話兒這麼一

586

百二十回的大書要請他再編一百二十回人家誰肯呢黛玉
大笑起來道寶玉你翰林雖則當了地根兒還平常他這一百
二十回叙的多少年咱們若依了寶姐姐現叙這一二年十幾
回便殺了寶釵也笑道一二年的事情要編一百二十回也算
一個月有五六回事情連寶玉的出恭撒溺叙在裏面還怕不
殺呢惹得黛玉寶玉大笑起來寶釵道況且這部書紀實事的
那後紅樓夢也是紀實事的算二三十回就很夠了寶玉道或
者要三十回黛玉道你且同曹先生商議去寶玉便出去告訴
曹雪芹雪芹只許了三十回寶玉定要他勻做三十二回雪芹
笑道這也容易我只多住幾年住到你同世嫂百歲白頭之時

第二十回　四

587

件好處天下人總不如他始終沒說出來就要他說這五件驚
兒笑道你要知道那五件來我就告訴你不知驚兒說出什麼
五件來且聽下回分解

後紅樓夢
第二十回
　曹雪琴紅樓記雙夢　賈寶玉青雲滿後塵
話說寶玉拉住了驚兒要他說出寶釵的五件好處驚兒只得
說道我們姑娘的五件好處真個的天下人總不如呢第一性
格溫存不喜不惱不論好人歹人待得一樣心裏辦得很清也
舒舒泰泰的並無疾言遽色從不會尖酸刻薄寶玉只管點頭
第二詩書上工夫深的聚二爺自然知道第三活計上那一件
不精一樣的花線兒到他手裏便吐出那配合鋪綻也
不知巧將什麼樣兒拈了個鍼好個出神入化的這個二爺那

裏懂得寶玉道還有呢驚兒笑道他服了那冷香丸渾身上的
香氣從肌膚裏透出來人家的衣服要薰個香他的衣服只要
他穿了幾天卸下來就馞香不散若是常穿的更香得很了第
五件他的眉眼鼻口粉裝玉琢那一件不好拳音的清脆口齒
的伶倒那一件不好寶玉笑道真個不差你可知道你也有兩
件好處天下人總不如呢第一你一路子打的好那一件不用說了
驚兒就啐了一啐不說寶玉收過了驚鴦時要驚兒依他的規矩
黛玉日從管了賬房每日間只叫寶鴦看書下蒸又同寶釵代寶玉
辦去自己倒反空閒只與姊妹們看書下蒸又同寶釵代寶玉
做些館課那一天寶釵到黛玉處坐下閒談說起寶玉一些事

兒不管也不照應書只往曹雪芹先生處也不知講些什麼連
中堂館課教習月課都瞅着我們拔刀寶玉笑道寶姐姐你還
沒知道呢他半年來請曹雪芹先生幹的事情呢就把咱們家
裏裏外外不拘什麼事全個兒告訴了他求他編竹廝紅樓夢就是咱們小孩子
時候頑兒的話也很頑着自己盡着腿歪在炕上口裏含着說着幾
的那曹先生也很頑着自己盡着腿歪在炕上口裏含著說着幾
個小所在旁邊寫着一面寫一面抄就編到一百二十回書咱
們趁杜的詩寫給他編在裏面咱們頑的笑的羅
個趁杜的詩寫給他編在裏面咱們頑的笑的羅
古籠就在裏面還更可笑他逃出去一節編得像悟道的一般
還把那兩個拐子編做仙佛益發可笑寶釵道連問書在那裏你

勾盼我們媳婦子的瘸腿裹掉下一個小娃娃惹得眾人大笑劉老老喝了酒擲一擲歡到惜春再望著寶釵道這一擲定要二奶奶說的了就擲下去驚兒就說了咱們姑娘講罷寶釵一眼望去整齊的四個全紅驚兒道說了這佃孩收令寶釵便叫惜春喝了酒自己也喝了收令酒說道全繼在瑤京金閨第一人含著一個筷御林東皇著意東風紫最好是韶華仲春王夫人見天氣也熱酒也多了就散起來黛玉等也因劉老老酒量有限曾經醉入怡紅院也不十分去強他的酒便就各人各自散步間說到了晚涼浴罷大家換上輕紗衫兒姑娑妱妹重新聚到藕香榭來看夜龍船這兩隻龍船通

576

是五朵畫舫及各樣玻璃裝起陪著燈船簫鼓從這些碧蓮業中縷藤蘿裹一曲一曲的鶯將過來過橋時也不免折了再裝只到了煙水迷離鰈雲圍繞之處儘著的往來整旋寶玉也和在裹頭不住的呌好這些姊妹們各人帶著丫頭到處捧了些冰泡的西瓜蘋果鮮藕等品跟著頑要姊妹們趁著晚涼拍了唇燥的粉盧著走到山坡橋頂閒道等處遠遠的看這夜龍船那些芳官們一班兒女孩子也適適意意的在這兩隻燈船內隨意吹唱順著風飄出一派的笙歌簫鼓之音只見一隻金龍一見一見的側轉來眾人倒嚇了一跳原來是這班弄船的女娘們獻本事要做一個吞珠戲海眾人盡皆辭奇那青龍也一

第十九回

九

577

旋一旋的轉起來做一個擎雲舒爪大家十發稱奇連呌快賞這一晚真到三更時分方纔各散王夫人狠愛劉老老一連留了二十多天還要拉住他秋涼了去劉老老再三要回去只好由他也與他說定了巧姐兒的親事黛玉又送他百金給些衣服劉老老千辭萬謝的去了王夫人還說從前巧姐兒的事情狠虧了他這裹驚兒的吉期五月內不利直到了六月初旬方繼擇定那知驚兒執定了意不肯惜著紫鵑這一夜寶玉倒反與紫鵑作合了寶玉重新說起從前的事怎麼樣的草為了黛玉一會子哄他到後來又惡聲惡氣的不理他而今也一床了就無毄百樣的替他頑紫鵑也只是笑得了不得次日寶玉還要賴

578

在那裹被紫鵑推他過去晴雯也幫著紫鵑推到驚兒房中去這府裹也一樣的唱戲喝喜酒只有襲人暗暗裹只管傷心看看舊日姊妹一個個正名定分起來自己好不惶愧寶玉也偶然替他頑笑幾句只恐怕招了忌的不敢出一聲兒又是晴雯只管借影兒罵小丫頭子說是水蛇腰的狐狸似的花紅柳綠的字字兒打在襲人心上那裹敢於攬一句只有人背後暗泣而已卻說寶玉到了驚兒那邊雖則見慣的人驚兒卻十分害著操被寶玉闖上門拉他說話驚兒也無可奈何只得低著頭荅應幾句寶玉也不思去關他就說起出門時許多的話來被此都也歡息寶玉忽然想起驚兒結絡子的時候說寶釵有五

第十九回

三十

579

邢夫人笑道老老為的可口把雞肉兒去掉了劉老老敢了碗令起掌來道阿彌陀佛而今肥雞兒一百大錢一個就是童子雞也得京錢一百二我們村裏人家上了五十敢外的分兒到過年變宰一個吃王夫人等倒也照熙頭又吃些菜照王夫人打諒他的食量還好將一碗冰凍酒煙清火腿移到他的面前老老儘著看就拿出一塊布手巾來抹抹手放下筯揀著好的盧著吃眾人恩不住大笑起來只聽見蜂腰橋那邊風吹一陣細十番過來便是女孩子扮的秋千如過去一上一下打的好看隨做便是一隻青龍一隻金龍打著鑼鼓一字兒的蕩過來那龍船上也盖著金閣銀樓踏著顧繡旗看雲笈掩著孔雀錯

572

錯落落掛了無數鋼鏡玻璃穿著踩樹垂楊往來遠轉也遠遠的看得出雜懸上的摘錦句兒那邊賈政等只同了林姜書白諸人在四晶館賞玩自薛姨媽以下俱各賞物事與這三隻船上的人王夫人高興的狠就站起來道咱們今天一定要行個令劉老老連忙說不會的薛姨媽邢夫人笑道老老不要慌你便不會咱們幫著就是了就擺起長案四面坐起來叫龍井秋千都回去只叫女孩子在棠木舟中唱個清曲小調罷當下眾人坐下來取個戲盆擲下去數著照子該是寶釵做令官寶釵要讓邢夫人王夫人不許賈釵只得喝一杯令酒向那邊叫鶯兒過來鶯兒過來擲一下便宣出令來道我這句子擲一下數

第十九回

立

573

到那一個再擲一下合著黑子扣著這人配著牌兒名說一句曲子大家看這黑子數到晴雯妹妹了等我再擲一下子便說道一么在中心三紅圍一陣合著一個齊破脾一旦內家奴婢十年相國夫人把晴雯蓋得了不得接過來喝了酒也擲一擲數到黛玉又擲一擲晴雯便說道一紅初吐處三五月圓時合著一個賞花時偕這裏富貴神仙天付之黛玉心裏狼樂先喝了酒接過來擲下去數到薛姨媽又擲一下說道三六一三水流搖合著一個惹波查松蔭萱花一樣垂陰永兩家王夫人眾人齊聲說打巧的狠薛姨媽接來喝了酒擲一擲數到王夫人又擲一擲說道雙六雙紅媧班序次合著一個朝天子國母咸

574

儀拜玉娘也切的狠王夫人連說當不起喝了酒接過來擲一擲數到寶釵又擲一擲說道三紅如列錦一二比佳人合著一個北醉花陰此肩人桂子蘭蓀寶釵喝了酒擲一擲數到劉老老再擲一擲說道兩三連一樹兩四配玖花合著一個灘破地錦花便停一停笑道老老我是個令官由著我這底下一句要你自己說劉老老道我實在的不會講寶釵笑道那不能隨你蹗什麼就算得就是了老老也笑道好奶奶我就說只是我底下擲出來也要奶奶替我講繞好寶釵也黑點頭劉老老道我還記得從前在這裏說過結一個大矮瓜也押著韻還是這個罷眾人大笑道瞧你老人家好記性這不算劉老老只得說一

第十九回

六

575

道我最愛的是你們大人家的這樣規矩你看整齊得這樣我們屯裏人家有了豆腐就算葷小孩子撿起來鬧得了不得還更好呢也還有條板櫈兒斯文的也只騎着坐也多搖着飯碗走着吃一根生蔥兒大家疼我老人家年紀老了倒喜歡靠着門迎着涼風那小孩子還淘氣叫他們拿些涼水來泡飯要就倒上一滿碗兒王夫人黛玉探春寶釵都笑說道倒樂呢劉老老又道我在屯裏頭托人進城打聽打聽說是府裏從前掛了一塊玉兒的哥兒也大了說同一位哥兒都做了什麼漢廳官我們也聽見地方上有什麼糧廳捕廳官這個漢廳官雖大雖小呢王夫人等就笑死了劉老老道也幹的什麼事情王夫人

568

笑笑了告訴他道這個漢廳也同糧捕廳差不多大小他幹的事情只是皇帝家學習着的書房小子劉老老便合掌道阿唷唷阿彌陀佛怪不的說皇帝比天一樣矢呢這樣的哥兒做書房裏的小子也還要學呢王夫人與劉老老講得有趣便與寶釵黛玉說明日要同劉老老說大觀園兩人也喜黛玉便同李紈到寶釵處商議現在端午近了弄什麼頑意熱閙一番大家都想不出拿歲時記看看只好造兩隻龍船還怕寂寞再妗一個秋千船就吩咐連夜趕辦起來只大觀園池子裏荷花最多怕碼了龍船倒曲曲折折删去些荷花開出一條往來的水路滿園裏蓼蓬甚濃但閙島語惟有千葉榴花開得如火光耀

第十九回　十五
569

眼那金熟桃諸品也爛熳照人黛玉便叫管事的將酒席設在藕香榭將四面洋簾撐起撐起了青綢遮陽天氣雖已炎熱卻喜的水面上有風過來王夫人使請薛姨媽香菱邢夫人喜鸞喜鳳過來同着李紈寶釵黛玉探春惜春湘雲寶琴邢岫煙李紋李綺尤氏平兒紫鵑晴雯鴛兒等次第過來叫喚大姐扶着劉老老那老老倒也不要扶一路上看着這些綠陰覺在的笑心裏著倒也不用動一動扇子兒一直的走到藕香榭王夫人叫薛姨媽邢夫人黛玉寶釵坐了一席自己同劉老老探春惜春坐了一席其餘妶妹挨次坐下了頤們送了些果子兒上來黛玉就叫晴雯送一條哈蜜瓜與劉老老看了一看就道

570

好個南瓜配得着麵觔兒燒着吃眾人已經笑了晴雯說道老老你就這麼嘗嘗看劉老老道姑娘我們雖則鄉里人家也不生吃南瓜這不比山芋呢生柿呢晴雯使吃一塊與他照照劉老老道這也奇了南瓜又是生吃得的也就吃一塊便說道太太倒底算什麼瓜這樣配口王夫人便笑着告訴道哈蜜瓜老老道大別姑是了是了是爲芽上的了怪不道呢眾人大笑起來隨後便是各人面前一碗醒口冰然湯劉老老用筋撈起燉寫絲兒儱着顩說道這不是涼粉逼的麵條子爲什麼扣的這樣涩眾人都笑到了不得劉老老吃了些點點頭說道味兒倒也好怎麼又和了些雞皮兒難道一個雞光光的長這個皮

第十九回　十六
571

還是這位晴姑娘好個有福氣王夫人便拉他坐下道老老為什麼長久不來老老道告訴太太知道我那一天不想進城來我們屯裏人家天天趕的地畝上活計一天一天的趕咱們年紀上了的也要替替他們年輕的倒底腰也軟了腿也笨了又過着刮風下雨泥地下要便跌幾交太太照顧我這胳膊了風痲着還沒有好叫板兒去討個膏藥貼上也沒有什麼致驗兒腳底下覺着重了搭個半年就是裝滿了糠食坐不得一個人兒實在的進這個城來不容易劉老老又揉揉眼道太太我不瞞你說到這個府裏就想起從前的老太太好個仁慈有德年紀比我還小幾歲怎麼樣不再活幾年可不是壽元也高

564

了王夫人也揉揉眼道這是我們做媳婦的沒福不能彀伏侍他百歲原誄難為你老人家還記著他老太太從前原也待的你好怪不的你想著老老道可不是呢還有咱們家姑娘那樣待我好平兒採春恐怕提起鳳姐兒簡著王夫人的傷心便道老老你老人家好記性從前咱們在園子裏頑的時節你可還記得老老道記得明明白白跟過去頑了兩遭而今園子裏光景還好王夫人道新收拾了狠好的我幾時再同你進去頑頑老老只管謝王夫人一面講著黛玉湘雲寶釵寶琴惜春便走到外間去商議逛園李紈也跟了出來只聽得劉老老說道太太我這遭來想著從前老太太及那些人兒個個都記得還有

第十九回

565

鴛鴦姐姐給過我幾件衣服我收著沒肯穿就是妙師父給我一個茶鍾兒也好好的藏在那裏我繞問過了平姑娘知道他兩位的苦懷我心裏頭也不知怎樣難過王夫人歎息道好個有情有義的老老這裏黛玉等聽著都也點點頭黛玉惜春便拉了湘雲問他兩個湘雲只笑著不肯說惜春追緊了問他湘雲便笑道你們說妙師父當真被益却去了古來許多仙佛到了逃蹤潛形百般的化不拘水火盜賊那一件不變化出來不是這樣如何跳出紅塵只怕妙師父現在極樂處逍遙鴛鴦姐姐也同在那裏都不可知黛玉探春等便知他兩個人各成正果去了也將逛園的事情約定重新進來老老道太太你們這

566

裏不要說就這裏大房大院咱們看著比庵廟還好呢王夫人笑道咱們天天悶在這裏倒想要往你們屯東住幾天看看野景眼睛兒也醒醒老老道太太說的要往定裏去住幾天咱們屯裏人家好不囉唕一扇板門兒推進去猪圈也是裏頭狗圈也在那裏還怕扒手兒招個把雞子連雞房也在那裏風起了什麼都吹過來那氣味兒還了得我到了這裏真個的到了天仙福地呢王夫人便說道老老你也難得進城來這會子多住幾天去劉老老道我也想在這裏多住幾天只是悶乏了太太怪過意不去的王夫人道你不嫌怠慢就敎了黛玉看見王夫人喜歡劉老老就叫攞起飯來就一同的吃了飯劉老老

567

起漢書的列傳寶玉就將列女傳大加議論一番讀卷官見這一奏不諳體裁則寫作兩絕不便進呈御覽列在二甲之外辛亥朝考的詩賦題著手冠場考了第一就用了一個庶吉士之職賈政也甚喜歡卻也不知這個緣故直到讀卷官與林姜二人說明了方曉得知王夫人只叫瞞過于賈政叙李紈等只說他們獨有黛玉心裏倒覺得合意為什麼呢黛玉這個人玲瓏剔透沒一件事情不知道打諒着寶玉這個光景斷然不能滿官辦事就到翰林衙門裏也多有翰林中的能員如何走得上山坊的人要瞞他不如小小的完了這件不高不低逍遙自在也完了父母的盼望也沒有什麼別的蓋妖可以守着自己

家園所以心裏頭倒覺得合意就是寶玉議論的列女說王霸姜詩之妻應入獨行曹大家蔡文姬應入儒林也是個不磨之論讀卷官拘泥不識未免屈了他倒反與寶玉兩人私下大加感慨寶玉也許黛玉為第一知己連雪芹也不能賞識到這個分兒寶玉自從授了館職之後也不能不謁師會友偏是派的教習偕着的這些詩賦課題過來寶玉那裏敢放在心上無不過黛玉寶釵替他寫做而己這時候將近天中佳節角黍蒲酒也就熱鬧起來一日王夫人李紈寶釵黛玉探春惜春等正在上房只見平兒帶着一個人提了一藍野菜一藍茹菊沙果山榴紅酸等物又是好幾個硬簽咸的小籠子放些支了烟

烟兒鼓翅剔腳呢着些絲瓜花兒平兒便笑嘻嘻的說道這是巧姐兒的乾娘劉老老送來的說這兩籃野菜山果送給太太嘗個新還有一袋的喬粟一袋的喬麥仁兒這幾個籠子送給小哥兒頑頑的王夫人等剛也喜歡得了不得就說道難為他老人家他老人家來瞧瞧我就彀了怎麼還要帶這些東來他而今在那裏為什麼不同了過來平兒笑道他也要過來呢在我那裏已經遂了好一會子咱們就叫周瑞家的快去叫他過來周瑞家的聽見茶應着就去了原來平兒十分細心怕的劉老老為人村野樸實怕他不曉得黛玉晴雯回過來的事情一見了面格外驚疑說出些不吉利的話來所以留他在房

裏先給他說明老的劉老老合掌念佛不己就說道咱們的老太太咱們的二奶奶為什麼不一同回轉來怪可憐兒的平兒又悄悄的告訴他說老老見了他兩個不要說出什麼回轉來的話老老只管點頭也還攬着巧姐兒問了好些說話見周瑞家的過來說是太太請他老老就站起來同過去王夫人等看見了就帶着笑站起來王夫人笑道老老長久不見了你還硬朗劉老老合着掌彎着腰一轉的過來道好太太好奶奶好個有福有壽的看到黛玉就抹抹眼睛細細的打諒他一番道好個有福的林奶奶真個還是這樣的又道晴姑娘呢晴雯就笑答道老老怎麼不認見我老老回轉來見了晴雯便道果真的

湘館各內眷有回去的各人留一個丫頭看守各院內另有個小廚房小茶房統是柳嫂子一人管領一應月錢統加五倍文發發香院一班女樂統交藝人這大觀園裏就比前益發熱鬧起來柳嫂子也得意的很只是早早晚晚弄些梯己的吃物悄悄送給晴雯怕紫鵑鶯兒見怪一送總是三分晴雯天性是爽直的再三的攔他當不起柳家的心腸見晴雯多吃一些兒都是好的儘著攔他那裏肯聽晴雯也很孝順他見他諸事龐身就說我的媽你坐坐兒罷儘著我的臉兒也儘著照看得你你年紀也一年一年的上起來了我做女兒的瞧著心裏還受得麼柳嫂子也感激倒底只是手不住腳不住的說道姑娘帶曳

556

我上了這個地步好不替你挣個臉兒晴雯就益發的疼他了且說曹雪芹自從移到林良玉那邊賈政幾次自己過去要拉他回來當不的林良玉姜景星再三留住不放賈政又坐定催著同回曹雪芹也卻不得情只得移了過來這年是恩科會試寶釵已經錯過賈政只想曹雪芹過來勸著寶玉做些應試的工夫寶釵也再三的約了寶玉彼此勸寶玉用功這黛玉卻是方一種的性情只要父母夫妻長長守著的過積些忠厚陰德培些根基漸漸的超脫塵凡證他仙果那些浮名榮曜真個的看做了浮雲一般以此口裏雖然答應寶釵卻並不十分的勸只常常的推他到寶釵處去憑憑寶釵怎樣的勸自己卻反開

557

閒散散的會會湘雲惜春探春講講元理上功夫可恨湘雲只是笑著說他兩個颶還走不上這條路兒寶釵一心一意要寶玉求名就說道你從前說過天恩祖德只要上進了一步就從此而止我狠知道你的話單為的是林妹妹一個人而今林妹妹是一塊了你還想從此而止也斷斷不能上頭只有你一個兒子怎麼樣盼著你又不遇著你可也踐存些心兒寶玉笑道你們呢原改不過祿蠹的脾氣若說混幾句時文兒騙個進士也不算難但則是場期已過下科甚遙難又耐煩到這個上頭寶釵又再三的日日夜夜勸起來寶玉要回到瀟湘館中黛玉晴雯那邊兩個人又拒住了還有王夫人閒著便說他寶玉也就

558

厭煩的狠不期這平會試榜發了天子將進呈文字逐一看過嫌他平平無奇忽憶起從前看見的寶玉鄉舉文字來便查問前科走失的第七名舉人賈寶玉曾經招著沒有及至奏明了在家養病錯過會試之期現在病痊居家等因聖情大悅即命將賈寶玉欽賜進士一體殿試報到賈家舉家大喜賈政隨即帶了寶玉入朝謝恩回來免不得又是一番慶賀賈政便叫寶玉跟著曹雪芹著實的用功聖恩如此高厚不要奉負了快快的做殿試工夫那鄉試的主司房官也來苦勸賈政又約了林姜二位過來切磋王夫人薛姨媽寶釵自不必說連黛玉也只得慫恿了好些言語寶玉也不得不用功了誰知殿試策問問

第十九回

559

支及經手人通同作樂支一罰十第六是家人們婚喪一切事
情數舊加五倍支領不許同事中鬧會拉扯及扯外賬第七是
家人們上班時候回話的所在不許錯一刻過一步違者處四
十板第八是家人們通報親友不許踈慢不許結交違者處四
十板第九是家人們買辦各賬日有日總月有月總一總彙交
總理蔡良逐日送呈第十是家人們四季衣服加倍賞給不許
典當借押第十一是家人們除有正經執事不許用三爺四爺
便是自己浣裹他也不許現即虛明撑出第十二凡各庄各鋪
各字號有家人們的分例一總送到上頭不許照舊按股派分
只揀出力輕重隨時分別賞他上頭也不留這一項的存餘也

552

逐年賞完了這一項第十三家人們不許有分毫店賬有一罰
十第十四家人們得了不是不許同事代求違者一同處治這
榮國府自賴大林之孝以下一眾人都看見了嚇得伸了舌頭
蹄不進去黛玉又吩咐紫鵑晴雯我同寶二爺的事全交蔡良
家的同襲人兩人吩他上下班替換這家的事我也不用費心
只交你們兩人便毀了紫鵑狠細心管進賬晴雯很有個殺伐
管出賬鴛鴦兒狠伶俐一面管著太太們往來的許多事務過著
你們儘之的時候誰走了便替著雖柳嫂子專管內外廚房有
應手的人兒不拘男的女的憑著他報名上來單陞家的相平
家的林之孝家的汪福家的徐喜家的周府家的周瑞家的吳

553

昌家的曾誠家的卜勝家的十個人分做兩班管出進上下回
話蔣涵焙茗茗烟李瑤罕伺候寶玉這黛玉各項分派已定便
叫蔡良出去傳男婦家人分班上來眾人駭服得了不得就小
小心恭恭敬敬的先從到院子裏磕了頭真個的肅靜無聲
黛玉只問一句統晚得了眾人齊聲的答應了一個是黛玉就
說守著規矩起去賴大等走了出來一齊伸頭咂舌道這纏耳
見了個主兒賈政王夫人只說黛玉要整頓半天叫人過去跟
看打聽一會子就走過來回覆說差不多大姑娘要上來了把
賈政王夫人真喜歡的說不出來賈璉等也只管點頭李紈寶
釵也笑道寶在這個林丫頭罰絕得緊正說著只見黛玉從從

554

容容沒一些兒事的走將上來賈政夫婦也讚不出來只笑著
道真個吩咐的快誰還不服黛玉笑道舅舅舅太太的規矩在
那裏他們散不守著的黛玉回到瀟湘館來再分咐將大觀園
各景亭及山子樹木一切從新收拾這些管各院的老婆子仍
舊是老田媽管稻香村葉媽管蘅蕪院各人照舊依了探春寶
釵派的照舊管理隨請李紈仍舊住稻香村寶釵寶琴香菱同
住蘅蕪院探春邢岫烟住含芳閣李紋李綺住綴錦閣史湘雲
惜春住蓼翠菴喜鸞喜鳳同住澣葛山庄紫鵑晴雯鴛鴦兒同住
怡紅院紫菱洲桐剪秋風二處都安了榻預備肉春們另有不
速之賓大觀樓藕香榭兩處做了公所黛玉自己仍舊住在瀟

555

賴大以上有臉兒的人也多就祖宗遺下來的人也不少玩戲吩咐着塯女却要聽着使喚依了規矩嚴肅整齊不許錯了一步的若有錯誤重則官法輕則家法却也不能饒讓分毫賈政就喜歡起來道好孩子你真個的能勸這樣就是我賈家的祖宗有福只當替你母親盡了孝罷王夫人也喜歡的狠就說咱們這個大姑娘叫我怎麼不愛他他敬他安頓的璉兒事情也好單則是他的身子兒單弱寶丫頭大媳婦你們統是好不過的大家也幫着的照料些本來和他好寶釵一則好二則又為着娘家現伏的他也狠感激一齊笑起來道太太便不吩咐我們也疼着他黛玉也笑道我原也伏着你兩個護身符呢

548

真個一家和好大家喜歡賈璉平兒也樂得緊賈璉便道表妹操這個心誰不喜歡就是我呢那裏還敢推辭又指着平兒道他往後儘管快活了也還說盡點子心力大家幫扶着存不得牽照子的嬾戲好黛玉也笑道可不是呢也要煩二嫂子長在一處提拔我平兒笑道這個還等姑娘吩咐的便是周瑞家的也要叫他過來當個差當下眾人用了飯揀一好日子定見了到這一日就逐件的交代過來黛玉接過來一毫不查只說送到房裏去開着瞧瞧就完了今日一天還請平媳子費個心兒賈政等仍舊往外書房去王夫人却請了薛姨媽邢夫人尤氏及喜鸞喜鳳過來分了兩桌頑一天牌兒黛玉也只陪着頑

549

並不發一號令那些執事家人及家人媳婦等巴巴的等候着總沒有一點于信息到了客散撥黛玉就告訴賈政王夫人道蒙兩位大人吩咐甥女再也不敢辭只是甥女還有句話兒要回明就說紫鵑同寶玉還沒有圓過房再三的問着他他要拉鶯兒鶯兒的為人原也好並不是寶玉有什麼拉扯單則是事情上大家幫着要請舅舅太太問寶姐姐要這個人給寶玉收了也就大家的幫着辦事賈政王夫人寶釵都依了倒弄得鶯兒縣起寶玉來黛玉就回到瀟湘館中蔡良就上來替眾人請示黛玉吩咐明日一早晨議處伺候眾人就戰戰兢兢的散回去了到了第二日早上黛玉先往上房請過安就過來到議

550

事廳上坐下先叫蔡良傳出規條去共有十四條第一兩府裏的奴才子孫便做官自己不許換名字受誥封達了朝廷的制度家常也不許違僭服色進府來主子賞坐只許拿個墊子坐在地上也要磕過謝了坐纔坐賴大看了先就懼怕起來第二是家人們有敢假主子的名在外招搖撞騙不論旁人告出上頭坊閒除即送官重治外即將所有房產交上來第三是家人們親戚朋友不許混入冊籍頂名當差便有兒女出戶不論批准没批准出去未出去見了主子壞不得規矩第四是家人們坐的車不許飛沿後擋墙門兒通改做兩扇門第五是家人們領的月米月錢照舊加二倍支領預支一月不能多支稍有預

551

來親家姑爺到京也就要接他回去平兒一個人終久照料不到看林姑娘的聰明才分比前時的鳳姐儘着的跨得過他又是公中一應支發既是他那邊的大勢也不得不歇的了不如全個兒交給他但這話我卻不便說倒像他們圖過他一家子的事全個的料在他身上不如等珠兒媳婦同他去妥當商議他兩個本來說得來就是妥貼璉兒的地方也商議了難道林姑娘近日這些光景倒肯委屈了璉兒大家照他待襲人的光景就是賈政連連點頭又商議了議事的地方仍舊在園門口三間小花廳上一則近了黛玉二則內外俱便賈政王夫人商量得停當李紈便到瀟湘館來見了黛玉畧畧的說了幾句

544

家常就將賈政王夫人的話一總的說出來黛玉只說年幼未諳李紈儘着勸黛玉也只有推遜的分兒李紈心裏明白就說道你的意見我也儘知道了我自然替你回去只是大勢兒趨到這上上頭也沒有什麼法兒呢李紈就到上頭來回覆了賈政王夫人也狠知道謙遜的道理只得明日再談到第二日賈玉上來王夫人也就留住他等賈政下朝回來大家見過了賈政當先說起這個話來黛玉也謙遜着李紈又讓着寶釵王夫人就笑道大姑娘我卻有一句話兒咱們多是自己的人而今一家子的事情雖不犯着你使是那府裏再有姨太太那裏也蒙的你你就儘着讓也不過讓的名兒況且通共幾箇姪妹林

第十九回　三

545

誰不知道璉大媳婦呢原也穩當不過寶丫頭呢也還細心只是心口慈軟誰還怕的他你知道的這裏不論什麼事情人總要打算我們的不是你如何對付的過你若再謙遜我也沒肯別的話不過從良外甥到京以後我們十分過不去就是了賈政也說道狠是呢雖則至親忘形誰也到不了這個分兒黛玉聽見說起這話來就站起身道舅舅舅太太說到這個話兒甥女就當不起了甥女的意思寔在為的是年幼不諳練所以請大嫂子寶姐姐搭當些而今兩位大人一定吩咐着甥女甥女也不敢辭了至於璉二哥呢不要說曾經送甥女到南邊帶着甥女辦通先人大事及運司衙門一切交代就是璉二哥在咱

546

們府裏也沒有辦差了什麼事便說為了鳳嫂子鬧過飢荒這鳳嫂子也為的府裏出多進少打些小算上了小人的擋也干連不上璉二哥怎樣的不叫他管事呢而今甥女卻有個愚見不知說出來中聽不中聽賈政王夫人道原該大家商量黛玉道甥女愚見既然交給甥女往後這府裏一切事情統是甥女一人拿主連那府裏同姨太太那裏也交給甥女只將這府裏的原先產業一總交給璉二哥單營這莊進賬每月提出百金與璉二哥用度他房基裏仍一樣的在公中支發這個進賬卻也按着四季交給甥女查查不要被人隱瞞過了只是有進無出往後去原會長起來再則甥女票明三位大人這府從

第十九回

547

立刻叫這班女孩子下來連那樂器也一齊叫住了眾人一定
不肯歇李紈決然不肯叫他們再頑黛玉寶琴探春等再三的
問他李紈只說外面的人兒看着不雅相不要疑心到我們身
上來不好再頑了畢竟墻外喝采的是些什麼人要知端的如
何且聽下回分解

539

從紅樓夢

第十九回

第十八回

三七

林黛玉重興榮國府　劉老老三進大觀園

話說大觀園內正在那裏打秋千頑兒聽得墻外有人喝采李
宮裁連忙叫女孩兒們下來了這墻外喝采的原來不是別人
便是寶玉良玉景星三人帶了幾個小么兒溜着幾匹川馬踏
青回來正從園外望見所以喝采這良玉景星就回去了寶玉
便回到園中來仍要他們再弄這個頑兒李紈打諒着王夫人
回來知道了不說他年紀長些不領了眾姊妹看書針線倒反
為頭為腦的率領了姊妹們頑兒便是不霑鈎色只略畧的借

第十九回

541

影兒說一句也就受不住了所以李紈硬不肯依叫這班女孩
子大家跟着教師回去他也就同了一眾姊妹來到上頭寶玉
也只得跟了上去又談了好一回王夫人也便回來外面賈政
賈璉等回到書房中去了却說賈璉見這府裏的規模氣局比
前大相懸殊却只是辦事的規矩倒有些不順為什麼呢一應
公中支發無非是林家來的銀錢黛玉却在瀟湘館中賈璉不
能時刻過去商量問蔡良這個人也精明到二十分賈璉分毫
不能瞞他却暗地裏要交他的派令也不能挑他的詭藏差不
多自己的才分也趕不上些如何挑得因想起自己的光景從

542

前夫婦二人來到這邊原也是個權宜的局面也只靠着老太
太的庇蔭兒而今不是那個時候了長久接下去也不是件事
情若是許了這邊回到那府也沒有一點兒的底子又打諒着
黛玉的為人從前個個說他尖刻而今變得像兩個似的行的
事這樣閒閒雜雜記着恨没有一個安頓我的地方倒不如趁
此句老爺說明一面將賬交割一面討件能辦的事情隨他們
的發付倒也是個知己知彼的情理固此就逐一逐二的趁個
閒空細細向賈政回明賈政開首疑心他有什麼別的緣故及
至說明了倒也只管點頭就同了他到老太太房中請王夫人
李紈寶釵商議王夫人也說平兒的事情全聽着探春那辦將

第十九回

二

543

第十八回

喜悅完了功德帶了寶玉蘭哥兒一同回家見過了王夫人寶玉便到寶釵黛玉處商議湯碗不題寶玉為的踏青不暢又約了景星良玉出去清遊李紈寶釵也因天色初晴穠桃可愛約了眾姐妹來到沁芳亭賞玩恰值王夫人又往薛家去了姐妹們便暢意頑笑也有拿了釣竿釣魚的也有采花撲蝶弄些香草的也有蹲在池邊撩水荇的也有掄飛汲水供花的李紈寶釵黛玉湘雲也乏了只將手帕子鋪在太湖石上坐著瞧他們頑兒便有小丫頭子送上點心攢金來也只就著各人心愛些的吃些只見這些桃花也開得茂盛一圍一簇十分嬌豔有些開得早的却被雨打壞了太陽一烘經風一吹却

535

第十八回　三十五

紛飛如雨就這花雨裏映著這些妖妹們盒覽丰韻姣妹們一面頑兒一面撲去身上的落花無一箇不盡興也有吊了手帕的香串香袋的探春在那裏指點各人將主人的物事兒撿點黛玉只管點頭寶釵却鬧起一件舊卷來便笑道好不要又弄到抄檢大觀園起來黛玉笑道寶姐姐你不知道晴雯又公報私仇麼眾人連忙問他黛玉笑道這事也巧可可的王善家的偷兒那府裏的首飾將頓嘍錢弄到晴雯的小頭手裏被晴雯認出來送過去那府裏連人送過來被晴雯發出去打了回才還韋汀半年的月錢眾人都笑說爽快眾人又走到紫菱洲看見一座秋千架子寶琴道咱們園子裏立了這

536

第十八回　三十六

一座架子也只聽見頑兒過一遍兒咱們今日何不上去頑一原來這座秋千架子著實的華麗本身暨架是朱紅金漆描金雲龍橫架是油綠綵漆描金雲蝠一色的五色軟絡綵縧挽手攀胸綰是楊妃色豆綠色的交綺綰花綢映著這幾樹並楊飄飄漾漾十分好看怪不得寶琴要高興起來眾人齊聲說好李紈便道琴妹妹這個却使不得一則怕腿軟了掉下來了不得二則也著了涼三則我們前日出去踏青人家照見了也不知是誰家的內眷而今頑這個牆外有勳戚人家子弟們瞧見了便要傳說開去咱們真個要頑兒他也有一個法兒只叫黎香院這班女孩子過來也不要強他只教他們會上去的上去他

537

第十八回　三十七

們打也打的好呢我們只在底下看豈不好呢眾人都說好李紈就叫人去博了芳官一班來都是洒線繡花衣褲蹹著花鞋齡官藕官艾官蔡官都說會的當真的四個女孩子就站上去繫好了那班女教師就同芳官們送起來也有許多的名兒喬花環盤龍舞鸞梭穿百花丹鳳朝陽双仙渡海一鶴凌空側雁字一帆風各樣的打將起來真箇翩翩有落電之光飄飄有凌雲之意也使双枝笛吹著霓裳羽衣的道曲兒擊雲鑼和橫笙拍板小鼓十分應了節奏到了後來四個人又聯臂上去打起蝴蝶會來這樂器就單用絲絃鼓板越發的嬝娜娉婷優優可愛眾人正在打的有趣只聽牆外許多人喝采起來慌得李紈立時

538

逢栩栩如醒於夢又且眉梢眼角具肖平生即與刻範模
形無差阿堵以此先天之巧合宗彼後世之良緣彼無恙
也双適故人子慕子今一如夙願古無似者斯足奇耳兹
者節屋葉烟人來醲酒酬卿何處自借枯骨以代生身償
畓有期手表白楊以營生蘋娘墓裏不必以一美而掩
二難蘇小坎前自當以三尺而分兩兆此日獨留青塚魂
歸即依我前身他年相見黃泉屍解共歸全造化等逆旅
之同還奧索通之花憾誓言返璧莫愴遺珠原期同穴難
分一體之形爰泐雙碑共誌千秋之盛某年月日怡紅院
主人賈寶玉題并書

第十八回　三三　531

黛玉看完了只管點頭說好晴雯也挨着瞧黛玉就一字字的
講給他聽惹得晴雯只管掩淚晴雯道難得寶二爺做出這一
篇碑文五兒也不枉虛生一世了黛玉嘆道寶玉呸原也實心
不經這一番風波也不見得他的心腸晴雯道可不是呢從
姑娘回轉過來還那麼着執意又磨得他死去活來黛玉嘆道
這也是前定的磨折誰還強得過頭上這個天咱們在此聽雨
婆凉他在僧寺裏也不知怎麼樣的孤棲呢晴雯也歎道自從
咱們圓聚以後天天聚在一塊這種光景也不可不當些呢兩
個人正在瀟淚嗟嘆那雨益發點滴得厭煩起來黛玉道這樣
光景只有那唐詩上垂死病中驚坐起暗風吹雨入飛窗說得

532

者側也瀟瀟蕭蕭隨風逐露的那活的人傷心起來總難受呢
你想想咱們寶二爺倒也沒有死過那半死半活的光景也難
為他也只好算做個回轉來的罷了黛玉點點頭倒反笑起來
道他若果真要回轉來除非借着甄寶玉倒把晴雯也說得笑
起來黛玉又笑道他若借了甄寶玉回生倒同你配個對兒晴
雯不好歇回他只笑嘻嘻的說一句我算什麼黛玉登時晤過
來眼圈兒就紅了就啐了一啐忽然窗外一陣風將一竿竹枝
吹折了倒嚇了一跳晴雯便說道夜深得狠了你聽聽鐘上的
響已經子末丑初了黛玉道今夜的夜雨倒也配景索性坐到

第十八回　三四　533

天色明了替他寫道這篇碑文出來晴雯道前日寶二爺說姑娘
從前做過詩稿二爺一篇篇都補全了黛玉道你也知道的我
從前做過的他都見過也不知他怎麼樣全個兒記了去抄出
這幾本來就連改香菱的詩也抄在裏面別人也罷了也誠替
寶姑娘一同抄下偏又不抄幸虧寶姑娘不在心若揭起來
碑兒能厚瓦兒能薄況且閨閣中筆墨原不許傳揚出去寶玉
也枉費了這箇必晴雯道這總也見得他的心腸了黛玉只嘆
息個不了兩個人真個的坐到天明將寶玉做的碑文寫了出
來袖了去與寶釵看寶釵也說狠好方纔同眾妙妹挂上頭去
可可的天雨不歇真到第七天散花謝將方始晴明賈政十分

534

要寶玉另替五兒立碑的話說出來寶玉大喜道是的了這樣處分也對得過五兒了正在議論傳說太太回來寶玉黛玉使同衆姊妹來到上房不多時賈政也便回來說明日要帶了寶玉蘭哥兒到鐵檻寺去祭奠賈赦就請齊了四十九位高僧做功德超薦亡人到了次日清晨賈政寶玉蘭哥兒同去了賈政因為公事多不能守在寺裏便叫賈璉在家照料將寶玉蘭哥兒留在寺裡住宿按子午卯酉隨班行香自己不時往來到了第二日可可的天色陰陰下起雨來一連三日雨點不絕黛玉為的寶玉不在家十分納悶獨自一個人挑燈獨坐悶了幾個黃昏雖則一日幾遍人回報平安心懷卻十分記

第十八回

527

掛又為的同晴雯上家回來默默的傷了好些時候覺的坐立不寧就約了晴雯來閒話那雨點一聲聲滴在竹葉上瞄得人厭煩又是簷前風馬兒趁着暗風叮噹不絕兩窗人就前前撥撥的說起舊話來也滴了好些眼淚晴雯道五兒呢原也慘心真個的俗語說白白的做人一場枉自為人在世那此得林姑娘你這個真身真氣兒呢就是我呢也有一件缺陷好好的父母血氣道不上自己的真身黛玉道罷了你我的苦也差不多了通是死死活活過來的我倒也厭這個血肉之軀從前若將我這簡身惜給你留着五兒倒也兩全其美晴雯道咱們算什麼人真個依了姑娘所說這榮寧兩府還有重興之日麼良久

第十八回

528

爺若不為着同氣的分上還肯這樣麼兩人正在閒談那一陣大一陣小只是連綿不絕到了臨晚的時候那竹葉綠光益發射入玻璃內連女墻上的苦影也映了進來兩個正在慈悶忽聽得蜡屐之聲只認道寶玉回來了那晚的是李瑤從寺裏回來賫着寶玉的一封字兒問太太奶奶姑娘們李瑤交代明白就去了黛玉晴雯便點起燈折開觀看原寶玉也因兩天在寺中納悶晨鐘暮鼓鬧得不清便揀一處僻靜僧廂將五兒的墓道碑文做起一脫了稿即便起緊騰清與黛玉觀看黛玉讀道

益聞生也如寄假焉必歸桃根梅幹猶開同蒂之花

第十八回

529

鷹拳僅變化生之性他人入室宸莫甚于借軀招我由幸氣深於附體雖凌波洛浦不留影于江臯而隕涕岷山必正名于陵谷此芙蓉神晴雯女子之必還身于佳人五姐也昔者張宏義借軀李蒻不返汝陽來進馬附體宗頃醒影郡他若桐城殤女東西門俱認双親晉元遺新舊旋曹添兩子爰灰淮陽月夜驚眜持燈上蔡鼠晨觀解竹窗少見而多怪可近信而遠微當大玉烟化盡涙抛殘賫長恨於泉臺杏難逢覿叩傳聞於逢闇祗益速就使玉簫再世章臺則鬒髮照然倘敎茜情終覩倩則離魂踏踏今乃死如小別珊珊真見其來可知生是重

第十八回

530

縱不告訴別人你說好不好黛玉這番話倒把晴雯說的快活起來道這麼着我可不滿心滿應了麼不是姑娘這麼說我倒也想不起來兩個人就約定了到了第二日果真姊妹們大家約定也只隨身衣服並不打扮這大觀園一班姊妹們一齊開了後園門出去踏青正是禁煙時節掃墓人多古人有讚這寒食的詩句如萬井閭閻皆禁火九原松柏自生煙又如雲淡古原青草短鳧吹曠野紙錢飛之類也不可勝數單只是一路上桐花羊白李等微紅線絲弱柳低斜拂水面之風悼陣飛球歷亂度朝陽之影又是些吹簫擊鼓賣餳糖兒的又是孩子們嬉嘻笑笑放風箏兒的大家走着這幾條淡青的路兒轉過了好

第十八回　二十

523

許多竹樹蘿苞倒比大觀園內幽雅閒曠耳目一新姊妹們也有閒望的也有采些草花兒的也有看那些掃墓人村的華麗的獨有黛玉晴雯瞞了眾人悄悄的走到晴雯墓上去柳嫂子提了壺盒跟了上來看見這些松樹也不過一人高間著些冬青古柏樹林深處顯出一座石碑碑面上題着芙蓉神晴雯女子之墓傍寫某年月日賈寶玉題後面碑陰上刻着寶玉所作祭文黛玉晴雯看了就感激寶玉不已轉過去便是晴雯的墓了也收拾的狼藉整也圍了好些亂草根兒晴雯黛玉看見了只管灑淚兩個人都流了淚焚些經卷兒晴雯真個的依了黛玉一字兒並着插下標記後來真個的立了佳入柳五姐的碑

524

刻上寶玉做的碑記柳嫂子也悟覺傷感說道林姑娘我現現在有這個心疼的女孩兒在這裡苦的不是他真氣兒黛玉也灑淚道晴雯妹妹你曉得你的墓草已青真身已壞你而今重新完你的夙願你不肯忘了你五兒妹子你便要孝順你這個生身的媽柳嫂子你也不要傷了譬如你心疼的女孩子做了地底下的晴雯也沒有我這金魚兒真個的同那個晴雯一樣也不如有了這個五兒難道這個女孩兒不是你自己親生的皮肉晴雯也淌淚道姑娘說的很是了我若沒借着五兒妹妹怎麼還有這個人兒你不是我的媽誰是我的親媽柳嫂子也就將悲作喜的謝了他們三個人恐怕眾人尋來便依了舊

第十八回　三二

525

路走回去同着李紈寶釵等一聲回到大觀園來大家高興看見那些小孩子放風箏你喧我嚷十分熱鬧一羣人也走得乏了便各自散馬恰好寶玉踏青回來了正在瀟湘館等着黛玉看見他進來便笑道你們也頑的太高興了竟微服而行起來你便衣妝雜遝也認得出來黛玉道只許你們小子們跐便了我明日還要騎了牲口出去打一個小圍呢你瞧着罷寶玉笑道好益發強得了不得了妹妹你快快的去打圍我就跟着你做一個馬夫雕進你打幾個蜂蝶兒回家罷倒說的黛玉笑了黛玉坐下來便將晴雯掃墓的話告訴他也讚他的碑文

526

雯也走進來大家說笑笑的晴雯也來瞧這箇金魚兒說道
本來今明兩天是下水的日子寶玉就呼出來仍舊給
黛玉掛好了寶玉還去瞧瞧說道寔在有趣真箇的稀世之寶
我這一塊玉只是個呆的誰有這箇靈勳兒黛玉道沒有他也
不被你拖下苦海去寶玉笑道沒有這個金魚兒你還得見這
箇鸚哥兒麼黛玉道我要照鸚哥兒南海去也瞧一個要這撈什
子做什麼你那個撈什子有什麼頡兒住了真金真玉醜的
好不過又是什麼佛了仙了那仙佛說定的仙佛話配金配玉
好不過呢寶玉笑道罷了一班拐騙的僧道弄的隱身障眼法
兒倈還揭我的短你再這麼著我就弄出從前的隱身法來暗

519

地裏拭弄你黛玉笑道誰怕你我也會學了老爺拿些穢物淋
了你怕什麼告訴你現有真鋼寶質的史真人在家我只要告
訴了他儘著的破你的邪法寶玉便笑著道罷了我就怕定了
你黛玉啐了一呼這時候漸漸的近了清明到了寒食禁煙寶
玉墜相好騎著小川馬出去游玩黛玉也約了姊妹大家走
到山子上面遠遠的望些春色黛玉就走到最高處便是凹碧
堂只見晴雯獨自一個人伏在欄杆上凄凄惶惶的只是個找
淚不止這黛玉日日在錦綉叢中綺羅隊裏喜破衲的長久沒有
傷心又且晴雯近日也諸事的滿心足意王夫人以下也都待
他到二十分還有什麼煩惱黛玉只怕寶玉小孩子性兒又有

520

什麼委曲了他就悄悄的走上去摸著他的肩兒道晴雯
妹妹你這會子還傷什麼晴雯只是哽哽咽咽的黛玉又再三
的問他晴雯拭了淚將手遠遠的指道姑娘你瞧見那叢地方
麼黛玉仔細的望一望便道那是一叢樹林傷他做什麼晴雯
哽哽咽咽的道可憐兒的那就是晴雯的墳墓兒晴雯的前身
就葬在那樹底下黛玉聽了也就忍不住的滾下淚來說道可
憐兒的怪不的你這樣的傷但是你雖則苦了個前身還葬了
這個五兒幾有了今日的你我若是同了你一樣也葬在地底
下兒一樣的地底下還要葬到南邊去今日就回不過來黛玉
說了自己也十分的傷起來晴雯倒反來勸寶玉黛玉　傷個

第十八回　元

521

不了晴雯道姑娘我總想到自己坟上去走走雖不能見著地
底下的枯骨也還踏著自己棺蓋上的地土黛玉道這也是必
該的我們這箇大觀園背後到那裏也很近了明日聽說老爺
太太們統要往城外墳墓去咱們何不惜一箇踏青的名兒約
了姊妹大家開了柵園門出去踏青也預先約過各人各目的
結伴攜壺不必聚在一塊我就同著你再帶了柳嫂子到你坟
上去祭你的前身也只當祭奠我自己的前生你也再替你這
箇現身就這塚左近揀下一塊地土定下了一塊壽域倒替五
兒立一塊碑叫寶玉做一篇碑文刻上去你將來百歲過去了
們舊將這箇現身還給他我們這番話只告訴寶玉並柳嫂子

第十八回　元

522

你州千方百計的弄巧賭强我不過用西洋法兒你們就説是仙法這樣看來你們的巧思兒也有限眾人只是不信便跟了湘雲下來黛玉惜春遇只顰顰的跟着湘雲笑道你們當真的不信再叫你們看小頑意兒就叫翠螺去將牀底下一筐的紙團兒搬過來真箇的翠螺就搬過來眾人看一看只是各色各樣的紙團兒他有什麼奇處湘雲就叫了頭們一人拿一會子個都往院子裏站着敎他們一同的鬆着鼓滿起來一齊飛升上半天裏就如十幾個月亮呼呼的風疾走了些時方纔不見這就是湘雲留下的洋燈兒眾人叫奇不已湘雲便將遺下的折開來讓這配的法兒説是在先的仙鶴燈兒

第十八回　六　515

也只是這樣的黛玉道怎麼樣那個紙鶴兒會舞呢那笙樂之聲又是何處來的又是誰在菴裏點的呢湘雲笑道算着時刻點了走線有什麼奇順着風兒也會舞我倒沒有聽見什麼音樂聲兒眾人差不多被他瞞過了只有黛玉惜春知道他不肯露相眾人便收拾了各色的燈只頑這箇洋燈兒一日黛玉正在閒坐忽見寶玉走進來望着黛玉只是嘻嘻的笑黛玉問他笑的什麼事情寶玉笑道事情呢沒有什麼事情有一件狠好的頑兒東西在這裏黛玉就叫他拿出來看寶玉只是笑着不説黛玉道也沒有什麼奇我也不要什麼頑兒東西不像你那麼孩氣寶玉道你真箇不要我為的是你心愛的東西貴了多

第十八回　六　516

少勁弄來的哎黛玉也想不出就拉住了寶玉搜他寶玉笑道搜是搜不出來呢你果真的要他你只許了我也拿金魚兒遊給我瞧瞧黛玉笑道金魚兒昨晩下在水盂內的這會子正要撈起來你只要拿出什麼好的來我就將金魚兒遊給你看寶玉道我就拿來送給你寶玉就跳出去一會子走轉來說道來了就掛起來罷黛玉便走出來看只見竹枝上掛了一箇金籠就是從前這一隻綠鸚鵡黛玉真箇喜得了不得鸚哥望見了黛玉就叫道林姑娘林姑娘來了我想的你好快給我洗箇澡兒黛玉就叫素芳香雪快快的替他洗澡寶玉道我今日下街回來走到兩花門瞧見他我倒不在意他就先叫了我的

第十八回　七　517

名兒我就下了車瞧他他就念起詩來可不愛他呢也不知誰偷出去賣給的這一箇店是窗花兒店給他三十兩銀子纏給我提過來你說不該氣了不要頑兒的了真箇不要頑兒他瑤兒你拿了去賞給你罷瑤兒也只笑着黛玉笑道你也沒有說明我怎麼不愛他那鸚哥洗完了澡抖抖翎毛跳上架子將嘴兒啄刷了一番這素芳就去喂他鸚哥也乖的狠略飲了幾口水就念起儂今葬花人笑癡他年葬儂知是誰來直把個寶玉笑得了不得瑤兒也便出去了寶玉笑道咱們瞧金魚兒罷黛玉就叫香雪取出來寶玉趕着的瞧他他也要了顯微鏡細的瞧他兩面的篆字真箇活潑的狠寶玉連聲說道有趣晴

第十八回　七　518

洋琴鼓板放些小煙火真箇的七華九朵綠嶽紅輝結綵分四照之花沉香吐三株之樹只有攏翠菴裏掛幾盞景玻璃燈兒那些小丫頭子只管拿了些各色的魚燈鳥燈成摩結隊的往山子上下遠過去穿過來遠遠的望去不見人走只見燈行那些樹林上綵光也分外的可愛這些太太姑娘們儘着說說笑笑吃果子喝茶寶玉一箇人就樂壞了東跑西走拉着姊妹們批許這個那個王夫人只說不要鬧之了寶玉數笑道他本來叫一箇無事忙這會子的忙不用說了只是你也體諒着太太的惦記你這榮國府中的頑燈一直鬧到土地生日寶玉只是一天一天的巴著天晚要點起這些燈來一日天晚了大家

第十八回　四

511

點起燈史湘雲也來看黛玉就說道雲妹妹你本來是愛頑的怎麼這樣素淨起來就算看不起處世上的繁華你知道麻姑仙人也曾獻來成珠呢你何妨游戲游戲史湘雲只笑着黛玉寶玉襲探春再三的央及他湘雲笑道也等人靜了給你們頑意兒瞧瞧眾人都詫異起來道你原來藏着什麼燈兒在那裏湘雲只笑着黛玉寶玉便問惜春道寶在沒有早早晚晚一同的並沒有見什麼燈兒果真有了他便不掛我也會掛起來呢眾人便說湘雲哄他們湘雲笑道說哄就哄罷了寶玉又再三的央及他湘雲便笑道就扎起來也要好一會于我已經叫人扎去了你們要看總要人靜了總有黛玉惜春便知道

512

他有什麼變法兒就說道是了人靜了自然有得看的但則是他們過去看還是拿過來湘雲道在這裏看就是了眾人只道拿過來就擺些小碟兒吃酒等看差不多人靜了史湘雲道你們果真要看我這箇燈大家上閣去我這箇燈點得很高你們要瞧要往閣上頭望去眾人真箇的慌了他同到閣上去望着攏翠菴裏靜悄悄的只怪他說謊史湘雲用指頭指着說道你們且瞧一瞧只見攏翠菴裏三四隻白鶴燈兒飛出來飛到半空裏迴翔飛舞隨後又有三四隻跟上來末後有一隻老鶴直翀上去口裏吐出五色霞光這八隻鶴就跟着他舞把閣上眾人都驚得呆了湘雲就走到欄杆邊揮一揮手只聽得半天裏

第十八回　五

513

一陣迴風飄下些笙樂之聲那一群鶴飛入雲端裏去了黛玉惜春只怕湘雲也上了天連忙扯住他說道你真箇的是個仙人兒了鶴也被你召了來湘雲笑道你們也糊塗得狠了誰看見仙鶴肚子裏會照起蠟來這不是煮鶴了真正笑也要笑死人就是一班孩子的說話寶玉道好妹妹你這個頑兒寶在此人家不同我就很愛他怎麼再飛隻鶴燈兒給我眼睜湘雲笑道多也沒有了一兩盞只怕還有你們不要性急只替我照着罷正說間只見攏翠卷內果真的又飛起兩盞鶴燈一大一小子母似的也上下下舞了好一會也望空裏去了寶玉道再叫幾聲更好湘雲笑道這是張姑娘送親又響又亮了而今過

514

一盞鳳穿牡丹畫芳扎了一箇瓶梅入畫扎了個五色羅浮蝶碧月扎了個獅子滾繡毬趙翠螺扎了個二龍戲珠吳新登家的扎了個聚寶盆單則湘雲平兒沒有扎寶釵也叫鶯兒麝月們扎幾個一套書黃金印壽鶴蟾桃哄哄芝哥兒只有賈環扭住了彩雲帮着他扎些魚燈還有梨香院一班女孩子同這些小丫頭們扎了好些魚燈滾燈獅象走鹿虎豹燈小紅鞋燈香袋燈關刀月斧燈大方勝滿地嬌大的小的不記其數這黛玉是個為頭的人心裏總要出人頭地先扎了兩座郭汾陽慶壽題上一座世受天恩的扁額送到賈氏宗祠林府家廟裏去再扎一座裴晉公的綠野堂送上賈政王夫人又打聽寶釵平兒不

第十八回　三　507

扎寶釵處送了一座李鄴侯童子朝天圖把個寶釵喜得了不得連忙用煖帽罩好了芝哥兒自己扎過來謝你的奶奶黛玉也就接手的扎過來門着他頑一會子就埋怨起寶釵來道寶姐姐你真個的太高興了這黑子孩子也不顧天氣就扎他過來叫我心裏怪疼的就有王嬷嬷麝月等接過手扎回去了賈璉那邊也送了一座和合双劉海還送一座西王母摩仙奏樂與薛姨媽這瀟湘館挂的燈一座是十六面的畫綢走馬燈寫出一扁是萬里長江圖從岷山導江一直到三江歸海一段段的人物故事都用頭髮絲銅熙兒做出各樣的活動机關這是黛玉從小兒長在南邊憶着南邊的意思一座是五真述祖圖

508

全用西法連五官都會活動裝點出這些列仙出身得道的光景一座是淮南王拔宅飛昇雲中雞鳴犬吠那些雲霞人物活動不用說得連雞犬也叫出雞犬的聲音來到了十三晚上尤是賈政賈赦等同着姜景星林良玉並賈雲芹程日興白嗇嗣等先請內眷迴避了細細的自各處進去看過到了瀟湘館看見這些巧燈兒益發新樣就坐將下來曰嗇嗣一面看一面說道顯這樣好燈主人家不拿出酒來也不配姜景星曉得太太們也要來瞧不便在此喝酒就說道要喝酒冣酒不中用若是個尋常的按酒也配不上這個燈而今且將好茶來喝了咱們叫寶兄弟好好的備下了好的咱們明日晚上大家約定了到

第十八回　三　509

這裏對着燈月痛喝他三更天衆人都說好就將上好的茶喝了杭三衆兄弟兩人就說道咱們喝了這個好茶洗亮引嗓子咱們就今日晚上同梨香院一班教師女孩子大家賭賽個叫百齡好不好寶玉說狠好就叫人一面傳知梨香院一面向緞錦閣鋪設也叫人往林府取家生隨撥便是薛姨媽那夫人王夫人等領了一衆姊妹各處號一路兒看到瀟湘館來這時候林良玉那邊的清客們只在大觀樓上一套清曲一套十番那梨香院的女孩子也分了兩班在緞錦閣藕香榭兩處清吹細唱大觀園內樹林上都挂起各色各樣的燈連池子裏頭也用木板飄着魚燈鴛鴦燈鴛鴦燈也有小燈船唱着采蓮歌合着

510

大家慢慢的坐下黛玉就說道你們統沒有到過南邊還不知道常州的扎綵燈兒有趣呢也有幽風圖燈月令燈千家詩燈二十四孝燈我最愛的是庾亮愛月陶淵明愛菊同那煖竹聲中一歲除許多山石花樹一家人家開著門看烟火也有奶奶們姑娘們小孩兒還有人貼着半幅春聯也有放炮杖的小厮們他這些奶奶姑娘也打扮的華麗提着個小手爐真個活龍活現的我就掛到清明時候還不除下呢眾人聽了都高興起來道這麼樣有趣咱們而今馬上就趕起來黛玉道咱們也不用約定各自各的遇箇意兒扎出來大家賽個巧探春也喜就同李紈寶釵惜春去了也去告訴了眾姊妹又叫

第十八回　十　　503

入畫秋雲去約了喜鸞喜鳳這裏眾姊妹就各自各的無般百樣扎將起來却說寶玉悶悶的走到曹雪芹那邊談了半日用了飯方纔回來不知黛玉傷到什麼的分兒到底傷定了沒有就一直的望瀟湘館來只見滿桌滿地統是些銅照兒鐵照兒青黃色的竹燃竹片兒蘇線麻線也料了無數這柳嫂子老婆子小丫頭子都拿把刀在那裏削那些竹片兒寶玉詫怪的狠問着他們都只嘻嘻的笑不肯說寶玉走進房裏只見黛玉坐在炕几炕桌上鋪了好些紙兒黛玉拿着筆在那裏畫竹麼圖兒似的近着去看看也有樹木房屋人物各色各樣的花樣兒問着他也只笑笑不言語黛玉就跨下炕來拉寶玉進慢子裡指

504

給他看說道你照照這简就懂得了寶玉就喜得跳起來道好妹妹你弄的頑意兒背在出人頭地的有趣我而今也跟着來扎同他們去劈這些竹片兒急的黛玉拉住了他說道寶玉你不要淘氣了你那麼着我就不弄這简頑兒我告訴你這些樓閒人物花卉誰那煩編他不過打個稿兒外面傳些扎綵匠叫哥哥那邊的清客們教着他們扎也快也好我們不過問筆接縫的裝起來就完起來了那邊大嫂子姊妹們統是這樣他們老婆子小丫頭們鬧的不過是些粗頑意兒由他們鬧去扎得成扎不成隨他們便了真個的你也同着他們去鬧你只好好的坐在這裏瞧着我打這些禍兒寶玉真個的就歡歡喜喜坐

第十八回　上　　505

在炕几瞧着他畫也就與他寫些顏色尺寸的字樣這榮國府林府兩邊一眾姊妹就無明無夜的扎起花燈來到了十一二兩日漸漸的齊集起來你來我往大家瞧着評着實的睄賽就把東四牌樓的燈市也比下去了李紈扎的是美人折繡課子圍秧歌車水圖一樣的轉着桔槔踏水寶琴扎的是孟襄陽踏雪尋梅邢岫煙李紋合扎的是四回西游記李綺扎的是吳王采蓮探春扎的是沉香亭李白醉酒又一隻裙燈是東坡赤壁惜春扎的是唐帝游月宮喜鸞扎的是陶朱公三邊喜鳳扎的是麒麟孔雀香菱扎的是挑燈覓句又是梁鴻舉案圖紫鵑扎的是四柿如意晴雯扎的彩雲籠月香雪碧游青荷合扎了

506

覺就尋寶玉去了這裏黛玉聽見晴雯等的言語料着寶玉心上定要傷感一番黛玉心裏非但不傷倒反說道狠配原來黛玉寶玉兩個人卻又各自不同寶玉只愛的繁華熱鬧黛玉只喜的清靜幽雅雖則現在的光景富貴無双卻也心靜神閒仍舊一塵不染所以聽見這一樹花忽然的花神收去了便說這總是天宮仙府的琪花兒要這樣開落方纔好呢就叫素芳你快去熙顧咱們盤兒內那一朵不要此走了素芳連忙應了說道很好的在裏頭就拿過來送與黛玉細看只見這一朵花果然可愛香也香得緊黛玉又對着花出神了一回黛玉忽然的吩着他們將紙條子搽着鐵絲尋出極輕的綢子配了盤兒

第十八回　八　499

內的花顏色一會子就扎起一盞梅花燈來也細枝細梗的狀從了些枝葉又將金筆勾出些花蓝真個好看就下了慢子在錦帳中間掛了點將起來這貂帳繡衾之間點起這盞綠萼梅花的燈兒實在可愛連床前小香几上的一瓶紅綠梅也分外好看這一盞燈旋旋兒的倒像飄出些香氣來黛玉同紫鵑晴雯等看了十分歡喜連柳嫂子老婆子小丫頭們統叫來看看可像不像眾人都說像的了不得眾人正在說笑着黛玉忽又一想道寶玉這會子不知傷到怎麼樣一定尋寶雪芹去了他回來見了這盞燈不要又鬧起他的傷感來可憐兒的他心裏頭千回百轉也不過為了我一箇人兒就從前多少的傷感害病

500

也只為了我一個我們而今一塊了他還時時刻刻想起許多分離的苦況來寶在也可憐兒的我而今却有一個法兒索性連各色各樣的花兒通扎起箇花燈來再不然連魚鳥人物一總也扎他幾盞橫豎元宵也近了趁着試燈日從上房起直到大觀園各到處掛滿了連樹頂上也掛些滑溜兒扎將上去等寶玉愛熱鬧的盡數的暢暢意兒我記得從小兒在南邊的時候也見了多少燈這些下路的燈兒全個兒通買了掛在運司衙門裏那蘇州的紙割剝燈也罷單算常州的扎綵燈兒景有趣黛玉正想到這裏李紈寶釵探春惜春也過來告訴這一樹花不見的光景黛玉只是笑吟吟的並不回言只拉了他四

第十八回　九　501

箇人揭開慢子去看這一盞燈也將盤兒內的花比着四個人都說有趣黛玉又將要扎燈的頑意說出來探春連說妙妙妙寶釵笑道我們不會做扎燈匠兒我只等你們扎好了我現現成成的照過着我愛上的挑了去就是了黛玉笑道寶姐姐你從來是箇道學人兒到了這個上反要去便宜我就限定你扎一個寶丫頭出來果真扎得像等寶玉挑了去罷寶釵道你們看這林丫頭始終嘴尖舌薄的我不撕他的嘴不算我寶釵就要去捽他惱得黛玉連忙討饒道寶姐姐饒了我罷我再不敢了等我講這箇扎燈的有趣給你聽李紈探春惜春也勸道真個的且饒了他等他講這箇扎燈的巧勁兒寶釵方纔放救了手

502

隱躍也不便說破他只是大家聽歌喝酒到底天氣正冷席散
也快寶玉黛玉就回到瀟湘館來寶玉硬將黛玉在亭上所想
的話一樣的說出來黛玉又奇了一奇想道寶玉真正算得一
個知己怎麼我的心這樣他也這樣黛玉口裏倒反說道我倒
不是這麼想寶玉道你再想什麼黛玉笑吟吟的道我也不會
想寶玉笑道是的了你不會就是了寶玉就與黛玉商議道等
這一樹花謝了咱們再就這樹根上埋了他仍舊將各已各樣
的花近著他再埋一塚等他再發起一樹黛玉笑道好好你把
滿京城的落花兒罷共籠掃將來埋了就有這樣的花塞遍這
箇大觀園呢告訴你大凡天地間可驚可愕的事情每不常有
第十八回　六
495

也就如人物一般千古來有幾個西子太真有幾個謝靈運李
太白這靈光透露統不過一點兒他這一樹花我還狠嫌他開
的多只該開這一朵呢說完了就將拾起帶回這一朵叫素芳
揀一筒白粉定暗菊的盤兒少少兒盛些水將這原花養在盤
裏寶玉聽了黛玉的一番議論十分歎服這裏兩個人方纔商
議等這樹花謝了也好好的葬他在理香塚上去誰知第二日
清晨紫鵑晴雯童芳碧澐香雪等一齊進來說道昨日這一樹
的花兒開也開得實在奇咱們今日趕早的上去瞧瞧一朵花
兒也沒有了采也采不到這樣乾淨天開出來就天收去了晴
雯道若說是有人去采他不要說太太那麼著愛他誰也沒這
496

筍眼去采他就算有人去采這個花那裏采得這樣乾淨我們
大家瞧過他這個樹高得那麼樣怎麼樣上的去況且橫斜東
許多枝梗兒凌空去碍着山子石的斜到池子裏去的不知多
少誰還能毀去采他寶玉聽得就駭呆了只管跌着腳就奔出
去一直的到了樹底下果真一樹綠陰毫無一花一蕊就出神
起來想着這樹花本來開的稀奇但自家性沒有開出來也罷
了怎麼樣芳霏鬱郁開這一夜就叫花神收去了可憐兒的不
知林妹妹還偶到竹廨分兒況且這樹花應着了林妹妹回轉
來的祥瑞若是這樣開落的快我同林妹妹相聚的緣分也恐
有限的光陰寶玉想到這裡就水也似的流下眼淚來又走近
第十八回　七
497

樹身邊盤桓撫摩遽然轉悲作喜道我也糊塗了花兒雖然落
完了好的樹本身兒還在你果真的應了林妹妹林妹妹也
就同了你百歲長青無不過樹到花開吐艷也如人的察覺私
情我想林妹妹這個人雖則艷如桃李卻也冷似冰霜雖曾共
枕同衾也只如賓似友比這個花的光景也就差不多何嘗不
妖韶香韻卻不許遠意流連比方起來真個一毫無二但是從
前幾花的時候彼此同泣殘紅而今連一點紅也不見了不知
他傷得怎麼樣在那裏我想出他的心我就該去勸慰他只是
越勸慰越傷便怎樣呢我只有倒反縣過他等他傷定了再去
只是我的心事除了林妹妹還告訴誰寶玉一面的想不知不
498

許先生只怕沒有別人寶釵李紋也笑嘻嘻的點頭王夫人道真個的你就寫個字兒去問一問寶玉就眾了一朵花飛跑去，了王夫人叫道慢慢的走看我了一交纔好這裡眾人就商議怎麼樣的賞他寶釵道要賞他先替他選個花慢兒寶琴道配什麼顏色平兒道有個現成的五采錦幛好不好李紋道嫌他上下一樣的探春道白亮的最好王夫人道太素靜些湘雲道也耀著太陽黛玉道我那裡有一項魚白綃露冰梅白地的慢天帳配不配眾人都說狠好就叫柳搜子林之孝家的交起來果然映著好看李紋又與王夫人商議扎起大紅綢飛毬并富貴不斷頭的曲欄杆八面圍著不知怎樣的傳開了賈政賈璉

第十八回

四

491

賈環等也來了都也稀奇了一會子方去王夫人等卻就山子石工鋪墊子坐下看他們編這欄杆忽見寶玉笑嘻嘻的趕上來道書上呢也不知有沒有不過曾先生說並沒有咱們再問什麼人再查什麼書不呼他黛梅如意梅叫他做什麼王夫人笑道大姑娘寶玉也狠是呢寶釵笑道林之頤太太也順了這個花名兒李紋探春一廊道太太就順著這個花名兒也有理咱們今日不是來看花通共來看你了黛玉笑道舅太太不要理寶玉胡鬧勞太太是頑寶玉的話兒姊妹們就搭到我身上來了眾人就狀了王夫人下來商議擺席在什麼地方好也有說在花下的也有說在樹外園子上的寶釵說道花下太近闊

492

子上太涼再支起幛子來也沒有味兒依我說不如在池子那邊曲亭內你們大家輪照可不見個全身兒還更好呢你們看池子裏定得那麼樣我們到那邊望著還替他添一幅喜容兒王夫人黛玉都說好黛玉笑道舅太太今日賞我做菌東王夫人笑道一定的黛玉就傳蔡良家的告訴去今日通不拘什麼只要各人面前擺各人愛吃的物事也不拘樣數蔡良家的答應了去把個寶玉喜得了不得黛玉也就樂得狠不多一會擺設妥當眾人都到亭子工來芳官藕官蕊官等也只隨身裝來帶了凳琵洋琴小笙數板洞簫六件唱個小令伺候只在亭子背後小盞間內等著這座亭子本來起在水面工旁有翠

第十八回

五

493

竹高梧蔭著一棵大耐冬對面山子上無數的乱峯曲徑盤旋翠螺重疊這一棵黛梅樹巧巧的對著亭子工倒影冰甲又映著綠幔紅欄飛香送艷雨旁各種的樹木恰如倚從奴婢圍著夫人黛玉心裏好不快活這裏王夫人寶釵李紋等儘著評論黛玉卻只是一個人暗暗出神千思萬想的想著道我從前蕊這個花原只有寶玉同調就做的那首哭花詩也只有他傷心今日我與他果真圖聚自然這些看花的也只好其他一箇人是個同心人兒也奇的狠人也會轉過來花也會轉過來這些姻緣莫非前定黛玉正想到這裏史湘雲就走過來笑笑的拍著黛玉說道姻緣前定呆做什麼黛玉嚇了一跳明知他仙机

494

叫做黛梅又叫做如意梅不知還配得黛玉想了一想笑了
一笑就說道起這個名兒倒也算虧你我別的學問
兒統不如你只這點子狠些黛玉笑道怎見得寶玉笑道不過
顰卿兩個字也是我起的便了黛玉笑道既這麼著怎麼不也弄
出一個替身字兒又要拿名章名道姓的寶玉笑道名是拿了卻沒
有道出姓來為什麼呢只因你的貴寶宗出了一位和靖先生
已經把這個梅花兒占去了若是道著姓怎麼能數分別了他
故此拿了名也配工筒淵明茂叔蓮的意思不過他愛的是
一種就還他一個名你我莫的花兒誰也辨不出多少種數現
在這個梅花誰也辨不出什麼香故此又加增了一個如意的

第十八回　二　487

名號也只算人家的別號兒你且評一評配不配不過是我的
莫花辛苦全個兒隱在你身上去了黛玉道為什麼你不自起
個花名兒寶玉笑道我不拘什麼只想隱在你的身上我就笑
了你我誰還分得出兩個人來黛玉眼圈兒紅一紅就啐了一
哼兩個正說着只見探春寶琴李紈邢岫烟紫鵑鶯兒晴
雯一片的走上來探春道好呀寶哥哥你們有了好花兒只同了
林姐姐照瞞著我寶琴咱們就別他東道寶這個花史湘雲
的人兒看這樣好花莫非我同大嫂子惜妹不配看就不告
惜春李宮裁道也來了湘雲道好個兒只是一對
訴一聲兒李紈笑道林丫頭寶兄弟你們這兩個真正的該到

488

有了這種異樣的好花也不告訴人只許你兩個人私情察約
的悄悄看你們還不知道連上頭統知道了我則此回
寶丫頭來看黛玉道我本來不知道倒是晴雯趕來告訴的我
就趕了來也是幾來到這裡你們不要怪大嫂子也不要學着
他們取笑我寶玉笑道林妹妹又順急了大家愛看這個花所
以這樣而今正經經到了這裏大家不看花倒先說起笑話
來你們真箇的離一瞧到底像這樣的花瞧見沒有你們再開
一開眾人早先到樹底下一看湘雲那岫烟薛寶琴更高興的
狠走上山子石攀着個樹枝兒怎得寶玉東趕西趕口裏急急
的道好人兒大家只顧照開鬧再不要折他下來寶琴笑道我

第十八回　三　489

偏要扳他一大枝拿去供在瓶裡意得寶玉只是打恭作揖求
人一齊誇異起來說道實在奇怪得很這個花算什麼花這樣
香也算了什麼香黛玉只點點頭又仰着頭看王夫人寶釵平兒
也來了也盧着的瞧閒閒大家詫異說這個花到底算個什
麼名兒黛玉寶釵都說正是呢寶玉就將黛梅如意梅的意思
說出來王夫人笑道趣兒倒也有趣只是天地閒的物事兒多
的緊誰也不能全個兒知道有也在書上的不知道這個畫就
叫不出他這個名兒來不要原生的有這一種花你們叫他不
出你倒去查查看寶玉笑道查也不用查單只要問一個人兒
這個人說沒有只怕查也不中用呢黛玉笑道是了除非曹雪

490

森烈烈刪是蔡良掌了個七八分主意賈政開手也還分了房基公中到後來看見大勢兒這麼樣了也就由他黛玉還更固到打諒著薛姨媽處艱難也就吩咐蔡良照著那府裏一樣的照應薛姨媽過來告訴了王夫人黛玉所以王夫人資叙也十分的感激黛玉這年過年諸事一切瀾大開張竟同林家的豪富光景差不多些近年邊一樣的祭宗祠慶家宴新正裏加倍的諳年涸唱戲說不盡的富貴繁華恰好當今採訪聲名碻見得賈政居官端正清方就趨陞了少司寇之職新年上又添了些賀喜的涌迕真個錦上添花福祿駢集合家大小不勝喜歡一日早起黛玉正在楓著頭只見晴雯走進來說一奇事是．

482

第十七回

十二

從前埋香冢上長起一樣樹來一年來就長得很大了眾人原也不認的他什麼樹而今開出一種花誰也認不出來黛玉寶玉便要去看又有些小丫頭也說進來道實在的稀奇古怪說是梅花也不是梅花要算個別的算個什麼名色顏色還那麼樣好看黛玉寶玉益發要緊去看不知到底是什麼花兒且聽下回分解

483

後紅樓夢

第十八回

拾翠女巧思慶元夕　蹴青人濺淚祭前生

話說黛玉聽見埋香塚上開了奇花頭也不及梳只挽了一箇嬾雲髻批上浩然巾篋上貂裘就同寶玉從山拗內穿過去沿池轉過石洞一級級走上來果然這野樹生得古怪曲折夭嬌宛如舞鵬翔虬葉兒也似桃非桃似李非李似杏非杏只覺得得縈陰頊碎這開的花十分奇怪深藍深碧二色最多也有淡將去像翡翠玉的也有辭變做紅白黃紫各色的花如盞大好箇大千葉的梅花兒迸前去嗅著香氣也辨不出什麼一種花

第十八回

485

香黛玉寶玉正在詫異只見地下落了一朵翡翠色的黛玉就拾起來心裏想道顏色嬌到這樣倒說一些香也沒有纔配得過呢就嗅了一嗅果然像生花似的一些香也沒有又想道只有梅花的幽香還配這朵花又卽有了梅花的香韻了寶玉笑道妹妹不要疑惑了你的心裡我都猜著了不過我同你兩箇人前前後後葺了無數的花在這地底下他這地下的精英融結不散凝聚做一枝兒透出地脈來譬如天下才人一生偃蹇潦倒終身及轉世去定要發洩一番也如倩女怨魂回生現影因那樣發起就這樣開出來但只是與我無干總固妹妹而起也就有妹妹的許多精神助著他而今且替他起一箇雅名兒

486

寒會姨媽不肯過來己經送過去了咱們今日且樂一樂尙鳳妹子的情兒喜鳳笑道沒有什麼好的不過借景消寒罷了平兒道帕他們弄壞了也曾告訴他們老爺寶寶的原湯原水就便攪和坐什麼新樣兒也不許太翻新王夫人道真個的這麼天氣誰愛變什麼新樣兒只要配的口就好眾人摸次的坐下寶玉只跟定了王夫人王夫人也叫了蘭哥兒過來方纔上了幾色菜都說收拾的配口只見焙茗慌忙跑進來說道老爺現在北靖王府裏說王爺請寶二爺蘭哥兒馬上就過去王夫人問他爲什麼事情焙茗道說是上了新戲寶玉跌着脚道我這裏正樂得很雖愛看什麼新戲蘭哥兒你去走走罷你替我回明了說

478

我身上不大好王夫人也說很好蘭哥兒正要起身只見李瑤又上來回道老爺吩咐說王爺的話叫寶二爺立刻就去等著開戲連蘭哥兒也一定的跟着快走王夫人便說道真正是個寃家你老子這麼說你知道他的性子你快走罷到底這本戲文幾時魁完得了李瑤道老爺己打發人取了衣服去了說是一夜呢黛玉就叫晴雯過去同着襲人收拾寶二爺晚上的衣服晴雯答應着去了王夫人益發喜歡寶玉就假裝着快快的去了這裏大家就行起打五更數月令的令來眾人算計黛玉一個人黛玉也不知他們的計策還有喜鳳寶釵紫鵑陪着他喝到了更深黛玉就醉的人事不知了王夫人恐怕他着了風

第十七回　九
479

就像怪小孩子似的遮着被用椅子扶着指着自王夫人以下一逕送他到瀟湘館來寶玉歡喜得什麼似的在那裏迎着也悄悄化了和合喜神默着或變畫烟一進房來便是水安息香隔水的溫着看得恬靜幽閒紫鵑晴雯寶釵便悄悄替黛玉寬衣慢慢的扶他睡下了王夫人等己經散去寶玉送他出來寶釵將寶玉推進去紫鵑便代寶玉送他回房這一夜寶釵黛玉的燕好自不必說也不知黛玉酒醒過來如何悔恨涕泣寶玉如何央求到底是天定姻緣圓聚之後自然相親相愛到了第二日黛玉怪不好意思的害着燥就不肯出來王夫人告知寶政也很喜歡王夫人又爲了他害燥告訴姊妹們千萬不要

480

取笑他王夫人李紈寶釵探春也天天過來走走寶玉又天天晚上守着黛玉黛玉也漸漸的大方起來夫妻之間彼此欽敬談心倒也無嫌無忌只是黛玉一生愛潔立志惜行今過了作合姻緣苦不能自行己意也就落淚嘆氣暗暗的悵傷雖則寶玉十分體貼他一時間那能變他的水霜本性所以抗懷新諧每每分衾對語也是人人不肯相信的卻說榮國府中自從黛玉過門以後賈連也從容的十二分不用說宿連一清也過顧得那府裏的用度後來蔡良過來了賈連有什麼商議倒反不回賈政也不及回黛玉倒是黛玉說連二哥有什麼支發晩則蔡良以此將典出去產業也都收復了過來榮國府中依舊甚

第十七回　十
481

個蔡奶奶大姑娘的吩咐我一字字純記得往後總求你老人
家在姑娘前提拔我不要說姑娘是主子便繁姑娘晴姑娘兩
位使着我我也是個奴才我儘知道走錯路來等不的人兒姑
娘高着手我便過得去低着手我就過不去我往後要不拿出
個良心不要等姑娘氣惱我也不得好死總求你老人家慈悲
長久在姑娘前智襯我我也有李順你老人家的情分蔡良家
的就照着頭回話去了從此襲人服事黛玉益發小心盡職王
夫人賈釵等見他相處得好也說黛玉大方此是後話這一日
寶玉見了賈政回來也想見襲人恰好走到黛玉處襲人正
在那裏見了寶玉就磕個頭寶玉倒只嘻嘻的笑了一笑沒有

474

拉了蔡良家的細細問他知道黛玉恩威並用的光景明明的
學着漢高祖接待北江王黥布的意思重新走到黛玉房裏這
時候黛玉與寶玉己是論舊談心毫無嫌疑的了天氣漸漸沉
寒兩個近了火鑪說些舊話黛玉道寶姐姐滿月後你去也有
狠只管守着了晴雯也很嫌你鬧他你今日務到寶姐姐
那邊去寶姐姐呢那裏存這個心只怕上頭要說晴雯你不依
了我我就惱咱們一輩子不要講話寶玉笑嘻嘻的看了黛玉
又不忍遺抛他就便道是的了你呌我去我去就是了寶玉也
要將黛玉待襲人的話過去告訴寶釵寶玉就往寶釵處去了

第十七回　七
475

過幾天一陣陣的括起風雪來雪賽越發的冷襲人因是寶玉
黛玉更換些皮衣便看着老婆子們晒晾着些衣服就便走到
院子裏望着天說道只怕還有雪下呢你們看天上雲頭兒亂
的很不知道東鳳西鳳黛玉也走出來看看天說道不知東鳳
壓了西鳳西鳳壓了東鳳只怕是上鳳兒壓着下鳳呢說着就
帶了晴雯素芳往寶釵處去了襲人只一聲兒不言語憶着從
前打探的舊話兒過幾日漸漸近年起來王夫人便與李紈商
議道林姑娘與寶玉直到而今還沒有圓過房到底不成事體
他們兩人也不生分了悄悄的打聽也有說有笑只沒有個法
兒勸回林姑娘我照顧憲書今日很好你可想出一個主意兒

476

李紈沉吟了一會說道勸呪是不中用的我們且請喜姑娘好
妹過來大家商議王夫人也說好就悄悄的接了他兩個過來
彼此商量也都沒法喜鸞忽然想起自己成親的那一晚就笑
將起來道有了咱們倒要哄着林姑娘說寶哥哥今日往別人
家去晚上迴不回來咱們再想個法兒把林姑娘灌醉了再等
寶哥哥進房去豈不好揪春李紈都說好王夫人便呌探春李
紈去教了寶玉吩咐了外頭就呌人請姝妹們上來寶釵黛玉
邢岫煙史湘雲薛寶琴李紈李綺探春紫鵑晴雯平兒先
後都到齊了寶玉也上來王夫人便喜喜歡歡的說道今日姜
妹夫得了關東的異樣海鮮呌鳳妹妹帶過來替咱們做個消

第十七回　八
477

待的好出來的時候也是他娘兒兩個哄我出來的我若能跳
到那邊去還好若長久在黛玉身邊那就罷了襲人這些想頭
一日也想有百十遍遇了獨自的時候眼淚兒也不知流掉了
多少這一日一眾男婦家人過來黛玉先叫柱各處磕頭去襲
人見了寶釵也哽咽咽說不出的苦寶釵也揉着眼道你快
快的去見你奶奶等個空閒兒咱們着寶護講話襲人就同眾
人過了那邊黛玉揩先吩咐已定拉定寶玉叫他會會襲人
偏是賈政吗寶玉去了蔡良傳出黛玉的話來男女家人分着
兩班進去單是蔣奶奶末了一位替另進去襲人便猜不出黛
玉的什麼意思襲人只得等候眾人見了出來方覺進去見了

470

黛玉方覺要跪下去只見黛玉滿面笑容攬了他的手再三拉
住他道從小兒的姊妹你要這麼着我就惱你不知道我的心
裏狠有你這個人兒而今重新的在一塊了你不要生分了我
襲人那裏敢說出一聲黛玉又笑吟吟的道可曾有個孩子就
算不是個時候也該有個信兒小門小戶的人家也是要緊的
呢襲人只得報報的道沒有黛玉又附到他耳邊低低的笑道
寶玉還要同你欽欽舊呢你可也卻不的可有個人兒防着些
襲人越發爰得要不得面上通紅了黛玉就叫素芳請兩位姑
娘來快些看看舊日的姊妹不一會紫鵑晴雯也打扮了過來
襲人便叫姑娘他們兩個卻也照舊的情分姐姐長姐姐短說

第十七回　五　471

些想念的話兒襲人正不知怎麼樣纔好黛玉道襲人姐姐你
來的正好你的為人兒才分兒我也統知道不要說寶玉的衣
服照管得好就是我的衣飾零碎也全個兒託你你要檢點着
省的我採這個心就叫紫鵑妹妹你把賬摺兒鎖鑰兒全個兒
交給你襲人姐姐他兩個真個的送過來交代了黛玉道我怕
你往來不便也替你收拾個房兒若是你們的琪官兒放心你
也分幾天進來伴伴我又笑向紫鵑晴雯道你們照着寶玉一、
定還要鬧你們這個姐姐敢則要央及琪官兒講個情兒兩個
也笑了黛玉道你們且同看襲人姐姐趕趕他的公寓辦的好
不好襲人送到他們兩個房中隨又兩個同了襲人到襲人房

472

中只見這兩間房陳設一切與他兩個一樣的體面也搭兩個
丫頭全兒鬟兒給他使喚着而且紫鵑告訴他同他倆兩個一
樣的月錢每月十兩襲人真個的喜出望外就將這些賬摺鎖
鑰領過來也檢點着房裏的東西正在忙着只見蔡良家的走
進來襲人連忙讓坐蔡良家的悄悄告訴襲人道咱們姑娘有
話吩咐你說你呢原是個舊人兒姑娘也很抬舉但只是要你
眼睛裏耳他一個主兒叫你前前後後自己思量一番又說你
往後到上頭去回話要斟酌些又說寶二爺交給你不要戴班
裏引壞了又說大姑娘不託你別的話只這幾句兒要你存神
些襲人趕見了這番話駿得魂多捧了就暗泣起來宎及道好

第十七回　六　473

產業家人疑是這邊父母遺下來的他而今已經得了官除現
在房屋及散流衆外全數要讓與他的妹子痛哭流涕罰神賭
兇的求我做主姜曹兩人見我惱怒起來再三的說兄妹二人
各分一半全了他的孝及至情林外甥還不肯說我們果真不
依他就賭下誓要掛冠而逃的我也十分歎他也說不出什麼
樣的話停一會子他們還要過來這便怎樣甥女也在這裏這
便怎麼樣的調停王夫人也說果然太過了真個中間人說的
也就過分的很黛玉心裏卻已早經知道了到這時候也不能
說出一句話兒為什麼呢若說不依便不諒他哥哥的至性若
說依了又不是賈政的意思只管回不出賈政道甥女這件事

466

情到底是你們兄妹的情分你要好好的回他黛玉就說一番
不亢不卑的話出來叫賈政以下人人歎服沒有一個字兒好
駁回他的黛玉就說道論起來哥哥這種苦情中間人這番讓
諭也不便不依的無不過舅舅太太的性情只愛幫扶着人
家不要人家習扶咱們祖宗下來統是這麼樣的但則哥哥的
意思卻不是單單的惦記渭陽要想盡些心力不過趲到周極
無報之慮還留下甥女一個人兒愛本及枝出於至性就要全
數推讓鏡滿他的意兒不過咱們沒有這個理便了而今就友
商勸各半均分我們如再不依就不算成人之美愛人以德了
黛玉不謙不讓說得新新昂昂的就賈政王夫人心裏也道是

第十七回

三

467

的不過賈政說一句這麼樣我總不能擔承正在說着喜鸞喜
鳳也就過來外面林良玉姜景星曹雪芹也來了為這一件足
足的往來五六日方鑑將各半之說說定就選了好日子送過
册籍來總賬細賬倒有二十餘套像一部大書送過來的雙身
家人便是蔡良算一總管事其餘副管事九個人單陞管內外
城各銀樓字號相年管事南邊庄地買賣汪福管湖廣川省的賬
徐喜管浙閩廣東的賬目周秀管河南山陝西的眼目吳昌管
元津山東淮楊的賬目曹之誠管遊務貿易卜勝管詳行貿易
蔣涵管各色衣飾行頭亚領班子餘外零星的執事也不計其
數這蔡良便有那王元的身分統計一千萬有零却說襲人日

468

從到了林府逐日間檢點尺頭衣服胭料各項成衣又添了戲
班裏的行頭事情也儘煩着又不能一直到喜鸞處回話總要
候蔡良家的示下兒將來伺候黛玉受些磨折不必說了還聽
說紫鵑晴雯也收了還要跟着他叫擎姑娘兒那紫鵑老老實
實的只怕還有些舊姊妹的情分兒惟獨晴雯仇也深嗜也利
性也剛只好三零四碎受他的牽扳便了想起從前自己的身
分原是賓釵以下第一個人兒怎麼樣就錯了主意跑出這個
門又走到別條路上去不要說見不得寶玉也沒有臉再見寶
釵我也錯了主意已經這樣何不撤到他州外府去了偏生的
被林家裏千方百計弄了過來弄到黛玉手裏從前寶釵原也

第十七回

四

469

大聽了益發抽得很起來趙堂官只得呌出焦大太爺未知賈政進來碰見了如何開發且聽下回分解

462

後紅樓夢

第十七回

林良玉孝友讓家財　賈喜醫殷勤聯怨偶

話說焦大將趙全打罵眾人聽見賈政回來連忙勸他那焦大性起了如何攔得住辛虧賈政到林良玉姜景星那邊去了這裏焦大直打的滿心足意方纔竟了他救下了瓶子一直的大罵去了眾人便拉趙全出去趙全卻久仰著賈政的仁慈拉定欄杆定要候賈政回來見一面眾人見他打得可憐兒也就由他只呌他端整了衣帽兒站在院子裏等候王夫人等就笑嘻嘻的進去了不多一會賈政回來趙全連忙碰頭賈政連忙

第十七回　一

463

一手拉了他起來說道老哥你的不是呢原也不小斷得天恩高厚發到這裏來咱們到底是個舊同寅兄我怎麼肯慢你況且咱們自從祖宗下來從沒敢刻薄待人你往後再不要這樣咱們大家伺候主子當今聖上就是一個天大家戴著天拿出個良心就好你往後只要自恐自艾做過堂官的人帕沒有個業瑕錄用的分兒我本要留你在府中做一個朋友但是朝廷家的規矩不敢不欽過我且檢一個小庄請你住去你也是得了大不是的人盧抒過家的家口沒有養活一起兒同去也好咱們見了面就請罷這趙全要見賈政只望免了他服伺焦大雖知賈政倒反這樣施恩想起從前自己來盧抒賈府的光

464

景真個的愧也愧死只得再扒下去碰頭賈政就吩咐賈璉安頻他去了賈政一直進來看見王夫人眾人都在那裏也將趙全的事說了一遍說道咱們世代忠厚待人時刻留些有餘還恐帕天恩祖德承戴不起大家伺候過老太太想著老太太怎麼樣的仁慈咱們敢忘記了王夫人眾人無不嘆服賈政又說起下朝回來姜姑爺約我過去我也不知什麼事情到了那邊纔曉得良玉外甥這番古道然而所說的話也太過了卻也斷斷不能依他就是中間人的話兒也決然不能從令王夫人便問說的是什麼話兒賈政就將林良玉的話說出來道他說從小兒父母雙亡之毫無家業全虧這遍父母血花成人現在這些

第十七回　二

465

歇上來告訴我你往後總不要替他瞞著什麼這便是大姑娘你替我的心你知道他這個孩子性兒連飢飽寒煖通不知道論起年紀來他大似你論起世務上他一槩子學不上寶玉只得說道真個的飢飽寒煖通不知道孝敬笑道林妹妹你招架定了往後寶兄弟有什麼不依總問林了頭便了黛玉道大嫂子也來取笑寶玉心裏就很樂起來正說著只見賈璉從外面笑嘻嘻的走進來一面笑一面說道林妹妹的耳瑣也長打點也快真個的笑死人爽快也爽快的很怎麼辦的事辦到這樣竹笑話笑話逗得眾人連忙問他為的什麼來原來錦衣衛堂官趙全乾了大不是拏交刑部問明治罪給發功臣之

458

家為奴黛玉聽見了這個信兒想起黛玉告訴他查抄之時趙堂官怎樣到薄蔚得西平王到宣了恩旨趙全方始回去及至審案之日過事搜根剔骨百殺的麽折又是焦大被他們掴了喉急拼命等事黛玉就著人打點將這趙全給發到賈府為奴正是今歲發到黛玉就抛與焦大服事兩府裏的人個個稱快都弃着到焦大那裏說恭喜大爺你收了一個上好的三爺焦大這個人原是撒野得不得的今日見黛玉如此開發出來正合了他的意就將草繩一條縛了他的腰袖着一根馬鞭子拉了他走進榮國府來府裏人連忙告知賈璉問知所以發到府裏及抛與焦大的緣故一面笑一面說進來要太太們

第十六回　　十一

459

到屏風後頭聽鵑去大家閒個心兒當下賈璉告訴眾人眾人大笑李紈就帶着笑指了堂玉道好個促揸龜兒却也辦的來快王夫人就同衆人走出來只見焦大真個的把這個趙堂官摔進來口裏大罵道我把你這個不成材料的雜種狗奴才的忘八羔子你就認得我焦大太爺也遇了你賺你自己照你算什麼你算做了錦衣衛的堂官要趁着查抄的名兒掠我府裏的東西狗頭狗腦狐假虎威的告訴你這狗樣的你知道朝廷的恩典大咱們府裏的福分兒也大去的也全數兒賞還了你可曾得着一燕子什麼東西收貪贓犯活做了咱們府裏奴才的奴才現世現報進到那裏去狗養的忘八蛋先取

460

我幾鞭子焦大就呼呼的抽了幾鞭子這趙全對是個過賞官的由他打縱不言語焦大又罵道忘八蛋子賺眼珠睜睜的伏焦大太爺大太爺跟着老太爺出兵鯛過了多少人倒叫你綑我你瞧着而今到底誰綑誰你坐在堂上的架子兒那裏去了你的大班兒那裏去了大太爺瞧你這個東西算年什麼你這忘八羔子焦大又拿了鞭子抽裏面黛玉打諒得賈政要下朝了曉得賈政忠厚若看見了必有一番更動連忙時賈璉去說快快的帶他回那府裏去致則老爺要回來萬一老爺瞧見了必有更動的賈璉連忙同林之孝去勸焦大那裏肯依只見周瑞飛跑進來說老爺回來喤得賈璉林之孝着急焦

第十六回　　三

461

也儘着揮淚一面就說道晴雯妹妹你同他去歇罷我也被他鬧煩了寶玉就站起來恨道罷了罷了我枉的為人一世林妹妹始終恨着我說不明白的了我還要活做什麼我就將這個剖出我的心來說着就要來取旁邊小桌上的剪子慌的紫鵑連忙拿去了說道這又何苦呢倒是關姑娘了黛玉就跌着腳說道你已經扡了我下這個苦海你而今還是要取我的命呢還怎麼樣呢寶玉也知道自己錯了紫鵑晴雯也勸他出去寶玉道我好容易得這個時辰在這個地方走是不肯走呢還有話没說完呢紫鵑就哭道原來二爺的話還多黛玉道你就說索性說完好走寶玉又揮下淚來道你們看林妹妹還是這樣

454

個聲氣兒並没有半點子的情念兒寶玉說到這裏黛玉也就心裏頭軟將下來說不出傷他的話來了寶玉道你們叫我傻就覺嫌我煩就煩我也不說別的我只要單單的說出林妹妹的心事來你從前只恨着無家無室舉目無親的又恨鳳嫂子襲人兒這班鬧鬼的是了一點不錯的都不過今日看起來氣也吐盡了現世也報盡了還有巧姐兒襲人兒現今在你手裏不知道的便說你要報復只我一個人知道你另有一番的作為叫地下地上的人愧死都罷了你還有什麼氣兒不伸出來都不過你便各種各樣的稱心滿意單把我的心壓住了沉在九幽地底下不能發照着你心孔裏一線光便了黛玉不得己

第十六回　九

455

只得說一句道罷了算我知道你不負心便了你的話也完了好好的替我歇罷黛玉只覺得說話太重了些面上就紅起來寶玉聽見了這一句話就喜歡的了不得又想他有好好替我四個字就有無數的轉念兒便道妹妹肯說這個我而今死也瞑目黛玉道誰又說死說活的不要招起我賭咒來寶玉連忙住了口只笑道妹妹妹妹我既然說明白了你叫我走就走也不敢停一停只是往後的日子遇着你空閒了咱們常常久久總這樣談談你纔是不惱我黛玉道什麼時候了說走不走的定要畫一個死字在你手裏紫鵑晴雯也推着寶玉去了這邊黛玉歇下不住的想了一夜着着寶玉的傷感也就前前後後感激

456

着寶玉不提且說寶玉自從與黛玉面談一切說開之後心下十分暢煦回到晴雯房中也與晴雯講他兩人的事彼此又敘了一遍足足有四更時分一覺睡着直到太陽老高方纔起來走到上房除了賈政賈璉一家子都聚那裏寶玉看見了黛玉分外覺得親熱些黛玉也不大避他了王夫人看見他們光景和好些想着他們說句話就向黛玉道晴雯這孩子喫心兒原也如容寶玉身上他原也會照料得過來只是寶玉這個孩子性兒瞞不過你的他倒肯聽晴雯的話兒也要大姑娘你早早晚晚的看顧着他也替我教訓他他若有什麼不依的你就告訴教他可知道他不依晴雯晴雯也碍着他也碍着你通不

第十六回　十

457

什麼不求別人家就約齊了同求著賈府裏你看他到底墜的快只苦著那位捍眼公要過了若是沒娶過求得他一個義女兒通好不說這些沒見識的人且說姜景星將到回九之期通遂賈救得了員外郎賈政升了京畿道御史這賀喜的又忙起來卻只得借了一天請過酒席黛玉的賬房一席真個十分的煩到的煩過了黛玉回來恰好玉元蔡良的話也不多容易開弢黛玉便走進裏房來只見寶玉正正經經的坐在那裏紫鵑暗裏也在旁邊覺玉便叫青荷碧漪釘了燈到攏翠巷去寶玉連忙趕過來遮住了門坐下就苦苦的說道林妹妹我很知你是一個冰清玉潔的人兒就是我這個人兒你也相信你想想

450

咱們從小兒在一塊你見我得罪過那一個有一句半句的兒戲話其實心裏頭沒存著是你知道的我若不是這麼樣我就立時立刻化了灰飛了煙連煙然兒通被風兒吹減了我只恨前生前得一個女身兒我若能前生世修行的好今世裏也做了一個女孩兒我不過此不上林妹妹我這個心卻也要比此上呢為什麼呢寶玉說到這裏林黛玉就不知不覺的坐下來了寶玉道我也能發知道妹妹的喜歡也很知道你的厭惡也很知你連根到底牽前搭後說不出的苦兒寶玉說到這句黛玉也就搖搖眼寶玉道包管我做了一個女孩兒跟了你不拘算好妹

第十六回　七

451

丫頭兒總能發知你的心著你的意你也並不至於半點兒生分了我怎麼我就偏不能做一個女孩兒叫你在這點子上娘棄了我我從小同著你一塊兒的時候你也時刻刻的惱我我總也辧得明我那一庄兒不記著你為什麼惱我呢你的心裏頭無不過是一句話兒無不過說我林黛玉一個人連寶玉通不能知心了還不委屈死呢你可是這個意兒黛玉就忍不住捍下淚來寶玉道你若不是這個意兒你為什麼不惱別人單單的容易惱著我但只是我自出娘胎同你見面來沒有一件事不向你剖明單只是娶寶姐姐一節我同你生離死別說到此寶玉就哭起來黛玉也盡著淌淚寶玉道摸起這一節實

452

在委屈死人呢一家子從老太太起個個說要的是你臨進房時遇見只雪雁兒攬著了你到得見了寶姐姐我就臊死了我不打諒寶姐姐害著嫉我也顧不的他我就叫出來林妹妹林妹妹你挂那裏去了寶姐姐你怎麼霸佔住了誰也沒人理我罷了罷了往後的事我也不思說只帕紫鵑也早說過了我從前說過做和尚林妹妹我只不曾貪了這句話呢當下黛玉寶玉紫鵑暗裏四個人一齊嚷起來寶玉道我好容易我們兩個人重新見了面又是千難萬難的聚在一塊兒又是千哀萬求的得這一個時辰兒剖一剖妹妹你不想而今想從前你怎麼狠心到這麼地位連一個字兒不回呢黛玉一面

第十六回　八

453

通是個謊話兒我替你守住門你儘着去紫鵑極起來就道你們真個開我就尋了死寶玉就可憐兒他說道紫鵑姐姐好姐姐你當我什麼人兒你這麼個人兒我肯開你晴雯姐姐看你怎得這麼樣他就拿話來懶你妳你不要信他我不過同你來商議怎麼叫姑娘同我講句話兒紫鵑又好氣又好笑的便說道好個孩子氣兒真個這樣為什麼關上門你快些開了門給了頭看着咱們看天日日在這裏做什麼傳到上頭去也難聽得狠寶玉道帕開了門你就不肯應承了紫鵑笑道寶在是個使孩子叫姑娘同你講句話也容易怎麼要關上門兒你不聞了門我斷不依寶玉真個的開了紫鵑便走出去寶玉晴雯跟

446

上來拉住道不要走紫鵑道走什麼三個人就坐下了紫鵑道好好你們兩個人通做一路兒就拿起指頭兒來算算道原說是百夜思你們不知聲千思了晴雯就啐了幾啐寶玉就夬及紫鵑道好姐姐不干他事是我拉他來的你怎麼樣叫姑娘同我講句話兒紫鵑道這也奇了嘴是姑娘的嘴他肯說就說他不肯說就不說我怎麼樣勸得他寶玉再三央及紫鵑道二爺你不要性急了你不知道罷了我何嘗不勸過他就是姑娘呢也不比在先了前日太太叫姑娘說寶玉近來頑不頑姑娘就說倒覺得安靜些昨日老爺問姑娘說寶玉可看書還是無心情倒不要叫他丟完了你也警戒他姑娘也答應了姑娘回到

第十六回　五　447

房裏來又說二爺的性子兒愛吃生冷帕他停了你們也當心我也不同他說話兒帕他上頭上面的又說道晴雯的心孔兒也想得到有什麼照應他不過來上頭還巴巴的問着我寶二爺你想想而今姑娘沒有你在心上廢還說道寶姑娘房裏你們也常叫他過去陪陪姨太太不要那邊怪着了晴雯你們想想他有什麼想不到的你若要替他講話正正經經斯斯文文的講句話談句心有什麼不依的你若要像剛纔纔關門的形狀紫鵑就頂住了冷笑一聲道只帕不但不講還要鬧到撤家呢我難道不為着你們的寶玉晴雯就慰謝了紫鵑仍舊託他妝勸不題且說姜景星到了吉期照依寶玉一樣鬧熱將喜鳳娶

448

了過去這姜景星少年殿撰又是聖眷隆重新近趙還從中堂起至各衙門賀喜靖酒的也不計其數還有同年同館的這班好朋友送詩送畫分外案切送席覆席通共鬧有十餘天從此景星喜鳳女貌郎才十分相得又是林黛玉卻了責成完了心顧喜鸞又得妙妹同居真個的樂事賞心花園錦簇外面的人倒也不替姜景星稱羨倒羨起賈政來說政老爺的門楣到底高一科兩個鼎甲都做了東床又有人說道這算什麼他的大姑娘就是一位娘娘一個鳳胎裏長不出燕雀來況且皇親國戚達這兩位昰甲公也上去的快多著這不是我攀他也是他求我你看北京城裏富貴人家的姑娘也多他們這兩位為

第十六回　六　449

緣故寶玉也說了曹雪芹賈璉又復敦聲大笑賈璉便將寶玉的臉抹一抹道你還不燥著彰你還告訴人雪芹道寶世兄我還猜着一件你這個蟋蟀兒一定翰了寶玉道怎麼知道雪芹道你要同着世姊妹關怎麼能假不翰賈璉道寶兄弟老先生拿話打趣着你我看你着寶的燥曹雪芹道你說他燥我料他樂呢三個說笑了好一會方散卻說黛玉自從經手眼房治得肉外井井上下飲服又有寶釵的月子裏事情喜鳳出閣的事情碰在一戾又是喜鬧的才情怨不上黛玉十有八九王元蔡良要上來回話這兩家事務也實在的煩黛玉故意閒觀從容要自己賣弄才情只一平晨辦榮府的事情晚閒回到瀟湘館内

方辦林家的事務王元蔡良早就伺候在園子裏差不多說到一更時分到了王元蔡良去彼黛玉闥了房門自有畫芳香雪碧澥者待回人服伺也並不去使喚紫鵑暗雯寶玉益發不便去開他這紫鵑也古怪看見黛玉事煩也在旁邊帮着筆墨寫算到事情完了也就帶了蔣雯關門真個主僕兩人一般無二只把暗雯一個人十分的爲難要將寶玉推出去不叫來歌外面有王夫人李紈寶釵等都叫他且陪伴了寶玉照顧他的溫涼裏面的黛玉紫鵑二人又像生成是時雯一個人該應陪伴寶玉他們兩個竟是元長地久只好真個攛虛名兒似的也時常去勸勸反被他們兩個着賈的取笑紫鵑取笑他還好回敬

兩句偏是黛玉這個人名分兒又尊嘴頭子又尖利說笑一句半句着寶的雜當晴雯說二爺的束西束拋西料黛玉就笑說拋捽了也沒有什麼奇只不要撕捽了晴雯說二爺寒暖不知道要便卻了衣不怕着了冷黛玉就笑說倒不要大冷天穿着頹衣裳嚇人薓得人家疼晴雯說二爺這樣關連衣裳都開破了黛玉便說道怕什麼連在金裘破了還有人會戳補哄晴雯道天氣漸漸冷了寶二爺也該添件把褂子黛玉又笑說怕沒有紅綾褲只要配全了裏袷兒真個也說不盡的尖酸話兒紫鵑又跟着笑他晴雯否上只是個白一回紅一回的寶玉卻自從趣見了蟋蟀在箱一句心裏樂得很林妹妹已經同我說

一句趣話兒我正說從此進一步又想起黛玉的性情古怪過要拉住了紫鵑商量這日正過着黛玉上頭去了紫鵑晴雯都在那裏寶玉便同晴雯走到紫鵑房裏先把紫鵑的丫頭菊香叫出去了寶玉就去關上門搬一把椅子兒靠着門自己坐下紫鵑不知寶玉存着什麼意思就發起極來道你們兩個不知商議什麼主意青天白日要做什麼你們若拉拉扯扯我就喊起來況且太太那邊有事情姑娘也在那裏等着我快些開了門讓我過去晴雯只笑得了不得便道二爺斷斷不要開咱們這會子懷着的禛他二爺你不用怕他喊你愛怎麼樣便怎麼樣你也不用聽他哄太太那邊並沒使着他姑娘也不等他去

第十六回　三　443

第十六回　四　445

第十五回（四三七頁／內頁「十四」）

梅花方翅兩箇蟲慢慢的出了紫檀閣李紈就將草兒趕着他
這箇青大頭出了關就站住了張開兩箇翅兒等着那方翅兒便
盤盤旋旋的走上去又退回來寶玉慮着的用草趕方翅兒便
上前去碰一碰連忙的逃回來這青大頭便站起腿敲起翅叫
箇不住李紈拍手笑道寶兄弟輸定了眾人都笑起來道原來
這箇蟲兒也怕到這樣探春坐着笑道蟲兒不差呢也還碰一
碰呢李紈也公公道替他們分了花散了局大家正在笑笑說
說只見焙茗進來說曹老爺過來請二爺說要緊話這寶玉就
連忙出來不知曹雪芹此來為了什麼事情且看下回分解

第十五回
十四
437

後紅樓夢

第十六回

姜殿撰恩榮欽得偶　趙堂官落薄恥為奴

話說寶玉正鬥完螭蚌聽見曹雪芹過來連忙出去相見彼此
坐下敘知姜景星因和御製詩蒙恩賞了許多珍物而且名見
之後聖情十分寵眷就從修撰上超陞了翰林院侍讀學士之
職甚為恩榮得意因將屆吉期故託曹雪芹過來商議適逢賈
政賈璉外出故託寶玉轉致寶玉這些上頭一毫不懂只說道
這也容易得很只等二家兄回來姪兒告新過了自然就去謝
更諸可面商無論至親至友彼此不必拘文況且兩家接連諸

第十六回
一
439

第十六回（四四〇頁）

事使當就請致意妹丈也告訴薛二表兄雪芹道弟昨日原到
薛二哥處打算約了同來也沒遇著今日令妹丈也去會過了
寶玉道很好正在說着賈璉也就回來賈璉已知景星起陞
之喜就先說道姜妹夫高才不次陞擢聖恩如天連咱們這兩
府裏也光輝的多了雪芹就將來意一遍賈璉就道這個
咱們這裏端己端整的了又指着寶玉道也虧了我們二弟婦林
表妹裏外的事調度到二十分熱鬧來也有多少情理在裏頭一
則現在是自己的姑娘二則是姪子的嫂兒三則是他今兄林
表兄的義弟婦還有兩件雪芹問那兩件賈璉笑道姜先生還
要知道那兩件一則是姜先生的大媒二則大媒的老先生又

440

第十六回（四四一頁／內頁「二」）

和我們寶兄弟至好舍弟婦舍表妹致不已點綴的意得雪
芹寶玉一齊笑起來寶玉就說道二哥你不要取笑咱們還沒
有交過一句話兒雪芹道不要哄人賈璉又鬧個把蟪蛑兒雪芹
兒我只知道男扮女粧的串戲兩個人又鬧個什麼女還要知道
就笑嘻嘻拉住了寶玉問他這世兄你在沒有的雪芹笑道
世嫂扮的什麼男寶玉賴說實在沒有的雪芹笑道罷了你只
將世嫂扮的告訴我賈寶玉笑道實在內人呢沒有扮什麼無不
過姊妹們頑兒將姪兒扮去哄他的寶玉也得意的很就一道
說將出來惹得曹雪芹賈璉大笑起來寶玉道二哥還說咱們
講話呢直到而今竟說得一句蟪蛑圧箱使了曹雪芹又問他

第十六回
二
441

便各人各自的養起蟋蟀來議定了黛玉要開柵請李紈掌櫃
便百般的嘩了書置了柵金絲紫檀雕漆陳泥戲金磁碰各色
各樣的爭奇競巧這大觀園內連小丫頭也養起蟋蟀來最多
的是瀟湘館便了寶玉送了一箇好的替這些小丫頭的蟀都
被這箇咬敗了就貴重得很晚上與晴雯歇下一會子爬起來
說這一箇蟲兒利害的狠怕他跳起了罐蓋兒逃走了押著晴
雯出空一只箱子鎖在箱子裡寶玉方纔睡得着誰知這箇蟲
兒喜的是主牲鬥在箱裏一夜就呆了寶玉只得又弄了一箇
好的衹在屏風後樓梯腳邊到了這日鬥的日期果真請李紈
過來將各人的蟋蟀兒入了白紙封兒了天平准了碼子惜顧

第十五回

三十三

435

鏡箇厘頭的加些花兒議定了打了數也分了黃旗紅旗眾奶
妹就先吃了飯又聽得蟋蟀之聲不住的時宛如月白風清寶
玉道不要說鬥使這箇聲兒就脆亮得好怪不得古人說蟋蟀
在堂在我牀下這也是贊他的聲音這箇小小蟲兒不聽見他
的聲音如何辨他的所在黛玉道而今要把毛詩上改作蟋蟀
在牀了眾人問知緣故幾乎噴出飯來眾人飯後茶罷李紈就
排起次序來寶琴配李綺惜春配岫煙李紋配平兒探春配湘
雲紫鵑配芳官晴雯配香菱恰好的黛玉配寶玉其餘不配樁
頭收進了雛子不鬥許他倆帮猜鬥了幾箇時刻各照翰贏分
了花去末了鬥到黛玉寶玉黛玉的是箇青大頭寶玉的是箇

436

梅花方翅兩箇蟲兒慢慢的出了紫檀闌李紈就將草兒趕著他
這箇青大頭出了闌就站住了張開兩箇鬚兒等著那方翅兒便
盤盤旋旋的走上去入退回來寶玉儘著的甲草趕方翅兒便
上前去碰一碰連忙的逃回來這青大頭便站起腿鼓起趐哄
箇不住李紈拍手笑道寶兄弟輸定了眾人都笑起來道原來
這箇蟲兒也怕到這樣探春坐着笑道蟲兒不差呢也還碰一
碰呢李紈也公公道替他們分了花散了局大家正在笑笑說
說只見焙茗進來說賈老爺過來請二爺說要緊話這寶玉就
連忙出來不知賈蜜芹此來為了什麼事情且看下回分解

第十五回

三十四

437

鏡箇厘頭的加些花兒議定了打了數也分了黃旗紅旗眾奶
妹就先吃了飯又聽得蟋蟀之聲不住的時宛如月白風清寶
玉道不要說鬥使這箇聲兒就脆亮得好怪不得古人說蟋蟀
在堂在我牀下這也是贊他的聲音這箇小小蟲兒不聽見他
的聲音如何辨他的所在黛玉道而今要把毛詩上改作蟋蟀
在牀了眾人問知緣故幾乎噴出飯來眾人飯後茶罷李紈就
排起次序來寶琴配李綺惜春配岫煙李紋配平兒探春配湘
雲紫鵑配芳官晴雯配香菱恰好的黛玉配寶玉其餘不配樁
頭收進了雛子不鬥許他倆帮猜鬥了幾箇時刻各照翰贏分
了花去末了鬥到黛玉寶玉黛玉的是箇青大頭寶玉的是箇

436

教一世衰洗得清況且進了這門拜了公婆做了媳婦怎麼樣不思孝順況且這箇榮國府被鳳姐兒鬧得這樣有些志氣本事偏要跑倒了鳳姐兒重新興旺他起來黛玉這些想頭別人通沒有看出今日見府中有事王夫人又那麼樣託他他就顯出才情勵精圖治彼時道喜的人也多先就各人的賞封敦待預備齊全分派的家人也明處分的事情也要賈政賈璉王夫人也十分服他賈玉見他出來辦事借著這箇固兒奔到帳房去埃上前要寫字獻獻勤黛玉偏只是不理的賈玉偏當著家人面前攬事見問黛玉黛玉也略略的答應幾句只不過回

第十五回　上　431

往賈釵處來那生下的小哥兒賈政取名芝哥兒穿一件大紅衫兒綠抱裙褂著賈釵帶的金鎖兒箇乳母王嬤嬤抱在懷裡哇哇的哭賈政走上前摩摩頂看一看笑吟吟走了出去眾人都來看他可怪這芝哥兒正在哇哇的哭著見賈玉走過來便住了哭小眼睛兒就看他眾人都笑道這奇了這點子小哥兒會自己尋他的老子王夫人道好箇老子傻得什麼似的叫芝哥兒大起來倒叫他做兄弟罷這賈玉就害著燥跑去了這王嬤嬤便抱着小哥兒一轉的拜過來就道拜拜外太太祖太太還拜拜你奶奶好不過的姨奶奶也是你的親奶奶恰對著黛玉拜了黛玉又燥起來賈釵在牀上貓着看見了心裡頭很樂

432

黛玉便將漢玉壽星騎鹿同東珠朝珠搞在王嬤嬤懷裡就將蘭哥兒的翰林金花送過來教小哥兒抱著這箇頭名狀元賽過你蘭哥兒百年長壽富貴興旺我這姨媽道芝哥兒你真箇的疼金口當下王夫人寳釵的說不出來賈政賈璉也為這喜事忙忙的好幾天一日賈玉正往蜂腰橋來只見芳官蕊官一班兒女孩子爬在地不住的你搶我奪寳玉問着他只不應真箇出了神了芳官看他的手裏原來拿住了一箇蠛蟀兒寳玉就問什麼芳官道二爺你原不知道他會鬥呢有趣的狠的要他鬥着興芳官道這裡怎樣鬥你要贖等蕊官拿住了那一

第十五回　上　433

箇好的跟着我去鬥給你瞧賈玉果真等他拿住了跟也有養在碗況肉的盤兒合着的也有箇盆兒蓋着的這班女孩子就放在盆兒內咬咬的真箇好看賈玉就跳起來道這樣有趣怎麼不告訴我蕊官道這算什麼外面頭這箇開了葡萄柵整千整百的輸贏都論的花枝數兒咱們璉二爺在外頭大只瞞着老爺呢賈玉聽不的一聲就走過去粘住了賈璉要這箇賈璉只得將幾箇鬥敗的蟋蟀送了他賈玉就告訴了探春眾姊妹也試一試便大家聚到瀟湘館來大家又將蜂蟀來門一鬥都也高興的狠賈玉就叫李綺上來問他這李綺南邊人兒有什麼不知道的便一五一十說出來眾人聽如此有趣

434

的靠著探春站住眾人使拿些話來問芳官們黛玉一眼看去只有寶玉面生又慇懃就說道那邊一箇就是愛官慶寶玉笑笑點點頭黛玉心裏也愛他便說道真箇的配得上一箇愛字兒探春笑道你愛他給他些東西黛玉就將頭上插的玉板蟠螭嵌金點翠的簪兒拔下來遞過去探春接過來就替寶玉簪上了寶玉只嘻嘻的笑著黛玉問道可有爹媽寶玉又點點頭又問有姊妹寶玉也點點頭再問會了多少戲寶玉又點點頭只是笑黛玉便笑道你這傻孩子怎麼樣人家問著你你總不言語我諸兄愛上你單不愛你這箇不言語探春等忍不住大笑起來黛玉仔細一看認出來了面上就通紅起來站起來說

第十五回　九

427

不好了他們鬧了魂了寶玉就大笑起來道好林妹妹人家不言語你就惱為什麼人家問著你你不言語史湘雲也跟著的嚷起來道而今這箇愛官言語了林姐姐快些愛上罷惹得黛玉接連啐了幾啐紫鵑晴雯聽見了也趕進來同著芳官們笑的了不得眾人又鬧了好一會兒方纔散去黛玉恐怕寶玉還了興要去拉拉扯扯的就拉了湘雲惜春同歌又過了好些日子雖則不避寶玉了總不同他說話倒像怕得狠似的只拉了姊妹丫頭做伴兒探春惜春史湘雲時常被他拉住過夜後來王夫人叮囑三箇姊妹晚上不要過去黛玉又巧得狠只拉了紫鵑同住做一箇貼身侍兒倒底是熟習了些閒或也到上房

428

走走又去看看寶釵但則是在自己房裡的時候多著些寶玉便時時刻刻的拉了探春到李紈處商議李紈道怎麼樣想箇法兒大家同著他頑寶兄弟也在裏頭混熟了他就不害燥探春算起來黛玉也沒有什麼心愛的頑意兒忽然聽一行聲博過來說道寶二奶奶得了小哥兒了大家就奔過去已經擠了一屋子的人黛玉也在那裏原來榮國府的家教大凡太太們懷了孕便靜靜的一箇人養著也不亂服藥只到了臨產前一月每清晨將大桂圓二十箇帶了殼用小銀簪戳遍配二錢老蘇梗濃煎服下晚上只服人參養榮丸三錢到了臨盆無不順利所以寶釵身子甚健連小孩兒下地聲氣也高隨有王太醫

第十五回　十

429

進來看過脈息說道恭喜恭喜康健得狠通不用服一帖藥兒只是益母膏一樣便發了乾淨了單把養榮丸熬做膏子兒服下更好王太醫去了賈政王夫人也很喜歡就叫平兒李紈探春多在那邊照應陪著姨太太閒話誰知帳房裡鬧不開起來王夫人就請黛玉上來道好孩子你瞧著璉兒那邊鬧得那麼樣平兒一箇人往往來來的你又沒有滿過月兒你們鳳妹子也嫩嫩的你怎麼好暫時間照料些黛玉就應了原來黛玉間了一二十天心裏也將過去的事逐一的想過自從回轉過來舅舅舅太太那麼樣的待我倒做了老太太似的我只道被我立定了誰知終久也走上這條路來而今雖則緊了寶玉那能

430

我慢慢的商量買璉答應了是隨即進來回過王夫人王夫人
也喜就叫買璉去后看地方就將茶花春雨一景叫他們搬進
來住了便是芳官藕官蕊官蕖官琴官愛官荷官艾官文
官苕官十二箇人連女教師共場面共二十四箇人一總
的住過來那林良玉處贈嫁的家人懂婦們自薦人以下通沒
有過來這是良玉要義讓家業的本心拔文再表却說探春聽
見了這些女孩子進來喜的了不得就悄悄的約了寶玉惜春
史湘雲薛寶琴喜鳳到李紈處商議定了將寶玉打扮做一箇
女孩兒朵上也掛着環圖上也撲上粉只穿着一件魚白寶
藍駝絨金黃四巴門的夾紗衫末着一条蔥縣汗巾辰下是唇

第十三回
七
423

紅瀾花央褲散着褲管頭上齊乞頂編着無數小辮歸總到頂
心結一根粗辮拖在背後垂頭上繫了兩顆鑲金珍珠兒影腳
邊塞上一枝手掌大的半月牙香花越關得玉骨冰肌花容雪
貌寶玉只笑的了不得惹得眾人都喝采也換了一雙寶藍緞
滿幫花鞋兒學着芳官們的悄步寶玉就向李紈討了鏡子照
笑道我真箇做了女孩兒呢李紈笑道那就要嫁你出去
探春笑道單嫁興芳官道果真的我也情願嫁他
探春命人去叫芳官齡官藕官來三箇小人兒見了寶玉倒嚇
了一跳仔細認出來也笑的狠探春就拉着他們過來情情的
教了他三箇人都也點點頭這裡眾人商量的妥妥當當獨瞞

424

着瀟湘館一起人又叫平兒素雲入畫先過去支開了紫鵑晴
雯探春等也分了幾起走倒像不期而遇的當下探春按湘雯
先走進來黛玉正同了頭們講閒話看見了忙站起來探春按
住了也先說些閒話就說道林姐姐你這箇紅燭太耀眼
差不多月亮要過來倒是燈兒好黛玉就叫紫芳板過了只就
桌上的銀荷葉燈兒留他點着隨撥雯紈等也漸漸進來史湘
雲道大家霸這箇月亮高興了又在一塊了薛寶琴
正是咳我盼他已經長久咳李紈道耿則這裏峽着這些竹
影兒分外有趣些黛玉便叫開了好茶來探春就道林姐姐你
可知芳官們一班兒到梨花春雨住下了黛玉道我也聽見說

第十五回
八
425

探春道大姨子可見過他們李紈道他們也來過可惜兒這班
女孩子散了班重新合起來也撲了幾箇了寶琴道聽說撲了
一箇狠好的探春道就是竹屑愛官了這箇孩子寶在好前日
襲天那一箇不誇他探春道莫不是扮的規奴的探春是了李
紈道現在太太叫去了寶琴道太太為着娘太喜歡他原只叫
他那三箇是叫他們一同上去的寶玉聽見說得這樣好就道
這愛官自然上去了李紈道太太上去寶琴道
我倒沒見過李紈道响們等他們下來了叫他們來碩碩兒眾
人都說好李紈就叫碧月去子不多一會子只聽見嗒笑笑
的四箇女孩兒走進來芳官等三箇人在前寶玉在後只遠遠

426

倒也不防着他晴雯使一箇眼色寶玉就走過來猴住在紫鵑身上紫鵑紅了臉就用力的推他那裏推得去紫鵑喉急了就掉起晴雯來晴雯也趁他的手笑吟吟的按他下去說道寶二爺就咬他的膀兒寶玉真箇低下頭去紫鵑發極了就說道寶二爺你頑到這這樣我我要喊呢寶玉笑道我而今還怕你喊般正在鬧着只聽一箇人走進來說道不好了三箇洋在一塊了嚇得他們連忙散了站起來見是李紈都也不好惡思李紈便說道我來看看林妹妹那邊鬧了門靜的狠聽見這邊熱鬧走過來看看不料看見了故事兒晴雯就笑說道大奶奶也在這裏論起理來紫鵑姐姐也長似我況且林姑娘這麼着他也

第十五回 五 419

該陪陪寶二爺代箇東道兒他就偏不肯倒像是受了林姑娘的戒也化過去了紫鵑也笑道怪不的你和二爺這麼着想來是二爺化過了李紈寶玉也大笑起來晴雯就趕上去要打他紫鵑便趁勢的逃出去將自己的房門關上了李紈就點點頭道寶兄弟你們這些事情我原也不管不過我有句話我打諒着你們這位紫姑娘難道不算得林妹妹一箇忠臣他如何肯僭了主子這麼天寶妹妹又身上不便的倒不如晴姑娘陪著些寶玉晴雯也依了寶玉真箇聽了李紈非但不鬧堂玉也不去鬧紫鵑只是黛玉日日裏時常關着門寶玉只在門兒外時時剋剋去叫聲林妹妹你可好又說你為什麼不理我黛玉必

420

話兒爺來告訴太太也去告訴寶釵寶釵儘著點頭太太雖則笑笑心裏頭也叫好也敬重起黛玉來不過又想起林黛玉這般嬌生嬌養的雖則聰明機變若長久的這樣怎麼主持得家務來這邊林黛玉到了回九的日期不肯上車出府門只同寶玉從絳霞軒過去這一天寶玉雖不能同他言語倒也親近了一天到得天晚起來黛玉就要賴在那裏慌得王夫人自己過去同了双回仍舊各自住開不交言語不過在姊妹面前有句說話也不肯往上頭去就使惦記着寶釵身子也只叫紫鵑鶯兒兩邊往來却說寶政見親事已過應酬都完上來就叫寶璉

第十五回 六 421

將受禮的帳目送來瞧瞧逐一看去見姜景星送了一班女樂教師子弟們通共有十六個人場面八箇人行頭另一摺子又有這女樂的供應是前門外一座字號店除了各項開銷每年還餘下三千多息金添補行頭各項下開着開發敬使元寶六箇賈政就叫賈璉上來說道這箇我怎麼不知道賈璉道原是老爺吩咐收下的賈政想一想說道有是有的不過那幾天事情也煩禮單也沒看過又為着姜殿撰是箇新親沒有不全收的也只打諒着是什麼套禮戲酒兒而今回又回不得怎樣呢賈璉道聽見姜妹夫為的是老太太的屬女樂兒特地辦過來賈政道也罷了你且揀花園內空的所在先叫他們往下丁等

422

家那麼樣你們反這麼顢也不顧人家害着燥你們可也成箇人兒眾人坐的立的都笑了黛玉只是箇低了頭可憐他雪白花容紅雲飛滿倒像成過親似的李紈心裏着實的疼他只橫着身兒毀住了要將這班人攆出去碰着那夫人也尖着笑眾人那裏肯走關了好一會方纔穿戴完了黛玉就珠冠玉佩的扶出來寶玉也穿了公服笑嘻嘻的揆上前跟着走到了上頭排着次序兒見過禮家人們也分班見過了王夫人一見了黛玉就愛他又見他低着頭燥得狠怪可憐兒的又想他倒反讓着晴雯遠這麼樣害燥從前鳳姐兒怎麼說他不尊重呢真箇的委屈死人王夫人就反笑吟吟的心裏疼的他不知怎樣似

第十五回　　三　　415

的走上前一步拉他的手兒黛玉只低低的叫一聲嬸嬸嬸太太王夫人笑道好孩子我疼你賈政的喜歡更說不出來賈政夫婦又回頭看看寶玉真箇的一對佳兒佳婦寶玉雖則差些兒也還配得上黛玉便到寶釵處去要讓寶釵寶釵未曾穿戴半路上就叫鶯兒謝了重復來也就送酒定席坐邢筵黛玉只名色坐了一坐就回去了寶玉也要跟了回去被王夫人喝道一箇不要臉的東西人家尊重到這樣你還要去鬧他快替我到前頭去跟着你的老子賈玉祇得無精打采的走出來跟着賈政陪客這一天榮禧堂上排了二十四席正席唱戲勸酒寶在繁華等到兩位王爺並眾勳戚散了又坐一會客氣些的又

416

散了還有十來席主人自賈政到蘭哥兒還不敢陪客又是賈環不許上席單在書房內同賈芸等陪些沒要緊的人兒外面連林良玉姜景星也做主人鬧的豁將拳倒銅旗起來賈政雖則拘方也只好隨和直到二更天方散裏面却是芳官們一班女孩兒伺候比着外面清雅了許多這服事的人也忙得手忙脚亂了正在外客散完只聽得府門裏一片聲鬧起來賈璉忙忙的趕出去問原來是那府裏的焦大喫醉了怪着林之孝叫他焦老哥就平地裏跳出門房鬧起來只聽得焦大罵道什麼東西你要叫我老哥吾訢你知道你的祖爺爺見了我焦大太爺還趕着的叫大爺呢天太爺在這裏連老爹們的衣肥

第十五回　　四　　417

兒也見過大太爺撒起溺來還高似你的腦袋你自己睜眼看算什麼人兒大太爺跟着老太爺出兵的時候你們這班忘八羔子通沒有進出來你說我喝溺大太爺真箇的喝過馬溺你問問老太爺的功勳那裏來的大太爺清醒白醒的你說醉了大太爺只要一箇脚尖兒踢死你這箇小雜種什麼東西賈璉聽明白了喝呌快快的綑起來指過去眾人也恨的慌真箇的由他罵着喊着綑起來指過去了不多一會兒裏面戲酒也散寶玉就趕到瀟湘館來明知黛玉處還不是箇時候要來鬧紫鵑晴雯心裏也要讓紫鵑軟軟的騙在那邊等着黛玉却有素芳等伏伺歇下了寶玉進來看見紫鵑在那邊就走進去紫鵑

418

後紅樓夢

第十五回

王板蟀姊弟錯愛　金籠蟋蟀女占雄鳴

話說王夫人不知林黛玉害着睬不肯見人倒反疑心他倚了家勢伏了賈政看不上婆婆心裏十分不快要在賓玉面前發擇幾句一則疼他二則打諒他該子性兒瘋憨得緊就發作他也不過是招出一番獣話來還恐他去告訴黛玉倒像一進了門尋着他似的一則碍着賈政二則恐衆人心裡不平三則又像是覓了賓了頭似的所以王夫人儘着煩惱總說不出口來從来做婆婆的就是生身的母親一般太凡做媳婦的果真千

第十五回

依百順不叫着走也走不叫着動也動知心着意見景生情這做婆婆的有什麼不喜歡你道為什麼呢譬如做婆婆的没有箇女孩兒倒也羡慕着有女兒的人家說為什麼我就没有譬如做婆婆的原也有箇女孩兒出嫁了又想着從小兒梳頭裹脚教訓成全他倒底是別人家的人兒留不住的這些做婆婆的望已巳總想這箇媳婦子進門打諒他什麼的才情性格到了心裏頭愛着這箇媳婦也如親生的女兒一般一毫無二多有帮着媳婦說兒子不是的這婆媳中間誰家没有一羊句閒話倒要婆婆暢暢快快索性的教訓一番也就說開了怕的是媳婦心裏為那箇婆婆心裏想這箇若是做兒子的能軟體諒

出做娘的一片苦心媳婦也順了最怕的是兩種兒子一箇是偏心着自己的妻房不去婉轉說明也罷了倒反要出箇頭兒說出媳婦的許多是處來你想媳婦便是了做婆的豈非反要擋箇不是麼又一箇是瘋瘋憨憨說着他也是這樣倒還要招出許多笑話來這便叫做婆的千回萬轉想起從前自己做媳婦的時候那麼樣而今又這麼着上上下下總吃着衝更受不得了婆婆果真這樣那做媳婦可還做得出一箇人來當下王夫人十分煩惱無人告訴要告訴李紈恐怕他也要學壞了只拉了薛姨媽悄悄的告訴也淌着淚薛姨媽倒也認真的勸總勸不過來到了三朝這日衆人自李紈以下除了賓釵不出

第十五回

来其餘一總會齊了到黛玉洞房中共是李紈平兒探春惜春史湘雲邢岫煙薛賓琴李紋李綺香菱喜鸞吾鳳十二人隨拨又是邢夫人尤氏也到了不由黛玉做主大家簇擁着把黛玉打扮起来可憐他還是箇女孩兒就把面来開了李紈平兒畫他這西道淡淡的眉兒儘着笑黛玉那裏懂得一會子梳妝完了粉妝玉琢的打扮起来可笑賓玉探頭探腦的要擠上來只被晴紋擋着走衆人笑业笑死了黛玉就如吃醉了似的羞得面上通紅史湘雲笑道林丫頭好箇能言舌辯的這麼這會子粧起哑子来薛賓琴也笑道林姐姐笑也不笑兒要請他的賓二爺来閙着他笑纏肯笑呎倒是李紈老成攔住他們道人

回來一色的油綠彩綢嗶嘰兩來八轎背後元青彩綢嗶嘰四轎兩
乘便是紫鵑晴雯一路上大吹大打遠遠着走個上首進榮國
府來兒龍虎幡頭簪金鼓粗樂只許到穿堂便住細樂也只
到垂花門站住到了正廳上有芳官伴十二個女孩子用笙簫
絃索雲鑼小鼓板引導扶林黛玉出轎來罩了方巾也罩了圍
公夫人蟒服與寶玉行過禮隨後紫鵑晴雯也站在下首行了
禮便上了軟椅一字兒八個小廝抬一乘送往瀟湘館來華只
蓉哀家的柳垛子先跟過來襲人還留在那邊收拾照料寶玉
到了洞房交杯合巹坐床撒帳已畢寶玉便出來見賈政王夫
人及各位親長直個候得席完客散王夫人方叫人送回寶玉

406

先往寶釵處問問安鶯兒說已經睡下了寶玉也怪燥的一徑
就往瀟湘館來誰知黛玉先用話兒支使開晴雯早與紫鵑歇
下了寶玉就掐着了晴雯拉着手只管笑倒反說不出什麼話
來黛又只低着頭羞得了不得寶玉這一晚就住在晴雯房裏
他兩個人這一夜的論心敘舊也就難於言語形容到了次日
清晨寶玉一早起來要看黛玉倒是紫鵑先迎出來道寶二爺
你而今還有什麼諸事通遍意了可憐兒的便低着說道可憐
兒林姑娘羞得很在那裏千萬央及我又哭又求叫我告訴你
且不要去看他罪過的很他說你若要去拉拉扯扯他就要尋
死了寶玉倒嚇了一跳晴雯也趕出來攔住寶玉說道二爺你

第十四回

407

總慢慢着且讓史大姑娘四姑娘伴伴他慢慢兒總好你不要
性急當真的逼出人命來寶玉跌腳道你們當我做什麼人兒
我為什麼要去拉扯他我只問問他的身子說我的心事兒晴
雯道可憐兒的你便真個這樣他這會子不相信了寶玉道這
麼着倒不好了紫鵑道什麼不好不過緩些時兒你而今倒有
一件要緊姑娘這樣光景出去見老爺太太還早呢你且上去
說他的光景有些病兒不要上頭怪下來寶玉就連忙去了這
裏紫鵑晴雯兩下裏彼此取笑着只樂得個柳嫂子牙齒縫放
出花來卻說賈政王夫人因晚上乏了還未起身見寶玉上來
問明了在晴雯處過夜打諒着黛玉的意思原要說病太家也

408

諒着他又怕他害着燥倒反不便來看他先叫姊妹們來走動
也叫他們不要取笑賈政只打點了外面賀喜的應酬卻說黛
玉日從進房之後不肯見人連惜春來也不肯言語只悶悶的
睡着眾人也自諒他到了晚間寶玉到寶釵處走了一走體諒
看黛玉就來尋紫鵑紫鵑也不肯一則怕黛玉寂寞二則不肯
僭先三則也害燥遲推看晴雯也沒法一連幾日賭和賈
玉歇這也不提誰知王夫人不諒黛玉害燥不好意思出來反
疑心黛玉倚了家勢伏着賈政看不上王夫人就將黛玉這個
新媳婦想出許多不是來這便如何剖得要知端的如何且聽
下回分解

第十四回

409

玉只笑着不理到了這一天吉期恰是壬辰年戊申月戊子吉
日先一夜子時立秋這半夜秋天氣還不很涼只比得林良玉
的好日覺得涼爽些也穿得住實地跳了遠林賈兩宅接連的
鋪設了好幾天好不熱鬧不說林良玉處的祭先宴客且說榮
府的寫貴規模這府門口的燈樓珠越已經出包自賴大林之
李以下華冠晨服的十餘人一排兒分兩邊坐着正門兩角門
六扇齊開一直進去花園似的一路的衛牌擺着也數不清
到了垂花門口便是十來個五彩扎綢的香雲蓋湧起一座螢
山掛着谷邑樣的綵燈兩邊起平遊廊捲起半簾一總結綵懸
燈垂下路索穿堂上遠是明角字燈廊檐下間着五色玻璃燈

402

大理石屏風過去越覺精雅金鈎珠箔映着各色顧繡各處地
衣裳逛十分爛熳的耀眼那些陳設古董也畫數不着顏色間
着花盆那自鳴鐘一響接着一二百座一同的響將起來再
夾雜些鸚鵡畫眉的雕籠鳥語又到處放一個朱漆描金的圓
缸盛了涼冰堆高幾尺倒像水晶山子一路直到內室轉到大
觀園直如月殿雲階一般真個依了黛玉就瀟湘館做了洞房
益發收拾得簧華府整良玉那邊送來的珠箪實窗鶴綾駕綺
也就不必說了真個蘭麝濃薰芙蓉滿繡說不盡的富貴風流
又到處有個頑意兒除了正廳上演滿林笋的正本怡紅院內
却演的擋子班蹴錦樓便是一班清客清曲也間着芭蕉鼓兒

第十四回
十

403

十錦離要合芳閣便是芳官一眾女孩子打個細十番末後又
柳他們到藕香榭去了葉菱洲也有兩三個人愛着戲法兒便
稻香村空地上也叫了兩班走索扠缸的婦人兒打着鼓唱着
曲說是賈璉的主意兒都說他姦那些去慶通派定親事家人
看守古董照應客人凡是賈政的本家親戚盛着就瀟湘館內
的呂祖師祿已被史湘雲袗供攏翠卷去了眾賓客來到瀟湘
館見有三個洞房大家詫異原來兩邊商讓過恐怕黛玉性情
古怪真個的不肯同房誤了好日就算日後勘轉遁不能應這
個吉辰大家就想起紫鵑暗雯都是偏房敷內的不如趁這一
日一總圓房因此另選了四個上好的了頭與黛玉叫做香雪

404

棗芳碧湖青荷又選一個菊香與紫鵑遁一個綺霞與晴雯幾
日間花錦湊齊一時會合紫鵑暗雯也報報的跟了黛玉避起
一人來眾人都讚賈玉福分誰還趕得上他到了吉時寶玉便穿
了二包金百蝠鏤雲深紫戳紡祀二色金霞鶴雙絲元青滿裝
紗掛子頭戴着圍公品級的涼帽蹬着青緞粉底小朝靴拜過
祖先父母告過了尊長就正廳上上了八人大轎上肩出門真
雁去道上的執事兒排去有二里多路真個的千騎雲轎看的
人也不知轎倒了多少那邊林黛玉到了這個時辰怎麼樣能
殼變出什麼計策也只得苦苦的哭着依了哥嫂起來裝束不
免痛哭一場良玉也傷感着扶了出來扶入轎內被賈玉迎了

第十四回
上

405

了齊聲叫好都說道原來也有這一個日子那黛玉一面哭泣
一面恨春逵悔自己原不該闖什麼小聰明兒而今是真個被
寶玉施下苦海去了寶玉你害得我好我那世裏害了你
今生今世這在你手裏你的時還兒又這麼強千方百計天也
順了你叫我躲不出你這個圈兒我也糊塗到一萬分怎麼樣
一個女孩兒嫁了人還爭得定我從前講這話也就惱了見不
得人罷了罷了我只再世為人再顧着自己身心性命便了那
晴雯便要立時立剗去見襲人倒是紫鵑攔住了就說道晴雯
妹妹你也不要太狂了論起襲人來咱們原是一塊兒的人就
算是錯了路兒怕的他心裏不難過你這個嗤頭子是吓的尖

398

刀是的出口傷人趍着你的性還留什麼着妤妹的情分兒你
在先也要壓着他況且而今的你現在的他還有芳官們一班
兒在那裏好個串戲的人兒你不揭破他他們還要提着個牌
名兒打趣他你倒先去做一折戲文給他看你也是天折過的
人兒只苦了五兒妹妹竟有個今日的晴雯你再修修復世罷
晴雯聽他一席話倒笑起來道大奶奶看這個紫鵑姐姐好個
仁慈有德的人兒晴雯要看看他們也念着舊日情分當真一
見面就揭人家短處況且芳官也和我好的怎麼不要看他善
齊道他的話咳也是的你也沒存這個心只是大姑娘還沒有
傳他上來又是姑娘這會子心裏煩你們要見齊好妹也瞧覽

第十四回　　八　399

些兒喜驚說罷約莫黛玉事到臾間也再鬧不出別的巧兒只
叫這兩個丫頭在房陪着又見紫鵑和襲人好怕的惦記着他
又說你們也放心我也很知道襲人的分兒才調兒也不令他
當眾人使喚只專派他西院裏照料這些衣裝絨線兒便是芳
官藕官也怕的戲路兒生了在西院裏延着小靈岩小樓霞一
帶跟了教師近了靖客在那邊畫串等他們熟溜了吉期時候
好到那邊伺候去你們要給他什麼吃的束西只管叫茶良家
的傳出去使了左右是一家人兒見面的日子長有什麼不能
見他你們兩個只不要離着大姑娘大姑娘的性情兒事情兒
只有你們摸得准你們一時走開了又找誰紫鵑晴雯便說謝

400

了奶奶曉得了喜鸞就過去告訴寶玉寶玉也笑只服着寶釵
芹的好算喜鸞也時常到黛玉處有意無意的同着晴雯紫鵑
慢慢的勸解且說寶玉過貼之後細問賈璉方知是姜曹二人
的一番佈置十分感激姜景星心裏頭說不盡的快樂這時候
寶釵將近貼月達上房也不大上去寶釵本守胎教文是寶玉
回家之後漠然相處彼此並不戲言寶玉此番快樂了轉覺得
自己有多少不足倒要去親近他想被寶釵遠着了寶玉使東
走西兜一會子到櫳翠卷稻香村一會子到怡紅院要便往瀟
湘舘門煙裏瞅着穗着只像個走馬燈兒賈環遇着便笑道二
哥哥你看鼠水可曾看完焙茗也笑道二爺送朝報忙極了寶

第十四回　　九　401

大事漸漸的文不上來倒蔚了賴天的孫子寄了許多官囊回來賴大料完了這府裏重新興旺情願將二萬金算做家賬借與賈璉賈璉從中也有些轉手所以趁手的很一面就辦起事來那邊曹雪芹回去說明林良玉也和姜景星兩人高高興興的連件辦去又是姜景星打諒着黛玉的機關利害怕的三件過去了又開出別件來只叫良玉先過帖隨後告知黛玉良玉也依了三件事也辦的妥到了過帖這日真個的黛玉那邊不過一眾鳳兒直到過了幾日蔣琪官襲人並芳官一眾多哥全了各處分開總安頓的妥妥當當也還不露出來這便是勢興利兩個字的手段且說林黛玉自狀惜春過去之後那邊寶玉

的話倒反一個人不揪持是喜鳳的帖兒定見了料定他們開不得口就算開了口一定的腦愁了賈政故此石沉大海再也無人敢來頃碎真個的這一班人皆中了計叫黛玉心裏頭好不得意仍舊打起坐來只苦的是睚前的運氣觀心毫不見效而且一件一件的總有了寶玉起來自己也說不出口這一日喜鸞嫂子慢慢的走進來帶笑的說道大姑娘好個模樣兒黛玉面上紅紅的正不知怎麼樣那喜鸞就挨着他坐下低低的說道可不是咱們說過的那三件事情少一件咱們不依的黛玉便默默頭喜鸞道若滿依了咱們也依着可不是的黛玉便呆着喜鸞就湊到耳邊逞依依的道改不過口來了通依定了

黛玉憤起來說道你不要哄我喜鸞道我敢哄你道是老爺太太親口依定的還要奇呢實在的料不出這襲人芳官們全個兒多來了你要他們進來這會子我就替你叫進來黛玉道你真個的替我叫進來喜鸞就要去黛玉更慌了拉住喜鸞道好嫂子你且坐着我不信我二爺當真的依喜鸞道二爺不依這些人為什麼來黛玉停一停又道倒底這些人怎麼樣叫的來喜鸞道這些事我也不知道只是這些人全個兒齊齊的在這裏他們原也就要進來倒是我攔住了等我告訴了你再傳他們上來你而今不信我只一起叫進來便了喜鸞一面說着一面便要叫去這林黛玉就憤極了拉住喜鸞道好嫂子真

個這麼樣咱們再商量喜鸞道商議是沒有了呢你還不知道那邊不知誰的算計一面送這些人過來就今日早晨兩位王爺過來做媒送帖已經逼着你哥哥寫了回帖去你哥哥也通做一路直到帖兒過了去方帶了他們進來叫我告訴你這裏離着外面也很遠過他開有心瞞着我們誰也不知道你哥哥又說是你自己定下的怎麼商量得來還說兩位王爺過來鬧得什麼似的這府裏的名聲又大滿到處傳遍了看的人也多喜鸞要說下去黛玉已經哭出來又害着燥不便高哭只跎到枕上去朝裏的倒下嗚嗚咽咽不知偏到什麼分兒喜鸞不便勤也不便走只得叫了紫鵑晴雯來告訴他這兩個也喜極

親事固過去見了賈政說起姜殿撰的過帖日期選得進的很賈政就說很好日子總擠在一塊意性正經事兒辦過去也好這一天林外甥回門同一個日子更兩邊也簡便些只是小弟卻有個意思就沉吟起來雪芹只管追問賈政先走下去打一個恭雪芹連忙還了禮便道咱們世交還拘著這個麼老先生有什麼話儘管說賈政道罷兄弟的意思姜殿撰不知怎樣小弟卻有一個鄙見致意姜公咱們這樣相好承他不棄要做至親有什麼話不好講得兄弟恐怕姜公的光景要請大人先生出來作伐倒覺得生分些不如熱熱鬧鬧就請大駕光輝光輝做兄弟的更樂一則諸事費心全仗斡旋之力二則那一天

390

小女回門裏面也有些事情至好盤桓尤為兩便想來姜公也有此意但不知姜先生可能俯從曹雪芹道不瞞老先生說姜殿撰也曾這樣說起晚生也不便推辭倒是晚生恐怕府上要請位大人先生出來晚生就自慚形穢不敢瞞老先生不要說請別位老先生就請林公晚生也陪不上晚生果真氣命到那一日倒反不願意穿公服兒晚生從前的五斗折腰只見了別駕刺史也定要打個千兒便是謙虛的上臺拉著也不免略略的交著手歡一個小式樣兒怎麼好同翰林先生分庭抗禮呢只許晚生布衣落拓還有一樣的同著行禮方可効個勞兒賈政也笑了一笑道先生先生太言重了兄弟相交了多少年

也能仰體仰體兄弟原打算叫薛家二外甥跟著老先生學學尊意何如雪芹道這位薛二哥原是不凡的同晚生原也素好這麼著還有什麼說的這會子過去就告訴姜殿撰叫他去登堂拜求賈政道很好兄弟也要自己去真個是人熟禮不熟的雪芹就去了不說林良玉夫婦雙回合家喜慶及姜景星賈喜鳳鴟姐之事且說書雪芹見姜景星過帖了就同賈璉將商議過之說告訴賈政賈政只管點頭連聲的道好沒有一字兒駁回他兩個也快活的很曹雪芹順便就說道令甥震還有幾房下人陪過來內有一房說是府上的舊人賈璉也說出襲人來賈政道這又奇了也還是老太太的舊人聽說他嫁了什麼人

392

也寬外面去小家小戶的過不得苦日子所以借著林府上收用的便又重新到府上來也還算個犬馬爲主不忘本的意思賈政說道很好便定了過帖親迎的日子雪芹仍舊回來賈政就進去告訴王夫人王夫人近日心上也明白了又見寶玉活龍活現的時刻在身邊又是寶釵將近臨目王夫人往寶玉處走動見寶玉夫婦和順心裏快活穩見賈政的話也說個好不過賈政是一個真性人心口如一儘著的妒黛玉有才有戥恨他每親似的王夫人也不免含著醋意覺得他將自己的外甥女太偏愛些兒獨有賈璉的把式打不開一起一起的辦些

[386]

能成功的賈璉著了急細想一會沒個主意只得千萬的央
喜雪芹這老先生是繼代的世交這件事姑兒實在沒法了罪
只襲人的一張身契兒沒還他中什麼用況且還有別的不拘
怎樣倒只好求老先生想出個算計來雪芹笑道也罷且等我
過去想想看只是姜兄的事情可曾回過令叔賈璉便將賈政
夫婦一口應承的話說了雪芹也歡喜便說也好我這番沒有
說成這個倒先說成那個兆兒也好我且過去想着了什麼再
過來雪芹就回林宅先將賈璉的話告知良玉良玉一喜一愁
也往內裏吾新雪芹又回覆了姜景星景星夫喜叩謝不及雪
芹打護寶玉堂玉之事也就可以告新景星隨即說出來景星

[387]

倒一直根究書雪芹也只得全數說了出來景星如夢方醒也
將寶玉的醋意兒悟過來雪芹又將堂玉三計賈璉轉求打算
之語說出姜景星也說為難這兩位通人大家闊切就商議了
半日半夜倒像讓軍團大事的還有什麼不妥曹雪芹便通盤
打算完了便走過來吾新賈璉兩個人悄悄的到小登房內家
家的讓只附了耳朵說話雪芹道我而今三件都有了賈璉益
發將耳朵凑上去第一件稱呼是不忘本的意思二老爺正在
抖妹情深依着說沒有不依的至於分居的話也好讓只說現
在要分居只等明年恩科過了再說這便算做激勵着寶世兄
的意思老爺非但依了還要說好且騙過了門就不等到會試

第十四回
二

[388]

讓裏頭太太們想什麼法兒第二件蔣琪官在忠順王府裏近
來也很煩難行頭兒通修不起了而且忠順王是南安郡王的
晚親我們只叫良玉兄求南安郡王說襲人的身契還在這裏
要傳這個人也要蔣琪官使用忠順王現在也仰伏着南安郡
王拉扯立刻就要送來這個只算我們那邊陪嫁過來的也把
蔣琪官名字改做蔣涵老爺怎麼查考到林姑娘那裏都說是
老爺應承了送過來那女戲子的事情更易姜兄很感激着你
們的盛情也和寶世兄好情願辦這件事做個賀分兒大凡將
着用些銀子巷什麼事通要辦過來那班尼姑們得了銀子兒
自己也肯替人卡戲何況我個徒弟們這姜兄現在新觀老爺

[389]

碍着臉怎說的不收就算不收那邊送過來怎麼說出養不活
退回去這也停妥了第三件益發容易只回上老爺說要庄圖
子裏長會會舊日的姊妹老爺怎歷却得他連世兄你要我勸
個勞我只有這點子法兒也是姜兄幫着商議的連林兄也沒
知道依打算着妥不妥賈璉笑得什麼似的只是稱謝不及道
這位林姑娘果然利害可可的過着老先生也就周郡過了孔
明了這樣佈置實在妙極蛭兒也有個意思而今倒反先將姜
兄的親事結完了他隨後送這個班兒老爺便却不得情不然
恐怕老爺道學性兒說是少年高第未免高興些兒到得過了
帖便不碍了曹雪芹也說狠是他兩個人倒反不提起堂玉的

第十四回
三

【382】

言語又與喜鸞商量喜鸞素知黛玉與惜春好就請惜春過來
背地裏先與他說明惜春因與黛玉同夢見冊子一向打諒黛
玉斷然立不定了又問問史湘雲像是寶玉與黛玉終久分析
不開也便順了眾人來勸他這黛玉雖則無可奈何却也初心
不改想起良玉哥哥果然要成這件事不能不探我的信兒我
今另想了一個妙計兒做了個不回之回豈不狠好想來寶玉
這事全是伏著舅太爺作主我只等舅太爺惱了我便不要我
了這鏡是個極妙的計兒我而今只打算了三句話對付他第
一二生一世只叫舅舅太太照先一樣又與寶玉分居各人
幹各人的事第二單揀舅舅最惱的是戲子兒我偏要叫蔣琪

【383】

官領班裏人跟著我服伺過去連芳官藕官們定要押著他還
俗到府裏頭仍舊唱戲可記得舅舅打寶玉的時候也為著戲
子彼時還有老太太護著也那麼樣的打何況而今且蔣琪
官又是王府裏的如何肯來就是芳官們還裕也費力第三是
舅舅舅太太素常惱恨寶玉常在姊妹丫頭中間混我而今偏
要住大觀園時常接這些姊妹丫頭來同住這三件事件件闖
著舅太爺好等他嫌棄我這便是我的金蟬脫殼的妙計黛玉
早已想得停當當過著惜春再三的問他也就說將出來惜
春也笑著狠明白他的主意兒就笑道你這個錦囊三計果然
奇妙但不知可能發果真的新斷塵緣黛玉也只笑著惜春便

第十三回

二十

【384】

告訴喜鸞即告知良玉良玉只管搖頭惜春回去也告訴
王夫人等王夫人等俱各為難也儘知道單單的觸怒賈政也
有說他古怪的也有說他決絕的也有說他豪華吐氣的單只
瞞了賈政一人獨有史湘雲說一個好字惜春跟著問史湘雲
總不說明眾人心裏明知此事婆婆鬧一番公公也要鬧一番
但不知賈政聽見了倒底依不依惱不惱就算惱了可也有人
挽過來就算依了黛玉可有另外什麼妙計出來要知端的如
何且聽下回分解

【385】

後紅樓夢
第十四回

榮禧堂珠玉慶良宵　瀟湘館黛晴陪側室

話說林良玉聽見了黛玉的錦囊三計頭也擡摔了因想黛玉
的算計太凶單單的頂門一針要爾怒舅舅若叫他做了男子
真不知要做出什麼事情來沒有法兒只得告訴曹雪芹雪芹
笑道一點不錯的真是令妹的手筆我也沒法只好告訴璉二
世兄去便走過來告知賈璉也先知道了今聽了雪芹的
話戤得吐了舌頭伸不進去雪芹又說道林兄也講過他枉做
了哥哥實實拿不住這一個妹子若是這三件不妥一萬年不

第十四回

一

爺太太也說不盡的感激又是姪兒媳婦從前鬧得那樣到兩今人也死過了人不提他姪兒也要牽扳他姪兒算沒有家的了那府裏回不去人也知道姪兒現今又辦差了事情惹得太太生氣姪兒也沒臉往後只好快快的弄個分發兒往外首混飯去看運氣補償得老爺從前的恩典也好補償不得也好回來也好流落也好體諒了大人的志氣指楷眼淚別處去再也不想在林妹妹身上沾什麼光拉什麼帳求太太的恩典鏡姪兒的全盤錯著請交過這個帳房太太也不肯回姪兒也不用進這府裏王夫人聽了停了一停倒也為難只得說道真正賈

378

我要順轉來反求著他這裏薛姨媽眾人也儘著勸賈璉道太太肯回去姪兒過什麼總情願的還救要太太求著我不過我這番話也有個苦情使了外面賈政又來到客廳上坐著幾遍的叫人請賈釵孝敬平兒探春惜春也都來了又送過幾席酒來裏外擺設又叫彩雲鶯兒等將被褥衣箱搬過去賈政又見了薛姨媽說坐家常直到了晚飯後一方幾驚天動地的將王夫人賈釵請了回去寶玉接出來王夫人喝他走開賈政也喝著又叫麝月玉釧兒等教導寶玉好好的招倍寶釵寶玉也心裏頭想起來目從回家之後十分的冷落了寶釵又想起從前興寶釵打的時候心裏十分慚愧便來殷勤體貼寶釵也不理他

第十三回　六　379

自往裏間房內收拾睡了寶玉獨在外間床上睡下一夜中千思百轉恐怕黛玉過了門婆媳妯娌不和不能設勤轉來便怎麼樣又想起王夫人喝他的光景還不像個依了的怎麼大嫂子三妹妹不將我從前這番話逐句兒講給太太聽便又將這些話像小孩子背書似的又一句句重新背了一遍這麼樣說去已經透明了太太還有什麼不依的只怕大嫂子三妹妹倒底忘了些就叫起鶯兒來著實的盤他鶯兒只笑著寶玉益發急將起來說道倒底大奶奶三姑娘可曾把我這些話兒全個兒學給太太聽鶯兒笑也笑死了就道學是真個學的只是我却記不清寶玉道也記得一兩句鶯兒就將寶玉頑起來說道

380

要便二爺再說一遍給我聽聽等我合一合看寶玉真個的一字不改又說了一遍鶯兒笑的揉肚一面點頭道全學上了寶玉道這麼着太太還不依鶯兒道真個的太太聽了這個總依了寶玉道休了為什麼還惱呢鶯兒道這個我却不知道寶釵在裏間床上聽得清清楚楚只想著寶玉這麼個孩氣慢到什麼分兒只好長久的被了頭們頑兒便了且說王夫人回來幾日心氣漸平又憶著喜鳳彼時瀟湘館也開了仍舊叫玉釧兒同著林之孝家的接了回來一則幾天不見二則現與姜景星說親不便再叫他住在一個宅子裏也是王夫人的主意賈政也說狠該接回來那邊林良玉見喜鳳去了還探不出黛玉的

第十三回　元　381

二人趕步上前扶住了賈政道好生的謝娘太太回上太太請太太同著你就回來寶釵只得答應了是賈政便即別了薛蝌回來賈璉隨即過去坐了一會方同了薛蝌進去只寶釵香菱避了薛姨娘便站起來王夫人坐著不動賈璉請了安站著王夫人就儘力數說了一番賈璉也不敢辯王夫人又說你夫妻兩個前前後後幹的好事成也是蕭何敗也是蕭何只肩人家勢分兒好壞你們眼睛這樣看的清罷了你們總是賈家門裏倒是你從前那位有才有智的巧巧的頭上也項個王字兒你不看僧面看佛面怎麼樣把我們好妹娘兒端到這個田地又將丹書鐵券救命詔封的話畫數說出來又說好一個知法度

第十三回　六　375

說的總聽憑外頭主張應承了就是了單則是女孩兒的事便問我別的事儘著人同璉小子商量賈政本要推在賈璉身上順勢兒便道政則璉兒辯錯了什麼事情王夫人冷笑幾聲就將丹書鐵券救命詔封的話說出來單不提起寶釵的次序只說了一句人到了糊塗偏聽的時候連個前後大小也忘了這真是王夫人的身分雖則意見參商卻不反目就那規諷的口氣也還相敬如賓賈政便站起來道原來建兒這麼著我通不知道但只是憑著他我也不是我回去就叫他過來請兩位老人家狠狠的教訓教訓賈政就朝上打恭慌得薛蝌寶釵二人忙退下來賈政又打一恭就回轉來斜對著寶釵也一恭慌得

374

的同知官你那有才有德的人兒活在這裏也防著他拿住這個勁王夫人一面說一面還揉眼賈璉看見這個光景不住的碰頭還解不開只得像賈蓉陪鳳姐兒似的兩隻手左右開弓掌自己的嘴自己罵薛姨媽等通過意不去王夫人也便心慈就道你這麼樣做什麼你有話儘講薛蝌也忙忙的拉他起來賈璉道太太容講就講不容講不敢王夫人道你有話儘講賈璉道若說起丹書鐵券詔封救命這些事實在是姪兒講的但只是祖宗的榮耀兒子孫的吉慶兒排在執事的道兒上兩邊好看的不要說咱們不好送了姓林的林表弟現在當個翰林他怎敢收著也還不止這些但是祖宗上遺下來的儀

376

從現在兩府裏的儀從到了這日逼要攤過去況且從敕命架子以下的東西前日喜妹妹到林家去已經送過一遭林家那曾留下一件姨太太想想這個就明白了至於林表妹的事情也還沒有定准與不過老爺壓住了叫姪兒在裏面張羅些小事兒就算定了將來過了門兩個弟婦也分個年紀大小來雖還不懂得這個理現今咱門家裏要來一個狀元女婿將來寶兄弟怕不是個狀元子孫到游街的時候他兩位夫人只一並著兩輛車一字兒的遊街只棟濶的街道走也好薛娘媽等都笑王夫人也道你聽他怕嘴好個花面兒賈璉打一個千道姪兒花面也做苦情也回姪兒一輩子的養活全伏著老

第十三回　文　377

太太的趣話兒既然而回家去倒不敢不回的薛姨媽也道真個煩你們二位謝住了什麼樣的門兒好煩潰老爺過來正說着薛蟠叫人進來回道寶二爺粘住了一定的要進來亂嚷的說是大奶奶三姑娘一樣的人兒怎麼能我進來為什麼單單的不許他進來這回話的人也抵着嘴的笑這裏眾人又好氣又好笑薛姨媽也笑道罷嗎這箇寶心孩子還要氣他什麼可憐兒的探春便道也叫他進來走走王夫人連忙喝住叫撐着走再不走把這個糊塗死的小子打出去探春忙道不要氣瘋了他你只告新寶二爺說是我同大奶奶說的他的話盡數的回明了姨太太太真個的依了快些回去罷我這裏也就回來

370

的這回話的人就去告訴薛蟠將寶玉哄回去不題李紈探春又尋些閒話來散悶也帶着解勸倒懷姨太太有個轉過來的瘟恩又大家去看看針線活計配些顏色插上幾針陪過晚飯方纔回來這邊賈政回來已久先是賈璉回過了喜鳳的話賈政也隨即應承喜出望外吩咐明日等我與太太商定了再回覆過去不要又懷前一件的事兒賈璉去了賈政想起黛玉的事日子也近了王夫人薛姨媽又這麼一鬧外面連兩位王爺通知道了怎麼樣我就懼着內裏拿不得主來若就這麼行去也不成個事體就算做定了再挽回這邊將來婆媳好妹中間也不妥當正在為難躊見李紈探春回來就叫人請去這兩窗

第十三回　十四　371

人便將王夫人薛姨媽的言語斟酌了好些回上去賈政也十分為難賈政終是個講道學的人如何肯柔聲下氣到閨閣中去這件事卻又不便不去因想起現有喜鳳一事何不過去借這個題目商議商議順便的就勸他回來只是礙着姨太太如何落平千思萬想只得叫了賈璉過來密密的商到二更一總推在賈璉身上賈政倒反學着王夫人支使李紈探春的意思也去央及賈釵轉彎主意已定明日下朝後也不回榮國府一直望薛家來薛蟠終是個至親小輩敢不恭敬敬接進去賈政也自知理短如何計較零碎話兒就叫姪兒一面叫人回上去自己的人一面我就進去請安賈政就攜了薛蟠的手一直

372

進內堂坐下叫人請姨太太的安太太的安請寶二奶奶出來王夫人就攔住了不許出去賈政儘着催倒是薛姨媽不好意思推着寶釵出去寶釵也替母親太太請了安賈政都問了好就說些寒溫又說家裏的事也零碎我今壽請太太媳婦同過去分撥開些儘着的再過來又將姜景星的親事說一遍說是女該兒的事全要太太定見鑽好回人家現在等着或去回去商議或是這裏就有回信就是太太不願意也候有了言語我就回他寶釵正要進房去這王夫人終是疼着喜鳳恐怕氣頭上參差了誤了這個親就便說這箇鳳孩子吥原也是老太太一照道念兒而今攀這親老太太心裏也歡喜我有什麼

第十三回　十五　373

也不要上門上戶的倒底還有冷眼的人瞧着他憑着他無法無天也有人暗地裏揭他的短處老妯娌兩個只是怕鬧不了又怕薛蟠知道性子兒不好從前發性的時候也曾要趕過去打寶玉不要碰着了再鬧出故事來兩邊不好看先打發他下山東鹽務裏走一躺等賈家的事情過了再回來又叫薛蟠不要應酬賈家的人各人過各人的日子這老妯娌兩個只把這事數說寶釵雖則大方也不免問着只閒閒的同香菱鶯兒文君彩雲玉釧兒等做起鍼線活計來正是

　　誰知繡閣金閨女　　也作韋韜補屋人

這邊李紈探春第二次過來薛姨媽王夫人也就請進去寶釵

366

香菱也慢慢的放下針線活計出來一同的坐了李紈探春只笑着這邊三個人也不來問他探春只得笑着說道我們過去非但要問寶玉也要回老爺老爺只是不回來等到這早晚還沒有轉我們就學着太太的話問着寶玉他當真的評出個理來王夫人道我倒要聽聽李紈探春就你一句我一句的全數兒學上來也把王夫人薛姨媽笑的肚子疼了連寶釵香菱也忍不住笑起來探春道寶哥哥還正正經經喉急的狠叫我們學着這樣回太太准准的依定了王夫人就望空的啐了一啐使勁兒罵一句糊塗死的小子姨媽也笑道罷嗎這箇實心孩子彀他文章上怎麼樣倒明白妹妹你聽聽你還氣甚的你還

第十三回

367

要問他可憐兒的探春道二嫂子你懵諕知道這番話不是我們編得上來的薛姨媽道好姑娘我們寶丫頭而今也配不上你稱他嫂子李紈道嫂太太怎樣的好說起這個當不起的話他不配誰配王夫人道有箇配得的人兒探春道就算派個妯娌姊妹家常的次序兒通是好妯娌誰配誰不配我們大家也要平個心兒李紈見他說得急了恐怕招出王夫人的惱來就橫插進去說道老爺呢今天原也要過來只是公事忙也告過候沒有准只怕一半日就要過來請姨太太的安會太太的話也問問寶妹妹的好先叫我們過來的王夫人笑道虧你圓的

368

一個八面光探春也陪着說薛姨媽寶釵都不言語王夫人便道老爺呢原也狠大呢又是王親又是世襲公爵大的什麼似的咱們妯娌娘兒在這邊還算什麼人評起根基上呢原也不是灰堆裏出來的只是而今勢也敗家又窮人材兒也不出色那一種趕得上人家又沒有什麼力量貼得起人家的過活況且也同賈府上沒有什麼拉得上的祖親咱們還要自己算個人也害臊起驚的讓人家還嫌的遮呢老爺那樣的分兒還要到咱們這裏真個的要來你們也該趕著謝了他實在的當不起我們的二爺兒狠明白昨日寶玉過來他還說咱們家的門兒近來低一尺了是不進多謝罷他小子還走不進況且老爺那麼個大人呢李紈探春也笑道我們倒是頭一回聽見

第十三回

369

得住怎麼樣就好在先為什麼自己不拿定了不病而今又說太太帶了寶姐姐去也要病這麼着我們一家子連大嫂子三妹妹也該病就算比着林妹妹邱板兒似的單單的要我病我現今寶在沒有病怎麼樣粧的來罷了憑着太太帮着寶姐姐真個要我病一場我也依了太太粧起來這王太醫一定也將前日的藥方給我吃我沒有病如何吃得不吃又不是的你們想想我就該怎麼樣了只怕太太倒也不願意而今你們也將我這個話回上太太也請太太評評再不然寶姐姐也帮着講講太太難道還不依李紈探春聽罷益發笑壞了寶玉還趺着脚說道人家正正經經的你們倒反當做頑話兒人家只有生

氣的分兒李紈笑道寶兄弟是極的了寶玉明白正說着有人來回曾師爺請寶二爺寶玉就去了探春笑定了說道你看這個傻子李紈道我們原也要就過去的倒底替他編幾句兒探春沉吟了一會說道大嫂子你不要糊塗了太太難道不知道他的為人無不過過水筒兒過到老爺耳朵就是了今日原是替老爺過去的怎麼樣也回明老爺纔好李紈道這卻使不得原是這個意思我們做兒女的卻不好那麼傳話只可編個謊求他兩位老人家消釋了纔好探春也照照頭遲了一會探春道話便是這個話兒編這個也就難你想想要編除非替寶哥哥編怎麼樣編法算寶哥哥揭老爺的

第十三回　十

短再則凡百事情總要個出路兒這件事倒底打算筒什麼出路你我也實在的為難李紈道難則難剛繞回來的時候你我通回明白去去就過來太太還找一句你們還不厭棄我而今也是這個時候了倒底怎麼樣回覆去探春想一想笑一笑道有了有了我們只拿寶哥哥方纔這些言語一字兒不改通學與太太姨媽寶姐姐聽且鬥了笑將今日過去了再講李紈笑道也好李紈探春就過去了這裏賈雪芹請寶玉出去原來是林良玉托他先替姜景星求喜鳳的意思寶玉一向疏了他只因他問着黛玉的話心裏也防他和林良玉好要辱這個黛玉去故此疏忽十分而今聽見他另選了一個人也是自己的要

好子妹纔開的是黛玉求去的是喜鳳心裏頭倒反快樂起來便一力的擔當也許了五分勁兒又請賈璉過來一同商議賈璉見這府裏新得了個探花妹夫接連又得了一筒狀元妹夫心裏頭有什麼不樂也時常看出賈政敬服姜景星的意思便橫身出來許了十分這賈雪芹就歡天喜地的回去告知林良玉姜景星連喜鳳好妹黛玉通知道了人人快樂只等賈政應允了立便擇日請媒卻說王夫人寶釵自從搬到薛家三個人十分恐恨通理怨鳳姐兒夫妻兩個前前後後幹些什麼事兒而今王爺統知道了日期也近了怎麼樣改轉來無不過見我澗人財兩敗奔着勢利上去我們只一輩子大家守着過他們

第十三回　十二

在房內細細的想起來道這件事越攬越不好論起理來趷二
哥的說話追著老太太的治命那一個字兒是編出來的我在
先若知道林妹妹身上不好過著我同寶姐姐結親我一定抵
死不肯的雖則老太太聽了鳳嫂子的說計卻也我耳朵裏到
而今還記著結親的話兒今日璉二哥自己翻轉妻房的話兒
也是良心難昧巧巧兒碰著了太太在裏頭替寶姐姐評什麼
次序兒有什麼次序的從前我同晴雯芳官這班丫頭姐妹也不拘
大小有時候他們坐著我儘著的站定了服事他也有的
不要說寶姐姐的年紀原長些林妹妹也和他好也讓他也就算
林妹妹坐在寶姐姐上頭有什麼奇的我怎麼小似寶姐姐我

358

也曾偕他這雲兒們算個客人不容說了咱們家三妹妹四妹
妹也曾偕著寶姐姐坐過誰還拘什麼次序兒到了正經的坐
位上誰又錯了什麼次序的林妹妹寶姐姐連這點小事情都
要計較起來我將來頑兒的時候還要連晴雯察鵑也一塊兒
同著坐若有人拿這個短我就說先老太太頑兒的時候怎麼
連篤爲也叫他坐在裏頭若有人說篤爲不知大小篤爲這個
人誰還趕上他連老爺也說過他不上呢而今太太倒在這
熙子上要摸這個心我就不明白了寶姐姐你不勸勸難道你
也在這個上存心寶姐姐你若真個的在這個上存心在先老
太太說你凡事不存心就假了我而今也不知大娘子三妹妹

第十三回　　八

359

進去怎麼應講看來也不過將這些話說了太太就沒有不依
的了寶玉走來無不過是這些孩子的想頭下午時候李
紈探春也回來寶玉進去李紈探春就笑著道來了正有話呢
寶玉問太太怎麼說探春笑道太太說全要問寶玉便不
許見面卻要問他的說話寶玉道這又奇了這些事我全然不
管統是老爺主有話要同到老爺上頭回去叫寶玉說甚
的李紈只要摔著嘴的笑寶玉道我們可不是這樣說
也不要摹什麼老爺你們回去只叫寶玉評個理我聽李紈說
笑道寶兄弟你第七名舉人也中了文章上朝廷還贊個好怕
這個理有些難評寶玉道大嫂子不要笑話兒叫我評個理我

360

就評個理就把剛纔想的這些話一字不改的都說了出來還
說果真這樣的去說太太有什麼不依的這李紈探春聽見都
將指頭兒指著寶玉連肚腸也笑斷了探春忙道好個的這
樣說去太太就依完了太太還有話問你說你當真不拿主
呆的病在妹上的怎樣得了一個准信兒好得這麼快也罷了
怎麼林妹妹搬出去就病太太寶姐姐搬出去你不病叫你
也評出個理來李紈只拿眼睛看著他儘管笑要聽他評出個
什麼來寶玉道這益發容易了人家誰會妝什麼病出來就算
亦是個假的那王太醫的藥難道假的從來說對症發藥沒有
這個病怎麼受得這個藥若說是為什麼好的我若能自己拿

第十三回　　九

361

則應承了賈政倒底沒有黛玉的口臥恐怕臨時變卦做了話初也對不過姜景星林宅裹除了寶雪芹不肯告訴別人裹面只與喜鸞商議喜鸞自從過門後一心的記著喜鳳想了一計告訴良玉說喜鳳和黛玉最好要向黛玉探信顯要誹喜鳳過來良玉便史及他喜鸞就像前日哄黛玉開門似的說自己有急病要請喜鳳過來喜鳳聽了急的狠就要過去偏生賈政為了王夫人寶叙的事恐怕傳到林家去吩咐把瀟湘館鎖了門喜鳳只得告訴賈政也叫他不要說起就讓他上了車從前門進來喜鳳到了濟美堂下了車走進去不期姜景星從内書房走出來剛剛的正面遇著避也避不及只得依著頭走過

354

去却被景星看了個飽這裏喜鸞姊妹相逢攙著手說出想他誰他的緣故說說笑笑同到絳霞軒去螢玉心裹歡喜就留他同住了良玉也進去見過出來誰知姜景星見了想起天下世界還有這麼一個人也是前生結定的姻緣就把西子太真都比下去了良玉聽說他遇著喜鳳正在出神忽動了個以李代桃的意思就走出去理忿他不迴避姜景星說明了迴避不及的光景就問是那一位良玉尚粘着個報報的道就是舍妹姜景星說不出別的話兒只說得一句怪不的了良玉就笑了笑愛蟒話來道告訴你這不是舍妹實是替另一位景星呆一呆也笑道誰被你哄良玉笑道不論是不是你說過的桃源廣寒

第十三回 六

355

可也當得起景星便作揖道只怕廣寒桃源還沒有呢大哥真伵提攜我不枉了平日心腹至交手足情分良玉便說道寶寶的不是舍妹兄弟若果黑定准我也可勁個五分勁兒景星就再三央及道我也通不管是什麼人總是賈府上的總要求大尋實心實力再不然我就蹦下去只等應了再起來良玉便大笑起來道是了是了人且慢慢告訴你我只招架著在我身上便是了景星也大笑稱謝良玉就進去告訴喜鸞喜鸞更覺喜歡得了不得媚親子妹配了同榜的兩位昴甲只怕賈府上自先妃以下也就是數一數二的人了連良玉心中也想著不料後這位小姨過來要探黛玉的親事一會子倒先定了他自己

356

的親事實在是天定姻緣這裏喜鳳與姜景星結親後文再表且說賈政見王夫人帶了寶叙搬到薛家去連寶玉也不許見面坐立不是的探春就請同了李紈過去賈政也說該去這姑嫂二人立刻要去寶玉哭上來說要跟去賈政也說很誠的三個人隨即上車到了薛家一直進去只見裏面門關上有人傳出話來道等寶二爺去了三姑娘大奶奶請進去如若寶二爺在這裏便不用進去若寶二爺一定的粘住三姑娘大奶奶通回去並不用見面兒眾人就采了寶玉那裏肯回就粘住了他的個探春道二哥哥默了難道當真的太太總不見你你快走讓我們進去我不為你為什麼來寶玉沒奈何就哭回去了坐

第十三回 七

357

485

雲鶯兒文杏手忙脚乱的將王夫人寶釵的被褥帳幔並幾個隨身箱子也立時立刻的一總搬了過去駭得李紈探春喜鳳等目瞪口呆這時候寶玉己經大好了在湘雲惜春那邊還不知天東地西只像小時候的頑笑賈璉也辦著過帖子的事情出去了倒是賈政没有公事反因北靖王南安郡王先後差官致意說兩位王爺通是世交相好到了這日要約會了自己過來賈政再三的謝差官那裏肯依說王爺當面吩咐一定要來的賈政連忙的上這兩個王府去北靖王又拉住了吃起便飯來賈璉也往外城去為的事煩了住在城外這榮府裏便没個作主的人兒偏生的蘭哥兒也上班值宿碰在一處探春要自己

350

過去却又賬房裏支發的事情煩著平兒一個人也又不開只得先叫園瑞家的林之孝家的過去伺候俱被王夫人喝回隨後賴大同了寶玉去也喝回了直到黃昏後賈政方纔回來得意洋洋的要進來告訴王夫人探春就迎出去一一的告訴賈政慌了便跌著脚叫寶玉去寶玉去了許多時候方纔回來說門也關上了叫也不開賈政就查問起開首的緣故眾人只說是娘太太那邊過來的話兒賈政也一句話說不出只自己走進房裏歎著氣摩著肚子賈政只得叫眾人且去睡了明日一早晨璉兒寶玉同過去請太太二奶奶就過來我下朝回來就要見面的到第二日賈政下朝回來賈璉寶玉還没回轉幾

351

滴的叫人催去總没信兒等到日過午了外面招賈璉的人也多賈政氣極了著人去叫回來說寶玉也要來遲些就要打賈璉寶玉只得回來賈璉呆呆的寶玉只是簌簌的掉淚兒賈政跌腳道怎麼樣你兩個是啞子嗎說不出一個字兒賈璉道姪兒同寶兄弟到那邊上了廳就關住了不放進去連璜大哥統不見面只有蝌兄悶頭一樣的不言不語的陪著姪兒就說道我也罷了寶兄弟須讓他進去他有家叔的話兒要上去回一回蝌二弟就道寶二爺進不去這個們兒近來低了一尺了姪兒便陪笑道二弟你也太過了這個語至親分上如何當的起他就說散則是有親不過提起這個字咱們仰攀著多呢姪

352

兒就說什麼話兒你我兄弟們見老人家有些不如意的彼此圓全些二弟怎麼個人兒再不要這麼著央及你快快的同寶兄弟進去我也要跟著走可憐兒的寶兄弟就死命的碰這門兒那裏碰的進蝌二弟還說著許多嵌字眼的話兒叫人當不起寶兄弟就哭到這個時候蝌兄弟就說有個破碗兒窮飯小菜兒貴人踏著賤地給個臉兒姪兒就說二弟不要那麼著咱們還要著吃呢姪兒就在那裏吃了飯寶兄弟只吃不下看他就哭到這個分兒賈政又惹氣又為難一會子沒主意就將他兩個人喝開自己進房來坐著出神這寶玉就回到自己房内空落落的問著哭了賈璉便出去張羅事情且說林良玉雛

353

釧兒聽玉釧兒忍不住就盡數的回了王夫人王夫人正拿著
一個茶鍾兒將要喝完把玉釧兒的話聽完了就膊子裏起一
股酸勁兒頭到指頭上一失手把個茶鍾兒跌得粉碎這眼睛
裏的淚水也似的口裏頭只咽著玉釧兒駭呆了喜鳳走上來
也著實的驚惶著王夫人只不言語停了一會就到床上去喜
鳳玉釧兒就明白了王夫人一面暗泣一面想道這璉兒幹的
事情天理也沒了王法也沒了老爺就跟著他糊塗到這樣我
便是婦道家各人憑個理你這個榮國公的世襲你知道可是
你自己派得定的也等你過去了纜到得你的兒子身上就到
了你的兒子身上也要分個長次就算珠兒過去了長房也有

346

孫子算長孫得了官讓著寶玉也要候朝廷挑選這個總裁了
世家子弟的完姻仗著祖宗的榮耀兒頂帶兒取個吉利也罷做
了怎麼好連丹書鐵券勒命誥封也送去朝廷還是給林家的要
像鳳丫頭叫張華告狀的手段我就拿住這個訊頭碩兒我怎
麼肯鬧這個拿定我鬧不出就把我當什麼人兒寶丫頭你好
可憐兒的你也不是我拉扯來的在先老太太怎麼樣的求誰
不知道不過薛家也窮了蟠兒不成器越越的算不上了趕不
上人家的財人家的勢又不是賈家的祖親璉兒這沒志氣喪
良心的他而今再拉扯了姓薛的也沒有什麼想頭白鍋兒狂
邊飛怪不得只是老轎夫會抬人也不踹人倒怎麼寶丫頭可

第十三回

347

二

可是個墊腳跟兒的寶丫頭你也苦又踹著又堵著怪不得這
幾天你只呆呆的寶玉這個孽障怎麼好得這麼快還不過把
我蒙在鼓裏頭便了我想這位林姑娘人煦兒才情兒原也好
怎麼不疼他只是他這性格兒也耍受呢他舅舅見了他怪燥
的親生也沒這個分兒從他回轉來一直到而今我只像添一
位老太太似的殺了殺了我也算孝順過了寶丫頭在我跟前
怎麼樣的寶丫頭的娘家也敗了哥子又不學好人家又有錢
又有勢將來討過來公公是兒子丈夫是孫兒好潑天的勢全
家吃著他靠著他奴才們的眼珠兒心孔兒還了得這璉兒的
勢利東西不用說了不過我從前忤逆了老太太對不過老太

348

認得我我還守他做什麼索性等他老子兒子公請這一個娘
來天長地久的住著我只帶了寶丫頭到姨媽那邊去過一世
今世裏再不見面苦苦的做活計度日也好寶丫頭也還孕著
胎你只趕上珠兒媳婦便了王夫人憤極了立刻起來套車往
姨媽家去了這裏喜鳳玉釧兒彩雲等也嚇慌了只得請李紈
探春平兒過來告訴卻也都不敢說起小紅來也猜不出王夫
人心裏頭藏著什麼意思不多一會薛姨媽就叫同喜過來立
時立刻接了寶釵去隨後又是同貴臻兒過來同了玉釧兒彩

第十三回

349

三

意又擋住我不許開口我只憑着他們鬧看太太怎麼樣就問悶的進去了這賈璉就七張八智的哄着賈政催着曹雪芹過去說從前老太太當着寶玉說原說聘定的是林姑娘到了科堂進房還這麼說着也曾吩上下人等大家齊聲傳說說給寶玉聽連丫頭也是雪雁兒而今應了親事自然過門的時候要請林姑娘罩戴着世襲榮國公夫人的冠服過來現今出帖下定先把祖上御賜的丹書鐵券勅封誥命送過去為信將來薛民奶奶原也一樣的有個位置與等寶玉自己的功名封蔭寶玉的進步看來也不小為什麼呢論起完姻的次序來自然薛先林後若送到結親的名羅上到辰林先薛後又是老太太親

口的吩咐　誰敢違他曹雪芹本來和寶玉好就是一是二的過去告訴黛玉也即便立刻的應允了回話過來賈政也將請兩位王爺作伐各事說明也將日子選定賈璉就到寶玉處一一告訴寶玉把寶玉喜歡壞了不多幾日就好上來王大醫也很樂且說黛玉自從夢見冊子以後不由人似的心兒裏漸漸的順將轉來又是晴雯紫鵑打諢他回心轉意早也說晚也說總搭上個寶玉在裏頭黛玉起先還假意的嗔怪後來也便低了頭又想起賈政夫婦兩人那麼樣周旋自己傲得那樣也覺得太過些也時時的想起寶玉前情憶着寶玉的病又想起敘從前怎麼樣和我好而今勢敗了我倒反要下了他變好也

就整日間的思量真個的人隨天轉也可怪得很如此看來賈寶兩人的姻緣也就好即日聘定了誰知天地間的事千變萬祀誰也料不定忽然間又鬧起一件故事叫他兩個斷斷的結不得這個緣不知後事如何且聽下回分解

復紅樓夢

第十三回

鳳姐閒借因談喜鳳　　策飾彙妙計脫金蟬

話說寶玉黛玉的親事千回百轉變化離奇將到成就的時候又碍着了寶釵的次序兒鬧了賈璉想出個權宜的方法把林黛玉說委了這件事就這麼圓全上來中間的曲折也毅了誰知兩位王爺作伐已經通知日子也定了又鬧出一件絕大的故事來你道為何原來賈璉因為成了這件大事四面討好將來自己的干係也輕也還可以沾些好處就在這晚上同平兒兩個細細的說起來這小紅是會說會話的聽見了就學與玉

史湘雲總笑着不肯說兩個粘住了告訴他外面眾丫頭們方纔知道了也很詫異湘雲笑道你們親眼看見的就是了可笑得很我倒知道什麼兩人知道他不肯洩漏天機也不再問就同惜春回去了邢惜春回去只隱起自己的册子便請探春李與寶釵商議告訴賈政王夫人大家聚在一塊商議起來連善鳳也跟着聽且說良玉夫婦清晨起來不敢心黛玉夫妻二人同過去望他見闊了門隔着門哄又聽見傳出黛玉的說話說闊住了只走那邊良玉就慌了恐怕黛玉生了氣仍舊要撤過去要從府門裏走過去又碍着新親未曾回門就埋怨喜鸞起宋喜鸞知道他子妹好又是自己起意辭了姑娘也只得笑笑

338

的說道已給我姑娘不惱喜鸞就想出一個主意叫人去說奶奶身子不好將緊快快的請大姑娘過來黛玉聽了不好意思只得開了門要過去這良玉夫婦連忙過來道了千不是萬不是的央及他喜鸞也笑着道姑娘只容我這一遭兒我也很知道了你哥哥很抱怨我呢黛玉倒也過不去便道嫂子要報個響哥哥要奉個命也容易犯不着這麼頑兒而今說開了誰還記着就不是了大家又坐下來說了一會子方散這良玉細細的察看黛玉顏色十分憔悴一則怕他乏了二則怕他存着心便悄悄的叫墨琴去央紫鵑過來細細的盤問那紫鵑本來情着寶玉又見黛玉的心這會子活動轉來就便從頭至尾連

第十二回　九

339

册子上的話一一的說出來喜鸞也要成了這個親也帮着說林良玉聽了如夢方醒便說道就便親上做親也好只是碍着薛氏表嫂的次序兒怎麼好紫鵑也便回來告知晴雯晴雯卻便告知平兒大家歡喜卻說賈政與王夫人商議定了便與賈璉商量這賈璉已不得立時間成了就請曹雪芹過去致意隔一日曹雪芹回來將良玉因寶釵的次序難定故此遲疑的緣故說了賈政道這個我也慮到曹雪芹去了賈璉上來問知媳婦賈璉說撮掇道這也容易姪兒問來知道二弟婦賢惠二弟婦也和林表妹從小兒說得來依姪兒的愚見且瞞了裏頭不過請老爺先斗二弟婦說一句一時間且從些權兒日後妯娌

340

排行有什麼過不去的二弟婦那麼樣大方賢德豈有不順着的賈政一時間沒法兒也依了就悄悄的請了寶釵出來妝妝轉轉的告訴他說道寶玉這個葷障若不是這麼樣原也沒命兒也替你怎麼樣一會子從個權宜且哄過了這個關兒將來娰妹相稱依然序齒寶釵雖則大方到這個名分上也就沉吟起來賈璉就打一恭道老爺也是沒奈何圓全的法兒弟婦沒存不俟的寶釵也只得還了一禮賈政道很好我原要陪個禮兒你且替着我但是婆婆前姑妹前且慢慢的提着寶釵沒法兒只得勉强的道但憑老爺做主便了賈政賈璉大喜就安慰了寶釵一番寶釵也沒言語想起老爺只遠着璉二爺豈肯主

第十二回　十

341

同我們一樣的人兒只是真人他果真成了也未可定的只是這個天派的他那麼好派的我這麼苦又想頭上這箇天從古來英雄豪傑都是跳不過的怎麼樣諸葛孔明要想吞吳滅魏到了秋風五丈原也就不能動手又是岳王爺一心恢復到十二道金牌催轉只好回馬轉來我而今竟被寶玉這個冤家細縛定了死也由他活也由他他要我怎樣天也順着他怎樣擺佈得我好苦我那世裏就一刀的割斷了他想到此處不覺的故聲大哭起來哭得個淚人兒似的嚇的紫鵑晴雯睡夢裏驚醒起到房中只怪他無緣無故的睡着為什麼坐了出來就酕醄醉了而今醒轉來也犯不着僞到這樣

334

實在的古怪性兒一毫也摸不着再三的勸他喜喜歡歡的為什麼有話說不出黛玉也就恨了良玉夫婦就說闖了這邊通不許一個人進來天明了快快的開過瀟湘館請四姑娘過來這兩個那敢拗他且說惜春是夜在攏翠菴裏做了一夢與黛玉一般無二心裏着實驚疑連忙起來打坐功夫兒也全丟了再三靜坐一毫沒有影兒也嚇慌了拉起史湘雲問他湘雲着實的笑了一笑說道告訴你入了夢了通不中用的了惜春打諒他用話兒唔着他就道你猜猜到底什麼夢湘雲笑道這又奇了你做你的夢雖又知道來不過黃氏上天便是了這惜春就駭極了走過來拉住他說道好姐姐你真是個仙人兒你己

第十二回

七

335

鯉知道了要告訴我湘雲笑道好笑我不過隨口混謅知道什麼你要知道問你一路上同走的人去惜春還要問湘雲就用手推開他道鴇也不干我的事不要鬧我要睡呢咳惜春還跟着的要問湘雲就上了床不知其真果假叫呼叫呼的睡着惜春也没法只等天明就帶了入畫到瀟湘館來正要叩門裏面紫鵑已開出來迎面看見彼此暗暗稱奇就同了過去一直進去只見黛玉哭得什麼似的惜春又道奇了當下惜春黛玉而個闖了門大家說起來竟是一樣的彼此賑了一跳就使一遍一個大家將冊子上的畫兒詞兒背出來黛玉先背了湘雲一惱就說道這雲兒是不用說了總要成的了惜春就將湘雲曉

336

間的話說一遍黛玉益發出神道這樣看他是己經成的了隨撥惜春背黛玉黛玉背惜春輪流着直背到香菱大家詫異原來人生世間凡百事總跳不出一個天到了天意轉來這人心就不由的不順了況且惜春也合寶玉好就慢慢的替寶玉數說起來又將寶玉現在臨危前日也過着老太太回轉的話說了黛玉總不言語只嘆口氣黛玉也替惜春解說冊子及夢兒裏與元春換冠帶之事惜春也嘆氣這兩個便密密切切的講一會子又嘆氣又掉淚外面丫頭們通猜不出什麼緣故來也笑他們着了迷似的一會子又要請起史大姑娘來也將史湘雲請來了黛玉惜春直把簡文湘雲敎得了不得儘着盤問他

第十二回

八

337

欽了謝恩畢便有侍班的仙女將賈母的鳳冠遞與黛玉帶了
將元春的鳳冠遞與惜春帶了衣服也摸過就扶他兩個下惜
這黛玉帶上這頂冠兒不知怎樣的疼得覺去又再三的去不
下惜春也這麼著黛玉一會子疼的受不得就哭起來慌得紫
鵑暗雯連忙起進去呌醒他黛玉醒轉來原來是一場大夢渾
身上汗淋淋的黛玉咄咄詫異連忙喝了茶起來用了水漱上
席子就說道這新奶奶了不得連大爺也做一路兒灌得我好
你們也木頭似的通不過來紫鵑晴雯笑道姑娘還說呎大爺
鬪着門不許我們來呎黛玉道宣有此理咋晚誰服伺我睡的
紫鵑怕說出喜鸞代脫衣越發要生氣只得說道大爺大奶奶

330

親目送過來是我們兩個人服侍的黛玉定了一會神說道是
幾鐘來上什麼時辰了晴雯就說道亥末子初了黛玉道不好
了幾乎誤了你們出去罷只留下燈兒紫鵑晴雯重新淨了帳
子候黛玉上了床就出去了黛玉便怠急的打起坐來原來黛
玉近來打坐工夫十分靜細久己通了兩關單單的第三關難
得過去只通了這關就使醒翻灌頂滴露成胎所以黛玉十分
要緊不期這一夜一樣的收攝心神靜靜的打坐那運的氣不
知怎樣的就一關兒也不能過去再則心裏不知怎麼樣橫七
竪八總扁起賓玉來黛玉慌了急忙的拿住這個心再不許胡
思亂想手指兒又恨恨的掐着重新靜坐起來又不知怎樣的

第十二回　五　331

倒反連賓玉小兒頑耍害病時瘋顛的形狀一直的攢上心來
又像賓玉也來了站在帳門外叫林妹妹林妹妹直鬧到四更
那運氣的工夫還怎樣着手黛玉恨極了即便下床來剔亮了
燈獨自坐下將前半夜的夢遞一遞二的想起來期明日與
賓玉的姻緣粘住了分折不開若說是個幻夢呢那裏有這般
清楚又有惜春同眾人的圖兒詩句又興賈母替換着戴這個
冠兒遠麼看起來像是惜春將來也要繼元春的一席可憐兒
的我己鯉跳出紅塵死心塌地的認清了路兒走怎麼天就派
定了我只有湘雲的福分大真個要遞他的意兒賓玉這個寃
家真正是前世孽障活活的要拖我下這個苦海好恨好恨原

332

來天也這樣定了人做什麼人定要跟着的依了他行也可恨
的很我半年上用的苦功怎麼一會子就丟完了連一關兒通
過不去的黛玉心裏越想越苦淚珠兒直滾下來又想道元呢
原是拗不過的我而今只有一死天也不能奈何我黛玉氣傷
了心立起來要尋刀子忽又立住道也不好我若死了到還被
人家說是為賓玉死的誰還替我分辨左想不是右想不是重
新坐下來百分的惡毒又想這個夢那裏有這樣清楚那些圖
兒詞兒黙也黙得出不要四妹妹真個的同做這個夢明日且
問問他他若果真的也是這樣這還有什麼說的又想史湘雲
的一路言語多像個未卜先知的怎麼樣他已經成了看他也

第十二回　六　333

前金碧珠珊顯出一座璇瑤宮闕就有兩個袍色的垂髮仙女引他進去一層一層的玉階金殿走過了好些路兒過著出進的仙姬也就不少黛玉惜春兩個人彼此攬著手跟著這仙女前走不時間就到了一處中有碧玉色高樹兩章亮得水晶似的樹底下通有些翡翠鳥兒在那裏翻飛上下上了玉階到了偏殿後那仙女便打開一座白玉雕花嵌珊瑚的櫥兒櫥裏面放著許多冊子一個仙女便拿了一冊給黛玉惜春熙看那黛玉惜春接過來就看只見這冊面上明明白白的寫著金陵十二釵五個大字翻過第一頁是一派水霞片雲黛玉就猜是史湘雲後有幾行字運句的分開寫著道

亦凡亦聖　混俗和光　潔淨如天高月朗　變化如雲湯波揚　一朝笙樂上瑤京　鶴背仙風星路冷

黛玉看過了惜春說往後再看便畫著一幅美人像王妃的一樣妝束也有字在後頭寫的是

著意留春留得住　春事將闌　又發珊瑚樹　鳳藻訪嬋娟　黃衣工九天　恩深求合德　吉慶衍瓜瓞　日月有回光　榮宮久久長

黛玉與惜春彼此驚駭疑是惜春急往下看就便是兩邊樹林交柯接葉中間懸一顆翡翠玉印印上掛著個金魚兒惜春說道這不是你是誰後面寫的是

第十二回

月缺重圓　響將恩報　死死生生　喜歡煩惱　敲厭未盡塵緣重　不合春元合春仲　壽山福海快施為　不配清修配指揮

再看下去便是一天的雪花橫著一枝金蓉兒後面也一樣的寫著道

言智不爭人先　福慧不居人後　汪汪似千頃之波　獨享期頤上壽　鸞翔鳳語起回文　一百年間兩太君

約著像是寶釵再往後看便是一枝李花一柄紈扇又是一幅鸞一幅鳳後面詞兒通吉利又一幅畫著一輪明月一朵彩雲疑心是晴雯看他的字卻是

霽月重生　彩雲耀景　靈光不散　合鏡完盟　魑魅魍魎盡潛形　兩世恩仇都散盡

黛玉惜春看了十分的驚奇再看下去一幅上畫一盆紫鵑花一幅上畫一個黃鶯兒又一幅畫了各色名花傍邊立一個美人兒在那裏探望末了一幅卻是一個香爐下面畫一簇芰花詞語兒也通好那黛玉惜春還要望下看卻被那個仙女奪了去仍舊收入櫥內又只有兩三個仙女采傳引著他兩人走去曲檻迴廊走到丹墀之下只聽得金鐘響亮傳宣賈仲扎林太君上殿兩人就上殿俯伏只見珠簾高捲坐著元妃賈母也鳳冠霞帔的坐在傍邊聽見哭了兩蓋玉涙下來黛玉惜春就跪

第十二回

吳儘著醉大姑娘也喝他也要陪著醉再則往後便不許妝啞
子了再妝著我真個的再同大姑娘灌醉他翠琴瑟就說去了喜
鸞也笑著點點頭林良玉真個往北窗撥梧桐芭蕉的院內擺
著些建蘭珠蘭茉莉夜香花兒支起藤林竹簫拉他姑嫂兩個
着實的喝起酒來也叫小丫頭子帶著洋琴拉子琵琶鼓板唱
個新雅的消暑曲兒這黛玉的酒量本來有限又過著了他們
暗算不覺的酩酊大醉就使坐不住立不住腳底下寓起字兒
來良玉夫嬌連忙扶他回去這黛玉就倒頭睡下誰知黛玉因
這一醉就醉出一件天大的事情出來要知端的如何且聽下
回分解

322

後紅樓夢

第十二回

觀冊府示夢賈元妃　議詩封託夢史太母

話說黛玉被良玉夫婦灌醉了喜鸞因要報仇也笑嘻嘻的扶
他到絳雲軒去同了紫鵑晴雯替他寬了衣扶他上床喜鸞還
笑著替他下了帳鈎放了壓帳告訴晴雯說大姑娘今日很醉
了停會子醒轉來定要喝茶不要給他涼茶喝我那裏辦著醒
酒的茶膏湯就叫人送來由他在銀碗內溫著等他帶溫的喝
便不怕停冷了晴雯卻便答應喜鸞良玉就含著笑去了這裏
晴雯紫鵑都笑道怪不得大爺天開了我們怕我們做手勢狀

第十二回　　一

323

線你看姑娘醉得這麼著我們伏侍了一輩子頭一回看見晴
雯笑道你懂宏紫鵑笑道有什麼不懂不過喜姑娘要報個仇
兒晴雯也點頭笑著紫鵑笑道這也不算得報仇呢咱們姑娘
醉便醉了乾乾淨淨的一個人睡著怕什麼晴雯笑道好姐姐
你要記清了你將來不乾淨的時候卻不要被人哄醉了怎的
紫鵑趕過來一氣的將晴雯接倒在涼榻上一面呵著手格支
他一面笑罵他道我要把你這狐狸妖精似的嘴通撕了晴雯
笑得受不得便道好姐姐饒了我罷再不敢了就起來憑你
打罷紫鵑鬧的自己的頭髮要散下來也就將晴雯放了晴雯
坐起來還端吁吁的說道紫鵑姐姐人家頑一句就嗔急得這

324

樣你看我這個汗還了得今日的浴湯兒白洗了紫鵑定定神
也取笑他道晴雯妹妹你呢原也乾淨只怕惹的人家褓袊上
不乾淨些將來藏著這褓袊子不知還做什麼甲只怕清醒白
醒的不乾淨呢晴雯也怎得什麼似的要來鬧他被紫鵑晴雯
的夾及詩鏡正說著那邊送了茶膏湯壺兒來這裏紫鵑晴雯
恐怕黛玉醒轉來要喝茶大家上了床帶醒的睡下卻說黛玉
大醉回來到了自己床上一意人事不知只覺得這個身子非
雲非霧飄縹蕩蕩的如在空裏頭回頭一看同了一位姑娘坐
在一輛繡車內仔細將這同車的人一瞧原來就是惜春正要
說話就下了車一同的上路走只見祥光湧現瑞露縹揚當面

第十二回　　二

325

氣息兒微細渾身溫溫的手腳也軟開什麼慢慢的爐着參下去王太醫也在外間看着參罐也說道通要悄悄的再定定神灌着參下去眾人就寂然無聲連腳步兒都不响偏這一晚月亮明得狠不知那裏一個老禍回去得遞子呀呀的叫過去眾人只暗暗的罵那林家的笙歌鼓樂之聲一晚上直到夜深了還不範原來林良玉迎了新人進去交拜坐床已畢便請黛玉悟了自己出去喝了曹雪芹白魯駟姜景星等看了半夜戲這黛玉十分快樂又愛喜鸞又聲哥哥做主千方百計的自己不欽罩把喜鸞灌得個二十分的醉自己十分的頑同着紫鵑晴雯悄悄的遷開了他的丫頭墨琴筍齊竟服事他睡下自

318

第十一回

已一面暗笑着回去一面叫人去請哥哥林良玉還不肯進去轉是眾人催他進去外面眾人喝着酒看着戲足足的鬧了一夜原來王夫人聽得寶玉病上恐怕喜事中間有人說什麼日裏就叫柳嫂子去瀟湘館叫老婆子小丫頭一組過去關了瀟湘館鎖上角門故此寶玉這樣通不知一點信兒這正是

> 東院笙歌西院哭　南宮歡喜北宮愁

王夫人等守到三更時分只見寶玉的面上紅氣兒漸淡了顏色也呆呆的黃起來倒覺得喉間有些响連忙灌湯也受了些湯漸漸的回過氣來噯了一聲王太醫知是回光返照意說道這到不好快將這參膏子爐着趕下去隨即灌下些寶玉張開

319

眼來道太太呢太太王夫人摸着手含着淚道我的兒我在你身邊呢寶玉瞅了一瞅流下淚來道太太你回老太太白疼了我了探春再要上前灌參猛聽見寶玉呼道黛玉你好說到好字便住了渾身就發起冷來真慌得王太醫只有在外間屋裏跌腳王夫人等倒反哭不出來忽然寶釵扎了一交連忙扶他起來寶釵說道奇的狠明明白日見老太太顫巍巍的走上去我就扎倒了王夫人寶釵再看寶玉時面也不很青氣基兒也有汗也住了身上還只溫溫的王夫人便叫悄悄的快快供起老太太香案來這寶玉半元半活的鬧了幾天那邊良玉家裏卻熱鬧的狠天天戲酒還鬧不清這林良玉完姻之後得

320

第十一回

意自不必說卻怪喜鸞總不交一言直像啞子一般過着良玉轉身時卻又嬌聲細語千伶百俐的這良玉心裏不解不知什麼上得罪了新夫人就問黛玉黛玉也和嫂好的狠單單不知道這個良玉便悄悄的叫了翠琴問他翠琴就說出來道奶奶只怪老爺頭一天故意的出去了叫天姑娘陪着又叫大姑娘千方百計的將奶奶灌醉了心裏為這個恨得緊說要和老爺講話只要老爺將大姑娘也醉得這麼着一番心裏就不記恨了良玉笑道原來這樣這是大姑娘頑人家我並沒有支使他奶奶果真要這樣也容易只是我原喝的酒大姑娘氣體兒弱些喝不多喝多了怕不翰服咱們今日就趕晚涼喝一會兒只

321

這喜鸞喜鳳兩個守住在房裏多時了到了這日王夫人也兒
不得同了李紈衆伴伴他看着各件隨身物事恰好寶玉這日
清楚了些喝了些稀粥大家也放心連寶釵也兩邊的往來這
遶寶玉正在床上問着隱隱的聽見哭泣之聲便叫雪雁不管
誰拉了他來可可這雪雁又是沒寢的招着去見是傻大姐就
拉了來寶玉見是他倒歡喜就叫雪雁也走開問他道誰又難
為你這傻大姐就傻頭傻臘的嘴着涙道璉二爺打我寶玉道
為什麽傻大姐道他說從前寶二爺娶寶二奶奶時是你告訴
林姑娘如今林姑娘已撒到林家丟了你再不要乱說説着就
打我一下子這雪雁聽了就連忙進來將傻大姐拉了出去悄

314

悄的道璉二爺叫你沒說你偏又說了你再說要命傻大姐嚇
的走了這寶玉不聽見猶可一聽見黛玉已經搬到林家去悅
悅的耳朵邊鬼也似的有人說道合着姜景星姜景星了就肝
胆裏一路火冒將上來一聲咳又吐了一口紅面上火也似的
只管悠悠的喘着慌的鶯兒麝月雪雁等趕到上頭去告訴這
裏王夫人寶釵李紈探春惜春平兒薛姨媽就一總的趕過來
只見寶玉的眼睛兒不住的往上翻腳底下漸漸的冷上來一
家子那裏還管什麽忌諱都就哭起來寶政也慌着手腳忙趕
太醫王太醫趕進來摸了脚脉盧着搖頭叫且將獨參湯灌着
罷這裏正乱着外面吹吹打打林良玉要進府奠雁直把個賈

第十一回　十三

315

政賈璉急得乱跳上邊喜鸞房裏一個正經人兒通没有倒是
平兒有主見拉了香菱過來照應着李紈也兩邊走走也叫蘭
哥兒你照着太爺二爺你且往前進些蘭哥兒連忙告訴寶釵
賈蓉賈蘭也知道大家張羅着這寶玉的光景越看越不好王
夫人就哭起没福的兒刻心的兒寶釵也哭得要死去了還是
探春抹着眼涙擎着茶杯灣辨身將參湯去灌一面向王夫人
寶釵道正要靜着些定他的神再不要哭着閙着正在那裏勸
阻那晚得府前震天的響了三炮閙了鳳凰叫似的府門林良
玉就擺着兩廣總督兩淮運司及目己的翰林儀從掌號打鼓
嗚鑼閙道粗樂細樂一擁的閙進來王夫人住了哭跌脚道罷

316

上來回道還要等個時辰兒賈府裏越發不耐煩這寶玉定了
一會神倒受了些參湯正要打算再灌忽然間故着六個大炮
大吹大打的彩輿迎了喜鸞出門這寶玉像跳一跳似的氣也
不端緊開了關參湯也不受了這王夫人寶釵等就放聲大哭
起來賈政也知道不中用了只送了衆人出獨目一人坐在外
書房內捍涙嘆氣賈璉將外面林家的事支使開了飛鼠的趕
進來見哭得震天動地的也不管便走上去渾身上下摸一摸
立刻回轉身來挫着手道没隔没閙衆人住了哭賈建道雖則

第十一回　高

317

時候沒到呢良玉也懂得就道好妹妹不要賍攔了黛玉就正色的說道怎麼樣改得話兒憑什麼說話通改得的了良玉懂得不提姜字的一句就打恭夾及道好妹妹我而今呼你做哥哥你這女哥哥的言語誰敢不依我若再叫你改別的話兒憑你打就是黛玉瑩的一笑道我也沒見做妹子的好打哥哥只要哥哥明白了我的心就是了這良玉就大喜忙叫人來搬黛玉道我只住絳霞軒就便嫂嫂過來了也不挪到上房去我愛這幾竿竹子兒常要來照照他良玉道這麼樣我也移到絳霞軒黛玉道煩也煩極了要那麼着我就不過去良玉道是的了是的了你搬我不搬通依着王元快快的就搬王元答應了便

叫人搬黛玉又說上頭這幾天因寶哥哥病得很也狠煩我也嬾得去你替我悄悄的回一回良玉道交給我我就穿出去回過來接你說完了良玉就去了黛玉又叫晴雯道晴雯你怎樣的紫鵑就拿話兒取笑他唔嘻的笑道他是騎兩頭馬兒的急得晴雯要撕他的嘴便道你便是會騎馬的關什麼皇帝身邊只許有一個官兒姑娘要撐我也等姑娘我剝你什麼分兒的紫鵑便笑道討人嫌的人家頑了你一句你就說上這些話兒怪不得襲人嫌你你要走就便姑娘肯我也不肯我替你收拾去把簡黛玉笑的了不得說道晴雯我是不肯救你的呢晴雯又怎起來道姑娘也跟着鬧只護了紫鵑莫說姑娘

不枚我就儍着也不走這黛玉知道他性格兒那裏肯再拾他的話兒出來便道好妹妹真個的捨不得我敢則好這裏就從從容容的搬良玉也就過來歡天喜地的接去了到了這個吉期可可的天也熱得很草不過早晚上陰涼空到了午間也同南邊差不多兒上面儘着救下簾子擺着涼冰外邊這些辦事的統跪得汗淋淋的手巾兒儘着抹不迭還是林家的規矩這正日子通不請客就道賀也在明日還覺得清淨些只賈府上會齊了本家祭祖先倒也狠煩還嬌李紈探春有主意固為賈王這個病關得趣出了就在宗祠內擺祭也在那裏吃飯也略覺得清淨些這裏善鬱已經髃了人好些時兒想起範了這樣富貴

雙全的人才心裏也快活想起父母不見也就悽惶又是婚親的妹妹還沒有人家難道還要累着這邊的父母只好自己過門後好好的成全他只不要嫁遠了還留一點同胞姊妹時常往來知心著意的喜鳳也想道一樣的沒爹沒媽兩個同胞姊妹兒姊姊而今己這樣了誰想還跟上他只是我這個人便怎麼樣現今太太待我比著親生女兒也差不多只是這府裏的事情也難了怎麼還顧得到我身上倒是我們姊妹情分兒很好只要我這個姊姊念着同胞的情照顧着我就好只是我一個女孩兒家姊姊如想不到我怎麼好說原來他們兩個同胞姊妹一房一舖的又那樣好也就有彼此說不出的話兒

這個孫媳婦兒算什麼你老祖宗偏選中了那麼樣疼我教訓
我要了我過來我那世界與你有緣疼到這麼個分兒而今寶
玉病到這麼個分上我知你老祖宗有靈在陰空裏照見了心裏頭
也不知怎樣的疼呢你老祖宗有靈有感的送林姑娘回轉來
交給他賢著寶玉興旺這兩府這雖不知道我只求你老祖宗
快快的陰空保佑圓全了這件事情寶玉也好了你老祖宗心
圓全了這寶釵一個人天天禱告自然志誠通神了有一天值
王夫人趕早過來在院了裏過着了悄悄的在背後聽見禁不
住流淚傷感也跪下去差不多的禱告起來這邊探春一心辦

喜鸞出閣之事不便問喜鸞就問喜鸞有兩邊的話兒也來問
問黛玉兩親家的事時刻見面商量倒也十分妥當賈璉有了
銀子事情上也狠支得開了外面各鋪戶見賈府又有整平的
兒出來料想是元妃娘賞下來的銀子還多賺也肯上了這
榮國府依舊熱鬧起來連那府裏也容易拉扯那賈苦賈許仍
想埃身進來討些小差沾些汁水賈璉想起巧姐兒的苦楚只
要擺佈了他們心繞突然卻碍着項了一個賈字如何還理他
又想起這些人多是鳳姐兒引進不料自作自受害了親生的
巧姐兒若不是劉老老平兒兩人這還了得所以連賈環也恨
起來如何見了他們不慌隨即喝開了這賈苦賈許又去求親

大也被賴大數說了好些大家想一想原來銀子這件東西就
是這樣的沒有他便走不開有了他就行得去不過做人兩字
全仗着這一件做去便了罪過的狠不拘親戚朋友日用生活
巴巴的全靠着他所以天下世界的人為了他連什麼都不管
了又且得狠越有越要越貪這苟完苟美之心誰也沒
國府的勢分儘着消磨儘着要支架子可憐兒的這空架子好
有偏是個沒有他的有了時也見好沒有了也過得越到這樣
難禎呢這也有一個法兒人生世上穿衣吃飯飯上面只要顧
我的肚腹衣上面題不管人的眼睛有人輕着我也這樣笑着
我載着我也這樣這便銀子的權柄輕了些了不過榮國府這

樣人家也要這樣做人學也學不上來倒好偕端譬俞如願夫
子學道一般欲罷不能甯竭吾才如有所立卓爾且說榮國府
喜鸞吉期越發逼近可可的寶玉病體益發沉重起來林黛玉
聞知狠要過去又碍了前日的說話說要等嫂子過門方纔過
去怎麼自己說的自己也改過口來卻也怕看見了寶玉有什
麼事情便吉新王元道兩邊都有事我在這裏也不便怎麼好
回回大爺自己照應些王元道卻曉得黛玉不好說話不又
敢探問就笑笑道如何照得黛玉如何照料得了又
且日子快了小的且回去這裏罪是大爺如何照得了信兒喜得了
不得立刻過來要請黛玉那便過去黛玉道我呢原要去只是

比着賈瑞恨鳳嫂子的來恨我真簡干着我什麼事倒是勞勞舅太太那麼樣待我好寶姐姐待我也不差我若在這裏看見寶玉有什麼的也怪不好意思不如打聽他出山的時候我先搬了過去倒也乾净誰還問誰來便叫紫鵑晴雯打聽寶二爺的病信這晴雯聽見有這一句話出來喜得了不得只說林姑娘從前那些光景通是做的今日聽見寶玉病得重了便就露出真心來隨即自己悄悄的走來告知寶玉誰知寶玉瘋的什麼似的只是傻笑人也認不出來這晴雯坐一會沒奈何也回來了原來晴雯却並不知寶玉心裏頭寶在的意思再說林黛玉見吉期將近心裏原想黛玉過來主張一切事情只因為姜景

302

星求親一事得罪了他心裏十分過意不去又有許多為難一則黛玉說嫂子過去縱肯過來二則姜景星現在同居恐怕黛玉疑忌總之懼怕黛玉怕他受氣生病就如傷了父母一般此此不歡接他過去却又過姜景星同着勾魯駒只管低聲下氣的探問口風良玉從前應承的那樣結實而今怎樣的玫過口來便也右吾左支的這美景星又借着良玉的吉期近了借影着說出些對面文章來吟了兩句道獨問春色劉郎不與阮郎遊又說蓬萊宮闕容聯步未許梯虹到廣寒句句是打動良玉的話頭良玉也着實的不好意思又不便再問黛玉處探問真個說不出來倒嚇了結親的事內有黛玉外有王元

第十一回　二　303

又有一班朋友相助自己樂得會同平吃戲酒自在逍遙不過閒話中間要受幾句姜景星的譏諷這良玉本來天性反愛又敬服黛玉的才業已大開了一場如何還敢在黛玉跟前提起這事只好慢慢的想個別的出路便了且說王夫人寶釵天天守着寶玉這寶玉有時糊塗有時明白明白的時候只管哭泣糊塗的時候只管傻笑也沒有什麼話告訴人就便悄悄的問他也不言語這王太醫藥吃下去也像見效也像吃疲了總說這是心界上起的總要趁他的心願儘管用藥治不得他的心兒半中間也是太醫的意思叫停了幾天到得利害着又請他過來他也蹙着眉說告禀過了左右是這幾味藥兒就儘着的

304

加減些也出進的有限倘如用了別的總不穩當這血症兒原也千奇百怪到了牽板着心肝兩經總不好治的並沒有什麼大推大扳的這裏王夫人聽了也沒有什麼法兒寶釵雖則大方見寶玉這樣光景心裏也煩只是每日裏五更天就起來點了香燭望着空裏暗暗的拜禱你道他拜禱的什麼神明却原來一心觀相只拜禱了亡過的老太太每日天色未明便跪下去禱告道我那仁厚慈悲有靈有感的老太老祖宗你在的時候這兩府裏若大若小誰不蒙着你老祖宗的福分兒你老祖宗的仁心大量兒誰也不感激呈天也知道了你在先把寶玉這個孫兒建心念命的那麼樣疼他他孝敬着你什麼來我

第十一回　八　305

到銀子上面便不管幾遍的請示只說你且照常的打個把式
兒等我慢慢開發還人家這賈璉真急得要死外面家人們便
凍着說二爺空手兒辦什麼裏面平兒又六件一件的說這是
少不得的那是要緊先辦的又開着寶玉的病不是拾算命的
就是請太醫再不然到處問個卦兒求個籤兒單只因從前馬
道婆開了鬼賈政吩咐寶玉這夢悼死也罷活也罷單不許你
們鬧鬼鬧神的其餘憑你們開着罷這王夫人便一會子叫請
璉二爺進去又一會子催着璉二爺快去快回來恨的賈璉只
跺着腳的抱怨却又是林之孝周瑞進來回話說綢緞舖通不
肯上賬了前日開下來喜姑娘用的單子雖則硬着的取了來

他這會子現在門房裏要兒這種銀子又是西客的月利兒通
說過了期一個多月了要候着二爺這賈璉就通得沒路走了
就走到前頭與賈政商議要向林良玉惜挪挪倒被賈政喝
了一句沒臉面的賈璉沒法只得走了轉來這林之孝周瑞也
沒法兒只得走出去安頓了人賈璉只得垂頭喪氣的走到自
己房內躺在坑上歪着靠枕呆呆的想平兒也款氣道我也知
道你狠難了走又走不去料不開到了這個地位誰還知
道我們的苦呢我們別得下因就別下來也肯可憐兒的弄到
這樣還存得個什麼在這裏我也千思萬想沒有法兒總要上
了草繩縊得過去今日三姑娘看不過拿二千銀米支應支應

他倒也告訴過林姑娘悄悄的瞞着上頭拿五千過來橫豎是
他們家的大事只好且使了再講賈璉就跳起來道可准廬平
兒道不准還講他做什麼賈璉就走出去一面說道也緊得狠
了既這麼着我且去的他們的一個日子平兒連忙叫住他道
你且住除了這兩路也沒別的了不要儘先不儘後的好掛的
且掛些兒這裏頭也狠怕的斷鐘呢賈璉就默默頭出去了且
說林黛玉自從寶玉碰進來發病懷笑黛玉避了他隨後閒他
死死活活一家子嚇得什麼似的黛玉便想起來道這寶玉也
實在的可笑從小時什麼光景今日已經折斷了他也是個聰
明人兒他從前也曾悟過道的雖則走了錯路回過頭來正好

幹他的佛門事兒怎麼重新又迷的這麼樣可見他這個人倒
底是個濁物了就算了為我害出這個病來鬧我怎麼事呢還
是我去招他還是他來招我的呢便真個害死了他我也沒有
什麼罪過從前鳳嫂子害的賈瑞好雖則賈瑞該死正經經
的鳳嫂子也不該同他說那些歪話兒誰見這麼樣的人家做
嫂子的好說出那樣的話兒就算巧計兒害他這也不必各人
只守得住各人便了害人家做什麼我從前同寶玉素那
麼樣的一字兒據鳳嫂子這樣存心怪不得他們說他臨死時
終究被賈瑞的魂魄拉拉扯扯不要說尤二姐了只就賈瑞的
寃脈也還他不清而今寶玉這樣就算寶玉死了賈玉也不能

紫黑色以致熱極而胃爛一經出汗就難治了晚輩總要好好疏解化做痧子這便輕下來也好得容易王夫人與賈璉著實的稱謝這汪大夫就定下方來說道請二爺送給老太醫這是佐使有些黄芪外如當歸紅花桔梗陳皮甘草藕節叫他快快的引血歸經先吃了兩劑再瞧晚輩還出城去有事改日再敘罷就出去了這裏正在疑惑王太醫就來了熟門熟路的聽見要緊就一個人同了吳新登上來賈璉慌忙的同進去看了王太醫知道驚惶連說不妨不妨可回上太太儘著放心賈璉道可要紙筆么王太醫道不用不用也便讓出來坐下王太醫道這二爺的症候呢原不輕但只要看得清楚總要在血虛肝燥

294

肝火乘肺火盛爍金自然胃了些出來大凡肝經的治法只可疏肝不可戕伐一面疏肝一面保肺就使涵養心脾而且疏統血肝藏血只可順勢疏達解散肝鬱這心肺兩經自然和養起來便提筆寫了一帖道

六脈惟肝經獨旺攢極生邪以致左寸微弱心氣衰極總因木旺不達侵剋肺金肺氣不流凝而為痰血隨氣湧法宜疏肝保肺涵養心脾擬用逍遙散參朮越鞠丸以疏肝理氣為主肝氣行後再進補劑候高明酌定

王太醫便將方兒定了出來這裏賈璉就送上去王夫人見兩個大夫意見不一益發惶氣起來賈璉就說道這王太醫在咱

第十一回　三　295

們府中從沒有錯過且將汪大夫的方兒給他瞧瞧王夫人點點頭賈璉就將汪大夫的方兒送出去這王太醫瞧一瞧嚇了一跳就便道可吃了賈璉道沒有王太醫道還好這了不得了不得他竟看做了傷寒症內胃熱的症候去了豈有此理還說道將經發斑可笑可笑了不得的笑話笑話明明的海藏上說道太凡血症皆不宜飲水惟氣則飲水你看賈二爺醒將來就要喝也只給他薏仁米飲湯少少的加些陳皮汁兒潤潤他的脾肺兩經這個方子吃一帖明日再換只不要再給他氣惱兒這王太醫也去了這裏眾人聽了這番議論見他說的針對也都定了神大家都笑起汪大夫來說幸而沒吃他的

296

方子這可還了得呢賈政卻也回來聽見寶玉又病了心裏也煩得很這個藥憚真個是前世的事麿不清的只得叫了蘭哥兒到書房裏說話去倒也不查問賈環寶環也總不敢上去這王夫人一總交與探春平兒平兒賬房的事原寫喜鸞相幫至自己喜事如何管得雖有喜鳳也替他抖抖過着些兒單是探春拿主探春也時時刻刻過寶玉那邊去忙得兩下裏顧不來又苦的物力艱難剛剛的過了端午節賈璉賬目上還文不開來先有了蘭哥兒的一番應酬接手又辦起這事賈政又是實體面的過着這林黛玉的親事總說要厚些留我的老臉兒

第十一回　四　297

了說着就立起來迎着便是鶯兒進來紫鵑先告訴他着了送這寶玉走得飛快一直的要走到賈政住的老太太房裏去爵得鶯兒玉釧兒扶住了叫道二爺醒醒兒回去歇歇罷鶯兒便同玉釧兒扶他回來將近進去鶯兒看不過就說道告惱鶯兒這不是林姑娘害的只這一句話提醒了寶玉寶玉身子就便往前一裁叫一聲很心的哇的一口血直吐出來這玉釧兒慌了手脚飛風的往上頭告訴去駭的一家子一起奔了來問的哭的僑了多少人未知寶玉性命如何且聽下回分解

後紅樓夢

第十一回

昏迷怨恨病過三春　歡喜憂驚慈逢一刻

話說寶玉迷了本性自瀟湘館回房將及進門被鶯兒提醒了一句卻便裁倒了吐了一口血出來登時昏迷不醒慌的一家子都趕了來把寶玉扶到床上去只是容昏沉沉試試他身上微微的有些汗那兒王夫人實欸只是眼淚鼻涕的李紈也慌了賈政又有公事未回賈建飛風的叫人騎着馬請王太醫去去的人一會子轉來回道王太醫出城去了小的已經叫人打着車沿路兒招去也留人在他家裏着得錯過了小的聽說大

街上到了一位廣東的名醫汪大夫脈息藥味兒通好門口也熱闹的很通說他强小的也請了來敢則先診診脈再不就打發了馬錢罷等王太醫瞧賈建心下蹭蹯王夫人使道這小子倒也活變且請上來瞧瞧誰就呢他的藥呢賈建聽了隨即出丟陪了進來內春們就廻避在裏間聽着先叫人告訴賈建不要告訴他病原讓他自己看目己說這賈建就悟着他到寶玉妹前坐下這個汪大夫倒也不問什麽接了寸關低着頭只管静静的想眾人看見他這樣光景都說這個大夫有些意思一會子又挨右手診了討個紙拓子瞧了一瞧大夫就只管的搖頭起來眾人皆呆了又捏捏他的人中兒寶玉就哼一聲大夫

道還好眾人略覺得放心些大夫站起來向賈建讓一讓道外而請賈建就跟了出來賈建忙問道老先生看得怎麽樣這汪大夫摇着頭努着嘴舌的說道二老爺這個症候也不小呢樣晚辈看來胃火熱得狠故辟脈症洪大急上升從肺裏而出於咽喉故為咳血總由胃虛不能攝血為火逼熱經在心移熱於肺切不可喝水只恐轉經火盛到第七日後還要發斑賈建及碍有救没有救汪大夫道二老爺回上老太太晚辈細細的瞧內春們道骸呆了王夫人就間着壁問道問大夫到底碍不准了怎麽没有救但請放心只是這個病來的快去的進却是性急不得如發斑錦紋者為斑紅點者為疹疹輕斑重俏他要

也忙忙的奔回來告知寶玉真把寶玉喜歡極了想道好好箇
林妹妹什麼姜景星就想天鵝肉呢怪不道前日我們的
拉拉扯扯的問你往後散再說我們的只有惜春湘雲聽
見了却知道林黛玉另有一個童思惜春就說道好個林姐姐
彰他拿得定連我從前也是那麼樣纔得自由自在可怪史湘
雲只冷笑着不言語惜春道雲姐姐你怎麼樣只管笑着難道
林姐姐還不算立得定麼湘雲笑道你不要說他只怕連你也
還立不定惜春就不然起來說道雲姐姐你還是激着我還是
料定我湘雲笑道只怕料着些兒惜春道你左右是胡鬧便了
湘雲道胡鬧什麼正正經經的我講給你聽大凡人要正待說

第十回　十　285

下去寶玉碰了進來原來寶玉聽見了林黛玉拒絕姜景星只
疑心林黛玉回心問着他前日的真落他一番也是黛玉從前
的脾氣只要說明了依舊回心因此又想去見見他剖剖心事
却恐湘雲惜春在那裏以此先來探探不期走到這裏聽他們
高談濶論的寶玉就叫進來道大凡人要怎麼樣湘雲惜春倒
嚇了一跳湘雲便道你且坐下來聽我講大凡人要成個仙不
但自己心上一毫牽掛也沒有也要元肯成全他天若生了這
個人定了這個人的終身人也不能拗他你看從前這些成佛
作祖的也有歷盡魔劫也有跳出榮華倒底算起來許他歷得
盡跳得過這裏頭也有個天在呢這個根基也不是一世裏的

286

綠故呢惜春道這樣看起來天定人總不能勝的了湘雲道元
也由着你做去你只將幾千幾百的善果逐漸的累上去做到
幾世上真個的你自己立了根基這便是人定勝天倒底也還
算順着元罷了你要巴巴急急的立地便想怎麼樣你知你前
生是怎麼樣的人兒這不是初世為人就想上天處寶玉想起
自己從前走錯了路也點點頭心裏嘆服惜春道這麼說你自
己的根基便怎麼樣那史湘雲已經悟道豈肯說破便道我便
怎麼樣不過有些因兒一世一世的做去等個時候便个你們
而今靜靜心也好落得百病消除呢只是一個人的心自己如
看得不清那就要着魔了惜春也笑道可笑雲姐姐你還不知

第十回　上　287

逞我的心我恨不得別出來你瞧瞧我只自己認清白了那便
着魔不妨寶玉聽到剖心一句登時迷亂起來面色雪白身子
就恍恍蕩蕩的送了本性就立起身來向瀟湘館走脚
步兒也健比往常時快了許多一走進去黛玉晴雯看見他瘋
瘋傻傻眼光一直的呆得很叫他也不答應就一直的走進黛
玉房裏來看見黛玉坐在那裏也不站起來他就對面坐下嘻
嘻的笑着黛玉正沒理會處寶玉却傻笑着說道林姑娘我為
你想的病了說完只瞅着黛玉嘻嘻的笑黛玉也知道他瘋了
就掉過頭走往林宅去了睛雯就走上前拍拍寶玉道二爺回
去歇歇罷寶玉便點點頭笑道可不是這就是我回去的時候

288

興良玉同學同年自幼交好五則這麼樣也對得過如海先將真個沒的駁回他末後一轉念間想出一個主意來想着外甥女兒從小與寶玉過得好雖沒有什麼別的看他們過去的這些情節也分析不開不如叫良玉問他他若真個肯也沒法了難道果真的黛玉定了別的親事就活不成了便沉吟了一會說道這姜殿撰呢原奸但則外甥女兒的性情你也知道雖則女孩兒跟前不便明說也要影影的討個信兒我們再定見那林良玉只認定了寶玉單是個鄭重的意思就答應了一個是便卽依了賈政言語到瀟湘館來探他黛玉正供着一炷心建蘭在那裏細細的看着道書良玉進去便坐下

第十四

八

的道妹妹儘着看這個做什麼黛玉笑道哥哥你詞林的學問這個上你還沒懂呢良玉也笑道我還同你商議嫂子的事麼黛玉也笑道這個自然人的路兒父子兄弟不相顧的良玉見他話裏有弟呢自然比不得父子不過爹媽過去了為兄的兒黛玉見他說話兒針對着就便道哥哥無書不讀可還記得一句匹夫不可奪志麼良玉笑道志原不是好麼只要這個志定得明白黛玉道一個人立得定自己的身子就是明日了良玉又笑道依你這樣說起來從古的女聖賢通是立刻到雲端若身說什麼梁鴻孟業的大凡一個人只要鳳根福澤選擇的

好我看人中龍虎天下英雄莫如姜殿元了黛玉聽見了就眼圈兒通紅拿起剪子來說道哥哥你真個通着我我就絞掉了頭髮便了急得良玉連忙跪住黛玉要摩頭不肯放說我不絞掉了你總還着我晴雯起光見良玉的言語知道替姜家求親心裏就很怪他從來聽見黛玉的光景就側着耳殺衆聽見他要動剪子心裏就想道好個林姑娘不負了寶玉就跑進來死命的奪那剪子等到紫鵑起進來剪子早被晴雯奪去了黛玉就哭起來爹媽來嚇得他哥哥打恭下跪定不是右不是的勸了好些時候黛玉從新發拾起剪子來嚇得良玉千拾萬起從今以後遇你做主再不提

第十四

九

趁一個姜字又閙了好些時方總勸住黛玉使歪在床上良玉也快快的不回賈政且過那邊來見了白魯嗣只支吾着這邊晴雯自從嫻散之後一直的嫻散下來黛玉也知道他兩地不大使喚他今日見黛玉這個樣子只道一心拒絕起姜生專向寶玉的意思就平二分的殷勤伺候比着紫鵑遇親近些誰知黛玉心裏一切埽除了黛玉也看透了晴雯的心裏也可惜他為寶玉的實心也暗暗的冷笑晴雯又叫了麝月來是一是二的告訴他可可玉到兒也送物事來碰在一處就大家選了一遍玉到兒就去告知王夫人王夫人與李紈寶釵等昝晚得了王夫人使告知賈政賈政點點頭正合了他的意兒麝月

她不能說出他的喜歡來，寶玉就走近黛玉的身邊，等得黛玉回轉來正面見他的時候，剛剛說了「林妹妹你身子」六個字，不料黛玉就柳眉斜起，星眼含嗔，把粉杏嬌容一霎時紅雲遮起，回轉身向房裏便走。寶玉正要跟進來，撲的一聲兩扇門就關上了。寶玉正想在門外辯幾句，只聽見黛玉叫著紫鵑道：「紫鵑，你們憑什麼人由他碰進來，要這麼着這個地方真個的住不得了。」說着就趕緊走到裏間去了。這寶玉悶也悶死，氣也氣死，幾乎跌下去，虧得晴雯看寶的可憐，連忙扶住了他。隨來的鶯兒麝月就扶了他回去。寶玉回到房裏呆了半晌，纔哭得出來，想起夢中光景，越想越是的了。寶釵問知緣故，倒也放心讓他

第十回

六

277

去碰過釘子，便好死心塌地的回心，倒也不放在心上，不過黛玉把寶玉這麼樣棄落，寶玉也該明白過來，還連着做什麼？却原來痴心男子貞心女，從古就有的，這女的盡着心變，男的還盡着迷，多少絕世聰明，到這裏就看不破，所以寶玉經此一番，不但不開去，益發的出神起來。這邊黛玉見了寶玉，心裏頭不但不可憐兒他，倒反着寶的生氣，連晚膳通不用，就上了牀。原來黛玉自從與史湘雲談道之後，心裏恍然透明，是性本快，天分又高，且裏頭雖則分撥些底路，到了人靜時候，便靜靜的打坐，做起工夫來，已經呼吸調和，通過兩關，只一關未過。這一個的消息也漸漸的近將起來，不期到了這夜，打起坐來，到第

278

一關就過不去了，左不是右不是的，心裏十分着意，因悟起來道：「這件事全要心如止水，雲淨氛空，水輪自過，怎麼見了寶玉就惱怒起來？往後就是一百個寶玉到來，也一毫不可動念。」因此上先自觀心一回，將心地上打埽的潔潔淨淨，徐徐的再運氣往來，這第二關就輕輕過了，差不多第三關也就有些意思起來，心裏十分舒暢不說。黛玉寶玉兩下裏雲泥各別，苦樂不同。且說林良玉、姜景星、賈蘭努力功名，又有曹雪芹、白尋駒切磋之益漸漸的，殿試朝考已畢，反倒引見過了，一甲一名狀元便是姜景星，一甲三名探花便是林良玉，賈蘭也用了庶常吉士，說不盡兩邊府裏的合家歡喜，也各受賀答謝，喧天似的煩

第十回

七

279

過了好些時兒，那姜景星授職修撰，已後就託了曾白二位向林良玉去求黛玉的親事。曹雪芹因與寶玉至交，素常來往無言不盡，知他的隱情，便不肯作伐。那白尋駒是南方來的，那裏知道，就替他將致了良玉。良玉本來心裏頭拿定了將黛玉許配景星，又是個狀元，花燭就客友上做個至親，也趁了心，也對得過父母，便一口應承，只等回過了賈政出帖即便過來告知賈政，說等舅舅知道了再告訴南安郡王。這賈政聽見就十分的為難了，逐層想起來，一時通都回不出：一則林如海的夫婦雙亡，原憑良玉做主；二則南安郡王也要學些主見；三則寶玉已曾娶過姜景星，又是結髮姻緣；再則俗見尚慕新的狀元；四則

280

是我們哥哥做的主不干我事寶玉哭道好妹妹這是什麼事由你哥哥做主呢黛玉笑道你而今守着你的寶姐姐就是了寶玉哭道我往後總與寶姐姐不見面不言語黛玉笑道不中用了我做了姜家的人終究要去的了寶玉哭道你就到姜家去我做奴才也情愿也要跟你去總要妹妹做主這黛玉就總不言語寶玉拉了黛玉的衣哭道林妹妹你向來是和我最好的又最疼我的到了緊急時候怎麼全不管不顧說而今你只看從小相處的分兒也該顧戀些只聽見黛玉說道紫鵑你過來送寶二爺出去歇歇我正要上轎倒被他鬧乏了寶玉情知不是路了不如剜出心來便一手拿着刀要剜出自己的心來

第十四　四

273

只見黛玉笑道你道我真個的到姜家去我而今已經是沒心的了管你什麼心來說一會子把粧飾卻去了寶玉道真個的你也瞧瞧我的心就一手伸進去剜出一個心來黛玉只冷笑着掉轉頭去走開了寶玉自己只血淋淋的站着疼又疼的很就放聲大哭起來忽聽見鶯兒麝月呌道二爺二爺怎麼魘住了快醒醒兒罷寶玉一翻身原來是一場惡夢冷汗渾身心裏還像剜過似的十分的疼的繡枕上肩下早濕透了冰冷似的見寶釵尚未回來回想起姜景星果然有因現今又中了高魁怕良玉不是這麼着尚然林妹妹真個的姜家去了我這做過和尚的還在家裏做什麼又想起夢中情景黛玉那麼樣不瞅

274

不睬當真這樣我還要活着做甚一時間痛定重思神魂俱亂又咽咽的哭了一回又想起黛玉夢中的光景原也卻了粧飾不肯上轎去只怕真個的被姜家時定了這林妹妹自己拿得定一心的惦記着我也還翻得轉來只是又說而今是沒心的了這又怎麼解又想常時說夢兒反詳夢紅窗白夢死得生果真反詳起來林妹妹又是個有心的真個的不到姜家去了這也不好林妹妹從面說不去倘如此反詳起來又是真個的要去了正在哽咽尋思驚兒已請了寶釵回來這寶玉聽見寶釵回來就翻轉身朝着裏牀妝做睡着了你道為何只為夢裏頭許了黛玉從今以後與寶釵不言語不見面故此不肯夾信寶

第十四　五

275

玉這個孩子主見痴也痴極了可笑不可笑寶玉到了第二天乏也乏極了勉強的支起來到櫳翠菴去打探仍舊的閉了回來也悶有十來天一日傍晚走到櫳翠菴打聽得二人都在菴中喜歡得很就一逕望瀟湘館來晴雯正在那裏望着一見寶玉就招招手寶玉搶前一步就走進來跨上階沿進了門檻入內只見黛玉穿着粉紫刷花的夾衫下繫蔥綠色墨繡衫勒一條金黃色三藍繡的綢汗巾兒一手在鬢側插幾朵蕙蘭花還拿一個西過天青的葫蘆式磁瓶放在茶几上拿貢子蘭花盆裏去要剪這寶玉自從夢游太虛的境上了殿階望着珠簾捲起的時候覰見了一面直到如今今日真個的龍面看見了誰

276

上車到南安郡王府裏去也不用多時就回來的你先請姜老爺同各位師爺用早飯等我回來了再同姜老爺出門王元一答應黛玉就興興頭頭的去了這裏黛玉就逐一的吩咐了王元也就過去了黛玉心裏著實歡喜一面擺了香案謝了天地拜了父母一面再傳王元過來端整見老師的禮物門己一連幾天倒也煩的很卻說賈王夫人李紈三個人見蘭哥兒連捷了十分歡喜也忙忙的應酬了一番寶釵卻為寶玉踏過這場心裏頭有些悵悵幸喜他素性大方一毫不形于詞色倒是曾雪芹眾來和她好見四個人中了三個單是寶玉病著不曾進場要想剖了林姜二人移過來伴他寂寥無奈林姜二

第十回　二　269

人再三不肯放只得常來走走無如寶玉心緒不佳長之不出來連焙茗茗煙李瑤也不見面曾雪芹因此也就不來只在那邊與他冊三位講些殿試朝考的工夫亦與白琴嗣十分契合倒也聚得快樂這寶玉聽得他們三人中了卻也並不放在心上只到父母嫂子前道了賀跟了賈政到宗祠內拈了香仍舊悶悶的坐在房內也不時到王夫人處走走與探春及喜鸞間誤探春也幫著喜鸞平兒料理賬房的事務寶玉無情無緒的要便往櫳翠菴內打探湘雲惜春是否的在瀟湘館誰知他兩個一天倒有十個時辰在那邊要便住在那裏寶玉心裏益發頌得受不得去了幾遍仍舊回來這一晚王夫人因喜鸞的吉

270

期將近叫探春約了李紈寶釵上去商議寶玉一個人就冷清清的獨自睡了在枕上翻來覆去看著一盞銀燈半明不滅的只聽得窗兒外瑟瑟的一陣一陣下起雨來這雨又不大只是一點一點的滴在塔墀上房沿下掛的風馬兒也玎玎瑙瑙的響恨得寶玉呼糜月出去將那風馬兒解掉了再過些時雨卻住了倒反糢糢糊糊的窗工有了月色寶玉在枕上煩得了不得只有嘆氣掉淚的分兒只見晴雯急忙忙的走進來說道寶二爺林姑娘在那裏等著你還不快走寶玉立刻站起來跟著晴雯便走正要走出門只見襲人走進來張開亨襴住了門說道寶二爺現在咱們二奶奶在屋裏你往那裏去寶玉悩起

第十回　三　271

來道你而今還要管我麼就推倒了襲人出來正走間過著王夫人王夫人便道寶玉你往那裏去寶玉急得很就哭出來道我要去看看林妹妹王夫人冷笑道好個傻孩子你死了這個心罷林妹妹已經許了姜解元早晚就要過門於這會子做什麼還跑過去你老子呼他躲著不見人你還想去拉扯他做仔細著老子要撾你寶玉聽了這個信急得沒了命似的也不管王夫人一直的望著瀟湘館跑進去只見瀟湘館門口許多燈綠火把彩嬤也在那裏寶玉趕進去見黛玉艷妝著正要上車寶玉就跪下去抱了黛玉的腰哭道林妹妹救我你死也不要到姜家去我情願跟著你一塊兒只見黛玉呆著瞧兒笑道這

272

問晴雯晴雯就將起初時像依了大爺的言語怎樣的猜他心裏頭像似有了個羞解元我同紫鵑也十分的怪他而今看起來越看越不像越趣的惰行定了從前一個四姑娘添了一個史大姑娘講得好不密切像只等林大爺娶過了將家事交代過去就一心的各人奔各人的了你而今回去告訴二爺倒也沒有什麼避忌也不用暗藏只等早晨頭那邊王元來回過話二爺先到攏翠菴覷著史姑娘四姑娘在不在二爺就碰進來我便將那邊角門兒閂上明公正氣的當面講一講怕什麼你只告訴寶二爺我也沒有什麼別的法兒叫二爺自己看罷廈月回去便學著的告訴了寶玉也歡喜也慈煩喜的

第九回

七七

265

是可以過去煩的是只怕黛玉不肯回心就便走到攏翠菴去探問巧巧的入畫說道兩位姑娘到瀟湘館去了寶玉恨的了不得只得回來這裏黛玉湘雲惜春又談到更深不能分手依舊的一同住下也說起妙玉來替他可惜惜春也說起過盜的時候也這麼夜深怎樣的房檐上就响起來一直說下去倒怕將起來察鵑也幫著說直到四更天睡下了到得天色將明只

266

後紅樓夢

第十回

驚慈夢神瑛情恨償　逮本性寶玉慧情癡

話說黛玉湘雲惜春談了一夜直到天色將明方覺睡下只聽見外面喧嚷進來說強盜似的一班人將府門打開擁進來了大家驚了一跳正要著人打聽去只聽得傳進來說蘭哥兒中了八十名進士了又是那邊角門響說林大爺高中了第十三名那位姜老爺更高中了第二名黛玉心裏著實的喜歡就連忙起來叫人先往上頭及那宅裏道喜自己便同湘雲惜春往稻香村來半路上遇著探春彼此道了賀探春說大姑子往上

第十回

一

267

頭去了黛玉就叫紫鵑告訴去自己卻就回來這探春便道林姐姐你今日那邊的事自然更煩了我替你上頭告訴去你且快快的回去張羅著只怕還要過去吩咐黛玉笑道好妹妹這著很好只是我們的喜娘子那裏也要替我回還要替我哥哥回呪探春笑道這黃門官就是我已了我正好替我們喜姐姐對笛喜酒兒探春就同湘雲惜春一總往王夫人那邊去寶玉便回到瀟湘館來恰好的良玉上來打千良玉就道王元你且道賀王元笑嘻嘻的也上來打千于黛玉就道正元你且在這裏伺候著姑娘商議那邊的事連姜老爺的也要一樣的妥當快快的過去我這會子先上對太爺爺太太那邊去就在府門口

268

黛玉又問過他家居情況就漸漸的談起道來黛玉惜春一
一句的說得高興史湘雲只擎着個茶鐘兒冷笑着不言語黛
玉便道你只是不相信便了湘雲搖頭道倒也不是不信我笑
你們通講的皮毛兒就這麼樣用功還遠得很呢惜春道你說
不是你就講來湘雲便將陰陽配偶坎離龍虎的真解逐一解
說出來又有些不傳的口訣逐時逐刻的係做去黛玉惜春
聽了十分的喜歡歎服根問他得道原由湘雲不肯將遇見真
仙將成大道的話說出只是笑而不言黛玉惜春道這麼看起
來你做我們的師博呢湘雲笑道師博呢原也做得只是你們
兩個通不是這路上的人怎麼樣引你黛玉笑道你看雲兒頭

第九回　　十五　　261

好狂呢論起來你的見解自然比我們高了許多單只是也沒
有成什麼氣候怎見我們走不上這條路湘雲笑道這也不是
單講什麼見解呢我就認真的傳了你們真正口訣你們果真
依了做去怕不勾驗只怕一面欵驗一面就有魔頭來呢黛玉
道我們兩個多也打破了夢覺關頭還怕什麼魔頭湘雲就仰
起頭來呵呵大笑道可憐見的你這兩個誰進的還沒有入夢
呢黛玉惜春也半信不信的三個人談到三更方纔下各一
床的睡下了黛玉惜春捨不得湘雲湘雲自寫居後也別無事
掛就撒到攏翠菴來有些費閑全是黛玉文應也不許平兒開
入公賬過了數日王元來說南邊師爺們覬到了行李晚上要

262

進城黛玉就說晚得了濟美堂右書廳留着僧客左書廳請寶
雪芹白魯峒兩位老爺住背後連着松風竹月軒請姜老爺住
這小靈岩請萬師爺章師爺住小樓霞請言張兩杭四位師爺
住跟的也跟着曾白二位老爺伙食月費跟上姜老爺餘有五
分之一每日每位許開銷庫平銀一兩王元答應了是就去了
黛玉除處分家事外每日只同湘雲惜春講道李嬸探春寶釵
雖則好却另一路兒吾鸞喜鸞又迴避着倒是寶玉有了探春
回來時常可以解悶不時往來喜鸞吉期將近平兒一人弄不
來王夫人叫探春帮着照料大清早就過去王六人那裏倒只
有喜鳳做活計陪着閒話王夫人便想道喜鸞配了良玉也完

第九回　　十六　　263

了老太太心顧還有喜鳳未曾擇配看他體態端莊雖則不言
不語却也心高氣硬將來除非等他姐姐過門撥叫他良玉姐
夫在同年内留心昨日老爺提起有人要来求他說是做外官
的老爺本也不愿意他姐姐心裏也想在一處兒總來姻緣前
定便誰也不能拿定了你看林姑娘從小在這府裏而今又變
出這個局面來天下事誰還拿得住呢不說王夫人替兒女攧
心且說賈蘭林良玉姜景星跟着曾雪芹用功進過場曾雪芹
許了必得賈政也曾着實的歡喜只有寶釵看着寶玉似病不
病的過了場期心裏着惱的煩悶誰知寶玉竟一毫不在心上
還科麝月探什麼竹枝兒麝月也怪煩的一逕走至瀟湘館紉

264

難道不好回明太太央及了他過來只是他若再過來林妹妹憐邊還有誰能救替我講一句的我想紫鵑這個人也從前弄了來我那麼央及他他還那麼鐵石心腸似的而今又跟定了林妹妹就算晴雯肯講句話他還有好話訴麼只怕林妹妹恨他也跟着恨萬也跟着罵怎麼前日晴雯說紫鵑倒還肯幫着我細細的剖起來是呢晴雯是不哄我的呢這麼看起來林妹妹待我連紫鵑通不如了算紫鵑見我撥面的光景林妹妹自己沒看見難道沒着見的事情就不容人剖辨寶玉儘着傷心穩説許娘媽那夫人王夫人平兒寶釵先回來了也就來看寶玉那連散了席重新又換戲班那席到綠梅院來敢齒坐下便是

第九回

257

尤氏首座了可可的這班戲就是集翠班領班的便是蔣琪官紫鵑就上來附了黛玉的耳說黛玉只笑吟吟的不言語意的史湘雲定要問明了就一口聲嚷出來道我也要看看這個襲人家的黛玉便笑道單是你急得很探春出尖就點了一回通休要他唱一個覆水難收原來這琪官慣唱花旦這正旦的戲唱不上來史湘雲就叫他唱一回商婦琵琶黛玉笑道你們也會鬧這又何必呢李紈笑道左右寶兄弟不在這裏咱們樂一樂怕傷了誰晴雯也笑嘻嘻的倚在黛玉的椅子邊看口裏也插一句道倒也真個的打扮得花紅柳綠這琵琶娘子兒真個狐狸似的妖精似的席上衆人也有知道的不知道的通笑將

258

起來這琪官兒下去又扮了別的戲上來黛玉就叫人暗暗的吩咐王兒說是我吩咐的這個琪官的屋裏人也是今日的好日子將上等酒筵兩席賞他又賞他對緞兩個說好生難為了他這琪官着寶感激一面上來謝了一面先叫人送到家裏去並將林府上姑娘的話告訴他這裏衆人看了酒席對緞好不憐惶淚淚當下點上燈再唱了一回衆人皆傋了只得散席寶玉羞蔡亮家的上來通乞隨後陸續都去了黛玉只千叮萬囑咐紫鵑晴雯先過去拉住探姑娘惜姑娘史姑娘黛玉也誅了去玉吩咐了些家人回到瀟湘館來晴雯就說探姑娘原也坐着上頭幾遍的請去了探姑娘隨後又打發人來說姑娘們不用

第九回

四

259

等着明日再過來那邊兩位喜姑娘又打發人過來謝干上的送酒黛玉道既這麼着一面道乏一面再送兩席上去黛玉便進房來陪着惜春湘雲早已點得燈彩晃耀曛着鑪熏了香票上三層的小粉定暗花鑑兒一百盞工工緻緻的擺着黛玉說只開了上好的茶送來可可月光又大好了又叫他們支起笛于放些月亮進來咱們大家有了酒就有些風兒也不怕也將所有的蘭花盡數的放上了高架子一總靠在窗兒外惜些些蘭花的香兒過來助助茶興也將燈兒吹着些讓讓月亮這好好妹三個便促膝談心起來史湘雲重新的提起舊話備細的問了一遍又神手過去摸摸黛玉的金氣兒也傷心也嘆恩末後

260

樣我在熱鬧叢裏好不喜慢兒那夫人尤氏想道而今這裏這
麼樣火熾金的興旺將來林姑娘過了門那府裏自然好過只
是我們那邊便怎麼樣也不知那府裏可還用着連兒兩下裏
可有照顧王夫人也不免這些想頭又看見黛玉靜靜的從容
得很在席上差遣他林府裏的蔡良家的趙之忠家的單陛家
的芙祥家的柏芊家的楊周兒家的汪福家的徐順家的又是
什麼徐喜家的王用家的無不精細妥善又使紫鵑晴雯讓着
同喜同貴秋紋玉釧兒彩雲三多五福珠兒侍書入畫翠墨鶯
兒彩屏添兒碧月秋雲文杏翠縷豐兒小紅等在兩邊書廊内
一樣的桌面歇待真笛的整齊嚴肅又是良玉殷勤謙遜心裏
第九回

253

十分歡喜李紈史湘雲寶釵探春也想道今日林丫頭十分得
意你看他二十分的從容開靜總要蹓過鳳姐兒的意思你看
當真的新他跑過去只有惜春心裏知道黛玉今日的花為
就在這戲裏頭眇眇的雪了個作別離塵的影子不說這裏堂
歇盡錦且說寶玉回房後獨自一個人冷冷清清的只有霽月
陪着固叫人去看看曹雪芹原來曹雪芹被姜林二人連行李
拉去有一月餘了這曹雪芹只因名墙蹭蹬降了志做個廣文
覺得拘束的很就起一個別號說芹生雪裏取號雪芹掛了冠
飛到京中卻遇着賈政歇留然未能深知其才品冷遇着沐美
兩個少年盧乙顧拜門墻曹雪芹如何敢當只是師凡相處次

254

此搬過去十分的勢厲這日正在濟美堂右書廳與亥三景呈
賈璉及門客們看戲吃酒良玉本要請寶玉聽說病了未曾請
他寶玉因雪芹也過去了益發瑞興無可奈何叫人看看蘭哥
兒小丫頭回來說道悶着門很很的念書叫看他不聽見倒是
環哥兒金着彈弓在稻香村一帶打雀兒頑呢二爺要便同他
去頑頑寶玉聽了越發悶的慌只聽得那邊空丫頭吹過來一
片笙樂之聲寶玉便問麝月道妳且看看太陽倒裏什麼時候
纏呢下來麝月走到外間去看了一看就道這個太陽呢要他
慢慢着他偏忱忱的跑要他忱忱過去他又延延摆埃的走也
討人嫌呢只得躧過了不呢寶玉也走了出來呆呆的看着文

255

陽只覺鵐雀無華人影絕少就問道這府裏倒底過去了有多
少人就靜得這樣糜月道我也不知道去了多少人大約喜姑
娘姊妹兩個同着琭珀鸚鵡在家廐聽說戲班兒有好幾班簫
湘館的便門又開得好那別屋裏的老婆子小丫頭們有看有
叱有賞誰不去寶玉暗暗眾頭道林妹妹你原也該這樣想起
你從前那些苦楚你這麼樣繞稱了你的心只可惜鳳搜子沒
看見你就叫寶姐姐看看也教了只是你料得我太罪過了你
而今怎麼樣不把一絲的心眼兒把我賬一照怪可憐兒的連
個面影兒也不許見一見耳你是個神明也容的人禱告剖白
沒有箇不許見面講話的耳來這些時候晴雯也著實為難我

256

辭只得上座其餘也依次坐了略坐一坐用了些點心便起來散步黛玉與李紈寶釵香菱本來好便託他三個人幫着做主陪了他三位老人家到各處閒就散步這裏探春湘雲便粘住了黛玉拉到錦香樓小套間内新說別後的話真是再世重逢悲悲喜喜的如何說得了轉是探春有主意說道今日林姐姐是主人你我怎麼好粘住他橫豎我今日住在那還要便空閒了細細的講史湘雲便道要便林子頭咱們今夜一床睡拼着一夜講到天明黛玉道很好便是四妹妹也在那裏過夜三個人仍舊回來這裏惜春便同着眾人往小栖霞去了三個也不顧他們一直來尋薛姨媽并邢王二夫人却在春棠社遇着三

第九回

九

249

位老人家都在織榻上靠着個靠枕兒小丫頭子蹺着腿李紈寶釵也陪着閒話只有香菱在旁邊小書架上呆呆的看那些言笑這黛玉探春湘雲便含笑走進來道太太們走得快難為着我們尋得苦了王夫人笑道這裏坐落也實在多我們一路就一路坐到也不之只是他們一班兒沒罷頭馬兒似的通跑到那裏去了累你林妹妹張羅的費勁兒薛姨媽邢夫人也笑道正是呢做客的也要體諒着些主人你看他們那班年輕的也高興也會走不要還分了兩起的禍把大姑娘累得了不得了黛玉笑道左右這點子地方收拾又不乾淨太太們肯三個看就賓臉這班妙妹們通是好不過的誰也算得主人甥女也空

250

閒得很倒是鳳太太奶太太說了些時腿也乏了也受餓了怎廣樣點點飢饞好正說着只聽得許多笑語之聲並環珮叮咚之啊只見惜春平兒等一班兒都走了進來王夫人笑道你們罷的好把你們林姐姐束束西走累得那麼着好簡頻客八兒平兒也笑道還是拉轉來的大家還要虼呢真個有趣又曲折又精誰黛玉笑道不要笑話了咱們跟了三位老人家前面去罷再閒一會子差不多之得支不住了邢王二夫人就站起來薛姨媽坐着不動說道怪不好意思的你們再要讓我坐這音座見我就賴在這裏吃麵這邢王二夫人那裏由得他老妯娌兩個就拉了他走薛姨媽笑道今日的主人真個多一個幫着

第九回

十

251

外場女一個幫着小親家通算我做了一箇客人光黛玉又讓諸妙妹一起的上丁席戲班裏參了堂唱過了八仙上壽一面打着十番一面送上戲目黛玉就叫紫鵑晴雯送上去說道請妖太太奶太太愛點什麼切不要存着一點子忌諱的意思這裏三位老人家大家讓了又讓通點了些吉祥的戲兒姊妹們打諒着人多一會子換戲班通不肯點黛玉只得自己點了雪擁藍闖掃花三齣一面讓着酒一面的演起來薛姨媽就心裏想道我們從前豪盛的時節本底兒原也趕不上這裏却也還撑得起一個門戶不料被蟠兒鬧了幾番弄到這樣要靠靠女婿那府裏光景叉不好得很偏偏的林家來到這裏旺得這廬

252

會講個情兒黛玉笑道這講是肯講也要先講了謝儀良玉就
慢的帶笑說道這謝儀呢原也不等到講情的時候難道先不
謝媒不過說到謝儀兩個字為兄的總也有個對帳兒罷了黛
玉面上紅了一紅就啐了一啐兄妹二人正說笑著忽報史大
姑娘來了黛玉道到底他來的爽快良玉迷即避了出去隨後
薛姨媽香菱也來了這史湘雲本來與黛玉好起先原要來看
他聽見王夫人阻攔故此攙攔住了今日請他如何不早來雖
則服色不便也穿一件寶藍鼠披風相見之下說不盡的悲
喜還有那夫人尤氏探春一齊到王夫人處會齊了大家從瀟
湘館穿過來這裏便是王夫人邢夫人尤氏探春惜春李紈李
第九回

紋李綺薛寶釵寶琴邢岫烟平兒十二位帶了一眾丫鬟過來
黛玉並及湘雲陪了薛姨媽香菱自己便趕趁的迎了出來慢
慢的逐位讓了進去一總來到燕來堂黛玉先請薛姨媽邢夫
人王夫人上去自己行過禮然後眾姊妹團拜了眾人看這個
坐落果然富麗大寬展五間兩旁各兩間紫楠雕花柱擎着一
色紫楠雕花梁正中間石青地嵌烏銀飛白大字寫着紫來堂
一匾一字兒六扇圍屏紫檀天然几工中間放着一座宣和鑪
兩旁照着八枝全紅大蠟中掛一幅錢舜舉瑤池宴月圖一字
兒十六張紫檀太師椅兩旁擺八十餘張葵花紫檀小梗椅兒
靠兩壁秋下八席正席花磚工滿鋪大紅漳絨滾球趸桌面鋪

整也說不出的富麗輝煌中間亮桶全下了戲臺兒即在院子
裏一色的五彩漫天幛把院子通遮滿了廊沿下掛着些畫眉
鸚鵡籠擺列着百十盆的君石小景柱子上都掛個樂鐘兒黛
玉走上去送了酒定了席又聽丫環來說良大爺進來請安眾
妹只得往書房暫避讓良玉進來這裏薛姨媽邢夫人王夫
人便與良玉見過了良玉陪着笑道外甥女兒的生日如何敢
勞姨媽舅太太的尊駕只怕折了福分無不過是疼孩子的意
思總請多坐坐給些臉也等這孩子沾着些太太們的福氣薛
姨媽在前就說道咱們多是至親原先就要過來看看新宅子
巧的狠遇着大姑娘的好日子這裏不請咱們也要過來單不
第九回

要醉了招笑話呢那王二夫人也說道咱們原要在那邊園子
裏替大姑娘樂一天難為大外甥十天前就約了咱們今天到
這裏真個的要醉呢這良玉與王夫人又添了個甥舅之分格外
的殷勤說道怕酒不中喝戲不中瞧總求太太多容些說着也
要上來定席送酒這裏薛姨媽等就攔住了良玉即便倒身下
拜拉也拉不及磕了幾個頭兒又向黛玉道妹妹替我請姨娘
們妹妹們的安告聲簡慢黛玉便去告訴了王夫人笑道這也
太多禮了這裏李紈等通使丫頭出來回謝林大爺這良玉方
還恭恭敬敬的打了一恭道外甥女兒伺候着外甥告稟出去
良玉去了黛玉便請一總姑嫂出來敘闊入座薛姨媽無可推

志誠念經做法事又使着一萬多銀子周濟以資連故生這總
是王元的孝心兒從來良玉知道告訴黛玉再三要退也他只
一意的不肯這也實在難得卻說二月十五日黛玉等完了三
場出來大家得意到了十六這一日黛玉滿頭珠翠穿着大紅
二色金滿粒雲龍緞紫貂披風十分燦爛繫着泥金色綢綢緞
珠綺迤百福裙底着淡魚白戰紵海棠紋滾金掛綠天鵝叫的
小袖項披着連環如意富貴不斷的雲肩擊一條金色總絲扣
了個雙鶺蟠桃的玉佩兩腕上帶了小小的四個響金鐲重頭
尖鞋綴了一双耀眼的東珠又是元青綢的指線鞋幫內襯着
芊皮金兒閃閃的真是打扮的花羞月避百媚千嬌紫鵑晴雯

第九回　五

241

也出色的打扮了大清晨就起來跟了黛玉老媽子抱了紅毡
條兒往王夫人上房諛去不期來的早了賈政已上朝去了王
夫人還沒起來黛玉便往李紈寶釵平兒處過一過着人告訴
一句就回來無非是要避了寶玉之意遠遠過回來穿着
瀟湘館一徑望紫霞軒去了這裏寶玉聽見黛玉進來就一聲
林姑娘在外面讓二奶奶一晉碟披衣起來奔出去已趕不上
遠遠的只看見一摩人簇着一個花蝴蝶仙人似的一個人往
那屋裡去了這寶玉回家之後卻是第一回到這瀟湘館中要
望望黛玉的臥室已經鎖了往窗戶玻璃外張張却有灰鼠的
賈黛遠往真是室邇人遠恐尺千里寶玉心裡就說不出的百

242

般懊惱起來想道林妹妹你這個人就狠到這個地位你就給
我見一面也何妨又要推他的房門看他外間盂裏倒底有些
什麼道書可恨一個白銅小橫問兒問往了動也動不得正在
出神那邊鸚兒鬧月怕他着了涼連忙的拉他回去他只站住
了細細的問郭嫂子林姑娘今日好日子穿戴些什麼這嫂子
就笑吟吟的一一的告訴他寶玉益發出神又望着紫霞軒內
林家的人男的女的也來往的多得狠聽說道是女眷們家宴
不便過去這鸚兒鬧月又惦着只得無可奈何的回到自己房
中寶釵正在打扮也十分厥整寶玉也無心理會仍舊稍下了
且說黛玉到了那邊良玉笑容可掬的走過來拉了手道太陽

第九回　六

243

纔出了壽星就跟着來黛玉也笑着讓起哥哥來兄妹二人就
親親愛愛的同拜了天地祖先及供的神佛隨後二人對拜了
紫鵑晴雯也磕了頭眾家人男婦二百餘人分班進來叩過喜
王元又替姜老爺進來道了賀他兄妹二人便到燕來堂看玉
蘭及各種的草蘭先在蘭花多的坑床上用了些早點黛玉便
笑道妹子繞往上頭去讓讓罳太太也讓我們的嫂子好個
嫂子還沒有起歇則在那裏夢着哥哥呢良玉也笑道你嫂子
夢着我好妹妹怎麼就那麼圓着將來過來了還不知怎樣
呀嫂子還沒過來哥哥就知道了黛玉笑道這原是想當然的好
的嚜呢良玉笑道這也打算到了有什麼過不去難道姑娘不

244

正中正中間用了一個赤金九龍石青地的大匾將赤金蔵出從前御賜的潇美堂三個大字要放到二尺五六寸圓圓方稱得住掛一聯桂樹一枝撐白日芬香百代淵清風又簾幌垂衣珠不夜林花剪綵景長春黛玉又前前後後各處看了一遍上房內廳也是分了幾層說不盡的精緻富麗也有些仍他的舊名況約略是松風竹軒春棠杜綠梅院寒梅影藕花香樹小靈岩小栖霞半雲閣雪塢月華亭竹林新墨妙處帶科書屋錦香樓慕來堂理古堂紫霞軒星發齋良玉因紫霞軒蟹泰著滿湘館自己就用了杜詩憶弟看雲的意思題了看雲兩字也令着這一架古藤花的景致又題一聯春草池塘千里夢夜妹風雨

第九回

三

237

十年心黛玉也點點頭說好又道還有些小去處你請教請教那遲的曾雪芹先生這曾先生的學問實在的好差不得做得起你們的師傅呢良玉也說道狠好黛玉道我這裡也近了我也要回去了良玉道妹妹之了為什麼不坐一坐去黛玉道之也沒有什麼之只是那邊有四妹妹等著我我可不也該回去了黛玉說著就過去了這裏良玉真個的依了黛玉懸掛起來那黛玉未題的就拉了曾雪芹過去謂教說起黛玉擬的許多匾聯曾雪芹笑道這位令妹真個的賽過了曾大家謝道聽說原是雨村先生的門人只怕青出于藍連雨村先生也遜得多呢這美景星聽了越發的傾心问慕恨不得立刻捉住了良

238

玉定下這頭親兒我如今也沒法只好立志用功再踏工兩元方可啟齒從此一發的攻苦辦眼將近花朝良玉心裏頭為的二月十二是黛玉的好日子要替他大大的做一個生日無奈這一日自己進會試二場不如挪到十六日月亮團圓之夜悟覺有趣因此到前十天二月初六這日先過來與黛玉商議黛玉心裏却另有一番的意思我而今總然是起凡出世的人也廳把這些浮華都看得雪淡但是我哥哥這麼樣愛我我也只好趁著這一節領他一個情兒也將舊日的姊妹們連那府的尊母嫂子史夫妹妹又閒得探妹妹明後日也好到了一總請來叙一叙可不好從前都笑我無家而今也有了哥哥有了家

四

239

了我為什麼不熱鬧一場只可惜鳳姐兒襲人不見罷了因此也高興起來就休尤了良玉道這麼著而今是妹妹的好日子我總色管你一毫的不用費心只管做你的主人外面的事我色管要當黛玉道要這樣我可不更舒服呢良玉便即過去问姜景星細細商議了半日就叫總管玉元及幾個能幹的剧题理上來逐一的吩咐他這玉元聽見姑娘的生日先就跳下去亡恩要孝敬三天的戲酒並各寺院掛襠念經良玉道通不用姑娘的性情兒怕煩只許了家宴一天外客們通不知會你們要盡個孝心兒只在這一日加倍的用心便了這玉元伺候過黛玉知道性情便只他一個人悄悄的請齊了四十九位法師

240

後紅樓夢

第九回

瑤池宴月舞彩鸞觴　甲第連雲泥金報捷

話說林良玉往瀟湘館去看林黛玉說了些家務瑣事就拿一個摺帖兒出來送與黛玉說道這是咱們家新宅裏的圖兒各處也都沒有上的匾額對聯要替妹妹打算黛玉笑道哥哥又來了這些事是你們的本等我們女孩兒家如何懂得哥哥也不要笑話我了良玉便笑道好妹妹你也不要謙不要刁難我聽見寶兄弟說連這大觀園衆許多匾對也有一半是你定的這自己家裏的你倒要推起來終不然你爲兄的擅長了這個

第九回　一

233

還拉你麼黛玉道既這麼著你們大家商量著也好倒底過去看了一遍繞好定見良玉道我早就說過要你過去走走你只嫻嫻的前日正月廿八日亥時交驚蟄的那晚有個朋友住在那裏也說人家的匾通去梓了光光的不成個模樣兒你看明日二月初一甲寅日子很好不過的咱們就過去你還是就這裏通去還是會了車從外面進去黛玉道這簡又要會什麼車呪我就在這裏過去穿過長街往大門首一樣進去豈不好我明日吃過飯一催來良玉笑道自己家裏爲什麼不早過去黛玉笑道可知哥哥早晨頭還有差使使喚著我要等嫂子過去了我總能敎交代呪良玉也笑著的出來道說務必務必到了

234

兄妹二人慢慢的過這邊宅子裏來這裏男婦數百人一隊隊的站開排齊隨著各人該管執事及住家的門口沒路兒打千叩頭請姑娘的安良玉吩咐賬房裏重重的賞賜就請黛玉坐了軟椅叫老婆子們抬著黛玉不肯坐只白白的跟在後頭半日間到了門首連遠的望見門外蹲著兩個大石獅子這闊門高華還在榮寧兩府之上倒底新收拾過的覺的壯麗了好些及他上了軟椅慢慢的進去進了垂花門便是起手遊廊正中正門不開東西兩角門開著便從西角門進來良玉再三的央是穿堂中間扙一個紫檀的架子壁起一扇赤金嵌八寶鏡子

第九回　二

235

花海上三山的屏風轉過屏風又是一個大院子四棵大木犀四圍遊廊皆有側門上了階去便就是二層儀門長遠廳四圍廊檻愈覺得整齊富麗一色的掛了綠絲長簾探列花卉上面五間大正廳兩旁各兩間書房兩邊廂房兩角門內各有東西五間書廳也有花卉山子黛玉就下了軟椅各處走一走遠所宅子實在造得堅固華麗黛玉就同良玉坐下了說這大門首不用匾額倒覺得大方些這穿堂上題簡邊息堂掛一聯扉近紫垣高嶠樹閣連青瑣近丹墀遞廳上題個來儀堂卦一聯紅棠堦墀新吐鳳碧槐廳事宿聯龍正廳上當面正梁上將兩廣總督兩淮運司的誥命用赤金龍蟠未紅金漆的勒命架懸左

236

玉要想問問寶玉苦無其便不期這日說起良玉已出去許久
怎麼還不回來不要反往我們瀟湘館去了姜景星就妝做不
知道似的說道他一個人往那裏去做什麼莫不是的什麼訊
友往那滇再州府上那裏裏現信著什麼人寶玉聽了心頭一
揸面上一紅很怪他不該問卻又不好不告訴他只得說道這
就是令表妹住在那裏景星就道這樣的說起來不是我們這
一個義姊磨寶玉心裏更不受用起來我的妹妹他又
無緣無故橫進來叫他忏忏竟發不能駁回便迎張的道是了
正是令表妹了這景星得了一個話頭又問進來道兄弟只聽
得良大哥說我們這位姊忏聰明蛇世書無不讀胸中筆下賽

228

過從古才人還有範大的鯤辭才情勝如計倪內經陳平六出
可見元地間靈秀之氣鍾於女子我輩這耳得什麼二哥處想
有令表妹的筆墨可不把一兩件給兄弟瞻仰瞻仰這寶玉聽
見了越發的惱起來道他稱個姊妹已過分了還可惡得很
竟稱我們姊妹的的可惡極了只得說道我們這個令表妹
雖則長於筆墨但是從不許人携出雙字若外面有人提起了
他的名兒他就要惱的景星便自己知道這次了又想是果真
紫玉的性情如此並不疑心寶玉方有一番醋意在裏頭就說
道原來這樣寶玉就很不快活別了回來招雪芹開話去了一
連幾日通不過去也就慷慨問問的害起病來大夫也儘蒼燃

第八回　三　229

說是肝界上根不翰服心氣也短慌得賈政王夫人心裏頭十
分煩悶明知他不能進場去了只得叫寶釵慢慢的哄著他只
叫蘭耳兒跟了景星良玉結實用功打點進場去一日紫玉正
與惜春談道聽說良玉過來又惜春連忙迴避了紫玉坐下來說
了些家務話隨後又將喜鸞的下聘過門日期相商又託他將
應辦的事逐一逐二的分派起來又說南邊還有一起的斬文
朋友著實相好隨後也都要到了一個迴魯翻著於書法又有
萬有客章為門精於山水花卉還有言洒水張昆生杭三泉杭
四泉長於詞曲音律一庵送安家的這班朋友到來怎樣的分
院安類又道還有一件頂要緊的事英煩妹妹說罷便在靴桶

230

裏抽出一個小小梅紅封兒封內再抽出一個摺帖兒來未
知摺帖上寫些什麼煩紫玉怎麼樣的辦法且聽下回分解

第八回　古　231

516

麼良玉又過去了原來林良玉著實的為喜鸞出神細細的問黛玉黛玉也早有這個心叫他託南安郡王求就這裏面的事總在我良玉卽門喜喜歡歡的去了良玉又同了姜景星來拜見賈政賈政上衙門未返賈玉蘭哥兒出去相陪大家敘些年誼姜景星見了賈玉自愧不如賈玉見了景星也駭了一跳便想道原來姜景鍾之外還有這麼樣一個出類拔萃的人才又是新科解元名馳四海心裏頭也自愧不及便同蘭哥兒格外的接待那姜景星十分謙恭不肯就坐要上去請老伯伯母的安實夫人也悄悄的在簾縫裏張著看見這位姜解元同賈玉坐著

224

就如瓊林玉樹互相照映的一般心裏頭又喜又惱喜的是外甥識人不錯惱的是要求奪黛玉的婚姻外遂誤了一會就別景星臨走又握了賈玉的手約他朝夕會面賈玉也割捨不得說明日回過了家嚴一定早來的到了期日賈政差人致意實玉蘭哥兒也就過去那南安郡王真個的擺了全付執事來拜賈政替良玉求親賈政大喜立卽依允一則得了快婿二則親上加親不怕黛玉的親事不成那知良玉心裏頭早定定的要把黛玉許字姜景星了這裏賈政為著喜鸞的親事見係南安郡王玉成沒有人配得這個大婚也就請出北靖王來到了吉期都不敢驚動王爺只王爺門下的頭等官兒代王爺送帖行

第八回
十一
225

禮這邊賈政公服迎於大門之外只請賈赦作陪那林良玉也自己作東就請姜景星陪宴說不盡的那綵舞笙歌山珍海錯黛玉也喜歡得緊卻暗暗裏惱起之過的父母不能看見喜極了倒反掉下些眼淚兒從此以後喜鸞就不到黛玉處去連喜鳳也來得稀了只有賈玉還出了神似的早早晚晚去望什麼竹枝兒連影響也沒有晴雯自從心裏頭怪著黛玉也不把麝月的暗羅故在心上就真個沒人的時候也不去插什麼竹枝兒連黛玉叫著也只嫻嫻的愛動不動黛玉心裏也明白只管暗笑此時寶玉總覺得無精打彩的也沒有什麼消遣只好過空去會會林姜二人倒也談天說地論古道今以至詩詞歌賦

226

件件都講究起來這賈政雖則心裏頭厭惡著姓姜的也聞得公卿大老俱誇他的才學實是第一個不凡之才不要說金馬玉堂中人就便進了翰林衙門也是數一數二的倒把賈政暗暗裏折服倒了也只得去回望他這姜景星偏偏的執乎惺之禮甚恭賈政很過不去心裏想道這麼樣一個人才普天下選又顧念賈玉到底比得他什麼來只是外甥女婿選配了他實玉這個孽障便怎麼樣以此也樂得寶玉去親近他長些學問他不出又是個未定親事的姊妹分上求也要求他怎怪得良也好因此賈玉不往園裏來便往那邊去同姜景星好得很做了八拜至交真個無言不盡的這姜景星也一心注定了林黛

第八回
十二
227

我倒想着鶯筷子同這個外甥年能人才倒也相配咱們何不親上做親等他爺兒兩個做了咱們家上下輩的女婿這麼着也慰了老太太的顧也稱了你子妹的情你看怎樣賈政點點頭道很好咱們而今就定見了但只咱們是個女家不好先講怎麼吹個風兒等他來求咱們王夫人笑道這麼怕南安郡王爷不出來麼賈政也點點頭那邊林黛玉處真簡到第二日就開通了門王元回話也很便黛玉事情更頗也觖得紫鵑晴雯兩個人的釋懷黛玉看見伺候姜景星的賬同他哥哥的一樣家人們說起姜大爺也就同主子一樣黛玉不覺的暗笑起來說道我哥若為皓姜分上這也儘該若另有別的意思兒在（220）

裏頭也就好笑極了紫鵑晴雯要說說黛玉偏將姜大爺的猴零零碎碎的儘着回起來黛玉也明白他兩人的意思也順使的碩頑他就說道姜大爺玩是大爺吩咐着要怎麼樣伺候就那麼樣便了敢說他不是主兒這紫鵑晴雯採了這個口氣明明的是黛玉順着哥哥心上有這個人了寶玉還有什麼分兒紫鵑尚在猜疑惟獨晴雯直性着實的相信了替寶玉恨起來便嚷起字跟衆道咱們良大爺原也為人義氣這姜大爺也太便宜了他若是沒惹了大爺便難道他坐了兩洋彩衆的不是大爺那麼護着差不多要趕他出去就箅咱們姑娘順了大爺的意他自己也想想倒底箅咱們那一宗的主兒紫鵑聽了個

第八回　九（221）

個字針鋒相對禁不住笑嘻嘻的拿眼睛望着黛玉黛玉也笑起來想道你看這兩個丫頭一等一哑的拿字眼兒剝着我等我索性頑他一頑也笑道倒也不是這樣謢呢左右這一家子大爺是個主兒他若拿個主這林家裏的事誰還揀過他伵同這個姜大爺好就分一半給他誰捆得住要箅個主兒他就是個主兒這紫鵑晴雯聽着越信了黛玉屬意在這姓姜的身上丁紫鵑便想道論起來呢小孩子的時候大家頑頑兒又沒有什麼別樣的況且寶玉現今配定了難道把林姑娘反給他做個二房林府上又何等的勢分正正經經的原該替另擇婿不過寶玉枉自的苦了一場你這個苦只我知道便了晴雯便想（222）

道林姑娘我倒不知道你這個人就很到這樣呢你要而今這麼樣從前何丞那麼着你這個心孔裏巧得那麼樣你就單把寶玉的情兒忘記了你到底也想想到底寶二爺待差了你什麼來你把他從前到後那一番的若衷全個兒料下水裏去丁你也太很你也太糊塗從小兒知心着意妤的怎麼樣似的撇得乾乾淨淨罷了你哥哥的一席話就把什麼姓姜的待得那麼樣好個女孩兒家燩也不燩主兒叫得那麼響我也不是這屋裏人散的時候也快了便訕訕的一直走了出去這裏黛玉只管笑忍見良玉走了過來子妹兩個欵了些閒話又密密切切的說了好些時說了又笑笑了又說通不知講些什

第八回　十（223）

殼了只説道除了寳玉就没有别的人兒配上他而今好了真個大爺在南邊招了一個好的來了也壓着寳玉替咱們吐氣晴雯便想道林姑娘你真個的依了哥哥跟姓姜的撒下寳玉了你要乾凈你真個的姓姜的也丟開竟好你同我雖則一樣的擔個盜名兒我倒不是那有始無終一心兩意的林姑娘我從今以後只替寳玉瞧着你便了不説衆人各有一個想頭那林良玉還只是把姜解元不住口的贊衆人也只聽着没個人駁回他正説間賈政叫焙茗來請用午飯良玉就别了妹妹來到書房賈政用了午飯賈璉左座相陪這賈政説起林如海夫妻的舊話又傳了好些良玉也将黛玉近來身子大好説了

216

站起來謝了舅舅賈政拉他坐下良玉就便又将姜解元人才品説家世交情這一番説起來就将要與黛玉聯姻的意思露出料着賈政聽了一説便妥的誰知賈政支吾含糊左遮右掩的説到了此事就便説起别的話來良玉心下十分疑惑難道這舅舅不曾見他這個人我何不先先見他一見就説道這個姜盟弟與外甥八拜至交也就如舅舅的子姪一般他今日原就要具兩個年愚姪通家子姪的帖來拜見只怕冒昧了故此先叫外甥來見外甥明日同來務求先見他一見外甥面上也光彩就便看看他的人兒試試他才情學問賈政便道這個外甥且慢着我而今原也很怕應酬況且他們

第八回　七

217

少年高第的人兒如何看得上我這個老頭子就是你妹妹的姐姐呢原也是説打算的但則是論起次序來也該你的親事先定見了況且你尊公尊堂留下這一個女孩兒老賢姪説然興我商議也不可草草著這件事且慢慢的商量良玉聽了十分詫異也猜不出賈政的意思只是心裏怪摸不着的口裏却又不便駁回他就站起來道那府裏薛府裏南安郡王府裏外甥通共沒有去回明了舅舅外甥就要過去賈政道很該就你尊公的世交我都替你開下箇單兒寫明稱呼該會的也曾打過圍兒賈政就在這裏小書架的雕花抽屜內取一個梅紅的小摺兒遞給良玉説道地方原也多若是不去走人家也要

218

怪但則路上辛苦又且臨場倒也不要忙着分幾天走走就是了又叫林之孝進來説道把我那一輛軟幃車兒搬過去幃子牲口通要檢點馬上就套起來送過去伺候林大爺連趕車的統留在大爺那裏使再叫吳新登同了跟班怕南邊來的小子們道兒不熟從前姑太爺到京你也跟過班這搭子上的你也指着大爺跟着林之孝吳新登應了下去良玉便謝了賈政出門拜客不題且説賈政回到上房在王夫人面前很誇良玉未後将姜解元的話及自己回他的話説起來好生不快活王夫人道老爺説這次序兒的話極是林家外甥的親事原也是個時候了這怎麼樣他上頭没有什麼人你親舅舅原該作個主

第八回　八

219

裹頭不免胡思亂想少停寶玉便揭開簾子請表兄進去良玉
見了王夫人請了安敘了些寒溫王夫人就叫賈璉陪着瀟湘
館去那良玉十分周到先叫人跟了蘭哥兒往李紈平兒寶釵
處問了好隨後便同賈璉到瀟湘館來黛玉見了免不得兄妹
兩人扯頭痛哭一場真個的天涯骨肉死後重逢不由人不十
分傷感影得賈璉在旁再三勸住方纔收淚坐下紫鵑時雯也
來見過良玉也知道從前這些光景也着實的慰勞了好些語
言良玉便將南邊如何光景路上許多事情新宅裹的略的規
模告訴黛玉黛玉也將玉元如何得力自己如何拿主之處逐
一告知良玉十分快慰良玉便說道妹妹光景已十分好了我

212

想裹明了舅舅舅太太就接過去一則兄妹駁首二則那邊的
事情也煩為兄的十分摸不着全仗妹妹拿個主意黛玉沉吟
道我呢原是時時刻刻的望哥哥來只想哥哥到了一會子就
搬過去況且問壁在此我就過去了回來看舅舅舅太太也便
倒是一件等哥哥娶了嫂子我那時候過去覺得便些良玉便
笑一笑道這也何必賈璉也說道表弟纏到那邊雖有王總管
諸事停當到底要料理一番尚如表妹此刻就搬總欠妥當況
且老爺太太的意思是終始不肯放過去的表弟表妹倘一會
子就說這個話帕他兩位老人家怪起來只說表妹往常在這
裹緣是住得不舒服的往復表弟有事終究一墻之隔如同一

第八回　五　213

家如管家們進出回事原照先前一樣往來有什麼不便呢良
玉聽了心裹着實踏好一會子方纔說道我而今想得一個
兩便的法子聽說這裹正靠着那邊的絳霞軒內小書廳的抱
厦不若在墻間開通了不但我兄妹兩人便當就是兩位老人
家也便於過去妹妹可將憲書看看定一告辰黛玉便翻開憲
書合了他兄妹二人的年庚又說道多年老墻也要兩家順利
也就合了這邊的年庚恰好的明日最妥就託賈璉回上舅舅
舅太太賈璉就叫周瑞回去周瑞即刻回來道回過了說很好
良玉夫喜即便吩咐親隨小廝金斗兒叫他快快的告訴玉元
這金斗兒立刻削去了良玉又將義弟姜解元如何英年妙品如

214

何銳學高才如何同年同學一路同來異姓骨肉現在同住賽
過一人似的現在尚未締姻要在春闈揆定見的說話逐一的
說起來那黛玉賈璉紫鵑晴雯也都猜着了良玉的思意黛玉
便心裹暗想道好笑哥哥不知我的主意我便是寶玉也撤盡
絕了如何還知道什麼姓姜的你這番的選擇可不是枉費了
什麼想頭只可惜了這一分天大的粒盈這府內沒時運消受
心懷呢賈璉也想道他家現有那麼個配對我們寶兄弟還有
那姓姜的也不知前世上修了幾世得了這麼個便宜那寶兄
第便罷了這門親事不成將來這府裹的過日子叫我選您麼
樣的打把式呢紫鵑便想道咱們的姑娘也受這寶玉的魔難

第八回　六　215

出個人兒外甥英年高中正是發兆之始只是你尊公尊堂不能彀見連咱們老太太也不能看見我今日見了你心裏頭也不知怎樣的償呢良玉道外甥早失怙恃毫無所知叨蒙天恩祖德外家的庇蔭中一名鄉榜徼倖微名只有惶愧外甥南邊毫無倚靠現今只有子妹二人政此想近着舅家住家靠傍此後全望舅舅的教訓使外甥成一個人連外甥的祖父爹媽在九泉下也還感激舅舅賈政聽了此着實的歡喜就說道好外甥你舅舅懂得什麼雖則小時候也算讀過書但念書的功夫那曾用到全仗着祖上功勳聖天子的恩典就現現成成的上了仕途說起天恩祖德真個地厚元高何曾有分毫報効又指

寶玉同藺哥兒道就是這兩個孩子更懂得什麼也叫天恩祖德中了舉那裏趕得上你難為你少年英俊更這樣謙虛老成好你等公尊堂也在那裏歡喜了我雖則上了年紀精神也還好你有什麼事但凡我幫得的你儘管告訴我又指着賈璉道璉兒你外面事情上還懂得往撥林表弟那裏有什麼事你就當我的事一樣不要外視了賈璉便答應了一個是這裏賈政指寶玉的時候良玉就將寶玉細細的打諒了一番心裏暗想道這個寶玉就是銜玉而生的這個了看他神含秋水眼注春星真個飄飄然有凌雲之氣再看他的舉動不脅上八洞的神仙一般差不多景星兄弟也被他壓下賤分去了外貌如此這

第八回

三

樣風根的人物中一定是不凡的可惜他已經有了親圓過房不然就便親上結親豈不是件好事還嚇了這時候現有景星兄弟在彼家世人材與寶玉兄弟比並起來真可算瑜亮同生便站起來道外甥女在此多年承舅舅舅太太的恩養外甥時刻感念外甥要請過舅太太的安就去看看妹子賈政就站起來道很好很好通是自家的人兒他也不用通報孩子們就同進去回來到這裏吃飯罷這寶玉見了良玉分外覺的親熱些又看了林良玉一表不俗英俊非常心裏十分欽敬就當先拉了良玉的手一直到王夫人房裏來那良玉眼快一眼望去先望見了兩個絕色的閨秀一個年紀稍稚頭上珠串長垂身穿

紫墨色顧綉貂鼠披風項帶串如意結線雲肩下圍水綠色花綉銀鼠皮裙五短身材瓜子臉眉清目秀顧盼生光一個年紀略長些尤覺得容華絕代生得面如滿月眉若春山體態端莊神情閒雅頭上滿貼翠翹項帶連環金鎖身穿燕尾青五色灑線元馬皮外褂下繫大紅綢穿花百蝶皮裙這年小的在前見了容來就撤簾進去那年長的在後也就一同的進去差不多連鳳鞋尖也看見了原來就是喜鸞喜鳳兩個這良玉見了真簡如嫦娥下界玉女臨凡然他到底是大家子弟知道賈府裏的規矩却就站住了等寶玉先進去告知自己只暗暗的出神想着這兩個人必定是舅舅處的表妹不知曾否定有姻緣心

第八回

四

字苦叫我怎麼不惱呢我知道林妹妹到底和你好總要你替我挽回他李紈也只得編幾句出來哄哄他生怕傷壞了寶玉反受王夫人的埋怨寶玉只得別了李紈回到寶釵處叫寶釵與薛姨媽商量起來忽然麝月走了來悄悄的附著寶玉的耳朵道花門上有了竹枝了快走罷寶玉一聽見就沒性命的跑進大觀園來正不知寶玉此去果然見得黛玉黛玉見了如何兩相辦理要知端的如何且聽下回分解

復紅樓夢

第八回

親姊妹傷心重聚首　盟兄弟醋意起閒談

話說寶玉聽得麝月告訴他說瀟湘館花門上插了竹枝兒大約就是晴雯的記號可以進去見黛玉說話的意思那寶玉聽不的一聲就飛鼠的炮進大觀園去了麝月也便暗暗的跟了他走誰知寶玉起到那裏遠遠的一望並沒有什麼竹枝花隨後麝月到了寶玉就埋怨他撒謊麝月道我怎樣撒謊來晴雯在那裏也就實在的為難不要他那裏又有什麼人進去故此晴雯插上去又拔掉了正說着只見瀟湘館裏一羣人出來

原來是林良玉到了先叫人來報信的麝月過去打聽明白就暗暗的批寶玉回去寶玉只得快快而返且說良玉與同榜解元姜景星一同進京路上因他病了故而擱遲今與同到京都就請他在新宅同住這姜景星祖上也是個世家父親姜學誠做過翰林院學士年老回籍夫婦雙亡單留下景星一個家業很好並無伯叔弟兄十四歲上就入了洋名噪士林屢試冠軍共推名下之士因與良玉同學同年彼此俱無兄弟就便八拜同盟結為異姓骨肉良玉一心一意要到京後告知賈政將黛玉許配與他也就入贅同居完伊孝友的心願景星亦久聞黛玉才貌十分企慕也曾在良玉前屢屢說及良玉也允只等賈

玉即便過來賈政聽見了喜歡不過先叫賈璉迎接出去也叫寶玉環兒蘭哥兒出來賈璉陪了良玉到賈政書房賈政就走出去拉了良玉的手可也奇怪雖則是如海的嗣子到底嫡親姪兒面貌也十分相像賈政竟捨不得轉眼良玉先跪下去請了安隨後與賈璉等都相見過了賈政道了賀良玉也回賀了寶玉蘭哥兒問問太太及那府裏各長者的安賈政也問些路上的辛苦便道你尊公那麼為官就那麼着歇手皇天有眼原說

看歡雁的醋語簡將起來便道我們從小兒原也好什麼外四
路來了寶姐姐他就從此起了心也是鳳嫂子不好也是大姐
姐爲頭爲腦的賞了什麼紅麝串叫林妹妹從此生起了別的
心來前兒太太還招出來掛在我袷子上想罷就要解下將他
擲在池子裏又想起元春的恩義從小兒週頒的情況來不忍
擲去我只從今後再不帶他不要被林妹妹看見遠怪我就是
了總之這池水照得出我的影照不出我的心我只好自己明
白便了正在想着上流頭游出一條魚來寶玉又想起從前衆
姊妹在此釣魚也想起黛玉的金魚兒這個真金的也會游起
來真是一件神物了怎麼鱗兒上又會有字古來的魚書都是
200

在魚腹內他遍又在鱗上鸞兒也不能說出什麼字到底與我
這撈什子上的字同也不同還就是一字不改的還是大同小
異的再不然詳他的意思還是合得來離得遠的大嫂子自然
記得我且去問問他就明白了寶玉想定了便到稻香村來拉
住李紋細問這李紋看得清清楚楚的如何忘記便逐一告訴
寶玉就寫將出來李紋一面教着他也是篆字怎樣的篆法那
魚兒有多大寶玉就依了他畫了出來李紋笑道也差不多只
要填上些金就是了現今在你林妹妹耳環上掛着呢寶玉顛
顛倒倒的看了說道這麼着起來很好呢李紋也笑吟吟的將
姨太太這些話說出來寶玉道鸞兒也曾說過便是老爺太太
第七回　三
201

也都定見了只是林妹妹長恨的我過分些朝廷家定人的罪
名兒也要問了口供饒定不像林妹妹而也不容人見辯也不
容人辯自已說怎麼樣便逗麼樣的李紈嘆口氣道寶兄弟振
我說起來在你呢原也不怪你只是想起他過去的時節你們
這一家子還拿他當個人看庭堂堂榮國府中一個姑太太留
下的一個外甥女並不是林府上前妻晚後的又且姑太太雖
則過省了老太太現在遠遠地接他來的就算老太太白疼了
他所樹枝的也顧個本身兒就活活的開神關鬼叫他無緣燕
故項上個出嫁的名兒他是個女孩兒爲什麼頂這個名他從
前那個病原也是不中用的了也沒有在你家磨什麼三年五
202

哉怪可憐的上了床半個月兒就料在那裏要湯沒湯要水沒
水的也沒個人影兒怪可憐兒的一口氣還在連他的丫頭也
遠個的叫去了等到氣也盡了棺材兒還沒有你想想你們賈
家門裏正正經經的人兒只有我一個去送他的而今衆人也
不要怪他和我好現在他家的勢分兒利害着想着他的也多
了只除了我誰是他送死的人呢他要不恨誰李紈還要說
下去直把寶玉哭的要死去了唬得李紈疾忙的攔住了口只
得回轉來勸道寶兄弟我是個直性人兒你問我我就說你若
再那麼着我往後一句話通不說就是你林妹妹那裏我也通
不管寶玉只得忍了淚收了淚說道大嫂子你的話字字真字
第七回　古
203

姨真個到了王夫人那邊是一是二的告訴他王夫人也稀希也喜歡也將賈政一到家的言語告訴彼此意見相同又遇着賈政進來王夫人也告訴了賈政也連連稱奇王夫人便叫玉釧兒跟着平兒到瀟湘館去探聽不一時平兒玉釧回來將晴雯告訴他方纔林姑娘砸金魚的情景一一告知王夫人王夫人只問問不樂玉釧兒也就告訴了鴛兒這鴛兒倒底是寶釵梯己的人要寶玉細知黛玉無情便一心的問了寶釵身上也將黛玉要砸金魚的事告知寶玉寶玉聽見了駭得目瞪口呆卻又細細的想道我這姨太太的話不但要說他大方那一個字還錯呢真真是真金真玉天生一對兒更奇在他的字文也

196

差不多真個這麼着我從前很恨的恨着這個撈什子如今就該怎怎的愛重他呢又想起這點子小小金魚兒也會游實在奇了我從前實在沒有看見林妹妹你就不和我好你單把這個金魚兒給我看看頑頑兒也好我從前頑意兒的東西大凡你愛的你沒言語我只探了個風兒我就送了給你你若果真我這塊玉就拿了去也沒有什麼愛惜的但是果真有那金的話來就讓好的圓全了怎麼我從前要砸這個撈什子如今又要砸那個撈什子連這金玉的兩個東西也砸了多少若天下竟有這樣印板的事情造物也太板了倒像人編出的人就要編這個也不犯着編得這樣景采板板似的箏來

第七回　上

197

太極圖內這邊一旋那邊也是一旋那邊一個黑點這邊也就還他一個白點天地間的事情全是這樣的了這麼看起來他從前受過了多少苦我如今也要照樣的還他多少苦不要又似印板兒的我到臨了來配了寶姐姐將來他也臨了來配了別人我不能見他他就亡過了不要他不肯見我也就真個的化了灰飛了煙了但只他過去了還會轉過來我化了灰去了還轉得過來轉不過來呢就能照樣的也能回轉來底下的事情便怎麼樣這也就難猜了心裏想着不覺的走入大觀園來要望他花門上倒底竹枝兒有無只見霽月遠遠的撐着手寶玉只得無精打彩的走到埋香塚下山坳邊來看見開足的

198

梅花一片片的望池子裏飄下去就便跟着這梅花片下來打一池的澄澄綠水自己便扶了朱紅欄杆望着池子裏這池子裏冰紋初解靜靜的不動連游將寶玉的影子如鏡面似的照將出來寶玉看了自語道寶玉你這麼個人兒怎麼近得林妹妹林妹妹你這個人自從在夢兒裏走到瓊樓玉宇中被你傅上殿去微悻的望了一望就被那些侍女很很的立刻將珠簾放了下來而今重來世上再到圖中反比天上還遠我若能望見你的影兒像我這會兒能望見我自己的影子也不枉了我重返家門正在出神忽見一行人字雁叫的悽離透的飛了過來在這池子裏影子渡了過去寶玉又將黛玉從前

第七回　三

199

他好樂呪眾人細細的一看果然的一碗清水中間一個小金魚兒在裏面忽上忽下的薛姨媽便將一枝簪兒拔下要攪下去閂著他黛玉連忙止住道這油的使不得薛姨媽就在瓶梅上摘一段梅花梗下來在水碗內閂著他頑這個金魚兒就摔過來轉過去團團的跟著這梅花梗兒咬把個薛姨媽李紋笑得了不得紫鵑又一面送上一個顯微鏡說道姨太太大奶奶仔細着照還更好看呢兩個真個的接過來輪流照著細看那個金魚原本只有四分長一照倒有四尺多長渾身淡金色跟團上一綠紅耀得褪身上還有赤金的兩行字一面是兩行是亦靈亦長仙壽偕藏一面是三行一度災訊二貫萬祿三羅雲

淵原來都是蓑文薛姨媽辨不出蔚了李紋念了出來真個驚奇不已這裏正看著忽聽得惜春走進來呌一聲林姐姐黛玉就迎出去惜春手裏正拿了一柄道書黛玉恐怕薛姨媽李紋瞧見就同到呂祖師那邊去了薛姨媽終是個老實人又有了年紀沉吟了一會就發出一番議論來道卻也奇怪你看這個寶貝兒我想起寶玉的那塊玉也是前二行後三行話語兒通也差不多又是一個是娘胎裏含出來的一個是棺材裏含出來的這纔呌做玉呢我們寶丫頭的鎖到底是人工製造的怎比得他天生的一對兒不是我說咱們這樣人家誰大誰小無非因親結親更難得一床三好又且這林姑娘也

生來和我們寶丫頭好得很我便要將這個真金真玉的事情告訴你婆婆李紋聽了碍着寶釵耿回不得就是說是也說不得只得說道真個也奇怪得很呢紫鵑晴雯也都點頭三個人心裏又都想道難得姨太太這等大方又說得千真萬當說破了寶在的奇怪這薛姨媽李紋也就出來黛玉惜春連忙的送了同走進去原來惜春也沒見過這金魚兒會游也稀奇得很也就細細的看了盤問這晴雯自從砸見寶玉又遇著麝月遮了紅脹袄裕子益孫將寶玉記挂著正要借題發揮就扯扯紫鵑紫鵑也會意起着惜春盤問也便是一晨二的將薛姨媽的一番議論一字不攺的盡數說將出來那黛玉聽見了不覽

的紅雲滿面一手到水碗裏撿起這個金魚兒往地下一擲還要再東西砸他慌得紫鵑晴雯一頭哭一頭將金魚兒拾起來說道我的姑娘你遇什麼生氣也不犯著砸這個命根子黛玉氣的喘吁吁的道你們造出這些胡言我還要這撈什子做什麼意得惜春也再三相勸便道林姐姐你便要各人幹各人的事也要留著你這個人兒左右是人家的話兒依不依由你這麼氣著做什麼他三個閙了好一會千言萬語像哄孩子是的纔把金魚兒依舊替黛玉掛上了只苦了麝月來來去去遠遠的望著那瀟湘館花閂上那裏有什麼竹枝兒只來來去去的整日間通有人往來直把寶玉的眼睛望也望穿了且說薛姨

裏王夫人薛姨媽等在房內聽見了暗想一向只道寶玉精細
聰明長於筆墨那曉得他胸襟裏有此絕大的經緯才情外面
又一毫的看他不出此起從前鳳姐兒的光景真覺地別天
慧眾人皆默默點頭且嘆不及穿釵尤服他後面的議論只道
他夫酸刻薄那知他是不得意的時候憤激使然正經大道理
上卻做第一層工夫栽培根本這個才情心地還有什麼說得
單是王夫人心裏益發愛敬追悔着想起來道我從前白
白的沒有看出這位姑娘來若早有這麼一個人把
持今日總不到得這個地你聽他那番謀論件件精細不要
說把得住長起來單眉他這個存心還肯像鳳姐兒招財攬勢

188

說官司放利債弄得發覺起來一敗塗地慶我悅悅聽見底下
人說倒像我們煩難了巴巴的要配這門親拉扯林家的支使
不要說我們沒有這些想頭只要有了這麼個人來主持主持
只就咱們兩府裏現在這規模非但過得來也還長得起從古
說千軍易得一將難求不得他算算那麼樣疼他連從前老
太太也沒有退出他的底子來呢這平兒也乖巧看見王夫人
許多光景也就精慕了好幾分衆人正想着黛玉便慢慢的進
來笑嘻嘻說道姨媽勢太多感嘆了怎麼嫂子折林州不拿
話來頌頌薛姨媽笑道我們聽了也長了好些學問你們勢文
太同你姊妹們頭也點得酸了那裏還有謹話的分兒王夫人

第七回

七

189

道正經咱們從前通不知大姑娘胸中有這樣絕韜怪不得你
舅舅那麼樣疼你咱們枉自目的上了這些年紀李紈等也跟着
嘆服黛玉笑道姨媽舅太太不要笑話還有嫂子們也順着笑
詰我一個女孩們太散了暑暑的說幾句罷了當真的有什麼用
三紈我怕他們太散了暑暑的說幾句罷了當真的有什麼用
來穿釵笑道看他好個謙謙君子的黛玉便撒開了說起閒話
來隨後王夫人實敦平兒喜歡喜鳳都去了要去拉惜春過來
欲黛玉只越他兩個去了要去拉惜春知他兩人倒反
間間的坐下了那李紈忽然的看見黛玉耳殺上不見了那金
魚兒恐不怪便問道林姑娘你那金魚兒放在何處去了黛玉

190

道原來大姊子也沒有知道這個來歷我也沒有告訴你這原
不是金子打的是生成的一件實貝現起他的來路也很遠呢
是什麼安期島上玉液泉肉長出來的但凡已通的人口內嘴
着他千年不得壞但是不在人口裏含着隔了十幾元便要將
而水養他一週時兒極避一個月總要蓄一畫夜薛姨媽李紈
聽了都詫異起來道難道到了水裏頭還會進麼黛玉道有什
麼不會晚上收在水盂裏一夜明日早晨就活潑得了不得拿
着他不住你不信給你瞧瞧即便呌紫鵑晴雯好好的傘過
也拿他不住你不信給你瞧瞧即便呌紫鵑晴雯就去拿了一個暗花白定盞的
來睑姨太太大奶奶睑避晴雯就去拿了一個暗花白定盞的
荷葉盆過來放在桌子上紫鵑便走近前來也看着道大家看

第七回

八

191

迎接進去王夫人瞧見他賬目堆着下人候着便道大姑娘你要不嫌我們儘等把事情完了咱們好舒舒服服的談幾句話兒你若擱住了我便同你姨媽回去只怕連他們也走了黛玉不肯一面藃着一面要同進去那薛姨媽就要走出來慌得黛玉道既這麼着我就依了舅太太的吩咐但只大嫂子替姐姐要替我做個主兒呢李紈便笑道是了你只管完了你的事情快快的來黛玉便至堂中坐下單叫傳王元進來這王元聽見了迎忙走上前在旁邊站着聽着黛玉就說道接連幾日的賬我通看見了你這麼大的年紀清清楚楚有頭有尾又有些運動的算計也很難為的了只是你這幾個副手人跳模實他

184

這才分兒也還副不上你怎麼好我看你這個湖廣廣東賬怎麼呆得狠倒保州縣衙門的報銷似的怎麼這舊管新收開除實在的四柱是跳不過的規矩麼但則民間營運的事情早上不知午間的行情那裏有呆到這樣的難道是你老人家被人哄了你從省辦過多少大事難道一路上被人哄的會替主子成出這個事業來肉中也有緣故學如一把刀藏着不很用就起了鏽一會子磨期了就快備如天天使着儘着明亮他的鋒鋩已盡了你老人家一輩子忠肝義胆畫心端刀上了這些年紀沒有個副得上的人作苦拾架得拾架不得這王元就揉揉眼跪下去磕一個頭站起來道小的也當不起實在姑娘

第七回　五

185

教訓得狠是黛玉道我如今拿個主意告訴你句話叫做草坐庄不走行為什麼呢咱們家的事情也狠大了你還幹這些起手的苦營生咱們如今不論什麼地方什麼質物看准了時就儜了便腳三五千里肉的行情量着要比人家早知道半月就便滿庄的窩下來你只管發庄餘些轉手讓人家水陸上奔奔不好麼至於南邊地畝原也一天多一天但只靠些管賬的也不着賈咱們將來總要上到三千畝的庄子便造三所庄房名人住房種地使他有居有食也就存一個小倉廒預備惜種地悄各庄責成庄頭記功過更換再則分開地畝貿易各自立了總簿逐月逐日出有總入有入總再則天下世界人那一個

186

不奔着利上去只因剥剥了占了別人的分兒人算不如天算饒你會算終究折將下來我而今不拘那項總要扣個厘頭下來叫做培原不論南北家鄉過着水火疾病詞訟情負死散流離的這些苦人遇見便幫助只不要上了做檔的道兒這麼着凡作一切都好那王元聽完了心裏服得狠便道小的上了這些年紀從沒有聽見這番的教訓如今就照這麼着辦起來黛玉道各路的路數也多我總着一年內清爽就完了你這些賬都批了就領了去留心着有使得的人就帶進來等我照照試我這寄大爺的回書也帶了去王元便一齊的領了出來連院子裏的幾個人聽了這一番議論箇箇心服一班兒都去了這

第七回　六

187

若肯拿個天理憑個良心就該替咱們二爺剖剖了他果真肯護護你怎麼不死勸呢寶玉道是極的了他怎麼說麝月道我的話也說完了他就嘆口氣來道說起來呢話也長這林姑娘呢原也不是低三下四的性格況且從前害他的人也不少也害怕他辱了一席的也有怕他壓了一頭的生生的坑他臨了又叫他項上個名兒這麼利害著他便有幾條命也沒了他而今好不看得破哎一心一意的在家出家連他自己的哥哥也不顧了只怕他這個人兒自己拿定了主意別人的話統不中用便是他的姑太爺姑太太也活轉來還不知怎麼樣的你道我的話還少麼就是紫鵑也怪可憐兒這麼替二爺說那麼替

二爺辯就算二爺當著林姑娘說也還不能這樣呢還剩下什麼話來無奈他的主意定了毫不相干近來更可笑一說起來他倒也不怪不過走開了連西風也沒有過耳的分兒寶玉就采了麝月道我說雖則這樣難道你不拿個主意他說還有咱們家四姑娘朝朝夜夜的一路兒說話行事委不過講什麼修仙出了神似的我也想想主意只有一個法兒寶玉即便忙問道怎麼樣麝月道他說他們兩個原也從小兒就好而今雖則生分倒底人有個見面的情兒雖是老爺說避著些咱們府裏頭瞞著老爺的原多太太原肯遮盖的怎麼樣叫他們兩個見一見當著面講一勾就算林姑娘撲起來也還有我同紫鵑

在那裏怕什麼不過告訴二爺別拉拉扯扯的再則那裏人也多而今倒比上了老太太的房裏還不時有林家的人來回訪我如今給個信兒你就告訴二爺說倒要青天白日只看瀟湘館門口插根竹葉兒他就盡著碰進來我這裏林姑娘等著的插瓶梅也不要搖擱了我們就走出來他還回轉頭來將窗外竹林子指一指我就點點頭回來了寶玉聽了喜歡的手舞足蹈起來連忙的慇懃稱謝了即硬叫他去剖剖的探望一面目已巴巴的盼著又著賈的埋怨惜春起來卻說林黛玉又埋了哥哥林衣玉路上的來書知他同了同年姜景星同行姜君在路扰病黛玉與他十分相好不忍分路故此遲遲現在都中一

切事情雖有王元總管亦且忠直但則年紀上了千叮萬囑的託黛玉拿主黛玉也就推不開來他們家這些事情南北東西都有個經理倒比王鳳姐管榮國府帳房一席還覺得多了三四倍的煩一則藥府諸事出進都有舊帳家人們男的女的老輩的就不費眼目也回得出祖宗時的分例來二則榮府不過田畝市房人情家用這林府不但新造一切要定個章程而且四路八方家人店鋪水陸營運這總理一席實在煩難黛玉無可奈何只得在外間堂屋內將總目總簿經理一番這日正在看完王元帶了兩三個副總管在庙房伺候不防王夫人薛姨媽李紈寶釵平兒喜鸞喜鳳七個人一同進來黛玉便丟下了

就去了只見麝月笑吟吟的走了來扯扯寶玉舉起右手來道我這個袖子裏空了呢寶玉知道晴雯有了回話急急的拉住了問他.未知麝月說出什麼話來且聽下回分解

第六回

四

175

後紅樓夢

第七回

戲金魚素面起紅雲　　脫寶齋丹心盟綠水

話說寶玉聽見麝月說已將紅綾襖衿子遞給晴雯知道晴雯有了回話便急急的拉住麝月問他晴雯就說道二爺也不要慌我逐節的告訴你我今日去瞧他晴雯倒沒有到瀟湘館去我竟走近櫳翠庵就遠遠的望見他拿着幾枝紅梅出來想是林姑娘叫他去問妙姑娘要的我就招招手拉了他到怡紅院裏去就各到處去走他也看了著實的逼我就道你要逼這個屋裏你也念這個屋裏的主兒晴雯原也直疾就說道我

第七回

一

177

自從老太太那邊過來寶二爺原也沒有薄待了我咱們原也好但是從前這個屋子裏除了寶二爺也還替另有個把主兒他不容咱們便攆了攆了有何妨只是為什麼上撞的上到也不容辭一勺的便是我真個狐狸是的妖精是的也沒有走了別路兒而今想起從前來好不恨呢我便說你該樂呢還恨什麼不要說別人的收場結果現世報了落在你眼睛裏而今太太那麼著疼你你也撒嬌了洗清了還有寶二爺無夜無明為了你苦得那麼著他說這裏前日碰著了你怎樣你一句話兒也沒有寶玉便道他怎麼說呢麝月道他說我原要同二爺講句話.聽見你們招着他我就走了我就將襖衿子拿出來遞

178

給他瞧我就說苦惱呢罪過呢你自己且瞧瞧他瞧見了也嚇了一跳眼淚也來了便說我的小祖宗這是何苦呢他就收進袖子裏去我也將指甲兒的話告訴他他點着頭哭得淚人似的通說不出話來我就說二爺還有要緊話呢二爺說你們兩個原也好原也折不開還有林姑娘呢寶玉聽了急忙跺着脚道好姐姐是的麝月接下說道林姑娘和二爺的情分你我都知道怎樣聽得人說起來林姑娘而今倒反變了心呢就算林姑娘真個變了心現在拿你這麼好你怎麼不替二爺刮刮呢論起他們後面的那些事情你原也沒有看見這紫鵑就不是人麼那一庄他沒顯着寶玉點頭道很是麝月又說道他

第七回

二

179

時候也忘了黛玉便道四妹妹你若不信咱們就同到祖師前化個信誓來惜春笑道這也可以不必只要心動神知便了黛玉那裏忍得住便將寶釵送他的蕙綠色印花折波箋鋪起來研墨含毫寫出一篇信誓無非是志心皈依塵緣斷絕倆有緣毫毫慈頤誦到九幽苦海萬刼不得人身的意思寫完了拉着惜春同到呂祖師前點了燭拈了香恭恭敬敬的拜禱了一番使將這個帖兒在金鐘內焚化了惜春暗暗點頭只惹得晴雯縈鵑暗地裏埋怨惜春不已彼時折妹兩人又嘆了一會子方

第六回

171

子忘將下來偏又遇着北靖王獨啟小宴單請寶玉一人宴賞紅梅戲班是集翠班領班小旦便即是蔣琪官寶玉觸起襲人嫁了他雖則存心忠厚不怪蔣玉函却因襲人害了黛玉晴雯見了蔣玉函也就是眼中針刺偏偏演的戲是蘇武遏鄉有生妻去幃的曲文也演出牡丹亭杜麗娘還魂一節這寶玉侍坐於北靖王不敢十分苦惱也不免將手帕兒遮遮掩掩那北靖王不知就裏單曉得他少年鍾情就笑微微道世兄略略的喝坐酒這是戲呢不要傷了寶玉建忙站起來說道謝王爺賞賜酒多了北靖王恐怕傷了他就翻過戲目另換熱閙的戲場上就扮起安天會來孫行者大鬧火雲洞紅孩兒拜到落伽山鑪

172

鼓喤天烟火四射寶玉煩得很好容易席完了走上去打了干告辭出來却說蔣玉函回去告訴襲人說怎樣的北靖王席上見了寶二爺到戲房裏招他家李琱兒茗烟問明了寶二爺如何回來並林姑娘晴雯也怎麼樣回辭過來細細的告訴了襲人襲人聽見了暗裏只叫得苦我從前怎麼樣同寶二爺好怎歷寶二爺出去了等不及便走上了別說兒入怎麼使心机去擺佈寶玉晴雯太太前一說一聽苦無處發怎麼而今他兩個倒反回辭來我又偏偏的這麼樣走路落在他兩個的眼睛裏如今就死起來也不反了活着還好箅什麼人蔣玉函見他這個情景只猜他惦記寶玉誰知他心裏別有許多的念頭從來

第六回

173

做戲子的脾氣只要相與好了便自己的妻室也肯替人通融這蔣玉函便動了個將襲人結交寶玉的意思了却說寶玉從北靖王處回來便見了賈政告訴了北靖王多少的美意並席間問他的詩文及問賈政的家計又呌寶玉致意賈政聽了着實感激便吩咐他早早的歇了明日一早便去謝酒又到王夫人房中說了一遍也將戲文講了一回回到房中看見寶釵忍不住又將遇見蔣玉函一節告訴寶釵順便就恨起襲人來總因黛玉晴雯受了他無窮毒害越說起恨着他也問問黛玉的光景寶釵也淡淡的將就哄了他幾句正在夫妻說話王夫人着玉釧兒請寶釵去商議請勳戚內眷的筵席寶釵

174

好意思只得在被窩內咽咽的流淚正不知林妹妹幾時能見一面晴雯幾時鏡有回話過來自己正在悶著誰知臘月倒沒有回音反是賈兄來講起賈玉近日的言語行止細細的告訴黛玉聽了忙拉他進去裏間房裏密密的講去了原來黛玉近日最相好的是惜春一個人每便每日無夜的對坐著談論些修煉之道過了別人進去便各寂然黛玉心裏頭雖也愛敬喜鸞喜鳳覺他終是富貴中人不同一路更想到心地上清白的工夫不但男女嗔愛之念一切掃除乾淨就是妤怕中間惜他的才愛他的貌這一點羣惹的意思也像雲絲兒罷了日月的影子就如喜鸞的才貌尤勝喜鳳也算世上第一等的佳

第六回

十

167

人就配我良玉哥哥也配得就算他真個配我哥哥做了嫂子他有他的姻緣我有我的因果便是良玉哥哥我將來也要與他分路走的我心中又何辜惹只是惜春妹妹同心合意彼此立志相同因此越談心越覺得知己黛玉雖於道書看過向來未曾博覽深原蔚著惜春講論源源惜春見的道書既多雖領悟不凡卻反不如黛玉敏悟也蔚得黛玉那說指照兩個人就一天天更覺親密起來這一日黛玉處眾人都去了單留惜春惜春只留入盡伺候他這兩個道友便覺無忌憚的議論起來說元神是怎麼樣的又說大丹是怎麼樣的又說修成了功行是怎麼樣的倒像戒過仙似的說得有過有攝惜春忽然想

168

起賈玉這等難割難分終究賈玉這個人粘住了黛玉有振死不致的光景而且老爺太太前珠大哥哥也沒了將賈哥哥那麼樣疼如何不順了他的意就算要過了寬姐姐咱們這樣人家一樣的困親結親便兩個嫂子也使得而今林妞妞這想從前受了鳳嫂子的毒計故此決計修行只怕事到其間也就由不得你做主呢況且姑爺姑媽通過去了老爺是嫡親舅舅原也做得九分主兒又是你良玉哥哥這麼孝順那麼孝友又這麼勢分生生的放你單身修行去你想你的光景比起我來願是各別的我便有你的家世我怎有你的哥哥叫說你不好你原比我好嗎說你好只怕你這身心性命上的事情比不得我

第六回

十一

169

你怎麼能跳出這個圈子黛玉見他說到中間忽然支了頤出神便道你心裏頭又悟出什麼道理來惜春也不說破只笑著道道理呢也沒有什麼想出來只是林姐姐論起你這個立志呢原也堅但則是你這個慶緣究竟的難新斷呢黛玉便正色起來道只有你的立志堅罷了惜春便嘆忍道難道說你自己拿不定麼黛玉便懂他言語內的意思就說道你說一個人全憑一個心各人自己的心果然認清了立定了還怕誰豈不聞魯陽撝戈太陽也倒轉來廢人生世上不過魔障自然入道的原是上等的人若遇了惡魔毒障還不走轉來只怕下愚人也沒有的呢惜春期知說鳳姐兒便道恨呢誰沒有到了歡喜的

170

翻轉裖子瞧一瞧寶玉果然翻過來不覺駭了一跳只見清過去的班班點點多是血淚寶玉便嘆口氣將心裏想着晴雯的言語一總告訴麝月又道我和晴雯的情分兒你知道在先襲人暗裏頭瞞着他你也知道而今襲人怎麼樣他又怎麼樣你叫我怎樣的不惱呢寶玉說了又哭起來麝月連忙解勸寶玉知道他也和晴雯好便將方纔在怡紅院碰見的光景說了寶玉就走到寶釵鏡臺邊尋一把剪子將這小半幅血淚漬透的紅綾祅襟子絞下來交與麝月叫他藏了便悄悄的遞給晴雯告訴他說他臨死咬下來的指甲我此時刻刻帶在身上他的心裏頭若有我這個人千千萬萬來及他在林妹妹跟

第六回　八
163

前表白我的心能覺得了林妹妹六半句話就林妹妹恨我打我為我況我都顧意我就化了灰飛了煙也感激那寶玉一面也揉眼一面點點頭將這紅綾祅襟子好好的袖了去這寶玉便立時立刻的催他去麝月也就真個的往瀟湘館去了寶玉便坐不是立不是的巴巴的望着不想麝月到了那邊見一屋子的人寶釵只道有事招他便問沒有什麼話麝月個人就拉了晴雯也沒有地方講話等得不耐煩了生怕寶玉惦記着只得仍舊袖了這襟祅子回轉來告訴寶玉寶玉再三央及道左右沒有什麼事你總甚什麼不要管管我照着空惚

164

歷事上上下下都在瀟湘館裏分了兩三桌禎起牌家連彩雲紫鵑晴雯都扯到上面去了晴雯雖則心中有事也不免應酬一番這麝月又走回來走辭去做了個送京報似的又像個人的時候不是王夫人叫他問寶玉即便寶釵叫他拾東西偏又風箏兒忽來忽去的一連幾日總沒有空兒到得瀟湘館沒人薛姨媽不放心寶玉也叫他去問他再則賈政也叫他去問問又有喜鸞喜鳳平兒香菱等也拉他不想寶玉要緊使着他他就偏偏的事情多起來他倒一片心生怕來來去去得了這褂子只得揀了一雙窄窄的玫瑰紫綢的灰鼠小袖套繫了袖

第六回　九
165

口且說賈政賈璉辛喜打過了凱荒過了年除衙門勳歲各親友照常往來賀喜外也就免不得請了年酒生怕重複了兩府裏各自將請酒日子勻開來遇着問寶玉的也就大家替他遮蓋些只說在天津寺院裏避暑數月現已回來尚在感冒着不輙北靜王十分記掛他南安郡王也惦記着又是房師要自己來看這門生賈政十分過不去只得叫寶玉出去了幾日還不放心總叫賴昇林之孝兩人親隨又叫蘭哥兒陪着這寶玉就煩苦極了晴雯的話麝月尚無回音又是連日間換衣換帽上車下車見了人少不得也要想句話來應對他到得回家時只自己一個人苦苦的悶着又怕寶釵招怪到底整日間淘淥不

166

人先撥開將來解差似的跟回房裏去呆呆的坐下王夫人也
就同了寶釵來看他王夫人已聽見雪雁回明爲錯過了晴雯
過此起去却不知他兩人已經在怡紅院會了面纔因再得聽
一句話未曾說出就被玉釧兒等尋了回來這又是
．人從死撥能相見　　話在心頭說未完
第六
回
去位他你且好好的心兒裏想着愛嗎什麼淘兒你就告訴你
沒事誰也要尋着誰頑頑呢多早晚他也要來咱們也要叫人
林妹妹那還是走不開故此今日來踫沒過着這大新年上大家
圍子裏散散我也放心晴雯這孩子原要來看你只因年夜頭
王夫人就安慰寶玉道好孩子你昨日心裏煩今日能起來到
沒帶暖帽可不招了凉寶玉怪燥的走近來王夫人摸一摸笑
道也不怎的還好呢你撥再不要那麼孩子氣又看了看寶
釵笑着道差不多有人出來时你老子你還這麼着淘氣仔細
着你的孩子也要羞你直把寶玉燒得没影兒速寶釵也不好
意思的王夫人笑着就去了不一會兒到薛姨媽那裏去薛姨
媽也帶了香菱過來的同了李紈寶釵平兒喜鳳巧姐兒
隨後又是那夫人尤氏蓉兒媳婦也過來大家都帶了丫頭成
羣結隊的往瀟湘館去也望望黛玉也看看大觀園新春景色
倒把柳妞子忙壞了不說黛玉這邊熱閙却說寶玉冷清清的
159
160

一個人悶在房裏想起踫見晴雯的事歡喜也歡喜不過懊惱
也懊惱不過從前怎樣的生離死別而今當真的重新有這個
人出來怎麼一句話也不許說完了莫不是咽
俩緣分只剩了這一面兒挂後又有什麼變故麼我怎麼糊塗
就不問一問林妹妹他也爲什麼不說起林妹妹不要是晴雯
呪回轉來了林妹妹倒底没有這個人又想道不是呪這個林
妹妹倒底算實在有了這個人呢昨日老爺太太明明的去看
他他又明明的叫紫鵑來說話倒底有了這個人呢不
要是林妹妹惦記着我而且惦着這個怡紅院怪不好意思的
且叫晴雯去看看回去說這些光景的而今晴雯到了怡紅院
第六
回
161
162

又踫見了我不知回去告訴林妹妹可也還提着我又想晴雯
也古怪你怕鶯兒他咱們從前在一處頑大家不存
心驚兒也罷了麝月這個人你們從前那麼好那麼頑你這病
還是同他頑出來的今日倒生分了他叫我一句話也不能說
完我也不說完也罷了怎麼你也只有惱的分兒就連半句話也
說不出你從前眼皮的時候倒反湊湊嬌憐伶倒的說幾
句傷心話怎麼而今倒連串句話也說不出來寶玉想到此處
夏個想出了神心兒裏惜極了眼睛裏忍不住的落下淚來一
手捫出紅綾袄來看不覺的清在襖子上道麝月走了進來正
瞧見他的涙落在襖襟子上低頭一瞧就驀呆了說道二爺你

次的做詞弔他做文祭他不意生離死別再世後又聚一家巴巴的要想見他一面倒反在大初一早晨當面錯過正是有緣千里來相會　無緣對面不相逢這紫鵑晴雯回到瀟湘館紫鵑便說起雪雁的誑來道我原也不要到寶二爺屋裏因為太太千叮萬囑的叫我拉他去走走我拉着他他還笑着說今日真個花紅柳綠的又去他屋裏引他只被我拉着走這雪雁就鬼鬼智智的擋什麼手咱們大初一裏倒省空兒在你屋裏伺候況且你又那麼着咱們不回來做什麼黛玉見晴雯臉上紅紅的怕他害躁不肯取笑他只說這別管什麼你們且吃些蓮子圓兒若惜姑娘來快請進來大

第六回　155

初一裏這裏沒甚多事你們只管隨意兒走走去正說間真個惜春第一個先來了黛玉便笑迎出去攜了手進來彼此坐下講道紫鵑晴雯也就往園裏閒耍去了那晴雯終究是回過來的各處看看要尋到怡紅院裏認認從前帶了病臨死攢出去的地方卻礙着紫鵑真待他先自回去了方繞從山腰內穿到稻香村沿了籬笆灣灣曲曲再將過來走進門去院子裏卻也掃得潔淨忽然想起撕扇子的時候卻像天上有一張涼床坐着寶玉從元邊一直的落在地上就覺心裏慌慌惚惚的瞳人兒散酸的慢慢地走上榻沿陛見一掛紫歸灰鼠玻璃窗的軟簾又瀾起了得病根原只因要嚇麝月不聽寶玉言語被窩裏起來

第六回　156

冒了風寒心裏頭益發怪難過的輕輕的揭起軟簾待要進去那邊寶玉從紫鵑晴雯去後不一會子便醒了轉來問多早晚了雪雁道太陽到了院子裏又問誰來過雪雁道紫鵑晴雯纔過來寶玉聽見晴雯兩字本來和衣睡着就一骨碌坐起來道晴雯呢雪雁道知道二爺沒有醒回園子裏去了寶玉當下也就膽大如天就撞着賈政也不管他也不帶上暖帽蹁了鞋一直的跑進園子定要追着晴雯要將所穿他臨死換下的紅綾棉袄並隨身帶他臨死時咬下的指甲兒齡他瞧就求了他一同過去見見林妹妹剖剖我的心事這雪雁終是個丫頭如何知道他只得去回太太那寶玉就一氣的跑到園子裏過了蜂

第六回　157

腰橋相近怡紅院正望見晴雯掀簾進去便也捨命的搶上臺階揭了軟簾趕進來晴雯回頭過來見了寶玉就驚呆了說不出話就在鏡屏旁邊大紅錦緞軟榻上坐將下來寶玉趕上去倒在他懷裏喘吁吁的一句話說不出只拉了晴雯的手揭他穿的紅綾袄出來晴雯看見了也說不出一句話只是淚瀉如水寶玉咽了咽纔說道你說擔個虛名兒咱們還有這見面的晴雯正不知怎麼樣正要說話忽聽見院門外有人說道我們的寶二爺在這裏尋死覓活的怕人撞見似的連忙將寶玉推開也像林黛玉哭腫了眼睛怕人見似的飛跑的往後門走了寶玉也就似落了魂的走出來恰遇玉釧兒鶯兒麝月彩屏四個

第六回　158

平兒頭子利害要便藏個呾謎兒其實不是說我恨記著寶玉的病來便道紫鵑姐姐一個去就敢了我也懶得走在這裏陪姑娘罷寶玉笑道你要算我的人兒我不信紫鵑也笑了晴雯就急起來道咱們原是老太太身邊的人難道姑娘也要攛出這屋子去寶玉笑道我肯攛你歆則有人拾呢晴雯也笑道拾到我還早寶玉眼圈兒紅一紅啐了一啐叫紫鵑拉著走自己又擁著的推出去了且說寶玉自從見了紫鵑說了一句寶玉的話便呆呆的幸喜王夫人呼鶯兒服事他去睡他就在被裏百般的思想起來道如今是的的真真期明白白有這個林妹妹了你看林妹妹到底心裏記著我叫紫鵑來問我不知還

第六回　二

151

有什麼言語可惜紫鵑在眾人前不能替他告訴我我想老爺已經告訴他不要出來為什麼還要叫紫鵑來也不過順便的問問我通一個信便了可惜老爺坐著再也不能拉住他我就不能拉他可恨麝月鶯兒也不替我拉住了又想那紫鵑的情景回老爺太太倒也明白其餘一概也不過隨便的口聲算到了我跟前也隨便得很這樣趕起來又像林妹妹當真的生分我況且他頭也不回去的那麼快不像林妹妹有甚麼記著我因又想起林妹妹從前受的苦那麼著臨過去時只說得寶玉你好四字林妹妹果然諒應記恨著那裏還有問我的分兒只怕連剛纔這一句話也是紫鵑編出來哄我的呢只可恨晴

152

這麼想就煩起來又想起明日大初一還要跟著老爺各處去怎麼好自從回家來沒見過人大初一倒出去燥不燥呢算來算去竟不如攛起病來省得出去而且林妹妹聽見了我著動心因此寶釵回房上床俱若不知可惜守歲夫妻竟若道旁陌路到半夜裏便說起身上不好來慌得寶釵呼丫頭拍著伺候了湯水寶玉就千頭萬緒的想了一夜到天明時反呼呼的睡著寶釵連忙起來到上房去告訴太太太太便叫告訴老爺去賈政聞知並不甚大病便叫他不必跟著出去且避避風節些

第六回　三

153

飲食便好賈政便會齊況弟叔姪上朝拜客去了且說晴雯紫鵑從瀟湘館一路來到上房王夫人李紈寶釵惜春喜鸞正要上車到家廟去兩人上來道了賀行了禮王夫人心裏很喜便凑著紫鵑耳朵邊叫他拉了晴雯去看看寶二爺王夫人等便上車去了他兩個便也到各處房裏看看舊日姊妹紫鵑還是照常時晴雯却是個再世重來的人雖則大初一早晨心裏頭著寶的暢感順了路便走到寶釵處來只見雪雁輕輕的迎將出來搖搖手低低的說道二奶奶纔往上頭去寶二爺還睡著呢這紫鵑本來厭惡雪雁得很一聽了隨即轉身就走晴雯也就微微的一同回去了這裏寶玉將晴雯算做芙蓉花神幾

154

撒清從前何必那樣你還忘記了自己的眼睛哭得葡萄似的
去着人人家被老子打了干你什麼事你害得那麼樣又看見
那邊這樣鬧熱我們瀟湘館裏只你愛清淨我偏要同着晴雯
熱鬧起來走回來回了黛玉就同晴雯叫了柳嫂子老婆子小
丫頭們燒了一架小跌爐柴熈着就將玉蘭珍珠簾栢子屏遍
地梅泥筒滿天星遍地洋菊繡球金蝴蝶雙九龍灑落金錢燕
殼百樣的放將起來這裏黛玉只在裏間想着己過的父母在
路的哥哥浦着眼淚拈了銅筋兒在臺爐裏撥火由他們鬧着
總不管這裏正鬧着只聽得紫間壁震天的煨竹放將起來嚇
得眾人森齊的到闔上望去卻原來就是林府的新宅子繁畫

着瀟湘館一齊奔進來告訴黛玉都說道咱們家這新宅子裏
的火光比這府裏還利害多着呢黛玉料想是王元的一番布
置不枉了祖父在日留下他來將來眼見得聲着我哥哥興起
一番事業想到這裏也就喜歡便也出了房門看看他們的頑
童兒直到得三更分方歇了到得五更只聽得各處爆竹響
聲不絕漸漸天色六明了只聽得紛紛的得進來說賈二爺身
上大不好紫鵑晴雯聽了也慌起來告知黛玉不知黛玉過去
不過去回心不回心且聽下回分解

後紅樓夢

第六回

晴公子血淚染紅箋　恨佳人誓言葵書簡

話說瀟湘館內聽見寶玉身子不好晴雯紫鵑俱不
旁邊打諒黛玉的光景那知黛玉佯佯不採却因大初一早晨
呌他們兩個擺了香案拜了天地並己過的父母又遙遙的拜
了哥哥再到呂祖師前焚恭散散的拈香禮拜默默的禱告了
來到中間紫隔晴雯柳嫂子眾老婆子小丫頭都磕了頭隨後
王元領了林府的一眾家人進來一排兒的跪下磕了三個頭
站起來請了安王元等退出站在窗戶外堦沿上眾家人也一

排兒的站在院子裏王元又將各店夥及一眾新投靠家八手
本送上來紫鵑接了上去黛玉逐一的看過都慰勞了便叫將
王元送進的金鑼子逐盤的托出來遞與王元分散了說不用
呌謝裏外人等都領了賞王元便帶著眾人出去這裏黛玉坐
下心裏想起來道我便依着舅舅舅太太的言語當真不出去
怎麼丫頭也不叫他出去況且晴雯還有他的心上人兒各人
走各人的路何必拘着池讓他去大初一早上會會再世緣也
好便道紫鵑你同了晴雯出去到上頭各房裏替我道賀說我

没有空來瞧你你若違了我出去了我倒要惱王夫人也道好
姑娘你知道你舅舅的性情你倒依了他好總不要違了他你
只在這裏存存神他好不放心呢黛玉聽了雖則過不去却合
了意便也依了賈政放了黛玉的手走進他房裏看看燈彩陳
設又在玻璃內望望閣上下各色掛燈倒也齊整王夫人攬了
黛玉的手笑吟吟的打諒一番見他滿頭珠翠圍著紫鵑耳帶
寶中掛了個金魚兒身穿一領楊妃色綢綢三藍繡牡丹狠狄
披風下繫一條鸚哥綠百蝶狐狄裙褸繫一條元青連環垂鬚
鰵穿上兩塊同心連羊脂白玉琤趄顯得神仙一樣正是
若非摩玉山頭見　定是瑤臺月下逢

142

這王夫人看得采了心裏怪疼的受不的便想道叫寶玉怎麼
捨得這個人兒怪不得他舅舅說兩下裏比將起來配不過些
這黛玉被王夫人看得燥起來就臉上紅艷艷的笑道舅太太
儘著照我怎樣王夫人沒奈何只得放了手笑道我心裏也不
知怎樣的悸疼他連紫鵑晴雯玉釧兒彩雲多笑了那邊賈政
跋來跋去看這些古董字畫原來這些老前輩在往途上的近
年夜還有多少事務到得開發一清宇到除少這夜真個身體
一經倒不喜在內堂筵宴轉喜到清靜幽雅所在散步散步恰
恰過著這裏收拾的精緻況黛玉又是他心愛的所以只管徘
徊倒是黛玉先說道那邊哥哥嫂子們也候久了甥女益發當

第五回　十五

143

不起了賈政方纔慢慢的同王夫人出去還再三叮嚀明日依
了我不許出去又叫紫鵑晴雯你們守歲也陪著林姑娘弄些
頑意兒頑頑賈政王夫人方纔去了這裏李紈等也依了賈政
言語差了碧月鶯兒小紅墨琴彩屏等過來黛玉只得也差了
紫鵑過去道賀紫鵑到了上房直把寶玉驚喜極了那紫鵑順
著說下來只得也說一句林姑娘道賀寶二爺這寶玉直如聽
了旨意一般驚喜得了不得可恨這紫鵑站也不站頭也不回
立刻去了寶玉要起來拉他又怕賈政真個坐也不是立也不
是就瘋了王夫人看見光景就猜著九分當著賈政面前只得
道你看寶玉喝不上幾鐘就醉了鶯兒麝月服事他去歇罷明

144

日一早好跟著老爺起身賈政也不留他當下席間非比不珠圍
翠繞燈燭輝煌却各人有各人的心事賈政一心想著老太太
過賓了便怎麼子孫興旺也不在意況且家道日遠跟王
夫人只替寶玉担憂李紈却問蘭哥兒中丁著賈開懷時別把
眼晴溜著自己的兒子賈璉已奉了賈赦之命將平兒扶了
正打算到自己房裏兩口兒帶著巧姐兒替方喝酒寶釵自
大方將那些事一意不放在心上只勸公婆多進些酒喜驚喜
遇却憶著自己已過的父母異彩雲撥起臉兒嘻笑且說紫鵑
點獨有環兒不正經過了空與彩雲撥起臉兒嘻笑且說紫鵑
一路回來想著寶玉情景越越的理恐黛玉婚情而今要這樣

第五回　十六

145

様的過了多少時候方纔圍房怎様的寶釵生日端了老太太趕到這裏回去便哭泣害病怎様的粘住了紫鵑哀哭怎様的逃走出去怎様的回來在碧紗櫥呆著怎様的要來不敢來怎様的而今在寶釵房裏瘋著寶玉起先聽了也怪慽的攔他到後來厭煩起來就冷笑再不然立起身走了只像西風過耳的一般這紫鵑晴雯暗地裏倒替寶玉苦惱卻說賈政見寶玉回房心裏也放下去了縱等年夜違拜過了家廟新年上再呌他出去應酬各戚戚拜見座師房師會會同年辛壽年夜事敷衍過去到了除夕這日依舊兩府內兄弟子姪及近房子孫俱到宗祠中來那宗祠中供起祖宗神影也照舊鋪設的十分整齊

便接著賈母在日的規矩序著大小拈香燃煙分獻徹退一回一回的整齊行禮內春亦照前執事當下賈教賈政賈珍賈璉賈寶玉賈環賈菖賈菱賈芹賈芝賈蓉賈蘭凡廝男子孫侯在東女眷們目邢王二夫人以下俟在西也時五間大廳三間抱廈內外廊簷階上階下連丹墀內擠滿只聽得環珮鏗鏘靴履雜遝之聲禮畢兩府中各自往來行禮眾家人往來呌了喜王元也來呌了喜賈政賈璉賈寶玉賈環等方回了王夫人等進內堂來賈政便說你們多替我些下了我同太太到瀟湘館去瞧瞧林姑娘就來這裏眾人都等著寶玉更急得了不得恨不得扯住了太太立刻到跐過去拉林妹妹來一排

第五回

兒坐著曉好賈政道我本意要他過來一則怕他受了寒二則怕他見了老太太的房他要傷心說著賈政就揉眼三則寶玉在這裏也避著些連明日大初一我還呌他不要出來呢你們統依著我要照他新正上元天去和他散散也好說完了賈政王夫人就呌寶玉寶釵到薛姨媽處替我道賀這賈政王夫人就往瀟湘館去了那寶玉又喜又恨喜的是呌他避著些微然有團圓會的光景恨的是不許跟過去沒奈何只得同著寶釵到薛姨媽處不防著香菱又問寶釵問起黛玉招惹得寶玉咽咽的哭將起來薛姨媽連忙勸住了慌得驚兒麝月送手帕不迭也就嫻嫺的回來這賈政夫妻兩個去看黛玉黛玉原是知書

識禮的心裏十分過不去便迎上來請安賈政王夫人走進堂中黛玉連忙拜下去王夫人就拉住了賈政也拉住了黛玉的手說道我的兒你倒這麼著不是我來看你是來關你了王夫人也順著賈政的意思說道手心兒倒也不凉只是這屋子裏火太旺了些你剛纔急忙的揪出簾子去可不著了些冷黛玉這時候見母舅舅母特特的大年夜來看他又是這麼恨貼他心裏很過不去倒底明日出去好不出去因說道甥女原想過來替舅舅舅太太賀節只為不知在家廟裏多早晚繞回來舅太太倒來看甥女這可也當不起賈政道我的兒你只要能教疼你自己就孝順了我依著我便明日也不許出去我明日

第五回

剔去看黛玉王夫人常常怕寶玉冷落寶釵近年下幾日每每
雖寶玉進房寶玉憨呆呆的想着黛玉粘住了王夫人要進大
觀園去王夫人屢記李紈寶釵往瀟湘館打探誰料黛玉心堅
如鐵這件事竟如石沉大海寶玉又粘住了王夫人道太太怎
肯過來只怕他兩個人回轉來的說話全然沒有影了王夫人
只得重新告訴他又將黛玉晴雯近日言語行事一切細細告
訴又叫他去房裏央及寶釵寶玉晴雯就進房來央及寶釵寶
釵也照依王夫人的言語告訴他又將林良玉寄信王元進屋
諸事一一告訴總是黛玉拿主的話也告訴了寶釵之意總要

134

寶玉知道晴雯黛玉寶在是回轉過來了的意思誰知兩個人
意見不同寶玉一聽倒反嚇呆了寶玉想道從前黛鵑原正
正經經的告訴我說林妹妹的家裏竟實在有人並且就要接
他家去悅悅的也懷有什麼姓林的人來過了老太太吩咐
把姓林的都打去了以此沒有接去而今又有這些林家的人
來老太太又沒有了還有誰能打他出去這林妹妹誰還能留
住他又且林妹妹的家更近了說去就去了黛鵑這個人也是
要同林妹妹家去的只不知晴雯在旁邊可能替我說一句半
句的話依若能在林妹妹跟前說出寶玉兩個字我就化了灰
飛了煙也感你寶玉只顧胡亂的想着就哽哽咽咽糊糊塗塗

第五回
十二
135

的在寶釵床上躺下了寶釵便叫鶯兒將小狐坎的被兒替他
很着不多時王夫人尋了來見寶玉在寶釵床上躺着只道他
要在這裏也不去問他從此寶玉便在房內過夜寶政夫婦心
裏也妄誰知寶玉寶釵同林各步寶玉心裏只惦着黛玉一
見了王夫人即問寶玉黛玉又粘住了要晴雯過來王夫人
話兒哄他且說寶玉在瀟湘館內自從病起之後悟覺體快身
輕又見王元到後重立家門哥哥友愛異常指日見面心裏不
勝喜歡一心只想着良玉到來立剖撤過去兄妹相抱痛哭一
場再將雙親的真容供起來兄妹二人哭奠一番從此問他要
一個人速不到的所在立志真修他幹他的功名我完我的志

136

願他將世上的繁華對着我將天上的因果起身子女二人也
還可以盡孝想到這裏不覺的快樂起來十分逍遙自在那紫
鵑心裏頭起先原惜寶玉後來王夫人送他到寶釵那邊被寶
玉千回萬轉的粘住了剖辯倒也替寶玉可憐替黛玉怨命後
來見寶玉回轉寶玉回來暗想相緣復合又見寶玉始終一意
真個死心塌地的反悔黛玉過於海激又是晴雯一心的粘住
寶玉遇空便同紫鵑數說黛鵑本是一個熱腸的人豈不同了
一路以此同了晴雯不時閒存黛玉面前提起寶玉來逐時逐
節替他剖辯怎樣的也連了本性怎樣的發了痴呆後被鳳姐
兒設計送進房中怎樣揭開方巾見了寶釵便就糊塗悶倒怎

第五回
十三
137

周瑞也進來說王元回過林姑娘說很好就這麼着不知老爺的意思叫小的進來打聽賈政道好是好只是林大爺沒有到帕銀子不凑手賴昇笑道有名的林千萬而今加倍了就肉外城的銀樣銀號有多少這兩萬銀子說有就有算什麼賈政道真也不必拘定原價既然林姑娘拿主隨分硬了賈政這句話有兩個意思一則良玉是嫡親外蝟二則現使了黛玉的金子賈連道原價原也不必拘但只是這所房子原樣個羊價似的通共正離房子二百幾十間後面那片空地還小麼再蓋一個大觀園還有餘只因瑩嘉着咱們沒人買如今要平地裏造這麼個高大壁園富麗帕不用了四五萬銀咱們而今就叫王元進

130

去照照何如賈政立起來道很好也是兩邊都便憑你商議去這裏賈建等便同了王元逐層去看過回了黛玉寫了家書票帖等知良玉一面立契交割將店中眾人傢伙箱籠什物牲口率輪一齊搬進將原任兩廣總督部堂原任兩淮盬運使司的一個老主那些同來的家人箇個受他的約令約束好不整齊大紅硃箋宗字封條貼起來門牆閬閬好不威武這王元倒像王元便分了頭逐麼茶廳大廳內外客廳內外書房議事麼內外賬房內外門房以及大小厨房金庫下房馬槽色色派定又從上房起預備家伙舖墊陳設燈彩也買了本京人雙身男婦幾十房分派工冊姓口率輪也置了許多好不壯麗督整心裏

第五回
九
131

要請黛玉過去看看黛玉總為哥哥未到不肯過來只心裏喜歡慰勞着他又吩咐了些約束眾人的話這王元益發當心真正一個冷落門墻一時間地運轉將起來把榮寧兩府都墾下了這裏周瑞等見上頭有這宗房價一時從容起來同們也就心寬不過說過了年又飢荒了賴昇道你們放心罷到了明年咱們家也要旺起來眾人都不明白賴昇道你們看林府上這等熱鬧林次爺的子妹情分那麼好將來林姑娘不配咱們賓二爺還配誰分了他一半就千萬了只怕連那府裏也照應起來吳新登笑道園兄弟也在這裏不是咱們章板你們的主于從前你們建二奶奶在日連公中的也要弄些到房基裏去

132

連我們的月錢也被他老人家壓住了盤放起來你也曾跟我們埋怨過的如今咱們又想林姑娘嫁過來倒反摳出樣己的往公中使用真個那樣也只賓二爺一天受用便了再則聽說這林姑娘此建二奶奶還利害呢小則小你看而今把他家王大爺使得儀小孩子一樣的雖則這老人家忠心咱們敢說林姑娘沒勁麼賴昇便點頭道有勁兒原也好咱們老爺這樣寬仁厚道天理上也該起根擎元柱撐門戶不過林姑娘果真撑當了家咱們難伺候些少撰幾個錢就完了難道這府裏還撑不起來吳新登笑道你老人家老封翁還等這府裏的錢使麼只苦了咱們弟兄呢不表黛玉心寬眾家人議論且說賈政時

第五回
十
133

126

將單子擲下地來賈建恕了氣灣腰下去拾起單子來見上面寫著門下庄頭烏進孝叩請爺奶奶萬福金安並公子小姐金安新春大喜大福長壽榮貴平安俟面寫著大鹿七隻獐子十六隻還豬六個湯豬六個龍豬六個臘豬八個野豬八個野羊八口青羊八口家羊八口鴰鯉魚四十八個各色雜魚六十斤活雞鴨鵝各八十隻鼠雞鴨鵝各八十隻野鴨野猫各六十對熊掌四對鹿筋八斤海參二十四斤虎舌十二條牛舌十二條鯉乾十斤榛松榧香菰各二口袋大對蝦十六對乾蝦一百六十斤銀霜炭上等選用八百斤中等八百斤常炭一萬六千斤御田胭脂米二石碧糯二十斛白糯

127

二十斛粉秔二十斛雜色粱穀各二十四斛常用米六百石各色乾菜一車外賣粱穀牲口各項銀一千六百兩其餘孝敬哥兒們頑意活鹿白兔錦雞洋鴨等倒還照舊賈建看了回不出話來賈政道第一先儘家廟及府裏那年常盡歲們的套子且堆著些簡棋兒只是各房的分例便怎樣呢要說是通沒有呢這祖宗博下來的好處怎麼到咱們手裏籠籠籠縐裁了若是減派些咳也減派不上來這怎麼處賈建想了一想道除非各房分給他些銀于倒也省減也實惠賈政道這倒也是句話但是姝于在那裏正說間賴昇上來回道烏進孝要進來磕個頭兒賈政道罷了且伺候著改日再見罷他這個老庄頭還老

第五回　七

128

成難道還藏著什麼便問賴昇鎣這些光景你都知道了堆不過去的你同二爺算一算倒底要多少鎣打得過纔荒賈建道外面的賬目約有三千上下地不過去合上裏頭的一切總要七八千鎣可敷行賈政道這就難了賴昇便打一千道奴才受主子恩典兒子在任所寄到了過年盤纏奴才還穀澆裏求老爺賞臉容奴才抬架了外面的賬目賈政便嘆口氣道怎樣你們的錢也使起來正在為難吳新登上來回道林府來的王元要上圍去回話小的工圍子裏回了林姑娘傳見王元鎣引他進去上瀟湘館回話呢賈政點點頭吳新登又上來道小的還有句話王元說起林大爺吋他置買房子小的想起咱們家間

129

壁這所房子昨日已經我斷了不如原價轉過去搿個應兒就住得他們也省好些修理咱們也穀過年盤纏敢則老爺應了那府裏也幫貼的過來賈政道王元怎麼說吳新登道他說這麼著很好林大爺先也曾吩咐過要近著咱們府裏尋也尋不出來賈政也喜歡道他自然要回過南安郡王討示下吳新登道他說林大爺吩咐過一切事情回期林姑娘拿主意林姑娘有什麼不願意的賈政道只是自己至親只可送他住那裏好受他銀子這賈建巴不得成了這事自己身輕就極力的讚成說道林表弟來京原必不是暫住是個長久住家的光景倒是這麼著他心裏倒安難得至親間墻開通了往來也好正說著

第五回　八

發厭煩起來便道回也是這麼不回也是這麼等候著就是了瞎跑做什麼這人忍耐不住便發作起來說道晚上來說遍了早上又早了只管絮著絮到什麼時候纔好咱們西邊人直性兒你們家璉老二要來拉扯咱們趲什麼兄弟拉了賬不償還錢只想絮你趲得過是漢子攔什麼架兒還要閙長隨呢吳新登便喝道這府門裏的分兒滾罷這人便跳將起來把頭兒搖一搖直著脖子瞪起大拇指來喝道咱們便是老西兒不怕好滾罷誰滾誰看咱們拼著性命把你這班沒良心的忘八羔子到提督府關一闖去什麼東西府果府裏咱們只知道欠賬還錢誰知道什

122

麼府裏你會滾就滾這吳新登就迎上去要打躬的周瑞趕了進來攔住正喧閙間又有三個人到這名字徐來一孫茂源一王大有一孫隆昌三個人一見便說道咱們這王老五好偏其性人兒碩話也碩不得一句你看他氣得那庬著這吳二太爺也不要惹真了王老五你不要低了咱們同鄉的名兒難道堂堂甯國府欠你我幾個錢不成這府裏還不放心那府裏便怎麼樣你有話只好好的講雖則將本求利的苦學生不是將錢買苦吃的卻也該兩下裏顧些前後的交情這裏衆人攔著勸著周瑞連忙同林之孝上面去回誰知賈政吾假在家情細的都䁷見了當下周瑞往賬房裏招著賈璉一同到書房

第五日　五

123

來見賈政只是嘆氣無可奈何只得將四百兩葉金交貴璉開發去賈璉不敢嫌少只得領了出來錯這四個人到外書房內胡亂的道了好苦了就誤就將金匣子搬出來這班老西兒原是極勢利的見了葉金大家就奉承起來都說道二老爺原不肯羞的什庵樣人肯失信朋友無不過開發的多逐件勾着就是了王老五性急做什麼葉隆昌便將逐兩金子打開驗了成已過是上等枯赤便道它是足的但原票足紋我們會賬也要足紋交代過去這個換數不一就算府上肯吃虧些我們接了手也不能交代出去一則坐利一則換數落了下來我們做彩計的東家前賠不上來二爺這麼樣變了原銀交代倒也

124

直截賈璉明知他刀難要討便宜便笑道有了金怕變不出銀來咱們原銀也還拿得出來無不過轉了幾票的大家便是弟兄們也要看破些十分接不得手咱們過了年再講也好這王公茂聽了連忙陪笑道好二爺說那裏話論起來就過了年何坊不過咱們過不去如今咱們弟兄多在這裏好好的大家商量起來當下賈璉與衆人算明金數不足便共及孫茂源將了一票餘者儘數付清覽把這起人打發去了只見茗烟又走了來說老爺叫快請二爺賈璉連忙進去賈政道我們頂大的庄子是黑山村烏庄頭不知那年裏起手把些好地畝零碎弄掉了如今烏庄頭這進年下物事來他這個單子還看得過麼便

第五日　六

125

這一喜就同伯父母重生一般遇自己又於是科中了鄉闈第四名故先遣王元到京買宅欲於公車北上迎黛玉同居這裏黛玉為何見信傷心只因關起父母云欲恐有什麼家書只有哥哥衆信又想起哥哥志向真可對我父母我現在光景待要離處而去也就要別了哥哥故心上頭一陣不覺的落下淚來停了半晌歎了幾聲方纔折開看了又看更覺傷心晴雯道為這封家書元天望着到寄了來又這樣苦惱不知道大爺到了還怎樣呢紫鵑道是呢大爺這封書連大爺寫的時候還不知怎樣呢他那裏想來也是那麼着你要疼他疼自己就教了還這麼傷做什麼晴雯却心裏頭一心的憶着寶玉換棉禩的

118

情分一面勸他一面也掉下淚來紫鵑摸不着倒在旁邊勸道姑娘這麼着你也那麼着你倒於惹他傷起來黛玉終究是靈透的人就精着晴雯的眼淚遠遠的落在寶玉身上寶玉從前送他過去的時候怎麼樣換棉禩咬指甲扶着他送茶湯他雖譜個虛名兒也罷了這樣眼淚也不怪他我從前過去的時候明明的叫着寶玉誰來荅應一聲我燒這詩絹子比咬下指甲脫下貼身衣服各目各的路兒我雖沒有什麼虛名兒倒替寶姐姐頂個寶名兒寶玉果真實心始終該和寶姐姐不打怎麼也好了寶姐姐動便說起聖人賢人什麼道學話來怎麼而今也就有了喜了好一個實心的寶玉我到這個時候纔醒呢一

第五回　三　119

而想一面也掉淚紫鵑只是摸不着只有勸他的分兒過了好些時三個人方歇下到次日清晨王元在驛馬市店房內吩咐衆朋友開發車夫騾夫收拾衣箱什物照着良大爺諭單分頭送書信裡物辦事去筆我上賈府回了姑娘請了回信再回應來細細寫了票帖交蔡老三迎下去這王大爺說完了即便參上玻璃後欄荷包搽手絹子狼皮車褥坐上車去三喜兒也將水煙管換榔荷包搽手帶了狼皮車褥坐上車沿趕車的張小便叫唱著那牲口就低著頭使着勁往榮府來王元很知規矩離着府一大多路便喝住了牲口走下來步上臺階將過彎進門房裏去這裏吳新登即趕出來拉了手吳府裏衆友也哈了腰吳新登

120

道王老爹很有個伺候呢指着天井裏說道你老人家只瞧太陽到那裏咱們總好上園子裏回話王元謝了坐下四喜兒便叙着火點着紙搽子將水煙管送將上來王元吸了幾管便講口賈捍了大家就說起南方的話來只見府門外一起一起的送進各店舖的平賬進來上干千外的也有十幾兩的也有吳新登接了來分開幾項微上鐵千子不時間又有一輛轎車到宋先送進條子寫王公茂三字這個人便一直走進門房來站着拍着吳新登說道好吳二爺替我回一回吳新登道還早听去一會再來這人走出去站了一路又進來將吳新登拉一拉手說道好二太爺做兄弟的路遠就替我回一回罷這吳新

第五回　四　121

玉接在手且不看先問大爺好王元道很好又問家裏事情好
王元道很好又道大爺幾時動身幾時到王元道小的臨起身，
時大爺吩咐說趕年內起身那到的時候倒還拿不准又問這
裏舅太爺寄的信呢王元道已投了當面請過安了小的繞到
因為牲口車輛多城門上黑墜了進城來天就黑了小的還有
同來的家人們十幾個先招了店去小的先帶他們的手本來
請安說着便將手本遞交紫鵑紫鵑接過來送在桌上黛玉道
你老人家也乏了歇着罷王元道小的明日還要上來回話黛
玉道曉得了歇着罷王元應了一個是慢慢的退出同這些
人去了這裏黛玉方鏡折開家書來看不知寫些什麼在裏頭
第四回
113

後紅樓夢
第五回
　賈存老窮愁支兩府　林孝卿孤另憶雙親
話說林黛玉接到哥哥林良玉家書喜之不勝王元出去之後
黛玉坐下來叫晴雯剪了燭移近燈前正折看忽然心頭裏
不知怎樣的就疼起來心裏一疼指頭一冷就拈不起這封家
書淚珠兒就滾將下來原來黛玉的父親林如海本係金陵望
嫡親兄弟如嶽辛於兩廣總督任所雖則弟兄零為顯宦矣
日賢居京都原藉祖居已為家廟如嶽的妻房係南安郡王堂
妹龍氏夫人如嶽辛于粵中龍夫人遺腹本產如海接到揚州
115

同住數月後產了良玉龍夫人痛夫不見一慟而亡彼時通連
賈夫人生子不育就將良玉乳抱過來不育教妳娘過領直到
六歲後生了黛玉始令嬤嬤們撫養分床本來一子兩桃先儘
長房承嗣況如海夫婦血抱過來恩若親生故此良玉倍加李
順到了如海夫婦之後黛玉賈母接去這良玉便立志不不
青定婚成室卜宅營家定要繼了祖父伯叔重到良玉成功
名大開關閭因此就在揚州公館內營整的閉戶苦讀了十來
年將一切家計分派與主管王元蔡良趙之忠吳祥林華些柏
年楊周兒管理又因王元忠直派他做都管這王元一面料理
地畝糧食一面在外路買販又在塩務裏營運這事業就潑天
116

的興旺起來一則聖人之世薄敲輕徭二則林氏積德不小三
則時候地面俱好四則王元始終實心各樣計算起來竟有了
一千八九百萬的家事這良玉一心一意想起父母血抱成人受恩圖
清風毋親產後去世毫無所靠全虧伯父母將這財產家業
極這些財產家人都是伯父母遺下逐年滋生方將這個業
我總要成名俊立起室家報荅兩邊父母一總
交還黛玉妹妹以慰在天之靈他這心迹自王元以下俱各知
道亦曾屢次寄信提起這事這裏黛玉身故寫了信去良玉一
兒幾着慟絕回信中說老太太一番遺念要使賈璉送去時次
上船是以不差人來接直至黛玉回時後賈政起了信去良玉
117
第五回

采得緊怎麼也看不破我原自己糊塗為什麼壞蜘蛛蜖兒似的就粘住了倒底芽個什麼心裏頭七七八八的還防着寶釵湘雲誰知他們倒也各不相干雖則寶玉雖得緊難道不是我自己尋進苦海去的這個鳳搜子同襲人一明一暗背後面前的竟弄到我這樣那寶玉瘋顛的時候我也迷了本性一個女孩兒家想起來也害噪到了鳳搜子闖鬼的時候我就比什麼不如到過去的時候嫂這绢子回過來還叫出他名字來這是何苦呢我如今是另一世的人了各包各樣看破了天大亮了他們還要來哄我當我什麼人呢我的父母既之過了只有這個良玉哥哥雖則叔伯兄弟他也從小父母雙亡我媽懷裏長

第四回　十

109

大的他這個孝順世上還有麼他愛我敢則比老太太實心些我只等他來同他去我的事情我自己作主他敢不順着我我岔不做一個蘭看真人也不是林黛玉了從來人的主見最怕是從頭至尾的想來末後定個結局如今黛玉這麼想主意真個定了正想着遠遠的似有喜鵲叫黛玉還捨不得這個月色重新走到外間叫晴雯移了椅子狀上去站着扯開窗子又看起月亮來遠遠的聽那喜鵲叫聲似乎有好幾個一聲鶯着月亮像天亮了飛出窠來黛玉便憶着月明星稀烏鵲南飛之句觸起鄉思只見院子裏竹影斑斑敲敲如畫譜一般又隔着琵琶記上何處是愔竹吾廬三徑也就嬾嬾的下來這裏紫鵑晴

110

上的竹樹之影不肯就睡晴雯只得做起消夜活計來呌小丫頭子搬了火鑪子進房來只在火鑪上燉起一勺水來將白荷花蘭花涸衡開將寶釵送來的百和冷香丸化了勸黛玉吃些兩個也陪着吃了說些閒話忽聽得喧喧嚷嚷的好些人呌門進來十分詫異開了門時聽見說南邊有家信到了又說是良大爺有信來了是老爺呌周瑞引進來的黛玉大喜便問來的是誰周瑞便在外間答應道是王大爺黛玉喜歡得很便說呌他進來原來這王大爺呌王元小名呌孝順哥兒原是林運台的舊門上亦是兩代老家人年紀六十六七歲好不忠心護主

第四回　十一

111

在林家的分兒也就是賴大的身分也有好些子孫事業只因一心伺了小主還在林府內總管一切事情這番專差他上京有許多的重大事情交給他辦這良玉的本生母雖與南安郡王親戚卻因承祧過來這遭親些故此一直來到榮國公府中當下黛玉敬他是兩代的忠心老僕就先立起來這王元走進來就翻身下去一個一個的磕了三個頭站起來打了一個千請姑娘安黛玉道你老人家罷了你老人家還硬朗路上很辛苦你還好這王元又打一個千立起來挺挺的站着垂了手立在房門邊替大爺請了姑娘安然後捧起馬蹄袖子淨轉腰向懷裏取出書信雙手遞與紫鵑紫鵑就接過來送與黛玉這黛

112

八道的道東邊亮得很了又說道這裏也對過來了又說道咱
們家竹子裏也花花綠綠的又拍手道惹禍都家去完了只惹
得柳嫂子在院子裏仰着頭擺着手悄悄的說他們又趕到那
一邊去搖搖手這時雯聽見也趕出來喝着誰知道黛玉的心
靜只聽見惹禍家去完了陡然間蹋起雙親之故無家可歸忽
然間淚落不止那些老婆子們次第將閂上火爐溫着依了黛
玉止在中間點一盞小小玻璃燈也用小鏡屏遮着不許他分
着月色這裏黛玉紫鵑晴雯便慢慢地轉過曲屏風來紫鵑便
呼仔細些只為屏風後花磚下平深月久多有竹頑行過來就
在磚縫裏迸出一夢皆因曾經封鎖之故業着扶梯邊也還長

年月日

八

105

起一根竹竿撐到樓板上砍了一大半還粘了小半竿小丁頭
們時常去搖着他頑黛玉等到了閂上索性將玻璃宿開了這
冷氣却也不小雖則護着貂鼠煖着火鑪也剛敵個住遠遠的
一輪明月鴻將上來這裏天也大闊也高月亮也起得快倒像
有人趕着走似的且把這一泉人全浸在大月光裏黛玉便說
你們不必拘着各人隨意走走黛玉便檢一月亮正面處挨了
欄杆立住了仔細看恍恍的山河影子也辨出來只見這大觀
園也不小立在這裏十分冷靜比從前凹晶館同史湘雲聯句
時看得月亮還皎潔親近些便想這月亮果然可愛我最捨不
得到了月亮離人還能做一兩句讚他就算範照的纖纖和玉

106

鈎娟娟似蛾眉像些也不能說出他精神來這樣圓月怎麼讚
好那杜甫李白的金盞玉盤更俗些兒了白香山賦他幾許人
斷腸王安石梅花詩好借月魂來映燭茸好了也不過旁面說
說有些意思罷了其實那樣空明精彩誰人說得親切又想這
月亮到底是個扁的圓的點下來這樣可愛照上去便怎樣要
知道跟要上面去看鏡好不要天上還召有個月亮我若立定
志惰成了怎麼不許我上面看去也便四下裏望望這大觀
中樓臺上的瓦明觀觀着了油似的這些樹林遠遠的間這碧
密翠障分別不出近的便水洗過似的那一曲一曲的池子却
如鏡子新塵再望去遠遠的即是榮國府這燈火之影也還如

第四回

九

107

火龍一條暗暗瞰頭道這府裏事情也難籌籌年紀也漸漸大
了怎麼得個經緯人出來把持把持忽然遠遠的深樹裏飄出
一聲謦聲來真個地迎天空倍覺盪揚入耳也有似諷經之聲
月裏望去的是攏翠巷便想這惜春妹妹立志也堅但只營念
這些經做什麼我若是心裏一明立刻就去了紫鵑等怕他看
了罷半中間也將五加皮酒化了養熒丸催他服了慢慢的一
同下來進房坐定半晌黛玉心裏頭還賣汪汪的有個月亮压
眼睛裏也還晃晃的便慢慢的從頭至尾想起來從小兒父母
雙亡送到這裏老太太原也十分疼我雖然小孩兒家怎麼就
與寶玉一房這寶玉也可恨前世草眼似的一直粘着我我也

108

起目己五六十個箱子裏原有一千多葉金在内分開放入聽紫鵑說從前老太太吩咐不要放在眼睛邊交琥珀平兒放在庫内如今別隻箱子分毫不動只怕還在裏頭這黛玉本來心細極有經緯王熙鳳只在外面張羅林黛玉全用心思還用金箱記數那有遺忘便叫紫鵑晴雯悄悄的同小丫頭到閣上樓揚字雙謊的箱子搬一個來那裏一面去搬這裏黛玉一面的想這還是揚州帶來的我已決計修行怎麼帶到天上去既有此項一則帮了賈政過年一則還了老太太曰疼了我的賬一輩子也爽快但是要在母舅前交與舅母方好又想一想我是要脩仙的人這回子為世情上倒想起葉子金來這一念好俗

第四回　六　101

呢便雙手摸着那個小小攢銅的舊衣手爐笑吟吟起來不時間搬了來果是有的黛玉無不過要留些與晴雯紫鵑我仙去了給他兩個做念便將六百兩葉金另外裝好餘者仍舊各目安放了便叫他兩個說道將來我的這些東西一毫也用不着這幾個箱子你們愛的就留着念念我不受的就賞些院子裏八晴雯也懂了笑道姑娘上天去麼林黛玉頓着鳳鞋尖笑笑道差不多紫鵑也笑道姑娘好上去難道撂下我我也不要黛玉笑道你也要上去好好這林黛玉原是天下聰明不過的第一個人這一句話却好笑似乎他這個人要上天就上元定了連了頭也跟着去豈不好笑可見黛玉心已定到這樣那裏還

第四回　六　102

有想到寶玉的分兒真個趂湊寶玉化灰化烟也一毫不相干的了不過黛玉聽見晴雯不一同跟着上天也就覺得他終是那一路的不如由他各人奔各人的黛玉心裏漏到却也未曾露相到了明日王夫人賈政先撥過來恰好過着黛玉便當着賈政將葉金六百兩交與王夫人說將就湊着年用王夫人便道怎麼倒動起你的樣乙來賈政便道他這孩子實心就使他的黛玉也喜賈政去了王夫人等候寶釵來了李紈惜春也來了王夫人也去了王夫人倒不為這金子歡喜却疑心黛玉回心過來便悄悄去問晴雯那晴雯還不直說麼便道他要上天不要這些俗物了王夫人又驚又笑只把頭來搖心裏便忖道

第四回　七　103

寶玉這實心孩子便怎麼樣這日天晚李紈等也都去了這裏紫鵑晴雯都說起昨日搬箱子的時候箱子原放在閣兒上這閣前倒罷了那一帶閣道上隔着玻璃倒望得遠小了頭們還說前日下雪的時候更好看呢怪不得這班小東西整日間在樣梯上咕咚咕咚的叫着他也不理只望上頭鑽一似撑了什麼似的黛玉道今日幾時了紫鵑道昨日大月半黛玉道這麼着今日月亮很好不知天上雲彩兒怎樣柳嫂子在院子裏說道雲彩兒吹盡了西風到晚也止了你看這個天青的好看呢晴雯道姑娘也大好了咱們等月亮上來大家上去頑頑黛玉也依了這些小丫頭子聽不得一聲就咕咚咕咚上去望亂說

第四回　七　104

當面說開也就大家說開了你們還不知寶玉的虧背呢他老子一席話通聽見了老爺原說同你們商議面議自然千穩萬妥你老爺那一天不到瀟湘館去走遭你看他今日煩得怎樣似的又去了正說間賈政已回來一面進老太屋裏著人來請王夫人過去只見賈政坐在交椅上嘆氣王夫人生怕他受着寶玉的言語又要干連到自己身上便道你不放心林姑娘麼賈政搖頭道他們大家都疼他面上也好了也不生分我他的事你們慢慢的商議有什麼不妥的我倒不為此王夫人道外面的事情幾荒麼賈政點頭道很饞荒王夫人道本來不是時候了賈政嘆氣道說起來實在惹氣從前的賬頭賬目不（第四回　四　97）

要說你不管我也不問不知璉兒媳婦攬得怎麼樣在裏頭若說賬目上原有的但出出進進兩邊歸起來就沒清頭本來呢勢分也大了零碎也多了各樣什物也貴了還有人情趨熱鬧的柴草叢著祖上產業出氣多進氣少就是家人工食姓口錢料一個月要開銷幾個錢這些沒良心的吃著拿著埋怨著誰還吃素呢如今璉兒的空把式也穿了他鬧得這樣呀他還有什麼貼在裏頭無不過拿我新罷扣罷他這會子招架不來我就自己出去這把式更不好打呢恍恍的穩見南城外西賬也不少了這還了得我們這樣人家如何使這項錢便使使將不過更怎麼樣如今少我們的也有但只是貼些去總好開發人（98）

空房子押當這房子原是一萬五千銀子押上的謀回贖也久了那房主到這時候繞在那裏尋主顧遇說同這府裏一樣大小規模要找給我們好笑不好笑璉兒還逄人押當等這項出著呢現今呢公分也缺了怎麼樣有三五千銀子且拉過二十邊去這王夫人聽着驚呆了原有些梯己怕充了公便慢慢的道怎麼好可好咔兩個媳婦尋尋去賈政嘆氣道孩子們束西淡奔何且與當着過了平再跳還他卻也便當兩個都在婆婆房裏王夫人便過去告訴了他兩個知道時候近年賈政發極連忙各自回房去收拾不料王夫人請他兩個去支使晴雯來（第四回　五　99）

哄寶玉倒反幹了這件正經寶玉親自聽見如何敢再去催逼太太只是一毫不管獨在黛玉身上出神便了誰知間壁這所空宅到了十二月十三終兒寫了找絕熱來何賈政找了一千兩銀子去這事也巧恰恰林良玉來京買了間壁走通一宅兩院也是天緣巧合復文不表且說李紈回房收拾下午便不到瀟湘館來本意叫小丫頭子到王夫人那邊取替另物事送去卻恐黛玉多心疑他總慢叫素雲一同送來黛玉和他好並不疑忌只怕他着了寒涼便問問他好那素雲也防黛玉疑心就將收拾的緣故告知了黛玉細細的聽了吃了些下午物事心裏也替賈政想起這府裏艱難也替賈政的言語差不多便想（100）

這個古怪性情總要慢慢兒平復轉來的他心兒裏自然那麼想誰去理他倒是李紈看不過意想起從前寶珠的性情嫵親弟兄一束一西合著兩句俗語說恩愛夫妻不到頭又說是不是寃家不聚頭了李紈倒在暗裏揮淚每每的回味兒念念蘭哥兒罷了這正是各人心裏頭的想頭寶玉千愁萬緒忽想起傻大姐這孩子倒實心也會跑便悄悄的果子兒給他叫他到瀟湘館去打聽林姑娘晴雯姐姐做什麼事情講什麼話和誰人頑笑頑不頑悄悄的告訴我我還有好東西多少頑意兒賞給你這傻大姐照殺頭跑去了不多時跑回來悄悄的道太太吩咐不許人進去亦且林姑娘吩咐是誰通不許進去又

第四回　二　93

是老爺鏡進去呢晴雯姐姐通不見這傻大姐說完了又抓些果子兒跑去了寶玉一無主意覺將這瀟湘館看得似屬官上衙門還更難些只得來向太太要晴雯太太也沒法只得去請他兩個寶玉聽見他兩個來也害燥就先去了這兩個媳婦走進房來先把黛玉惜春戲笑的話告知太太笑道這也真正笑話前日一個做和尚今日一個做道姑通有惜春這孩子在裏頭如今和尚是做不成了道姑又要新新的做起來他們兩個真配對呢鬧的人腦子也疼了但是林姑娘呢實在也委由了些我也不是說一面話的從前行事原覺得沒主意些咱們這樣人家兒女大事可不該明公正氣的寶玉這孩子雖則淘氣

94

有他老子在家怕他板了天偏是鳳丫頭在裏頭兒鬼鬼祟智的老太太依了他雖再拗他從前不是這樣求你娘媽媽媽怎樣肯將寶丫頭許過來就寶丫頭過過來也怪可憐兒的到底費了賈家什麼事來就是鳳丫頭呢難道不是我的姓女兒如今老爺提起來還怪我回覆呢從前鳳丫頭過來丫頭比他什麼那時候倒無緣無故叫林姑娘頂這名兒你前日說他過去的時候神明似的樣樣知道如今紫鵑又在那裏鳳丫頭這些捏為難還瞞得他前日寶玉說得好從前老太太老爺太太原告訴我說娶的是林妹妹而且拜堂進房的時候還說是林妹妹寶丫頭聽這話我也很知你的不存心從前不

第四回　三　95

是老太太勞過的說你比林丫頭強的就在這不存心上頭我這話不過各人憑一個理就是了寶性林丫頭不回轉來倒也罷了世界上有幾個回轉來的人他如今偏又回轉來了寶玉果真不回來我還活甚的若就林丫頭回轉來講他倒不回來也罷了他如今偏又回來了我若珠兒在呢也看破些如今實在疼他他死死活活的粘住林丫頭偏又這樣這不是害寶玉是害我了而今還把晴雯也掉在那邊這晴雯又是他的心上人兒這孩子原也好我有日當面說開了他就知規著矩的怎麼不疼他你們怎麼哄他來走走哄哄這個就叫他慢慢的同着紫鵑勤着林丫頭也明白過來若是林丫頭肯叫我

96

對吃三個人笑的了不得黛玉臉上紅一紅也笑笑連帳正巳
起來惜春道這不比二哥哥還上去一層李紈道蔚你將上天
梯再送一步這裏說笑頑要倒也樂得很也是黛玉回過來第
一次姊妹相聚的樂境說話間湘雲便送了幾樣精緻菜點來
原是王夫人如意遣的卻總說是李紈處做的丫頭們便在炕
桌上擺起來姑坡三人推黛玉嘉裏坐惜春在地平上坐一把
小小竹節香檀雕花椅兒李紈寶釵都上炕丫頭們送菜上來
雖則天寒怕黛玉著了火氣用綠此瓷壞着小磁器的宮碗一
碗新笋天花湯雞腐燕窩一碗獐峯清嫩犬肉一碗松瓤清蔬
黃芽菜會用鳥雞肉搯汁清煨好一碗對雞生片湯一碟燕窩
88

送來粉鬆糕一碟今桃酥蔴菇素餡的其餘小菜也都精雅再
一兩碟腌鵝糟鵝鵝也有參葉酒也有清醇松子仁酒四個人
都隨意愛吃的吃了些吃完了丫頭們送了手巾接了漱盂四
個人都立起來寶釵又帶了上等龍井茶來要試雪水李紈說
寒些黛玉便強着要雪水丫頭們便多多的滾了幾滾開出來
果然配口又戲遣了些言語李紈寶釵只覺得背後有人曳他
似的假意同了惜春散去這裏黛玉還留住惜春李紈寶釵出
得瀟湘館湘雲方告辭道太太說快請兩位奶奶進去李紈寶
釵不知裏頭又開出什麼故事來疾忙進去要知此去何事且
聽下回分解
第三回
三
89

第四回
葳盡頭千金收屋券　月圓夜萬里接鄉書

話說李紈寶釵在黛玉處聽說王夫人請他不知裏頭鬧了什
麼連忙進來誰知王夫人將晴雯昔去的話告訴新寶玉寶玉使
立時要見晴雯已死知王夫人生怕晴雯古怪過分的逼着弄得改變
等一時没了主意故叫玉釧兒請他兩個那寶玉在碧紗櫥裏
似病非病的悶了好幾天也到王夫人處走走也替蘭哥兒講
護只是心坎裏總着一個黛玉其次晴雯幾回子要到大觀園
去又見賈政不時出進生怕他查問出來又後不敢進園子裏
第四回
一
91

去卻想這兩個回生的人恰好都在咫尺比古人中轉生到別
處回生到別家的徼倖了許多只是我對面不能相見壞太太
說我晴雯已說開了況且他從前過去時怎樣分訣的如今紅
顧裏還在我身上料想見面撥情分越好只不知林妹妹心裏
倒底恨得我怎樣就使我去見了林妹妹我顧盡一言不發聽
過他搜根到底盡畫絕絕的敷說我但他終有說完的時候也
客我照依着一樣的剖一剖就把我這個心當真的剖出來叫
他看看也好他每吞明白我就死在他那裏化了灰氣了姻叫
他看着他心兒裏可也回不回寶玉左思右想顛顛倒倒總不
過這些念頭那裏還有心到寶釵身上章罷寶釵大方明知他

紫鵑晴雯假說看看殘雪到那邊房裏與晴雯說開了這晴雯本來心地爽直而且見做主子的這樣又當著眾人前細細的表白他疼他又且襲人改節落在他眼睛裏了他又和寶玉好一時間不由人的說道太太既說明白了就是了王夫人便笑及他到寶玉處走走晴雯道我是直性人就去也不能哄他王夫人聽見就去兩字心裏便喜歡又曉得他性傲不肯逼著他便將就的道隨你看光景便了王夫人反又託了紫鵑過去時陪他走走只當散散似的紫鵑也應允王夫人平兒便告訴寶玉去了那柳嫂子在窗子外悄悄的聽見直驚喜得了不得若是五兒那裏有這個分兒便伺候著晴雯反像自己倒做了孝

84

順的女孩兒一樣過空兒也就催他且說黛玉見王夫人平兒去了稍覺通意終究李紈寶釵平日的情分離好這會子卻另一路人惜春也覺得打斷了讓道四個人卻三條路徑一時說話雖覺得不大投机正是

　　酒逢知己千杯少

　　話不投机半句多

到底寶釵的心靈高似李紈的悟性看見他兩個情景便猜著了幾分從前寶玉著魔時尋著惜姑娘講道今黛玉或者也著了魔也同他講道雖則他兩個人各自著了魔然撥合了他畢竟也是他性情合得他兩個的意思卻也好笑前前後後印板兒似的拿他做個搭紐兒寶釵也像規勸寶玉似的道你兩位

第三回　十

85

妹妹像談甚道似的怎麼瞞著我同大嫂子李紈也笑了這裏惜春未及開言林黛玉嘴快就笑道讓了你們也不懂寶釵便笑拉李紈道你看他歎我們到這個分兒我倒有句話讓這仙佛也不是容易做的說做就做滿天下都成了仙佛了大凡成仙成佛各人有個根基我看林妹妹自然世界天下第一個女孩兒了此還拿不住就做神仙呢若說說就做得為什麼孔聖人這樣聖人論語上明明的我一行子不語怪力乱神你就連孔聖人也不服了黛玉笑道寶姐姐要便拿道學話兒壓住人你也拿不定人你說孔聖人從前孔聖人到了柱下見了老子歎他猶龍這時候老子還是個凡人直到後來方纔騎了青牛

86

出得函谷關去孔聖人怎麼不先己知他是個神仙寶釵笑道林妹妹你不要怪我卻知你斷斷做不成神仙黛玉明知他話裏有因便笑道你不知道我我倒知道你寶釵道你便說黛玉就呵呵笑道你們這班人多是情蠱卷得寶釵李紈惜春都笑了寶釵便指著黛玉道大嫂子惜姑娘你看這林丫頭狂的這樣兒一家子通罵了連世界天下人通罵了他從前騙派劉老老做母蝗蟲而今把咱們也打入蟲字號去了他便有做神仙的分兒他這箇頭子尖利便到了神仙隊裏也要咬摩兒叫來神仙撐他下界呢三個人不覺大笑起來寶釵又道更好笑我們那個動不動說人家祿蠹這裏又說個情蠱這倒不是個蟲

第三回　上

87

的意思這紫鵑晴雯也猜摹不出晴雯在旁邊看了一看見黛玉被雪影子耀得粉裝玉琢說不盡的百媚千嬌心裏忖道這麼個人兒從古來那裏還有兩個要說我壞他好不慚愧怪不得寶二爺性命似的捨不得也只有他略略的配上便動了個皆寶玉作合的念頭走上前將雪兒搭救解了紫鵑又去摸一摸金魚兒黛玉總不管只看着兩盆花卻像有所遇似的他們兩個便也由他且去臺衣服添香柳搜子也來熙熙他兩個也便揚揚的在玻璃内望望雪鉤的層層樓閣這裏黛玉心中思想的黛玉不昔新他們他們如何能知道原來黛玉自從回過來一心一意只想脩仙他看了雪景回來便想到天上琼摸玉

80

宇到得那裏如何道遙自在也想起五真太祖人女身在内而且蘭香真人本是素女十五歲上便想起凡只因親生牽掛直到後來方纔遂意畢竟一心堅家我從前早背父母早該學他枉枉的擔誤了歲月而且一子异天五宗起抗我若得了道速之過的爹媽也一處了看看滿屋中陳設只有這兩樣令我意思這意心嬾梅直到歲寒方吐也歷過多少風霜況那水仙的翠帶銀鈕也真有凌波的態度可惜他草末之類被人撤弄若生在空山遠水由他受日月精華一樣的也會成形脫體我如今現在强過他又且歷了多少境界若不趁早回頭就比着草末一樣了正呆呆的想着王夫

第三回　八　81

人薛姨媽喜驚踏凍來了黛玉終究不好意思略略應酬些也就說倦王夫人見他開了口也歡喜也會他倦的意思老姊妹就同喜鵑出來想些話去哄寶玉還想黛玉就回轉意來那知黛玉的心上已決定了一個主見那裏還有想到寶玉的分兒又過幾日黛玉早膳後又在那裏出神只聽得小丫頭們同柳搜了喬拳說道四姑娘來了仔細着遇多凍着呢惜春道這院子裏竹兒也太多陰陰的你們怎麽不將蓁路的叫人砍掉些小丫頭道咱們姑娘正受他斜斜的呢這裏黛鵑便揭起煖簾來晴雯便迎出去同小丫頭子攙着惜春進來黛玉就滿面的笑迎出來說道好妹妹怪惦記我你就是未不先知的你再不

82

來我要叫紫鵑來拉呢惜春也笑道你哄誰呢說着笑着就在坑上對面的坐下了惜春笑道你愛着這兩樣花什麽意思黛玉笑吟吟的道你猜猜熙熙頭道我也懂得黛玉笑道你怎麽不說惜說要我說黛玉道我專等你說惜春彈了一個我說偏不說兩下裏笑了一笑這裏頭們如個的機鋒黛玉說到合意便將參同契性命圭旨等書互相講究一個工夫深遠一個會悟精明說得頭頭是道正在講投機外面王夫人李紈寶釵平兒也來了這兩個好不與黛玉略略的說句話也就呆呆的坐着又是王夫人

第三回　九　83

也肯不是我說他若圓圓兒的連林姑娘也好說話了這王夫人聽了並不為怪喜鸞姊妹也儘着點頭王夫人便說道我起先不明白而今聽了你這一席話我也明白了不是我必定順着寶玉做主子的倒去招惜了頭只是仔細的想起來怪難過的我幾時去當着他面說開了他還要怎樣琥珀也道他還要怎樣呢不表王夫人琥珀兩下商議且說瀟湘館中黛玉久已，復原而且從前舊病若失總之一個人無思無想就病也好得快些黛玉自從回轉過來真個四大皆空一絲不掛就如一個心孔被仙露洗濯净了倍覺得體健身輕本來在房中走動以因厭見俗人故此借着養神閒閒的坐坐臥臥這一日雪霽紫【76】

鵑晴雯撿開窗書是個好日子都央及黛玉走走散散黛玉也逛了走到外間依舊是王摩詰着色輞川圖虞世南的墨迹對聯一邊是敬玉江心鑄鏡八幅八洞神仙掛屏一邊是唐六如水墨細筆西湖十景橫披還有黛玉最愛的唐六如小楷道德經也掛在琴桌後這張小琴也安着絃橫在桌子上面還有些古鼎芳器筆簡各色文房四寶連寶釵送的零碎人事可以陳設的也都精精緻緻的擺列着天花板上全釘着大紅繡花羽緔緞漢玉古鏡的屋幔地上也鋪着織翠毯真個各色齊全一件不少黛玉提了個小小白攢銅着衣的手爐兒慢慢的看去還有王夫人逐時送來的素心蠟梅素心草蘭綠萼梅水仙盆【第三回　六　77】

也幽幽雅雅的放着黛玉點點頭道難為了珠大嫂子了再走過去隱隱的氤氳檀降香來再走進幾間看見李紈供的神像黛玉又落了幾點淚上前來拈了香解下金魚兒供在神前輕輕的福了三福紫鵑也下去拜了四拜慢慢站起來也再福了四福紫鵑隨將金魚兒與他掛上耳墜子晴雯淌着淚也拜了黛玉便道不要蔡濟了停會子將吳道子的白描呂祖師掛上這裏紫鵑晴雯聽了答應着纔曉得黛玉決定要修仙的了心裏頭都讚道這個仙女也配黛玉便走回來見那軟羅烟顏色未退這雪日晶光射眼得緊忽然的觸起賈母來連臨過去時白疼了三個字也觸起不免又掉了幾點淚黛玉要看那雪景【78】

叫打開窗子這晴雯連忙走進去將天鵝絨大紅繡金綢絎搭菱並紫貂大紅軟呢雪兜與黛玉披上了方叫紫鵑開窗紫鵑輕輕的打開來這雪真個好看把這些竹子壓得歪歪斜斜也有壓得很麼折了的也有頹花兒將到地的你敲我擊搖擺不定還有幾樹梅花淡淡的一點兩點趁着太陽漸漸的吐出來微微的飄有香氣得多少霽日散同雲之象迎風送玉蝶之飛黛玉細細的看了一回真個再世重來感傷不已那紫鵑晴雯怕他着了冷再則乏了傻了便掩上窗催他進房來黛玉也便揉揉眼進去卻教小丫頭子將素心蠟梅水仙兩盆搬進來放在炕上呆呆的對着他也點點頭並不言語倒像有什麼領悟【第三回　七　79】

去回話一會子又叫林之孝進去又發出對牌來又是吳新登進來說北靖王來了又傳說各勳戚部院也來隨後又說恐怕驚動改日定了神再見一會子又說北靖王拜會賈政連忙更衣出去不幾句話又進來這一刻賈政煩極了寶玉更煩得了不得賈政又叫賈璉進去說了些話賈璉出去王夫人恐怕賈政拘著寶玉也請賈政過去說他小小感冒不要拘著他賈政也點點頭仍舊回轉房裏來看些書札稿片也將賬目翻翻頭一會歇息一會終究寶玉惟怕賈政賈政在房中使如正神鎮住邪神一般咳嗽一聲寶玉也心裏跳一跳便不敢叫鶯兒過來催逼著要紫鵑晴雯王夫人便像欠債

似的有人攔住了暫時且鬆爽些兒卻將諑然瑪瑤盤盛著兩盤新鮮果子兒叫玉釧兒拿去同鶯兒哄著寶玉又順手的拿上兩盤叫素雲送與寶玉順便問你奶奶揣摩著林姑娘近日愛吃個什麼柳家的弄不精緻叫你奶奶悄悄告訴我我這裏做了去不說是我的只說你奶奶做的素雲答應著就去了王夫人又叫彩雲悄悄的告訴他叫他詢平兒琥珀說我心裏怕記著叫他們委委當當的說素雲去了不多時平兒回來了平兒上前去悄悄的說了半晌王夫人只呆呆的便道你且去叫鶯兒來編幾句且哄住了他平兒便叫小丫頭到老太太房裏碧紗櫥內悄悄的扯扯鶯兒的衣衿不要叫老爺知道小丫頭

第三回　四

去了鶯兒便過來大家商商議議不過說紫鵑實在走不開晴雯原肯過來也因林姑娘檢點東西撢不過手遇著空兒也就來的至於林姑娘的話卻不可拾架防他磕頭磕禮起來鶯兒便去學著說了寶玉也無可奈何只是呆呆的胡思亂想這裏正指使著人那邊琥珀也回來了王夫人便問他琥珀的言語也同平兒的差不多王夫人就叫琥珀坐下來叫他幫個主意這琥珀終是老太太屋裏人與鴛鴦差了有限在主子前源有個分兒說得句話又遇著王夫人再三問他知道王夫人為寶玉面上肯委屈些兒也和晴雯好替他委屈便說道據我的主意叫晴雯過來呢他到底是個丫頭致不過來就是跟了林姑

娘也還在這府裏況且底子裏是寶二爺的人兒不過追上去是琥珀說到此便頓住了口王夫人便道進上去原是老太太的人與你們一樣我從前原誤聽了襲人的話剛纔聽晴雯這些話原不是全無蹤影兒而今襲人也去了他倒回轉過來他平日心高氣硬為人正經也就一輩子洗刷清了也暢他的意他還要怎麼樣你看他從回轉來我不疼他他叫我再怎麼樣琥珀微微的笑著說道他還說老太太屋裏總是鴛鴦一路上的人惟獨襲人作怪呢而今他的居心為人太太也都曉得了太太而今這樣疼他誰還是上只是他這個人是個糊塗性子順毛兒象生太太只要將從前掛心他的話當面說破了叫他死

第三回　五

容易招架那知李紈也就為難這李紈是和順不過的媳婦又知太太心裏只慌記著寶玉卻不知道那兩個丫頭的性情敢又敢不得只得她强答道太太的意思我儘知道但是林姑娘雜他兩個便不受用雖則他兩個是了頭也有些古古怪怪的哄寶兄弟就去了但是我一個人去林姑娘又要疑心起來哄難道說太太叫他他當真的敢不過來況且暫時過來走走哄我在裏頭有什麼了前日寶妹妹叫雪雁過去打諒是林姑娘的舊人叫他諳個安到底摸著些性情順便留下替替他們兩個我們也未敢輕易說出來倒是晴雯爽剌一面叫雪雁站在門外邊一面搭三搭四的提起他來林姑娘一聽見一字不説

68

滿了多少的眼淚那晴雯見了連忙出去做手勢嚇得雪雁立別跐了回來就連寶妹妹也有好辦天狐狐似的王夫人道難道從前去叫雪雁的時候他還清楚麼李紈笑道我是送他的人親眼看見的他前頭這個病原千伶百俐神明似的那一件不知道此我們還清楚王夫人十分不好意思便道所以我的意思林姑娘那裏慰將你同他的情分好慢慢的勸他且將這兩個丫頭叫過來哄哄他李紈道卻也奇怪近來林姑娘倒像和四姑娘好些王夫人道他卻是另一路的人兒怎麼倒說得來從前他們兩個雖不生分也沒有什麼好得很而今倒反好起來倒打諒不出李紈道我也是這麼想而今要呌這兩個丫頭

第三回　二　69

過來依我說只好我先去停會子弄他們兩個的舊相好過去悄悄的拉過來我也幫著他們若過來了也叫他就去王夫點點頭李紈就去也拉著寶釵同走原來林黛玉回轉過來兩府內姑嫂姊妹以及各房丫頭多有想去看他的總因王夫提防著黛玉性情古怪故此預先說知眾人便不便過去這幾大家的林之孝家的周瑞家的連嬤嬤及各處老婆子小丫頭更不必說當下李紈過去半晌王夫人打諒了一回便呌鶯的丫頭墨琴去喚平兒琥珀過來悄悄的將這些言語告訴他叫他兩個過去隨後又想了一想叫玉釧兒也去幫著拉他兩個來玉釧兒也去了好一會子玉釧兒走了來王夫人不

70

見紫鵑晴雯便道怎麼樣玉釧兒嘻嘻的笑著總不說王夫人盡著問玉釧兒道我們幾個人背了林姑娘拉他兩個到對面房裏說了多少話這紫鵑頭也搖掉了總不開口晴雯便說二爺是要拉拉扯扯的他卻不是襲人一流人兒王夫人聽見了襲人兩字面上紅一紅玉釧兒道晴雯還傲呢說懂他的時候怎麼長怎麼短襲人說得怎樣活龍活現的又是什麼妖精呪狐狸呪前窩後後通是他把寶二爺引壞了這會子再過來二爺又要引壞呢王夫人聽了勾勾碰在心上正在為難寶又叫鶯兒來打摞問紫鵑晴雯來沒有王夫人直覺得走不是坐不是的忍然賈政進來一直進屋裏去了隨後又是賈璉進

第三回　三　71

太太商議。這句話驚醒了寶玉。到了第二日，王夫人從黛玉處回來，聽說寶玉身上不好，便嚇慌了，連忙來摸一摸，走出來跟問鶯兒，知道原故，只得來寬伴他，一面叫快請太醫，也不等寶玉開口，便自己來安慰他，叫他寬心，便說林妹妹呢已回過來了，你老爺呢已經定了主意，況且他現在園子裏遠罷到那裏去。若說紫鵑晴雯這兩個人，難道我便喚他不來，虧我的兒，你快快好的，定定神，等太醫謓過了，已在身上叫他兩個來遇你，問他什麼話，遇你同他們照舊頑笑，想使得，就老爺來問也有我招採，不要說這兩個，就是林妹妹也包在我身上，我便同你珠大嫂子商量，慢慢的勸他，你們兩個本來

好得很，難道而今倒生分起來。況且他若沒有緣，老太太也不再送他回轉來了，你聽見古來有幾個回轉來的人兒，你這個寶心孩子也不要太糊塗了，我而今就去把他兩個叫了來。寶玉聽了也就顧不得端，便道很好快去罷。王夫人出來正值賈璉陪了王太醫進來，賈璉兒與太醫照會過不要提起，出去回來一節，太醫便會意，一路轉說些閒話進來，說道這幾天卻有時症，都輕可不打緊，略頭散疏散便好了。一面說一面坐下，問了打寶玉也回了一句好。這王太醫閉目調息，靜靜的診了左右兩手，便抬起頭來，豎起兩個指頭來道，恭喜恭喜，兩貼便愈了，外感也輕，有些肝鬱，輕輕的疏散了便好。賈璉忙叫人去回太太，太醫說輕得

很吃兩帖藥就好的，那人去了，王太醫隨即摸一摸手，同賈璉到外面定方去了。王夫人聽了也便放心，就告訴賈政知道，寶欽已料定寶玉要病幾番，着總之人已回來，都無妨碍，也甚放心。只在王夫人房中請過賈政的安，也就不去看寶玉，這正是他大方得體之處，也並無一意做作。這裏王夫人便打發人去請李紈過來商議，要叫紫鵑晴雯來看寶玉，并叫李紈勸轉黛玉的性情，未知紫鵑晴雯可肯過來，李紈可能勸轉黛玉，且聽下回分解。

後紅樓夢

第三回

探芳信問紫雯求晴　　斷情緣談仙同煮雪

話說王夫人因怕寶玉害病要緊，安慰他，許他叫晴雯紫鵑過來，還許他勸轉寶玉，這是急忙中的語言，回到房裏越想越難。起來卻又怕寶玉害病，只得着人請李紈過來商議，不一時李紈過來，王夫人先將勸黛玉的話，央及他李紈着寶玉吾王夫人見光景不像，連自己也曉得為難，便要他夾及紫鵑晴雯過來大家說過，不均怎樣將就哄他一哄，不要年終歲暮外頭事還鬧不清，這孩子又鬧出故事來，王夫人打諒這一句話李紈

裏要念着老太太便十分的用心服侍林姑娘你們心裏也明白这林姑娘並不是外人你們總聚定林姑娘我一輩子吊眼看你並不薄待了你贾政这句話無非打動黛玉要將寶黛圍全紫晴侧室的意思無奈黛玉自己完了一個狠死不回的主見心裏頭雖則感念贾政的實心此等言語竟如東江西海一何不知道也就驗兒上紅一紅回一句明白贾政便目去了这樣贾政説完了再説道你們明日他兩個人玲瓏剔透似的如裏王夫人李紈聽見了加悟小心黛玉本欲在王夫人前略略愿姗些因晚上紫鵑説起裘人許多説話心裏很煩便叫晴雯下了帳鈎睛雯又溜起王夫人慈信裘人擇他的情節見夫人

第二回

人在房也訕訕的走開去了那黛玉在帳中看見也暗暗的點頭只剩得紫鵑與王夫人李紈尋些開話談論且説寶玉在碧紗樹中一夜那曾合眼悄悄的拉着鶯兒問些話先聽見裘人嫁了蔣玉函不勝嘆息鶯兒道二爺怎麼能先知寶玉道我贒告訴你怎麼能先知我只在暗處看出來的鶯兒一定要追究什麼暗處寶玉道人也去了説他話長藏着些厚道也罷了寶玉在鶯兒面前不好意思略將實釵問了幾句便即跟究黛玉近日如何動静鶯兒也不肯隱瞞便説道二爺你還問怎的你還不知林姑娘这番回過來變了一個人似的寶玉嚇了一嚇道怎麼樣變鶯兒道他这人材兒不必説了照舊一樣從前還

不肯吃药不肯將养如今是药也肯吃將养巴肯將养性气也平和寶玉道这不變好麼鶯兒道變是變好了只有一句贒玉道什麼話鶯兒道我打常聽見不許人説起寶玉两字就恨你到这個地位寶玉嚇了一跳慢慢的滴淚道恨是該恨的但不能剖出心肝来鶯兒道我勸二爷也好看破些還説二爷回来偲若到他那裏探一探立刻就要搬出去寶玉便哽哽咽咽的道搬到那裏去鶯兒道趄得説等他衣天大爺来就要搬去寶玉这一驚不小頭乱跳四股漸漸的热将起来鶯兒懊悔不迭寶玉又来及这我而今也不敢到瀟湘館去我只要晴雯要紫鵑来看看我容我説一句話鶯兒道二爷説得好容易他兩個近

第二回

日好不金貴呢林姑娘同他時剃不離太太也不去便喚他我敢去拉扯寶玉道紫鵑呢罷了晴雯難道也變了也跟了林姑娘一路兒鶯兒道就算晴雯心裏有二爺如今现在林姑娘那邊又是回過来的人也是女孩兒怎樣姻緣無故距到这屋子裏况且老爺也在这屋裏還此起先老太太的時候姑娘們盡著往来麼寶玉想鶯兒的言語果然有理不能駁回只在枕上流淚傷心不住心裏總想着黛玉不知存什麼主見越想越煩起来便叫鶯兒將蓋被全個揭揮了鶯兒嚇了一嚇將寶玉頭上一摸又自己額上一鈸覺热得許多便道二爷你心裏煩耐着些罷什麼天氣要揭盖被你要紫鵑晴雯来説話慢慢的與

連忙暗住黛玉心裏也明白眼圈兒就紅起來紫鵑便即改過口來說道怎樣的太太就拍拍他喜歡得了不得說好孩子從今以後交給你分我的月錢給你這些話從前原兒兒紫業似的往後那一個不知道還說他不狠毒呢我是直性到底的人不能捏造一字姑娘你不要氣苦黛玉聽了這番說話倒也並不在念只微微的笑道這纔是知人知面不知心呢晴雯便滿淚不住此時黛玉精神已經復原愛他兩個人閒話便三人同底說了一夜紫鵑便問他兩個人死復魂魄在那裏安頓方覺晚得全是老太太求了觀音帶在宗祠內的紫鵑又將兩府裏查抄時許多苦楚及老太太王鳳姐鴛鴦過去的光景並薛姨

媽家事史姑娘守寡坐功傳說已經得了大道整整的說到四更紫鵑打諒黛玉一番而今光景與從前大不相同竟無整懸真個換了一个人似的又晴雯偏偏的只管根究寶玉紫鵑查性將寶玉當他笑蓉神嶽祭文答他又粘住我問姑娘被我幾次不理怎樣的跟了老太太來此痛哭怎樣過空便粉住了我問姑娘可曾留甚言語怎樣的又搬到外間炕上將五兒當了你半夜裏說起遇仙晴雯聽見了想起咬指甲摸棉祇的這庭竟汪汪的淌下淚來黛玉反冷笑起來說道歡了頭你還情想替他打動黛玉誰知黛玉鐵石似的摸不定他定了什麼

主見一直哭到頭難哼方睡了一睡黛玉先醒見日色已高李紈已到忙起叫起紫鵑晴雯來三個人趕忙穿戴梳洗已畢賈政剛纔上朝謁祖回來便帶了人參養榮丸及參雪燕窩片到瀟湘館一直走到床前來看黛玉黛玉自從李紈蘭哥兒先後來說又聽蘭哥兒學的言語心裏著寶玉感激賈政無奈與寶玉匹配一節與自己意不相干此刻見賈政親來心裏點點感激口裏轉不能言語只望著賈政揮淚賈政只叫一聲我的兒也就不能言語坐下來拉著黛玉的手也只有揮淚這兩個人心中各有千言萬語似的只說不出來惹得眾人皆發怔了一回黛玉哽咽了半晌方說出一句道我的良玉哥哥在那裏賈政明

生這一輩子也沒了只我是誰你想哥哥你不要生分了我黛玉就點點頭賈政自己本來怕傷又恐壞了黛玉便慢慢的立起身來對著李紈道我很知你們情分總來林妹妹也不是外人你疼他也就如孝順了我李紈連聲答應正說話間王夫人也來了也叫晴雯過來磕了一個頭賈政倒細細的看他一看真箇是晴雯一模無二連描容也沒有這手段心裏驚異了一回便說道你同紫鵑都是老太太的舊人兒我很知道你們心

但而今林姑娘呢依舊在我們府裏寶玉又回來了要圓全這
事也還容易只是林姑娘到底性情傲些也要他心肯覺好罷
政也淌起逐來道我從前這個好妹說不盡意合情投我一聽
見他有了這個女孩兒又興寶玉的年紀相當心裏就動到後
來手足割斷了留下這一個外甥女兒愈覺的動心及至見了
他心裏不知疼的怎樣是的只是寶玉這個孩子傻又愛不過
兩下裏比評起來也配他不過的只想老玉太作主定了難知
事到其間偏開出個建兒媳婦來闔神闖鬼弄出許多話起把
今甥女兒是回過來了你還說他傲呢他還不該撤呢姑娘好
也不管什麼只等他的哥哥林良玉來我當面替他說這裏頭

第二回

七

51

的言語他是個女孩兒我怎麼說得你既顧意你只與珠兒媳
婦慢慢的商議便了王夫人也就樣樣眼說我也是這麼想卻
難為了寶兒意裏遲見了這番議論想起來把我們姑娘怎
麼好獨把個寶玉樂得了不得賈政又問蘭哥兒中舉後見舅
師會同年的話又勉勵了些會試工夫便呼各人教去歇息蘭
哥兒送到瀟湘館請李紈的晚安也到寶玉帳外請了安寶玉
己能久坐也回問了好蘭哥兒便同李紈到外間將賈政言語
學與李紈紫鵑聽了也就學與寶玉黛玉只冷笑幾聲倒嫌個
各不相關的光景隨後李紈毋子去了瀟湘館便關上門紫鵑
晴雯都在黛玉林前學着賈政訴說玉鳳姐也牽核帶葉一直

52

的說起來襲人許多不是來黛玉自回轉之後每聽見他兩個人
談論從前寶玉做親一節只管聽了從不則聲而今又聽他們
說起襲人來就不知不覺從靠就上側轉身來說道別人罷了
怎麼襲人也有多少德妹我倒要起瑤紫鵑冷笑道好你兩個
人怎麼知道不要講時紫妹妹是襲人斷送的連姑娘也是他
了他從前到底造些什麼話你說他這樣凶險那紫鵑提起
了襲人直把無明火升高了三千丈把雪白桃容紅雲氣滿便
了襲人的掉下淚來使勁的說道他好不很毒呢姑娘身體嬌好
些不要聽了氣苦黛玉聽了道收你們當我什麼樣人我這番回

第二回

八

53

過來各人定了個死主意饒你說什麼闖我什麼我只曉得
襲人怎樣的很毒他就很毒到晴雯怎麼到我身上紫鵑冷笑
道說起來你兩人也就分析不開黛玉道這又奇了紫鵑當時
恩不佳便將賈玖痛打寶玉之後太太叫襲人去細細盤問怎
樣說晴雯妹妹狐狸似的花紅柳綠的愛打扮步兒也緣怎樣
水蛇腰怎樣的眼睛也懷林姑娘行步兒也緣怎樣的引誘寶
二爺怎樣也要將寶玉撇出園子去姑娘你想這句怪怎樣的
撐了時雯也要將寶玉打壞了有人紫鵑說到這裏便頓住了口幾
裏去怎樣的賈玉打壞了有人紫鵑說到這裏便頓住了口幾
乎將有人眼睛哭得尚葡似的去看他說出來只恐黛玉害燥

54

李嬤們捨到瀟湘館去了只剩蘭哥兒陪著賈政當下王夫人一迭將寶玉送到碧紗櫥小炕上還像小孩子一般給他拉了靴脱了馬褂鬆了帶又將他通靈玉摸一摸咔他睡下蓋一條小被鶯兒就將臉水送上寶玉抹了臉喝了人參燕窩湯側身睡下王夫人就叫鶯兒在炕沿上陪伴自己出碧紗櫥來賈政也淋臉喝湯在那裏看老太太的遺物看到左邊壁櫥上不見了壽星拐但只掛了一個空囊便問王夫人壽星拐那裏去了王夫人坐下來將賈母夢中之言黛玉晴雯回生之事以及兩今黛玉將養後原可以起身各情景逐一的細細告訴賈政警嘆不已寶玉卻在碧紗櫥裏一一聽明又悲又喜恨不得立刻

第二回
五
47

趕到瀟湘館去賈政便道你便告訴珠兒媳婦我雖則纔到家他也不必拘著來這裏伺候呼他一遍在瀟湘館只當伺候了我王夫人就叫個小丫頭子告訴去于賈政又叫蘭哥兒道你替我到瀟湘館去問林姑娘好說我繞到明日就去看他作只叫你媽悄悄的告訴蘭哥答應了是一直的便走賈政又叫聯來說你告訴你媽天很冷各處嚴窣些房裏火业不宜太旺總要各樣存神些林姑娘也不要輕易勤彈蘭哥兒說晚得了飛風的去了寶玉著實感激反埋怨著賈政不叫他去說話間元色就晚將下來王夫人問寶玉可要喝什麼寶玉說不要了王夫人就在老太太房中同賈政吃晚飯說些家常閒話又說起

48

巧姐兒周家的親事是劉老老說起的兩下裏都願意只等老爺定奪賈政有了酒觸起母中恨王鳳姐的心事便冷笑了兩聲道遠巧姐兒呢難道不是咱們家子孫況且從小兒在這邊生長就同你我的孫女兒一般只是他的媽幹的事情還戒個人麼好好榮寧兩府祖上功勳險些兒被他敗盡了王夫人終是護逗便道人已過去了老爺也忘懷些罷賈政本來秉公又一路來想到王夫人只念姪妹不念姑嫂而今還振死的回覆他內姪女兒也就忍耐不住正要開言只見蘭哥兒進來回話道剛纔將爺爺的話告訴新媽媽林姑娘正睡著養神不時間醒了媽媽就悄悄的告訴了媽媽叫回上爺爺說林姑娘說當不

第二回
六
49

趕爺爺問好撐得起來再來請安爺爺明早要去逛當不起再有爺爺吩咐媽媽的話媽媽也曉得了賈政聽頭因為寶玉不吃晚飯就叫蘭哥兒在旁邊一同吃飯把一碗拆觥雞皮燕窩湯移在蘭哥兒面前那賈政心上本來有氣又巧巧的蘭哥兒傳將寶玉的話來忍不住就說道太太你休怪我我在寶玉回身那一晚一夜不曾合眼想起那邊的心事來賈政說完這兩句硬將身中所想的言語逐一逐二盡數說將出來也還添幾句狠毒在內只惹得王夫人兩下裏滴淚不住蘭哥兒興鶯兒呆呆的是一是二都聽了王夫人道老爺說的話呢也沒有言回就是我呀也不過順了老太太沒有什麼私心在裏頭

50

錯了他怪過意不去的這孩子有緣再來瘦怯怯怪可憐兒的你們大家疼他些可不是跟着林姑娘傲呢只聽說柳嫂子進去哭又哭不得笑又笑不得說不是他女孩兒到底也是說是他女孩兒到底不是難為這晴雯倒肯認媽在院子裏跟着叫媽寶玉終究小兒心性聽了倒笑起來焙茗道柳嫂子唅着眼淚二爺還笑呢寶玉道怎麼柳嫂子也在瀟湘館院子裏焙茗道聽說這些調度統是珠大奶奶的張羅而今林姑娘倒也合珠大奶奶好我們這府裏的人兒此得好李林姑娘此做過世的老太太拿珠大奶奶此候過背的璉二奶奶這珠大奶奶在林姑娘跟前雖此不得葉鵑晴雯此還說

第二回　三　43

就罷了寶玉道這也難怪他我聽見林姑娘從前過去的時候原是珠大奶奶一個人送他那璉二奶奶你也不必提了林姑娘的性命原是他送的而今一樣地窩子裏誰翻身不焙茗還湊着寶玉耳朵道還好笑呢咱們苦二爺還告新人說是你告訴過他從前璉二奶奶和你好過呢寶玉面上紅了一紅便說道這也是沒天理的話呢苦小乎這東西從前何的璉二奶奶討差不到手故此懷着恨將他污蔑了有他們這班嚼舌頭的在外揚言怪不得那年我同璉二奶奶從那府裏同車回來那焦大喝醉了口裏胡關逛養小叔子也就亂噴出來我正要問一問倒卷得璉二奶奶要趂起我來了焙茗道不錯了焦

44

大爺指在馬州裏睡了一夜嘴裏塞滿馬糞至今他老人家走過人還問他馬糞味兒的寶玉嘻嘻哈哈的笑起來說話之間早到了府門首寶玉便覺得燥起來這正是知子莫若母王夫人已預先吩咐從門客老先生們以及賈氏弟兄叔姪合家上下人等但許向老爺請安不許向寶二爺請安又聽了李就的話因賈政孝服未滿將賈政行李一連鋪設老太太房中就在老太太臥榻旁狀一榻也就在碧紗櫥裏替寶玉安一小炕恐他舊病未改仍舊厭素妻室且就此養神一回自從焙茗迎出去的時候便即鋪設妥當連大坑香爐此都微微的燒着這寶玉到了自家門口免不得醜想媳婦終見公婆也就訕訕的

第二回　四　45

跟了賈政一直采到後堂免不得在王夫人薛姨媽前請了一個安他兩人便如拾得珍寶一般直喜得眉花眼笑隨後李紈寶釵喜鸞喜鳳環兒蘭哥兒次第來賈政前請安賈政一一拉起大家也見過賈璉賈政又拉了蘭哥兒的手道好孩子你替祖宗爭氣我很疼你媽也樂那王夫人便拉了寶玉的手道寶玉你惱不惱寶玉正在害燥就乘機說道惱得很王夫人便攬了寶玉進老太太房裏賈政也跟了來看見他的行李俱在合了意說道很好王夫人便望着寶釵將小指一搯寶釵看了會意便叫鶯兒過來伺候寶玉這寶釵本來大方看見寶玉回來暗中喜歡也不形于詞色便同薛姨媽回房這裏衆人都散

46

後紅樓夢

第二回

青瑣帳三生誤鼠恨　　碧紗廚深夜病相思

話說榮國府聽說賈政寶玉同回，合府大喜，王夫人即喚焙茗帶伶俐馬牌子選了快馬迎將下去。這焙茗得不的一聲，出得宅門一片聲備馬，一齊頭直跑出去，一遲過了薦進梅，又跑過二三十里，迎着賈政，焙茗滾鞍下馬，高聲請安。賈政即問兩府都好，焙茗道很好，就拉住車轅，將黛玉晴雯回生的事逐一回明。賈政大喜，叫他快去告訴賈璉寶玉。焙茗帶過馬迎上來，先遇曹雪芹，也將此事告訴。原來賈府家法森嚴，王夫人吩咐過 〔39〕

第二回　一

林之孝外面一概不許傳開，故曹雪芹也未知道，雪并聽了也喜歡，連叫他快告訴二爺寶二爺。焙茗帶着馬行不幾步，便是賈璉的車，告訴即見寶玉的車，焙茗搶上一步，將黛玉晴雯的事告訴，喜得寶玉欣聲狂笑，幾乎志亂。焙茗扶住寶玉便道：你把姓口放了，坐上車沿來話。焙茗便與坐車沿的替換了。這個坐車沿的年紀生得很俊，原是賈政在下路重價買的，在跟班中第一，得罷楷書也好，唱曲傢伙都會，又是一條脆滑小旦喉嚨，真個千伶百倒，帶一項貂尾纓染貂帽兒，上穿香貂鼠反穿馬掛，下穿玫瑰紫天馬皮缺衿短袍，腳踏粉底皂靴。這小子姓李名瑤，賈政特 〔40〕

他就隨寶玉一路上看這主僕兩人的也就不少，寶玉戲叫他瑤兒，又見他左耳際帶個攢金環，又戲叫他寧兒，這小子十分乖覺，看見焙茗光景，知是寶玉舊人，便將馬下來拍拍焙茗說道：好哥，鋪了馬褥。那焙茗只顧那有工夫，只道兄弟罷嗎。這瑤兒便將懷中揀椰金腰裏絹搭手掠交焙茗。焙茗一面與寶玉講話，一面也順手將腰裏鞭子扯下遞給瑤兒。瑤兒即板鞍上馬，跟着車慢慢的走，也側着耳聽他兩個講話。這裏寶玉定着神便問道：你這個話真的嗎，不要哄我。焙茗笑道：我哄爺敢哄老爺，磨剛曉回過老爺，老爺也喜歡的很，叫我快回爺，我一溜下來連遠二爺曹老爺統告訴 〔41〕

第二回　二

了，千真萬真，怎麼哄你，我剛纔回太太去，原就在林姑娘房裏。寶玉方纔死心塌地的信了，便道：林姑娘的房在那裏。焙茗道：原在瀟湘館。寶玉道：怎麼太太也在那裏。焙茗道：好不傲呢，府裏人說起來，太太時刻過去，此從前伺候老太太還勤些，林姑娘全然不睬。寶玉道：這也怪不得林姑娘，到底林姑娘和誰人講話。焙茗道：我們二門外的人也聽不真，聽說只許紫鵑晴雯講話，誰去便叫下了帳鉤，傲得很呢。寶玉道：晴雯以許五兒還生，也是世上有的，怎麼晴雯也同在那裏，也不知太太待他到言語硬朗，太太還對着眾人說這孩子倒實心，我從前看 〔42〕

女黛玉便一聲兒不言語李紈上去黛玉便說道好大嫂子寶釵上前叫一聲林妹妹黛玉也叫一聲寶姐姐只有薛姨媽恐怕煩他神思拉住唇薑並喜驚姊妹只遠遠的站着再過半日黛玉也就能一口氣喝半杯粥極稀的入麥粥漿眾人漸漸放心再將瀟湘館內細細的滋垆一番這紫鵑真如孝子一般同床共歇無明無夜衣不解帶再過幾日晴雯也能起來了搬至瀟湘館伺候黛玉可憐林黛玉性情古怪自回生之後不喜別人只有紫鵑晴雯是他心愛隨便驚動惹要這兩人其餘只有字致到來也愛見面便是寶釵母女也覺得生分了一禮見人來先叫紫鵑下了帳鈎面新裹睡王夫人待他倒像見了賈母一

第一回

六

35

掀倒反沒臉王夫人却不敢怠慢一則想起從前自己許多不是竟是活活的害他一掀二則知道賈政的手足情深林姑太太止遺一女幸喜回生過來作稍有怠慢恐賈政回家不依三則老太太示夢已驗分明與寶玉有嫁而且兩府規模俱要在他手中興旺四則寶玉果真回來定要與黛玉見面若將黛玉輕忽寶玉仍要瘋顛為此不知不覺刻刻來窺探到此伺候賈母加倍小心無奈黛玉不瞅不睬王夫人只得忍氣吞聲一日王夫人正在黛玉房中忽聽見焙茗第一片喧笑之聲直僮進來王夫人便喝道小奴才鬧什麼焙茗就便帶着笑打一千叩喜說道恭喜太太寶二爺同老爺回來了王夫人便笑得說不出

36

來急問道在那裏焙茗便將賈政家信呈上王夫人看了信說道好的狠老爺在路上還沒有過着璉二爺焙茗道老爺也喜歡的了不得還請曹老爺迎上去曹老爺已將動身啟則數日內也就到了王夫人再將家信高聲起來要黛玉聽見的意思（念）那信中之言却與晴雯之言一樣誰知黛玉却一毫不在心上直等到王夫人去後悄悄的告訴紫鵑晴雯說往後我耳躲裏不許人提那兩個字兩人慎各會意了王夫人一出去兩府大小慢已盡知連外邊門客俱來賀喜合家喜歡薛姨媽母女二人自不必說不一日焙茗又報進來說老爺園寶二爺回來了門上已套車接去了王夫人大喜要知寶玉進門見王夫人等

第一回

元

37

燥與不燥如何與黛玉見面及黛玉理他不理他之處且聽下回分解

38

也急急的趕了來還是李紈有見識先將鐘表定起時辰遵命將一付潔靜齊整的被褥向黛玉床上鋪設起來爆起寶爐細細的焚起養神安息香及尺木錦紋香一壁廂供起香烟往樓上取下南極長生大帝救苦觀世音壽星神像三軸供將起來再叫柳嫂子搬進小廚房應用家伙安放側廂後院俱叫靜悄悄的不許驚惶不一時到了時辰便叫林之孝圍瑞及走得起的家人進屋裏來先將門窗關了吩咐起蓋這林之孝終是個老總管便上前擋住道這事雖沒有外人知道但只拿不住准信萬一不准未免招凶然況且林姑娘過去久了那裏能說完好如生紫鵑便道若說身體定然不壞從前姑娘在揚州帶來一條練容的金魚養在水盂定了性也會游臨過去時候給他含在口內的李紈道真個的我也一同照着給他含在口內的這王夫人聽了越發相信那裏還肯聽他便叫林之孝下去圓瑞上來林之孝終是個有擔當的人看見鬧像很大那裏肯依顧不得王夫人就橫身上來攔住圓瑞王夫人便喝扮出去也並沒有人當真的扠着他忽然像有個人推倒他似的真我出去裁得發旁林之孝家的就着人扶他回去了這屋裏忽然一道紅光就這紅光裏面閃出一尊神人悅恍的見他將黛玉的棺未彿了一彿棺蓋就落下地來神人就不見了紅光也散了眾人便趕上前去圍着的黑光揭開盍衾隨揭化連衣被統是那樣卻喜的黛玉顏色如生兩頤上起下些紅暈兒紫鵑急急的將手去試着周身俱帶溫和更喜鼻息間微有生氣流動便悄悄的叫男人出去亦不許傳出一聲兒李紈寶釵紫鵑忙將兩床軟被過來裏着黛玉輕輕悄悄抬到裏邊牀上臥下慢慢的參米湯灌將下去也便吃了些主夫人只悄悄的叫輕些兒一面吩咐快將棺木抬出去施捨恰有個後卷周老老為了他利市就喜喜歡歡領去做了壽木又悄悄的各處打場得二十分潔淨再叫喜鶯妗妹同了平兒瓏珀將黛玉的衣箱什物以反陳設各件都靜悄悄的分着閤上閤下裏間外間問明了紫鵑照舊安放這裏李紈等只守着黛玉直到了末初一刻漸漸的透過氣來將金魚兒吐出紫鵑連忙用線穿好緞鞋在黛玉的耳墜子上黛玉倦眼微舒星眸半啟仍復合眼睡去薛姨媽便出個主意快請光明殿羅真人選擇有名氣並道行高的十六位法師到榮禧堂打醮各處巷觀音廟分頭騎馬去寫明香畔焚香化紙王大醫也慌忙請來細看說定是回過來的了不必服藥只須靜養即可複元眾人便不分盡夜時往時來直過了一週時到第二日巳牌時分黛玉方嘆了一口氣舒開眼來便怯怯的道我的紫鵑妹妹呢紫鵑直上前來道紫鵑在這裏紫鵑真樂得心花四開起來黛玉瞅了一瞅又怯怯的道晴雯呢紫鵑道好了時就也起來了王夫人上前叫一聲跽

林姑娘已在瀟湘館內只等明日巳初一刻立便回生二爺現在老爺船中少不得一同回府這惜春紫鵑聽了顧不得真假即便趕到王夫人房中款開房門進去誰知王夫人床邊明燈猶燦原來老太太已過後王夫人依了老太太遺言固喜驚喜鳳父母雙亡卻過房過來看作親生一樣只這兩個人陪着王夫人住在裏房二人進來王夫人正自擁衾獨坐默默出神兩個人便把晴雯之言逐一細說王夫人不覺喜歡極了竟道這也實在奇怪我在四更時清清楚楚夢見老太太顫危危的走來拍拍我說道好了林丫頭重生了明日巳初一刻快快去開了棺救他我十分害怕只怕老太太陰靈嗔怪我留下他五百金（第一回）（古）27

一宗送柩怠慢我便說老太太不要多心林姑娘送柩一事日夜在心即當趕辦老太太就惱起來說道你不要糊塗我與你說正經話你反當做戲言宣有此理不要說林丫頭與寶玉前生配定姻緣便是榮寧兩府將來也要在林丫頭手中興旺起來你記着你若不信還你一件信物說罷便將手中壽星拐搬將過來嚇得我一靈時驚醒了床上卻有老太太生前的壽星拍你們看看是不是那紫鵑先走上來一看惜春便道這是老太太去世以後老爺親手封好裝在錦囊橫在老太太肉房壁楣上說是手澤所貽不許擅動若非老太太陰靈示信如何出來如此看去林妡娚真個要重生呢王夫人一頭說一頭不知 28

不覺就穿衣起來挽頭髮說道快請寶二奶奶去不管晴雯真活假話且問他去便穿好了衣服同惜春紫鵑一直過來連喜鸞妹妹也來了寶釵自從寶玉走失了每每晚間不寬衣解帶一聞此信即便同鶯兒起來當下一衆人俱走到晴雯玩邊王夫人便在炕沿上坐下拉着晴雯的手說道好孩子你只管說這晴雯便依先的說了一遍王夫人也將夢景告訴他晴雯道可不是呢明白白我同林姑娘一路走跟了老太太回來老太太原要同了林姑娘到太太房中林姑娘不肯故此叫我送他到瀟湘館去往後林姑娘使我找紫鵑姐姐我就來找不知老太太那裏去了王夫人寶釵等聽了俱各大喜直如寶玉（第一回）（三五）29

已經見面一樣王夫人便將晴雯的手放了說道好孩子真個這樣你便是我的親女兒寶玉回來便留在他房中回明老爺叫你們一輩子過活這晴雯生來氣性剛強受不得一毫委屈雖則死後重生卻也性情不改便道多謝太太恩典往後不敢就教了衆人盡皆吐舌紫鵑便道既然如此誰到瀟湘館去衆人齊聲道大家同去只有晴雯掙不起來便留個老婆子小丫頭伴了他餘者盡去這時候傳開了免不得五兒之母進來傷痛一場難得晴雯肯認為母慢文不表當下王夫人等俱進瀟湘館內一路竹影苔痕十分幽靜開進窗去倒也明潔無塵問知紫鵑時來灑埽衆人歎息不一時薛姨媽李紈也來了香菱 30

惜春紫鵑十分投合卻因出去數日感冒起來初時尚輕往後越重瞀死不肯出去紫鵑苦苦的守著他一夕奄奄竟有黛玉垂危的光景紫鵑正與惜春商議要回明王夫人這夜紫鵑等中忽見晴雯走進房來笑容可掬說道紫鵑姐姐我回來了你林姑娘也在那裏等著你呢紫鵑明記得黛玉是過去的了卻忘記晴雯也是死過去的便說道晴雯妹妹我去見你林姑娘紫鵑不信晴雯道我哄你呢你不信跟我去見你林姑娘紫鵑忙走起來跟著晴雯一連到了瀟湘館真見林黛玉嬌怯立在那裏紫鵑未及開口黛玉道紫鵑妹妹我自己到了家還不能進去我好苦便將手帕找起眼淚來紫鵑一面欲起正要說

第一回　三　23

話晴雯道林姑娘我已替你找了紫鵑姐姐來我要進我的屋子去了紫鵑回身拉住卻被晴雯推跌了一交醒來卻是一夢不覺冷汗渾身一盞孤燈半明半滅感歎不已立起身剔亮燈走到五兒炕前听他可要湯水只見他氣息微微紫鵑也不懼怕便將燈攜近喚老婆子將稀粥湯輕輕的灌下去五兒竟一口氣喝了幾口漸漸的咳了幾聲到五更時說起話來道這是那裏紫鵑道五兒妹妹你糊塗了這不是你的炕我還坐在炕上呢五兒搖頭道我不是五兒我是晴雯紫鵑大驚想起夢景難道是晴雯借屍重生不成連這老婆子也慌了手腳即便告知惜春一屋子還有七八人一

24

齊趄進來圍到五兒炕前聽聽他的聲音口氣宛然晴雯本來面貌一毫無二越看越像起來紫鵑便說大家不用驚慌或是五兒病得糊塗了或者著了邪也未可定的就是晴雯借軀回生也是有的總等天明了大家回太太去只是方纔一夢十分奇怪難道真個的晴雯轉生不成惜春問是什麼夢紫鵑便將夢中光景說出惜春道這麼說連你林姑娘也要活過來了紫鵑道正是呢我這會子恨不得就到瀟湘館把林姑娘扶起來夢中明明白白好不奇怪紫鵑正說話間炕上病人便說道有甚奇怪我剛瞌矇同林姑娘回來原是明明白白的只是你們回了太太要便太太重新撣我出去但前頭撣我時恐我引誘二

第一回　三　25

爺如今二爺不在家也不妨留我幾時等二爺回來再撣惜春一聞此言硬著膽過來便當他真是晴雯便道你敢則知道二爺下落晴雯道我與林姑娘原同二爺一處走如今林姑娘也回生了二爺也就待回家了惜春紫鵑各人俱有心事一想寶玉一想黛玉一聞此言不勝歡喜便知炕上的真是晴雯便催他再喝了幾口粥湯索性問他底裏這晴雯命中註定重生定了一更多神神形形已合惜春又將人參嚼碎攙入飲湯又灌他喝了些時晴雯半眠半坐靠著老婆子坐起來將賈政從中遇見寶玉審問僧道拔針釋放之事逐一說將出來還說道有個引路神將我同林姑娘送到間壁宗祠跟著老太太過來的現今

第一回　三　26

不要性發起來活活的處死趕路上更深夜靜掠入河流豈不是走到船中自送性命卻回想賈政神情大有憐惜之意或未思下此毒手想到此處又壞起冤胎來這總是寶玉小兒心性經此一番風波尚不肯一心向正這段文章雖則無關正經卻有一番頓悟天下聰明子弟切不可引他論道談禪致為匪人所誘沉迷不悟只就賈氏府中前面一個賈敬後面一個寶玉便是榜樣幸寶玉走得回來那賈敬便拋家離室己淅淅冥冥的去了每有士大夫功名成遂養靜坐關這班無賴小人假託秘方千方引誘或鍊丹以取利或以養原神鍊大丹之說騙取資財也有小小效驗蠱惑人心弄到頭來終無成就一五一十

第一回　十　19

算來他卻未曾空過總得了手去吃過虧的還不肯說他反說自己魔頭替他掩飾要知漢武帝便是古人中第一個聰明天子求了無數方士千奇百怪要做神仙到了後頭自己真箇悟了大道說出七個字來便是載在史記上的天下豈有神仙哉七字如此說難道一無神仙要知神仙只憑功德不在打坐作為人生在世果能親親仁民愛物不怕不做神仙這是一定之理閒話少說且說賈政寶玉同床安睡一夜不曾睡著總之彼此皆出意外快樂處多況且寶玉新中了高魁賈政這喜歡不小不多時天就亮了父子二人即便起身程日興就過船來將所辦口供書帖送賈政看了賈政說很妥只要諱避寶玉兩

20

字便將寶玉名字扡補胡乱添改一個小廝名字只說這賊棍盜了府中玉物用迷藥拐了小廝途中醫覆供明理令送交地方官照惡棍例打死不必內結並吩咐眾人都替寶玉隱瞞只說在山寺中避喧不必說出實在情節寶玉也便放心賈政十分疼愛寶玉一面吩咐將養他又知他與曹雪芹筆墨至交一面寫信安慰家中並請雪芹趕路下來與他作伴寶玉見此情景倍加慙愧不時問程日興賈政妥送來賈政便打轎上岸將僧道面交地方官遠一訴說地方官見係元妃國戚又是人証確遂即坐堂審明將二賊亂棍打死妖物銷燬訖然後送賈政回稟這寶玉方纔安心適意跟賈政回京不題且說榮國府中

第一回　十一　21

自從走失了寶玉李嬸嬸哭了一場就老病嗚呼了王夫人寶釵等哭得不成樣子賈璉又迎賈政前去薛姨媽雖則從旁勸解說到中間自己也就流淚只有李紈見蘭兒中了心內歡喜也因寶玉走失在王夫人面前不敢露出喜歡的意思又因近日家道艱難各事掣肘雖說將老太太靈柩送回而老太太所留五百金為寶玉娶親之用亦未曾挪移以此黛玉之柩仍停瀟湘館內王夫人自將襲人嫁與蔣玉菡後日逐將各房中用不著丫頭逐名打發只有五兒打發去撥仍舊的哭求他要進府中王夫人欲冷其心不使服侍寶釵反使他與情姊紫鵑同居一同燒香拜佛正要他厭煩求去的意思誰知這五兒跟著

第一回　十二　22

初到府中人人稱讚老太太珍愛他也同寶玉一般後來總為璉兒媳婦在老太太面前說長說短又在太太前說白道黑即便讚他也是暗裏藏刀形容他的夬利後來太太也一路說去老太太也不大疼了我在中間豈不知道好好的榮寧兩府被璉兒媳婦弄得家破人亡之人命也來了私通外官也來了直到而今還落一個重利盤剝小民的聲名祖宗靈見也要髮竪起來叫他過來管這幾年弄到這個地步畢竟是他妒忌黛玉只恐做了寶玉媳婦使辱他這個榮國府的帳房一席故此暗施毒計活活的將黛玉氣死順便又迎合了老太太要這個寶釵過來忠忠厚厚不管閒事他便地久天長霸住這府到如今他何

第一回　八　　15

回生轉來寶玉卻想道我自出娘胎錦衣玉食天天在姊妹隊中過日從前那等樂趣雖未嘗稍涉淫邪然出世為人那一件不稱心滿意只因林妹妹之過方纔懊惱想到出家起來我原想成了仙佛後到天上去尋著林妹妹一同過日又遇著這和尚到我府裏說的成佛法兒十分容易只要避去紅塵同他到大荒山中坐了十日一回兒明心見性卻可肉身上天尋著林妹妹那知道這個妖僧自出場相遇選了迷藥摘了通靈萬苦千辛一直跟到此處最苦是心頭明白不能語言一路上服伺

16

這兩個賊夾賊道上路喝背衣已下店喝開被鋪重便打釁便寫原來和尚徒弟這等難做從前焙茗跟我也沒到此地位我在路上見過幾處官司榜文寫明走失第七名舉人賈寶玉開明年貌各處訪求我苦不能言語無從投首可恨這賊夾賊道拉我同來竟要賣我做戲子牽彆他戒的是淫邪生恐破法不然還了得今朝這兩賊也被老爺處罰了不知明早交到衙門還如何現報呢最善老爺將林妹妹晴雯的針兒都拔了或者真個的回生起來我若今生今世再見了這兩個人兒我還要成什麼佛這不是活神仙了只是想起離家之日對著太太嫂子賢姐姐說起進場的話帶些禪機話頭臨行還仰著元說

第一回　九　　17

走了走了這回子又跟了老爺回去可不燥呢就算他們不妨絆被壞兄弟關兒說笑也就燥得了不得況且出門去還有各世交各親友真正燥也燥死不知老爺可能替我騙謊遮蓋了些又想起和尚這個葫蘆也有趣我雖從他授過隱身法只不能得了他這個葫蘆原來夢境也可愛幻的我從前許多幻夢只怕也是他損先振佈怪道有許多境界有許多州于我告訴人人還不信我如何弄他這個葫蘆來自己帶回去也試他一試也就有趣得狠恁又想起從前琪官一事被老爺打得半死害得林妹妹傷心得了不得如今做了逃走的事情比琪官的事情更大不知老爺發作起來怎麼好這裏又沒有太太救護

18

玉仍舊與寶玉帶上討半碗水用指頭在水碗裏畫了好些口中不知念些什麼念完了却遞給寶玉喝了一會子寶玉便能說起話來便走到賈政跟前請了一個安說道寶玉該死罪賈政便喝了一句你這玷辱祖宗不守規矩的奴才口裏雖喝着心中却老大不忍你道為何可燐寶玉坐在錦繡叢中又是賈世王夫人百般愛惜常時有襲人等隨身服伺焙茗等貼身護從風兒稍大便說二爺避着些腳步稍勁便說二爺慢着走正如錦屏園芍藥欄翠護芳蘭何等嬌養今被這賊禿賊道拐騙出來一路上兩雪風霜冕不得揉飢受凍那一副黃瘦容顏也就大不比從前了賈政平日雖然待子弟甚嚴見寶玉合着兩眼

淡亟了手恃立於旁未免心中疼惜便喝令他睡下了明日再問你賈政却又不放心起來叫他跟着自己同鋪歇息便吩咐衆人將僧道二人嚴行看守自己便帶了寶玉踱進房艙遠寶玉生平從未跟着父親睡臥又自己有了極大過犯心上七上八落只怕賈政問他無言回答那知賈政解衣就枕只嘆了幾口氣却一聲兒不言語寶玉跟着睡下心內暗喜且捱過一宵再作道理那知賈政與寶玉兩人心上各自有個思量賈政想寶玉這個冤障生下來便奇塊玉在口中本稀奇古怪從古未聞自然性情怪僻偏又老太太太百般護短不由我教管他故着孔孟之書不肯用心研究從小兒只在姊妹中間調脂弄

粉學些詩詞成親以後不知着了什麼魔頭小小年紀便看到內典諸書妄想成佛作祖說也可笑這正是聰明兩字誤了他具此天姿不走正道以致今日竟欲棄世離塵幾喪匪徒之手實實可恨不覺咬牙切齒的一番又想他不如此聰明做一個尋常子弟反無此等墮落却又勸他做一件像一件便成人的也趕他不上他在舉業上並未用過工夫不比蘭兒自幼理頭苦請怎麼着幾個月工夫一舉成名便高高的中一個第七名舉人出眾這也實在稀罕同時勳戚子弟千選萬揀實無其人怪不得北靖王一見面就刮目相待只道他無下落的了那知道他又自己走了回來畢竟是賈氏家運未衰此番帶回去嚴

嚴管教也沒有老太太護短便有太太見此光景也不能阻當或者成就起來還有些出息只是這番回去如何見人只好說他在近京山寺中盤桓支飾過去又想他這瘋顛的病根擾太太說實是因黛玉而起莫不是逃走出家也因黛玉今壞和尚所說黛玉尚可回生備此言果真必定將黛玉配了他方可杜他的妄想因又想起黛玉之母從小與我友愛不幸喪世單留此女雖有嗣子良玉究非親生我原該立定主意將黛玉定為媳婦何以出門時草草的聘定了寶釵這總是太太姊妹情深姑嫂誼薄故自己外甥女便要聘來我的外甥女便要推出擡出老太太作主叫我不敢不依其實黛玉為人又穩重又伶俐

第一回

正欲拉他進艙忽有一僧一道跳上船頭拉寶玉登岸便走賈
政一面跳上岸來一面大叫當有家人長班及水手等四五十
個人聽見呼喚一齊登岸追趕這便是為官的勢力尋常行旅
那有此等威武被時賈政登岸斷無一人獨去家人不從之理
又使僧道二人果有神仙之術立便騰雲飛去何從追趕況且
前書中說像賈政逼至昆陵驛撥山前僧道寶玉俱不見了其
自毘陵辭後並無一山此皆前書中依了寶玉敬作變幻之文
且說賈政率同眾人追去不上半里就雪地之中將寶玉同僧
道一齊捉住即呼人歇了寶玉綑了僧道帶回身中賈政這一
喜非同小可當下立將寶玉衣裳換過問他說話寶玉仍不能[7]

第一回　四

言語賈政知他遇著了迷藥一面令人扶他上坑將息一面呼[8]
將尿糞穢物淋澆僧道二人又牽犬一隻將犬血淋了再將僧
道帶進艙中二人變野異常如何肯跪苦被犬血穢物淋過不
能隱身賈政便喝令眾人按倒各處四十大板僧道叫苦連天
情愿供認賈政喝令寶玉供始攘和尚供出極慮道人如何出
府中得知端細屢次商通隱身偷玉欲賣銀一萬兩不能到手
因又商同澆恨假以講經度佛為名與寶玉約定就於出闈之
日一同逃走如何用迷藥迷住使他不能言語騙出禁城及到
途中寶玉受苦不過屢欲逃回卻被他用言禁嚇說到此便截
住口賈政喝道你既將寶玉拐出究竟要拐到那裏去不用

極刑如何肯招立命將和尚道士夾起二人受刑不過情願供
招及至救不依盜不說賈政喝令收繫用小棍敲打腳塊兩人
只將說出要拐上蘇州去賣與班裏教戲賈政還不信喝叫再
夾兩人哭叫道實在真情夾死更無別話了賈政當將兩人放
鬆搜他隨身物件巧巧的那塊通靈玉即在和尚兜肚中搜將
出來依然帶著金黑線絡子又在兩人身上搜出許多東西來
逐一指問不能隱端一個金紫色葫蘆口貼玻璃說是引誘人
魂魄入去幻出百般夢境一個銅匝子收放迷藥兩三本假度
魂魄又一個小小木匣傾將出來共有十幾個小木人一本小冊
都是男的女的生魂賈政翻開一看開明生魂姓名下注年庚[9]

第一回　五

看到後面內有榮國府閨秀一名林黛玉榮國府使女一名柳[10]
晴雯賈政大驚喝道你將這許多生魂攝來罪頭寸磔兩個叩
頭道不妨但將木人身上兩個小針輕輕拔下各人即便回生
賈政即將黛玉晴雯的小針拔了餘者也就一總拔去這黛玉
晴雯便即從當境神引導到賈氏宗祠聚了魂魄跟了老太太
送他各自回生後文另表且說賈政當下只將通靈玉收起來
其餘物件即靖程日興師爺來央及他備細將二人口供敘出
再寫一封書帖俟天明了送交地方官從重辦理程日興即便
到自己船上連夜與同事趕辦去了這裏賈政明知和尚為頭
道士為從喝令和尚將寶玉迷藥解釋和尚便請賈政將通靈

兩邊仙府係曆焦仲卿蘭芝掌管卻住在兩字之中大的是有
雖必補的因果雪芹到了殿上拜謁了蘭芝夫人顏芝便道焦
卿赴會去了請先生來卻有一番嗎咐從前愚夫婦冤別生離
人間都也晚得到了同證仙果卻辭了近日一位名公譜出一
部碧落緣樂府世上方繞得知而今賈寶玉林黛玉一事先生
要編撰書也是補恨天必收的冊府但是他回生一節我有同
難相濟的苦心也須替我傳出從來我在離恨天宮見一道怨
氣尋出根由便知黛玉晴雯之冤恰好焦卿在南海菩薩處回
來知道支太君要重興兩府求准菩薩令他補恨還陽君有煉

第一回

二

大因果先生總要敘明雪芹并一一記清也拜謝了這賈雪芹就
從離恨天進去再從補恨天出來夢醒覺諱不已因想起前
紅樓夢一書只因順了寶玉的意多有失支脫節粉飾挪移之
處而今要撰事直陳不妨先日揚清覺玉本有嗣兄良玉襲人
政嫁求在賈政未歸之先香菱小產病亡休舊病產無恙喜醫
喜鳳也並未結親只跟了王夫人作女至一僧一道即張道
士徒弟德屋惜即妖僧志九這德屋道士平日非為被張道士
革逐過着志九傳授妖術他兩人攝人生魂幻人夢境隱身盜
物迷人本性只因史太君信了神佛寫了一家的年庚道支張
道士祈禱就被德屋將黛玉晴雯的年庚私下寫去了又串通

第一回

三

容金魚真身未壞卻有妖僧魔阻須守時辰便將黛玉晴雯之
魂交付史太君帶在宗祠守候囑我註名補恨並在離恨冊五
兒名下借生晴雯又比較恨憤寶玉還欠的多又註定他許多
魔折始令成雙又恐黛玉留連富貴不能再入仙班又令史真
人同居指引我這番作用一則完我心願二則剖了菩薩慈悲
三則榮國府數昌盛而且黛玉這個人從前失意的時候不
免憂慮慈煩激成了尖酸一路到得意了便覺得光明磊落做
出一個也炯英雄先生編這個補恨之書也不可理沒們不要
說我我為了他大分策畫就是菩薩也十分留情怕的開棺時不
能應准了時刻遣遣章歃尊君到榮府送他回生真是一件絕

志九隱身盜玉班一蕃銀子不能到手便會了寶玉哄他同去
可以見得寶玉晴雯同成仙佛正果就伺寶玉出關暗灑迷藥
引他到僻靜處所將黛玉晴雯的年庚錢定在小床人上就現
出兩個人的形貌如漢武帝望見李夫人一般寶玉就相信十
分跟了他走不期着志九迷藥就說不出話來寶玉到昆陵驛
地方適過着賈政回京望見父親謀誣便覺得本性恍然明了
一直奔上船頭雖未落髮卻是僧裝恐上船來惹得賈政驚怪
便在船頭上叩只望賈政一見即來救他的恩這賈政在燈光異
雪影之中忽見船頭一僧叩頭疾忙趕出一看便認得是寶玉

撥紅樓夢

第一回

崑陵驛寶玉返藍田　瀟湘館降珠還合浦

話說前紅樓夢一書開卷便說紙裙釵子弟未能努刀揚名愧負
天恩祖德回憶少年時候只在婦女隊中打混虛擲光陰又閱
了盛衰離合就閨閫中幾個裙釵倒有一番不可及的光景故
請曹雪芹先生編出一百二十回奇文將自己悔恨普告人間
就便傳這個十二金釵使千載下如聞如見歸總在一個情字
書中做假真真寓言不少無論賈寶玉本非真名即寶玉寶釵
亦多借影其餘自元妃賈母以下一概可知至全書以寶玉黛

玉為主轉將兩人折開令人忿恨萬端正如地缺天傾女媧難
補正是寶玉主意夾及曾雪芹編此奇文塵倒古來情史順便
回發了自己逃走一節不得已將兩個拐騙的僧道也說做仙
千秋萬古之人替你兩人惜心墮淚於心何安亦是寶玉再囑
佛一流豈知他兩個作合成雙夫榮妻貴賈釵反居其次直到
雪芹另編出撥紅樓夢將延生雜令一段真情一字字直欲
芹亦義不容辭此撥紅樓夢之所為續編也雪芹應承了寶玉
回到書房是夜夢遊至一所天宮一字兒排着一遭是離恨天
一遭是補恨天都有玉樓金字便有女使引他進去雪芹問知

校註 : 장경남
숭실대학교 국어국문학과 교수
논문 : 「서유문의 『무오연행록』 연구」
        「조선후기 소설을 통해 본 부권의 형상」 외 다수
저서 : 『주해 을병연행록』 『임진왜란의 문학적 형상화』 외 다수

이재홍
연세대학교 중문과 박사과정
중한번역문헌연구소 연구원
교주서 : 『셔쥬연의』 『요화전』 (공편)

강문종
한국정신문화연구원 한국학대학원 박사과정

조선시대 번역고소설 총서 ⑲

후홍루몽(後紅樓夢)

2004년 9월 17일 첫판 찍음
2004년 9월 20일 첫판 펴냄

교주자 : 선문대학교 중한번역문헌연구소
        장경남 · 이재홍 · 강문종
발행인 : 송미옥
발행처 : 이회문화사

주 소 : 130-030 서울시 동대문구 답십리동 488-338 부영BD 503호
전 화 : (02) 2244-7912~3
팩 스 : (02) 2244-7914
E-mail : ih7912@chollian.net

등 록 : 제6-0532(1992. 5. 2)
ISBN : 89-8107-421-6 94820
        89-8107-400-3 (세트)

정가 35,000원

이 저서는 2003년도 한국학술진흥재단의 지원에 의하여 연구되었음.
(KRF-2003-071-AS3008)